ESCREVA MUITO E SEM MEDO

OBRAS DO AUTOR PUBLICADAS PELA EDITORA RECORD

Romance
O estrangeiro
A morte feliz
A peste
O primeiro homem
A queda

Contos
O exílio e o reino

Teatro
Estado de sítio

Ensaio
O avesso e o direito
Bodas em Tipasa
Conferências e discursos – 1937-1958
O homem revoltado
A inteligência e o cadafalso
O mito de Sísifo
Reflexões sobre a guilhotina

Memórias
Diário de viagem

Correspondência
Escreva muito e sem medo: uma história de amor em cartas (1944-1959)

Coletânea
Camus, o viajante

ALBERT CAMUS
MARIA CASARÈS

ESCREVA MUITO E SEM MEDO
UMA HISTÓRIA DE AMOR EM CARTAS
(1944-1959)

TRADUÇÃO DE **CLÓVIS MARQUES**
PREFÁCIO DE **CATHERINE CAMUS**
EDIÇÃO ORIGINAL DE **BÉATRICE VAILLANT**
NOTAS DE **ALEXANDRE ALAJBEGOVIC**

1ª edição

EDITORA RECORD
RIO DE JANEIRO • SÃO PAULO
2024

CIP-BRASIL. CATALOGAÇÃO NA PUBLICAÇÃO
SINDICATO NACIONAL DOS EDITORES DE LIVROS, RJ

C218e   Camus, Albert, 1913-1960
   Escreva muito e sem medo : uma história de amor em cartas (1944-1959) / Albert Camus, Maria Casarès ; tradução Clóvis Marques. - 1. ed. - Rio de Janeiro : Record, 2024.

   Tradução de: Correspondance (1944-1959)
   ISBN 978-65-5587-946-9

   1. Camus, Alberto, 1913-1960 - Correspondência. 2. Casarés, Maria -Correspondência. 3. Escritores franceses - Correspondência. I. Casarès, Maria. II. Marques, Clóvis. III. Título.

23-86714   CDD: 928.4
                        CDU: 929:821.133.1

Gabriela Faray Ferreira Lopes - Bibliotecária - CRB-7/6643

Título original:
Correspondance 1944 – 1959

Copyright © Éditions Gallimard, 2017

Texto revisado segundo o Acordo Ortográfico da Língua Portuguesa de 1990.

Todos os direitos reservados. Proibida a reprodução, no todo ou em parte, através de quaisquer meios. Os direitos morais dos autores foram assegurados.

Direitos exclusivos de publicação em língua portuguesa somente para o Brasil adquiridos pela
EDITORA RECORD LTDA.
Rua Argentina, 171 – Rio de Janeiro, RJ – 20921-380 – Tel.: (21) 2585-2000, que se reserva a propriedade literária desta tradução.

Impresso no Brasil

ISBN 978-65-5587-946-9

Seja um leitor preferencial Record.
Cadastre-se no site www.record.com.br
e receba informações sobre nossos
lançamentos e nossas promoções.

Atendimento e venda direta ao leitor:
sac@record.com.br

PREFÁCIO

"Vai chegar o momento em que, apesar das
dores, vamos nos sentir leves, alegres e verdadeiros."

Albert Camus a Maria Casarès,
26 de fevereiro de 1950.

Maria Casarès e Albert Camus se tornaram amantes em Paris em 6 de junho de 1944, dia do desembarque aliado. Ela tem vinte e um anos, e ele, trinta. Maria, nascida em Corunha, na Espanha, chegara a Paris aos quatorze anos, em 1936, como tantos republicanos espanhóis. Seu pai, Santiago Casarès Quiroga, várias vezes ministro e chefe do governo na Segunda República espanhola, foi forçado a se exilar quando Franco tomou o poder. Muito tempo depois, Maria Casarès diria que "nasceu em novembro de 1942 no Teatro des Mathurins".

Albert Camus, então separado de sua mulher, Francine Faure, pela ocupação alemã, militava na Resistência. De ascendência espanhola pela mãe, tuberculoso como Santiago Casarès Quiroga e também exilado, já que originário da Argélia. Em outubro de 1944, quando Francine Faure finalmente pode ir ao encontro do marido, Maria Casarès e Albert Camus se separam. Mas em 6 de junho de 1948 eles se cruzam no boulevard Saint-Germain, voltam a se unir e não se separam mais.

Esta correspondência, ininterrupta durante doze anos, demonstra bem o caráter de evidência irresistível do seu amor:

> Nós nos encontramos, nos reconhecemos, nos entregamos um ao outro, construímos um amor ardente de puro cristal, você se dá conta da nossa felicidade e do que nos foi dado?
>
> Maria Casarès, *4 de junho de 1950*.

> Igualmente lúcidos, igualmente conscientes, capazes de entender tudo e portanto de superar tudo, suficientemente fortes para viver sem ilusões e ligados um ao outro pelos vínculos da terra, da inteligência, do coração e da carne, sei perfeitamente que nada pode nos surpreender nem nos separar.
>
> Albert Camus, *23 de fevereiro de 1950*.

Em janeiro de 1960, a morte os separa, mas eles viveram doze anos "transparentes um para o outro", solidários, apaixonados, muitas vezes distantes, vivendo plenamente, juntos, cada dia, cada hora, numa verdade que poucos teriam forças para suportar.

As cartas de Maria Casarès nos levam a descobrir a vida de uma grande atriz, seus atos de coragem e suas fraquezas, a louca intensidade do seu cotidiano, as gravações no rádio, os ensaios, as récitas teatrais, com todos os imprevistos, as filmagens. Também revelam a vida dos atores da Comédie-Française e do Teatro Nacional Popular (TNP). Maria Casarès contracena com Michel Bouquet, Gérard Philipe, Marcel Herrand, Serge Reggiani, Jean Vilar e ama todos eles.

Originária da Galícia, a atriz tinha como elemento o oceano: como ele, ela se arremessa, se quebra, se recolhe de novo e parte outra vez com uma vitalidade estarrecedora. Ela vive a felicidade e a desgraça com a mesma intensidade, entregando-se por inteiro, profundamente.

Esse jeito de viver, vamos encontrá-lo até na sua ortografia, que tivemos de corrigir, a bem da clareza. Espanhola, ela sempre escreve *"pour que"*, *"pourque"* [para que]. Escreve *"plate"* [chata, sem graça] com dois *t*, o que torna a coisa ainda mais insignificante. *"Hommage"* [homenagem] leva apenas um *m*, e o acento circunflexo que acrescenta ao *u* de *"rude"* [rude] faz muito mais justiça ao caráter pesado da palavra. Quanto a *"confortable"* [confortável], se transforma em *"comfortable"*, como se o significado pudesse ser aplicado apenas a pessoas do norte sem acesso à luz e ao calor de que desfrutam as do sul, que lhes permite viver mais perto do essencial.

Prefácio 7

As cartas de Albert Camus são muito mais concisas, mas traduzem o mesmo amor à vida, sua paixão pelo teatro, a constante atenção aos atores e sua fragilidade. E abordam temas que lhe são caros, o ofício de escritor, suas dúvidas, o trabalho árduo da escrita, apesar da tuberculose. Ele fala a Maria do que está escrevendo, o prefácio de *O avesso e o direito*, *O homem revoltado*, as crônicas de *Atuais*, *O exílio e o reino*, *A queda*, *O primeiro homem*, sem nunca se sentir "à altura". E ela incansavelmente o tranquiliza, acredita nele, na sua obra, não cegamente, mas porque, como mulher, sabe que a criação é mais forte. E sabe dizê-lo, com sinceridade e uma autêntica convicção.

Escreve ele em 23 de fevereiro de 1950: "O que cada um de nós faz no trabalho, na vida etc., não faz sozinho. É acompanhado por uma presença que só ele sente." O que nunca seria desmentido.

Como foi que esses dois puderam atravessar tantos anos na tensão extenuante de uma vida livre mas temperada pelo respeito aos outros, na qual foi necessário "aprender a avançar no fio esticado de um amor livre de todo orgulho",[1] sem se separarem, sem jamais duvidar um do outro, com a mesma exigência de clareza? A resposta se encontra nesta correspondência.

Meu pai morreu em 4 de janeiro de 1960. Em agosto de 1959, tudo indica que eles conseguiram caminhar nesse fio até o fim, sem vacilar. Escreve ela:

> [...] não me parece inútil dar uma olhada na terrível confusão da minha paisagem interior. O que me parte o coração é que jamais encontrarei o tempo, a inteligência e a força de caráter necessários para pôr um pouco de ordem nela e fico inconsolável de saber que irremediavelmente vou morrer como nasci, amorfa.

Ele responde:

> Se não amorfo, será o caso de morrer obscuro em si mesmo, disperso [...]. Mas também pode ser que a unidade realizada, a clareza imperturbável da verdade, seja a própria morte. E que, para sentir o coração, precisemos do mistério, da escuridão do ser, do chamado incessante, da luta contra nós mesmos e os outros. Então bastaria sabê-lo, e adorar silenciosamente o

---

1 Maria Casarès, *Résidente privilégiée*, Fayard, 1980.

mistério e a contradição — com a condição, apenas, de não desistir da luta e da busca.

Obrigada aos dois. Suas cartas tornam a Terra mais vasta, o espaço mais luminoso, o ar mais leve, simplesmente porque eles existiram.

Catherine Camus

Em sintonia com a lealdade e a fidelidade que me foram ensinadas por meu pai, quero aqui agradecer à minha amiga Béatrice Vaillant a paciência beneditina evidenciada no trabalho que realizou. Foi ela que transcreveu, datou (!!) e estabeleceu o texto desta correspondência, ao longo de dias e dias, com um cuidado, uma precisão e uma delicadeza de que só seu coração generoso e abnegado seria capaz.

1944

1 — ALBERT CAMUS A MARIA CASARÈS[1]

[junho de 1944]

Cara Maria,[2]
Tenho uma reunião de negócios às 18h30 na NRF* com um editor de Monte Carlo. Da NRF com certeza seguiremos para o *Cyrano*, na esquina da rua du Bac com o boulevard Saint Germain.[3] Te espero lá até as 19h30. Às 19h30, estarei no *Frégate*, esquina da rua du Bac com a beira-rio, onde

---

1 Por transporte pneumático dos correios.
2 Albert Camus e Maria Casarès se conheceram na casa de Michel e Zette Leiris na representação-leitura de *Le Désir attrapé par la queue* [O desejo agarrado pelo rabo], de Pablo Picasso, em 19 de março de 1944. O escritor oferece à jovem atriz, ex-aluna do Conservatório de Arte Dramática contratada pelo Teatro des Mathurins, o papel de Martha em *O mal-entendido*. Iniciados os ensaios, Albert Camus se encanta por ela. Na noite de 6 de junho de 1944, depois de uma reunião na casa do diretor Charles Dullin, no exato dia do desembarque das tropas aliadas na Normandia, eles se tornam amantes. Desde outubro de 1942, o jovem escritor originário de Argel vive sozinho na metrópole francesa: sua esposa Francine, nascida Faure, professora em Orã, não pôde vir ao seu encontro, em consequência da ocupação do sul da França pelos alemães.
* Fundada em 1909, a *Nouvelle Revue Française*, periódico de literatura e crítica, deu origem à Editora Gallimard, hoje fazendo parte dela. (*N. T.*)
3 A sede da Editora da NRF fica no 7º *arrondissement*, rua Sébastien Bottin, cruzamento da rua de Beaune com a rua de l'Université. Foi nela que Albert Camus publicou *O estrangeiro* e *O mito de Sísifo*, em 1942, e mais tarde, em 1944, *Calígula* e *O mal-entendido*. Em 2 de novembro de 1943, ele entra para o comitê de leitura, assim iniciando sua carreira de editor e leitor na editora de Gaston Gallimard.

Marcel e Jean estarão à minha espera.[1] Às 20 horas, por fim, todo mundo se encontra na esquina da rua de Beaune com as margens do Sena, no *Voltaire*. Mas acho que você já sabe.

Me desculpe por não poder esperar mais. Um beijo.

AC

2 — ALBERT CAMUS A MARIA CASARÈS

16 horas [junho de 1944]

Minha pequena Maria,
Esperava encontrá-la agora, telefonando para sua casa. Mas nem tenho tempo para isso. Mando então este bilhete, entre um encontro e outro. Não significa nada, naturalmente. Mas provavelmente vai encontrá-lo ao voltar à noite e aí pensará em mim. Estou cansado, preciso de você. Mas claro que não posso me expressar assim, o que eu precisava era que você estivesse junto a mim.

Boa noite, minha querida. Durma muito, pense muito em mim. Um beijo e até amanhã.

AC

3 — ALBERT CAMUS A MARIA CASARÈS

Quinta-feira, 10 horas [da noite] [junho de 1944]

Acabei de ler sua dedicatória, minha querida, e agora alguma coisa em mim está tremendo. Por mais que fique pensando que às vezes a gente escreve coisas

---

1 Os atores Marcel Herrand (1897-1953) e Jean Marchat (1902-1966) dirigem o Teatro des Mathurins desde 1939. Num momento em que a jovem Maria Casarès, filha do ex-chefe de governo da Segunda República espanhola, exilada com a mãe em Paris desde 1936, ainda é aluna do Conservatório, eles a contratam por um ano a partir 1º de outubro de 1942. Assim é que ela estreia com sucesso aos vinte anos em sua carreira de grande atriz trágica, no papel-título de *Deirdre des douleurs,* de John Millington Synge (1942). Sua interpretação não passa despercebida — em particular de Albert Camus, que assiste a uma das representações em 1943. Ela seria vista em seguida em *Solness o construtor,* de Henrik Ibsen (1943), e *Le Voyage de Thésée* [A viagem de Teseu], de Georges Neveux (1943). A partir de 24 de junho de 1944, interpreta Martha em *O mal-entendido*, de Albert Camus, encenada por Marcel Herrand. Este, companheiro de Jean Marchat, foi amante da jovem atriz durante alguns meses.

assim por ímpeto, sem se colocar inteiramente — penso ao mesmo tempo que certas palavras você não escreveria, por não as sentir.

Estou tão feliz, Maria. Será que isso é possível? O que está tremendo em mim é uma espécie de alegria louca. Mas ao mesmo tempo sinto amargura pela sua partida e a tristeza dos seus olhos no momento de me deixar. É bem verdade que o que tenho de você tem sempre esse gosto ao mesmo tempo de felicidade e inquietação. Mas, se você me ama como escreve, temos de conseguir outra coisa. Está mesmo na hora de nos amarmos e teremos de desejá-lo muito e por muito tempo para passar por cima de tudo.

Não gosto dessa visão clara que você dizia ter esta noite. Quando temos uma alma, tendemos a chamar de lucidez o que nos frustra e de verdade tudo aquilo que atrapalha. Mas essa lucidez é cega. Só existe um tipo de clarividência, aquela que quer alcançar a felicidade. E eu sei que, por mais breve seja, por mais ameaçada ou frágil, existe uma felicidade pronta para nós dois, se estendermos a mão. Mas é preciso estender a mão.

Espero o dia de amanhã, você, seu rosto tão querido. Esta noite estava cansado demais para lhe falar desse coração transbordante que você põe em mim. Existe algo que é só de nós dois, onde eu sempre te encontro sem esforço. Nessas horas é que eu me calo e você duvida de mim. Mas de nada adianta, você enche o meu coração. Até mais, querida. Obrigado por essas poucas palavras que tanta alegria me deram — obrigado por essa alma que ama e que eu amo. Te beijo com todas as minhas forças.

AC

4 — ALBERT CAMUS A MARIA CASARÈS

1 hora [da manhã] [junho de 1944]

Minha pequena Maria,

Acabo de voltar para casa, mas não estou nem um pouco com sono e sinto tanta vontade de tê-la perto de mim que terei de sentar à mesa para falar com você como possível. Não tive coragem de dizer a Marcel [Herrand] que não estava com vontade de ir beber champanhe com ele. Além do mais, tinha tanta gente com você! Mas depois de meia hora não aguentei mais, só precisava de você. Eu te amei tanto, Maria, durante essa noite toda, te vendo, ouvindo essa voz que agora é insubstituível para mim ao chegar à casa de Marcel, encontrei um texto da peça. Não consigo mais lê-la sem te ouvir, é o meu jeito de ser feliz com você.

    Fico tentando imaginar o que você está fazendo, e me pergunto, espantado, por que você não está aqui. E penso que o que seria a norma, a única norma que conheço, que é a da paixão e da vida, seria que você voltasse amanhã comigo e acabássemos juntos uma noite que teremos começado juntos. Mas também sei que de nada adianta e que há todo o resto.

    Mas pelo menos não se esqueça de mim quando me deixar. E não esqueça também o que lhe disse tão longamente aqui em casa, um dia, antes que tudo se precipitasse. Nesse dia conversei com você do mais profundo do meu coração e queria, queria tanto que fôssemos um para o outro como disse naquele dia que deveria ser. Não me deixe, não posso imaginar nada pior que te perder. Que poderia eu fazer agora sem esse rosto em que tudo me comove tão profundamente, essa voz e também esse corpo contra mim?

    E aliás não era isso que eu queria lhe dizer hoje. Apenas sua presença aqui, o desejo que tenho de você, meu pensamento desta noite. Boa noite, minha querida. Que o dia de amanhã chegue logo e os outros dias em que você será mais minha que dessa maldita peça. Te beijo com todas as minhas forças.

AC

5 — ALBERT CAMUS A MARIA CASARÈS

16 horas [junho de 1944]

Minha pequena Maria,

    Não sei se vai querer me telefonar. E a esta hora, não sei como encontrá-la. E por sinal nada tenho a lhe dizer de específico, a não ser essa onda que toma conta de mim desde ontem e essa necessidade de confiança e de amor que tenho por você. Quanto tempo faz que não lhe escrevo!

    Se encontrar este pneumático ao voltar esta noite, me telefone. Não se esqueça de mim até sábado. Pense em mim ao longo desses dias. Saiba que estou perto de você a cada minuto. Até mais, meu amor, meu querido amor; te beijo como ontem.

Albert

6 — ALBERT CAMUS A MARIA CASARÈS

Sábado, 14 horas [1º de julho de 1944]

Minha pequena Maria,
A viagem foi boa e sem problemas.[1] Tendo partido às 7h20, viajamos até 9 horas, depois percorremos sete quilômetros a pé para passar por uma estação de triagem bombardeada na véspera; às 11 horas, pegamos de novo um trem até meio-dia. Esperamos duas horas em Meaux até resolverem nos autorizar de novo um trem. Quarenta e cinco minutos depois nova baldeação, e às 17 horas tínhamos chegado. Eu estava cansado feito uma mula, mas satisfeito por ter acabado. Me ofereceram uma casa com uma das alas bombardeada em 1940, mas com o resto habitável. Mas tudo coberto de poeira, e levarei pelo menos quarenta e oito horas para deixar a coisa razoável com a ajuda de uma brava mulher da região.
Agora a descrição. A região é um vale com as duas encostas cobertas de cultivos e árvores de tamanho médio. A temperatura é amena, há barulho de águas e cheiro de relva, vacas, algumas belas crianças e cantos de pássaros. Subindo um pouco, chegamos a platôs mais descampados onde se respira melhor. A aldeia: algumas casas, gente boa. Quanto à casa, está metida no meio de um jardim bem grande cheio de árvores e com as últimas rosas do ano (não são vermelhas). Fica à sombra da velha igreja e a parte superior do jardim é um prado ensolarado logo abaixo dos arcobotantes da igreja. Dá para tomar banho de sol. Estou cuidando de instalar um quarto e um escritório no primeiro andar. Quando tiver acabado, farei a descrição para você.
Acho que Michel [Gallimard] pelo menos poderá se hospedar comigo. Pierre e Janine [Gallimard] com certeza vão dormir em outro lugar. Espero impaciente a chegada deles para decidir tudo isso e sobretudo porque espero que me deem notícias de você.
Escrevo tudo isso com a maior clareza possível porque acho que o que você deseja antes de mais nada são informações exatas. Mas meu pensamento é muito diferente: desde a noite de quinta-feira é com você que eu vivo. Me

---

1 Sentindo-se ameaçado em virtude de suas atividades clandestinas na direção do jornal *Combat*, Albert Camus é obrigado a sair de Paris para se proteger. De bicicleta e de trem, ele vai para a casa de seu amigo, o filósofo Brice Parain, secretário editorial de Gaston Gallimard, em Verdelot (departamento de Sena e Marne), acompanhado de dois sobrinhos de Gaston Gallimard, Pierre (filho de Jacques) e Michel (filho de Raymond), assim como da mulher daquele, Janine (nascida Jeanne Thomasset) — que entraria num segundo casamento, em outubro de 1946, com esse mesmo Michel.

parecia tê-la deixado de um jeito ruim e que essa separação, em meio a tantas incertezas, debaixo de um céu tão carregado de perigos, me é difícil de suportar. Minha esperança é que você venha. Se puder vir de automóvel, é melhor, será mais fácil. Caso contrário, terá de fazer essa longuíssima viagem que eu fiz. Há também a bicicleta, e neste caso posso ir encontrá-la. Não se esqueça da sua promessa, minha querida, é dela que eu vivo neste momento. Acho que poderei encontrar a paz por aqui. Com algumas árvores, o vento, o rio, conseguirei recuperar esse silêncio interior que perdi há tanto tempo. Mas isso não é possível se tiver de suportar sua ausência e correr atrás da sua imagem e da sua lembrança. Não tenho a menor intenção de bancar o desesperado nem de me entregar. A partir de segunda-feira, vou pôr mãos à obra e trabalhar, pode ter certeza. Você e eu até agora nos encontramos e nos amamos febrilmente, na impaciência e no perigo. Não me arrependo de nada e os dias que acabo de viver me parecem suficientes para justificar uma vida. Mas existe outra maneira de se amar, uma plenitude mais secreta e mais harmoniosa, que não é menos bela e da qual também sei que somos capazes. É aqui que encontraremos tempo para isso. Não esqueça disso, minha pequena Maria, e faça com que ainda tenhamos essa sorte para o nosso amor.

Dentro de algumas horas você vai subir ao palco.[1] Hoje e amanhã meus pensamentos estarão com você. Vou esperar o momento em que você senta dizendo que é maravilhoso, esperarei também o terceiro ato com aquele grito de que tanto gostei. Oh! Minha querida, como é duro estar longe daquilo que amamos. Estou privado do seu rosto e não há nada no mundo que me seja mais caro.

Me escreva muito e com frequência, não me deixe sozinho. Vou esperá-la o tempo que for preciso, sinto uma paciência infinita em tudo que lhe diz respeito. Mas ao mesmo tempo tenho no sangue uma impaciência que me faz mal, uma vontade de queimar tudo e devorar tudo, é o meu amor por você. Até mais, pequena vitória. Fique perto de mim em pensamento e venha, venha logo, estou pedindo. Um beijo com toda a minha paixão.

Como combinado, pode escrever para a casa da Sra. Parain em Verdelot, Sena e Marne.

Michel[2]

---

1 Em *O mal-entendido*, ao lado de Hélène Vercors (Maria), Marie Kalff (a mãe), Marcel Herrand (Jan) e Paul Œttly (o velho empregado).
2 Nessa época, Albert Camus assina com o nome de Michel a correspondência para Maria Casarès.

7 — ALBERT CAMUS A MARIA CASARÈS

Terça-feira, 16 horas [4 de julho de 1944]

Minha querida,
Escrevo no meio do jardim, cercado da turminha dos Gallimard, lendo, dormindo ou torrando ao sol. Estamos todos de short e camiseta, faz um calor dos diabos e as rosas se enroscam ao sol.

Eles escreveram para você ontem, suponho que devem ter contado a viagem e o essencial da nossa instalação aqui — estamos levando uma vidinha tranquila, tão tranquila que eu saindo do barulho e do furor tenho dificuldade de recuperar meu equilíbrio. Ainda ontem, estava tenso e infeliz, incapaz de um gesto ou de uma palavra de amabilidade. Então trabalhei, muito e mal, me recusando a sair. Pensava em você com tristeza, sem a alegria que sempre encontro ao seu lado. Apenas uma vez, às 6 horas da tarde, caminhei um pouco sozinho no jardim (eles tinham ido tomar banho). A temperatura estava amena, com um vento leve, o relógio da igreja deu as seis badaladas. Uma hora de que sempre gostei e ontem a apreciei com você.

Acabaram de me trazer sua carta, nem tenho palavras para lhe agradecer. Além do mais finalmente tenho uma real esperança de vê-la chegar. Suponho que você vá deixar o Palais Royal para lá. A guerra vai acabar em setembro, até lá não será possível fazer nada a sério. Deixe tudo de lado e venha. Também estou preocupado com o seu cansaço. Aqui, pelo menos, você vai descansar. Quando a gente se ama é importante poder fazê-lo com corpos descansados e felizes.

Oh! É ótimo que o seu teatro não esteja funcionando mais. Depois tudo recomeça. Mas por enquanto você está vendo que tudo se encaminha para encontrarmos tempo para nos amar. Eu também ainda ontem andava por aí com essa angústia de que você fala. Não sonhei com você, você não estava na China, mas apenas senti essa privação, essa sombra, como uma fonte [de repente] perdida. Eu me sentia seco e estéril, incapaz de um impulso ou de um amor. Mas na verdade era a sua carta que eu estava esperando e agora recuperei tudo, a presença e a fonte, finalmente o seu rosto. Oh! Minha querida, volte logo e que tudo isso acabe. Hoje sinto toda a força necessária para vencer o que pode nos separar. Mas venha para perto de mim, me dê sua mão, não me deixe sozinho. Eu a espero, confiante e feliz por hoje e a amo com toda a minha alma. Até mais, Maria, um beijo nesse rosto querido.

Michel

8 — ALBERT CAMUS A MARIA CASARÈS

Quinta-feira, 16 horas [6 de julho de 1944]

Minha pequena Maria,
Acabo de receber sua carta de segunda-terça-feira. Ela chegou bem na hora. Há quarenta e oito horas, era só marasmo. Eu me sentia sozinho, longe até dos que me cercavam, mais ou menos como um cão ruim. Vivo recolhido no meu quarto a pretexto de estar trabalhando, e por sinal trabalhando algumas vezes, com uma espécie de raiva, e o resto do tempo caminhando para baixo e para cima e fumando os cigarros que me restam. Não, realmente não está funcionando. E no entanto o campo aqui é belo e acalma. Mas meu coração não tem mais sua paz, se é que algum dia teve.

Estou longe de tudo, dos meus deveres de homem, da minha profissão — e também privado daquela que amo. É isto que me desorienta. Estava esperando a sua chegada. Mas parece que só será na semana que vem. Então...! Oh! Minha querida, não ache que eu não a entendo. Tudo é mais difícil para você e agora eu sei que você vai fazer tudo que estiver ao seu alcance. O que ganhei nos dias difíceis que acabamos de atravessar juntos é minha confiança em você. Muitas vezes duvidei dela, incerto que estava desse amor que podia se enganar sobre si mesmo. Desde então, não sei o que foi que aconteceu, mas houve um clarão, alguma coisa que aconteceu entre nós dois, talvez um olhar, e agora sinto sempre essa coisa, dura como a alma, que nos liga e nos prende. E então a espero com amor e confiança. Mas passei meses muito duros, tensos demais, para não estar com os nervos esgotados. E é difícil suportar o que normalmente eu teria enfrentado com calma. Mas não importa, vai passar. Estou feliz com as notícias que me dá. Diga a Jean e Marcel que penso neles e que contem com o meu afeto.

Fico feliz de saber que você está morena e dourada. Fique bonita, sorria, não se entregue. Quero que você seja feliz. Você nunca foi tão bela quanto naquela noite em que me disse que estava feliz (você lembra, com a sua amiga). Eu a amo de muitas maneiras, mas sobretudo assim — com o rosto da felicidade e esse esplendor da vida que sempre mexe comigo. Não sou de amar em sonho, mas pelo menos sei reconhecer a vida onde ela se encontra — e creio que a reconheci naquele primeiro dia em que, nos trajes de Deirdre, você falava por cima da minha cabeça com não sei qual amante impossível.

Não dê muita importância aos meus resmungos. Estou infeliz por ainda ter de esperá-la uma semana. Mas não é isso que importa — o que importa... mas eu ainda não saberia dizer direito. Vamos esperar um pouco.

O céu se cobriu e está chovendo. Não detesto isso, mas penso com frequência na luz, de que não sei me privar. É à Provença que teremos de ir juntos, à espera dos outros países que nos falam ao coração.

Até mais, Maria — maravilhosa — viva, me parece que eu seria capaz de desfiar uma infinidade de adjetivos assim. Penso em você o tempo todo e a amo de todo coração. Venha logo, não me deixe sozinho demais com minhas ideias. Preciso da sua presença viva e desse corpo que tantas vezes me enternece. Está vendo, eu estendo as mãos para você; vem para junto de mim, o mais rápido possível.

Eu a beijo com todas as minhas forças.

Michel

9 — ALBERT CAMUS A MARIA CASARÈS

Sexta-feira à noite, 11 horas [7 de julho de 1944]

Esta noite tenho vontade de me voltar para você porque estou de coração pesado e tudo me parece difícil de viver. Trabalhei um pouco de manhã, mas nada à tarde. Como se tivesse esquecido minha energia e o que tenho de fazer. São essas horas, esses dias, essas semanas em que parece que tudo morre nas nossas mãos. Você também sabe o que é isto. E eu, há muito sei que essas horas em que tenho vontade de largar tudo são as mais perigosas — as horas em que me dá vontade de fugir e viver longe de tudo que poderia me ajudar. Por saber disso é que me volto para você. Se você estivesse aqui tudo seria mais fácil. Mas esta noite tenho certeza de que você não virá. Uma sensação de ter perdido tudo há algum tempo. Se você se afastasse de mim, seria a noite completa. Enquanto isso, não tenho esperança de voltar a vê-la antes de muito tempo.

Esta noite fico me perguntando o que você está fazendo, onde está e no que está pensando. Queria ter certeza dos seus pensamentos e do seu amor. E às vezes tenho. Mas de que amor se pode estar sempre certo? Um gesto e tudo pode ser destruído, ao menos por um momento. Afinal, basta alguém que lhe sorria e lhe agrade e, durante uma semana pelo menos, não há mais amor nesse coração que tanto me enciúma. Que fazer diante disso senão admitir e entender e ter paciência? E quem sou eu para exigir tanto de alguém? Mas talvez por conhecer as fraquezas que até um coração robusto pode ter é que fico tão apreensivo diante da ausência e diante dessa separação estúpida em que temos de alimentar um amor de carne com sombras e lembranças.

Os outros estão deitados. Estou acordado com você, mas sinto em mim uma alma seca como todos os desertos. Oh! Minha querida, quando é que vão voltar o jorro e o grito?!

Eu me sinto tão atrapalhado, tão desajeitado, com essa espécie de amor sem uso que me fica no peito e me oprime sem me dar alegria. Parece que não sirvo mais para nada. Eu devia estar tomado pelo que estou escrevendo, cheio desse romance e desses personagens em que entrei novamente. Mas fico olhando para eles de fora, trabalho distraído, com minha inteligência, e nem um único momento com a paixão e a violência que sempre empreguei naquilo que amo.

Vou parar por aqui. Estou vendo que é uma carta de lamentações. E você e eu temos mais o que fazer do que ficar nos lamentando. Quando a gente sente o coração seco, é melhor se calar. Você é hoje a única pessoa a quem tenho vontade de escrever coisas assim. Mas isso não é motivo. E por sinal também não é nenhum mal. Até o momento você amou em mim o que eu tinha de melhor. Talvez ainda não seja amar. E talvez só me ame realmente quando me amar com minhas fraquezas e meus defeitos. Mas quando e dentro de quanto tempo? Que coisa magnífica e terrível ter de se amar também no perigo, na incerteza, num mundo que está desmoronando e numa história em que a vida de um homem pesa tão pouco. Não terei mais paz enquanto estiver privado do seu rosto. Se você não vier, terei paciência, mas paciência no sofrimento e na secura de coração.

Boa noite, negra e branca. Faça o possível para ficar perto de mim e esqueça tantas exigências e mau humor. A vida no momento não é fácil para mim. Tenho meus motivos para não estar alegre. Mas se o seu deus existe, sabe que eu daria tudo que sou e tudo que tenho para ter sua mão de novo no meu rosto. Não paro de te amar e te esperar — mesmo em pleno deserto. Não me esqueça.

Michel

Sábado, 9 horas [8 de julho de 1944]

Reli esta carta hoje de manhã e hesito em enviá-la. Mas no fim das contas acho que me reflete bem. A gente tem de ser o que é. Esta manhã as coisas não vão melhor nem pior. Daqui a pouco vamos sair para um passeio o dia inteiro e eu preciso me decidir a mandar logo minha carta, se quiser que você a receba segunda-feira.

Está escuro, céu encoberto. Até logo, pequena vitória. Pense, pense muito em mim e me ame tanto e tão violentamente quanto eu te amo.

M.

10 — ALBERT CAMUS A MARIA CASARÈS

Domingo [9 de julho de 1944]

Minha querida,
Pierre [Gallimard] que vai deixar este bilhete com você volta na quinta-feira para Verdelot de um modo não muito cansativo que ele vai lhe explicar. Acho que, se ainda estiver disposta a vir no meio da semana, é a melhor oportunidade. Vou lhe escrever em outro momento, mas nem preciso dizer que a espero na quinta-feira. Para a sua volta, se necessário, a mesma combinação poderá levá-la a Paris em metade de um dia. Até quinta-feira. Eu a espero e a beijo.

AC

11 — ALBERT CAMUS A MARIA CASARÈS

Segunda-feira [11 de julho de 1944]

Minha pequena Maria,
Acabo de receber sua carta, há tanto esperada. Ela sempre me traz alegria, pois vem de você e me garante que você existe — que realmente houve algo entre nós numa época distante em que me interessei por uma peça que você interpretava. Mas ao mesmo tempo eu esperava a notícia da sua chegada, o que ainda não é o caso. Quando receber esta carta, Pierre [Gallimard] já se terá encontrado com você a meu pedido, mas agora suponho que você não poderá vir. Que importa! Eu a espero na quinta-feira.

Mas se você soubesse! Minha espera, minha impaciência, meus momentos de raiva a frio e esse anseio por você — e daí!? você não ignora nada disso e me conhece o suficiente para imaginar o que não sabe. Toda vez que adiar mais um dia a sua vinda, tente imaginar o que será esse dia para mim — e talvez assim se decida. Dito isto, espero que sua mãe[1] não esteja gravemente doente. Como ela deve imaginar

---

1 Gloria Pérez Corrales casa com o advogado galego Santiago Casarès Quiroga em 25 de outubro de 1920, numa época em que trabalha como aprendiz de modista em Corunha. Dá à luz Maria em 21 de novembro de 1922. Exilado em virtude de suas importantes funções governamentais durante a Segunda República espanhola, Santiago Casarès Quiroga se instalou com a família em Paris em 1936; Maria vive com a mãe num apartamento da rua de Vaugirard até a morte desta; seu pai, que morou em Londres em certo período, também vem habitá-lo a partir de 1945.

que eu lhe escrevo, diga-lhe que desejo suas melhoras (e de maneira desinteressada). Diga também que tenho afeição e respeito por ela, e que não é mera polidez de minha parte. Por nada neste mundo eu desejaria ser motivo de atrito entre vocês. Será que não existe sempre um lugar onde pessoas que se amam sejam capazes de se encontrar? Mas talvez esteja falando de coisas que não me dizem respeito.

Como você não vem, pelo menos me dê, minha querida, detalhes mais precisos sobre sua vida, sobre o que está fazendo. Lembre-se de que a imaginação trabalha quando está separada. Exemplo de perguntas a que pode se prestar um coração que ama: Você vai a Meudon: na casa de quem? com quem? Que estava fazendo no sábado às 18 horas na rua d'Alleray, no 15º *arrondissement*, que não é o seu bairro etc. etc. Como vê, pequena Marie, tudo que pode passar pela cabeça de um homem desocupado, disponível, sem nada onde agarrar o excesso de paixão que sente. Satisfaça meus desejos nesse ponto. Me dê mais detalhes. Tudo que lhe diz respeito me interessa (você não mandou as críticas prometidas). Eu a espero, entenda, a espero o dia inteiro, nem sei mais como lhe gritar isto ou lhe dizer.

Lamento que as coisas não estejam melhor com Marcel [Herrand]. Talvez seja um período — que vai passar. Marcel é uma pessoa decepcionante, mas adorável. Talvez venha a entender e fazer o necessário para que você de novo se sinta à vontade com ele.

Me mantenha informado.

Que dizer-lhe do que fazemos aqui? Janine e Michel [Gallimard] devem ter-lhe contado. No momento, estamos os três sozinhos e nos entendemos admiravelmente. Eu cozinho (e gosto muito). Trabalho um pouco, durmo e flano. Vou bem melhor, naturalmente. Mas acho que é a saúde que as vacas têm, por exemplo, e não fico propriamente encantado. Cortei os cabelos muito muito curtos. Estou horroroso, mas fiquei cinco anos mais moço. Você vai me detestar, já que gosta de cabelos longos.

Até mais, meu querido amor. Pena não poder dizer "até logo". Vou esperá-la na quinta-feira, com todo o meu coração, mas temo que seja em vão. Não esqueça deste a quem você deu tanto e me deixe beijá-la como eu sinto, com todo o meu desejo e o meu amor.

Michel

12 — ALBERT CAMUS A MARIA CASARÈS

Quarta-feira [12 de julho de 1944]

Maria querida,
Continuo na expectativa de que você chegue amanhã com Pierre [Gallimard]. Mas se não estiver vindo gostaria que pelo menos receba esta carta e saiba como estou. Rogo que venha e entenda que preciso de você. Mesmo à parte o nosso amor, sua presença me é necessária neste momento. Estou muito por baixo, sob todos os pontos de vista, confissão que me custa fazer.
Poderia dizer-lhe que pensasse no nosso remorso, se me acontecer alguma coisa, por termos deixado escapar esses dias. O momento é tão incerto, não sabemos nada do que virá amanhã. Todas essas horas que agora já passaram, nós então pensaríamos nelas com lágrimas e raiva. Mas também existe o fato de que estou numa crise e em meio a dúvidas que não tenho há anos. Me parece natural recorrer a você, e não me envergonho disso. Não deixe este apelo sem resposta, pois aí é que eu teria vergonha.
Sinto-me sozinho e carente, acabo de passar dois ou três dias abomináveis. Além do mais, sou obrigado aqui a me esforçar muito para ajudar esses dois loucos que ambos amamos (sei que Janine lhe escreveu contando tudo). Com isso o clima se torna mais pesado e para mim, que já estou pagando o preço de todos esses meses em que levei uma vida da qual você não pode ter uma ideia justa, tudo fica mais difícil. Venha, minha querida, estou pedindo, venha o mais depressa possível — a impaciência de vê-la em que me encontrava se transformou em obsessão. Parece-me que agora já não espero mais nada senão uma felicidade verdadeira — e que eu possa tocar. O resto então vai desaparecer. Até mais, meu amor. Acho que não vou lhe escrever mais nada agora — ficaria com o coração seco demais. Eu a beijo com toda a minha alma.

Michel

13 — ALBERT CAMUS A MARIA CASARÈS

Segunda-feira [17 de julho de 1944]

Desde quarta-feira não lhe escrevo. Parece que o tempo todo tenho o coração apertado num torno. Tentei fazer o necessário para me livrar dessa minha ideia fixa. De nada adiantou. Passei dois dias inteiros deitado, lendo vagamente e fumando, sem me barbear e sem vontade — o único sinal que lhe enviei de tudo isso foi minha carta de quarta-feira. Achei que hoje receberia sua resposta a essa carta. Pensava: "Ela vai responder. Vai encontrar palavras para desatar essa coisa tão terrivelmente apertada em mim." Mas você não me escreveu.

Acho que não vou lhe enviar esta carta. Ninguém pensa em escrever com o coração assim como o meu. Mas não posso me impedir de lhe dizer que há mais de uma semana estou numa espécie de infelicidade repugnante por causa de você e porque você não veio. Oh! Minha pequena Maria, realmente acho que você não entendeu. Não entendeu que eu a amava profundamente, com todas as minhas forças, toda a minha inteligência e todo o meu coração. Você não me conheceu antes e por isto certamente é que não podia entender. Mas um dia me falou do meu cinismo e havia uma certa verdade. Mas onde foi parar tudo isso? Se alguém como Janine pudesse ler o que eu lhe escrevo ou ouvir a linguagem com que lhe falei no dia em que você duvidava de tudo, cairia das nuvens. E no entanto ela acredita que eu te amo. Mas ela não sabe, como você não sabe, com que febre, que exigência e que loucura. Você não se deu conta de que de repente eu concentrei numa única criatura uma força de paixão que antes descarregava por todo lado, ao acaso, a todo momento.

E o que resultou disso é uma espécie de monstruoso amor que quer tudo e o impossível e que está sendo demais para você. Pois a ideia que me persegue há uma semana e me aperta o coração é que você não me ama. Pois amar uma pessoa não é apenas dizê-lo nem mesmo senti-lo mas fazer os movimentos que isso requer. E eu sei perfeitamente que o movimento desse amor que me toma me faria atravessar dois mares e três continentes para estar perto de você. A maior parte dos obstáculos estava superada para você, pouco restava a fazer. Mas minha ideia — e como essa ideia me faz mal — é que lhe faltou — a você, você, tão ardente e tão maravilhosa — essa chama que a teria trazido para mim. E então essa demora, e minha angústia a cada dia maior. É verdade que você me escreveu — mas não mais do que escreveu aos que estão perto de mim. E também lhes mandava beijos, chamando-os como me chamava. Onde está a diferença então? A diferença teria sido vir *contra todos os obstáculos* e juntar seu rosto ao meu e viver comigo, só comigo, você sozinha e eu sozinho no meio desse mundo, dias que teriam sido a glória e a justificação de toda a minha vida. Mas você não veio. Está chegando o dia em que terei de voltar e você não veio. Já se deu conta do que isso significa para mim — Maria, minha querida, meu querido amor? Já percebeu que essa exigência que me acompanha o tempo todo e que me faz aquilo que sou, também a coloquei nesse amor que surgiu tão rápido e hoje me enche tão plenamente? A ideia de que você me ama um pouco, o suficiente para pensar em me escrever, mas não o suficiente para esquecer tudo, não o suficiente para pensar que mais vale uma única hora perto de mim que um dia inteiro por aí com algum imbecil de salão, essa ideia me transtorna. Minha alma sofre há uma semana, e sofre o meu orgulho, que ingenuamente também projetava em você. Todas as ideias passaram pela minha cabeça, fiz todos os projetos. Há dois ou três dias penso em pegar a bicicleta e voltar para Paris. Imagine só, penso com meus botões: "Pego a bicicleta às 6 horas e às 11 horas poderei beijá-la." A esta simples ideia sinto minhas mãos tremerem. Mas se você não me ama, de que serve? Também pensei em te rejeitar, mas não posso mais imaginar minha vida sem você e acho que pela primeira vez na vida serei covarde. De modo que não sei mais. Tolamente, eu ainda esperava em você. "Ela vai me escrever!" Era assim que eu estava e juro que não me orgulho nem um pouco. E é assim que me mostro aqui, no meio dessas três criaturas que se dilaceram, que sofrem estupidamente e que eu preciso ouvir, proteger ou consolar, com todo o peso das questões materiais sobre mim, muito embora eu mesmo quisesse me refugiar no círculo doloroso desse amor para nele me calar e sofrer em silêncio.

E além do mais sinto ciúme, da maneira mais estúpida possível. Leio suas cartas e cada nome de homem me seca a boca. Pois você só sai com homens. O que sem dúvida é normal. É você, sua profissão, sua vida. Mas de que me serve um amor normal quando estou todo voltado para a violência e os gritos? O que sem dúvida não é inteligente. Mas de que me serve a inteligência agora? Está vendo?, estou botando tudo aqui, preto no branco, sem esconder mais nada. Mas ainda não são gritos suficientes nem febre suficiente. Há quase uma semana eu me calo, recalco isso, vigio e rumino. Mas, tendo passado a vida controlando minhas sombras, hoje sou presa delas, é com sombras que eu me debato. Oh! Maria, Maria querida, por que me deixaste assim e por que não entendeste?

Mas vou parar por aqui, é melhor parar, não é? Você está farta e talvez até pense entediada, enquanto escrevo estas linhas, que no fim das contas terá mesmo de vir aqui. Mas nem é preciso. O que me teria transfigurado de alegria, dias atrás, você correndo na minha direção, com toda a força do amor, oh!, já não desejo mais. E na verdade nem sei mais o que desejo. Me debato nessa infelicidade, me sinto desajeitado e meio atordoado, com dores, é isto, mas estou terrivelmente mal. Tanto amor, tanta exigência, tanto orgulho de nós dois, não podia mesmo fazer bem, é evidente. Oh! Maria, terrível Maria esquecida, ninguém jamais vai amá-la como eu a amo. Talvez você mesma chegue a essa conclusão no fim da vida, quando tiver comparado, visto e entendido e pensar: "Ninguém, ninguém jamais me amou desse jeito." Mas de que vai adiantar se não for [*duas palavras ilegíveis*]? E que será de mim se você não me amar como preciso que me ame. Não preciso que você me ache "atraente" ou compreensivo ou o que quer que seja. Preciso que me ame e juro que não é a mesma coisa. Puxa, esta carta não acaba mais. Mas é que também há em mim alguma coisa que não acaba mais. Me perdoe, minha menininha. Gostaria que tudo isso não passasse de imaginação — mas na verdade acho que não, meu coração não se engana. Não sei mais que fazer nem o que dizer. Naturalmente, se você estivesse aqui... Mas dentro de pouco tempo eu me vou. Essa separação era uma terrível armadilha para o nosso amor. E você caiu nela. E eu nunca estive tão esvaziado, desarmado. Eu a beijo, mas com essas lágrimas que não consigo derramar e que me sufocam.

A.

14 — ALBERT CAMUS A MARIA CASARÈS

Terça-feira, 15 horas [18 de julho de 1944]

Maria querida,

Acabo de receber sua carta. Tentei lhe telefonar, mas a linha Paris-Verdelot está momentaneamente cortada. Terei então de escrever o mais rapidamente possível o que queria lhe dizer.

Não lhe mandei mais nada desde a carta da qual você se queixa. E no entanto lhe escrevi cartas absurdas que preferi não enviar. A única coisa que é bom que você saiba é que acabo de passar uma semana abominável. Mas hoje sou de opinião de que não adianta dizermos um ao outro nossa infelicidade mútua. Só existe uma maneira de esclarecer tudo isso, você diante de mim. Quero então que me diga (por carta ou me enviando uma notificação de chamada telefônica — se a linha for consertada poderei então lhe telefonar):

1) Se tem ou não intenção ou possibilidade de vir.

2) Caso sim, quando virá, de maneira bem precisa.

Se não puder vir, é muito simples, eu volto a Paris em vinte e quatro horas. Não é minha saúde nem meu trabalho que eu amo, mas você. Então, sei que não posso mais esperar. Como vê, tudo assim fica bem claro, e no momento estou muito calmo. Quanto ao resto, não quero nem me desculpar nem protestar contra nada. Mas, se você por sua vez quisesse tentar ouvir atentamente essa voz em mim que há três semanas não para de chamá-la, saberia que ninguém jamais a amará como eu.

Até mais, meu querido amor. Aguardo sua resposta. De qualquer maneira, sei perfeitamente que logo voltarei a vê-la. A essa simples ideia, sinto minhas mãos tremerem.

Michel[1]

Mando esta carta por um amigo que está indo para Paris. Assim você a receberá mais depressa.

15 — ALBERT CAMUS A MARIA CASARÈS

Quinta-feira [20 de julho de 1944]

Sua voz, esta manhã, finalmente sua voz! E Deus sabe como a amo e desejava ouvi-la. Mas não eram as palavras que estava esperando no fundo do meu coração. Uma voz que me repetia sem descanso, em todos os tons, até o da convicção, que eu devia ficar longe de você! E eu sem uma palavra, a boca seca, com todo esse amor que não podia dizer.

16 — ALBERT CAMUS A MARIA CASARÈS

Sexta-feira, 17 horas [21 de julho de 1944]

Só agora acabam de me entregar sua carta. Você vai ver o que lhe escrevi. Ninguém no mundo pode te entender melhor que eu. Mas ninguém no mundo se revoltará tanto à ideia de te perder ou de renunciar a nossa vida a pretexto de que está ameaçada ou é limitada. Passei a vida inteira recusando a resignação — a vida inteira escolhendo o que me parecia essencial e me agarrando a isso obstinadamente. Se tivesse cedido ao movimento que a levou a me escrever, há muito tempo teria deixado uma terra onde nada me foi dado sem esforço e sacrifício. E não é hoje, quando você está aqui e meu coração está louco de ternura e paixão, que eu vou mudar.

Eu bem sei: há palavras que bastaria eu simplesmente pronunciar. Basta eu me desviar dessa parte da minha vida que me limita. São palavras que não pronunciarei, porque dei minha palavra e certos compromissos não podemos

---

1 Albert Camus começou a assinar "Albert", mas se arrependeu e resolveu assinar "Michel".

romper, mesmo à falta do amor — e também porque seria covarde pronunciar tais palavras num momento em que aquela que elas deixariam frustrada não pode se defender, nem me permitir fazê-lo. E por sinal bem sei que você não espera isso de mim. Não conheço alma mais profundamente generosa que a sua. Mas eu precisava dizê-lo, e agora está feito.

De modo que o problema continua sendo o mesmo. Mas apesar de tudo isso não creio que seja o caso de renunciar a coisa alguma — não vejo por que o fim da guerra deveria ser o fim do que somos. Mais uma vez, nunca conheci nada que não fosse limitado nem ameaçado. Não dou importância a nada que não seja criação, ou o homem, ou o amor. Mas pelo menos nos terrenos em que me reconheço, sempre fiz o necessário para esgotar tudo até o fim. Também sei que às vezes dizem: "Melhor nada do que um sentimento que não seja perfeito." Mas eu não acredito em sentimentos perfeitos nem em vidas absolutas. Duas pessoas que se amam precisam conquistar seu amor, construir sua vida e seu sentimento, e isto não só contra as circunstâncias mas também contra todas as coisas que nelas próprias limitam, mutilam, incomodam ou pesam. Um amor, Maria, não se conquista contra o mundo, mas contra si mesmo. E você bem sabe, você de coração tão maravilhoso, que nós somos nossos mais terríveis inimigos.

Não quero que você me deixe e mergulhe em alguma ilusória renúncia. Quero que fique comigo, que passemos ainda todo esse tempo do nosso amor e depois tentemos fortalecê-lo ainda mais e *liberá-lo finalmente*, mas dessa vez em total lealdade. Juro que só isso é nobre, só isso está à altura do sentimento insubstituível que tenho por você. Não sei me queixar muito bem, mas quando penso na alegria que você me deu ontem e na infelicidade em que estou há uma hora...

Mas de que adianta? No meu caso, cheguei ao ponto de amar neste mundo o que é mutilado e dilacerado. Juro a você que não desisto e que minha vontade é firme. Apenas precisava lhe dizer. Você fará o que quiser. Mas o que quer que faça, não vou esquecê-la. A imagem que tenho de você não pode deixar de me acompanhar o tempo todo. E, aconteça o que acontecer, terei sempre, se você for embora, o arrependimento de não ter feito o suficiente para que essa imagem tivesse sempre um corpo — pois não sei encontrar a grandeza fora dos corpos e do presente.

Vou esperá-la a partir de agora e a esperarei enquanto a vida e o amor tiverem sentido para você e para mim. Mas se pelo menos uma vez você me amou até o fundo da alma deve ter entendido que a espera e a solidão para mim só podem ser um desespero.

AC

17 — ALBERT CAMUS A MARIA CASARÈS

[setembro de 1944][1] *18 horas*

Te escrevo, na espera, porque preciso lutar contra essa angústia em mim — a angústia da sua demora e sobretudo a angústia da minha partida. Me separar de você? E nem se passaram três meses desde que a tive junto a mim pela primeira vez. Me separar sem saber se voltarei a vê-la — e sabendo que sua vida se organiza de tal maneira que você não pode vir ao meu encontro — me faz tanto mal pensar nisso que o resto deixa de existir.

Por que essa demora? Cada minuto que passa é roubado à pequena soma de minutos que nos resta. É verdade que você não sabe. Mas eu já sei. E sou impotente diante disso — terei de partir. Em tudo isso, tenho apenas um pensamento, minha pequena Maria, e é você. Mas...

18 — ALBERT CAMUS A MARIA CASARÈS[2]

Quinta-feira [setembro de 1944]

Meia-noite. Agora você não vai mais telefonar. Esperei até agora. Três vezes tirei o telefone do gancho para lhe telefonar. Mas a ideia de que você está cansada, de que talvez esteja dormindo ou simplesmente quer ser deixada em paz me paralisa. O dia inteiro esperei uma palavra sua. Mas não chega nada. Parece-me que o mundo inteiro ficou mudo. Não seria pior se você estivesse morta.

E agora estou pensando em todo esse dia de amanhã, deserto, vazio de você, e me falta coragem. Por que lhe escrever isto? De que vai adiantar? De nada, claro. Na realidade, você tem uma vida que me exclui, que me rejeita, que me nega completamente. Eu, mesmo na mais intensa das atividades, guardei o seu lugar. Hoje, não tenho mais meu lugar na sua vida. Foi o que eu senti outro dia no teatro. É o que venho descobrindo ao longo de todos esses dias em que você se mantém calada. Oh! Odeio essa profissão e detesto a sua arte. Se pudesse, a arrancaria dela e a levaria para bem longe, mantendo-a junto a mim.

Mas naturalmente não posso. Mais alguns meses desse exercício, e você me terá esquecido completamente. Mas eu não consigo esquecê-la. Terei de continuar

---

1 Albert Camus volta a Paris em 15 de agosto de 1944 e se engaja com o amigo Pascal Pia na aventura jornalística do *Combat*, cujo primeiro número não clandestino é publicado em 21 de agosto. Nesse imediato pós-guerra, o jornal seria o principal apoio do seu engajamento político.
2 Em papel timbrado do jornal *Combat*, rua Réaumur, 100, Paris.

a amá-la com um coração torcido embora quisesse amá-la na alegria e no arrebatamento. Vou parar, minha querida. Esta carta é inútil, sei perfeitamente. Mas, se pelo menos me trouxesse uma palavra, um gesto ou a sua voz durante alguns segundos, eu ficaria menos estupidamente infeliz do que estou há horas diante desse telefone silencioso. Será que ainda posso beijá-la pensando que você o deseja?

Albert

19 — ALBERT CAMUS A MARIA CASARÈS[1]

[setembro de 1944] *1 hora da manhã*

Desliguei de repente há pouco porque as lágrimas me sufocavam. Não pense que era hostilidade a você. Jamais um homem teve o coração tão cheio de ternura e desespero. Para onde quer que eu me volte, só vejo a noite. Com você ou sem você, tudo está perdido. E, sem você, não tenho mais força. Acho que estou com vontade de morrer. Não tenho mais força suficiente para lutar contra as coisas nem contra mim mesmo, como venho fazendo constantemente desde que sou um homem. Tenho forças para me deitar, só isto. Me deitar e virar a cabeça para a parede, e esperar. Quanto a continuar lutando contra minha doença e ser mais forte que minha própria vida, não sei quando vou recobrar essa capacidade.

Mas não fique alarmada. Suponho que tudo vai se ajeitar. Há a sua carta e tudo mais, essa fé que sempre deposito em você, e o desejo obstinado que tenho de vê-la feliz. Adeus, meu amor. Não esqueça deste que a amou mais que à própria vida. E não fique aborrecida comigo.

Albert

20 — ALBERT CAMUS A MARIA CASARÈS

[Paris, outubro de 1944] *13h30*

Você vai chegar daqui a pouco e eu vou lhe dizer com a possível frieza o que ainda tenho vontade de lhe dizer. Depois, terá acabado. Mas não quero que nos separemos com um pobre olhar no qual tentaremos em vão colocar o que não pode ser colocado.

---

1 Em papel timbrado do *Combat*.

Passei a noite me perguntando se você realmente me amava ou se tudo isso não passava de uma aparência com a qual você mesma se iludia em parte. Mas agora não vou mais ficar me perguntando isso. É de nós e de mim que quero lhe falar — vou tentar deixar Francine feliz.[1] Me sinto diminuído em todos os planos no fim dessa história. Fisicamente, estou mais acabado do que deixo transparecer e moralmente, sinto apenas um coração seco, apertado, privado de desejos. Não tenho portanto nada a exigir para mim e já conheci o suficiente para realmente aceitar uma certa renúncia. No meio desta vida, meu amor lhe será fiel.

Meu desejo mais verdadeiro e mais instintivo seria que nenhum homem depois de mim pusesse a mão em você. Sei que isso não é possível. O que posso desejar é que você não desperdice essa coisa maravilhosa que você é — que só faça esse dom a alguém que realmente o mereça. E mesmo então, como não posso ocupar todo esse lugar que gostaria de preservar por ciúme, queria que você me guardasse no seu coração esse lugar privilegiado que em raros momentos me pareceu merecer. Uma pobre esperança, a única que me resta.

De minha parte, estou apenas desesperado. Toda esta manhã com minha febre, uma angústia seca, a ideia de que acabou, realmente acabou, e o inverno se aproximando, depois dessa primavera e desse verão em que tanto ardi. Oh! Maria querida, você é a única pessoa que me deu lágrimas. São tantas as coisas que não poderão mais ter gosto para mim! As alegrias que você me deu farão parecer pobres as que ainda poderei conhecer.

Vou tentar sair de Paris e ir o mais longe possível. Existem pessoas e ruas que não poderei voltar a ver. Mas, aconteça o que acontecer, não esqueça que haverá sempre no mundo uma pessoa para a qual você poderá se voltar e se dirigir a qualquer momento. Um dia eu lhe dei do fundo do coração tudo que possuo e tudo que sou. Você o guardará até eu deixar este mundo estranho que começa a me cansar. Minha única esperança é que você se dê conta um dia do quanto a amei.

Adeus, meu caro, meu querido amor. Minha mão treme ao escrever. Se cuide, mantenha-se intacta. Não esqueça de ser grande. Meu coração para ao

---

1 Depois de dois anos de separação forçada, Francine Camus viaja de Orã a Paris ao encontro do marido no fim de 1944. Francine e Albert continuam então morando no estúdio do número 1 *bis* da rua Vaneau (Paris, 7º *arrondissement*), alugado ao jovem romancista por André Gide.

pensar em todo esse tempo por vir em que você não estará mais. Mas, se souber que você é uma grande artista, como realmente é, ou feliz à sua maneira, sei que apesar de tudo, contrariando a mim mesmo, estarei contente. Assim saberei que em nada a diminuí e que esse amor infeliz não lhe fez mal. Mais uma falsa consolação, mas é a que tenho.

Adeus mais uma vez, minha querida, e que meu amor a proteja. Eu a beijo, beijo por todos esses anos sem você, beijo seu rosto querido com toda a dor e o terrível amor que trago no coração.

A.

21 — ALBERT CAMUS A MARIA CASARÈS

21 de novembro [1944]

Feliz aniversário, minha querida.[1] Queria lhe mandar toda a minha alegria ao mesmo tempo, mas a verdade é que não posso. Me separei ontem de você com o coração dilacerado. Tinha esperado à tarde, a tarde inteira, o seu telefonema. À noite, entendi melhor ainda a que ponto não a possuía. Havia em mim algo terrivelmente apertado. Não conseguia falar.

Me recrimino por estar lhe dizendo tudo isso em meio à sua fadiga. Sei perfeitamente que não é culpa sua, mas que fazer contra essa dor que toma conta de mim quando me dou conta do que a separa de mim? Como já disse, eu queria que você vivesse junto a mim, sem trégua — e sei o quanto é absurdo.

Não preste muita atenção em mim, vou me virar bem. Seja feliz esta noite. Não é todo dia que fazemos vinte e dois anos, nem todo ano, isso eu posso lhe dizer, eu que me sinto tão velho há algum tempo.

Eu nem disse como gostei de você em *A provincial*.[2] Você tinha graça, chama, estilo.

Sim, você pode ser feliz, é uma atriz grande, muito grande. E, apesar de tudo que me fazia mal, eu me alegrava com você.

Albert

---

1 Nascida em 21 de novembro de 1922 em Corunha (Galícia), Maria Casarès está completando vinte e dois anos.
2 *A provincial*, de Anton Tchekov, dirigida por Marcel Herrand no Teatro des Mathurins em 1944.

1946

Terça-feira [15 de janeiro de 1946][1]

Minha pequena Maria,
Ao voltar de viagem fico sabendo por Œttly[2] da terrível notícia,[3] e não posso me impedir de te escrever toda a minha dor e a minha tristeza. Suponho que você não me daria o direito de compartilhar dos seus momentos de felicidade, mas me parece que ainda tenho o de compartilhar, mesmo de longe, dos seus sofrimentos e aflições. Sei muito bem o quanto esses de hoje devem ser grandes e sem possível consolo.

Eu tinha pela sua mãe aquele tipo de admiração e ternura respeitosa que temos pelas pessoas de certa classe: justamente, as que foram feitas para viver. O que aconteceu me parece tão injusto e terrível!

Mas de que adianta! nada pode nem poderá substituir esse amor que havia entre vocês duas. Uma parte do respeito que eu tinha por você vinha do que sabia desse amor. E fico consternado hoje de imaginar a revolta e a tristeza em que deve se encontrar. Sim, todo o meu coração está com você desde que eu soube, e hoje mais que nunca daria o que tenho de melhor para poder abraçá-la com toda a minha tristeza.

Albert

---

1 Maria Casarès pôs fim a sua relação com Albert Camus no fim de 1944, quando Francine Camus voltou a Paris.
2 O ator e diretor Paul Œttly (1890-1959), amigo de Albert Camus e tio por casamento de Francine Camus, interpretou o papel do criado doméstico em *O mal-entendido* em 1944 e dirigiu *Calígula* no Teatro Hébertot em setembro de 1945. Também atuou em muitas peças contemporâneas dirigidas por André Barsacq, depois da guerra, no Teatro de l'Atelier. Ele é filho de Sarah Œttly, parente de Francine Camus e dona da pensão familiar Panelier, em Chambon-sur-Lignon (Alto Loire), onde Camus mora durante mais de um ano, do verão de 1942 ao outono de 1943, para tratar de sua tuberculose numa altitude mediana. O autor faria posteriormente várias estadas na região (1947, 1949, 1951, 1952).
3 Gloria, a mãe de Maria Casarès, morre em 10 de janeiro de 1946 no Hospital Curie de Paris, aos cinquenta e três anos.

1948

23 — ALBERT CAMUS A MARIA CASARÈS

Terça-feira à noite [26 de julho de 1948][1]

Cheguei ontem à noite depois de dois dias de estrada, cansado também, porque não consigo mais dormir.[2] Não dormi melhor ontem, e esta noite está tão quente, e são tantas as cigarras e as estrelas que não espero consegui-lo. Pelo menos, te escrever... Tenho a impressão de te haver mandado palavras idiotas, a caminho. Mas eu estava num estado muito estranho, infeliz a cada passo, e no entanto iluminado de felicidade como se o impossível de repente tivesse acontecido. Falando de impossível, me dei conta esta manhã de que um mês e meio e oitocentos quilômetros me separavam de você, e tive a maior dificuldade do mundo para superar meu desânimo. Pensava "vou lhe escrever muito" e de repente estava passeando sozinho, à noite, numa pequena colina coberta de amendoeiras, e a noite era tão bela, tão amena, meio excessiva, me veio uma tal vontade de compartilhar com você essa região que amo, que me pareceu impossível conseguir te escrever realmente, falando com você com todo o meu coração e o meu amor.

Mas é preciso tentar e eu vou tentar. Quando estiver um pouco descansado verei melhor o que desejo que você faça (quero dizer escrever para mim aqui ou guardar suas cartas). Por enquanto, tenho apenas o coração apertado com uma estranha ternura quando penso nesse tempo que acabamos de passar, no seu ar

---

1 Morando em Paris com a mulher, Francine, e os dois gêmeos, Albert Camus, que acaba de ter um grande sucesso literário com *A peste* (Gallimard, 10 de junho de 1947), reata com Maria Casarès em 6 de junho de 1948, depois de se encontrarem por acaso no boulevard Saint Germain. A atriz se separa então de Jean Bleynie, de uma família de viticultores de Bordeaux, amante que sucedera no início de 1947 ao tempestuoso ator belga Jean Servais (1910-1976).
2 Albert Camus acaba de se juntar à família em L'Isle-sur-Sorgue, onde aluga a propriedade de Palerme durante o verão. Vizinho de René Char, ele trabalha na sua peça *Estado de sítio*, surgida de um projeto com Jean-Louis Barrault e de suas reflexões sobre a peste, e escreve "O exílio de Helena" para Les Cahiers du Sud (retomado em *O verão*, em 1954).

sério, no seu peso no meu braço quando caminhávamos no campo, na sua voz e nas tempestades. E por favor me escreva, continue voltada para mim. Nada sei que não seja você, apenas você e sou capaz apenas de você. Continuemos unidos como éramos e peçamos ao seu Deus que esse abraço não acabe mais. Ou melhor, façamos o necessário para isso, é mais certo. Até mais, querida, minha pequena Maria, até mais, noite, eu a beijo como gostaria.

A.

Ver brochura Cádiz,[1] página 86, linha 10 (contando as linhas que têm o nome dos personagens).

24 — ALBERT CAMUS A MARIA CASARÈS

Sábado, 31 de julho [1948]

São já seis dias que estou aqui e ainda não me acostumei a sua ausência. Tenho a impressão de ter vivido junto a você semanas vertiginosas e de me ter arrancado à sua companhia violentamente para me jogar do outro lado da França. Com isto, me senti tão desamparado que mal tenho a lucidez necessária para me dar conta do quanto é estúpido. Meu lugar não é aqui, é tudo que eu sei. Meu lugar é junto àquilo que amo. Tudo mais é vão ou teórico. Ainda há pouco, passeando, pensei também que era estúpido viver sem um sinal de você. Se nos amamos, você e eu, devemos nos falar, nos apoiar, agir um pelo outro. Isto é que é estar ligados e não importa o que façamos estaremos ligados até o fim. Então me escreva, me escreva sempre que desejar, pelo tempo que desejar. Não me deixe sozinho, minha querida. Nem sempre somos fortes, nem superiores ao sofrimento, seja lá o que você pense a respeito. Nos momentos em que nos sentimos mais miseráveis, só a força do amor pode salvar de tudo. E de tão longe, se posso sentir o quanto meu coração está cheio de você, não posso imaginar o seu. Fale comigo, diga o que está fazendo, o que sente. Que andou fazendo durante essa mortal semana? Um dos motivos que me faziam hesitar em lhe pedir que me escrevesse era também o desejo de não fazer pressão sobre você, não forçá-la a pensar que eu estava esperando e que era preciso escrever. Mas no fim das contas você não vai me escrever nos dias em que não tiver

---

1 Onde se passa a ação de *Estado de sítio*.

vontade. E, além do mais, por que não fazer um pouco de pressão sobre você? Escreva logo, então, com todo o seu coração. Quero saber detalhes da sua vida. Me ajude a imaginar você. Está morena, linda de morrer? Como usa os cabelos? Desde que cheguei aqui, estou lutando para me expressar: não encontro mais as palavras. E também sinto como lhe escrevo mal. Mas meu único desejo seria me calar junto de você, como em certas horas, ou despertar, você ainda adormecida, e te olhar longamente, esperando que acorde. Era isso, meu amor, era isso a felicidade! E é ela que ainda estou esperando.

Enquanto isso, os dias vão passando lentamente. Levanto cedo, tomo um pouco de sol, trabalho a manhã inteira, almoço, leio depois do almoço, trabalho à tarde e à noite vou passear com Pat, um velho cão que se tornou meu amigo, nas colinas secas, cobertas de minúsculos caramujos brancos, numa luz maravilhosa. À noite trabalho mais um pouco, deito cedo e durmo, finalmente durmo. Com isso, não estou mais com aquela cara horrível. Neste momento, moreno e rejuvenescido, talvez eu tivesse chances de te agradar. A casa é grande, em pleno campo. (A aldeia fica a dois quilômetros.) Belas árvores, ciprestes, oliveiras, um campo tão belo que chega a ser opressivo, tudo aqui fala de beleza, eu não paro de pensar em você. Por acaso já disse que era a região de Petrarca e Laure?[1] "Quando ela surgir, estarei completo!" Enquanto isso, é a minha vez de sentir fome e sede.

Ainda há pouco, a noite estava cheia de estrelas cadentes. Como você me deixou supersticioso, exprimi alguns desejos que desapareceram atrás delas. Que eles caiam em forma de chuva no seu belo rosto, aí, se pelo menos você levantar os olhos para o céu, esta noite. Que lhe digam o fogo, o frio, as flechas, os veludos, que lhe digam o amor, para que você fique toda ereta, imóvel, paralisada até a minha volta, completamente adormecida, exceto no coração, e mais uma vez vou despertá-la... Até mais, minha querida, espero sua carta e a espero. Se cuide. Cuide de nós.

A.C.

Domaine de Palerme L'Isle-sur-Sorgue Vaucluse

---

1 Petrarca (1304-1374), nascido numa família florentina exilada, passou vários anos em Fontaine de Vaucluse (antigamente Vaucluse), à margem do Sorgue, a sete quilômetros de Isle-sur-Sorgue. Conhecera Laura, sua musa, alguns anos antes em Avignon.

25 — ALBERT CAMUS A MARIA CASARÈS

Quinta-feira, 5 de agosto [1948]

Obrigado, minha querida. Recebi ontem esse formidável *holder*.[1] Como vinha de você, fiquei todo comovido. E ainda fico toda vez que o uso. Mas eu também estava cheio de confusão. Queria que me desse uma coisinha sem importância. E você, você escolhe os presentes à espanhola! Ah, como amo o seu coração.

Espero receber em breve uma carta sua. Não sei nada de você. Nem se agora está no Eure, como espero, ou se está contente. Ontem acompanhei Char a Avignon, onde ele tomou o trem para Paris.[2] E eu... Pelo menos estou trabalhando. É a única coisa que me une concretamente a você. Desarrumei completamente *A prisão de Cádiz*[3] e estou acrescentando um ato! mas não sei se estou certo e é bem possível que, no fim das contas, deixe o texto como estava. De qualquer maneira, terei liquidado a questão até 10 de agosto. Depois, ataco a outra peça.[4] Ah! Decidi voltar no dia 10 de setembro e não dia 15.

Gostaria que me desse seu endereço exato no Eure.[5] Por enquanto, para maior segurança, escrevo para a sua casa, imaginando que vão encaminhar. Mas assim perdemos tempo. Escreva, conte-me tudo que está fazendo e como anda minha querida Natacha.

Este breve bilhete porque o carteiro está esperando lá embaixo. Mas estou mandando toda uma provisão de gratidão, de risos, de ternura, de inteligências, de gritos, de ondas, de chamas e de todo o amor que você for capaz de suportar. Até breve, minha querida, eu a beijo, eu a beijo, eu a beijo...

A.

---

1 Piteira.
2 René Char e Albert Camus se conhecem em 1946, na ocasião da publicação da coletânea de poemas *Folhas de Hipnos,* de Char, pela Gallimard, na coleção "Espoir", dirigida por Albert Camus. Surge uma grande amizade entre os dois escritores, que têm em comum, em particular, sua ligação ao departamento de Vaucluse e ao maciço de Luberon.
3 Título provisório de *Estado de sítio.*
4 *Os justos.*
5 Maria Casarès e o pai estão em Giverny desde 31 de julho de 1948, hospedados no Hotel Baudy. Gérard Philipe passa alguns dias com eles. Durante essa estada é que Maria escreve um diário de bordo que tem uma parte, falando dos seus sentimentos por Albert Camus, reproduzida por Javier Figuero e Marie-Hélène Carbonel em *Maria Casarès l'étrangère,* Fayard, 2005, p. 367-372.

26 — MARIA CASARÈS A ALBERT CAMUS

Sexta-feira, 6 de agosto [1948] (*à noite*)

Finalmente chegou! Oh, meu querido, precisei sentir a alegria, inicialmente surda, depois cada vez maior e por fim imensa de receber suas duas cartas ao mesmo tempo para avaliar o estado de depressão, de vazio e quase de angústia em que me encontrava nos últimos dias.

Sim, meu amor, sem demora, assim que encontro um minuto de paz, venho lhe escrever sem hesitação. Talvez não devesse, mas, se estiver errada, que "meu Deus" me perdoe pois sofri demais com teu silêncio para ser capaz de te imaginar tão infeliz quanto eu e suportá-lo; sei muito bem que é duro, muito duro estar constantemente tentando "imaginar um coração".

Mas não vou fazer o que você me pede, exatamente, a não ser que realmente esteja precisando. Se lhe escrever quando me der vontade, você receberá pelo menos uma carta minha por dia, e não serão em maior número, porque sei que só fico sozinha à noite, quando me recolho ao meu quarto. Não fosse assim, como tudo que vejo, tudo que sinto me volta para você, e o meu tempo é empregado como me dá vontade, eu lhe escreveria sem parar.

Preciso portanto me moderar; eis aqui o que imaginei, você vai dizer se está de acordo. Como venho fazendo desde que você se foi, todo dia vou lhe escrever uma, duas, dez páginas ou um bilhete e guardar comigo. Quando tiver uma vontade muito grande de lê-los, você dirá e eu sem demora enviarei tudo. Quer?

Sobretudo não me diga que é bobagem. Tudo é bobagem, se quiser, mas já que é assim e não podemos mudar, vamos nos adaptar o melhor possível, para não correr o risco de estragar tudo exigindo demais de uma vida... absurda?

Vamos! veja os meus progressos (cinquenta horas em setenta) e siga o exemplo! Mas voltando a suas cartas.

A felicidade que você me proporciona existindo, pelo simples fato de existir (perto ou longe) é grande, mas devo confessar que um pouco vaga, um pouco abstrata, e a abstração nunca foi capaz de satisfazer uma mulher, ou pelo menos eu. E como poderia ser diferente? Preciso do seu corpo longo, dos seus braços flexíveis, do seu belo rosto, do seu olhar claro que me comove, da sua voz, do seu sorriso, do seu nariz, das suas mãos, de tudo. E assim a sua carta, trazendo não sei bem o que da sua presença efetiva, me mergulhou numa doçura que nem sei escrever, sobretudo porque você teve a ideia de pintar um quadro rápido dos seus dias, do lugar onde vive e do estado físico e moral em que se encontra. Você nem sabe o que eu teria dado nos últimos dias para saber um pouco, e poder imaginá-lo um pouco, da manhã à noite, ou então em determinado momento do dia.

Por isso é que — você vai dizer que estou divagando —, se realmente os seus sentimentos em relação a mim e a minha ausência se parecem — e é o que acredito — com os que eu tive, sinto-me incapaz de deixá-lo, durante todo esse tempo que ainda nos separa um do outro, na ignorância total de tudo que me diga respeito, ficando calada.

Aqui vai a primeira parte da correspondência que vou lhe mandar mais tarde. Acho que ela vai lhe mostrar de maneira clara e detalhada a vida que levo. Não estou muito certa, pois não ouso relê-la, por medo de hesitar em enviá-la, achando-a tola demais, inútil e insuficientemente clara. Acontece que não considero ter o direito de alterar o que normalmente já deveria estar nas suas mãos. Seja como for, aqui vai um breve quadro da minha vida de asceta:

Regime: — água
    — dez cigarros por dia
    — levantar: 8 horas
    — deitar: meia-noite.
Ocupações por ordem de importância:
    1) *cuidar do meu pai*[1] o dia inteiro.
    2) *leituras* acabei *Guerra e paz* (que livro!)
       As plêiades (admirável) (na justa medida)
       Os demônios[2] (algaravia curiosa, talvez genial, mas não me pegou).

---

[1] Santiago Casarès Quiroga (8 de maio de 1884–17 de fevereiro de 1950). Formado em advocacia, ele se envolve ativamente, como galego, no movimento político que leva à proclamação da Segunda República espanhola em abril de 1931. Depois de ocupar vários cargos ministeriais, ele se torna chefe do governo espanhol de 13 de maio a 18 de julho de 1936. Tuberculoso, e depois de três anos de exílio na Inglaterra, ele se estabelece definitivamente em Paris em junho de 1945, no mesmo apartamento que a filha e a mulher — e que o namorado/amigo destas, Enrique López Tolentino. Este, revelando-se algo incomodado, deixa o apartamento em fevereiro de 1948, a pedido de Maria.
[2] *Guerra e paz*, de Tolstói (1865), *As plêiades*, de Gobineau (1874), e *Os demônios*, de Dostoiévski (1872). *Os demônios* seriam adaptados para o teatro por Albert Camus em 1959, com o título de *Os possuídos*.

3) *cuidar de* Quat'sous[1] dia e noite.
4) Passeios de bicicleta.
   Manhã 10 horas
   Tarde 6 horas.
5) dormir.
6) comer.

Mas hoje eu fiz uma exceção. Fumei doze cigarros e de meio-dia às 8 horas da noite fiquei em Pressagny-l'Orgueilleux[2] com Michel e Janine [Gallimard]. Foi onde encontrei suas duas cartas misturadas a outras, num pacote que me foi entregue por Angeles[3] por intermédio de Janine e que estavam mofando lá desde quarta-feira. E assim o dia me pareceu maravilhoso; quanto a eles, nunca os amei tanto.

Falamos longamente de você, da famosa piteira, e sobre ela Michel me incumbiu de lhe dizer que você é... "um palerma"? (não lembro exatamente a palavra) etc. etc. Em seguida, depois de uma visita a Claude e Simone, voltamos e jogamos "domínio-palavras-cruzadas", o que naturalmente fez uma vaga dor de cabeça de Janine degenerar em terrível enxaqueca e me deixou com uma vaga dor de cabeça.

Meu pai não melhorou. Toda noite chega a 38°, e se a temperatura subir mais ele terá de ficar de cama. Embora tudo isso o incomode prodigiosamente, ele deixa transparecer o menos possível e mantém ou parece manter um moral tranquilo. E eu faço o mesmo.

Eu faço o mesmo, mas de vez em quando, estando sozinha, vem a preocupação e eu perco um pouco o pé. Por isso também é que não quero reler as páginas que lhe envio anexas. Meu abatimento certamente transparece nelas e por nada nesse mundo quero que você fique preocupado. Me considerando perto de você quando vier a ler estas linhas, não omiti nada — nem mesmo coisas sem importância, e misturei tudo, chegando a explicar certos fatos pela metade por contar sempre com minha presença para ajudar a esclarecê-los.

---

1 Quat'sous (Quatro Centavos), a cadela de Maria, que ficou com ela após as filmagens de *As damas do bois de Boulogne*.
2 Claude e Simone Gallimard estão na propriedade de família dos Gallimard em Pressagny-l'Orgueilleux, à beira do Sena, a cerca de doze quilômetros de Giverny.
3 Angeles Arellano de Jiménez (a Angèle) e seu marido Juan Ramón Jiménez são os empregados domésticos de Maria; apresentados à atriz por Enrique, passam a trabalhar para ela pouco depois da morte de Gloria, morando no apartamento da rua de Vaugirard a partir de fevereiro de 1948.

Leia portanto sem parar, e à espera dos meus esclarecimentos "verbais" pode se divertir corrigindo os erros de ortografia e gramática.

Te amo.

Bem, meu querido, vou parar. Já é tarde, e além do mais... o envelope vai ficar pesado demais.

Não posso lhe dizer até logo. Fica parecendo separação e não quero jamais que haja isso.

Estou aqui, bem perto, a cada momento, rezando ao "meu Deus" pelo nosso amor e querendo nosso amor mais que qualquer outra coisa. Peço-lhe apenas uma coisa, olhar para mim como eu olho para você e que isso que nunca mais acabe.

Te amo e te beijo com todas as minhas forças

Maria

Quando penso em você moreno, sinto um tremor.

Aqui o tempo está ruim; continuo no café com leite, mais leite que café, e arrumo os cabelos em coque ou numa trança atrás, como os chineses. Visto o mínimo possível.

E sobretudo não existo,
espero para existir,
sou apenas promessa.

27 — ALBERT CAMUS A MARIA CASARÈS

Terça-feira, 10 de agosto [1948]

Minha querida,

Sem notícias suas, acabo de telefonar a Janine [Gallimard], que me diz que você esperou minhas cartas até o momento. Sinto muito tê-la deixado pensar que eu não escreveria. Mas, como não tinha certeza do endereço de Giverny, preferi escrever para a sua casa, certo de que alguém encaminharia. E naturalmente isso gerou um contratempo idiota. Espero que não tenha duvidado de mim durante esse período e minhas cartas, apesar de idiotas, devem ter deixado claro a que ponto eu vivi ligado a você todos esses dias. Agora vai me escrever, não vai? Escreva com frequência se puder. Um longo mês inteiro ainda... Conte o que está fazendo, o que pensa, preciso da sua transparência. Está gostando de Giverny, seu pai está bem, confortavelmente instalado? Como são seus dias? Eu tomo banho toda tarde num grande canal a dois quilômetros daqui. A corrente é tão forte que não dá para voltar contra ela. E assim vamos descendo o canal, a toda a velocidade. Paramos em terra quinhentos metros adiante. E voltamos pelo caminho da sirga. Mergulhamos de novo e começamos outra vez. O resto do tempo, eu trabalho. Hoje estou concluindo os retoques na *Prisão*. Você passou a ser a filha do juiz.[1] Espero que seu pai me perdoe por isso. Mas não se alarme, as modificações não são consideráveis. Você terá um pouco mais de texto a aprender. A propósito, *Combat* lhe atribuiu numa entrevista a declaração de que o *Baile* [sic] *de Cádiz* era uma adaptação do meu romance.[2] De resto, a entrevista inteira estava estranha!

A partir de amanhã, começo a trabalhar na outra peça. É a única maneira que tenho de imaginar esse longo mês. Não a terei deixado de todo e quando reencontrá-la precisarei apenas reforçar um pouco o elã que me terá levado a você. Enquanto isso, vivo mais ou menos como se fosse surdo e míope, tendo olhos apenas para a admirável região diante de mim. Este quarto no alto da casa é uma bênção. Nele posso te esperar.

Por enquanto, espero sobretudo suas cartas. Há mais de duas semanas não recebo nada de você. Tento imaginá-la, refazê-la a distância. Mas é cansativo e como a amo nesta terra, é nesta terra que preciso de você, não na imaginação. Que esse mês passe depressa, que voltemos a ficar lado a lado, seguros de nós mesmos, até o fim, eis o que eu desejo e espero. Quando penso na minha volta, alguma coisa em mim treme... Escreva logo, meu amor, volte logo e pense em mim, pense fortemente em nós como eu faço. Não esqueça sua "vitória". (Em princípio é a minha, mas como eu queria que fosse sua!) Me ame.

A.

---

1 Maria de fato desempenharia o papel de Victoria, a filha do juiz, em *Estado de sítio*, na estreia pela companhia Renaud-Barrault em outubro de 1948, no Teatro Marigny. De resto, Victoria é o segundo nome da atriz, que muitas vezes assina suas cartas com as duas iniciais: MV.
2 "Deve ficar claro que *Estado de sítio*, digam o que disserem, de modo algum pode ser considerada uma adaptação do meu romance" ("Advertência" na edição original de *L'État de siège*, Gallimard, 20 de novembro de 1948).

28 — ALBERT CAMUS A MARIA CASARÈS

Quinta-feira, 12 de agosto [1948]

Ó, minha querida, que alegria ontem. Recebi sua carta ao voltar à noite. Fui passar o dia na montanha de Vaucluse, num platô selvagem, estalando de calor, cigarras e arbustos secos. Ao voltar pensava que talvez sua carta estivesse à minha espera (o carteiro passa ao meio-dia). Encontrei um maço de cartas profissionais e as folheei rapidamente sem encontrar a sua. Nesse momento, senti que esse longo dia de caminhada me deixara muito cansado e estava vindo uma espécie de desidratação, em mim também. E aí, subindo ao escritório, encontrei o que esperava. Sua caligrafia diminuiu um pouco. Esperava os garranchos de antes.

E lá estava aquela escrita formada, compacta, conduzida de um lado a outro do envelope, com um arzinho decidido. Meu coração começou a bater forte. Sozinho no escritório silencioso com todos os ruídos da noite entrando pela janela, devorei as páginas. Às vezes meu coração parava. Outras vezes corria com o seu, batendo com o mesmo sangue, o mesmo calor, a mesma profunda alegria. Naturalmente, eu queria lhe escrever imediatamente para pedir certas explicações a respeito de passagens que bloqueavam tudo em mim. Mas esta manhã me dou conta de que é melhor não fazê-lo por carta. Quando nos encontrarmos vou reler essas páginas na sua presença e pedir uma explicação palavra por palavra, como no liceu. O que resta hoje de manhã de toda essa noite em que dormi muito mal, remoendo suas frases em mim, é uma alegria profunda, liberada, grata. Meu amor... Mas quero responder sem demora a pelo menos uma coisa que depende de mim. Você fala da sua alegria porque falei dessa parte da minha vida que lhe parecia proibida. Minha querida, não há em mim muros nem jardins secretos para você. Você tem as chaves de todas as portas. Se eu não lhe tinha falado antes, é por dois motivos. O primeiro é que essa parte da minha vida é pesada e eu não queria me queixar. As aparências são de tal ordem que seria meio indecente falar de mim nessa questão. Nessa noite, eu entendi que podia dizer tudo diante de você e agora me sinto mais livre. O outro motivo lhe diz respeito.

Eu achava que podia ser doloroso e que você preferia que apagássemos esse assunto das nossas conversas. Esse receio de magoá-la ou melindrá-la ainda não desapareceu. Só você pode me livrar dele. Falarei mais longamente a respeito quando voltarmos a nos ver e, se possível, menos exaltado que na outra noite.

Gostaria de nunca lhe apresentar nada que fosse obscuro, gostaria que você me conhecesse inteiramente, na clareza e na confiança e que saiba a que ponto pode se apoiar em mim, contar com tudo que eu sou. Pelo tempo que quiser e haja o que houver entre nós, você não estará sozinha. O melhor do meu coração vai acompanhá-la sempre.

Estou preocupado com o que diz do seu pai, preocupado também com a sua preocupação. Esse agravamento não seria explicado pela adaptação a um clima diferente? Espero que sim. De qualquer maneira me diga se há outro melhor. Não se esqueça. Eu amo tudo que você ama e realmente estou preocupado.

Como estou furioso comigo mesmo por ter cuidado tão mal das coisas e te deixado esses dias todos sem notícias. Eu sei o que é isso e pela alegria que tomou conta de mim desde ontem à noite me dou conta do marasmo em que estava até então, e fico indignado por tê-la deixado no mesmo estado por falta de jeito, embora tivesse feito tudo para que sentisse meu pensamento te acompanhando. Pois eu queria e quero ajudá-la como você pede, embora muitas coisas (escapar da roda mundana) também dependam de você. E não a deixar sozinha nessas primeiras semanas era a minha maior preocupação. De qualquer maneira, não se esqueça de pedir a Angèle que encaminhe a sua correspondência. Deve haver também uma outra carta endereçada à rua de Vaugirard[1] (a carta em que lhe agradecia pelo esplêndido presente. Minha resposta rápida a Michel sobre esse assunto era uma maneira de acusar recebimento, já que também estava lhe escrevendo).

Esta carta está se prolongando. Vou responder a outras questões da sua. Por enquanto, aceito o seu sistema. Escreverei para pedir que me mande a continuação. Caminhemos em direção às cinquenta horas em setenta. Mas fique sabendo que a necessidade que sinto de você, quanto a ela, não aceita compromissos. Eu também penso em você, em carne, trepidante. Seu ar de fragata, os cordames pretos dos seus cabelos... está vendo?, já comecei. Mas me derreto escrevendo isto, um mar de doçura me afoga. Minha pequena Maria, minha querida, é bem verdade que as palavras voltam a ter sentido, assim como a própria vida. Se pelo menos eu tivesse suas mãos nos meus ombros...

---

1 Ao chegarem a Paris em 1936, Maria e Gloria Casarès vão morar no Hotel Paris-New York, no 148 *bis* da rua de Vaugirard, e por volta de 1940 se mudam para o número 148 da mesma rua, onde alugam um apartamento.

Até breve, minha querida, até breve. Setembro está chegando, é a primavera de Paris, nós somos os reis da cidade, os reis secretos e felizes, arrebatados, se você ainda quiser. Até mais, rainha negra, eu a beijo de todo coração.

A.

Aí vai o tomilho que colhi na montanha ontem para te enviar. É o perfume do ar que respiro todo dia.

29 — ALBERT CAMUS A MARIA CASARÈS

Sábado, 14 [agosto de 1948]

O mistral está soprando. Ele varre tudo, o céu e o campo. Torce as árvores e as videiras. Eu acabo de sair e mal conseguia respirar. Adoro esse evento, mas voltei ao quarto para descansar um pouco junto de você. Minha querida, desde a sua carta estou com uma maravilhosa doçura que me acompanha. Talvez esteja errado, talvez você se sinta fria e distante neste momento, mas pela sua carta me parecia tão próxima e tão terna que não consigo mais sair da surpresa e da felicidade que nela encontrei. Durante esses longos dias sem você, inconscientemente eu também a imaginava distante de coração e trazia comigo uma espécie de infelicidade surda. Por isso gostaria que ao receber esta carta volte a me escrever. Se bem calculo, será mais de uma semana entre suas duas remessas. Se pensar no que representa essa semana de silêncio, talvez considere que bem mereci que me envie de novo tudo que escreveu.

A vida aqui flui bem lentamente e os dias se parecem uns com os outros. Abordei minha nova peça (*A corda,*[1] acha um bom título?). Botei as fotos dos meus personagens na parede. Reli suas vidas. Como são prodigiosas! Só mesmo uma alma muito elevada para não os trair. E, quando penso na magnífica e "verdadeira" peça que pode sair daí, me vem uma angústia e me parece que não vou conseguir. E no entanto eu poderia fazer com esse tema o que de melhor terei feito. Ter gênio! e como seria fácil então.

Releio suas páginas e quando não tenho o que fazer, nem vontade de fazer, contemplo a montanha do Luberon fumando intermináveis cigarros, pois sou menos comportado que você. E também entro na água. E me deito relativamente cedo, pois recuperei mais ou menos o meu sono. Mas desde que ganhei

---

1 Título provisório de *Os justos.*

uma piteira de filtrar para milionários americanos, tenho a impressão de que me autoriza a fumar mais, pois me faz menos mal. E assim eu fumo, contemplando a montanha, ao cair da noite. Penso em você. E a coisa sobe em mim como uma maré. Eu te amo, com toda a profundidade do ser. Te espero com determinação e certeza, certo de que podemos ser felizes, decidido a te ajudar com todas as minhas forças e a te dar autoconfiança. Que você me ajude um pouco, muito pouco, e bastará para eu ter como levantar montanhas.

O vento redobra de intensidade. O que ouvimos parece o barulho de um enorme rio no céu. Oh, se você estivesse aqui, e nós iríamos passear juntos! (A noite está caindo.) Você só me vê nas cidades e eu não sou um homem de adega, nem de luxo. Gosto de fazendas retiradas, de compartimentos nus, da vida secreta, do verdadeiro trabalho. Estaria melhor se vivesse assim, mas não posso viver assim se não me ajudarem. Então é o caso de me conformar e você precisa me amar com minhas imperfeições e nós continuaremos a reinar em Paris. Mas temos absolutamente de passar oito dias em plena montanha, na neve, e no lugar mais selvagem que houver. Lá a terei junto a mim, meu amor... Imagino noites de tempestade. Que esse tempo venha logo! Eu já a beijo, com toda a força desse vento que não acaba mais.

A.

Domingo, 15

Festa feliz, Maria. Hoje o tempo está esplêndido. Um céu de assunção, na verdade. Nele você poderá se elevar, cercada dos anjos morenos do amor, na glória da manhã. E eu a saudarei, vitoriosa...

30 — MARIA CASARÈS A ALBERT CAMUS

[De 12 a 18 de agosto de 1948]

Veja o que sou obrigada a fazer durante minhas férias![1]

---

1 Maria Casarès se refere aqui ao texto de um artigo em espanhol datado de 12 de agosto de 1948, escrito com sua caligrafia nas três primeiras folhas desta carta.

Meu Deus, como gostaria que você estivesse comigo para me aconselhar! Imagine que recebi ontem de manhã uma carta do secretário de Picasso, Mariano Miguel,[1] me pedindo que escrevesse um pequeno artigo, um apelo aos simpatizantes da Espanha Republicana para que ajudem os refugiados. Isto em nome do *Comité de ayuda à los refugiados españoles*, do qual faço parte, para publicação no respectivo *Boletin*.

Você conhece meu horror e minha aversão a esse tipo de coisa, por não saber como fazer. Corri então à casa do meu pai, desesperada, para pedir que me ajudasse ou, melhor ainda, que ele mesmo escrevesse. Como minhas súplicas foram em vão, pus eu mesma mãos à obra, depois de ler e reler os três artigos já publicados sobre o mesmo assunto, assinados por Picasso, pela viúva de Companys[2] e o escritor Corpus Barga.[3]

Eu não sei argumentar, não sei falar, nem muito menos escrever. E aliás não tenho paciência para esse tipo de trabalho. De uma só tirada, recorrendo exclusivamente ao meu coração, botei "isso" no papel e corri de novo à casa do meu pai, que afinal se dispôs a soprar as palavras que me faltavam e que audaciosamente eu tinha inventado, me limitando a mudar a terminação das correspondentes francesas que conhecia. A opinião dele sobre o conjunto, não sei qual é, mas espero que não me tenha deixado tornar pública uma imbecilidade total. Não podendo mais adiar o envio da obra-prima, não foi possível esperar sua opinião e suas correções, mas ainda assim gostaria que me dissesse se não ficou tolo demais.

Vai lhe dar um trabalhinho a mais de tradução, mas acho que você vai achar divertido.

Decididamente, a paz, a solidão e umas boas férias se tornaram minhas inimigas.

---

1 Mariano Miguel Montanés.
2 Lluís Companys i Jover (1882-1940), advogado e político catalão. Presidente da Generalitat da Catalunha em 1934, ele é preso por ter declarado a soberania da Catalunha dentro da República federal espanhola, e libertado em 1936. Exilou-se na França depois da guerra civil, mas veio a ser entregue à ditadura militar franquista pela Gestapo, sendo executado em Montjuïc.
3 Andrés Garcia de la Barga (1887-1975), conhecido pelo pseudônimo de Corpus Barga, é um poeta e ensaísta espanhol, grande figura da causa republicana. Depois de se exilar na França, ele se estabeleceu no Peru em 1948.

Se Gérard Philipe e sua turminha se foram,[1] a senhora Nancy Cunnard [sic],[2] velha inglesa enrugada, comprida feito um dia sem pão, magra de chorar, maquiada sem o menor bom senso e vestida de "folha morta" com uma cortina encontrada em alguma loja de antiguidades, tendo na cabeça, nos dias de vento forte e chuva, um chapéu de palha de aba larga, os braços cheios de pulseiras, integrante de não sei que órgão de imprensa, poeta nas horas vagas, amiga de Marcel Herrand, "fervorosa companheira nossa, dos republicanos espanhóis", ainda está aqui e caiu em cima de mim como uma verdadeira ave de rapina.

Com polidez e delicadeza, mas também firmeza, eu a mandei andar, mas como parece que ela não entendeu bem, pedi um dia à senhora Baudy[1] que lhe explicasse que vim aqui passar férias repousantes e solitárias. Dessa vez ficou claro. E assim ela não insistiu, mas como é, além de tudo que enumerei acima, "uma grande admiradora dos meus talentos", agora me manda todos os "repórteres" que passam em sua casa, e, para não me tornar absolutamente grosseira, sou obrigada a servir de modelo a todos eles, que me metralham com "fotos" de todos os ângulos.

Além do mais, para melhorar o meu humor, está fazendo mau tempo, muito mau, extremamente mau, e embora todas as noites eu insista em alimentar esperanças sobre o dia de amanhã, no dia de manhã o tempo está pior ainda, se isto é possível.

Ah! Já ia esquecendo! Paul Raffi[4] ficou sabendo do meu endereço, e assim descobriu meu número de telefone. Então... imagine — mas no fim das contas o mundo é bem-feito, pois a todos esses contratempos eu reajo com uma cal-

---

1 Gérard Philipe (1922-1959), aluno do Conservatório, obtém seu primeiro sucesso no teatro interpretando o papel do anjo em *Sodoma e Gomorra*, de Jean Giraudoux (1943). Albert Camus lhe confia o papel do imperador na estreia de *Calígula* em 1945 (ver nota 1, p. 61). O ator é amigo de Maria Casarès, e também um efêmero amante durante as filmagens de *A cartuxa de Parma* [La Chartreuse de Parme] na Itália, em 1947. Em dezembro desse mesmo ano, eles interpretaram juntos, no palco dos Noctambules, *As epifanias* (*Les Épiphanies*), de Henri Pichette, em encenação de Roger Blin. E viriam a se reencontrar no Teatro Nacional Popular (TNP) e no Festival de Avignon de Jean Vilar a partir de 1954.
2 Nancy Cunard (1896-1965), escritora inglesa que se estabeleceu na França em 1920, próxima dos meios artísticos e literários modernistas (foi companheira de Aragon), engajou-se a vida inteira na luta antirracista e antifascista.
1 Ver nota 5, p. 42.
4 Paul Raffi é um amigo da juventude de Albert Camus em Argel, que participou com ele da fundação do Teatro do Trabalho (1935).

ma, uma paciência, uma suavidade sorridente e *verdadeira*!, da qual nunca, mas nunca mesmo me teria achado capaz.

Meu pai vai melhor. Menos febre, porém mais dificuldade de respirar, e devo dizer que esse tempo não ajuda em nada.

Quanto a mim, estou exultante. Agora as suas notícias se tornam regulares e cada carta que recebo me faz mergulhar num mundo de felicidade que dura dias.

Minha vida é a mesma e no entanto muito mais movimentada desde que os "mal-entendidos postais" acabaram e você de novo está perto de mim. Eu falo com você, leio e releio suas cartas, traço projetos extraordinários e já tenho na cabecinha um programa para esse inverno que é bom, muito bom, posso garantir, pois já o vivi e revivi nem sei mais quantas vezes. E por sinal nos meus projetos você está contente e sorri para mim... Então!

Estou vendo que o "Baile" de Cádiz passou por muitos testes. Primeiro você me diz que acrescentou um ato, o que me assustou um pouco, confesso. Depois, conta que as modificações não são grandes e que eu agora sou a filha do juiz (será que estou à altura disso, ou melhor, ele está?). Confesso que estou meio perdida e que não sei mais o que pensar, agora que já quero começar e cuidar seriamente de "Victoria", para estar melhor preparada no dia do primeiro ensaio e consequentemente menos vulnerável.

Por fim, faça você o que fizer, eu sei que estará tudo certo, pois desde que o conheço tenho o profundo sentimento de que você nunca dirá alguma coisa que não esteja de acordo com o que você é. E o que você é, me pergunto se eu teria sonhado em ser se tivesse nascido homem.

Depois de tudo isso, como quer que não o ame? E tendo entendido isso, depois da revelação profunda que me foi dada a esse respeito, como quer que não dure até o fim?

Meu amor, pensei muito e cheguei à conclusão de que os acontecimentos que julgávamos adversos se destinam exclusivamente a nos ajudar a entender o verdadeiro sentido da vida e, nesse caso, a nos aproximar ainda mais estreitamente um do outro. Eu era jovem demais quando o conheci para captar verdadeiramente tudo que "nós" representávamos e talvez tenha sido necessário entrar em choque com a vida para voltar com uma sede inesgotável para você, meu sentido.

Agora aqui estou inteira para você. Me tome junto de você e não me deixe nunca mais. Saberei entender suas tentações, se vierem, e também saberei lhe comunicar as minhas para encontrar em você a força que me permitirá vencê--las. Quando penso nisso, quando tento imaginar nosso futuro, quase sufoco de felicidade e um imenso temor me aperta o coração, não podendo acreditar em tanta alegria neste mundo.

13 de agosto [1948]

Por que me ocorreu a ideia louca de me reler? Nunca faço isso, sobretudo quando me dirijo a você, e hoje, não sei por que, me apanhei fazendo.

Naturalmente, o resultado não se fez esperar, e não rasguei tudo ali mesmo na hora para não faltar à palavra de lhe enviar tudo que escrevi, no dia em que você pedir.

Deixei então as coisas como estão, mas prometi a mim mesma, em primeiro lugar, não repetir, e depois, só lhe falar de fatos precisos, me abster de qualquer comentário e da expressão de todo sentimento pessoal, sobretudo daquele ou daqueles que tenho por você. Fique tranquilo; acho que se eu cumprir como desejo minha primeira promessa, a segunda não terá mais sentido, e, em consequência, não será cumprida.

Ah! Meu amor! Eu queria ser virgem de corpo e alma para você! Queria saber uma língua nunca usada antes para falar com você!

Queria poder exprimir para você por meio de palavras o novo sentido que você me fez descobrir nelas! Queria sobretudo ser capaz de pôr toda a minha alma nos meus olhos e te olhar indefinidamente, até a minha morte!

13 [agosto] *à noite*

Você diz que antecipou sua volta. Vai voltar no dia 10. Engraçado, pois de minha parte, pensando nos cinco dias que teria de passar em Paris sem você, adiei a volta, e estava pensando em voltar no dia 15. Mas faça o que fizer, não deixe de me informar para eu poder organizar minha vida em função da sua. Como no momento tenho mais liberdade que você, será mais fácil para mim, e sempre um motivo de alegria.

Mas, uma vez em Paris, gostaria que não fôssemos os dois arrastados a nossos trabalhos respectivos ou comuns, que pudéssemos preparar ou arrumar nossa vida para o ano que vem.

Em termos práticos, pensei que poderíamos instalar um belo "cantinho" no Hotel de Chevreuse. Assim que estiver em Paris, passarei por lá para falar com a proprietária e alugar o mais belo quarto com banheiro que encontrar. O mais belo e independente. Como desconfio da beleza e da intimidade que esse pequeno apartamento poderá nos proporcionar, me permiti imaginar que talvez nos autorizem a arrumá-lo e mobiliá-lo mais ou menos ao nosso gosto, com coisas que eu traria de fora. Se esse projeto for possível, gostaria simplesmente de saber se você está de acordo com a ideia e se poderia me dar total liberdade para cuidar disso, sozinha (não tema nada, vou sempre lhe pedir conselhos e segui-los), pois me divertiria muito.

E por sinal vou mergulhar nesse inverno na arte do mobiliário, considerando que também vou arrumar o apartamento da rua de Vaugirard.

14 de agosto [1948]

Hoje de manhã recebi sua longa carta do dia 12, sua resposta à minha — ou às minhas, não sei mais como dizer... Derretida... Derretida; eu simplesmente e literalmente derreti! E o derretimento, no meu caso, se traduz numa beatitude próxima da senilidade, pois minha expressão fez meu pai exclamar, docemente, mas com firmeza: "*¡Ay! ¡que cara de tonta tienes hoy!*"[1]

E aliás nem sei como falar da corrente de ternura, de amor, de calor, de felicidade, de desejo, que sua carta despertou em mim, pois nem todas as palavras diriam nada. E então me calo... e guardo.

O resto do dia foi morno, à parte nós.

Desde que chegamos, ou melhor, desde dois dias depois da nossa chegada, tivemos um tempo de Apocalipse (Bíblia? Tempestades. Vento, chuva, frio, e para variar, chuva, vento, frio, ou frio, vento, chuva). Hoje o céu, que estava cinza escuro sem graça de manhã, aos poucos clareou, e por volta das duas horas, timidamente, o sol se deixou adivinhar através de um véu suave que combinava perfeitamente com ele, mas que contribuiu para estragar meu dia e me deixar em estado de raiva concentrada.

Você sabe que eu gostaria, para lhe agradar muito, de estar bem morena quando nos encontrarmos. Sabe que, para alcançar esse louvável objetivo, é preciso que venha o sol com seus raios... sem véus. Pois bem. Quando chove, eu abro mão da minha beleza mourisca, e repouso e me cuido físi-

---

1 "Mas você está com uma cara de boba hoje!"

ca e intelectualmente para lhe proporcionar uma pessoa enriquecida; mas quando o tempo melhora um pouco, a ideia da Arábia volta a tomar conta de mim com força multiplicada e saio para tomar o pouco de reflexos de luz que encontrar. É assim que perco o meu dia, pois não me bronzeio, não descanso e não leio.

Ao anoitecer, muito muito tarde, depois de uma tarde interminável, fico furiosa por não ter feito nada e vem o mau humor.

À parte isso, depois de terminar *Os demônios* (e me retrato do que disse, tendo achado a segunda parte bem superior à primeira) e *A história dos treze*[1] (*Ferragus. A duquesa de Langeais. A menina dos olhos de ouro*), de que gostei muito, comecei a leitura das memórias do cardeal de Retz. Estou na página 100, e deixe-me perguntar com toda inocência em que e por que você considera esse livro algo imenso.

Naturalmente, estou na página 100, mas tudo nessas memórias me repugna de tal maneira que duvido ser capaz de chegar ao fim.

O senhor cardeal de Retz me parece um "novo rico moral", um homem de inteligência acima da média, mas com uma alma muito medíocre, uma ambição nada interessante e veleidades de impotente. Um fracassado.

Realmente não consigo ver em que as aventuras e desventuras desse senhor sejam capazes de apaixonar quem quer que seja.

Você vai dizer que ele fala de outros personagens mais interessantes e que é apaixonante conhecer melhor um Mazarin, por exemplo. Concordo, mas não por meio de um cardeal de Retz. Você dirá que o estilo é belíssimo, e que há uma elegância no falar, no pensar e nos atos dessas pessoas, que é extremamente agradável de apreciar, sobretudo agora. Concordo, mas para isso prefiro ler *As ligações perigosas* ou qualquer outro livro mais ou menos dessa época que me traga a mesma ambientação e o mesmo perfume.

Quanto ao interesse político ou histórico, não tenho o que dizer, para mim é impossível atentar para isso, pois não me interesso muito pela astúcias e complôs políticos em geral, e menos ainda pelos dessa época em particular, ainda por cima relatados por esse cavalheiro.

Enfim, vou tentar de qualquer maneira levar a leitura até o fim e talvez esse esforço me permita mudar de ideia.

---

1 Romance de Balzac, publicado em 1833-1834.

Por enquanto, meu querido, vou deitar. Já é tarde e estou me forçando um pouco.
Te amo e te beijo como nunca.

Maria Victoria

15 de agosto de 1948. Noite

Dia de festa! Minha festa! Pois bem! Fui perfeitamente mimada com a minha festa!
Despertei esta manhã como sempre às 8 horas, estava lendo na janela quando, olhando distraidamente para a rua, que vejo?!
O Sr. Paul Raffi, sentado na varanda do hotel saboreando um desjejum completo e espiando alguma coisa (eu?!) pelas janelas da casa!
Imagina o meu espanto, a minha revolta, a minha raiva! Rapidamente tratei de correr para a casa do meu pai para tentarmos os dois encontrar um meio de nos livrar da maçante presença desse cavalheiro o dia inteiro.
Como não encontramos nada, depois de fazê-lo esperar até 11 horas (eu precisava mesmo me vestir), saí com espírito de luta.
E com efeito ele vinha, sempre modesto, sempre apagado, sempre tímido, sempre "amando na sombra", sempre tolhido nos seus gestos, nas suas palavras, nos seus pensamentos, nos seus complexos, sempre feio, repugnante, sempre triste e entristecedor, passar o dia conosco. Talvez esteja sendo cruel, mas às vezes ele realmente me irrita.
Depois de uma recepção fria eu lhe disse muito claramente que não tinha prazer em encontrá-lo, que ele não chegava numa hora oportuna, como costuma fazer, que queria ficar sozinha e que além do mais meu pai não estava bem, e me era impossível convidá-lo para almoçar conosco.
Como ele quisesse se retirar imediatamente, desolado, eu afinal concordei em acompanhá-lo no aperitivo, mas sem beber.
Depois de esgotar todos os "lugares-comuns" da nossa conversa, eu o conduzi a um terreno a que nenhum dos dois nos tínhamos aventurado até então. Falamos de nós e eu aproveitei para explicar que ele não devia esperar de mim o que quer que fosse além do que já havia. Ele lutou, se revoltou. Fez como se não houvesse motivo para isto: "Por quê?!", exclamou. "Porque o senhor é feio, maçante, triste, pobre de corpo e de alma, porque não passa de um pen-

telho, Paul!", quase respondi. Mas me limitei ao "porque não o amo e nunca o amarei".

Ele se foi, o queixo trêmulo, os olhos cheios de lágrimas, pedindo que ainda pudesse me encontrar por um momento à tarde. Ele me comovera; não tive ânimo de impedi-lo.

Marquei encontro às 5 horas. E lá estava ele às 4h30. Como o ônibus partia às 5h45, me armei de paciência para a hora e quarto que teria de passar a seu lado e o levei para dar um passeio. Ele se mostrava relutante, tenso, amargo, desagradável. Tentei mudar de assunto, mas dessa vez foi ele que retomou. Queria uma explicação clara, direta.

Que poderia lhe dizer? De nada adiantava, e no fim das contas, exausta, acabei por confessar que amava outro, que dessa vez amava profundamente e realmente e desejava que esse amor ocupasse toda a minha vida. Aí ele se desmanchou em soluços caído num gramado à beira do caminho. Calmamente, sentei a seu lado, deixei passar a crise, lhe ofereci um cigarro e esperei.

Ele já começava a fazer perguntas. Quem? Desde quando? etc.

Embora eu não quisesse responder em hipótese alguma, não é estranho?, ele logo adivinhou, e apesar da minha recusa total a lhe dar razão ou não, acho que ficou mesmo com o que já pensava.

Até que finalmente voltamos, constatando, naturalmente, que ele perdera o ônibus. Agora teria de chegar a Vernon a pé para lá pegar um trem.

Ele seguiu pela estrada, e como tudo aquilo me comovera um pouco, voltei ao hotel para pegar minha bicicleta e, alcançando-o, o acompanhei até a entrada de Vernon. Ele se despediu com o rosto ainda transtornado, mas um pouco mais calmo, dizendo: "Minha pobre Maria! faça o que fizer, jamais poderá deixar de me arrastar atrás de você!"

Belo dia e bela perspectiva, como vê!

16 de agosto de 1948 noite

Hoje eu esperava uma carta sua. Ela não chegou e é perfeitamente normal: no sábado ainda eu recebi uma. Esperemos amanhã.

Como o dia me pareceu longo!

17 de agosto de 1948

Nada ainda de você.
Hoje ganhamos um presente. O céu se dignou abrir de vez em quando para nos oferecer alguns reflexos de sol.
Tendo deixado de lado as *Memórias do cardeal de Retz* para voltar mais tarde, me entreguei (ai de mim!) à leitura de *Ter e não ter*, de Hemingway; certamente encontrei páginas bem escritas, mas meu Deus, que coisa mais empoeirada, insípida, aborrecida, e como tudo isso cheira a quartos com papel de parede descolando, desarrumados e tomados pelo odor dos lençóis, do suor noturno, de roupa de cama suja! Não sei se alguns desses personagens, escolhidos a dedo, "têm culhões", mas pelo menos tenho certeza de que, para acreditarmos um pouco mais, seria preciso que ele mostrasse um pouco menos "os seus". Seria mais recatado.
Saindo desse banho de vapor levemente sufocante, voltei a mergulhar em Balzac, e estou fazendo de *O cura da aldeia* a delícia dos meus dias. Que lindo livro!

18 de agosto [1948] *de manhã cedo*

Tive de me levantar e me mexer um pouco. Um demônio que não era a nostalgia nem a melancolia veio me confirmar nossa longa separação. Mas disso seria bem difícil lhe falar numa carta. O que posso dizer é que ele me obriga a lamentar seu afastamento com uma força que nem todos os meus raciocínios e o meu coração são capazes de acalmar.

Mais tarde

Finalmente uma carta! Uma carta longa doce que hoje de manhã eu quis — você permite! — tomar por uma carícia. Me esfrego nela como Quat'sous contra minhas mãos. De fato, um belo título, *A corda*.
Um belo título e uma bela peça, tenho certeza. Que você duvide é normal, e não haveria gênio em você se não duvidasse. Mas eu tenho direito de acreditar cegamente e de depositar uma confiança ilimitada nessa obra.

E sobretudo não se apresse. O Sr. Hébertot pode esperar.[1] Também sei que, como no ano que vem Gérard[2] só estará livre do mês de dezembro ao fim do mês de fevereiro, se você fizer questão dele, será impossível montar a peça nesse ano; pois seria uma loucura apresentá-la apenas dois meses, pois as reprises nunca são tão boas.

Pense nela portanto sem se preocupar com o tempo limitado e deixe que ela venha no momento desejado, é só o que lhe peço.

Meu querido, este manuscrito — não é mais uma carta — está ficando interminável. Vou portanto interromper, e o beijo além de toda razão.

Te amo.

Maria Victoria

31 — ALBERT CAMUS A MARIA CASARÈS

19 de agosto [1948]

Uma palavrinha rápida antes de partir para Arles, onde vou passar o dia. Gostaria, se ainda não me enviou sua carta, que me diga nela a data exata da sua volta. Já precisamos começar a preparar nosso encontro. Devo ir buscá-la? Você virá ao meu encontro? Vamos nos encontrar em Paris? Temos de pensar em tudo isso e talvez essas três semanas pareçam mais curtas. Pois elas são longas, longas. O tempo se arrasta lastimavelmente, não aguento mais de impaciência. Há três dias temos um tempo cinzento ou então chove. Vou ficando pálido, sinto frio e me canso de esperá-la. Pelo menos quando durmo ao sol me parece que o calor dele é o seu e eu durmo em você. Me obrigo a trabalhar, mas não faço nada de bom. Depressa, depressa, que chegue logo o outono! Está lembrada daquele dia de chuva no Cours la Reine?* A água escorria pelo seu

---

1 Jacques Hébertot (1886-1970), cujo nome verdadeiro é André Daviel, jornalista e diretor de teatro, tomou a frente em 1940 do Teatro das Artes, rebatizando-o de Teatro Hébertot, onde seriam estreadas peças de Jean Cocteau, Jean Giraudoux, Henry de Montherlant... e *Calígula*, de Albert Camus (1945), com Gérard Philipe, Michel Bouquet e Georges Vitaly.
2 Gérard Philipe, cogitado para integrar o elenco de *Os justos*.
* Parque do 8º *arrondissement* de Paris, na margem direita do Sena, entre a praça de la Concorde e o Grand Palais. (*N. T.*)

rosto... Recebeu meu cartaz posando de Humphrey Bogart? Que está fazendo hoje exatamente a esta hora (onze horas)? Pensa em mim? Não está cansada de esperar? Sobretudo, mande sua carta, não aguento mais. Um beijo, meu amor. Seja feliz, sobretudo, e seja bela!

A.

"eu vivo, no fundo dele, como um destroço feliz..."[1]

32 — ALBERT CAMUS A MARIA CASARÈS

Sábado, 21 [agosto de 1948]

    Sua carta finalmente, minha querida, e uma carta que me arrebata de alegria. Entre a primeira e esta, os dias se arrastaram, eu marcava passo, estava um pouco perdendo o pé. Ontem dei um longo passeio de carro pelos Alpilles. Ao anoitecer a beleza dessa região é lancinante. Tentei encontrá-la por lá o dia inteiro, meio às cegas, oprimido pela necessidade da sua presença. A terra que amo estava lá e o ser que amo estava longe. À medida que o dia avançava, eu me sentia cada vez mais perdido, e quando a noite começou a descer as encostas de oliveiras e ciprestes, fui tomado por uma terrível tristeza. Voltei com essa tristeza e prefiro nem lhe dizer os pensamentos que me passavam pela cabeça. Hoje de manhã sua carta me tirou desse poço ingrato. Fico encantado toda vez que você me diz o seu amor. Tremo e ao mesmo tempo tudo desmorona. Mas encontro no que você me diz um tom que me convence. Sim, é de fato verdade que estamos voltando um para o outro, mais verdadeiros e mais profundos talvez do que éramos. Éramos jovens demais (eu também, reconheço) e não somos velhos demais para aproveitar tudo que sabemos: o que é maravilhoso.
    Vou tentar responder pela ordem ao que você me diz: 1) Em primeiro lugar, não se preocupe com seu texto espanhol. Eles não esperavam nada diferente. Está simples, digno e caloroso. Para tranquilizá-la, eu o traduzi rapidamente: você vai ver que tem um certo ar *"Combat"*. 2) Como diabos acabou sendo encontrada por Gérard, Nanard Cucy, os repórteres e P[aul] R[affi]? 3) Quanto a este último, a história me deixou uma impressão incômoda. Um homem não devia se colocar em situações assim. Mas não posso acusá-lo. Ele tem muitos

---

1 René Char, "Fidelidade" (*Fúria e mistério*, 1948).

talentos e os estragou por causa de complexos absurdos. Sua vida pessoal me parece um terrível fracasso. Por isto acabou fazendo o que fazem nesse caso os homens sensíveis e fracos: ofereceu objetos inacessíveis a suas paixões, para não precisar construir novamente, correndo o risco de novo fracasso. Existe algo de literário no sentimento dele por você: de cabeça fria, ele jamais imaginou que tivesse alguma chance de consegui-la e é exatamente o que mais alimenta sua quimera. Mas quando um homem da sua idade e da sua reflexão cede à literatura, é sinal infalível de que é infeliz em tudo mais. E se é infeliz, merece compaixão, no fim das contas. Pelo menos no que me diz respeito. Com você não é a mesma coisa e entendo sua impaciência. Mas não precisa se cobrir de remorso. Se estou certo no que penso, o que você lhe disse: 1) não lhe ensinou nada, 2) não vai desencorajá-lo.

Basta disso.

4) Vou lhe enviar as alterações do seu papel.[1] Já as mandei a Paris para serem datilografadas. Eu de fato havia acrescentado um ato que joguei para o alto. Simplesmente tratei de incluir a cena do juiz no resto da peça e me vali do seu personagem. O que lhe dá um pouco de texto a mais e por sinal confere ao texto uma aparência de plausibilidade. Fiz também alguns acréscimos que não afetam o seu papel e que vou lhe mostrar. Mas não gosto de nada que estou fazendo no momento. Mesmo e sobretudo *A corda* (ainda título provisório). Felizmente você encontrou um jeito de me ajudar nesse caso. O que me diz me estimula a escrever a Hébertot para dizer que não tenho certeza de já estar pronto. Talvez assim tenha mais tempo e quem sabe a força de elevar a coisa ao nível em que gostaria de vê-la. Obrigado, minha querida.

5) Voltarei de carro no dia 10. Estarei em Paris por volta do dia 11 (exceto em caso de defeito). Se quiser que vá encontrá-la em Giverny ou Pressagny, diga. Caso contrário, nos vemos em Paris: ao chegar telefonarei para saber onde encontrá-la. Talvez você não tenha tido tempo de cuidar dos salões de Chevreuse. Mas nós pediremos um abrigo provisório (escrevendo isso, minhas têmporas latejam). Naturalmente, deixarei você instalar tudo que quiser. Quatro paredes fechadas e você, este é o meu reino. Decore as quatro paredes e também verei nelas sinais de você.

6) Fico feliz de saber que está lendo *O cura da aldeia*. É meu livro favorito de Balzac: a verdadeira grandeza. Quanto a Retz, o que você diz me fez pensar.

---

1 Em *Estado de sítio*.

Faz muito tempo já que o li: eu gostava do seu cinismo, da inteligência impiedosa. Mas no fim das contas sei que tinha uma alma muito baixa. Sua reação direta me leva a relê-lo. Um fracassado! Perfeitamente possível. Hemingway? Bem feito para você. Para que ler esses ilusionistas sem gênio?

Deixei para o fim justamente o que não posso lhe dizer. Mas aqui as noites são quentes, e às vezes consigo respirar na janela e acalmar esse sangue que bate rápido demais. Fico querendo que acordemos ao mesmo tempo e através dos mil quilômetros que nos separam nossos desejos se juntem. Nada é mais belo, mais orgulhoso e mais terno que o desejo que tenho de você... Mas está vendo só, preciso parar. Já é tarde e lhe desejo boa noite. Não sem lhe agradecer do mais profundo do coração, pela alegria que me traz e o amor que me dá. Logo, logo, minha selvagem, minha bela... Como a beijo!

A.

[Tradução do texto espanhol de Maria Casarès:]

"Dirijo-me a todos aqueles que desde o primeiro dia do nosso exílio nos ofereceram uma simpatia fraterna, uma acolhida afetuosa e uma ajuda eficaz e espontânea. Dirijo-me a eles mais uma vez para lembrar que não está tudo acabado e que se a guerra da Espanha talvez seja para alguns um assunto gasto, senão esquecido, as vítimas que ela fez, homens, mulheres, velhos, crianças, exilados dispersos em todos países que se dispuseram a recebê-los, continuam sendo uma trágica realidade. As desgraças do mundo inteiro são atualmente tão grandes e numerosas, se multiplicam a tal velocidade que privam aquele que quiser contemplar todas elas do poder de se interessar por uma única ou mesmo por algumas apenas. Nosso dever consiste em fortalecer sem trégua nossa vontade de não esquecer nada e manter os olhos sempre abertos para as grandes ações que vimos e os infortúnios de que fomos testemunhas, diretas ou indiretas.

Não esqueçam nada! Não esqueçam que aqueles para os quais peço aqui o seu apoio foram os primeiros a encetar e continuar a luta pela liberdade, que ainda não terminou. Não esqueçam que se hoje eles precisam da sua ajuda, é porque preferiram a miséria e as humilhações do exílio ao jugo da tirania que prevalece no seu país.

Não esqueçam que a luta continua, ainda que passiva, e que cada um desses homens de certa forma sacrificou uma vida de felicidade, paz e bem-estar para não se diminuir nem perder seus direitos de homem livre, perante o mundo e diante de si mesmo. Queiram portanto ajudá-los na grande obra que abraçaram, à qual se dedicaram, ajudem-nos moral e materialmente, ajudem-nos a viver de todas as formas. Não esqueçam nunca."

33 — ALBERT CAMUS A MARIA CASARÈS

24 de agosto [1948]

Já é tarde. Parei de trabalhar, levado pela necessidade de te escrever. São coisas demais se agitando dentro de mim e eu gostaria de poder lhe contar, esta noite, tendo-a diante de mim, a noite para nós, numa longa conversa. Nunca lhe falei do meu trabalho, ou só raramente. Assim como tampouco falo a ninguém mais. Ninguém sabe exatamente o que eu quero fazer. E no entanto tenho enormes projetos. Tão ambiciosos que às vezes minha cabeça gira. Não vou poder falar deles aqui. Virei a fazê-lo se me pedir. Mas o que posso lhe dizer é que, com a peça que estou escrevendo e o ensaio que terminarei em seguida, concluo uma parte da minha obra,[1] destinada a me fazer aprender o ofício e sobretudo limpar o terreno para o que virá em seguida.

Desde *O estrangeiro*, que era o primeiro da série, levei quase dez anos para chegar a esse ponto. No meu plano, seriam necessários cinco. Mas houve a guerra e sobretudo minha vida pessoal. Dentro de alguns meses, terei de dar início a um novo ciclo, mais livre, menos controlado, e também mais importante. Se continuar no ritmo que venho mantendo, precisaria de duas vidas para fazer o que tenho de fazer (nem tudo está previsto, não se assuste, mas os temas, as grandes linhas...). Felizmente, esse novo início coincide mais ou menos com nosso encontro. E eu nunca me senti tão cheio de forças e de vida. A alegria grave que toma conta de mim seria capaz de levantar o mundo. Você me ajuda sem saber. Se soubesse, me ajudaria ainda mais. Nisso também é que eu preciso da sua ajuda. E esta noite o sentia com tanta força que me pareceu que devia lhe contar. Seguro de você, unidos um ao outro, parece-me que poderei realizar o que tenho em mente, sem interrupção. Sonho com a fecundidade de que preciso..., só ela será capaz de me levar aonde quero chegar. Minha querida, está entendendo por que tenho o coração embriagado esta noite e o lugar que você agora ocupa nele?

Talvez eu não devesse lhe escrever isto, que assume um ar tolo dito assim sem precauções. Mas talvez você entenda o que quero dizer. Quem poderia

---

1 Os dois ciclos dedicados ao absurdo e à revolta; *Os justos* pertence ao segundo.

viver sem almejar uma vida desmedida?! Afinal, eu sou um escritor. E não posso deixar de lhe falar dessa parte de mim que agora lhe pertence como todo o resto.

Teria sido melhor lhe dizer com mais detalhes. Mas voltaremos a falar disso. Até lá por favor continue a mandar suas cartas. Não aguento mais esperar esse 10 de setembro. Estou sufocando, de boca aberta, como peixe fora d'água. Espero que venha a onda, o cheiro de noite e sal dos seus cabelos. Se pelo menos eu puder lhe dizer, imaginá-la... Você ainda me ama, continua me esperando? Quinze dias ainda. Que rosto você vai voltar para mim? De minha parte, acho que vou rir sem conseguir parar, de tanto transbordamento.

Escreve, escreve, estou esperando, te amo, te beijo.

A.

25 [agosto de 1948]

Reli esta carta hoje de manhã. São pensamentos noturnos, sempre excessivos. Se os envio, é para cumprir nossa promessa. Mas com o pensamento da manhã, mais clara e mais modesta, bem vejo o que significa. Significa que encontrei com você uma fonte de vida que eu perdera. Podemos precisar de alguém para ser nós mesmos. É o que acontece em geral. Pois eu preciso de você para ser mais que eu mesmo. Foi o que quis lhe dizer essa noite, com a falta de jeito do amor. Perdoa minha caligrafia. Perdi minha caneta e estou escrevendo com uma pena ruim.

34 — ALBERT CAMUS A MARIA CASARÈS

Quinta-feira, 26 [agosto de 1948]

Uma palavra, minha querida, uma palavrinha rápida para ainda encontrá-la, já que não deve esperar nenhuma carta depois da de ontem — para lembrar que eu existo, que a amo e a espero. À medida que se aproxima o 10 de setembro (dia de alerta, dia de alerta!) eu tremo cada vez mais ante a possibilidade de alguma coisa mudar, de lhe dar uma loucura e eu precisar esperar mais tempo ainda.

Investi minha energia inteira na espera dessa data. E não me resta mais para esperar mais. Você está bem, está bonita? Pensa em mim? *A corda* avança. Mas escrevi a Hébertot para ganhar mais tempo. Tempo, eu só preciso de tempo, e tenho apenas uma vida! Encontrei a frase de Stendhal que se aplica a você [:] "Mas a minha alma é um fogo que sofre se não arder!"[1] Arda, então! E eu vou queimar.

A.

35 — ALBERT CAMUS A MARIA CASARÈS

20 de agosto [1948] *(noite)*

Ontem recebi a "foto" do jornal americano que você me mandou. Na verdade, a semelhança parece mesmo prodigiosa[2] e perigosa para mim, durante suas ausências. Se pelo menos pudessem passar um dos filmes dele aqui neste bendito torrão de mesmice!

A vida aqui continua sempre igual. E assim vou ficando ligeiramente irritada com os vários pequenos hábitos que venho adquirindo nos menores detalhes do dia e que mal começo a perceber. Acho que não existe nada no mundo que me deixe tão fora de mim quanto essas "dobras automáticas" que contribuem para deixar a mente mais livre, talvez, e para agir com mais rapidez sem esquecer nada, mas que, no meu caso, me deixam exasperada assim que tomo consciência delas. E aí eu me divirto mudando a ordem das coisas: tiro a roupa antes de preparar a cama para o meu pai dormir, tomo banho antes ou depois do café da manhã, altero a hora e a direção dos meus passeios etc.

Ontem à tarde, fui a pé para as colinas para tentar escapar um pouco da impressão de opressão desses campos fechados que vejo da janela, para descortinar o panorama e mudar de ares. Nunca vi nada tão plano, tão tolamente bonito e facilmente confortável quanto esta região. Nada se destaca, nem para o bem nem para o mal. Nada atrai o olhar. Nada o choca. Tudo no lugar onde deve estar. Uma espécie de *"cosy corner"*, aquele sofá amplo em que a gente pode deitar, sentar, com o livro que quer ler, no qual não precisamos do menor esforço para nos estender, sentar, ler ou tomar o café da manhã. Está tudo ali, e como está tudo ali, não desejamos mais nada. Ou por outra, sim... Partir. A gente tem vontade de ir embora.

Ao voltar, cruzei com um coelho. Finalmente um ser vivo!

---

1 Citação de uma carta de Stendhal de 1º de novembro de 1834 a seu amigo Domenico Di Fiore, reproduzida por Camus em seu prefácio à edição de *O avesso e o direito*, publicado em 1958 por Jean-Jacques Pauvert e depois pela Gallimard.
2 A semelhança de Albert Camus com Humphrey Bogart.

Hoje, sabendo que Janine não estava bem, agarrei a coragem com as duas mãos e fui para lá de bicicleta. Passei a tarde com os dois, Renée,[1] Mario e Yo Prassinos.[2]

Meu Deus! Eles também estão precisados de "um buraco" na vida para terem ao mesmo tempo o desejo de enchê-lo! Sempre me perguntei como é que duas pessoas que se amam como eles aceitam e desejam tanta gente ao redor. Agora entendi, eles precisam ser vistos vivendo para acreditar, pelos olhos dos que os cercam, na sua própria existência.

Mas afinal eles são realmente agradáveis e bons amigos e, pessoalmente, me fazem um bem infinito. Sempre que passo algumas horas com eles, saio absolutamente cheia de vitalidade, por oposição.

Ah, que possamos nos rever logo! Meu estado moral e físico começa a ficar desesperado; absolutamente recuperada do meu cansaço (sempre preciso de pouco repouso quando é de verdade), cheia de saúde, de forças novas, fervilhante de expectativa, de desejos, de movimentos, de ideias frescas, não consigo mais ficar parada. Sinto-me numa jaula, à espera. Fervendo.

Que venha o 10 ou o 15 de setembro e nós!

22 de agosto [1948]

Ontem recebi a carta que você me enviou antes de partir para Arles. Infelizmente, já havia enviado a minha para responder às perguntas que você fazia. Mas acho que minhas informações são suficientemente claras e que, embora ainda não soubesse de todos os seus pedidos, por algum milagre respondi a todos eles. E, por sinal, nada mais tenho a dizer senão que será feito o que você deseja.

Começo a te sentir impaciente, nervoso. Mas não deve, meu querido. O tempo passa muito devagar, é verdade, mas passa, e o nosso dia se aproxima. Naturalmente, sei por experiência própria que o mau tempo aumenta muito a melancolia. Imagine! Desde que chegamos, tivemos ao todo quatro dias de sol aberto, e mesmo assim acho que estou exagerando. Agora de manhã, por

---

1 Provavelmente Renée Thomasset, futura esposa de Robert Gallimard (1952) e irmã de Jeanne Thomasset (esposa de Michel Gallimard).
2 Mario Prassinos (1916-1985), de uma família grega da Turquia que se exilou em Paris no início da década de 1920, é pintor e ilustrador, amigo dos Gallimard e de Raymond Queneau. Criou em particular muitos desenhos de capa para as encadernações da NRF. Em 1938, casa-se com Yolande Borelly (a Yo), com quem teria uma filha, Catherine, nascida em 1946. Durante a Ocupação, faz amizade com Albert Camus e Jean-Paul Sartre.

exemplo, cai uma chuva fina e teimosa anunciando um desses dias em que o coração chora apesar de todas as esperanças e alegrias prometidas. No início, confesso que é de desanimar e se revoltar, mas aos poucos a gente se adapta, sentimos algum prazer, e no fim quase gostamos.

Experimente, você vai ver!

Ontem à tarde reli atentamente *A prisão de Cádiz*. Se as pessoas não se deixarem tomar pelos mais diferentes sentimentos, se não forem agarradas pelo ventre por essa peça, é mesmo para perder a esperança nas criaturas, deixar de acreditar que haja entre elas temperamentos autênticos. Eu sempre receio um pouco as inclinações e os abusos do nosso "grande homem de Marigny",[1] mas faça ele o que fizer, me parece que seria necessária realmente toda a vontade do mundo para conseguir destruir essa obra. Enfim, esperemos que os preparativos transcorram da melhor maneira possível, que você se sinta suficientemente descansado e animado para combater — se necessário — e torçamos para que os manequins parisienses tenham coração para escutar, e não se limitem a transformar uma obra-prima num sucesso.

Acabei *O cura da aldeia* com pena de ter chegado ao fim. Em seguida, li *Pastagens do céu*.[2] Apesar das repetições, Steinbeck me "pegou de jeito", como sempre; eu não resisto a essa enorme ternura que emana das suas páginas, e quando sou apanhada não consigo mais julgá-lo e simplesmente me entrego a uma emoção que só acaba na última linha.

Agora voltei a Balzac com *O médico rural*, que está me dando tédio.

Hoje estou esperando Jean Marchat,[3] Louis Beyeltz e um rapaz, "inseparável de Jean", Antoine Salomon; eles me telefonaram ontem de Deauville e gentilmente se convidaram a almoçar conosco hoje. Não posso dizer que me aborrece, mas de certa forma acaba com a minha calma, essa calma que me dá a ilusão de estar mais perto de você.

Terça-feira, Michel, Janine e Renée [Gallimard] também virão almoçar conosco, mas nesse caso fico encantada.

Quarta-feira Pitou[4] chega para passar uns dias conosco. Estou esperando. A solidão começa a ficar pesada, e embora me horrorize qualquer perspectiva

---

1 O ator e diretor Jean-Louis Barrault (1910-1994), que fundou em 1946, com sua mulher, Madeleine Renaud (1900-1994), a Companhia Renaud-Barrault, para ela atraindo nomes como Pierre Bertin, Jean Desailly, Simone Valère, Pierre Renoir...
2 Coletânea de novelas de John Steinbeck, publicada pela Gallimard em 1948.
3 Ver nota 4, p. 11.
4 Mireille Dorion, a Pitou, amiga de Maria Casarès no liceu.

de convívio mudando, desejo a companhia de uma amiga, que me deixará em total liberdade para me sentir perto de você, mas que vai me ajudar com sua presença a me mexer um pouco e gastar em parte essa terrível vitalidade que volta a tomar conta de mim quando o cansaço se vai.

É isso, meu querido. Agora vou cumprir minhas obrigações de dona de casa. Esta noite certamente vou retomar esta carta, mas ao longo do dia pode ter certeza de que não haverá um único momento em que todo o meu ser não esteja voltado para você.

Te beijo como gostaria de fazer e como farei em breve. (Escrevendo isso sinto um tremor.)

Pronto! Eles se foram! Ufa...! Mas o fato é que foram adoráveis e tomaram todo o cuidado para não perturbar a minha paz. Senti neles o respeito que uma vida calma põe no coração de quem a interrompe, voluntariamente ou não, o que me deu um secreto prazer.

E por sinal eles chegaram com duas horas e meia de atraso, às 3h30. Ontem à noite eu tinha avisado o dono do restaurante, encomendei um cardápio especial, vinhos, licores etc.; reservei uma mesa e avisei ao dono que estivesse preparado para 1h30.

Às 2 horas, meu pai e eu, tristes, sozinhos, sentamos a uma das mesas, da qual haviam sido expulsos os clientes habituais, uma mesa enorme, preparada para cinco pessoas, com as mais variadas entradas. Vinhos em abundância. Não estávamos com fome e só bebemos água. Imagine o efeito! Imagine nossas caras! Imagine nosso estado de espírito! E ainda por cima uma chuva fina que não parou o dia inteiro. Às 2h30, o telefone toca! Por causa de um defeito no carro eles chegariam... às 3h30!

E assim ficamos assistindo ao abundante e requintado almoço deles depois de ter perdido o nosso, insignificante e maltratado. Enfim! sempre dá prazer ver os outros comerem bem!

Às 5 horas os levei para conhecer minhas propriedades privadas (o "parque selvagem"). Meu Deus! como estava lindo debaixo da chuva! Eles estavam vindo de Deauville, e deu para ver as expressões de inveja.

E por sinal todo mundo daqui fez questão de me prestar homenagem diante deles. Em seguida fomos ver (por fora) a casa de Claude Monet e visitei com eles o laguinho que ele pintou tantas vezes. No céu cinzento e sob um vago reflexo de sol extremamente abrandado, ele era tomado por nuances, por tons extraordinários, e como chovia ninguém se arriscava a sair, nos permitindo assim saborear plenamente a solidão absolutamente tranquila do recanto. Acho que hoje experimentei pela primeira vez o "sentimento romântico", e apesar de meio insípido, me pareceu bom de sentir de vez em quando.

Depois, eles foram ao meu quarto, também encantador, não sei por que milagre. Jean queria o seu endereço. Depois de pensar um pouco, achei que seria normal que eu o tivesse, e lhe dei. Por acaso não devia?

Eles se foram com pena de partir e eu vi surgir neles uma nova ternura em relação a mim. É evidente que o descanso, a solidão, a harmonia comigo mesma a que cheguei graças a você, a boa saúde, o tempo, as belezas dessa região e, sobretudo, antes de mais nada, esse imenso amor que desperta a cada manhã comigo, em mim, me trouxeram uma doçura, uma bondade, uma calma que me afasta de tudo que não seja nós, me deixam em condições de receber as pessoas mais diferentes de um jeito que deve parecer muito agradável, sobretudo quando se chega de Deauville.

Lembrei da minha mãe durante o tempo em que eles ficaram aqui. Eles estavam à vontade, deu para notar.

Desculpe estar falando de tudo isso, mas se estou tão satisfeita comigo mesma para variar, com quem haveria de me abrir?

E, aliás, se isso está acontecendo, é a você que devo. Diante de você e voltada para você, é assim que me vejo. O que me deixa bem feliz.

Te amo. Te amo por tudo que é razoável e por tudo que está fora ou além da razão. Meu amor.

24 de agosto [1948]

O tempo está realmente pesado e sombrio. Um céu escuro o dia inteiro. Quatro ou cinco vagos raios de sol vieram nos dar um pouco de esperança, mas logo a tomaram de volta.

Recebemos Michel, Janine e Renée para almoçar. Meu pai estava muito cansado e esse tempo carregado o deixa sufocado e esgotado. Michel parecia menos em forma que de hábito. Eu o achei desconfortável e impaciente. Janine, em compensação, estava esplêndida em sua raiva surda contra a chuva e as nuvens e me pareceu cheia de vida. Renée, calma e gentil acompanhava Janine.

Depois do almoço aproveitamos o carro para levar meu pai para um pequeno passeio, para conhecer um pouco a região. Fomos ver o lago de Monet com seus nenúfares. Hoje ele estava triste e sem graça. A luz, ou melhor, a ausência de luz não combinava nada com ele, e ele estava com um ar estúpido de se encontrar ali ao lado dos trilhos da linha de trem. Sim, ele estava real-

mente bancando o "pateta" e fiquei muito danada com ele por me decepcionar. Depois fomos para Gisors, mas desanimados com a falta de graça da paisagem decidimos voltar e deitar um pouco no "parque selvagem".
Eles tinham compras a fazer em Vernon e foram embora cedo.
Nervosa, meio prostrada com o peso do ar quase sólido que estamos respirando esta tarde, eu quis me libertar saindo para um passeio. E lá fomos nós alegremente, Quat'sous e eu. A chuva nos obrigou a voltar. Pena! Meus recantos de adoção estavam bem bonitos naquele escuro lúgubre.
Como sempre, pensei um pouco em tudo, mas sempre em nós. Pensei muito no nosso próximo encontro. Se o tempo ruim continuar em setembro, certamente vou voltar no dia 10. Mas se na mudança de lua (2 de setembro) o tempo estiver bom, talvez possa ficar até o dia 15. Nesse caso, se você ainda pretender voltar a Paris no dia 10, talvez possa passar dois ou três dias em Pressagny na casa dos Gallimard, e depois voltaríamos juntos você, meu pai e eu. Que acha?
Naturalmente, as relações entre meu pai e você se tornaram um pouco mais delicadas nessas férias. Eis o motivo.
Há muito tempo, eu levava uma vida secreta diante da minha mãe, inicialmente, e depois do meu pai. Por pudor, por medo das reações deles e também pelo desejo de poupá-los das minhas complicações sentimentais, eu sempre evitei que se envolvessem na minha vida íntima. O que me levou a mentiras cada vez mais frequentes e complicações de existência que me esgotavam moral e fisicamente. Embora talvez não pareça, em geral não gosto de mentir; mas os subterfúgios se tornam insuportáveis para mim quando — independentemente da tua vontade — acabam te envolvendo.
Já em Paris, todo esse lado nebuloso que escondia uma coisa tão verdadeira quanto "nós" me atormentava, e aqui esse sentimento se ampliou.
Ontem decidi agarrar o touro pelos chifres e sem mais demora provoquei uma conversa sobre o assunto entre mim e meu pai. Trocamos palavras aparentemente sem clareza, mas nos entendemos perfeitamente. Agora está claro entre nós que você e eu nos amamos. Está claro que não quero mais mentir para ele, mas que não posso lhe contar tudo, sendo ele um homem e eu, uma mulher. Está claro que ele acha tudo isso uma loucura, mas que sabe perfeitamente que não há o que fazer e, mesmo que pudesse interromper tudo, ele não sabe se o faria. Está tudo claro, e essa ideia me tirou um enorme peso do coração, da consciência. Eu não estava à vontade, e agora pareço mais leve, mais livre, mais pura.
Acho que daqui em diante, na sua presença, ele vai fingir que não sabe de nada; vai se expressar apenas por seus olhares de inteligência, talvez; enfim, não

sei, mas receio um pouco a atitude que ele vai assumir. Engraçado! Mas o fato é que o sinto mais feliz e mais próximo de mim desde ontem!

Meu querido, meu amor, o que você não me obriga a fazer! Se soubesse a confiança, a verdade, a integridade e a coragem que me dá! Meu Deus, minha vida inteira será tão curta para amá-lo plenamente!

Estou triste. Desde sábado, nenhuma carta. Espero amanhã. Te beijo de todo coração, com toda a minha alma, com tudo. Maria.

25 de agosto [1948]

Hoje ganhei minha ração de felicidade! (expressão terrível, mas justa). Recebi a carta em que você responde às minhas.

1) Encantada por você ter achado o texto espanhol correto. Devo dizer que a tradução me agradou.

2) Sua opinião sobre P[aul] Raffi me parece exata e acho que o amo ainda mais — se for possível — depois do que você me diz. Adoro a sua alma. Ficaria de joelhos diante de você se você permitisse.

3) Sim; me mande as alterações do papel para que eu possa desempenhá-lo bem antes das datas fatídicas. Faz muito bem de escrever a Hébertot. De certa maneira, fico feliz por você não se sentir "inspirado". É muito melhor que *A corda* (título provisório, mas belo) seja montada na próxima temporada.

6) [sic] Antes de partir de Isle-sur-Sorgue, me telefone no número 9 em Giverny (Eure). Como disse acima, se o tempo estiver muito bom, talvez fique aqui até o dia 15. Caso contrário, volto no dia 10 para Paris.

Obrigada pela autorização para instalar o nosso reino. A partir de hoje, ó, meu senhor, estou acorrentada de corpo e alma, sua escrava.

7) Como estou de acordo com o que você deixa para o fim e não pode me dizer!

Vou ter de deixá-lo, meu amor. Vou buscar Pitou no ônibus. Até amanhã. Te amo.

27 de agosto [1948]

Meu belo amor adorado, como sua última carta chegou no momento exato! Justamente, há alguns dias eu estava pensando na nossa vida; me perguntava a seu respeito e constatava que uma grande parte sua ainda me é desconhecida, senão estranha: seu trabalho, suas aspirações, seus desejos, seus sonhos. Até agora devoramos os dias e o amor que cada hora nos trazia e não tivemos tempo de nos olhar, de nos ver, de nos buscar. Me surpreendi querendo te conhecer como um outro você, e na medida do possível te ajudar. Muitas vezes, senti necessidade de repreendê-lo quando o via se esgotar demais e desperdiçar a maior parte de si mesmo em esforços inúteis, aborrecidos mas que em Paris são mais ou menos obrigatórios. Mas não tive coragem. Temia te desagradar, te atropelar, e me calei. Depois... aconteceu tudo e passou depressa demais.

Pensando em tudo isso, tive uma certa angústia. Será que você me consideraria digna, no nosso futuro, de conhecer e compartilhar suas alegrias e mágoas, suas ambições e decepções, seus sonhos de homem sozinho, enfim, seus segredos?!

E então recebo sua carta falando do seu trabalho... Oh, meu querido, meu amor querido, nada, você não poderia fazer nada que me desse tanto calor no coração! Como te amo! Como você adivinha!

Não, "seus pensamentos noturnos" não eram excessivos. Queria que os tivesse da manhã à noite e no dia seguinte despertasse com uma sede nova e uma vida multiplicada.

Sei que você precisaria de pelo menos duas vidas para concluir tudo que tem a fazer, e justamente por isso é que gostaria que comprimisse a única que tem e não a dispersasse sequer para ajudar pessoas que, elas sim, dispõem de anos demais de existência que jamais serão capazes de preencher.

Enfim, falaremos de tudo isso longamente. Meu Deus, pensar que dentro em breve poderei te ouvir pela primeira vez, pois na verdade você nunca falou comigo... Ah! Me dá vertigem!

Os primeiros tempos de férias transcorreram muito tranquilamente, mas, à medida que o fim se aproxima, minha paciência chega ao fim, e me parece que não dá mais para esperar. Estou como os cavalos voltando para o estábulo. (Que comparação mais estranha.)

Te amo. Te espero. Não te deixo uma hora sequer. Vivo em você, por você, para você. Te amo. Te beijo,

Maria Victoria

36 — ALBERT CAMUS A MARIA CASARÈS

Sábado, 28 de agosto [1948]

Esperava receber sua carta ontem. Mas meus cálculos se revelaram errados. O carteiro veio, mas sem você. Queria lhe escrever logo, mas fiquei de humor tão para baixo que achei melhor não. Pensei que receberia sua carta hoje e que responderia cheio de alegria. O carteiro veio: nada ainda. Enorme decepção. Por mais que me diga que não será por um dia apenas, que vou te ler na segunda-feira... não adianta. Para o cúmulo da infelicidade, hoje estou com febre e não sei por quê.

Aí está uma carta que começa bem mal. A verdade é que não suporto mais essa separação. Quando estou bem, trabalho, preencho os dias e eles acabam passando. Mas hoje não estou fazendo nada e vou me arrastando, entregue a você e a mil pensamentos.

Estou cansado e com medo de continuar neste tom. Estas palavras apenas para te dizer como vai o dia e falar dos meus pensamentos. Tempo pesado e quente. Um dia para o silêncio, corpos nus, compartimentos no escuro e desamparo. Meu pensamento tem a cor dos seus cabelos.

Segunda-feira, e depois mais alguns dias, e terá a cor dos seus olhos. Aguente firme até lá, eu lhe peço, e lhe envio todo o meu amor.

A.

Segunda-feira. Dois dias doente. Fui picado por um inseto desconhecido. Tive uma anafilaxia. Belo nome para dizer que tinha crises de sudorese e calafrios a toda hora. Hoje parece que melhorou, o tempo está magnífico e sobretudo, sobretudo, tenho praticamente certeza de receber uma carta sua a qualquer momento. Só mais dez dias também! Querida, já sentiu o que isso quer dizer?

37 — ALBERT CAMUS A MARIA CASARÈS

Segunda-feira, 30 de agosto [1948]

Alegria pela sua carta, alegria de vê-la a mesma! Obrigado, minha querida. Durante todos esses dias de silêncio, contra a minha vontade vão se acumulando dúvidas e eu acabo por me atormentar estupidamente. Mas uma frase sua, o som da sua voz que eu imagino por trás, você finalmente viva, e é a paz.

Eu também estou cheio de saúde e de forças acumuladas. Finalmente vamos viver o que se chama viver: amar, criar, finalmente arder juntos. Sim, estou cada vez mais impaciente e nervoso. Ainda sou alguém que há muito tempo nadava contra a corrente e que espera encontrar essa onda pela qual se sentirá levado, onde vai recobrar sua respiração e seus músculos frescos. Estou esperando a maré.

Estou contente por você ter decidido conversar com seu pai. Me pergunto o que isso representa para ele, e a última coisa que desejaria seria feri-lo ou magoá-lo. Mas, como nós existimos, como decidimos com toda lucidez viver este amor, a última coisa a fazer seria enganá-lo. Eu não sou capaz. Tenho respeito e estima demais por ele e não me sentiria bem na mentira com ele. E por sinal tenho certeza de que se eu conversasse com ele do fundo do coração muitas coisas lhe pareceriam mais aceitáveis. Mas você disse que é melhor não e o conhece melhor que eu. Nesse ponto vou agir como você achar melhor e me calar. Mas fico aliviado por saber que ele sabe. Talvez com o tempo ele entenda que só quero para você o que ele próprio deseja. Nós dois te amamos acima de nós mesmos. E eu o provei renunciando a você, muito tempo atrás. Mas agora sei que o provo ainda mais indo até o fim desse amor. De qualquer maneira, te amo demais para não aceitar tudo que venha dele. E ele só me verá se assim quiser.

Mandarei amanhã as alterações em *A inquisição*[1] (é o título que vai ficar). Preciso revê-las e te indicar os lugares onde se intercalam os novos trechos. Poderei te ouvir de novo! Vou me ouvir pela tua boca, como em outros tempos. Nunca passei na frente dos Mathurins, nos dois últimos anos, sem um aperto no coração. Ali eu experimentei as alegrias mais fortes e mais puras que um homem possa receber. Por isso nunca deixei, mesmo quando a detestava mais, de nutrir uma infinita gratidão por você.

Tenho me banhado muito ultimamente. Infelizmente não nado mais muito bem. Mas agora encaro com resignação, ao passo que não faz muito tempo ficava furioso. Talvez com algum treinamento... Nesse inverno, nós deveríamos nadar numa piscina.

Sim, vamos ter bastante tempo, nos contemplar, nos buscar, nos entender. Mas haverá os outros momentos, não é, a torrente, a chuva de felicidade, o

---

1 Título provisório de *Estado de sítio*.

fogo... A noite hoje está suave, cheia de estrelas. Boa noite, querida! Mais dez noites como esta e o exílio terá terminado. Te beijo com dez noites de antecedência, de todo coração.

A.

Você vai receber esta carta por volta do dia 2. Me escreva por volta do dia 3 ou 4. Receberei sua carta (a última!) por volta de 6 ou 7. Sobretudo não esqueça. Dez dias, é coisa demais.

Terça-feira [31 de agosto de 1948]

Não pude enviar esta carta ontem (um pneu furado). Aproveito para acrescentar algumas palavras. Não vou mandar as alterações. Seria muito demorado explicar o lugar onde elas se intercalam e os cortes que terão de ser feitos no resto. Em questão de dez dias poderei lhe dar os detalhes diretamente, e você terá mais quinze dias para decorar o novo texto. Até lá não se preocupe: os contornos do papel absolutamente não mudaram e você pode trabalhá-lo tal como está.

Preciso enviar esta carta. Receba-a com toda a minha esperança e o meu amor.

A.

38 — MARIA CASARÈS A ALBERT CAMUS

3 de setembro de 1948

Há muito tempo não te escrevo, meu querido. A verdade é que não sei mais o que te escrever; tudo que há em mim por você, agora preciso te dizer, te gritar. O momento do nosso encontro está próximo demais para que eu continue vivendo num clima de separação, e os dias, embora me pareçam mais intermináveis que nunca, me trazem a cada vez a ideia tão clara de que vou voltar a vê-lo sem demora que no dia seguinte fico espantada de não o ter diante de mim. A vida metódica que eu tinha construído para te esperar agora já não passa de uma máquina desregulada e você ainda não está aqui para me devolver a mim mesma. Nessa espécie de pequeno caos, meu empenho é um só: fazer o tempo passar.

Não estou mais lendo: não consigo mais ler.

Não passeio mais: tenho a sensação de que algo pode acontecer no hotel na minha ausência.

Penso em você, em nós, nos dias que estão chegando, espero o correio, imagino, organizo e toda noite ao me deitar penso: "Como! Ainda não chegou o dia 10?!"

Felizmente, a notícia da sua breve doença chegou quando você já estava melhor; e por sinal tive a honra de ter uma boa indigestão (causas: sol e água fria depois do almoço) ao mesmo tempo que você estava com a anafilaxia; mas vou lhe contar isso mais tarde.

Pitou está aqui e felizmente ela me cansa fisicamente de tanto me fazer tentar jogar tênis, me obrigar a fazer algumas caminhadas e algumas compras e me forçar a ir a Vernon de vez em quando.

Meu pai vai melhor ultimamente. Voltamos a falar de você, mas vou lhe contar de viva voz.

Agora diga se prefere que eu vá encontrá-lo em Paris ou se quer vir nos buscar; diga o mais breve possível para eu poder providenciar tudo. O tempo aqui anda incerto, mais para ruim e para mim não faz diferença voltar no dia 10 ou no dia 15.

Ah, meu querido, vou parar por aqui. Tudo que eu queria lhe dizer, prefiro esperá-lo e dizer quando você estiver aqui. Com este bilhete, eu queria simplesmente que você soubesse como o espero, como o espero intensamente, como o amo, como vivo só para você. Não me deixe até a sua chegada. Me guarde bem em você e venha logo. Te amo.

Maria

De qualquer maneira não esqueça de me telefonar durante a sua viagem ou quando chegar a Paris. Sempre estou no hotel na hora do jantar (8 a 10 horas) ou na hora do almoço (1 a 2 horas, exceto quando vou a Pressagny).

Gostaria que nosso encontro ocorra sem testemunhas, pelo menos na primeira meia hora.

39 — ALBERT CAMUS A MARIA CASARÈS

Sábado, 4 [setembro de 1948]

Nem ontem nem anteontem pude lhe escrever, minha querida. Casa sempre cheia. Anteontem, Char e outros amigos. Ontem, Grenier[1] (você sabe, meu professor e meu mestre), que chegou do Egito com a família. Minha cabeça rodava. Ainda por cima, há quarenta e oito horas uma chuva forte que ainda não parou, que alagou a região toda, tornando a vida material mais difícil. Nesses dois dias, banquei o motorista de táxi o tempo todo. Além do mais tinha perdido o hábito da convivência, tinha me acostumado a esse *tête-à-tête* com você, tão doce, tão profundo, e estava desconfortável, cansado e desorientado. Hoje a calma voltou. Mas vou passar uma parte do dia com Grenier. O céu parece carregado de chuva para muitos dias ainda. Mas, na sexta-feira, vou embora!

Mas pensei em você praticamente o tempo todo nesses dois dias. Quarta-feira à noite, o tempo estava ótimo pela última vez. Passeamos com Char no alto da montanha do Vaucluse, aonde havíamos chegado à noite de carro. A Via Láctea mergulhava no vale e se juntava ao vapor luminoso que subia das aldeias. Não dava mais para saber o que era estrela ou luz dos homens. Havia aldeias no céu e constelações na montanha. A noite estava tão bela, tão vasta e perfumada que o coração parecia abarcar o mundo inteiro. Mas, era você que enchia esse coração. E nunca pensei em você com tanta entrega e alegria.

Se o tempo no norte estiver como aqui, duvido que você fique além do dia 10. De resto, fico sabendo por uma carta de Michel (sem que eu tenha perguntado nada), que não terá quarto livre antes do dia 15. Como fazer? De qualquer maneira vou lhe telefonar no dia 8 ou 9, antes de viajar. Mas tenho tanto horror de telefone, e não me agrada nada a ideia de voltar a falar com você primeiro por esse instrumento.

Voltarei com minha peça apenas pela metade. O que me desagrada. Mas não sei por que, conto com você para me estimular e me ajudar. Estou esperando, é tudo que faço, ou quase.

Para falar de futilidades, estou perdendo a cor a olhos vistos. De modo que você não terá nada a me invejar. Teremos a cor do tempo. Penso em Paris, no outono,

---

1 O escritor Jean Grenier (1898-1971), antigo professor de filosofia de Albert Camus no liceu de Argel, e que continuou seu amigo. Sua obra, publicada essencialmente pela NRF, teria decisiva influência na de Camus. Depois da guerra, Jean Grenier ensina no Egito, ao mesmo tempo assinando a crítica de artes em *Combat*.

em nós, enfim. Essa longa separação vai acabar. Não a lamento. Nós nos escrevemos e me parece que assim avançamos no conhecimento que temos um do outro. Deixamos descansar a lava e a fervura desse mês de julho. E assim enxergamos com mais clareza. Para mim, o que resulta é um amor ampliado, mais temperado, mais paciente e generoso. Te amo e confio em você. Agora, vamos viver.

Até breve, Maria. Até breve, minha querida. Eu a beijo longamente.

A.

40 — ALBERT CAMUS A MARIA CASARÈS

6 de setembro [1948]

Grenier foi embora anteontem, Bloch-Michel[1] e a mulher chegaram ontem. Decididamente, esses últimos dias foram bem movimentados. Sobretudo, muito embora goste muito de todos eles, essa confusão me impede de estar sozinho com você. Passeio com você no meio dessa agitação, penso no dia da volta, que agora se aproxima rapidamente. Continuo esperando, mas, dessa vez espero sua última carta, tendo calculado que a receberia amanhã ou depois de amanhã. Há três dias não para essa chuva de tempestade. Ontem o tempo estava horrível. Hoje, sol e nuvens. Infelizmente, perdi totalmente a cor: você não vai hesitar um segundo e vai me receber toda empertigada. Mas eu também te amo aprumada e orgulhosa.

Por causa dessas visitas por assim dizer não trabalhei mais. Terei de fazê--lo ao voltar. Mas penso nisso com alegria. Você é a única coisa na vida que não entra em contradição com meu trabalho e, pelo contrário, me ajuda nesse sentido. Como andam as coisas e como você está? Há muito tempo não a leio e minha estúpida inquietação começa a voltar. Assim que receber sua carta, minha respiração vai voltar. Imagino também que nela você vai dizer o que decidiu. E imediatamente vou mandar uma resposta (a última!), dizendo exatamente o que vou fazer.

Esta portanto é minha penúltima carta. Para falar da minha confiança e do meu amor, da alegria de te esperar, de reforçar a necessidade que tenho de você,

---

1 O advogado e escritor Jean Bloch-Michel (1913-1987), amigo de Albert Camus, que se encarregava das finanças do *Combat*.

a esperança de te ajudar como você deseja, e também o desejo e a ternura e a entrega de todo o meu ser. Seja feliz e bela, calma, pacificada por um tempo. Ainda haverá sombras e tempestades. Mas o fundo e a rocha dura e resplandecente agora estão assegurados. Que felicidade, quanto orgulho, que coragem isto me dá, minha querida! Te beijo, mais perto que nunca, agora...

A.

41 — ALBERT CAMUS A MARIA CASARÈS

7 de setembro [1948]

Recebi sua carta ontem, minha querida. Entendo que não tenha mais o que dizer: o desfecho já está muito próximo. E assim vou imitá-la. Este último bilhete é para dizer coisas precisas. A melhor maneira de nos encontrar era Paris. Mas, por um lado, posso poupar você e seu pai de uma viagem penosa. Então vou fazer o seguinte. Partirei sexta-feira bem cedo pela manhã. Espero estar à noite em Paris. Ao meio-dia, terei telefonado para você. Vou telefonar ao chegar ou então sábado de manhã se chegar muito tarde. Irei a Giverny no sábado. Farei uma parada em Pressagny para te telefonar e você virá ao meu encontro na estrada. Está bem para você? Me parece que assim conciliamos tudo. Voltaremos no mesmo dia, naturalmente.

Se você concordar, precisará apenas esperar. Se houver alguma mudança ou você decidir outra coisa, diga a Michel. Telefonarei para ele quinta-feira às 12 horas para que me diga resumidamente como estão as coisas. Se ele não disser nada, é porque você aprovou este pequeno plano.

Pronto. Agora acabou. Meu coração só falta estourar. Mas me sinto mudo como um túmulo. Se eu abrir a boca, vai sair tudo... Te beijo com leveza... Espero o sábado.

A.

42 — ALBERT CAMUS A MARIA CASARÈS[1]

[27 de outubro de 1948]

Aí vão as flores da aclamação. Enviadas pelo seu autor, mas não ainda a você, mas à tocha, às chamas negras, ao rosto resplandecente, a Victoria, enfim, a quem posso pelo menos dizer que a admiro e a amo, respeitosamente...

AC

43 — MARIA CASARÈS A ALBERT CAMUS

Natal [1948]

Você se foi, meu amor, me deixando plena, toda coberta por você, toda enrolada ao seu redor. E eu temia tanto esse encontro de Natal!
E agora, amanhã você vai para longe, longe e eu continuarei a te sentir bem quente ao meu lado, aonde quer que vá.
Eu não te amo no "universal", mas não entendo por que essa felicidade despertada no meu coração pela sua presença contínua em mim não basta para me deixar feliz e há momentos em que me recrimino por querer mais.
Mas como poderia ser diferente?! Quando estou em casa perto da chaminé como neste exato momento, como deixar de sentir a necessidade de você comigo para olharmos juntos para o fogo? Quando leio Tolstói descobrindo a cada página todo um mundo de maravilhas, como dispensar tua presença em carne e osso para compartilhar com você? Quando saio e alguma coisa na rua ou em algum outro lugar me choca, me entristece ou me faz rir, como deixar de buscar o teu olhar? Quando vou deitar, como não sentir que você não está aqui? Quando alguém fala comigo, como não pensar nos teus lábios? Quando me olham, nos teus olhos? E teu nariz, tuas mãos, tua testa, teus braços, tuas pernas, tua silhueta, teus tiques, teu sorriso?

---

1 Cartão acompanhando um buquê enviado na estreia de *Estado de sítio* no Teatro Marigny, na qual Maria desempenha o papel de Victoria ao lado de Pierre Bertin, Madeleine Renaud, Pierre Brasseur, Marie-Hélène Dasté, Simone Valère, Jean Desailly... A direção é de Jean-Louis Barrault. Vincent Auriol, François Mitterrand, André Breton, Paul Claudel, Jean Cocteau, Jean-Paul Sartre, Pablo Picasso, Kees Van Dongen estão na plateia. Mas a crítica da peça seria desfavorável, considerando Albert Camus como um filósofo, uma consciência, mas não um autêntico autor dramático.

Ah, estou me exaltando! Mas me entendo. Encontrei o Maravilhoso e ele só me é concedido mediante autorização e com hora marcada! Como deixar de me revoltar?!

Eu te quero em todo lugar, em tudo e inteiro e vou te querer sempre. Sim, sempre, e que não venham me falar de "se..." ou "talvez..." ou "desde que...". Te quero, eu sei, é uma necessidade e vou empenhar todo o meu coração, toda a minha alma, toda a minha vontade e até mesmo toda a minha crueldade, se preciso, para tê-lo.

Se não estiver de acordo, se quiser paz, se tiver medo, é só dizer quando voltar, e se afastar.

Caso contrário, irei até o fim. Talvez até perca o seu amor. Pois bem, tanto pior. Aceito esse risco. Talvez a vida que estou preparando para mim mesma seja feita exclusivamente de angústia e sofrimento. Tanto pior!

Agora cabe a você escolher. Ainda há tempo e me diga o que vai escolher. É a única coisa que peço. O resto diz respeito apenas a mim mesma.

Não parece muito claro hein?... Mas eu sinto que há aí algo verdadeiro. Até o momento nunca fiz nem sequer pensei em nada para mudar nossa vida. O simples fato de tomar certas decisões que cabem exclusivamente a mim pode mudar, acredite, muitas coisas.

E aí?

Sinto-me fortalecida pelo meu amor por você e capaz de vencer qualquer coisa. Chegou o momento de escolher entre isso e todos aqueles belos sentimentos de compaixão e generosidade aos quais sempre me entreguei. A força da fraqueza é muito grande e não vejo por que eu não me concederia o direito de medir com ela a força do meu amor que talvez seja mais atraente, mas, por isto mesmo, mais proibido. Alguém deve se sentir infeliz e neste caso sei que escolhemos aquele que também nos deixa infelizes. É uma forma de se sentir menos culpado. Por isto é que nunca vou lhe pedir nada.

Pessoalmente, não sou capaz de levar uma vida de sacrifício; é uma honra, uma felicidade, uma luz que me foram concedidas (a fada que não tinha sido convidada). É uma coisa que me resseca e me mata. Tenho de agir e vencer ou perder.

Domingo à noite [26 de dezembro de 1948]

Oh, como esse tempo desde que você foi embora foi maravilhosamente pesado, meu querido. Pesado de aguentar, pleno, incrível.

Te amo e vou descobrindo isto aos poucos, minuto após minuto, longamente maravilhada. Você nem pode saber; como uma mocinha no frescor da idade. Completamente apaixonada. A felicidade, meu amor, é isto a felicidade, chegando não se sabe como, como uma graça, por milagre. Faz pouco tempo, sabe? E não me pergunte por que nem como. Não sei. Sei que ele está aqui com você, que me cerca e me preenche, nesse canto onde você deixou todo o seu calor.

Nada mais conta entre mim e você; nada nem ninguém no mundo, e se você continuar vivo e eu continuar viva seremos para sempre nós, não obstante o tempo e as distâncias, e as ideias e os outros, e a boa e a má saúde.

Se você continuar vivo... Oh, meu amor, ontem me ocorreu que você poderia morrer e, juro, por um instante deixei de ser. Era isso que eu queria e isso que me era difícil alcançar.

Foi chegando tranquilamente e simplesmente, assim, e aí está, há algumas horas.

Eu rezo, oh, sim!, rezo por você, com todas as minhas forças e toda a minha alma por nós e para que isso continue sempre aqui, em mim.

Não devia estar lhe falando de tudo isso. Talvez o esteja aborrecendo, neste momento, mas você entende? Era preciso que você soubesse e que eu dissesse logo, para o caso de isso ir embora.

Mesmo que a infelicidade venha distraí-lo, mesmo nessa infelicidade me abrace forte, forte, muito forte, e me mantenha bem agarrada a você.

Estou feliz, meu amor, por você. Há tanto tempo eu esperava. Te amo, te amo, te amo.

M.

E aí?

44 — ALBERT CAMUS A MARIA CASARÈS

Domingo, 22 horas [26 de dezembro de 1948]

Dia ruim. Cheguei hoje de manhã sem ter conseguido dormir. O avião pairava em meio às estrelas, lentamente. Em cima das Baleares, o mar é que estava cheio de constelações. Eu pensava em você. E o dia inteiro numa clínica, uma mulher de idade que não sabia o quanto estava perto da morte.[1] Felizmente, também estava lá

---

1 Albert Camus foi à Argélia, onde sua tia materna Antoinette Acault fora operada.

minha mãe, que escapa de tudo pela bondade e a indiferença (graças a ela é que eu aprendi que as duas coisas combinam muito bem). Essa noite me deu vontade de caminhar pela cidade, como sempre vazia depois das 9 horas. E além disso a chuva daqui, violenta e breve. Na cidade deserta, eu tinha a sensação de estar no fim do mundo. E no entanto é a minha cidade. Voltando ao meu quarto (estou no hotel) tive a estranha impressão de que a encontraria lá e uma coisa imensa finalmente começaria. Mas o quarto estava vazio e comecei a lhe escrever.

Você não sai do meu lado desde ontem, eu nunca te amei com tanta violência, no céu da noite, de madrugada no aeroporto, nesta cidade onde agora sou um estranho, na chuva caindo no porto... Te perder é me perder também, esta é a resposta que eu queria gritar, já que me perguntou.

Mas tenho de dormir, estou caindo de sono. Que pelo menos te mande então o pensamento de um dia inteiro cheio de você. Vou ficar aqui até a próxima operação, daqui a uns dez dias. Me escreva, não me deixe sozinho. Estava sendo perseguido por maus pensamentos, um pressentimento, em certos momentos fiquei desanimado. Ó, minha querida, como preciso de você. Mas também havia uma grande doçura para te mandar, como há uma também esta noite morrendo de sono e de ternura. Te beijo, meu amor, longamente, mas te deixando respirar, claro.

45 — ALBERT CAMUS A MARIA CASARÈS

Segunda-feira, 10 horas [27 de dezembro de 1948]

Prefiro não reler o que te escrevi ontem, tonto de sono, e melancólico como as ruas de Argel debaixo de chuva. Agora de manhã, o sol inunda o meu quarto. Dormi dez horas, sem um sonho, o sono de depois do amor. E está fazendo um dia esplêndido na cidade. Argel é a cidade das manhãs, eu tinha esquecido.

Hoje almoçarei na casa da minha mãe, no subúrbio onde passei a juventude inteira.

Como foi seu almoço de ontem? Eu daria a mão (exagerando) para passear esta manhã com você, diante do mar, e te ensinar a amar o que eu amo, safada filha dos ventos. Veja só, o sol está batendo no meu papel, e traço estas palavras bem no meio de uma poça de ouro. (Ontem encontrei num livro esta definição do sol: o feroz olho de ouro da eternidade. Mas quem está certo é Rimbaud, a eternidade é o mar misturado com o sol.[1] Está vendo? As manhãs de Argel me deixam lírico.)

Escrevo cada vez pior e cada vez menor. Deve querer dizer alguma coisa. Mas sinto uma força cada vez maior, um coração completamente novo, o mais belo amor. Espero com paciência. Esta noite certamente vou pensar diferente. Enquanto isso, sinto a confiança mais densa e obstinada. Gustave Doré é que dizia que em se tratando de arte, ele tinha a paciência de um boi.[2] Hoje de manhã eu sou um boi em amor (quer dizer, não totalmente...).

Você pelo menos me escreveu? Por mais paciente que eu seja, meu sangue ferve quando penso nessas horas e nesses dias perdidos. Não consigo pensar nas nossas noites diante da lareira sem ficar de coração apertado. Você não conseguirá manter o fogo aceso na minha ausência, é evidente. Mas pelo menos tente, e tome conta dele. O gênero Vestal lhe cai muito bem. Daqui a uma semana vou raptá-la. Daqui a uma semana... de repente a paciência já não é tanta. Me escreva muito, mande um pouco de você para esta cidade que te espera, continue voltada para mim, me ame como no dia 24 à meia-noite e, se estiver deprimida, me perdoe por estar me sentindo tão vivo esta manhã. Mas o sol e você...

Te beijo, meu amor, com todas as minhas forças.

AC

46 — ALBERT CAMUS A MARIA CASARÈS

Terça-feira [28 de dezembro de 1948]

Só uma palavrinha, minha querida, para que este dia não termine sem que eu lhe tenha escrito. Já é tarde e eu estou curiosamente cansado, ou melhor desgastado por um dia inteiro me deparando com lembranças, o bairro onde fui criado, parentes esquecidos, um amigo de infância com quem acabo de jantar. Voltarei o menos possível a Argel. Em certo sentido, é ótimo, você poderá

---

1 Arthur Rimbaud, "A Eternidade", em *Uma temporada no inferno*: "Ela foi achada! / O quê? a eternidade / É o mar misturado / Com o sol", primeira e última estrofe do poema.
2 Albert Camus repete esta citação nos seus *Cadernos de notas* (II, Folio, 2013, p. 101); ela foi extraída de uma carta de Van Gogh ao irmão Theo, com data de 28 de outubro de 1883.

me levar à sua Bretanha pré-natal.[1] Felizmente, tem a minha mãe e eu faria de tudo para que você a conhecesse. Hoje, no almoço, o seu nome estava nos meus lábios o tempo todo. Me deu vontade de falar de você a ela, de nós. O que me conteve foi o desejo de deixá-la em paz, de não perturbar esse coração tão puro e bom. E no entanto teria sido uma espécie de libertação para mim confiar a ela a minha alegria e a minha tristeza. Ela é a única pessoa a quem eu gostaria de desvendar um pouco esse amor profundo que hoje é toda a minha vida. Não estou certo de que ela o entendesse. Mas tenho certeza de que vai me entender, porque me ama. Não hesito em lhe dizer essas coisas, embora saiba que vão despertar o que há de doloroso em você. Mas elas são verdadeiras e não posso escondê-las de você. E também servirão para lhe dizer que eu entendo essa parte sua sobre a qual você se cala. Na medida em que for possível partilhar uma dor, o seu sofrimento é meu, meu amor.

Está fazendo um dia admirável. Mas eu só penso em partir, fugir daqui e finalmente vê-la de novo. Não parei de pensar em você, você me acompanha mesmo quando não quer. Tenho a sua foto no meu quarto, e volta e meia fico enternecido. Fora dele, tudo me lembra da nossa vida, e volta e meia também fico impaciente.

Esperava uma carta sua hoje. Mas ainda é muito cedo e minha pequena decepção dessa noite, encontrando a caixa de correio vazia, é perfeitamente estúpida. Me resta te imaginar, o que estou tentando fazer. Muito puramente, por sinal. Esqueça da carne um mês, e ela vai te esquecer seis meses. É verdade mesmo. Mas o que me assusta é o sétimo mês.

Você! Como eu te espero. A água está subindo no meu coração. Boa noite, meu amor.

Quarta-feira de manhã [29 de dezembro de 1948]

Uma carta sua. Você foi maravilhosa de ter escrito tão rápido e me escrever o que escreveu. Como sempre, fico preocupado quando você me dá uma alegria muito grande. Você diz que eu não devo perguntar o porquê nem o como. Mas naturalmente é o porquê e o como que tenho vontade de perguntar. Como vê, sou mesmo um imbecil incorrigível. O que no entanto não me

---

1 Albert Camus se refere aqui a Camaret-sur-Mer, no departamento de Finisterra, onde Maria e a mãe estiveram pela primeira vez em 1937, lá encontrando o mesmo clima atlântico da sua querida Galícia. Ver nota 1, p. 565.

impede de saborear bem lá no fundo uma imensa felicidade, parecida com a sua. Minha querida, me diga também o que tudo isso significa, se é um ápice desses que a gente atinge às vezes e se vai durar. Os dias aqui se arrastam e vivem apenas por você e a espera em que me encontro. Preciso que fale comigo com toda entrega. Chegamos a um ponto em que nada pode nos separar, em que finalmente consentimos um ao outro. Eu sempre desejei, e violentamente, me entregar a você, com meus defeitos e minhas qualidades, totalmente.

Hoje você é a única pessoa a quem eu posso e desejo abrir todo o meu coração. E assim cada gesto, cada grito que vem de você me dá uma alegria quase dolorosa: e então me parece que você também se entrega a mim.

Escreva, meu amor. Fale comigo como se nossos lábios se tocassem. Te espero e te amo.

AC

47 — MARIA CASARÈS A ALBERT CAMUS

Terça-feira, não, quinta-feira, 30 [dezembro de 1948]

Nem sei mais como é que estou vivendo.

Recebi sua primeira carta. Você me ama! Não resta dúvida, pois não ficaria preocupado com meu estado de abatimento ou de entusiasmo ao ler suas cartas se não me amasse. Então, certa de que me ama, que mais poderia eu desejar?!

Pois bem, não se atormente. Estou exatamente no estado indicado para rir de prazer diante da sua vitalidade, que aparentemente é levada ao extremo por Argel. Estou no estado de te amar tanto e de tal maneira que tudo que vier de você será recebido exatamente como você deu.

Estou feliz, muito embora nesses dias e nessas longas noites em que não consigo dormir fique pensando muito, e de uma forma nem sempre divertida. E por sinal é nesses momentos que saboreio essa nova felicidade, totalmente desprovida de loucura e cegueira; é neles que vejo que ela é verdadeira pois nada neste momento seria capaz de me levar a uma embriaguez passageira. Não, ela está aí, séria, clarividente e firme e me faz tremer de espanto, de temor, de esperança. Ela me traz uma perturbação quente e eu me sinto mulher... tua mulher!

Como vai você? Como vão transcorrendo aí esses dias ruins? Que rumo tomam as coisas? Está triste?

E quando vai voltar para mim? Como é demorado, como é duro! Por que esses dias sem você me parecem tão mais longos que os que passei em Giverny, e por que no fim das contas uma falta consegue me deixar feliz? Por que você de repente botou em mim ao partir uma vida toda agitada, como uma criança que estivesse em mim e da qual me orgulhasse tanto!? Por que tudo isso de repente, e não antes ou depois — ou nunca?

Um milagre? Estado de graça?

Eu sonhei (perdão). Sonhei que estava ajoelhada e bem no alto do altar da minha fé a sua voz falava. Você, de quem jamais eu duvidaria.

E no entanto está tudo contra nós, tudo, eu sei mais que nunca e por mais que vire e revire o problema em todos os sentidos, não consigo encontrar uma solução. E a coisa recomeça e assim vão meus dias e minhas noites desde que você se foi.

Ah, venha logo e entre as suas pernas longas, agora que tenho essa confiança ilimitada em você, em mim, em nós, talvez você me ensine a confiança na vida!

Aí tudo vai acontecer por si só... E vou levá-lo para o meio do vento, da chuva forte, das rosáceas das ondas com cheiro de algas, e o farei entender, "safado lacustre queimado de sol", o farei entender e amar esse movimento infinito, todo molhado, salgado, no qual só podemos viver no passado, de tal forma o instante é fugitivo, inacessível.

Te amo. Me escreva. Sem explicar por quê, beije sua mãe por mim.

Te amo, volte o mais rápido possível e fique tranquilo, calmo. Estou bem perto, bem perto de você, agarradinha. Ajuizada. Séria. Fremente e... morna! Morna também, posso lhe garantir, por ser bovina.

Boa noite.

M.

48 — ALBERT CAMUS A MARIA CASARÈS[1]

[31 de dezembro de 1948]

FELIZ ANO-NOVO ESTOU COM VOCÊ, ALBERT

---

1 Telegrama.

49 — ALBERT CAMUS A MARIA CASARÈS

Sexta-feira, 10 horas [31 de dezembro de 1948]

    Acabo de receber seu telegrama, minha querida. Eu também desejo que isso não tenha fim. E este ano começa com felicidade e beleza, pois você nunca me deu tanto. Embora sempre haja uma inquietação no fundo das minhas maiores alegrias, não deixa de ser verdade que desta vez eu me deixo ir para você, sem pensar em nada senão nessa felicidade que existe agora entre nós. Será possível que finalmente poderemos nos apoiar um no outro, de verdade!? Me parece que nesse caso não haveria mais limite para minhas forças. E, para tudo aquilo que quero fazer, preciso de forças sem limites.
    Tudo isso, que me deixa maravilhado, me parece no entanto natural, no fim das contas. Você é o que eu tenho de mais interior, a minha referência, e com todas as nossas diferenças nós somos tão parecidos, tão fraternos e cúmplices (no bom sentido da palavra) que até os excessos da paixão e da fúria não serão capazes de perturbar um amor mais forte que nós. Simplesmente, era preciso reconhecê-lo. E ter sempre em mente. Aconteça o que acontecer, haverá sempre esse lago, tão profundo que nada poderá perturbá-lo realmente.
    Estou lhe dizendo tudo isso muito mal porque estou desorientado aqui, estranhamente inapto, incapaz de fazer qualquer coisa. Acho que estou precisando de você. Já não sou capaz nem mesmo de te escrever. Sonho com frequência. Sonho sobretudo com você perto de mim, com um tempo em que não precisaremos mais falar desse amor. Sim, eu queria não falar mais dele e que ele se tornasse tão interior na nossa vida, tão misturado a nossa respiração... amar como se respira, é isto. E viver e lutar juntos, com a certeza. Querida, como lhe agradeço pelo que você me dá, e como gostaria de expandir e fortalecer essa felicidade que você diz estar sentindo...
    Vou parar por aqui. Anos felizes, meu amor! Anos juntos, e que eu não morra longe de você... Sinto uma vontade idiota de chorar, mas é o transbordamento da vida. Eu a aperto contra mim, demoradamente,

                                                        Albert

1949

MARIA CASARÈS A ALBERT CAMUS

Sábado à noite [1º de janeiro de 1949]

Aqui estou, "consentindo" e falando com você com "nossos lábios se tocando".

Apenas (tenho vontade de rir de felicidade) é demais, e denso demais, e confuso demais. Mas não há o que temer: todas essas coisas que se atropelam em mim velhas e novas ao mesmo tempo se emaranham e se confundem, mas sinto que transbordam sumo, cheias de seiva e não posso imaginar que venham desaparecer de uma hora para outra.

Oh, estou com medo, eu também, um medo terrível e se você me visse toda enroscada, guardando, e mesmo escondendo esse novo tesouro que acabo de descobrir, acho que sentiria minha súbita imensidão e teria menos receio.

Por sinal, parece que dá para perceber. Mas estou com medo — não sei por quê — e pela primeira vez na vida baixo os olhos quando me olham muito.

Quanto a saber por que ou como, te espero, meu amor, para entendermos juntos. Se você me receber bem no fundo de você como vai fazer, finalmente poderei ser absolutamente transparente.

Mas está tudo igual; através de um véu, olho tudo e todos com mais simpatia, talvez, amo mais ao meu redor, só isto. Quanto a nós, é o que ocupa minha vida e tudo na minha vida agora é amor. Um exemplo, detalhe, independente de tudo, para te mostrar: me apanhei querendo ter um filho seu e desejando que esteja junto a mim no parto.

Oh, não, não se torture! Logo eu tratei de me passar um carão. Não pode ser, e eu só senti uma tristeza pesada, mas muito suave.

Não diga nada à sua mamãe. Ela está muito longe e serviria apenas para atormentá-la, te amando como ela ama.

E sobretudo, acima de tudo não fale com mais ninguém. Tenho medo.

Espere para falar disso comigo, desdobrada. Ninguém no mundo vai ouvi-lo melhor.

Meu amor, pense bem. Sim, chegamos ao ponto em que nada jamais será capaz de nos separar, ao consentimento e à entrega mútuos, mas antes de nos comprometermos nesse caminho, reflita. Que nunca mais você tenha de se arrepender de uma imprudência como fez uma vez.

É tão sério e temos tanto e tanto contra nós. Venha logo e me tire dessa angústia que toma conta de mim quando fico sozinha conosco.

Venha logo. Te espero, toda voltada para você, e rezo, rezo, rezo.

Te beijo muito te abraçando, te amo.

M.

Me escreva. Você não imagina a felicidade que sua caligrafia tão querida me traz. Ela é o seu olhar e um certo sorriso.

Recebi suas rosas. Estava mesmo esperando, mas de repente elas encheram a casa; deram ao meu quarto um ar de festa. Muito mais do que eu esperava.

51 — ALBERT CAMUS A MARIA CASARÈS

1º de janeiro [1949]

O ano começa sem que eu possa tê-la nos meus braços, meu amor, e eu nunca senti sua ausência tão amargamente. É verdade que você não me escreveu e que fico me perguntando coisas a seu respeito a perder de vista. Não fosse sua carta, seu telegrama, e essa espécie de choque que me deram, eu estaria bem mal. Espero que tenha me escrito desde então, e que volte a encontrá-la.

Minha tia será operada,[1] pela segunda vez, terça ou quarta-feira. Poderei viajar dois dias depois. De modo que estarei em Paris o mais tardar no fim da semana. A viagem de avião é à noite. Chegarei muito cedo a Orly e vou esperar que você acorde para ir ao seu encontro. Como vou ficar emocionado no elevador... É como se fosse encontrá-la pela primeira vez.

Por acaso pensou em mim, ontem, à meia-noite? Eu pensei com todas as minhas forças, voltado para você, com todo o arrebatamento do amor. Jantei com um dos meus primos, no clube dele. Havia lá uma garota que me torrava a paciência e que, vendo que eu não estava interessado, resolveu, por assim dizer, pegar o touro pelos chifres. Aparentemente, ela achava inconcebível que um homem preferisse ficar sozinho numa noite de ano-novo.

---

1 Antoinette Acault. Ver nota 1, p. 84.

E, por sinal era inconcebível, e eu não estava com a menor vontade de ficar sozinho. Queria estar com você. Queria sentir suas mãos nos meus ombros. No fim das contas, consegui desencorajar a irmã de caridade. E à meia-noite, sozinho no bar, quando as luzes se apagaram, bebi minha *fine à l'eau** com você, cheio de amor e de tristeza. Como vê, no gênero sentimental. Mas também havia uma doçura maravilhosa em me sentir acompanhado como estava. E depois voltei para casa, sob um céu coberto de estrelas enormes, e morno. Se me escrever, me conte o que fez nessa noite, a milhares de quilômetros, e sozinha, não é, como eu estava.

Hoje as coisas não vão tão bem. Estou louco para retornar e voltar a vê-la. Me parece que qualquer dessas horas que fogem pode destruir o que eu tenho de mais caro no mundo. Parece que Paris que é atualmente para mim o porto fervilhante de vida onde eu gostaria de me refugiar pode se transformar num segundo, com o seu afastamento, em uma ilha deserta. Tudo isso é estúpido e não tem o menor sentido. Mas me sinto cada vez mais mal aqui e preciso absolutamente te reencontrar, e ao mesmo tempo a mim mesmo. Até o momento de viajar para a América do Sul,[1] quero absolutamente me afastar do "mundo" e viver apenas do que você é e do que eu sou.

Esta carta é idiota. Mas talvez você consiga sentir nela algo desse incansável amor que finalmente me faz viver. Escreva, por favor, para que eu seja libertado e fique menos atrapalhado nas minhas inquietações. E até lá me mantenha perto de você, diante desse fogo no qual estou pensando. Te beijo e te espero.

A.

52 — ALBERT CAMUS A MARIA CASARÈS

2 de janeiro [1949]

Te espero. Espero sua carta. E nunca senti como nesta noite o vazio que vou arrastando quando você não está comigo. Nada, nada mais faz sentido para

---

* Conhaque com água. (*N. T.*)
1 Em 30 de junho de 1949, Albert Camus embarca para a América do Sul, onde daria uma série de conferências (sobre a crise espiritual do mundo contemporâneo e sobre o romance), a convite da direção geral de Relações Culturais do Quai d'Orsay, o ministério francês das Relações Exteriores.

mim. E aonde quer que vá nesse lugar onde deixei tanto de mim (suponha que você tivesse vivido na Espanha até os vinte anos e lá voltasse) me sinto um espectador, desligado, distraído e incapaz de dar alguma coisa de mim. Não sei mais viver.

53 — MARIA CASARÈS A ALBERT CAMUS

Segunda-feira à noite [3 de janeiro de 1949]

Felizmente, meu querido, ao voltar esta noite encontrei suas duas cartas (as de 31 e 1º) para levar um pouco de calor ao coração.

Até hoje fiquei exilada, longe do "mundo", mas infelizmente hoje tive de voltar para uma participação no rádio à tarde e uma récita à noite. E em poucas horas eles deram um jeito de me fazer mal de todas as maneiras.

Só o público do *Estado de sítio* foi gentil; mas os outros... se tivessem descoberto minha felicidade e tivessem dado as mãos para destruí-la, não teriam se saído melhor.

Finalmente! Mais dois dias de rádio e depois, tranquilidade, calma até o dia 14 (nova récita) e... você.

Oh, sim! Você. Se soubesse da minha apatia, da minha saudade da sua presença e como me sinto sozinha! Esta noite, meu querido, queria tanto chorar abraçada a você, com você. Queria tanto me enroscar em você. Pequenininha. Aqui estou pequenininha e sozinha sem você. E humilhada, terrivelmente humilhada.

Mas deixa para lá.

Na noite do *Réveillon*, eu não estava sozinha. Passei a noite até meia-noite e quinze na casa do meu pai com ele e Pitou.

Ouvimos rádio. Rádio Espanha. E esperando as doze batidas do relógio do Ministério do Interior (Puerta del Sol), tivemos de aguentar um discurso de Franco, primeiro, e depois, para me reconciliar com o céu, *La Vie en rose*, cantada por Édith Piaf.

Eu estava sentimental, mas feliz, paciente e bem, reconciliada. Papai estava muito cansado nessa noite, e eu fiz o melhor possível para distraí-lo. Em tudo isso, nem um único segundo você me deixou, e quando chegou a meia-noite eu me concentrei de tal maneira em sentir forte os meus desejos que me confundi com as passas e comi dezesseis em vez de doze, não sei muito bem como, para desespero do meu pai, que achou que eu ia me sufocar e em meio às gargalhadas de Mireille[1] e Angèle.

Quando terminei, estava com os olhos cheios de lágrimas e alguma coisa que deixou todo mundo calado.

Depois voltei para meus aposentos com você.

Foi assim o meu *Réveillon*.

Oh, depressa sexta-feira ou sábado! Como o tempo se prolonga! Eu também fico muito perturbada à ideia de voltar a vê-lo, como se devesse acontecer uma coisa muito grave. Mas você, não fique pensando nisso. Pode se decepcionar, e seria terrível. Está sabendo que agora vou me mostrar exatamente como sou?

Diga lá, quem é essa mulher "insistente" que queria tanto que você passasse o réveillon com ela?

Te amo. Venha. Me ajude a viver bem. E também me proteja. Se entregue a mim e que eu possa também te ajudar. Te abraço com força.

M.

54 — ALBERT CAMUS A MARIA CASARÈS

Segunda-feira, 3 [janeiro de 1949]

Só hoje recebi sua carta de quinta-feira. Eu sabia que tinha alguma coisa a ver com os feriados e folgas dos correios, mas passei os últimos dias nervoso. Ontem à noite, ao voltar para cá, comecei a te escrever uma carta meio louca. Mas depois resolvi me deitar e esperar. Enquanto isso, minha recompensa estava viajando. E tinha chegado hoje de manhã.

Naturalmente, entre domingo e quinta-feira você não me escreveu. Mas não é muito para conseguir chegar ao fim de uma carta que me dá tanta alegria. Tem certas coisas que você escreve, às vezes sem saber muito bem, e que fazem mais pelo meu amor que todas as graças do céu.

Mas estou escrevendo com pressa só para dizer o seguinte. A segunda operação foi adiada em uma semana pelo menos e eu vou embora sem esperar. O doutor me garante que ela vai conseguir, ou seja, que a pobre coitada terá dois ou três anos de sursis. Ela só queria me ver e ela mesma me estimula a partir (ela não sabe o que tem). Vou tentar encontrar lugar e pode ser que chegue

---

1 Mireille Dorion, ver nota 4, p. 69.

junto com esta carta. Vou te telefonar, caso te dê na cabeça de ir para o mar nesse dia. Na verdade, não faz mais sentido ficar aqui, estou fervilhando e só penso numa coisa: você.

Estou voltando com projetos bem claros: nós, primeiro que tudo, e depois meu trabalho. Antes de maio preciso concluir minha peça e meu ensaio.[1] Por favor me ajude. Pode fazê-lo me chamando ao dever, me cutucando, quando eu começar a me dispersar. Quero me afastar de tudo, exceto disso, pelo tempo que for necessário.

Te amo. Bela e grave! Como gostaria de vê-la neste momento. Penso em você nesse filme em que gostei tanto de vê-la: o mais lindo dos rostos, uma alma visível, o sofrimento... sim, como você estava linda! Como sabe sê-lo, às vezes, comigo, nessa ponta do tempo em que não há felicidade nem infelicidade, mas apenas o amor e seu silêncio. Como essas praias que você ama e nas quais o céu não acaba mais.

Te amo. Esta é, espero, minha última carta. Vamos viver um do outro. Quanta força e quanta felicidade estou sentindo agora. E como vou beijá-la logo, logo.

A.

Vou pensar em você esta noite inteira durante a récita mensal de *Estado de sítio*.[2] Li nos jornais daqui que o referido *Sítio* seria substituído por uma peça de Marcel Achard. Espero que mantenham uma récita trimestral.

55 — ALBERT CAMUS A MARIA CASARÈS[3]

5 de janeiro de 1949

QUINTA-FEIRA EXCETO SE FIZER MAU TEMPO. ALBERT.

---

1 *O homem revoltado*, que só seria publicado pela Gallimard em 2 de novembro de 1951.
2 *Estado de sítio* é um fracasso; a crítica é ruim, e a venda de ingressos não corresponde às expectativas.
3 Telegrama.

56 — ALBERT CAMUS A MARIA CASARÈS[1]

[meados de janeiro de 1949]

Obrigado, meu amor, por ter sido minha Victoire[2] até o fim, tão maravilhosamente!

57 — MARIA CASARÈS A ALBERT CAMUS[3]

[meados de fevereiro de 1949]

[no verso:]
A Srta. Maria Casarès convida o Sr. Albert Camus a lhe dar a honra de sua presença na festa de inauguração da nova casa.

[na frente:]
em sua residência na rua de Vaugirard, 148, 7º andar.
SANTIAGO CASARÈS QUIROGA

na segunda-feira 21 de fevereiro a partir das 19 horas (estritamente pessoal). Traje passeio.

58 — ALBERT CAMUS A MARIA CASARÈS[4]

[21 de fevereiro de 1949]

São as rosas da casa nova. A.

---

1 Cartão de visita referente, provavelmente, ao fim das récitas de *Estado de sítio*, estreada em 27 de outubro de 1948 e representada vinte e três vezes.
2 Maria interpreta o papel de Victoria em *Estado de sítio*.
3 Cartão de visita em nome do pai de Maria Casarès.
4 Cartão envelopado.

59 — ALBERT CAMUS A MARIA CASARÈS

Segunda-feira, 10 horas [7 de março de 1949]

Meu querido amor,
Desde a noite de sábado estou aqui às voltas com ideias ruins e imagens ainda piores. Ontem de manhã pensei em te telefonar de Le Bourget.[1] Mas eram dez horas e achei que poderia acordá-la. Ontem à noite, pensei em te escrever ao voltar para casa. Mas já era tarde, eu estava cansado e fiquei com receio de abrir espaço demais para lamentações. Desejo que você esteja perto de mim, de coração, neste momento, no fim das contas é a única coisa que vale a pena dizer.
E o melhor é fazer um relato da minha pequena viagem. Uma carta que vai ficar sem resposta e que felizmente pode se eximir de ser pessoal. Pois bem, aí vai! Encontrei Londres debaixo de neve e absolutamente deserta, era domingo. Eu estava sendo esperado por Dadelsen,[2] um velho amigo, e pelo diretor acompanhado de dois intérpretes, uma Cesônia passável e um Calígula que por sinal constatei se parecer com um sorveteiro (você sabe, desses das carrocinhas). Em seguida, restaurante grego, onde nos atiramos na cozinha grega, que é ruim, preparada à maneira inglesa, o que é pior ainda. Vou para o hotel, razoável, para repousar meu estômago torturado. Me lembrava com saudade do *Granada*, que tem um chef virtuose, em comparação com os envenenadores de Londres. Depois, ensaio. O teatro, mais parece que estamos em La Villette. Mas é de vanguarda, o que salva tudo.
E aí tive algumas surpresas. Cipião tinha uma deformidade na coluna vertebral que lhe dava um ar de retardado. O velho senador tinha uma das mãos paralisada. Quereia usava uma toga cereja. Cesônia um vestido Folies Bergère com uma transparência que lhe mostrava as pernas até o delta das delícias (dizem as *Mil e uma noites*). Havia no palco uma estátua em pé de Péricles, chegando a dois ou três metros, e um espelho oval, encomendado em Barbès,

---

1 Albert Camus pega um avião para Londres para assistir aos ensaios de *Calígula*.
2 Albert Camus trava conhecimento com Jean-Paul de Dadelsen (1913-1957) em 1941, em Orã, onde trabalha como professor. Poeta e tradutor, esse brilhante professor germanista se alista como oficial em 1942 nas Forças Francesas Livres; torna-se mais adiante correspondente do *Combat* em Londres, fornecendo informativos regularmente à BBC. Albert Camus se empenharia em divulgar sua poesia, suscitando uma coletânea póstuma de seus poemas na Gallimard (*Jonas*, 1962).

no estilo metrô. E muita cortina. A Roma dos Césares mobiliada e vestida ao estilo Porte de Saint Ouen.

Começa a função e eu começo a entender que as coisas se encaixavam. Calígula, se não vendesse sorvetes na vida comum, devia ser vendedor de espetinhos no boulevard des Chasseurs em Orã, representante de vassouras no boulevard Voltaire ou guia especial no Barrio Chino.

O imperador byroniano bate no meu ombro, tem uma cabeleira encaracolada e espessa, a pele visivelmente suada e um ventre avantajado. Ou seja, Nero depois de uma refeição à antiga. Muito ardor, mas sem estilo. Ele representa instintivamente, como se diz, o que significa que não entende uma palavra do texto. Ainda por cima, como é grego, um sotaque segundo Dadelsen surpreendente.

A partir daí, eu já me achava conformado com tudo. Que ingenuidade! Não estava contando com os balés. Pois também há balés. Quando Calígula leva a mulher de Múcio, compelido pela natureza, três dançarinos, meio abissínios, meio franciscanos, fazem no palco a mímica do amor, escolhem trinta e duas posições, se agarram pelas coxas e, de costas, esfregam a bunda uns nos outros. No segundo ato, Calígula vestido de Vênus dança um balé com os mesmos soldados (imagine o vendedor de bolinhos dançando com *seios falsos*) e é agarrado pelas nádegas pela respeitável companhia. Como essa acabou comigo, fui tomar um uísque. Mas já tinha passado da hora e só havia café, que tomei para esquecer e que me impediu de dormir boa parte da noite. Para acabarem comigo de vez, me arrastaram de novo para o restaurante grego, o que me impediu de dormir o resto da noite. Dormi uma hora, sonhando com balés monstruosos nos quais eu aparecia com o rei Jorge VI. O mais forte é que na terça-feira à noite uma plateia de embaixadores e mulheres do mundo está convocada para assistir a essas audácias bem francesas e ter uma ideia do teatro de Paris. E eu estarei lá, sonhando apenas com uma coisa, desaparecer, até na hora do avião.

Estou sonhando com outra coisa, naturalmente, mas espero retornar para te dizer: meu relacionamento acabou. Toda vez que te deixo, sinto uma angústia e um tremor no fundo do coração. Onde você está? Onde você está, meu amor? Está me esperando, não é, como eu te espero, com a mesma forte e longa fidelidade, com temor e certeza. Desde domingo há um mar entre nós. Mas realmente é como se a tivesse trazido comigo, você não me deixou. Até quarta-feira, minha querida. Até breve, porto, pasto, pradaria, pão, piroga... Te beijo, te aperto contra mim...

A.

Estou no Basil Street Hotel. Knightsbridge London. Mas você não terá tempo de me escrever. Estou chegando.

60 — MARIA CASARÈS A ALBERT CAMUS

[21 de junho de 1949]

Me perdoe. Me perdoe, meu querido. Seu lindo rosto cansado. Dorme, dorme em paz. Pode ficar em paz, você tem direito.

Me perdoe por ter sido má. Tão má... como é possível? Com você, minha vida?

Mas eu te amo tanto. Estou tão desacostumada a amar dessa maneira. Me sinto tão superada por essa raiva hora doce hora violenta que toma conta de mim cada dia mais para me arrastar... para onde? Quase chego a sentir medo. Se de repente não o tivesse mais, se você desaparecesse, se eu tivesse de conviver com a ideia de que você não existe, que aconteceria? Esta noite não paro de pensar nisso e sou tomada de tal vertigem que, se fosse acordá-lo, acho que me vestiria e iria direto para sua casa; pois só você pode me acalmar.

Meu amor, esta semana que vem. Esses dias que vão correr sem você. Esses meses em que você não estará aqui pela minha calma e a minha esperança. Ah, como é duro!

Se cuida. Se cuida bem. Na alegria ou na dor, mas sempre feliz por você, preciso tanto da sua presença, dos sorrisos, dos risos que você me traz, da confiança que você me traz, da mágoa e da raiva que você me traz.

Oh, sim, agora sei mais que nunca como, a que ponto te amo. Finalmente conheço esse amor que ultrapassa a medida de duas pessoas e que traz em si todas as riquezas e todas as misérias do Universo. Eu o pressentia, cheguei até a passar perto dele; mas agora ele está aqui, bem aqui, existente; daria para tocá-lo.

E eu estou com medo, de repente. Posso dizer a você, ao meu amigo (também), estou com um medo terrível. Tento até lutar, me debater como se tivesse caído numa armadilha. Tem em mim alguma coisa que se revolta, que recusa, que não quer se entregar.

Me ouça. Eu amei, tenho certeza de que amei, mas nunca, nunca dei mais do que queria dar. E agora, no momento em que já é tarde para oferecer tudo já que você não pode aceitar tudo, já que não tem o que fazer com isso, aqui estou eu, contra minha vontade, completamente aberta, sem defesas, sem planejar nada. É a armadilha que me estava destinada, e talvez seja contra ela que alguma coisa em mim quer se rebelar. Ou talvez certo gosto da solidão. Mas não, a solidão você também me dá e você também me dá a liberdade.

Não sei, nem quero investigar. Para quê? Não adianta nada e tudo já está perdido (ou ganho?) para começo de conversa. Histórias de como e por que que desmoronam à simples ideia de que você vai embora, de que talvez venha a rir ou sofrer... sobretudo sofrer, longe de mim, e eu não estarei presente para tentar muito sem jeito te olhar com amor. Ah, como dói!

Mas por que está doendo tanto? Dois meses e meio passam muito depressa e depois você estará aqui, ao meu alcance, quase. Querido! Está sentindo minha vida bater em você? Será que tenho esperanças de te levar doçura, plenitude, novas forças? Se você soubesse... Que Deus abominável pôs entre duas pessoas que se amam tanto e tão próximas uma da outra esse infinito que nunca sabemos se será preenchido? Por que não me é permitido saber se a imensa ternura que enche meu coração esta noite chega a você, e o cerca e o embala esta noite para tornar o seu sono tão bom, tão calmo, tão suave quanto o da morte de um santo? Por que nos deixar sempre gritar sem voz e gesticular na noite? Por quê? Para quem?

Mas para o outro, talvez. Para você. Para poder, para saber te reencontrar nesta terra, pois como eu poderia tê-lo reconhecido se você não fosse o único com quem tenho certeza de me encontrar na solidão, além da sua solidão e da minha, no conhecimento que você tem de mim e no que eu tive de você instintivamente, desde o primeiro momento.

Ah, sim, é isso! Agora me dou conta do quanto sempre me senti perto de você, durante as suas horas de desespero e isolamento. Eu te encontrava tão bem e com tanta facilidade, e de repente tinha uma espécie de pressentimento do universo, de repente me parecia que o círculo se fechava através de nós, ao nosso redor, e tudo ficava claro. Nem mesmo era uma visão, mas uma espécie de ilusão de relâmpago, tão boa, tão completa, tão plena...

Você vai achar que estou louca ou idiota ao ler esta carta amanhã. Naturalmente. Apenas, esta noite estava com o coração pesado demais para ir deitar sem falar com você, e achei que se lhe contasse o que me passava pela cabeça ficaria melhor. E de fato estou melhor. Bem melhor.

Não ria muito de mim. Garanto que eu queria simplesmente te dizer meu amor e não sabia muito bem como fazer; e aí decidi contar o que me passava pela cabeça... Sim. Pensar em voz alta com você. Nunca tive coragem de fazê-lo na sua presença para não o aborrecer. Mas daqui em diante, até o mês de agosto como vou me divertir no meu diário!... E pensar que você terá de lê-lo, acho muita graça!

Vamos, meu querido, me despeço te beijando como você vai ver num instante...

M.V.

61 — MARIA CASARÈS A ALBERT CAMUS

Paris, 23 [de junho de 1949] *noite*

Não é a primeira vez que lhe escrevo desde que você se foi e já contei muitas coisas, mas você só ficará sabendo... muito tarde. Eu fui corajosa, muito corajosa até o anoitecer. Pitou e eu caminhamos muito quando você se despediu e eu ainda estava com coragem. Estava completamente arrasada, dormindo dentro de uma concha que arrumei para mim para não fraquejar. Só ao voltar para casa é que tudo quase desabou. Mas eu ainda aguentei firme, ainda, até cair na cama — e aí de repente tudo desmoronou e durou muito tempo.

Hoje de manhã ainda acordei em "estado de morte", no abstrato, no nada, mas pouco a pouco, como tudo me levava de volta a você, vivi um pouco, aos solavancos, aos beliscões.

Fiquei muito tempo deitada no sol. Não sei por quê, mas não parei de pensar em Verdelot.[1] O sol e a varanda, talvez, e você, longe. Verdelot. Será possível que você não entendeu com o coração também? E no entanto tem algo verdadeiro na sua desilusão; algo que não aconteceria mais agora, e que é o seguinte, mesmo que agisse da mesma forma, havia naquele momento na minha decisão, na minha aceitação de não ir ao seu encontro, um sopro de frivolidade que hoje não existiria mais. Aquele toque de despreocupação que eu chamava de "amor do mito" agora não significa mais nada.

Sua presença, você, seu corpo, suas mãos, seu belo rosto, seu sorriso, seus maravilhosos olhos claros, sua voz, sua presença junto a mim, sua cabeça no meu pescoço, seus braços ao meu redor, é tudo de que preciso no momento.

---

1 Referência à "ruptura" de 1944, ver p.15. Maria Casarès não quis ir ao encontro de Albert Camus, que se refugiou na casa de Brice Parain em Verdelot (Seine-et-Marne) após a denúncia da rede *Combat*.

Alguma coisa sua, seu bilhete recebido esta noite, ah, como ele me trouxe alegria e mágoa, e o beijei sem saber por quê, sem literatura, sem romantismo, quase com desejo porque vinha de você e eu podia tocá-lo.

Apesar disso, meu querido, tento me armar de coragem e paciência — acho que o mês mais difícil será o mês de julho. Será o primeiro em que ainda é difícil admitir a esperança e no qual não terei nada de você, mas lhe garanto, estarei toda voltada para a espera da primeira carta. O que fará o tempo passar.

Quanto à mágoa, ela é boa, não se preocupe. Eu, tão pobre, tão miserável neste momento, sem nada seu, nem sequer suas coisas, seus amigos, nada, sinto-me rica demais de todo esse amor que você me deixou para cuidar, tão rica e tão pesada que chego a sufocar e morro esperando o momento em que você vira me libertar. Talvez ao voltar você me encontre adormecida, habituada à morte, inanimada. Terá forças para me despertar? Ainda poderá ser meu Príncipe Encantado?

Enquanto isso, não esqueça que sua volta me é necessária e volte para mim, tranquilo, saudável, descansado, feliz. Cuide-se bem meu amor. Cuide-se como nunca se cuidou. É a maior prova de amor que pode me dar. Está vendo? Hoje eu estava sem fome e se até meio-dia não botei nada na boca (também acontece de pular uma refeição), à noite passei um carão em mim mesma e comi direito.

Agora já é tarde e vou me deitar; mas é tão difícil deixá-lo. Há muito tempo estou falando com você (ver diário), mas a ideia de que é a última carta antes do muro, antes da solidão, me dói de tal maneira...

Que fazer para fazê-lo ouvir meu grito de amor e que ele fique ecoando em todo o meu oceano até o momento em que você vai pular do outro lado para voltar rápido para mim com sua querida caligrafia?

Não me esqueça — não me esqueça nunca. Viva o quanto quiser, mas uma vida que não seja sua. Eu tenho confiança, meu amor, uma confiança total em você, só em você. Te amo,

M.

62 — ALBERT CAMUS A MARIA CASARÈS

Sexta-feira [24 de junho de 1949]

Minha querida,
Cheguei ontem às 18h,[1] depois de uma viagem de doze horas, sem problemas. Apenas, meu coração ficava um pouco mais apertado à medida que as cidades iam passando. Dormi mal, atormentado por imagens pavorosas. E hoje me sinto no fundo de todas as aflições. Vou tentar reagir. Felizmente, tem essa região. Não precisa sentir ciúmes dela. O que eu adoro nela é o que amo em você, uma força ao mesmo tempo sombria e clara, uma ternura rude, videiras escuras, noites misteriosas e o cipreste, flexível e reto como você. Hoje o vento está soprando.
Espero encontrar um pouco de paz no mar, nesses longos dias. Mas a verdadeira paz bem sei onde vou encontrar — junto de você, sozinhos no mundo, com a eternidade do amor. Pelo menos quero recuperar nesses meses as forças de que preciso para levar esse amor ao triunfo. E vou me empenhar com todas as forças.
Enquanto isso, penso em você, em Paris, e também nesses dias felizes cuja lembrança não me deixa. São eles que me ajudam a viver, a continuar, e a te esperar. Eu vivo deles. Tudo mais não passa de ruído e tormento, como esses dias de loucura em que nos dilaceramos e dos quais saí atordoado, parecendo coberto de chagas.
Me escreva — mais longamente do que tenho forças para fazer hoje. Me ame, me ame contra o mundo inteiro, contra você e contra mim — é assim que eu te amo. Tenho tanta sede de você! E por enquanto esse amor é apenas queimadura e exaltação. Mas as horas de ternura vão voltar, minha querida. E agora ela terá de durar para sempre.
Te beijo, te beijo, meu amor, e começo a te esperar, com angústia, com fervor — mas com todo o meu ser,

A.

---

1 Acompanhado de Robert Jaussaud, Albert Camus viaja de carro de Paris a L'Isle-sur-
-Sorgue, ao encontro da mulher e dos filhos, instalados na propriedade de Palerme.

63 — ALBERT CAMUS A MARIA CASARÈS

Domingo [26 de junho de 1949]

Meu amor,
Dois dias ainda, e que me aproximam desse corte que nem posso imaginar.[1] Dois dias difíceis, entremeados de noites infelizes cheias de imagens ruins. Estou literalmente sufocando. Frases suas que continuam a me perseguir, a angústia da partida e sobretudo a mentira — pois essa vida é uma vida mentirosa, e às vezes me dá vontade de gritar.

Felizmente ontem, no pior momento, chegou sua carta. E eu fui transportado pelo amor, a ternura, a gratidão que tenho por você. Sim, é preciso coragem e força. Não morra, não deixe morrer essa chama que há em você. Lá eu tentarei retomar o fôlego, e o fogo, e a força — e voltarei com a energia necessária para continuarmos à altura do que somos. Esse retorno, minha querida, você e o seu rosto.

Seu corpo... há momentos em que eu me rasgo de desejo. Mas é um desejo que não se limita a desfrutar de você, ele vai mais longe, em direção ao que há de mais secreto e maior em você, de que eu tenho uma sede perpétua.

Até essa manhã, de qualquer maneira, sua carta me trouxe. Mas essa manhã pensei que era a última que eu leria antes de longas semanas. E me senti desamparado. Privado de você, eu fico sem rumo. Mas preciso superar essa terrível depressão. O mar vai me ajudar. Fico meio envergonhado, me sentindo tão covarde e fraco. Você vai me encontrar melhor armado, por você e por mim. Mas prefiro não voltar a falar dessa volta.

Meu amor querido, penso no seu rosto de felicidade: é esta a minha verdadeira força, e a minha esperança. Cuide de nós e se faça bela, clara, forte. Prepare-se para a felicidade, é o nosso único a. E nunca mais me rejeite. Me aceite, não como alguém que aceite um destino sobre-humano, mas como se aceita um homem, com suas grandezas e suas fraquezas. Me espere, coloco tudo, eu mesmo, nosso amor, nas suas mãos durante essa ausência — com a mais cega confiança.

Te beijo desesperadamente, sem conseguir me separar de você, nem da terra em que você respira. Até breve, até muito breve, meu amor.

A

---

1 Albert Camus embarca em 30 de junho, em Marselha, para sua turnê de conferências na América do Sul, que vai percorrer até 31 de agosto de 1949.

Segunda-feira [27 de junho de 1949]

No último momento, algumas rápidas palavras para te dar uma boa notícia. O navio faz escala em Dakar por volta de 6 de julho. Você pode me escrever para o seguinte endereço:

A.C., a bordo do vapor francês *Campana*, aos cuidados da Sociedade de Encomendas do Senegal, boulevard Pinet Laprade, 35, Dakar.

Calcule o prazo por avião e me mande uma longa, longuíssima carta capaz de preencher os quinze dias de silêncio que se seguirão. Muito provavelmente também poderei te escrever. Não leve em conta as cartas enlouquecidas que escrevo — senão pelo amor que contêm. A bordo, ficarei infeliz de uma forma mais digna — e vou te escrever melhor. Até logo, meu amor. Elimino o que antecede e que não significa nada no papel. É da sua presença que eu preciso e que eu espero.

64 — ALBERT CAMUS A MARIA CASARÈS[1]

[30 de junho de 1949]

ESTOU INDO ESCREVA DAKAR CUIDE DE NÓS TE BEIJO COM TODAS AS FORÇAS ALBERT.

65 — MARIA CASARÈS A ALBERT CAMUS

Quinta-feira, 30 [junho de 1949] *(noite)*

Meu querido: Por todo lado a mesma frase: "Escreva para Dakar — Escreva para Dakar — Escreva para Dakar."

Meu pobre amor! Um dia depois de enviar a única carta que pude mandar para Avignon, fiquei sabendo que você faria uma escala em Dakar e que nas escalas é possível se corresponder. Não tinha mais como te avisar e passei dias esperando que você ficasse sabendo e fizesse o necessário. Não tinha coragem de escrever receando que sua partida fosse marcada para o dia 28. Você ficou sabendo a tempo, que maravilha, mas por que essa insistência angustiada em

---

1 Telegrama.

me pedir que escreva? Qual o seu temor? Meu amor! Suas cartas tão doídas, tão transbordantes de febre e angústia. Será por causa desse silêncio terrível que me é imposto? Mas ouça! Ouça bem. Se acalme, e aí, bem no meio desse mar imenso que o cerca — o meu mar — escuta. Eu amo demais esse oceano para que ele possa me trair, para que se mantenha surdo ao meu grito, e, se você se livrar dos pensamentos que por desgraça provoquei em você, se rejeitar as horríveis visões de que enchi a sua imaginação, se fechar os ouvidos às frases más que pronunciei, se, por fim, nu, você se voltar para essa água onde eu me fiz, vai me ouvir gritar o meu amor como nunca gritei diante de você, perto de você. Não se torture mais, meu querido. Conheço muito bem o inferno a que nos levam essas imagens terríveis para suportar a ideia de que você possa vivê-lo. Jogue tudo isso para bem longe de você. Não acrescente outro sofrimento ao meu, que já é tão pesado.

O mar está à sua frente. Veja como é pesado, denso, rico, forte; veja como vive, assustador em seu poder e energia, e pense que, por você, me tornei um pouco como ele. Pense que quando estou segura do seu amor não invejo absolutamente o mar por ser tão belo: o amo como irmã.

Se me acontece de me sentir diminuída, miserável, estéril, é exclusivamente porque comecei a duvidar; mas você me amando, você perto de mim, minha vida está preenchida, justificada. Sou eu, meu querido, só eu que preciso, durante esses dois longos meses, revivificar minhas forças para que nunca mais venha a duvidar. Você precisa apenas me amar, me amar muito; é tudo de que eu preciso para me sentir tão grande, tão vasta, tão povoada quanto esse oceano, quanto o universo; e também é o que basta para que o meu rosto tenha esse ar de felicidade que você ama. Nosso triunfo, nossa vitória está aí, em nenhum outro lugar.

Desde que você partiu, passei por muitos estados. Vai reconhecer todos eles, mais ou menos claramente, quando ler nosso diário. Todas as noites te escrevo, e nunca, acho eu, falei com tanta sinceridade.

Tive altos e baixos; e ainda tenho; mas à parte um dia e alguns momentos aqui e ali, no início da nossa separação, nunca mais os pensamentos ruins voltaram a aparecer.

Em compensação, não consigo pensar nesses longos dias que vêm, que passam, sem sentir fisicamente meu coração cair, e me parece difícil superar. Mas faço um esforço considerável, pois não posso me deixar afundar quando há você, nós e o depois. Preciso reagir e procuro as coisas mais capazes de me tirar desse torpor sombrio entrecortado de angústias tão violentas. Naturalmente, não consigo suportar ninguém nem o convívio e fujo ou rechaço as pessoas. Só Pitou fica perto de mim, fiel.

Muita dificuldade para ler, embora há dois dias esteja conseguindo com mais facilidade, para minha grande alegria. Então, escolhi os meus amigos: o sol, o ar e a água. Quando fico em casa, passo a vida na varanda; quando decido sair, passeio pelo cais ou vou com Mireille a Joinville, alugamos uma piroga, subimos o Marne e passamos horas e horas na água, dormindo, remando, tomando banho e comendo sanduíches. Em pouco tempo fiquei da cor do mogno, e, quando volto de uma dessas excursões, trago comigo uma torrente de vida. Infelizmente, ela não vem sozinha; traz consigo todo um cortejo de impulsos, de forças, de calores, de desejos, e aí...! Que espanto para mim não ser capaz de dormir (não ria!), me revirar o tempo todo como um animal na jaula! Mas, meu querido, é muito forte! Dá uma dor no vazio do estômago! Que coisa estranha!

Enfim! É essa a minha vida, *grosso modo*. Quanto aos projetos, continuo no mesmo ponto. *Orfeu*[1] vai ser feito; mas ainda não tenho detalhes sobre a filmagem. Nenhuma notícia de Hébertot, felizmente! Papai melhorou um pouco nos dois últimos dias; o médico deve vir na segunda-feira, e conforme o que recomendar tomaremos decisões para o verão. Espero que na próxima carta eu possa estar mais certa.

Minha próxima carta. Pensar que você só vai recebê-la no dia 20, e mesmo assim!... Meu Deus, será que tudo isso é um teste? Não sei, meu amor, mas se for, vai ser bem suficiente: hoje eu recusei a turnê no Egito. Aconteça o que acontecer, não consigo mais, por vontade própria, me obrigar a uma nova separação de dois meses e meio; sinto falta de ar só de pensar.

Não; juntos, meu amor, perto um do outro, sempre. O que a vida reserva para nós? Só Deus sabe; mas eu, agora eu sei que seja o que for que ela nos oferecer, vou vivê-lo completamente voltada para você.

Até muito em breve, meu belo amor. Quando poderei dizer até muito em breve nos seus braços? Oh, nunca, meu amor, nunca amei alguém. Nunca senti essa necessidade insuportável da presença de alguém, essa necessidade de cada

---

1 O filme escrito e realizado por Jean Cocteau é rodado entre 12 de setembro e 16 de novembro de 1949 em Saint Cyr l'École, no vale de Chevreuse e em Paris. Nele, Maria Casarès interpreta uma Morte sem foice acompanhada de dois motociclistas, ao lado de Jean Marais (Orfeu) e François Périer (Heurtebise). O filme é lançado em 29 de setembro de 1950, depois de uma apresentação em Cannes no mês de março.

minuto. Seu corpo contra o meu, seus braços me enlaçando, seu cheiro, seu olhar, seu sorriso, seu rosto — seu lindo rosto querido, que sou capaz de descrever, detalhe por detalhe, e que no entanto não consigo mais encontrar, pois não sou mais capaz, uma coisa abominável! Ele surge para mim nebuloso e se apaga no próprio movimento. Que tortura pavorosa! Ah! Tê-lo aqui diante de mim, e tudo mais vai se apagar.

    Até breve meu querido, espero sua bela caligrafia compacta. Me separo de você bruscamente, como sempre; não encontro forças para prolongar nossas separações. Te amo. Viva. Seja o mais feliz possível. Você está no meio do mar; como pode ser feliz se quiser! Te amo, meu querido; me perdoe por você, eu acredito em você e te amo com toda a minha alma. Te beijo forte, forte. Aqui estou, guardando nosso desejo melhor que minha vida e já pronta para a felicidade terrível de tê-lo um dia junto a mim. Vá. Estou perto de você, com você, e neste momento exulto pela exuberância do mar em você. Vá, vá; você tem toda a minha confiança.

    Se cuide bem; você leva toda a minha esperança. Sua

Maria

66 — ALBERT CAMUS A MARIA CASARÈS

Quarta-feira, 1º de junho [sic] [1949]

    A tarde está caindo, meu amor, e este dia que acaba é o último em que ainda posso respirar o mesmo ar que você. Esta semana foi terrível e eu estava achando que não ia conseguir. Agora, chegou a hora da partida. E fico pensando que ainda prefiro o sofrimento solitário e a liberdade de chorar, se me dá vontade. E também penso que está na hora de enfrentar a realidade com a força capaz de vencê-la. O que dificulta tudo é o seu silêncio e os pânicos que isso me provoca. Nunca consegui suportar os seus silêncios, seja este ou aqueles outros, com sua expressão obstinada, seu rosto fechado, toda a hostilidade do mundo reunida entre as suas sobrancelhas. E ainda hoje a imagino hostil, ou estranha, ou distante, ou negando obstinadamente essa onda que toma conta de mim. Pelo menos quero esquecer disso por alguns minutos e voltar a falar com você antes de me calar por longos dias.

    Deixo tudo nas suas mãos. Sei que nessas longas semanas haverá altos e baixos. Lá em cima, a vida carrega tudo, lá embaixo, o sofrimento cega. O que te peço é que, viva ou recolhida, você preserve o futuro do nosso amor. O que desejo, mais que a própria vida, é voltar a vê-la com seu rosto feliz, confiante e decidida a vencer comigo. Quando receber esta carta, já estarei no mar. A única coisa que me permitirá suportar esta separação, e esta separação no sofrimento, é a confiança que agora tenho em você. Toda vez que não aguentar mais, vou me entregar a você — sem a menor hesitação, sem qualquer dúvida. Quanto ao resto, viverei como puder.

    Me espere como eu te espero. Se recolha somente se não puder ser de outro jeito. Viva, radiante e curiosa, busque o que é belo, leia aquilo que ama e quando vier a pausa se volte para mim, que estarei sempre voltado para você.

    Hoje eu sei sobre você e sobre mim muito mais do que sabia. Por isso sei que te perder é de certa forma morrer. Não quero morrer e também é preciso que você fique feliz sem se sentir diminuída. Por mais duro e terrível que seja o caminho que nos espera, teremos de percorrê-lo.

    Até mais, meu amor, minha criança querida, até mais, dura e doce, tão doce quando quer... Te amo sem mágoas nem reservas, num grande impulso perfeitamente claro que me enche completamente. Te amo como sinto a vida, às vezes, nas alturas do mundo, e te espero com uma obstinação longa como dez vidas, uma ternura que jamais se esgotará, o grande e luminoso desejo que tenho de você, a sede terrível que tenho do seu coração. Te beijo, te aperto contra mim. Até mais, de novo, sua ausência é cruel, mas nem todas as felicidades do mundo valem um sofrimento com você. Quando tiver de novo suas mãos nos meus ombros, serei de uma vez só recompensado de tudo. Te amo, te espero, não mais vitória, mas esperança. Ah! Como é difícil te deixar, teu rosto querido vai mergulhar de novo na noite, mas vou encontrá-la nesse oceano que você ama, naquele momento da noite em que o céu tem a cor dos seus olhos.

    Até mais, meu coração está cheio de lágrimas, mas sei que daqui a dois meses a verdadeira vida vai começar — e já a beijo na tua boca.

                                                               A.

67 — ALBERT CAMUS A MARIA CASARÈS

5 de julho [1949]

    Até hoje escrevi apenas no meu diário — mas fielmente, toda noite, desse modo terminando o dia perto de você. Anotava apenas os detalhes de cada dia de uma vida monótona, mas escrevendo apenas coisas para você, voltadas para você, coloridas por você. Essa partida foi um dilaceramento e eu não queria escrever a pavorosa dor e essa espécie de covardia em que me encontrava. Quando a terra se desligou de nós e mais adiante, depois de Gibraltar, quando o litoral da Espanha, e com ele a Europa, se afastaram, eu era pura infelicidade. Mas depois de amanhã estaremos em Dakar e poderei mandar uma carta. Há dois dias estamos no seu oceano. As águas não são mais azuis, mas verdes. Ao meio-dia, debaixo de um sol vertical, redondo e pálido na névoa densa, passamos pelo "Trópico" e, navegando para Dakar, pela primeira vez tenho a impressão de ir de certa forma ao seu encontro, em direção à carta que espero. Esse longo silêncio, esta ignorância deprimente vão cessar. Que minha carta também te leve esperança e vida, um amor do tamanho desse mar incansável que me acompanha há tantos dias, meu grito para você, querida, e a confiança. E não posso esquecer isto: não é no dia 20 que chegarei ao Rio, mas no dia 15. Calcule os prazos de avião e escreva, por favor, para que sua carta me espere e me acompanhe. Assim não teremos tido esses vinte dias de silêncio que eu tanto temia. De minha parte, vou lhe escrever logo. Mas nem precisava dizer!

A vida a bordo é monótona, como pode imaginar. Tenho uma cabine estrita e nua, mas gosto dessas celas e desse despojamento. Não imagino a vida de outra maneira, fora da sua presença. Levanto às 7 horas. Vou ver o mar da manhã, como alguma coisa, tomo um banho, vou à piscina (largura de três braçadas e água até a barriga) me bronzeio ao sol, depois trabalho. Almoço de novo, contemplo o mar do meio-dia, durmo um pouco, trabalho, janto e acabo o dia diante do mar. O tempo tem sido bom, o mar só subiu depois de Gibraltar. Gosto disso, esses grandes acontecimentos a bordo: uma vela de pescadores, um bando de golfinhos, livres e orgulhosos. De vez em quando cinema: bobagens americanas que dá para aguentar quinze minutos. E as conversas. Fique tranquila, não estamos nada bem fornidos em matéria de mulheres bonitas. À minha mesa: um professor da Sorbonne, um jovem argentino e uma jovem indo ao encontro do marido. Dizemos coisas sem importância, sorrimos e nos despedimos. A jovem senhora me faz confidências. Parece que eu atraio confidências o que não é nada bom quando as confidências são tão banais.

Fiz o que você pediu: cuidei de mim. Nos primeiros dias, bastava deitar durante o dia para dormir. Estava esgotado, quase dormia comendo. Mas os banhos, o sol, o sono, o tédio a bordo e também meu bom comportamento (nada de álcool) e tudo voltou à ordem. Estou bem bronzeado, usando roupas claras, e pensando que talvez te agradasse no momento. Mas procuro não ficar pensando, estou sofrendo com a sua ausência. A cada minuto imagino o que seria esta viagem se você estivesse aqui. Você, o mar ao nosso redor, longe do mundo e do seu ruído, no maravilhoso silêncio das noites, e tudo se transfiguraria. Mas essa imaginação faz mal. Também desperta o desejo, que às vezes eu queria sufocar em mim.

Enquanto isso, estou aqui, diante desse mar que me ajuda, só ele, a suportar tudo. Quando o dia nasce nessa imensidão, quando a lua lança um rio leitoso jogando suas águas espessas em direção ao navio, ou quando o mar da manhã se cobre com uma crina, aí, sozinho no convés, tenho os meus encontros com você. E todo dia meu coração incha como o próprio oceano, cheio desse amor atormentado e feliz que prefiro à vida inteira. Você está presente, dócil, entregue como eu e aí eu nem posso mais de tanto amar. Quando eu aportar será mais difícil. Mas tudo vai passar rápido, querida, um outro encontro virá.

Espero essa hora e suas cartas para começar. Me escreva com detalhes, diga o que está fazendo, como está, o que pensa. Não esqueça a minha confiança, e que a sua confiança é a única maneira de responder. Me conte tudo, não esconda nada, mesmo o que pode me entristecer. Não há nada em você que eu não seja capaz de entender que meu coração não possa aceitar. Agora eu sei que vou te amar até o fim, contra toda dor. Eu nunca te julguei nem detestei. Só soube sempre te amar, mas o fiz com toda a minha força e a minha experiência, com o que eu sei e o que aprendi. Só a mim é que eu detesto, às vezes, quando te vejo infeliz, ou hostil. É o que você não deve esquecer. A imagem que eu guardei de você agora já atravessou muitas dores e muitas alegrias. E não vai mudar mais. Esse rosto querido é meu, é aquilo que eu terei levado, recebido de mais precioso nesta vida. Me espere, meu amor, minha selvagem. Esta noite você me está presente como nunca. Sufoco de tanto choro que me vem à garganta ao te escrever. Mas imagino seu sorriso, também o vejo nesta fotografia diante de mim e volto a ter esperança — esse gosto da felicidade é muito forte. Mas a felicidade que me vem de você compensa tudo. Onde está você, meu amor? Estou vagando em toda essa água que nos separa, te chamo e queria que você me ouvisse, e que esse grito a transportasse finalmente para longe da infelicidade. Te beijo de longe, cada vez mais longe! Não esqueça que não a deixo, que a sigo passo a passo e que velo, por você e perto de você.

A.

6 de julho [1949]

O dia nasceu sobre um mar metálico de reflexos ofuscantes. O sol se liquefez em toda a extensão do céu. O calor, úmido e flácido, faz mal. Estamos nos aproximando de Dakar. Eu acordei com você. Espero adormecer esta noite com a sua carta. Aqui vai a minha pelo menos como a escrevi ontem, de uma só tirada, o coração batendo. Queria que ela te ajudasse a preservar nosso amor, e que leia nela a ternura e o respeito que às vezes me vêm, no auge da minha paixão por você. Estou mandando todos os beijos do mundo por baixo desta página. Até breve, querida.

A.

68 — MARIA CASARÈS A ALBERT CAMUS

Segunda-feira, 11 de julho [1949]

Meu querido,
Só esta manhã sua carta chegou e com ela, uma torrente de vida e de amor. Eu estava esperando, a esperava pacientemente desde sexta-feira, e mesmo na expectativa de que chegasse o mais breve possível, saboreava essa espera que conferia uma finalidade bem doce a cada um dos meus dias e me consolava pensando que quanto mais tarde a lesse, menos tempo de silêncio teria de suportar depois, até o dia 25. Mas hoje de manhã comecei a me preocupar — se você não tivesse conseguido postar! — e ela chegou para me acalmar, para me animar, para deixar no meu rosto essa marca de felicidade que você tanto ama; pois não só ela está aqui, diante dos meus olhos, toda sacudida com as tuas palavras compactas e quentes, como me anuncia a próxima para cinco dias antes, ou seja, no início da semana que vem.

Agora você está no destino, num dos destinos — muito longe do outro lado. Bem-vindo! meu querido. Boa estada! E mais uma vez aí estou eu bem perto nessas terras desconhecidas, nessa língua vizinha, mas estrangeira nesse ar que não é mais o meu, longe da Europa e longe do meu mar. Estou... no ar, no sol, na chuva, no fogo, em tudo que amaria se estivesse perto de você, em tudo já que amo tudo quando você está ao meu lado.

É preciso que esta carta chegue a você no dia 15 e terei de postá-la antes de anoitecer; serei portanto o mais breve possível, embora me pareça muito difícil.

Trabalho: *Orfeu* será filmado. Está decidido. Assim que tive certeza, telefonei para Hébertot. Terei de me ausentar de Paris, como previsto, durante quinze dias ou três semanas no máximo, muito provavelmente por volta de setembro. As datas ainda não estão definitivamente fixadas. O mestre se mostrou muito gentil, se desculpou por não poder me dar mais detalhes sobre a época dos ensaios, me falou da retomada das suas relações com Gérard em vista de Yanek,[1] e ficamos por aí. Tudo na mesma, portanto!

Por outro lado, surgiu um novo projeto sobre o qual preciso lhe contar. Kellerson[2] quer remontar *O mal-entendido* com o mesmo elenco e eu no papel de Martha. Ele gostaria de estrear o espetáculo no início da temporada, mas além do fato de eu já estar muito comprometida nesse momento, me parece que já é bem delicado haver a reprise de *Calígula*,[3] para não apresentarmos uma terceira peça no "Festival Camus 1949". Respondi portanto que não faria nada antes da sua autorização, e como ele me pressionava a convencê-lo a aceitar esse projeto, respondi que eu jamais te aconselharia algo que pudesse se voltar contra você, só para agradar a ele. Pode fazer a gentileza de me dizer o que pensa o mais rápido possível, para que eu possa comunicar oficialmente a Kellerson?

De trabalho isso é tudo. Por enquanto estou fazendo rádio. O que me ajuda consideravelmente: não preciso mais ter preocupações financeiras pelo menos durante o verão. Mas que chatice! Aqueles estúdios fechados! No momento, estamos gravando, Odette Joyeux, Reggiani, Périer[4] e eu uma peça de Joyeux que, apesar de mal construída e às vezes longa, tem lá suas qualidades. Não é o tipo de texto de que eu gosto, mas acho que contém coisas muito boas.

Projetos de férias: o médico veio. Papai vai muito melhor, mas por enquanto está proibido de fazer uma viagem longa. Assim, se a melhora se confirmar, vamos ele, Pitou e eu para Ermenonville, onde ficaremos até o fim de agosto (a menos que você volte antes), e se então o médico decidir que ele já está em condições de tomar um trem, o levarei comigo para o Sul para que ele fique por lá o tempo necessário.

---

1 Personagem de *Os justos* (Ivan Kaliayev, dito Yanek), papel que poderia ter sido desempenhado por Gérard Philipe. Mas no fim das contas seria Serge Reggiani, também ex-aluno do Conservatório, recentemente naturalizado francês, o intérprete, ao lado de Maria Casarès (Dora) e Michel Bouquet (Stepan).
2 O diretor e ator Philippe Kellerson.
3 Esse projeto de reprise no Teatro Hébertot se concretizaria em 1950. Michel Herbault substitui Gérard Philipe no papel principal. Ver carta 206, p. 373.
4 Os atores Odette Joyeux (1914-2000), Serge Reggiani (1922-2004) e François Périer (1919-2002).

De qualquer maneira, por enquanto ficamos em Paris e muito provavelmente até o fim de julho. Isto para o seu governo e para a sua imaginaçãozinha.

Vida externa: monótona. Desde a sua partida, pouco tenho saído. Os detalhes cotidianos, você poderá encontrar no meu diário que escrevo fielmente toda noite e que me faz o maior bem. Em geral passo meu tempo tomando banhos de sol na varanda (o meu "convés de navio") e nas leituras.

Às vezes vou passar um dia na piroga no Marne; às vezes minha rotina diária é rompida pelas sessões de rádio. Se preciso marcar um encontro, dou um jeito de marcar entre 6 horas e 8 horas, em casa, e, se vou a algum espetáculo, é sempre à noite.

Vou deitar cedo e durmo muito tarde (por volta de duas horas da manhã). Acordo em geral por volta de 9 horas. E quase toda manhã dou um passeio no cais.

Leituras: Diário Tolstói, *A mansão Théotime*,[1] *Assim morre o amor...* (Tolstói). Todas as peças que esperavam minha boa vontade e que já estavam formando uma pequena montanha.

Espetáculos. Pouco e os mais impressionantes: Anna Magnani em *Angelina, a deputada*[2] e Piaf.

Convívio. Restrito. Vejo um pouco Pierre [Reynal],[3] muito Mireille [Dorion], mas conversamos muito pouco.

Papai, naturalmente, que está animado e cuja presença por si só me ajuda mais que todo o resto, embora nem sempre pensemos do mesmo jeito.

Juan, Angeles e a sobrinha *Incarnacion*, tão calada que parece muda.

Os outros: trabalho, rádio, acaso.

Robert [Jaussaud][4] me telefonou de Cannes para dizer: "Escreva para Dakar." A carta já tinha sido enviada, mas fiquei grata pelo calor ele me trouxe ao coração. Decididamente gosto muito dele.

---

1 Romance de Henri Bosco publicado em 1945.
2 Filme italiano de Luigi Zampa.
3 O ator Pierre Reynal, com quem Maria Casarès faz amizade durante a temporada da adaptação por Jacques Copeau e Jean Croué de *Os irmãos Karamazov*, de Dostoiévski, encenada por André Barsacq, em temporada a partir de 21 de dezembro de 1945 no Teatro de l'Atelier. Na peça, Pierre Reynal interpreta um jovem camponês ao lado de Maria Casarès (Gruchenka), Michel Auclair, Jacques Dufilho, Jean Davy, Michel Vitold, Paul Œttly... Viria a se tornar o amigo mais próximo de Maria.
4 Albert Camus conheceu Robert Jaussaud (1913-1992) no liceu de Argel, na turma de filosofia de Jean Grenier. Ele participou da aventura da Casa da Cultura e também do Teatro do Trabalho, assim como sua esposa, Madeleine. Sempre muito íntimo do escritor, vem a ser nomeado, depois da guerra, diretor do Trabalho e diretor da Mão de Obra no Ministério do Trabalho, e em seguida inspetor-geral de Questões Sociais.

Almocei com Michel e Janine [Gallimard] que se mostraram adoravelmente gentis.

Char me enviou seu último livro *Claire*,[1] com uma dedicatória calorosa que me tocou.

Atualidades. O Tour de France segue seu curso quente, compacto, fervilhante e barulhento, como sempre. Uma única diferença: nem se pode mais ficar tranquilo chegando por último. *L'Humanité* ofereceu um prêmio para quem chegar por "último" à Espanha. Imagine a recepção desses senhores do outro lado da fronteira!

Temos o Tour de France e o processo Joanovici.[2] À parte isso, uma tempestade curiosa em Portugal e um pouco de noticiário policial: crianças que continuam a matar o papai ou a mãe.

Eu: a julgar pela cara das pessoas que encontro nunca fui tão bela. "E que diferença! Do dia para a noite." O que é muito lisonjeiro sobre o antes. O próprio Roger Pigaut[3] que encontrei há poucos dias caiu do céu ontem, na rua François Ier,[4] não consigo entender. Deve ser a cor.

Isto quanto ao exterior. Quanto ao interior, é mais complicado; de modo que não vou me estender, seria longo demais.

Houve altos e baixos. Mais baixos. Agora acho que cheguei a um estado mais sustentável feito de uma espécie de resignação.

Sua ausência e as feridas abertas pelos desentendimentos dos nossos últimos dias em não sei que ponto bem no fundo de mim quase me enlouqueceram. Mas aos poucos tudo se acalma, e agora parece que está tudo voltando ao normal. As feridas ainda podem se abrir de novo, dá para sentir nas menores coisas, imagens dolorosas ainda me perseguem de vez em quando, mas já se afirmam progressos: estou me abrindo um pouco à vida, não fico mais fechada, obcecada com minha mágoa, incapaz de respirar o ar exterior, abafada, e quando uma imagem perigosa vem à tona não sinto mais lá no fundo aquele estrondo terrível, aquela revolta, aquela maldade que vinha se somar ao meu mal e me tornava horrível de

---

1 *Claire. Teatro da vegetação* é publicado pela Gallimard em 1949.
2 O dono de ferro-velho francês Joseph Joanovici é condenado por colaboração econômica com os alemães ao cabo de um processo transcorrido entre 5 e 21 de julho de 1949.
3 O ator, realizador e roteirista Roger Pigaut (1919-1989), que começa sua carreira no cinema em 1943 em *Dulce, paixão de uma noite*, de Claude Autant-Lara.
4 No número 11 da rua François Ier, 8º *arrondissement* de Paris, estavam instalados os estúdios de gravação da Radiodifusão-televisão Francesa (RTF), criada por decreto de 9 de fevereiro de 1949.

se olhar. Ainda não alcancei a doçura, mas tenho uma sensação de alargamento que traz ares novos aos meus pulmões. Ah, sim! estou melhor!

O dia é fácil. O sol brilha e calcina tudo em mim e eu não sou mais, mas o que me parece mais penoso, longe de você, é o anoitecer, o fim do dia, nosso "bom momento" em que eu começo a me abrir como uma flor da noite, e a noite, até a hora de dormir. Oh, a noite! Nesses momentos eu me atiro nos livros. É a única distração que eu aceito. As outras me dão muito medo por enquanto e não quero saber delas.

As madrugadas são mornas e difíceis; e assim, logo que acordo, vou para o cais, me faz bem.

Pronto, meu amor. E você? Conte. Conte logo. Diga-me tudo. Suas conferências estão prontas? Pronto para entrar em ação? Oh, meu amor, como gostaria de estar perto de você te seguindo, te esperando! Você me pede confiança. Vai ler o meu diário. Nunca fui tão sincera, e, sabe?, poderia até enviá-lo já se não fosse tão pesado. Não há nada que você não possa saber logo, mesmo longe de mim. Bem ou mal, na dor ou na alegria, sua presença se faz sentir a todo momento; não há um instante da minha vida em que você não esteja, juro.

Bom, vou deixá-lo. Ou melhor, me forçar. Escreva. Conte. Cada detalhe me ajuda e me é tão difícil te imaginar nesses países tenebrosos que tudo que você possa me contar será precioso. Você. O que você pensa. O que você faz. O que você quer. Tudo.

Te espero. Te amo. Beijo todo o seu rosto, todo o seu corpo queimado, passo os braços no seu pescoço, e aí eu fico.

M.

P.S.: Em princípio eu tinha prometido ir ao Festival Maldito[1] em Biarritz, por quatro dias no fim do mês, não estou com a menor vontade, apesar do maravilhoso vestido que fizeram para mim, e quanto mais se aproxima o momento, mais eu sinto uma terrível doença que sobe em mim para me impedir de comparecer. Me aconselhe.

---

1 O Festival do Filme Maldito promovido pelo cineclube Objectif 49 (Cocteau, Bresson), com a participação da Cinemateca Francesa, se realiza de 26 de julho a 8 de agosto de 1949 em Biarritz, sob a presidência de Jean Cocteau e na presença de René Clément, Jean Grémillon e Raymond Queneau. Esse festival efêmero desempenhou um papel importante na história da crítica e da vanguarda cinematográficas.

69 — MARIA CASARÈS A ALBERT CAMUS

14 de julho de 1949

Meu querido,
Feriado! Tempo ainda pesado, céu leitoso, o calor aguentando firme; mas apesar de tudo nos sentimos mais leves que nos últimos dias. A *Marselhesa* por todo lado, alegria, saias claras e amplas, homens em mangas de camisa, o *"farniente"*, férias, bailes, lampiões, bandeiras, bicicletas de dois lugares etc. Em mim uma melancolia, a lembrança de um outro 14 de julho, mas também alegria, esperança, amor imenso, plenitude, vida.
Os dias vão passando lentamente, monótonos, em aparência. Eu me ocupo como sempre. Talvez esteja saindo um pouco mais à noite, pois o calor se torna pesado demais para passear de dia. Desde que você se foi bebi apenas algumas cervejas, sucos de toranja, quatro vodcas no jantar Gracq,[1] e água — nem sequer uma gota de vinho, exceto, claro, alguns goles com queijo, quando como, ou seja, quando encontro larvas. Espero sua próxima carta, e na alegria ou na dor vivo inteiramente com você. Me sinto cada vez mais animal e não propriamente domesticada. Fisicamente, o hábito de passar quase o dia inteiro nua, com o sol na pele, a preguiça, desejos recalcados e a posição deitada me trouxeram uma liberdade, uma tranquilidade, uma segurança de movimentos só comparáveis às dos felinos. Me movimento bem, me soltando suave ou brusca, e sem imprevistos, só o estritamente necessário. Me conscientizo disso e nesses momentos me sinto bela. Isto, simplesmente, para preencher sua imaginação e que você possa me ver um pouco quando pensa em mim.
Por dentro, sigo fielmente e com rara sensibilidade as mudanças de tempo. Assim, as trovoadas que pairavam sobre Paris nos últimos dias tiveram enorme influência no meu bem-estar, e passei por angústias de ordem... metafísica??? Ontem à noite, o ar ficou um pouco mais leve. Hoje está pesado, mas não mais esterilizante. Imediatamente a vida voltou a se ativar em mim, e, como sempre, sem piedade nem medidas. Ah, essa volta de ontem, à noite, através Paris! O vento, o Sena, a lua cheia a ponto de arrebentar, a beleza por toda parte ao meu redor, eu pesada de te carregar, leve da felicidade que você me dá, da minha

---

1 Maria Casarès participou da peça *O rei pescador*, de Julien Gracq, estreada no Teatro Montparnasse em 25 de abril de 1949, com direção de Marcel Herrand. Os outros papéis eram desempenhados por Jean-Pierre Mocky, Jacqueline Maillan e Monique Chaumette. A peça foi muito mal recebida pela crítica.

esperança, confusa e radiante do desejo cruel que você põe em mim! Ah, essa caminhada por essa cidade que tanto amo com você em mim! O vento fresco da noite através da minha blusa, na minha pele. O desejo dos seus braços. A sede da sua boca e de água. Sede de frescor em que se misturava a água dos seus lábios! Ah, esses momentos de riqueza sufocante! Como é terrível e maravilhoso ao mesmo tempo e como eu queria ter forças para suportar esse estado continuamente até a sua volta!

Mas espera lá, estou ficando lírica! Não queria; queria simplesmente te contar as imagens boas e obsessivas que você deixou em mim, os anseios de todo o meu ser pelo que foi e pelo que eu espero. É tão bom! Você me deixou tão bela! Pois então: é preciso que saiba!

Me perguntei se tudo isso não decorria do momento, do ambiente e se não seria de certa maneira estranho a você. Mas depois de refletir bem constatei que de fato era você a fonte de todos os meus desejos e imaginando alguém diferente diante de mim — conhecido ou desconhecido — disposto a me tomar, a única coisa que faço é me fechar instantaneamente. Sim, é mesmo você, e só você.

Eu não poderia mais viver sem você, com a ideia de que você me fosse estranho; não poderia mais suportar uma verdadeira ausência, e mesmo que ela se apresentasse a mim com um belo rosto, um rosto grande, generoso, lisonjeiro, ainda prefiro ter você bem perto, e ficar feia, diminuída, humilhada, desagradável. Se nosso amor corresse o risco de se perder, de se liquefazer, eu preferiria matá-lo a dois, com nossas próprias mãos, em vez de abandoná-lo para ganhar minha própria estima e perder todo o sentido da minha vida. Como as ideias que às vezes passaram pela minha cabeça me parecem agora tolas, vazias, presunçosas, absurdas.

Acabo de ter nas mãos *O avesso e o direito*, que ainda não tinha lido.[1] Por que diz que é ruim? É jovem, desordenado, às vezes vago, é mais ou menos interessante para o leitor desinteressado, mas também encontramos algumas páginas de rara beleza e impulsos mal reprimidos extremamente comoventes. Mais que em outros casos, foi onde me dei conta de que você está vivo, e se encontrar tempo, seu romance será tão grande quanto *Guerra e paz*.[2]

Pessoalmente, talvez não possa julgar, pois me pareceu o tempo todo da leitura que te ouvia contando coisas. Uma pergunta: alguma vez você realmen-

---

1 A edição original de *O avesso e o direito* é publicada em 1937 pela Charlot, em Argel.
2 Já em 1949 o escritor se abriu com Maria Casarès sobre seu projeto de um romance que "reescrevesse *O avesso e o direito*". A redação só teria início dez anos depois. *O primeiro homem*, que ele próprio designava como a sua *Guerra e paz*, ficaria inacabado.

te sentiu a pobreza? Parece constantemente que você nasceu coberto de tudo que é necessário e de todo o supérfluo. Que diferença em relação a Guilloux![1]

Mas agora as notícias. Meu plano de trabalho mudou para melhor e com ele meus projetos pessoais relacionados. Não vou mais para Nice; as externas do filme serão todas feitas em Paris ou imediações. Transmiti essa notícia ao mestre,[2] que zombou um bocado de mim, que se mostrou de uma gentileza extraordinária e me deu uma outra notícia não menos agradável: não vai mais iniciar a temporada com *Calígula*, mas com uma outra peça, da qual não me falou. Tenho encontro marcado com ele semana que vem para cuidar do contrato; terei de me munir de uma arma de fogo para fazer minhas razões ouvidas com o devido respeito. Parece que começaremos a ensaiar por volta de 5 de setembro para estrear pelo fim de outubro. Com quem? Não sei, pois infelizmente o filme de Gérard [Philipe] foi retomado e ele não está mais livre.

Pronto! E de novo o "medo de palco". Como seremos recebidos? Será que vai dar tudo certo!? O texto é tão belo, mas será que se pode confiar no meu julgamento, pois se decididamente não gosto da forma teatral pura como meio de expressão, e não tendo inteligência suficiente para dar uma opinião segura sobre aquilo de que não gosto, como posso saber se é bem-feito ou não do ponto de vista teatral? Além do mais, tudo isso não quer dizer nada. Quem pode prever hoje em dia se uma peça terá sucesso ou não? Quem? E mesmo que ela fracasse, que se pode fazer? O importante é que tenha êxito para nós e que, mesmo sem nenhuma modificação, a apresentação e o elenco sejam fieis e não representem uma tradição.

Enfim, veremos!

Por outro lado, desisti definitivamente da minha viagem longa e tediosa a Biarritz.

Quanto ao resto, nenhuma mudança. Papai vai cada vez melhor e estamos esperando que queira e que possa ir para o campo. *Orfeu* só começa por volta de 5 ou 15 de setembro. Continuo com as minhas rádios. Leio, passeio, encontro poucas pessoas fora dos de sempre. Altos e baixos. A todo momento, em toda parte, em qualquer estado de ânimo, te amo. Te espero. Você para mais

---

1 O romancista Louis Guilloux (1899-1980). Cultivando uma grande amizade desde 1945, os dois escritores conheceram a pobreza e a doença; compartilham uma aguda consciência do absurdo e uma igual busca da fraternidade e da justiça.
2 Maria Casarès se refere às filmagens de *Orfeu*, sobre as quais mantém Jacques Hébertot informado.

tarde; suas cartas para agora. Querido, quando me escrever, me dê uma ideia da sua programação para que eu saiba, ainda que vagamente, onde se encontra; não esqueça de me transmitir suas impressões e de falar de como você e suas conferências estão sendo recebidos. Me conte também sobre seus momentos de lazer. Me fale incansavelmente de você, mesmo das coisas e momentos em que está longe de mim, nos quais não estou com você. Imagine minha total ignorância de tudo que o cerca e me mande um pouco de repasto para que eu seja capaz de esperá-lo.

Hoje de manhã, Pitou me trouxe uma crítica de *O mal-entendido*, publicada no *Mundo Argentino* em 8 de junho de 1949. Uma bela crítica inteligente que guardei para te mostrar quando voltar se não a tiver lido. Aparece também uma foto sua — menos bela.

Te amo. Te amo. Te amo. Me escreva o máximo possível, mas só quando tiver vontade. Te amo. Te beijo — e tanto pior se te sufocar.

M.

P.S.: Vou transcrever a crítica em francês e te mandar pelo próximo correio.

70 — ALBERT CAMUS A MARIA CASARÈS

Quinta-feira, 14 de julho [1949], *ao largo da cidade de Vitória (pois é)*

Minha querida,
Chegamos amanhã ao Rio e finalmente poderei te mandar uma carta. Escrevo numa manhã radiosa. O mar está amarelo e azul e tudo conspira para me fazer lamentar deixá-lo. Mas nos últimos dias o tempo andou muito ruim: chuva, vento, ressaca. Mesmo assim eu estava amando esse mar e passei muitas horas junto dele. Recebi sua carta em Dakar e ela me acompanhou até aqui, me ajudando enfim a viver. A noite em que a recebi foi a primeira em que realmente dormi. A noite de Dakar por sinal parecia um sonho acordado. Estávamos na plataforma às 10 horas da noite e me deram sua carta. Eu a li e depois fui visitar Dakar, sombria e estranha. Cafés violentamente iluminados e ao redor imensas zonas de sombra em que vagavam como eu grandes negros vestidos com suntuosas túnicas azuis e negras com vestidos antigos multicoloridos. Me perdi em bairros distantes onde os negros me viam passar calados. Pensava em você e me sentia no fim do mundo. Em tudo isso conseguia identificar apenas

o cheiro da África, cheiro de miséria e abandono. Às duas horas voltei a bordo e ao amanhecer acordei no mar sem limites onde estamos desde então navegando sem parar.

Isso quanto aos fatos exteriores. A vida a bordo não acrescenta mais nada. Regrada como uma vida de convento. Só o mar está sempre mudando. Tenho passado junto dele a maior parte do tempo. Significava passá-lo junto de você. À noite, resumia o dia no meu caderno. Mas resumir o quê? Como o diário é apenas um diário de acontecimentos, e não há acontecimentos, vai te parecer bem pobre. Mas por outro lado posso te escrever o resto, te responder, te chamar.

Você se espantou com meu pedido repetido várias vezes: "Escreva para Dakar." E realmente bastava ter dito uma vez. Você nunca decepcionou minha expectativa desde que nos reencontramos. Mas acho que eu tenho sido meio louco todos esses dias. Não sei se você percebeu direito o estado em que os últimos dias em Paris me deixaram. Viajei completamente perdido, com o coração apertado e com vontade de gritar de dor. Parecia que estava coberto de feridas, não sabia mais onde me esconder e onde me abrigar. Esperava que o bem me viesse de você pois o mal viera de você. Esperava essa carta de Dakar e, naturalmente, a exigi de uma forma desmedida. Mas a razão...!

Os longos dias no mar pelo menos me acalmaram. Afrouxaram esse nó doloroso que estava em mim, adormeceram um pouco as piores feridas, simplesmente, fico espantado por não conseguir me livrar de uma espécie de tristeza que não me dá trégua. Há uma coragem, uma força que estão me faltando. É como se me faltasse uma mola essencial que eu queria situar em mim, para pelo menos substituí-la e ir em frente. Mas suponho que tudo isso vai passar e voltarei a ter todas as minhas forças.

Voltar. Te imagino bronzeada, deslumbrante, fremente de vida, e queria ter recuperado minhas energias para que essa volta seja o que deve ser, um transportamento da alma e do corpo, a satisfação de uma fome que não acaba nunca. Mas semanas ainda nos separam. Teremos de roer todos esses dias um a um. Depois, será a recompensa. Fico feliz por você ter recusado o Egito, egoisticamente feliz. Sei que você precisava ir e que talvez as coisas se compliquem. Mas dois meses a mais de separação seria excesso de sofrimento, uma espécie de perseguição que eu não teria coragem de enfrentar. Te agradeço, te amo por tê-lo feito.

Até logo, meu amor. O mar diante de mim está calmo e belo — como teu rosto às vezes quando meu coração está tranquilo. Se lembra do último 14 de julho? Este será solitário: eu penso em Paris. Às vezes nós de fato a detestamos, mas é a cidade do nosso amor. Quando eu voltar a caminhar por suas ruas à beira do rio, com você a meu lado, será a cura de uma longa doença — cruel como a ausência. Mas até lá continuo voltado para você, ao mesmo tempo com ansiedade e alegria, apaixonado, como se diz. Mas o amor que tenho por você é cheio de gritos. Ele é minha vida e fora dele não passo de uma alma morta. Me apoie, nos espere, cuide de nós e saiba que te beijo toda noite, como fazia na época da felicidade, com todo o meu amor e a minha ternura.

A.

71 — ALBERT CAMUS A MARIA CASARÈS

Rio
Domingo, 17 de julho [1949]

Meu amor,
Fiquei terrivelmente decepcionado sexta-feira, ao chegar, por não encontrar sua carta. Mas ela chegou ontem e finalmente pude ter um pouco de você, não apenas na imaginação. Suponho que antes de te escrever com meu coração terei de responder às tuas perguntas.

1) Feliz que *Orfeu* esteja andando. Menos feliz por essas externas em setembro. Mas não podemos fazer nada e o principal é que o seu trabalho esteja se resolvendo.

2) É preciso dizer a Kellerson que espere o fim da temporada ou o início da próxima. No interesse dele, para começar. E no meu também. Uma peça teria bastado perfeitamente. No estado de espírito em que me encontro, já me sinto incapaz de voltar à cena pública, com tudo que isso pressupõe.

3) Quer dizer então que você estará em Paris até o fim de julho e em Ermenonville durante o mês de agosto.

4) Não tenho opinião a respeito de Biarritz. Não entendo o interesse ou os inconvenientes que possa apresentar para você. E no fim das contas é em função desse interesse que você deve decidir. Resta a questão pessoal. Mas pessoalmente só tenho um desejo no que lhe diz respeito quando não estou perto de você: saber que está num quarto, sozinha, fechada a sete chaves até minha chegada. Como entendo que esse desejo não é razoável, me conformo com suas saídas... Mas é só o que posso fazer. Aquele que nunca sonhou com uma prisão perpétua para a amada nunca amou.

5) Sempre encontro nos recantos das suas cartas coisas que me perseguem. Por que: "os outros (as pessoas que você encontra): trabalho, rádios, acaso." Não gosto desse acaso. Por que também "oh, a noite! Nesses momentos eu me atiro nos livros. É a única distração que eu aceito. As outras me dão muito medo por enquanto e não quero saber delas". Mas o que você pode temer? E não entende que esse temor me dá um temor cem vezes mais difícil e doloroso!? Mas talvez eu esteja errado, você não quis dizer nada, e nesse caso terá de me perdoar. Estou com o coração pavorosamente atormentado desde que parti, e nada adianta, países, rostos nem trabalho. Voltado para você, inquieto, estupidamente infeliz, não entendo o que acontece e não estou nem um pouco orgulhoso de mim mesmo. Mas te amo e também preciso da sua ternura e da sua compreensão. Sua carta toda é tão boa, tão cheia do que amo em você, que eu deveria estar gritando apenas o meu amor por você. E é também o que eu faço, certo de que você vai me aceitar, mesmo estúpido e desarmado.

Mas é melhor dar os detalhes que você pedia. Chegamos sexta-feira ao amanhecer. A baía estava maravilhosa. Vou te poupar das descrições, que estarão no meu diário. Mal ancoramos na enseada e os jornalistas já estavam a bordo. Fotos, perguntas sobre o existencialismo, desse ponto de vista o Brasil é igual aos outros países. Depois fomos rebocados para o porto. E um turbilhão no desembarque. Vou registrando ao acaso: almoço com um escritor de prenome Annibal,[1] recepção à tarde com um tradutor de Molière que acrescentou um ato ao *Doente imaginário*, peça que tem o defeito de não preencher uma noite, um filósofo polonês chato como a chuva, biólogos e atores negros que querem montar *Calígula* em negro. Jantar com um poeta católico e diabético, e homens de negócios, que repetia dolorosamente, num enorme Chrysler conduzido por um motorista engalanado, "Nós somos pobres coitados, miseráveis. Não existe luxo no Brasil." Mas eu escrevi a cena inteira. Sábado, almoço na casa de uma romancista tradutora crítica de arte onde encontro romancistas, jornalistas etc. etc. E muito mais, naturalmente! Tenho horror a essa vida e pela última vez terei sido apanhado nela. Estou hospedado na Embaixada da França, numa ala completamente vazia. Cheguei a ser levado ao hotel mais luxuoso do lugar, gênero americano, cheio de estrangeiros riquíssimos. E recusei horrorizado. Felizmente. Tenho um quarto e um banheiro com uma varanda dando para a baía — um rapazola

---

1 O escritor brasileiro Aníbal Machado (1894-1964).

camareiro que quer fazer carreira, mas hesita entre o boxe e a canção — e uma cama sem colchão. Durmo praticamente numa prancha.

Mas tenho uma paz de rei. E preciso dela aqui.

No mais, tem a cidade, apertada entre as montanhas e a baía, fervilhante em certos momentos, lânguida em outros. As noites são belas. Ao longo da baía os namorados ficam sentados nos parapeitos por quilômetros. Às vezes os observo. Ontem à noite fui com um ator negro[1] a um baile negro dançar samba. Muito decepcionado com a maneira como é dançado: de um jeito cansado, num ritmo mole e perfeitamente desagradável. Você dança dez vezes melhor.

Anteontem vi também uma "macumba". Vou dar para você ler. Mas é uma cerimônia de danças e cantos em que os negros daqui que misturaram a religião africana com a religião católica homenageiam "Santos" como são Jorge por exemplo, mas à maneira deles, ou seja, convidando o santo a descer no meio deles. Imagine numa espécie de cabana em chão de terra batida danças e cantos que duram uma noite até cada um cair no chão, sacudido por uma crise apavorante. Saí de lá horrorizado e fascinado. Mas sejamos ainda mais precisos: acordar às 8 horas. Trabalho (diário e algumas ninharias) de manhã. Almoço acompanhado. À tarde, passeios na cidade e imediações. Jantar em companhia. Estou lendo *Dom Quixote* antes de dormir.

Minha programação. Primeira conferência: Rio, quarta-feira, 20.

Quinta-feira viajo para o Norte, Recife e Bahia (compre um mapa), duas conferências, e volto na segunda-feira, 25. Na mesma semana segunda conferência no Rio. No fim da semana vou para o Sul, São Paulo e Porto Alegre. Conferências. Volta no meio da semana seguinte. Terceira conferência no Rio. Mais alguns dias e partida para o Uruguai. Depois, não sei. Mas você deve escrever sempre para o Rio. Simplesmente, e se puder, escreva muito. Existe um oxigênio que está me faltando aqui. E quando você se cala, eu vou definhando aos poucos.

E talvez esteja na hora de deixar meu coração falar. Ontem, no baile negro, achei que não gostava mais de nada. Fora de você, nada me interessa realmente. Anoto tudo que vejo, tento participar da minha vida, me esforço para te escrever normalmente, para falar dessa viagem, me aplico conscienciosamente, mas o tempo todo não paro de tremer, com uma impaciência tão dolorosa que seria capaz de me fazer fugir ou descartar tudo ao meu redor. Eu nunca me senti

---

1 Abdias do Nascimento (1914-2011). Ver Albert Camus, *Journaux de voyage*, Gallimard, 2013 ("Folio").

assim. Nos piores momentos, tinha sempre uma reserva de força e curiosidade. E você sabe muito bem que detesto qualquer tipo de complacência. Mas as explicações não adiantam nada, tudo isto é mais forte que eu. Me pergunto se não seria algo físico. O clima, pesado e úmido, me cansa. Perdi o dourado do navio e não me sinto muito disposto — menos que ao desembarcar, em todo caso. O que favorece uma distração que está em mim a cada momento, um vazio ruim que me desvia de tudo. E então é de você que se trata, de nós. Eu penso no que você está fazendo, no que você disse.

É um nó doloroso e exaltado, mil coisas se misturando. Eu então espero que passe. É o que sempre faço, por sinal, e não devia estar lhe contando tudo isso. Mas a quem poderia contar, no mundo inteiro? Eu te espero, espero a calma da noite, espero a nossa hora, a luz oblíqua, essa pausa entre o dia e a noite. A paz vai chegar, com certeza. Mas a única paz que imagino é a dos nossos dois copos unidos, dos nossos olhares entregues um ao outro — não tenho nenhuma outra pátria senão você. Me espere, minha querida. Me escreva, escreva tudo que puder. Tantos mares me separam de você. Onde te buscar? Onde te esperar? Como curar sem você a dor que me sufoca? Te beijo, meu único amor, te aperto contra mim. Os dias passam, mas tão lentamente, como noites de insônia, e não consigo mais me suportar. Escreva.

A.

72 — MARIA CASARÈS A ALBERT CAMUS

Me perdoe se esta carta não devia ser escrita.

Segunda-feira, 18 de julho de 1949

Meu querido,
Recebi sua carta do dia 14 hoje de manhã antes de sair para andar de piroga no Marne, e fiquei emocionada. À primeira vista não consegui extrair o que nela havia para ancorar em mim essa interrogação premente e aguda que me perseguiu o dia inteiro. E então procurei; virei e revirei na cabeça a lembran-

ça das suas palavras, das suas frases, e acabei me convencendo de que estava apenas sentindo por minha vez a tristeza exalada por cada linha da sua carta.

Mas hoje à noite, ao retornar, voltei a lê-la, reli também as outras, anteriores, e obtive um resultado que me apavorou, mas por outro lado pode ser totalmente desprovido de fundamento.

Decidi então te escrever sem demora; se me enganei, me perdoe; mas se no que me leva a te escrever houver a menor parcela de verdade, meu amor, por tudo que mais ama na vida, me ouça.

Nas primeiras cartas que recebi de você depois que viajou, você sempre recorre a forças, a energias novas pela vitória do nosso amor. Quando as li, quis enxergar nisso apenas uma necessidade legítima de saúde física e moral que mais ou menos deixei de lado com minha incrível atitude. Você queria voltar para mim repousado, lavado, fortalecido, para ter nas mãos esses trunfos da felicidade e oferecê-los a mim. Foi o que eu entendi, e te amei por isto. Também pensei em resoluções loucas tomadas num momento de desespero (sei perfeitamente a que estado você estava reduzido antes de viajar); mas nem por um segundo imaginei que, uma vez tendo voltado a si, você pudesse se fixar em tais aberrações, se é que elas existiam.

Depois chegou sua carta de Dakar. Era exatamente como eu esperava. Uma viagem de navio deve ser um parênteses em que só levamos aquilo que amamos ou escolhemos, por um certo tempo estamos de certa maneira fora da nossa vida — um descanso do mundo, que só voltaremos a encontrar no fim da viagem, em terra firme. Como já esperava, te senti mais relaxado, apesar de ainda convalescente, um pouco acalmado e disposto a tomar o bom caminho suave, um pouco melancólico, nostálgico, mas tranquilo, do que eu desejava.

Por fim, aqui está a última carta. A viagem era muito curta, como eu temia, e a terra surgiu no horizonte te surpreendendo ainda não completamente restabelecido. A vida recomeçando. A roda, com todos os seus problemas assediando. É angustiante, concordo; mas o que lhe parece assim tão aflitivo e que forças extraordinárias, que energia sobre-humana está buscando, além das que sempre precisamos para viver?

Meu amor, meu querido amor, eu suplico, se nas ideias que me perseguem neste exato momento houver alguma coisa de verdadeiro, se a coragem que você está buscando servir para destruir o que quer que seja, eu suplico, não vá adiante!

Não há o que fazer, não podemos fazer nada, não devemos fazer nada além de nos amar, nos amar o mais forte e o melhor que pudermos, até o fim, em nosso mundo só nosso, distante do resto, em nossa ilha, e nos escorar um no outro para permitir a vitória do nosso amor exclusivamente por suas próprias forças, sua própria energia, em silêncio. E então, quem sabe, e só então teremos direito de fazê-lo brilhar aos olhos de todos, com conhecimento e à vista de todos (e por sinal de que servirá isto?). Se esse momento tiver de chegar ele vai se impor, não se preocupe, ele vai se impor a nós com a maior naturalidade sem exigir de nós nenhum combate, sem trazer sofrimento e dor a ninguém.

Por enquanto, estamos pagando. Ambos cometemos um grande pecado, se é que existe pecado. Nós fingimos amar, chegamos inclusive a acreditar, aceitamos como autênticas miragens de amor, por descuido, talvez, por desprezo, por impaciência, sem dúvida; e também por falta de fé.

Por isto temos agora de pagar e antes de chegar ao nosso paraíso, teremos de conquistá-lo. E talvez um dia nos seja permitido entrar nele: muito amor é capaz de tantos milagres!

Até lá, vai ser duro sei perfeitamente como você. Por enquanto, é fácil para mim imaginar a clareza e a bondade entre nós; mas sei que virão momentos em que a sua presença e a da sua vida em você vão me tornar amarga, má, egoísta, mal revoltada, cruel e chegarão até a me fechar ao nosso amor. É lá que vou precisar da sua ajuda e sei que embora a tarefa não seja fácil você sairá vencedor, se me amar. Já o fez várias vezes. De minha parte, tentarei me comportar da mesma forma. Para isto é que devemos juntar toda a nossa energia e toda a nossa força, unicamente para isto, e devemos fazê-lo na alegria e na esperança.

Me ouça, meu querido; se abra completamente comigo; eu não sei me expressar, não sei falar nem muito menos escrever, mas tudo que estou lhe dizendo aqui eu sinto tão profundamente que deve transparecer e chegar a você. Estou lhe falando com minha alma inteira saindo pelos lábios, depois de pensar muito. Sonhei com uma vida com você e juro que me custa abrir mão dela, mas justamente por ser tão penoso você deve acreditar em mim. Se você pensa na minha felicidade, saiba que existe algo mais horrível que os sofrimentos que eu pude ou ainda posso experimentar na situação em que nos encontramos: o terrível dilaceramento interno que eu vivia te sabendo mal com sua consciência, meio destruído e debruçado sobre um amor mal conquistado no qual eu me sentisse estranha e criminosa.

Não, eu te peço, esqueça tudo que eu disse, tampe os ouvidos no dia em que eu vier de novo a gritar frases más, me ame muito, muito e se prepare em paz e na luz para a vida que nos foi dado partilhar e cujo destino precisamos apenas aceitar sem hesitação. Foi assim que eu te amei. É assim que sempre te amarei e se quiser me ver feliz e grande, ainda que por momentos apenas, é a única maneira que tem de conseguir. Te amo.

Maria

73 — MARIA CASARÈS A ALBERT CAMUS

Domingo, 24 de julho [1949] (*noite*)

Meu querido,

Só ontem recebi sua carta do dia 17. Já estava começando a definhar, a ressecar, a ficar tão árida quanto o mais árido dos desertos. Ela chegou no momento crítico e a alegria de recebê-la, de finalmente poder focar a imaginação em fatos precisos, num contexto mais conhecido, inicialmente me cegou a ponto de não me dar conta do seu sofrimento. Mas vou proceder por ordem; caso contrário não conseguiria nunca.

Proceder por ordem! Não é nada fácil.

Já se passou um mês desde a sua partida, e ainda terei de esperar pelo menos um mês até a sua volta. Felizmente, a esperança torna os dias mais curtos e suas cartas dão uma finalidade às semanas.

Quando penso em te escrever, me dou conta do caos em que me encontro. Nem sei mais a quantas ando. Passo os dias inteiros com você. Penso em você sem parar. Vivo com você tudo que me acontece e à noite volto a repetir para você tudo que tem a ver com minha vida solitária, em segredo, no meu diário. Mesmo quando não tenho nada para te contar vou jogando desordenadamente nas páginas do meu caderno (o segundo já!) tudo que me passa pela cabeça (mas não só nela), falo de qualquer coisa, pois parece que enquanto escrevo me sinto mais perto de você.

Acontece que o resultado de tudo isso pode ser uma confusão total na hora de mandar uma carta para informá-lo dos novos acontecimentos, projetos etc., pois fico me perguntando o tempo todo se a impressão que tenho de "já dito" se justifica ou não. Enfim, brevemente, vou tentar contar as últimas notícias para poder depois responder à sua longa carta.

1) *Projetos*: Ultimamente, papai, que durante dez dias ia muito bem, de repente teve um surto de febre, decorrente não sei do quê. A temperatura cai, mas minha esperança de passar algum tempo em Ermenonville fica muito abalada.

2) Recusei Biarritz pretextando uma viagem urgente à Suíça por motivos pessoais. (A propósito, gosto muito da sua ideia de prisão perpétua, e por enquanto, até a sua volta, não tenho a menor vontade de me revoltar.)

3) Almocei com Cocteau. Começamos a filmar *Orfeu* por volta de 12 ou 15 de setembro.

4) Ainda não estive com Hébertot; ele não me telefonou. Serge Reggiani, com quem estou fazendo uma rádio no momento, espera participar da sua peça e chegou até a anunciá-lo numa entrevista; mas não quer dizer nada ao mestre antes de ter certeza absoluta.

Atualidades:

1) O Tour de France acabou. Acho que foi Coppi que ganhou.[1]

2) Joanovici foi condenado a cinco anos de prisão e todos os seus bens até cinquenta milhões serão confiscados. Está com uma cara horrível.

3) Abetz foi condenado a vinte anos de trabalhos forçados.[2]

4) Criancinhas continuam exterminando aos poucos tua geração.

Vida cotidiana. Monótona. Rádios. "Convés de navio". Marne. (Único acontecimento: almoço de Cocteau.) Passeios cada vez mais frequentes em Paris. Leituras. A partir do dia 27 verei apenas Pitou, pois espero condenar o telefone e mandar dizer a todo mundo que fui para a Suíça. Estado de espírito. Melhor. Sou toda amor e só amor e embora os dias me pareçam longos, me parecem mais suportáveis. O que vai melhorar ainda mais em agosto.

E aí está tudo sobre mim e minha vida de "Bela adormecida".

Agora, passemos a você e sua carta.

1) Fico muito infeliz de saber que cheguei tarde demais para te receber no Rio. Escrevi assim que soube que você chegava no dia 15, mas tinha obrigação de saber a duração do trajeto.

2) Como *Calígula* não está mais em cartaz, devo ainda assim transmitir sua resposta a Kellerson a respeito do *Mal-entendido*?

3) Ah! Meu amor, eu suplico, não procure mais nas minhas pobres frases desajeitadas um sentido oculto e demoníaco que nunca pretenderam ter.

Os outros (pessoas que eu encontro), nas minhas cartas são simplesmente os outros, ou seja, pessoas que não me são familiares — exemplos: Lucien Nat, Fernand, Fabre, Jacqueline Morane[3] etc. etc., todo mundo que encontro de vez em quando e com que troco algumas palavras.

---

1 Fausto Coppi é o vencedor do Tour de France 1949, com 10 minutos 55 segundos de vantagem sobre Gino Bartali.
2 Otto Abetz (1903-1958), embaixador da Alemanha na França sob a Ocupação, é condenado pelo tribunal militar de Paris em julho de 1949. Seria libertado em abril de 1954.
3 O ator Lucien Nat (1895-1972), formado por Jacques Copeau e Gaston Baty; Jacqueline Morane, pseudônimo artístico de Jacqueline Pileyre (1915-1972), intérprete de Joana d'Arc em *Joana d'Arc na fogueira*, de Paul Claudel (1941).

O *acaso*, de que você não gosta nada, só me trouxe até hoje pessoas totalmente diferentes que encontro por acaso na rua ou em algum espetáculo.

Exemplos: [Julien] Gracq, Placide (a conterrânea de Angeles), Jean-Jacques Vierne[1] etc. etc.

E eu grito "Ó, a noite!", pois à noite não há mais sol, nem trabalho, nem barulho, nem ninguém em volta de mim e aí, frente a frente com a sua ausência, não posso mais impedir tudo aquilo que fui levando bem fechado, bem recalcado no fundo de mim durante o dia, de sair e esvoaçar ao meu redor numa espécie de "macumba" desenfreada. "Ó, a noite!" porque é sobretudo à noite que fico apavorada com minha solidão, meu desejo.

Quanto a distrações que não sejam os livros, eu não queria admiti-las no momento em que te escrevi porque todas elas me levavam a você e ao sentimento da sua ausência de uma maneira mais viva e mais dolorosa que aquela que consiste em não te deixar um só instante. Agora que está na hora da esperança, talvez possa admiti-las; apenas, elas não me distraem. Não, meu querido, eu não pretendi dizer nada que pudesse atormentá-lo. Você é um adorável imbecil e eu o perdoo. A mim é que não posso perdoar por não ser capaz de me expressar.

Resta a sua vida, que você conta tão fielmente. Meu pobre amor! Será que precisa realmente se transformar em escravo de todos esses chatos sem mais o que fazer pedantes inacreditáveis novos ricos de nascença doentes fedorentos palermas sublimados? Não pode se dar o direito de mandar todos tomar banho e manter por perto os que possam te interessar, te tocar ou te divertir?

Ah, meu pobre querido.

Por que não tem um colchão? Será impossível exigir um nesse país onde se encontra?

Menos Chrysler e mais colchões!

"Mais toucinho e menos gravatas!" Feliz por não o ter decepcionado *a posteriori* em matéria de samba. Eu já imaginava, por sinal, esses brasileiros são muito preguiçosos.

Você está dormindo pouco. Se levanta cedo demais, pois à noite tem de sair: pelo que entendi, é a melhor hora do dia. Trate de descansar muito, meu querido, e quando for dançar ou almoçar com alguém, não beba muito.

E agora chego ao cerne da minha carta.

Outro dia, hesitei muito antes de enviar a carta em que falava com você sem saber muito bem se respondia a uma das suas angústias ou não. Depois, refleti e fiquei muito receosa de ter me enganado a respeito dessa dor que parece não

---

1 O cineasta Jean-Jacques Vierne (1921-2003).

o deixar mais. Hoje não lamento mais nada e além disso, mesmo se o que eu dizia não correspondesse a nada, para você, significa alguma coisa em mim e não é ruim que você fique sabendo.

Meu querido, pelo amor de Deus, mais uma vez, esqueça tudo que eu disse e saiba que estou feliz e que só desejo uma coisa: que você volte! Ah! nem sei como dizer! Eu te amo. Te amo com tudo e contra tudo, com todos e contra todos e o simples fato de te amar tanto preenche completamente minha vida. Não peço nem quero nada mais.

Fique em paz e sobretudo se cuide, se cuide bem. Tremo de pensar na sua saúde, que imagino frágil nesses climas maléficos, certamente, para qualquer ser humano digno do nome. Meu amor, meu querido amor, se preserve.

Diga-me logo a data aproximada da sua volta. Diga se quer que eu vá buscá-lo no aeroporto. Diga quando pretende ir a Avignon buscar Francine, as crianças[1] e Desdêmona.[2] Diga quanto tempo mais ou menos vai ficar por lá. Conte-me todos os seus projetos para que eu possa esperar nossa vida quando você voltar e tentar fazer com que a minha coincida com a sua na medida do possível. Conte tudo que há em você, no seu coração, na sua cabeça. Não omita nada, mesmo se achar que pode me entristecer. Conte-me tudo. Eu te amo e nada poderá me fazer mais mal que saber que está triste sem conhecer os motivos para poder ajudá-lo. Te amo.

M.

74 — ALBERT CAMUS A MARIA CASARÈS

Rio
10h30, 27 de julho [1949]

Meu amor querido,
Voltei anteontem à noite da Bahia e encontrei sua carta de 18 de julho. Mas voltei e logo me deitei com uma febre e uma gripe redobradas.[3] Passei o dia inteiro ontem na cama, sem conseguir escrever. Mas conseguia pensar na sua carta, o que fiz o tempo todo. Hoje de manhã, estou bem melhor.

---

1 Os gêmeos Catherine e Jean Camus, nascidos em 5 de setembro de 1945.
2 Desdêmona é o nome dado por Albert Camus ao seu primeiro carro, um Citroën preto 11 CV. O seguinte, comprado em 1955, seria batizado de Penélope.
3 Eram aparentemente sintomas de tuberculose, o que seria confirmado pelos médicos à sua volta à França.

Julho de 1949

Você entendeu bem minha intenção, na verdade nem é preciso discutir. E quero lhe dizer desde logo que sua carta é muito angustiada, persuasiva demais para que eu não tente fazer o que você considera melhor. Mas quero lhe falar de todo coração, como sempre fiz, e dizer pelo menos que não tenho muita confiança nesse melhor. Continuar minha vida é continuar a desempenhar o meu papel, é, para dizer a verdade, ir para o Sul da França ou algum outro lugar quando for necessário, acompanhar os que me cercam, às vezes te deixar, é tentar expressar sofrimentos inúteis, é escolher a bondade na medida do possível. E tudo isto, que teoricamente pode muito bem ser imaginado, é praticamente insuportável diante de uma pessoa como você. Cada consequência, cada evocação dessa vida vai repercutir na sua atitude, eu sei. E para mim basta que o seu rosto se feche para que tudo me abandone.

Sem dúvida tudo isso seria possível, se necessário, se você me ajudasse. Se necessário. Pois ainda restaria eu e a infelicidade em que me encontro a partir do momento em que vivo na mentira e essa sensação de sufocar que me acompanha dias inteiros. Mas é verdade que estou decidido a tudo, se você me apoiar. Mas acho que você não vai me ajudar. Não será por falta de generosidade nem de amor, minha criança querida, mas de força física. Você vai explodir, e aí será seu rosto fechado, palavras terríveis, e atitudes que eu não consigo esquecer. Eu te amo tão profundamente que sou capaz de resistir muito tempo e ainda te preservar, de tanto amor. Mas a cada vez essa força é destruída em mim e pode chegar o dia em que eu nem tenha mais forças para te conservar. Terei forças apenas para sofrer.

Talvez esteja enganado. Relendo sua carta, encontro nela a cada vez uma chama e uma determinação que voltam a me dar esperança. Sim, é na sua felicidade que eu pensava e que eu penso. Você sabe disso, e que eu nunca desejei outra coisa senão essa chama no seu rosto, às vezes. Naqueles longos anos em que você estava longe de mim, eu ficava pensando que se tivesse certeza da sua felicidade, a amargura em que me encontrava desapareceria. Mas eu não conseguia acreditar nessa felicidade. Hoje grande parte do meu sofrimento decorre da minha impotência nessa questão, e da terrível ideia que às vezes me assalta quando me digo que talvez a esteja impedindo de encontrar a vida que lhe conviria. Mas sua carta me convence de que o que eu queria fazer tampouco lhe traria a felicidade (ah! você não sabe como é capaz de eloquência!). Tudo então repousa de fato na força do nosso amor. E é verdade que eu sempre só tive esperança nele.

Eu também, meu amor, sonhei e sonho com uma vida com você. Mas das outras vezes em que estava num impasse sonhei com um acordo superior, uma espécie de casamento secreto que nos uniria por cima das circunstâncias, onde quer que estivéssemos, um vínculo admirável que estaríamos sempre fortalecendo, impossível para os outros, mas para nós, verdadeiro cordão umbilical. E achava então que você e eu, certos um do outro até a morte, como sinto, poderíamos viver o que tinha de ser vivido, mas deixando intangível o próprio coração da vida, da nossa vida, voltando um para o outro com a mesma certeza, a mesma inteligência, a mesma ternura. Uma pátria perpétua, para nós dois, e só para nós dois, entende? Uma certeza tão profunda e natural que torna tudo mais fácil, nos fazendo livres e melhores para os outros — um sonho, provavelmente. Mas não somos feitos pelo modelo comum e talvez não seja possível termos o destino de todo mundo — o que nos faltou há quatro anos foi a certeza mútua do nosso amor. Hoje, nós a temos. Escorados nessa certeza, tudo é possível, tudo sem exceção. A vida inteira eu quis a cumplicidade (no mais belo sentido da palavra) total com alguém. A encontrei com você e ao mesmo tempo um novo sentido para minha vida. De modo que de fato talvez possamos tentar nos estabelecer acima de todas as coisas. De qualquer maneira, será esse sonho ou será a destruição.

    Mas também é verdade que eu prefiro me precipitar para a destruição com você do que viver uma solidão confortável. Seja como for, e como tudo depende da nossa força, não podemos nos entregar à infelicidade sem ter lutado até o esgotamento. E eu te amo tanto que deve ser suficiente para me dar uma energia inesgotável.

    Aí está uma carta bem louca, minha querida. Mas estou lhe dizendo ao mesmo tempo a minha dúvida e a minha esperança. Entenda apenas que a minha esperança repousa exclusivamente em você. Que eu conheço suficientemente minhas forças, meus dons, meu amor, para encarar com confiança tudo que depende de mim. Quanto a você, já venci sem dificuldade esse gosto da destruição que tinha em comum com você. Não estou certo de que você tenha feito o mesmo. Muitas vezes lhe disse que era a ladeira mais fácil de descer. O que se apresenta diante de nós é uma subida. Mas também conheço muito bem a sua alma e a sua exigência para duvidar de você e da sua determinação. Seja como for, deixe de lado essa angústia. Eu jamais farei alguma coisa sem a sua concordância. Sua concordância, sua aprovação profunda é tudo que eu tenho no mundo, tudo que desejo realmente. Me escreva logo para dizer que me ama e que me espera. Me dê forças para concluir essa interminável viagem e me perdoe por só ter sido capaz de lhe proporcionar uma felicidade tão difícil e despedaçada. Daqui a pouco o exílio vai acabar e você estará junto a mim.

Daqui a pouco seu rosto, seus cabelos e seu leve tremor nos meus braços. Sim, até logo, meu querido amor. Eu vivo de você, esperando.

A.

75 — MARIA CASARÈS A ALBERT CAMUS

Sábado, 30 de julho de 1949

Meu querido,
Uma breve mensagem só para você não ficar muito tempo sem receber notícias minhas — hoje eu não seria capaz de te falar de absolutamente nada. Há alguns dias ando com uma terrível inquietação que esta manhã toma a forma de uma pavorosa angústia e uma solidão sem nome que muito se parece com uma espécie de morte. No dia 23 de julho recebi sua última carta que me chegou, com data de 17. Depois, mais nada. Hoje já é dia 30. Sete dias de silêncio! Eu sei que o correio leva um tempo infinito para chegar ao destino; mas mesmo assim, desde o dia 17 você não enviou nada que eu pudesse receber entre 26 e 30? Eu sei que você está viajando, mas se resolveu suspender sua correspondência quando está se deslocando, por que não me avisou e por que não me mandou um bilhete antes de sair do Rio para eu poder esperar? Por mais que eu examine o problema de todos os ângulos, não consigo entender e embora desconfie muito da aflição em que me encontro, acho que ainda mantenho sangue-frio suficiente para ver as coisas com olhos quase razoáveis. Me recuso a aceitar outras eventualidades que rondam na minha imaginação; penso que se tivesse ocorrido algum imprevisto, imediatamente eu ficaria sabendo por vias diretas ou indiretas, tento com todas as forças me convencer disso, mas como acredito em você e no seu amor, há momentos em que rejeito a ideia de que você seja capaz de se calar tanto tempo por vontade própria e aí, chegando ao limite da minha esperança e da minha imaginação, sou tomada de vertigens e caio indefinidamente na angústia mais dolorosa. Neste momento, rezo para que minha solidão seja causada por uma preguiça ou um esquecimento da sua parte. Rejeito desesperadamente qualquer outra suposição e mobilizo todas as minhas forças para afastar as ideias absurdas que se apoderaram de mim.

Por nada neste mundo eu seria capaz de te infligir semelhante tortura; esperei notícias dia após dia para responder ao mesmo tempo em que te escrevia; esta manhã me decido a fazê-lo embora me sinta bem incapaz de te dizer alguma coisa. Quando receber esta carta, talvez eu já tenha recobrado a paz; não se preocupe, portanto, mas não me deixe mais, eu suplico, nesse vazio cruel que não sou mais capaz de suportar. Te amo, meu querido amor, com toda a minha alma, com toda a minha vida

M.

76 — ALBERT CAMUS A MARIA CASARÈS[1]

Quarta-feira, 3 de agosto [1949] 10 horas

Meu querido amor,
Viajo daqui a pouco para São Paulo, depois para o Sul, até o Chile. Só uma palavrinha, mas com todo o meu coração e o meu amor, para responder à carta angustiada que acabo de receber. Não creio que tenha ficado sete dias sem te escrever durante minha viagem ao Norte. Alguma coisa deve ter acontecido no transporte. Mas é verdade que você já deve ter recebido a carta que explicava isso, que eu estava impossibilitado de escrever, e também doente, durante três ou quatro dias. Mas me dói a ideia de tê-la deixado preocupada e não a ter ajudado com minhas cartas nesse período. Por favor me perdoe, meu amor querido. Estou vivendo aqui feito um louco, empenhado em não desgrudar do que faço, pois nesse caso seria o fim. Me fecho aos dias para que os dias passem menos lentamente. E além disso há o cansaço, um cansaço lento e difícil... Mas tudo vai ficar bem e este é o mês do nosso reencontro. *Estarei em Paris no fim do mês!*

O pior é que suas cartas vão chegar com mais dificuldade, correr atrás de mim, através desses espaços que não acabam mais. E sem as suas cartas meu coração desfalece. Obrigado por me escrever tão bem e tanto, obrigado minha alma, meu querido amor. Para Sozinho eu seria capaz das piores coisas. Não posso, não realmente não posso recobrar a paz aqui. Mas perto de você, finalmente e logo perto de você, é tudo que eu quero. Vou lhe escrever de São Paulo, longamente. Responderei ao que você pergunta. Mas aqui antes de embarcar é à sua carta que estou respondendo, com tanto fervor e confiança que você já sente, não é? Até logo, bela, pequena, morna e terna. Te amo e te desejo. Te espero como se espera o repouso, a pátria... Te beijo, beijo tua querida boca!

A.

---

1 Em papel timbrado da embaixada da França no Brasil.

Selos para Angèle — com um beijo.
Cheque para Pitou. Pode ficar para ela.

77 — MARIA CASARÈS A ALBERT CAMUS

Quinta-feira, 4 de agosto [1949]

Meu querido,
Você deve estar se perguntando por que não respondi logo à sua carta de 27 de julho, pois a recebi no primeiro dia deste mês que deve me trazer a esperança e a vida. Vou tentar explicar, mas antes de mais nada quero saber como você vai. Estou com tanto medo! Esta noite, meu pai me falou de um acidente de avião que aconteceu no Brasil e de repente meu coração parou. Além disso, os climas desses países me parecem irrespiráveis e só penso em ver seus pés pousados na terra firme da França.

Paris agora está com seu rosto calmo, grave, sereno, desnudo, pensativo das férias de verão. O tempo que até hoje se manteve quente, esmagador na sua luz e no seu espaço, vai aos poucos escurecendo e parece querer conferir ao silêncio da cidade um lugar de intimidade. Sol encoberto, céu baixo. Mas não estou mais em Paris; estou na Suíça desde o dia 27, em Interlaken,[1] por questões pessoais e nem sequer posso responder ao pobre Robert [Jaussaud],[2] que me telefonou para pedir notícias suas, a Hébertot, que quer me avisar que está indo para a Suíça (?), a Moune,[3] que demonstra uma vontade bem simpática de me ver etc.

Sim, meu querido, estou na Suíça e devo dizer que à parte alguns pequenos inconvenientes desta viagem, estou encantada por ter vindo. Pela primeira vez me pego amando apaixonadamente a Suíça.

Mas falando sério. Devo te informar que nossos projetos de estada em Ermenonville não existem mais. Meu pai vai melhor — e por sinal é maravilhoso vê-lo recobrar vida — mas ainda não tem forças para sair. Ficou penalizada e preocupada com ele e sua saúde, embora espere poder mandá-lo mais tarde passar algum tempo num clima melhor. Quanto a mim, pessoalmente, não tenho do que me queixar. A vida de férias, solitária e tranquila, no coração de Paris, não me é desagradável. Meu grande desejo só seria satisfeito com um

---

1 Informação falsa, naturalmente. Mas Maria tinha uma lembrança feliz da estada em Interlaken com o pai em dezembro de 1938-janeiro de 1939.
2 Ver nota 4, p. 117.
3 Talvez a cantora Moune de Rivel (1918-2014).

período à beira-mar; como tive de abrir mão desse sonho, não tenho preferência entre as árvores da floresta de Jean-Jacques e as da avenida de Breteuil. E até prefiro meu "convés de barco" ao Jardim do Ermitage para viver sozinha e trocaria todas as vidas de hotel em qualquer recanto fechado do campo pela que levo no meu "farol" da rua de Vaugirard. Paris está esplêndida no momento e quando a saudade de um ar mais puro, de verdura, de água, de paz, de silêncio fica mais aguda, vou passar o dia no Marne e volto com forças renovadas. Como vê, apesar da vida de prisão que me é imposta pela minha ausência oficial de Paris e apesar dos acontecimentos que vieram frustrar nossos projetos, não posso me queixar. Consegui apesar de tudo tirar minhas férias, organizar meu parêntese de verão e fazer uma bela viagem em plena Paris.

Infelizmente, minha volta é iminente. Tinha dito que seria no dia 6, só poderei adiá-la até o dia 9, pois preciso retomar contato com Hébertot, experimentar meus trajes de *Orfeu* etc. De modo que não poderei mais ocultar minha presença e já sei quais são os tubarões que me esperam. Tanto pior! Não se pode viver sempre como se quer. Enfim, por enquanto tudo vai bem, e conte comigo para encontrar o jeito que vai me permitir levar a vida que desejo até a sua volta. E agora voltemos ao ponto de partida: vou tentar te explicar por que não escrevi antes.

Sexta-feira, 5 de agosto [1949]

Ontem já era muito tarde e eu estava cansada. Mas fique tranquilo: são apenas aqueles dias clássicos começando; nenhum motivo de preocupação; todos os motivos para se revoltar. Mas voltemos ao que interessa. Sua última carta chegou num mau momento; tarde demais. Era o que eu esperava que fosse, mas a espera foi demais. Preocupada como eu estava depois de um silêncio tão prolongado (você não escrevia nada desde o dia 14) eu precisava de doçura, de palavras de amor e tranquilização. Em vez disso, encontrei notícias de doença, sentimentos atormentados, palavras justas, mas nuas, secas e às vezes até um tom de raiva, quase de rancor. Me entenda; não o estou censurando; você pôs na carta o que eu esperava que pusesse, me enviou a resposta que eu havia pedido, fez o que tinha de fazer. Apenas, imagine agora meu estado de aflição sem notícias de você há longos dias, imagine minha febre, minha angústia, minha exigência quando abri o envelope (eu tremia toda); e acrescente o esforço, para mim sobre-humano, que tive de fazer ao longo de semanas para tomar definitivamente e sem volta a terrível decisão de que sua carta me trazia o ponto final; lembre-se bem das palavras que escreveu (a tensão que você teve de sustentar para enunciá-las não deixava lugar para o amor; ele se perde em seu próprio esforço) e agora me diga o que você teria sentido.

Para mim, é simples, foi um desmoronamento. Por mais que eu argumentasse comigo mesma, me insultasse, me sacudisse, me forçasse, não adiantava. Então resolvi esperar. Não podia te escrever num estado assim. As cartas, como o telefone, traem e eu não queria provocar um mal-entendido que levasse novas dores aos teus dias e tuas noites.

E no entanto estava precisando de você. Reli todas as suas cartas, repassei mentalmente todas as suas palavras, todos os seus gestos, todos os seus atos e por fim fui consultá-lo em *O mito de Sísifo*. Não é possível ler um livro com mais vontade, mais atenção, mais oração. Nem se pode tirar uma impressão tão forte quanto a que tive. Tudo foi questionado e se você soubesse, meu querido, a revolução total que despertou em mim, talvez acreditasse em... muitas coisas em que por sinal acredita. Enfim, vou te falar de tudo isso mais tarde. Por enquanto, quero apenas que saiba que de certa maneira a leitura do *Mito* — por mais engraçado que possa parecer — me reconciliou completamente com o amor tão conturbado que nos é imposto. Eu disse "reconciliada", não é em absoluto a palavra exata, mas deixo que você encontre a boa.

Estou portanto pronta de novo; agora se trata apenas de renovar e aumentar minhas forças a cada minuto. Já estou tentando, mas preciso demais da sua presença para ser capaz de continuar a fazê-lo sozinha; a expectativa da sua volta que se aproxima já não basta para aplacar essa necessidade cada vez mais imperiosa de você e quando penso no dia em que o terei junto a mim, minha glória é tão grande que parece convocar o terrível medo da catástrofe.

Volte para mim, meu amor; volte para mim logo. Eu te amo. Tenho vontade de você. Não aguento mais. Volte o mais rápido que puder, e enquanto isso, eu suplico, me escreva, o mais que puder... mesmo viajando. Te amo. Te espero.

M.

78 — ALBERT CAMUS A MARIA CASARÈS[1]

Quinta-feira, 4 [agosto de 1949]. *9 horas.*

Meu querido amor,
Cheguei ontem aqui e já se anunciam dias intensos. Por isso lhe escrevo

---

1 Em papel timbrado do Esplanada Hotel de São Paulo.

logo. Tenho encontros o dia inteiro e esta noite farei uma conferência. Amanhã de manhã viajo de carro, oito horas nas pistas esburacadas deste país para assistir no sábado a uma festa indígena, extraordinária, segundo dizem. Volta do mesmo jeito domingo para São Paulo. Segunda-feira, conferência. Terça-feira avião para Porto Alegre no extremo Sul. Quarta-feira avião para o Chile. Durante minha viagem de três dias pelo agreste não terei absolutamente como te escrever. Mas vou postar uma carta na segunda-feira sem falta.

São Paulo é meio Nova York, meio Orã. São construídas quatro casas por minuto na cidade. O que é cansativo só de imaginar. Um verdadeiro canteiro de obras subindo e crescendo diariamente. À noite os andaimes se cobrem de propagandas multicoloridas e os pássaros fazem um grande protesto nas palmeiras reais antes de dormir.

Minha segunda estada no Rio foi breve. Fiz minha conferência sobre Chamfort[1] para uma plateia de chapéus emplumados. Sempre me pergunto por que atraio as mulheres do mundo. Enfim, elas estavam lá e ouviram o que Chamfort pensava das mulheres do mundo. Minha gripe passou completamente. Me deixou um cansaço sutil, mas só. Passei o último fim semana na montanha, a cento e cinquenta quilômetros do Rio, o que me fez bem. Finalmente conseguia respirar. Cheguei até a tomar banho numa piscina ao ar livre.

Na volta, finalmente encontrei sua carta (estava sem notícias há seis dias). Naturalmente, estava mesmo me achando um estúpido por lhe falar dos outros, e do acaso. Mas já lhe disse que no momento não estou completamente na posse da minha razão. Me perdoe por tê-la aborrecido com isso — mas esse coração inquieto que me acompanha só deixará de sê-lo quando eu voltar.

Também quero responder às suas perguntas. Tomarei o avião para Paris entre o dia 25 e 27, salvo contraordem. Estarei em Paris trinta e seis horas depois. Não sei se quero vê-la no aeroporto. A ideia de vê-la diante de mim me faz tremer de alegria. Mas haverá muita gente e eu gostaria de tê-la sozinha diante de mim. Mas vou dizer, no último momento. Talvez você possa, quem sabe, pedir a Robert [Jaussaud] que vá me buscar de carro. Assim estarei mais depressa junto a você.

Que felicidade poder falar disso. Mas vinte longos dias ainda me separam de você...

---

1 Essa conferência tem origem no prefácio das *Máximas e anedotas* de Chamfort publicado em 1944 pela DAC (Mônaco); teve como título ora "um moralista da revolta: Chamfort", ora "Romance e revolta", afinal se desdobrando na quarta parte de *O homem revoltado*.

Não sei o que vou fazer ao chegar. Depende de Hébertot e dos ensaios. De qualquer maneira me parece que vou ficar uns dez dias em Paris e depois tirar quatro ou cinco dias para ir a Avignon e voltar. Em seguida, seremos nós e voltarei todas as minhas forças para nossa felicidade. Mas tudo isso depende do que vou encontrar em Paris ao chegar.

Te dizer o que trago no coração? Mas eu te conto tudo, sem segundas intenções, meu amor querido. A única coisa de que não falo, você sabe, é esse dilaceramento em que nos encontramos, o sofrimento de causar sofrimento, a impotência para tornar feliz aquilo que mais amamos no mundo. Minha querida, com quem eu poderia falar senão com você? Quando não estou perto de mim [sic] é que eu sinto vontade de fugir, ou de morrer. Mas sempre há um momento em que eu me volto para o nosso amor e nele encontro então o verdadeiro orgulho, o orgulho que vai além de mim e que é feito da nossa luta comum. Você está perto de mim, me acompanha, me ajuda com suas cartas e o seu hálito. Nós estamos juntos, contra tudo. E nada jamais poderá nos separar nem destruir esse elo, flexível e forte como uma raiz de vida. Sim, você é a minha vida, minha alma mais querida, meu gozo, minha bela tempestade e também a paz que me espera, me deixe gritar o meu amor e te chamar. Grandes sinais de uma margem a outra, é tudo que podemos fazer. Mas são sinais daqueles que nada pode separar, que o próprio mar aproxima. Ah! Querida, esse instante da volta... Te beijo toda, te amo, te espero. Até logo, meu belo rosto. Te beijo de novo

A.

79 — ALBERT CAMUS A MARIA CASARÈS

São Paulo
Segunda-feira, 8 de agosto [1949]

Minha querida,
Voltei ontem à noite da minha expedição, bem cansado, e adiei para esta manhã a carta que queria te escrever. De certa forma esperava encontrar uma carta aqui. Mas nada. É também porque os correios funcionam mal no Brasil e receio que a minha correspondência acabe não me seguindo até o fim.

Hoje de manhã levantei renovado, depois de uma boa noite. São Paulo fica a mil metros de altitude e nesse clima eu me refaço um pouco. A viagem foi cheia de imprevistos. Andamos de carro o dia inteiro na sexta-feira, de 10 horas da manhã até 11h30 da noite, numa estrada inacreditável, sacudidos como num cesto de salada, a boca amordaçada por uma poeira vermelha que nos transformou em índios guaranis (nós, quatro homens entre os quais dois brasileiros). Tivemos de atravessar a rota de floresta virgem em plena noite, cruzar três rios em barcos primitivos para chegar enfim a Iguape,[1] nosso destino, onde dormimos no hospital. O hospital se chama "Feliz Lembrança" (mas por outro lado a penitenciária de São Paulo está cheia de cartazes com a inscrição: "OTIMISMO!"). Em matéria de lembranças, me ficou apenas que esse hospital não tinha água. Tive de me barbear e me lavar, por assim dizer, com a água mineral que tínhamos no carro. Mas a gentileza da acolhida compensava tudo. Os habitantes de Iguape são corteses e gentis. No dia seguinte eram as festas de Iguape, tendo como atração principal a procissão em que é carregada a estátua do Bom Jesus que chegou aqui numa enchente há muito tempo, sendo então lavada no lugar onde agora brota permanentemente uma pedra milagrosa. Eu vi a procissão, que era a mistura mais bizarra imaginável de raças, de classes, de cores, de trajes. Por cima os urubus* e um avião convocado para a ocasião. Rojões o tempo todo e uma música de orfeões. Gaúchos,** japoneses, mestiços, mulatos, deformados, barbudos, um norte-africano parisiense, a gente vê disso por aqui, no meio de uma cidade velha parecendo isolada do resto do mundo exceto para os corajosos. Havia peregrinos, com efeito, que estavam na estrada há cinco dias. À noite uma criança teve um dedo arrancado por um rojão e se espantava aos berros que o Bom Jesus tivesse permitido isso.

Domingo, voltei. Mais uma vez sacudidos e cobertos de poeira, alimentados de feijão preto que é o alimento do país e a pringa,*** aguardente de cana que despertaria até um acadêmico. Hoje, dia carregado. Veja só: 11 horas mesa-redonda com filósofos brasileiros. 13 horas almoço com franceses daqui. 14h30, entrevista na Aliança Francesa. 16 horas visita ao Serpentário e lutas de serpentes. 20 horas conferência. O dia inteiro vão me chamar de "doutor" e "professor", títulos honoríficos. Fico cansado só de pensar. Mas também estou cansado dos dias que virão, nos quais vou comer quilômetros e paralelos acompanhados de meridianos. E de fato amanhã de manhã parto para Porto Alegre no Sul. Depois de amanhã pego um avião para o Chile.

---

1 Essas festividades inspirariam ao autor a novela "A pedra que brota", publicada em O exílio e o reino (1957).
* Em português no texto. (N. T.)
** Idem.
*** Sic. (N. T.)

É verdade que assim o tempo passa e finalmente me aproxima de você. Ontem, na estrada, eu pensava em você e me dizia que se estivesse aqui teríamos sorrido muito juntos. E entendi melhor a que ponto você também ocupava a minha vida cotidiana, interferindo nos menores detalhes, literalmente entrando em mim. Por isso é que vou arrastando esse vazio, essa ausência em mim, essa distração do coração. E aí te chamo. Mas você está tão longe. Sábado à noite em Iguape entre a floresta e o rio, no ar mole que vinha do mar, eu buscava alguma coisa na noite que afundava. Não sabia o quê. E aí de repente pensei no seu braço embaixo do meu, simplesmente, e o seu ombro meio apoiado no meu peito — teus olhos queridos — um silêncio comum — e teríamos sido felizes nesse lugar perdido, no fim do mundo. Ah! Que o vento se levante...

Me escreva. Conte o que está fazendo e o que pensa. Se abra para mim — escreva que é minha. Te beijo, meu amor, sempre de longe, mas com o mesmo fervor. Te espero. Duas semanas ainda e já estou nos preparativos para a viagem. Tremo um pouco, pensando em você nesse dia. Pelo menos você estará lá, e ainda minha?

A.

80 — MARIA CASARÈS A ALBERT CAMUS

Quinta-feira, 11 [agosto de 1949]

Meu querido,
Recebi anteontem sua carta do dia 3, e pensei em esperar a outra, a que você escreveu no dia seguinte, para responder. Ela chegou hoje, esta noite.
Aí está você de novo, bem vivo, em mim. Se você soubesse!
Aconteceu alguma coisa nesses últimos tempos: um grande acontecimento que não tenho como te contar, mas cujo fio você vai desfiar, talvez, quando ler meu diário. É apenas uma transformação interna de que só agora começo a me conscientizar, mas cujo caos ainda não consigo explicar. E por sinal será que um dia conseguirei?
Voltei de "Interlaken". Já dei um jeito de partir de novo, para qualquer lugar, para todos os "chatos". Continuo portanto na minha vida calma e tranquila, minhas conversas íntimas com Pitou e papai, meus banhos de sol (quando tem sol). Nos últimos tempos, minha "crise moral" me enclausurou

um pouco mais ainda que de hábito e meio que esqueci meus passeios à beira do rio e meus dias no Marne. Mas vou retomá-los.

Em compensação, li muito e passei muito tempo ouvindo música. Hipersensível como eu era (o que por sinal continua) encontrei nisso alegrias (se assim posso dizer) extraordinárias. Nunca esquecerei os livros que li: *O estrangeiro* e *O negro do Narciso*. Me senti então pronta para atacar *Pierre*.[1] Comecei a ler e o bebo com toda a alegria que sentimos ao nos reencontrarmos de uma certa maneira. Felizmente eu esperei. Antes, não teria entendido.

Em música — entre os discos que tenho — foram Beethoven, Bach, às vezes Mozart e... — se segure! Guillaume Dufay, que levaram a melhor.

Mas chega de falar de mim. No momento só tenho uma ideia na cabeça: reler tudo que li antes, voltar a ouvir tudo que ouvi e, por fim, te encontrar de novo, agora que me parece melhor te conhecer.

Eu nunca te amei tanto, meu amor, e acho que nunca tão bem. Você vai voltar para mim. A ideia de você perto de mim dentro dos quinze próximos dias me é quase insuportável. Quando tento pensar nisso me sinto tomada de uma espécie de fraqueza; se abre um abismo em mim e sou tomada de uma vertigem que não consigo prolongar mais que um instante. Eu sempre temi os reencontros, mas nunca tanto quanto este. Me parece que estamos distantes há tempos imemoriais, que mil coisas aconteceram desde que nos separamos, que talvez tenhamos nos tornado diferentes cada um na sua órbita; tenho medo do nosso estado físico, de nossas reações recíprocas, desse mistério que o confronto sempre esconde, a presença real, sei lá! — e ponho tanto de mim nesse reencontro, espero tanto dele, que não suporto fisicamente a chama absurda que ele acende em mim.

E no entanto eu te conheço e me conheço e sei que ele será simples e doce, que no primeiro minuto será maior que nós e que o encantamento que seria doloroso se fosse brusco só virá depois, muito depois, aos poucos, suavemente. Oh! Meu amor, o que você é para mim! O que você é!

Naturalmente, prefiro te esperar em casa. Prefiro ter seus braços em torno de mim imediatamente. E já preferia quando achava que você chegaria sozinho; mas desde que sei que haverá no aeroporto outras pessoas além de Robert [Jaussaud], é o que te peço. Amanhã vou telefonar para Robert para transmitir o seu pedido.

---

1 *O estrangeiro*, de Albert Camus (1942); *O negro do Narciso*, de Joseph Conrad (tradução francesa em 1924); *Pierre,* de Herman Melville (tradução francesa em 1939).

Se bem entendi você vai receber esta carta quando estiver no Chile. Você sabe que se às vezes lamento o que tem de fazer, o mais das vezes me surpreendo te invejando um pouco. Bem aborrecida essa viagem, mas como eu gostaria de estar no seu bolso para passear no agreste e assistir à festa indígena, por exemplo. Confesso que ficaria menos satisfeita diante das senhoras de "chapéus emplumados", sobretudo se forem belas, mas claro que é uma reação puramente pessoal.

Reggiani gostaria que você contratasse Pigaut para o papel de Stepan.[1]

Hébertot gostaria de saber seu endereço para perguntar se você está de acordo em que a peça estreie por volta do dia 20 de outubro e comece a ser ensaiada por volta de 5 de setembro. Por enquanto, ele continua na Suíça até o dia 16. Quanto a Serge, ainda não sei com certeza se vai ou não interpretar Yanek.

Confirmado que o meu filme começa no dia 12 de setembro.

Papai continua igual: muito melhor, mas ainda incapaz de se vestir e sair. Mas de qualquer maneira já caminha um pouco na varanda.

É isto, meu amor. Vou deixá-lo porque amanhã terei de levantar muito cedo. Já é quase meia-noite e ainda tenho de escrever minha página do diário. E além disso te deixo porque preciso te deixar e se tivesse de dizer tudo que você provoca em mim, não me calaria nunca mais. Te amo. Te espero.

M.

81 — ALBERT CAMUS A MARIA CASARÈS

11 de agosto [1949], *Montevidéu, 10 horas da manhã*

Meu querido amor,

Só uma palavrinha porque estou apertado entre partidas e chegadas de avião. Ontem eu estava em Porto Alegre no sul do Brasil e devia ir direto para o Chile quando se deram conta de que não tinham providenciado em Paris o meu visto chileno. Tive de ficar aqui ontem à noite e espero partir esta noite. Escreverei mais calmamente de Santiago — mas só daqui a dois dias pois terei de ficar vinte e quatro horas, em trânsito, no aeroporto de Buenos Aires. Mas o pior que tenho a lhe dizer desde logo é que estou sem carta sua desde 2 de agosto. Saí do Rio nessa data e minha correspondência devia seguir para São Paulo. Mas não. Os correios aqui são inacreditáveis, eu tinha sido avisado. Mas esse silêncio aumenta ainda mais o sentimento de solidão em que me encontro.

---

1 Robert Pigaut (ver nota 3, p. 118). O papel de Stepan é entregue a Michel Bouquet.

Preciso tanto das suas cartas. Agora não receberei nenhuma antes de Santiago — dez dias sem você, às voltas com essa vida estúpida que estou levando! Dez dias com minhas preocupações, minha espera de você.

Ainda não conheço Montevidéu — só pude ver a cidade à noite. Estou escrevendo do único quarto que consegui encontrar e que mais parece um depósito. Ah! Estou tão cansado desta viagem. Quanto mais ela avança, menos tenho vontade de continuar. Mas eu sei que sem você meu coração desfalece. Onde você está? Agora são três horas da tarde em Paris. Está em Ermenonville? Devo te escrever? De qualquer maneira, me diga sem demora onde estará entre o dia 25 e o dia 30 deste mês.

Não sei mais o que pensar nesse vazio, nesse silêncio no meio dessas terras indiferentes. Você me esqueceu? Eu continuo voltado para você, com o coração cheio de amor. Me ajude a acabar com essa viagem e finalmente chegará essa hora do retorno que espero desde o momento em que a deixei na calçada da rua Vaneau. Te beijo com todo o meu amor, te abraço. Até logo, meu lindo rosto. Te beijo sem conseguir me afastar de você

A.

Estou mandando uma foto minha num exercício que faço com frequência no momento. Espero fazê-lo pela última vez dentro de quinze dias, e na sua frente, enfim!

82 — ALBERT CAMUS A MARIA CASARÈS

Buenos Aires
14 de agosto [1949]. *Domingo*

Meu amor,
Estou em Buenos Aires esperando o avião que vai me levar ao Chile. Espero esse avião com impaciência embora ele me afaste ainda mais de você. Mas espero finalmente encontrar cartas suas em Santiago. Já são onze dias sem notícias. Não sei o que está acontecendo. Imagino que aconteceu alguma coisa no transporte. Pois não posso ou não quero imaginar que você ficou esse tempo todo sem me escrever. Ontem, encontrei aqui a mulher de Rafael Alberti[1] (hoje de

---

1 Rafael Alberti (1902-1999), poeta e dramaturgo espanhol, membro do Partido Comunista, militante antifascista. Em 1939, ele se exila na França, posteriormente se estabelecendo na Argentina.

manhã vou me encontrar com ele). Ela me disse que recebeu uma carta sua, há quatro dias. Não tive coragem de perguntar mais nada, mas morria de vontade. Ela lê suas cartas e eu aqui ressecando há onze dias!

Realmente só penso em acabar com isto. Esse tempo todo é tempo perdido, já que é perdido para nós. Aí vai minha programação. Esta noite em Santiago, até quinta-feira. Sexta-feira e sábado: Montevidéu. Domingo: Rio, onde ficarei uma semana (duas conferências). Voltarei portanto por volta do dia 27. Mas se puder tentarei pegar o avião de 25. Em qualquer dos casos estarei em Paris no dia seguinte. Preste atenção no seguinte: se meu telegrama não mencionar nenhum avião será pela Air France. Se eu disser Panair será a companhia Panair do Brasil e você terá de telefonar para lá para saber a hora da chegada. Estou dando esses detalhes para enganar minha impaciência, e minha fome de você. Mas estou tão infeliz e desarmado por esse silêncio que vem se somar ao resto que não consigo exprimir nada. Será que vou encontrar de novo um pouco de você em Santiago? É o que espero — aguardo — caso contrário... Te beijo desesperadamente, meu amor querido. Escreva, eu suplico.

A.

83 — MARIA CASARÈS A ALBERT CAMUS

Sexta-feira, 16 de agosto [1949] (*manhã*)

Meu querido,
Esta é minha última carta. A última etapa antes do nosso reencontro. Ainda tremo só de pensar, mas hoje posso olhar de frente essa hora tão esperada sem sentir a terrível vertigem de que era tomada nos últimos tempos à simples ideia de me ver de novo diante de você. A angústia absurda que me apertava o coração com mil temores vagos e inexplicáveis desapareceu quase totalmente dando lugar à inquietação normal decorrente do acaso e dos seus caminhos misteriosos e inesperados e agora estou envolta na alegria mais pura e na impaciência do repouso bem merecido de um coração cheio.

Antes da sua chegada, antes do nosso reencontro, antes de dar início à vida que nos espera — tão dura e tão doce ao mesmo tempo — eu queria meu querido acabar para sempre entre nós com os momentos terríveis de cegueira e loucura que, por minha culpa, vivemos antes da sua partida. Para isso, meu querido, vou tentar me explicar uma última vez, esperando de todo coração que depois nunca mais seja necessário voltar a falar disso.

A coisa vem de muito longe, no início da minha vida, talvez, mas eu não temo nada, vou lhe dizer apenas o essencial, o que nos diz respeito. Quando o conheci, eu vi que poderia amá-lo. A vida e minha juventude nos separaram.

Durante muito tempo, mal consciente da minha loucura, tentei encontrar o que chamava de "meu absoluto" em outros lugares. E o busquei com tanta obstinação, tanta teimosia, que achei que o tinha encontrado. Um belo dia, enxerguei as coisas com clareza. Rompi com tudo e me entreguei a uma espécie de desespero que nem tentei aprofundar por falta de gosto ou de tempo.

Sim; meu querido, antes de voltarmos a nos ver, muitas coisas morreram em mim e nada as substituiu antes da sua chegada. Eu não acreditava em mais nada e achava inclusive que o coração falhava sem uma vontade feroz para apoiá-lo.

Te conheci. Aí, não me pergunte nada; eu não saberia responder; não sei por que vim mais uma vez para você tão naturalmente, tão simplesmente. Antes de tudo, talvez, para ver? Depois — e disto estou certa — porque voltei a acreditar.

E por sinal tudo contribuía para me fazer acreditar. Por que o destino nos teria posto frente a frente uma vez? Por que teria voltado a nos juntar? Por que esse novo encontro no momento necessário? Por que ele me levou a acreditar? Por quê?

Você não pode imaginar a emoção que senti quando descobri a data (6 de junho) em que nos encontramos. Você me pareceu a última boia jogada no meio de uma vida já então vazia. Me agarrei a ela com todas as forças fechando voluntariamente os olhos a tudo que pudesse pôr em perigo essa última esperança. Foi assim que fiquei em posição de consentir por vontade própria com um enorme "Mal-entendido". Todo cuidado é pouco com o que se diz na frente das crianças. Lembre-se, meu querido; lembre-se bem do dia em que fui à sua casa. Lembre-se dos meus receios — eu estava com medo de que chegasse alguém e você me acalmou com essas palavras meio gritadas: "Não tem ninguém! Eu não aguentava mais, entende? Mandei todo mundo para o campo!" O que me bastou. Querendo acreditar em tudo, eu acreditei em tudo sem procurar saber mais. Na minha pequena esperança, tudo já estava se resolvendo: Francine e você estavam separados de fato, mas por causa das crianças continuavam de certa maneira juntos.

Caso contrário, como você poderia pensar que eu me entregasse a você nessa cama onde dormia com ela!? E, meu querido — é a única censura que lhe faço — como é que foi capaz, você, de me tornar exatamente onde a havia tomado?

Tudo continuou. Obstinadamente cega, eu só via o que pudesse satisfazer minha esperança. Mas é preciso me perdoar; apesar da idade, eu ainda era uma criança e a essa altura só tinha essa esperança. Como abrir mão dela? E no entanto, aos poucos, primeiro meio aos solavancos, depois de maneira mais clara e contínua, cheguei à verdade. E aqui eu paro; não saberia como te dizer. Lembro apenas da palavra que desencadeou a crise final, a palavra que veio exatamente no momento em que eu acabava de me conscientizar de fato de tudo que você representava para mim: "E quando eu voltar, o que terá mudado?" Me perdoe, meu amor, se nesse momento e por algum tempo depois eu te odiei. Fiquei louca e em vez de me voltar para Deus, me enfureci com você, que de certa maneira tinha se tornado o meu Deus.

Foi nesse dia que tudo começou e desde então, até o momento em que tomei a decisão consciente e definitiva de viver essa vida que nos é oferecida, você não pode imaginar por onde passei. Aí está minha breve história, meu querido — você se achava diante de uma mulher e eu não passava de uma criança. Só hoje, talvez, é que me tornei uma mulher. Me perdoe. Me perdoe por ter sido tão tola. Minha fúria terá servido para me mostrar o quanto você me ama, pois jamais esquecerei que nos meus dias de secura e ódio você nunca se afastou de mim e só me deu amor e mais amor. Sim, minha loucura terá servido para acreditar em você mais que nunca e dessa vez, sem nenhum tipo de cegueira, e minha enorme dor talvez nos traga uma certa paz, pois agora não creio mais ter mais nada a temer das minhas buscas absurdas e desordenadas de um absoluto que não existe.

Eu poderia concluir citando a frase "Os caminhos da providência são inexecutáveis" [sic], mas sinto de novo a raiva tomando conta de mim. Só que desta vez ela não se volta mais contra você; pelo contrário, você é a única pessoa no mundo para a qual posso me voltar para me acalmar.

Sua carta do dia 11 acaba de chegar. Espero que tenha encontrado algo meu em Santiago. Embora você já saiba, portanto, eu repito. Estou e continuo em Paris, onde te espero. Lá em cima no nosso quartinho. Ó, meu amor! Te amo. Te amo. Nunca te amei tanto.

M.

84 — ALBERT CAMUS A MARIA CASARÈS[1]

Terça-feira, 16 de agosto [1949], *20 horas*

Meu amor,
    Estou em Santiago há dois dias e tive aqui a maior decepção desta viagem, pois não encontrei nenhuma correspondência. Já são quatorze dias que não tenho notícias suas e não sei se você de fato imagina o que isto significa. Quero acreditar com todas as forças que minha correspondência está bloqueada no Rio por motivos que não entendo. Mas às vezes não consigo me impedir de imaginar que talvez você não me tenha escrito e de cair num estado de que é melhor nem falar. Aguardo a volta ao Rio com crescente impaciência. Depois de amanhã vou para Montevidéu, lá fico dois dias e domingo ou segunda estarei de novo no Rio. Escreva para o Rio, por favor, nem que seja só uma palavra para me dizer onde estará no fim do mês. Eu a procuro na noite. Tento situá-la, em Paris ou Ermenonville ou se está se revirando na cama ou dormindo. Que inferno esses fantasmas. Seu rosto recua e se distancia de mim. Há uma semana meu coração se resseca.
    E no entanto este país é o único que me tocou na viagem. O Pacífico com suas grandes ondas, Santiago apertada entre ele e os Andes nevados, as amendoeiras em flor e as laranjeiras se destacando contra o fundo dos cumes brancos, tudo isto é admirável e eu gostaria de estar vendo a paisagem com você. Mas por outro lado a vida que me fazem levar continua igualmente estúpida. Um mundo louco, dias intermináveis, a solidão quase impossível. Acabo de concluir uma conferência numa sala abarrotada de gente. E esses dias me cansam.
    Mas só faltam dez dias de canseira. No Rio, vou saber. Você me espera não é com a mesma impaciência que eu. Vamos viver, lutar, esperar juntos. Maria querida não deixe seu coração desanimar, volte a arder, para mim comigo. Não me deixe tão longe, sem recursos, sem defesa se nosso amor for ameaçado. Um sinal de você, um só, e a vida de novo será possível. Ah! Nem sei mais falar. Esse silêncio me fecha a boca e me torce o coração. Te amo, te amo em vão, solitário, num frio terrível.
    Vieram me chamar para um jantar. Vou lhe escrever de Montevidéu. Faz um mês e meio que a deixei! Mas você vai me devolver esse rosto iluminado que eu amo — em breve, não é meu amor, você vai falar comigo, me tocar.

---

1 Em papel timbrado do Hotel Crillon, em Santiago do Chile.

Será a carne finalmente, a verdade, nosso amor. Até logo minha querida. Te beijo como fazia, séculos atrás.

A.

85 — ALBERT CAMUS A MARIA CASARÈS[1]

Rio de Janeiro, 21 de agosto de 1949

Meu amor querido,
Finalmente leio a sua caligrafia. Fiquei no total dezoito dias num silêncio mortal, sem uma palavra, sem sequer a certeza de que tudo isso decorria de circunstâncias materiais. Ontem à noite, ao chegar ao Rio, exausto da viagem e da insônia, corri para a embaixada e não havia nada. E aí foi realmente o desespero. Há dezoito dias eu lutava contra o cansaço, uma terrível depressão que avançava, as noites sem sono, o trabalho exaustivo, multidões de pessoas falando, perguntando, exigindo, pressionando... e por fim só tinha como esperança essa volta ao Rio, ao encontro da certeza de que você ainda existia, de que me amava, e de que finalmente eu ia te encontrar. E então de novo o vazio, e dessa vez a quase certeza de que alguma coisa tinha acontecido e de que eu não voltaria a vê-la. Escrevi à noite e destruí essa carta louca.

Hoje de manhã, um escritório da embaixada que há na cidade mandou uma correspondência que ainda não me havia encaminhado. Me deu vontade de matá-los, mas suas cartas estavam lá. Apenas duas é bem verdade (5 de agosto e 11 de agosto) e me pergunto se outras cartas não estão andando por esse continente interminável, ou mesmo se não se perderam para sempre. A não ser que você tenha escrito pouco, simplesmente.

Mas que importa! Te ler depois desse longo silêncio, te reencontrar, te amar, sobretudo ser amado no meio de uma frase, quando fiquei tanto tempo ressecado e solitário! Que apetite de ternura acabamos tendo! Você ficou contrariada com minha carta em que eu respondia a suas perguntas, não sentiu amor nela? Ah! Minha querida, não deve ter lido direito. Sim a angústia, o temor do futuro, a lucidez, tudo isso deixava pouco lugar para a ternura. Mas eu lhe descrevia a mais alta ideia que tinha do nosso amor, falando dele como se fala daquilo que mais se respeita,

---

1 Em papel timbrado da embaixada da França no Brasil.

sem meias tintas, buscando apenas a inteligência e a paixão. De fato consigo imaginar sua "crise" e espero que me conte como foi. Mas se ela serviu para uni-la um pouco mais a mim, o resto não importará mais. Da mesma forma como bastou que eu tivesse suas cartas nas mãos para desaparecerem os dias pavorosos de solidão que acabo de atravessar. Mas o que me chateia é que estou cansado. Vou te levar de volta um rosto marcado e gostaria de desembarcar com minhas forças intactas. Esta viagem foi estafante. Avião, conferência, recepções, jornalistas, mulheres do mundo histéricas, e começar tudo de novo no dia seguinte. Às vezes tinha a impressão de ser Fernandel ou Marlene Dietrich. Logo eu que não consigo suportar a sociedade além de quatro ou cinco pessoas tive uma intoxicação do coração causada por dose exagerada de humanidade. Paris se transformou para mim no lugar da solidão e do silêncio — uma espécie de convento. E além do mais nada é mais cansativo que desempenhar um papel no qual não se está à vontade. Tantas pessoas que gostavam de mim, ou que o diziam, e eu, com duas ou três exceções, não gostava de ninguém. E a verdade é que estava esperando as horas do amor, que finalmente estão chegando. Só espero recobrar logo a saúde e me livrar dessa depressão interna. Talvez então, na lembrança, algumas horas ou alguns lugares desse continente me voltem "carregados de sentido". O Chile, sem dúvida, de que gostei.

Acabam de me trazer sua "última" carta, meu amor. Que impulso para você! Que espera, a partir de agora! Tudo que você me diz eu já sabia e me doía, como a você. Mas eu te amava e esperava que voltasse para mim. Pois você voltou e eu corro para junto de você e dentro de alguns dias será a paz. Será uma paz difícil entrecortada de relâmpagos, às vezes dolorosa. Mas a sua confiança, a certeza que você me demonstra me levam a pensar que nosso amor pelo menos não vai assumir mais esse horroroso rosto fechado, e um ar de detestação e de sofrimento ruim, que eu só consegui suportar por um esforço de todo o meu ser — que me deixou diminuído. A sua felicidade, o seu riso, o seu prazer, isso é que me faz viver e me faz ir além de mim mesmo. Tudo isso eu espero, junto com você. Dormir com você, dormir, até o fim do mundo...

Quando receber esta carta, estarei viajando. Talvez receba simultaneamente o meu telegrama. Não sei se você entendeu o que eu disse, mas no aeroporto haverá apenas Robert [Jaussaud], se você o avisar. Mas talvez seja melhor que você me espere na rua de Vaugirard. Não sei, não sei mais, pelo menos. Apenas te ver, é o que importa. Talvez chegue cansado dessa longa viagem. Mas não fique decepcionada se eu estiver. Como esta carta é a última, quero dizer pelo menos o que você precisa saber, que nunca deixei de te amar nesses dois meses, que você foi meu pensamento mais novo e mais antigo, meu apoio, meu refúgio, meu único sofrimento. Me receba no seu coração, longe de todo ruído, me abrigue mais um pouco e depois comecemos a viver esse amor que não pode se cansar. Você inteira, sem uma reserva, é disso que estou ávido — com todo o meu ser. Até logo, querida, até já, estou rindo de felicidade, sozinho, estupidamente, comovido como se fosse um 6 de junho.[1]

A.

86 — ALBERT CAMUS A MARIA CASARÈS[2]

26 de agosto de 1949

PARTIDA SÁBADO NOITE STOP CHEGADA PREVISTA SEGUNDA MANHÃ NOVE HORAS STOP ESTOU FELIZ. ALBERT

87 — ALBERT CAMUS A MARIA CASARÈS[3]

29 de agosto de 1949

CHEGADA ATRASADA SEGUNDA NOITE TELEFONE AIR FRANCE. CAMUS

88 — ALBERT CAMUS A MARIA CASARÈS[4]

Sexta-feira, 9 horas [9 de setembro de 1949]

Meu amor,
Cheguei ontem de manhã depois de ter passado a noite sem dormir, como previsto.[5] Como previsto também virei e revirei no coração o que te diz respeito. Mas o único resultado foi um grande elã, uma confiança sem limites;

---

1 Data de aniversário da união dos dois, em 6 de junho de 1944.
2 Telegrama.
3 Telegrama.
4 Em papel timbrado da embaixada da França no Brasil, Rio de Janeiro (riscado por Albert Camus).
5 Depois de breve estada com Maria Casarès em Ermenonville, no departamento de Oise, Albert Camus vai em 7 de setembro de 1949 ao encontro da mulher e da filha Catherine no departamento de Vaucluse.

gratidão de alma e corpo, e enfim o amor mais feliz e mais triste que pode haver. Mas eu estava cansado.

Ontem passei o dia dormindo. Esta noite também. E hoje de manhã parece que estou renascendo. Está fazendo um dia maravilhoso, uma luz resplandecente. O coração se acalma olhando para ela. Catherine está aqui se divertindo, cheia de ternura comigo, e que eu amo. Só uma coisa me entristece: ela agora está vesga de um dos olhos e seu lindo rosto ficou desfigurado, vai começar a usar óculos e vai passar, ao que dizem, mas estou preocupado. Jean[1] já está no Panelier, onde vou encontrá-lo amanhã. Pois parto amanhã de manhã e estarei amanhã lá em cima.

Meu endereço é: LE PANELIER, por MAZET SAINT VOY, Alto Loire. Meu telefone: número 58 em Chambon-sur-Lignon, Alto Loire. Não é sem emoção que voltarei lá. Lá passei meses difíceis em 1943, lá escrevi o *Mal-entendido* e foi descendo lá do alto que te encontrei pela primeira vez. Há uma espécie de lógica misteriosa em tudo isto e já começo a pensar no destino, como você. Mas meu projeto é sobretudo descansar e voltar com forças novas, dez dias bastarão. Hoje de manhã, estou retomando coragem. Quarta-feira à noite quando te telefonei alguma coisa tinha morrido em mim e precisei correr para você. Escreva que me ama e que está feliz e terei forças, toda a força necessária.

Diga também a quantas anda o filme. Conte-me tudo. Não se canse demais. Fiquei preocupado durante a noite no trem com essas fadigas excessivas para você. Você precisaria de um repouso prolongado, um Ermenonville de quinze dias.[2] Mas vai resistir, não é, e seu olhar estará claro quando eu voltar. Mas cuide da saúde. *E sobretudo durma.* Nada de comer o sono. Se você soubesse todo o amor, a alegria, a esperança forte que me trouxe, a dedicação absoluta que eu sinto, descansaria em paz no fundo do seu coração. Por dura e difícil que seja, me parece que a verdadeira vida está começando.

Meu amor, não poderei te escrever amanhã porque estarei na estrada. Mas continuo junto de você, sem qualquer reserva. Nem consigo mais pensar em você como se fosse algo diante de mim. Estamos amalgamados juntos, na mesma carne. Te beijo com o amor e o desejo que tomam conta de mim. Te espero.

A.

---

1 Seu filho, Jean Camus. Sobre a pensão Panelier, ver nota 2, p. 35.
2 No início de setembro, Albert Camus e Maria Casarès passaram três dias juntos em Ermenonville. Posteriormente, voltariam várias vezes para breves estadas.

89 — ALBERT CAMUS A MARIA CASARÈS

Sábado à noite, 10 horas [10 de setembro de 1949]

Meu amor querido,
Acabo de chegar, passei do Vaucluse ensolarado a esses planaltos severos e ásperos, troquei o short pelo blusão. Vivo aqui numa espécie de fazenda fortificada a cinco quilômetros da aldeia mais próxima. Não há água corrente, soalhos de madeira, tetos com vigas visíveis, e por todas as janelas horizontes de pinheiros escuros. Passei aqui meses e meses no outono, no inverno e na primavera de 1943. Só desci daqui uma vez em 1943, para ir a Paris, onde vi *Deirdre das dores*.[1] Vivia em absoluta solidão, doente e muito pobre. As lembranças que guardei daqui não são alegres. Estava num estado de espírito trágico e foi esse estado de espírito, creio, que voltei a encontrar ao chegar esta noite. Tem também que estava pensando em você o tempo todo no caminho, pensando que ficaria sem notícias até terça ou quarta-feira, e começava a não conseguir mais aguentar essas demoras entre mim e você. Se você estivesse comigo muitas coisas seriam diferentes. Eu te mostraria a região, os bosques onde passeava com meus cães, as elevações onde sentava para contemplar o mar, a peregrinação de uma solidão que um dia se perdeu em você. É verdade, você sabe. Desde essa época nunca mais fiquei sozinho. Mesmo separado de você, era habitado por alguma coisa. Existia neste mundo uma outra criatura à qual eu estava unido, apesar dela na época, e hoje apesar da terra inteira. Esta noite, encontrei de novo neste quarto silencioso onde trabalho e vivo isolado (fica numa espécie de torre quadrada) e te encontrei com uma intensidade, uma dor e uma alegria tão presentes, tão carnais, que até dói. Que está fazendo esta noite, neste exato momento? A lua aqui sobe por trás dos pinheiros e a noite está fria e maravilhosa. Meu amor, que chamado na tua direção! A inquietação volta a tomar conta de mim. Durante todos esses dias em Paris me deixei ir completamente para você, cansado demais para pensar, capaz apenas de te sentir, te tocar, acariciar em mim uma felicidade indizível. Estava feliz, feliz como nunca. Aqui, volta a ansiedade, e o medo, o pânico de te perder também voltam em ondas sucessivas. Mas me convenço de que preciso descansar e dormir, de que você também precisa das minhas forças. E por sinal não deveria estar escrevendo esta

---

1 Ainda aluna do Conservatório, Maria Casarès interpreta seu primeiro papel nesta peça de John Millington Synge no Teatro dos Mathurins, em 1942 e 1943. Ver nota 5, p. 12.

noite e vou retomar esta carta amanhã de manhã. Mas estava com o coração tão cheio de lembranças e desejos, tão agitado por você que precisava falar um pouco com você, como gostaria de fazer, lábios nos lábios, me afastando às vezes para olhar seu maravilhoso rosto de consentimento. Ah! Minha querida, como preciso de um sinal de um único sinal seu para viver.

Domingo à tarde, 17h30 [11 de setembro de 1949]

 Ontem fui deitar depois de te escrever. Dormi até 8 horas. Levantei e depois voltei a deitar. Fiquei lendo. Dormi de novo até a hora do almoço. Depois do almoço voltei a deitar. Dormi de novo até 4 horas. Com a cabeça zonza de sono, pesada também de sonhos ruins, fui passear no bosque. Mas aí precisei voltar para você. Quando receber esta carta ainda haverá uma semana a nos separar. É mais do que consigo suportar e decidi não prolongar minha estada além disso: vou voltar no dia 20. Até lá tentarei dormir sem parar. Sinto o coração vazio e me parece que o melhor que tenho a fazer é esperar reencontrar no sono a felicidade que senti nos últimos dias.

 Não estou vivendo na ilusão. Sei perfeitamente que a doçura, a sabedoria que você me deu são conquistas e podem ser comprometidas. Mas eu te escolhi, só a ti. E tudo que vivo junto de você é preferível, mesmo no pior, a uma vida longe de você. Vou também tentar trabalhar na peça. Já será trabalhar com você. Mas não sinto nenhuma vontade de trabalhar — apenas uma grande agitação da sensibilidade. Talvez seja o que é necessário agora, por sinal, para melhorar a peça. Mas sobretudo não diga que não quer cuidar disso, como na outra noite. Fique sempre comigo. Mesmo se brigarmos, está bem. Podemos brigar, depois você sorri como sabe fazer, com esse sorriso que eu gosto de beijar.

 Sim, eu vou voltar. Você estará aí, não terá mudado. Mais dois ou três dias antes de receber uma carta, e poder escrever com a certeza de que agora não tenho a frase anterior! Mais dois ou três dias delirando. Pois é mesmo um delírio interior esse pensamento constante, esse monólogo, essa privação surda! Estou louco, estou com medo. Mas o sono vai resolver tudo.

 Um vento frio soprou. O dia avança suavemente nesses planaltos frios e hostis. A solidão também tem um gosto terrível, às vezes. Escreva, não deixe de escrever. Não esqueça que sua carta pega três trens e um ônibus para chegar aqui, dois ou três dias no total. Não esqueça que dois ou três dias aqui são mais longos que em Paris e me conte Paris, os seus dias, seu trabalho, como é a noite, seus pensamentos antes de dormir. E eu te espero e te amo e te beijo sem medida, meu amor

A.

Repetindo: LE PANELIER por MAZET SAINT VOY Alto Loire.

90 — MARIA CASARÈS A ALBERT CAMUS

Domingo, 11 [setembro de 1949] *(noite)*

Meu amor querido, levantei hoje de manhã tentando concentrar todas as minhas forças para passar esse dia que provavelmente não me trará nada de você. Assim, pode imaginar facilmente minha surpresa, minha alegria, minha gratidão, minha explosão de vida e de amor quando de repente ouvi baterem à porta de entrada e me entregaram sua carta. Levei um tempão para abri-la. Era bom demais. Mas minha felicidade nem era tão grande; nada se compara ao que senti ao te ler. Só uma coisa me entristeceu. O acidente com Catherine. Que houve com ela? E de que adiantam os óculos nesse caso? É muito pronunciado ou você está exagerando um pouco? Quando aconteceu? E ela, está preocupada? E você, com muito medo?

O tom da sua carta tranquilizou todas as minhas preocupações, que não eram pequenas, quanto à sua saúde: mas acho que está tudo correndo do jeito que eu esperava; Paris abrandou um pouco o mal dos trópicos; Avignon e enfim a montanha farão o resto e finalmente poderei de novo me cansar da sua vitalidade. Enfim! Coma, durma, respire, ame e pense que o estou esperando aqui com a maior calma possível — e preciso de força e paciência! — porém feliz, feliz como nunca fui, segura de você, de mim, de nós e pronta para enfrentar a própria morte se ela aparecer, para logo te receber, com o olhar mais claro que você terá visto na vida. E no entanto não se pode dizer que tudo conspira para me ajudar; mesmo na ausência, você continua sendo meu único companheiro — febre e repouso. Meu pai no momento sofre um pouco pelo tempo incerto e um estado de espírito *melancólico* (a palavra nem de longe é apropriada, mas é a que ele mesmo empregou).

Quando fico em casa e Pitou vem fazer as refeições conosco, eu passo o tempo relaxando os nervos, que só dispõem desses momentos para isso.

E quando saio é para experimentar meus trajes de *Orfeu* — grande provação! — ou então filmar em plena Paris, cercada de pessoas que me são e decididamente me serão estranhas em tudo e por tudo, rodeada de uma multidão desembestada, enfurecida, que urra, gesticula, ri, protesta ou critica a cada movimento nosso; eles só se tornam humanos, benevolentes, caridosos quando se aproximam de nós e então os autógrafos que temos de distribuir em série nos impedem de olhar para eles. Uma verdadeira tortura. Estou no meu segundo dia de trabalho e só faço um pedido, bem miserável: voltar o mais rápido possível para o estúdio. Quanto aos detalhes, anotei todos eles gradativamente no meu diário. Você poderá ler, se quiser.

Amanhã vou descansar e se o tempo continuar bom estou de folga durante cinco dias; depois — ou antes, se chover — começamos a filmar nos Estúdios Francœur, deixando o resto das externas para um pouco depois.

Desde que você se foi, à parte o trabalho, nenhum fato importante. Ao acaso:

1) Quarta-feira à noite, um espanhol me procurou. Diretor de um grupo de teatro experimental em Barcelona, queria que eu convencesse Sartre e você de lhe dar uma ou duas peças. Alegava que era uma maneira de fazer oposição. Eu respondi que estando do lado de cá dos Pireneus era difícil para mim captar as nuances que pode haver do outro lado da fronteira e que não podia imaginar muito bem como seria possível "fazer oposição tendo contatos suficientes entre os governantes para conseguir passar por cima da censura". Ele protestou. Eu ouvi e disse por fim que te transmitiria o pedido e os protestos, mas que não devia contar comigo para exercer a menor influência sobre dois escritores que eu amava e admirava exatamente pela atitude que haviam assumido em relação à Espanha franquista. Para encerrar, mandei que procurasse Cocteau. Exatamente do que ele precisa.

2) Encontrei [Jean-Louis] Barrault.[1] Ele me telefonou e eu fui vê-lo. Ele gostaria que eu interprete *Judith*[2] em março. Se dispõe inclusive a dar um jeito com Hébertot se a essa altura ele estiver alternando com *Os justos* (?). Só que, mesmo acreditando em mim sem a menor sombra de dúvida, quer que eu trabalhe o papel, e também, para "me ampliar", o repertório clássico durante quatro meses. Eu me mostrei digna, um pouco fria. Ele perguntou se eu estava ressentida com ele por causa de todos os incidentes lamentáveis que você sabe e eu respondi que sim, mas que não tinha a menor importância. Em princípio,

---

1 Ver nota 1, p. 69.
2 *Judith*, de Jean Giraudoux (1931).

aceitei. Ele ficou feliz, ao que parece, de "me transformar numa grande atriz, realizar o milagre, fazer com que eu dê *o grande passo*". E parece que também está feliz por trabalhar comigo; por poder conversar comigo, de quem Madeleine[1] e ele gostam tanto.

A propósito. Acho que você está sabendo da morte da mãe de Madeleine. Não lembro mais se ocorreu antes ou durante a sua viagem à América. De qualquer maneira, parece que desde então Madeleine está com um problema num nervo do pescoço, o que provoca terríveis dores de cabeça. Papai acha que ela se coçou e se envenenou; mas ele não a conhece. Mas eu convivi com ela e não posso me impedir de ficar sensibilizada; por isto gostaria que ao voltar você lhe mandasse algumas palavras gentis.

3) Pierre Reynal voltou. Recebeu a carta em que eu anunciava "a catástrofe" quando estava na ferroviária e ia pegar o trem de volta. Eu temia muito a reação dele; agora estou mais tranquila. Ele ficou triste, mas levou muito bem a coisa, apenas um pouco incomodado na minha presença, quando tentei entender o que se passava realmente. Mandou um abraço para você.

4) Claude Vernier[2] voltou e me telefonou sem demora. Toda a minha simpatia em relação a ele desapareceu como por encanto. Já nem consigo ouvir sua voz sem me irritar.

Aí estão, meu querido, as notícias.

Por dentro, tudo vai bem desde a sua carta esta manhã.

Seu telefonema da quarta-feira à noite me nutriu até o dia seguinte, mas a retomada do contato com o cinema se incumbiu de me desmoralizar totalmente, no dia seguinte. Além disso uma coisa me atormentava: não consegui te responder como gostaria por causa do "imbecil do compatriota de oposição" que estava aqui, plantado diante de mim feito uma estaca.

Mas o trabalho corre bem e chovem propostas; mas curiosamente isto não me faz bem nem mal. A ideia de interpretar *Judith*, que me empolgava um pouco no ano passado, agora me deixa indiferente. Quanto à *Princesa morta*...[3] melhor nem falar.

Só Dora[4] consegue — e consegue muito bem! — prender minha atenção, me ocupar e me preocupar, e não apenas por ser você o autor. Também me sinto cansada e acho que meu desinteresse vem sobretudo deste fato.

---

1 Madeleine Renaud, esposa de Jean-Louis Barrault desde 1940.
2 Ator de origem alemã, nascido Karl Werner Fritz Prasuhn (1913-1996).
3 Referência ao papel de Maria Casarès em *Orfeu*, de Jean Cocteau.
4 O personagem de *Os justos*.

Sua carta acabou com tudo e esta noite sinto que estou revivendo. Agora preciso dormir. Amanhã levantarei disposta a tudo. Oh, meu amor, se soubesse como é bom ter você comigo! Te amo, te amo. Te amo.

M.

91 — MARIA CASARÈS A ALBERT CAMUS

Terça-feira à noite (11 horas) [13 de setembro de 1949]

Meu amor,
Recebi esta tarde sua carta de sábado e domingo. Fiquei emocionada. E no entanto, quando recebi suas primeiras notícias tão cheias de vida e de alegria de voltar a viver, não sei que imaginação inexplicável me fez temer o que se seguiria — meu amor por você me causa uma sensibilidade de que eu não dou conta. Assim, estava esperando uma reação meio sombria, mas não estava preparada para receber esse chamado aflito, angustiado, desesperado, demente.

O que houve meu amor e como você está hoje? Acho que quando receber esta carta você já não será o mesmo. A julgar pela minha experiência, acho que depois de retomar contato comigo, no ponto em que você está, tudo irá melhor e de certa maneira vai lhe parecer mais fácil; mas em todo caso, seja como for, quero esta noite tentar conversar com você de coração para que certos temores sejam expulsos para sempre da sua imaginação.

Eu te amo. Sempre te amarei, contra todos, contra tudo, contra você, se for o caso. Hoje penso que já não seria preciso acrescentar "contra mim"; durante um ano eu não me permiti de fato me entregar a você completamente. Hoje eu escolhi, e nunca mais vou me desviar do nosso amor. Desde que você foi para Avignon, não houve um momento em que eu não o trouxesse em mim. Trabalhei, ou fiquei com meu pai em casa, e não ri, não chorei, não pensei, não olhei sem que, automaticamente, sua imagem se infiltrasse entre mim e o mundo para rir, chorar, pensar, olhar comigo. Você é o ponto de partida de cada uma das minhas iniciativas e a consumação natural de todas as minhas impressões, e os altos e baixos do meu estado de espírito de cada momento do meu dia casavam com a consciência maior ou menor que eu tenho da sua existência. Quando o excesso de cansaço me priva de toda força de imaginação e confunde o seu rosto, de repente eu perco o gosto pela vida e só consigo me deitar como massa inerte até o momento em que a energia volta e, com ela, seu lindo olhar, seu maravilhoso sorriso. Então eu desperto e durante um certo tempo vivo três vidas: a sua, a minha e a vida tão emocionante do nosso amor.

À parte isto, não existe mais nada, senão minha obstinação em te querer onde estiver para que possa voltar para mim, belo, puro, forte e grande como você é.

Você entende, meu querido? É terrível ver que sentimentos tão grandes, tão infinitos, tão ricos, tão extraordinários, enquanto permanecem em nós, se tornam bobos, sem graça, vulgares, diminuídos, quando são traduzidos em palavras e jogados confusamente numa folha de papel! E no entanto, na sua carta há frases inteiras que eu jamais esquecerei — essas palavras e o fogo maravilhoso que trouxeram ao meu coração! — que agora transformarei nas minhas orações da noite e da manhã:

"... a peregrinação de uma solidão que um dia se perdeu em você. É verdade, você sabe. Desde essa época nunca mais fiquei sozinho"

e "... Fique sempre comigo. Mesmo se brigarmos, está bem. Podemos brigar, depois você sorri como sabe fazer, com esse sorriso que eu gosto de beijar."

Não tema, meu amor, eu continuo e continuarei sempre com você o tempo todo. Mas estou pedindo, se acalme, tenha paciência, se cuide, cuide-se bem e não volte antes de ter aproveitado tudo que a região pode te oferecer.

Você não tem pressa. Depois do longo telefonema com Hébertot, Reggiani e minha Produção, chegamos a um acordo definitivo.[1] Considerando-se que estarei presa no estúdio até 13 de outubro e depois de 22 a 29, os ensaios a sério só começarão no dia 13 (à noite Œttly não pode ensaiar), o contato inicial será feito alguns dias antes e só estaremos prontos em 20 de novembro.

De modo que você tem muito tempo para vir e escolher em dez dias os atores que formarão o elenco. Descanse. Já está todo mundo te esperando para pular em cima de você e é preciso que ao voltar você esteja bem disposto. Serge e eu também te esperamos para te convencer com todas as nossas forças a combater as ideias muitas vezes despropositadas do mestre; já nos entendemos para defender a peça até o fim. Está vendo? Mesmo contra você, eu estou sempre com você e... não há nada a temer!... brigas não faltarão!

Mas à parte tudo isso, eu também preciso das suas forças, pois estou com os nervos à flor da pele. A retomada do contato com o cinema foi horrível e por enquanto só filmei dois dias! Como não haverá de ser mais adiante! Como vê, você terá de fazer de tudo para recuperar seu equilíbrio moral e físico: é o

---

1 Acordo para a estreia de *Os justos* no Teatro Hébertot (15 de dezembro de 1949), na encenação de Paul Œttly.

nosso. Estou me esforçando para lhe dizer tudo isso. Mas se pudesse você só ouviria um constante grito de socorro; para ser sincera, não posso mais viver sem você. Por isto justamente é que quero viver e que você viva muito. Mas não quero pensar nisso; também acho que estou ficando louca. Se cuide. Faça o melhor que puder. Te amo como vivo.

M.

92 — ALBERT CAMUS A MARIA CASARÈS

Terça-feira, 13 [setembro de 1949]

Meu querido amor,
Passo os dias dormindo e sonhando. E também esperando sua carta. Não ouso esperá-la para hoje. Mas se não a receber amanhã... Será uma semana sem notícias suas. O silêncio é a pior coisa. E no entanto não deveria ser. A certeza, a confiança também deveriam preencher esses vazios. Eu deveria ter certeza de você, sem sinais seus. Mas preciso desse sinal, preciso me certificar a cada vez de que você está aqui e é minha. À noite, sonho constantemente com você — o que nunca me acontecia. Esses sonhos na verdade nem sempre são agradáveis. Mas muitas vezes eu acordo com seu gosto na boca — pelo menos toda vez que não acordo com uma terrível angústia.

Estou tentando trabalhar. Mas fico com a sensação de bateria descarregada. Não saiu nada. Ontem recebi uma carta de Hébertot me pedindo um texto para o programa de *Moby Dick*,[1] anunciando que a estreia será no dia 27, donde concluí que nossos ensaios não ocorrerão antes de 28.

Foi o único acontecimento de um dia absolutamente vazio. Eu li, muito. *A vigésima quinta hora*, de um romeno,[2] livro absolutamente desesperador e que me deixou extremamente caído. E estou lendo o livro de um amigo *E o arbusto se fez cinza*, de Manès Sperber,[3] que promete ser igualmente desalentador. O céu

---

1 Adaptação do romance de Herman Melville dirigida por Paul Œttly no Teatro Hébertot e na qual o próprio Œttly interpreta o papel do capital Achab.
2 Romance de Virgil Gheorghiu (1949).
3 O escritor francês de origem austríaca Manès Sperber (1905-1984), engajado com Willy Münzenberg no movimento comunista antifascista e, a partir de 1937, contra a ditadura stalinista. Mobilizado no exército francês em 1940, exilado na Suíça em 1942, ele retorna a Paris em 1945, escrevendo sua trilogia romanesca autobiográfica *E o arbusto se fez cinza*. Diretor de revista, intelectual libertário, ele participa da fundação do Congresso para a Liberdade e a Cultura.

está coberto, o vento frio. Espero Paris. Quanto ao resto, ando sem imaginação e sem sensibilidade — uma alma morta. Mas a vida volta e a chama quando penso em você, quando desperto em mim a paixão e a lembrança do seu rosto, dos seus gestos, do seu corpo. Você me espera não é? Me fale do filme, dos seus dias, suas noites. Me fale do seu pai. Existem coisas que ainda não sei de você e das quais espero que me fale com entrega. Mas tudo virá, eu sei, eu acredito, viveremos um para o outro como você e eu desejamos.

Ah! querida, você ainda me ama? Lembra do parque de Ermenonville, das belas árvores ao anoitecer, dos peixes saltando fora da água — sim, era o eterno verão e eu estava feliz até o coração. Devo a você os melhores dias, e os mais silenciosos, que é possível encontrar nesta terra impiedosa. Eu levantei primeiro naquela noite. Mas temia que a hora virasse, queria que ela ficasse imóvel e perfeita. Era aquele instante de que você falava. Até logo, meu amor, são poucos dias me separando de você. Mas me parecem intermináveis. Quando estiver indo para você, só então meu coração vai descansar — e me entregarei. Mas até lá é a espera, amor e ansiedade misturados. Te mando apenas o amor e te beijo com meu desejo.

A.

Terça-feira, 13 [setembro de 1949]. *Noite*

Eu estava decidido a não esperar sua carta hoje. E ela chegou. Eu estava feliz e você também falava da sua felicidade e pela primeira vez eu me sentia unido a você por algo diferente de um amor violento e dilacerado — por uma ternura feliz que se somava ao resto e me deixava na paz mais entregue. Obrigado, obrigado de novo, meu amor, por saber dizer e fazer tudo isso, por ser *também* a felicidade e a ternura.

Fiquei chateado por saber que está filmando nas ruas de Paris em meio à curiosidade geral. Uma parte do meu esgotamento, na América do Sul, era por não suportar fisicamente me ver assim entregue ao primeiro que aparecesse. E você também não foi feita para isso, apesar da profissão. Só espero que as coisas melhorem no estúdio. Espero sobretudo que isso acabe logo para você. Esses frívolos que te cercam, acho que eu não conseguiria suportá-los mais de metade de um dia.

É muito bom que você interprete *Judith* e você fez bem em aceitar. Mas não gosto muito da ideia de passar quatro meses trabalhando os clássicos. É o tipo da proposta ditada pela inveja recalcada. A vantagem dos clássicos é que servem para tudo. Mas às vezes, pobres coitados, são misturados a coisas bem estranhas. Sei que você já é crescida o suficiente para sustentar esse trabalho no terreno dos clássicos, mas ainda assim a coisa me irrita tão prodigiosamente que me dá vontade de escrever ao nosso amigo para que mude um pouco seu repertório. Naturalmente, sempre posso lhe dizer pessoalmente. Que personagem singular! Ele transforma a própria naturalidade em artifício, a gente procura o homem nele, mas não encontra. Simpático apesar de tudo, mas como as crianças são simpáticas. Naturalmente, vou escrever a Madeleine [Renaud].

O seu cansaço me preocupa. Não faz sentido que você encare tudo com indiferença. Procure um médico e tome alguma coisa que sirva para animá-la. E sobretudo durma o máximo que puder. Coma também, se possível com apetite.

Estou escrevendo no meio de uma bela tempestade: trovões, raios e chuva. Passei o dia sonhando e me divertindo com Jean e Catherine — que estão ganhando cor e perdendo os ares urbanos. Catherine é míope de um olho, o que a obriga a se adaptar muito mais com esse olho e a deixa vesga de maneira bem pronunciada. A finalidade dos óculos é corrigir a miopia e acabar com seu efeito. Mas pode ser muito demorado. E me dói ver esse rosto lindo tolamente desfigurado.

Ainda não consegui trabalhar. Mas depois da sua carta me surpreendi organizando meu trabalho dos próximos meses, o que só faço quando a vontade de trabalhar é muito forte — e então entendi que você também me traz, junto com a confiança entre nós, reforçada pela sua carta, a força e a possibilidade do trabalho. Sim eu não soube dizer direito o que a sua carta me deu. Agora sei que serei capaz de acabar com tudo que está em andamento, de dar todas as minhas forças ao que quero fazer. Continuo me expressando mal, sem rodeios, mas você talvez adivinhe a formidável alegria que isso instala no meu coração. Te beijo e te amo, estou junto de você e vivo de você. Me escreva. Não demora e vou abraçá-la com força. Mas até lá te mando torrentes e mais torrentes de amor incessante. Apagão. A tempestade acabou com os fusíveis. Escrevo seu nome na noite, Maria querida.

A.

93 — MARIA CASARÈS A ALBERT CAMUS

Quinta-feira de manhã [15 de setembro de 1949]

Meu amor querido,
Recebi ontem à noite sua carta com data de terça-feira 13. Você não pode imaginar a felicidade que me dá com cada palavra sua. E no entanto essa carta ainda não é muito alegre nem muito menos tranquila. Hoje espero a carta em resposta à minha e espero que seja um pouco mais calma que as duas últimas. Queria te escrever essa noite, mas preferi me entregar a minhas reflexões e meus sonhos e escrever hoje com a cabeça descansada. Subi para o quarto às 11 horas e adormeci às 3 horas da manhã. Não fiz nada: diante da janela aberta para Paris e a noite, não parei de pensar em você, em nós, no nosso amor.

Entendo o seu cansaço moral e físico; entendo o seu estado de hipersensibilidade levada a tais extremos que às vezes chega à própria morte da alma; entendo o seu desespero, a sua falta de energia para o trabalho e para o resto, e a sua agitação e a sua angústia de solidão. Mas só uma coisa não está clara para mim, o seu medo diante do meu silêncio forçado. Não, meu amor, "não deveria ser". A certeza, a confiança também deveriam preencher esses vazios. É preciso realmente que você esteja seguro de mim, sem sinais meus e eu achava que já tinha mostrado meus sentimentos o suficiente durante sua estada aqui para que, pelo menos, essa angústia te fosse poupada nesse novo período de separação. Mas estou vendo que não é assim, e tento entender o motivo. Depois de virar e revirar o problema, cheguei à seguinte conclusão. Talvez você tenha sido levado a crer que tudo que te fiz ver ou entrever não passa do fruto de uma resolução racional, refletida e posta em prática de uma maneira simplesmente — como dizer? — *inteligente*. Talvez achasse que quando eu me visse diante de um fato consumado, minhas belas ideias desmoronariam e eu voltaria a ser o que era antes da sua partida para a América, e nesse caso de fato você teria tudo a temer. É natural que pense assim. Você ficou muito poucos dias aqui e num estado muito distante da clareza e da compreensão objetiva, para ter sentido a profundidade do meu novo sentimento. É natural que tenha atribuído minhas reações a uma ideia, puramente teórica, e ainda mais natural, pelo meu comportamento conhecido de você durante um ano e mais, que não tenha contado com a minha imaginação, para saber que nada mais pode me surpreender no que diz respeito ao que vivi por antecipação durante nossa longa separação.

Mas que fazer diante disso? Só o tempo e a minha atitude em relação a você poderão convencê-lo da minha nova alma. Por enquanto tenho de aceitar a espera vendo você sofrer inutilmente. Mas saiba do seguinte que vou te repetir até o fim.

A única coisa que me separa de você agora e me leva à loucura de vez em quando é a ideia de que um dia a morte nos obrigue a viver um sem o outro. Quando esse pensamento se apodera de mim com suficiente intensidade para me fazer viver, por exemplo, uma manhã com a ideia de que você não está mais aqui e nunca mais estará, todas as minhas faculdades se confundem num caos total, sinto uma vontade terrível de vomitar e sons de loucura se fazem ouvir em todo o meu ser. (Daí nasceu o meu "projeto" de que te falei certa noite.)

À parte isso, nada mais conta senão você e eu, com ou contra o mundo inteiro; esta continua sendo minha única angústia real e todo o resto não passa de preocupação ou inquietação. Naturalmente isto pressupõe em mim uma confiança em você inteira e ilimitada, em você e no nosso amor, para o qual só posso imaginar um fim: a morte. Sei que não há motivo algum para que você tenha a mesma certeza em relação a mim; minha juventude física e interior, minhas antigas mentiras, minha cegueira passada, minha sede de vida e de embriaguez, meus entusiasmos fáceis depõem contra mim no atual momento. Mas o fato é que eu nunca alcancei meu estado de alma presente (desprovido de embriaguez, constantemente banhado numa extraordinária emoção), nunca pensei como penso, falei como falo, e acho que muito em breve você não vai mais duvidar um segundo da minha inabalável fidelidade e da minha profunda dedicação. Então poderemos falar sem problemas das nossas preocupações, das nossas inquietações, poderemos viver sem problemas, livres um diante do outro, e aí, teremos vencido. Eu estou pronta; quando você estiver convencido disso, a verdadeira vida vai começar e nós realizaremos no tempo que nos resta "nosso eterno verão". Te espero, meu querido amor, e te amo.

Maria

Preciso mandar botar esta carta no correio. Vou parar por aqui. E a retomo esta noite ou amanhã de manhã.

[À margem:]

Você não pode deixar certas leituras para depois? Não acha que Avignon será melhor para repousar que Panelier? A paisagem me parece menos sinistra e menos hostil.

Página do meu diário (4 de setembro). Passei maravilhoso pelo Parque Jean-Jacques Rousseau. Linda hora. Lindo recanto. Pela primeira vez gostei de Jean-Jacques Rousseau. E as árvores! Graças. Não creio que pudesse sentir as mesmas alegrias com alguém que não seja A.

94 — MARIA CASARÈS A ALBERT CAMUS

Quinta-feira, 15 [setembro de 1949] (*noite*)

Não poderei te escrever amanhã de manhã, pois estarei filmando; aproveito então este momento, antes de me deitar.

Sua carta da terça-feira à noite me chegou esta manhã e realmente é o que eu esperava. Começo a respeitar seriamente meu dom de adivinhação.

Nem preciso falar da alegria que senti ao receber finalmente notícias tranquilizadoras. Você se sente pronto para viver e cheio de apetite para o trabalho; é o sinal que eu esperava e aguardava com impaciência desde a sua volta. Mas agora me parece bobagem ficar me derramando em frases, saiba apenas que hoje foi o primeiro dia em que comi com fome.

Quanto a Barrault, acho que você está enganado. Não creio que ele seja capaz de sentir um desejo suficiente para se resignar a perder um tempo tão considerável, que poderia dedicar à própria ambição e ao próprio trabalho. Embora ele me tenha parecido bastante mudado em relação a mim, tenho para mim que, uma vez iniciado o trabalho, não consegue se eximir de interpretar o "sensual", mas tenho quase certeza de que não existe nenhum sentimento neste mundo — nem muito menos o que ele me demonstrou, pessoalmente — ao qual se disponha a sacrificar um único minuto da sua vida preciosa. E de certa maneira, talvez tenha razão.

Não; a coisa é muito mais simples, meu querido. Não é certo que eu consiga me apropriar do texto de Giraudoux e ele teme pelas dimensões do seu teatro, no que diz respeito a mim. Ele quer me testar e me contratar ou me dispensar, de acordo com os resultados. Simples assim! Bastava equacionar as coisas... e encontrar alguém suficientemente indiferente ou tolo para aceitar. Minha única vitória em tudo isso é que ele acha que sou tola e que no fundo sou apenas indiferente. Mas tolo é ele.

Obrigada pelos detalhes que eu tinha pedido sobre a miopia de Catherine. Raramente você fala de Jean. Por quê? E olha que acabei de saber que ele parece com você e, tão pequeno ainda, já tem o seu temperamento. É verdade?

Entendo que você não seja capaz de suportar mais que metade de um dia os frívolos dos "infernos de Orfeu", mas... se conhecesse *todos* eles...!

Felizmente, eles me deixam em paz e não tenho a temer nessa trupe nenhum importuno. Se limitam a me contar as histórias de suas "amantes" e, vendo meu olhar vazio, desanimam e se afastam para se reunir entre eles e se regalar com histórias de... (*sic*). Eles são polidos, amáveis, sempre visitando, transparentes, ondulantes, perfumados, calados. O mais desagradável neles é a "crise caprichosa". Não tenho muita paciência para gritos de homem ou de mulher, mas os deles têm o poder de me causar cólicas.

Enfim, até hoje sofri apenas dois dias, na semana passada, e mesmo assim, a multidão ocupava tanto lugar no meu pânico que eu a esquecia na confusão geral. Talvez em ambiente fechado eles sejam mais perigosos. Duvido que possam ser mais inexistentes.

Amanhã começo a filmar de verdade, e mesmo com todo o meu esforço não posso deixar de ficar apreensiva com os dias pela frente. Não tem nada a ver com o cansaço, nem muito menos com o médico. A não ser que eu precise de um remédio especial para ter gosto pelo cinema em geral e por *Orfeu* em particular.

Não; não é o cansaço que eu tenho de combater; é o vazio e o tédio que tomam conta de mim quando vejo uma câmera, refletores, maquiladores, figurinistas e sobretudo — que horror! — diretores-e-atores-estrelas. Fico então o tempo todo controlando minha vontade de fugir e não me sobra um segundo para tentar me acalmar. Só um belo texto ou uma situação comovente me ajudariam. O que não é o caso no que estou fazendo agora.

Enfim, paciência, dentro de três ou quatro dias os encantos que certamente cuidam de mim vão aparecer e aí todas essas horas vazias terão uma razão de ser. Esperemos.

A partir de amanhã, portanto, vou filmar em princípio diariamente de meio-dia às 7h30 da noite até o dia 13 de setembro [*sic, querendo dizer outubro*]. O que talvez venha se somar aos motivos a que me referia ontem, quando dizia que aproveite bem o ar e o descanso desse lugar onde está. Pense bem antes de tomar uma decisão.

Naturalmente, esta semana inteira, desde o último sábado, eu não fiz nada. Ele filmaram em externas os poucos números de que eu não participo. Esperaram até eu me contorcer de dor de barriga (como me acontece esta noite): esgotaram todas as cenas em que não precisam de mim, antes da sua chegada, e agora que estou num estado da maior contrariedade, mais nervosa, menos capaz de fazer o que quer que seja, me chamam. Ah! A ENTIDADE!

Além do mais, estou feia. Esta noite estava me olhando enquanto experimentava os trajes. Estou horrorosa. Cor de "icterícia". Minúsculas espinhas por todo lado. O cabelo eriçado pela tempestade. Magra. Inchada. Só me resta o olho... e ainda assim... está vazio. Olhei para mim e pensei em você, desesperada. Você ainda vai me amar, assim tão indisposta? Mas aí tratei de me recompor. São dias... para não pensar. Dias ruins. Esquecer.

Ah, meu amor adorado, apesar disso estou feliz e vivo da nossa felicidade como nunca antes. Estou feliz, calma e orgulhosa. Belas perspectivas, hein! E imagino, sonho, vejo os seus olhos, a sua boca. Estou com sede. Espera aí, vou beber...

Foi bom. A sua boca. As suas mãos.

Não estou bem.

Papai vai bem. Muito bem, mesmo, apesar da tempestade e do ar pesado.

Pitou se tornou adorável. Conversamos longamente sobre isso e aquilo, depois de uma briga muito forte (quase bati nela), e desde então ela se transformou em "pele de veludo". Acho que ela tem medo de mim.

Angeles continua na sua vidinha.

Só Quat'sous me deixa triste. Há dois dias ela está doente. Hoje à tarde a levei ao veterinário. Ela tem reumatismo, problemas no fígado e pequenos tumores — focos cancerígenos, ao que parece — entre as tetas. Esta última coisa, a única perigosa, por enquanto não parece grave. Além do mais, não há o que fazer. É preciso esperar que apareça para operar. Um horror. Não sei o que fazer diante dela, e quando penso na doença que está por vir, sinto um calafrio no meio das costas. À ideia de que a coisa mais viva que me resta da mamãe talvez venha a morrer de um câncer, não sei que estranha perturbação toma conta de mim.

Enfim, no momento, estou cuidando apenas do resfriado e do fígado dela. O que já é bom. Tenho horror de ver um animal sofrer e não poder fazer nada.

Minha vida, nessas curtas férias, pode se resumir em algumas palavras. Só saí de casa para experimentar os costumes. O resto do tempo todo fiquei em casa lendo, escrevendo, conversando, ouvindo música, comendo pouco, dormindo pouco, mas bem e pensando em você, em nós. Acabei *O inferno*[1] e comecei a ler *O adolescente*;[2] mas, para os detalhes, ver meu diário.

---

1 Provavelmente o romance de Henri Barbusse (1873-1935), publicado em 1908.
2 O romance de Dostoiévski (1875).

Bem, meu amor. Preciso ir deitar. E por sinal queria apenas te escrever uma coisinha de nada: Te amo. Foi o que fiz — repeti várias vezes, só isto.
E repito de novo. Te amo. Te amo. Te amo.

M

P.S.: Não esqueça de me avisar para eu suspender a tempo o envio das minhas cartas.

95 — ALBERT CAMUS A MARIA CASARÈS

Quinta-feira à noite [16 de setembro de 1949]

Que alegria, meu amor, meu amor querido, a sua carta de hoje! Eu estava voltando de um longo passeio de carro pelos planaltos de Mézenc, vastas paisagens de ar e basalto. Estava cansado e esperava te encontrar na volta. Você não faltou ao encontro e sobretudo... Eu não sabia que a minha primeira carta daqui era tão triste. Mas não me arrependo pois ela te levou a me falar de coração e me dizer o que espero de você desde o primeiro dia em que desejei ser alguma coisa para você. Eu estava triste e infeliz ao chegar aqui, mas muito mais porque a tinha perdido nesses poucos dias, porque me faltava um ponto fixo para o qual voltar meu olhar e meu sentimento. Ausência, ausência, ausência, estava achando que não seria mais capaz de suportar esse mal crônico. Mas ao receber sua primeira carta recuperei a força da esperança. Preciso saber que você está aqui, contar com você. Eu a tinha deixado de novo, voltava para uma vida que nos faz e que te faz mal. Imaginava o que você podia estar pensando. E a ideia de que você podia perder a coragem me fazia perder também. Mas você me escreve, me espera, me ama! Sim, se entregue como eu me entrego a você — sem reservas. Quanto mais damos, mais temos a dar, é a lei. E para mim, nunca tive tanta certeza do que sou quanto a partir do momento em que me deixei ir na sua direção.

Esse dia e essa carta contam para mim. Vou me lembrar nas horas difíceis. É o dia da promessa. E eu também, no mais quente do meu coração, te faço a mesma promessa, com tranquilidade. Seja feliz, relaxe, trabalhe. Recupere as forças sobretudo o que te engrandece nos engrandece. Não desperdice sua energia, nós precisamos dela.

Por isto também é que quero te pedir perdão por ter demonstrado tanta fraqueza e desânimo. Era como eu estava, claro, e então melhor dizer mesmo.

E é verdade que nunca passei por uma depressão assim. Precisei de todas as forças para sair dela. Agora, sei que vou sair e por isso teria sido melhor te falar dessa certeza e não aumentar seu cansaço com o meu. Me perdoe, então, e saiba que minha única desculpa está na novidade dessa doçura que existe na sua entrega. Eu nunca me entreguei inteiramente a ninguém, senão a você, e faz pouco tempo. E deixar meu coração falar, quando estou abraçado a você, é uma emoção e uma paz que ultrapassam toda imaginação.

Pronto, estou melhor, já ganhei peso. Ideias sombrias às vezes, mas pretendo transformá-las em vontade de trabalhar. Ainda não fiz quase nada — mas vai vir, é preciso. Eu durmo, durmo muito, durmo por anos — mas também te amo dormindo, te trazendo nos meus sonhos. Não sei o que vou decidir para a volta. Na segunda-feira verei em que estado me encontro. Tanto melhor se só ensaiarmos no dia 13! Poderei te ver com mais calma antes de mergulharmos no trabalho, no inverno, em Paris. Poderei te ver...

Obrigado, meu amor querido, obrigado de novo de todo coração. Te envio a minha promessa e guardo a sua. Te beijo como da primeira vez

A.

96 — ALBERT CAMUS A MARIA CASARÈS

Sábado, 17 [setembro de 1949]

Meu amor,

Sua carta chegou ontem quando eu não esperava, ou melhor, quando tinha decidido não esperar. Obrigado por todas essas cartas, minha querida, e sobretudo, obrigado pelo que contêm. Agora você sabe que estou tranquilo. E você realmente me tirou essas angústias inúteis. Embora nem você nem eu sejamos frasistas fomos obrigados a colocar muitas palavras e frases entre nós. E, naturalmente, era inevitável. Era preciso mesmo questionar tudo pois tudo estava em questão, dúvida, angústia e dilaceramento. Mas agora e qualquer que seja o futuro, de onde vier a dor, temos certeza um do outro e poderemos não falar mais, mas viver, criar, gozar, sofrer, um ao lado do outro.

Era o que eu queria te dizer, rapidamente, pois preciso levar esta carta à aldeia. Decidi ir embora no dia 20 ou 21, por volta do meio-dia. Chegarei a Paris de noite, portanto. Se não for muito tarde, vou telefonar para você. Caso contrário, a encontro no dia seguinte de manhã. Provavelmente vou voltar com F[rancine] e uma das crianças. Mas você vai saber. Não fiz nada. Mas quero organizar meu trabalho em Paris e até o dia 13 terei reescrito minhas duas cenas e adiantado, espero, o resto do meu trabalho. Eu descansei. Fisicamente, estou bem. Dos nervos, nem tanto. Mas me apoio em nós e essa força é infinita. O seu amor, aquele que me preenche, a esplêndida certeza em que agora vivo fazem toda a minha vontade e toda a minha profunda alegria. Quero te agradecer, sempre e sempre, como agradecemos a um companheiro insubstituível. E também te beijar, mas como a mulher que amo — com todas as minhas forças.

A.

97 — ALBERT CAMUS A MARIA CASARÈS

Segunda-feira, 19 [setembro de 1949]

Meu querido amor,
Só uma palavra que escrevo rapidamente no correio para te dizer que a partida de amanhã está confirmada. Você pode, se quiser, esperar meu telefonema até 10 horas. Depois de 10 horas, não me espere mais e durma profundamente. Vai me encontrar quando acordar. Escrevo isso com alegria. Sei perfeitamente que começa um período difícil com seu trabalho, o meu, e a vida — mas há o nosso amor, e a sua presença, sobretudo sua presença!
Até logo, minha pequena vitória. Fico feliz que você esteja feia (como diz). Você sabe que é um dos meus sonhos. Beijo os teus horríveis olhos — meu amor.

A

98 — MARIA CASARÈS A ALBERT CAMUS

20 de setembro [1949]

Labiche[1] acaba de telefonar a P[aul][2] para dizer que você não pôde comparecer por causa de uma forte gripe. Neste momento P[aul] está lá embaixo tentando telefonar para Chambon para saber notícias.

---

1 Suzanne Labiche, futura Sra. Agnély, secretária de Albert Camus.
2 Paul Œttly.

Eu tinha acabado de receber sua breve mensagem dizendo que chegaria à noite e confesso que a notícia me deixou bem abalada. De repente fico achando que para me tranquilizar você não diz toda a verdade sobre seu estado de saúde, desde que saiu de Paris. Não sei mais o que fazer nem o que dizer. Estou meio desnorteada, me perdoe. Acho que é melhor que antes de continuar esta carta eu espere o resultado do telefonema de P[aul].

99 — ALBERT CAMUS A MARIA CASARÈS

Quinta-feira, 15 horas [22 de setembro de 1949]

39,5 desde ontem. O médico veio — acha que é gastroenterite. Três ou quatro dias de cama. Labiche vai te telefonar às 18 horas. Diga a ela onde e quando te telefonar, diariamente.

Estou triste, terrivelmente. Era mesmo de se esperar, ora! Mas tenho confiança no seu amor. Coragem e me perdoe! Não esqueça que eu nunca te amei tanto.

A.

100 — ALBERT CAMUS A MARIA CASARÈS

[23 de setembro de 1949]

Queria te escrever longamente, mas não posso. Esta febre me esgota. Mas ela diminuiu um pouco hoje de manhã. E agora volta a subir (meio-dia), mas é normal. E além do mais tem você — onde você está, o que você pensa. Eu sempre tive medo de doença porque sabia que ela tornaria ainda mais provocante o absurdo desta situação. Por isto é que eu quis voltar de lá. Por isso fico me perguntando sobre você e o seu coração. Vivo da confiança que você foi capaz de me dar — e da esperança do seu amor. Só isto.

Até logo, meu amor, até logo. Te amo e espero ficar boa para finalmente tê-lo diante de mim. Fique comigo — e me ame.

A.

101 — MARIA CASARÈS A ALBERT CAMUS[1]

7 de novembro [1949]

Meu amor. Acaba de bater a meia-noite.
Bom aniversário, meu querido,[2]
V

Apesar do nosso afastamento, apesar do futuro próximo que está se preparando para nós, apesar de tudo e de todos, que esta noite me deixem em paz: eu estou feliz.
 Estou aqui no meio da nossa desordem e você está por toda parte ao meu redor. O tempo está bom no meu pombal[3] e o ar tem cheiro de paraíso.
 Eu acredito em você e se em algum momento, por cansaço e desorientação, duvidei do seu amor, jamais me passou pela cabeça a ideia de que você pudesse me mentir.
 Sou inteiramente sua e sei que nada mais mudará meu sentimento por você.
 Esta noite, meu querido amor, vejo um rosto que gostaria de contemplar sempre. Ele é rico. Obrigada, meu querido. Ninguém no mundo jamais conseguiu me dar um tal olhar.
 Te amo. Te amo com toda a minha alma, com todas as minhas forças. Queria abraçá-lo e enfrentar com você esse novo ano que se apresenta. Desta vez não estarei nos seus braços, mas se você fechar os olhos em qualquer momento do dia vai sentir meus dedos nos seus lábios.

                  V

Ah, seu belo rosto!
 O fim da história fica para amanhã. Vou explicar por que, embora você já saiba, certamente. Entende? Tudo isso não me deixou tempo para fazer mais nada.

---

1 Por transporte pneumático dos correios.
2 Albert Camus nasceu em 7 de novembro de 1913.
3 O quarto de serviço do apartamento do número 148 da rua de Vaugirard, inicialmente ocupado por Enrique López Tolentino e a partir de 1948 pela própria Maria.

102 — ALBERT CAMUS A MARIA CASARÈS

Quarta-feira, 17 horas [14 de dezembro de 1949][1]

Ensaio geral Os justos

Meu amor,
Aí vai uma carta que eu pensava te escrever há muito tempo. Fique tranquila, é uma boa carta sem nenhuma relação com o que nos atormenta. Simplesmente, à medida que o ensaio geral avançava, eu ficava cada vez mais triste pensando que você ia se ver e se sentir sozinha e tinha me prometido te deixar um depoimento que pudesse te acompanhar um pouco e te ajudar a viver em mim e comigo, nessa nossa noite.

Mas eu não pensava que estaria tão cansado e não sei se estou em condições de te dizer o que queria. Mas vou tentar. Daqui a pouco você vai partir sem mim. Só isso já me deixa com raiva e sofrimento. Mas você precisa saber que não está sozinha e que esse tempo todo só vou viver, respirar, gritar com você. Sei que existe em toda pessoa uma parte de solidão aonde ninguém pode chegar. É a parte que mais respeito e se tratando de você, nunca tentei tocar nela nem anexá-la. Mas em todo o resto também sei que não há em você nenhuma dor ou alegria que eu não possa compartilhar.

Teremos muitos obstáculos a superar antes de viver de fato esse amor que atualmente me sufoca dias e noites inteiros (e as noites do desejo e do amor solitários são pesadas e longas). Vamos superá-los. Mas já sei que estou ligado a você pelo vínculo mais forte que é o da vida. Era o que eu queria te explicar, pois nunca soube fazê-lo. Há quem diga que a gente escolhe esta ou aquela pessoa. Mas você, eu não escolhi. Você entrou, por acaso, numa vida de que eu não me orgulhava, e a partir desse dia alguma coisa começou a mudar, lentamente, contra a minha vontade, e também contra você que na época estava distante, e depois voltada para uma outra vida. O que eu disse, escrevi ou fiz a partir da primavera de 1944 sempre foi diferente, profundamente diferente do que me aconteceu ou aconteceu em mim antes. Passei a respirar melhor, detestar menos coisas, admirar livremente o que merecia ser admirado. Antes de você, fora de você, eu não me prendia a nada. Essa força de que você zombava às vezes nunca passou de uma força solitária, uma força de recusa. Com você, passei a aceitar mais coisas. Aprendi a viver, de certa maneira.

---

1 Dia do ensaio geral de *Os justos* no Teatro Hébertot com a presença de Albert Camus, apesar do seu estado físico.

Não é verdade que alguém possa se tornar melhor e eu sei tudo aquilo que sempre me faltará. Mas a gente aceita mais ou menos o que é e o que faz. É assim que realmente crescemos e nos tornamos um homem. Com você, me sinto um homem. Certamente por isso é que sempre houve no meu amor uma enorme gratidão. E a minha única preocupação é duvidar de ser capaz de te dar tanto quanto você me deu. Eu choro cada uma das suas lágrimas, então, pois me sinto miserável e impotente e fico paralisado, engolindo esse enorme grito de ternura e dedicação.

De você me chegaram mais dores que eu jamais esperaria de alguém. Hoje mesmo, o seu pensamento em mim se mistura a sofrimentos. Mas apesar de tantas angústias, o seu rosto continua sendo para mim o rosto da felicidade e da vida. Não posso fazer nada, nada fiz para isso, senão me entregar a esse amor que faltava em mim, antes de me preencher até o coração. Do jeito que sou, tampouco tenho mais nada a fazer, sei perfeitamente, e vou te amar até o fim.

Como vê, estou te escrevendo uma carta de amor. E de fato é amor quando se ama a inimiga ao mesmo tempo que a querida cúmplice até o momento em que tudo se funde nessa poderosa felicidade que ocupa todo o espaço da vida num instante. Esta noite, você estará bela e maravilhosa, como eu te amo, como sempre espero sem nunca me decepcionar. Mas estou enganado, você está me lendo neste momento, e esteve bela e maravilhosa, e eu, no meio da multidão, te abraçava apertado, desesperadamente, como te abraço neste momento com tudo que há de mais orgulhoso no meu amor

A.

103 — MARIA CASARÈS A ALBERT CAMUS

[15 de dezembro de 1949][1]

MARIA CASARÈS

V [*por cima do prenome*] Dora

---

1 Dia da estreia de *Os justos*.

104 — ALBERT CAMUS A MARIA CASARÈS[1]

[15 de dezembro de 1949]

Você será a mais bela e a maior. Longe de mim. Mas mesmo num quarto solitário a maior alegria é poder admirar aquilo que amamos. Esta noite, só pensarei em você, meu amor — e no seu sucesso. Te ouço, de longe... e te agradeço, por tudo, com o coração transbordando.

A.

105 — ALBERT CAMUS A MARIA CASARÈS

Quinta-feira, 18 horas [15 de dezembro de 1949]

Meu amor,
Fiquei esperando o seu telefonema, sozinho, até agora. E claro que tinha de ter gente por perto quando você telefonou. Eu estava sufocando com as coisas a te dizer, a tristeza ruim em que me encontro e uma ternura que tremia em mim.
Pelo menos quero que este bilhete te chegue esta noite, e as flores também, para refrescar esses dias áridos. Você sabe que não é te esperar que me deixa infeliz (te esperaria até o fim do mundo), mas apenas pensar que está infeliz — sofrendo de nós e por nós.
Essas estúpidas frivolidades que nos separam me impedem de te dar minha confiança, a força que volta para mim e de dizer a esperança e o amor em que vivo constantemente, embora você quase me tenha privado de novo de esperança. Mas agora eu sei que o amor basta para tudo, que ele faz os dias viverem de novo e cala o desespero.
Se deixe ir para mim que estou inteiramente entregue a você! Que pelo menos este dia chegue ao fim com as palavras do meu amor e da minha ternura.
Durma, descanse. Logo acordaremos ao lado um do outro — será o dia da felicidade, mais uma vez. Mas eu te acompanho passo a passo até esse dia e te beijo suavemente para não perturbar seu sono nem pesar no seu cansaço.

A.

---

1 Cartão de visita acompanhando um buquê de flores.

106 — ALBERT CAMUS A MARIA CASARÈS

Sexta-feira [16 de dezembro de 1949]

Dia ruim, meu amor, solitário, frio, enxaquecado. As horas são longas longe de você. Eu pensava na minha Dora, arrastada pela rua, tremendo de frio, e a multidão em volta. Meu coração fica triste quando te vejo, como ontem à noite, contemplando um dia ruim, desolada por me sentir preocupado, e eu incapaz de falar, pensando apenas em tudo que gostaria de te dar. Mas pelo menos gostaria que esse bilhete estivesse aí, esta noite, para te receber, a aquecer as mãos e os olhos, te dizer a ardente ternura que trago em mim. Minha doce, minha exausta, meu querido amor, beijo teu pescoço, te despenteio, te aprisiono. Amanhã vai chegar logo e nós dois, enfim! Boa noite. Me ame a noite inteira e acorde feliz. Espero isto, te espero.

A.

107 — ALBERT CAMUS A MARIA CASARÈS[1]

[17 de dezembro de 1949]

Juntos mais uma vez! Mas nunca como esta noite, e apesar de todos os obstáculos, transbordei assim de gratidão, de orgulho e de ternura. E quando tiver acabado na hora do cansaço, seu rosto que quero tanto... Viver por fim! E a vida não tem outros rostos além do seu. Seguro sua mão, muito forte, esse tempo todo.

A.

108 — ALBERT CAMUS A MARIA CASARÈS

Domingo, 10 horas [18 de dezembro de 1949]

Estou bem melhor esta manhã, meu querido amor, e acho que tudo vai voltar ao normal. Brouet,[2] consultado por telefone, me recomenda dois dias de repouso completo depois que a febre se for. O que significa terça-feira. Pensan-

---

1 Cartão de visita.
2 O doutor Georges Brouet.

do bem, por sinal, de fato não era prudente sair amanhã à noite, apesar da vontade que tenho. No fim das contas, prefiro me livrar de tudo isso de uma vez por todas e recuperar minha vida, finalmente sair desse buraco em que estou vegetando. Me perdoe então por amanhã e saia se tiver vontade. Te telefono terça-feira de manhã para marcar encontro. Estou bem triste escrevendo isto e esses dois dias me parecem bem longos, apesar de tudo que a razão me diz.

Sua carta de ontem chegou no momento certo. Realmente, há momentos em que esta situação me deixa louco. Simplesmente eu sou um louco de ar plácido, o que não deixa ninguém preocupado. Mas louco. Só uma coisa pode me tirar disso, a sensação do seu amor. Não o conhecimento. Claro que eu sei que você me ama. E por que outro motivo você aceitaria esta vida insuportável sob tantos aspectos? Mas eu só preciso sentir esse amor que conheço. Foi o que senti na sua carta — e meu coração que envelhecia e murchava no sofrimento também despertou e começou a amar, como que florescendo. Obrigado, obrigado, a minha querida, a minha pequena, a minha terna — te amo para sempre também e estarei em vigília junto de ti. Só espero recuperar sem demora o meu sangue, a minha força e a minha vitalidade. Por enquanto, me parece ter tanto sangue quanto uma esponja e como carne apenas algodão. Coragem e paciência, meu belo amor — e continue a me amar como me ama. Eu espero e penso interminavelmente em você.

A.

Não sei por que me sinto inexplicavelmente feliz quando penso nessa história de Medeia.

109 — ALBERT CAMUS A MARIA CASARÈS

19 horas [20 de dezembro de 1949]

Umas palavras apenas para te receber esta noite, te dizer que um dia sem você é um dia que não acaba mais, uma cidade sem jardins, uma terra sem céu... e dizer também que nada jamais nos separará neste mundo, ligados um ao outro. Boa noite viva! Beijo teu coração

A.

Quarta-feira, 10 horas [21 de dezembro de 1949]

Não encontrei correios ontem à noite para o meu pneumático. As agências estão contra nós. Mas estou mandando esta manhã, para o seu desjejum, na aurora do meio-dia...

110 — ALBERT CAMUS A MARIA CASARÈS

Dora

Sexta-feira, 12 horas [23 de dezembro de 1949]

Bem-vinda, querida, e feliz Natal apesar de tudo, pois é uma felicidade, a única verdadeira, que você esteja de volta. Descanse o mais que puder, agora — e não vamos de novo inventar separações tão longas, tão duras. Vou te ver um pouco amanhã de manhã e muito amanhã de tarde. Só de escrever isto, meu amor, fico tomado por uma bela alegria, enfim. Começo a te beijar.

A.

111 — ALBERT CAMUS A MARIA CASARÈS[1]

[25 de dezembro de 1949]

Feliz Natal, Dora! já que a felicidade, entre os que se amam, pode ser solitária e silenciosa, por um tempo. (Hoje, é o Nascimento. A Ressurreição é na Páscoa.)

---

1 Cartão de visita.

1950

Terça-feira, 15 horas [3 de janeiro de 1950]

Te deixei[1] e depois as horas se passaram nem sei como — na indiferença. Depois de entrar no trem, ao soar o apito, alguma coisa despertou. Eu estava mal. Olhava para a cara das pessoas. A clientela dos vagões-leito não nos deixa propriamente orgulhosos. Uma inacreditável coleção de caras patibulares ou vulgares. Pensei nos *Justos*. Exatamente, pensei que a única justiça possível era uma nova repartição da injustiça. Revoluções são feitas para que outros possam tomar os vagões-leito. Perfeito. E então fui dormir. Tomei um sonífero. Mas só consegui adormecer ao alvorecer. O barulho dos trilhos, as paradas nas estações, a noite, pessoas correndo, gritando: eu pensava em você, pensava em você. Que é que estou fazendo aqui? Era só o que eu pensava. Às 8 horas, me levantei, abri a cortina: estava diante do mar. Não senti nada. Lavei o rosto, fui ao vagão-restaurante — estávamos atravessando o Estérel. Lá estavam as árvores que eu amava, as colinas, a terra vermelha. Não senti nada. Depois de Saint Raphaël o mar de novo. E ainda nada.

Em Cannes, me aguardava o carro do centro hélio-marinho de Vallauris (centro inspecionado por Robert). Infelizmente, o diretor e sua mulher foram me receber. "Pensava que fosse mais velho, mestre." "Mas eu sou, senhora, só que as aparências são contra mim." "E a vida em Paris, mestre?" "Hmm, altos e baixos, senhora" etc. etc. Por fim, Cabris. E aí, um silêncio de verdade. Vasta paisagem diante da aldeia num cume, ar frio e puro. Alguma coisa despertou em mim. Um cheiro de relva e voltei a ver Ermenonville, o belo céu de se-

---

1 Para tratar da tuberculose, Albert Camus vai passar três meses na semialtitude em Cabris, perto de Grasse (Alpes Marítimos). Lá se instala com a esposa, Francine, enquanto os filhos ficam na casa da avó materna em Orã. Os Camus se hospedam na casa posta à sua disposição por Pierre Herbart — romancista amigo de Gide, antigo resistente e editorialista do *Combat* — e sua esposa, Élisabeth Van Rysselberghe, com quem Gide teve uma filha, Catherine, em 1923.

tembro — e de repente me veio ao coração uma espécie de fúria, de raiva, de desespero e de amor.

Estou escrevendo da cama, na pousada. Um quarto daqueles que desagradam a Michel, mas onde tenho paz. Espero que a casa fique pronta. A fonte da aldeia corre debaixo da minha janela e eu ouço o leve barulho. Te amo. Te revivo. Vou viver com você aqui, na dor, mas no amor. Vou te esperar — e para começar tuas cartas. Escreva para A. Camus, Cabris, por Grasse, Alpes Marítimos. Basta isto. Repito CABRIS por GRASSE, Alpes Marítimos. Escreva. Rápido. Conte-me tudo de você e dos seus dias. Eu vou contar os detalhes. Hoje minha noite de insônia me deixou cansado e eu resumi. Mas acrescente minha tristeza, esse coração apertado que não me larga desde ontem, e sobretudo o amor inabalável que me enche agora, minha confiança e minha ternura. Maria, Maria querida, tudo isso é um sonho ruim, do qual vamos acordar juntos e para sempre. Te beijo, meu querido amor, te aperto contra mim. Ah! Me sinto tão mal, longe de você.

AC

113 — ALBERT CAMUS A MARIA CASARÈS

Quarta-feira, 11 horas [4 de janeiro de 1950]

Meu querido amor,
Estou escrevendo da cama e do hotel, ainda. Na verdade, este quarto é um pardieiro lúgubre. Quando voltei para cá ontem, depois de postar sua carta, a neurastenia começou. Este quarto baixo e frio, sem encanto nenhum, eu deitado no meio das malas, me parecia que essa história não acabaria nunca. Felizmente, essa noite consegui dormir. E agora de manhã me sinto mais disposto. Acho que vamos nos instalar na casa, que é bem simpática, já está noite. Lá pelo menos poderei organizar minha vida — ou tentar. Já sei que a coleta postal é às 6 horas da manhã. Portanto vou postar minhas cartas à noite e você deve recebê-las um dia depois de manhã. As suas deverão chegar mais rápido porque são distribuídas ao meio-dia. Se postá-las na véspera antes do meio-dia, vou recebê-las em vinte e quatro horas. São detalhes, mas estou vivendo desses detalhes.

O tempo está bom. O céu está azul, o sol brilha — mas os braços continuam fechados, o coração arisco e a nuca tensa. Ontem às 23 horas eu estava pensando em você. "Agora tudo será mais fácil..." Infelizmente... Mas jurei a mim mesmo não te escrever lamentações. Só o meu amor, que me faz viver e resistir. Vou te contar os meus dias, sem exceção. Sem poupar nada. Já que minha vida será sobretudo uma vida de espreguiçadeira, vou te contar minhas reflexões — meu coração — com toda a entrega que sinto quando me volto para você.

Ontem, por exemplo, fiquei observando durante o jantar a italiana que nos servia, com seu rosto atraente — uma pessoa boa, de coração generoso. F[rancine] me diz então que eu gosto de gente simples. Eu respondi que não era verdade desse jeito, mas que minha mãe amava os simples que realmente o eram de coração. E aí pensei que minha vida é realmente muito estranha, separada das duas pessoas que mais amo no mundo. Pensei nisso e fiquei tão triste que voltei para o quarto para ficar ruminando sozinho.

Até logo, meu amor, Maria querida. Estou com você, sou seu. Sim, é uma doação contínua — e que me deixa feliz na medida do possível. Espero sua carta, os sinais da sua vida e do seu amor, para encontrar neles uma força de que realmente preciso. Quando penso no seu rosto da segunda-feira, meu coração bate. Ah! Te beijo, beijo seus olhos queridos. Sua carta, rápido!

A.

Meio-dia. Não deixar esta carta se ir sem botar nela esse amor que me enche, sem te chamar com todas as minhas forças. Minha querida, seja forte, me espere — e me ame, sobretudo, me ame até o fim.

114 — MARIA CASARÈS A ALBERT CAMUS

Quinta-feira, 3 horas da tarde [5 de janeiro de 1950]

Segunda-feira à noite, meu amor, passei o fim do dia tentando recalcar em algum lugar no fundo de mim uma enorme bola que me prendia a garganta até sufocar. Não explodi. Aguentei firme. Pensei que você ficaria orgulhoso de me ver corajosa e aguentei — só "Dora" ficou sabendo tudo que havia no fundo de mim; e com isso se enriqueceu até o último recanto do seu coração e da sua alma.

Ao voltar, já na cama, tomei decisões draconianas para os próximos dias. Só uma coisa deve contar para você, para mim, para nós: não me entregar e para isto planejei uma agenda carregada. E desde então não me permiti um único minuto de folga. Mal estou acabando um trabalho e já penso na preparação do seguinte. E por enquanto é assim que as horas passam.

Terça-feira de manhã concluí alguns detalhes nos meus quartos, arrumei a casa, saí para fazer duas compras, pus em dia minha correspondência e à tarde fui à rádio. Ontem organizei papéis, acabei a correspondência, instalei as venezianas, arrumei na estante os belos livros que recebi (Proust e Montherlant) e à tarde fui à rádio (*Helena e Fausto*, de Gœthe), onde fiquei até 7 horas. De noite, ao voltar, leio manuscritos (Brainville[1] e um outro) e vou dormir exatamente às 2 horas da manhã. Me levanto às 10 horas. E almoço às 2 horas.

No Hébertot vai tudo bem — menos gente, mas muito, muito quente e a venda de ingressos já está aumentando para os próximos dias.

Jamois,[2] Villars,[3] vieram. Entusiasmados.

A partir de amanhã, tenho rádio em cima de rádio até o fim da semana que vem, mas você vai ficar sabendo dos detalhes. Esta noite mesmo começo meu pequeno diário, que vou te enviar de três em três dias.

O tempo anda cinzento, sem graça, insípido como eu. Te espero para voltar a viver.

Se descortina para mim um projeto que me interessaria se se concretizasse nas condições que ouso sonhar de vez em quando. Amanhã te contarei os detalhes. Hoje de manhã recebi sua primeira carta. Estava esperando... Você se refere às "caras" das pessoas! Oh! Meu querido!

Penso em você todo enroscado em mim, todo macio, todo quente e a ternura me sufoca. Penso em você grave, nos seus lindos olhos claros, na sua testa que queria ter na mão e o amor me sufoca. Penso nas suas pernas duras, nos seus braços em torno de mim, e... Mas vou parar.

Fique o mais calmo e o mais feliz possível, meu amor. Descanse, se cuide bem, trabalhe, aproveite bem essa calma que está tendo. Não pense demais na nossa separação, e sim no nosso encontro neste mundo, na nossa espera, na nossa confiança, no nosso amor, nos dias ensolarados que nos esperam em todos esses minutos de eternidade que ainda temos para viver. Pense que tudo

---

1 O ator Yves Brainville, nascido Yves de La Chevardière (1914-1993), marido da atriz Léone Nogarède. Ele interpreta o papel de Annenkov na montagem de estreia de *Os justos*. É também autor de *O obstáculo*, peça por ele mesmo encenada no Vieux Colombier em 1951.
2 Marguerite Jamois (1901-1964), atriz e encenadora, diretora do Teatro Montparnasse a partir de 1943, sucedendo a Gaston Baty. Interpretaria o papel de Cesônia nas récitas de *Calígula* no Festival de Angers em junho de 1957.
3 *Sic* em referência a Jean Vilar? Ver nota 3, p. 863.

que faço, faço com você, para você, em vista da sua presença futura. Me perdoe por ainda não estar repousando. Ainda não me sinto preparada para isto. Mais tarde, para estar bela quando você voltar; mais tarde, quando a esperança finalmente me permitir ficar sozinha comigo mesma, sozinha e nua.

Sou sua para sempre.

Marie-Hélène Dasté[1] pede o seu endereço para te escrever. Devo dar?

Conte, a Córsega é bonita? Ah! Se o meu projeto se concretizasse... Poderíamos até dar um pulo na Sicília depois... Mas amanhã eu falo disso.

Descanse, meu amor. Aproveite o quanto puder tudo que tem ao seu alcance. Me esqueça o suficiente para viver um pouco feliz — pense em mim o suficiente para ser completamente feliz. Te amo.

Maria

115 — ALBERT CAMUS A MARIA CASARÈS

Quinta-feira, 12 horas [5 de janeiro de 1950]

Dia horrível desde ontem. Finalmente instalado, tive um antegosto desses três meses. Me imagine deitado, longe de você e repassando meus pensamentos ou meus sentimentos o dia inteiro e a noite inteira. Instalação ontem à tarde. Casa fria apesar das lareiras acesas. Eu já estava resfriado. O crepúsculo frio, as sombras tomando conta do vale...

Às oito horas estava deitado. Lendo Stendhal, *Do amor*. Leitura ruim no meu estado. E depois veio a insônia. Até 3 horas da manhã jogado na cama, rejeitando as imagens pavorosas ou violentas que vinham sem parar, te escrevendo dez cartas de que não recuperei uma palavra sequer esta manhã. Hoje de manhã, exausto, contemplando entorpecido o sol que inundava o ambiente por duas aberturas, eu só tinha forças para reconhecer que a partir de agora não serei mais capaz de me separar de você — e para decidir que ao voltar, na primavera, aconteça o que acontecer, não aceitarei mais nenhuma separação. Foi o único pensamento que me trouxe alguma paz. Agora rezo para um deus desconhecido para que te dê força para me esperar — ao mesmo tempo que tento juntar minha energia para aguentar até lá sem ficar te importunando com queixas.

---

1 A atriz e figurinista Marie-Hélène Dasté (1902-1994), filha de Jacques Copeau, integrante da companhia Renaud-Barrault, depois de ter trabalhado com o pai, com Louis Jouvet, Charles Dullin e Gaston Baty.

De outra vez vou descrever a casa e a paisagem — o meu quarto — a imensa luz brilhante e fria (tenho a impressão de ser o único ponto negro no meio de um clarão universal), o gato, o desenrolar dos meus dias. Por hoje queria apenas deixar meu coração se derramar. Que pelo menos eu aproveite este exílio para acabar com meu trabalho e na primavera uma página será virada de todos os pontos de vista. Algo novo vai começar, eu sei! Essas semanas que estão por vir! Estou com a sua foto. Que pena! Você pelo menos sente como te amo? Com que loucura e com que lucidez ao mesmo tempo? Meu amor, amanhã receberei uma carta sua, espero. Vou viver de novo, você vai falar comigo... Me perdoe esta carta, eu não aguentava mais. Mas vou te escrever com calma, agora. O máximo possível de qualquer maneira. Em hora nenhuma, em momento algum me abandone. Eu morro sem você, nem tenho mais coração nem olhos para a beleza que me cerca. Te espero e tenho horror de te esperar. Te escrevo e odeio a ausência. Você, suas mãos, seu corpo contra o meu, sua boca, é isto que me faz viver. Diga que me espera e que me ama. Tranquilize aquele que te quer e que não sabe mais viver sem você. Te beijo tristemente. Mas com todo o amor acumulado desde Paris.

A.

116 — MARIA CASARÈS A ALBERT CAMUS

6 de janeiro [1950] — Dia de Reis!

Meu querido amor,
Te escrevi muito mal ontem. Queria fazê-lo direito esta noite, relaxada, com todo tipo de detalhes, mas acho que ainda não vou conseguir. Eu superestimei minhas forças. Já antes disso, e sobretudo depois que você se foi não tive nem um pequeno momento de descanso e agora estou sentindo as consequências. Ontem eu já estava nas últimas. Nada mais funcionava. O mecanismo se quebrou; só tive energia para subir ao palco à noite. No fim da récita, estava esgotada. Hoje de manhã, levantei às 8 horas para gravar em espanhol o documentário de "Van Gogh";[1]

---

1 Em 1950, Maria Casarès lê o comentário de Paul Eluard no documentário de curta-metragem *Guernica*, de Alain Resnais e Robert Hessens. É possível que a atriz tenha gravado nessa mesma oportunidade a versão espanhola do curta-metragem *Van Gogh*, realizado por Alain Resnais em 1948.

de lá fui para a casa de Mme. Simone,[1] que me reteve, junto com Serge [Reggiani], até 6 horas. Para nos ler a sua peça, de que não gosto, embora não seja mal escrita. Depois eu tinha encontro com Émile Natan,[2] produtor de cinema, para falar de um filme que seria rodado entre abril e junho (?) com externas na Córsega. O projeto pode me interessar — você já adivinhou — na medida em que você possa ir ao meu encontro, talvez mais para o fim das filmagens. Aí poderíamos ficar alguns dias na Sicília... Entende? Mas eu não tenho coragem de me envolver em sonhos.

Enfim, tudo isso ainda em nível de vago projeto e ainda não posso te dar detalhes, pois essa noite uma violenta dor de cabeça, um imenso cansaço me impediram de ir ao encontro.

Além disso, desde ontem o estado do meu pai piorou repentinamente. Ele não dormiu à noite, está respirando mal, a tal ponto que não consegue mais falar nem comer e o médico está receoso de uma crise imediata. Naturalmente, isto acontece exatamente no momento em que sou obrigada a me ausentar o dia inteiro para gravar Gœthe e Shakespeare na rádio.

E aqui estou na cama, cheia de comprimidos, suando, com coceira, engolindo a saliva com dificuldade (dor de garganta, urticária, dor de cabeça, um pouco de febre)... e com um humor daqueles. Amanhã estarei na rádio de 9 a 13 horas e de 2 a 7 horas da tarde e todos esses problemas precisarão ter desaparecido. E por sinal nem vão deixar traços, tenho certeza. Depois, ainda vou ter de dar duro o resto da semana todo, e em seguida, te prometo, vou descansar. Devo confessar que no momento estou muito receosa das férias, mas vou dar um jeito.

E agora, vamos aos *Justos*. O aluguel subiu de novo. Ontem à noite tinha muita gente e mais entusiasmo ainda. Paul Bernard[3] apareceu e me pediu o seu endereço. Eu dei. Me perdoe; mas a ideia de que você vai receber uma carta dele me dá prazer. É uma maneira, fora de mim, de nos aproximar de certo modo. De vez em quando eu preciso dessas coisinhas que fazem parte da vida cotidiana de duas pessoas que se amam. De vez em quando preciso que me falem de você como sendo meu marido. Não vou abusar, mas com Paul me dei-

---

1 A atriz e escritora Mme. Simone, nascida Pauline Benda (1877-1985), prima do escritor Julien Benda, esposa de Charles Le Bargy, depois de Claude Casimir-Périer e por fim de François Porché.
2 O cineasta e produtor Émile Natan (1906-1962).
3 O ator Paul Bernard (1898-1958), que atuou ao lado de Maria Casarès em 1945 em *As damas do bois de Boulogne*, de Robert Bresson.

xei tentar; ontem à noite estava precisando de um bálsamo; o que serviu para suavizar meu sono.

Sobre a representação, o público, o teatro, o "grupo", terei muitas coisas divertidas para te contar; mas estou de mau humor e no momento não encontro nada para te dizer a respeito... Um outro dia.

Isto quanto aos *Justos*. Acrescento apenas que continuamos representando bem.

O apartamento. As cortinas de *voile* chegaram. Já temos uma nota feminina. A mesinha negra está pronta e linda. Tudo isso começa a ganhar vida. Do resto eu cuido depois. Não consigo olhar para o rádio nem para sua imagem sem um aperto no coração. Ainda não deu para entender o quanto que há nesses momentos de felicidade ou tristeza. E me demoro o menos possível; ainda me sinto bem frágil.

E finalmente então eu chego a nós.

Ah! Meu querido amor. Albert querido. Que lhe dizer? Eu disse antes da sua partida que nunca falaria de nós nem dos meus sentimentos. Não queria influenciar não sei que hesitações que imaginava no seu coração. Mas como tudo isso é falso e bobo! Você me ama. Eu te amo mais ainda. Nós somos uma realidade, e ninguém mais pode destruir esse "nós". Eu sei. Sinto lá no fundo, nessa plenitude que trago em mim, nessa confiança ilimitada, nessa espécie de inacreditável indiferença superior que sinto quando nos meus minutos mais sombrios me passam pela cabeça imagens que deveriam me torturar mas que não conseguem mais me interessar como se pertencessem a um mundo que me fosse totalmente estranho. Tenho a profunda certeza de que você é meu como eu sou sua, entende?, e mesmo se viessem me provar que não é verdade eu não acreditaria nunca. E vou mais longe: mesmo que você tentasse me convencer agora de que não estamos mais ligados um ao outro, eu acharia que você está enganado e esperaria pacientemente que voltasse para mim, para nós. Você já tinha me ensinado uma impaciência que eu não conhecia; agora conheço através de você a paciência que ignorava totalmente.

Não te falar de nós!... Mas então de quê? Eu não faço nada, não penso em nada sem me sentir confundida com você, nada mesmo, entende? E você também vive como eu? Consegue olhar para o céu, essa vasta paisagem à sua frente, o quarto do hotel, os olhos de alguém, sua casinha simpática, sem pensar em mim ou através de mim? Consegue se comover sem mim? Eu não; fora os gestos automáticos em que não me sinto envolvida, não sou capaz de fazer nada, dizer nada, sentir nada sem você. Você se confunde com meu coração, minha alma, meu corpo. Assim que acordo, lá está você; e quando rio, choro, lá está você, quando olho lá está você. Oh, meu amor. Hoje acabei meu documentário às 12h30. Já estava atrasada para o meu encontro com Simone, mas passei em casa para ver se encontrava uma possível carta. Ela estava à minha espera e como era boa! Oh! Sim; me escreva, meu querido amor; me escreva, é vital para mim. Eu tenho coragem, junto todas as minhas energias para ter coragem, mas os dias são longos, vazios, áridos, monótonos, terrivelmente semelhantes uns aos outros. Só as suas cartas trazem calor ao meu quarto e eu preciso tanto de calor!

Te amo. Te amo. Me ame. Vou te amar até o fim, sim. Vou te amar enquanto estiver viva. Me abrace forte, me aperte contra você e me espere com coragem e todo o seu amor.

M.
V.

117 — ALBERT CAMUS A MARIA CASARÈS

Sexta-feira, 17 horas [6 de janeiro de 1950]

Finalmente recebi sua carta e ao recebê-la entendi que era ela que estava me faltando. Ela me deixou meio envergonhado da carta que te mandei ontem. Mas também me ajudou, me ajudou em muitas coisas, e antes de tudo a tomar a decisão de não ceder aos meus humores de tragédia. Fiquei orgulhoso de você, verdade, espantado com essa corrente de amor que nos liga e que se fortalece constantemente. Sim, você me ajuda. Mas também preciso ser de ajuda para você e não poderei se me deixar cair no fundo de um buraco.

E por sinal não estou me reconhecendo. Sempre tive horror desse tom que agora no entanto passei a assumir às vezes. Talvez seja o cansaço. Talvez também, mais provavelmente, a revolta em que estou, tendo finalmente conhecido você, de não poder desfrutar de você, o tempo todo, em qualquer lugar. Eu não pedi para te amar, acho eu. Mas agora que você me revelou o verdadeiro valor das coisas, tudo que não seja você me parece pobre e sem sentido — como se me impedissem de ser aquele que agora sou.

E aliás que importam todos esses motivos. Me perdoe essas minhas pequenas crises. Elas não mudam em nada a força e a fidelidade do meu amor. Vamos tentar passar esses três meses nos enriquecendo em vez de nos empobrecer. Não somos mais crianças, eu há muito tempo, você há pouco. Mas em compensação temos a certeza, a força e a inteligência dos nossos corações. Como sabemos que nos pertencemos para sempre, e que faremos esse amor viver apesar dos obstáculos, vamos resistir e usar nossos recursos para vencer. Era o que eu estava pensando ontem quando o dia caía (como essa hora é triste), que nosso amor tem a força e a profundidade dos mares e tudo que o contraria, inclusive em nós mesmos (suas raivas, minhas distrações), não tem mais importância que as pedrinhas do caminho. Alguns seixos e o mar continua lá. Sim, eu te amo, te admiro, te desejo, e seria capaz de te esperar uma vida inteira com o mesmo amor tranquilo e apaixonado. Não duvide. Não duvide de nada — sua certeza pode ser completa e confiante. Viva, trabalhe, continue a crescer, seja bela para mim, de vez em quando, na solidão do seu quarto e esperemos essa primavera em que voltarei a abraçá-la, te beijando finalmente como gostaria tanto neste momento.

Meu maior motivo de gratidão a você: ter encarado minha recaída como devia. Você não pode saber o que ela significou para mim. Para isso, eu teria de falar detalhadamente da minha relação com a doença. Meu receio é cair no fundo de uma indiferença negativa, voltar àquele desânimo que costumava ter. Mas você estava comigo e encontrei de novo força para recomeçar e superar, ou tentar, esse novo *handicap*.

Meu amor querido, te amo com todo o meu ser esta noite — te quero — te espero inteira. Você, finalmente, deitada ao meu lado! Não esqueça de escrever. Cuide de nós. Fique longe do mundo, é muito bom, seja austera, use roupas severas, se enclausure. Boa noite, minha paixão, boa noite, minha querida, minha secreta, minha ardente. Te amo e te guardo. Escreva

A.

118 — MARIA CASARÈS A ALBERT CAMUS

[7 de janeiro de 1950]

Meu querido, meu querido, minha felicidade, minha vida. Não vamos ficar nos enternecendo! Chega! Ainda preciso te contar mais ou menos a esmo a vida de Paris, dos *Justos*, os telefonemas e as cartas. É o que vou fazer, mas antes quero te dizer que esta noite estou feliz de uma certa maneira, há alguns minutos. Meu amor.

Paris. Desde que você se foi não fui olhar. Vou tentar fazê-lo nos próximos dias para te contar.

Os justos. Esta semana foi menos brilhante — receita — que a semana passada. Já esperávamos. Público caloroso, às vezes, resfriado. Essa noite, quase desci do palco para oferecer a um cavalheiro da primeira fila pastilhas Valda, um lenço para abafar a tosse ou dois lugares para voltar outra vez, quando estiver melhor. Mas me contive.

Parece que Elsa [Triolet] e Aragon vieram pela segunda vez. Hoje, Montherlant estava na plateia.

A publicidade Hébertot vai seguindo no seu passinho tímido.

Serge [Reggiani] está atuando irregularmente.

Yves B[rainville] e Jean P[ommier] vão perdendo a força.

Michel B[ouquet] e Maria C[asarès] sustentam o mais que podem.[1]

Ontem à noite um jornalista comunista me procurou para saber o que eu achava dessa "peça de ódio". Ontem à noite! Já pensou?! Eu estava com um humor de cão. Ele ficou sabendo o que eu pensava da peça e dele — a conversa durou quinze minutos. E saiu do meu camarim abatido — me disse Henriette.

Quem é Max Bizeau?[2] Ele publicou uma nota a meu respeito em *Combat*. E me mandou o recorte com uma carta em que me chama de Maria, se dirige a mim em tom caloroso e me pede uma "foto" de bom tamanho para o seu escritório.

Falando de cartas que recebo, vou te enviar alguns exemplares um dia desses. Vale a pena.

Michèle Lahaye[3] está me enchendo o saco com a história do Dr. Laënnec, que já mencionei. Quer que eu jante sozinha com ele, para agradar a ela. Nem dá para acreditar. Não se cansa de exaltar sua mercadoria, e quando pergunto, meio indignada, se não se dá conta do papel que está fazendo, ela responde: "Eu sei. Fico muito incomodada, mas gosto muito dele, e para você não custa nada." Que acha? Eu não consigo acreditar.

---

1 Sobre Yves Brainville, ver nota 1, p. 188. Jean Pommier (nascido em 1922, formado na escola de Jean Dasté, membro da companhia Renaud-Barrault) interpreta o papel de Voinov, e Michel Bouquet (nascido em 1924, aluno do Conservatório ao lado de Gérard Philipe), o de Stepan.
2 Max Bizeau (1918-2016), filho do poeta e *chansonnier* libertário Eugène Bizeau.
3 A atriz Michèle Lahaye (1911-1979), lembrada em especial por seu papel em *Branquignol* (1949).

Mas chega. Essa gente toda me cansa. Vamos deixar para lá, meu querido. Não aguento mais ninguém e meus únicos momentos de tranquilidade, só mesmo em casa.

Papai vai bem ou mal segundo o momento. Está emagrecendo e me parece muito cansado. Infelizmente o vejo muito pouco; as rádios e o teatro tomam todo o meu tempo.

A casa vai sendo mobiliada. Daqui a um mês chega o carpete dos dois quartos. Comprei uma linda cômoda, uma mesa redonda para almoçar (de madeira clara), um cinzeiro de pé muito bonito, um lustre para o salão. Estou esperando o móvel que mandei fazer para o rádio. As cortinas da entrada já foram instaladas. E tudo isso começa a ganhar vida. Semana que vem vou cuidar da varanda (ripas, caramanchão, plantas, cadeiras etc.) Serge [Reggiani] já separou para mim alguns vasos com sementes de ervilhas-de-cheiro.

Diante de tudo isso, Angeles, Juan e eu reagimos como crianças ganhando lindos brinquedos. Você precisava ver, ia achar muito engraçado. Que mais!? Eu li *A testemunha*.[1] Gostei. Continuo com a correspondência de Dostoiévski. Mas por enquanto ainda sobra pouco tempo para mim; preciso ganhar meu carpete.

Pronto, meu querido. É isto da minha parte. Me perdoe se estou sempre te escrevendo desordenadamente. Eu volto cansada, com as ideias não muito claras. Semana que vem estarei mais descansada e escreverei cartas de pessoa normal.

E agora, finalmente, você! Te sinto desanimado no trabalho, mas no momento me parece normal. Mas não vá se entregar. Sem tensão, mas insista. Acabará vindo e será tão bom para você. E agora posso resumir daqui para a frente o relato dos acontecimentos externos? Vou me estender mais nas questões que me interessam, você entende. Se quiser, posso te escrever todo dia? Ou prefere de três em três dias?

Responda logo. Amanhã à tarde continuarei esta carta. Não aguento mais; estou morta de cansaço e esta noite espero dormir. Até amanhã meu querido amor. Durma. Te amo,

V.

---

[1] Livro de Jean Bloch-Michel publicado em 1948 na coleção "Espoir", dirigida por Camus na Gallimard.

119 — ALBERT CAMUS A MARIA CASARÈS

Sábado [7 de janeiro de 1950], *11 horas*

Está um dia esplêndido e o sol entra aos borbotões no meu quarto. Mas preciso te dar uma ideia da casa. Ela fica na encosta dos últimos contrafortes dos Alpes Marítimos, dando para o Sul, cercada de pequenas esplanadas de oliveiras e ciprestes. Do meu quarto como aliás da casa toda se vê

1) à direita, a aldeia no seu promontório. Você receberá a vista exata num cartão-postal que encontrei;

2) em frente e à esquerda uma grande paisagem de oliveiras descendo até o vale que conduz ao mar. À noite vemos as luzes de Cannes. Com tempo bom, de dia, dá para perceber o mar. Aí vai a planta da casa:

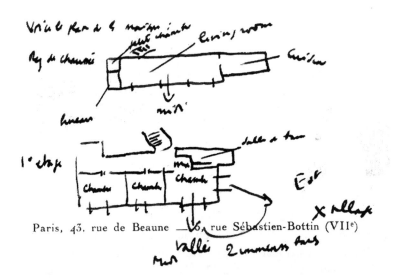

Meu quarto está constantemente inundado de sol e luz. Quando estou aqui, ninguém, nem F[rancine] nem a empregada, nem os operários trabalhando no momento em concertos entram, e tenho uma paz absoluta. Por isto fico por aqui o tempo todo, exceto nas refeições que faço na cozinha e um breve passeio ao meio-dia. E por sinal é esta a minha programação: despertar 8 horas. Toalete. Desjejum (como é a única hora em que tenho fome, eu devoro: ovos, flocos de aveia, torrada etc.). De 9 a 11 trabalho na cama (documentação, anotações etc.) de 11 a 12 correspondência. Meio-dia passeio. 13 horas almoço. 14 horas a 16 horas tratamento. 16 horas 19 Trabalho. Redação etc. 19 horas-20 horas. Jantar. 20 a 21 horas. Espanhol com F[rancine]. 21 horas. Cama e leitura.

Sempre que houver uma modificação eu aviso. Ultimamente não tem havido — só que tenho trabalhado mal. Terminei *Do amor*.[1] Encontrei bastante coisa — e para concluir isto: "Eu era pequeno antes de amar precisamente porque às vezes me sentia tentado a me achar grande." Ele também diz que aos vinte e oito anos o amor deixa de ser alegre mas é porque começa a ser apaixonado. Comecei o *Diário* de Delacroix. Admirável — e que dá vontade de trabalhar. Em matéria de trabalho, comecei o prefácio para minha coletânea de artigos políticos.[2] Mas tudo isso agora está tão longe de mim que tenho dificuldade de encontrar um "tom".

120 — ALBERT CAMUS A MARIA CASARÈS

Domingo, 15 horas [8 de janeiro de 1950]

Está uma manhã esplêndida e agora o céu começa a se cobrir. O crepúsculo será difícil. Daqui a pouco, você entra em cena. O que eu não daria para estar aí num canto da plateia, sem que você soubesse, e depois...

Ontem o dia correu normalmente. À tarde um médico de Grasse, amigo de amigos, veio com a mulher. Conversa ao pé da lareira. Gentis, mas eu estava pensando em outra coisa. À noite estava cansado. Bastara essa visita, todo esse regime que me impõem é artificial. Li o meu diário de Delacroix, um pouco, e logo caí no sono. Tive sonhos ruins. E hoje de manhã, apesar do brilho do sol, estava com o coração dolorido. Então comecei a trabalhar. Corrigi as provas da minha plaqueta sobre Orã a ser publicada pela editora Charlot.[3] Você leu, acho eu. Eu tinha a sua idade quando a escrevi. É mais "artístico" do que o que eu faço atualmente. Às 11 horas, Robert [Jaussaud] chegou com o carro. Tirou a camisa, exibiu os seios ao sol, falou com uma voz tonitruante, bebeu

---

1 Ensaio de Stendhal publicado em 1822.
2 *Atuais I, Crônicas 1944-1948* é publicado pela Gallimard em 30 de junho de 1950: "Este volume resume a experiência de um escritor que durante quatro anos se envolveu na vida pública do seu país."
3 *O Minotauro ou a parada de Orã*, Charlot, 1950. Escrito em 1939-1940 e publicado na revista *L'Arche* em fevereiro de 1946, o texto passa em 1954 a integrar a coletânea *O verão* (Gallimard, "Les Essais").

dois Pernods, encheu a casa de movimento e foi se deitar. Eu também, para o meu tratamento. Tentei dormir. Mas fiquei pensando em nós, em nós o tempo todo, até a obsessão.

Aí, decidi te escrever. Daqui a pouco vou acompanhar Robert a Cannes com o carro e depois volto. Não demora e vai anoitecer. E depois uma nova noite e os dias, um a um... Penso em você o tempo todo. Atormentado também pelo desejo surdo que tenho de você — e que reforço em mim. Mas vai passar, e além do mais eu gosto disso, que pelo menos é algo vivo, presente... Junto toda a minha energia para jogá-la no trabalho. Mas ainda não consegui realmente dar a partida.

Talvez no fim das contas tenha acabado. Acontece de artistas pararem de uma vez por todas. Simplesmente, não se pode saber antes de ter tentado tudo.

Espero uma carta sua amanhã. Como vai você?

Conte, pelo menos conte... estou ardendo de impaciência e curiosidade em relação a você. Conte-me tudo, mesmo o que for contra mim. Não poupe nada. Me dê seu coração, tal como está. Meu amor querido, que felicidade a nossa quando eu podia pôr minha mão no seu ombro, na sua perna! Em breve, em breve, não é...? E por sinal que felicidade a nossa de nos amar debaixo do mesmo céu. Espero sua carta, minha querida. Ah! Como os dias são longos!

121 — ALBERT CAMUS A MARIA CASARÈS

Segunda-feira, 11 horas [9 de janeiro de 1950]

Sim, os dias são longos. Ontem à tarde acompanhei Robert [Jaussaud] a Cannes. *Desdêmona*, que gostei muito de reencontrar, me animou. Fui deitar muito cedo, pois o deslocamento me arrumou uma bela enxaqueca. Sono agitado. Essa manhã, o céu está encoberto. A enxaqueca não foi embora e hoje não farei nada de bom. Ontem à noite, fiquei pensando em você, em março. Estar com você, partir e depois nos fundir um no outro até o fim... fiquei com um aperto no coração tão presente era essa felicidade.

Espero sua carta. O correio aqui chega ao meio-dia. Se você soubesse o que é a chegada dessa carta... Deve estar cansada hoje depois do seu domingo de Dora. Gosto do seu ar cansado. Sinto como se me pertencesse melhor. Te imagino, sem parar.

Ah! Sabe eu ouço muito bem as estações de Paris menos Paris Inter que às vezes ouvimos e outras não. Me fale dos seus programas, e a hora exata, e a estação. Pelo menos te ouvir!... tua voz...

Gostaria de te contar o externo. Mas não acontece nada. O interno? Estou com enxaqueca e não me curo de você. É de você que eu espero a vida, os fatos externos. Eu sou o apaixonado deitado, acorrentado, com seu abutre diurno e noturno. Meu amor querido, minha negra, minha querida grande, meu belo corpo, ah, te chamar sem parar, te dizer minha ternura e meu amor, é tudo que eu posso.

Escreva logo e muito. Fale comigo. Não me deixe sozinho e seco nesse rochedo de Cabris. Me ame tanto que o eco chegue até aqui, à noite, nas horas de insônia, quando te espero. E eu te beijo, te beijo perdidamente.

A.

122 — MARIA CASARÈS A ALBERT CAMUS

Domingo — *1 hora da manhã* [9 de janeiro de 1950]

Não posso dormir esta noite sem antes te falar um pouco do que trago preso no coração. Ontem já tive de desistir de te escrever. Tendo levantado às 7 horas da manhã passei o dia *inteiro* na rádio, e a noite, claro, no teatro. De manhã, gravamos na rua Paul Lelong uma sequência difícil — com orquestra, coro e cantores — de *Helena e Fausto*. Acabamos a 1 hora e às 2 horas retomamos outra sequência do mesmo programa na rua François Ier. Aproveitei a hora livre para passar em casa: estava esperando uma carta inesperada... e ela estava lá.

Meu querido, querido amor, eu te peço, lamente, amargue, sofra, sufoque, grite, urre se quiser, mas por favor não duvide um instante sequer do meu amor. É inútil e tolo, meu querido. Te magoar e me magoar por nada. Eu te amo, te amo para sempre, ou melhor, vivo por você. Eu sei, tenho certeza disso e cada dia de presença ou ausência serve apenas para confirmar mais uma vez esse maravilhoso sentimento de só existir para você. Desde que você se foi, tudo que faço é pensando em te esperar, te agradar, me preparar para você. O trabalho adicional que arrumei me é indispensável; ainda tem tempo demais me separando de você para aceitar um momento de paz ou repouso. Quando por acaso sou surpreendida por alguns minutos de folga mergulho de repente num tal estado de privação que bastaria muito pouco — a mais mínima fraqueza — para largar tudo, tomar o trem e desorganizar tudo fugindo na sua direção, e pondo em risco até o seu amor. Para me controlar, invento mais um trabalho, passo o tempo todo me controlando: é cansativo. Me dominando e matando em mim o que me faz viver, você e sua imagem; que vida mais louca! Oh! Você; você exatamente como na última carta na sua última carta. Você, pequenininho, todo medroso, todo frágil; você, todo claro e todo trêmulo e todo carente! Como eu queria poder te abraçar, seu lindo rosto na minha mão; você, abandonado, como eu sei agora. Meu querido, querido amor... Sim; conte-me tudo; se queixe se quiser, se alegre se quiser. Conte-me; fale do seu coração; é a única felicidade ao meu alcance nessas semanas que virão. Mas por favor, recuse qualquer imagem falsa. Te amo até a loucura e com a minha mais grave sabedoria.

Trabalhe. Trabalhe meu querido. Trabalhe e se cuide. Olhe e veja o sol, por você e por mim e o belo céu azul. Depois vou poder aproveitar tanto! Desfrute de tudo por mim. Aproveite tudo por nós dois. Parece bobagem tudo isso, dito assim, com palavras; mas estou sentindo tão forte.

Está vendo? Até o fim da semana que vem você precisa ter engordado 1kg. E também precisará ter ao redor montes de páginas cobertas dessa caligrafia que me aperta o coração toda vez que a vejo. Mesmo que acabem no cesto.

Como vai o resfriado?

Aqui, como já esperava, depois do tratamento de sexta-feira, acordei ontem novinha em folha — uma brutamontes cheia de saúde! Mas o dia foi pesado e quando me deitei a uma hora da manhã nem tinha mais forças para apagar a luz. É que à tarde, depois de acabar a segunda sequência de *Helena e Fausto*, ainda gravei cenas de Shakespeare até sete horas. E nos apresentamos à noite para um público grande de sábado, aplaudindo com gosto, mas também falastrão, resfriado, nervoso e fazendo sentir muito a sua presença.

Quando eles vêm em massa assim, é preciso mantê-los a distância, não largar um segundo; os imbecis em multidão são sempre agressivos.

Hoje acordei às 11 horas. Nove horas de sono! Há muito tempo não acontecia. O efeito foi radical: eu não conseguia levantar. Tinha sol no meu quarto, finalmente... sol! Uma pontinha de sol, uma espécie de lampejo para lembrar que existe um sol no universo. Não sei por quê, mas fiquei num estado de fúria realmente inesperado. Me enfiei debaixo dos lençóis de novo para dormir mais um pouco. Aquele dia inteiro pela frente...! Ainda tive um pesadelo e Angeles veio me tirar da cama. Vesperal e récita noturna. Menos gente (105.000), mas bom, muito bom. Compromissos sem graça às 5 horas, congratulações. Várias pessoas entusiasmadas entre elas Proal e Borry[1] e Freichmann. Fotos para duas revistas americanas. Jantarzinho no Souris. E no meio disso tudo uma dor de cabeça que aumenta, aumenta...

Récita noturna. Bom público. Muito caloroso. O pobre Serge teve um acesso de riso no fim do 3. Nosso "chefe", sempre digno, entrou em cena de um jeito inesperado, tropeçando no batente, mantendo a dignidade, e Serge enfiou a cara nas mãos e foi obrigado a sair de repente, sem me dar tempo de responder "A Rússia será bela". Felizmente ninguém viu, pois eu fique impassível, não tendo percebido o incidente.

Congratulações. Dor de cabeça. Souris. Volta para casa. Jantarzinho em casa — tirar a maquiagem. Banho. Papai está um pouco melhor, embora o ache meio cansado. Tomei um comprimido e estou resistindo às pálpebras que pesam cem quilos. Lutando também contra muitas outras coisas. Oh! Poder me entregar nos seus braços! Junto de você! Está vendo? Eu também me queixo e também não queria te chatear com minhas lamentações; mas dizer a quem? Falar com quem?

Chega por esta noite. Até amanhã, meu querido amor. Até amanhã. Durma, Albert querido, durma bem. Te amo.

Terça-feira, 10h20 [12 de janeiro de 1950]

Ainda na cama. Acabo de receber sua carta com a planta da casa e a descrição detalhada que esperava com impaciência para finalmente poder imaginar um pouco. Obrigada, meu amor, obrigada, meu querido.

Estou escrevendo com pressa. Esta carta precisa ser postada antes do meio-dia.

Ontem o dia correu frouxo. Só fui à rádio às 15h30. De manhã, Pierre R[eynal] veio me ver para fazermos uma lista do que ainda é preciso comprar. Estou me atirando: com o dinheiro dos meus programas vou comprar o carpete dos dois quartos e arrumar a varanda com o caramanchão e tudo mais. Almocei com papai que está melhor. Na rua François Ier encontrei M[arcel] Herrand.[2] Que lástima! Ele cheira a álcool a dois metros — e passa o tempo todo dormindo no trabalho. Pigaut veio falar comigo. Também tinha bebido e

---

1 *Sic*, em referência ao escritor e jornalista Jean-Louis Bory (1919-1979), na época escrevendo em *La gazette des lettres*?
2 Ver nota 1, p. 12.

parecia de moral bem baixo. Tudo isso me deixou abatida. O que não é muito difícil. O teatro. Perguntei ao mestre se continua indo bem; vi que ele começou a publicar anúncios nos jornais! Não anda lotado (o teatro, naturalmente!), mas um público maravilhoso. Quantos rostos comovidos e gratos, depois de cada récita. Ao voltar, no táxi, fiquei pensando no nosso curioso destino. A maior qualidade dos *Justos* é proporcionar beleza a muitos que vêm assistir. Fico cada vez mais sensibilizada com isso e triste de pensar que você está tão longe e não pode compartilhar dessa alegria, pois é mesmo uma alegria. Não; decididamente, até hoje, só compartilhamos desse ponto de vista a luta e a recusa e desta vez me vejo forçada a ficar com tudo para mim sem poder compartilhar com você essa satisfação.

Ao voltar, já na cama, eu não sabia como te alcançar. Peguei sua "foto", a beijei — por muito tempo, te chamei: depois espalhei na cama todas as suas cartas, todas, e fiquei lendo, até três horas da manhã. Fiz bem ou não? Ao reler as que você me escreveu de Panelier senti um aperto no coração e algo parecido com uma dúvida começou a tremer em mim; mas você me ama, não é?; você me ama, apesar de tudo e por cima de tudo. Oh! Meu querido.

Ah! Já ia esquecendo. Ontem à tarde, Boulez[1] veio me trazer uma peça para ler e à noite, a revista *Vogue* tirou fotos de Serge, Michel e de mim, em cena, antes da representação.

À parte isto, tem muita gente querendo retomar contato, inclusive uma quantidade considerável de homens com intenções — penso eu — malignas. "Dora" deve ter muito sex-appeal... Eu naturalmente não encontro ninguém.

Por meio de Desailly,[2] Barrault volta à carga sobre *Judith*. Eu prometi responder até o fim de janeiro.

E você?! Já está trabalhando; que bom. Quer que eu escreva de vez em quando em espanhol para completar as aulas de F[rancine]? Quer que eu mande livros em espanhol? Teve notícias da sua mãe? Quando ela irá encontrá-lo? E seus filhos? Michel e Janine [Gallimard] já estão com vocês?

Bem; vou ficar por aqui — preciso mandar postar esta carta. Estou escrevendo mal no momento. Voltando à minha desordem. Cansaço e ódio das cartas, das minhas. Te amo. Me escreva, meu querido. Espero todas as manhãs, com o

---

1 O compositor Pierre Boulez (1925-2016) na época é diretor musical da companhia Renaud-Barrault no Teatro Marigny.
2 O ator Jean Desailly (1920-2008), membro da companhia Renaud-Barrault.

coração batendo. Te amo. Me ame e me diga. Eu preciso. Te beijo com toda a fúria de uma manhã cinzenta que só promete um dia vazio e cinzento. Me ame.

M.

P.S.: Um ator que participa das "récitas oficiais no interior" de *Calígula* procura Hébertot para pedir que aumente um pouco o seu cachê. O mestre concorda.

O ator, se sentindo encorajado, sugere a Hébertot que aumente os reembolsos; não estão dando para viver.

— Os... o quê? Como foi que disse? — pergunta o mestre.

— Os reembolsos.

— Procurei esta palavra outro dia no dicionário. Ela não existe na língua francesa. Que história é essa, meu pequeno?

123 — ALBERT CAMUS A MARIA CASARÈS

Terça-feira, 11 horas [10 de janeiro de 1950]

O tempo está bom. Nada de novo desde ontem a não ser o fato de que ao meio-dia recebi sua carta. Ela era como eu esperava, quer dizer, me aqueceu o coração. Mas também me deixou preocupado. Pelo seu pai, de quem gostaria de saber notícias (e o soro, como é que ficou?). E sobretudo por você. É fundamental que você descanse, meu amor querido. Está vendo, agora você sabe que como é importante que tenhamos todas as nossas forças. Se poupe, cuide do que eu tenho de mais precioso no mundo. Se você me amar, se descansar com confiança junto de mim, a inatividade não será dura demais. Você vai receber minhas cartas, eu saberei te dar toda a confiança e o amor que me preenchem. Subir ao palco toda noite já é bem cansativo. Se precisar de dinheiro, deixe-me ajudá-la, é o mesmo que me ajudar. Que importância pode ter, unidos como estamos. Vamos diga que vai retomar fôlego, dormir, comer, renascer comigo. Acalme minhas preocupações. Elas são reais, e penosas.

Eu tinha adivinhado a história da Córsega. Seria esplêndido se fosse *Colomba*, eu bem que gostaria de escrever os diálogos. *É muito sério.* Converse com a sua entidade para saber. Contente também que *Os justos* esteja indo bem. E por acaso "eles" gostam de você, "eles" te admiram como devem? Será que se dão conta do que você é? Esta Paris me desespera por sua incapacidade de entender a *verdadeira* grandeza. Mas a gente continua com esperança... Você fez bem de dar o meu endereço a Paul [Bernard]. Toda vez que sentir necessidade de afirmar nossa união, faça, *é uma alegria, profunda para mim*. Tenho a sensação de *ser*, finalmente... Sim, nós somos um do outro e nada, ninguém nem nós mesmos podemos impedir. É assim e pessoalmente encontro nisso uma espécie de alegria sagrada. Sim, é esta a palavra, por mais forte pareça. Meu amor, você me ajuda a viver, a vencer o que tenho de ruim ou disperso. Junto de você eu finalmente me integro. Esperemos juntos, seja forte e confiante, e sobretudo, oh sobretudo, me fale sempre com todo o seu coração.

Terça-feira, 22 horas [10 de janeiro de 1950]

Te escrevo um pouco esta noite porque amanhã de manhã vou a Grasse consultar o especialista local (nada anormal. Preciso visitá-lo todo mês, para controlar). Vou então postar esta carta em Grasse e talvez assim chegue um pouco mais depressa. Passei a tarde (depois do tratamento) trabalhando no meu prefácio. Acho que vou te mostrar antes de publicar. Nele só digo o que penso, mas hesito em mandar imprimir.

De resto, não acabei.

Esta noite depois do jantar ouvi os *Prelúdios* de Chopin — infelizmente tão mal tocados que a emoção foi para o beleléu. Está fazendo uma noite morna e agradável, cheia de estrelas. A água sussurra no lago junto à casa. Tudo em silêncio. Penso em você com suavidade, com gratidão, com ternura. Neste momento você está em cena. Não, no entreato. Enfim, está aí no meio do barulho, da agitação, do cansaço. Eu cuido de você, meu querido amor. Vou esperar até 11 horas para apagar a luz e te acompanhar no táxi gelado, pequena nos meus braços! Te amo. Se cuide e cuide de nós. Te espero sem descanso.

A.

124 — MARIA CASARÈS A ALBERT CAMUS

Terça-feira à noite (1 hora) [10 de janeiro de 1950]

Meu querido amor, venho esta noite te confessar coisas bem feias a que acabei cedendo. Mas para que você entenda e me perdoe vou começar do início e contar o meu dia.

Já acordei mal esta manhã, de mau humor e com o coração apertado. Angeles me entregou sua carta. Eu li rapidamente e acrescentei algumas linhas às que tinha escrito ontem à noite para postar antes do meio-dia. Depois Mireille chegou, neurastênica e "neurastenizante". Almoço. Às 2h30 um jovem escritor (?) veio me falar de uma peça que gostaria que eu interpretasse. Às 3 horas Pierre R[eynal] veio me buscar e fomos dar um giro pelos antiquários. Percorremos o boulevard Montparnasse, a rua du Cherche Midi, o boulevard Raspail e a rua Bonaparte. Muitas compras... sólidas. Cansaço enorme. Às 4h30 eu estava na rádio e para começar dei uma bronca no Sr. Ruth que se achou no direito de dizer na minha frente que Marcel Herrand estava ficando ruim e não dava mais para trabalhar com ele. Depois de recitar como pude uma cena de *Henrique VI* de Shakespeare fui embora. Marcel veio atrás de mim na calçada. Com lágrimas nos olhos, me confessou um grande amor desesperado de que nunca tivera coragem de me falar (?) e implorou que o "salvasse", sendo eu a única capaz disso (parece que eu sou, junto com você, talvez, a única pessoa que ele estima no mundo). Ontem ele já me deixara sensibilizada; hoje, me comoveu. Eu gosto dele e sinto não sei que pontada quando o vejo nesse estado. Prometi que ia lhe telefonar e fui embora. Não queria voltar para casa; não me sentia confortável e sabia que estava muito para baixo para encarar meu pai. Fui então para o Souris. Cheguei às 5 horas. E lá fiquei, sozinha, até 7 horas. Duas horas de solidão. Nada para me agarrar. Ninguém. E foi uma catástrofe. Sua carta desta manhã, depois da leitura que fiz ontem à noite das suas outras cartas, tinha me deixado um gosto estranho na boca. De repente me veio a certeza de que você não era mais completamente meu. Eu já esperava, mas não imaginava que acontecesse tão rápido. Tirei sua carta da bolsa; reli uma, duas, três quatro vezes, e me pareceu que cada palavra ("distração"... "alguns seixos e o mar continua lá" etc.) confirmava da maneira mais evidente o que eu pensava. Em um segundo o mundo mudou de cor e tudo ficou deserto. Senti náuseas, não conseguia comer meu presunto e um nó me apertava a garganta até quase sufocar. Achei que estava enlouquecendo. Tão depressa! — Depois, pensei em você; tentei com toda a minha fé e a minha lealdade me colocar no seu lugar, pensei em tudo e talvez tenha entendido coisas que sempre me recusava a entender. Só que... tão depressa! Tão depressa! E por que tão depressa? O que isto quer dizer? Que posso te proporcionar a mais agora que mais tarde nesse afastamento que deixa tudo vago e abstrato? E aí pensei na sua vida, na sua dor, se tudo aconteceu. Quis te telefonar por você, por mim, por nós. Você está sofrendo? Não deve, meu amor, aconteça o que acontecer... Eu não sabia mais, entende? Tudo isto é tão cruel para todos. Eu tinha vontade simplesmente de gritar contra e com você; não sei mais. E então Roger P[igaut] chegou. Eu tinha dado um jeito de não encontrar com ele na rádio; mas ele veio me procurar. Olhou para mim e falou comigo. Eu não consegui responder. Se tivesse aberto a boca não teria conseguido conter as lágrimas. Ele entendeu. Sentou e começou a falar de coisas sem importância. Quando me despedi, já estava com forças para me controlar. A récita. Bom público, medianamente grande. O fato de estar interpretando Dora me deixava agoniada. Eu sabia que todos os meus gritos sairiam no palco, o que me contrariava profundamente. No fim do quinto, corri para o meu camarim e desabei no ombro de Henriette a pretexto de estar cansada e nervosa.

Voltei para casa, triste e vazia. Só uma coisa continua viva em mim; a ideia de que você possa estar infeliz por algum motivo. Meu querido amor, te amo e vou entender tudo que você me pedir que entenda. Só imploro que me diga tudo. Eu prefiro saber. Existem impulsos de que não vou mais te falar em certas circunstâncias; e depois... o fato de me contar tudo, o fato de me abrir completamente seu coração ainda é a única e a maior prova de amor que você pode me dar. Só uma ideia me é insuportável; saber que você não é transparente como eu sou com você. Tudo mais eu tento dar um jeito. E que mais poderia eu fazer?

Oh, meu querido; ainda que o meu rosto se apague na sua lembrança, não esqueça minha alma que ainda é bem frágil. Faz muito pouco tempo que a ganhei de você.

Não estou bem. Te peço perdão por esta carta; mas você pediu que eu contasse tudo. Não estou bem esta noite. Venha me socorrer. Me ajude. Eu também não pedi para te amar. E agora mesmo só quero viver. Não é culpa minha se não consigo viver sem você.

Mas vou parar por aqui. Esta noite estou louca. Talvez o sono resolva tudo isso. E amanhã talvez haja no correio uma carta sua para acabar com todas essas ideias perdidas como um pesadelo.

Te amo. Te amo. Te amo.

M.

Quarta-feira à noite [11 de janeiro de 1950]

Acabo de reler estas páginas de loucura e cheguei à conclusão de que realmente preciso me tratar. Hesitei em te enviar; mas prometi te dizer tudo e não quero omitir nada. Aí vão, portanto. Tome-as pelo que são, divagações. Leia e não pense mais nelas — me perdoe; eu não estava muito bem; todas essas separações uma atrás da outra, no exato momento em que acabo de te encontrar, você, você realmente, me desorientam completamente.

Hoje de manhã, de olhos ainda fechados, perguntei se havia carta para mim. Mas não. Levantei, fiz a toalete, trabalhei com Pitou para pôr certas coisas em ordem, almocei, fui para a rádio (*Helena e Fausto* de 3 a 7 horas), fiz um "ajantarado" no Souris, representei e sem esperar um minuto voltei para casa. A primeira coisa que vi foi a expressão radiante da brava Angeles: "Tem uma carta!" Como a amei nesse momento. Tirei a roupa, comi um pouco, dei boa noite ao papai, contemplei a cômoda que comprei (de vez em quando apalpava o envelope no bolso) e fui deitar. E então, só então te escutei. E realmente, se você espera minhas cartas como eu espero as suas, imagino o que elas representam.

125 — ALBERT CAMUS A MARIA CASARÈS

Quinta-feira, 11 horas [12 de janeiro de 1950]

Perdoe esta caligrafia terrível. Mas na cama não dá para escrever direito.

Quero antes de mais nada te apertar contra mim e te beijar pela carta de ontem. E não só pelo amor que ela me traz, mas por tudo que contém, sua entrega, suas dúvidas, sua coragem, sua fraqueza, e também sua coqueteria (pois ela está lá) — enfim tudo aquilo que a faz ser como é — e que eu aceito em bloco, com o mesmo consentimento.

Fui a Grasse ontem para ver *el médico*. Mais um de ar grave e entendido, e no entanto dando margem à terrível suspeita. Contar mais uma vez que há dezoito anos, em plena prosperidade etc. etc., toda a história de uma doença. Me despir mais uma vez, me deixar cutucar, o cheiro pavoroso dos instrumentos de rádio (celuloide + o suor acumulado dos outros) e ouvir mais uma vez que estou no bom caminho.

Almocei em Grasse (onde postei uma carta para você) e voltei. Não estava esperando carta. Mas ela estava lá. Que alegria! (escreva quanto quiser. Nossas decisões anteriores não faziam sentido. Três vezes por dia se quiser. Não ponha *por Grasse* no envelope, pois pode atrasar). Minha querida! Você me pede que não duvide e três páginas depois pede que a tranquilize, que diga que te amo apesar de tudo. Não, eu não duvido e sim eu te amo. Precisamos expulsar definitivamente essas dúvidas entre nós.

Por isto você fez bem em reler minhas cartas de Panelier. Não quero que você expulse isso da sua mente. Pois se expulsar hoje a coisa vai voltar no dia em que se sentir hostil. Prefiro que pense nisso nas horas do amor e que possa então avaliar na clareza do amor. Pois não é verdade, eu sei por mim mesmo, que o amor deixe cego. Pelo contrário, ele torna perceptível o que sem ele não teria existência e que no entanto é o que há de mais real neste mundo: a dor daquele que amamos.

Não lembro mais do que escrevi naquelas cartas. Mas não é difícil imaginar que tudo que pude clamar de mais sincero seja capaz hoje de deixar uma dúvida no seu coração, pois você sabia que eu estava calando alguma coisa. E no entanto foi em Panelier que meu amor começou a ser maior que eu. Eu ainda não te amava ao ponto em que te amei na doença e na vergonha, na terrível vergonha em que me encontrava. E de fato era mesmo amor no fim das contas aceitar sentir vergonha perto de você e te pedir um pouco mais de amor para entender essa espécie de loucura e de miséria em que aqueles meses todos me haviam jogado. Eu perdi naquele momento uma ideia de mim que nunca me havia deixado. E essa perda nunca mais me deixou nem parou de me fazer mal. Mas com ela talvez eu tenha ganhado uma espécie de humildade sem a qual não haveria amor duradouro. Nós vivemos momentos magníficos, meu amor, em 1944. Mas durante muito tempo, mesmo depois do nosso reencontro, eles estavam permeados de orgulho, de ambas as partes. É assim que se explica, para mim, nosso primeiro fracasso, que continua a ser doloroso para mim, em si mesmo e pelas consequências que teve. O amor de orgulho tem sua grandeza e é possível conhecer nele momentos incomparáveis. Mas ele está fadado ao fracasso exatamente nesses momentos. Não tem a certeza transformadora do amor-doação.

Agora eu sei que não valho nada sem você e que, sozinho, minha medida não é a que eu imaginava. Por isso sua confiança deve ser absoluta. E também tem outra coisa. Essa crise difícil me trouxe uma nova certeza. Eu sabia que você me amava sem dúvida quando fui para a América do Sul. Mas sabia há pouco tempo e depois de anos de dúvida. O fato de você ter confiado em mim depois dessa crise, de ter ficado junto de mim, me deu a certeza definitiva. Eu a conheço muito bem, e sua sede de absoluto, sua exigência, sua fragilidade, para não saber que sofreu naquele momento. O fato de esse sofrimento que poderia tê-la afastado de mim a ter pelo contrário ligado a mim por um elo ainda mais forte, esta é agora a minha luz. Sim, eu acredito em você, absolutamente e é o que hoje me dá força para viver e esperar, sozinho com você.

Aí está. Te falei com liberdade, como a partir de agora farei sempre: não há mais nada obscuro nem equívoco entre nós. Só um grande amor lúcido. Não sei se te falei bem ou mal. Mas sei que, bem ou mal, você vai encarar com o mesmo ânimo o que estou dizendo. De qualquer maneira, agora é preciso afastar todas as dúvidas e olhar para o futuro com confiança. Acabei de ler o que Saint-Exupéry dizia do amor, que não era olhar um para o outro, mas olhar juntos na mesma direção. Amém. E bendigo todos os dias o destino que me trouxe ao seu encontro. Sem você, uma parte de mim teria ficado eternamente cega. Esta carta está bem longa e me resta pouco espaço para responder ao resto da sua — e dizer que não gosto dessa gente que quer retomar contato, como você diz, e que prefiro não pensar nisso, se puder. Nesta questão, não me diga que eu sou estúpido. Eu sei. Mas para certas coisas tenho no coração uma espécie de calo doloroso que nunca vai me largar.

Vamos deixar isto para lá. Os dias estão passando. Ou melhor, pingando. Sábado, Michel e Janine [Gallimard] vão chegar. Acho que eu preferiria minha solidão, esta casa silenciosa, F[rancine] nunca é pesada, a gente nem a ouve e ela sabe viver sozinha. A partir de sábado, terei de me esforçar. Mas por outro lado eu tenho afeto por eles. Trabalhei pouco e muito mal. Mas ainda tenho esperança. Não sei se mamãe poderá vir. Ela está cansada e receio por ela pelo frio. Nesse caso, as crianças também não virão.

Eu lamento. Mas agora gostaria principalmente de me curar e acabar com isto. O resto iria melhor se eu tivesse todas as minhas forças. Até logo, meu querido amor, até logo, Maria querida. Escreva. Me ame.

Queria te dizer minha gratidão, a força do meu amor. Mas estou aqui, te amando, te desejando (ah! Isso também! Sim) e completamente empenhado em te esperar. Mas você já sabe não é e me ama como eu te amo?

A.

126 — ALBERT CAMUS A MARIA CASARÈS

Quinta-feira, 3 horas (15 horas) [12 de janeiro de 1950]

Eu mal tinha entregado minha carta ao carteiro há pouco e ele me entregou a sua. Já era muito tarde para retomar a minha e por sinal eu nem imaginava que você escreveria tais loucuras que eu não sossegaria enquanto não respondesse. Pois preciso responder imediatamente, para que receba esta carta sem demora. Louca! Mas o que é que foi imaginar? Te escrevo com meu coração, *eu digo tudo* e seria fisicamente incapaz de não te dizer tudo. Não há nada, não haverá nada além do meu amor, da minha espera e do cansativo esforço que tenho de fazer para ficar longe de você. Procure entender de uma vez por todas. Não quero ficar à mercê de duas horas de solidão ou da infelicidade de Marcel [Herrand]. Nosso amor não pode se sentir ameaçado por ninharias (1). Já está suficientemente contrariado, infeliz, dilacerado para não precisarmos acrescentar fantasmas de infelicidade. Eu falei na penúltima carta do efeito dessa história em mim, disse que meu amor tinha saído engrandecido e que você poderia esperar, sonhar, amar em paz. Isto não mudou, não mudará. Quando falo de distrações, estou me referindo ao que você mesma disse, que às vezes fico distraído e "suspenso". Mas você não tem memória em matéria de sofrimento. Meu amor, falo com você agora diretamente, sem controlar minhas palavras. E fico feliz com essa liberdade. Mas ela será impossível se eu ficar pensando que uma palavra mal compreendida pode provocar semelhantes delírios em você. *É preciso, é preciso* que você seja confiante. Não te esconderei nada e não haverá nada a esconder. Releia minha penúltima carta e tente entender o que ela quer dizer vindo de um homem que tem dificuldade para falar de si mesmo. Meu amor, meu amor, como fazer para criar definitivamente essa confiança? *Em mim ela existe.* Eu sei, tenho a sua promessa, de que vai me escrever tudo. E portanto descanso em você. Se estou infeliz, é pelo resto todo. Você não pode fazer o mesmo? Não pode consentir absolutamente em mim?

O fim da sua carta me consolou. Mas se ele não estivesse aqui para me dizer que essa loucura passou em você, não sei o que eu teria feito. Ah! Você será sempre o meu querido sofrimento... Mas acabou, não é? Você me ama, acredita em mim? Quero que o escreva. Diga que vai confiar em mim até a minha volta. Me sinto tão miserável e tão infeliz por ter permitido mesmo apenas uma vez essas terríveis dúvidas...

Te beijo. Não consigo me desligar de você. Mais tarde vou escrever sobre o resto da sua carta. Esta tarde, o amor me faz mal. E por sinal tudo me faz mal e se você não estivesse nesta terra, o pequeno peso de uma vida doente me pareceria ainda mais pesado.
    Até logo, meu amor querido. Se pelo menos eu pudesse me abraçar a você... Te amo.

A.

16 horas. Esta carta é absurda. Mas você me abalou até o coração. Agora estou bem e te amo. Vamos, sorria para mim, isto não é nada, já que estamos juntos, debaixo do mesmo céu. Uma tempestade, só isto. Mas estou pensando numa outra tempestade, deliciosa, que prefiro.

(1) Acabei de me reler: a infelicidade de M[arcel Herrand] não é uma ninharia. Mas você me entendeu.

127 — MARIA CASARÈS A ALBERT CAMUS

Quinta-feira à noite [13 de janeiro de 1950]

Levantei às 9h30. Toalete.
Sua carta de terça-feira. Não se preocupe por mim, meu querido. Eu não devia ter falado do meu mal-estar passageiro. Nem sempre penso na distância que nos separa e me permito te contar pequenas coisas que só ganham importância de longe. Penso apavorada nas páginas que te escrevi anteontem e enviei essa manhã. Mas como poderia ser diferente? Você pede que eu conte tudo... É o que eu faço.
    Estou muito melhor. Ainda tenho algumas rádios a fazer, porém muito menos cansativas. Depois, lá pelo fim de fevereiro até o fim de março, prometo que vou descansar.
    Papai vai bem ou mal em função do tempo que muda a toda hora. O médico vem amanhã. Já está de acordo com Bardack. Depois de um exame de ureia preliminar, virá um terceiro médico, semana que vem, dar as injeções de soro. Vamos ver.
    Não preciso de dinheiro, mas se acontecer eu digo. Não tenho notícias do filme da Córsega. A Sra. Simone me fez perder o encontro que eu tinha marcado com Natan. Depois não ouvi mais falar dele. Estou esperando.
    O público dos *Justos* gosta de nós e nos admira com mais frequência do que poderíamos esperar. Um bom ponto para o público... (com toda a simplicidade!)

Você foi ao médico e o que ele disse? Sente fome? Está dormindo? Engordando? Por que hesita em publicar o prefácio? Se puder, mande para mim; eu gostaria de ler.

Arrumação da casa. Almoço com uma jovem que conheci muito bem lá se vão oito ou nove anos. Longo bate-papo. Bons momentos.

Encontro com uma jornalista francesa muito muito desagradável, que veio me fazer perguntas sobre amor e casamento. Como me recusei a responder de um ponto de vista pessoal, ela me garantiu que Valentine Tessier[1] lhe tinha contado seu amor por Pierre Renoir e que na época não quisera casar com ele para ficar livre diante da vida. Mesmo assim me recusei a responder a certas perguntas, naturalmente.

Encontro com um jornalista espanhol, tão magro, tão magro, tão miúdo e magro que achei que ainda estava aqui quando já tinha ido embora — [ilegível].

Janine me telefonou: "Estamos viajando daqui a pouco por um mês. Quer alguma coisa?", me perguntou com sua voz doce.

Naquele momento, eu realmente quis alguma coisa: estrangulá-la, por causa da sorte que tem e que nunca será capaz de aproveitar. E por sinal é o que você pode dizer a ela...

Antes de jantar, passei os olhos em duas páginas de um questionário que me mandaram para o programa "Quem é você?".[2] Depois telefonei para a rádio para recusar o programa.

Jantar e teatro. Nós representamos muito mal, meu querido. Todos, todos que estavam lá. De minha parte, particularmente, no quinto ato, me sentia definitivamente seca apesar de todos os esforços que queria fazer para me sacudir, fiquei com a sensação em dado momento de que nunca mais recuperaria um recanto secreto de calor ou de emoção no meu coração.

Tinha muita gente e, vai entender!, aplaudiram tanto senão mais que de hábito — *"Atame esa mosca por el rabo"*.[3]

---

1 A atriz Valentine Tessier (1892-1981), formada por Paul Mounet e depois por Jacques Copeau no Vieux Colombier, participou da criação de peças de Jean Giraudoux e Marcel Achard. Ela interpreta Emma Bovary no filme de Jean Renoir, produzido por Gaston Gallimard — que foi durante muito tempo seu amante, tendo sido enterrado, como ela, no Cemitério de Pressagny-l'Orgueilleux.
2 Apresentada por André Gillois na rádio estatal (canal parisiense, depois canal nacional), a série "Quem é você?" totalizou 102 transmissões, em geral de meia hora, de 12 de outubro de 1949 a 7 de outubro de 1951. Os convidados eram personalidades das artes, das letras e de variedades.
3 Expressão espanhola para caracterizar uma situação, um comportamento incompreensíveis, sem lógica.

Como ontem, desertei do Souris e voltei direto, pois amanhã tenho de levantar às 7h30.

Estou triste. Passei um dia terrivelmente triste. Talvez amanhã a coisa vá melhor.

Até amanhã, meu amor. Durma bem. Me ame o máximo que puder. Não me esqueça completamente. Como é longo! Como é longo! Te beijo tristemente, mas com a força de todo o meu amor.

m.

Mande número telefone para o caso complicações para substituir Serge.

Sexta-feira à noite [14 de janeiro de 1950]

Antes de mais nada, me deixe me aconchegar em você e te beijar, te beijar, muito, muito, até perder o fôlego. Hoje de manhã, recebi sua carta da quinta-feira! Oh! Meu querido amor, como você sabe me deixar feliz! Como saber apagar, mesmo de longe, as preocupações que a ausência, a solidão e nossa situação difícil podem provocar em mim. Quando acabei de te ler, estava com a alma clara como um dia de verão. Te amo.

Só uma coisa me perturba no momento. O efeito que minha última carta pode ter causado em você. Que bela oportunidade eu perdi de me calar. Mas na verdade, não! Mesmo que possa magoá-lo faço questão de te abrir meu coração até o fim. Me coloco no seu lugar e só uma coisa me parece insuportável: a falta de confiança e de entrega. Mas já basta. Esta noite eu não duvido mais de nada, e todas essas imaginações de cérebro febril me entediam.

Hoje é o dia do amor sem sombras e de uma esperança arrebatadora que nada pode atenuar. Hoje é o dia do amor total, absoluto. Sim; meu querido, muitas coisas aconteceram desde que nos conhecemos; muitas coisas ante as quais mais ou menos nos revoltamos e que no entanto foram se somando para nos levar aonde estamos agora. Quando penso nisso, sinto no fundo de mim uma espécie de tremor à beira de não sei que angústia maior que eu. É um sentimento no limite do humano; mas não quero parecer pomposa.

Enfim, deixo para trás esses estranhos reinos que você me fez conhecer e volto para o meu quarto, minha cama, para tentar te resumir o meu dia.

É fácil. Acabei o programa *Helena e Fausto* hoje ao meio-dia e meia, mas tive de voltar à rua François Ier às 5 horas da tarde para assinar os papéis. Enquanto isso, almocei com papai e Mireille, que veio trabalhar um pouco comigo. Esta noite li um pouco. Pierre R[eynal] veio jantar aqui. Acabou de sair. Já é meia-noite e eu estou deitada. Amanhã vou descansar de manhã. De tarde terei uma rádio e um encontro, e não depois de amanhã, domingo, você sabe como organizo meu tempo.

Se quiser saber a verdade, o relato dos fatos e gestos do dia me entedia um pouco e sobretudo me impede de falar com você como muitas vezes gostaria; em consequência daqui para a frente vou reduzi-lo ao estrito necessário.

Há pouco Serge Reggiani me chamou pelo telefone. Hébertot lhe pediu que não deixe a peça completamente, quando for filmar; propôs encontrar um substituto e deixá-lo com liberdade de representar só nos dias em que não estiver cansado.

Serge, surpreso, espantado, meio perdido, me pediu conselhos e que lhe dissesse o que Hébertot estava querendo com esta curiosa proposta.

Para mim, é muito simples. O mestre quer manter o mesmo elenco em cartaz até o fim. Por outro lado, se Serge não sair, ele não terá de procurar um *substituto definitivo, mas um suplente,* ou seja, alguém mais fácil de encontrar e menos caro. E você, sabendo que Serge subirá ao palco com frequência, vai se mostrar mais indulgente com o novo Yanek, e estará tudo resolvido.

Do ponto de vista da peça, do ponto de vista dele mesmo e do ponto de vista do ator, me permiti desaconselhar a Serge aceitar. Nessa artimanha toda tem algo de turvo em relação ao público, ao substituto, a você e aos outros atores. Simplesmente pedi que ele continue no elenco o máximo possível. Me equivoquei? Tudo isto é delicado e bem desagradável. Enfim, vamos ver no que dá.

Fiquei triste de saber que sua mãe e seus filhos não puderam ir ao seu encontro. Você ficaria mais feliz por você mesmo e por Francine, que apesar de tudo deve se entediar longe deles. Mas pelo menos recebeu boas notícias?

Ah! Meu amor querido. Eu penso, eu penso sem parar em você, na sua vida, nas suas dificuldades e não sei o que fazer para te ajudar a vencê-las, ou pelo menos para te aliviar um pouco. Como tudo isso é complicado e difícil! Mas sobretudo não pense no assunto. Deixa rolar. Agora você sabe que, aconteça o que acontecer, estarei sempre perto de você. Viva. Espere. Quem sabe? De qualquer maneira, você não pode fazer nada. Então não pense mais no assunto. Trabalhe. Ame. Sonhe. Se cuide. Descanse. Trabalhe. Trabalhe com você ou mesmo contra você. Depois virá de novo o dia do encontro, a hora da felicidade, e depois, depois, você vai pensar, refletir. Tem a vida inteira para isso. Por enquanto, relaxe um pouco; finalmente está na hora de você se descontrair e relaxar um pouco. Estou junto de você, com você, feliz se te sentir tranquilo de certa maneira. E espero, paciente. Os dias são intermináveis, mornos, monótonos, mas passam, e a esperança de te saber no fim dessa névoa sem fim poderia clarear minha vida inteira.

Não se preocupe comigo portanto. Me ame. Me abra seu coração, como sempre faz. Escreva. Viva e me escreva que está vivendo. Te amo. Te espero. Te beijo por todos esses dias passados e futuros, com toda a minha alma nos lábios.

M

Te desejo.

128 — ALBERT CAMUS A MARIA CASARÈS

Sexta-feira, 11h30 [13 de janeiro de 1950]

Estou meio preocupado com a minha carta de ontem. Eu estava sem selos e a entreguei em Grasse a um carteiro que parecia meio bêbado. Mas só me dei conta tarde demais. Me diga se a recebeu (a que tem data de quinta-feira).

Hoje está fazendo um tempo maravilhoso, uma avalanche de luz e eu queria estar com você debaixo dessa chuva de sol, para fluirmos juntos, nos fundirmos nela... Em manhãs como esta, a vida ruge dentro de mim. Mas não é desagradável.

Ontem à tarde respondi a uma correspondência interminável. Recebi o número de *Esprit* em parte dedicado a mim.[1] O artigo de Bespaloff é admirável. O de Mounier é como os espaguetes: escorrega. Não tem corpo. Mas eu não sabia que era tão sombrio. Achava que havia sol na minha obra, apesar de tudo. Mas provavelmente estava enganado. A menos que esses cristãos ignorem sistematicamente o lado pagão do que eu faço. Quer que eu lhe mande esse número?

Hoje de manhã corrigi as provas dos *Justos*. Com uma emoção que não era literária. O livro vai sair em fevereiro.[2] Ah! Dora querida...!

---

1 "As encruzilhadas de Camus", *Esprit*, janeiro de 1950, nº 1, 18º ano. Constam da edição "O mundo do condenado à morte", de Rachel Bespaloff, e "Albert Camus, ou o grito dos humilhados", de Emmanuel Mounier. Antes da guerra Albert Camus havia lido *Caminhos e encruzilhadas* (1938), de Rachel Bespaloff, trabalho dedicado a André Malraux, Gabriel Marcel, Léon Chestov e Søren Kierkegaard — leitura de que se lembraria ao escrever *O mito de Sísifo*.
2 A edição original de *Os justos* é publicada pela Gallimard em 5 de março de 1950.

Amanhã chegam os Gallimard. Ontem chegou um pastor-alemão, magnífico, que a dona da casa deixou conosco por alguns dias. Kim, ele se chama Kim, não me larga mais e quer até dormir comigo. Neste exato momento está lambendo meus pés para me distrair de você. Mas eu expliquei a situação e acho que ele entendeu.

Você conhece um produtor chamado Cartier?[1] (Marcel). Está me fazendo propostas sobre *A peste* e num tom que me agrada. Mas preciso me informar melhor.

Ah! Querida, tem em mim alguma coisa com vontade de se esticar, de deitar ao seu lado... Primavera, rápido! E recuperar a naturalidade, a entrega, um gozo inocente... Me escreva muito. Que está fazendo? Está voltada para mim? Eu morreria se a perdesse, pelo menos fique sabendo. Preciso entregar esta carta ao carteiro para ser enviada amanhã. Mas não sem te dizer ainda que te amo e conto as horas que me separam do seu lindo rosto. Não esqueça de descansar, descansar no meu amor. Eu vivo de você, somente e sempre, Maria querida.

A

129 — ALBERT CAMUS A MARIA CASARÈS

Sábado, 18 horas [14 de janeiro de 1950]

Tristeza horrível. Sem carta sua hoje, terei de esperar até segunda-feira. (Dê um jeito de eu receber sempre uma carta no sábado. Ajuda até segunda-feira.)

Reli suas cartas. Acaba tudo na que recebi ontem, que mexeu tanto comigo, e na qual você vai falando desordenadamente das suas dúvidas (a história de Marcel, e três ou quatro detalhes que me fazem sentir a distância que nos separa). Sim, tristeza pesada. Por minha vez eu imagino que você pode estar se afastando de mim. E quando penso que ainda temos dois meses e meio pela frente... Mas vou tentar afastar isso.

Ao meio-dia chegada de Janine Michel [Gallimard] Augusta e Anne.[2] Deixei o meu quarto para elas e emigrei para a outra extremidade do andar num quarto menor, mas também agradável.

---

1 Marcel Cartier foi, por exemplo, diretor de produção de *O silêncio do mar*, de Jean-Pierre Melville (1947), com base no romance de Vercors.
2 Anne Gallimard, filha de Janine Gallimard.

W   eu   Anne   M e J
S   meio-dia

F[rancine] se instalou embaixo, no pequeno escritório. A casa perdeu o silêncio. Mas arrumei meu quarto de maneira a não precisar sair dele. De qualquer jeito, é melhor para o meu repouso. E esta noite sinto o corpo todo cansado. Você, só você poderia me devolver alegria e saúde neste momento.

Está ouvindo, pelo menos me ouve?

Domingo, 11 horas [15 de janeiro de 1950]

Acordei mal. Belo dia. Fiquei na cama, incapaz de fazer qualquer coisa. Desagradável com F[rancine], tolamente e injustamente (porque ela perdeu uma receita!). Acabei me desculpando. De novo cama e solidão. E me sinto escorregando por uma ladeira que conheço bem no fim da qual vou encontrar a solidão absoluta, o horror de viver e a incapacidade de ver um rosto humano. No fim das contas, pulei da cama e decidi reagir pelo trabalho. Vou dedicar o dia de hoje a despachar minha correspondência atrasada que já está me pesando e que por sinal vem a ser um excelente pretexto para não fazer nada ("preciso cuidar da correspondência" logo não faço mais nada e de resto também não cuido da correspondência). A partir de amanhã, tentarei mergulhar no trabalho de fechar olhos e ouvidos aos fantasmas e me manter intacto até a primavera. Repetir todas as manhãs: "Nós nos amamos. Vamos superar tudo" e fazer o necessário para que você volte a me encontrar mais rico e não diminuído. Certamente seria mais fácil se de vez em quando eu tivesse sua mãozinha na minha. Mas não vamos sonhar.

Kim vai me deixar esta noite. Seus donos virão buscá-lo e também fico triste pensando nisso. Tinha me afeiçoado a esse animal. Talvez porque ele se afeiçoou a mim. Não me deixava um momento sequer, dormia no meu quarto e ficava esperando eu acordar para me lamber com sua língua do tamanho de uma luva de toalete. Os olhos dos cães, sua confiança infinita, seu amor inesgotável... Kim vai me fazer falta.

E você, meu amor? De quarta-feira até hoje não sei absolutamente nada do que você fez. Um buraco negro. Me conte. Sobretudo. Suponho que deve ter se encontrado com Marcel [Herrand] entre outros. Sabe a impressão estúpida que estou tendo? A primeira vez que entendi o sentimento de Marcel foi dias antes do nosso rompimento quando estávamos jantando em frente aos Mathurins. Você se lembra dessa noite, não é? Eu disse a ele que íamos viajar juntos, para o México, creio. E entendi. Dias depois, tinha acabado para nós. Naturalmente, não tinha nada a ver, como não tem ainda. Mas o coração, às vezes, busca cegamente o sofrimento. Me conte o que você fez. Diga também o que pensa, tudo que pensa nessa história. Me diga também que me ama, e como me ama, e que vai me amar até o fim. Preciso disso, é a água no deserto. Meu amor, meu querido amor, estou voltado para você, sem trégua, com todo o meu ser, sem exceção. Me perdoe esta carta meio morna. É o seu silêncio, talvez. Mas o meu coração está vivo e é a você que deve isto. Vou ficar melhor, trabalhar... Mas nunca vou amá-la melhor, nem mais, agora que estou totalmente entregue a você. Beijo os teus olhos, o teu riso, a tua nuca debaixo dos cabelos... ó que chuva de delícias seria, poder tê-la de novo debaixo de mim, cativa, e morna... você e eu, enfim...

A

14 horas. Te amo.
15 horas. Nós!
16 horas. Nós!
17 horas. V. V. V — Escrever a V.

130 — ALBERT CAMUS A MARIA CASARÈS

Segunda-feira, 15 horas [16 de janeiro de 1950]

Finalmente a sua carta! Que peso a menos, como o ar ficou leve, como respiro melhor! Pense só: nada desde sexta-feira, nada desde aquela triste carta... Mas acabou, o sol entrando aos borbotões no meu quarto arremete para todo lado. Te amo e vou te esperar, sim vou te esperar o que for necessário para finalmente te reencontrar, viva, feliz, desejosa...

Ontem concluí minha programação. Significa que escrevi dezesseis cartas. Mas ainda restam outras tantas. Só que desenvolvi uma pequena fórmula para enviar a todos os importunos e mesmo aos outros. Do tipo "Sr. AC, doente, se desculpa por não poder... etc." Assim liquido tudo e terei tranquilidade para pensar no meu trabalho. Estou morrendo de vergonha de não ter feito quase nada em quinze dias!

Em compensação o apetite voltou. Estou com uma cara boa e parece que engordei. Durmo muito melhor. De vez em quando uma insônia de duas ou três horas, porém mais raras. E por sinal é o que eu temo, pois a imaginação nesses casos funciona demais. Esta noite passei toda a sua vida em revista, quer dizer tudo que eu sei. Aí fico esperando o amanhecer e o sol que põe as sombras para correr.

Ontem à noite a dona de Kim veio buscá-lo. Jantou aqui e eu me despedi do animal.

Tanto faz para mim que você retome os seus dias. Mas me faça este favor: seja clara. Não escreva nunca: "às 4 horas, um encontro". Diga com quem. Eu sei que é bobagem, mas me ajuda. E por sinal você me entende.

Você fez bem de aconselhar Serge no sentido que mencionou. Não há motivo para enganar os espectadores. Esse sistema chinês vai bem com o Teatro da Elite!

Meu querido amor, minha negra, minha bela, minha tépida, que desejo eu tenho da sua presença, do seu calor. Penso no quartinho suspenso acima de Paris, na noite caindo, na incandescência do radiador e em nós, ligados um ao outro, na penumbra... Também sonho que estou caminhando em Paris com você, e que vamos enumerando os restaurantes... Querida, também havia doçura, riso, doces cumplicidades, uma infinita ternura entre nós. E também é disso que eu sinto falta, em certas horas, assim como em outras sinto falta da tormenta do desejo, ou da hora perfeita junto ao lago, no céu de Ermenonville. É de você toda que eu sinto falta. E se desejo tanto ter forças para mergulhar no trabalho é para poder chegar à primavera, livre de coração e de espírito, e me fundir totalmente em você.

Escreva todo dia, se puder. Me diga a data dos seus programas. E me mande o seu amor, Maria querida, preciso dele todas as horas. Como te beijo! Até não poder mais, justamente, meu lindo rosto...

A.

Telefone: número 4 em Cabris.

Segunda-feira, 22 horas [16 de janeiro de 1950]

Depois de te escrever esta tarde, fomos dar um pequeno passeio em grupo. A luz estava bonita, mas eu estava entediado. Gosto desta região na solidão. E por sinal o frio já começava debaixo do sol. Voltei, comecei a trabalhar. Reescrevi meu prefácio e cheguei à metade, mais ou menos. Pensava em você, com um calor no coração. Jantar e depois um momento ao pé da lareira. Como ninguém falava, e eu me amei, disse bobagens, ri. Esses excessos solitários depois nos deixam tristes. Voltei para o quarto, deitei e pronto, e aqui está você. O vento se levantou lá fora e sopra ao redor da casa. Mas o quarto está quente. Eu te imagino. Te amo. Te acaricio. Junto de você, ainda mais perto... Gosto da noite, com você, dos lugares fechados, dos campos retirados, dos fins de mundo, mas com você. E então espero, com paciência ou fúria, espero esses momentos em que o mundo se esvazia, em que tudo se cala, onde só estamos nós e esses cavalos negros, você sabe.

Meu amor querido, esperado, meu amor, volte logo. E até lá seja forte e paciente, munida de todo o meu fiel amor. Te beijo interminavelmente.

A.

131 — MARIA CASARÈS A ALBERT CAMUS

Sábado à noite [14 de janeiro de 1950]

Meu querido amor. Estou voltando do teatro. É meia-noite e vinte e já estou na cama.

Como na quinta-feira, representei mal e, como sempre nesses casos, sou tomada por um certo mal-estar. Espero impacientemente amanhã para tentar me livrar disso pensando a sério. Mas talvez tenha acabado. Talvez essa emoção nunca mais volte. Pelo menos é a impressão que tenho há dois dias em cena. Quero crer que essa secura, essa aridez se deve ao cansaço e ao período ruim que sempre enfrento pela altura da trigésima récita — nesse momento, o primeiro elã já se esgotou e o segundo ainda não chegou. Mas quem sabe? Talvez seja o fim.

Enfim, vamos nos armar de paciência e esperar. Eu faço o que posso, mas ainda não interpretei nenhum papel tão desagradável quanto "Dora" quando o sentimento não vem. Não dá para enganar; eu pelo menos não consigo e mesmo que fosse possível eu me recusaria. Também não quero recorrer a imagens que me são caras para me forçar; se aparecerem, não posso recusar, mas ir atrás delas para conseguir algum calor... não.

E então só me resta dizer bem o texto e esperar. É o que eu tento fazer. Isto me cansa muito menos, naturalmente (o que não é ruim de vez em quando), mas eu saio tensa, mexida, dolorida, como de um ato de amor malfeito.

E por sinal acho que minha castidade desempenha um grande papel nesse desabrochar que não vem. Mesmo na vida, estou ficando bem mais nervosa, me sinto presa de novo como antes, minhas mãos tremem e já notei isso muitas vezes quando nos aconteceu de estar separados. Se é isto, que será de mim?

Mas vamos deixar por aqui o teatro e toda essa vida em que você não está e que não passa de um constante pesadelo.

O dia transcorreu como eu tinha previsto. Nada de inesperado. Pierre Franck,[1] um rapaz que organizou uma companhia de jovens durante a Ocupação, veio me procurar. Queria montar com Gérard [Philipe] — se possível — Ivernel[2] e eu *Estranho interlúdio*, de O'Neill.[3] Interessante, mas difícil. Se eu aceitar, ele tem patrocinadores dispostos a proporcionar todo o dinheiro de que precisar. Se puder, você não quer ler ou reler a peça e me dar sua opinião sobre esse projeto? À parte isto, tenho a perspectiva da peça de Simone que Hébertot está lendo e que não me agrada nem pelo espírito nem pelo papel, e uma peça de Jean Proal[4] que eu li antes de ser remanejada e que Jamois[5] gostaria de interpretar ao meu lado (ela como mãe e eu a filha). A ideia de atuar com Jamois me tentaria.

Me falaram de outras coisas que em hipótese alguma me interessam, e quanto a *Judith* acho que vou desistir, pois Hébertot quer seguir com *Os justos* até pelo menos a Páscoa. Sem pesar algum.

Acabei *Helena e Fausto*... finalmente! Esta tarde, tivemos na rádio a primeira leitura de *A Troca*, de Claudel. Somos quatro: Yolande Laffon,[6] Marcel [Herrand], Paul Bernard e eu. Todos eles me pediram notícias suas e que lhe transmitisse seus cumprimentos.

Devo interpretar o papel da americana, a atriz, sabe? Mas a ideia de gravá-la me enche de terror. Pense só! Uma atriz trágica meio louca que fala francês e

---

1 O encenador Pierre Franck (1922-2013), que assume a partir de 1960 a direção de várias grandes salas parisienses (L'Œuvre, L'Atelier, Hébertot). Ele dirige durante a guerra peças de Péguy, Claudel e Valéry e promove na década de 1950 as Turnês Teatrais Franck, das quais Maria Casarès participaria.
2 O ator Daniel Ivernel (1918-1999), colaborador de Marcel Herrand, Jean Marchat e Jean Vilar, que o contrata para a primeira edição do Festival de Avignon, em 1947. Em 1949, ele participa de *Um bonde chamado desejo*, de Tennessee Williams, no Teatro Édouard VII.
3 *Estranho interlúdio*, do escritor americano Eugene O'Neill (1888-1953; Prêmio Nobel de literatura em 1936), foi publicado pela Gallimard em 1938.
4 O escritor Jean Proal (1904-1969), autor de romances publicados pela Denoël antes da guerra.
5 Ver nota 2, p. 188.
6 A atriz Yolande Laffon, nascida Yolande Lamy (1895-1992), vista por exemplo em *Anjos do pecado*, de Robert Bresson (1943). Casada com Pierre Brisson.

inglês, vociferando versos durante páginas e páginas em estado de embriaguez e histeria... tudo isso com as frases de Claudel e diante do microfone! Como imagina que eu posso me sair? Enfim, veremos.

Isso quanto ao meu trabalho.

O resto não existe ou praticamente não existe. Meu pai vai assim assim. Hoje vieram tirar sangue dele e na semana que vem, salvo ordem contrária, o doutor Bumingham deve lhe dar a primeira injeção de soro.

Esta tarde, fiquei longos momentos com ele. Ouvimos a *Quarta sinfonia em fá* de Tchaikovski.

À parte ele, e minha relação com ele, não posso dizer que estou vivendo. O único momento agradável do dia é quando, à noite, deitada, eu te escrevo ou te leio, quando finalmente estou sozinha. Eu nunca desprezei tanto meus semelhantes e me culpo muito por isto. Decididamente os aprecio cada vez mais de longe, mas, meu Deus!, como eles me pesam com sua presença.

Por outro lado, descubro em mim inclinações muito ruins e quando penso no assunto sinto apenas um pequeno incômodo — nem sequer vergonha.

Me sinto constrangida diante de Angeles, por exemplo, quando, em vez de ouvi-la, fico pensando que realmente é penoso constatar que a total falta de inteligência e de cultura pode acabar levando a melhor sobre um coração ou pelo menos limitá-lo terrivelmente. Descubro em mim gostos aristocráticos e uma funesta tendência ao desprezo pela "massa". É muito feio; acho até que é um sinal inconfundível de uma fissura no meu coração e fico perplexa. Mas que fazer senão esperar que Deus volte a me dar compaixão, humildade e generosidade.

Diga que não estou sendo má.

Enfim, alguma coisa ainda está viva em mim: nosso amor. De uma forma meio vaga, com contornos algo indistintos talvez em certos momentos. Mas ele vive me trazendo, a cada dia, a dor e a alegria necessárias para não esquecer que estou viva. Os dias passam. Desde segunda-feira passada fico me dizendo: "Na próxima segunda-feira, a primeira quinzena terá passado." E hoje como ontem como anteontem: "Ainda não é segunda-feira?"

Mas depois de passada a primeira quinzena, ainda terei de esperar indefinidamente seis vezes seguidas a próxima segunda-feira. Oh! Meu amor! Então, decido esquecer os dias passados e não pensar nos que virão; o que funciona a partir de 11 horas, em plena atividade até anoitecer, até o momento em que o sol se põe, mas as noites e as manhãs...!

Estou lendo um pouco. Acabei as cartas de Dostoiévski. Oh! Não, não queria gostar dele! Falta raça. Falta classe. Às vezes, desagradável. Três ou quatro belas cartas, mas exceto aquela de que falei antes de você viajar, nenhuma que me tenha tocado realmente. Estou começando agora *Os vagabundos*, de Gorki.

De manhã, arrumação da casa; à noite, leitura e o resto do tempo trabalho sem parar. É a minha vida.

Na alma um vazio desvairado por você que às vezes me parece um sonho impossível, às vezes vivendo em mim como minha própria carne. No coração dor, alegria e uma infinita gratidão. Quanto ao resto, nem ouso te falar, mas estou num estado bem triste. Te desejo, meu amor, da manhã à noite. Não sei o que eu tenho. Nunca me senti assim e chego até a ter um pouco de vergonha. Parece que a gente se acostuma com a castidade

Deja la lujuria un mes
Elle te dejará tres.[1]

Eu espero. Mas receio muito que esse hábito só ocorra nos casos gerais. De fato podemos esquecer o amor. Mas esquecer o nosso amor, esquecer você, seu corpo, seus ombros altos, suas pernas duras, sua barriga, seus braços, sua pele fresca, seu rosto querido, seus lábios, suas mãos, suas belas mãos... você realmente acredita que eu possa esquecer tudo isso durante três meses? Oh! Reze para o seu deus desconhecido para que assim seja. É tão difícil!

Oh! Sim. Tudo é difícil e tudo me custa. Cada minuto traz mais um esforço e eu gostaria muito de descansar um pouco. Mas quando penso que no fim dessas longas semanas você vai voltar para mim, quando te imagino de novo junto a mim, quando me dou conta realmente de que você existe para mim, de que está aí, me esperando, que respira não muito longe de mim, quando, enfim, recebo suas cartas, ó! meu belo amor, nesses momentos nada mais no mundo seria capaz de me proporcionar uma tal felicidade e eu agradeço à vida por me ter reservado um tão belo quinhão. Te amo, te beijo muito, todinho, com todo o meu amor, toda a minha ternura, todo o meu desejo também.

Escreva. Escreva. Me conte todo o seu coração. Me conte a sua vida e sobretudo o seu trabalho. Esta noite te falei longamente de mim. Me conte você. Tenho sede de você. Não se afaste de mim. Conte tudo, mesmo se me fizer um pouco mal. Ninguém no mundo vai amar como eu *tudo* que você fizer. Me fale do você que eu amo, aquele que treme um pouco. Se entregue. Não se reprima comigo, a pretexto de não me preocupar ou de me ajudar. Quando

---

[1] Citação anônima: "Deja la lujuria un mes / Y te dejará ella tres", ou seja, em essência: "um mês de luxúria perdido vale por três".

você se desnuda na minha frente, eu finalmente entendo por que fui trazida ao mundo. Te amo.

V

Domingo à noite [15 de janeiro de 1950]

Livre e naturalmente cansada.
Já é meia-noite e meia. O dia transcorreu normalmente. Nada digno de nota. Vesperal e noturna.
Tivemos muita gente à tarde. E muita gente calorosa. No fim me jogaram flores no palco. Violetas. Jogadas como uma bomba a poucos milímetros da ponta do meu nariz. Eu as recebi das mãos de Pommier (que as apanhou), com o ar mais idiota que eu já vi.
À noite, menos gente, meio frios no início, calorosos no fim.
Todo mundo representou bem. Reencontrei com alegria a minha "Dora". Michel Bouquet está há alguns dias com problemas de garganta. Anda rouco, o que hoje por exemplo resultou num "Nós somos assassinos e escolhemos sê-lo" à maneira Capela Sistina. Interessante.
Ajantarado no Souris com Serge, Roger Pigaut e Pierre R[eynal]. Depois voltei para o meu camarim para me deitar um pouco.
"Lasciva". Oh! Como me sinto "lasciva"! É terrível.
Ao voltar, liguei o rádio. Beethoven. Fiquei ouvindo embevecida.
Te amo. Estou com calor. Minha cama é enorme. Espaço demais para mim sozinha.
Converso com você o tempo todo ao longo dos meus dias. Você me ouve? Que está fazendo? Onde está? Em que está pensando?
Tenho horror do domingo pela certeza que tenho já de manhã de que não vou receber carta sua.
Querido, me escreva.
Talvez seja obrigada a te telefonar.
Substituição de Serge. Me falaram de três rapazes que poderiam dar conta, ao que parece. Roland Alexandre, Jean-Claude Michel[1] e um outro cujo nome

---

1 Os atores Roland Alexandre (1927-1956), da Comédie-Française, interpretando Lafcadio na adaptação de *Os subterrâneos do Vaticano*, de André Gide, em 1950; e Jean-Claude Michel (1925-1999), conhecido atualmente sobretudo como dublador (Sean Connery, Clint Eastwood).

me escapa, mas que sem chegar a ser exatamente o personagem tem — ao que dizem — muito talento. Não os conheço. Que quer que eu faça? Responda logo.

Serge pediu que o sucessor esteja a postos no dia 15 de fevereiro; mas eu sei que ele vai representar pelo menos até o fim do mês.

Me mande suas instruções, querido mestre.

Te amo, meu querido, meu lindo rosto, meus olhos de luz, te amo de morrer. Te amo. Escreva. Escreva. Os dias são longos e difíceis. Preciso das suas cartas para viver. Durma. Descanse. Eu cuido de você e do nosso amor

V.

Segunda-feira de manhã [16 de janeiro de 1950]

Algumas palavras bem rápido antes do meio-dia. Acabo de receber sua carta da quinta-feira e a da sexta. Lutar. Era o que eu precisava ter feito. Mas me entenda. Não era apenas um estado de espírito geral (a infelicidade de Marcel não tem nada a ver no caso) nem alguma forma de masoquismo. Trata-se do resultado das horas e horas de nostalgia e angústia. Trata-se simplesmente da impossibilidade que às vezes tenho de acreditar na felicidade que a vida se dispôs a me dar. Trata-se também do pensamento dessa maravilhosa região que te cerca — eu tinha recebido seu cartão-postal — da riqueza infinita que existe em você, do sol, dessa inundação de luz que vejo no seu quarto, de uma vizinhança amorosa, de uma ausência que faz os fatos e acontecimentos recuarem, e enfim dessa superioridade de que você sempre é capaz e que muitas vezes vibra com uma grande compaixão e generosidade. Eu me coloquei no seu lugar e me perguntei se seria capaz de aguentar. Na minha situação, tudo é mais fácil; a tentação não vive a minha vida e realmente seria preciso que eu fosse atrás dela para poder entregar os pontos. Você entende?

Os dias passam e constantemente as suas mágoas, as suas dores, os seus tormentos também vêm me torturar. Acho que sei muito bem do esforço todo que você vem fazendo e pensei que talvez, no auge de uma dessas grandes crises de alma, você precisasse se descontrair um pouco. E aí, te imaginei depois... Infeliz. E se em dado momento me senti mal, logo depois senti que todo o meu ser clamava na sua direção para te acalmar e te tranquilizar. Te amo e sobretudo não quero saber que você está infeliz. A única coisa que te peço é que continue me falando sempre com fala de coração. Ah! Meu amor querido. Será possível que dentro de algum tempo você estará diante de mim, me abraçando!? Vem uma vertigem quando penso nisso e meu coração é apertado por todos os temores do mundo. Me perdoe. Me agarre. Mas me ame muito, muito. Não tem nem um pedacinho meu que não seja totalmente seu.

Hoje à noite vou responder ao resto da sua carta. Te amo. Te espero com paciência e impaciência ao mesmo tempo. Se cuide. Descanse. Te amo. Te amo. Acredito em você. Me perdoe por temer a vida e suas canseiras. Te amo e te beijo muito forte

V.

132 — MARIA CASARÈS A ALBERT CAMUS

Segunda-feira à noite [16 de janeiro de 1950]

Antes de mais nada, meu querido, pequeno resumo do dia. Passei a manhã no telefone, depois de te escrever um pedacinho de carta e depois de ter relido cinco seis vezes suas três últimas cartas, nas quais fui encontrando ao acaso:
"rezo a um deus desconhecido para que você me espere..."
"como fazer para criar definitivamente essa confiança) Em mim ela existe" (frisado por você) — e na carta seguinte:
"Eu morreria se a perdesse, pelo menos fique sabendo."

Está entendendo, meu querido? Eu não sou a única a cair em contradição; *mas acredito em você* (sou eu que estou frisando) e nada nem ninguém me impedirá nunca mais de acreditar em você. Apenas, eu tinha prometido e estaria mentindo se te escondesse alguma coisa. Já você quis prometer e eu rejeitei sua promessa. Você poderia ter se calado para não me fazer mal, sem por isto estar me faltando de certa maneira.

Resultado? Eu simplesmente constatei que prefiro qualquer dor a ver o seu coração apertado.

Só isso. Vamos em frente. Estou lutando violentamente como se fosse você. Me chamo de "maluca" com uma certa volúpia e te amo de morrer.

Mas voltemos ao relato do dia.

Telefonei a Wattier[1] para pedir informações sobre Marcel Cartier. Vou recebê-las amanhã ou depois de amanhã.

---

1 Lucienne Wattier, conhecida como Lulu Wattier, atriz e depois empresária de François Périer, Maria Daems, Jean Marais, Gérard Philipe e Maria Casarès, através da sua agência CI-MU-RA (de Ciné-Music Hall-Radio).

Depois dei outros telefonemas. Odette Joyeux, Christian Jacques [sic][1] (vou para Frankfurt no dia 27 e volto no dia seguinte), André Gillois,[2] que insiste em que eu aceite o programa "Quem é você?" que já recusei, se propondo a alterar o questionário, Odette Joyeux, para me convidar para a grande estreia da sua peça *na rádio* a ser apresentada por Cocteau etc. etc.

Banho. Toalete. Almoço com papai.

Estava um tempo magnífico e o meu quarto ria. Continua assim e eu tenho uma rádio que vai me tomar a tarde inteira. E de fato às 2 horas eu já estava fechada num estúdio enfumaçado, frente a frente com Yolande [Laffon], Marcel [Herrand] e Paul Bernard. Disputando para ver quem estava pior. Pobre Claudel! E pobres de nós! Pessoalmente não me sinto nem um pouquinho diabólica e preferia interpretar Marthe em vez dessa louca que me deram. Pierre R[eynal] veio me buscar às 5 horas e voltamos para casa, para cuidar da mobília. Meu carpete só ficará pronto daqui a seis semanas. Decididamente tudo estará pronto pouco antes da sua volta mas não antes. Fico feliz que seja assim.

Jantarzinho. Teatro.

Boa récita. Atuei muito bem... Obrigada, meu querido. O prazer é todo meu. Dussane[3] foi ver a peça de novo e dessa vez veio falar comigo. Da última vez não tinha podido; ela não queria lembrar que éramos atores e além do mais precisava de paz para "roer seu osso". Não ria. Ela insistiu nisso e eu precisei me esforçar muito para ficar impassível. Me disse que lhe tinha enviado uma carta de amor à qual você respondeu com outra... "de ternura". Você não me disse nada!!! Disse também... ela não parava mais; em delírio, estava num delí-

---

1 O cineasta Christian Maudet (1904-1994), conhecido como Christian-Jaque, realizador em particular da adaptação cinematográfica de *A cartuxa de Parma* (1948), e que nesse momento dirigia Gérard Philipe e Maria Casarès.
2 Ver nota 2, p. 213.
3 A atriz e crítica de teatro Béatrice Dussan (1888-1969), conhecida como Béatrix Dussane, que entrou para a Comédie-Française em 1903 e se tornou *sociétaire* [membro titular eleito pelos pares depois de pelo menos um ano de trabalho na companhia (N. T.) em 1922. Professora no Conservatório de Arte Dramática de Paris, ela tem como alunos Michel Bouquet, Serge Reggiani, Alice Sapritch, Sophie Desmarets... e Maria Casarès, a quem dedica em 1953 um livro (*Maria Casarès*, Calmann-Lévy) formado por trechos do seu diário: "Desde o dia de outubro de 1939 em que entrou pela primeira vez na minha classe do Conservatório, o que ela tem de excepcional me pareceu evidente. Por si só, ela coloca perante nossas curiosidades e nossas mediações, e em seu aspecto mais entusiasmante, todos os problemas da arte do ator." Dussane também dedicou muitos textos ao teatro de Albert Camus.

rio camusiano. Fiquei preocupada com ela. Vai precisar se cuidar. Gosto muito dela, Deus sabe!; mas a esse ponto...

Depois Valentine Hugo,[1] pálida, evanescente, quase desmaiando. Enquanto estava no meu camarim, eu a imaginava de cabelos desalinhados, languidamente estendida sobre ninfeias. Ela me incumbiu de te escrever em nome dela garantindo que nunca viu algo tão belo... e evaporou.

E veio mais gente também... Todo mundo satisfeito. Há! Há!

Michel Bouquet continua com a rouquidão. Hoje foi nestes momentos:
"Nós nos amaremos"
e "O ódio"
Foi irresistível

Pequenas anedotas:

1) Parece que o Sr. Hitchcock vai dirigir uma *star* americana. Chega o dia do teste, e lá está nossa estrela no palco, diante da câmera, toda empetecada, posuda, afetada, engessada; "Pode fazer a gentileza de ver qual é o meu bom perfil?"

E Hitchcock responde: "Está sentada em cima dele, senhorita."

Conselhos. Favor comprar *Match* desta semana. Tem lá uma pequena reportagem que quero muito te mostrar.

E agora nós.

Amanhã vou tentar comprar *Esprit*.

Se não conseguir — o que me espantaria — vou pedir que me envie. Faço questão de ler. Quanto ao seu "negrume", não entendo nem nunca entenderei o porquê. Teimo em pensar que é uma espécie de espantalho que certas pessoas inventam para se defender de não sei o quê e não se abrir completamente ao que você escreve, pois, enfim, é impossível que alguém tenha a mente e o coração tão fechados. Mas por que essa cegueira? Mistério. Não entendo. Jamais entenderei. Sei que não somos todos da mesma família, mas enfim!, ninguém no mundo pode negar o dia ou a noite. E o sol que há até mesmo no mais negro dos seus textos me parece tão evidente quanto o próprio sol. Não; não entendo absolutamente e talvez seja melhor assim.

Gostaria de conhecer Kim. Adoro pastores-alemães. Mande lembranças para ele e peça que lamba a ponta do seu nariz por mim. Mas quero que ele não seja inconveniente. A propósito, me pediram a pata de Quat'sous, o que provocou um drama entre mim, Angeles e Pierre. Os dois se voltaram contra

---

[1] A pintora e ilustradora Valentine Hugo (1887-1968), figura do surrealismo antes da guerra.

mim. Querem a todo custo que eu case Quat'sous. Mas, meu querido, ela não tem mais idade para loucuras! E além do mais, acabaria morrendo! Até hoje não sabe o que sejam carícias caninas. E não vai ser agora... Ela! Tão frágil! E por sinal perguntei a ela, e ela respondeu que jamais concordaria em gozar... da vida enquanto eu definho abandonada... E você, o que acha?

Querido; parece que foram pedir informações a meu respeito à minha proprietária. Um senhor distinto — disse ela a Angeles. Ele queria saber como eu vivia, com quem, quem trabalhava para mim, quanto eu pagava e se era uma boa inquilina. E a pateta lhe disse muitas coisas boas sobre mim — segundo ela — e nem se deu ao trabalho de perguntar quem era ele para fazer todas aquelas perguntas. Inacreditável! E muito estranho! Que significa isso?

Querido. Querido. Querido. Tomar seu rosto nas mãos e te beijar todo, sem parar, todinho, por todo o seu rosto. Depois suas mãos. Depois... Oh! Querido! Oh! Meu querido amor. Você! Você! Minha vida.

Como vai seu trabalho? Está avançando? Vai me mandar sua introdução? E o ensaio. A quantas anda?

Você engordou? Eu estou começando. Não estou dormindo mais, mas voltei a comer por três. Me tome como exemplo.

Estou bem macia. Te espero. Te amo. Estou feliz e triste. Às vezes é bom — às vezes insuportável. Muitas vezes, inacreditável, absurdo. Fale comigo. Me escreva. Conte. Se soubesse a felicidade que me dá quando te leio, ficaria feliz até a sua volta. É maravilhoso, Albert querido.

Ah! Meu caro, meu belo amor. Como te agradeço, como me sinto sua, cheia de você. Até amanhã. Durma. Durma em paz. Acredito em você, sou feliz, te espero.

V.

Terça-feira à noite [17 de janeiro de 1950]

Estou furiosa, acabo de abrir meu bloco para te escrever e o que encontro? Minha carta de ontem à noite, selada, que Angeles esqueceu de postar hoje de manhã! Agora sei que posso te escrever o quanto quiser e à simples ideia de que amanhã seu dia inteiro vai se passar sem receber nada de mim, me sinto completamente desamparada. Eu também passo por esses domingos em que da manhã até a noite nenhum objeto tem relevo algum.

Não vou te contar o meu dia em detalhes. Não estou com vontade e não tem o menor interesse. Saí apenas para ir ao teatro. Lá não encontrei ninguém além de Ivernel,[1] que estava delirando com a peça. Bom público.

Hoje de manhã recebi suas duas últimas cartas, a de sexta-feira à noite e a de sábado e domingo. E eu, o que você quer que eu diga? Que quer que eu faça? Bater em você? Ah! Se pelo menos pudesse fechar sua boca te beijando, para parar de dizer tolices e loucuras! Como tudo seria fácil! Mas não. Aqui estou acorrentada, impotente, voltada para você e podendo me expressar apenas com pobres palavras que não sei usar.

Meu querido; meu amor, eu imploro. Volte para mim. Volte para nós. Te amo tão gravemente, tão seriamente quanto é possível.

Nada mais pode mudar de mim para você, e estarei sempre aqui, sempre, até o fim. Você é a única pessoa no mundo que me ensinou a verdadeira dor e a verdadeira alegria; você é o único que pôs em mim a angústia da morte e a revolta contra a suprema separação. Eu nunca amei *ninguém* como te amo, ninguém no mundo, e jamais teria conhecido a *necessidade* da existência e da presença de alguém se não te tivesse encontrado. Tudo em você é alegria, prazer, riqueza e amor por mim, e meu coração derrete quando penso naquele que treme um pouco, que hesita, pede e estremece no fundo de você, aquele que eu muitas vezes adivinho e que de vez em quando se entrega diante de mim.

Oh! Não, não duvide. Nunca mais duvide. É uma bobagem, pois não faz sentido. Me ouça. Me ouça e tenha paciência, logo chegará o momento em que você não pensará mais em duvidar.

E agora me ouça mais uma vez. Você não deve mais pensar "Nós nos amamos. Vamos vencer tudo", mas *"Nós nos amamos e já vencemos tudo"*. Pois meu querido amor, não sei se você se dá conta muito bem, mas aqui estamos nós em plena vitória.

O que a vida nos reserva, veremos mais tarde; ela mesma vai se encarregar de nos mostrar sem que nem você nem eu nem ninguém precise empurrá-la por trás. Mas nós tínhamos uma grande batalha a travar sobretudo contra nós mesmos e ela foi travada. Nós vencemos e aconteça o que acontecer agora, nada poderá nos separar. Veja. Em meio às minhas dúvidas, aos meus sofrimentos, às minhas angústias, às minhas revoltas e às minhas raivas, só uma coisa continua firme: meu amor por você e o sentimento inabalável de que sou sua e nada nem

---

1 Ver nota 2, p. 222.

ninguém pode me separar de você. Pense um segundo, e se lembre das nossas antigas tormentas. Eu agora só existo por você e com você e se necessário vou esperá-lo a vida inteira; vou esperá-lo mesmo sabendo que não virá jamais. Entende?

Esqueça portanto os seus fantasmas. Contra a sua vontade, perto ou longe de você, estarei sempre com você. A própria sombra me é suave se eu sei que você está no sol. Esteja em paz, portanto. Descanse em paz. Depois você vai ver o que é melhor fazer; e faça o que fizer, não vou deixá-lo nunca enquanto você me amar. Está entendendo? Relaxe, se descontraia com confiança... e seja doce e gentil, o mau humor é uma coisa muito ruim que deixa muito infeliz. Seja doce. Você foi feito para ser doce e não injusto. Seja doce da manhã à noite, vai por mim. Doce e pacífico com os outros e não vai mais duvidar de mim. Você vai dizer que não tem a menor relação; mas procure direito; tem sim. A inquietação é uma doença como o câncer generalizado. Evite a inquietação. Seja doce. Ninguém ao seu redor merece mau humor e menos ainda F[rancine] no momento.

Você quer trabalhar? Será preciso te trancafiar a sete chaves como Utrillo para que se decida? Já concluiu sua correspondência? Não, meu querido, falando sério agora, tenho certeza de que o tempo vai voar e todas essas suas fumaças de pesadelo vão desaparecer quando você realmente começar a trabalhar. Mande seus fantasmas para longe, abra um parênteses, não se distraia com coisas que não fazem sentido no momento e aproveite essa longa estada para se livrar de tudo que se arraste e pese para você. Sinto nas suas cartas que você vai melhor de certa maneira. Aproveite, estou pedindo!

Bem. Chega de sermão, nem vou responder a suas dissertações sobre o "caso Marcel". Ou por outra, sim. Você pergunta o que eu acho dessa história. Qual? Onde está a história? Marcel [Herrand]? Um Paul Raffi brilhante. A relação entre a situação na época do Mathurins e a de hoje? A continuação lógica e inesperada de um conto que me bastaria para acreditar em algum deus. O efeito de tudo isso em mim? Eu te amo cada vez mais e quando não posso mais, ainda posso. E o que mais? O quê? O que você quer dizer com "diga *tudo* que pensa nessa história", e o que são esses "três ou quatro detalhes que te fazem sentir a distância que nos separa"? Diga. Me diga, seu louco!

Bem; vou te deixar. Preciso dormir, 2 horas da manhã já! Vou apagar a luz e tentar dormir. Essa cama enorme me chama... Oh! Querido; se soubesse como te desejo também! Olha! Hoje de manhã lavei a cabeça. Meus cabelos estão macios como uma carícia. Oh! Como estão bons. Penso nos seus lábios. Penso no seu peso em cima de mim. Penso nas suas pernas na minha barriga e nas suas mãos e nos seus braços. Ah! Que falta você faz ao meu coração, ao meu corpo, à minha alma. Te beijo. Te beijo demoradamente, demoradamente.

V

133 — ALBERT CAMUS A MARIA CASARÈS

Terça-feira, 15 horas [17 de janeiro de 1950]

Sua carta de sábado, domingo, segunda-feira. Agora acabou, meu amor querido, tudo volta ao seu lugar, ao amor, à certeza. Relaxe você também.

Se entregue a mim e a nós. Eu beijo seu rosto, suas queridas mãos, sua boca fechada, com suavidade. Eu sabia que você ia se encontrar em Dora. É você, sem nenhuma diferença, quanto à alma. Então, pode acontecer que você também se perca, como nesses dias em que nos tornamos estranhos ao que somos, mas não pode ser por muito tempo. Ouço de longe seu grito final. É a alma se contorcendo e rezando. O que na gente não pode ser imitado, será que podemos deixar de ser? Vou reler *Estranho interlúdio* se encontrar. Guardei a lembrança de uma peça muito ambiciosa, mas de "meios" bem grosseiros. Vou reler pensando no palco e em você. Simone, Proal, que pena! Mas tem certeza de que deve abrir mão de *Judith*? Se *Os justos* ficarem mais um mês em cartaz, valeria a pena abrir mão de um papel que pode ser muito útil para você? Pense mais. Vou reler *A troca* também por você. E não esqueça de me contar os efeitos do soro no seu pai. Estou muito impaciente de saber mais.

Não se preocupe tampouco com sua pequena crise de aristocracia. E por sinal não é uma crise. Você é uma aristocrata. E seu apreço pelos humildes é um efeito da sua generosidade, unicamente. Você nunca será comunista como a porteira. Então? Se conforme. Nem todo mundo pode ser varredor. Dito isto, é ao mesmo tempo justo e injusto que a falta de inteligência seja capaz de limitar o coração. Ela o limita nas pequenas circunstâncias, ou para as coisas distantes, nunca ou quase nunca nas grandes circunstâncias. Existem pessoas que não sabem muito bem viver para... mas que saberiam muito bem morrer. Menininha pedindo a compaixão e a generosidade que já tem para dar e vender! Não, você não é má. Mas eu sou como você. Esse meio muito parisiense desenvolve uma parte de desprezo. Nisso é que é ruim. E depois à medida que avançamos, passamos a suportar apenas aqueles que escolhemos.

O desejo! Ah, nem me fale! Adormecer com ele, despertar com ele! É um barulho surdo ao longo dos dias. Eu também ainda não conhecia isso. E é bem duro. A boca seca diante de certas imagens, a gente quer a torrente da volúpia. Você, em toda parte, seu gosto, os corpos retorcidos, colados, em certos momentos é uma obsessão. Espero que passe. Mas ao mesmo tempo, é o seu calor que me acompanha, mais ou menos como se eu tivesse sua mão em mim. E gosto dessa queimadura e desse sofrimento.

Mas quero falar de outra coisa, estou com as têmporas latejando. Não conheço os atores a que você se refere. Também me falaram de um certo Jacques Torrens[1] que interpretava Cássio no *Otelo* do Vieux Colombier. Escolha você mesma, minha querida. Eu só confio em você e não poderia fazer nada de tão longe. Se telefonar, telefone por volta de 11 horas e não esqueça que o telefone fica na sala comum e que provavelmente não poderei te gritar meu amor e minha emoção. Que suplício! Enfim, diga exatamente o que vai decidir.

A noite inteira ventando. Hoje de manhã, chuva, granizo e neve. Fiquei na cama até meio-dia, trabalhei (quase concluí meu prefácio) e esperei sua carta. E ela chegou, fiel como o amor. Ó minha querida, quanta gratidão! Sim, eu te amo, com muito amor, ternura e desejo. Que venha logo esse momento em que vamos fluir juntos no amor contido durante tanto tempo! Mas até lá mantenho intacto esse coração que te pertence e te beijo aqui mesmo, perdidamente.

A.

134 — ALBERT CAMUS A MARIA CASARÈS

Quarta-feira, 22 horas [18 de janeiro de 1950]

Nada de você hoje. Eu já esperava, ou melhor não estava esperando uma carta todo dia, mas com isto meu dia ficou um pouco mais triste. Ontem à noite trabalhei um pouco e fui deitar cedo. Reli sua carta recebida ontem. E fiquei me revirando na cama. Depois comecei três ou quatro livros sem conseguir levar nenhum adiante. Pelo menos encontrei isto num viajante falando dos desertos da Arábia e da América: "O amor nesses países tórridos se torna um sentimento de que nada pode distrair: é a necessidade mais imperiosa da alma; é o grito do homem que chama uma companheira para não ficar sozinho

---

1 O ator Jacques Torrens (1923-2000).

no meio dos desertos."[1] Quando penso no que era meu coração antes de você, concordo.

Boa noite, apesar de carregada de desejos. Hoje de manhã, obsessão e obsessão invencível. De tal maneira que propus um passeio de carro. Subimos 1.200 metros até Thorens, uma estação de tratamento. O lugar era sinistro. Mas na volta, a coisa ia melhor. Ah, eu bem queria que o desejo tivesse menos autonomia, como você diz. Perdão! Pelo correio notícias de Montevidéu onde *Calígula*, em espanhol, fez enorme sucesso. Eu deveria ter nascido completamente espanhol.[2]

Esta tarde trabalhei. Meu prefácio está quase pronto. Depois estarei com a mente totalmente livre para entrar no meu ensaio.[3] Amanhã de manhã Michel, Janine [Gallimard] e F[rancine] vão a Cannes fazer compras. E ficarei um pouco sozinho e tranquilo. Se chegar uma carta sua ao meio-dia não será um dia ruim.

Acho que eu estou bem. No início, me obriguei um pouco a comer. Agora o apetite voltou. E aproveito para comer como nos bons tempos, você sabe. Estou dormindo melhor. Se não estivesse mesmo decidido a cumprir escrupulosamente as regras desse repouso, jogaria tudo para o alto para voltar a Paris. Estou cheio de vida até a beira, de novo, e engulo todas essas forças que estão voltando em mim.

Quanto ao resto, pode ser resumido simplesmente: te espero. Me recuso a contar os dias porque tenho medo da vertigem que toma conta de mim e porque essa vertigem é inútil. Mas todo o meu ser te espera, ora tranquilamente, ora enfurecido. Às vezes, eu te esqueço, no correr do dia: alguém fala comigo ou estou fazendo a barba, ou me irrito com uma frase que não vem, mas um segundo depois uma doçura, um peso leve me anunciam que você voltou. Como se um pombo tivesse pousado suavemente no meu ombro. E lá no fundo eu devo ter sorrido.

Aí está o essencial, de qualquer maneira. Ah! Tem um gato, muito nobre e castrado, o belo Sari, que me faz companhia.

---

1 Ferdinand Denis, *Cenas da natureza nos trópicos; e da sua influência na poesia* (1824).
2 Os pais do avô materno de Albert Camus, Étienne Sintès, eram originários da ilha de Minorca, assim como sua avó materna, Catherine Marie Cardona. Étienne e Marie se conheceram e casaram em Argel. Pelo lado paterno, as origens são francesas: Bordeaux no caso dos Camus, Marselha no dos Béléoud, Ardèche no caso dos Cormery, Moselle no dos Léonard.
3 *O homem revoltado*.

Em tudo isso estou vivendo com você, para você e te acaricio o dia inteiro e a noite inteira, quando não durmo (e mesmo assim!). Não estou alegre, mas estou decidido. Suas cartas me dão vida, não esqueça, não é só uma frase. Até logo minha bela, minha grande, meu amor querido. Beijo teu rosto da manhã, nu. Te amo.

A.

135 — MARIA CASARÈS A ALBERT CAMUS

Quarta-feira à noite [18 de janeiro de 1950]

Estou um pouco cansada esta noite meu querido, embora de maneira geral vá muito melhor. Apenas o dia foi duro.

Hoje de manhã, levantei às 9h30. Recebi o marceneiro. Ele veio tomar as medidas da varanda para fazer a treliça e trazer o móvel para o aparelho de rádio. Que não ficou nada bom. Alto demais. E assim encomendei um pé — ou melhor uma base — para ficar debaixo do aparelho, e a mesinha vou colocar em outro lugar. Depois foi o passeio Hoover pela casa (aspiradores), depois os telefonemas e por fim, para me aniquilar completamente, Paul Raffi. Ele quis entrar no meu quarto... para ver. E viu. A sua "foto" continua ao lado da minha cama. Eu não a retirei. Ele ficou dez minutos.

Almoço rápido, como sempre. Às duas horas eu já estava na rádio onde me aguardava uma surpresa. Yolande Laffon não interpreta mais Marthe em *A troca*; não estava bem no papel. Estavam precisando de uma Marthe. De brincadeira, eu me ofereci. Dito e feito. Lecky era mais fácil de encontrar, Germaine Montero[1] podia dar conta do recado. Num segundo me transformei em Marthe e gravei até 6 horas. Longas cenas que eu nem tinha lido. Felizmente me saí bem. O papel é bem mais fácil para mim que o outro. Todo mundo ficou satisfeito.

Da rua François Ier fui direto para o teatro depois de comer um pedaço de presunto e uma laranja no Souris.

---

1 A atriz e cantora Germaine Montero, nascida Germaine Heygel (1909-2000), que participa das primeiras edições do Festival de Avignon com Jean Vilar, ao lado de Jeanne Moreau e Gérard Philipe.

Um pouco mais de gente que ontem, mas agora que o "depois das festas" e o fim de ano passaram, a coisa deve começar a melhorar. Veremos, na semana que vem.

Nenhuma visita. Na plateia, Erich von Stroheim e sua mulher.[1]

Voltei direto para casa. Atuei bem e me sinto um pouco cansada e muito prostrada. Me perdoe assim se esta carta não passa de um rascunho.

Querido, recebi hoje de manhã sua carta de segunda-feira. Ela me tranquilizou quanto ao seu estado e fico feliz de saber que você não terá mais a desculpa do correio.

Fui procurar na minha agenda o "encontro" que não especifiquei. Tratava-se de Boulez que veio me trazer uma peça para ler ou então de um certo Sr. Montalais que veio... (1) me trazer uma peça para ler. Não a mesma! De qualquer maneira, os dois são jovens, belos, generosos, inteligentes, doces, charmosos, exatamente como eu gosto. No seu lugar eu ficaria desconfiado.

Bobalhão!

Eu também estou comendo que nem uma condenada. E por sinal engordando.

Pena que você não tenha mais o Kim.

Esta carta decididamente é idiota. Tenho muitas coisas a te dizer; mas acredite, esta noite, já estou fazendo esforço demais para ficar de olhos abertos — amanhã vou te escrever com mais clareza.

Esta noite, queria que você estivesse aqui e me enroscar em você. Queria dormir suavemente nos seus braços. Me tome então. Estou vazia e um pouco triste. Te amo. Mal consigo imaginar esses dois meses e meio que ainda estão por vir.

Preciso dormir. Amanhã estarei melhor.

Me beije, meu amor.

V.

(1) fui reler. Os: ... não querem dizer nada. Estou começando a te conhecer.

---

1 O ator e diretor americano Erich von Stroheim (1885-1957), grande figura do cinema mudo e célebre intérprete do oficial alemão em *A grande ilusão*, de Jean Renoir (1937), acaba de participar como ator de *Crepúsculo dos deuses*, de Billy Wilder. Maria Casarès se refere aqui a sua companheira, a atriz Denise Vernac (1916-1984), e não a sua terceira esposa, Valérie Germonprez.

Quinta-feira de manhã [19 de janeiro de 1950]

Acabei de acordar. Ainda não estou bem consciente. Lá fora, neva. Estou na cama e ouço o vento na varanda. Estou com calor e olho para as vidraças embaçadas. Sem vontade de me levantar. Sem vontade de enfrentar sozinha esse dia glacial. Tenho vontade de você, da sua presença, do seu corpo, do seu olhar em mim, dos seus braços ao meu redor, dos seus lábios.

Hoje não vou sair, até a noite. De manhã espero às 11 horas a pequena Solange que vem me ver, depois Pierre que vem almoçar comigo e por fim um fotógrafo de um jornal por volta de 3h30.

Acabei de ler *Os vagabundos*.[1] A primeira narrativa, "Malva", me encantou. As outras, menos. Ele me cansa quando assume seu lado "propaganda antidesigualdade". Mas fala tão lindamente do mar.

Ah! Querido. A esta hora estou junto de você em tudo. É para mim a hora das praias ardentes do Mediterrâneo. É o meu minuto das oliveiras e da luz que cega. Ah! O calor sufocante do meio-dia junto de você na praia! E essa cegueira em que eu só veria você!

Você já está adivinhando como te amo ao despertar. Bom dia. Até esta noite.

V

136 — ALBERT CAMUS A MARIA CASARÈS

Quinta-feira, 15 horas [19 de janeiro de 1950]

Hoje de manhã, crise de autonomia. Já está ficando patológico. Para me consolar fico pensando que é um período de transição e depois poderei viver até voltar numa espécie de semimorte. Em suma, pus mãos à obra e concluí meu prefácio. Tinha recuperado uma espécie de calma e depois sua carta chegou e comprometeu tudo. Ah! Você é precisa demais!

Mas que boa, que querida carta! Primeiro a devorei e depois a levei para o quarto para reler com calma e roer meu osso também. Sim, meu amor querido, eu tenho confiança e te amo. E vou me valer desse tempo para me liberar

---

1 *Os vagabundos*, de Maxim Gorki.

totalmente do meu trabalho e me curar de corpo e coração. A partir de agora eu me apoio em você, vivo de certeza e cuido de outra coisa, sono ou trabalho. Mas queria te agradecer, te beijar todinha pelo que você me dá de definitivo. Feliz de saber que a peça está agradando. Mas ela também desagrada, o que me tranquiliza. Eu sempre tive medo da unanimidade. Hoje de manhã, trabalhando no meu prefácio, eu estava bem contente. Não que ele me satisfaça. Mas de vez em quando alguma coisa vinha lá do fundo de mim como antes, e a frase partia certeira.

São momentos de graça, que eu havia perdido há bastante tempo. Se pelo menos a graça pudesse voltar no período do meu ensaio, minha alegria de primavera seria paradisíaca.

Também desejo a nós a luz de hoje, admirável nesta paisagem. Um céu azul, límpido, fontes de luz que se derrama, cada um dos ciprestes se destacando com uma nitidez impressionante. Hoje de manhã fiquei sozinho, todo mundo em Cannes, e eu queria te telefonar para dizer que o tempo estava bom e que te amo como se ama a esperança e a certeza. Mas depois com o vaivém de Augusta e da empregada, desisti. Te ouvir depois de tanto tempo e não poder falar livremente com você vai além das minhas forças. O telefone está aqui, plantado bem no meio, e muitas vezes olho para ele com nostalgia. Mas uma comunicação falha me faria muito mal.

Michel tinha comprado *Match*. E eu vi a brilhante reportagem. Ficou faltando um pequeno parágrafo sobre a maneira de colaborar com as atrizes da companhia. Mas é preciso ter indulgência com o que não tem nenhuma importância. E por sinal tocantes, por uma certa ingenuidade. A propósito, não case Quat'sous sem tomar todas as precauções. De resto o amor dos cães não é grande coisa e carece de refinamento. Ela se cansa por qualquer coisa.

Ah! Minha doce, quando você quer! Como sabe me acalmar, dar toda a força ao coração... Te amo e estou feliz, creio. Mas vou te deixar para ir te ouvir em *Medida por medida*.[1]

Naturalmente, anunciada para o fim do programa, você apareceu no início e em vez da sua voz ouvi Davy,[2] muito estranho em *Tito andrônico*. Fiquei furioso. Mas te amo, mesmo furioso. O sol se põe, o frio vai entrando no meu quarto. Preciso acender o fogo. Um pouco de tristeza no coração, a hora é difícil. Mais um dia de coragem, porém, e será um passo a mais na sua direção. Logo, logo o porto, a âncora profunda e o marulho... Meu coração quase

---

1 A peça de William Shakespeare está sendo transmitida pela rádio nacional.
2 O ator Jean Davy (1911-2001), *sociétaire* da Comédie-Française.

saindo pela boca. Até logo, querida, até logo, desejada (e quanto!). Te amo. Te beijo, profundamente

A.

PS — Encontrei em Stendhal[1] a história do duque de Policastro, que de seis em seis meses percorria quatrocentos quilômetros para se encontrar por quinze minutos com a mulher que amava e que era guardada por um ciumento. A história durou anos. Te consola? A mim não. Mas fiquei me perguntando se eu faria o mesmo. Resposta: Sim. Pois esperá-la seis meses é viver mal, mas é viver. O resto são os grandes cemitérios. Beijo a tua boca, meu querido amor. De novo

A.

137 — MARIA CASARÈS A ALBERT CAMUS

Quinta-feira à noite [19 de janeiro de 1950]

O dia correu como eu esperava. A manhã foi uma longa espreguiçadela pensando em você. De tarde decidi me sacudir; de 3 horas a 6 horas, Pierre [Reynal] e eu preparamos nossa dança número 1. Escolhemos como música do primeiro trecho a *Habanera* de Chabrier, lancinante, obsessiva, angustiante. Ela agarra pelo ventre e os passos e movimentos vêm sozinhos. Às 6 horas estávamos ofegantes e exaustos.

A récita noturna transcorreu mais ou menos. Está fazendo um frio de rachar e o público acompanhava o movimento do tempo. E nós tivemos muito azar. Mil pequenos incidentes que não significam nada contados a frio, longe do palco, vieram um atrás do outro dar nos nossos nervos cansados da tensão de uma longa semana, e pela primeira vez eu fui tomada por um riso descontrolado que quase se transformou em catástrofe. Chegamos ao fim do V ato por milagre! E o meu grito era um soluço.

Não se preocupe. O público não percebeu nada. Aplaudiu como sempre e no fim encontrei algumas pessoas, entre elas Abel Gance,[2] todas emocionadas. Estavam mesmo com sorte.

---

1 *Do amor.*
2 O cineasta e roteirista Abel Gance (1889-1981).

Ao chegar em casa, dei com os bombeiros na minha porta. Não era nada. Alguém que tinha passado mal no banheiro.

Amanhã, terei de levantar às 7 horas; tenho uma rádio de 9 horas às 13; depois almoço em casa com Lulu Wattier, minha empresária. Em seguida estarei com Pitou até 5h30 e por fim janto sozinha com papai para ir deitar bem cedo. Sábado vamos ensaiar a *Habanera* num estúdio (Wacker ou Pleyel), Pierre e eu, de 3 horas a 4 horas, depois tenho uma rádio (*O mercador de Veneza*) e à noite, récita.

Domingo de manhã gravo na rádio às 11 horas para o programa "Quem é você?". Eles acabaram me pegando.

Entre a manhã e a noite vou jantar perto do teatro com Jean-Louis Curtis[1] e um amigo dele.

Estou contando por antecipação para você não me perder de vista nesse dia doido, o domingo.

Hoje de manhã, recebi sua carta. Ela apagou todos os restos de preocupação que eu ainda tinha pelos efeitos em você da minha carta idiota escrita num dia de angústia.

Desde que começou a fazer tanto frio, meu pai melhorou um pouco. Parece mentira mas é assim. Sábado de manhã ele vai tomar a primeira injeção de soro.

A propósito, tive notícias de Nuñez [*uma palavra ilegível*]. Ele procurou a senhorita Rose. Ela cuidou muito bem de um furúnculo mas não viu que *um outro* estava nascendo bem ao lado e ele teve de ser tratado duas vezes. Ainda se ressente um pouco (eu entendo!), mas tudo acabou dando certo.

Não faço a menor questão de atuar em *Judith*. Não mesmo!

Sem notícia nenhuma do futuro "substituto" de Serge. Há muito tempo não vejo Hébertot. E nada tenho a dizer enquanto não surgir uma oportunidade. Só te telefonarei em caso de urgência.

Tenho a mesma opinião quanto à minha crise de "aristocracia". Não aguento mais Paris. No momento a cidade me pesa realmente apesar do meu isolamento. Pouco a vejo, mas já é demais.

Quanto ao desejo... chego a sufocar. E depois essa *Habanera*! Mas está tudo bem; eu te trago em mim. Às vezes sinto — fisicamente — como que... o seu peso no meu ventre.

---

1 O romancista e ensaísta Jean-Louis Curtis (1917-1995), Prêmio Goncourt 1947. Professor de inglês, ele traduz em particular *A tragédia do rei Ricardo II*, de Shakespeare, e *O príncipe de Hombourg*, de Heinrich von Kleist, montadas no Festival de Avignon em 1947 e 1952.

É difícil, mas bom.

Querido. Estou bem cansada. É 1h30 da manhã; minha caneta não escreve mais. Tenho de levantar [às] 7 horas. Os pensamentos se embrulham. Vou dormir.

Me agarre forte. Está frio. Estou com o corpo e as mãos gelados. Me aqueça. Te amo. Te amo. Te amo e te beijo a noite inteira até amanhã.

V

138 — ALBERT CAMUS A MARIA CASARÈS

Sexta-feira, 15 horas [20 de janeiro de 1950]

Dia morno, o céu está cinzento e frio. Esperando a neve, praticamente. Estou deitado, como sempre a esta hora, e ouço lá fora cabras balindo de frio.

Não tenho muito a te contar. Trabalhei ontem à tarde e concluí tudo para meu livro de textos políticos.[1] Poderei mandá-lo para a composição (vou te mandar o prefácio quando estiver datilografado), mas preciso encontrar um título, e não estou conseguindo. Tinha pensado em *Testemunhos forçados* — mas não fico satisfeito. Mas além disso não vejo nada. Você tem alguma ideia?

Passei uma noite ruim. Levei horas para cair no sono e você sabe que comigo a insônia não é brincadeira. Então esperei. De manhã, acordei rabugento. Mas comecei a trabalhar e a limpar o terreno para o meu ensaio. De manhã farei leituras sobre o tema e documentação. À noite, redigirei. Vamos rezar para que funcione.

Na hora do almoço, sua carta que me pareceu dormida e mal lavada. Me lembrou do seu rosto de manhã, do seu calor e sinto falta de acordar junto.

Fico feliz que você esteja fazendo Marthe em *A troca*. Yolande Laffon por sinal não pode fazer nada, a peça é totalmente inviável. Um longo poema a quatro vozes, muitas vezes prolixo. Ao lado de *A cabeça de ouro* e da *Partilha*, um borrão. Mas a moda é admirar *todo* Claudel, embora poucos artistas, pela própria forma do gênio, tenham deixado tanta porcaria quanto ele vai deixar. Dito isto, bom apetite! E espero ouvir seu desempenho. Quanto a Gorki não é um grande escritor. É um escritor comovente, o que é diferente. Por isto seu mais belo livro é *A mãe*. (Os grandes escritores são comoventes mais (+) alguma outra coisa — Pelo menos é o que eu acho.)

---

1 *Atuais I, Crônicas 1944-1948.* Ver nota 2, p. 198.

A vida comum aqui vai transcorrendo sem maiores dores. Um harmonioso marulho. É curioso, mas a infinita possibilidade que M[ichel] e J[anine Gallimard] demonstram de não sofrer às vezes me dá medo. Monstros de voz suave — que me fascinam um pouco. A vida e a morte com o mesmo sorriso.

Pois eu vivo sempre no nível daqueles com quem vivo. É uma fraqueza pela qual sempre me recrimino. Só nesse caso tenho revoltas, por sinal absurdas, que fazem F[rancine] rir (não sem partilhar delas). Mas me recrimino muito por esses maus sentimentos.

Vinte dias! Não tenho coragem de contar os dias que faltam. Fecho a boca, tapo os olhos, faço parar meu sangue para não sentir o vazio, o medo, o tédio, o terrível tédio de viver sem você. Mas pelo menos te abraço, no calor do seu despertar, com todo o meu peso.

A.

19 horas

Queria te escrever um pouco antes de mandar postar esta carta mas meu almoço não quis seguir seu caminho e eu é que segui meu caminho para a cama durante a tarde com uma chaleira no estômago. Ah! Não sou do tipo Tristão.

E no entanto acabo de ouvir na rádio italiana um admirável dueto de amor de Mascagni[1] que realmente me comoveu. E então trato logo de te mandar o pensamento do coração e da alma. Ah! Viver junto de você, e diante do que é belo...

Estou ao mesmo tempo triste e feliz. Mas perto, perto de você, meu querido amor.

A.

139 — MARIA CASARÈS A ALBERT CAMUS

Sexta-feira à noite [20 de janeiro de 1950]

Meu querido,

Se não tivesse de postar esta carta amanhã de manhã para que você a receba segunda-feira depois desse domingo tão árido, acho que eu teria esperado a

---

1 Pietro Mascagni (1863-1945), compositor italiano de óperas.

noite passar para te escrever, pois esta noite estou num tal estado de nervos, de cansaço exacerbado e de seco desespero que só espero uma coisa: um sono tranquilizador que não parece estar chegando.

Queria ter deitado cedo, aproveitando esse dia de folga. É 1h30 da manhã e só agora acabo de cair na cama.

Aí vai o meu dia.

Depois de uma noite curta (cinco horas e meia de sono) e agitada por pesadelos absurdos, me levantei às 7h30, cansada, embrutecida, a mente vazia, o coração ausente, o olhar turvo e tremendo de frio.

Às 9 horas, depois de passar vinte minutos procurando um táxi, finalmente cheguei à rádio. Com a voz rouca, partida, fui tropeçando no texto de algumas cenas de *A troca*, mas como Germaine Montero está filmando e tinha de ir embora às 10h30, não terminamos a gravação, como já se previa.

Mas mesmo assim eles me prenderam até meio-dia e meia — a pretexto de trabalhar meu monólogo — mas pelo único motivo de que era preciso ocupar até o último momento os estúdios alugados por certo número de horas.

Voltei para casa, já de muito mau humor. A tirania da administração não me deixa propriamente saltitante de alegria.

Meu almoço com Wattier durou até 3h30. Ela não parou de falar de números, cotação comercial, valores a peso de ouro, pupilos, distribuidores etc. Tínhamos acendido a lareira, pois estourou um fusível e o radiador elétrico não funcionava mais.

Às 3h30, Pitou devia chegar. Fiquei então esperando sem nada fazer de início, até 4h30. Peguei um livro. O primeiro Proust. E me senti presa à primeira página.

Às 5 horas, Pitou telefonou. Não podia vir. Fiquei lendo até o jantar. Como Angeles saiu, só volta amanhã de manhã. Preparei e servi o jantar. Papai estava mal. Não conseguia falar nem muito menos comer.

De 10 a 11 horas, tentamos passar um pouco juntos o questionário do programa "Quem é você?", mas papai só piorava e foi ficando nervoso. Decidi então prepará-lo para a noite e ir deitar. Eram 11 horas.

Infelizmente, quando fui limpar o aparelho de calefação, já era tarde. O calor estava quase extinto, o aquecedor frio. Começou então uma cena — vou te poupar dos detalhes — em que eu tentava convencer meu pai a me deixar ligar de novo. Mas não adiantou. Ele ficava cada vez mais agitado. Dificuldade cada vez maior de falar. Pedaços de palavras. Gestos de impotência. Tosse. Sufocação. Eu desisti e levei o radiador elétrico para o quarto dele. Depois, o ajudei a mudar de pijama. Imagine só! Começamos a operação faltando quinze para a meia-noite e acabamos a uma hora e quinze. Uma hora e meia para tirar um casaco, uma camisa de lã, vestir outra camisa, um casaco e um pulôver! E o pobre coitado cada vez mais desesperado por não conseguir andar mais rápido! E eu só não me desmanchei em soluços não sei por que milagre. Não aguentava mais de tristeza, de compaixão, de impotência e de amor.

E aqui estou. Meio irritada, meio contrariada. Estou cansada meu querido de todos esses sofrimentos contra os quais não podemos nada. E isto dia após dia, mês após mês, ano após ano. Como é possível?

Enfim! Esperemos o dia de amanhã. A primeira injeção de soro. Esperemos.

Reli sua carta. Oh! Sim você está melhor e a vida volta aos borbotões e eu ouço de novo palavras conhecidas ("vertigem inútil") e de novo a fúria e o lirismo e a poesia... e as exigências ("seja austera, use roupas severas, se enclausure"). Ah! Como eu gosto quando você exige! E como temo os momentos em que você não tem coragem de exigir.

Sim, meu querido, você está forte de novo, vitorioso, vivendo, novamente cercado de todos os seus personagens, fechado, defendido, armado. E se me é infinitamente doce te abraçar, despojado de tudo, nu e fremente, fico profundamente feliz de saber que você está como está neste momento.

Trabalhe, ria, coma, durma e volte para mim radiante de felicidade. Oh, meu amor!

Vou parar — amanhã de manhã continuo.

Vou ler. Quero me esquecer um pouco. Boa noite, meu querido.

Sábado de manhã [21 de janeiro de 1950]

Me acordaram tarde demais. Tenho de me apressar. O tempo está cinzento, triste, frio. Estou com um humor de cão; mas o moral vai melhor.

Até segunda-feira, meu querido. Te amo.

V

140 — ALBERT CAMUS A MARIA CASARÈS

Sábado, 16 horas [21 de janeiro de 1950]

Esta manhã, minha querida, acordei com um belo sol. O dia estava esplêndido. E me bateu uma espécie de letargia e não fiz nada até meio-dia. Na hora do almoço fui passear na montanha atrás da casa. É uma montanha do jeito que eu gosto, seca, espinhosa. Moitas de oliveiras, pinheiros, aroeiras, pedras amarelas e encostas aromáticas descendo até o horizonte, até o mar. Às vezes, nas depressões, ciprestes e pinheiros muito baixos formam espaços parecidos com câmaras perfumadas. Dá vontade de se estender ali, ao sol, junto ao corpo amado. Essa luz me chegava até o coração e ao mesmo tempo eu estava triste. Pensava em você. Nós só vivemos as cidades, a febre, o trabalho — e no entanto você e eu fomos feitos para essa terra, para a luz, a alegria tranquila dos corpos, a paz do coração. Teremos de mudar tudo isso, não é? Teremos de viver, amar, gozar na alegria. Naturalmente, lutamos muito até o momento e não tivemos tempo para a entrega. Mas agora que conquistamos nossa certeza, podemos encontrar a recompensa, fugir dessa horrível futilidade que nos cerca, e viver um pouco mais na verdade. Ao voltar para casa me permiti tantas delícias na imaginação que tive de me sacudir para acabar com aquela orgia de devaneios.

No almoço, sua carta. Bem, você está dançando. Que bom. Embora esse tipo de dança eu preferisse que você guardasse para mim. Vou tentar ouvir o seu "Quem é você" no rádio. Me parece que você devia ter recusado. Mas sei que às vezes você aceita esse tipo de coisa por cansaço. O que faz com que os indiscretos e grosseiros sempre acabem levando a melhor. Enfim talvez isto te ensine alguma coisa. Me diga também que tal esse Curtis. Me falaram dele, acho eu. Mas só li um livro dele. Medíocre.

Não sei se entendi bem sua história de furúnculos. Se bem entendi, é um vaudeville. Um vaudeville espanhol, naturalmente.

Espero que até sexta-feira você tenha escrito uma boa e longa carta, me falando de novo de todo coração. Pois é o que você faz, não é mesmo, e não esquece nada?

Eu a partir de segunda-feira volto efetivamente ao meu ensaio e não saio mais. No mínimo, por você. Agora já estou suficientemente bem para isso. Se tudo correr bem, esta primavera será a mais bela da minha vida. Querida, você sente a mesma alegria que eu pensando nisso? Não fique triste, não deixe esmorecer tua chama. Achei ter lido nas suas duas últimas cartas sinais imperceptíveis. Coragem, coragem, meu belo amor! Venceremos mais esta. O dia está chegando... Oh! Estou lembrando da minha volta do Brasil, Le Bourget, e eu esgotado, e todo o meu cansaço desaparecendo quando você caiu fremente no meu peito. Meu amor, minha amante, pense nesses momentos. Eles nos guardam, nos guiam para outros momentos semelhantes. Te beijo, inesgotavelmente.

A.

141 — MARIA CASARÈS A ALBERT CAMUS

Sábado [21 de janeiro de 1950]

Dia ofegante.
Pitou veio me acordar às 10 horas. Me levantei e corri para a casa do meu pai. Os médicos tinham passado às 8 horas. E tinham feito uma consulta. Só poderão lhe dar a primeira injeção daqui a três semanas; depois de um tratamento de injeções intravenosas para baixar a ureia — e depois de uma radiografia dos pulmões. De modo que voltamos a esperar.

A manhã passou muito rápido, pontuada por telefonemas sem interesse. Depois do almoço Pierre [Reynal] veio me buscar, e depois de deixarmos Pitou fomos para a Sala Pleyel. Tínhamos alugado um estúdio e lá trabalhamos nossa *Habanera* de 2h30 a 4h30. Cansada, muito cansada mesmo, eu logo segui para a rádio. *O mercador de Veneza*. Eu só tinha lido em espanhol aos doze anos.

Gravei a primeira cena de Pórtia na primeira leitura, e o resultado não saiu pior que de outras vezes, quando consigo trabalhar um pouco o texto que tenho a dizer. Trabalhei sem parar até 7 horas — e depois de comprar um sanduíche que comi no táxi, cheguei ao teatro. Atuei bem, mas ainda não entendi por que, esta noite, particularmente, o público se mostrou tão entusiasmado comigo. Eles gritavam meu nome no fim do quinto ato e meu camarim ficou cheio de gente que não conheço. Uma senhora inglesa, em particular, me abordou, me beijou de todos os jeitos e queria me convencer a todo custo a representar *Os justos* em Londres em inglês, o mais rápido possível. Por mais que eu repetisse que não falava a língua, ela berrava que bastava aprender, e que por sinal eu devia aprender todas as línguas para representar *Os justos* em todos os países. E dizendo isso voltou a me beijar toda e se foi dizendo que estava voltando para Londres, mas que não desistiria e ia me escrever.

O mais engraçado é que normalmente ela parecia uma pessoa tranquila e discreta.

Aqui estou agora, finalmente, junto de você. Querido, chegou o momento em que o calor que você me deixou começa a se perder. O momento em que já preciso recorrer às "fotos" para ver seu belo rosto. Escreva. Escreva. Só suas cartas conseguem abrandar um pouco o frio da ausência. Te amo. Te amo tanto.

V.

Domingo — *noite* [22 de janeiro de 1950]

Levantei às 9 horas com um humor...

Às 10h30, já estava no número 18 da rua François Ier e às 10h45 estava sentada diante de um microfone cercada de Gillois, Morphée, Clavel e o "psiquiatra"[1] (imbecil sinistro) me atormentando com suas perguntas.

Respondi a todas elas, mais ou menos como queria, exceto as últimas. Estava cansada, irritada e só pensava numa coisa: acabar com aquilo. Mas quando você ouvir o programa, vai me pedir detalhes sobre o que parecer confuso — o que não falta! — eu os darei com prazer. Quando fui embora, Brasseur[2] estava chegando, elegante, alegre, cabotino já de manhã e cometendo sua primeira gafe do dia. Me perguntou na frente de Clavel se eu queria ou não atuar em *Judith*. Infelizmente, como Maurice C[lavel] está fazendo uma adaptação para Jean-Louis Barrault, este dá corda na sua vontade de trabalhar com a promessa de dar o papel de Judith a sua mulher, Silvia Monfort.[3]

Entendeu?

Pierre [Reynal] tinha ido me buscar. Almoçamos com Serge Reg[giani] no restaurante Le Relais, perto do teatro e depois... vesperal. Muita gente. Atuamos bem. Ivernel e Pigaut foram me ver. Me despedi deles para ir à casa de Curtis, onde fiquei até 7h30. Éramos cinco: Curtis, Maurice Faure, Jacques Reverdy, Pierre Reynal e eu. Exceto eu, todos pederastas. Jantar agradável apesar de meio solene.

Récita noturna. Atuei muito bem. Ataques de riso descontrolados nos bastidores.

Um achado de Pommier:[4] estávamos buscando nomes de teatros para combinar com os nossos, no gênero Teatro das Artes Hébertot. Jean encontrou o que combinaria com nosso chefe: Teatro das Folies Brainville.

---

1 Entrevistadores do programa, entre eles o escritor e jornalista Maurice Clavel (1920-1979), professor universitário de filosofia, resistente e gaullista. Maurice Clavel escreveu várias peças (*Os incendiários*, 1947; *O terraço do meio-dia*, 1949), encenadas por Jean Vilar — que em 1951 o nomearia secretário-geral do TNP.
2 Pierre Brasseur.
3 A atriz Silvia Monfort (1923-1991) casou na Liberação com Maurice Clavel, companheiro de Resistência. Grande figura dos palcos franceses, ela participa das primeiras edições do Festival de Avignon, interpretando em especial Ximena, em *El Cid*, ao lado de Gérard Philipe.
4 Jean Pommier. Ver nota 1, p. 195.

Depois, Perdoux chegou, em forma, e veio falar do gênio de Dranem[1] — eu nunca ri tanto. Ele não encontrava mais palavras para expressar sua admiração: "Quando ele cantava *Les Petits Pois...* ou *La Patate*!!! Ah!!! *La Patate!!* Vocês precisam comprar o disco de *La Patate*!!! Que finura!!! E é articulado!!!" etc.

Nisto, Paulo [*Paul Œttly*] chegou e cantou para nós uma outra canção ("*La Jambe de bois*", acho eu). Foi demais. Cheguei a ter cãibras no estômago e saí do meu camarim a pretexto de me concentrar para o quinto ato.

Michèle Lahaye me contou uma história linda. Durante os grandes bombardeios em Rouen, Cécile Sorel[2] foi à cidade interpretar *Madame Capet*.[3] Na noite que se seguiu à récita, o teatro foi destruído. Na manhã seguinte, Sorel fez questão de ver as ruínas e toda a companhia a acompanhou. Tudo fumegante ainda — escombros para todo lado, uma devastação. Eles ficaram olhando, tudo... De repente se aproximou de Sorel um cavalheiro baixinho todo arrumado e, se inclinando, se apresentou. Falou durante vinte minutos da representação da véspera, cheio de entusiasmo e admiração pela peça e por Sorel. Até que cumprimentou e se foi sem dizer uma palavra sobre o que aconteceu depois, sem sequer passar os olhos pelo entorno.

Não é uma história linda?

É isto, meu querido. Agora é 1h20 da manhã. Fui deitar depois de jantar fartamente uma segunda vez, e te espero.

Você não perdeu nada deixando de ver *Medida por medida*, acredite.

Estou feliz, muito feliz, com o que você diz do seu trabalho.

A partir de agora vou procurar ser menos precisa para não exacerbar a sua crise de autonomia. Mas você, por favor, faça como eu. Às vezes você é tomado por uma inspiração poética que me abre o ventre. E aí eu entro nas lembranças; por exemplo, quando, voltando no carro, você afastava suavemente meus joelhos com sua mão livre... e aos poucos... eu cedia. Está lembrado?

Seja doce, meu querido amor, cuide de ficar em paz com *tudo*. Esta noite estou doce e carinhosa. Durma, meu amor. Durma.

Te amo. Te espero.

V

---

1 Dranem (1869-1935), grande figura do café-concerto da primeira metade do século XIX.
2 Céline Seurre (1873-1966), conhecida como Cécile Sorel, figura do teatro parisiense da Belle Époque e dos "loucos anos 20".
3 Peça de Marcelle Maurette, estreada em 1937 no Teatro Montparnasse.

Segunda-feira de manhã [23 de janeiro de 1950]

Querido,
Acabo de receber suas cartas de sexta-feira e sábado. Esperava mesmo que fossem como são. Você está meio perdido, não está? Há alguns dias eu não te falo mais da mesma maneira?

Sim é verdade; há alguns dias me sinto seca e árida como um deserto e as miragens agora são detestáveis para mim. Mas não tema nada, não é grave. Apenas, sonhei demais desde que você se foi, te desejei demais também e com isso me esvaziei da minha própria substância. Tudo parece que me escapa tudo parece que se perde numa espécie de corrida desenfreada para o nebuloso e não sei que abstração e eu perco a esperança me sentindo tão vazia de alegria e de dor. Sua imagem me escapa e com ela a vida e eu ando por aí da manhã à noite em busca da sua imagem querida como uma sombra procurando seu corpo através de imensas extensões desoladas e geladas.

Sim; a espera é difícil e cansativa. Estou exausta, simplesmente. Não há por que se preocupar.

Eu não seria capaz de encontrar um título para seu livro de ensaios políticos. *Testemunhos forçados* me parece bom do ponto de vista da ideia, mas a palavra "forçados" não me agrada. É fraca.

Tenho a mesmíssima opinião que você sobre *A troca*. E por sinal tive uma longa conversa com Marcel [Herrand], que dizia que era a melhor obra de Claudel.

Realmente não acho que Gorki seja um grande escritor.

Como entendo suas revoltas diante de M[ichel] e J[anine Gallimard]. Quando penso que poderia ter sido obrigada a viver muito tempo, talvez a vida inteira junto deles, fico até tonta.

Sim; aceitei "Quem é você?" por cansaço e fiquei arrependida e com raiva. Um dia vou precisar mesmo dar um jeito de não ceder a isso. Depois de gravar, quando me disseram que era pago, senti uma espécie de náusea. Curtis? trinta e seis anos. Um belo rapaz de vinte e dois anos, fisicamente. Discreto, tímido, cortês. Professor de inglês. Apreciador de efebos. Muito educado. Agradável embora meio solene.

Não deixei um só dia de falar com você com todo o meu coração e se você não sentiu, isto se deve simplesmente ao fato de que nesse dia ele estava meio morto.

Mas hoje, esta manhã sinto que está batendo de novo timidamente em mim. Ainda estou na cama. O sol brilha lá fora e meu quarto está todo iluminado.

Você está aqui, cheio de palavras de amor e de apelo e *enfim*! De novo sai da sua boca o canto das "aroeiras e oliveiras".

Não, querido; não tema nada. Eu vivo só para você. Me perdoe apenas se nem sempre estou viva. Me tome nos seus braços, me abrace muito, muito. Coragem. Paciência.

Escreva. Escreva, te peço.

Te amo. Te beijo interminavelmente. Até esta noite.

M.V

142 — ALBERT CAMUS A MARIA CASARÈS

Segunda-feira, 15 horas [23 de janeiro de 1950]

Ontem à noite depois de trabalhar, jantar na hospedaria da região (*A cabra de ouro!*) diante de uma bela lareira. Conversa sobre avareza e generosidade. Jantar farto demais que me deu uma noite atormentada. Mas no fim das contas dormi o suficiente.

Hoje de manhã, grande surpresa: neve. Caiu a manhã inteira sem parar cobrindo de branco as oliveiras, transformando Cabris numa pequena aldeia de Natal. No jardim na frente da casa, as rosas (nem sei se disse que ainda há rosas tardias no jardim) estavam salpicadas de neve. Essa neve delicada nessas pétalas delicadas tinha algo de comovente. Decidi ficar no quarto o dia inteiro. Meu quarto tem um cheiro bom de madeira quente. Trabalhei aqui a manhã inteira, muito mal, pois estava com a mente pesada. Mas não foi desagradável. Ao meio-dia, livros jornais e sobretudo a sua carta.

Meu pobre amor, fiquei bem triste por você e por seu pai. Mas tenho certeza de que esse soro, sem fazer nenhum milagre, pelo menos vai lhe tornar a vida suportável. Ainda é preciso ter paciência e com um pouco de sorte ele poderá ter alguns belos anos pela frente, em vez dessa vida de enfermidade e escravidão. Não esqueça de me manter informado do que os médicos dizem.

De minha parte não estou assim tão vitorioso quanto você parece acreditar. Me acontece de estar em crise. Mas é verdade que tenho a impressão de estar muito melhor fisicamente e de ter finalmente encontrado um clima que me vai bem. E também que esse repouso permanente, o apetite que praticamente voltou, o fim da insônia em grande parte, tudo me recompõe aos poucos.

A questão é saber se vou poder trabalhar. Resumindo, levei quase um mês para redigir um miserável prefácio! Mas também espero que o elã tenha voltado e que tudo agora vá melhor.

Também gostaria que você repousasse. Já são três noites seguidas em que você se sente cansada. Não seja teimosa, eu te peço, e cuide da sua saúde.

O céu se abriu um pouco. A neve parou de cair e começa a derreter. Minhas rosas estão nuas e frescas — como se fossem de carne. Esta tarde me sinto como elas, querendo dizer que sinto minha sensibilidade em tudo. Gostaria de estar em Paris, sair esta noite com você, ver luzes, salas aquecidas, belas mulheres e seu sorriso de lado. Eu te amaria, não te diria e você faria psicologia de algibeira. Ah! Meu amor, que longa paciência, que prolongamento interminável. As voltas à noite, as tormentas que se seguiam... que lugar não ocupam no meu coração! De tão longe eu avalio melhor as coisas, o que conta e o que não conta. E reconhecendo o que você é, a força e a plenitude do nosso amor, tenho de ficar me ressecando aqui e te beijar de longe. E de fato te beijo, com todo o meu coração e o meu amor, Maria querida. E começo de novo a te esperar, obstinadamente.

A.

143 — MARIA CASARÈS A ALBERT CAMUS

Segunda-feira à noite [23 de janeiro de 1950]

É 1 hora da manhã. Passei o dia gelada. O frio persiste e a cada dia vai tomando posse das paredes, das madeiras, das cortinas, dos próprios radiadores. Como é que você quer que o meu pobre corpinho, já tão abandonado, possa resistir? De tanto me comprimir, me encolher, tenho dores no corpo todo. Pela primeira vez o fato de estar representando um papel (e que papel!) num palco não consegue me aquecer realmente. Se continuar assim, não sei o que será de mim. Um ponto, talvez — mas... será que você será capaz de amar um ponto?

Olha só!

. eu quando você voltar.

Me ama?

Janeiro de 1950

Estou contando tudo isso, meu querido amor, porque de vez em quando é preciso te chamar à ordem. Você passa os dias num lugar vivo (ah! E como, pelo seu cartão-postal); respira ar puro, se perde num céu límpido, adivinha o mar, se banha num sol radiante e toda manhã encontra a sombra das suas "aroeiras e oliveiras". E aí esquece que existe um mundo fechado, cinzento e frio. Esquece que eu fiquei nesse mundo e que o que me cabe agora é o deserto de barulho, gasolina e esquinas enfumaçadas. Pois a própria Paris desapareceu; estou separada dela pela vida que levo, a noite que cai tão rápido, e sobretudo — oh! Sobretudo! por essa camada de gelo que caiu sobre nós e que me deixa surda e cega a tudo que me cerca. Então me imagine toda encolhida, tremendo, queixosa e diga honestamente se não estou desculpada por carecer de chama e de vida.

Por outro lado, um outro acontecimento, este mais grave, e que — infelizmente! — já conheço bem veio matar durante algum tempo — só o tempo de me acostumar — o resto de energia que por acaso ainda tivesse em reserva. A sua ausência. Pois embora lhe pareça incrível, só agora você começa a me deixar e eu te perco por longas semanas. Mais uma vez, já passei por isso quando você foi para a América — eu paro de te ver com clareza; seu rosto se confunde na minha lembrança e eu só guardo certos olhares, impulsos, uma mão se deslocando, o movimento dos seus lábios, uma silhueta que se aproxima ou se afasta, tudo isso ao acaso, sem poder invocar quando quero nem conservar muito tempo a imagem ou prolongá-la. Isso eu não consigo suportar com calma nos primeiros dias, o que me revolta e me desespera sempre.

Enfim, para acabar de uma vez por todas com as suas preocupações, eu diria isto: não esqueça, meu querido amor, que desde que você se foi não parei um segundo de trabalhar e de correr, e que, pelo contrário, você ficou mais ou menos distante do mundo, inteiramente senhor de si e de nós e é absolutamente impossível que depois de um certo tempo ainda consigamos falar no mesmo tom.

Antes de partir, você dizia que temia a volta, que tinha medo de voltar para mim diminuído e um pouco esterilizado, pois bem veja só, meu querido — agora eu posso dizer, pois se tivesse dito na época você teria rido na minha cara —, eu sempre pensei e temi o contrário. Sou eu que você vai encontrar empobrecida; eu aqui estaria doente de alma e frágil de coração, eu é que não serei mais amável. E aí? Você vai me amar?

Olha só!

Aqui estou eu perdida nesta enorme cama, desaparecendo debaixo das mantas e cobertas, sem poder me mexer um milímetro por medo de me transformar em boneco de gelo se for para o outro lado, do lado onde os lençóis ainda não se impregnaram da minha vida. E isso, noite após noite. Você acha que isto é viver? Não; você não acha, você me entende, me ama, me sorri, me perdoa, você chega, bem quente, bem duro, bem pesado, e a vida começa de novo. Meu querido amor!

Mas talvez esteja na hora de parar de bancar a palerma e te contar o meu dia.

Hoje de manhã eu não fiz nada.

Almoço com papai.

Eletricista, que veio instalar duas linhas para os aparelhos de rádio. Doutor nº 3, que veio aplicar uma injeção intravenosa.

De 2h30 a 4h30 Habanera. Ah! Essa habanera, se você soubesse!

Às 5 horas. Eu tinha encontro marcado com jornalistas americanos. Eles chegaram às 5h20. Mandei dizer que já estava tarde e que eu não podia mais recebê-los. Sinto muito, mas suporto cada vez menos a grosseria.

Às 5h30, Pigaut chegou. Conversamos e às 7 horas ele me levou para o teatro. Récita. Público pequeno e mais para ruim. Dava a impressão de que tinham mandado suas "fotos" e estávamos representando diante de uma cortina pintada. No V, acordaram um pouco.

Ao sair, fui ao Souris beber algo com Vinci[1] e um jovem diretor de cinema que quer filmar *Thérèse Desqueyroux* comigo, numa adaptação feita pelo próprio

---

1 O ator e roteirista Jean Vinci (1921-2010), que tinha atuado ao lado de Maria Casarès em *Brigas*, de Henri Calef, em 1948.

Maurice. Depois, voltei e jantei de novo, tirei a maquilagem e me fechei com você no meu quarto. Agora, a noite com você.
Ah! Se fosse verdade! Até amanhã de manhã, meu querido. Te beijo... você nem pode saber como.

V.

Terça-feira de manhã [24 de janeiro de 1950]

10 horas. Acabo de fazer meu desjejum. Ainda estou na cama. Pela cortina de musselina chega uma lembrança de sol. Um pouco pálida, minha lembrança, meio anêmica; mas suficiente para imaginar minha varanda à sombra das aroeiras e uma ou duas oliveiras. Bom humor, apesar da perspectiva de uma tarde cheia de microfones, de poeira, de Claudel, de Shakespeare, de atores que prefeririam estar fazendo outra coisa que não fosse rádio.

Não dormi bem. Um pouco de febre, mas sem importância; eu sei do que se trata.

O marceneiro está serrando, na entrada. Está instalando uma prancha de madeira sobre o radiador para o telefone. Eu espero sua carta e ouço com volúpia os ruídos da rua, a agitação dessa gente toda se deslocando feito louca no frio. Pois ele não acabou. Continua aí, me espreitando na porta do meu quarto.

Mas não adianta; esta manhã me sinto forte. Acabo de ler duas das suas cartas que trago sempre comigo, mas que só me permito percorrer o mais raramente possível para preservar a ação mágica e benéfica que têm sobre mim.

São 10 horas. Você deve estar no meio dos seus livros e anotações. Deve ter começado ontem a cuidar seriamente do seu ensaio e seu rosto no momento talvez seja o mesmo que tem na foto que está ao meu lado.

Recebeu notícias da sua mãe e dos seus filhos?

Está para ir em breve ao médico?

Pois eu continuo a comer por três. Por sinal engordei um pouco. Aos poucos, vou recuperando minhas formas, como diria Marcel.

Sinto vontade de praias quentes, meu querido amor. É mesmo uma necessidade imperiosa. Ah! Que venha logo a vida!

Continuo Proust — às vezes ele me encanta, às vezes me entedia, às vezes me irrita. Me diga meu querido, ele não era pederasta, por acaso? Muitas vezes ele escreve como uma mulher, porém mais vezes ainda como uma tia. Enfim, em geral eu gosto da leitura. Seu estilo me seduz à maneira da música árabe, e não sei por quê, ele me mergulha num clima que me era bem conhecido na infância, o clima de luxo aquecido e tranquilo devaneio. Naturalmente ainda não passei do primeiro volume.

Meu amor, são 11 horas. Preciso me levantar. Queria esperar sua carta para falar dela, mas o correio está demorando hoje. Falarei então esta noite.

Te amo. Venha comigo. Me acompanhe. Eu te amo. Te espero. Te beijo todo demoradamente. Até esta noite, meu belo amor. Bom dia.

V.

144 — ALBERT CAMUS A MARIA CASARÈS

Terça-feira, 15 horas [24 de janeiro de 1950]

Hoje eu tinha uma necessidade quase física da sua carta. Como a gente precisa de uma tábua para se agarrar. Felizmente, ela era como eu desejava e meu coração se aqueceu na leitura. Passei uma noite ruim, com insônia e acordei de péssimo humor, farto de tudo e de mim, o coração morno enfim. O dia estava escuro e gelado. Esta terra tão radiante na luz assumia ares de subúrbio parisiense. Fui a Grasse com Michel [Gallimard], que queria mandar consertar o carro. Cortei o cabelo e depois voltamos. Na volta foi chegando a angústia. Me parecia que os maus dias do Brasil iam voltar e que só a sua presença poderia me salvar. Pelo menos a sua carta me socorreu. Ela é doce e carinhosa e eu entendi que era a sua ternura que estava me faltando e que eu desejava. Lá estava ela, fiel, e tive um grande sentimento de gratidão e de amor me jogando para você.

Também queria te contar o meu dia desde ontem. Mas não há nada a dizer. São os mesmos dias se arrastando lentamente, um depois do outro, na direção desse objetivo distante no qual não paro de pensar. Sim, é duro esperar. Mais duro ainda esperar sem a liberdade de ser o que somos. Não sei se você entende bem como é difícil para mim, desagradável, cansativo, viver cheio de reservas, não poder ser espontâneo e desarmado. Não posso ser com F[rancine] que por sua vez não é comigo. E sobre todas as nossas relações, as mais simples, paira um pesado silêncio. Em todos os outros planos da minha vida, proibi a mim mesmo e aos outros qualquer tipo de ambiguidade. E nesse plano, o mais grave de todos, vivo na maior ambiguidade. Sou capaz de reconhecê-lo e suportá-lo habitualmente pelo nosso amor. Mas tem horas e dias, sobretudo quando as circunstâncias me fecham nessa vida, em que me dá vontade de explodir, em que me digo "É preciso falar — não importa o preço". Toda vez que me esforço por dominar essa explosão, eu consigo. Mas o preço é um terrível cansaço da alma. Claro, é só um momento. Se estou falando disso, é para que você não ignore nada do meu amor, mesmo nas revoltas. Em tudo isso, só esse amor me mantém de pé, me salva de tudo e me faz viver. Ah! Nunca o tire de mim! E me perdoe por continuar te infligindo esses humores e esses fantasmas sem sentido. Me comovi às lágrimas ao te ver pedir desculpas pela secura (relativa) das suas últimas cartas. Eu estava certo do seu amor e essa secura não me entristecia *por mim*, mas por você, em quem eu pensava com toda a minha ternura. Seja o que você é, não se atormente escrevendo o que não sente. Se à noite o cansaço for muito forte, não escreva. Eu vivo exclusivamente das suas cartas, mas vivo sobretudo da sua vida. Agora que vivemos na certeza, me parece que pelo menos podemos ser espontâneos. Essa entrega total de um coração a outro, essa plenitude tranquila da alma, pelo menos é nossa vitória e nossa recompensa. Você vê que eu nunca hesito em falar do que sinto e isto só é possível porque você me mostrou uma alegria desconhecida, a alegria das raízes, da terra comum, da indissolúvel união. Ó, meu amor, não lute contra suas imagens, viva, seja bela, escreva o que seu coração manda no momento, existem coisas de que eu não duvidarei mais. Esta carta é um pouco triste. Mas você sentirá nela a alegria que me dá e também me parece que ela fala sem descanso do meu amor. Te amo, te espero. Escreva, conte, diga todo o seu coração. E vamos esperar com confiança essa hora, essa noite, essa vida enfim feliz e exultante. Te beijo, meu querido amor, meus belos olhos, minha viva. Ah! Como queria dormir ao seu lado...

A.

145 — MARIA CASARÈS A ALBERT CAMUS

Terça-feira à noite [24 de janeiro de 1950]

É meia-noite e meia. Vou melhor esta noite, mas passei o dia inteiro nesse estado pesado e vago que costuma ser causado por intoxicação. Mas não comi nada que pudesse causar isto. Com certeza é resultado da queda brusca de temperatura, que me apanhou de surpresa.

Hoje de manhã, recebi sua carta de domingo à tarde e me deixei levar por uma assustadora agitação amorosa provocada em mim pelas suas palavras. Foi bom; tão bom que por um segundo achei que não seria mais capaz de suportar a nossa separação. Mas não precisa se preocupar, eu logo me agarrei a você (a você, sempre) para encontrar forças para te esperar comportada. Tenho certeza de que se me fosse dada de repente a possibilidade de conhecer todas as criaturas existentes nesta terra, eu não encontraria nenhuma que me desse ao mesmo tempo a energia e a paciência que você pode me dar com alguns gritos.

Sim; eu fui feita para você.

Minha tarde transcorreu lenta, morna, cinzenta, arrastada na rádio. Entre os dois programas, de 3 horas a 4 horas, fui encontrar Reynal, Herrand e Paul Bernard no bar François Ier, onde bebi um café para tentar despertar. Resultado pífio. Gravação ruim. Tanto pior!

Às 6h30 fui para o Souris. Fiquei lá até 7h30; sozinha. Um prato de presunto cru. Dois ovos com bacon. Queijo. Pão em quantidade. Café. Um casal se entregava às alegrias meio tristes do amor — embaixo — perto de mim; ela me reconheceu e falava e ria para mim. Penoso. Em frente, um enorme vaso cheio de rosas vermelhas. Você. Seu querido rosto. E em mim uma raiva. Por que aquelas rosas vermelhas estavam lá? Eram belas, sabe? E urravam "nós". Passei tudo em revista, mas dessa vez com um coração pesado de amor, de confiança, de gratidão e esperança. Bem que teria ficado lá, sentada, diante daquele belo buquê; mas tinha de entrar em cena.

Um pouco mais de gente que ontem e muito calorosos — todo mundo representou admiravelmente. Foi bom.

Voltei, comi um bife à borgonhesa, miolo, queijo, uma banana e torradas com manteiga molhadas numa xícara de café com leite. Satisfeita, recuperada das inquietações do dia, um pouco cansada, feliz por você, tomada por um desejo confuso e ardente, aqui estou, entregue — Me quer?

Ah! Meu belo amor, quando enfim seu belo olhar em mim? quando seus lábios frescos, quando sua testa na minha mão e seus ombros e suas pernas e seu ventre? Quando enfim o momento em que vou te desejar inteiro em mim? Quando o seu peso de repente pesado demais? Quando finalmente a paz, a maravilhosa paz nos seus braços quentes que vão se tornando ternos? Oh! Como você está aqui, presente, esta noite, quase junto a mim; e como me faz falta! Como estou feliz e triste ao mesmo tempo! Como me sinto realizada e cheia de desejo! Grata e revoltada! Eu sinto!, eu sinto! Eu sinto! Vivo para você, só para você. Existo com uma intensidade total, por você, meu amor. Nem sei mais a quantas ando e meu coração, meu corpo, minha alma, tudo se funde e se volta para você, num chamado de aflição e alegria inesgotáveis. Me tome com força nos seus braços; nunca me senti mais aquiescente, mais entregue a você.

V.

Quarta-feira de manhã [25 de janeiro de 1950]

Acabo de receber agora mesmo suas cartas de segunda e terça-feira. Sim; meu querido, essa paciência é cansativa e eu imagino e entendo tão bem a agitação, a sensação de estar sufocando e esse imenso silêncio que paira ao seu redor e até nos seus impulsos em direção a alguém que você ama e estima.

Obrigada, meu querido — obrigada por me entregar tão generosamente seu coração e essa parte de vida que me seria vedada se nosso amor não fosse absoluto. Você pode. Eu a entendo e a amo também de uma maneira algo trêmula e com toda a minha delicadeza.

Paciência. Coragem. Logo não haverá mais neve nas rosas e o sol vai suavizar essa luta constante. Quanto ao resto, não sei. Por mais que eu vire e revire o problema sob todos os ângulos, não enxergo nada. Mas por enquanto não fique pensando nisso. Esqueça tudo, deixe estar. Se necessário me esqueça na medida do possível. Seja o mais feliz possível. Trabalhe e dê tudo que se sentir capaz de dar. Estarei sempre junto de você.

Até esta noite, meu querido amor,

M.

146 — ALBERT CAMUS A MARIA CASARÈS

Quarta-feira, 16 horas [25 de janeiro de 1950]

Está nevando desde ontem, meu amor querido, incansavelmente. Hoje achei que o ônibus que traz o correio não chegaria a Cabris e que eu não receberia nada de você. Mas o carteiro passou, embora com muito atraso. E você diz que está com frio, meu cubinho de gelo, e que sente inveja da minha terra, inundada de sol! Mas não, o céu aqui parece um algodão sujo, o vale está branco e as oliveiras com um ar de fantasmas resfriados. Verdade que o inverno é bonito aqui e horrível em Paris. Verdade que sua casa é uma geladeira absurda enquanto a casa aqui crepita com belas lareiras iluminadas. Ah! Como seríamos felizes aqui, mesmo no inverno. Se aqueça, meu floquinho. Eu bem queria que se derretesse nos meus braços. Há pouco o rádio anunciava -8 em Paris. E me veio uma ternura quente, vontade de te aquecer e te proteger, de pelo menos te dizer isso, com todo o meu coração, como estou fazendo agora.

Hoje de manhã depois de trabalhar um pouco pus os sapatos e a calça de esqui, pulôver de gola alta e minha querida jaqueta. E fui passear na neve na montanha. O ar pinicava, meu sangue batia forte e aos poucos meu triste humor de ontem foi recuando. Estava tudo branco, um silêncio maravilhoso. Voltei a tomar boas resoluções; ignorar tudo exceto você e meu trabalho, não me deixar abater por nada e desfrutar apenas de você e do meu trabalho etc. etc.

Voltei, os olhos pestanejando por causa do brilho da neve, as bochechas geladas, e uma nova coragem no coração. Almocei, li meu Delacroix na cama e esperei sua carta. Ela chegou, fiquei feliz, estou respondendo e depois vou trabalhar.

Portanto aqui vai a resposta: Boas notícias de Jean e Catherine, que vão para a escola. É verdade que lá veem sobretudo filmes e marionetes. Na minha época!... Boas notícias da minha mãe. Meu irmão[1] me escreve, falando dela e da sua bondade: "É um pão. E que pão!"

Irei ao médico daqui a uns dez dias e faremos uma radiografia.

Claro que sim! Proust era homossexual. Achei que você sabia. Continue. E depois me fale mais longamente a respeito.

Uma notícia triste: George Orwell morreu.[2] Você não o conhece. Escritor inglês de grande talento, tendo mais ou menos a mesma experiência que eu (apesar de dez anos mais velho) e exatamente as mesmas ideias. Há anos lutava contra a tuberculose. Fazia parte do pequeno número de homens com os quais eu compartilhava alguma coisa. Mas vamos deixar para lá.

A neve redobra de intensidade. Não sei o que fazer para que esta carta seja postada a tempo. Está ventando também. Não dá para enxergar a três metros de distância. Deus! Como seu quarto deve estar frio! Não vá se encolher demais. Não desapareça totalmente. Pare no ponto. Quando não passar de um ponto, continuarei te amando do mesmo jeito e vou te levar no bolso. Te amo no inverno também, você sabe, já que tivemos tão poucos verões. Mas o verão, o verdadeiro, aquele que vamos viver, vai voltar. E vai nos encontrar cheios de

---

1 Lucien, o irmão mais velho de Albert, nascido em 20 de janeiro de 1910 em Argel.
2 O escritor e jornalista inglês George Orwell, autor de *A revolução dos bichos* e *1984*, morre em Londres em 21 de janeiro de 1950. Seu engajamento intelectual e pessoal pela justiça social e contra todas as formas de totalitarismo o aproxima de Albert Camus.

um amor sempre novo. Eu te aperto contra mim, aqueço suas mãos no meu peito, te cubro toda. Até amanhã, minha querida!

A.

147 — ALBERT CAMUS A MARIA CASARÈS

Quinta-feira, 15 horas [26 de janeiro de 1950]

Acabo de receber sua carta de terça-quarta-feira e queria entregar esta a Michel [Gallimard], que está indo a Cannes. Queria que minha resposta te chegue mais rápido que de hábito para te dizer sem demora a alegria reconfortante que sua carta me deu, sua paixão vibrante, seu amor, seu lindo desejo. Ah! Te saber entregue a mim e precisar ficar aqui!

Não está nevando mais. Mas o tempo não está bom. Céu cinzento e ar pesado. Pelo menos é o degelo, mas também a lama. Eu fico no quarto. Procuro ficar o máximo de tempo possível na cama, trabalhando ou lendo. Mas essa cama, esse amolecimento, essa mornidão... Bom, acho que eu preciso mesmo é de boas caminhadas, de duchas frias e de um trabalho lúcido.

Mas que importa!? Você está junto de mim, e me apoia. Você me entende, não importa a cor das minhas cartas e dos meus dias. Que alegria e que repouso agora tenho junto de você. Essa certeza de ser aceito, amado, apoiado sempre me faltava. Com ela é que eu sonhava às vezes. E nela é que encontro agora os dias de que preciso. Me parece que vou conseguir vencer essa longa esterilidade em que havia caído e que, escorado em você, poderei deixar brotar de novo toda essa vida profusa que sentia em mim. Por isto quero me livrar aqui de todo esse trabalho que pertence ao tempo da esterilidade. E recomeçar depois, na primavera, a viver e escrever *espontaneamente*, com audácia, com prazer. Meu amor, meu amor, tudo que eu deveria...

Quando não estou pensando nisso, não penso em nada. São na verdade devaneios que vou fazendo ao longo dos dias. Te imagino, sinto tua falta. Não desfrutei o suficiente de você quando a tinha junto de mim. E fico me prometendo me vingar, viajo com você, vejo coisas belas na sua companhia, te amo de todas as maneiras. Ah! Essas cidades desconhecidas aonde chegamos à noite, onde acordamos enroscados um no outro! Mas depois me repreendo e me obrigo a trabalhar nas chamadas coisas sérias. Mas o que é sério é justamente acordar enroscado em você!

Te amo. Até logo, minha tórrida, meu querido amor, minha verdadeira vida. Te espero, me rebento de te esperar e te querer. Me beije, como às vezes fazia, para me despertar finalmente desse terrível sono que não acaba mais.

A.

148 — MARIA CASARÈS A ALBERT CAMUS

Quinta-feira à noite [26 de janeiro de 1950]

Oh, meu pobre dia tão esperado! Pobre dia que eu tinha reservado só para mim! Como se passou tristemente, sem graça no início, e no fim tolamente.

Depois de te escrever hoje de manhã, comecei a ler um roteiro de Maurice Clavel (por sinal muito ruim) e de repente chega Paul Raffi! Eu tinha esquecido dele. Ficou comigo uma hora, mas eu seria incapaz de dizer do que ele falou; não consegui escutá-lo um minuto sem parar. Quando ele se foi, decidi concluir minha leitura e me levantei à 1 hora.

Toalete. Almoço com papai que não vai nada bem.

Às 2h30 Pierre Reynal chegou. Conversamos uma meia hora e depois ele pôs mãos à obra, pois viera escarafunchar meus livros em busca de poemas para declamar. E eu acendi um bom fogo na lareira do salão e me aboletei em frente. Estava esperando a sua carta.

Às 4 horas, fiquei sabendo que não receberia carta hoje. Fiquei diante da lareira até 6 horas. Não vou falar do meu estado de ânimo durante esse tempo.

Depois, teatro. Hébertot foi falar comigo. Talvez te conte amanhã, detalhes da nossa conversa; esta noite estou sem coragem para nada.

Récita. Boa meia-sala calorosa.

Voltei para casa.

Não está funcionando. Não mesmo. Eu não devia estar te escrevendo, mas acho que sábado você talvez precise de uma carta minha — eu sei como é! e se não postar nada amanhã ao meio-dia, você terá de esperar até segunda-feira.

Por isso estou mandando estas palavras. Não posso dizer mais nada; seria triste demais.

Amanhã de manhã vou tentar acrescentar um pouco de alegria aí, se as coisas estiverem melhores. Mas mesmo como estou eu sou tua, inteiramente tua.

Me perdoe, meu querido. Te amo.

M.

Sexta-feira de manhã [27 de janeiro de 1950]

Despertar difícil.
Lá fora, mal consigo enxergar os telhados das casas em frente. Uma névoa opaca que só pode significar frio.
Nada no primeiro correio. Estou esperando o segundo. Ontem esqueci de te perguntar se você conhece Fromont[1] e o que acharia dele para substituir Serge [Reggiani]. Hébertot me pediu que passasse um trecho com ele e lhe desse minha opinião sincera. E por sinal o próprio mestre vai te escrever. A propósito, por que ele dá o resultado líquido e não o resultado bruto quando a gente pergunta a receita? Felizmente existe a Sociedade dos Autores para nos informarmos. Que personagem mais estranho!
Pronto. Estou esperando. Me sinto deserta e passo o tempo todo lutando desesperadamente para me agarrar a qualquer imagem, qualquer ponta de sentimento para sentir meu coração bater; mas infelizmente essa bruma espessa amarela e glacial que escurece o céu parece que também quer se instalar na minha alma.
Teu calor! Tua luz, rápido! Te amo.

M.

149 — MARIA CASARÈS A ALBERT CAMUS

Sexta-feira, de manhã [27 de janeiro de 1950]

Querido,
Acabo de receber suas duas cartas, juntas, suas duas cartas tão boas. Não quero deixar o carteiro ir embora sem te dizer a alegria e a paz que me voltaram.
Ah! Meu amor, eu nunca soube o que é ciúme. Você me ensinou.
Eu nunca conheci o ódio. E agora odeio a ausência, com todas as minhas forças.
Está vendo, quando fico um dia inteiro sem você, não enxergo mais nada, não me reconheço mais, e de repente fico achando impossível que os dias de felicidade que parecem então ter sido apenas sonhados venham de novo. Ah!

---

1 O ator de cinema e teatro Pierre Fromont (1925-2015).

Que xarope insuportável esse estado confuso, insípido e sem relevo. Quando afinal as formas e a luz resplandecente?

É demorado. Demorado. Demorado. Estou sufocando. Só as suas cartas vêm marcar os dias com uma lembrança de vida. Escreva. Me ame. Diga tudo. Conte como vai. Te amo. Te amo no frio, no calor que você me dá, na alegria e na dor, até nesse xarope em que o seu afastamento me mergulha.

Te amo e te beijo demoradamente, tão longa e profundamente.

M
V

150 — ALBERT CAMUS A MARIA CASARÈS

Sexta-feira, 16 horas [27 de janeiro de 1950]

Dia ruim. Tempo cinzento, frio — e eu estou com um humor massacrante. Não gratuitamente, mas por histórias precisas. E acho ainda por cima que vou mandar minha demissão à editora Gallimard. A história naturalmente é idiota, mas me parece sintomática. Dois anos atrás eu aceitei o manuscrito de um antigo surrealista que vive em Céret nos Pireneus Orientais.[1] O livro (recordações sobre o surrealismo) não tinha nenhuma novidade, mas era honesto e interessante. Em virtude das dificuldades editoriais da época, a editora recebe o manuscrito sem se comprometer com nenhuma data. Ele é mantido durante dois anos e depois, sem me dizerem nada, mandam uma carta comunicando que estão abrindo mão, ao passo que ele pelo menos poderia ter tentado a sorte em outros editores se não lhe tivessem feito promessas. O autor, muito digno, me escreve, quinze dias atrás. Eu escrevo à Gallimard, que responde, sem sequer se desculpar, dizendo que não pode fazer nada. Achei que chega de grosseria. Já aceitei coisas demais por amizade e não estou mais com paciência. Vou esperar que Michel se vá daqui para não o envolver nisso e também para não discutir com ele e depois vou lhe escrever o que acho.

Eu estava digerindo a raiva e esperava me consolar lendo a sua carta (que deixo para o fim naturalmente). E fui tomado por outra raiva, dessa vez contra os Correios. E de fato te escrevi todos os dias, sem exceção, desde que cheguei aqui e não estou entendendo absolutamente esse dia sem carta. Mas natural-

---

1 Victor Crastre.

mente podemos encontrar mil explicações exceto a que você escolheu. Minhas cartas são postadas em Cannes, Grasse ou aqui mesmo. Devem levar 48 horas. Se você receber duas de uma vez, é porque uma foi mais rápido, e não deve esperar nenhuma no dia seguinte. Para não falar da neve, dos caprichos dos ônibus ou da distração do carteiro. Tudo enfim é possível exceto falta de amor, ou loucura, ou crise grave.

Ah! Meu querido amor eu queria muito que você seja razoável. Naturalmente, eu sei o que é um dia sem carta. Também sei que minha carta anterior era triste. Mas ora, eu te conto os dias como eles vêm, não posso te escrever otimismo sob encomenda. E por sinal não te escrevi nada que você já não saiba e essa ambiguidade que me sufoca, essas eternas restrições mentais, você sabe perfeitamente e há muito tempo que acabam comigo no que eu tenho de melhor. O resto, o que eu tenho de pior, se ajeita muito bem com tudo isso, se ajeitou. Mas desde que você está comigo, eu vivo para o melhor. Então, me deixe falar com você cegamente, desajeitadamente se for o caso, mas de todo coração. O essencial é eu não temer que minhas cartas te façam mal ou te deixem angustiada. Ainda vamos ter de suportar dois meses essa ausência. Então ajudemos um ao outro. Quando o tom das suas cartas baixou, eu senti, fiquei um pouco triste, mas entendi também que ao mesmo tempo tinha a felicidade de conferir minha confiança. Como decidi escrever como penso, como sinto, não posso te esconder nada. Ainda que sentisse o amor se retirar de mim, eu escreveria e te diria que me salvasse dessa secura. E então? O que você teme agora? Nada, não é? Pois bem, me beije, me deixe te abraçar, te sacudir um pouco, e te violentar muito. Se entregue de uma vez, e vai despertar nos meus braços para essa ternura que me faz chorar, tanta falta me faz. Te amo, estou perto de você, suporto com toda a coragem que me resta uma separação que me faz mal até a alma. São as coisas de que você pode estar certa; quanto ao resto me perdoe meus dias ruins, perdoe por contá-los: a gente às vezes fica bem sozinho nesta casa tão cheia de gente. Te beijo, de todo o coração.

A.

151 — MARIA CASARÈS A ALBERT CAMUS

Sábado de manhã [28 de janeiro de 1950]

São 10 horas. Acabei de acordar e estou terminando o café da manhã. Lá fora... oh! querido, se você visse essa rua cinza amarelado... puxa! Prefiro nem olhar.

Ontem não fiz nada demais, apesar de projetos que não me desagradavam completamente.

De tarde, 4 horas. Tive uma rádio, à noite pretendia, depois do jantar, passar alguns momentos no Iberia com Reynal e Jean Serge.[1] Suas cartas tinham acabado com as minhas tristezas, e eu estava precisando de música, luzes, roupas bonitas.

Me enfeitei como se fosse a uma noite de gala, mas —infelizmente! Jean Serge teve de ir à clínica para o parto da irmã e Pierre e eu, muito pobres para ir a algum lugar, decidimos ficar em casa. Então jantei com meu pai, que ficou zombando das minhas roupas, Pierre veio e nós ouvimos música até meia-noite. Foi muito agradável, e não senti a menor falta do Iberia.

Depois, li até tarde.

Agora de manhã, ainda estou cheia de sono. Então me desculpe se esta carta não estiver de cara bem lavada.

Só uma coisa já está viva em mim, ainda um pouco langorosa: você.

A meu lado, *Esprit*[2] me esperando e suas cartas queimando de neve.

Está gostoso no meu quarto. Quentinho. Mas estou entediada, meu amor; me entedio terrivelmente de você. Procuro ter coragem, aproveitar esse período de ausência para me preparar para você, mas depois desses dois longos meses de América e ainda tão perto deles, esse esforço já não me parece válido e me sinto incapaz de apreciar certas coisas que então apreciava.

Me ame. Diga o que ainda preciso fazer para esperar pacientemente e não sucumbir ao tédio. Me aconselhe. Eu te amo. Vou parar por aqui, esta manhã estou muito boba; só tenho vontade de me enroscar em você e me calar. Bom domingo, meu querido amor.

Te amo. Te amo. Te amo.

V.

152 — ALBERT CAMUS A MARIA CASARÈS

Sábado, 15 horas [28 de janeiro de 1950]

Bom. Sua carta me tranquiliza. Por sinal é exatamente o que eu pensava. O tempo ruim deve ter atrasado uma das minhas cartas e você recebeu duas ao

---

1 O diretor e radialista Jean Serge, nascido Messberg (1916-1998).
2 Ver nota 1, p. 216.

mesmo tempo. Assim eu me acalmo ao mesmo tempo que você. Mas continuo com um humor detestável. A vida aqui me exaspera. Parece um concurso para ver quem é mais mole e mais incolor. Em "sociedade", cabe portanto a mim me esforçar. Mas naturalmente, eu também quero que me façam viver, que me façam rir, que me ensinem coisas, ninguém pode se dar o tempo todo. O resultado é que saio cada vez menos do quarto. Tento trabalhar. Mal, claro. Me roendo. Vontade de explodir. Me exaspero. Enfim, tudo isto é inútil. Vamos falar de outra coisa.

Fromont? É um ator mediano incapaz de interpretar Kaliayev. O Mestre nem precisa se dar ao trabalho de me escrever. Não quero. Você se informou sobre esse Torrens TORRENS!? Que fazia Cassio em *Otelo* no Vieux Pigeonnier?[1] Talvez possamos ouvi-lo. Tem certeza de que Gérard recusaria? Tem uma pequena parte dele que está acima dessas historinhas. E Pellegrin?[2] Você pensou em Pitoëff[3] nesse papel?

Vejo que Jouvet está apanhando com *Tartufo*. Mas os mesmos que se indignavam com a tirada do Isento num tribunal de justiça (ideia realmente estapafúrdia!) aplaudem no *Don Juan* que continha a mais admirável coleção de mal-entendidos que eu conheço.[4] Jouvet achou então que estava no bom caminho. A verdade é que esse ator considerado inteligente é tudo menos inteligente. Ele é espirituoso e astucioso, o que não é a mesma coisa. É um Scapin que deu certo. Na França, as pessoas só apreciam e entendem esse tipo de sucesso. Ah! Meu velho Dullin que pelo menos interpretava *O avaro*, e à perfeição, sem alterar uma linha. Ele certamente não mudaria nenhum desenlace em Molière! Mas essas estrelas vivem de arrogância! Cheias de intimidade com Molière. Pois eu, quando penso em Molière, sinto vergonha. Vergonha de escrever o que escrevo. Graças a Deus eu não estava na récita. Teria espumado! Como na noite do *Don Juan*!

Outra boa notícia. Meu irmão está doente, emagreceu a olhos vistos: cinquenta quilos! Ele foi operado de uma úlcera. Mas não recuperou peso. Eu o convidei a descansar um mês aqui. Decididamente uma família de estuporados.

---

1 No lugar de Vieux Colombier. [*colombe* e *pigeon*, duas formas da palavra "pombo" em francês. (N. T.)]
2 O ator Raymond Pellegrin (1925-2007), discípulo de Pagnol e Guitry, conhecido em particular pela bela voz.
3 Sacha Pitoëff (1920-1990), filho de Georges e Ludmilla Pitoëff.
4 Louis Jouvet dirige e interpreta *Tartufo* no Teatro de l'Athénée a partir de 27 de janeiro de 1950.

Recebi uma boa carta de Paulo.[1] Este pelo menos está vivo e divertido. Ele também se vai. Me pergunto por quem substituí-lo. E a duquesa, por acaso, não tem talvez um filme? Mas eu jamais teria esta sorte.

Como vê, não ando muito divertido. Mas o fato é que o tempo também entrou na jogada e este fim de mês não acaba mais de se fazer esperar. Dois meses ainda! Sim, é extenuante. Mas não temos mais nada a fazer além de nos amar, nos apoiar como pudermos, trabalhar, esperar... Me perdoe se estou mal--humorado e ranzinza. Agora você sabe que eu te amo e não quero viver sem você nem fora de você. Seja paciente e corajosa. Prepare-se para a primavera, pois vou cair em cima de você e você não terá mais paz. Ah! Te beijo com fúria, meu amor querido, cobiçado, esperado... Escreva.

A.

153 — ALBERT CAMUS A MARIA CASARÈS

Domingo, 17 horas [29 de janeiro de 1950]

Na minha opinião os domingos deviam ser apagados da semana. Este não transcorreu mal. Mas é vazio, soa oco. Falta alguma coisa. Todos os dias sem você parecem partidos.

Fui deitar ontem de mau humor — como minha carta já deixou pressentir. Mas à tarde eu tinha trabalhado. No jantar M[ichel] me comunicou que eles ficariam até 20 de fevereiro. Eu me recriminei por ter reagido mal interiormente. Mas é que também preciso de solidão.

Hoje de manhã, de novo, o céu estava deslumbrante. Tão deslumbrante que depois de me lavar e me vestir fui para a montanha, sozinho. Rochas brancas, solidão, luz, finalmente eu respirava. Caminhei mais de uma hora — a montanha toda para mim. Poderia ter sido nossa. E como sempre a beleza árida desta terra me queimava os rins, pensando em nós.

Me deitei depois do almoço com um vazio absoluto no coração. Pensava que o caminho era longo até 20 de fevereiro e que depois ainda haveria mais um mês. E perdia as forças só de pensar.

Dormi. E despertei com um gosto amargo. Para sacudir esta abafação propus que fôssemos jantar em Cannes esta noite. De repente estava com vontade

---
1 Paul Œttly interpreta Skouratov em *Os justos*.

de gente e luzes! E é o que vamos fazer, acho eu, e então poderei postar esta carta.

Meu amor querido, minha distante, acho que realmente preciso de você neste momento. Me escreva como às vezes sabe tão bem fazer, traga de novo para mim essa vida que no momento me escapa. Se me entregasse eu não sairia mais da cama e lá ficaria perdendo o tempo em devaneios tolos. Mas estou exercendo minha vontade. Me levanto, trabalho, passeio. Decidi de uma hora para outra parar de fumar e há dois dias não acendo um cigarro. Vai durar, naturalmente, o que for possível. Mas todos esses belos exercícios, e seu sucesso, eu de bom grado os trocaria por uma hora de entrega junto de você.

O céu está coberto esta noite — amanhã não teremos luz. Mas pelo menos eu vou te ler. Que fome eu tenho de você! Que horror essas palavras todas acumuladas diariamente! Onde estão os braços, a pele, seu gosto, você fremente... onde estão os passeios noturnos, pelo campo, e tua perna contra a minha... Pelo menos você me espera, não está desanimada nem acovardada! Perdão meu amor querido, minha luz negra, minha mulher. Eu te amo e me acabo de te esperar. Mas te amo e a espera terá sua recompensa. Me escreva. Saiba que eu te amo incansavelmente, aproveite que eu te beijo sem controle, vorazmente! Ah! Meu querido, querido amor — já estou sentindo seu calor e seu peso...

A.

154 — MARIA CASARÈS A ALBERT CAMUS

Domingo de manhã [29 de janeiro de 1950]

São 10 horas. Ainda na cama.

Estou ouvindo música e falo com você ao acaso. Falar com você? Infelizmente, não. Chegou o momento que eu tanto temia do longo monólogo. Eu sou um monstro, meu querido amor ou será que temos direito, todos nós, sem exceção, a essa parte inconcebível de capacidade de esquecimento?

Você não está mais diante dos meus olhos, das minhas mãos, da minha boca. Foi arrancado de mim, há longos dias, me deixando incompleta, mutilada por longas semanas pela frente. Ainda há tuas cartas que quase te recriam e quase te devolvem inteiramente a mim, no teu lugar de novo; mas quando sou privada delas — como ontem e hoje, você me escapa irremediavelmente deixando em todo o meu ser uma falta para a qual me volto toda desesperada, um vazio que nada é capaz de preencher e por trás do qual te adivinho. E aí, é o tédio, o pavoroso tédio. Gelada, estranha a tudo e a mim mesma, eu tento voltar todas as minhas forças, todas as minhas energias para reencontrar sua imagem e com ela as alegrias que você me proporciona, a dor e essa nostalgia maravilhosa que às vezes nasceu da nossa separação. Mas ai! Dessa vez a ausência voltou rápido demais, ela se prolonga demais também e nos últimos tempos me aconteceu de sentir demais, de viver intensamente demais; talvez seja isso e o cansaço em que estou, e uma espécie de preguiça do coração e da alma, não sei; o que sei é que meus esforços muitas vezes são em vão, que alguma coisa em mim se recusa a viver fora da sua presença para o bem e para o mal e que só um desejo permanece constante em mim nos últimos dias, o desejo de um sono contínuo até a sua volta, o desejo de um esquecimento total de mim mesma até que você venha me devolver uma existência real, o desejo, enfim, de uma noite prolongada até a manhã em que o seu calor venha de novo me despertar.

Você entende, meu querido? Entende esse estado inanimado, esse longo impulso estéril, esses recuos para o vazio, essa tentativa constante e constantemente renovada de não sucumbir à desistência?

Silêncio! Oh, querido! O seu rádio. Está cantando. Me chamando à ordem. Meu amor! "La Vie en rose!"

Você está aqui! Você está aqui, vivo, sentado ao meu lado nesse verso que canta. Seus belos olhos claros em mim! Meu amor. Meu amor. Sua mão pálida que se agita exigindo a minha.

Larare carare! É onde você me esperava hoje de manhã. Querido! Minha vida! Todos os você que eu conhecia bem de repente se atropelam ao meu redor e eu não sei mais com que ficar, o que guardar em mim, se esse olhar claro e franco, se essas três ruguinhas suplicantes entre suas sobrancelhas, se essas mãos que chamam, se esse lábio que tenho vontade de tocar, se, se...

Ah! Você, meu amor.

Olha! Um tímido raio de sol na poltroninha florida — decididamente estão sendo generosos comigo esta manhã! E você!? Que está fazendo? Como anda? Nada de você, meu amor, desde sexta-feira de manhã. Nada. Em que está pensando? Continua nevando?

As oliveiras continuam disfarçadas de fantasmas?

Nada; não sei de nada e meu longo dia de ontem se passou na espera até 11 horas, até 4 horas. Da tarde em diante, até hoje e amanhã. Eu não saí. Reynal veio me ver, depois Pigaut. E então fui para o teatro — sem vontade de atuar. Felizmente, Lucienne Bogaert[1] estava na plateia, o que me estimulou. Atuei muito bem. Não sei o que ela pensou. Ela não foi falar comigo (1) — não sei se você sabe que ela está aborrecida comigo — e por uma questão de tato não fui ao Souris, sabendo que ela estaria lá com Guy Desmarets e o MESTRE.

Voltei e fiquei lendo até tarde da noite. Inerte.

Hoje, vesperal e noturna e entre as duas, visita de Bleynie,[2] que me pediu um encontro — acho que sei do que se trata.

Eis o meu dia que vai começar. Mas já é tarde. Preciso me levantar. Até esta noite, meu amor. Bom domingo. Te amo tanto.

V.

(1) Fui reler. Fiquei sabendo que no fim do Terceiro, ela já tinha o rosto coberto de lágrimas.

À noite [29 de janeiro de 1950]

Ah! Sim, eu tive de me levantar. Mas teria sido melhor ficar deitada até meia-noite e desistir desse dia apesar de ter começado com *La Vie en rose* e um raio de sol.

Eu não saberia te dizer exatamente o que aos poucos foi me levando a esse xarope opaco e grudento em que me debato esta noite.

Ao chegar ao teatro eu já estava me sentindo nervosa. Uma discussão ao telefone com Pitou, que agora pratica a caridade e os bons conselhos o tempo todo e que vai acabar me dando nojo de qualquer bom sentimento se continuar, não ajudou em nada. Durante os três primeiros atos, fiquei recalcando uma vontade louca de rir que não conseguia impedir e que me deixou amarrada, insatisfeita e terrivelmente cansada depois da representação.

---

1 A atriz Lucienne Bogaert, nascida Lucienne Lefebvre (1892-1983), aluna de Jacques Copeau e Louis Jouvet. Atuou ao lado de Maria Casarès em *As damas do bois de Boulogne*, de Robert Bresson (1945).
2 Maria Casarès foi noiva de Jean Bleynie depois de se separar de Jean Servais.

Depois, Bleynie com Jean Genet[1] e Nico [Datier], tudo para me deixar bem. Eles tinham assistido à récita; me disseram isto e se foram todos exceto Bleynie, que ficou comigo. Conversa. Era mesmo o que eu imaginava. Ele precisa de dinheiro e veio me pedir; mas, como não tem coragem de ser direto se arranjou de tal modo que

1. me embaraça muito mais que o necessário;
2. complica as coisas e as confunde a ponto de me provocar um incômodo, uma dúvida, um mal-estar que não me agradam nada.

Ele me explicou e me propôs esquemas terrivelmente complicados que eu não entendi, ante os quais me senti de repente impotente, sem defesa e sobretudo — o que é mais grave e mais desagradável para mim — desconfiada. Queria que eu assinasse letras de câmbio de 50.000 francos, pagáveis mensalmente, mas que eu não lhe pagaria pois ele próprio ia liquidar gradualmente. Eu perguntei para que serviriam nesse caso esses pedaços de papel e ele explicou não sei que labirintos de homens de negócios. Eu então recorri a todas as minhas reservas de sabedoria galega e disse que se assinasse letras de câmbio pagaria o valor devido no dia exato do vencimento de cada recibo. Acrescentei que não gosto de papéis pendentes e que não havia o menor motivo para ele pagar a si mesmo um dinheiro devido por mim.

Acho que era o melhor a fazer. A questão toda agora é encontrar, em doze ou treze meses, os 50.000 francos que tenho de transferir. O que não me preocupa muito, e no fim das contas prefiro muito mais que essa dívida tenha se tornado oficial.

Enfim, você me conhece e pode imaginar meu humor e meu estado de espírito no fim desse encantador encontro. Ah, sim! A propósito, ele me disse que ficou sabendo por Pagliero que eu tinha saído do meu apartamento para morar num grande apartamento na praça Saint Michel.

Mas vamos deixar isso para lá e esse meio e essa podridão toda.

Depois eu jantei com Bouquet e sua mulher, Pommier, Paulo [Œttly] e seu duplo. Paulo nos contou a guerra de 14. Estava quente; o ar fedendo a fumaça e os cadáveres e as medalhas militares se misturando no cuscuz e no arroz à espanhola que Œttly e seu duplo adoram.

---

1 O escritor e dramaturgo Jean Genet (1910-1986), amigo de Jean Cocteau, autor do *Diário de um ladrão* e de *As criadas*, que estreou em 19 de abril de 1947 em montagem encenada por Louis Jouvet no Teatro de l'Athénée, na primeira parte de um programa comportando também uma peça de Jean Giraudoux.

Eu estava cada vez mais sem ar, e percebia que Jean [Pommier] e Michel [Bouquet] se deixavam tomar pelo meu estado de espírito — o encontro só serviu para nos jogar no abismo. Nós tínhamos representado bem, mas ao preço de uma depressão!!! Ao voltar, apertados no fundo de um táxi gelado, de repente nos conscientizamos do nosso bem-estar naquele teatro, juntos e oferecendo uma dessas obras-primas que talvez não tenhamos oportunidade de voltar a representar na vida; ficamos imaginando como seria a última récita, e nos apertamos um pouco mais uns contra os outros. Desde essa manhã, é o único bom momento que passei no dia.

Jantei na cama, ouvindo um quarteto de Beethoven. Agora são 12h45.

Ah, querido, venha logo me socorrer! Tuas cartas! Teus pensamentos! Teu elã! Me sinto pequenininha e sozinha. Venha me apoiar e me defender um pouco

M.

Segunda-feira de manhã [30 de janeiro de 1950]

Acabo de receber — *como esperava* suas duas cartas de sexta-feira e sábado.

Ah! Meu doce amor querido, meu aveludado, meu terno amigo, como sua palavra é doce e o seu elã tranquilizador! Mas você fica me dando bronca, meu Deus! E já de manhã cedo! Me dá bronca do início ao fim? E só porque timidamente eu fiquei imaginando os possíveis motivos da ausência de uma carta, você tem coragem de me dizer que quando o meu "tom baixou você escrevia me entendendo" e mantendo intacta sua confiança. Ora vejam! Fico com vontade de te mandar de volta o que você me disse então, para você constatar que sua confiança era mesmo muito profunda e nem chegava ao papel.

E agora, respondo ao mais urgente. Eu vi Fromont. Não o ouvi em cena, mas só de vê-lo decidi que estava fora de questão. E com efeito, já está fora de questão.

Não conheço Torrens; eles só precisam experimentar; mas conheço um rapaz [Levraie], que não é exatamente o personagem — sólido demais, meio pesado para o primeiro ato — que tem talento, o estilo, que não é "veado" e que representaria muito bem o 2, o 3 e o 4.

Pellegrin? Não é o personagem e não tem sequer força para levá-lo até o fim. Pitoëff? Está louco! Por que imaginar logo de cara um Yanek antipático? Paulo está indo embora? Quando?

Tenho a mesma opinião que você — exatamente a mesma — sobre Jouvet; mas como sempre nesses casos sou tão criticada por isto que agora quando alguém resolve concordar comigo, sinto uma vontade louca de defendê-lo e quase achá-lo genial. Um jesuíta de segunda categoria, é o que ele me parece.

E o seu irmão o que tem exatamente? No fim das contas ele vai visitá-lo aí?

Eu entendo — você nem sabe como! — que se sinta sufocado numa casa retirada tendo pela frente olhares tão transbordantes de vida como os de M[ichel] e J[anine Gallimard]. A própria F[rancine] deve sentir; a mim bastaria uma semana na companhia constante deles para me sentir perdendo qualquer vestígio de vitalidade. Realmente gostaria que eles voltem a Paris. Tenho certeza de que você vai recuperar a calma, certas alegrias que eles estragam com sua pálida presença e seus tristes gorjeios, o seu gosto pelo trabalho, e de que sozinho com F[rancine] você poderá de novo levar uma vida sem sociedade e tranquila. Seus filhos e sua mãe não irão? Alguns gritos, um pouco de bagunça, olhos risonhos, uma briguinha, a vida, enfim, é o que você precisa, agora que não sofre mais de cansaço físico.

Bom. Vou continuar esta noite. Preciso entregar esta carta a Angeles, para ser postada antes do meio-dia.

Obrigada meu querido pela sua pequena bronca. Você me reconciliou com a vida. Beijo suas três rugas imaginando que estão apertadas umas contra as outras, seus belos lábios pinçados, seus olhos de tempestade e a ponta do seu nariz que desmente tudo que o resto quer me dizer. Até esta noite meu belo amor.

É engraçado como a sua raiva muitas vezes me dá vontade de rir.

V.

Não se exalte com a história dos Gallimard. Eles são todos iguais. Faça o que quiser, mas não fique irritado sozinho.

155 – ALBERT CAMUS A MARIA CASARÈS

Segunda-feira, 16 horas [30 de janeiro de 1950]

Ontem à noite como tinha dito fomos jantar em Cannes. Mas, cansado de viver entre almas mortas, fui procurar Dolorès Vanetti,[1] que está em Cannes

---

1 Dolorès Vanetti, uma das grandes paixões de Jean-Paul Sartre, que ele conheceu em Nova York.

no momento. Já te falei dela, que vive, quando pode, com Sartre e deixou a América para vir ao encontro dele. No momento o está esperando em Cannes, onde vive sozinha. É alguém de quem gosto muito, uma espécie de pequena crioula falando a toda velocidade um jargão francês inimitável. Sob uma capa de cinismo, uma sensibilidade em carne viva. Fomos jantar em Antibes. Dolo (é como a chamamos) me fez rir, me divertiu e tocou. Em suma, um ser vivo. Voltamos bem tarde depois de dois *whiskies bus* na casa dela, ouvindo discos. Como ela é sozinha e triste (apesar das aparências) vou buscá-la de vez em quando e ela vai introduzir aqui uma corrente de vida.

Hoje de manhã acordei com dor de cabeça. Achei que estou ficando um fracote. O tempo estava instável. Mas eu esperava sua carta e estava feliz por deixar mais um domingo para trás. Sua carta chegou. Na verdade, é um pobre pedacinho de carta. Por que não me escreveu na noite de sexta-feira? Eu sempre conto com essa noite, me convencendo tolamente de que ela lhe dá tempo de se abrir. Mas também entendo perfeitamente que é a noite em que a máquina, tensionada demais nos outros dias, finalmente para. E posso adivinhar que você se debate, que o tédio leva a melhor e, com ele, o vazio, a secura, um gelo morno! Como não sucumbir ao tédio? Ah! Não posso saber meu pobre amor! Quero te ajudar. E ajudo. É o que faço diariamente e falo, falo, mesmo quando me dá vontade de jogar tudo para o alto e me deitar para dormir até a primavera. Mas sei que é preciso estar presente, que o amor às vezes luta contra si mesmo e que o silêncio de um dia causa o mal de uma semana. Então te repito aqui meu amor, meu amor, meu amor... Resista, seja forte. Não sucumba a nada. Eu estou aqui completamente voltado, cegamente, para o objetivo ainda distante. Quando me vem alguma fraqueza, repito o seu nome e a fraqueza se vai. Fico triste com você, furioso diante de você. As raras alegrias que tenho são as suas. Aí está tudo que eu digo, tudo que posso te dizer. Mas é porque estou sozinho e longe da vida. Com você é um pouco diferente. Relaxe. Se o amor em você ficar mudo não force nada. Viva de acordo com as suas vontades, saia, leia, durma. O principal é que me preserve no fundo de você. Se não tiver vontade de escrever, pare — as palavras e os gritos vão refluir depois.

Que te dizer que te diga melhor o meu amor, a dor que sinto de você, a inquietação e a tristeza em que eu também vivo!? Te amo e te espero sem paciência. Te amo e me desespero por esses dias perdidos sem volta. Mas espero, isto é certo. Até logo, minha criança querida. Te beijo; me ame!

A.

156 — MARIA CASARÈS A ALBERT CAMUS

Segunda-feira à noite [30 de janeiro de 1950]

Ah! Meu belo amor, se pudesse me ver! Se estivesse aqui para me ver! Se pelo menos pudesse imaginar, ó Tristão, a sua Isolda neste momento!

Mole por causa de uma dor de barriga que me dobra ao meio, o estômago embrulhado por uma ração um pouco exagerada de almôndegas picantes — acometida de uma espécie de terçol que fecha meu olho direito e me contempla com dores de cabeça que eu bem que gostaria de esquecer.

O fato é que desde hoje de manhã muitas coisas aconteceram em mim — talvez um bom deus gentil queira colorir minha vida e ache que ela está muito carente de acontecimentos externos. Comi almôndegas ao meio-dia e como desde então não consegui mais engolir o que quer que fosse, estou até agora — 1 hora da manhã — comendo minhas almôndegas, que aparentemente querem me alimentar pelo resto da vida. De tarde — talvez por simpatia — fiquei lendo *As menstruadas*, peça em três atos que me foi trazida por Pierre Boulez — e uma vaga nostalgia veio rondar na minha barriguinha, instalou-se nela e com o tempo se transformou em aflição e por fim em dor profunda. Não tive tempo de acompanhar essas metamorfoses, pois minha mente estava em outro lugar e toda a minha atenção se concentrava aos poucos na minha pálpebra direita. Ela se contraía, ficava curiosamente pesada, me chateava e inchava, inchava, inchava. Ai! Ai! Ai!

Um terçol? Um golpe de frio? Um furúnculo? Um tumor? Meu cérebro! Se a coisa for acabar em tumor no cérebro, pânico e tudo mais.

Esta noite, depois de um dia de torturas, atuei nessas condições. E atuei bem!!! Mas, meu Deus, como me incomodava e como tudo me doía.

No fim da récita Pomme foi buscar um táxi para mim e de olho direito tapado para não pegar frio, voltei para casa. Compressas quentes na barriga, no olho, no corpo todo. Que mais fazer? Angeles me disse que um saquinho de farinha no olho durante a noite é muito bom. É para já! Tenho de tentar tudo. E aqui estou deitada, uma bolsa de água quente na barriga, um saquinho de farinha no olho e uma atadura na cabeça para manter a farinha no lugar, tentando te escrever algumas palavras.

Espero que tenha entendido meu triste estado, que sinta pena de mim, que me adore, que me beije muito, muito e suavemente e que já esteja perdoando esta carta maluca.

Não é?

Amanhã vou tentar acrescentar algumas palavras antes do horário do carteiro. Por esta noite, acho melhor apagar as luzes e tentar dormir.

Me ame apesar de tudo. Sua triste Mélisande.

VM

Terça-feira de manhã [30 de janeiro de 1950]

Está cinzento, sem graça. Estou cheia de dores. Durante a noite, o saquinho de farinha saiu do lugar, e só a atadura ficou no olho. Ainda estou com a pálpebra inchada. E esse dia pela frente...! Meu Deus do céu! Não! Meu humor não está dos melhores.

Acabo de receber, *como esperava*, sua carta do domingo. Não estou desanimada nem covarde, mas vazia, árida, seca, parecendo que nunca mais vou encontrar de novo em mim um sopro de vida, um tremor de tristeza ou de alegria. Receio que ao voltar você não encontre uma mulher e encontre apenas uma boneca falante.

Ah! Eu também, meu amor querido, preciso de você; há uma semana tenho a impressão de que minha alma decidiu deitar para te esperar e todo o meu corpo quer ir atrás dela, se sentindo abandonado. Mas não precisa temer nada. Dentro de alguns dias vou reagir... quando não sentir mais nenhuma dor. Me espere até lá. Me espere, meu querido amor. Estou chegando, meu querido, meu belo, meu flexível, meu terno. Se aconchegue em mim, grudado em mim, e vamos esperar juntos a vida que está vindo. Eu te amo e não aguento mais e de tanto me calar, conter, recalcar meus gritos para você, estou morrendo. Me ame. Se preserve. Não se canse de esperar. Paciência, meu belo amor. Paciência.

Até esta noite, meu querido. Te beijo com toda a força dos meus impulsos perdidos

M
V

157 — MARIA CASARÈS A ALBERT CAMUS

Terça-feira à tarde [31 de janeiro de 1950]

Finalmente volto a ser eu mesma! Já estava na hora! Está fazendo menos frio; dá até para adivinhar lá fora uma lembrança de sol. Minha barriguinha não dói mais e meu compadre, embora se comportando ainda com atrevimento, parece ter afinado e pelo menos me deixa tranquila e só se faz lembrar por algumas picadas.

A vida está voltando e com ela, você todinho? Fiz um levantamento e me pergunto como você pôde aguentar sem se queixar o tom das minhas últimas cartas. É preciso me perdoar, meu querido. É preciso entender o aniquilamento da minha sensibilidade devido a longas provações e sobretudo essa ausência que mata em mim todo desejo de reagir. É preciso entender também — e para isso você terá de fazer um esforço — o estado em que eu fico ao se aproximarem certos dias, estado do qual saio a cada vez profundamente espantada e revoltada por me ter deixado levar quase totalmente, apesar de conhecê-lo como conheço.

E agora vida nova.

Fevereiro. Fevereiro tem três dias a menos e depois a planície até você. Coragem, meu amor! O tempo bom está voltando. Os dias se prolongam. A primavera está quase chegando e nosso verão chega, nosso belo verão. Mais um pouco de coragem e paciência.

O que está fazendo? Você não fala mais do seu ensaio. Está progredindo? Está se sentindo rico e generoso? Fale. Me fale disso.

Finalmente estou com o número de *Esprit* e comecei a ler os dois artigos a seu respeito. Vou comentar quando tiver acabado.

Continuo Proust. Acabei *Swann* e agora vou começar as *Raparigas em flor*. Curioso. Às vezes, eu devoro?... não, *degusto* as páginas que me falam da infância, o primeiro amor por Gilberte, certas passagens belíssimas dos sentimentos de Swann por Odette de Crécy e sobretudo tudo que se refere à avó. Também gostei, naturalmente, dos impulsos de entusiasmo desperdiçados em gritos desordenados, muito embora a maneira, a tradução — "droga! droga! droga!" — tenha me espantado um pouco e lembrado nosso amigo Maurice Rostand, e o relato daquelas longas horas de leitura em pleno campo. E gosto por fim de ouvi-lo falar de música e sobretudo gosto dos detalhes, dos parênteses, das comparações, das associações de ideias que aparecem aqui e ali, sem sabermos por quê.

Mas no fim das contas critico em tudo isso justamente o fato de acabarmos sabendo por quê. E identificamos e tomamos conhecimento da ordem meticulosa e ficamos na expectativa da pequena imagem, das duas palavrinhas que vão chegar... e que chegam. Nem sempre eu me queixo; mas na hora de me contar pela enésima vez as relações num salão ou em sociedade ou os mexericos políticos, ele me entedia, quando não me irrita. É neste ponto que estou em Proust.

Dito isto, leio com interesse e às vezes com amor.

Fora Proust, ando atribulada com a leitura forçada dos manuscritos que me mandam e que já são muitos. No momento acabo de percorrer um drama lírico intitulado *Despertares*, que te recomendo. Os personagens são Adão, Eva, Abel e A Mulher. A ação se passa na "Origem"; os cenários se resumem a véus artisticamente dispostos e os figurinos a algumas peles de animais. Elenco ideal? Adão: Œttly. Eva: Marie Bell. Abel: Dacqmine.[1] A Mulher, felina e *loura* (é indispensável): eu.

Só de pensar em ver Paulo perambulando nu, só com uma pele de tigre na cintura, perto de mim, coberta por um véu, felina e com uma cabeleira dourada, sinto a vontade de montar essa peça se tornar intolerável em mim; mas, quando leio as cenas de amor brutal e sensual que teríamos de representar vestidos assim, aí mesmo é que não aguento mais!

Despertares, depois de *As Menstruadas*!

Ah! Não se pode negar, meu ano teatral de 1950 está completo!

Mas chega das minhas leituras.

Fora isso, não fiz grande coisa desde que você se foi. Até estes últimos dias, meu tempo era engolido pela rádio e o teatro e na semana que vem, uma nova série de programas vai me arrastar de novo, talvez, até o fim do mês. Dessas horas intermináveis e também quentes e vivas em que o microfone é rei eu não te falo; não há o que dizer.

Quanto ao teatro, o ritmo não mudou e minhas relações com os outros também não mudaram. Meu camarim continua sendo o ponto de encontro da companhia; é lá que a gente ri ou boceja, conforme a noite, se esconde ou se

---

1 O ator Jacques Dacqmine (1923-2010), *pensionnaire* da Comédie-Française e posteriormente integrante da companhia Renaud-Barrault.

congratula depois das récitas. Quase sempre eu volto com Bouquet e Pommier e os deixo em casa. De vez em quando, Ariane Borg,[1] sempre simples, se junta a nós.

Gosto muito de Pommier. Ele é fino, discreto, muito divertido, tem gosto e tato; é mesmo inteligente por sensibilidade. Pena que seja mau ator.

Tenho um fraco por Bouquet, que muitas vezes me diverte, nunca me entedia, não tem nada de bobo e tem classe, ou pelo menos uma certa classe. Pena que não tenha coração e seja tão cabotino e já tão velho cabotino.

Tenho uma certa ternura por Serge, que tem vivacidade e gentileza. Pena que dê margem à terrível suspeita, que me entedie e queira de qualquer jeito esse coração que tem por uma virilidade que não tem.

Yves Brainville? Atualmente, só o vejo em cena. Sempre digno e gentil. Quanto aos outros, fazem parte do nosso espetáculo cotidiano.

Paulo, de quem realmente gostamos muito, faz sua entrada com a grande tirada, sempre a mesma: "Temos Max Régnier esta noite na casa!",[2] e atrás dele chega o seu duplo, que por sua vez é realmente de dar medo.

Depois aparece Moncorbier,[3] cujas mãos e narinas aumentam com o número de récitas. Se chegarmos à centésima, só veremos dele duas mãos gigantes e dois buracos enormes escondendo todo o resto. Ele manda "gracinhas" para quem está resfriado, gripado, recurvado etc., fala um pouco de desenhos pornográficos, representa sua cena com um sotaque cada vez mais forte de La Villette e se retira, exatamente como entrou.

Depois temos Perdoux, atraído também pela proximidade e o clima do meu camarim. Ele vem para dormir ou então nos instrui sobre os atores antigos, ou enfim nos canta *La Patate* e *Les Petits Pois*, à maneira de Dranem.

Quanto a Michèle Lahaye, é muito simples, ela vem simplesmente acabar de se vestir no meu camarim. É divertida e nada boba. Toda vez quase perde a deixa da sua entrada e se diverte com a nossa ansiedade.

Albert, disfarçado de hindu ou chinês, de vez em quando faz uma aparição. Tem também Jean Vernier, que infelizmente não "desemburra" com o tempo.[4]

Já o público é sempre o mesmo, quase sempre bom, exceto quatro ou cinco vezes em cinquenta récitas. Na última semana a receita baixou muito, mas

---

1 A atriz Ariane Borg (1915-2007), esposa de Michel Bouquet.
2 O ator Max Régnier (1907-1993), diretor do Teatro de la Porte Saint Martin.
3 O ator Pierre Moncorbier (1907-1978), que interpreta Foka em *Os justos*.
4 O diretor Jean Vernier, na época trabalhando para o Teatro des Célestins.

pelo que ouvi dizer, exceto em três teatros, L'Athénée, L'Atelier e Le Bossu, todo mundo sente o fim do mês de janeiro pesando depois das festas, com os vencimentos a pagar e o número de dias. Vamos esperar o dia 6 ou o dia 8 de fevereiro para ouvir os oráculos.

E agora basta de teatro.

Em casa, continua tudo do mesmo jeito.

Meu pai parece que este ano vai evitar a grande crise, mas vai trocá-la por um longo período de grandes indisposições. No momento está cheio de remédios para combater a dispneia, diminuir a transpiração, ganhar apetite, conseguir fazer xixi, regularizar a tensão etc. etc. E também injeções por todo lado para baixar a ureia. Mais uma radiografia atrás da outra para ver o estado dos pulmões, dos brônquios, do coração e por fim exame em cima de exame para verificar os resultados de todos esses tratamentos e escolher o momento para a primeira injeção de soro. O moral dele? Incrivelmente bom quando consegue respirar com mais facilidade. Ocupado em respirar quando sufoca. E os dias vão passando...

Depois, tem Angeles, sempre a mesma, a boa rocha na qual a gente gosta de repousar um pouco. E Quat'sous, viva como nunca... e ainda solteira. Mireille eu vejo pouco, pois ela me irrita muito e tenho medo que perceba. Como já te disse, ela pratica a caridade e é mesmo de fugir ou se enfurecer com todos os infelizes do planeta, a começar por ela. Além do mais, está lendo as obras de um discípulo de Gandhi e faz o favor de me transmitir tudo sem digerir, com aquele tom de professorinha de escola. O pedantismo sempre me deixou furiosa, mas o pedantismo feminino tem o poder de me fazer o sangue subir à cabeça. Enfim, não tema nada, pouco a vejo, e me seguro muito.

Quanto a Pierre, vai levando a vida do seu jeito, que de repente ficou mais fácil desde que começou a fazer um filme de dança. Ele se veste, ri, tem dor de dentes, tem medo de morrer quando o estômago não digere alguma coisa e continua cuidando um pouco demais da própria vaidade. À parte isto, é realmente agradável. Gosto muito dele, mesmo quando me aborrece à maneira de Proust, com menos talento porém mais coração. A propósito dele, imagino que o MESTRE pediu a Vernier[1] que faça uma audição com ele para Yanek. Quando soube disso, eu nunca ri tanto na vida. Pierre, pelo contrário, foi tomado de fúria, já se revoltando contra o fato de semelhantes b... poderem

---

1 Claude Vernier. Ver nota 2, p. 161.

se tornar diretores de teatro e terem nas mãos o destino de uma peça como *Os justos*. E como poderia ser diferente?! Ele é muito jovem, tem um pouco o espírito de vendeta dos homossexuais — como você disse tão bem — e ficou com raiva de Hébertot. É uma pena para ele. Sem tudo isso o sangue não lhe teria subido à cabeça, ele teria evitado mais uma dor de dentes e teria ganho umas boas gargalhadas bem sadias.

Quem mais tenho visto? Às vezes Roger Pigaut, finalmente feliz por estar rodando um filme, e ostentando uma barba que lhe dá um ar de assassino doce e nada temível.

E só. Nenhum espetáculo. Nem passeio. Nenhuma visita digna de nota. Só a espera, a espera infinita. Mas dela vou te falar esta noite e nos próximos dias. Esta tarde queria apenas botar as coisas em dia, antes da chegada de um jornalista argentino que justamente agora está tocando a campainha. Até esta noite, meu querido, querido amor. Te amo, se você soubesse... Te amo tanto. Te beijo longamente, profundamente

M
V

158 — MARIA CASARÈS A ALBERT CAMUS

Terça-feira à tarde [31 de janeiro de 1950]

Fez um dia maravilhoso. Saí um momento para buscar uma mesinha que tinha encontrado e que comprei para ficar em frente à lareira do salão.

Depois, almocei com duas jovens que conheci no Teatro Montparnasse e Pitou. Fiz um louvável esforço para me manter à altura da conversa. Uma dessas companheiras, Jacqueline Maillan,[1] é uma "vivente" como você diz que esconde por trás de uma aparência "alegre e jovial" um fundo de dor e mesmo desespero que transparece em toda a sua vivacidade e envolve tudo que ela faz num colorido desolado e desolador. Extremamente simpática e tocante.

Para animar o clima do almoço, fui dando asas a uma alegria transbordante que depois me deixou num estranho incômodo. Mas decidi reagir; não quero mais permitir que o tédio tome conta de mim e vou recorrer a todas as minhas forças para afastá-lo. Comecei a aprender a oração de *Ester*. Mas ai! Aprender...

---

1 Ver nota 1, p. 120.

É algo que não posso fazer durante muito tempo pois logo chega um momento em que retenho apenas palavras que acabam perdendo qualquer sentido. E logo desisti. Um pouco de música. E a terceira leitura da sua carta. Meu pobre amor! Você também está que não se aguenta mais. Estou percebendo há algum tempo já e se você soubesse como entendo quando você fala da impressão que teve ao me ouvir no rádio. O tempo passa e leva tudo, mas nada, nada é capaz de preencher esse vazio que ele abre no coração. Você pede que eu te espere? Meu amor, vou te esperar, vou te esperar o tempo que for preciso, vou te esperar a vida inteira se necessário. Apenas, meu doce amor, como é difícil, não é?, duro, cansativo, esterilizante. Ah! Nós bem que merecemos uma felicidade de primavera. Que ela nos seja concedida sem muitas restrições!

Mas estamos chegando ao fim da encosta.

Coragem. Depois da metade do caminho, é a descida para a planície e o mar. Depois da metade do caminho a gente não soma mais os dias de ausência — um depois do outro; depois, a gente subtrai um toda manhã, do total de dias que ainda faltam para a volta. Coragem, portanto. Mesmo que no momento, meio perdidos, a gente se afaste, se perca um do outro, está chegando a hora em que vamos nos reencontrar e nos reaprender. E no fundo estamos tão seguros um do outro, tão certos de nunca nos perder completamente, tão convencidos de nos reconhecer sempre plenamente que nada, nada no mundo pode nos atemorizar. Vai em frente, portanto, no seu caminho; e eu vou seguindo com dificuldade no meu, mas me oriento sempre na direção do mar. Lá a gente vai se reencontrar e aí... Imagina só!

Hébertot acaba de me telefonar. Recebeu a carta em que você pede que não contrate ninguém para substituir Serge sem sua aprovação. O infeliz está bem chateado pois sem ter assinado nada com Torrens — pelo menos foi o que me disse — deu sua palavra e não quer voltar atrás. Pediu que te telefonasse para te tranquilizar e te convencer do talento desse rapaz de "físico tão *comovente*". Para tirá-lo um pouco do sério, eu respondi que não podia dizer nada por enquanto depois do arremedo de ensaio a que assisti e que bastava ele pedir a Paulo que entrasse em contato com você já que foi ele que teve a ideia de contratar esse ator. Na verdade, vou te acalmar logo. Não considero o físico de Jacques Torrens particularmente *comovente* — pelo menos em comédia —, ainda não conheço suas possibilidades, mas à primeira vista ele não me parece pior que qualquer outro e acho que poderá se sair bem honestamente. Então, pode ficar tranquilo e não se preocupe mais com isso.

Uma outra coisa me atormenta mais que todas essas historinhas; são as suas crises de desânimo a partir do momento em que o trabalho não anda exatamente como você quer. Não te conheço o suficiente para saber se sempre foi assim ou se está ocorrendo apenas agora. De qualquer maneira acho que é bem difícil para você voltar ao trabalho com naturalidade depois de meses de cansaço, de luta, de doença e não entendo que não tenha previsto uma certa esterilidade que terá de superar, e que desanime por causa de algumas horas perdidas em vão. Ah! Que venha logo o sol em Cabris! O sol e o céu azul! Os passeios solitários! Rápido! Rápido! Raramente encontrei alguém com uma necessidade vital de sol como você!

Continuo Proust — quinto volume. Ele me exaspera com frequência mas eu leio, leio, para chegar às páginas que às vezes reserva para me encantar.

Bom. Vou parar por enquanto. Vou cuidar do tratamento do meu pai. Até já, meu amor. Ainda preciso falar dessa noite, noite sublime!, que passei com você. Vou te contar os detalhes. Talvez eles abram horizontes imprevistos para o seu ensaio.

À noite [31 de janeiro de 1950]

Acabo de reler essas páginas e fiquei assustada com meu atual estado. Nunca tive talento epistolar, mas agora cheguei ao ponto de nem conseguir mais construir uma frase corretamente. Sim; muitas coisas me dão certeza disso, estou muito mais cansada do que imagino e a energia que gasto à noite em cada récita me esvazia muito mais do que eu poderia imaginar. De modo que por mais que eu coma, coma, como mais ainda e passe longas horas deitada, não consigo engordar. Estou com a sensibilidade embotada; consigo acessá-la às vezes, em relances, mas ela logo desaparece. Paciência, indulgência, compreensão são coisas que me faltam completamente na vida, nas relações cotidianas, e qualquer coisa me irrita, me deixa tensa, se torna insuportável. Minhas manhãs são de mau humor, e as noites de tristeza. Nada me atrai; me comporto de maneira automática ou metódica e nos meus sonhos me recuso a aceitar o que poderia se tornar doloroso para mim, vale dizer o que me faz viver.

Um só desejo: sair de Paris! Sair da cidade!

Quanto às cartas, não posso me impedir de te escrever, mas basta pegar papel e caneta e já me entedio. Detesto o papel e nem aguento mais olhar para minha caneta. Nem vamos falar das palavras que preciso usar! São para mim um verdadeiro horror.

De vez em quando me vem um pânico; a minha trivialidade pode te decepcionar e te afastar de mim; talvez seja preciso me esforçar... Mas justamente...

Além do fato de me recusar a trapacear com você, eu sou incapaz de fazer alguma coisa boa fora da minha verdade — eu não sou inteligente; às vezes consigo ser rica. Seca e empobrecida de corpo e coração, eu não sirvo para nada. E por sinal você sabe. Portanto, não me subestime muito e se lembre sempre do rosto que você é capaz de me dar, da graça que faz nascer em mim, da vida, da força, da sensibilidade que posso encontrar em mim para você.

Essa noite, por exemplo, estávamos deitados numa tenda. Fazia calor e eu apertava as pernas, deitada de costas, na penumbra. Seu rosto. Depois suas mãos nos meus joelhos. Seu rosto por cima do meu. Seus olhos pesados. Uma vertigem. Suavemente deixei meus joelhos se afastarem. Você esmagou minha boca, minhas bochechas, meus olhos, meu pescoço, minha barriga. "Não... você! eu dizia... e o seu peso em cima de mim. Dilacerada, queria me dilacerar mais ainda."

E sabe, meu amor?

Ó, milagre! *Tudo* aconteceu! Deus ajuda os inocentes.

Hoje estou mais descontraída. Oh! Bem pouco. Penso com um pouco mais de clareza e decidi a partir de agora te escrever de um jeito diferente.

De manhã vou pegar algumas folhas de papel de carta e aí, de vez em quando, quando me der vontade e tiver oportunidade, vou registrar ao acaso o que me vier à cabeça. Uma ou duas vezes por semana vou te enviar o resumo dos acontecimentos. Que acha?

Ó, meu distante amor, que poderei inventar para não sucumbir ao nada!? Puxa vida! Que miséria! Vou dormir, meu querido.

Vou tentar resgatar não sei o que para... quem?, para... o quê?

Me ame. Me ame sempre e apesar de tudo. É agora, é agora que é preciso me amar para além de mim mesma. Me espere. Tenha paciência. Espere que sua presença me faça reviver. Me ame, mantenha sua confiança em mim e não me abandone. Me envolva em todo o seu calor. Te amo. Sem você não sou ninguém. Não existo sem você. Espere e volte para mim me amando sempre.

Te beijo como essa noite.

M
V

159 — ALBERT CAMUS A MARIA CASARÈS

Terça-feira, 15 horas [31 de janeiro de 1950]

Meu amor querido, recebi sua boa e longa carta de domingo-segunda-feira e fiquei mais vivo, ao terminá-la. O que não entendo é por que minhas cartas agora te chegam aos pares. Talvez seja melhor postar tudo aqui e não em Grasse e Cannes. Pelo menos ficará regularizado.

Antes de deixar meu coração falar, tem pelo menos uma coisa que gostaria de resolver, o seu caso com B[leynie]. Há também nomes e histórias que não sou capaz de suportar. Além do mais Genet, contratos etc., não, não podemos dizer que estamos cercados de cavalheiros. Aqui vai de qualquer maneira minha opinião: assine seus contratos e eu te ajudo a se livrar deles bem antes do prazo. E se for possível, aproveite para se livrar também do credor, e definitivamente. Pessoalmente, eu respiraria melhor.

Dito isso, não tenho nada de novo a te contar. Fui deitar cedo ontem, cansado e dormi até 6 horas da manhã. Esperei a hora do desjejum e como sempre na insônia tive de lutar contra imagens desagradáveis. De manhã, trouxeram um piano alugado para F[rancine]. E desde então a casa está tomada de torrentes de notas. Se F[rancine] pelo menos tivesse força de vontade para estudar, seria uma grande concertista. Eu a estimulo. Mas alguma coisa sempre falta no seu temperamento.

Às 4 horas, fui de carro a Cannes procurar Dolo.[1] Ela não estava em casa e voltei sozinho. Mas esse pequeno passeio com *Desdêmona* não foi desagradável. Depois, correio. Ah! Meu amor, que vontade de correr para a ferroviária mais próxima quando te imagino pequena e sozinha. Fico desesperado quando penso que você vai voltar a esse vazio e a essa secura, que vai me perder e se congelar ainda mais. Que fazer? Sim, é longo, interminável, cansativo. Uma escalada que não acaba mais, mas acaba com os nossos costados. Você existe, estão aí todas as alegrias do seu amor à minha espera, todas as delícias do seu corpo, a sua ternura, os seus beijos, e eu aqui morrendo de tédio numa vida medíocre e insensível! E ainda por cima é preciso aguentar, se calar e calar qualquer impulso em nós. Mas por mais duro que seja, é preciso resistir e vencer o tempo e o sono. Coragem, coragem, querida. A estação vai mudar, imagine, só imagine o que virá. Quando perder minha imagem, pense no que seremos e como seremos.

---

1 Dolorès Vanetti. Ver nota 1, p. 274.

Eu também me entedio, não me curo de você. Te procuro à noite, penso em você de dia. Estou sozinho. Ah! Meu querido amor, minha desejável, não me deixe no caminho, não esfrie completamente. Deixe uma brasa, uma brasa minúscula, e saberei reavivá-la até que você volte a ficar toda crepitante nos meus braços. Beijo tua boca, intimamente.

A.

160 — MARIA CASARÈS A ALBERT CAMUS

Quarta-feira de manhã [1º de fevereiro de 1950]

Oh! Querido. Felizmente já te enviei a carta de ontem à tarde, pois depois disso minha felicidade de um momento estragou um pouco; devo ter me resfriado ao atuar ou saindo do teatro, não sei; o fato é que passei uma noite de cão, de tanta dor na barriguinha. Já não consegui te escrever ao deitar e hoje de manhã — são 10 horas — estou na cama, entorpecida de calor de febre e de insônia. Mas não se preocupe; o pior já passou; ficou apenas uma lassidão que não é desagradável, tem sol lá fora e quando houver repousado o dia inteiro — não tenho nada a fazer — o mal-estar terá passado e estarei de novo pronta para me resfriar.

Ontem à noite tive o prazer de ser abraçada por Paulo [Œttly] da sua parte. Depois, Brainville[1] me disse que tinha encontrado Colette Raffi e que ela recebeu da sua cunhada[2] a notícia de que você estava muito melhor, estava se recuperando muito mais rápido que o esperado e que esse restabelecimento rápido certamente se devia ao prazer pelo sucesso dos *Justos*. Não sei por que essa suposição que me parecia em parte falsa em si mesma e sobretudo completamente falsa na boca de Yves provocou em mim uma certa indignação. Respondi que não te considerava tão dependente do andamento de uma peça, que achava que isso só te interessava superficialmente e de certa maneira. Mas Yves — que não sabe o que é sutileza e confere ao sucesso o lugar privilegiado que costuma ter para quem não o teve e talvez nunca venha a tê-lo — me garantiu que eu certamente estava enganada e que como sua cunhada estava dizendo, tinha de ser assim mesmo. Eu me calei. Pommier acrescentou apenas que ficava do meu lado e tinha a mesma opinião.

---
1 Yves Brainville. Ver nota 1, p. 188.
2 A irmã de Francine Faure, esposa de Camus.

"Vocês são muito engraçados!... Pois se a cunhada está dizendo! Por acaso acham que o conhecem melhor que a cunhada?", exclamou Brainville. Eu senti um leve aperto no coração; foi rápido. Depois uma onda de doçura íntima acabou com tudo aquilo. Sim; exatamente! Sim; acho que te conheço melhor que sua cunhada, e tenho certeza de que se o começo dos *Justos* te deu um certo alívio, a descontração do orgulho satisfeito, uma liberdade do rosto e dos gestos frente às pessoas que vêm falar da peça, que te encontram, que te conhecem; e se isso serviu, inclusive, para confirmar em parte a sua convicção do que fez, claro que não foi o que mexeu com você a ponto de curá-lo, e frente a frente consigo mesmo, só te restam desse sucesso algumas cartas queridas, algumas opiniões estimadas ou comoventes, e sobretudo, sobretudo, suas alegrias pessoais que as reações externas, mesmo tolas, não conseguiram mutilar desta vez.

Enfim, seja como for, é muito doce ouvir falar de você — de você vivo e não você entidade (Albert Camus, escritor) — fora de mim e constatar que você ainda existe ao meu redor fora do meu universo pessoal.

Atuamos muito bem — ontem à noite. Pouca gente, mas público maravilhoso. Valentine Hugo veio ver a peça de novo, me procurou outra vez, entusiasmada. Outras pessoas... da sociedade, que eu conheço, mas de quem só lembro o fato de não me serem estranhas. E depois, estudantes e espanhóis.

Voltei para casa e fui para a cama.

Ah! Querido, vou parar por aqui; meus olhos estão fechando. Estou terrivelmente cansada; vou tentar dormir.

Albert. Albert querido. Me escreva coisas doces e que me aqueçam. Diga que me ama e como me ama. Diga que um dia vai me levar ao mar — qualquer mar e que vamos passar o tempo na praia e na água. Diga que vai ficar sempre perto de mim. Me conte de você, e hoje, me conte sobretudo de nós.

Te amo. Preciso de você. Tenho fome de você. Tenho sede de você. Ah! Como é demorado.

Até esta noite, querido.

M. v

161 — ALBERT CAMUS A MARIA CASARÈS

Quarta-feira, 9 horas [1º de fevereiro de 1950]

Está chovendo, um céu nebuloso. Todo mundo foi para Nice e eu fiquei aqui, bem feliz com essa solidão. Queria trabalhar hoje de manhã e é o que vou fazer. Mas antes venho dar um pequeno bom-dia a minha amiga, ao meu afetuoso amor. O animal, misturando com você. Dormi mal, misturado com você. Acordei frustrado, com um gosto amargo. E depois a tristeza foi se transformando em doçura, estou com o coração cheio de ternura. Você mal deve estar acordando, a cama ainda aquecida, você ardendo... E eu aqui nessa caminha seca e fria. Fico pensando nessa cama grande. Sim realmente, seria capaz de dormir nela até o fim do mundo.

Trabalhei muito ontem à tarde. Estava com um humor péssimo e não saí do quarto a tarde inteira exceto às 4 horas para postar sua carta. Com um pouco de sorte, e se nada vier atrapalhar, me parece que poderei concluir meu ensaio. Mas prefiro não fazer projetos. Organizei minha agenda para dois meses, já é bastante. Dois meses!

Todas as manhãs leio livros muito sérios e ocos. Todas as tardes escrevo minhas anotações (de 4 a 7). A partir de 20 de fevereiro, vou reescrever todo o ensaio. Depois, liberdade absoluta.

Meu querido coração, minha adormecida, minha bela areia, meu finisterra... tenho vontade de rir com você e de beijar o seu riso. Acabou de chegar sua carta. Que ela seja feliz, oh sim, que ela seja feliz!

16 horas

Não é uma carta infeliz, mas é uma carta dolorida. Minha pobre! Faça um regime. Você come sem critério, como um animalzinho selvagem. Ah! Como eu acharia graça se a visse caolha. Tomara que fique assim até a minha volta, ficar bem feia e repulsiva — e serei o único a conhecer esses tesouros de beleza que você guarda no rosto. Pelo menos durma e se retire do mundo, minha leprosa, minha desdenhada, meu querido amor, meu porto!

Dolorès veio para almoçar. Deu uma bronca no pobre M[ichel], que tinha dito sentir amizade por um certo Étiemble,[1] por sinal gentil. "Como pode ser amigo desse sujeito e ao mesmo tempo deste outro." Este outro era eu! Vou levá-la daqui a pouco e voltar para trabalhar.

---

1 René Étiemble (1909-2002), professor universitário de gramática, escritor ligado ao círculo da NRF e à família Gallimard, que se especializou na civilização chinesa e em literatura comparada. Foi professor na Universidade de Chicago até 1943, trabalhou no Office of War Information e depois ensinou em Alexandria e na Universidade de Montpellier (transferindo-se para a Sorbonne em 1955).

O céu está cada vez mais cinzento. Eu também estou perdendo minha alma. Mas mesmo seco e infeliz te sinto presente e continuo a te esperar, não sei por que me parece no momento que logo vou te ver. Parece bobagem, mas à simples ideia de me atirar para você meu sangue ferve. Resista, tenha paciência, ame apesar do tempo. Te amo e te desejo, como sempre, sem me cansar. Até logo, minha querida alma, Maria querida, beijo teu ombro e tua nuca, com avidez.

A.

162 — MARIA CASARÈS A ALBERT CAMUS

Quarta-feira à tarde [1º de fevereiro de 1950]

Querido,
Parei um momento a leitura das *Raparigas em flor* que me tomou a tarde inteira, para vir me queixar um pouco nos seus braços — o carteiro de Cabris está ficando muito mau comigo e estou começando a pensar que tem domingos demais na semana. Infelizmente, esses dias de penúria se apresentam com toda naturalidade no momento em que tenho mais fome e começo a me perguntar se a ordem não foi alterada e eu não encontraria uma manhã na semana em que me sinta suficientemente saciada para não precisar fisicamente de uma carta sua. E aí tento me conformar e continuar a esperar um pouco mais na indefinição do que venho fazendo quando suas palavras bem conhecidas e esperadas surgem a cada despertar para me trazer um pouco da sua verdadeira vida, da nossa existência real já tão distante que às vezes me parece quase inconcebível. Isto, naturalmente, numa certa medida!

Hoje de manhã, fiquei deitada até 1 hora. Abri a porta e fui cedendo a um devaneio meio amargo — eu tinha passado uma noite ruim — sobre a ausência e suas consequências "inevitáveis".

Me perguntei se você não estava cansado desse excesso de palavras que somos forçados a pôr entre nós e que depois de um certo tempo acabam cansando aquele que as escreve e o privando assim da vontade de escrevê-las. E então comecei a avaliar por mim mesma e quando pensei em certas cartas que escrevi à noite, cansada, entediada, vazia, numa espécie de irrealidade, com o único objetivo de dizer que preciso da sua presença e fazê-lo adivinhar que só a sua presença me daria a energia necessária para descrever bem essa necessidade de você, nesse momento decidi novamente, como antes da sua partida, te enviar duas ou três cartas por semana — relatos breves dos meus dias — e exigir de você apenas duas ou três também.

Mas... pronto! Depois as horas se passaram e não obstante a minha luta interna para me abster de vir mais uma vez desfiar palavras, palavras, palavras, acabei não resistindo ante a ideia de ir até o fim desse dia sem ter respondido também, pelo menos, ao seu silêncio e sobretudo ao pensamento de que a sua sexta-feira seria separada de mim.

Mas estou me enrolando. A influência de Proust começa a pesar e não consigo mais ter um sonho tranquilo na cama, sem ver as imagens cobertas por buquês de flores da cortina do meu quarto. Abominável!

Ah! Meu amor.

★

À noite

A chegada inesperada de Mireille me obrigou a interromper esta carta iniciada de maneira tão brilhante. Agora já é meia-noite e aqui estou de novo na cama.

A récita transcorreu muito bem para um público restrito, mas atento e caloroso. Cumprimentos daquele que interpretava o "homem da tocha" em *Estado de sítio* (não lembro mais o nome). Sim! Beauchamp! Acho eu. Outras pessoas que você não conhece foram falar comigo. Muito emocionadas. Melhor para elas! Mas só elas mesmo, pois eu, embora tivesse atuado bem, me pergunto há algum tempo onde perdi meu coração e minha sensibilidade.

Tive notícias sensacionais de que aliás você já deve estar a par. O novo Yanek já foi contratado! Sem audição, sem nada! Simplesmente pelo faro de Paul Œttly. Fique contente: é Torrens. Eu o vi. É muito bonito, alto, muito alto, um rosto puro com traços de estátua grega, cabelos encaracolados, negros, olhos negros e um torso que deve ter enchido de sonhos as noites do mestre. E ainda por cima, não é pederasta. Pessoalmente, não me queixo da aquisição — já me deparei com muitos fracotes e um belo Yanek certamente vai reacender a chama de Dora, que já começa a se apagar um pouco. E por sinal vou tentar olhar apenas para o corpo, pois o rosto é bonito demais para o meu gosto. Mas o corpo já dá para fazer uma festinha.

Não; pessoalmente, não me queixo.

Do ponto de vista da peça, é uma outra história. Jamais me teria passado pela cabeça imaginar semelhante Yanek, fisicamente. E quanto ao talento, não posso dizer nada, pois nunca vi esse encantador ator em cena — só que

infelizmente não tenho uma confiança cega no faro de Paulo, e não vejo qual a relação entre Cássio em *Otelo* (foi onde Œttly descobriu Torrens) e Yanek.
Enfim! Vamos ver, não é?!
Mas se trata de um belo animal! Isto será sempre!
Querido, o sopro da minha inspiração se esgotou esta noite. E por sinal você já está percebendo! Eu nunca soube escrever.
Não sei o que responder. Prefiro então esperar sua carta de amanhã para responder. Não sei se você já adivinhou que esta noite eu te detesto, de certa maneira, naturalmente.
Queria bater em você.

Maria

163 — MARIA CASARÈS A ALBERT CAMUS

Quinta-feira de manhã [2 de fevereiro de 1950]

Meu querido,
Não te escrevi ontem à noite porque mais uma vez estava cansada. Mas vamos deixar claro, quando falo de cansaço, não é uma fadiga física — eu me recuperei e já estou melhor —, mas uma espécie de preguiça da alma que muitas vezes se recusa à vida, assim como certas noites eu me recuso no palco a ir até o fim das dores de Dora porque tudo em mim exige um pouco de descanso e paz que só encontro num sono do corpo, do coração e da alma.
Também acho que, como você, gastei demais minha intensidade de vida nos últimos meses, e agora anseio toda por uma calma que na sua ausência só consigo numa doce semimorte.
Ontem, meu dia passou lentamente, igual aos outros. De manhã, correio com Mireille com quem almocei depois em companhia do meu pai. Eu estava nervosa e a presença de Pitou, seca, pobre, árida, voltada sobre si mesma, sobre sua doença que agora só existe para ela e sobre os pequenos acontecimentos da sua vida, me contrariava ainda mais.
Às 2 horas, me recusei a receber *las mujeres españolas* com quem tinha marcado encontro às 2h30.
Depois rádio, *O mercador de Veneza*. Eu tinha me arrumado e estava querendo triunfo, brilhantismo. Estava com vontade de agradar. E agradei, mas só serviu para me trazer de volta a você com toda a força do meu amor, e fui para o teatro feliz e triste. À noite, tinha muita gente na sala. Muitos estudantes

universitários todos resfriados e inquietos. Só conseguimos prender sua atenção no 5º; eles não eram nada divertidos.
Antes de dormir, li Proust.
Hoje de manhã continua mais uma vez fazendo frio. Uma névoa gelada. Penso com alegria que meu dia será só para mim. Reservei inteiramente para mim. Espero sua carta.
Não dormi bem esta noite. Alguma coisa me atormentava. Pensei em tudo que você diz na carta de ontem e nos longos dias que ainda nos separam. Ah! Meu amor, que você possa manter sua coragem até o fim e não sucumbir de uma maneira ou de outra a uma das suas crises. Pois eu sei que elas estão sempre te espreitando. Acredita que eu te imaginava triunfando sobre tudo e livre de todos os seus tormentos? Penso o tempo todo nos duros momentos que ainda terá de atravessar e — me permita dizer — chego a tremer.

*

Angeles foi buscar a correspondência. Acaba de voltar e me disse que não havia carta para mim. Oh! Esse dia cheio apenas de você que eu tinha reservado para mim.
Que houve? Que está acontecendo? Eu sei que não há motivo para você me escrever todo dia. Me perdoe meu querido, perdoe minha exigência, mas esta manhã, justamente, eu estava precisando tanto de você. Vou parar por aqui. Vou tentar dormir. É o melhor que tenho a fazer. Não acredito em pressentimentos, mas a angústia que eles cavam no meu coração, esta eu não posso negar.
Me ame, meu querido. Me ame sempre. Não esqueça... ou esqueça, não sei mais. Não estou bem. Não sei o que dizer para te levar um pouco de alegria e um pouco de paz. Mas peço que você me ame. E grito. E urro. Me ouça. Me ouça.

M.

164 — ALBERT CAMUS A MARIA CASARÈS

Quinta-feira, 16 horas [2 de fevereiro de 1950]

Sim, você está viva de novo. Suas cartas realmente andavam muito desmotivadas. Mas eu entendia e também entendia que essa ausência tão longa depois de provas tão duras tivesse apagado um pouco a sua energia: estava esperando que a vida voltasse a fluir. Ela está fluindo, aí está você novinha e brilhante, cheia de ardor. E depois ela vai desaparecer de novo. Desse ponto de vista eu sou como você. Por isso não posso ficar triste quando te sinto retraída. Decidi de uma vez por todas que estamos unidos para sempre. Então tudo isso são apenas pequenas sombras. Elas passam, e fica o solo do nosso amor. Mas claro que fico de coração mais leve quando leio sua alegria ou sua ternura.

Me parece que pessoalmente estou com menos altos e baixos. Estou me endurecendo, só isso. Mas é necessário para sobreviver até você, e também para acabar com a doença. Vou tentando pacientemente assumir de novo o controle, reencontrar um domínio de mim mesmo que tinha perdido. Há mais de um ano tudo que me acontecia, exceto você, chegava sem meu consentimento. Eu era arrastado pelos acontecimentos, os estados de ânimo, o próprio trabalho, e por fim a doença. E para realizar o que ainda tenho pela frente, para simplesmente ser, preciso de uma força constante, de uma superioridade em relação a mim mesmo. E então me endireito, lentamente, reconstruindo uma vontade e um corpo. Não sei se vou conseguir, mas é preciso, o fracasso seria terrível. Por isto posso te responder quando você pergunta se me sinto rico e generoso. Nem uma coisa nem outra. Estou empenhado demais em fazer as coisas bem, em ganhar de novo a partida, para me sentir realmente transbordante. Mas pelo menos estou ganhando terreno. O seu "chefe" é um ingênuo de acreditar que é possível curar uma lesão e uma depressão física total com o sucesso de uma peça. Para começar *Os justos* não é um sucesso (e aliás minhas obras nunca fazem sucesso. A minha obra é que é, provisoriamente, e sabe Deus por quê). E além do mais se o exterior em mim se restabelece rapidamente (quanto à cura clínica saberemos em março, com as radiografias), não foi por ter conseguido a adesão reticente do Sr. Kemp,[1] mas porque levo uma vida regrada observando repouso rigoroso. Eu sempre vivi loucamente e basta conseguir de mim mesmo, durante um tempo X, uma disciplina para que o restabelecimento pareça milagroso. Sim estou me esforçando, como com disciplina, durmo por obrigação, por assim dizer, e calculo meus esforços. Mas a verdade é que, no fundo do coração, estou morrendo de tristeza por todos esses dias perdidos para o amor, por sua ausência, por minha dificuldade de viver minha vida atual. É preciso, é

---

1 Robert Kemp, em sua crítica no jornal *Le Monde* de 20 de dezembro de 1949, elogia em particular a interpretação de Maria Casarès: "sincera, fremente; tanta força de alma nesse corpo delicado, e quase desencarnado. Ela arde. Ela é uma tocha negra."

só o que eu sei. Sim, é preciso. Como amar, como criar se estou aquém de mim mesmo!? Aquele que eu era durante esse ano me dá nojo. E agora eu preciso da força de viver para nós e para o que tenho de fazer.

Estou te mandando as *Bodas*[1] que você pediu. Voltei a ler, aqui e ali, trechos. Quanta presunção fácil! Mas pelo menos eu estava vivo na época. Essa chama é que eu preciso resgatar, somada ao que agora sei, e me parece que então você poderá me amar; está vendo?, se tivermos coragem, ainda há longas e grandes felicidades à nossa espera. Eu vivo para elas e para você, minha terna, minha querida, meu rosto lindo. Te beijo, encho os teus olhos de beijos, fecho a tua boca. Coragem, meu amor ferido, coragem por nós e por aquele que te adora de longe, mas de todo coração.

A.

165 — MARIA CASARÈS A ALBERT CAMUS

Quinta-feira à tarde [2 de fevereiro de 1950]

São apenas 3 horas. E no entanto já foi um dia bem cheio.

Dormi bem mas talvez não o suficiente. E aí despertei, sobrancelhas franzidas, e levei muito tempo para me dar conta de que o sol estava no meu quarto.

Levantei e, depois de ver meu pai, cansada e desanimada de vê-lo ainda e sempre doente, decidi ir para o meu quartinho verde a arrumar coisas e esperar a chegada do médico fazendo qualquer coisa. Chegando lá, tive de conter um segundo esse impulso. Havia sol e um ar de festa... e você, para todo lado. Uma pontinha de dor aguda, de saudade insuperável e uma doçura sufocante me obrigaram a recuperar o fôlego, perdido por um momento. Fiquei lá até meio--dia e quando desci provavelmente nem conseguiria dizer o que tinha feito. Estou flutuando numa espécie de plenitude, nessa vida levada ao paroxismo que você me fez conhecer e na qual alegria, tristeza, esperança, desespero, desejo, saudade, gratidão, satisfação, tudo se mistura, consumindo tudo, atropelando tudo, devastando tudo para tudo fazer renascer e recomeçar sempre. Eu precisava de você. E gritava, urrava; precisava que me ouvisse e respondesse ao meu chamado. Ó, felicidade! E a resposta lá estava: suas duas cartas de segunda

---

1 Albert Camus, *Noces*, Argel, Charlot, maio de 1939. É o segundo livro de Albert Camus. [Publicado no Brasil na coletânea *Bodas em Tipasa*, que inclui também *O verão*. (N. E.)]

e terça-feira tinham chegado e eram exatamente como eu desejava. Existem portanto momentos em que a morte não quer dizer mais nada.

E antes de ir adiante e passar a acontecimentos menos felizes, quero antes de tudo responder às suas cartas.

Não tema nada, meu querido. Felizmente, a vida ainda me ama o bastante para nunca me abandonar e o simples fato de me queixar dela e me revoltar contra esse tédio que toma conta de mim e esse deserto em que me debato é uma prova cabal disso. Que poderia eu pedir a ela se não sentisse em mim o seu valor, a sua reverberação próxima ou distante? E além do mais... os que nascem vivos morrem vivos, e me pergunto até que ponto a vida não transcende a existência deles.

Oh! Mas aí... aonde é que estou indo?

Perdão, meu amor; estou me perdendo. Queria simplesmente te assegurar de uma coisa de que por sinal você nunca duvidou; mesmo nos momentos em que me sinto mais morta, mil brasas estão aqui brilhando em surdina e impossíveis de serem alcançadas por todos os gelos do mundo. Essas mil brasas estão todas guardadas para você. Te esperando, assim como as cinzas — infelizmente. Quanto à vida externa que você me recomenda, me é totalmente indiferente no momento. Ela não existe. Meus desejos portanto sequer podem tocar nela em momento algum. O que eu lamento por sinal, pois serviria para me distrair, talvez, e devo dizer e confessar que na sua ausência só penso numa coisa: me distrair, pois a dor que ela me causa é aguda demais para sentir o menor prazer e minha coragem vacila um pouco depois desses últimos meses de cansaço.

Não sei se fiz bem de te falar do caso Bleynie. Talvez devesse ter esperado sua volta, mas jurei a mim mesma nunca mais me preocupar com a dimensão exagerada que as coisas adquirem com a distância, não agir em função da sua situação e te dizer tudo, sem exceção de espécie alguma. Por isso não esperei, e no fundo não lamento. Apenas, receio que você dê mais importância a essa história do que tem realmente. Não é grave; do ponto de vista financeiro poderei superar facilmente se nenhum imprevisto estragar minhas esperanças de rodar pelo menos um filme este verão; e do outro ponto de vista, estou muito feliz, repito, por ter agora relações exclusivamente oficiais com Jean Bleynie e não mais de amizade. O que me deixa livre para cortar todos os elos e ficar quite com ele. Portanto não se atormente e não pense mais no assunto.

Fico contente de saber que alugou um piano. É uma alma viva, também, junto com Dolo que acaba de se instalar na casa. Eu não sabia que F[rancine] tocava tão bem. Por que ela não leva adiante? Você poderia estimulá-la. Inspirar nela a audácia que talvez lhe falte. Se ela é capaz de algo muito bom, seria realmente uma pena parar no meio do caminho.

Como vão nossos "animadores de festa" nacionais? Ainda cheios de vitalidade? Mande um forte abraço da minha parte, bem forte, quem sabe até maltratando um pouco se necessário. Se um príncipe ou uma princesa viessem despertá-los com um beijo, me pergunto que tipo de mordida teriam de inventar para alcançar seu objetivo!

Como vão as crianças? E sua mãe? E seu irmão, ainda irá ao seu encontro?

Mas essas perguntas me trazem de volta ao meu dia e aos acontecimentos tristes desta manhã. O médico, restabelecido de uma cistite, veio hoje de manhã ver meu pai que há dois dias está com dor de garganta e um pouco de febre. Mas, ai...! Apareceu uma faringite infecciosa para complicar tudo de novo, antes da primeira injeção de soro. Nada disto teria importância se ele não estivesse sofrendo, mas é muito doloroso e ainda por cima complicado pelo fato de que ele só consegue respirar direito pela boca, o que resseca a garganta já magoada. Ainda por cima, ele, que já não sente fome nunca, parou de comer, com muita dificuldade de engolir, e toda a admirável paciência que demonstrou até hoje desapareceu e foi substituída por uma revolta impotente que eu não consigo ver por muito tempo sem ficar com o coração apertado. Amanhã vamos começar de novo com as bombas de aerossol e hoje à tarde a enfermeira virá de três em três horas aplicar injeções adicionais de penicilina. Que miséria, meu amor! Que miséria! Se você soubesse!

Enfim, continuo esperando, de todo coração, que chegará o dia em que ele vai se sentir pelo menos um pouco aliviado, e que não deixe esta terra sem ter de novo desfrutado de momentos de repouso.

Por enquanto é preciso sobretudo ter paciência, para ajudá-lo na medida do possível a recuperá-la também e esperar. Mas tem horas em que a gente não entende mais essa permanente surra que lhe está sendo imposta e que nada pode justificar, e aí dá vontade de morder, se tivéssemos algo para morder.

É neste ponto que estamos.

Mas a hora está chegando e preciso começar o tratamento. Esta noite, talvez, se não estiver muito cansada, voltarei a te escrever. Quanto mais detesto as palavras, as letras, o papel, a tinta, mais o tempo passa e essas palavras se somam umas às outras, mais necessidade eu sinto de te escrever. É incompreensível. Te amo, meu querido, meu amor, meu belo amor. Oh! Não; não estou com vontade de bater em você hoje, mas de te beijar, te beijar, te beijar mais ainda, até perder o fôlego e até o momento em que você estará diante de mim e eu poderei te afastar por causa do batom. Ah! Esse dia! Esse momento!

M
V

166 — MARIA CASARÈS A ALBERT CAMUS

Quinta-feira à noite [2 de fevereiro de 1950]

Oh! Esse desânimo, desde que te deixei há pouco! Ah! Sim, a sensibilidade voltou! Está mesmo aqui desta vez, e se hoje de manhã ela me permitiu saborear as maiores alegrias que podemos encontrar nesta terra, hoje de tarde tive direito às grandes dores. Quando me despedi do meu pai, já tarde para ir ao teatro, achei que ia me desmanchar em soluços. Ele estava passando muito mal, já com aquele ar perdido e indefeso de criança que não consegue ser entendida, aquele ar que ficou gravado em mim desde o ano passado e que me gela o coração só de lembrar.

Mas eu me contive e atuei — e atuei até bem, e ouvi o mestre que veio me perguntar se não quero, depois dos *Justos*, interpretar *O diabo feito mulher*,[1] uma peça austríaca que ele tinha me dado para ler no verão e que não me entusiasmou. Sim; fiz tudo conscienciosamente, e abordei Dora com amor. É estranho, o fato de me obrigarem a pensar num outro personagem — uma espécie de vadia lírica — quando ainda estou totalmente mergulhada na minha Dora, provoca em mim um incômodo como se houvesse traição, e assim como um apaixonado que recusa a simples ideia de amar num dia longínquo uma outra mulher que não aquela na qual quer atualmente pensar dia e noite, eu recuso qualquer colaboração próxima ou distante com outra mulher que não seja Dora. Juntamente com Deirdre, minha doce e querida Deirdre, ela é a única das minhas meninas que se apropriou de mim desse jeito.

Ao voltar para casa, encontrei papai um pouco mais descansado e agora estou um pouco mais tranquila.

Vim me deitar e estou pronta para enfrentar a noite, mas com uma certa desconfiança. Me sinto bem inclinada aos devaneios e basta me entregar um pouco e sou chamada à ordem pela dor aguda causada pela sua ausência real. O estado do meu pai me mergulha de novo num clima, em regiões, num univer-

---

1 Talvez *Der Weibsteufel* (*O diabo feito mulher*), do autor austríaco Karl Schönherr (1867-1943).

so bem conhecido, mas que eu só sou capaz de suportar com coragem tendo você perto de mim. Nesse mundo deserto e gelado, sua imagem não faz mais sentido, ou quase; seu rosto que posso tocar! suas mãos em mim! seus braços me enlaçando! suas pernas apertando as minhas! o calor da sua pele! seus lábios grudados nos meus! É só o que ainda pode me acalmar; mas — ai! — você está distante longos quilômetros e intermináveis dias!

Ah! Meu amor querido, eu sei muito bem que sou uma ch... ta, mas não sei mais se prefiro viver ou morrer pela metade, sentir ou ficar num estado de embotamento mental e sentimental até a sua volta.

Mas chega. Não vou mais falar disto. E por sinal vou parar, como toda noite me sinto esvaziada, morta de cansaço e incapaz de pensar ou falar. No fundo seria capaz apenas de beijar. É preciso me perdoar. A culpa é de Dora, acho eu.

Então te beijo, mas aí... como!

M
V

Meu amor adorado. Me acordaram mais tarde do que eu havia pedido, ainda tomada pelas imagens de um sonho incrível no qual, por um novo decreto do governo, todas as mulheres tinham de passar uma vez pelas casas de tolerância. Eu era conduzida sem achar muito desagradável. Estava toda vestida de preto para o sacrifício e o esperava com curiosidade, mas, quando me apresentaram ao meu companheiro, cujo rosto não podia ver por causa da escuridão, mas, percebendo ser um dos rapazes nos quais pensamos para interpretar Yanek, saí correndo a toda por corredores, salas vazias, mais corredores, até um quarto retirado onde Serge Reg[giani] esperava para rodar comigo uma cena de filme em que fazíamos amor.

Para você ter uma ideia.

Esta manhã está cinzenta lá fora. Papai acordou muito cedo querendo ver o médico que só deve vir amanhã. A enfermeira já deu a primeira injeção. Naturalmente não vou sair o dia inteiro e à noite ficarei sozinha com papai, pois já está na hora de Angeles sair um pouco para refrescar as ideias.

Não sei se é por causa do sonho, mas em meio aos tormentos que surgiram assim que acordei — sacudir tudo que ainda estava dormitando em mim, um último que ainda não tinha me torturado muito nos últimos dias — e sabemos por que — veio ainda por cima o desejo de você. Meu Deus do céu!

Bem, meu querido adorado, meu belo amor, meu doce sonho, minha cruel lembrança, vou te deixar. Tenho de postar esta carta, quero que ela chegue amanhã.

Me tome nos seus braços quentes, tente não ser muito brusco, muito brutal... no início. Depois... faça o que quiser de mim. Ai! Ai! Ai! Como é que eu vou reprimir esse grito?

Te amo com fúria, com sede, com um descontrole que... que... enfim, te beijo como você sabe, todinho.

M
V

167 — ALBERT CAMUS A MARIA CASARÈS

Sexta-feira, 15 horas [3 de fevereiro de 1950]

Suas cartas de quarta quinta-feira. Não entendo o que está acontecendo com minha correspondência. Diariamente eu posto uma carta, e à mesma hora. Você deveria receber uma todo dia pelo mesmo correio. Vou me informar no correio daqui. E você pergunte a sua porteira se não está exagerando um pouco no vinho de mesa. É muito desagradável, de qualquer maneira. Para você por causa desses domingos adicionais. E para mim porque significa cartas azedas que não me poupam. Não gosto muito das suas gracinhas sobre esse Torrens, em particular.

Nessa questão estou realmente exasperado. Não fui avisado de absolutamente nada. E além do mais se ele é tão alto assim, Michel [Bouquet] vai ficar parecendo um piolho no tigre das Índias. Finalmente recebi uma carta de Hébertot, a quem eu tinha escrito, me dando a data de uma récita de *Calígula* em Toulon, dizendo que teremos de cuidar da substituição de Serge (e a propósito me lembrando do inconveniente de usar estrelas de cinema) e falando da esperança de ter seu nome na dedicatória dos *Justos*. Em tudo isso, nem uma palavra sobre o Tarzã em questão. Eu tinha mencionado a você porque Paulo [Œttly] falou comigo. Mas antes eu queria ter uma opinião. Se o sujeito não der certo, será o fim prematuro da peça. Segundo Hébertot fizemos 105.000 francos em média (receita bruta) com um terço da sala, cada noite, o que está muito longe de ser um sucesso. E para durar, seria necessário apoiar a peça. Enfim... Tudo isso me aborrece e me enfurece e prefiro não pensar no assunto. Estará quente quando eu voltar ao teatro.

Também estou bem chateado pelo seu pai. Sim, é revoltante. Mas acho que é preciso confiar nesse soro. Me mantenha informado. Por aqui, tudo parado.

Trabalhei a tarde inteira ontem e só desci para jantar. Subi de novo logo depois e fiquei lendo no quarto para cair no sono, depois despertei às 3 horas, não sei por quê, e sem conseguir dormir de novo. Hoje de manhã fui a Grasse para fazer uma radiografia com resultado só na segunda-feira. Aproveitaram para me pesar: engordei três quilos. Mais um pouco de paciência e também poderei te oferecer um torso arrebatador.

A única coisa que mudou é o piano o dia inteiro. Um pano de fundo distante contra o qual se pode sonhar ou trabalhar. Estimular F[rancine]? É o que faço sem descanso desde que nos conhecemos. Nem sempre o fiz com um sentimento bom: achava às vezes que a arte poderia sustentá-la um pouco e ao mesmo tempo aliviar também o peso da nossa vida. Mas em geral o fiz porque admiro seu talento e queria que se orgulhasse de si mesma. Mas de qualquer maneira o fato é que ela só trabalha por crises. Mas no momento se permite um bocado de esforço. *Veremos*.*

Acho que meu irmão chegará por volta do dia 15. Não, minha mãe não, com medo do frio. Robert [Jaussaud] chega sábado, mas vai embora logo. Vai trazer um pouco de animação à casa — que está precisando. Eu me enfureço, a frio. Mas que fazer? Tanta gentileza morna desarma!

Que mais? Ah! Estou com jacintos no quarto. Era a flor dos meus invernos em Argel. Sempre as tinha no quarto. Respiro com prazer o seu perfume. Elas são azuis como os seus cabelos, frescas como eles. Canseiras do amor em vão! Como você está longe, meu amor querido! É a sua boca que eu cubro de beijos hoje com o desejo que me desperta, às vezes, à noite, e o amor de toda uma vida.

A.

168 — MARIA CASARÈS A ALBERT CAMUS

Sexta-feira à noite, 7 horas [3 de fevereiro de 1950]

Meu querido amor! Meu querido amor!

Mais um longo dia acaba de se passar sem um único sinal de você! E como eu preciso deles nessas horas que me parecem duras! Não fiz nada hoje. Não saí. Estou proibida de entrar no quarto do meu pai e só entro para aplicar o tratamento e ver de vez em quando como ele vai. E por sinal parece que ele

---

* Em espanhol no original. (N. T.)

está melhorando. Li sem gosto algumas páginas de Proust. Não estava muito disposta a acolher sua forma mental e uma frase lida de passagem tornou a leitura irritante. Vou anotá-la, para você entender. Ele diz, falando de Françoise e de uma certa nobreza que descobriu, revelada de uma hora para outra por um traje: "... e poderíamos nos perguntar se não existem entre esses outros humildes irmãos, os camponeses, criaturas que são como os homens superiores do mundo dos simples de espírito... (vou pular o resto, no mesmo tom)... e às quais só faltou, para ter talento, o saber."[1]

Caramba!

Desse momento em diante, cada frase, cada palavra ficou antipática para mim e só me reconciliei com o livro muito depois, já em Balbec na companhia da avó e do neto perdido e doente, mas despertando para a vida diante de um rosto de mulher jovem ou junto ao mar.

E aí deixei a leitura de lado. Estava com vontade e necessidade de música e diante de uma bela lareira acesa, acomodada no meu pequeno salão, que decididamente já tem uma alma, botei discos para tocar. Ah! O belo momento que eu bem queria fosse eterno. Infelizmente...! O telefone me comunicando uma gala de despedida na Comédie-Française da qual não poderei fugir. O telefone me comunicando um próximo filme com Cayatte,[2] mas só se o produtor não fizer questão da amante interpretando o papel que me é destinado. O telefone, o telefone, e, fato ainda mais grave, a chegada de Maurice Clavel que veio buscar um manuscrito às 5h30 e ficou uma hora e meia comigo. Muita conversa e que conversa! Muitas confissões e que confissões! muitas mentiras e que mentiras!

No momento, finalmente estou sozinha e depois de todas essas contribuições externas, preocupada, angustiada, desanimada, cansada e incomodada. Estou sozinha, pequena, e nada, nada de você para me agarrar, para me esconder, para me defender de todos esses aborrecimentos muito pouco aborrecidos para serem realmente aborrecidos. O que está fazendo, meu querido? Como agora já entendeu que é preciso postar tudo em Cabris, que foi aconteceu para que esta noite de novo eu esteja privada de você?

Diga! Fale! Procure! Encontre! E escreva, escreva de maneira a nunca me deixar sozinha.

---

1 Marcel Proust, *À sombra das raparigas em flor*, Gallimard, 1918.
2 André Cayatte (1909-1989), que realiza em 1950 *Justiça foi feita* e em 1952 *Somos todos assassinos*. Maria Casarès participara em 1946 de dois filmes seus: *Roger la Honte* e sua continuação, *A revanche de Roger la Honte*.

Ah, sim! Vou falar um pouco com meu rádio. Talvez ele me console desta sexta-feira de inverno úmido e gelado.

Me ame! Me ame! Ame! Ame.

M
V

10 horas da noite

Estou sufocando. Nunca senti uma vitalidade assim. Que fazer? Música? Dança? Ler? Escrever? Ginástica sueca ou alguma outra? Rir? Chorar? Telefonar?

Gritar? Trabalhar? Tudo ao mesmo tempo!!! Eu queria fazer tudo ao mesmo tempo!!! Querido! Querido! Vou explodir! Ah! Onde enfiar essa força, essa energia, essa agitação? Ah! Se você estivesse junto a mim, que loucura!

V

11 horas da noite

Agora estou deitada, como que punida, com tudo "isso" em mim me sufocando, subindo à cabeça. Se pelo menos pudesse fazer alguma coisa com isso... Olha só! Acabo de ouvir uma sinfonia de Schumann! Mas que coisa! Se pelo menos pudesse fazer uma sinfonia, aceitaria todo esse peso em mim; aceitaria ouvir o "lá" e todas as notas do mundo! Infelizmente, o meu "lá" é desafinado e eu não sei fazer nada. Nem sequer um ponto ajour na toalha de mesa. Então tenho de guardar para mim, engolir. Tocar! Tocar piano, ou violino, ou flauta! Tocar alguma coisa ou voar. Ah! Como eu queria voar. Querido, voarmos juntos nos segurando pela asa! Mas não. Tenho de te escutar pelo rádio e te ver se dobrando ao meio numa saudação recurvada, com as sobrancelhas franzidas e seu belo rosto que se tornou côncavo. Não posso fazer nada: vou ter de mandar botá-lo numa moldura! Tem dias em que você fica todo recurvado e me cansa vê-lo assim; eu então te endireito suavemente e diante do meu sorriso, você se empertiga, sempre preocupado, para me saudar ainda mais profundamente assim que eu te largo. É assim que você me diz bom dia todas as manhãs e deseja boa noite todas as noites, e é para que continue assim que ainda não te botei numa moldura. Numa moldura, você ficará frio quando eu te beijar e nunca mais vai me saudar, entende?

11 horas da noite

Estou ouvindo Mozart. As danças alemãs.
Ah! As informações! É menos belo.
Você leu nos jornais o que aconteceu outro dia no Parlamento? Num daqueles "debates" exaltados que não faltam por lá a Srta. X, comunista, mandou não sei que ministro lamber sabão. E alguém que viu que Marti estava chegando gritou "Subversiva!" Escândalo. Desordem na casa. Gritos, xingamentos, insultos e no meio da gritaria continuou sendo ouvida a voz daquele que tinha gritado: "Subversiva! Eu disse *subversiva*, com *m*, e não com *p*!".* E a calma se restabeleceu.
Vivette Bloch-Michel[1] me telefonou ontem. Como papai ontem não estava bem (não se preocupe, a penicilina fez efeito e ele vai bem melhor), eu pedi que ela me telefonasse. Estou pensando em sair com eles semana que vem e beber um uísque. *Eu também!* Isso mesmo! Maurice Clavel recitou para mim um trecho do longo poema que acaba de escrever para Barrault. Alguma vez ele recitou seus textos para você? Vou providenciar um dia; você tem de ouvi-lo. Estou precisando de uma pequena reunião como aquela que tivemos em Ermenonville com Paul Bernard,[2] no dia em que você me puxou covardemente o nariz para se desculpar por ter caído na gargalhada!
Há quinze minutos tomei grandes decisões *irrevogáveis*. Não quero fazer nada no teatro, este ano. Não quero trair Dora. Outra decisão. Na gala "Comédie-Française", vou interpretar a oração de *Ester*, que não me agrada. Não tenho tempo de preparar *Berenice* como deveria.
Outra decisão irrevogável tomada a cada minuto: vou te amar a vida inteira.
E agora acho melhor dormir, se conseguir. Se amanhã não receber nada de você, tomo o primeiro trem para ir estrangulá-lo. Enquanto isso, te endireito, te beijo, te coloco ao meu lado, mergulho embaixo dos lençóis quentes, apago a

---

* Mutin, subversivo(a) em francês; se a palavra começasse com p, a pronúncia seria quase igual à de *putain:* puta. (N. T.)
1 Vivette Perret, mulher de Jean Bloch-Michel, autor de três romances publicados pela Gallimard. Ela seria uma das primeiras a ler o manuscrito de *A queda*.
2 Ver nota 2, p. 191.

luz... e a tortura começa. Querido, meu querido, Albert querido, estou falando com você docemente, está me ouvindo?, te acaricio docemente, está sentindo?, te beijo meio loucamente, você... sim?

Me perdoe, meu amor, e me queira, me queira sempre

V

meia-noite e meia

Acendi a luz de novo. Não consigo dormir. Estava com muito calor debaixo dos lençóis. Hoje está fazendo calor aqui. A lareira e o radiador deram ao ambiente o calor que estava faltando e agora posso vê-lo como será, como deve ser quando o carpete for instalado e tudo tiver terminado... quentinho, acolhedor... quentinho demais, acolhedor demais, confortável demais. Eu estava pensando nisso, deitada, pensando nos prazeres que ele me proporciona, como um novo brinquedo de luxo e de repente a imagem de todos que... ó! é difícil dizer!, enfim, você entende!, todos aqueles que não têm nada disso vieram acabar com o meu bem-estar e, querido, parece bobagem, mas fiquei incomodada, profundamente incomodada, profundamente constrangida. Acendi a luz e fui cercada por todas essas flores. Meu Deus! Quanto luxo!

Por enquanto, não tema nada — estou vivendo aqui como num cenário de uma das peças que interpreto, sem me sentir estranha mas pronta para deixá-la de um dia para outro, na última récita. Desde que me mudei, passei tempo demais entre quatro paredes para que esses panejamentos todos não me causem a impressão dos xales de Manila que tempos atrás eram espalhados pela casa durante uma festa e retirados no dia seguinte.

Por isto, por enquanto, nada grave; poltronas, cortinas, abajures, tapetes, cômodas, nada disso ocupou ainda lugar algum na minha vida, e não sinto necessidade de nada, poderia abrir mão a qualquer momento, sem o menor arrependimento; o fato de estarem aqui ou em outro lugar não acrescenta nem retira nada, portanto.

Mas, meu querido, e se eu me acostumar? Se ficar difícil abrir mão? E aí? Com que cara vou ficar pensando em todos aqueles que não têm nada?

Oh! Nossa! é melhor ir me deitar. Me beije. Me tome nos seus braços. Me acaricie.

V

Sábado de manhã

Duas palavras antes de fechar o envelope.

Acabei de despertar. Angeles trouxe churros com o café com leite para me agradar; só que esqueceu de botar um pouco de fermento na massa e não ficaram bons. Fiquei tão comovida, tão enternecida que comi assim mesmo e me pergunto se um dia vou conseguir digeri-los.

O tempo está magnífico lá fora. Hoje, não quero sair o dia inteiro; tenho coisas para fazer em casa (leitura de manuscritos e correspondência). Amanhã de manhã vou ao "mercado das pulgas" com Pierre [Reynal], que me convidou para almoçar depois no Relais, ao lado do teatro. Entre a vesperal e a noturna devo ensaiar com Torrens. Segunda-feira de manhã tenho uma rádio pela manhã de 9 horas ao meio-dia e à tarde "recebo" em casa. Isso para a sua imaginação.

Bem; vou me levantar, fazer a toalete, o tratamento do meu pai, a correspondência, os telefonemas. Até logo, meu querido, meu amor, minha vida, minha felicidade.

Até logo. Até segunda-feira. Você engordou? Quando vai voltar ao médico? Me conte como vai o apetite, como andam as insônias e me fale um pouco da sua "autonomia".

Te amo. Te amo. Te beijo demoradamente e muito, muito, muito com todas as minhas forças novas e concentradas

M
V

169 – ALBERT CAMUS A MARIA CASARÈS

Sábado, 15 horas [4 de fevereiro de 1950]

Uma pobre carta hoje, minha querida — uma carta "cachorro molhado". Eu queria estar junto de você e te ajudar a suportar tudo isso. Queria sobretudo ajudar seu pai. Mas é impossível e só precisamos depositar as esperanças nesse soro. Mas eu te beijo com toda ternura.

Ontem, depois de postar sua carta, trabalhei e dei um pouco a partida no meu ensaio. Dormi bem e hoje de manhã recebi o telefonema de Robert [Jaussaud]. Amanhã de manhã vou buscá-lo em Vallauris. Segunda-feira Michèle

Halphen chega a Cabris. Você a conhece, é a jovem do Grupo de Ligação que cuidou de Angel Rojo e que me acompanhou uma noite até a sua casa.[1] Ela está com problemas e eu gosto muito dela. Mas tudo isso apenas para enganar a fome. Minha única vontade profunda é pegar o trem. Tão profunda que até prefiro não falar, com medo de me entusiasmar e acabar cedendo.

Está chovendo desde a manhã sem parar. Todo mundo aqui com cara de desânimo. Altamente estimulante.

Recebi o gentil artigo de Dussane publicado no *Mercure*.[2] Você já tem ou quer que eu mande? Mas ainda assim é o tipo de elogio que põe os espectadores para correr. Eu realmente sou assim tão austero, tão desolado? Ela diz que em Corneille os heróis morrem, mas alguma coisa é salva pela sua própria morte (Roma, a honra, sei lá o quê). Mas alguma coisa não é salva pela morte de K[aliayev] e D[ora]? Alguma coisa muito maior que Roma e que é o amor incansável da criatura? Você sabe que eu não gosto de me marginalizar, que só tenho desprezo pelo gênero "incompreendido". Mas realmente fico com a sensação singular e às vezes dolorosa de estar monologando. Tenho tendência a considerar o universo em que vivo *natural* e toda vez que o comparo ao dos outros me deparo com reações de estranheza como se, longe de ser natural, ele fosse louco e excessivo. Fazer o quê? Coisinhas rimadas e histórias de alcova, talvez — para me testar.

---

1 Albert Camus havia fundado em 1948 o Grupo de Ligação Internacional, na esfera de influência do Movimento Sindicalista Revolucionário, não comunista, e em ligação com os movimentos libertários americanos. É uma sociedade de ajuda mútua e engajamento intelectual. Dela fazem parte alguns amigos de Camus, como Robert Jaussaud e o revisor Pierre Monatte. Ele se refere aqui a Melchior Rodriguez (1893-1972), famoso anarquista espanhol, pacifista e comunista, conhecido como *"el angel rojo"*. Preso várias vezes por causa da militância antifranquista, ele é libertado em agosto de 1948.

2 *Mercure de France*, nº 1.038, 1º de fevereiro de 1950, p. 318-321: "O espectador que sai de *Os justos* com a mente sacudida, a consciência em alerta, as ideias em movimento, agitado por questões e objeções fecundas, este [...] terá razão de dizer que a peça é boa, pois com efeito terá sido profundamente boa para ele. De minha parte, me confesso saturada de espetáculos de virtuosismo que têm como principal trunfo os recursos materiais da magia cênica, e subitamente senti, diante da encenação muito simples e muito justa do Teatro Hébertot, que de bom grado trocaria todas as maquinarias por esses combates amímicos entre quatro paredes nuas. E há também Michel Bouquet, em sua melhor forma no papel do doutrinário intratável e irreconciliável, no qual o martírio do cárcere matou para sempre o amor, e Maria Casarès, a única que vive plenamente, em seu personagem e por sua arte, maior que nunca, os horrores da luta entre a Justiça e o Amor. Ela consegue, com seu corpo delgado, seus dentes cerrados, seu olhar e suas lágrimas, encarnar, no sentido mais forte da palavra, o próprio pensamento do autor, sofrer fisicamente um sofrimento da alma."

Amanhã é um dia triste que me chega com torrentes de bruma. Fico pensando, para me encorajar, que logo chegaremos à metade desse exílio. Logo! Me escreva, uma única vez, uma longa carta detalhada — que me aqueça um pouco. Me ame! Te beijo, como você deseja, como eu te desejo... Ah! Meu amor, lembra dos caminhões do alvorecer em Senlis? Depois o silêncio voltava, e à noite você estava ardente. Eu, feliz... tanto quanto hoje estou infeliz. Te amo.

A.

170 — ALBERT CAMUS A MARIA CASARÈS

Domingo, 15 horas [5 de fevereiro de 1950]

Ontem fui postar minha carta em Grasse. Ao voltar e até a hora do jantar, fiquei lendo, aqui e ali. Depois do jantar conversa genérica sobre a pobreza, a velhice, a morte etc. São temas que não vão adiante. Depois cama, com o meu Delacroix. Hoje de manhã, despertar com um dia magnífico. Comecei a corrigir as últimas provas dos *Justos*, que chegaram ontem. Decidi não dedicar a Hébertot. Esse livro te pertence e a página de dedicatória será branca. Esta tarde vou rever definitivamente meu prefácio e despachar minha correspondência, novamente atrasada. Amanhã começa o tempo do trabalho.

Estou me sentindo seco e apático. Você está aqui, mexendo comigo. Mas à parte isso é uma calma sem graça por dentro. Tenho sentido demais nos últimos tempos. E este mês, ou quase, de solidão interna, de privação, de exílio não transcorreu sem luta. Hoje, não sei se por causa do surpreendente calor do dia, sinto um sono invencível em todo o meu ser. Mas não se preocupe. Quando te chamo docemente dentro de mim, as ondas voltam. Mas essa apatia não é desagradável e eu só te chamo de vez em quando, para verificar. Dormir, ah!, poder *dormir até a primavera*!

Felizmente o tempo está bom. Da minha janela, neste momento, vejo um magnífico cipreste, dourado de sol, inundado de sol. E se desvio os olhos, é para conter um pouco esse ardor que a luz me traz, e esse desejo um pouco doloroso.

Neste momento, você está em cena. Daqui a pouco vai entrar no mundo da literatura. Depois, Dora outra vez.

E depois... É lá que eu vou te esperar. Queria estar no quarto amarelo, esperando ouvir o barulho do elevador, lendo o cansaço no seu rosto, de início... querida, acho que não estou tão adormecido quanto pensava. Tem isso também. O desejo que tenho de você me corrói dia após dia.

E fora de você, sua ausência, suas cartas, sua imagem, não presto mais para nada. Este domingo, este longo domingo sem você é cansativo. "A flor que tanto agradava ao meu coração triste..."[1] Ah! Como você me agradava, como eu era feliz ao seu lado, séculos atrás. Te amo, minha querida, te amo, bela, furiosa, radiante, entregue às vezes.

Te amo e te beijo com furor, até te sufocar, com toda a minha alma, e com todo o meu sangue.

A.

171 — ALBERT CAMUS A MARIA CASARÈS

Domingo, 15 horas [5 de fevereiro de 1950]

Ontem fui dormir de péssimo humor; mas contra mim mesmo. Passei a tarde inteira rodando em volta da minha mesa de trabalho sem nunca sentar. A noite chegou e meu ensaio não tinha avançado. Claro que eu sei que esse tipo de trabalho só pode ser conduzido com uma lucidez e uma inteligência ao mesmo tempo ativas e intactas. Mas são as eternas desculpas. A verdade é que a inércia leva a melhor quando é preciso sustentar um esforço prolongado. E ontem ao me deitar eu estava meio desanimado comigo mesmo.

Hoje de manhã, continuava a chover. Estamos vivendo numa espécie de nuvem eterna que derrama chuva sem parar. O que nos obriga a viver dentro de casa e numa sociedade ainda mais acanhada — e portanto mais pesada. Mas essa manhã fui procurar Robert; a chuva não parou até Vallauris, onde encontrei meu Robert gritando e febril mas ainda todo empolgado com suas proezas no campeonato de trenó em Chamonix, onde deslocou o ombro enquanto três outros abriam a cabeça e morriam.[2] Esse inocente decidiu que ele e eu, que há muito tempo fazemos treinamento esportivo juntos, formaríamos uma equipe invencível no ano que vem; e por sinal devo dizer que sou tolo o suficiente para me sentir tentado.

---

1 Gérard de Nerval, "El desdichado".
2 O campeonato francês de trenó de fevereiro de 1950, em Chamonix, foi marcado por acidentes mortais.

Eu o trouxe de volta para cá sempre debaixo de chuva. E no momento ele está se tratando com uísque. Às 13h30 ouvi o programa de Odette Joyeux. Pela primeira vez em cinco mortais semanas ouvi sua voz. Devia ter ficado terrivelmente emocionado e fiquei — mas não como esperava. Você falava e eu te ouvia no meio daquela gente toda como a voz da ausência — desvinculada do corpo, distante, mecânica... Fiquei mais triste que feliz. Quando é, quando é que tudo isso vai acabar? Meu amor querido, toda essa chuva e essas nuvens pesadas me separam ainda mais de você. Fica tudo fantasmagórico. Você pelo menos me espera?

22 horas

Parei de escrever há pouco porque estava bem triste. Mas guardei a carta para postá-la amanhã de manhã em Cannes, aonde vou buscar Michèle Halphen. A tarde transcorreu morna. Cuidei da minha correspondência com uma dezena de cartas e ainda faltam outras tantas pelo menos. Depois do jantar conversa sobre a bomba atômica e a bomba de hidrogênio, sobre a guerra que vem por aí etc. Hora de se apressar, desfrutar, amar etc. Fui me deitar para pelo menos estar perto de você. Te amo muito, muito mesmo neste momento. Sonho com nós dois, com o que vamos fazer, morro de desejo de você. Sabia que sinto saudade da rua de l'Université[1] e das suas visitas noturnas, às vezes o silêncio, suas mãos quentes?... Meu amor, meu amor, depressa o fim de tudo isso, depressa você, seus olhos, seu corpo. Tenho uma fome devoradora de você. Me escreva que me ama, que me esperaria ainda mais se necessário. Me diga o seu desejo, o seu amor, faça como se estivesse nua na minha frente, se entregue. Eu não aguento mais, estou queimando. Queria te arrastar comigo, de uma vez por todas, e acabarmos com esse mundo idiota, esses escrúpulos cansativos. O amor, nosso amor! Isto é que está acima de tudo. Pelo menos o sinta aqui e agora. Ah! Onde ficou aquele tempo em que eu te esmagava debaixo de mim e o desejo não se separava do amor!? Eu te amo, te espero. Te beijo, minha bela, minha grande, minha saborosa. Dentro em breve, nós! não é? Ah! Eu tremo de impaciência.

A.

---

1 Referência ao endereço da rua de l'Université, 30, sede das Éditions Gallimard e residência parisiense de Michel e Janine Gallimard.

172 — MARIA CASARÈS A ALBERT CAMUS

Domingo à noite [5 de fevereiro de 1950]

Querido,
Uma palavrinha só para te dizer simplesmente que amanhã à tarde vou tentar te escrever uma longa carta pois se o dia de ontem foi bem sem graça, o de hoje não se passou sem me oferecer todo um buquezinho de acontecimentos que realmente merecem que eu te conte. Oh! Não espere nenhuma revolução, nem que eu te conte histórias importantes nem mesmo sérias. Não! Coisas sem importância, mas divertidas.

Esta noite estou cansada demais depois da vesperal, do ensaio "Torrens" e da récita noturna, e amanhã de manhã tenho de acordar às 7 horas para me aprontar e ir para a rádio às 8h30.

Também tenho de responder a duas cartas recebidas no sábado. Ontem, não o fiz porque estava muito nervosa, muito tensa e não conseguia ficar parada um instante. Abri *Bodas*; mas logo fechei. Não é livro para ser lido no pobre estado em que me encontro esses dias. Oh! Não mesmo. Reli algumas frases e tive a sensação de que minha barriga se abria ao meio e minha boca nunca mais voltaria a ter saliva.

É terrível, sabe? Fazer o quê!? Você que faz leituras sérias e graves, que atualmente convive tão de perto com os grandes pensadores deste mundo, sabe por acaso o que fazer quando nos sentimos arrasados só de pensar num rosto, com a simples imagem de duas mãos pálidas, a lembrança de uma boca que nem tenho mais coragem de descrever?... Então me diga, meu querido amor; me socorra!; me diga depressa o que preciso fazer para te amar com paciência e calma quando todo o meu corpo grita por você.

Meus belos olhos de pálpebras pesadas, me ajude!
Não; vou falar com você amanhã. Quero dormir. Quero descansar. Te amo. Te amo. Te amo. Estou tão apaixonada por você.

V

173 — MARIA CASARÈS A ALBERT CAMUS

Segunda-feira de manhã [6 de fevereiro de 1950]

Ah! Sim, meu querido amor, o pânico tem suas vantagens, e se ele não tivesse vindo te entregar a mim, quem sabe!?, talvez eu tivesse continuado a levar essa vidinha insignificante nessa névoa pegajosa em que a sua ausência me envolve, nessa noite sem fim onde corro sem parar na direção da lembrança vaga de uma luz que desapareceu.

Eu já começava a perder as esperanças em nós e a me perguntar se aqueles dias de felicidade que vivemos juntos existiram realmente e se ainda haveria outros. No fundo, bem lá no fundo eu sempre guardei, naturalmente, a certeza de te reencontrar; caso contrário, como teria suportado essas longas horas mornas que passam, que deslizam impiedosamente em sua corrida desenfreada e perante as quais eu me detive, estúpida e apavorada? Sim; algo de mais profundo, mais grave e mais verdadeiro que minha imaginação já cansada e impotente me prendeu a você, a nós, a mim mesma; é a terra, o céu, o mar, a respiração que você me deu; é a própria vida que eu só conheço realmente desde que você está aqui, em mim; é essa dor surda que ruge lá dentro de mim, esse anseio sem fim por algo que me parece cada dia mais distante, mais esquivo, mais abstrato, mas também mais necessário, mais vital. Por que milagre vou te amar mais à medida que a sua imagem se afasta da minha lembrança? Não sei, mas é assim e não conheço pior sofrimento que o de tentar em vão recriar traços queridos e desaparecidos.

Meu próprio desejo se agarrava desesperadamente a mim para sustentar seu ardor e não era mais uma curva dos seus lábios, um olhar seu, suas mãos nem seu belo rosto que despertava a tormenta em mim, mas minhas pernas se afastando empurradas por suas mãos, meu corpo enroscado de uma certa maneira. Naturalmente, por um esforço supremo da inteligência, eu ainda consigo, buscando na memória, resgatar um olhar perdido que conheço muito bem, um gesto familiar que mexe comigo. Mas preciso recorrer à força de vontade e atualmente é raro me surpreender com uma imagem sua caída no esquecimento e de novo formada na minha mente por algum fato externo de maneira inesperada. O que por sinal talvez tenha suas vantagens; acho difícil e mesmo quase insuportável viver três meses da maneira como eu vivi os primeiros tempos da sua ausência. De certa maneira, devo reconhecer que a natureza é clemente, mas você me conhece o suficiente para saber a que ponto posso ficar infeliz me vendo privada do que é essencial para mim: a vida. Acontece que nessa espécie de repouso triste e melancólico, nesse sono entorpecido da mente e dos sentidos, nesse longo silêncio melancólico, é a vida que me falta, tudo que não seja você ou com você não me interessa muito.

Há dias em que essa total falta de gosto, de interesse, de desejo de participação em que fico por causa do seu afastamento me assusta. Eu sempre me acostumei a viver sobretudo para mim. Mas a embriaguez que toma conta de mim quando penso na sua volta, para mim certa, quando a ideia da nossa união indestrutível surge de novo, quando penso na certeza de nós que não me deixa mais, minha felicidade é tal que eu daria anos de angústia e secura para encontrar de novo no meio da minha aflição essa alegria enorme que acaba comigo.

Ah! Sim! basta você estar vivo e tudo está bem!

Viva! Viva, meu querido; é só o que eu te peço. Do seu amor eu tenho certeza. Viva. Enquanto você viver, eu continuarei existindo neste mundo e a única coisa que me inspira horror nesse futuro que nos está reservado é essa morte que vai me separar de você para sempre. A morte. Ela me deixava indiferente antes de te conhecer. Eu a temia, claro, temia na medida em que me privaria para sempre das alegrias do presente que faziam minha vida de cada momento; e como eu vivia no presente, sem vínculos, por assim dizer, com o passado e o futuro, sem vínculo com o que de certa maneira fosse exterior a mim, pois vivia num mundo fechado em mim mesma do qual desfrutava no instante me sentindo satisfeita com o que tinha a cada minuto, não esperava mais nada do minuto seguinte e de certa forma me reconciliava com a ideia de morrer um dia. Mas você veio me trazer uma sede contínua, uma expectativa de "mais ainda" que não sai mais de mim, uma insatisfação constante e portanto um horror de um dia vir a ser frustrada de você para sempre e uma revolta contra tudo e, infelizmente, contra você mesmo quando não o sinto colado em mim, você também completamente ávido desses dias que nos são concedidos. Você me envelheceu, meu amor; fez de mim uma mulher quando eu não passava de uma criança, um ser humano, quando não passava de um animalzinho.

É impossível que essa necessidade que tenho de você cesse um dia, entende?, e também é impossível que um dia você não reaja com a mesma fome de mim que eu tenho de você.

Esqueça portanto seus temores, seus tormentos tão inúteis. Agora não se trata mais de conquistar um ao outro, mas conquistar o mundo um com o outro, um no outro. *Eu nunca vou te deixar, te pertenço absolutamente para sempre e tudo está salvo.*

Era o que eu tinha a te dizer e que agora só posso repetir. Então descanse, se cure logo, trabalhe bem e volte para mim cheio de energias e forças novas para compensar um pouco as que me faltam, fechada como estou no meio da cidade que amo tanto e que nunca tenho oportunidade de ver. E sobretudo, sobretudo, meu querido, meu amor, meu belo, meu claro, meu lúcido, meu inteligente, meu sensível, eu te peço, se algum dia uma das minhas cartas não chegar a tempo, não fique imaginando todos os desastres da terra inteira. Meu pobre amor, está lembrado de que ainda ontem recebi páginas suas em que você me pedia que não escrevesse se fosse para me entediar ou me cansar? Está lembrado? Eu sorri lendo essas linhas, mas não imaginei que no dia seguinte o correio me daria oportunidade de rir disso com toda a felicidade do mundo no coração. Rá! Rá! Ninguém escapa mesmo! Antes, faz pouco tempo ainda eu teria te deixado sem notícias de propósito um ou dois dias. Agora me sinto incapaz disso embora a ideia me ocorra de vez em quando: mas não fico aborrecida porque o Estado se encarregou no meu lugar.

Me perdoe. A gente se diverte como pode.

Como vai o vento? Aqui continua soprando e me irrita muito. Como vai o sol? De vez em quando o vejo escondido por trás de uma nuvem. Ele passa, rápido, ocupado, me prometendo dias melhores. E eu mando por ele montes de encomendas para você. Espero que esteja se saindo direitinho.

E o seu trabalho? Ah, sim! Hébertot me procurou ontem para falar de novo da história Torrens. E eu fiz questão de acalmar os escrúpulos dele em relação a você. De que adiantaria? A coisa está feita e no fim das contas não acredito que Torrens seja pior que qualquer outro. Decididamente, a receita está melhorando. Não são salas cheias, mas muito mais numerosas ainda assim e muito calorosas. Ao saber que talvez eu tenha de rodar um filme em março, o mestre me perguntou gentilmente se gostaria que encontrassem uma substituta. Eu respondi que ele só precisaria se eu caísse doente e que também pode ser que eu filme ou não filme. Ele também pediu que eu pense numa récita dos *Justos* na Cidade Universitária sexta-feira 3 de março para ver se tenho condições de aceitar ou se ficaria cansada demais. Ele realmente é de uma total correção em relação a mim.

Aqui em casa tudo vai caminhando. Meu pai, curado da angina, espera os resultados da análise do sangue, para saber quando será a primeira injeção de soro. Por enquanto, está terrivelmente cansado e um pouco impaciente. Resumindo, a coisa vai bem na medida do possível.

Angeles se comporta às mil maravilhas, os dias passam e querendo acabar seus tristes anos sem demora no Sena ou mostrando um rosto iluminado pela presença de Juan, ela não muda.

Quat'sous está rejuvenescendo.

E eu vou seguindo os risos, os sorrisos, as raivas, as queixas e as tempestades do mar junto ao qual nasci; mas hoje o sol está brilhando em todo o oceano e eu sinto vontade de gritar de amor, de entusiasmo, de alegria, de gratidão, de felicidade.

Te amo, meu amor, e te agradeço por ser sempre quem você é, por me dar sempre mais ainda do que eu peço e enfim por me deixar constantemente na boca essa sede inesgotável de você, de você sempre.

M
V

174 — ALBERT CAMUS A MARIA CASARÈS

Segunda-feira, 15h30 [6 de fevereiro de 1950]

Decididamente não estou entendendo nada. Recebi sua carta de sexta-feira e você não recebeu nada meu. Me ajude a investigar. Eu te escrevi diariamente e todo dia posto minhas cartas. Verifique então se recebeu tudo, se tem os sete dias da semana. Se tiver, veja que carta chegou com um dia de atraso e cheque o carimbo dos correios. É de Cabris ou Grasse? E qual a data do carimbo: do mesmo dia ou do dia seguinte? Depois, eu tomo providências.

Mas que carta foi essa que foi me escrever!? Estou ardendo por causa dela. Te acariciar? Ah! Eu queria te beber demoradamente, sem parar. Autonomia? Ela está aqui enquanto te escrevo sobre os joelhos. Há trinta e cinco dias não para de me atormentar. Todos esses dias e essas noites não passaram de um longo chamado por você. É uma ferida, vigorosa como um animal. Às vezes adormece e de repente acorda quando eu menos espero. Esquecer, esquecer, é o que eu queria. Mas a memória é terrível, precisa, abrasadora.

Choveu a manhã inteira. Acordei cansado. Tinha caído no sono só à 1h30 e claro que a insônia vinha acompanhada de pensamentos ruins. Às 4 horas acordei com um terrível pesadelo. Você, infiel, me enfrentando. Só voltei a dormir às 7 horas. Às 8h30 estava de pé. Levei Robert [Jaussaud] a Cannes e trouxe Michèle Halphen para o hotel daqui. No carro não conseguia desligar meu pensamento de você, enternecido. "Como ela é linda! Como é boa quando quer! Como gosto disso e daquilo! Como nos parecemos no fundo! Que amor e que desejo!..." etc. etc.

Depois a sua carta. E desde então uma agitação só. Ah! Se você estivesse aqui... essa tormenta que vem, o seu gosto, sobretudo seu gosto, você todinha, minha esplêndida, minha negra, minha piroga, minha lisa... Ah! Esse longo desejo que tenho de você me sufoca.

Pensar em outra coisa. Mas que coisa as mentiras e as confissões de Maurice Clavel! E que história é essa, "recepção" na sua casa? Me fale, conte os detalhes.

E você? Engordou, está bonita? Está comendo? Eu vou bem. Se pelo menos o trabalho fosse melhor você seria meu único motivo de tristeza. E Deus sabe como ele basta. Essa ausência me esvazia, me seca a boca, me queima as têmporas. Eu penso em você o tempo todo, a todo momento da conversa e do silêncio. Quantas imagens afetuosas ou ardentes! Que vida essa nossa, meu amor!

O céu está clareando. Talvez o tempo bom volte! Vai ser a promessa da primavera. Coragem, querida! Eu te amo, te amparo com toda a minha vontade, de longe... Cuide de nós e de você. Estou cuidando para voltar melhor e mais forte para você. Só penso e só vivo para você, meu querido amor. Te beijo, cubro a sua boca de beijos, te cubro de carícias, te bebo com avidez... Eu te levo comigo, Maria querida. Guarde para mim esse amor que me é mais precioso que eu mesmo. Te amo.

A.

175 — MARIA CASARÈS A ALBERT CAMUS

Segunda-feira à noite [6 de fevereiro de 1950]

Estou voltando do teatro. Aqui estou mais uma vez na cama e depois de um dia de cansaço morno, de esgotamento total, depois de ter desejado a cama e o sono durante horas e horas, agora a récita apagou qualquer traço de fadiga e eu não consigo dormir.

Acabo de reler suas duas últimas cartas e fiquei com uma estranha sensação. Quando me dou conta de que você está vivendo em algum lugar, que se levanta, come, se deita, fala, se aborrece, que está rindo em algum lugar longe de mim, cercado de seres vivos — enfim!, mais ou menos —, quando fico sabendo que Robert [Jaussaud], que eu conheço, Michel, Janine [Gallimard] estão circulando ao seu redor e que você assiste a um monte de pequenos acontecimentos diários, fico espantada e alguma coisa em mim se recusa a aceitar.

Você entende? A casa, a paisagem que te cercam para mim fazem parte de um sonho que se reduz a algumas palavras e um cartão-postal; não é muito real. A presença de F[rancine] também não me parece muito verossímil; faz parte da névoa que sempre turva uma parte de uma pessoa; ela se apresenta a mim como um fantasma do passado que te transforma em alguém que jamais poderei conhecer plenamente, alguém distinto de mim que nunca poderei possuir de fato — mas essa imagem é vaga, meio abstrata; é o seu desconhecido. Misturado com ele, você desaparece para mim, desse mundo, deixando apenas a lembrança daquele que conheci e que não tem nenhuma relação com o outro. Se você morresse, de certa maneira daria no mesmo, o que também me faz mal de certa maneira. De qualquer modo eu entendo; mas se a imagem de alguém que eu conheço se mistura a você nos meus devaneios e de repente me dou conta de que isso é verdadeiro, de que Robert [Jaussaud] ou Michel [Gallimard] podem, se quiserem, tomar sua mão neste momento, aí eu nem mais me sinto mal, simplesmente não entendo. Será que estou me explicando bem?

Eu não entendo mais e no entanto durante dias e dias, a coisa continua. Como é estranho e engraçado! Michel ou Janine podem passar o braço no seu pescoço, olhar o quanto quiserem os cantos revirados para cima da sua boca e inventar por um tempo insubstituível toda uma existência ao seu redor da qual serei privada para sempre. É até para achar graça, confesse! E dizer que não vamos parar nisso, e que, levados pela vida, ainda vamos jogar fora — por uma viagem, umas férias, por um filme — dias e dias pela frente. Ah! Muito inteligente!

Não, meu querido, meu amor; não lembro dos caminhões de Senlis ao alvorecer — lembro apenas que pensei... — uma vez, talvez? — ter sido acordada pela tempestade e voltar a dormir num calor que agora me faz tanta falta que chega a doer — e lembro também das garrafas de Vichy pedidas à noite, da espera pelo boy do hotel que não chegava, lembro que aos poucos, naqueles dias, passei a te conhecer, um você íntimo, trêmulo e quente, e lembro de ter tido consciência de repente de um terrível perigo e lembro dos últimos sobressaltos do meu egoísmo até então bem firme e da minha entrega, da minha aceitação, do meu consentimento... um pouco depois.

Ah! Sim, eu lembro. E sonho, sonho. Sem parar. Sem parar. E vou construindo e arrumando, e a coisa desmorona e eu começo tudo de novo. Sem parar.

Esta noite, no entreato, nós ficamos sérios. Falamos dos filhos que poderíamos ter. Eu tentei fugir, sair pela tangente, mas Jean e Michel fizeram questão de traçar o retrato da minha filha, pois decidiram que eu teria uma filha... de queixo pontudo e olhos amendoados. Espertinhos! Alguma coisa no fundo de mim capotava e eu sonhava, sonhava, sonhava.

Droga!

Velha demais já para ter filhos e além do mais será que eu poderia ou seria capaz de ser mãe?

Me perdoe, querido. Como existe um terreno proibido para nós, nós nunca sonhamos e esta noite estou cansada de uma vida levando apenas à noite que cai; tenho vontade de projetos de futuro, de não sei o quê. Não se preocupe; dura só o tempo de uma carta; depois tudo se apaga e é apenas questão de recomeçar. Talvez fosse o caso de evitar escrever esses desejos ou esses estados passageiros; talvez esteja lhes atribuindo uma consistência que não têm — e é por isto que em geral detesto cartas —, mas, você sabe, e a mim isso faz bem.

Vou dormir, meu amor — vou cozinhar um pouco minha gripe.

Até amanhã, meu querido; até amanhã, meu lindo rosto, durma, durma bem; me ame. Me ame mais. Coragem. Te beijo com toda a minha alma

M
V

176 — MARIA CASARÈS A ALBERT CAMUS

Terça-feira à tarde [7 de fevereiro de 1950]

Pronto. Dei um jeito de encontrar um pouco de tempo pela frente e te escrever mais detalhadamente; primeiro queria te explicar diferentes coisas para depois poder conversar livremente com você. Mas receio não me sair muito bem da primeira missão; dormi pouco; acordei hoje de manhã com uma forte gripe cujos primeiros sintomas tinha percebido ontem à noite e por volta do meio-dia, quando voltei e depois do tratamento e de uma tentativa de breve conversa comigo meu pai declarou com ar convicto e convincente que eu tinha alcançado o grau máximo de embotamento, eu só pude confirmar sem sombra de dúvida. Mas, ouça, veja isso, um pedaço de diálogo ao vivo:

Papai — Seja boazinha e telefone ao Negrín.[1] Eles me telefonaram ontem: acabam de chegar a Paris.

Eu — Ah, é ?... Sim!! Sim!! (falsa saída) E quando eles atenderem, o que eu digo?

Papai — ... !

Eu — Bom dia! Sim! Eu digo bom dia!

---

1 O chefe do governo espanhol no exílio, Dom Juan Negrín (1892-1956), e sua companheira, Feliciana, amigos do pai de Maria. O casal passou a residir em Paris, onde Juan Negrín vem a morrer de uma crise cardíaca em 1956.

Para você ver em que ponto eu estou. Mas vamos em frente; é melhor assim. Antes de mais nada eu quero me livrar do caso *Os justos*, pois também está se transformando para mim em motivo de fúria permanente. Não sei se a peça é ou não um sucesso. Só sei que poderia ter sido se o mestre tivesse decidido contribuir um pouco. Fora de um certo meio, muito pouca gente em Paris sabe que *Os justos* está sendo apresentada no Teatro Hébertot, e o tempo todo encontro pessoas que queriam me ver de novo no teatro e gostariam que eu atuasse numa peça. Bom; não tem muita importância.

Mas também não se deve dar importância exagerada à receita. Exceto dois ou três teatros tudo baixou e o público que nos resta muitas vezes não é "totalmente pagante". Em consequência, o número de espectadores é muito superior ao que a receita permite supor e o público é — por assim dizer — sempre muito caloroso.

Tenho de confessar que não esperava semelhante aceitação e que fico pasma e espantada com as reações que você parece ter.

Quanto à sua aversão ao teatro, me permita não compartilhar muito, sobretudo agora — eu tive e tenho grande alegria interpretando Dora, alegria que jamais esquecerei. E por sinal é o que eu constato toda noite. Eu dou tudo a ela e ela é uma das grandes responsáveis pelo meu embotamento. Ela me suga, ela me esvazia; ela também sabe e me ama. É a minha melhor amiga.

Enfim, de tudo isso voltaremos a falar um dia pessoalmente — por enquanto vamos cuidar de salvar os móveis.

Ensaiei vagamente minhas duas cenas com Torrens. É um rapaz "inteligente e simpático, exatamente o meu tipo".

Não se preocupe; ele não é tão alto assim e Michel [Bouquet] não passará despercebido ao lado dele — pelo contrário, espero que só ele seja visto. É... como direi... um símbolo da piscina Deligny, belo, bonito, com uma voz beeeela e graaave, muito longe de ter o rei na barriga e acho eu — pelo que pude avaliar — que competente. Além do mais, uma certa sensibilidade — só o necessário para fazer comédia e um olhar direto, tocante, pelo qual a gente infelizmente escorrega para se deter um instante na testa — baixa, côncava e evasiva — e continuar escorregando, escorregando até o infinito. Estive com ele durante uma hora. Ensaiamos as marcações durante quarenta e cinco minutos, marcamos encontro para uma manhã aqui em casa e ele ainda achou tempo de me dizer que sua concepção de Yanek é diferente da concepção de Serge, para ele meio monótono, e que quando assumir de novo o papel, como tem muitos amigos jornalistas, a imprensa logo vai se interessar pelo assunto e assim ele vai proporcionar o espetáculo de um novo momento de publicidade e curiosidade.

Paulo [Œttly] já me disse que não vai assistir à próxima sessão considerando que... eu estava lá. De modo que espero o próximo ensaio para mais detalhes.

Quanto ao traje, Hébertot descobriu que se resolve tudo alongando as mangas do casaco de Serge [Reggiani]. Os ombros estão meio apertados!... sim! sim!... mas fazer o quê? Já basta ter de reformar uma calça e uma camisa!!!

Ah! Não, meu querido, realmente prefiro mudar de assunto. Esse me enerva. Saiba apenas que não acredito que Torrens seja ruim, embora o tenha visto pouco. Pode ser... pouco, curto, mas honesto. Poderia ser pior.

À parte essas perspectivas nem tão alegres de mudança de parceiro, as récitas seguem seu curso normal.

A receita está aumentando há três dias e não ouvimos mais a cada noite, de vozes diferentes mas sempre preocupadas e apressadas, que "Está caindo!".

Que teatro curioso!

Quanto ao sucesso comercial da peça não estou preocupada pois de certa maneira não me interessa muito. Um público muito grande nesse tipo de espetáculo só serve para me incomodar sobretudo nessa época de gripe, quando mesmo se mantendo quietos eles não conseguem deixar de tossir. E por sinal te mando uma carta recebida sábado do gênero "estímulo", para você se dar um pouco conta da qualidade daquele que está sentado numa poltrona do "SEU Teatro".

Oh! Me perdoe, meu querido. Me perdoe no seu nome e em nome de todos aqueles que talvez eu esteja subestimando, sem motivo, em certos momentos; mas no momento eu me sinto velha e cansada e com a generosidade meio gasta.

Sim, eu sou má feito sarna. Má, cruel e injusta e é o que mais me deprime — perdoe. Me perdoe. Vai passar com o inverno.

Olha só! Você te contar algumas pequenas anedotas para mudar de assunto.

1) Michèle Lahaye pediu dois "convites" a Hébertot ontem à noite e foi brindada com um comentário do mestre que ela leu para mim. Como seus convidados tinham como sobrenome "Fonchardière", acho eu, o mestre fez um levantamento sobre o pai, a irmã, a mãe, os filhos e os sogros de uma certa de la Fonchardière e preparou uma espécie de caderneta de família com detalhes sobre a situação financeira de cada um, para deixá-la no camarim do Michèle com um bilhete de desculpas em que dizia não estar em condições de pagar entradas para pessoas tão ricas. Ele se enganou de pessoa; mas sua iniciativa lhe valeu ter algumas linhas da sua caligrafia emoldurada durante algum tempo na chaminé da casa Lahaye.

2) Você viu o filme *O corvo*.[1] Lembra da menininha magra, seca e encolhida que brincava com a bola e usava óculos? Pois bem, ontem à noite, depois da récita, eu estava no camarim, cansada, triste, quando de repente essa menina, ou melhor, uma dessas meninas que parecem com ela, entra, exige um autógrafo e, me olhando com seus olhos ardentes por trás dos óculos e me apertando o braço direito muito forte e com pequenos trancos, exclama: "Que pena que você não possa assinar com os olhos!", e sai correndo.

3) Gina ou "Gino para as senhoras" também veio, logo depois. Tenebrosa. Tenebrosa. Tenebrosa. Perigosa. Me pediu conselhos sobre um caso de amor com Josette, que ama fisicamente, mas com quem não se entende, e eu respondi timidamente, com muitas precauções — ela poderia me matar! — que minha experiência feminina era realmente pobre demais para que minha opinião pudesse ser útil.

Ouça, meu querido, não sei se Dora tem algum poder desconhecido que constantemente atrai esse tipo de louco para mim. Só sei que nunca encontrei tantos pois... vou te poupar!

Mas voltemos agora a coisas mais sérias.

Fique tranquilo. Papai está completamente curado da angina, mas essa pequena complicação o deixou muito cansado. Não está tomando mais injeções. Amanhã eu acabo as bombas de aerossol, e dentro de alguns dias vão fazer um exame para ver se ele está em condições de receber o soro. Vou te informar dos resultados.

À parte isto, tudo do mesmo jeito. Eu aqui "enlanguescendo e ardendo", me arrastando e morrendo de tédio como nunca. Como é possível se entediar desse jeito? E no entanto não paro nunca. Eu... Ah! Chega. Basta de falar de mim. Não me aguento mais. Vamos em frente.

Você! Você! Você! Três quilos. Que bom ter engordado três quilos. Mas o proíbo de aparecer na minha frente com o torso de "Torrens". Meu Deus! que horror! Oh! Você! Meu belo torso acolhedor, quente, largo, envolvente; meus belos ombros egípcios de repente transformados em radiador da época da ocupação. Horror!

Não; meu belo amor. Engorde, fique forte, faça o que quiser, mas continue a ser o que eu amo: você!

Oh! Vou parar. Esta noite te falarei de nós. Agora vou dormir um pouco. Preciso descansar — você deve ter percebido — para representar bem.

---

1 *O corvo*, de Henri-Georges Clouzot, lançado em 1943.

Querido! Querido! Que pena estar tão longe de você! E também que felicidade estar tão perto de você, a poucos quilômetros, a poucas semanas. Me aperte contra você.

M
V

177 — ALBERT CAMUS A MARIA CASARÈS

Terça-feira, 15 horas [7 de fevereiro de 1950]

Sua cartinha, tristonha e ávida, de domingo! Quer dizer então que sente minha falta? Ó, delícia de ser desejado no amor — você nem sabe. Sim, que fazer? Como fazer para aplacar essa longa e árida queimadura? Tudo tão longe! Mas não poderíamos correr um para o outro, nos abraçar e nos saciar, e nos separar de novo até a reunião definitiva? Vou ver, calcular...

Querida, o dia está esplêndido. Sol e luz, a montanha inteira brilhando. De repente ela foi coberta de cantos de pássaros que chegam de todas as direções até o meu quarto. Assim até abril, seria ótimo. Me ajudaria. E em abril, mais luzes e mais cantos ainda e nós dois enfim juntos, unidos um ao outro, vivos... Te amo, minha querida.

Desde ontem nada digno de nota. Trabalhei muito e bem na cama. Estou trabalhando melhor desde que decidi só sair da cama para as refeições e quando tiver de sair. Hoje de manhã, como todo mundo estava em Grasse, trabalhei mais e depois fui dar uma volta sozinho. O sol me aquecia suavemente, eu te segurava pela mão e nós caminhávamos juntos na montanha. No desjejum eu estava de bom humor. Agora estou menos brilhante, mas vou trabalhar, bate sol no meu quarto e, não sei por quê, tenho a sensação quente e presente de ser amado por você. O que me deixa num estado de brandura e melancolia. De certa maneira acho que sou feliz. Fugitivamente, de maneira mais aguda que duradoura, mas enfim, feliz e cheio de gratidão e de amor por você.

Daqui a pouco vão telefonar para dar os resultados da minha radiografia. Não sei se terei tempo de te escrever aqui sobre isso. Mas de qualquer maneira estou em boa forma e você não precisa se preocupar com nada.

Me diga como vai o ensaio Torrens — e sobretudo me fale de você. Ah! Eu penso em você e dói. Como você é mulher e por que é delicioso e torturante imaginar seu corpo ao longo do meu. Hoje eu te amo com fúria. Te beijo até te sufocar. Te acaricio, te domino... Mas vou parar, não é, minha querida, meu belo amor, é de gemer... Ah! Dormir, dormir esse tempo todo, e despertar ao seu lado.

A.

178 — ALBERT CAMUS A MARIA CASARÈS

Quarta-feira, 14 horas [8 de fevereiro de 1950]

Recebi sua carta de segunda-terça-feira. Dá para sentir que você está triste e meio desanimada, minha criança querida, e eu gostaria de te ajudar. Mas estou longe de você e todo esse elã de amor e ternura que me projeta para você neste momento, você não tem como sentir seu calor. Eu te amo e te entendo. Se o meu coração, junto de você, nunca deixou de ser um pouco triste, mesmo nas nossas maiores alegrias (não, eu esqueci, às vezes, quando a felicidade me embriagava, literalmente), é porque eu nunca deixei de pensar naquilo de que te frustrava. Mas eu sempre tive, e é esta minha desculpa, a esperança cega de um dia preencher sua expectativa. Sim, estou longe de você e outras pessoas participam da minha vida. Mas me parece que essa vida é tão pouco uma vida que você não está perdendo grande coisa. Eu vou passando através dos dias e das presenças, numa espécie de sonho — sem dar nem receber nada, não tão infeliz quanto deveria estar, exceto nas crises, mas também nunca feliz, exceto no devaneio. Mas o fato é que esses dias são perdidos para a verdadeira felicidade. Mas estou decidido a te desmentir quando você prevê que ainda vamos desperdiçar outros dias. Não fique triste, meu amor querido. Ainda nos faltam muitas coisas, mas nós conquistamos muitas outras. O que já temos é incomensurável. O que permite antecipar que vamos superar tudo. Velha demais! Enlouqueceu? Você mal está começando a viver. E a vida ainda tem todas as suas alegrias e fecundidades a te oferecer. E suas dores também, naturalmente. Mas um grande e fiel amor é um cadinho onde se fundem alegrias e dores para se transformar em grandeza e bondade.

Pelo menos é a esperança que alimento por você. Eu sim, poderia dizer que estou velho, com muito mais motivo. Já vivi muitas coisas, avancei rápido demais, e até o meu corpo... E no entanto ainda tenho forças para reconstruir tudo ao meu redor. Você é a minha força, é verdade. E se hoje mesmo você não existisse, a vida seria para mim um deserto insuportável, no estado em que me encontro. Paciência, minha querida, e coragem. Se o amor mais lúcido e apaixonado é capaz de alguma coisa neste mundo, voltarei a ver o seu profundo rosto de felicidade. Pelo menos me ame e tenha confiança.

Dia cinzento. Hoje fui a Grasse fazer a radiografia. O médico acha que estou no bom caminho, como sempre. É verdade que eu tenho sobre ele a terrível desconfiança. O que diminui o valor da opinião dele. Em março é que ficaremos sabendo. Mas *de qualquer maneira* não voltarei para a montanha e ficarei EM Paris. Vou viver em câmera lenta, mas vou viver junto de você.

A carta que você mandou me faz sonhar. O talento do público! Falemos disso. A gente escreve, atua, cria para *alguns*, é esta a verdade — e é duro de dizer a alguém que gostaria de criar para todos. Me diga como vai nosso modesto Torrens. Me avise também quando ele estrear, e eu mandarei algumas palavras para ser polido.

Meu amor, meu belo e grande amor, gostaria que você acabasse esta carta com um doce calor no coração — com a certeza do amor, com meus lábios na sua nuca e meus braços te enlaçando. Te amo e te espero. Até logo, minha querida, minha praia, minha doce. Te beijo com toda ternura, para começar...

A.

179 — MARIA CASARÈS A ALBERT CAMUS

Quarta-feira, 11h30 da manhã [8 de fevereiro de 1950]

Acordei às 10 horas, de mau humor. Lá fora fazia sol, mas agora desapareceu. Pierre passou aqui às pressas para trazer fotografias que eu mandei emoldurar. Eu estava de cara amarrada.

Estou cansada dessas manhãs mornas e sem surpresas. Junto com os fins de tarde, são os momentos mais difíceis.

Sua carta finalmente chegou. O correio voltou a funcionar normalmente. Tenho sempre meu repasto cotidiano ao acordar. Desta vez sua carta era toda ardente e fiquei com a sensação de que as suas palavras eram murmuradas debaixo dos lençóis quentes.

Meu desejo de você se exaspera e me exaspera. Os dias passam e eu fico cada vez mais contraída e quase amargurada. Me sinto desajeitada, crispada, angulosa. Caminho e me desloco de um jeito brusco, desordenado, aos solavancos. Perdi a harmonia de cada um dos meus movimentos, a elasticidade, a naturalidade, a graça. Retorcida, revirada como uma luva que acabamos de tirar, sinto a pele repuxar como se tivessem esfregado um limão e quando estendo o braço, tenho a sensação desagradável de que os ossos gritam. Por dentro é o mesmo; olhar mortiço, sobrancelhas franzidas, cantos da boca para baixo, rosto contraído, retraído, crispado, vou dando saltos à frente como um albatroz que tivesse perdido as asas.

Ah! Não; não estou bonita.

Mas não é nada; quando chega uma carta sua, quando fico olhando a "foto" ao lado da minha cama, quando um detalhe insignificante me traz para você no meio das pessoas ou das coisas que mal consigo enxergar, a onda, a tormenta, a tempestade que toma conta de mim completamente, me prova sem cessar que está tudo aí e que ainda poderei me tornar bela, muito bela e por um momento inigualável.

Meio-dia

No fundo, não fui feita para a vida que estou levando e me pergunto o que vai acontecer no dia em que nada me impulsionar, no dia em que, sozinha, eu não tiver ninguém para satisfazer de alguma maneira e estiver livre para fazer o que quiser, para viver como melhor me parecer. Será que não vou optar pela miséria no lugar dessa luta cansativa que engole minhas horas e me esvazia em vão?

Que fazer, Albert querido? Que fazer? Oh! No fundo eu sei o que eu preciso... O mar, o vento e você durante algum tempo. Depois, eu facilmente aceitaria de novo dormir um pouco no barulho e na agitação de Paris. Mas no momento a perda de tempo e de energia me causa uma angústia que não consigo mais guardar só para mim, e que preciso compartilhar com você.

Os dias passam, os dias passam... e o mar está longe. Que pena!

Muitas vezes eu fecho os olhos, respiro forte e me vejo bem longe num lugar desconhecido cheirando a algas, a sal, com você deitado ao meu lado. A gente vive alguns segundos livres de tudo, desvinculados de tudo, para sempre perdidos durante alguns segundos para todo esse mundo que nos cerca de tão perto. Não fazemos nada. Estamos deitados de costas, de frente para o céu. Faz calor. Um cheiro bom. A gente se dá as mãos, sem dizer nada. Sabemos apenas que estamos ali por alguns instantes, que estamos livres de tudo, carregando apenas o nosso peso.

E ao abrir os olhos de novo me sinto mais leve, fresca, limpa, descansada. Infelizmente, não dura muito.

5 horas. Tarde

Stella, uma antiga colega do "Simone",[1] veio me ver. Conversa escorregadia. Ela acaba de ir embora, me deixando pior que antes.

Decididamente eu preciso reagir. Não posso mais continuar escorregando por essa ladeira mole. Me sinto suja e despenteada, embora tenha acabado de tomar um banho e meu cabelo esteja mais solto e liso que nunca.

Chega! Ah, sim! chega. A partir de amanhã...

Meia-noite

No táxi que me levava para o teatro me deu vontade de falar com você de novo. Pensava que "a partir de amanhã..." continuarei sem fazer nada se antes não identificar a causa da minha desorientação e arrancá-la de mim. Parece que o tempo parou e já nem sei desde quando estou vivendo um dia longo — ou uma longa noite — morna, sem graça, cinzenta, sem relevo. Tenho uma terrível sensação dupla de estar deixando correrem longe de mim os dias que passam, rápidos, vertiginosos e de ter ficado agarrada a um deles que se repete sem parar. Me sinto dividida entre a angústia das horas perdidas e a impossibilidade de capturar uma delas e torná-la minha. Vou escorregando em tudo; pelos minutos, as pessoas, as coisas; me sinto incapaz de aprofundar o que quer que seja, de me comover, de identificar e apreciar a beleza, de buscar, de me interessar. Tudo passa de raspão e não vejo mais o que poderia de alguma forma reverberar em mim. E por sinal, mesmo se visse, me pergunto se teria coragem de fazer um gesto para chegar lá.

Só você continua vivo nos meus sonhos, mas na forma de sonhos.

Será o cansaço? O desgaste dos nervos? As forças embotadas? A sensibilidade esgotada?

---

1 A atriz Stella Dassas, ex-colega do curso Simon, que em 1959 desempenharia um papel em *Hiroshima, meu amor*, de Alain Resnais.

Fevereiro de 1950

Será que esse estado se deve à fase ruim dos últimos meses? Será que Dora é que me esvazia mais do que eu imagino? Será que Paris é que me esgota? A falta de descanso e de ar nessas férias?
E se for tudo ao mesmo tempo? Talvez. No início eu esperava que fosse o frio, mas se o tempo agora não está muito calmante e muda de uma hora para outra, pelo menos não está mais fazendo frio. Então!?
Repouso? Não faço outra coisa. Ar? Infelizmente tenho de me contentar com o da rua de Vaugirard e do boulevard des Batignolles.
Felicidade? Ah, aaahhh!!!
Tem alguma ideia, meu querido? Oh! Não vai me dizer que eu preciso sair. Na sexta-feira vou tentar sair para o mundo e lançar uma bombinha — ou melhor, um petardo! —, mas já sei antecipadamente o resultado: vou voltar para casa com um humor de cão e decidindo — dessa vez até abril — não sair mais.
Não; não creio que consiga algo de bom por vias externas. O "silêncio" que se instalou em mim veio "de dentro" e é "de dentro" também que "o grito" precisa sair. Talvez se você me escrevesse uma carta amigável, densa, uma carta falando de nós sem lirismo, mas com tudo que você pensa — com certeza mais difícil de dizer do que o que você sente — e talvez um grito consiga sair dessa maçaroca em que me transformei, um grito de dor, talvez, mas um grito!
Sim; é onde estou, meu Albert querido. Desejando qualquer coisa desde que possa gritar e arder de novo.
Esta noite, no teatro, a casa estava cheia. "Um grupo", ao que parece. Um dia vou montar uma peça para ser representada para os "grupos" do Teatro Hébertot. Ficará em cartaz um ano.
Nós atuamos corretamente. Mas pessoalmente no momento é difícil para mim capturar plenamente Dora e sobretudo o quinto ato. Está virando uma tortura — não suporto mais me ouvir dizer toda noite as mesmas palavras com as mesmas entonações. É a fase ruim e no estado em que me encontro o profundo incômodo que sinto às vezes me dá vontade de simplesmente sair de cena. Na noite em que esse desejo desaparecer terei voltado a ser eu mesma; na noite em que realmente sair de cena no meio do ato, terei enlouquecido, mas pelo menos já representa algo. Melhor que nada.
Enfim, por hoje, a récita correu normalmente. "O grupo" aplaudiu muito.
No fim, uma senhora do Liceu Victor Duruy, onde eu estudei, veio me convidar para fazer uma conferência para os alunos no boulevard des Invalides. Eu aceitei. Tenho aqui minhas ideias . Vamos rir muito.

Comprei três livros, entre eles as cartas de Van Gogh ao irmão.
Que mais?
Te amo. Te amo e morro de desejo e de amor. Querido, me escreva de você, você inteirinho — tristezas e alegrias, esperanças e temores — me escreva tudo. Te quero inteiro. Inteirinho. Me desperte. Me sacuda. Me dê uma bronca. Bata em mim, se necessário. Estou perdendo as forças. Me apagando.
Boa noite, querido, até amanhã de manhã. Ah! Me enroscar toda em você...

M
V

Quinta-feira de manhã, 10 horas [9 de fevereiro de 1950]

Acabo de despertar. Lá fora, chuva, tudo cinza, aquele xarope. Mas devo ter dormido bem pois estou com a leve sensação de me sentir um pouco mais em forma. Nem ouso acreditar muito. Aguardo impacientemente sua carta. Se for boa e doce, talvez o dia seja melhor que o de ontem.

Hoje de manhã, pelo correio, recebi uma coisa que me deu vergonha e pena.

Pois não é que Varela[1] se vê reduzido a passar o chapéu pelo governo espanhol? Pede dinheiro a torto e a direito para continuar sustentando seus pobres ministros-fantasmas e seu núcleo de "burocratas-sísifos". Precisam até economizar papel, pois notei que depois de escrever Casarès-Quiroga e se darem conta apagaram... mal Quiroga em vez de pegar outra folha. Mas isto não é nada. O tom do pedido é ainda mais deprimente. Ele pede que eu encontre adeptos no meu círculo de conhecimentos para sustentar o que resta da nossa pobre República e me garante que, como os doadores não precisam ser identificados, não correm risco de enfrentar problemas políticos. Em outras palavras, quem se sentir constrangido por estar ajudando o Governo espanhol pode ficar tranquilo, seu nome não será mencionado. Meu Deus! Que pena! Ele é bem gentil, Varela, honesto e cheio de boa vontade, mas, Deus do céu!, será que não tem ninguém por perto com noção do que ele representa para lhe soprar ao pé do ouvido que certas coisas não se fazem?

---

1 Enrique Varela, capitão de cavalaria, filho de general e de uma família monarquista, é o ex-marido da meia-irmã de Maria, Esther.

Fui mostrar a carta ao meu pai para me aconselhar sobre o que devo fazer. Ele leu. E ficou vermelho. Pela primeira vez na vida vi meu pai ruborizado. Fiquei impressionadíssima.

Hoje o dia é todo meu, exceto o período entre três e quatro horas que terei de dedicar a Jacques Torrens — vou tentar aproveitar.

Estas páginas estão bem tristes. Não se preocupe. Tudo isto vai passar com o inverno. Estou te esperando. Te espero e reservo para você todos os tesouros de que me cobre.

Te amo, meu querido, meu belo amor — te amo como você nunca foi amado, como eu nunca amei nem amarei o que quer que seja. Até já,

M
V

P.S.: Estou juntando uma "missiva" do Sr. X — que me foi entregue no teatro, e que deve te interessar. Decididamente, Dora deve atrair um público bem curioso.

Sua carta de terça-feira! Era exatamente a que eu precisava, e nenhuma outra. Que felicidade ter você! Está caindo neve derretida, mas no meu quarto é o sol de Cabris!

180 — MARIA CASARÈS A ALBERT CAMUS

Quinta-feira à noite [9 de fevereiro de 1950]

Meu amor querido,

Esta noite serei obrigada a ser breve. É 1 hora da manhã e tenho de me levantar às 7h30 para ir fazer uma rádio. Amanhã, ou melhor, esta tarde te escreverei mais longamente, pois terei tempo.

O dia não passou muito mal, apesar da neve derretida que não parou de cair.

Hoje de manhã fiquei lendo na cama até a hora do almoço. Estou querendo acabar *À sombra das raparigas em flor*. Estou louca para ler as cartas de Van Gogh e antes terei de me inteirar de uma peça — parece que boa — de Denis Marion[1] que ele mesmo me mandou. Também quero descansar de Proust alguns dias.

---

1 O escritor e crítico belga Denis Marion (1906-2000), cujo nome verdadeiro é Marcel Defosse, autor de duas peças teatrais: *O juiz de Malta* (1948) e *O caso Fualdès* (1951).

Agora ele já me irrita um pouco menos — passei da fase dos salões — mas me assusta. As finas operações de cirurgia intelectual a que submete a pobre Albertine me cansam e angustiam. Quando penso que você também pode ter me descascado dessa maneira, sinto um arrepio. E além do mais... fiquei sabendo que Albertine na verdade era um Albert, e nesse caso!... você entende!... eu protesto!

Esta manhã ensaiei durante uma hora, em casa, com Torrens. Voltei a encontrá-lo pela primeira vez desde o outro dia e não teria condições de te dizer como ele será. Chamei a atenção dele para seu lado um pouco... "por cima do ombro", disse que Yanek deve ser radiante, simpático, aberto, exaltado e que deve amar Dora. Ele foi muito gentil e me ouviu com atenção. E recomeçou exatamente como antes. Mas eu sei que não dá para realizar imediatamente o que acabamos de descobrir e apesar de tudo me parece que ele entendeu o que eu disse. Ele sabe o texto e o diz corretamente; é um bom aluno do conservatório, sincero e tem a seu favor algo encantador e mesmo tocante: um não sei que meio infantil e amuado.

Considerando a lerdeza de quem deveria estar cuidando de ensaiá-lo, decidimos sacudir essa gente, e esta noite pedi a Paulo [Œttly] e Jean Vernier que organizem ensaios diários a partir de sábado.

Fiquei me ouvindo em *O mercador de Veneza* no rádio. Meu Deus! Que programa!

No resto da tarde, fiquei berrando a mais não poder a cena de *Esther*, para me apropriar dela, e à noite interpretei muito bem Dora (Serge estava deslumbrante!) para um público bem numeroso (parece que está melhorando) no qual — milagre! — não havia nenhum "grupo".

Reggiani, que tinha decidido ir embora no dia 20, vai ficar, depois de uma pequena oração que lhe mandei, até 28.

Ao voltar para casa, fiquei contrariada. Papai, que estava bem melhor e se preparava calmamente para a coleta de sangue que será feita amanhã com vistas às injeções de soro, estava respirando muito mal e com febre. É cansativo. Enfim! Talvez tudo volte ao normal durante a noite.

Eu me senti mais calma hoje, mas o descanso não chega. Imagine que começo a ter acne juvenil. Não! Mas... Se você demorar mais, vai precisar ter muito cuidado e tomar comigo todas as precauções que se costuma tomar com uma mocinha.

Estou feliz, realmente feliz, de saber que o sol apareceu em Cabris. Tomara que mande um pequeno raio para cá, mas enfim só de saber que está entrando no seu quarto, meu coração já se aquece. Ah! Sim. Que possa ficar até abril! Que não vá embora. Que faria o meu amor sem sol? Sozinho, debaixo de chuva?

Fico feliz também de saber que você está trabalhando bem. E por sinal sabia que o sol ia te ajudar. Eu te disse.

Mas... querido... você não falou mais das "aroeiras e oliveiras". Algo errado? Que aconteceu?

De vez em quando você escreve frases que realmente fazem a gente se perguntar se você está louco, surdo, fechado como um poste, ou se tudo foi e continua sendo um sonho, ou então se nós é que somos completos idiotas. Ex.: "... e, *não sei por quê*, tenho a sensação quente e presente de ser amado por você".

Muito bem meu querido! Está acordando! E levou tempo! Quer dizer que você *tem a impressão* de que eu te amo e *não sabe por que* traz consigo essa estranha impressão?! Está vendo só?! Puxa! Olha só! Eu jamais teria imaginado que um tratamento na montanha despertasse em você essa justa e profunda sensibilidade das coisas!... Mas não se preocupe, meu amor. Espere! Espere os dias de chuva que podem vir! Então você vai ver claramente, não te amarei mais, seu poder de criação vai desaparecer de um dia para o outro e o eterno recomeço das horas poderá mais uma vez quebrar sua resistência...

Ah, meu querido, meu duplo, meu amor adorado, talvez eu seja instável, nebulosa, caprichosa, inquieta e atormentada como o oceano, mas você, meu luminoso, é cansativo, como o Mediterrâneo.

Aroeira! Vamos!

Bem; dito isto, vou te deixar, sinto muito. Eu fico bem com você, tão bem, tão bem! Mas preciso dormir caso contrário amanhã não estarei nada bem.

Me aconchego em você. E espero. Espero que você se decida a notar minha presença ao longo de você. Está me ignorando? Bem. Nesse caso. Ah!

Te beijo perdidamente.

M
V

P.S.: Aí vai a carta prometida que esqueci de te mandar hoje de manhã.

181 – ALBERT CAMUS A MARIA CASARÈS

Quinta-feira, 16 horas [9 de fevereiro de 1950]

Sua carta da noite de terça-feira. Acabo de reler e gostaria de poder responder detalhadamente, mas a verdade é que sou perseguido por uma única coisa: seu sonho. Quando o li, parecia que vinha da página um calor que me queimava o rosto. Eu estava todo voltado para você, a não poder mais. Você sabe, tem uma certa crueldade em me escrever isso. Tudo já aconteceu para você e existe um deus para os inocentes, pelo que diz? Eu devo ter muita culpa. Você sabe, meu amor querido, que eu tenho medo de virar um obcecado. Eu nunca passei por isso, semelhante fixação numa pessoa, um desejo tão desvairado e tão constante. Meus devaneios são insuportáveis. Para te punir, um dia vou escrever com toda clareza o que penso, sinto e sonho sobre a questão. Essa noite quase o fiz.

Meu querido amor, meu belo desejo, sim, tudo isso é duro de viver. Eu entendo seu desânimo, seu desgosto... Se não conseguir mais escrever, faça o que puder, eu sempre vou entender. Claro que vai ser triste, esses dias sem você. Mas eu tenho confiança e te amo. Mas não descambe demais para a inércia. Não me esqueça completamente. E de qualquer maneira abra mão das suas imaginações sobre as suas trivialidades ou incorreções. Eu desejo as suas cartas e nelas só busco a palpitação, a chama, o entusiasmo. Procuro os sinais, o segredo que às vezes percorre o seu belo rosto. "Ela estava sorrindo ao escrever isso", é o que eu penso. Você é inteligente, estúpida menina de uma inteligência que de repente clareia as pessoas e suas motivações. E quando acontece de você ser ingrata, azeda, é porque está dormindo ou se fechou a tudo. Eu te amo como você é, te escolhi de uma vez por todas e esses pequenos complexos (também os tive, diante de você) precisam desaparecer entre nós. Te admiro, te amo e te desejo, que mais quer, ingrata? Mas agora só quero uma coisa, finalmente te possuir, tê-la para mim.

Mas por enquanto só dá para sonhar. Desde ontem à noite o mistral está soprando e me deixa os nervos à flor da pele. Hoje de manhã surgiu um dia maravilhoso. O vento tinha raspado o céu até encontrar uma nova pele, brilhante e azul, novinha, o céu derramava luz. Os pássaros explodiram na montanha toda. E o vento, o duro e maravilhoso mistral! Como é forte e imperioso! Mas ao mesmo tempo ele me traz uma espécie de loucura. Por que você não está aqui?! Por que não posso realmente te rasgar, minha flexível, minha negra, minha lustrosa! Oh! Como te amo! Você é a única criatura que jamais me fez chorar de felicidade. O que você botou em mim é um mundo de forças e fúrias. Venha, venha logo! Você vai correr ao meu encontro e no fim da corrida vai se entregar. Meu coração está batendo, minha querida, minha aquiescente... Te amo e sou feliz por te amar. Mas não escreva mais seus sonhos. Tenha piedade daquele que arde sem trégua e espera sua boca para finalmente matar a sede.

A.

182 — MARIA CASARÈS A ALBERT CAMUS

Sexta-feira, 1 hora da tarde [10 de fevereiro de 1950]

Acabo de ler sua carta que só agora recebi, pois saí muito cedo para a rádio. Estava esperando com impaciência para saber os resultados da radiografia, mas não fiquei sabendo nada de novo.

"Está no bom caminho..." Que quer dizer isso? Ainda há algum traço de lesão? Está completamente fechado? Ah! Não sei se você tem a terrível suspeita sobre o médico genial que cuida de você, mas já começo a ter uma profunda certeza.

Enfim! Vamos esperar o mês de março. Quanto a ficar em Paris mesmo se você tiver de viajar, voltaremos a falar mais tarde, se surgir a oportunidade; mas não comece antecipadamente a botar ideias loucas ou absurdas na cabeça.

Não se preocupe comigo, meu querido. Vou te escrevendo a torto e a direito o que me passa pela cabeça quando tenho uma folha de papel à frente e uma caneta na mão. Também te conto aquilo que — mais ou menos — me causou impressão ao longo do dia. A quem poderia contar? Apenas, muitas vezes esqueço que o simples fato de traduzir em palavras e registrar no papel pensamentos que não têm muita importância nem ocupam um lugar importante na minha vida lhes confere um valor que para mim não têm. Além disso... você me conhece, sabe que estou eternamente correndo atrás do que não tenho.

Antes de te conhecer eu pegava aqui, largava e pegava mais adiante, sempre abandonando o que tinha para conseguir o que me parecia impossível conseguir.

Você emendou todos os meus caminhos, fundiu em você as minhas energias e os meus desejos, apagou para mim o resto do mundo que não seja você; mas a sede insaciável continua a me queimar e a corrida continua, mais vertiginosa que nunca. Quero tudo de você, e quanto mais me é dado, mas eu exijo com todas as minhas forças.

É verdade que ainda nos faltam muitas coisas, mas me pergunto até que ponto e se há alguns meses ou alguns anos me pedissem para exprimir um desejo que, atendido, justificasse minha vida aos meus olhos, eu teria simplesmente desejado ser um dia junto de você o que eu sou hoje.

É isto, meu querido. Não há, portanto, o que lamentar nem sobretudo se atormentar a me respeito.

Na carta que causou os escrúpulos de que você me fala hoje, eu te falava de filhos que poderia ter tido. Com certeza às vezes penso neles, nos nossos filhos com uma dolorosa melancolia, mas, acredite, conheço muito mal a felicidade que eles poderiam me proporcionar para que me façam falta realmente e os desejo muito menos como meus filhos do que como seus, como nossos. Só a impossibilidade de realizar esse sonho é que o exalta e o alimenta e se eu tivesse de abrir mão dele para sempre para poder viver um tempo com você, não hesitaria absolutamente.

Viver com você! Isso, sim, eu desejo com toda a minha alma e por mais que procure nada encontro que me console do nosso destino, que me reconcilie com essa falta que o nosso afastamento abre na felicidade que nos foi dada. Mas se procurar mesmo, se olhar de verdade, se me livrar de todos esses véus com que costumo me envolver, aí... devo reconhecer que sim, uma vida comum que não trouxesse nem tirasse nada, que, uma vez conquistada, outras digressões, outros abismos talvez mais graves tomassem o lugar que ela atualmente ocupa na minha imaginação, onde no momento serve de cenário entre separações muito mais irremediáveis, distâncias para sempre intransponíveis, e minha necessidade inesgotável de acabar com elas e preenchê-las.

Então, como vê, de perto ou de longe, no ponto em que nos encontramos, podemos dizer que ganhamos e seja o que for o que a vida nos reservar, terá sido bem clemente conosco.

Há o tempo perdido.

Mas se todos esses dias que passamos preparando, pensando, criando os que virão e que não seriam o que serão — se os acontecimentos fossem diferentes — nos tivessem sido oferecidos de maneira a desfrutarmos juntos e sem tormentos, que teríamos feito? Acaso temos certeza de que teríamos sido capazes de aproveitá-los sem perder um minuto nem mesmo dias, ou sequer meses?

Oh! Eu sei! Você vai dizer que estou fazendo filosofia de botequim ou psicologia de poste; mas... é preciso... é preciso de vez em quando. E de qualquer maneira, se você não pensa como um poste nem sonhar demais com as aroeiras ao ler esta carta, talvez sinta que estou te dando uma das maiores provas de amor que se possa exigir de mim, confessando certas coisas que mal consigo revelar a mim mesma.

Agora você pode me deixar falar quando me acontecer de fugir de novo para horizontes de felicidade tranquila e vida calma. Vamos! Eu posso falar sempre. Você sabe, e agora sabe que eu sei que você sabe o que tem disso no fundo, no fundo de mim.

Mas cuidado! Isto não impede a primavera de fazer florescer tudo aquilo que toca, e meu coração, meu corpo, minha alma de clamar por você, sofrer com você, correr, berrar, rir e sofrer com você. E tem uma coisa que decididamente não consegue se conformar com sua ausência, é o meu pobre corpinho que te busca em vão, se contorce, geme e chora por você, meu corpinho triste que murcha a cada dia que passa e constantemente quer desabrochar, se aquecer, se mexer, vibrar.

Ó, meu belo, meu querido amor!

Ó, ardência! Ó, minha doce dor.

Ó, minha vida!

Aqui estou tomada por calafrios, ondulações misteriosas, sons delicados e secretos. Você queria que minha carta te levasse um pouco de calor! Ela despertou de novo em mim toda essa zona obscura e íntima que eu tanto gosto de sentir nascer bem no meu centro, no meu meio, essa zona vibrante que me comove tanto quanto a presença de um filho no meu ventre, e mesmo mais, conhecendo-a melhor. Ela tocou esse ponto ínfimo que existe em mim, mas que só você conhece e ama e com isso estou tremendo toda.

Feliz, Oh! Sim! Feliz. Feliz e transbordante de amor, de desejo e de ternura.

Te espero. Estou a cada dia à sua espera. E também corro; corro sem parar para você. A ladeira está chegando ao fim, meu querido. Daqui a pouco a vista do mar, e depois a praia e as ondas.

M
V

183 — ALBERT CAMUS A MARIA CASARÈS

Sexta-feira, 15 horas [10 de fevereiro de 1950]

Você não me escreveu ontem. E o dia, tão belo lá fora, fica envenenado para mim. Hoje estava precisando da sua carta. Ou melhor sua ausência mostra a que ponto preciso dela todo dia.

Claro que eu entendo. Essa folha de papel, essas palavras eternamente recomeçadas, que cansaço, não é? Mas eu queria tanto que você não se afastasse. Ainda há pouco, triste, meio frustrado, eu tentava imaginar um futuro sem você. Te peço, meu amor querido, aconteça o que acontecer, *nunca me deixe*. Faça o que bem entender, eu suportarei qualquer coisa de você, mas seja minha.

O que estou te dizendo é muito sério e foi pensado longamente: o vínculo que me liga a você agora é o da própria vida. Se for cortado, *é a agonia e a loucura*. Estou frisando isto que te escrevo muito friamente, com certeza de quem vivenciou o que diz.

Por favor, faça isto por mim? Deixe esta carta de lado e se um dia vier a tentação de me rejeitar volte a lê-la. Ela vai te dizer a verdade que um dia eu descobri horrorizado: que, apesar do que julgava ser e apesar de tudo que aparentemente me completa, não sou nada sem você — senão um egoísmo desesperado e já agora estéril. Você é a vida e o que me prende a ela. Devo a você um novo ser em mim ou melhor aquele que eu era realmente e que nunca tinha conseguido nascer. Por isto é que *você me pertence absolutamente e para sempre*, como uma mãe pertence àquele que gerou. Não estou louco ao te dizer isso. Sou eu, aquele que você conhece, o claro, o lúcido, que está falando com você. O sangue que um dia trocamos rindo significava exatamente isto: união indestrutível. E um dos sentidos da união indestrutível é que se um se afasta, o outro entra em agonia. O que nos liga não são vínculos de devaneio ou convenção, são os vínculos do sangue, da criação de um pelo outro, e da carne. Vínculos que nunca são renegados porque só os encontramos uma vez na vida. Vínculos que não podemos imaginar quando ainda não tivemos oportunidade de conhecê-los. Mas quando finalmente os encontramos, sabemos, como eu sei, que até então nada tínhamos conhecido nem vivido. Sabemos que acabamos de encontrar um dos mais velhos segredos da vida, o que justifica o sofrimento de nascer e crescer. Se você não sente isso como eu com a mesma força inevitável, a mesma precisão e a mesma clareza, então estou sozinho de morrer. Se você sente, tudo está salvo, e nós nos pertencemos.

Me perdoe esta carta. A ausência da sua me fez olhar para o futuro e estou apenas dizendo o que vi. Quando voltar a Paris, é essa união que vamos consagrar. Tenho sede, uma terrível sede de felicidade. Apenas me diga que você pensa como eu, que é minha para sempre como eu sou seu, ou seja, incondicionalmente, e aí vamos viver, longe das palavras, dos receios e das lutas, dias de felicidade vertiginosa.

Te amo, sou teu. Não pense que estou louco. É o fundo do meu coração comprimido por tanto tempo que explode. Tenho o seu sangue em mim, o seu gosto nos lábios, a sua paixão de viver no coração. Coragem sempre. E logo estaremos felizes com a nossa felicidade. Te beijo com todo o meu ser

A.

Mas escreva, escreva, eu te peço. Está sentindo, sente realmente como eu te amo?

Sexta-feira, 18 horas [10 de fevereiro de 1950]

Te escrevi há pouco esta carta que estou mandando depois de refletir, pois ela diz exatamente o que eu penso e sinto. Mas pelo menos não vá se preocupar. Um movimento me levou a te falar assim porque esse dia sem carta me tinha literalmente arrasado. Em reação, o fundo, o sangue do coração saiu. Relendo o que segue, a frio, não encontro uma palavra sequer a renegar. E no fim das contas fico feliz que você não tenha escrito e eu tivesse a oportunidade de te dizer o amor sem limite que tenho por você. O pânico tem suas vantagens.

Até amanhã, Maria querida. O vento continua soprando nesse dia deserto. Estou na espera desses meses em que seremos felizes, em que finalmente desfrutaremos de nós mesmos e desse maravilhoso amor. Mas me responda com uma frase pelo menos. Diga que somos parecidos e indistintos. Te mando todo o meu amor e o meu desejo. Beijo sua boca querida, *minha* boca...

A.

184 — ALBERT CAMUS A MARIA CASARÈS

Sexta-feira, 22 horas [10 de fevereiro de 1950]

Te escrevi duas vezes hoje e não posso me impedir de te escrever de novo. Mas desta vez será com a calma que voltou e para te mandar um pensamento da noite, mais suave. Gostaria que você não encontrasse nada que te magoe, nem que te choque na carta provavelmente louca que te escrevi essa tarde. Era o grito do amor transtornado e imagino que não devia ser harmonioso. Esta noite te amo do mesmo jeito, mas sem dúvida com mais inteligência.

E gostaria de te dizer apenas isso. Não pense que eu não entendo as suas dúvidas repentinas. O que me faz mal, pelo contrário, é saber que eu sou o maior responsável por essas dúvidas. Simplesmente, como sempre trago no coração seu rosto de sofrimento, me revoltei ante a ideia de que você pudesse voltar a sofrer por nada. Por isto também, meu amor querido, minha meiga, é que queria inspirar em você a confiança em que eu vivo.

Eu sei que é difícil. Você sabe tanto quanto eu que uma intimidade longa com alguém é cheia de armadilhas e surpresas. E poderia responder com o passado a tudo que eu disser. Mas a minha certeza é total e gostaria que você a compartilhasse. Preciso que a compartilhe e que você e eu passemos a viver também nesse plano, na entrega que é a entrega do nosso amor. Eu te amo, profundamente, inteiramente, e embora esteja limitado fisicamente, tenho a cabeça sadia e a vontade clara. Superei a terrível depressão em que estava e não vejo motivos para voltar a cair nela. De modo que eu sei, e posso, o que quero. Agora é me curar e te reencontrar. Só isto. Mas então, Maria querida, vamos curar também nossos corações de todas as mágoas ruins acumuladas. Torná-las transparentes e claras, na medida do possível, para que a felicidade dessa primavera possa entrar facilmente. Não sofra, me espere com a certeza daqueles que se amam e se escolheram definitivamente. E dentro de algumas semanas vai me mostrar o rosto resplandecente que me deixa orgulhoso. Ó, meu amor, me responda logo e diga que é assim.

A noite está amena e cheia de estrelas lá fora. Você me perdoou? Agora me ama de todo coração? Então, eu beijo seus olhos queridos e vou tentar dormir sobre você, o coração ainda meio apertado, mas a boca cheia dos seus cabelos, feliz...

A.

185 — MARIA CASARÈS A ALBERT CAMUS

Sábado, 2h30 da manhã [11 de fevereiro de 1950]

Acabei de chegar em casa. Caí numa armadilha com Marcel Herrand, [Beydis], Michel Auclair[1] e Pierre Reynal e tive de ficar no Iberia até agora. Bebi um uísque e duas taças de champanhe e estou meio bêbada, mas foi o espetáculo que me embriagou de verdade. Pobre Espanha! Viva o "Granada" onde pelo menos as pessoas têm coração sem afetação. Dancei um samba com o pobre Pierre que não sabe dançar samba e um outro com Auclair que me fez dançar à brasileira — e eu não gosto, à brasileira. Marcel estava trágico e

---

1 Michel Auclair (1922-1988), cujo nome verdadeiro é Vladimir Vujovic, ex-aluno do Conservatório, estreia nos palcos durante a Ocupação no Teatro de l'Œuvre, e depois da guerra no Teatro de l'Atelier e no Teatro dos Mathurins, ao lado de Maria Casarès.

meigo. Achei que ia ficar entediada, mas a música, o álcool e o público me salvaram. Depois eu conto os detalhes. Preciso dormir — amanhã... não, daqui a pouco... ensaio de *Esther*.

Te amo mais que nunca. Ah! Você nem sabe quanto! O que eu não daria para tê-lo aqui comigo esta noite! Meu amor, meu querido, estou ardendo, com dor nas têmporas, fogo nas palmas das mãos e a garganta seca. Não vou mais sair: sinto muita falta de você em todo lugar e ao voltar sua ausência fica intolerável.

Oh, essa primavera! Meu querido. Te beijo muito, te beijo demoradamente como desejo te beijar esta noite.

M
V

186 — ALBERT CAMUS A MARIA CASARÈS

Sábado, 15 horas [11 de fevereiro de 1950][1]

Recebi de uma vez suas cartas de terça, quarta e quinta-feira. Não sei o motivo da interrupção de ontem. Mas o fato é que mexeu curiosamente comigo. Fiquei meio perdido pelo menos uma parte do dia. Uma loucura com certeza mas também é verdade que estamos vivendo em condições absurdas. Separados no momento do nosso profundo e definitivo reencontro, às vezes me parece inconcebível. E você também não anda muito razoável a julgar pela sua carta de terça-quarta-feira. Te escrever uma carta amigável? Não entendi bem. Está querendo dizer uma carta em que eu me desligue de nós e tente falar friamente do que nos interessa? Talvez seja capaz disso mais tarde. Mas no momento não sou. Eu tento entender o seu estado. Você decola da vida cotidiana, está em estado de suspense e num temperamento como o seu, tão ricamente irrigado pela vida em geral, isso causa profunda confusão. Essa confusão seria compensada se você encontrasse confiança e segurança absolutas na base do seu amor. Mas na minha vida existe essa parte incógnita de que você fala e que sempre vai te fazer sofrer. E aí você fica flutuando e definhando. O remédio? Acreditar. Mas você não vai acreditar, ou melhor sua certeza sempre será impregnada de dúvidas

---

[1] Anotações à margem, correspondendo a trechos aos quais Maria vai responder. Anexada, uma carta de Hébertot a Albert Camus, com data de 7 de fevereiro de 1950.

enquanto essa parte incógnita existir ou pelo menos não se projetar nela uma luz total. Por isto acredito profundamente que é preciso projetar essa luz, ou seja, falar e esperar os resultados. Por isso vou fazê-lo — porque te amo e me entristeço com suas aflições, inúteis, mas profundas, eu sei. É uma das coisas que eu sei e que posso dizer mesmo agora que estou exasperado e tenso. Talvez haja outros motivos para o seu estado. Mas no momento não consigo vê-los ou talvez não saiba enunciar. A única coisa que eu sei é a minha necessidade de acabar com isso, de te reencontrar e me perder no seu amor. Mas vou tentar te escrever como se fosse uma amiga querida e que eu respeito, quando conquistar a verdadeira calma que na realidade foge de mim desde que cheguei aqui.

Mas o fato é que gostaria muito de te sentir mais viva. É verdade que o desejo endurecido e ressecado não ajuda, eu sei. Por que não pratica um esporte? Vá nadar na piscina, por mais desagradável que seja. Além do mais, fazer o quê? Vamos sofrer, gritar, esperar, ficar mornos, mas seja minha, vamos nos amar sem descanso, sem reservas, com toda a alma até o momento em que os corpos se misturem, se confundam. Meu amor, meu querido, meu duro amor, meu doloroso meu delicioso amor, eu sonho o tempo todo com o nosso encontro. Quanta ternura, quantas delícias, quantos maravilhosos desejos, quanta saciedade sobretudo. Ah! Quanta coisa ainda não vivemos...

Amanhã vou te escrever uma carta contando as notícias, os fatos, o tempo que tivemos etc. Mas hoje quero deixar aqui toda a força do meu amor para te despertar de um jeito que dure, ajudá-la a aguentar mais um pouco, e assim encontrá-la pronta para a minha volta, amorosa, aberta, entregue... Oh! Eu te peço, diga que vai conseguir, me fale da alegria, do esplendor, da glória... Estou morrendo aqui e sinto necessidade, uma terrível necessidade de felicidade. Te beijo, espalho no seu rosto uma oliveira de beijos e em você todas as carícias do desejo. Te amo. Seja forte e espere. É uma ordem, viu? Mas uma ordem cheia de amor, minha pequena vitória...

A.

Pelo mesmo correio meu projeto de prefácio aos meus textos políticos. Eu digo o que penso, mas receio a possível utilização desse prefácio. Diga o que você acha.

Mando anexa uma carta de Hébertot a quem deixei de responder uma carta de insultos (eu tinha escrito que não lhe dedicaria *Os justos*). Além do mais, ele te *usa* cinicamente. Cortei a correspondência com ele.

187 — ALBERT CAMUS A MARIA CASARÈS

Domingo, 15 horas [12 de fevereiro de 1950]

É domingo. O dia está quase bonito, com vento. Estão jogando pelas no caminho lá embaixo eu ouço do meu quarto o choque das pelas. O mundo está calmo. Como seria boa ter o coração de um jogador de pelas numa aldeia da Provença, no domingo!
Mas eu me prometi te relatar os fatos. Não é grande coisa, é verdade. A vida continua com uma pessoa a mais nas refeições, Michèle Halphen, que está no hotel. Acho que vai embora amanhã. Gosto dela, mas sua tristeza aumenta ainda mais a inércia dos dias aqui. Ontem, depois de uma semana de ausência, Dolo veio animar a casa. E eu a acompanhei à noite. Triste também: ela espera S[artre] há semanas, ele disse que viria no fim deste mês e agora avisa que será no início do próximo. Resumindo, as coisas não vão bem para ela. Alegre, não? Eu ficava me dizendo o verso de Vigny:

Os amantes separados se uniam nos altares![1]

Vamos, não é para amanhã.
Notícia mais importante: meu irmão chega amanhã. Como os G[allimard] ainda estão aqui (vão embora no dia 20) vou acomodá-lo no hotel. Amanhã à tarde vou buscá-lo em Cannes. Estou contente de voltar a vê-lo, mas preocupado com ele. Gostaria muito que ele se refizesse.
Que mais? Um médico de Grasse veio jantar aqui com a mulher. Ela havia perdido a mãe por causa de uma operação que provocou oclusão intestinal. Já eram oito dias de luto. E você sabe que reuniões com mais de quatro pessoas me cansam. Além do mais não se pode contar com os G[allimard] para animar a conversa. Tive então de fazer um enorme esforço para falar de qualquer coisa. O resultado foi que falei do cemitério de Cabris, dos cirurgiões que são açougueiros e da oclusão intestinal (tudo isso sem pensar na defunta, naturalmente). Para terminar contei aquela história de Chamfort em que um médico se referindo a seu doente falecido diz: "Ele morreu, não resta dúvida, mas morreu curado." Fui deitar desesperado, semimorto de confusão e cansaço.

---

1 Alfred de Vigny, "Éloa".

Quarta-feira Gide, que está em Juan les Pins traduzindo uma peça inglesa para Barrault[1] nos convida para almoçar todos juntos. A coisa promete.

Cartier o produtor de quem te falei e sobre quem você não me disse nada (mas você está respondendo cada vez menos às minhas perguntas. Cabeça de vento!) me escreveu longamente sobre seus projetos. Bem simpático e não raro inteligente. Não sei por que ele parece confiar em mim. No fim das contas, quem sabe vamos ver *A peste* no cinema.

Agora eu. Estou mal há dois dias. Dores de cabeça, vagas náuseas, parece que estou grávido. Perdi até aquela pele descansada. Mas suponho que vai passar. É verdade também que essa espera, parece bobagem dizer, é tão ansiosa que acaba me cansando até fisicamente.

É cansativo te imaginar e viver antecipadamente nosso reencontro. E no entanto eu me comporto direitinho: programação e horários bem regrados, trabalho regular (o que não quer dizer necessariamente fecundo. Há dias bons e ruins, só isso), cuidado com o tratamento. Mas a privação de felicidade às vezes tem o efeito de uma subalimentação, e também de uma asfixia. Toda a minha esperança, toda a minha coragem no fim das contas vem do fato de eu esperar um reencontro total, o amor, a emoção, o gozo, a liberdade absoluta entre nós, de corpo e alma, a transparência e a naturalidade. E não espero como se fosse uma utopia. Espero porque tenho certeza. E nem está tão longe, não, não está tão longe assim. Pois ouça bem: ontem na montanha eu vi as primeiras flores de amendoeira. A árvore ainda estava escura. Mas na extremidade dos galhos uma dezena de flores frágeis e delicadas já vibravam ao vento. Você entende, meu amor, Maria querida!? Era o extremo despontar do extremo início da primavera. E me vieram lágrimas aos olhos e no coração uma grande vibração, a que só posso dar o nome de uma vibração de adoração. Eu exprimi um desejo. Fiquei muito tempo contemplando as pétalas úmidas. E voltei para casa, com o coração cheio de amor.

Até logo, meu belo e maravilhoso amor. Beijo a minha Valentina e mando junto as flores que devemos oferecer no dia de São Valentim àquela que amamos. Você é aquela que eu amo, diante de todas as primaveras, e te beijo profundamente, com todo o meu amor

A.

---

1 Em 4 de fevereiro de 1950, André Gide mudou-se de Paris para Juan les Pins, onde Florence Gould pôs uma mansão à sua disposição. Ele já trabalhou com Jean-Louis Barrault, que encenou sua tradução de *Hamlet* em 1946, assim como a adaptação que ambos fizeram de *O processo*, de Kafka, em 1947.

188 — MARIA CASARÈS A ALBERT CAMUS

Domingo à noite [12 de fevereiro de 1950]

Aqui estou eu mais uma vez, cansada e de humor bem tempestuoso. Uma ideia fixa e boba estraga os meus dias e só vai me abandonar no dia em que acabar essa historinha da Comédie-Française. Você sabe como eu tenho horror a eventos de gala e manifestações desse tipo, mas se pensar por um momento só que desta vez se trata de uma gala na Comédie-Française, e que eu vou participar interpretando uma cena com costumes e ainda por cima essa cena é nada menos que a oração de *Esther*, que por sinal não me entusiasma nem nunca me entusiasmou, então vai se dar conta exatamente do meu atual estado de ânimo.

Passo os dias tentando me convencer, me repreendendo, repetindo sem parar que no sábado ninguém mais vai se lembrar desse detalhe na minha vida teatral que isso não tem nenhuma importância etc. etc. E só paro de me remoer por dentro para ensaiar *Esther* em silêncio, alto, a *media voce*, com gestos, sem gestos, sentada, de pé, deitada. Quando acontece de me distrair, um mal-estar, um peso estranho ao meu corpo e à minha mente me chamam à ordem e os sermões recomeçam e se seguem os versos:

Ó, meu pai soberano

Odeio Racine, Esther, Mordecai, os judeus, os *franceses* e até Leroy [*sic*],[1] de quem sempre gostei e a quem não podia ter deixado de atender o pedido que me fez de participar da sua "despedida".

Sim, a perspectiva da sexta-feira estraga o pouco prazer que ainda poderia encontrar nesses dias áridos que passam, uniformes; mas quando penso no ensaio geral de terça-feira, fico apavorada, pois se o público me faz tremer, meus queridos companheiros da Comédie-Française me congelam por antecipação.

Ah! Que tédio.

Sábado de manhã, já fiz contato com o coro, formado por todos os alunos do Conservatório, mas me limitei a anotar minhas entradas e ler bem baixo — mas bem baixo mesmo, bem baixo — o texto.

---

1 O ator Georges Le Roy (1885-1965), *sociétaire* da Comédie-Française a partir de 1910, se despede da instituição na récita noturna de 17 de fevereiro de 1950. Ele foi professor do Conservatório Nacional de Arte Dramática de Paris.

Terça-feira, pelo contrário, terei de repassar tudo com os trajes — uma túnica de Marie Bell que teve de ser reduzida a mais da metade — com música e todo o tra-la-lá.

No primeiro dia eu já desafinei. Tentando encontrar o palco, eu me perdi; passei por corredores, salas, salões, subi e desci escadas sem fim e como não achava, resolvi abrir uma porta. Cinco cavalheiros muito bem arrumados, de pé, me olhavam, espantados. Eu estava no escritório do administrador geral. Nem sei mais o gaguejei e fui saindo às pressas. E ainda por cima Julien Bertheau[1] tinha me visto, foi me socorrer e descobriu as delícias proporcionadas por saltos altos femininos pisando nos calos de alguém. Pois ele tem calos — e gritou...

A coisa continuou nesse mesmo clima e quando finalmente já me preparava para ir embora, um senhor veio perguntar se eu estava muito comovida de ter caminhado na poeira de Sarah, e eu, que não costumo ter a resposta na ponta da língua, não consegui me impedir de exclamar: "Meu Deus! Espero que não seja a mesma!"

Ah! Não; não nasci para essa instituição e a simples ideia de ainda ter de passar algumas horas lá, sob o peso dos anos, dos quadros, cercada de pompas cheirando a naftalina, de murmúrios sagrados, de fantasmas líricos e poeira dourada, acaba com qualquer faculdade em mim e me impede completamente de encontrar um átomo de calor, de vida, de emoção para emprestar a essa pobre Esther.

Mas vou mudar de assunto: não aguento mais essa história!

Sábado à tarde fui ver *O terceiro homem*.[2] Levei Pitou, que ia ao cinema pela primeira vez. Bom, filme muito bom; sem mais.

Ao voltar, encontrei em casa os Negrín, mais adoráveis que nunca. Depois fui atuar perante um público muito numeroso formado por "pagantes integrais" e um "grupo", naturalmente.

Fui dormir cedo; estava exausta.

Hoje de manhã, tive de ler — pois teria de devolver o manuscrito à noite — uma peça de Denis Marion que é, honestamente, muito interessante.

Vesperal e noturna, normais (o aumento da receita continua). Entre as duas, fui jantar com Pommier e Reynal no Relais, pois estou meio cansada de ser roubada por Hébertot no Souris e não comer nada.

---

1 Julien Bertheau (1910-1995), *pensionnaire* e mais tarde *sociétaire* da Comédie-Française desde 1936.
2 *O terceiro homem*, thriller de Carol Reed, estreou nos cinemas em 12 de outubro de 1949.

Infelizmente, no nosso novo restaurante, o jantar é acompanhado de música — tocada por um violinista e um violonista que te recomendo e que, a pretexto de profunda admiração, não se afastaram um segundo da nossa mesa. O esforço que tive de fazer para conter um pavoroso riso frouxo que tomava conta de mim — não sem motivo! — misturado com outros, para reprimir um arrepio em alguma parte causado pelo som agudo do violino acabaram vencendo minha resistência e voltei ao teatro com uma bela enxaqueca que só agora acaba de me largar.

É 1 hora e estou com sono. Mas não tanto quanto precisaria, pois... mas, cala-te boca! Deus me livre de ser cruel! E no entanto... Está ventando lá fora, sabe? Não sei se é o mistral que está soprando, ou o siroco, ou o chergui, ou o vento Norte, ou simplesmente um bom ventinho parisiense, mas sopra forte, forte e estou farejando tempestade.

Meu pobre amor, eu não devia ter contado o meu sonho. Mas nem por isto estou aborrecida.

Quanto aos complexos de que você fala, não existem na realidade. Quando falei das minhas trivialidades não estava me referindo ao estilo, mas ao conteúdo e se me referi a minhas incorreções foi apenas para te deixar claro através delas meu estado de total embotamento, que justifica aquelas. Quanto ao resto, espero que não se fixe nisso e no que diz respeito à inteligência receio que houvesse no que eu dizia uma grande parte de coqueteria, posso garantir que não me acho mais burra que qualquer outra. Não, eu tenderia mais a achar o contrário e talvez considere com demasiada frequência que sou menos burra que muitas outras.

Mas diga lá; você não fica chocado, pelo menos, quando conto cruamente meus sonhos e desejos?

Bom, meu querido. Vou te deixar. Preciso dormir. Espero poder te escrever amanhã durante o dia uma carta correta. Para isto terei de estar de pé e desperta. Esta noite, meu único desejo é me esfregar no seu corpo todo.

Te amo de morrer.

A ladeira acabou. O mar está logo ali "rolando seus cães brancos".[1] Coragem, meu amor! A vida já vai começar. Ah! Você. Você junto de mim. Te amo. Te beijo todinho. Te espero. Te espero, meu querido amor.

m
V

---

1 Albert Camus, "Bodas em Tipasa", em *Bodas*, 1938.

189 — ALBERT CAMUS A MARIA CASARÈS

Segunda-feira, 15 horas [13 de fevereiro de 1950]

Tempo coberto. Uma chuva fina cobre a paisagem toda.

Ontem à tarde, trabalho e correspondência. À noite fomos jantar em Cannes (nada para comer aqui). Depois do jantar, Michel [Gallimard] ficou com vontade de perder dinheiro na roleta. E eu fiquei no salão de baile observando a humanidade. Nada bela a humanidade. Exceto duas americanas que gostaram de mim. É bem verdade que eu estava com um ar fatal e vigoroso. Mas não me fiz de gostoso.

Hoje de manhã, trabalho na cama. Algumas ideias brilhantes e depois uma calma sem graça.

Enfim sua carta de sexta-feira e sábado. Iberia, samba e uísque! Pobre de mim! Mas na verdade não foi o que me marcou mais. Li atentamente sua carta de sexta-feira. Sim, é uma prova de amor me dizer isso.

E acho que eu entendo, embora num outro dia você possa perfeitamente proclamar o contrário. Você é volúvel, meu amor. Mas eu queria saber o que é constante e verdadeiro por trás dessas mudanças (não me refiro ao amor, eu só vivo da certeza do seu amor). Um dia você vai pensar friamente e sem querer poupar nem conciliar nada, me diga qual é seu desejo real e lúcido. E diga também, se puder, quais são esses abismos ainda mais profundos que poderiam surgir numa vida em comum. Está se referindo à descoberta da solidão que a gente faz até no coração das vidas mais fusionais? Ou está pensando em outra coisa? Me fale como costuma fazer, com esse claro amor de todo o ser. Você sabe e deve saber que sempre vou te entender que a esta altura nada pode mudar no meu amor.

No fundo é o que eu descobri aqui. Mesmo que você fizesse as piores coisas, até contra o nosso amor, apesar de um sofrimento que eu temo *fisicamente* por conhecê-lo muito bem, vou te amar apesar de tudo e ficar junto de você. São palavras imprudentes (sob todos os aspectos) e antes de dizê-las pensei muito. Mas preciso que as ouça porque agora sei que são verdadeiras. O amor que tenho por você, apesar de terrivelmente ligado à sua pessoa, agora não pode mais ser atingido por você, mesmo se quisesse. Claro que isso não exclui a dor nem a humilhação nem a loucura nem a revolta... Mas, ora bolas, agora eu te amo sem reservas: estou feliz.

Mas vamos deixar isso de lado. O fato é que a primavera está aí — essa noite mesmo quase te escrevi uma carta de desejo. E depois te aninhei no meu abraço e dormi aconchegado em você: esta manhã acordei cheio de forças e de apetite. Mas...! Pelo menos recebi sua carta. Há nela coisas que encheram meu coração de uma felicidade de tirar o fôlego: "se há alguns meses ou alguns anos me pedissem para exprimir um desejo que, atendido, justificasse minha vida aos meus olhos, eu teria simplesmente desejado ser um dia junto de você o que eu sou hoje." Ah! Meu amor, minha grande, minha divina! Outras coisas me deixaram vagamente triste mas eu entendia e te admirava e te amava por estar me dizendo. Sim, eu te amo e te quero. Tenho por você a infinita paciência do amor, a furiosa impaciência do desejo. Mas também tenho, a partir de agora, uma certeza fora do tempo na qual te encontro, no mais profundo do ser. Te beijo, interminavelmente.

A.

190 — ALBERT CAMUS A MARIA CASARÈS

Segunda-feira, 19 horas [13 de fevereiro de 1950]

Meu amor querido,
Estou voltando de Cannes onde fui buscar meu irmão que agora já está aqui. Mas estupidamente postei em Cannes a carta que te escrevi há pouco e temo que a receba junto com a de ontem e depois haja um buraco de um dia.

Então estou mandando mais estas palavrinhas debaixo de chuva forte para te poupar de uma preocupação, mas também para dizer a que ponto ainda há pouco, na estrada, pensando na sua carta de hoje, em você, no seu coração, na sua mão fina e forte, eu te amava. Te amava com fortes batimentos do coração... Há alguns dias estou vendo em mim esse amor em toda a sua nudez. Estou absolutamente consciente dele, e me dou conta do quanto é completo, entregue, banhado em ternura e desejo, mas também em orgulho, em entendimento com você, e em gratidão.

Coragem, meu amor querido, minha menininha, meu belo desejo. O tempo passa e as amendoeiras em flor vão subir o vale do Ródano até Paris. Quando te cercarem, será o momento do reencontro. Estou cuidando de você e te espero. Me mande seu amor, sua confiança. Me dê coragem para tornar esse tempo útil ao trabalho, à liberdade, ao nosso amor.

Se esta carta for encontrá-la na cama, que me deite junto de você, quentinha. Ah! Como eu te abraçaria, como te despiria rápido... Te amo gravemente e loucamente. Te beijo de alto a baixo e te agradeço, do fundo do coração, por ter entrado na minha vida tão maravilhosamente... Te beijo de novo, minha quentinha, minha morena, meu amor.

A.

191 — MARIA CASARÈS A ALBERT CAMUS

Segunda-feira à noite [13 de fevereiro de 1950]

Ah! Meu querido, como é cansativo!
Não é que esta noite, ao voltar do teatro, encontro de novo meu pai sem fôlego e completamente banhado num mar de suor. Angeles me disse que desde que eu saí ele ficou o tempo todo transpirando sem parar e fazendo força para respirar.
Como é que ele aguenta! Há alguns dias já quase não come mais. Os remédios deixam sua boca ressecada, a falta de fôlego o impede de mastigar e engolir, mas a enorme fadiga causada pela angina e a penicilina só poderia ser compensada por uma boa alimentação. Que fazer?
Mas não bastava. Agora vem essa crise de sufocação agravar o resto, e por enquanto não adianta pensar no soro, pois o exame de sangue deu resultados muito pouco satisfatórios. De fato, o médico me telefonou esta tarde; a ureia aumentou e será necessário começar de novo um tratamento com pílulas, comprimidos, etc. para que ela baixe, antes de atacar o soro.
Além disso, meu pai, não aguentando mais, começa a perder pé. Sua enorme paciência parece que está chegando ao fim e ele vai aos poucos se aproximando de uma espécie de desespero lúcido que ainda o leva a lutar, mas depois o qual só enxergo entrega e aceitação.
Que fazer! Que fazer? Se pelo menos ele não ficasse preocupado comigo! Sabe, de noite, quando vou beijá-lo e desejar boa noite, ele pega minha mão, acaricia, leva aos lábios e me diz: "Sobretudo não vá ficar preocupada", e eu não sei se choro, grito ou mato. Matar tudo em volta!
Ele me disse também: "Felizmente sua família se reduz aos seus pais; pois se fôssemos muitos e tivéssemos de morrer como nós dois, como é que você ficaria?!"
Oh! Sim. Eu sinto que ele não para de pensar em mim e tem medo de me fazer infeliz! E eu o amo, o amo tanto.
Estou sofrendo. Sofrendo por ele. Não é possível que um homem possa sofrer assim tanto tempo. Que doença mais cruel!

Mas vamos deixar para lá. Esses discursos não servem para nada. Vamos deixar.

Esta tarde fiquei em casa. Pierre [Reynal] veio me ver — trabalhei um pouco *Esther* e sonhei muito com você. Sua carta desta manhã quase me trouxe a sua presença, senti constantemente a sua sombra sobre mim, seu calor junto a mim; e tive a ideia e ainda tenho de que muito em breve vou te ver. Parece bobo, mas essa doce sensação me acompanhou o dia inteiro. Doce... exceto durante a tempestade que caiu esta tarde e durante a qual passei quinze minutos pesados e dolorosos.

Esta noite representei como um anjo e fui recompensada: uma colega de quem gosto muito foi falar comigo; estava emocionada, o que me deu muito prazer. E não foi a única, por sinal. Muitos lenços foram puxados na plateia, já no terceiro ato. Mas no início não pareciam muito caridosos nem havia muitos dispostos a nos dar força.

Amanhã tenho uma rádio de 1 a 5 horas da tarde. Depois ensaio no Français, e se tiver tempo vou jantar em casa, ou no Souris.

Com certeza estarei muito cansada à noite; e portanto vou te escrever uma dessas cartas de "cachorro molhado" que você conhece. Não se preocupe; eu aviso antes que será por causa do cansaço.

Bom, meu querido amor, vou tentar dormir. Estou triste pelo papai e não me sinto muito disposta. Escreva. Me escreva boas cartas que me façam viver.

Eu te amo tanto, tanto. Te beijo, meu querido, meu amor querido. Te beijo como te amo.

M.V.

192 — ALBERT CAMUS A MARIA CASARÈS

Terça-feira, 15 horas [14 de fevereiro de 1950]

Dia radiante. Um céu resplandecente sobre todas as montanhas até o horizonte e até o mar, todo azul, ao longe. O vento pela as oliveiras; e cantos de pássaros por todo lado. E ainda por cima suas cartas de domingo-segunda-feira — sobretudo segunda-feira. Sim nós estamos no cerne das coisas. O fato de você me pertencer absolutamente e para sempre, de uma criatura, e uma criatura como você, me ser assim dada sem reservas, me enche de uma força de alegria que poderia encher três vidas. Não tema nada: escorado nessa certeza, eu posso viver, criar, irradiar felicidade para todo mundo. A grandeza e a bondade da vida estão em poder crescer e se expandir assim, sem mutilação, só pela força do sangue. Em dias assim, e graças a você, meu grande amor, fico com a sensação de receber toda a luz do céu no rosto. Obrigado, minha querida, minha macia, minha profunda!

Ficar chocado porque você fala do seu desejo com toda naturalidade? Você sabe que não. Sabe perfeitamente que me sinto à vontade no desejo, que o prazer tem uma alma para mim e que amo o seu corpo como amo o seu coração, ao mesmo tempo e com a mesma gratidão. Ficar chocado? Mas eu queria mais ainda e que você fosse bem crua, bem viva, aberta nas suas cartas para que esse desejo cego em que vivo saiba melhor ainda para o que está voltado, onde quer se enfiar e se enterrar. Eu nunca a separei do seu corpo. Mas embora esteja literalmente intoxicado por esse corpo nunca te desejei nem te tomei te esquecendo, esquecendo de você. É o ato de amor, desde que te conheço. Antes, era o ato, e só. Quando duas pessoas se amam, se não forem depravadas, se se amarem ao se amar, tudo é permitido e tudo é maravilhoso. Sim, o prazer que acaba em gratidão é a flor úmida dos dias. Que felicidade estarmos vivos, você e eu, e estarmos vivos juntos!

Mas estou pensando em você esta tarde no vestido do elefante Bell e recitando sua oração. Por que esse texto sem interesse nenhum? É para se divertir? Finja, banque a Sarah Bernhardt, mude de oitava, atrase o ritmo para depois apressar. E terá a satisfação de ver imbecis aplaudindo pretensa arte. É um prazer meio solitário mas que te ajudará a aguentar essa chatice. De qualquer maneira na sexta-feira à noite vou pensar em você (a propósito você devia me contar com detalhes sua ida ao Iberia — mas continuo esperando. Temo o pior).

O terceiro homem! Janine toca todo dia aqui no piano. Não gosto muito do famoso "tema" obsessivo, mas gosto da triste valsa. Os G[allimard] vão ficar mais uma semana porque escreveram a M[ichel] dizendo que há uma epidemia de gripe em Paris. Ontem à tarde meu irmão chegou e já está no hotel daqui. Me trouxe sobretudo excelentes notícias da minha mãe.

Ah! Meu amor, como eu te amo! Todos os meus sentidos, todo o meu coração te saboreiam e te acariciam. Esperar, trabalhar, me liberar, sobretudo trabalhar, são estas as minhas decisões. Mas sobretudo preparar o nosso encontro, imaginá-lo, reservar forças intactas para esse momento, criar outras. Minha, enfim! Se você estivesse aqui, eu me atiraria em cima de você feito louco, arrancaria todas as peles e lãs que te vestem e casaria com o tronco macio do seu corpo, na luz. Lembra do sol no nosso quarto em Ermenonville? Querida, tão cara, querido amor, maravilhoso, eu bebo a sua boca, como naquele dia, e me prendo a você, para sempre

A.

193 — MARIA CASARÈS A ALBERT CAMUS

Terça-feira à noite [14 de fevereiro de 1950]

1) Antes de mais nada quero me liberar desse fardo de indignação e raiva que me pesa e me sufoca há algumas horas — pois agora fui designada para uma nova profissão que exerço ao sair do teatro à noite: descoladora de cartazes.

Imagine que ao voltar com Pommier, de repente vimos um dos cartazes dos justos numa coluna Morris encoberto por um outro — do Partido Comunista — que alguém havia colado por cima. Mandamos parar o táxi e arrancamos o que foi possível (mando aí junto o troféu), porém mais adiante vi que havia um segundo igualmente sabotado. Tenho a impressão de que fizeram isso na cidade inteira.

Canalhas! Ah! Que patifes!

Bom. Vamos em frente.

2) Ainda fico roxa de indignação e raiva quando penso na carta que o MESTRE teve a audácia de te escrever. Furiosa! E como pode um homem inteligente ser tão imbecil e mesquinho.

É uma carta de "tia velha legítima" (desculpe a expressão).

3) A indignação e raiva ainda estão aqui, não vão embora, me roendo por dentro. Fiz um levantamento completo sobre o seu Sr. Cartier, mas não disse nada porque ninguém o conhece. Não é culpa minha se você vai buscar seus produtores de cinema no mercado de floristas!

Cabeça de vento você também! Como é que "essas entidades" que eu conheço nessa profissão poderiam ter alguma relação com criaturas "simpáticas e não raro inteligentes"?

Mas não é tudo! Ah! Não, não acabou. O mais grave eu ainda não disse e ainda não será hoje que você vai me ver de novo "amorosa, aberta, entregue"; ainda não será esta noite que vou te falar "da alegria, do esplendor, da glória", apesar das florestas de "oliveiras de beijos" que você se disponha a passar pelo meu rosto e de todas as aroeiras do mundo!

Vou deixar para amanhã o trabalho de te explicar claramente que você não entendeu nada da minha última carta, de dizer que "muitas vezes" me aconteceu de "pensar friamente" em tentar fazê-lo entender meus "desejos reais e lúcidos" e "o que é constante e verdadeiro por trás das minhas mudanças". Missão difícil de levar a cabo a distância e bem perigosa levando em conta o estado em que você se encontra. Pois vejo com prazer, meu querido amor, que com a força e a saúde, com seu "ar fatal e vigoroso", você recupera também sua boa e sólida estupidez bem argelina. Oh! Eu entendo! Entendo tantas coisas, e você se esvazia constantemente meu pobre querido! Eu sei! Está trabalhando! O seu ensaio deve esgotar boa parte das suas forças intelectuais! E além do mais, descansar cansa, não é!? Mas não se aborreça, vamos! A luzinha vai voltar a brilhar no fundo dos seus pensamentos e um dia — ó milagre! — voltarei a falar com você a meias palavras... e... você vai entender!

Eu sou volúvel, eu! Ó rocha! desde que se foi, você passou o tempo todo me pedindo por este ou aquele motivo que não escrevesse se fosse para ficar cansada ou me entediar ou me torturar ou... nem sei mais o quê. E um belo dia, quando por acaso você não recebe notícias, é o fim do mundo, dúvidas, ideias sombrias sobre o futuro, dúvidas, loucura! E você acha minhas cartas cruéis, quando tendo recebido de você uma semana inteira apenas duas pequeninhas de dois em dois dias, eu finalmente me queixo de que o correio não está funcionando!

Desde que se foi, você me estimula a viver o máximo que puder, a sair, me distrair etc. Acontece que, como eu fui passar duas infelizes horas no Iberia, arrastada contra a vontade por gentis colegas e bebi um uísque e dancei uma rumba você tem coragem de me escrever: "Pobre de mim!" Só conseguiu dizer isto para me estimular a repetir e como sente que apesar de tudo preciso gastar minhas energias de alguma maneira para não definhar completamente você me aconselha agora a praticar ESPORTES! E ir à PISCINA! que eu detesto! Não! Mas... Está querendo que eu morra!? Piscina! Com este frio! E onde achar tempo para ir à piscina?!

Mas o que foi que te deu!?

Ah! Estou vendo sua cara se um dia me acontecer de seguir seus conselhos ao pé da letra e você receber uma carta minha festejando entusiasticamente (na medida do possível!) as alegrias da natação, dos corpos nus e molhados, da água na pele, dos cabelos úmidos e dos olhares perdidos sobre um par de belas pernas de homem! Ah! Ora, ora; se eu não tivesse mais o que fazer, até que me esforçaria por engolir alguns goles de cloro, só para ver o resultado! Seria bem interessante!

E veja bem que enquanto está sentindo pena de si mesmo e se queixa tão bem do que eu te faço, você bebe seus goles de uísque, se deixa levar nos salões de baile e presta atenção em americanas que gostam de você! Perfeito!!!

Mas isso ainda não é nada! Não só você é estúpido como uma porta, injusto, insu.p... ável (espero que entenda bem o sentido dessa palavra que não posso escrever inteira) como ainda, para melhorar, é descarado! — vou copiar literalmente uma das suas frases: "Mesmo que você fizesse as piores coisas, até contra o nosso amor, apesar de um sofrimento que eu temo *fisicamente* por conhecê-lo muito bem, vou te amar apesar de tudo e ficar junto de você."

Fico grata, meu querido, pelo sentido geral da frase, mas desde que passei a acreditar que você me ama, nunca duvidei que assim fosse. Me parece evidente que no ponto em que nos encontramos, os erros ou as cegueiras de certa natureza nada podem contra a nossa união a não ser causar um cruel sofrimento.

Mas já não fico tão grata pelo pequeno parênteses "por conhecê-lo muito bem". Me parece que está exagerando ou deformando.

Mas todas essas pequenas impressões desaparecem diante da exorbitância que se segue: "São palavras imprudentes (sob todos os aspectos) e antes de dizê-las pensei muito."

Mas ora essa! O simples fato de falar de imprudência num amor como o nosso me deixa estupefata, mas o parênteses (outra vez!) levando a crer que eu poderia me valer das suas palavras para me considerar livre para fazer alguma coisa contra o nosso amor, ah isto! vai além de tudo que se poderia imaginar de pior!

Mas não! Não devo me enfurecer! Não devo! É sempre o repouso, o seu ar fatal e vigoroso, o seu ensaio que são as causas de tudo! Não seja bobo, meu pobre querido! E é preciso esperar que isso passe! Só isto.

Ah! Estou começando a me sentir mais leve. Como disse, as coisas sérias, vou deixar para amanhã, pois esta noite já são 2 horas e o meu dia foi duro. E realmente me levantei às 9 horas e depois de muitos telefonemas cuidei do tratamento do meu pai que está em plena crise. Almocei ao meio-dia e de 1 às 5 horas da tarde gravei na rádio.

Às 5h15 já estava na Comédie-Française, de túnica, cabelos despenteados, cercada das minhas moças do Conservatório que ensaiaram seus movimentos até 7 horas, me obrigando assim a ficar de pé durante duas horas, quase.

Comi dois ovos com bacon no Souris e interpretei muito bem *Os justos*.

Tudo isso é cansativo e estou exausta.

Boa noite, argelino! Boa noite, meu amor, meu belo amor bobo e fechado. Boa noite, meu querido. Enroscada em você, suas pernas trançadas com as minhas (ai se pudesse ser verdade!) vou dormir e tentar sonhar com uma piscina onde você esteja deitado junto de mim, bem fresco e molhado.

Te amo. Te amo. Também queria tê-lo nos meus braços e te olhar dormindo. Está vendo como sou casta?! Infelizmente acho que ia te acordar suavemente, mas rápido!

Até amanhã, meu querido.

m
V

194 — ALBERT CAMUS A MARIA CASARÈS

Quarta-feira, 10 horas [15 de fevereiro de 1950]

Convidado por Gide a ir a Juan les Pins[1] voltarei tarde esta tarde e lá talvez não ache tempo para te escrever. Então escreva logo, na cama, num dia maravilhoso.

Nada de novo por sinal a não ser que ontem ouvi *A troca*. Achei que não ia aguentar nem um ato. Ouvi tudo, com profunda emoção. Marcel [Herrand] estava *excelente*, Bernard muito bem. Só Montero... mas o papel é difícil. E você, acabei te esquecendo, e nas atuais circunstâncias significa alguma coisa. Você estava admirável na suavidade e na força delicada do papel. Sabia que você tem o domínio, literalmente? Me enchi de alegria — por você.

Revi minha opinião sobre *A troca*. O texto é bem bonito. Mas funciona muito melhor no rádio onde se transforma num poema a quatro vozes. No palco, os atores não sabem o que fazer durante as intermináveis declamações — especialmente quem não está falando. E à parte você e dois ou três outros, não conheço ninguém capaz de ficar imóvel. E aí o espectador se entedia quando vê que os atores estão entediados. E é sensível sobretudo à confusão (isso mesmo), não, às surpreendentes belezas do texto. É um belíssimo poema de amor, com certeza. Quantas entonações você encontrou, que simplicidade e ardor botou no que dizia! Eu senti de novo minha profunda alegria dos primeiros ensaios do *Mal-entendido* e do primeiro ensaio *corrido* de Dora. Meu caro amor, minha genial, te beijo como seu admirador mais lúcido e apaixonado.

Para mim vale a pena visitar Gide de quem gosto, mas que sempre me pareceu cortante, com sua mania da beleza da linguagem. Desta vez vou bancar

---

1 Ver nota 1, p. 342.

o cansado e dormitar por dentro. E além do mais também vai ser um dia sem trabalho. O dia está lindo, vou desfrutar do tempo, e só.

Me pergunto como terá sido o seu ensaio geral na casa de Molière. Pobre coitada respirando poeira da época de Sarah! Me escreva o que você fez.

Meu amor querido, não gosto de te escrever ao acordar porque é a hora em que sempre estou meio desanimado. Mas hoje já é dia 15, e a partir de agora os dias vão correr na sua direção. Sua voz ainda ressoa dentro de mim, desde ontem. Ficou falando a noite inteira no meu coração. Não demora e vou te ouvir! Nem parece verdade. Te beijo, meu belo amor querido, minha trágica, minha emocionada. Te beijo e te amo, com toda a minha força.

A

195 — MARIA CASARÈS A ALBERT CAMUS

Quarta-feira, meio-dia [15 de fevereiro de 1950]

Meu querido,

Não estou com a mente muito solta esta manhã para te falar das coisas essenciais cujos motivos gostaria de te explicar aqui. Meu pai vai cada vez pior e não consigo vê-lo sem sentir um terrível aperto no coração. O médico veio hoje de manhã; eu ainda estava dormindo e ele não quis que me acordassem. Mas disse que "não estava indo bem, nada bem", receitou novas injeções de solução de cânfora e de não sei mais o que e disse a Angeles que me telefonaria entre 1 hora e 1 hora e 30. Vou te escrever mais tarde sobre o resultado da conversa.

Agora vou tentar te explicar em poucas palavras minhas "mudanças" e resumir meus desejos lúcidos e profundos.

O estado em que me encontro no momento depende muito pouco da nossa situação. Ele decorre da nossa separação, da falta de repouso e sobretudo de um cansaço moral e físico acumulado há meses. O fato de interpretar Dora toda noite só aumenta a estafa do corpo e do coração, e não devemos esquecer que durante o dia eu não paro um instante.

Nessa vida que estou levando longe de você, longe do que dá cor a cada gesto meu, não vejo nada capaz de suavizar minhas horas, pois meu pai, a única pessoa além de você que poderia me iluminar com certas alegrias, foi substituído por uma espécie de fantasma que se vale de tudo que lhe resta de energia para tentar se manter vivo, lutando sem descanso contra sofrimentos terríveis.

Por enquanto não há mais nada, de verdade, e se cheguei a falar dessa vida que você leva voltado para outros contra a vontade, me referia tanto a M[ichel] G[allimard] quanto a F[rancine].

Mas é possível e mesmo provável que um dia eu grite para você palavras que minha carta do outro dia não justificaria. E por sinal já te avisei nessa mesma carta. Mas também é verdade que nela eu dizia o que penso de mais profundo, e me pareceu ter sido bastante clara.

Você sabe melhor que ninguém que não se vive sempre no mesmo plano e que é necessário repouso, uma certa tranquilidade e reflexão para finalmente conseguir, despojado de tudo, distinguir o que é verdadeiro, e se às vezes acontece de eu me entregar a desejos violentos, egoístas, terrivelmente exigentes, também é certo que não é esta a minha parte mais profunda, mais íntima, e que eu fui dotada — para minha glória — de um coração mais generoso que esses arrebatamentos passageiros e de uma alma que guarda em si mais qualidade.

Esse amor maravilhoso que você botou em mim me divide constantemente entre dois impulsos contrários que vão me arrastando alternadamente. Por um lado, a necessidade crescente e terrível que tenho de você me leva constantemente a exigir tudo de você e cada dia mais. Por outro lado, reconheço que a sua felicidade, a sua autoestima, uma certa paz que jamais será capaz de encontrar se agir segundo o meu pior egoísmo se tornaram muito mais valiosas para mim do que meus desejos mais caros.

Você está vendo que afasto de mim qualquer pensamento estranho a nós e que te falo friamente sem pensar nem de longe em poupar ou conciliar alguma coisa.

Mas não quero ser vaga. Talvez você entenda melhor meu estado de alma com exemplos precisos.

Todo dia eu penso pelo menos uma vez no que seria nossa vida se de repente você estivesse comigo, liberado de tudo — e devo te confessar que aí tudo se desmancha numa suavidade e numa felicidade sem nome. Eu começo a voar, entende?, e só volto à terra quando sinto o doloroso dilaceramento de uma saudade terrivelmente aguda. Essa pontada está sempre aí para me trazer de volta à realidade e me mostrar uma imagem que conheço muito bem: você e seus filhos. Aí, fico sem coragem e nem ideia de que você nunca será meu — eu penso que se não os deixar agora, nunca mais vai deixá-los — é capaz de manter o desejo que eu tenho de você todo.

Quanto à sua vida com F[rancine], você se engana quando pensa que eu não acredito na sua força diante dela. Eu acredito em você e no seu amor mais do que você imagina — apesar do que já aconteceu — mas justamente por ter uma fé tão absoluta em você é que receio que a vida venha a me frustrar dessa única esperança e tento me convencer de uma certa maneira de que pode acontecer alguma coisa e é preciso estar preparada. Tenho medo. Sei a agonia que seria se isso acontecesse, e tento impedir por instinto de sobrevivência.

Logo você pode imaginar a luta constante em que me debato. E assim é natural que de vez em quando, levada por uma sede — perfeitamente legítima, penso eu — de tudo viver com você, eu berre nos seus ouvidos palavras impensadas, mas nem por isso deixa de ser verdade que, quando estou frente a frente comigo, diante de nós ou da nossa situação, já me considero perfeitamente feliz pelo que você me proporcionou e pelo que você me dá diariamente. Os abismos mais profundos cavados em nossa vida comum viriam exclusivamente de um esforço empreendido por você sobre si mesmo e o que te é mais caro para tentar construir para mim uma felicidade que então me escaparia para sempre. Então preste bem atenção. Eu jamais permitirei um gesto seu realizado para me tornar mais feliz. Seria o desastre, a catástrofe e eu jamais te receberia ao meu lado se não estivesse certa de que o motivo da sua vinda não leva em conta a mim nem ao meu bem-estar. Quero dizer com isto que é possível que a vida um dia seja clemente conosco e por causas misteriosas e inesperadas você de repente se veja livre, ao meu lado. Também é possível que você se sinta incapaz de sustentar por muito tempo essa situação e que, frente aos dois caminhos traçados à sua frente, escolha aquele que vai levá-lo a mim. Nesse momento então voltaremos a conversar, mas só então e conto com você para nunca me enganar nessa questão ainda que para contribuir para a minha felicidade.

Portanto se cale e espere. Se um dia tiver de falar, será porque não pode fazer de outra maneira. Caso contrário, viveremos como pudermos, agradecendo ao acaso por nos ter posto junto um do outro.

Está aí o que eu queria chamar de uma carta amigável. Uma carta, como esta, onde não se evita nada. A única coisa que realmente me deixa infeliz vinda de você é o silêncio. Agora está entendendo? Existe nos seus pensamentos uma parte de que você não me fala e me parece impossível que nunca se detenha neles. Só posso pensar então que os evita para me poupar e ainda não sabe que é a única maneira que tem de me torturar ou me magoar.

Aí está meu querido amor. Esta carta foi interrompida e agora são 5 horas da tarde.

O ensaio "Torrens", que durou de 2h30 às 4h30, transcorreu muito bem. É um Yanek sem profundidade mas com um certo frescor tocante. Não vai ser nada mau. Não acredito que procurando mais tivéssemos encontrado algo melhor.

 Infelizmente, os problemas dos *Justos* não se limitam a Kaliayev; agora também afetam Dora e hoje eu avisei a Paulo [Œttly] que procure uma substituta em caso de ausência minha. Não se preocupe; felizmente, com certeza vou atuar até o fim, mas quero que haja alguém pronto para desempenhar os papéis em certos dias se houver algum problema. E de fato o médico me telefonou para se dizer muito preocupado. Papai vai muito mal. O começo da crise apresenta os mesmos sintomas que no ano passado, mas seu estado geral está infinitamente mais fraco e há motivos para temer.

 Mas não se afobe! A situação não é desesperadora e você conhece a incrível resistência do meu pai. Apenas, te peço, se acontecer o pior, não se afobe: fique onde está e se cuide bem até o fim — eu te mantenho informado de tudo. Estou me sentindo forte novamente e vou vencer a doença dele, tenho certeza. Ele ainda precisa viver!

 Querido. Vou te deixar. Está na hora do tratamento. Esta carta é bem triste e espero poder esta noite ou amanhã te enviar algumas palavras mais reconfortantes.

 Amanhã de manhã e depois de amanhã, rádio de 9 a 1 hora e sexta-feira à noite *Esther*. Ah! Como é cansativo!

 Te amo. Te amo com toda a minha alma. Te beijo, meu amor, te beijo perdidamente

M.V

196 — ALBERT CAMUS A MARIA CASARÈS

Quinta-feira, 11 horas [16 de fevereiro de 1950]

 Só encontrei sua carta ao voltar ontem depois do jantar — e ela me deixou bem triste por você e pelo seu pai. Só acho que o mais difícil é abrir lugar para o soro no organismo dele. Vai requerer tempo. Mas assim que for feito, haverá todos os motivos de esperança. Coragem, minha querida. Tenho certeza, não sei por que, de que tudo isso vai mudar, para melhor. O dia de ontem foi bem cansativo. Almoço na casa de Gide, onde me esforcei por falar. Aos oitenta anos a gente só fala com alguém por polidez, naturalmente. O olhar está voltado para dentro — e não para os outros. Então é uma conversa amável e de pura formalidade que rapidamente se torna cansativa. Depois do almoço tinham preparado um quarto para o meu descanso habitual. Mas eu não estava com meus livros nem meus papéis e você sabe que eu não durmo. E aí fiquei com a cabeça no pé. Às vezes essa doença me desanima. Mas te explicarei como uma outra vez.

Às 3h30 não aguentando mais fui dar um passeio. Estava fazendo um tempo admirável. Eu caminhei à beira do mar. Um mar suave e azul dos dias de verão, a curva do golfo bem definida, e em todo o céu começava a se mostrar o mel dos fins de tarde. Pelo menos esse tempo todo meu coração se acalmou. Eu estava mais triste que revoltado. Só mesmo a natureza e particularmente uma certa natureza para me salvar de tudo. Eu tinha recuperado a leveza. Às 5 horas, chá com um Gide ainda adormecido e que repetia de dois em dois minutos: "e isto, é isto". Depois passamos na casa de Dolo pois tínhamos prometido tomar algo com ela. Lá estava Bloch-Michel. Dolo me divertiu um momento com sua loquacidade. Falando de mim na casa de Cabris, ela disse: "Com seu ar de nobre espanhol reinando numa casa decadente, você seria capaz de desanimar o próprio Cristo" ou das minhas peças (ela foi atriz): "representar nelas emagrece qualquer um"; "a gente atua entre fios de arame farpado — ainda por cima eletrificados" ou então "Ternura! Sim, tem ternura nelas, mas no último minuto, na hora da separação". E assim durante uma hora. No fim, preparou uma sopa de peixe, me presenteou com uma caneta americana, vitaminas e um pente que corta os cabelos quando usado! E nós voltamos para casa. Ia esquecendo de te dizer que ela recebeu a visita, na minha presença, da dona do *Rosa Vermelha*, Mireille.[1] Sou mesmo um cara de sorte.

Ao chegar a Cabris soltei um suspiro. Finalmente o ar estava limpo, leve, delicioso como água fresca. O céu estava tão coberto de estrelas que parecia cinza. E de novo aquela leveza. Prometi a mim mesmo que não sairia de novo. Não suporto mais o convívio e para mim ainda tem gente demais em Cabris. Você, o trabalho, a beleza, é o que bastaria para preencher minha vida.

Caí na cama — mas não sei por que depois de ler sua carta não consegui dormir. Esse dia perdido me pesava. Fiquei me revirando até 4 horas da manhã. Tudo que me faz mal passou. Eu revia sobretudo (posso te falar de coração

---

1 Inaugurado em 1947, o cabaré-teatro La Rose Rouge fica inicialmente no número 53 da rua de la Harpe, sendo transferido em 1948 para a rua de Rennes, 76, em Paris. A cantora e compositora Mireille, nascida Mireille Hartuch (1906-1996), esposa de Emmanuel Berl, é uma figura do estabelecimento, assim como Michel de Ré e Nikos Papatakis.

aberto não é meu único amor?) o rosto infeliz de F[rancine] nos últimos dias. Esse sofrimento terrível de não poder falar nem gritar. E eu sofro mal desse mau sofrimento pelo qual sou responsável, contra a vontade. Em determinados momentos em que somos mais amavelmente indiferentes, na aparência, eu me rasgo de pena. Queria acalmá-la, falar com ela tranquilamente, dizer que é um mal imaginário. Queria sobretudo que ela me pedisse qualquer coisa difícil e cansativa, sei lá, trabalhar numa mina, escalar o Himalaia, cuidar dos leprosos. Mas ela não me pede nada, só que a ame, e nem isso pede realmente — pois para ela está tudo claro; antes, a mentira cobria tudo e ela podia viver, senão feliz, pelo menos apaziguada, na ilusão que preservava o pouco que compartilhávamos. Agora, sinto que está humilhada e abatida, o que só faz aumentar minha impotência.

Me perdoe por estar falando disso, mas isso existe, sabemos perfeitamente, e a certeza que agora compartilho com você me dá mais liberdade aqui de dizer o que sinto. Além do mais esta insônia me cansou e me deixou mais sensível. Como eu queria te ter e te dizer de cambulhada o meu amor e descansar em você, meu amor querido!

12h15

Suas cartas de terça-quarta-feira chegaram, meu amor querido. Estou muito preocupado, por seu pai e por você. Me dê notícias precisas, me mantenha informado. Ah! Se eu conseguisse o que desejo com todo o meu ser, seu pai estaria de pé amanhã — mas não tenho coragem de falar disso. Mas saiba que penso nele e em você o dia inteiro e compartilho da sua dor. Ele vai ficar bom, tenho certeza. Cuide bem dele e me telefone se necessário, por favor. Não é possível que ele não se cure e não possa aproveitar a vida ainda muito tempo.

Queria responder a uma outra parte da sua carta, mas a doença do seu pai toma conta de tudo. Mas fiquei feliz de ter escrito o que antecede no exato momento em que você me pedia que não cale certas coisas. Como eu te entendo! Vamos precisar de muita força e muito amor para superar tudo. E como te amo, do mais profundo do meu ser, por me ajudar assim, simplesmente pela qualidade do seu coração, a ser verdadeiramente eu mesmo. Beijo tuas mãos queridas, com o amor e o respeito que tomam conta de mim, com as lágrimas da alegria e da dor.

15h30

Volto a esta carta, incapaz de dormir. Não paro de pensar em você e no seu pai. Não posso acreditar que ele não consiga se curar. Essa crise, no exato momento em que surgia uma séria esperança, com o soro, é absurda demais e revoltante demais. Se se sentir muito solitária, me telefone. E dê notícias. Quanto ao resto, fique tranquila, eu tinha entendido a sua carta. Se pedi detalhes, foi exclusivamente para confirmar o que eu pensava. Não falei com F[rancine], ela sabe apenas que eu te amo. E sem dúvida fico infeliz de atingi-la desse modo e diminuí-la, mas também é verdade que eu suportaria ser mil vezes mais infeliz e culpado, desde que te possuísse e te amasse. Sim, sou capaz também de perder minha autoestima para te guardar comigo. Pelo menos, é o que penso — o certo é que em meio a essa terrível névoa de sofrimento e insensatez, eu só tenho uma luz: você.

Digo tudo isso para acabar com a sua preocupação. Mas você precisa deixar tudo isso de lado, esquecer qualquer outra dificuldade que não seja a do seu pai. Eu estou aqui, te espero, estou cuidando de você. Desta vez completamente sem ilusões repito que vou entender se você não escrever. O que me preocupa são os silêncios sem motivo. Mas sei que você precisa estar ao lado do seu pai, ajudá-lo, curá-lo enfim. E nada, nem silêncio, nem gritos, muda nada no meu coração nem afinal no amor com o qual te espero.

A.

197 — MARIA CASARÈS A ALBERT CAMUS

Quinta-feira, 1h30 da tarde [16 de fevereiro de 1950]

Estou voltando da rádio — tinha saído de casa hoje de manhã banhada na claridade do céu e do sol de Cabris. Sua carta de terça-feira me deixou bem feliz e quando digo que a chuva, a névoa e o frio não te servem de nada não estou completamente enganada. Não é? Meu pobre querido! Como você se sentiria exilado nos matagais cinzentos da Bretanha! E no entanto o sol lá é brilhante e quente! E como você gostaria do mar de lá, instável, selvagem e furioso!

Sim, foi tudo bem hoje de manhã. Ontem à noite, a injeção de solução de cânfora fez efeito no estado geral do meu pai e ele estava um pouco mais calmo, quando voltei. Eu fui deitar, cansada depois de um longo dia de angústia e nervos. Dormi nove horas. Acordei cheia de coragem.

Estava cinzento lá fora, mas, ao sair do estúdio François Ier, Paris inteira parecia radiante numa primavera.

Infelizmente em casa as notícias não estavam de acordo com o tempo. O médico veio — sua preocupação se confirmou e esta tarde ou amanhã ele deve levar outro médico com ele, o professor [Gisoux] para uma consulta.

Agora estou com papai. Ele já delira quase constantemente e seu cansaço é de tal ordem que não consegue levar até o fim o menor movimento.

É como estão as coisas no momento.

Quando, então, o soro?

Você pode imaginar então a chateação que é para mim ter de ir ganhar uma grana na Comédie. Mas eu prometi, e prometi para agradar a Georges Leroy [sic][1] de quem gosto muito. Quanto à escolha, ele mesmo propôs que eu interpretasse a oração de *Esther*, que acho aborrecida, mas que na opinião dele eu digo bem, que é do agrado dele e compõe um todo. Pessoalmente, não estou nem aí. Esse teatro nacional me deixa tão indiferente que acho até melhor dizer lá um texto sem interesse do que uma página que me dissesse alguma coisa.

Já é uma maçada por si só, mas neste momento é uma verdadeira tortura.

Eu também ouço muito a música do *Terceiro homem*. Para mim, ela representa um pouco a sua ausência, como *La Vie en rose* ou [*La Seine*] representam você junto de mim. Eu também gosto mais da valsa.

Vou te deixar, meu querido. Esta noite vou tentar acrescentar algumas palavras aqui. Me perdoe se estou meio distraída. Até mais, meu amor.

6 horas da tarde

Oh! Como o tempo é cruel! Está fazendo um dia radiante lá fora. Pássaros cantando na minha varanda. Um realejo na rua.

Não posso ler nem escrever nem fazer o que quer que seja. Fico andando entre o quarto do meu pai e o meu como uma sombra. Desde 1h30 estou tentando fazê-lo comer. Mas ainda não consegui. Acabam de lhe dar a injeção. Talvez ela o acalme de novo e ele consiga engolir algo líquido. Ele não conseguiu ingerir nada desde ontem.

Ah! Que sofrimento!

---

1 Maria Casarès se comprometeu a participar em 17 de fevereiro de 1950 da noite de despedida de Georges Le Roy na Comédie-Française, na qual vai recitar a cena de *Esther*.

Meia-noite e meia

Ao chegar em casa fiquei sabendo que papai tinha tentado se levantar e dar dois passos no quarto para — ah! não interessa! O fato é que ele caiu e Juan e Angeles, alertados pelo barulho, acorreram e o encontraram no meio de uma poça d'água, no chão, sem um gesto e sem uma palavra. Mudaram seu pijama e o levaram para a cama. Agora ele está esgotado. Também troquei seu suéter e a jaqueta, molhados de suor e ele se mostrou dócil como uma boneca.

Estou horrivelmente impressionada. Que o dia de amanhã possa apagar essas horas passadas hoje.

Mais duas palavrinhas e vou tentar dormir se puder. Hébertot não quer contratar uma substituta. Prefere fechar o teatro se acontecer alguma coisa. E Reggiani vai ficar conosco até 3 de março.

Meu querido, eu te amo. Queria te falar de felicidade, e não te contar todo esse horror, mas não tenho como ser feliz no momento e preciso te contar sempre tudo para que você entenda o meu estado e as minhas cartas.

Te amo com toda a minha alma.

Maria

Sexta-feira de manhã, 10h30

Acabo de receber sua carta e quero acrescentar algumas palavras à minha antes de despachar.

Enfim, meu querido, como é que foi pensar nos últimos tempos que alguma coisa passava pela minha cabeça além do fato de ter acontecido alguma coisa entre você e F[rancine]? Enlouqueceu? Você não entende o que eu te digo nas entrelinhas?

Quando eu te pedia que me contasse tudo, meu amor, estava me referindo simplesmente ao efeito de todos esses acontecimentos na sua vida. Só isto. Não estava imaginando mais nada e quando falava de loucuras — agora eu posso dizer livremente — estava pensando no que aconteceu de fato, e que hoje fiquei sabendo pela sua carta. Seu projeto de viagem ao retornar confirmou meus receios e o tom das suas cartas praticamente não me deixava mais dúvida.

E como poderia eu imaginar outra coisa neste momento? Ontem à noite mesmo eu te implorava aqui que me ame — receando que a dor, a mágoa, a enfermidade te afastem de mim. É só o meu egoísmo. À parte isto, não sei o que eu faria pela felicidade de F[rancine] além da paz que ela pode te proporcionar.

Meu pobre querido como não deve estar sendo sua vida! Que fase! Oh! Você não pode tentar amainar tudo isso? Não pode apagar e começar de novo? Talvez eu esteja louca, mas acho que estou disposta a suportar qualquer coisa para te ver feliz e que sou capaz de levar qualquer existência, desde que te saiba e te veja junto de mim.

Oh! Meu amor, meu pobre amor, meu querido, querido amor! Que vamos fazer? Eu te amo. Se acalme. Descanse. Esta tarde vou te escrever longamente.

Te beijo com toda a minha alma.[1]

M.

198 — ALBERT CAMUS A MARIA CASARÈS

Sexta-feira, 15 horas [17 de fevereiro de 1950]

Minha criança querida, eu te beijo e te estreito demoradamente nos meus braços, com uma terrível tristeza, e toda a ternura que tenho por você. Desde o seu telefonema, viver dói e o seu pensamento me persegue. Telefonei à Air France, pois achei que poderia encontrar lugar num avião. Nenhum voo antes de terça-feira, mas é tarde demais, vão me telefonar para dizer se há alguma desistência amanhã. Nesse caso, estarei com você amanhã à tarde. Caso contrário, vou desistir e acabar antecipando minha volta.

E aliás eu sei que, à parte a presença, nada posso contra a sua aflição. Talvez até você não queira ser distraída dela. Não sei o que pensar. Eu estava pasmo naquele telefone, o coração aos pedaços, sem encontrar as palavras. Finalmente te ouvir, e para ter essa notícia! Minha pobre, minha queridinha! Minha tristeza vem dele, que eu amava e admirava através de você, mas também fico pensando que esse longo calvário não era vida para ele. Era um torturante esforço para viver apesar de tudo, e não é a mesma coisa. Por mais triste e horrível que fosse sua vida, a pátria subjugada, o exílio, o sofrimento físico, eu sei que não foi em vão. Nas duas ou três vezes em que o vi eu entendi que ele era superior ao que havia passado. E entendi também que você era sua verdadeira alegria, seu eterno orgulho. Não o lastimo realmente embora o pranteie com você, admiro que tenha sido capaz de se manter lúcido assim e fiel em meio a tantos desastres.

---

1 O pai de Maria Casarès falece na sexta-feira 17 de fevereiro de 1950.

Mas é sobretudo em você que eu penso, em você, minha querida preocupação. Sua dor, seu sofrimento, sua desorientação, eis o que não posso suportar. Ó meu amor, é o momento de saber que o mundo não está completamente deserto para você. Nada será capaz de substituir aquele que acaba de te deixar. Mas alguém que se parece com você, que te faz justiça, que sempre poderá te ajudar está aqui, apesar da distância, da absurda vida que leva... Que tristeza, que desgosto escrever isto em vez de simplesmente ficar calado ao seu lado. Mas também é verdade que estamos unidos no meio dessa vida terrível, não obstante tudo que pode acontecer.

Chore se puder, chore todas as suas lágrimas. Não volte a trabalhar antes de um bom tempo. Recupere o fôlego pelo menos e só me escreva se sentir vontade. Esta carta era para te dizer a minha dor, a minha imensa dor de que só o nosso reencontro poderá me consolar. Para você, nem mesmo o nosso reencontro será capaz de compensar a dor que está sentindo. Mas eu você cuidar de você como de uma filha triste e querida. Beijo tuas mãos queridas, tuas lágrimas, teu pobre rosto que imagino, te beijo dolorosamente.

A.

199 — ALBERT CAMUS A MARIA CASARÈS[1]

Sábado, 18 de fevereiro [1950], *14 horas*

Minha criança querida, estou te escrevendo de um café de Nice onde vim dar, esmagado de calor e tristeza. Nem preciso te dizer o que me desespera, e a impotência em que me sinto. E por sinal você sabe muito bem, e tem outras coisas a fazer e sentir. Meu querido, querido amor, tenho a sensação de que não poderei nunca mais te escrever nem te dizer nada senão minha ternura, a infinita ternura do meu coração. Depois de te telefonar, voltei a ligar para Marselha. Mas no fim das contas lá também não havia nada a fazer. Aí resolvi esquecer do assunto, com o som da sua voz ainda no ouvido, um medo pavoroso de te preocupar um pouco mais, de ser um peso para você... Esqueci do assunto e chorei com você.

Meu amor, meu único, meu grande amor, logo eu voltarei — certamente nada poderei fazer por seu pobre coração, para compensar o que esta vida tem

---

1 Em papel timbrado do Café Monnot, praça Masséna, Nice.

de terrível e injusto. Mas pelo menos vou ficar junto de você e te poupar das pequenas coisas, das chateações, dos problemas, tudo que um homem pode fazer pela mulher que ama. Pense só nele, nela também, e na sua dor. Misture bem a lembrança dos dois, o que tinham de belo e grande, ao que você é. Faça os dois reviverem em você. E no resto eu vou te ajudar, nunca vou te abandonar, existe pelo menos uma pessoa de que você vai poder dispor inteiramente, e estou dizendo mesmo inteiramente.

Não posso mais continuar vivendo para esses dias sem importância, não suporto mais todas essas pessoas sem qualidade profunda. Há você, a sua dor, a sua solidão atual e o imenso amor que há em mim. Mesmo o que estou dizendo aqui é demais. O que eu queria te enviar é um silêncio concedido à sua dor. O meu amor, o meu coração desolado, a amizade da alma... Te amo tanto, te amo, é o que interessa, e sem qualquer reserva. Te beijo, minha querida, tristemente, mas com todas as minhas forças.

A.

200 — MARIA CASARÈS A ALBERT CAMUS

Sábado à noite [18 de fevereiro de 1950]

Meu querido,
Estou muito cansada para ainda conseguir falar com você com clareza. Desde ontem de manhã tenho a sensação de não estar mais vivendo no tempo. Esses dias são terríveis e o horror dessas horas na expectativa do enterro que finalmente vai me devolver uma solidão com a qual tentarei conviver, indescritível.

Nunca a vida pública que meu pai levou e a minha própria me foram tão pesadas. O telefone toca sem me dar um minuto de descanso. A porta se abre o tempo todo para pessoas de que sequer sei o nome. Cartas e telegramas chegando, e é preciso literalmente recorrer à mentira, à astúcia e de vez em quando à exasperação para seguir a vontade do meu pai e impedir que as pessoas venham ao enterro.

Felizmente Pitou está aqui para enfrentar o tranco e fazer frente a todo mundo.

Dom Juan[1] foi para mim um maravilhoso irmão mais velho e para eu estar dizendo isto, é porque realmente mereceu. Quanto a Feli, nunca mais vou esquecer esse tempo que ela passou comigo.

Além deles e de Andión[2] que não me deixaram um segundo — o que por sinal me cansou mais que qualquer outra coisa — vi apenas dois amigos do meu pai um momento, e Pierre Reynal e Pommier, que vieram me abraçar.

Angeles e Juan, sempre extraordinariamente fiéis.

Como vê, não tenho do que me queixar. Estou cercada de verdadeira amizade forte e calorosa. E por sinal preciso dela, pois sozinha não sei se teria ao mesmo tempo força de ficar calma e de não gritar meu ódio àqueles que, depois de contribuírem para matar meu pai no esquecimento, no exílio do coração e na miséria dos piores sofrimentos morais e físicos agora querem transformá-lo em herói. Os telegramas, telefonemas, cartões de visita vão se acumulando, e como aos poucos a revolta e a mágoa dão lugar ao cansaço, só me resta uma pavorosa náusea que não me larga.

Meu dia por enquanto corre em lutas e aborrecimentos desse tipo. No esforço para me manter de pé. E também em alegrias de gratidão.

Quanto à perda irremediável de papai, confesso que por enquanto só me dou conta realmente em momentos muito fugazes. E a vertigem é tanta que eu não me permito.

De vez em quando, acontece até de eu ter um acesso de riso. E não sou a única. Quem conheceu bem o meu pai reage como eu. Feli e Pitou, por exemplo. Pode parecer horrível, mas ele tinha nos acostumado a rir de certas coisas, a achar certos costumes grotescos e ridículos, e de tal maneira que agora quando elas acontecem, adquirem o significado que ele lhes emprestava. Não quero escrever detalhes. Um dia te conto. Mas já estou dizendo agora porque me parece que é a maior homenagem que podemos prestar a ele. Me parece que para ele é uma extraordinária vitória o fato de me acompanhar depois da morte de uma forma tão viva. Eu e os outros, pois para cada detalhe ele tinha um comentário que não podemos nos impedir de lembrar, sorrindo, e até rindo, e sobretudo o amando, e quase dando uma bronca nele por nos ter posto isto na cabeça.

Desde ontem de manhã não houve um minuto de silêncio na casa e que quase todas as palavras são palavras dele. E isso sem buscar nada, sem esforço,

---

1 Dom Juan Negrín e sua companheira Feliciana. Ver nota 1, p. 318.
2 Sergio Andión, exilado espanhol, amigo do pai de Maria Casarès.

involuntariamente. Que outra lembrança viva querer de um homem que morreu? Ele lutou até o fim, desesperadamente lúcido. No fim, só o espírito vivia. E ele continua vivo depois do fim.

Não são palavras vazias de sentido que eu estou dizendo. É a expressão de um sentimento surpreendente e profundo que não me larga e me deixa pasma com sua beleza. Mas não saberia como explicar.

Eu sempre tive uma admiração incontida pelo meu pai, embora na família não haja o hábito de trocar elogios. Agora é uma adoração, e que não nasce de um mito, mas do que há de mais real no mundo, de mais caloroso e vivo. Tê-lo conhecido, tê-lo amado, tê-lo visto viver e morrer é mesmo um belo tesouro a preservar zelosamente. Ter sido sua filha é e será um dos meus maiores orgulhos e marca para mim uma vida que deverá sempre continuar digna dele.

Hoje, não quero ainda parar para me perguntar como vou levar adiante essa vida. Só de pensar eu desanimo. Felizmente, meu mundo não está deserto, você está aqui; mas sabe, querido?, mesmo sem saber, embora não tivesse nada a ver com meu amor por você, ele me ajuda muito a te amar.

Minha mãe. Meu pai. As duas únicas pessoas no mundo que me pertenceram e possuíram inteiramente além de você. Agora só me resta você, só você. Sou completamente sua. Um pouco diminuída, amputada, dolorida, mas também reunindo em mim tudo que eles me proporcionaram, me ensinaram, todas as riquezas que me deixaram. Tudo isso misturado, meio desordenadamente, eu reservo para você e te entrego sem reservas. Só te peço uma coisa: se preservar, cuidar de você, da sua saúde, da sua felicidade, das suas forças, para nelas encontrar forças para viver.

Oh! Meu querido, se cuide, cuide de nós. Minha coragem está chegando ao fim. Não aguento mais. Se cuide, fique curado para vir ao meu encontro o mais rápido possível e me trazer novas energias! Não se preocupe comigo. No momento o que conta é a sua saúde. De perto ou de longe, você me acompanha o tempo todo. Não fique triste por estar longe de mim. Não tem a menor importância. *Você está aqui*, debaixo deste céu, você está vivo, meu querido amor, e eu sei melhor que nunca o preço da vida de alguém que amamos. Estou chorando. Está vendo? É a primeira vez desde ontem de manhã. São as primeiras lágrimas. Está vendo? De perto ou de longe você me traz a mesma doçura. Te amo.

Maria

201 — ALBERT CAMUS A MARIA CASARÈS

Sábado, 21 horas [18 de fevereiro de 1950]

Finalmente de volta em casa — e na cama, de novo. Mas não consigo tirar o pensamento da sua casa e de você. Quando receber esta carta, você estará sozinha e esta ideia me faz mal. Sozinha depois desses longos e pesados dias que não pude compartilhar com você. Meu pobre, meu querido amor, minha menininha, pelo menos posso te ajudar, e como? Vai precisar de muita coragem nos próximos dias. E eu já conheço o seu coração o suficiente para saber que vai tê-la. Mas também sei a que custo. E é esse novo esforço que temo por você. Nesse momento é que vai precisar se confiar a mim. Durante toda essa tarde em Nice, eu caminhava pelas ruas agitadas e pensava em você, na sua vida, nesse seu singular destino. Me parecia que eu te entendia até o coração, que eu era você, de certa maneira. Queria beijar suas mãos, falar da minha tristeza e da minha ternura.

Meu amor querido, você deve sobretudo se entregar. Não se endureça, chore, chore, se vierem as lágrimas. Me escreva se puder deixando seu coração falar. Se não puder, não se preocupe comigo. A ideia de ser um peso para você neste momento me é intolerável e esta manhã no telefone quando entendi que podia estar agravando sua dor com mais uma preocupação eu perdi a voz. Pense apenas em você. E eu vou te escrever todo dia desajeitadamente como hoje mas com todo o meu coração. Amanhã de manhã vou te telefonar. Me perdoe desde já qualquer tolice que eu possa dizer. Estou tão ansioso e triste que acho que nem saberia mais falar naturalmente com ninguém. Mas não duvide do meu coração devotado, do amor arrebatado que toma conta de mim, e sobretudo da ternura, oh sim a inesgotável ternura que te envio, minha menina querida, te beijando longamente.

A.

Domingo [19 de fevereiro de 1950], *16 horas*

Mais algumas palavras para completar o que não disse muito bem no telefone. Não estou preocupado. Apenas triste, só isto. A vida me parece bem revoltante quando penso em você. E te amar sem que esse amor possa te poupar do sofrimento, sem poder trazer de volta à vida aqueles que você ama é bem amargo. Mas ao mesmo tempo eu encontro uma resolução nessa tristeza.

A resolução de pensar mais em você e menos em nós, ou seja te ajudar quanto puder nas pequenas coisas da vida. Sim, penso em você com tristeza, mas com um amor ainda mais devotado. Te amo e te quero. Se cuide, descanse, não se deixe invadir por importunos. Preserve seu silêncio e sua solidão. Logo eu estarei de volta, agora, e se no momento sinto essa vontade absoluta de me curar definitivamente é para poder te levar todas as minhas forças e fazê-las servir à sua felicidade. Mas não vou mais falar de tudo isso. Me escreva sempre que sentir vontade. Telefone quando quiser. Penso fielmente em você e no nosso reencontro. Te beijo como te quero, com toda a minha ternura.

A.

20 horas

Tristeza deste dia acabando. Te amo, penso em você. Que o meu amor agora te proteja, minha menininha. Te beijo, muito.

A.

202 — ALBERT CAMUS A MARIA CASARÈS[1]

20 de fevereiro de 1950

COM VOCÊ DE TODO CORAÇÃO. ALBERT.

203 — ALBERT CAMUS A MARIA CASARÈS

Segunda-feira, 15 horas [20 de fevereiro de 1950]

Minha menina querida,
Com que tristeza eu li sua carta! Pelo menos era um sinal seu e finalmente eu podia te situar em meio a essa terrível névoa que te cercava há três dias. Eu sei um pouco o que você sente. E era o que mais me fazia falta: eu não conseguia imaginar o seu coração. Em momentos de adversidade assim, podemos

---

1 Telegrama.

reagir de mil maneiras e a dor tem todos os rostos. Agora consigo ver mais ou menos e sei que eu seria parecido com você. O tumulto dos homens, o horror desses ritos bárbaros e ridículos, a feiura dos dias e o amor doído que temos por aquele que se vai, sim eu te entendo e compartilho a sua revolta e o seu sofrimento. Eu também teria rido, e ele também, você tem razão, se pudesse ver. Ele é inteligente, realmente inteligente, qualidade rara e que permanece sempre que, como era o caso, não se separa da bondade. Eu sabia que você o admirava e amava, sabia que ele merecia e que você tinha razão de se sentir orgulhosa dele. Por isto é que sempre temi, sem te dizer, pela vida dele — pois temia pelo mais secreto do seu coração. Por isto estou infeliz como se tivesse acabado de perder alguém infinitamente querido.

Entendo que você queira continuar sendo digna dele (digna dela também, mas é outra coisa). Não sei se sou digno de te ajudar nesse sentido, mas é o que eu gostaria e gostaria também que você me permitisse.

Quanto ao resto, não tema nada. Estou cuidando de você e vou me curar, pois sinto mais que nunca a vontade de me curar. Tudo que eu não tinha muita vontade de fazer agora vou fazer, pensando em você. E espero te dar forças novas que poderemos compartilhar. Aceito essa doação sem reservas que você me faz. Ela me preenche mas eu sei que não se trata apenas de mim: vou te ajudar a viver.

Me perdoe por não ir mais longe. Estou com o coração terrivelmente apertado. Mas grito aqui o meu amor, a minha ternura desolada e a minha espera. VIVA, eu te peço, por mais dura seja a vida para você. Vamos resistir juntos, agora, te beijo, demoradamente

A.

204 — ALBERT CAMUS A MARIA CASARÈS

Segunda-feira, 22h30 [20 de fevereiro de 1950]

Lamento, meu pobre amor, ter sido tão aflitivo no telefone. Tinha passado um dia ruim e esse enclausuramento, em plena atividade, me enlouquece. Hoje de manhã estava conversando com Paul,[1] e de repente ele sumiu, senti na cabeça uma ardência pavorosa e tive um momento de pânico. O dia inteiro fiquei com o coração arrasado.

---

1 Provavelmente Paul Œttly ao telefone.

Mas não há motivo para você se infligir esse peso a mais e não gosto nada desse tipo de fraqueza em mim. Não podemos passar o tempo todo sentindo o pulso do nosso humor. Se nos amamos e nos decidimos a fazer o necessário para superar mais isto, não precisamos nos questionar e ficar expondo nossas dúvidas.

Eu te amo, sinto esse desespero por tudo que nos separa ou nos contraria, fico infeliz com a sua infelicidade, e ao mesmo tempo tenho uma confiança e um descanso em você o que é certo e não adianta questionar, vamos viver o que pudermos, esperando.

Me perdoe, minha querida. Quero que você pense em você, que procure o seu médico o mais rápido possível, que recupere as forças e o gosto de viver. Há quanto tempo não vejo a sua expressão de felicidade! Parecem séculos.

E no entanto é ela, tão distante, tão vaga, que me ajuda a viver e resistir. A partir de agora vou me calar sobre tudo que não vale a pena ser dito. Mas não esqueça o rosto que eu trago em mim e, pelo nosso amor, tente continuar parecida com ele: ele é a minha razão, a minha única razão de me curar e viver

A.

205 — MARIA CASARÈS A ALBERT CAMUS

Segunda-feira à noite, meia-noite [20 de fevereiro de 1950]

Ah! Meu querido, esse telefone! Não, não me telefone mais. A gente só deve usar esse aparelho quando for realmente necessário!

Não vou te contar o meu dia. Ele acabou com o estado de sonambulismo que eu vinha arrastando desde sexta-feira. O horror dessas horas, nenhuma palavra seria capaz de exprimir, e no momento eu tento apenas pedir as forças de que preciso para suportá-lo às lembranças do meu pai vivo. Se soubesse o quanto me ajudaria pelo menos ele não teria ficado tão infeliz de me deixar.

Agora estou desperta. É horrível. Me pergunto o que eu faria se você não estivesse aí.

Querido, meu amor, me perdoe, mas preciso parar. Não posso escrever mais demoradamente esta noite. Estou sem forças.

Mas não tema nada. Sua imagem me dá forças. Te sinto presente o tempo todo e choro e grito com você. Não tema nada. Dentro de alguns dias voltarei a minhas cartas normais. Por enquanto, não posso fazer nada, nem dizer nada.

Me ame. Me ame com toda a sua alma. Eu te peço, me ame sempre.
Inteiramente sua
Maria

                      Obrigada por suas cartas, seus telefonemas, por estar presente.

206 — ALBERT CAMUS A MARIA CASARÈS

Terça-feira, 15 horas [21 de fevereiro de 1950]

Embora esteja um dia lindo, cheio de luz, de árvores floridas e cantos de pássaros, me parece bem triste e pesado, longe de você, privado de você, ansioso por você. Não fiz nada que prestasse esse tempo todo e ainda vou me esforçar por dominar meu trabalho e meu tempo. Fiquei pensando que você também precisaria que eu esteja com a mente clara e relaxada. Se a temporada dos *Justos* for suspensa em abril, o que eu espero, vamos viajar um pouco. Pelo menos é o que eu gostaria e espero que você pense como eu, minha criança querida. Eu não devia ter falado ontem de Hébertot mas esse telefone me paralisava e a impossibilidade de deixar meu coração falar me levou a falar de qualquer coisa. A história é simples. Num pós-escrito a uma carta em que me pedia autorização para montar *Calígula* nesta temporada ou na próxima em Paris,[1] esse imbecil vaidoso se achou no direito de acrescentar: "Considero indispensável lhe dizer isto: se eu soubesse que você se recusava a me dedicar sua peça, não a teria montado." Você pode imaginar minha reação, no estado em que me encontrava! A resposta que vou mandar vai lhe ensinar um pouco certos aspectos da vida que ele ignora e considero que a partir de agora será impossível qualquer tipo de colaboração com ele.

Ah! Não aguento mais essa corja!

Também quero te tranquilizar quanto à minha saúde. Exame negativo, peso mantido (a julgar pelo meu aspecto), sono quase todas as noites, vou voltar para Paris fortalecido. E de resto sei o que vão me dizer: que de qualquer maneira preciso tomar certas precauções e viver com prudência ainda durante alguns anos. Eu sei, e embora essas limitações me tirem do sério, decidi ser dócil. Foi o que decidi por nós e vou manter, pode crer, a palavra. Preciso dos meios físicos de me manter no controle e dominar um pouco minha vida.

---

1 Ver carta 68, p. 115.

Não posso deixar de sentir uma certa preocupação sabendo que você vai retomar Dora esta noite. Esse novo cansaço, que também atinge a alma, me deixa preocupado por você. Trate de descansar. Se recupere durante o dia. Pense em mim: você é o que eu tenho de mais precioso no mundo, e, obrigado a ficar longe, tremo toda vez que penso em você nesse momento. Preferiria que se permitisse um longo repouso. Mas ainda dá tempo e se você sentir que não está com vontade, deixe tudo de lado. Não estamos nem aí para Hébertot. E quanto a mim, *Os justos* já deu o que tinha de dar.

Eu ainda ia te falar do meu amor. Mas te amo nesse momento de uma forma tão plena, tão firme, tão entregue a você, que não encontraria palavras. Tenho vontade de viver junto de você, para você, só isto. Entre mim e você, além de tudo mais, existe agora neste mundo inimigo uma espécie de fraternidade de armas. Ó, minha querida, eu te aperto a mão, apaixonadamente, e fico junto de você. Te beijo longamente.

A.

207 — MARIA CASARÈS A ALBERT CAMUS

Terça-feira. Meia-noite e meia [21 de fevereiro de 1950]

Meu querido,

Foi um dia bem duro não obstante a extraordinária gentileza que encontro em toda parte. Meu Deus! como as pessoas podem ser boas, generosas, gentis! Enfim, certas pessoas... mas parece que eu as atraio. Essa manhã arrumei as coisas e os papéis de papai. Depois, desmoronei. Almocei com Pitou, que dormiu comigo, Angeles e Juan. Depois descansei um pouco. Veleo, um amigo do meu pai, passou um tempinho aqui para me ver. Depois Pierre Reynal. Novo desmoronamento. Às 4 horas fui de táxi fazer compras com Pitou e depois fomos à casa de Dom Juan [Negrín]. Fiquei lá até 7h30. Eles me mostraram fotos coloridas, um aparelho de gravação de voz, paisagens, quadros, a cozinha, as últimas invenções em matéria de economia doméstica, me encheram de todo tipo de especialidades espanholas que eu gosto e no fim disseram que me apanhariam na saída do teatro para me levar para casa.

Às 8 horas, eu estava no teatro. Momentos difíceis que o pessoal da minha profissão sabe tornar leves, mas que o resto do pessoal transforma numa tagarelice sem nome. O maquinista chefe se enganou e me ofereceu seus "cumprimentos". Pobrezinho! Mas ainda é melhor que um telegrama extremamente "emocionado" que chegou hoje com condolências muito dignas endereçadas à minha mãe. Estive também com Lulu Wattier,[1] mais que uma amiga.

Depois, tive de entrar em cena. E quase não consegui. Os três primeiros atos foram bem difíceis. Eu estava lá sem estar lá, tremia toda, me sentia representando, sem coragem de olhar para o público nem para os colegas e sem saber muito bem o que estava fazendo. Serge, comovido, me chamou de Maria em vez de Dora. Sim, foi difícil. Mas o quinto foi insuportável. Ainda assim consegui chegar ao fim, mas repetindo por dentro nem sei quantas vezes: "É o texto de Albert preciso dizer tudo."

Henriette não quis me deixar sozinha nessas condições. Me levou até a porta da rua e só se afastou quando me viu nos braços de Feli [Negrín], que estava na plateia com dom Juan sem ter me dito nada, os dois radiantes de orgulho de mim.

Voltei para casa com eles. Eles ficaram para me ver jantar. Queriam saber o que eu estava comendo e eu tive de engolir croquetes para dom Juan, Feli, Pitou e Angeles, todos ao meu redor, como carrascos.

Agora eles se foram. Angeles está deitada. Pitou dorme ao meu lado.

Eu queria, eu preciso de um pouco de paz, mas entendi que no momento é melhor não ficar sozinha. Tentei ficar e quase enlouqueci. Se tem alguém por perto eu me esforço e pelo menos consigo me segurar. De modo que abri mão da paz. Quando você voltar, então, e só então poderei encontrá-la. De modo que continuo esperando. Lulu me perguntou quando você voltaria. Senti uma doçura ao responder que por volta do fim de março e meu coração se derreteu quando ela disse: "Ah! Vou ficar mais tranquila quando ele estiver em Paris!" Pela primeira vez ela me fala tão abertamente. Eu não protestei.

Meu amor, vou dormir. Queria te contar tudo isso para você saber com quem estou e como estou, mas estou bem cansada e vou tentar dormir.

Dom Juan e Feli, sabe? Eles são... não, nem tenho palavras para dizer o que eles são comigo. Quanto a Lulu Wattier, eu já a conhecia e gostava muito dela.

Não são só eles aqui e eu fico comovida com essa simpatia, essa ternura, essa estima. Se meu pai visse, ficaria feliz e orgulhoso, acho eu. Quanto a você, já sabe; peço que fique feliz com tudo isso, que me ame muito, muito, que me ame sempre, que se cuide bem e volte no fim de março para que finalmente eu possa ter paz nos seus longos braços que tanta falta me fazem.

Até amanhã, meu amor.

Maria

---

1 Ver nota 1, p. 227.

208 — ALBERT CAMUS A MARIA CASARÈS

Quarta-feira, 15 horas [22 de fevereiro de 1950]

Acabo de receber sua carta, minha menina querida. Entendo perfeitamente que você não tenha como escrever. E não quero que se force por minha causa. Fico bem sozinho e bem infeliz sem suas cartas, é verdade. Mas não tem importância e eu posso esperar. De resto, o que importa agora é nos encontrarmos de novo e espero que esse último mês passe depressa. Pense apenas em descansar e aprender de novo a viver, um pouco. Não se preocupe em absoluto comigo que só cuido de voltar o mais depressa possível e nas melhores condições.

Hoje de manhã fiz um longo passeio porque fui levado para fora pelo tempo bom. Pela primeira vez em longos dias encontrei um pouco de paz. Amendoeiras rosas ou brancas florindo a paisagem toda. Me sinto tão distante das pessoas que só me tranquilizo na natureza. E também trabalho, porém mal. Mas quero crer que meus esforços serão recompensados. De resto, vou tão bem quanto possível, posso até dizer que nunca me senti tão bem.

Queria apenas recuperar uma espécie de calor interno que perdi — a confiança instintiva na vida. Mas é bem difícil. Já sou muito velho e muito "informado". Minha única alegria profunda, mesmo quando é triste, é a certeza da sua existência e o sentimento muito forte de uma solidariedade quase biológica com você. Meu querido amor, não esqueça disso e se cuide como cuidaria de mim.

O que mais me incomoda no momento é não conseguir te imaginar exatamente. Eu suponho muitas coisas, mas sempre às cegas. Mas que importa!? Você vai me contar, não é, o que for importante. Saiba apenas que eu te amo e te espero. O resto não tem importância. Te amar significa aqui compartilhar o que você está sofrendo.

Até amanhã, meu amor querido, minha menininha. Obrigado por me deixar cuidar de você, obrigado por se considerar inteiramente minha. É uma oferta que recebo com alegria, trêmulo, cheio de gratidão. Te beijo docemente e seguro sua mão.

A.

209 — MARIA CASARÈS A ALBERT CAMUS

Quarta-feira à noite [22 de fevereiro de 1950]

Ah! Meu querido. Não aguento mais. Estou quase sem forças. Não sinto mais nada de nada. Só um enorme cansaço, infinito, me parecendo impossível de superar algum dia. Desde hoje de manhã, parece que minha alma está fechada num armário e minha sensibilidade escapou nem sei para onde. Agora é só esse esgotamento, a "dor no coração" constante e um sono que só espera o momento propício para se apropriar de todo o meu ser. É então o momento de ficar sozinha, me entregar um pouco ao cansaço, sem perigo. Só tenho vontade de dormir.

Infelizmente, é difícil fazer pessoas cheias de gentileza e amor entenderem que precisam se afastar algumas horas e eu não tenho nem um segundo para mim. Já começa a ficar pesado e amanhã vou falar claramente se não entenderem isso — receio apenas ferir aqueles que me amam e de todo coração consideram estar fazendo o melhor.

Meu amor, amanhã vou tentar te escrever um pouco mais longamente e se ainda não puder, sexta-feira com certeza te enviarei uma longa, longa carta.

Esta noite, vou tentar dormir para poder aguentar e me recuperar pouco. Tenho medo de fraquejar se não reagir firmemente.

Até amanhã, meu querido. Coragem! Logo você estará perto de mim, e então voltarão com certeza os dias de felicidade, te amo. Te amo.

Maria

Recebi hoje suas duas cartas. Escreva muito e sem medo. Você sempre diz o que é preciso me dizer.
Te beijo muito.

Quinta-feira de manhã [23 de fevereiro de 1950]

Dormi dez horas sem parar. Acabo de receber sua carta. Eu te peço, se acalme, trabalhe e não se entregue a loucuras. Espere. Vamos conversar longamente e veremos juntos o que é preciso fazer. Por enquanto, descanse e trabalhe. Vou te escrever mais longamente esta tarde. Te beijo com toda a minha alma.

M.

210 — ALBERT CAMUS A MARIA CASARÈS

Quinta-feira, 15 horas [23 de fevereiro de 1950]

Obrigado por ter escrito, meu amor querido. Não estava esperando cartas suas hoje, e minha alegria foi total. Sim, eu não havia dito, mas estava receoso dessa reprise dos *Justos*, por você, e mais ainda do quinto ato. Terça-feira à noite, a partir de 10 horas, eu só pensava nisso. Tenho a mais profunda gratidão pelos Negrín. O fato de eles terem ido essa noite ao teatro diz tudo do coração e da inteligência dos dois. E o fato de saber que estão junto a você me consola um pouco de estar tão longe e tão incapaz de te ajudar.

Muitas pessoas te amam, você nem sabe. Mas é também porque você merece. E para mim é sempre uma grande e secreta alegria sentir em toda parte o afeto e o respeito que você inspira. Tenha coragem, minha menina querida, se apoie naqueles que te amam e obedeça ao que o seu coração dita. Existe uma paz no fim disso tudo. Uma paz difícil e amarga, às vezes, mas uma paz. Quando eu voltar, tentarei ser o menos pesado possível para você, mas ficar junto de você e te ajudar.

Hoje o tempo não está tão bom, mas está ameno. Uma a uma as árvores frutíferas explodem como paraquedas brancos ou rosa. No jardim, o alecrim já está florindo. Lírios azuis, narcisos brancos, pequenas violetas fresquinhas, paira no ar um perfume delicioso. Hoje de manhã, andei um pouco de carro. Os G[allimard] vão embora segunda-feira, e para ser franco fico aliviado. O doce e feroz egoísmo deles, em certos casos, é insuportável. Vai ficar o meu irmão, que não tem nada de pesado.

Não se preocupe. Estou me cuidando e vou muito bem. Te amo e vou te amar sempre. Nós estamos unidos. Esses dias estava pensando que nada pode dissolver essa ligação definitiva. Igualmente lúcidos, igualmente conscientes, capazes de entender tudo e portanto de superar tudo, suficientemente fortes para viver sem ilusões e ligados um ao outro pelos vínculos da terra, da inteligência, do coração e da carne, sei que nada pode nos surpreender nem nos separar. O que cada um de nós faz no trabalho, na vida etc., não faz sozinho. É acompanhado por uma presença que só ele sente. Pelo menos é o que eu sinto e assim explico essa espécie de certeza meio fatalista que vou carregando no meio de tudo. Que assim seja para você também e estaremos salvos!

Tenho trabalhado mal esses dias. Meu ensaio tinha avançado bastante, mas não sei se vou concluí-lo antes de voltar. Tanto pior, trabalharei ainda um pouco junto de você. Minha menina querida, minha terna, eu beijo seus queridos olhos dolorosos. Estão passando os dias que me aproximam de você. Eu te amo e te espero. Se cuide pelo nosso amor, descanse. Durma o máximo que puder e não esqueça ao acordar que nesse exato instante aquele que te ama mais que à própria vida está pensando em você e te quer.

A.

211 — MARIA CASARÈS A ALBERT CAMUS

Quinta-feira à noite [23 de fevereiro de 1950]

Sozinha! Estou sozinha na cama e realmente me sinto melhor assim esta noite. Eu disse a Pitou que precisava ficar sozinha.

O dia correu melhor que os anteriores. Acho que a grande crise acabou. Agora é a vez da dor surda de cada dia. Ainda não recobrei o gosto de viver, mas para isso acho que terei de esperar a sua volta. Enfim, virei o cabo mais perigoso; era o mais urgente e mais difícil de conseguir. O resto, a gente vê.

Ontem à noite, realmente fiquei com medo de fraquejar. Estava com febre, tudo girando, e ao voltar para casa não conseguia mais articular as palavras nem completar os gestos. Fisicamente. Fiquei com medo, me obriguei a comer e, com a ajuda do cansaço, dormi um sono pesado dez horas sem parar.

Hoje de manhã, arrumei o quarto e várias coisas de papai. Ao meio-dia, dom Juan e Feli [Negrín] vieram me buscar para almoçar. Como sempre, foram maravilhosos e não me canso de admirar o seu tato e a inteligência do seu sentimento. Eles me perguntaram sua idade. Dom Juan disse que você era um garoto, acho até que disse "criança" quando soube que você tinha apenas trinta e seis anos.

Às 2h30 eles foram comigo assistir a uma projeção de *Orfeu*. Não vou comentar a atitude de Cocteau etc. O filme tem momentos muito bonitos. Dom Juan e Feli ficaram comovidos. Eu, no início, cheguei a pensar que não aguentaria ficar.

Ao voltar, encontrei Pierre [Reynal] em casa e ficamos falando de luminárias e carpetes.

Depois, no teatro. Representei com mais facilidade, foi menos árduo. Só o quinto ato me custou.

Em casa, Angeles estava à minha espera, radiante de ternura e bondade, no patamar. E ficou tagarelando sem parar. Ela estava bonita.

Feli — que eu proibira de vir me buscar — tinha pedido que eu telefonasse ao chegar. Pitou também telefonou.

Eu jantei. Angeles me botou para deitar. E aqui estou eu.

Foi assim o meu dia. E agora, você.

Sim, eu preciso da sua mente clara e tranquila. E eu como, me distraio, me supero para não ser apenas uma sombra quando você vier. Vou conseguir; eu quero tanto! E você precisa voltar para mim calmo, contente consigo mesmo e o seu trabalho, mais gordo e curado. Está ouvindo? Eu não estou mais pedindo, mas exigindo. Pronto!

Para isto:

1) Saiba que daqui para a frente a coisa vai para mim. Vai cada vez melhor. Fique sabendo. Eu não o diria se não achasse realmente.

2) Trabalhe o máximo e o melhor que puder. Não se deixe distrair por nada.

3) Não sei a quantas você anda na vida com as pessoas que te cercam. De qualquer maneira, ponha tudo em ordem, se houve algum atrito, e, em paz, trabalhe.

4) Se cuide rigorosamente.

5) Deixe de lado essas histórias pequenas e desagradáveis do tipo Hébertot e não se meta em discussões intoleráveis e inúteis. Realmente não vale a pena e só serve para perder tempo.

Aí está a sua programação até o fim de março. Depois, veremos e falaremos e discutiremos quanto você quiser. Dias e noites inteiras se quiser. Você poderá esbravejar, se enervar, se indignar sozinho, andar para baixo e para cima, tudo, meu querido amor, tudo que quiser. Vou ficar feliz só de te olhar. Mas agora, paz, trabalho e descanso. Promete?

Não; *Os justos* não deu o que tinha de dar. Não te pertence mais; pertence ao público, e infelizmente o público está comparecendo. A receita vem subindo. Então... vai ter de se conformar.

Quanto ao resto, ó, meu querido, meu amor, meu grande, meu belo amor, que posso te dizer? Se você soubesse como me ajudou, me apoiou nesses longos dias de horror, já daria sua vida por justificada, só por isto.

Não posso te dizer — nesse universo que de repente se abriu entre nós, nesse universo de imensa amizade e de amor que apaga até as distâncias, as palavras não têm mais lugar. Mas não é possível que você não sinta o calor que gerou ao meu redor. Nem um só segundo eu me senti sozinha. Nem um instante e até na minha dor eu te encontrava, chorando comigo. Isto, para mim, é o milagre.

Eu jamais teria imaginado semelhante amor, semelhante confiança, semelhante doação, uma compreensão tão absoluta.

Te amo, meu querido, e te amo muito, maravilhosamente. Também sei que você me ama e estou ainda mais segura de você que de mim mesma, em relação a mim.

Te agradeço de toda a minha alma por ser o que é e me entrego ainda e sempre a você, sem reservas, com a mais absoluta confiança.

Maria

Sexta-feira de manhã [24 de fevereiro de 1950]

Acabo de ler minha correspondência, bem pesada. Uma carta de Esther[1] e outra de María Esther.[2] Pobrezinhas! Se um dia eu voltar à Espanha acho que vou saber o que é o ódio. Acho até que já sei.

Vou almoçar com Andión.[3] Começar a responder aos espanhóis. Jantar com dom Juan e Feli.

Amanhã ensaio à tarde.

Depois de amanhã almoço com Pierre.

Isto para você ficar sabendo e poder imaginar.

Até logo, meu querido. Até logo, meu amor. As manhãs são difíceis. As manhãs e as noites.

Te amo,

Maria

Um grande beijo para Michel e Janine.

212 — ALBERT CAMUS A MARIA CASARÈS

Sexta-feira, 15 horas [24 de fevereiro de 1950]

Encontrei sua carta ao voltar de Cannes onde fui encontrar Bloch-Michel, que tirou alguns dias de férias na praia. Eu tinha voltado meio agitado — pois

---

1 Meia-irmã de Maria Casarès, nascida de mãe desconhecida.
2 Filha da meia-irmã de Maria Casarès, nascida em 1932.
3 Ver nota 2, p. 367.

tomei o caminho do vale de Pégomas, conhecido aqui como caminho das mimosas. E de fato ele é cheio de colinas cobertas de mimosas. Só beleza e amor debaixo daquele céu azul contra o qual brilhava uma infinidade de galhos dourados. Mas essa pequena orgia de sensibilidade tornou ainda mais penosa a volta ao meu quarto e a certeza de um mês ainda definhando longe de você. Sua carta pelo menos me reanimou, embora também me deixe triste. Entendo que você não suporte mais estar sempre cercada de gente. Mas diga. Todo mundo vai entender.

Não entendi o comentário que você acrescentou quinta-feira de manhã. Exatamente, não entendo como é que te levei a achar que eu estava pensando em loucuras. Não penso em nada disso. Meus únicos projetos atualmente são voltar para você, viver com você o máximo que puder e fazer tudo que contribua para a sua felicidade. Não é neste momento que vou te importunar com crises, tremores e projetos definitivos. Veremos mais tarde. Por enquanto você precisa encontrar paz e eu te ajudar nesse sentido. Só isto. Naturalmente, isso não impede minha menina querida que eu sinta, sofra, espere. Mas só você importa, e eu só quero que você esqueça qualquer coisa que não te ajude a recuperar o gosto de viver.

Pode ter certeza do meu amor, é isto que interessa. Sim, eu te amo, minha menininha e é porque te amo que no momento preferiria te escrever cartas de silêncio. Mas não é possível. Estou mandando uma foto horrorosa tirada aqui por Michel [Gallimard]. Um sinal de vida. Mas também estou com uma cara pavorosa. É que também estou envelhecendo, minha pobre menina! Dentro de quatro anos, serei quadragenário.

Sim, estou esperando, sem ter coragem de confessar, uma boa e longa carta sua. Por mim, claro, que estou bem embaixo e bem sozinho, mas sobretudo porque veria nela um sinal de saúde da sua parte.

Até amanhã, meu querido amor. Tenho a sensação de não te comunicar direito minha expectativa e meu amor em tudo isso. Mas sinto o coração apertado ao pensar em você e até as palavras me fazem mal. Mas pelo menos te beijo, demoradamente, com toda a minha ternura e o meu amor.

A.

19 horas. Antes de mandar esta carta, quero deixar aqui pelo menos o amor que me sufoca neste momento — e a expectativa arrebatada em que vivo. Te beijo.

213 — ALBERT CAMUS A MARIA CASARÈS

Sábado, 15 horas [25 de fevereiro de 1950]

Obrigado, minha querida, pela sua boa carta. Ela vai me permitir suportar esse domingo, sempre difícil. Além do mais, está chovendo a cântaros e a meteorologia prevê o mesmo tempo amanhã. Quando chove aqui, são cataratas ininterruptas que inundam a paisagem toda. Estou trancado no meu quarto, com péssimo humor, naturalmente. Realmente tenho uma necessidade física de sol. Você precisa me conhecer no sol. O que eu sou em Paris não sou eu, mas um representante enviado por meu verdadeiro eu ao mundo da névoa.

Não vou muito bem no momento. Ontem à tarde Bloch-Michel e Dolo me fizeram beber duas taças de champanhe. Foi o suficiente para eu acordar às 6 horas hoje de manhã com uma enxaqueca que até agora resistiu a quatro comprimidos de aspirina. Decididamente, já vai longe o tempo em que eu podia beber e comer dias e noites seguidos. Tenho de me conformar em ser um fracote.

Vou seguir na medida do possível a programação que você estabeleceu — o mais difícil é o trabalho, pois me meti num empreendimento e tanto (estou me dando conta agora). E, se pudesse encará-lo com todos os recursos da saúde e da felicidade, teria sido melhor. Enfim, vou lutar como puder, mais uma vez.

Minha querida, embora não goste de te falar do assunto, preciso que você me diga quando terá de pagar as próximas letras de câmbio. Assim poderei tomar as devidas providências. E sobretudo não vá bancar a boba e aja com simplicidade comigo. Gostaria que você se acostumasse a se abrir um pouco mais comigo, no que diz respeito a sua vida cotidiana, também.

Quanto ao resto, fiquei bem feliz ao ler que te ajudei durante aqueles dias horríveis. Era o que eu queria, o que tentei fazer, mas estava longe de estar seguro disso. Agora por favor pense na sua saúde, em descansar durante o dia, comer, relaxar. É com o seu corpo que você vai ter de contar, ele é que vai te dar sustentação. Nosso amor vai fazer o resto. Mas a minha vontade de botar tudo isso em palavras diminui cada vez mais. Viver com você, ir em frente com você... é o que eu espero.

Até logo, meu amor querido. A chuva redobra de força contra minhas vidraças. Como você está longe e como estou cansado dessa separação! Logo, logo... Que a chuva caia sem parar até lá, que o tempo pare! Te amo, minha menininha querida, e te espero. Até amanhã.

AC

214 — MARIA CASARÈS A ALBERT CAMUS

Sábado, 5 horas da tarde [25 de fevereiro de 1950]

Não te escrevi ontem, meu querido, pois não achei um momento para isso e ao me deitar estava cansada demais. Depois pensei que um atraso não tinha importância pois de qualquer maneira minha carta só chegaria na segunda-feira.

Ontem de manhã, voltei a cuidar das luminárias com Juan. Depois almocei com Andión, pois precisava resolver certas coisas com ele. À tarde, passei horas escrevendo cartas a minha irmã, minha sobrinha, meu cunhado e respondendo a uma parte dos espanhóis que me mandaram condolências. Depois disso, senti necessidade de sair. Feli e dom Juan [Negrín] me levaram ao teatro (*Um bonde chamado desejo*) e por fim jantamos no La Lorraine. A 1h30 eu estava na cama, exausta.

Hoje de manhã ainda passei horas botando em dia a correspondência, mas ainda estou longe de concluir e a cada dia chegam mais cartas, às quais tenho de responder. Almocei com Pitou, Angeles e Juan e às 2h30 estava no teatro, onde interpretei primeiro Dora e depois Stepan para ensaiar com Torrens. A propósito, ele vai se sair muito bem de maneira geral, mas por muito pouco no segundo ato.

Acabo de voltar para casa e aproveito esse momento para "conversar" com você.

Recebi suas cartas e a de hoje me deixou feliz. Sinto você vivo nela. De tudo que você diz, "o mesmo acontece comigo, e portanto estamos salvos".

Me parece bom que os G[allimard] tenham se ausentado um pouco. Eles são muito gentis mas não vejo muito você vivendo tantas semanas, tantos meses com eles.

Eu aqui vou recuperando aos poucos o apetite e durmo bem. É o que eu preciso. Quanto ao resto, por enquanto, melhor não falar.

Estou me mantendo ocupada, mais do que posso, pois as horas vazias ainda me fazem tremer e não consigo ler embora aos poucos vá fazendo o possível para voltar a me habituar. Assim é que toda noite antes de dormir me obrigo a acabar uma carta de Van Gogh e apreender realmente seu conteúdo. Ontem ainda estava difícil. Uma página, quarenta e cinco minutos, mas consegui.

Naturalmente, as únicas pessoas que por enquanto eu consigo suportar são dom Juan, Feli e Angeles. Até a companhia de Pitou me cansa e, como direi?, me choca.

Nos primeiros tempos também houve um mal-estar, uma sensação de vergonha de continuar vivendo. Ela ainda está aqui mas vai se transformando e diminuindo.

Mas vamos deixar isto para lá. Aqui, hoje, o tempo está triste. Choveu sem parar, mas os pássaros já estão cantando na minha varanda, e no palco do teatro, à tarde, é só o que a gente ouve. Sendo, como você diz, uma pessoa "esclarecida", essa explosão de vida me desespera, no momento, mas tenho certeza de que quando você voltar vou recuperar meu ânimo, meu entusiasmo, minha amizade por esse mundo tão estranho hoje, minha esperança nos "momentos de graça e entrega".

Ah! Meu querido amor, se você estivesse aqui!

Te amo, te amo. Você é minha própria vida. Até amanhã, meu amor. Te beijo muito e muito.

Maria

215 — ALBERT CAMUS A MARIA CASARÈS

Domingo, 16 horas [26 de fevereiro de 1950]

Depois de um dia e meio de chuva ininterrupta, o sol voltou. Mas o vento começou a soprar, um forte, frio e duro. Dormi mal esta noite e portanto estou com uma certa tendência ao humor negro. Mas vai passar quando a luz voltar.

Fico um pouco receoso por você por esse domingo com suas duas récitas. Estou louco para receber de novo suas cartas e saber um pouco mais como você está, minha menina querida. Por mim, vou bem. De vez em quando, a nostalgia de uma saúde de verdade se torna lancinante, como hoje. Essa doença contraria muitas coisas em mim, meu gosto pela energia, meu amor ao sol, ao que é leve, etéreo, equilibrado, e também minha enorme sensualidade. É ela, a doença, que me obriga a viver no Norte, no centro das terras, ela que me torna moral, pesado, moralista. Aqui estou enxergando melhor o quanto me equivoco, tanto na minha obra quanto na minha vida, ao me afastar daquilo que sou na realidade. Estou perdendo a alegria, a dura alegria conquistada que um dia foi minha. E aí passo a ver tudo, até o nosso amor, com uma cara preocupada e enrugada. Ah! A desprezível Europa, com seus pensamentos sujos, sua falsa tragédia, sua virtude mentirosa e policial!

Mas estou perdendo o rumo. É por estar vivendo mais perto da beleza e da natureza, vendo as árvores florescerem em uma noite, que fico mais sensível, lamentando não poder compartilhar essas alegria secretas com você. Mas nós vamos caminhar juntos em direção ao sol. Vai chegar o momento em que, apesar das dores, vamos nos sentir leves, alegres e verdadeiros. Não é, meu amor querido, vamos fugir desses lugares de sombra, vou recuperar toda a minha força e seremos belos e morenos filhos do Sul. E já não é sem tempo para mim: a idade está chegando.

Os G[allimard] vão embora amanhã de manhã. Robert [Jaussaud] que chegou ontem à noite também se vai amanhã. Ficarão comigo apenas F[rancine] e meu irmão. Durante a semana a mulher do meu irmão virá ao encontro dele, uma chata. Mas certamente vai se esforçar para não o ser.

Não me desagrada nada reencontrar um pouco de paz, levar adiante sem perturbação essa longa conversa que tenho com você — oh, sim, eu penso em você! A necessidade que tenho de você não aumenta, não seria possível. Mas todo dia brota uma nova raiz e a cada vez numa nova região do coração. Que você esteja bem, que você vá bem, que respire um pouco melhor, é isto que importa! E dentro de alguns dias finalmente vamos nos reencontrar, e a terei longamente nos meus braços. Minha menina, meu querido amor, beijo teus lindos olhos, tuas mãos queridas, desde já, com todo o amor do meu coração

A.

216 — MARIA CASARÈS A ALBERT CAMUS

Domingo à noite [26 de fevereiro de 1950]

Meu querido,
Estou meio atordoada e muito cansada, mas vou melhor. Ontem já atuei com muito mais facilidade e até dei umas boas gargalhadas ouvindo Yves Brainville falar "das crianças jogadas contra as bombas". Havia muita gente e esta tarde também, mas hoje tivemos a honra de receber um grupo de "Turismo e trabalho" cuja programação consistia em:
1) as catacumbas
2) os esgotos
3) *Os justos*.
Hoje de manhã — momento sempre difícil — fui despertada às 8h30 pelos tapeceiros que vieram instalar o carpete. Pierre veio me buscar e nós fomos passear à beira do Sena. Estava fazendo um frio seco. O sol brilhante e o Sena. Eu gosto da

companhia de Pierre [Reynal], ele é muito delicado; me convidou para almoçar no Relais e depois voltou, aqui para casa, para Angeles poder sair um pouco. Às 5h30 eu vim também e tomamos providências. Acho que está ficando bem bonito, mas me preocupo um pouco imaginando que talvez você não goste.

Pierre me ofereceu então um lanche que ele e Angeles prepararam para mim. Crepes, um iogurte e café com leite com croissants, pão e manteiga. Depois me acompanhou até o teatro. Não parou de me dar conselhos — preciso pensar um pouco em mim mesma, ao que parece, comprar um carro e uma casa no campo, descansar nesse verão, comer, tomar não sei que remédio e engordar. Não atuei muito bem à noite; estava cansada.

Segunda-feira ao acordar [27 de fevereiro de 1950]

Dormi mal. Ansiedade; mas por enquanto me sinto bem. Parece que está fazendo muito frio lá fora, mas com sol.

Hoje vou tentar acabar minha correspondência. Mais duas centenas de palavras a enviar.

Esta noite, tentarei te escrever um pouco mais longamente, ou então amanhã. Me perdoe, meu amor, estas páginas desconexas e rápidas. Quero que você não me perca de vista e no momento ainda não estou muito dona da minha cabeça.

Escreva. Escreva. Fale de você. Hoje os G[allimard] vão te deixar. Você terá um pouco mais de paz.

27 de março. Está chegando! Está chegando. Me dá a impressão de que você está longe há anos. Nem consigo mais imaginar a sua volta. Um sonho fora do meu alcance. Não consigo me dar conta de que dentro de um mês estarei abraçada a você. Oh, meu querido! Te amo. Te amo. Te espero.

M.

217 — ALBERT CAMUS A MARIA CASARÈS

Segunda-feira, 15 horas [27 de fevereiro de 1950]

Recebi sua carta de sábado. Parecia que eu estava há semanas sem notícias suas. Este domingo foi bem longo. E no entanto estavam aqui Robert [Jaussaud], meu irmão, os G[allimard], mas não saí do quarto. Esta manhã os

G[allimard] foram embora. Voltei ao meu grande quarto ensolarado e finalmente estou numa cama acolhedora. O quartinho onde eu estava exilado tinha um tabique de prisão. Infelizmente, o tempo está ficando encoberto. Robert também foi embora hoje de manhã. E a casa está vazia e tranquila. Esse último mês será um mês de verdadeiro repouso. Estou refazendo planos de trabalho. A partir de hoje e até voltar vou tentar trabalhar ininterruptamente. Mas o fato é que não estou com muita coragem.

Me pergunto como foi este domingo para você. Por que todas essas cartas? É um trabalho inútil e cruel. Uma simples frase bastaria já que de qualquer maneira as palavras traem o que sentimos. E será que todo mundo não entenderia se você não respondesse? Meu pobre amor, como tudo isso deve ser duro e árido!

Entendo que você não suporte a presença de ninguém. Eu também não suporto mais nada nem ninguém que nos "diminua". E se estivesse no seu lugar... A propósito, quero reiterar que você pode não me escrever, se não estiver com vontade. Vai ser duro para mim, mas eu entendo. Você se esforça para me escrever, às vezes dá para sentir. Imagino que não o faz apenas por mim, mas sobretudo por você mesma, para recuperar o ritmo da vida. Mas se um dia estiver acima das suas forças, pensar em mim não deve ser pesado para você. Eu te acompanho com facilidade, sem esforço, estou constantemente com você e vou entender. Amor não me falta para preencher os seus silêncios.

Essa ausência é bem longa, e cansativa, no entanto. Nem a mobilização de toda a minha vontade consegue sempre vencê-la e eu passo certas horas bem difíceis, às vezes. E por sinal tudo se mistura, o trabalho, os amigos que nos cansam, a insônia que volta sempre... Mas não se preocupe. Eu vou bem, apesar de tudo, e agora as coisas vão se acelerar.

No momento há Nietzsche que estou relendo para meu ensaio, e que me dá forças. É como oxigênio, muitas vezes. Ele fala tão bem da hora do meio-dia. O "severo amor-próprio", é o que ele exalta. E outras coisas, e o amor à terra, "grave e dolorida"...

Ah! Minha querida, não sou eu que mato o tempo que me separa de você, é o tempo que me mata. Teus olhos queridos, teu ar sério, teu belo sorriso... eu fico repetindo tudo isso em alguma parte aqui dentro. Me obstino em pensar em você. Que pelo menos a vida volte a fluir. E que esse reencontro venha logo, e exaltado. Te amo. Te espero com impaciência, e te beijo, minha afetuosa, afetuosamente.

A.

218 — MARIA CASARÈS A ALBERT CAMUS

Segunda-feira à noite [27 de fevereiro de 1950]

Dia feio, meu querido. Fiquei escrevendo inúmeros e tristes bilhetinhos. Já era desgastante; mas o fato de fazê-lo em companhia de Mireille representa uma tarefa quase insuperável. É preciso ter muita paciência para suportar essa jovem e no momento eu não tenho.

Enfim, a correspondência mais pesada acabou e agora preciso apenas escrever minhas cartas e entregar a ela para que as envelope... na casa dela.

Atuei bem. Andión foi ver a peça e me abraçar. Ficou muito comovido.

Grande agitação no teatro. Estamos preparando a récita de sexta-feira na Cidade Universitária e não paramos de ensaiar com Jacques Torrens, que começa a atuar no sábado. Por outro lado, Michèle Lahaye está montando uma peça de Jean de Létraz[1] em que vai atuar a partir do dia 1º no Palais-Royal. Oh! Não precisa começar a comemorar ainda! Ela vai continuar a interpretar a grã-duquesa toda noite, pois só aparece na cena final da nova montagem. De modo que terá noites Camus-Létraz. Pois não é uma atriz versátil?

Pobrezinha! Acho que simplesmente está precisando de dinheiro e tem um gosto não muito requintado.

Recebi sua carta hoje de manhã. Uma carta bem taciturna. Meu amor querido, rápido um pouco de sol! Rápido!

Por que você bebe champanhe? Eu mesma tenho uma natureza forte (uma rocha em erupção, como diria Pitou) e uma taça de champanhe é suficiente para me tirar do sério dois dias. Não beba sem mim, e se beber, beba uísque. É melhor e faz menos mal.

Espero que a volta do sol te facilite o trabalho de novo. Também conto muito com o canto dos pássaros.

Ah! E agora, meu querido amor, vamos falar das "providências que você precisa tomar".

Vou dizer o que você precisa fazer:

1ª letra de câmbio: me amar
2ª letra de câmbio: me tomar nos seus braços
3ª letra de câmbio: me abraçar muito forte.

---

1 O autor de vaudevilles Jean de Létraz (1897-1954), diretor do Teatro du Palais-Royal desde 1942.

Quanto às outras, vou dizendo aos poucos quando você voltar o que é preciso fazer.

A propósito, hoje, ao voltar do teatro, lembrei de repente que eu tinha um corpo. Naturalmente, a ideia me ocorreu quando sonhava com você junto de mim.

Meu querido, querido amor, eu te amo, sou totalmente livre com você, sou toda sua, você sabe perfeitamente, mas tem coisas que prefiro resolver sozinha na medida do possível. Acontece que no momento estou podendo e te prometo apenas que se um dia não for capaz de dar um jeito sozinha, vou recorrer a você, e só a você. Fique calmo, então, e não pense mais em tudo isso. Melhor concentrar sua atenção no ensaio.

Me escreva livremente. Não precisa ter medo de me magoar nem de me chocar. Tudo que você me disser estará no tom do meu coração, se entregue. Ando te sentindo meio preso. Me fale da vida, da felicidade de viver, e também se quiser da sua vida. Não tema nada.

Meu querido amor, vou deitar. Já é 1h30. Angeles conversou comigo muito tempo (que mulher adorável!) e ficou tarde. Amanhã tenho de levantar às 9 horas para ir ensaiar *Os justos*. Vou te escrever longamente à tarde. Quando escrevo à noite, me sinto muito cansada para ter clareza.

Até amanhã, meu querido, meu belo amor, durma; te beijo demoradamente, com toda a minha alma, todo o meu fervor. Te amo.

Te espero.

M

219 — MARIA CASARÈS A ALBERT CAMUS

Terça-feira à tarde [28 de fevereiro de 1950]

São 2h30, estou em casa, faz sol lá fora, hoje de manhã ensaiei, recebi sua carta de sexta-feira e uma outra de domingo e estou furiosa.

Pronto, resumi como estou.

Meu amor, você precisa relaxar, se soltar um pouco, mas sobretudo não deve continuar resvalando pelo caminho que tomou nos últimos dias.

Você tem trinta e seis anos, está vivo, está aí, em pleno céu com amor no coração e o profundo sentimento da beleza.

Entendo que seu estado de esgotamento o afaste um pouco de tudo e de todos; entendo sua nostalgia do sol e da saúde, mas você vai vencer a doença e o sol ainda vai brilhar muito para você.

A tensão em que você sempre viveu é cansativa, sei muito bem, mas não esqueça que você é desses que precisam ficar tensos até o fim, que não podem entregar os pontos e esta simples ideia te permitirá encontrar as forças necessárias para continuar.

Se lembre das nossas risadas, sempre. É para isso que temos de viver, para rir, para cantar em *Desdêmona*, para os momentos de paz em Ermenonville e seu parque, para as tempestades, para o sol e a chuva forte. Eu te peço, não esqueça da felicidade. Não esqueça que mesmo se estivermos diminuídos, mutilados, limitados, somos feitos para a felicidade, e que ela está aí, diariamente, a cada momento, nos espreitando, se não nos endurecermos, se permitirmos.

A Europa tem seus nevoeiros, é verdade, mas também tem o seu sol tanto mais brilhante na medida em que dura pouco, como a vida. Além do mais, há as criaturas e certos olhares, os seus olhos, os mais belos olhos que eu conheço, meu rosto de felicidade e reconhecimento.

Há a sua obra tão cheia de gratidão quando, depois de dias e dias de secura e pobreza, você se sente amigo dela.

Que te dizer ainda? Que te dizer senão que você tem apenas trinta e seis anos e acabo de me encontrar com alguém que tem sessenta e cinco, que já não passa de um sopro, de um espírito, e que ainda traz em si mais felicidade, mais alegrias, mais energia e riquezas que um jovem de vinte anos?

Coragem, meu amor! Talvez você não se dê conta muito bem da parte que eu ocupo em você. As muitas semanas de ausência apagam até a lembrança da falta e põem no lugar um falso estranhamento que não sabemos a que atribuir. Foi o que me aconteceu nos últimos tempos, antes da morte de papai, quando eu te falava do meu tédio. Pois eu fui chamada à ordem, e agora estou ocupada com o que é essencial. Você, meio abandonado, sozinho, está se perdendo um pouco.

Me perdoe por dizer tudo isso. Talvez esteja me vangloriando, mas não creio que esteja totalmente equivocada. Além do mais, as pessoas que te cercam não são muito animadoras. Não conheço o seu irmão. Não conheço F[rancine], mas a situação não é propícia a tornar a presença dela radiosa, mesmo que ela seja exultante de vida. Quanto aos G[allimard], é o casal que eu escolheria se quisesse morrer de "desintegração".

Tudo cai nos seus ombros, tudo clama por você, tudo exige você, no exato momento em que deveria estar apenas recebendo.

Mas você vai ver. Os dias passam, e dentro de pouco tempo estarei ao seu lado. Não vá chegar aqui com a cara amarrada e a ideia de nos aninhar juntos na dor, no arrependimento, na saudade e no culto do passado. Este último está em cada um dos meus gestos e em cada um dos meus pensamentos, mas de uma maneira viva. E se traduz na luta, na necessidade cada vez maior de esmero, de retidão, de grandeza. Quanto ao resto, continua no fundo do meu coração, lá embaixo, no fundo, em algum lugar onde se mistura com a minha vida para torná-la mais rica.

Talvez te pareça estranho eu falar nesse tom, mas você não me conhece muito bem se esperava outra coisa de mim.

Se estou indignada, hoje, é porque recebi uma carta da minha irmã assumindo ares de São Sebastião e se entregando na presença da filha enlouquecida a cenas que não se justificam realmente, considerando que ela praticamente não voltou a ver meu pai em vinte anos e se afastou assim que quis.

Enfim, vamos deixar para lá. Ninguém neste mundo, tenho certeza, sente mais falta que eu da presença de papai. Sinto falta dele a cada instante, mas não sou de choro e queixas; como ele, trago em mim a aversão à morte, como ele tenho sede de vida e felicidade. O amo infinitamente e ele me ajuda a viver, e é por ele também que quero rir.

É como estou agora.

Quanto às loucuras contra as quais queria te advertir, não se preocupe, não estava pensando em nada de excepcional. Apenas, você mencionou uma viagem, e achei que seria melhor não construir castelos de areia, que antes de mais nada é preciso nos encontrarmos, ver como anda nossa situação de vida, de saúde e então avaliar as possibilidades.[1] Só isto.

Recebi a sua "foto". Você está com bochechas! E um arzinho velhaco...!

Meu amor, meu belo amor, coragem sempre. Trabalhe. Trabalhe bem, o melhor que puder. A propósito, não lembro se cheguei a falar do seu prefácio. Por acaso disse que fiquei com lágrimas nos olhos ao lê-lo? Oh! Sim. Ficou muito bom! Quando for publicado, só vai lhe restar se retirar para uma ilha deserta, mas ficou muito bom!

Bom; vou te deixar. Ainda vou escrever a minha irmã e mais algumas cartas. Depois vou comprar flores bem bonitas para Feli. E depois, me embrutecer completamente no teatro.

Até amanhã, meu querido. Angeles pede que eu te peça autorização para te mandar um beijo. Quat'sous pisca os olhos para sua foto. A casa toda, preta e amarela, sorri à ideia de logo te receber.

---

1 Do espanhol: *octroyer, accorder*.

Quanto a mim, aqui estou, na expectativa mais paciente e mais impaciente que se possa imaginar.

Nos seus braços, no seu calor, serei feliz de novo. Te amo,

m
V

220 — ALBERT CAMUS A MARIA CASARÈS

Terça-feira, 18 horas [28 de fevereiro de 1950]

Hoje de manhã, o dia nasceu numa paisagem coberta de neve. Tinha caído durante a noite inteira. Mas o sol nasceu e derreteu tudo rapidamente. Passei a manhã na cama, no início inativo e em total confusão, depois trabalhando com Nietzsche, o que me animou um pouco. É o único cujos escritos um dia exerceram alguma influência em mim. E depois eu me desliguei. No momento, ele vem a calhar. Ele ensina a amar o que é, a usar qualquer coisa como apoio, e para começar a dor. E tudo numa maravilhosa luz etérea que ajuda a tomar distância. Na minha opinião, nenhum artista pode ignorá-lo. Ele é realmente uma força. "O que faz o grande estilo", diz: "se sentir senhor da própria felicidade e da própria infelicidade".[1]

Ao meio-dia recebi sua carta, estou tentando te "reconstituir" com essas anotações rápidas e nervosas. Mas não é o caso, e de resto não adianta nada, a volta está chegando. Você pede que eu fale de mim, mas também não é fácil. Não há o que dizer, apenas que eu gasto os dias, que meu coração está apertado e que estou tentando superar essa espécie de asfixia em que venho afundando há dois meses. Tudo isso é desumano e no entanto precisamos de fato nos apoiar nesse mundo duro, tenso, sem consideração, dilacerado... Então é preciso trincar os dentes e esperar.

Às 4 horas fui a Cannes buscar minha cunhada e a trouxe para cá com uma dor no coração (são reviravoltas). Ela logo foi se deitar. Ela e meu irmão estão hospedados no hotel, o que preserva a paz da casa. E eu vim para meu quarto para te escrever. Gosto muito deste quarto que fica literalmente em pleno céu. Os Mouros e o Esterel se estendem até o horizonte e ainda falta um pouco para a hora terrível, quando a noite cai, gelada, e vem aquela

---

1 Friedrich Nietzsche, *A vontade de poder* (1901).

vontade de fugir para algum lugar iluminado e barulhento, de beber, brigar, quebrar alguma coisa...

Ah, meu amor querido, finalmente viver... Você vai me ajudar e eu vou te ajudar. Você vai me ajudar a realizar tudo que trago em mim, a fazer frutificar as mil forças contraditórias que sinto em mim. Eu vou te ajudar a se sentir vivendo, a recuperar a amizade das coisas, a sua força, a sua vaidade feminina, o seu gosto de vencer. Se realizar enfim! em vez dessas eternas mutilações...

A noite está caindo. Chegando a hora ruim. Vou fechar as persianas, acender a luz, ler, me obrigar a trabalhar. O dia vai passar e amanhã entraremos em março. Março enfim! Já são sessenta dias intermináveis desde que eu perdi o gosto de uma certa vida. E você, você também, e ainda por cima, enfrentando esse horror...

Meu amor querido, como deixar às vezes de sentir o coração apertado num torno? Te amo, minha menina querida, minha menininha, minha corajosa.

E te beijo perdidamente sem conseguir me afastar de você.

A.

221 — ALBERT CAMUS A MARIA CASARÈS

Terça-feira, 17 horas [fevereiro de 1950?]

As coisas vão de mal a pior aqui e a atmosfera é cada vez menos respirável. Por isto às vezes eu hesito e recuo diante do cansaço esmagador que um jantar em silêncio representa, certas noites. Por isto também espero outras palavras que não as do meio-dia apenas, quando finalmente estiver junto de você. Te ouvir falar assim me desespera, me fecha a boca, me faz duvidar de tudo, do seu coração e do nosso amor. E então começam horas absurdas, vazias de tudo, nas quais não me sinto mais capaz de controle algum, de nenhuma vontade. Tenho apenas um desejo absurdo de te ver sem demora ao mesmo tempo que te detesto, às vezes. É assim que estou no momento e a única alternativa que poderia me salvar seria te encontrar de novo e reencontrar o seu amor. Então venho para junto de você, mais uma vez, mais desesperado que de hábito, talvez, hoje. Não me rejeite, quero viver no fundo do meu coração, não duvide do meu amor. Pelo contrário, tire a medida desse amor por tudo que ele vence, pela dor interminável em que me deixa. Sim, eu te amo e se você soubesse o quanto nada seria capaz de te entristecer um segundo sequer durante sua vida inteira.

A.

222 — ALBERT CAMUS A MARIA CASARÈS

[fevereiro de 1950?]

Se eu pudesse, aos seus pés, calmo e livre aos poucos fazer de mim um artista — sim, acho que rapidamente teria alcançado aquilo a que aspiro no sofrimento do meu coração, e que muitas vezes o enche em pleno dia de um desespero mudo.

Sermos privados da alegria que poderíamos nos dar — isso justifica as lágrimas que derramamos há anos, mas o revoltante é ter de nos convencer de que corremos o risco de morrer com aquilo que temos de melhor em nós porque um faz falta ao outro. E veja bem, é exatamente isto que às vezes me deixa tão calado, pois preciso fugir de pensamentos assim. Queria me tornar insensível e esquecer tudo, mas a sua doença, a sua carta deixaram bem claro para mim que é você que sofre sempre, sempre, enquanto eu, criança que sou, sei apenas chorar! Diga o que eu devo desejar: devemos calar o que está nos nossos corações ou nos dizer?

Eu sempre banquei o covarde, por consideração com você. Sempre fingi ser capaz de aceitar tudo, como se de fato fosse feito para ser joguete dos homens e das circunstâncias, como se não tivesse em mim um coração firme que, fiel e livre no seu direito, bate pelo que há de mais elevado, você, minha vida amada! Quantas vezes não me privei, neguei meu mais caro amor e até meus pensamentos por você, simplesmente para viver esse destino para você, tão suavemente quanto possível — e você, você se debateu para encontrar a paz, enfrentou o sofrimento com uma força heroica, se calando sobre o que não era possível mudar, você escondeu, enterrou em você a escolha eterna do seu coração, e por isto é que às vezes tudo se transforma em trevas aos nossos olhos e não sabemos mais o que somos nem o que nos pertence, quase nem mesmo nos reconhecemos mais. Essa luta interna, essas contradições do ser íntimo vão lentamente acabar com você se nenhum deus vier abrandá-las — só me resta então morrer do seu destino e do meu, ou não levar mais em conta nada que não seja você e buscar com você um caminho que ponha fim ao nosso combate...

223 — ALBERT CAMUS A MARIA CASARÈS

Domingo à noite [fim de fevereiro ou início de março de 1950]

Dia radiante. Voltei a me aquecer ao sol. Depois passeio. Anêmonas, narcisos, pervincas, violetas florindo na montanha inteira. De tarde: preguiçando e sonhando no jardim, ao sol. Alguma coisa em mim finalmente desperta. Tenho a sensação de estar aos poucos saindo de um sono de dez anos (desde a guerra), ainda emaranhado nas bandagens da infelicidade e das falsas morais, mas quase seguro, de novo, e voltado para o sol. A sensação de estar recuperando minha antiga força, esclarecida e fortalecida por tudo que agora sei, mais frugal, mais sólida, mais afiada, de novo apoiado no meu corpo. Ah! Como estava precisando dessa superioridade! minha querida, desse poder de me comandar e comandar as circunstâncias...

À noite, ouvi a *Habanera* de Chabrier, primeiro distraidamente. Depois nada distraidamente. Sim, é o início de uma espécie de renascimento. É o que acredito, ou pelo menos espero...

224 — ALBERT CAMUS A MARIA CASARÈS

Quarta-feira, 15h30 [1º de março de 1950]

Tempo encoberto. Também faz frio. Mas suas cartas de segunda-terça-feira, recebidas ao meio-dia, aqueceram um dia que começou mal. Fiquei contente de poder te dizer, mesmo quando você me passa sermão, pois é a primeira vez em muitos dias que te sinto viva numa carta. Sim, devo ter escrito cartas desanimadas e me recrimino por isto. Mas não dá para inventar alegria. E é verdade que no momento estou muito pouco alegre.

Mas não precisa ficar preocupada. Não vou voltar de mau humor. Jamais imaginei que você se fechasse no luto e no culto do passado. Sabia e sei que, por você mesma e por seu pai, você ia escolher a coragem de viver. E por sinal nem precisava escolher, essa coragem, você já a tem pela sua própria natureza. E te amo demais, minha corajosa, para ter pensado um só minuto que você seria capaz de esquecer o que deve a si mesma.

E de resto sei que uma dor generosa nem por isto deixa de ser uma dor, pelo contrário.

De modo que vou voltar pra você sabendo disso, e voltado para a vida, como sempre estou. Mas são justamente os vínculos, os pesos, as doenças e as dores que me retardam, me amarram nesse impulso para a vida, como se fossem freios, que às vezes me parecem insuportáveis. Há uma liberdade interior, um desembaraço, uma naturalidade que eu perdi. E às vezes sinto falta, sobretudo neste momento, não sei por quê. Mas por grave que meu coração esteja, por mais sombrio seja o sentimento que tenho da vida, o fato é que continuo querendo vivê-la. Portanto, não se preocupe com meus humores. Pense em você, pense em respirar, em renascer para essa felicidade de que você mesma fala. O essencial é isto.

Você também pede que fale da minha vida, sem temer nada. Não temo nada, mas a esta altura já não há grande coisa a dizer sobre mim. F[rancine] agora sabe de tudo. E você pode imaginar muito bem o que isto significa no "clima" da casa. Não que lhe tenha faltado uma única vez generosidade e inteligência, não seria possível. Mas ela tem um coração, e um coração dessa qualidade não se defende bem do sofrimento. Eu não te teria contado nada disso (que por sinal representa apenas uma parte do meu atual mal-estar) se você não tivesse dito que estava me achando amarrado. Não quero que sequer passem pela sua cabeça quaisquer segundas intenções. E por sinal, não é nada. As coisas são ditas, e não apenas pensadas. Resta apenas encontrar uma saída suportável, só isto.

Mas *sobretudo* não se deixe assoberbar por tais pensamentos. Se estou dizendo é porque é necessário. Depois, precisa apenas pensar em você mesma, e em nós, se entregar à vida.

Fico feliz de saber que você gostou do meu prefácio. Você será a única que vai lê-lo, simplesmente. Eu o eliminei e substituí por uma breve nota.[1] Para falar a verdade, ela deveria ter sido mais longa. Me reservo o direito de um dia alterá-la. E por sinal mal vejo a hora de acabar com essa parte da minha vida.

Meu amor querido, sua carta me deixou bem feliz. Fico feliz de vê-la de novo vibrante, como se o vento finalmente se levantasse. Ainda haverá recaídas e manhãs difíceis. Mas a vida está aí, novamente, não é?

Ah! Meu querido, querido amor, eu cuido de você, de longe, e parece que estou sentindo aqui cada movimento do seu coração. Dê um beijo na minha querida Angèle. Agradeça-lhe por tanta fidelidade e tanto afeto. E você, minha amada, te beijo e te aperto contra mim, apaixonadamente.

A.

20 horas

Boa tarde de trabalho. Trabalhei com facilidade, com clareza, com superioridade em relação ao que quero dizer. Vou me deitar de coração mais leve.

---

1 A edição original de *Atuais* de fato contém um preâmbulo de uma página.

E queria te dizer logo, para que o seu coração, que agora beijo, também fique mais leve.

225 — MARIA CASARÈS A ALBERT CAMUS

quarta-feira à noite — 1º de março! [1950]

Meu amor, não sei se é o cansaço, o peso dos ensaios adicionais se somando ao do número de representações que começa a ficar sério, a ideia de que nesta sexta-feira não teremos folga, mas desde ontem não consigo suportar uma frase dos *Justos*. Esses nossos queridos revolucionários e seus tormentos estão me saindo pelos poros e sinto uma dor física encarnando essa pobre Dora que de repente fica completamente perdida e desorientada. Além do mais, estou passando por uma pequena depressão nervosa que se reflete na minha língua e nos meus lábios e não consigo dizer um diálogo sem vacilar. Está se transformando numa obsessão para mim e meus colegas, e, o que é mais grave, quando a desgraça começa me vem um riso nervoso descontrolado que contagia os outros e nos deixa esgotados num esforço sobre-humano. Ah! O pobre grupo de socialistas está em maus lençóis! Só o nosso chefe se mantém impassivelmente digno. De vez em quando ele faz cara feia, exatamente no momento em que tentamos nos recuperar, e aí... é mesmo o fim.

Me atiro nos seus pés, meu querido, e peço perdão por todos nós. A culpa é exclusivamente minha; mas não sei o que eu tenho: não controlo mais minha língua, não paro de pensar nisso, quando chega a minha vez eu começo a tremer... e gaguejo ainda mais.

Mas vai passar. Sábado, Torrens volta e a mudança de parceiro e um repouso de que estou cuidando vai pôr tudo novamente em ordem.

Hoje, levantei bem cedo para receber o filho de um antigo embaixador da Espanha em Paris. Ele ficou meia hora comigo, falando de amigos de quem gosta muito — ao que parece — de tal maneira que ao se despedir eu só queria uma coisa: o seu ódio.

Tive uma discussão horrível no telefone com Mireille, que se achou no direito de humilhar Angeles de um jeito mesquinho e desprezível que jamais esquecerei — decididamente, ela está fazendo de tudo para conquistar minha aversão.

Meio-dia e meia fui para a rádio concluir o programa iniciado há muito tempo *Um homem na noite*. Encontrei Paul Bernard e Michel Vitold[1] momento penoso para todos nós.

Às 3h30 estava na casa de Feli, sob pressão, e junto a ela liberei minha indignação, minhas mágoas, etc. Ela me acalmou. Me nutriu. Depois, com dom Juan, ela me levou de carro a Saint-Germain, onde descemos para passear um pouco no bosque.

Ah! Que belo momento. Estava fazendo um frio seco. O ar estava transparente. Por trás das árvores verdes e douradas, o globo vermelho e meio idiota de um belo sol de teatro. Dom Juan e Feli de braços dados comigo, bem junto, e eu de coração aquecido. Você estava em toda parte. Desde aqueles nossos pequenos passeios eu não saía de Paris, e no meio daquele caminho pelo bosque você voltou plenamente em mim, vivo, se movimentando, presente, tão terrivelmente presente que de repente fui tomada de uma insuportável impaciência ante a impossibilidade de não poder [*sic*] me aconchegar nos seus braços, imediatamente. Ah! Meu querido, que felicidade pensar que logo você estará aqui, e que vou acariciar seu rosto, seus lábios, seu nariz. Será possível?!

Às 7h15 eu estava no teatro recebendo uma jovem que me pedia que a ponha em contato com você. Ela faz parte de uma companhia de Clermont Ferrand, na qual conheço e aprecio muito a jovem atriz dramática principal Françoise Adam. Eles queriam montar O *mal-entendido* para duas récitas, ensaiaram e já têm os cenários. Só que parece que você não deu sua autorização. Por quê? Acha realmente que não seria bom deixá-los representar a peça? Não quero te influenciar, mas eles parecem tão gentis e sérios. Pobrezinhos! Me mandaram uma enorme caixa de caramujos de chocolate. Deus sabe quanto não lhes custou! Além disso, Françoise tem muito talento!

Enfim, faça como achar melhor, mas se seu coração se enternecer, se você me sorrir com seu lindo sorriso claro, diga a quem devo encaminhá-los e como, para terem a alegria que esperam.

Mas não quero te influenciar.

Amanhã de manhã, vou ensaiar *Os justos*.

Amanhã à noite, vou subir ao palco em *Os justos*.

Sexta-feira à noite, vou atuar em *Os justos*.

Sábado, às 10 horas da manhã, ensaiamos *Os justos*.

---

1 O ator Michel Vitold, nascido Vitold Sayanoff (1914-1994), aluno de Charles Dullin e do curso Simon. Destacou-se em particular como intérprete do papel de Garcin na estreia de *Entre quatro paredes*, de Jean-Paul Sartre, em 1944, no Vieux-Colombier.

Sábado à noite, subimos ao palco em *Os justos*.
Domingo à tarde e domingo à noite, representamos *Os justos*.
Aí está minha programação. Como quer que eu não gagueje? Ah! Não, meu amor, não precisa franzir as sobrancelhas. No momento estamos ensaiando demais, passamos o mau período da 70ª à 80ª e estou cansada, mas na verdade para mim é uma felicidade dar voz a Dora toda noite. Felizmente eu a tenho! Me pergunto o que seria de mim sem ela.

Ah! Mas vamos agora à sua carta de segunda-feira, que eu recebi hoje de manhã. Não sei se "às vezes dá para sentir meu esforço para te escrever", mas também não se pode dizer que você também se mostre lá muito brilhante. É normal. As palavras agora não fazem mais sentido. Chegamos ao ponto em que deveríamos ficar nos braços um do outro, sem dizer nada. Paciência! Vai chegar. Vamos esperar mais um pouco com paciência.

Daqui para a frente você terá um pouco mais de paz ao redor. Enfim, algum repouso, pois nos últimos tempos não era mais "o espanhol reinando em sua casa caída em desgraça", mas Madame Récamier recebendo em seu salão.

Se o sol ajudar, espero que o gosto e a facilidade do trabalho voltem, e aí tudo estará salvo. Respire Nietzsche e Delacroix e de vez em quando dê uma olhada em *Guerra e paz*.

Sobre a minha correspondência, não vá pensar que achei divertido escrever mais de duzentas e cinquenta cartas. Mandei imprimir um modelo e acrescentava algumas palavras à mão. Só escrevi longamente nos casos em que não era possível fazer de outra forma.

Marcel H[errand] me telefonou para elevar meu moral. Me convidou a ir à sua casa em Montfort, especificando que passa as noites pensando na inutilidade da vida e na morte que se aproxima e falando da inevitabilidade da guerra no ano que vem. Eu respondi que vou vê-lo em abril, quero ver se evito esse suicídio.

Meu amor, *mi vida, alma mía, corazón, hombre de mis entrañas, cielo, ángel querido*, te amo esta noite com uma força de vida e de amor de vinte anos e com toda a esperança do mundo.

Não me deixe. Não se afaste. Não esfrie. Não se endureça.

Te espero. Te espero com toda a minha vida nos lábios

m
V

226 — ALBERT CAMUS A MARIA CASARÈS

Quinta-feira, 18 horas [2 de março de 1950]

Nenhuma carta sua, minha querida. É bem duro. Mas só desejo que esse silêncio não signifique que você está abatida. Quanto ao resto, vou esperar, esperar o tempo necessário. O dia foi belo e ameno, agora a noite está caindo, sinto muita vontade da sua ternura, muita vontade de uma dessas horas em que a vida dá uma trégua. E por sinal hoje estou sentindo o coração mais solto. Sim, você tem razão, temos de pensar nas noites de Ermenonville. E eu penso, penso sempre para encontrar a coragem necessária para chegar ao fim do mês.

Hoje, Vivet,[1] um dos meus pupilos do *Combat*, veio almoçar comigo. Você o conhece, o encontramos justamente em Ermenonville. Sujeito amável, gosto muito dele. Me contou histórias do *Combat*,[2] mudança de proprietário, a péssima cozinha etc. É o fim de uma bela história. Pois foi uma bela história. E eu ainda me sentia ligado a esse jornal — uma das raras coisas puras que pude criar. Por outro lado, é melhor mesmo que a liquidação seja completa.

À parte isto, rimos um bocado e me senti reconfortado por esses momentos passados com um homem normal. Em geral eu sou brindado com o convívio da minha cunhada. É do tipo que se você, para receber bem, oferece um filé, diz apenas: "Lá em casa a gente só come guisado." A gente vê dessas por aqui. Mas eu sorrio imperturbavelmente, por amor ao meu valoroso irmão. Você sabe, um dia espero seriamente ser canonizado. Eu fedo a virtude.

Meu querido, meu doce amor, como você anda? Onde está? Não está cansada das minhas cartas, desse homem tão distante e decepcionante? Ainda me ama? Oh! Tenho tanta vontade de te ouvir dizer. Mas vai chegar. E até lá só espero a certeza de que o seu coração respira e vive. Cuide-se bem, pelo menos. Pense também no físico, na sua saúde. No momento, é o mais importante. Agora estou contando os dias, um a um, o último terá o seu rosto.

Hoje trabalhei mal (Vivet). Mas esta noite, despertando, me vieram ideias que eu anotei e que conferiam uma forma mais aguda ao que quero fazer. Voltei a dormir pensando em você.

---

1 Jean-Pierre Vivet (1920-1998), antigo colaborador do *Combat*, que seguiria uma carreira de jornalista e editor.
2 Após a saída de Pascal Pia, Albert Camus deixou a direção do *Combat* em 3 de junho de 1948, reconhecendo o fracasso comercial do jornal e dos debates que provocava em torno do seu posicionamento político.

Escreva, meu querido coração, meu belo amor, se puder. Me conte os detalhes, mas também o seu coração. Não esqueça daquele que te ama e te espera, impacientemente. Ah! Às vezes, eu estremeço de raiva com a lentidão do tempo. Mas você está aqui, não é? Eu te sinto junto a mim e o longo exílio acabou. Chovem beijos no seu rosto querido. Até amanhã, meu amor querido, minha afetuosa. Te amo.

A.

227 – MARIA CASARÈS A ALBERT CAMUS

Quinta-feira à noite [2 de março de 1950]

Meu querido amor,
Estou vendo que o sol, o verdadeiro sol ainda não voltou a Cabris. Ah! Como se faz esperar!
Quando recebo uma das suas cartas como a dos últimos tempos, bem vejo a impotência em que me encontro quando estou longe de você. O que preciso fazer para te levar a vida, a alegria, uma certa paz, o gosto do bom minuto que passa? Que fazer, senão correr na sua direção, largar tudo, derrubar tudo e tentar nos seus braços te fazer sorrir como você sabe às vezes quando seu coração está encantado?
Sabe? Eu realmente preciso me dar uma bronca para ficar aqui, bem comportada, e esperar. Ah! Meu querido, se sacuda. Eu entendo que às vezes, e mesmo com frequência, para não dizer sempre você sinta o coração apertado num torno. Sei que é bom que seja assim e que é preciso ter coragem de olhar bem para o torno, conhecê-lo bem e não o esquecer; mas receio muito que exista uma espécie de lucidez que se compraz na fixação e assim acaba não enxergando mais com clareza. Estou me expressando mal, mas espero que você me entenda. Você não estaria esquecendo neste momento a verdadeira vida? Ou, melhor dizendo, uma parte essencial da sua vida e do seu eu?
Ah! Estou inquieta. Inquieta. No início, me perguntava se esse estado em que você se encontra não seria mais propício à criação, mas vejo que não, o que não me espanta. Por isso não falei do assunto antes.
Que fazer? Ah! Miséria.
Eu tento me consolar pensando que a sua volta Paris talvez melhore um pouco tudo isso, mas pensando bem não vejo em que nem por que você mu-

daria para melhor numa cidade que suga as forças vitais e as energias do corpo e do coração.

Enfim, eu estarei aqui, junto de você e talvez consiga te devolver esse gosto que você perdeu; mas tenho minhas dúvidas.

Hoje ensaiei de manhã, e o resto do dia fiquei sozinha em casa lendo, escrevendo, vadiando, devaneando. O que me valeu uma boa "deprê" ao anoitecer que logo tratei de descarregar em cena através de Dora.

Mas voltei para casa cansada e não fosse o desconforto de me deitar sem te ter escrito, teria dormido imediatamente.

Depois... não sei muito bem o que te dizer. Pelas suas cartas, eu também não consigo imaginar seu estado nem te reconstituir e tenho a terrível impressão ao me dirigir a você de não saber muito bem com quem estou falando.

Ah! Que venha logo o fim do mês de março! Logo os seus olhos, os seus braços, as suas mãos, o seu calor!

Já estou começando a ficar com horror do papel e das canetas.

Querido, meu amor, me ame, não me deixe, não se afaste. É terrível. Há dois ou três dias me sinto sozinha. Volte para mim. Me aqueça.

Me abrace até a sua volta. Ah! Que tortura. Te amo. Te espero. Por favor, me ame.

M.

228 — MARIA CASARÈS A ALBERT CAMUS

Sexta-feira, 1 hora [3 de março de 1950]

Meu querido,

Estou meio perdida. Notícias demais, acontecimentos demais, decisões demais a serem tomadas e eu não sei o que fazer.

Fiquei muito mexida com a sua carta. E além disso estou recebendo pedidos da minha irmã para ir vê-la. Nem mais nem menos! E para completar sou pressionada a tomar decisões definitivas sobre os projetos de cinema que se apresentam no momento.

Vou tentar resumi-los. Você vai me ajudar a resolver.

Por um lado Cayatte[1] me propõe um filme para o qual só serei incomodada durante treze dias. Será rodado aqui, em Paris, dentro de duas semanas, mais

---

1 Ver nota 2, p. 302.

ou menos e me pagam um milhão. Ainda estão resolvendo, mas é provável que me escolham mesmo.

Por outro lado — e isto anularia o primeiro caso. Soldati,[1] um excelente diretor italiano, me convida para seu próximo filme que terá início em 27 de abril na Itália e durará dois meses — três milhões. O que eu faço? Telefonei a Hébertot para perguntar até quando pretende continuar com *Os justos*. Vamos conversar calmamente amanhã — foi o que me garantiu. Se ele decidir levar as récitas até as férias, vai ser bom para mim na medida em que não terei mais escolha. Nesse caso, eu tentaria encaixar o filme de Cayatte e junto com o teatro, a coisa iria muito bem, calmamente, sem mais preocupações.

Pessoalmente, o que me tentou na proposta de Soldati foi a viagem à Itália, mas isto naturalmente com uma única condição; que você possa vir passar três semanas ou um mês, pelo menos, comigo. Se não for possível me diga logo. Eu paro com tudo e não pensamos mais nisso. E não vou lamentar nada, pode ter certeza.

Se puder ir, então pense, diga se fica tentado, se prefere ficar aqui ou ir a outro lugar — farei o que você quiser, feliz.

Meu amor, meu querido amor, me responda o mais rápido possível. Preciso saber o mais breve possível para dizer a eles. E nada de escrúpulos. Não há mais motivo para essas coisas. Você me falou de uma viagem, e estão me propondo uma; eu simplesmente pergunto se te agrada, se prefere outra ou se no momento gostaria mais de ficar em Paris. Por sinal, não depende apenas de nós, mas sobretudo de Hébertot e seu público — e acima de tudo faço questão de interpretar Dora até o fim.

Esta noite vou te escrever mais longamente ao voltar da Cidade Universitária, mas agora quero que esta carta seja postada o mais rápido possível. Talvez possa receber uma resposta sua na segunda-feira. Seria ótimo, pois estarei com os italianos às 11 horas.

Te beijo muito, muito, com toda a minha alma; te amo, meu querido, te amo tanto, com tanta felicidade e tanta seriedade.

M.

---

1 O cineasta e romancista Mario Soldati (1906-1999).

229 — ALBERT CAMUS A MARIA CASARÈS

Sexta-feira, 3 de março [1950]. *15 horas*

Meu amor querido,
O dia começou esplendidamente: uma torrente de sol inundando a minha cama e, por trás das vidraças, o doce ronronar dos dias bonitos. Pensei na carta sua que certamente receberia já que ontem não recebi nada. Li um trechinho de *Belarmino e Apolônio*, de Pérez de Ayala,[1] que me encantou. E depois levantar, toalete, trabalho numa casa solitária, pois todo mundo está em Cannes. Ao meio-dia, saí. Cabris no seu pico, um pouco abaixo, estava cercada de árvores floridas. E para todo lado milhares de brotos. Cada um deles me aproximava de você. O carteiro estava atrasado, mas eu estava cheio de um imenso amor e de uma confiança total. E, de fato, a carta chegou. Era como eu esperava, viva, amorosa, de novo jovem. Não tema nada, minha grande, minha bela, eu não me afasto nem te deixo e por todo o tempo já agora mensurável em que ficarei longe de você, te guardo junto de mim, no coração dos dias, com amor e avareza.

E por sinal hoje estou decidido a te perdoar tudo, até a sua gagueira em *Os justos*. Não pense nisso, não tem importância. Quanto aos seus amigos de Clermont-Ferrand, autorizo de bom grado se você os conhece e se não forem zeros à esquerda. Eu me recuso sistematicamente a autorizar as companhias que não conheço — não tenho a menor vontade de ser ridicularizado. E se ainda por cima servir para te alimentar de chocolate! Vou escrever à sociedade de autores para dizer que os autorizem. Tanto pior para os espectadores de Clermont-Ferrand.

Sim, você tem razão, as palavras perderam o sentido e está na hora de nos abraçarmos. Mas agora vai ser rápido. Este céu já é quase o céu do verão. No meu quarto, um zangão zumbe e bate na vidraça. Ao longe, um mar pálido de calor. Me lembro das tarde de sol no quarto de Ermenonville. Vai querer mesmo voltar lá, minha querida? Sim, não é? Estaremos no auge da primavera, lá...

Meu amor querido, vou a Grasse ver o meu médico. Só vai me dizer coisas gentis, com certeza. Estou com uma cara magnífica. Logo te escreverei sobre o que ele disser. Mas não quero te deixar sem dizer de novo tudo que no momento se agita no meu coração, o amor que toma conta de mim, o doce

---

1 Ramón Pérez de Ayala (1880-1962), escritor espanhol.

cuidado que tenho com você, e também a gratidão. Se cuide, volte a viver, e também se faça bonita.

Te amo, minha generosa! Te espero e ponho nesta carta todo o céu azul que me cerca, toda a luz para que você encontre nela força e coragem. Te beijo com todas as minhas forças.

A.

230 — MARIA CASARÈS A ALBERT CAMUS

Sexta-feira à noite [2 de março de 1950]

Estou voltando da récita na Cidade Universitária. Meu Deus! Como a sala é gelada! E os camarins! Mais parecem duchas! E a escada! E o pátio! Viver ali, que horror!

Enfim, a representação foi bem. Tivemos de urrar o seu texto em meio a curiosos efeitos cômicos e muitos aplausos.

Voltei com Serge [Reggiani] que guardava bem escondida no carro para mim uma linda azaleia branca como despedida. Ele é realmente gentil. Vou ter dificuldade de olhar no lugar dele o rosto estereotipado de Jacques Torrens.

Hébertot estava presente, mais importante que nunca ao lado de um certo Spitzer, que fez questão de nos oferecer uma gota de vinho branco no entreato. Ele me cobriu de elogios. Sua admiração por mim e "minha coragem" não têm mais limites e ele parecia profundamente comovido pensando no prazer que essa iniciativa do seu teatro te teria proporcionado se você estivesse lá.

Comecei o dia angustiada, inquieta, preocupada, meio desorientada. Sua carta realmente mexeu muito comigo e não parei de pensar na sua situação atual. Mas não consigo imaginar nada. A mente não acompanha.

Você não é o único, meu querido, que perdeu a liberdade interna, a fluidez, uma certa naturalidade. Acho que deve ter acontecido com todo mundo. Mas no seu caso receio que ainda acrescente um sentimento de culpa e que no momento esteja sentindo falta de uma inocência que imagina ter perdido. Se assim for, está absolutamente equivocado, e você sabe melhor que ninguém neste mundo que nesse caso, como em tantos outros, a única culpada e criminosa é a vida.

Agora, meu querido amor, como ainda quer que eu respire, que me abra de novo para a felicidade e deixe para você os pensamentos graves sabendo que se encontra numa inquietação que vem me descrevendo e da qual nem relata todos os motivos? O único de que fala bastaria para me deixar angustiada; eu sei de outros — minha vida, minha existência, os acontecimentos, nosso afastamento — que não servem propriamente para tranquilizar, você me garante que tudo isso representa apenas uma parte da sua doença moral e queria que, tendo consciência do estado em que se encontra, eu me desligasse e me preocupasse apenas com a minha felicidade.

Quando é que você vai entender que minha felicidade só pode nascer da sua? Quando vai entender o meu amor? Quando?

Hoje de manhã, quis logo te falar da proposta de filme na Itália que me fizeram. Nem tinha ainda desligado o telefone, Blanche Montel[1] nem tinha acabado de falar e eu já estava me vendo num pequeno apartamento em Roma, com Angeles, as duas esperando você chegar. Depois, os passeios maravilhosos, aquele campo admirável, aquele céu, aquela vida tão atraente durante dias e dias — imediatamente comecei a te escrever e à medida que avançava na carta me perguntava se devia enviá-la, se não ia agravar feridas, se não causaria remorsos etc. etc.

No fim das contas, não creio que possa te magoar sob nenhum aspecto. Nós realmente estamos agora no universo da transparência e você sabe que pode abrir completamente seu coração e o que você disser, decidir ou fizer estará bom.

Não lamento que você tenha eliminado seu prefácio. Uma breve nota basta e o que eu li serve para ser lido por mim, por exemplo... e pronto.

Mas vou continuar o relato do meu dia. Passei então o dia em passeios inúteis, em constante agitação, em devaneios melancólicos ou radiantes. A 1h30 Pierre [Reynal] veio almoçar. Cuidou do caramanchão da varanda com o serralheiro e de alguns acertos na casa, enquanto eu recebia um senhor que vende livros e Jeannette. Ela ficou até 5 horas. Pierre veio nos fazer companhia e quase adormeceu embalado pela tagarelice de Jeannette, enquanto eu me irritava calada vendo que apesar de todo o meu esforço para deixar a conversa morrer, para criar tempos mortos, as horas passavam e nós continuávamos ali, com aquela querida que é bem gentil, bem corajosa, mas também bem cansativa.

Finalmente, às 5 horas, Pierre se foi e a levou embora. Aí Feli [Negrín] chegou e passamos bons momentos juntas. Nós nos entendemos bem, ela é confiável, sincera, dolorosa e viva. Me relaxa e sua presença molha meu coração. Realmente gosto muito dela. Infelizmente, ela vai para a Inglaterra na quarta-feira. Vou sentir muito sua falta. Realmente vai me fazer falta.

Ela me acompanhou até a Cidade [Universitária] e só se despediu quando finalmente encontrei os camarins, o que não foi fácil. Amanhã, depois do ensaio Torrens, vou almoçar com ela e D[om] Juan.

---

1 A atriz Blanche Montel (1902-1998), que se tornou agente depois da guerra.

Meu amor, meu querido, preciso dormir. Terei de levantar muito cedo. As últimas linhas acrescentadas à sua carta de fato deixaram meu coração mais leve e as reli sem parar ao longo do dia. Rogo a não sei o quê que te dê alegria de trabalhar e uma certa paz da alma. Te amo meu amor; me sinto pequenininha e impotente ante os teus tormentos e não sei o que fazer — te amo perdidamente. Me deixe abraçá-lo muito forte e esqueça por um momento que o mundo existe.

Maria

231 — ALBERT CAMUS A MARIA CASARÈS

Sábado, 15 horas [4 de março de 1950]

    Respondo a sua carta sem demora, mas não tenho certeza se poderá receber minha carta na segunda-feira. O domingo aqui bloqueia tudo. E por sinal nem sei muito bem o que responder. Em maio ou junho, poderei perfeitamente te encontrar ou ir com você à Itália. A única questão pendente é a decisão do meu médico no fim do mês. Se eu estiver bem, não haverá obstáculos. Se tiver de tomar precauções as cidades italianas não são o ideal. Se você não estivesse presa ao local de filmagem, eu veria a Itália ou a Sicília sem o aspecto de certos lugares de grande altitude, mas dando para o mar, como aqui. Na planície, o clima mole e tépido pode não ser bom para mim. E eu quero, realmente quero, senão me curar, pelo menos não ficar doente de novo. Tudo isso para dizer que só vou poder responder realmente no fim do mês. Mas os seus italianos não vão esperar. Acho então que terá de decidir por si mesma. Você diz para eu não ficar com escrúpulos, mas esse dinheiro é importante para você, e de qualquer maneira me parece que sempre poderei ir encontrá-la ainda que me hospedando a uma distância de automóvel da cidade onde você estiver. Fico bem chateado e triste por não poder te responder categoricamente, mas é um desses casos em que a doença me limita e me faz me sentir um inútil. Mas me diga o que decidir para eu me organizar com bastante antecedência e da maneira mais favorável ao nosso reencontro.

    Dito isso, meu querido amor, não precisa se atormentar com o que eu disse. Eu disse porque era preciso, mas não vá pensar que aqui estou vivendo em permanente tragédia. As coisas estão mais claras, só isto, mas nada mudou na situação real e minha esperança é que F[rancine] consiga não sofrer demais. Não fique preocupada, pense na sua saúde, nas suas coisas e sobretudo não sinta sozinha. Não escreva mais que tudo isso pode me afastar de você. No ponto em que nos encontramos, seria pueril imaginar que alguma coisa seja capaz de me afastar de você. Só me censuro por ter tornado certas cartas minhas pesadas quando deveria antes de mais nada te ajudar a retomar pé, minha querida. Por enquanto, é uma história que preciso resolver sozinho, levando em conta tudo que sabemos, e tentando não mutilar ninguém. No tempo longo ou curto que isso vai requerer é no seu amor que vou me apoiar e na certeza de que estará sempre ao meu lado. Mantenha essa mesma certeza e vamos agora nos voltar juntos para o sol, querendo dizer esse mês de abril em que você estará deitada junto a mim. Sim, chega de preocupações, de sofrimento. Respirar finalmente, um pouco de frivolidade, de prazer livre, de brincadeira animal faz bem de vez em quando. Se você soubesse como tenho vontade de me espreguiçar, dar de ombros, rir sem parar diante da vida. Uma folhagem de beijos no seu rosto, meu amor. Te amo.

Um risco em cima disso e vamos em frente. Hoje de manhã, uma luz maravilhosa. Esta noite, um céu de cobre. Não resisti à tentação de me expor um pouco nu ao sol pela manhã, embora me tenham proibido. Ah, maravilhoso calor no corpo todo! A propósito, ontem o médico de Grasse achou que eu estava no bom caminho! E também engordei mais um quilo (já são quatro em dois meses). Mas não acho que vá ficar obeso.

Meu querido amor, minha querida espera, não fique aborrecida por não te ajudar muito nessas decisões que precisa tomar. Essa doença me cria condições anormais de vida e para mim é difícil ajustá-las prontamente ao que se apresenta. Por isto exatamente é que quero me curar: para te ajudar, com minha energia e minha experiência, em vez de te atrapalhar. O principal é que eu não te perca. Você é minha alegria, meu prazer de viver. Não esqueça disso e me ame com todo o seu ser, sem reservas. Penso em você e te beijo, furiosamente.

A.

232 — MARIA CASARÈS A ALBERT CAMUS

Domingo, 5h30 [5 de março de 1950]

Meu amor, estou no meu camarim, a vesperal acabou agora, recebi a visita de Marie Viton,[1] que vai te escrever, e de três outras pessoas; agora o teatro

---

1 Marguerite Koechlin (1893-195?), dita Marie Viton, foi a figurinista do Teatro du Travail de Albert Camus antes da guerra, e depois dela, passando a morar em Paris, criou os figurinos e o cartaz para a estreia de *Calígula*.

está vazio e me encontro naquele estado que você conhece de "depois de *Os justos*". Sabe?... quando é preciso que me deixem!...

Tenho muitas coisas para te contar e vou tentar fazê-lo da maneira mais clara possível:

1) *Estreia de Jacques Torrens*. Ele estreou ontem, em meio à desaprovação geral dos membros do grupo revolucionário que não gostam dele por diferentes motivos e ajudado por um medo de palco que lhe dava uma espécie de emoção das mais surpreendentes para quem o ouviu nos ensaios. Se saiu bem de maneira geral.

Os lugares mais fracos são sempre os mesmos: a cena de amor e a despedida e o monólogo.

Infelizmente, digam o que disserem, tenho duas terríveis suspeitas sobre ele: aquela que você já sabe e uma outra que cai diretamente, não no cérebro, mas na parte do corpo em que as costas perdem o nome respeitável. Para confirmar minhas dúvidas, ontem, antes da récita, o vi chegar ao palco todo arrumado, gomalinado, maquilado de ocre e, se segura!, com ruge nas maçãs do rosto e rímel e delineador nos olhos.

O efeito foi fulminante. O olho de Bouquet chamuscava de raiva reprimida, a boca de Pommier aberta num O e os braços de Brainville caídos ao longo do corpo de desespero. Eu achei graça e com a maior gentileza que pude disse ao nosso lindo Yanek que ele precisava ser maquilado de outro jeito. Felizmente, ele me ouve amavelmente e tem suficiente respeito por mim — só por mim; trata os outros de cima para baixo — para seguir meus conselhos. Essa tarde, já agora sem o medo da estreia, ele atuou de maneira mais... séria. Eu comentei várias coisas com ele e espero que com isso e a menor tensão as coisas amanhã andem melhor. Não devemos esquecer que hoje ele está muito cansado.

Ah! Serge. O generoso Serge. Meu Yanek desigual, mas tão vivo!

2) *Conversa com Hébertot*. O mestre espera prorrogar a peça até a ducentésima pois "te prometeu e *ele* não é de mudar de opinião".

Se você concordasse com a alternância com *Calígula* que está sendo "tão bem interpretado", ele ficaria encantado (1) mas teme com razão que você não esteja de acordo com essa ideia genial e pede que eu interceda por ele. Eu respondi que não tinha nada a ver com tudo isso e que achava que você jamais concordaria.

Ele vai comemorar em grande estilo a centésima e os cartazes já estão prontos.

Ele me propôs, assim, sem mais, um contrato de três anos!

Pôs à minha disposição a soma de 100.000 francos para ser reembolsada quando eu puder! Mas também, e agora que se recuperou posso te dizer, descontou do meu pagamento as quatro récitas que não cumpri quando meu pai morreu.

Entenda quem quiser! Pois eu não posso nem quero.

Projetos. Como a peça vai até junho, é evidente que não poderei ir à Itália fazer meu filme. Não me arrependo de nada e espero poder rodar os treze dias com Cayatte, o que não será cansativo e me permitirá esperar ainda meses. Me propuseram mais tarde um outro filme... no México! Um mês ou um mês e meio. O papel da professora em *Senhoritas em uniforme*,[1] segunda versão. Que acha?

Saúde. Estou comendo bem. Durmo medianamente. Deve ser a primavera. Melhorei, mas os nervos ficaram afetados. Ontem tive uma cena horrível com Pitou e lhe disse tudo que trazia no coração. E fiz bem, pois não podia continuar a beijá-la guardando em mim tudo que tinha contra ela, mas fui dura demais, cruel, abominável e ao mesmo tempo em que lhe fazia mal — demais, talvez — acabei entrando numa espécie de crise que me deixou esgotada.

Hoje, depois de tudo isso, os ensaios, a receita adicional na Cidade, as noites mal dormidas, estou cansada, mas meu moral está melhor.

Pela primeira vez senti a primavera ao vir para o teatro. De repente notei que havia gente no terraço de um café, debaixo de um raio de sol. O ar estava leve, transparente, morno, os pássaros cantavam e eu pensei: "Mas já é dia 5 de março!" — Oh! Meu amor.

5 de março! Meu querido, dentro de vinte ou vinte e cinco dias! Não consigo acreditar, de tanta felicidade. Depois da sua longa ausência, depois de todo esse horror eu nem podia mais imaginar a felicidade. Hoje consegui prever, na duração de um relâmpago — E vai ser, não é? Teremos momentos maravilhosos e você vai me amar como antes. Ó meu belo amor, meu querido, diga que vai ser. Diga que vai me aquecer o coração de novo! Diga que ainda me ama do mesmo jeito e de uma maneira igualmente viva.

Te espero. Agora te espero numa espera que não me empobrece mais, mas me enriquece a cada dia até sua chegada em breve. Você já está aqui, eu te sinto. E você, você, você! Como se sente? Como vai tudo isso? E o trabalho?

Me escreva. Não recebi nada seu no sábado. Te amo,

M

---

[1] Filme alemão de Leontine Sagan lançado em 1931, seria objeto de uma refilmagem em 1958, realizada por Géza von Radványi, com Romy Schneider.

8 horas. Jantei sozinha no Souris. Rádio alto de arrebentar os tímpanos. Sozinha. Imagine só. Mas que ideia a minha! Momento bem difícil. Pensei que dentro de pouco tempo não estarei mais sozinha e que mesmo agora não estou. Mais uma vez porém — e começo a ficar cansada dessas imagens obsedantes — tudo voltou a passar diante de mim. Mais uma vez.

Meu amor, me ame, eu te peço.

M.

Meia-noite

Ah! Que bela récita! O pobre Torrens, já um pouco mais embrutecido que de hábito pelo cansaço e que, ainda não muito seguro do texto, decidiu abandonar as boas entonações que havia copiado de Serge e fazer inovações! Uma catástrofe.

Ele nunca se saiu tão mal. E por sinal nós tampouco, com certeza, pois, no que diz respeito ao chefe, a Voinov e a mim, nosso amor por Yanek não podia estar mais ausente e sem querer traduzimos em relação a ele um ódio surdo e um terrível desprezo. No meu caso, é muito simples, eu estava com vergonha de amar semelhante manequim e o tratava como um pobre de espírito. Yves o criticava sem parar Pommier olhava para ele com desprezo e Michel esbravejava contra ele.

Some-se a isso que Torrens dizia viver em vez de morrer e vice-versa a maior parte do tempo, urrava para Œttly que tinha o direito de julgá-lo e não de matá-lo, e você terá uma ideia do conjunto.

Mas não tema nada, o público aplaude de qualquer maneira e ouve religiosamente. Acha que Yanek é mal interpretado mas a peça passa apesar de tudo, e devo dizer que o "Tudo" é duro de engolir.

Já está sendo anunciada a centésima em grandes cartazes com um grande Hébertot, um Camus muito grande, um enorme 100ª e mais nada. Nós não existimos mais. Acho que é para esconder a saída de Serge. Ficou perfeito.

No teatro propriamente, muito movimento. Jornalistas querendo de qualquer jeito fotografar Michèle Lahaye nos bastidores durante o quarto ato, apesar da proibição da direção; o filho da Sra. Duté, enrugado, cabeleira leonina, usando calças creme, casaco marrom, cachecol vermelho vivo e amarelo, lenço de bolso preto de bolas brancas e um enorme anel no mindinho, distribuindo sorrisos afetados aqui e ali e bancando a menininha com todo mundo; Perdoux nos contando as vicissitudes de uma velha atriz, antiga estrela, que continua dando um jeito de sobreviver, com uma dublagem aqui e ali e refeições no bandejão dos pobres. Michel B[ouquet] vociferando contra Torrens e Œttly — que descobriu Torrens; Pommier passeando sua inocência que esconde muitas coisas; Yves suspirando de tristeza diante do novo Yanek; Paulo, sempre contente; Moncorbier, o contrarregra Albert, todo mundo apavorado com o novo membro da trupe: e o novo membro da trupe, meio cansado, naturalmente, mas à vontade, satisfeito, superior a todos, gentil comigo.

E como sempre, desde o início dos *Justos*, a quem todo mundo recorre para as confidências e queixas?; diante de quem vão protestar?

Diante de Dora Brillant!

Pobre Dora. Está bem pequena e encolhida esta noite. Queria ser enlaçada por dois grandes braços quentes. Gostaria muito que a acariciassem, que a paparicassem e convencessem de que não é o horrível rosto de cera desta tarde que ela ama, mas um outro, com um olhar, belos olhos claros, um nariz reto, uma testa que dá vontade de tocar, e lábios de beijar, beijar, beijar até cansar.

Boa noite. Até amanhã, meu amor

M

Torrens me dá pena. Não precisa temer nada, eu sou doce com ele; mas é verdade que ele é muito ruim, *por enquanto*. *Sobretudo* esta noite.

(1) (erro involuntário.)

233 — ALBERT CAMUS A MARIA CASARÈS

Segunda-feira, 15 horas [6 de março de 1950]

Um céu ainda resplandecente. Mas o ar continua fresco. O que resulta numa luz fria e brilhante, uma luz para a inteligência. Eu leio, trabalho e reflito, lentamente, mas bem. E depois sua carta.

Fico contente que a representação tenha ido bem na Cidade. Os estudantes às vezes são tolos e vulgares. Mas há neles algo intacto, que pode servir de referência a uma obra. Me surpreende que Hébertot te tenha parecido enternecido com o meu caso. A carta que recebeu de mim, há uns dez dias, não deve tê-lo induzido à ternura. Quanto a Reggiani, penso como você e também lamento que tenha saído. Mandei-lhe um bilhete no sábado, para lhe agradecer. Também enviei um telegrama a Torrens, pela primeira récita. Espero que você me diga como foi.

Sim, meu querido coração, meu amor, eu também pensava e penso no pequeno apartamento em Roma. Mas nada está perdido. E talvez seja possível.

Também entendo que você não seja capaz de se voltar para a felicidade se me sente afastado dela. Mas não é verdade. De fato às vezes eu me sinto bem culpado. Mas meu progresso no momento é me livrar desses sentimentos estéreis, fugir da mutilação, aceitar apenas sentimentos "positivos". Tento resgatar no fundo o que eu era. E esse céu, esse clima me ajudam a cada dia. Além do mais eu sei que você me ama, que vai ficar junto de mim, e que vou encontrar em você toda a alegria de que preciso. Portanto, não se preocupe. Apesar de tudo estou trabalhando. Não vou concluir meu ensaio. Mas vou continuar trabalhando nele e quando estiver concluído, já terei recuperado essa liberdade interna que me falta, a liberdade meridional, a força, a alegria silenciosa, aquela que vai além da felicidade e da infelicidade.

Então deixe tudo isso amadurecer. Em compensação, o que eu preciso realmente é te reencontrar inteira e, na medida do possível, entregue à vida. Por isto você precisa se cuidar, relaxar, ficar bonita, saborosa, viver generosamente, como sabe fazer. Se não trabalhei o quanto esperava, trabalhei mais profundamente. E tenho enormes projetos me queimando o cérebro, obras, um pensamento, a realização de um estilo de ser. É aí que preciso de você, como alguém precisa do sol e da terra, para não se perder. Mas é preciso que você fique de novo viva, corajosa e bela.

Em três semanas estarei em Paris. É o que importa. Nem posso acreditar, pela imaginação, quero dizer. Mas sei que vou poder botar a mão em você e essa certeza me derrete de felicidade. E você, minha bela, minha morena, minha doce, também está tremendo como eu? Vamos, coragem! A verdadeira primavera vai começar. Escreva, fale de você. Me ame, viva para mim, me diga também que é minha. Ah! Quero possuir tudo que é seu, exigir tudo... Te amo. Não fique preocupada nem triste. Me perdoe justamente se minhas cartas a deixaram triste. Você é minha confidente, minha amiga também, e às vezes a gente não cuida do que diz. Mas o sol está voltando e só queremos tampar a boca e os ouvidos da amiga debaixo de uma chuva de beijos. Deixe que eles chovam em você, meu amor querido, minha amada, e se entregue a mim. Te amo,

A.

234 — MARIA CASARÈS A ALBERT CAMUS

Segunda-feira, 6 de março [1950]

Meu amor,
Acabo de receber sua carta de sexta-feira e me senti de repente banhada no deslumbramento de todas as primaveras do mundo. Ah! Meu ensolarado, sim, quero ir a Ermenonville, sim, vou me cuidar, sim, voltarei a viver, sim, sim, sim! E também vou tentar ficar bonita. Infelizmente, no momento, é o que me parece mais difícil. Envelheci muito nas últimas semanas. Magra, apagada, não tenho mais coragem de me olhar muito tempo no espelho. Olheiras, rugas profundas nas têmporas e nos cantos dos lábios, uma carne flácida, um olhar sem brilho e... se segura! *bolsas* debaixo dos olhos! Que dó! Desde que você ainda me ame.

Mas o sol está aí, o ar de Paris canta, o céu ri, eu estou comendo bem, durmo um pouco melhor e talvez tenha recuperado um pouco o brilho quando você voltar. Se não conseguir sozinha, sua presença fará o milagre, tenho certeza.

Obrigada, meu querido, por ter sido generoso com os jovens de Clermont--Ferrand. Se pelo menos fizerem algo correto! Começo a me sentir confusa por ter intercedido por eles junto a você, conhecendo apenas a atriz principal e os chocolates... muito bons.

Estou impaciente por saber o resultado da sua visita ao médico, muito embora a opinião dele me pareça perfeitamente indiferente.

Por aqui, nem tudo funcionando bem. Hoje temos greve de metrô e ônibus. Às 5 horas temos de telefonar ao teatro para saber se vêm nos buscar ou se vamos por nossa conta.

Hoje de manhã falei pelo telefone com Soldati, o diretor italiano. Vou encontrá-lo amanhã, pois ele se dispõe a adiar a filmagem. Começaríamos no dia 1º de junho. Talvez então eu possa participar e talvez seja mais fácil para você me encontrar e ficar comigo algum tempo. Estaremos no verão e se você tiver de ir a Avignon, tanto melhor para mim não ficar em Paris nesse período. Quem sabe você não pode dividir esses dois meses entre Avignon e a Itália. Diga se é possível. De qualquer maneira não há mais nenhuma urgência nessa questão.

Hoje o sol está brilhando e meu pequeno apartamento me agradece por todo o meu esforço. Temos no salão dois pequenos Rembrandt que constantemente me lembram seu destinatário espoliado. Há também meu aparelho de rádio, no momento silencioso, mas vivo, tão vivo...

Há belos livros, lindas plantas, tudo isso em amarelo e preto brilhando ao sol. Vamos ver se tudo isso te agrada!

Agora estou cuidando do jardim. Às pressas, para que esteja pronto quando você chegar. E você, estamos cuidando de mandar emoldurá-lo.

Bom. Vou escrever a minha irmã. Ainda não respondi à última carta dela e esta manhã recebi uma outra poética, lírica e tudo mais. Decididamente, é evidente que ela herdou do nosso pai o lado "Odéon" de que eu tanto zombava. Preciso lhe escrever, escrever também a minha sobrinha, ao meu cunhado que quer me envolver nas vicissitudes do seu casamento arrebentado pela vida, a distância etc. E o que é que eu poderia fazer, sem saber de nada, sem conhecer nada!? Enfim! Vou tentar recorrer a uma certa doçura que eu sei que tenho e me abster de tudo que não me diga respeito.

Meu amor, meu querido, meu belo, meu maravilhoso verão, te amo. Até já.

M
V

Meia-noite

Literalmente morta! E no entanto a única coisa que fiz foi receber à tarde Reynal e Darrieux que ficaram bem à vontade no meu pequeno salão e não queriam mais ir embora. Às 6h45, Jean Pommier veio me buscar de táxi e fui para o teatro onde representamos em clima de intimidade, mas com público ainda assim mais numeroso do que eu imaginava.

Jean Vernier foi falar comigo no camarim. Fiquei sabendo de muitas coisas por ele.

1) Que você escreveu ao mestre uma belíssima carta que o deixou sem palavras.

2) Que Claudel, no mesmo caso que você (a respeito da dedicatória), acabou negociando. Isto, Jean pediu que eu só repetisse para você.

3) Uma história de selos que Hébertot mandou imprimir para serem colados em envelopes e enviados aos assinantes do catálogo telefônico com vistas à criação de uma sociedade de amigos de Hébertot.

Durante o dia todo, andei com uma dor de barriga monótona alterada apenas por súbitas pontadas de dor aguda.

Em consequência, se não tivesse recebido sua carta de quinta-feira, tão doce, tão afetuosa, tão boa à tarde, o dia teria sido perdido e sem graça. Felizmente a recebi e mergulhei nela com volúpia. Vou responder amanhã. Esta noite, meu amor, estou cansada demais para falar; vou dormir como um bebê.
    Encantadora, sua cunhada. Você certamente vai ser canonizado. Comigo. Os dois com a mesma auréola. Pela eternidade.
    Meu amor, seus braços! Seus braços para me aninhar e dormir esta noite. Seus braços me enlaçando. Te amo. Boa noite. Boa noite querido. Te amo

M
V

235 — ALBERT CAMUS A MARIA CASARÈS

Terça-feira, 19 horas [7 de março de 1950]

    Sua boa carta de domingo, meu amor, me fez bem e me deu coragem. Sim te amo do mesmo jeito e com a mesma vividez. Te amo como antes (estúpida!) e seremos felizes, vamos ficar bem, desfrutar de nós e do mundo. Os dias passam, se prepare. Vamos esquecer tudo exceto nós mesmos e finalmente viver! Te amo.
    Consternado com a performance Torrens. Mas não há o que fazer, senão aguentar — e duvidar que depois disso vocês consigam chegar à 200ª. De qualquer maneira a Itália por enquanto me parece comprometida. Eu sonhava pelo menos com um pequeno retiro numa região bonita. Vamos resolver. Mas tem certeza de poder abrir mão tão facilmente desse dinheiro italiano?
    Você sabe que eu não veria *nenhum inconveniente* em você largar Dora e não é a peça que deve te impedir. Quanto ao o, eu entenderia se você aceitar, se necessário — mas gostaria que fosse o mais tarde possível.
    Você precisa cuidar dos nervos, se acalmar, se voltar para a vida. O que é preciso é que você volte a ser pagã (e eu também). Que acabemos com os dramas, os dias sombrios, as crucificações inúteis. Para escolher a vida solar, a alegria dos corpos e do espírito, a luta clara. Existem na vida grandes e terríveis dores, inevitáveis. Elas é que temos de enfrentar. Mas para que acrescentar tormentos secundários, contusões, macerações de detalhe. Vamos viver para a vida e para a morte, juntos, com coragem — e contemplar o resto de mais alto.

Estou dizendo isto muito mal mas o sinto muito forte no coração desses dias magníficos que se sucedem sem interrupção.

Ah! Meu amor querido, arrume desde já, na medida do possível, um coração feliz.

E finalmente não vamos mais falar (não mais falar, não mais escrever!) e vamos viver. Te beijo muito, profundamente, longamente. Te amo. Até logo

A

236 — MARIA CASARÈS A ALBERT CAMUS

Terça-feira, meia-noite [7 de março de 1950]

Meu querido amor,
Recebi sua carta de sábado hoje de manhã. Desde que a escreveu muitas coisas mudaram e desde logo você precisa saber que não vou mais para a Itália antes de junho. Mas não para por aí — esta tarde tive uma conversa com o Sr. Soldati e seu produtor na casa de um roteirista francês cujo nome não lembro mais e que vai participar do filme.[1] A história gira em torno da campanha napoleônica e do personagem de Fra Diavolo. O papel que querem me dar é de uma vivandeira — uma puta dos soldados — valente, cheia de vida, entusiástica, alegre, voluptuosa e apaixonada. Como vê, muito diferente do que costumam me oferecer; mas segundo Soldati, é um papel que vou interpretar muito bem. E chegamos então ao problema, ao ponto delicado que me esfriou um pouco e hoje me deixou sem energia.

Soldati é um homem jovem — trinta e cinco anos, mais ou menos — magro, moreno, com um bigode espesso, cabotino e... italiano. Durante toda a nossa conversa no apartamento onde ele estava trabalhando desde a manhã, não largou um minuto uma bengala, e enquanto seu roteirista me explicava a história do filme e me apresentava o personagem de Laura, ele rodava ao meu redor, me olhando, me examinando, me observando, me inspecionando, de todos os ângulos. No fim, irritada, pedi que ele sentasse, alegando que estava me dando tontura.

Quando falei com ele ontem pelo telefone, para marcar um encontro, ele se apresentou como alguém que me conhecia bem de vista, pois morava na

---
1 *Donne e briganti* (*Mulheres e bandidos*), de Mario Soldati, é lançado em 1951. O papel de Nora (e não Laura) seria afinal interpretado por Jacqueline Pierreux.

Via Sixtina, em Roma, em frente ao meu hotel. Hoje de tarde entrou em detalhes:

"Talvez tenha ficado surpresa por eu propor esse papel – disse ele. — É evidente que os personagens que a vi interpretar são muito diferentes de Laura. Mas não a conheço só pelos filmes e já em Roma, onde pude encontrar apenas Gérard Philipe, tinha ficado com muita vontade de abordá-la. Eu a via diariamente. Você usava vestidos claros, estampados, de saias rodadas e curtas, decotes em ponta. Estava com a pele morena e mais cheia que atualmente. Fiquei impressionado com sua baixa estatura e os quadris largos, e também alguma coisa no seu jeito de caminhar e no porte. Você devia voltar a Roma. Hoje, estou vendo seus olhos e seus cabelos. São seus mesmo? Muito bonitos...!" Etc. etc. E a bengala girando, e as passadas: "Hmm! Não está cheirando nada bem", pensei. Mas talvez seja prevenção minha. Que acha?

Seja como for, fiquei decepcionada e meu entusiasmo caiu um pouco. Disse que não estava certa de poder me comprometer, mesmo em junho, e prometi dar uma resposta definitiva em quinze dias, através da Cimura.[1]

Vou pensar, pesar os "prós" e os "contras", mas se conseguir fazer o filme de Cayatte, vou guardar o prazer de uma viagem à Itália para uma outra vez. É como estou no momento em matéria de cinema.

Teatro. *Os justos* segue seu caminho em meio às greves. Esta noite, pois bem, meu Deus!, havia um bocado de gente para um dia como este! Jacques Torrens atuou muito melhor. Considerando-se que Paulo [Œttly] não lhe dissera nada (nada *mesmo*!) durante os ensaios, Michel e eu resolvemos fazê-lo ensaiar um pouco durante as récitas e ele fez progressos sensíveis.

Para amanhã estão anunciando paralisação total de ônibus e metrô, e para depois de amanhã, talvez a greve de gás e eletricidade — neste caso, não teremos récita.

Vida cotidiana. Vai indo, monótona, vazia, mole. Hoje almocei com D[om] Juan e Feli [Negrín] que amanhã vão para Londres. Me despedi deles de coração apertado. Com o passar dos anos, vou ficando cada vez mais afetuosa e sentimental. Quando chegar aos cinquenta, vou literalmente me derreter nos seus braços.

---

1 Ver nota 1, p. 227.

O pessoal aqui em casa vai bem. Angeles sempre a mesma. Juan, quase invisível, como sempre. E Quat'sous, se manteve durante duas semanas num silêncio e numa seriedade pela qual fiquei profundamente grata, agora está compensando, e com a aproximação da primavera parece que vai desembestar. Não para um minuto.

Saúde. Enorme cansaço. Estou dormindo; acordo me sentindo melhor; me levanto e uma hora depois já estou esgotada.

Estou comendo bem, mas por enquanto não engordei. Não tenho mais punhos.

Moral. Acompanho de perto o estado geral. Impulsos vagos, clarões, promessas e recaídas num abatimento profundo e morno. Vai passar.

Ah! E agora, vamos voltar à sua carta. Eu nunca pensei, meu querido, que você vivia numa permanente tragédia. Imagino você numa situação mais simples e ela já se basta sem necessidade de acrescentar lágrimas incessantes e gritos constantes. Apenas, teria sido melhor que você não chegasse a isso. Por isso — e também pela sua saúde — pedi que você não viesse; por isto pedi que não dissesse nem fizesse loucuras. À parte qualquer outra coisa eu queria que você passasse esses três meses de repouso numa certa calma e numa certa paz — o que não aconteceu, e fico muito triste. Só isto.

Mas vamos riscar e não falar mais disso.

Meu amor, não sei se minha primavera terá como cenário Roma, Florença, Sicília, Ermenonville ou a rua de Vaugirard, 148, mas onde quer que seja, que seja logo! Minha inesgotável paciência parece que já está indo embora e eu me sinto um animal na jaula.

Devaneios! Devaneios! E mais devaneios!

Paris está esplêndida, meu amor, no momento, e cada cantinho que eu vejo parece que te chama. Venha, meu belo amor, venha logo. Te espero te espero a cada minuto, a cada esquina, a cada palavra que me dizem, a cada gesto que faço.

Ah! Parece impossível te imaginar logo junto a mim! Te amo, te abraço, te beijo todo com ternura, demoradamente, suavemente, furiosamente, perdidamente.

M
v

quarta-feira de manhã [8 de março de 1950]

Acabo de receber sua carta de domingo e segunda-feira — Tomara que o sol dure!
Aqui vai uma flor para você. Eu também tenho o meu jardim!
Te amo.

M.

237 — ALBERT CAMUS A MARIA CASARÈS

Quarta-feira, 15 horas [8 de março de 1950]

Dia quente já cheirando a verão. E sempre esse céu esplêndido. Pela primeira vez os insetos também começaram a cantar. Passei a manhã trabalhando no meu quarto inundado de sol. No almoço, sua carta. Você voltou a viver, respira, está contente, muito bom, meu amor, e fico feliz. Está feia? Fico encantado. Enfim sozinhos!

Sim, acho que poderei ir ao seu encontro na Itália em junho. O único obstáculo seria minha saúde. Mas em junho creio que não será mais o caso. De qualquer maneira, não recuse. É muito importante para você e para nós será fácil tomar providências. Ah! Seria tão bom — acordar lá e ao seu lado!

Não sei se minha carta cortou a palavra de Hébertot. Mas pelo menos cortou sua caneta. Ele não me escreve mais — o que aumenta a tranquilidade dos meus dias. Se encontrar a cópia que pretendia te mandar, vou enviá-la.

Por que não me esperar, com efeito, por comemorar a centésima?

Eu também, sabe, estou de caneta cortada. Não sei mais falar, contar, dar vida a essas cartas. Realmente estou com pressa de acabar com isso. Escrevo para que seus dias fiquem cheios de mim. Mas só sei me repetir. Na verdade tenho apenas um desejo amplo, obstinado, de felicidade e gozo. Esse céu de verão às vezes me queima. E à noite, nas horas suaves, tenho vontade de felicidade simples.

Que fazer, senão esperar, mais e mais? Quantas vezes não me imagino no seu quarto, finalmente retirado do mundo, da agitação, do sofrimento...

Me perdoe essas cartas franzinas. Não duvide do imenso amor que me enche. Sim, eu te amo, com a mesma avidez de outros tempos mas sinto fome de você, justamente, e essas cartas intermináveis têm gosto de papel machê. Mas estamos no *dia 8*, no dia 10 você vai receber esta carta — e logo estará me dando as boas-vindas, não é? Minha boca será fechada pelos seus lábios e eu terei apenas de me entregar no seu calor. Até logo, sim, até logo, meu querido amor. Te beijo, pelo menos, perdidamente.

A.

238 — MARIA CASARÈS A ALBERT CAMUS

Quarta-feira à tarde, 4 horas [8 de março de 1950]

Ah! Meu querido, cheguei ao máximo do embrutecimento! Enfim, cheguei!
Desde hoje de manhã não paro de escrever. Nunca produzi tantas cartas na vida. Enfim! Minha correspondência está em dia e era o que eu queria para poder descansar tranquilamente este fim de semana.
Recebi sua carta de domingo-segunda-feira. Você decididamente está "no bom caminho" e fico feliz! Oh! Como fico feliz.
Por aqui, tudo na mesma. Faz um tempo magnífico e a greve se prolonga.
Desde ontem, nada de novo exceto uma carta que recebi e que estou te enviando, pois certas vozes nos agradam.
Char também mandou seu último livro. Ainda não achei tempo para dar uma olhada.
E estou pulando de impaciência. Você! Você! Você!
Até logo, meu amor.

5 horas

Como é possível esperar alguém dessa maneira durante dias e dias, sem jamais cansar!?
Eu te imaginava, trabalhando.
Eu te imaginava na cama.
Eu te imaginava nessa natureza prodigiosa.
Agora te imagino de torso nu ao sol! É demais.

Meia-noite

Estou esperando o corte de eletricidade, mas parece que não vem.

Às 5 horas da tarde encontrei Pierre Reynal na beira-rio e passeamos num maravilhoso tempo de primavera em meio à agitação às margens do Sena até 7 horas. Depois fomos comer um chateaubriand no Relais e ele me deixou no teatro.

Lá, fiquei sabendo das últimas sobre a situação (greve — briga na Câmara — requisição[1] etc.) e me veio uma angústia. A ideia de que poderíamos de repente ser separados um do outro durante meses por acontecimentos independentes da nossa vontade me agarrou pela garganta. Pierre me acalmou e eu interpretei Dora... muito mal.

Agora estou na cama.
A agitação que reina na cidade tomou conta de mim, e devo confessar que estou com medo. Sei muito bem o que são os "distúrbios sociais" para não ficar receosa. Ah! Que venha logo o fim do mês e você junto a mim.
Querido, amanhã à noite vou te escrever longamente. Hoje não estou nada em forma e é melhor dormir.
A primavera chegou e já faz efeito em mim. Sinto calor, sinto frio, me sinto viva, turbulenta, inquieta, sonolenta também e mole. Sinto calafrios debaixo da pele e... muitas outras coisas.
Te amo.
Na primavera, te amo.
Meu amor, como demora! Não aguento mais!

Maria

---

[1] O clima político e social anda agitado nesse início de 1950, em particular com a greve da Renault, empresa estatal, de 21 de fevereiro a 20 de março. No dia 3 de março ocorre na Assembleia Nacional uma violenta discussão sobre a repressão dos atentados contra a segurança nacional, no contexto de uma onda de greves contra a produção de material de guerra.

239 — ALBERT CAMUS A MARIA CASARÈS

Quinta-feira, 16 horas [9 de março de 1950]

Mais um belo dia. Mas uma névoa já começa a subir do mar em direção aos picos. É que está fazendo um autêntico calor de verão. Hoje de manhã, trabalhei: uma resposta a *Caliban*, que publicou uma cena dos *Justos* com um comentário que me pareceu tendencioso.[1] Na verdade, era um pequeno torpedo ideológico. Eu pus as coisas nos seus devidos lugares. O doutor Sauvy,[2] de Grasse, veio almoçar. Fino e gentil. E depois sua carta. As intenções do homem da bengala são evidentes. Objetivamente, não posso criticá-lo. Subjetivamente, me dá vontade de lhe meter a mão na cara. Deve ser porque você ainda não está tão feia. Vou esperar.

Naturalmente, isso não deve te impedir de aceitar se precisar. Você já é grande para se defender, embora esse tipo de estratégia seja bem cansativo. Se você abrir mão, ainda assim poderemos ir à Itália. E por sinal em certo sentido não seria melhor ir sem obrigação nem trabalho?

Posso imaginar que as greves não sejam boas para os teatros. Mas é o destino das minhas peças, você sabe muito bem.

O que me preocupa muito mais é o que você diz da sua saúde. Procure um médico, eu te peço. De resto, concluída a peça, vou te obrigar a tirar um mês ou dois no verde. Enquanto isso, durma, é o principal. Mas assim que acordar, me ame.

Estamos no dia 9, meu amor querido. Um pouco mais de coragem, de paciência, tudo está chegando. Você vai ficar morena de novo, e cheia nos seus vestidos claros. Mas para mim. Estou me tratando e cuido de mim, para que você me veja como gosta e fique com ar de felicidade ao me ver. Tenha coragem, te peço, e se esforce por viver, por se abrir de novo. Te amo e te espero. Não parei de te desejar e de desejar o seu calor e o cheiro dos seus cabelos. Não parei de te amar, pelo seu coração, a sua coragem, a sua altivez. Vamos, querida, o dia está chegando.

Te beijo, profundamente

A.

---

1 "Os fariseus da justiça", *Caliban*, nº 37, maio de 1950; esta resposta é parcialmente reproduzida em *Atuais II*, defendendo a justiça viva dos heróis da peça frente à dos "justos" de sua época, cujo único horizonte é "o que existe ou o que o comunismo promete".
2 O doutor André Sauvy é um amigo de Jeanne e Urbain Polge e acompanharia Albert Camus como médico durante suas estadas em Cabris.

240 — MARIA CASARÈS A ALBERT CAMUS

Sexta-feira, 10 de março (meia-noite) [9 de março de 1950]

Dia bem carregado, meu amor, bem, bem carregado; mas finalmente aqui estou na minha enorme cama com a leveza de alma proporcionada pela perspectiva de um dia de folga, de um dia inteiro sem tocar nos grandes problemas da justiça, sem remoer questões transcendentais.

Ah! Você não sabe o que significa uma sexta-feira de folga depois de quinze dias de ensaios de manhã, récitas extraordinárias, e isto quando já se chegou à octogésima de uma peça que já é pesada para ser representada duas vezes seguidas!

Esta noite e ontem à noite eu não aguentava mais. E atuei muito mal, por sinal; e como desde que esse pobre Jacques Torrens assumiu o papel de Serge [Reggiani] temos de acelerar para conseguir um equilíbrio, o fato de não dar sustentação e não estar alerta se torna grave. Felizmente, não vem muita gente por causa da greve e espero que sábado tudo volte ao normal, depois de 24 horas de repouso, frivolidade e... injustiça.

Hoje de manhã, recebi sua carta ao acordar. Boa. Depois tive uma conversa com um senhor da rádio que veio preparar uma entrevista comigo. Ele faz entrevistas musicais!

Almocei sozinha, no meu quarto, irritada por causa de um telefonema pouco antes, com Mireille. Por mais que eu me esforce, evite encontrá-la, ela dá um jeito de me tirar do sério pelo telefone! Enfim, deixa para lá.

Às 2 horas, Jean Pommier veio me buscar e fomos à Galeria Charpentier ver a exposição dos cem retratos de mulheres. Ficamos lá até 4 horas. Gostei de três Millet, um deles magnífico, dois Degas, um Lautrec, um Modigliani, um pequeno Delacroix, um belo Rubens, alguns anônimos da escola italiana e um extraordinário Albert Dürer. Tinham me falado de um Bonnard e de três David considerados esplêndidos, mas, pessoalmente, não gosto. Havia também um bonito Picasso e um bonito Manet.

O resto, horrível e incluído, creio eu, em geral, para representar as diferentes épocas.

Às 4 horas pegamos um táxi e fomos embora, lentamente, meu Deus!, em direção à République, para ver um filme mexicano, *O rancor da terra*, que iam me passar em projeção privada para eu conhecer o trabalho da equipe que vai realizar *Senhoritas em uniforme*.

Mas, ah!... À parte duas ou três belas ideias de roteiro, muitas vezes mal realizadas, só coisas convencionais de todos os pontos de vista. Como se fosse Mauriac envelhecido à mexicana ao som de violões. E forçado!!! minha nossa! uma desgraça!

Na saída, Jean e eu quase fomos atropelados para pegar um táxi que depois de nos levar até Cadet para pegar a mulher e as filhas do motorista, nos levou para minha casa.

Paris está realmente esplêndida no momento. Quase toda a vida subterrânea veio para a superfície e nesse ar transparente da primavera o desfile dos carros, a profusão de cores, as bicicletas, as mulheres, o céu, o Sena, as casas escuras, as árvores, tudo se mistura e canta em festa. Uma pena nesses momentos pensar na greve!

Em casa Pierre nos esperava. Jantamos e fomos juntos para o teatro.

Uma vez no camarim, me maquilei e me estendi na minha "esteira". E ali, só então, comecei a me dar conta do estranho estado em que me encontro, por sinal, ainda neste momento. De repente senti meus quadris! Assim! De repente! Tinha esquecido há uma eternidade — parece — que tinha quadris, e coxas, e uma pele, e uma barriga... E de repente estava tudo ali de novo!

Oh! Meu querido, não sei se vou te chocar, se esta carta vai chegar a você através de espaços impalpáveis e purificados de qualquer sentimento da matéria, mas meu D. do bom D. como me sinto, pessoalmente, pouco imaterial! Estou *aqui! Aqui! Pesada...! Pesando! Cheia.* (Enfim! É um jeito de dizer!) E tudo em mim te chama, clama por você, urra por você, se estirando infinitamente em você.

Vou parar — amanhã de manhã retomo esta carta. Preciso me calar

V

Manhã de 10 de março

Acabo de acordar. O céu está de chapéu. Tempo fresco, ao que parece. A greve continua. E estou esperando Paul Raffi!!!

Dormi oito horas e parece que estou me sentindo mais relaxada. Só que ainda estou meio adormecida e não dá para avaliar meu estado matinal.

Seja como for, aqui estou voltada para o sol, a claridade, a alegria. E de tal maneira que o próprio papel de Dora me custa; estou interpretando sem entrega; todo o meu ser recusa as imaginações sombrias, atormentadas, como o corpo recusa o álcool depois de uma boa bebedeira. Sinto uma enorme preguiça de tristezas e sem querer me atiro sem pensar aonde possa encontrar repouso, calma, riso ou prazer.

Mas me parece que envelheci muito.

Meu amor, até esta noite. Esta carta será enviada antes do meio-dia. Espero a sua. Te amo. Te amo. Te espero. Diga que dia mais ou menos vai chegar a Paris. Estão me pedindo que vá a Zurique numa sexta-feira do fim do mês. Se você já estiver aqui, não irei. Se não estiver, vai me distrair, talvez.

Te amo. Te beijo perdidamente.

M.V.

241 — MARIA CASARÈS A ALBERT CAMUS

Sexta-feira de manhã [10 de março de 1950]

Não se preocupe mais meu querido. A crise passou e só ficou comigo por momentos o que tinha de ficar mesmo e que o tempo só poderá amainar.

Já te sinto junto a mim e a ideia de poder em breve te abraçar me parece quase inverossímil.

Mas não vou me deter nisso. Esta noite, vou te escrever longamente, depois de um dia de tarefas domésticas e repouso que certamente vai acabar me relaxando completamente.

Saiba simplesmente que não tenho mais febre, que estou comendo e dormindo muito bem e até começo a engordar um pouquinho. Quanto ao resto, se meu rosto envelheceu mais, o olhar não está mais morto.

Teatro

1) Brainville não vai mais se desligar antes do verão.

2) Pena que você não queira assistir à centésima. Serviria como publicidade, por sinal ausente, e a peça seria retomada com mais facilidade. Por que não dar as caras e em vez de convidar o *Tout Paris* chamar simplesmente pessoas escolhidas por você?

3) Também te esperamos para fazer alguns ensaios adicionais para consolidar a atuação dos atores e melhorar na medida do possível a de Torrens — duas ou três sessões bastam.

4) Hébertot só te pede que retome *Calígula* em alternância por uma questão de formalidade. Ele imagina mesmo que você não vai aceitar.

Estou feliz com os projetos *A peste* — a coisa parece que se apresenta muito bem. Quem vai cuidar da decupagem e dos diálogos?

De minha parte, vou tentar manter um vínculo com o Mestre, pois não vou mais fazer o filme de Cayatte (o produtor não gosta de mim) e se não surgir nada no horizonte, serei obrigada a aceitar o de Soldati na Itália. Só que para isto terei de me desligar da peça em 20 de maio. Se tivesse certeza de que os *Justos* ficariam em cartaz até o fim de junho, de bom grado esperaria outra coisa; mas seria chato se de um dia para o outro eu não estivesse mais atuando nem tivesse nada pela frente.

E aliás, tanto pior! Estou vendo que tomei gosto de andar de táxi e "cuidar da mobília". O que não é nada bom e um pequeno golpe duro até que me faria bem. E por sinal a coragem de lutar de repente voltou no exato momento em que me anunciavam o fim da minha esperança.

Meu estado de burguesia virulenta ainda não é muito grave.

Por outro lado *Orfeu* promete mundos e fundos no meu caso. Depois do lançamento em Cannes, foi exibido em Paris para gente de cinema no Studio e é unanimidade a meu respeito. Nem sabem mais como elogiar minha atuação, e por falta de adjetivos ouvi alguém dizer: "Maria Casarès? Ela é... é... a própria morte!"

Eles me consideram "sem concorrência" e só há uma coisa a temer, exatamente o que papai previa. "Depois da Sanseverina[1] — ele dizia — disseram que você realmente tinha classe e depois te ofereceram *O homem que veio de longe*.[2] Depois de *Orfeu* dizem que você é 'sem concorrência' o que equivale a 'sem categoria' e portanto 'sem contratos'.

Enfim, veremos.

Bem, meu querido. Angeles está esperando para levar esta carta ao correio. Preciso entregá-la.

Esta noite, vou falar mais de tudo e de nós.

Bom dia, meu amor.

Te espero — te beijo. Te amo. Te amo. te amo.

M V

---

1 A duquesa de Sanseverina, em *A cartuxa de Parma*, de Christian-Jaque (1950).
2 *O homem que veio de longe*, de Jean Castanier (1949), baseado no romance de Gaston Leroux.

242 — MARIA CASARÈS A ALBERT CAMUS

Sexta-feira à noite [10 de março de 1950]

Oh, meu pobre dia de folga tão esperado! Como foi pesado! Tempo cinzento, frio, desagradável. Um chapéu cinza escuro sobre Paris. E essa angústia terrível no meu coração.

Sozinha em casa até 4h30, eu me esforcei para sair dessa. Li, cuidei da beleza, ouvi rádio. Mas a angústia só aumentava. Mas que angústia! Não é a palavra certa. Que nome dar a esse estado de terrível lucidez? Que nome para essa visão da vida, das coisas que nem mesmo é mais verdadeira nem sadia? Às vezes penso na loucura. Um tipo de loucura frio e congelado.

Às 5 horas a rádio. A sessão acabou de acabar comigo. Meu mal-estar se tornou físico e, ao sair, eu tremia toda. Felizmente Pierre estava me esperando, com um buquê de flores na mão. Está me cobrindo de flores neste exato momento e me sacudindo como pode.

Voltamos para casa onde Claude Romain,[1] arrasado com a crítica ao seu último filme, veio nos encontrar. Nós tentamos animá-lo e jantamos — depois, um pouco de música: Mozart. É muito lindo, o seu *Don Juan*.

Eles acabam de sair e pela primeira vez desde... em anos?, estou sozinha na casa, com 4 sous. Nenhuma carta sua, hoje. E essa recaída!

Espero que amanhã de manhã esteja melhor. Não é possível que eu continue vendo tudo assim, sem motivo, automatizado. Não é nada. Vai passar.

Oh! Meu amor, que terrível necessidade eu tenho de você!

Maria

Sábado de manhã [11 de março de 1950]

Reli estas linhas de ontem à noite e hesito em te mandar; mas prometi te dizer tudo. Além do mais, você não deve se preocupar. Recalquei durante dias e dias essa angústia em mim, já bem conhecida, mas de repente viva de novo e grudada em cada pensamento meu, em cada impulso, às minhas palavras, aos meus gestos, aos meus olhares.

---

1 Claude Romain, ator francês nascido na Argélia em 1928, lembrado em particular por *A flor da idade* (1947) e *A Maria do porto* (1949), de Marcel Carné.

Esta manhã, me sinto mais em forma fisicamente. E além disso... acabaram de me trazer duas cartas. Duas cartas suas. Espera. Vou ler para responder com a maior urgência.

Os envelopes. Meu querido. Eu moro no 15º *arrondissement* e não no 14º.

Carta a Hébertot. Que pena todo esse atropelo de sentimentos que lhe são em parte estranhos, mas, curioso, não consigo ficar com raiva dele. Ainda existe nele algo que me toca.

Quanto ao resto, meu amor, entendo perfeitamente que você não possa mais me escrever. Então pare, se for difícil. Tenho suficiente confiança em você para encontrar nela a calma que uma palavra sua me proporciona. Não me escreva.

Vou ficar com uma frase para deslumbrar o meu dia: "De resto, concluída a peça, vou te obrigar a tirar um mês ou dois no verde."

Está vendo? Eu nunca me senti sozinha; você sempre me acompanhava num certo plano. Essa frase! Oh! Meu querido, como te sou grata por ela.

Te amo. Te amo. Sim; hoje é dia 11 e muito em breve... Oh! Desde que não apareça nada entre nós dois! Eu te amo meu belo amor.

M.

243 — ALBERT CAMUS A MARIA CASARÈS

Sexta-feira, 15 horas [10 de março de 1950]

Recebi sua carta "socialmente perturbada". Um miserável pedacinho de carta dispersivo — não conta e você vai me escrever mais uma esta semana. Não se deixe impressionar pelo barulho das ruas e das Assembleias. As greves são justificadas, plenamente justificadas — e quando os operários forem atendidos, a exploração que é feita das suas reivindicações muito dificilmente vai sobreviver. Mas não há nada de grave a temer, na minha opinião, por enquanto.

O dia começou enevoado. E depois o sol voltou com força. Eu trabalhei esta manhã. Esta tarde, luz, calor e cantos de pássaros entram aos borbotões no meu quarto. Espero trabalhar mais. Mas no fundo só penso em acabar com esse exílio e estar de novo com você.

Ontem Sartre veio aqui ao anoitecer, com Dolo, me dizer alô. Ficou uma hora que passou bem rápido. Mas parece que não estava funcionando para minha pobre Dolo, com um olhar bem triste. Quando se foram, eu estava cansado. É que estou levando aqui uma vida anormal e agora o menor ruído me atinge.

Estou te devolvendo a carta do montanhês. Sim, ele tem uma boa voz. Não te disse que também ouvi *A troca* (sim, eu disse). Ele tem razão, você realmente está admirável. Até me fez esquecer que era você que estava atuando.

Hoje de manhã olhei as fotos dos *Justos*. Com que ardor a sua imagem reviveu para mim! Sua presença, eu a espero e desejo apenas o que há de mais simples, te tocar sobretudo, te beijar, conversar com você, despertar ao seu lado.

Ó minha linda, meu amor, hoje a contagem do mês tem dois números — Dentro de onze dias, será a primavera legal, e em quinze ou vinte dias a primavera real. Você me espera, me ama, me deseja? Que o tempo passe e você finalmente seja minha, é tudo que tenho força e cabeça para desejar. Te amo,

A.

244 — ALBERT CAMUS A MARIA CASARÈS

Sábado, 15 horas [11 de março de 1950]

Sim, meu querido amor, posso imaginar o que não foram esses quinze dias de trabalho ininterrupto. Agora que não há mais ensaios você devia dedicar seus dias ao repouso absoluto, se levantar às 11 horas, se deitar à tarde, se recuperar o máximo possível. Um pouco de sol também (não demais) se o céu permitir. Como já sente que está voltando a viver, você vai dar a volta por cima — eu tampouco estou vivendo em esferas imateriais. E sua carta tornou ainda mais difícil essa espera, mais cortante essa queimadura que nunca me deixa. Mas eu sou como você e agora sinto uma repugnância invencível diante da dor e do sofrimento. Também tenho vontade de ser feliz, animalmente, cegamente. E nós seremos, pois conquistamos esse direito. O corpo tem em si uma sabedoria e uma felicidade. Quando penso no seu, minha boca resseca... mas vamos deixar isto... Estou com sua carta bem grudada no meu corpo, e logo terei você também.

Ainda não posso dizer com precisão a data da minha volta. Tudo depende de Robert [Jaussaud]. Pois preciso voltar de carro e como não é recomendado que eu dirija o tempo todo, vou alternar com Robert, e faremos a viagem em dois dias (e assim estarei novinho em folha para você, e sem a distração do cansaço. Como vê, agora eu penso em tudo). Robert vai me dizer o dia exato. Será no dia 30 ou 31, mais ou menos. O simples fato de falar dessa volta me deixa literalmente embriagado — (mas se Zurique é interessante para você, vinte e quatro horas não são muita coisa).

O tempo ainda está bom. A casa está cheia de flores — recebi *Os justos* em volume. Vocês receberão exemplares especiais no teatro. Por favor diga aos atores que peço desculpas por não tê-los assinado e que o farei ao voltar. Ah! A peça foi comprada na Holanda, na Itália (em abril em Milão!) e na Alemanha. Mas só existe uma Dora!

Quanto mais eu trabalho, mais resta a fazer. Pois estou ampliando o assunto e nascem novos capítulos que terão de ser escritos. Mas em certo sentido isto é excelente e não me queixo. Só me queixo de ser privado de você e de toda a alegria que você me dá. Mas o desenlace está perto, é a fortuna pela esperança. Até logo, meu coração, meu amor, meu belo corpo — até logo, minha promessa. Não é mais a tempestade, mas um furacão que se apresenta no horizonte.

Te beijo em meio aos relâmpagos, te aperto contra mim, te espero... mas preciso me acalmar. Te beijo suavemente, minha querida.

A.

245 — ALBERT CAMUS A MARIA CASARÈS

Domingo, 11 horas [12 de março de 1950]

Está fazendo um tempo horrível, meu querido amor. A casa no meio de uma nuvem e a chuva escorrendo sem parar. Fiquei na cama tentando trabalhar. Mas há quarenta e oito horas não consigo. O estado moral de F[rancine] me preocupa e sou obrigado a cuidar um pouco dela. Não te escrevi ontem porque fui a Cannes buscar Dolo que vinha passar o fim de semana aqui. Almocei em Cannes e só voltamos bem tarde. E eu sabia que te escrevendo hoje você não ficaria sem cartas minhas.

Naturalmente, não se preocupe. Hoje as coisas estão muito melhores e as crises são inevitáveis. Se estou falando disso, é para abrir o coração, como combinamos. Meu coração, no momento, está um pouco covarde. Só deseja a solidão junto de você, e esquecer. Mas isso também é inevitável.

Ao voltar hoje encontrei sua carta de sexta-feira. E fiquei feliz. Contente também por saber que você está melhor. Mas mantenho o que disse: *procure um médico*. Quanto à peça, posso cuidar de ensaios adicionais. Mas se não aparecer muita gente você realmente acredita que ela ainda vai durar muito? E nesse caso, fico furioso com a ideia de que você será obrigada a aceitar a história Soldati. Voltaremos a falar disso.

Sexta-feira me dispus a ouvir a entrevista sobre *Os justos*. Acompanhei todo o programa *Encontro às cinco horas*,[1] que é todo calibrado, acredite. Mas nada sobre *Os justos*. Comecei a xingar. Ontem, ao voltar de Cannes, meu irmão me disse quando eu abri a porta "Você acaba de perder o segundo programa sobre *Os justos*!" E eu xinguei de novo.

Sim, eu sei que *Orfeu* é um sucesso para você. Já me disseram e eu queria mesmo que seu pai não tivesse razão e que isso te facilite as coisas. Estive pensando. A história de *A peste* (os diálogos são de Pierre Herbart,[2] um amigo) não vai valer a pena para você (dois ou três planos), mas, se houver uma necessidade, me diga. Deixo a questão de lado até você se decidir.

Mas o filme deverá ser rodado em novembro, não antes. E aliás falaremos disso.

Ah, minha menina querida a ideia de te ver e te falar, de botar as mãos em você, enfim, depois desses meses cruéis... Está chovendo toda a água do mundo neste momento. Mas esta simples ideia basta para me queimar o rosto. Pelo menos você ainda me ama?! Ah! Eu sei, eu sei e meu coração explode! Quando apertar o botão do seu elevador, só então esse coração apertado que não me deixa há três meses vai relaxar, e o meu sangue voltará a correr livremente. Verei de novo seu rosto de alegria, seu rosto grave, seu rosto de desejo e volúpia, finalmente vou me perder nas alegrias e enlevos que você me dá a cada momento. Te beijo, te beijo como no início da tempestade, minha amada, minha querida, minha corajosa. Até logo. Estou chegando, entende? E te amo com ternura, com fúria...

A.

246 — MARIA CASARÈS A ALBERT CAMUS

Domingo à noite [12 de março de 1950]

Meu querido,

Não te escrevi ontem à noite porque "não estava dando", não mesmo.

Depois de uma manhã tensa em busca de distrações — leituras, cartas etc. — inúteis, almocei com Angeles e Juan, que gentilmente tagarelaram sem pa-

---

1 Programa diário de Pierre Divoire na RTF (Paris-Inter).
2 Ver carta 241, p. 427.

rar. Depois, passei um momento olhando reproduções de desenhos de Degas e Lautrec, estive com Claude Œttly, que queria vir me dar um beijo ao voltar do Marrocos, e fui para a rádio gravar Viola em *A noite dos reis*. Estava muito cansada. Desde que acordei, sentia dor de cabeça em torno dos olhos e a partir de 5 horas voltei a ter, como anteontem, um surto de febre com calafrios, tremor das pernas etc. E ainda por cima, angústias.

Terminei minha sessão de rádio como pude e fui encontrar Pierre [Reynal], que estava me esperando, meio preocupado com meu estado de fraqueza. Estava com fome e fomos jantar no Relais. Eu comi bem. A récita acabou restabelecendo meu equilíbrio e quando voltei para casa à meia-noite, só restava do meu mal-estar a dor persistente que até agora está aqui, no nervo ótico?, quando mexo os olhos.

Estava pensando em ir ao meu médico na terça-feira, mas hoje de manhã, depois de oito horas de sono profundo, estava me sentindo melhor. Ainda um leve mal-estar depois do almoço, mas só.

A vesperal e a noturna transcorreram normalmente. À tarde, havia muita gente em cima, nos balcões, e menos na plateia. Paulo [Œttly] foi até a sala, e achando que havia algo errado no espetáculo, decidiu dar uma bronca em todo mundo menos eu, dizendo que estava todo mundo representando como "burgueses morrendo de tédio". Enorme indignação de Michel Bouquet, que eu tentei discretamente acalmar, mas que não se conteve e acusou Jacques Torrens de "b... sinistro com o qual não podemos atuar" e Yves Brainville de deixar o movimento cair. Quando Paulo se foi, de cabeça baixa, Michel voltou a si e reconheceu como sempre que Œttly tinha razão, que estava todo mundo defasado, exceto eu, e que era preciso ensaiar para encontrar de novo a coesão. Pedi então que ele falasse com Paulo, para fazer uma gentileza com ele, que me parecia meio deprimido; mas não sei se no fim das contas ele acabou fazendo.

Pessoalmente, não creio que a defasagem seja muito grande. Só o afastamento de Serge significou um pequeno golpe para a interpretação, pois agora é impossível chegar com alguém mais à coesão que tínhamos conseguido com Reggiani. Mas não é tão grave assim e só incomoda a nós.

Para o espectador, o conjunto talvez esteja com problema, mas ele não percebe nada.

Enfim, em tudo isso, era Albert para cá e para lá o tempo todo. "Quando Albert vier." "Albert vai chegar e vocês vão ver." "Quando Albert ouvir."

"Que vai dizer Albert?" etc. Eu daria um bom dinheiro para que nesses momentos você visse o meu rosto íntimo, você sabe, aquele que fica debaixo da pele! Só para ficar sabendo um pouco como eu penso em você!

Entre a vesperal e a noturna H[ébertot] me trouxe o Sr. Mignon,[1] da Rádio, que quer me entrevistar a respeito de Dora. Algumas perguntas sobre o que eu penso do personagem e uma cena. Escolhi a metade da cena de amor (não inteira porque J[acques] T[orrens] a interpreta muito mal) e a cena com Bouquet no terceiro ato. Espero que esteja de acordo comigo e que o que vou dizer sobre Dora não te desagrade muito. Vamos gravar no teatro na quarta-feira às 8 horas da noite.

Em casa, tudo seguindo seu caminho. Voltei a ler com facilidade. Proust. Acabei as cartas de Van Gogh e voltei a Proust.

À parte minhas pequenas angústias, vou indo. Passo de um tédio total a uma efervescência de vida, de esperança e de sonhos delirantes. também os momentos de languidez e desejo, que se multiplicam.

Eu também estou de caneta cortada. Decididamente são cartas demais, tinta demais entre nós. Assim prefiro me calar e esperar impacientemente a sua volta. Não tenho nada a te escrever além dos fatos. Não sei se tenho alguma coisa a te dizer. Só sei e tenho certeza de que logo estarei abraçada a você, e terei seus braços ao meu redor. Te amo.

Maria

Segunda-feira de manhã [13 de março de 1950]

Acabo de receber sua carta de sexta-feira.

Não sei se a minha "socialmente perturbada" era um miserável pedacinho de carta dispersivo, mas essa sua não é mais brilhante.

Hoje de manhã me parece que esse fim de mês nunca vai chegar. Está cinzento lá fora e eu não quero olhar para dentro.

Bem desperta. Ainda com dor no olho direito. Quanto ao resto, desencantada.

Até logo, meu querido, até amanhã.

Te beijo perdidamente e imploro que me ame.

Maria

---

1 O crítico e historiador do teatro Paul-Louis Mignon (1920-2013), nomeado depois da guerra diretor dos programas dramáticos da Radiodifusão Francesa.

247 — MARIA CASARÈS A ALBERT CAMUS

Segunda-feira, meio-dia [13 de março de 1950]

Meu querido,
Está chovendo. Estou ouvindo o rádio. Chove sem parar lá fora. Penso em você. Penso em você. Penso em você.
Realmente queria poder dormir até a sua volta. Quanto mais curto o tempo que nos separa, quanto mais ele me parece breve, mais o acho longo, estando mais que nunca voltada para o fim. Devia me comportar e parar de pensar nisso, me instalando no dia presente: mas como? Em que eu pensaria? Que é que eu vou encontrar nesse dia sem você?
A única coisa que me diverte é a arrumação da casa, pois cada bibelô, cada flor teme não te agradar, assim me assegurando da sua chegada próxima.
E depois vêm as horas da representação, nas quais eu te reencontro e me acalmo um pouco. Ontem, Albert, o contrarregra, veio me confirmar que estavam esperando sua chegada para ensaiar e dar um pouco de coesão à interpretação de todo mundo e parecia que eu ia sufocar de alegria.
Quanto às relações entre os membros do grupo de Combate,* continuam na mesma, acrescidas apenas da desenvoltura e da autoconfiança do nosso novo Yanek, que se queixa das risadas que provoca em nós e acha difícil atuar conosco. Nem mesmo Michèle Lahaye o aguenta mais no palco nem na vida, e eu já começo a não encontrar caridade suficiente para botá-la a serviço dele.
Até já, meu amor.

Segunda-feira, 3 horas [13 de março de 1950]

Chovendo ainda e sempre. E eu ainda e sempre pensando em você. Almocei como sempre na cozinha com Angeles e Juan, escrevi a minha irmã e minha sobrinha e dentro de uma hora vou para a rádio.
Dia triste e cinzento e eu me sentindo de alma vagabunda. E por sinal não me sinto mal. Um pouco vazia, um pouco cinzenta como o tempo, mas nada mal. E... *te amo*! Minha nossa!

---

* No enredo de *Os justos*, um grupo de socialistas revolucionários organiza um atentado para matar o aristocrata que governa Moscou, em 1905. A peça se baseia em fatos reais girando em torno da Organização de Combate dos Socialistas Revolucionários. (*N. T.*)

248 — ALBERT CAMUS A MARIA CASARÈS

Segunda-feira, 15 horas [13 de março de 1950]

Sua carta de sexta-feira sábado. Você fez bem de me falar dessa angústia. Ela não me preocupa muito, embora eu sofra com você. É inevitável e no fim das contas melhor se entregar, quando ela está aí. Você fechou a boca e o coração em cima de muitos gritos, o que é devastador, em certo sentido. De vez em quando, as imagens ruins voltarão. E no fim das contas talvez seja bom. Eu tive uma angústia assim, uma época. E me parece que no fim das contas extraí dela uma grande parte do que sou. Afinal, a vida é como agente a vê nesses momentos, e é preciso saber. Mas ela não é apenas isso, o que também é preciso saber. Meu querido amor, podemos nos amar também na lucidez — o que é insubstituível.

Não te escrevi ontem, mas era domingo e você não vai ficar sem carta. Na verdade, eu estava vazio e oco como um tambor. Incapaz. Felizmente, o tempo está bom. Fui dar um passeio à tarde. Colinas cobertas de sálvias perfumadas, caminhos de espinheiros, o mar sempre presente no fundo do horizonte... no fim das contas caminhei duas horas e voltei cansado. Fui deitar e li... um romance policial particularmente idiota. Hoje de manhã, o tempo está cinzento — pela primeira vez em três longos dias. Mas agora o sol está aparecendo e entra no meu quarto. Estou relendo sua carta. Entendi quanto ao 15º, sou mesmo um cretino. Quanto a Hébertot, também não consigo ter raiva dele. E até esse tipo de excesso na presunção acaba sendo estético. Escrevi para ele num momento de raiva. Mas sei que não valia a pena e que teria sido melhor me calar.

Amanhã vou almoçar em Nice. Te escreverei alguma coisa ao voltar, fique tranquila. Almoço com uma amiga de quinze anos atrás, em Argel.[1] Não vai servir propriamente para nos rejuvenescer. Voltarei a tempo de te escrever. Verdade que essas cartas me são cada vez mais difíceis, e eu sei que poderia parar sem que você perca a confiança. Mas vou te escrever como puder: quero estar todo dia junto de você.

---

1 Blanche Balain (1913-2003), que Camus conheceu em Argel em 1937, quando ela era estudante de direito. Ele apadrinhou a publicação de uma coletânea de poemas seus pela editora Charlot.

Não tema nada, meu amor, nada nos separará. Estarei aí no fim do mês e te ajudarei a viver, vou cuidar de você. Apesar de tudo terei trabalhado muito, embora não tenha concluído e pelo menos alguma coisa em mim estará contente a esse respeito. Vou poder te ajudar. Não sei se F[rancine] voltará comigo ou irá buscar as crianças na Argélia. Mas te direi. Até amanhã, minha querida, minha menina. Beijo teus lindos olhos e te abraço. Te amo.

A.

Vou te mandar uma cópia do meu artigo de *Caliban* sobre *Os justos*. Também é um jeito de te escrever. Recebeu *O avesso e o direito*? Te beijo de novo. Uma pequena foto no Rio. Foi na chegada. Estava com uma cara boa.

249 — MARIA CASARÈS A ALBERT CAMUS

Terça-feira de manhã, 10 horas [14 de março de 1950]

Meu querido,
Não pude te escrever ontem à noite; Pierre me prendeu até 2h30 da manhã. Ele veio dormir aqui e a gente conversou um tempão.
Eu tinha passado um dia muito ruim que só melhorou à noite, no teatro — decididamente, ainda é interpretando *Os justos* que eu passo meus melhores momentos. Depois do almoço, tive outra pequena "baixa de bola física", porém menos grave que nos últimos dias — em compensação moralmente foi pior que nunca. Pierre, que me encontrou na rádio, percebeu, foi jantar comigo no Relais e foi me buscar depois da récita. Voltou comigo e dormiu lá em cima. Quando cheguei ao teatro recebi a visita do MESTRE, que foi perguntar se eu queria interpretar *Casa de boneca*[1] ou alguma outra peça da minha escolha com poucos cenários e personagens, em alternância com *Os justos*. Eu respondi naturalmente que estava cansada para assumir um papel tão importante e que só aceitava na melhor das hipóteses uma cena curta como a que Michèle Lahaye interpreta conosco. Depois, ele me falou de você. Quer manter a sua "obra-prima" em cartaz por muito tempo apesar das *t*orturas (com 3 *t*) que você infligiu a ele, sem que por sinal ele tenha ficado aborrecido com você. Para dar uma refrescada nos *Justos* ele gostaria de comemorar uma grande centésima quando você voltar, e como eu

---
1 *Casa de boneca* (1879), do dramaturgo norueguês Henrik Ibsen.

disse que não achava que você fosse contra essa ideia, pediu que te explicasse que uma centésima oficial não significa apenas ir beber alguma coisa no Souris com os amigos, mas receber uma tarde no teatro "a elite do *tout Paris*".

Pronto, está feito. Tenho para mim meu amor que você devia aceitar. É chato mas não insuportável e certamente vai fazer à peça do ponto de vista publicitário.

Esta manhã está fazendo bom tempo lá fora — ainda estou na cama e não pus à prova minha força cotidiana; mas desde ontem à noite parece que estou me sentindo melhor. Ao acordar recebi O *avesso e o direito*. Obrigada, meu amor, pelo livro e pela sua maravilhosa caligrafia apertada que nunca deixa de me trazer calor.

Não sei o que vou fazer hoje. Tinha de ir à rádio gravar "meu retrato musical"; mas cancelei, me sentindo incapaz de fazer as concessões necessárias para esse "programa de mocinhas".

Às 3 horas, Mireille vem aqui. Não a vejo há muito tempo. Que venha com algum encanto!

Vou pôr em dia minha correspondência e te escrever uma longa carta sobre horticultura. Até mais, meu amor adorado. Hoje é dia *14*! estamos nos aproximando do mar. O cheiro é bom! Te amo. Te amo. Te amo.

M
V

250 — ALBERT CAMUS A MARIA CASARÈS

Terça-feira, 19 horas [14 de março de 1950]

Uma palavrinha rápida, meu amor querido, para você não ficar sem carta. Acabo de voltar de Nice cansado e embrutecido por esse formigueiro. Não sei se no futuro serei capaz de aguentar as cidades. Fico com a sensação de sufocar e perder o fôlego. Questão de readaptação.

Encontrei minha amiga. Depois de quinze anos, não temos muito a nos dizer. Ela vai casar e deve casar com um jornalista (de *Carrefour*!) que eu conheço e pelo qual tenho estima apenas relativa, mas que disse a ela ter se encontrado comigo e com você uma noite na casa de Dullin há seis anos.[1] Nesse momento uma sensação de frescor tomou meu coração. E voltei a ver aquela deliciosa

---

1 A noite do primeiro encontro íntimo de Maria Casarès e Albert Camus.

manhã de junho na rua Vaneau,[1] você junto a mim, sua beleza e minha alegria — e então te amei — em silêncio.

Aqui encontrei sua carta triste e doente. Ouça: você deve *absolutamente* procurar um médico. Ao receber esta carta, telefone e marque uma consulta — é uma ordem, a primeira, mas ditada pela impaciência que sinto vendo você tratar assim a sua saúde. Depois me diga tudo que ele disse.

Eu te peço, meu amor, pense em nós e na grande necessidade que temos de dispor de todas as nossas forças. Não me escreva se não aguentar mais, embora tenhamos de esperar apenas duas semanas. Mas se cuide e SE TRATE. O que você tem não é natural. É PRECISO um médico.

Vou te escrever amanhã. Mas não fique desencantada. Não implore que eu te ame. Eu te amo e te espero. Estou muito mais doente da sua ausência que do resto. Tenho *necessidade*, uma terrível necessidade de você. Ah! Te beijo, meu amor. Coragem ainda, eu te peço. Isto vai acabar. Resista e daqui a pouco se jogue nos meus braços. Estou botando aqui todo o meu amor. Te beijo, perdidamente

A.

251 — MARIA CASARÈS A ALBERT CAMUS

14 de março [1950]

Meu querido,

Esse estado em que me encontro se torna grave na medida em que me deixa nervosa, amarga e até injusta. Hoje de manhã recebi sua carta e passei um momento muito ruim que preciso te confessar para me punir e me livrar dele.

Estava te esperando no máximo no dia 25 e você me avisa que vai chegar no dia 30 ou 31, mais ou menos. Para entender minha decepção e minha desorientação — por sinal instantâneas, pode ter certeza! —, precisa saber a que ponto uma hora longe de você neste momento se tornou difícil para mim. Não creio que você seja dessas pessoas ante as quais a gente precisa se derramar toda para mostrar alegria ou mágoa. Não creio tampouco que se tenha deixado enganar pelas minhas tentativas às vezes coroadas de êxito para sair do impasse em que me encontro. Suponho assim que vai entender minha tristeza um pouco pueril

---

[1] No número 1 *bis* da rua Vaneau, onde Albert Camus alugava um estúdio de André Gide na época em que conheceu Maria Casarès.

à ideia de ficar longe de você mais cinco ou seis dias e perdoar os pensamentos que se seguiram à minha desilusão. A ideia de que você não me amava mais ou me amava menos me deixou louca por alguns instantes. Depois veio a raiva. Por fim, o orgulho, esse terrível orgulho que você conhece.

Saí para tomar ar. Caminhei uma hora e meia pela beira do Sena. O tempo estava bom e tudo se normalizou. Voltei para casa um pouco triste, mas dona da minha razão e me xingando de todas as ofensas que conheço.

Almocei. Agora está tudo claro, na medida do possível — tentarei aproveitar essas duas semanas que me restam para me animar de maneira a ser de novo eu mesma quando você chegar. Vou empenhar todo o meu orgulho para conseguir me curar até lá.

Estou vendo, meu querido, que você trabalha bem e fico contente como você nem pode imaginar. Pena que você não possa concluir o ensaio antes de voltar; receio que Paris confunda um pouco o que você pôde encontrar na calma. Até recomendaria que ficasse em Cabris até concluir o trabalho, mas não tenho coragem.

Aqui o sol está desaparecido há alguns dias — hoje de manhã, alguns raios tímidos, e de novo aquela tampa.

Não sei mais o que te dizer — tenho horror de cartas que precisam continuar sendo lidas quando não fazem mais sentido. De modo que prefiro me limitar aos fatos.

Meu amor, até amanhã. Te espero. Te espero. Te beijo

Maria
V

252 — MARIA CASARÈS A ALBERT CAMUS

Terça-feira à noite — meia-noite [14 de março de 1950]

O dia passou... e como ontem as coisas vão melhor desde o início da récita. Mas de qualquer maneira há um progresso: nenhuma febre hoje; um pouco de cansaço apenas à tarde que passei deitada, depois de cuidar da correspondência.

Do ponto de vista interno, ligeiro alívio — eu também decididamente caminho com o tempo. O passeio dessa manhã me fez bem e à tarde não tive nenhuma angústia.

Acho que vou poder evitar a consulta médica.

Por outro lado, como a tortura pela esperança — como você diz — está ficando insuportável, decidi me acomodar na sua ausência. Não quero mais pensar na sua volta; vou viver como se nossa separação ainda fosse durar longos meses — as duas semanas que faltam vão passar mais depressa se eu me acomodar e se viver o dia a dia sem pensar no dia da sua chegada, sem me impacientar.

É como estou. Agora, vou dormir. Vou acrescentar algumas palavras amanhã se receber sua carta antes do meio-dia. Boa noite, meu querido amor. Durma bem.

M.

Quarta-feira de manhã [15 de março de 1950]

Meu amor querido,

Acabo de receber sua carta de segunda-feira e sua resposta a *Caliban*, e nesta última imediatamente senti os três meses de repouso, a vida, as forças novas e a vitória... finalmente! Se as explicações detalhadas me deixaram estupefata quanto à compreensão daqueles a quem você se dirige — não demora e vai precisar lhes dar uma aula no vestíbulo do Teatro Hébertot — o coração e o fim do artigo me pareceram admiráveis. Receio apenas que, considerando-se a sensibilidade e a clareza mental evidenciada por essas pessoas que entenderam tão bem *Os justos*, você não possa ficar por aí, e seja obrigado desta vez a lhes explicar por a + b a alma daqueles que sabem morrer pela justiça e a beleza tensa do pensamento do sul.

Enfim, neste mundo, cada um se dirige sempre aos mesmos até nos discursos que quer endereçar aos outros e é evidente que você sempre vai falar aos mesmos corações aos quais sabe tão bem prestar homenagem. Tanto melhor para eles. Tanto pior para os outros.

Agora a sua carta — nada de preciso a responder. Apenas obrigada, meu querido, pela "foto". Ela é bela e acabou num piscar de olhos com todas as minhas boas decisões de esperar com paciência e às cegas.

E cá estou eu de novo toda voltada para o dia 31 de março, por cima de duas semanas que terei de qualquer jeito de viver hora a hora! O mais engraçado é que sinto nisso algum prazer.

Esta manhã tem sol lá fora e preciso me levantar para receber às 11 horas um antigo colega de colégio na Espanha. Vou te deixar então. Ainda não sei o que vou fazer do meu dia; mas esta manhã me sinto muito bem e seus dois envelopes me deixaram feliz.

Te amo, meu amor — trabalhe. E descanse também. Sol! Te amo perdidamente. Te abraço como te amo.

M.
v

P.S.: Não irei a Zurique no dia 3! Acabo de recusar muito, muito gentilmente.

253 — ALBERT CAMUS A MARIA CASARÈS

Quarta-feira, 15 horas [15 de março de 1950]

Eu tinha certeza de que não receberia carta sua hoje, mas tive a alegria de receber a de ontem de manhã. O que me traz sol a um dia bem cinzento. Mas por que ficar acordada até 2h30 da manhã, mesmo com Pierre? Você precisa descansar, é o primeiro mandamento. E se esforçar obstinadamente por dormir. Assim é que vai se reerguer moralmente e a melhor maneira de te ajudar não é fazê-la ficar acordada mas te botar na cama. E por sinal insisto em que precisa procurar o seu médico. Fico triste e preocupado de saber que sua saúde moral não vai bem. O que está sentindo? É apenas essa angústia genérica a que se referiu? Tem alguma coisa em que eu possa interferir, te estimular, te ajudar?... Diga. Está chegando o momento em que estaremos juntos de novo e precisamos finalmente desembocar na alegria. Ah! Essa espera, essa certeza não leva um pouco de doçura ao seu pobre coração? Como é que eu posso, ainda tão longe, te manter de pé, te esclarecer, dar vida de novo ao teu belo rosto?...

E de resto eu também preciso de você e mais ainda do que confesso. Mas você sabe e se eu escrever, para você, para mim a palavra coragem mais uma vez, não terei feito avançar nada. Vamos deixar isso. Te amo.

De fato recebi uma carta de Hébertot sobre as questões de que você fala. É uma carta nobre e triste. Nós jamais nos entenderemos e prefiro ficar por aí para voltar à minha primeira atitude, a do naturalista diante de uma espécie animal curiosa e digna de interesse. Ele não me fala de *Casa de boneca*, mas de *Calígula* — neste verão e na próxima temporada. Me comunica o afastamento de Brainville (mas não sei por quem substituí-lo) e intercede em favor dos seus amigos de Clermont-Ferrand (e como ouço falar deles!). Por fim me fala dessa centésima espetacular. Naturalmente, não posso aceitar. O que é que eu tenho a ver com le Tout Paris? Le Tout Paris não gosta dessa peça e não se sente à vontade com o autor. E o autor não suporta le Tout Paris.

De modo que seria uma comédia a ser representada. Mas no momento estou muito frágil para isso. Nosso mestre se mostra preocupado com as "despesas" em sua carta. "Os convidados não rejeitam o bufê", diz. Como le Tout Paris está sempre com fome, fiquei com a impressão de que o mestre gostaria que eu participasse da conta! E ainda acrescenta em P.S. da própria mão, melancolicamente, "O que eu faria fiel...".* São mesmo umas figuras, mas nesse grau a gente até fica comovido.

Furioso com as mudanças de ondas da rádio. Não ouvimos daqui *nenhuma* das emissoras de Paris. O que me isola de você; é o que me deixa irritado. A esperança de te ouvir de novo... pelo menos uma vez, se foi. Mas eu tenho uma outra esperança, só duas semanas me separam de você.

Os projetos de *A peste* no cinema estão ficando mais claros. Dupla versão. Carné, diretor. Boyer, Fresnay em dupla. Que acha? O produtor me falou de você para a mulher do médico. Mas é muito pouco e não creio que seja excelente para você. Diga também o que você acha.

Até amanhã meu amor querido. Ainda vou precisar escrever mais uma vez a palavra coragem. Sim, ela é necessária e você precisa se cuidar. O que te diminui nos diminui, o que te engrandece nos engrandece. Convoque tudo que te resta de imaginação. Sim, imagine os dias que se aproximam, nos quais sua mão finalmente estará na minha, sempre que quiser. Encontre coragem em mim, e eu encontro em você. E me ame com todo o seu corpo e toda a sua alma — como eu te amo.

A.

254 — MARIA CASARÈS A ALBERT CAMUS

15 de março (meia-noite) [1950]

Hoje, quarta-feira, 15 de março de 1950, o dia foi bonito.

Te deixei esta manhã, ainda na cama, banhada no sol que entrava generosamente no meu quarto, sob a impressão favorável que tinha ficado da leitura do seu artigo em *Caliban* e com sua bela carta juntinho do meu corpo.

---

* Citação de um verso de Andrômaca, de Racine, que entrou para o anedotário francês: "*Je t'aimais inconstant, qu'aurais-je fait fidèle?*" (Eu te amava inconstante, o que faria fiel?). (*N. T.*)

Levantei, me vesti o mais rapidamente possível — depois de fazer minha toalete, claro! — e recebi a visita de um jovem espanhol que parece um Luis Mariano melhorado. Não o conheço, mas ele me chama de "você", pois você precisa ficar sabendo que existe aqui toda uma categoria de pessoas que, sem nunca ter me conhecido me tratam por você sem mais aquela e me chamam pelos meus diferentes pequenos nomes:

1) Os espanhóis em geral me chamam de Maria, se lembram de mim quando eu era menor e me falam da pátria, do exílio e dos meus pais.

2) Os espanhóis que estudaram no Instituto-Escuela[1] me chamam de Maria — Victoria ou Casarès (ao gosto) e conversam comigo mencionando aqui e ali lembranças de infância em geral completamente estranhas à minha memória e se referindo a colegas e professores que eu nunca conheci.

3) Os galegos que vêm cantar para mim Vitola[2] ou Vitoliña e pintam meu retrato quando eu era "alta assim". Esses sempre aparecem aqui em casa sem telefonar antes e na hora do almoço.

O objetivo perseguido por essas três categorias é claro e preciso: me pedir alguma coisa.

E há também os outros, aqueles que, não estando mais entre os meus "compatriotas", mas estudaram no Liceu Victor Duruy,[3] fizeram cursos com Simon,[4] com Colonna Romano,[5] com Alcover, com a Sra. Bauer-Thérond,[6] com Julien Bertheau,[7] os alunos do Conservatório, de Dussane,[8] de Leroy [sic],[9] de Escande etc.; mas desses vou te falar outra vez.

O rapaz que tive a honra de encontrar esta manhã pertence à segunda categoria dos "compatriotas" e depois de lembrar uns vinte professores que me

---

1 Instituição não confessional e inovadora onde Maria estudou em Madri de 1931 a 1936, passando em particular por suas primeiras experiências teatrais.
2 Assim Maria era chamada pelo pai desde pequena.
3 Foi onde Maria Casarès estudou em Paris, obtendo seu diploma da primeira parte do *baccalauréat* em setembro de 1940; mas apesar de dar prosseguimento aos estudos em 1941, ela não obteria a segunda, já envolvida em sua formação dramática.
4 Depois de reprovada duas vezes no exame de admissão ao Conservatório, Maria Casarès se inscreveu no famoso curso de René Simon em setembro de 1940.
5 Atriz da Comédie-Française de 1913 a 1936, Colonna Romano é casada com Pedro Antonio Alcover, amigo parisiense dos Casarès.
6 A Sra. Bauer-Thérond deu cursos particulares a Maria Casarès em 1939-1940.
7 Ver nota 1, p. 344.
8 Maria Casarès passa em 1941 no exame do Conservatório, onde frequenta em especial os cursos de Béatrix Dussane. Ver nota 3, p. 228.
9 Ver nota 1, p. 343.

eram perfeitamente estranhos, concluindo que o Instituto-Escuela tinha várias casas e que havíamos estudado em centros diferentes, chegou ao que interessava: me pedir trabalho provisório durante os três meses de estada em Paris antes de viajar para a América.

Depois que ele se foi, fiquei lendo até a hora do almoço, ou melhor... não exatamente, pois logo depois de abrir o livro, o mal-estar começou e só parou debaixo da boa torrente de palavras de Angeles e Juan.

Às 3 horas, Pierre veio me buscar e fomos ver a exposição de desenho francês na Orangerie.

Meu amor, se ao retornar não tiver terminado, gostaria de voltar lá com você. Você nem pode imaginar quantas coisas lindas estão nela. Degas, Lautrec, Delacroix, Poussin, Lorrain, David, Ingres, maravilhosos, e quatro Clouet de chorar.

Eu saí de lá embriagada e ficamos passeando até 5h30 ao longo das Tulherias e do Sena. Estava fazendo um tempo esplêndido e tudo cantava. Ah, como foi bom!

Às 6 horas, eu estava em casa, estendida no meu sofá florido, gasta... mas bem gasta.

Comi como uma leoa e fui para o teatro. Lá estavam à minha espera o Sr. P[aul]-L[ouis] Mignon,[1] crítico da rádio e Jacques Torrens. Tinham ido por causa de uma entrevista que deve ser transmitida sexta-feira à tarde no programa *Encontro às cinco horas* e que eu imploro que você não ouça.

Cansada, vazia, completamente voltada para meus músculos ainda doloridos e um pouco sentidos, burra com essa burrice crassa que às vezes toma conta de mim, mas que se mostrou particularmente aguda esta noite, respondi sem preparação de espécie alguma a perguntas profundas sobre a pobre Dora — sua situação, seu comportamento e seu caráter —, com frases empoladas nas quais me perdia sem salvação possível e das quais ninguém vai entender nada. Deus do céu! que tortura.

E ataquei a peça, extenuada por esse pequeno interlúdio, mas com um bom humor do qual tive dificuldade de me separar para entrar no reino severo dos *Justos*. Só me juntei realmente a eles no quinto ato, mas aí... cheguei lá.

Aí está, meu querido amor, a minha quarta-feira 15 de março de 1950, primeiro dia de esperança e sol de verdade de uma época e de uma primavera que vai chegar ao fim, espero, dentro de quinze dias no deslumbramento do verão.

Onde você está? Fazendo o quê? Como vai? Em que tem pensado? Trabalhando? Tudo isso...?

---

1 Ver nota 1, p. 435.

Só estou sabendo... por alto, mas quando se trata de você, tenho sede de... detalhes.

Te amo. Te espero. Te beijo perdidamente.

M

Não esqueci da minha carta sobre horticultura.

Quinta-feira de manhã [16 de março de 1950]

Acabo de receber sua carta de terça-feira. Não se preocupe. A depressãozinha passou. Nenhuma febre. Quase nenhuma fadiga. Tudo indo muito bem.

255 — ALBERT CAMUS A MARIA CASARÈS

Quinta-feira, 15 horas [16 de março de 1950]

O tempo mudou repentinamente. Está chovendo, um vento cortante começou a soprar e a temperatura esfriou de uma hora para outra. Os pobres ciprestes que vejo da minha cama estão enrugados e molhados. Recebi suas duas cartas de terça e quarta-feira. Felizmente chegou esta última, pois a de terça me teria pesado um pouco no coração. Deus sabe que desejo *antes de mais nada* te levar felicidade e não mais motivos de tristeza. Se vou voltar apenas no fim do mês é porque dependo completamente de Robert [Jaussaud] que só então vai fazer sua inspeção no Sul. Poderia voltar sozinho mas levei aqui uma vida absolutamente artificial durante três meses, não tenho a menor vontade de enfrentar de novo a provação da separação e sou formalmente desaconselhado a dirigir um carro durante quinze horas de um dia para o outro. Graças a Robert, poderei voltar sem maiores estragos. Claro que existe a possibilidade do trem, mas representaria uma noite em branco ou o inferno de quatorze horas sentado sem ter o que fazer. De resto, o carro vai me poupar de certas canseiras em Paris. Eu não estava com a consciência pesada antes de te ler mas agora estou. E de fato que importa tudo isso, se eu pudesse chegar a Paris alguns dias antes! Mas não é fácil viver pensando que temos um bichinho lá dentro que começa a roer quando é despertado e quando já sabemos os estragos que isso representa na vida do coração e na vida pura e simplesmente.

Te amar menos? Não, não é o caso, e você nem devia pensar nisso. Mas estou pensando em nós e sei que minha força agora garante nossas chances de felicidade. Por isso, pela primeira vez desde que me conheço por gente, aceitei a servidão da doença e concordei em cuidar de mim. Mas entendo perfeitamente sua decepção se você estava pensando no dia 25. Realmente não acho que esteja enganado quanto a seus esforços e imagino mais ou menos exatamente a verdade do que você sente no momento. Por isto é que só queria te dar motivos de alegria. E orgulho? Por quê? Não há mais orgulho.

De resto tudo isso já passou, eu sei. Como os dias vão passar e nos levar um para o outro. Mas é justamente o que precisamos pensar — que haverá apesar de tudo uma libertação e o tempo vai parar quando finalmente eu a tiver nos meus braços. Já sofremos tanto um pelo outro — não vamos sofrer mais — só nos resta ser felizes um pelo outro. Já basta que haja todo o resto, e o pavoroso rosto que a vida às vezes assume, e a dificuldade de ser.

Fico contente de saber que você está melhor, meu amor querido. Mas nada de "assim posso evitar a consulta médica". *Você precisa* ir à consulta. Mesmo que invista todo o seu orgulho na cura, nem por isto você será curada. Primeiro que tudo é preciso saber o que você tem e depois encontrar o tratamento que vai recuperá-la. O moral não é tudo e com um corpo intacto a gente pode vencer muitas coisas que de outra forma nos derrubariam. Faça o que eu estou dizendo.

A chuva redobra de intensidade — ó, como te dizer meu amor — o que ele tem de doloroso e a alegria que me proporciona. Sofri com essa separação como no inferno, e no entanto o que vivi com você nesses três meses me parece insubstituível. Te beijar até perder o fôlego, isso é que salvaria tudo. Mas estamos chegando lá, já estou tocando a sua mão e te amo. Me perdoe se a decepcionei às vezes. Estou pagando caro por tudo que vivi sem você e antes de você. O cansaço do corpo e da alma, a luta incessante... sim talvez exista uma juventude que eu perdi. Mas não creio e tenho certeza do contrário nas horas em que te sinto viva em mim — como agora.

AC

256 — ALBERT CAMUS A MARIA CASARÈS

Sexta-feira, 15 horas [17 de março de 1950]

Recebi sua carta ensolarada da quarta-feira 15. Aqui também o sol voltou e o ar morno cheira a espinheiro. Você quer que eu conte os detalhes. Mas não há detalhes, ou quase nenhum. Vivo cada vez mais no meu quarto e meu tempo se divide entre o trabalho e o devaneio. Hoje de manhã acordei às 8 horas, de mau humor, por sinal, e taciturno. Tomei o desjejum e fiquei na cama lendo, para o meu ensaio, até 10 horas. Às 10 horas todo mundo foi para Grasse para as compras. Eu levantei, tomei um banho e voltei para o quarto. O sol entrava pelas janelas escancaradas. Eu relaxei e fiquei devaneando ao sol. Depois me deitei e trabalhei até meio-dia e meia. E desci. Meu irmão tinha comprado *Match*. Li uma grande reportagem sobre Gérard [Philipe] onde você entra em cena como o amor misterioso da vida dele. O que me deixou exasperado. Almocei. A conversa girou em torno de enjoos no mar, pois minha cunhada pegará um navio na próxima sexta-feira. A 1h30, subi de novo com minha correspondência e comecei meu repouso lendo sua carta. Nada de apaixonante em tudo isso. Nos últimos dias F[rancine] e eu quase não nos vemos. Estamos buscando um equilíbrio. Em vão. Desse ponto de vista, só tenho naturalmente tristeza no coração. Mas continuo. Até 16 horas vou cuidar da correspondência ou ler. Às 16 horas com certeza vou dar um passeio. Às 17 horas tentarei de qualquer jeito ouvir sua entrevista, mas sem esperança — não dá mais para ouvir nada aqui. O que me deixa tanto mais furioso porque a Rádio 50 está anunciando o *Quem é você?* a seu respeito para a próxima quinta-feira. Vou passar o dia até 19h30 trabalhando, sempre na cama. Depois do jantar, lerei (as cartas de Rimbaud no momento). Às 10 horas, dormir.

É uma vida de monge e é verdade que funcionou para mim. Mas também é uma vida artificial e eu receio a passagem para uma vida normal — de qualquer maneira, há muito pouco a contar, o que explica meu silêncio sobre os detalhes. Mas há o resto, a única coisa viva e verdadeira em mim, e foi o que eu tentei te dizer, no dia a dia, como pude. Meu amor, Maria querida, continue a se alegrar e a viver de novo — é assim que eu te quero. Em breve, em breve! Sim, vai ser com alguns meses de antecedência um glorioso verão, quente, se dissolvendo como uma fruta. Ah! Sou muito capaz de te devorar de tanta fome de você. Te beijo mais e mais, em toda a sua pele de verão, nas têmporas, onde mora a ternura.

A.

257 — MARIA CASARÈS A ALBERT CAMUS

18 de março de manhã [1950]

Meu amor querido — se você estivesse perto de mim agora eu puxaria alegremente a ponta desse nariz de que se orgulha tanto, apesar da sua fragilidade — ó meu caniço! —, pois quando você quer ter a mais doce má-fé que eu jamais vi, se sai muito bem.

Não foi o seu atraso que me entristeceu idiota! Se ainda tivesse de esperar anos seguidos para você voltar cheio de vida, eu o faria com alegria. O que instalou na minha garganta uma "oliveira" de soluços foi simplesmente o fato de que você parecia ter esquecido na carta que ao viajar pretendia voltar por volta do dia 20, o que havia confirmado quando nos telefonamos no mês passado. Você me informa do atraso como se fosse algo já combinado e me pareceu que estava ignorando os dez dias de diferença por medo, confesso ou não, de falar do assunto. Foi isso e nada mais que me magoou e quando falo de orgulho nesse caso, não estou me referindo ao meu orgulho, que de fato não existe mais entre nós, mas ao nosso, o orgulho que tenho de você e da nossa transparência recíproca, o orgulho que me vem da total confiança que deve existir entre nós.

Vamos admitir que eu me enganei, que você não tenha pensado no assunto, que não quis se deter nisso por outros motivos, mas pelo menos me permita ficar decepcionada, que eu fique com uma tristeza que por sinal deveria lhe ser doce, sujeito bobalhão!!

E agora chega de falar disso. Entendo perfeitamente que você espere Robert para voltar e inclusive fico feliz que pense em evitar canseiras que só serviriam para te afastar de mim ao chegar. Mas por favor, não esgote demais sua inteligência na criação; deixe um pouquinho para mim!

Não fui ao médico — "Curada pelo orgulho", não preciso mais de remédios nem conselhos inúteis de repouso no campo.

Dei o seu recado a Pierre; disse-lhe que em vez de me deixar acordada até 2h30 da manhã, você queria que ele me "botasse na cama". Ele ficou muito espantado com a sua vontade; não imaginava que você se expressasse assim nem muito menos que quisesse que semelhante coisa fosse executada. Pede então que você confirme o que deseja e só então vai tentar te obedecer.

Mas falando sério, não se preocupe com as minhas vigílias — sempre vou dormir por volta das 2 horas e a nossa conversa não me cansou nem um segundo. Eu já estava deitada e Pierre [Reynal] ficou comigo justamente para evitar que eu ficasse sozinha e entregue às ideias que estavam me angustiando tanto.

Hoje vou de novo gravar Shakespeare na rádio: *Cimbelino* e na semana que vem um outro programa cujo título não sei e talvez a *Partilha do meio-dia*.

Nos últimos dias, descansei o tempo todo, ficando o dia inteiro deitada, à parte o tempo que tirei para longas caminhadas que finalmente despertaram de novo o apetite perdido.

Agora tudo voltou ao normal.
Ontem passei o dia em casa.
De manhã, cuidei da correspondência, à tarde, pintei. O "caramanchão" da varanda chegou e Juan, Pierre e eu, munidos de pincéis e latas de tinta, pusemos mãos à obra com vontade. Pintamos tudo. O caramanchão, cadeiras, vasos de flores, o piso, as roupas que usávamos, nossas mãos, nossos rostos, os pelos de Quat'sous etc. etc. Quando o sol se pôs, a casa estava toda verde e Quat'sous estava estirada no chão se achando um tufo de grama perdido no Jardim do Luxembourg.
A próxima sessão será de vermelho. Vai ser mais alegre.
Meu amor querido, você está aqui, finalmente, enquadrado, bem limpinho, todo esticado, emoldurado de dourado e branco. Adorável.
Ah! Te abraçar e ficar assim até que o mundo se reduza e se amplie em nós, sem limites.
Te amo. Te amo de perder o fôlego. Te beijo como te amo.

MV

258 — MARIA CASARÈS A ALBERT CAMUS

Segunda-feira de manhã, 10h20 [20 de março de 1950]

Acabo de acordar e de ler sua carta de sexta-feira. Ah! Que bela carta cheirando a espinheiro. Obrigada, meu querido, por todos esses detalhes. Começo a entender meu pai quando ele me pedia quando queria lhe contar alguma coisa por alto: "Não! Comece do início! Então... você chegou e..." Entende? Eu queria beber cada minuto da sua vida e todo dia fico espantada ao descer a escada da casa que você não esteja aqui me vendo botar o pé em cada degrau, acontecimento que afinal de contas tomo um segundo do tempo da minha existência e do qual você nunca vai tomar conhecimento.

Eu também li *Match* mas só encontrei referência a uma "amizade apaixonada", por sinal bem irritante — nada que tivesse a ver com algum misterioso amor. Você deve ter procurado alguma coisa nas entrelinhas.

De minha parte estou bem satisfeita com as mudanças ocorridas na rádio e desejo de todo coração que você não consiga ouvir a entrevista sobre Dora e a sessão tão penosa de *Quem é você?*. Vou te contar tudo em detalhes se você quiser saber os meus erros.

Eu também fico preocupada com a passagem da vida que você está levando para a que vai querer levar em Paris; mas me preocupo na medida em que o natural cansaço resultante possa te desanimar ou impacientar. Enfim, espero ter suficiente sabedoria e amor para te ajudar e te disciplinar.

Há algum tempo já estou querendo te perguntar se você tem ideia do que eu posso ter feito a M[ichel] e J[anine] Gallimard para merecer que ao voltarem nem me telefonem para saber notícias ou me dar. Simples curiosidade, pois na verdade não fico infeliz de evitar assim um almoço que não contribuiria em nada para mim e me deixaria imensamente cansada.

Hoje ainda terei de ir à rádio concluir *Cimbelino* e de manhã terei de cuidar de poltronas, forrações, vidro e flores.

Estou realmente me lançando na horticultura e toda manhã conto os novos botões das minhas duas grandes roseiras.

Amanhã o pintor vem fazer o quarto de papai, e depois de amanhã nova remessa de caixas com heras.

Bem; meu querido — vou me levantar. Tenho de me apressar e cuidar da beleza para receber a primavera amanhã. Estou bem melhor e engordando aos poucos, mas constantemente.

Até logo, meu querido amor. Até esta noite. Até amanhã. Te amo. Te espero pacientemente como um tigre faminto esperando comida na jaula.

Te beijo perdidamente

M
V

259 — ALBERT CAMUS A MARIA CASARÈS

Segunda-feira, 20 de março — 0h10 [1950]

Meu amor querido,
A primavera é cruel demais, mas a natureza de vez em quando é de grande doçura com quem lhe é fiel. Assim, quando eu já não aguentava mais, o bem-aventurado deus do sono veio me socorrer e me fez viver um sonho de que eu realmente estava precisando para prosseguir pacientemente no duro caminho que vai me jogar nos seus braços.

E assim acordei hoje de manhã completamente relaxada. Infelizmente, estava fazendo um tempo bom lá fora, o ar está transparente, Paris respira amor e eu trabalho num teatro em que vivo cercada de gente com no máximo trinta e cinco anos. Nesse momento, até os olhos de Bouquet brilham curiosamente e precisei de muita coragem e muita generosidade natural para suportar sem inveja os ares satisfeitos de Pommier, seu sorriso beatífico e suas confidências gastas. Pois, para variar, devo ter cara disso mesmo — fico recebendo as alegrias e mágoas de todo mundo; acontece que no momento eles só falam de prazer, gosto de viver e delícias de todos os tipos. Ah! Felizmente uma esperança crescente e vertiginosa me dá sustentação! Felizmente também a simples contemplação desses rostos jovens, sadios e cheios de vida basta para me dar um certo prazer. Como são todos lindos e encantadores!

Mas... Depois eu tenho de voltar e esperar. Esperar. Imaginar. Oh! Tudo vai por água abaixo quando eu imagino! Melhor fechar os olhos e esperar no escuro; e no entanto, agora que a promessa se torna urgente, é tão bom esperar e imaginar!

Te amo, meu querido amor. Esta noite te amo assim e vejo teu belo sorriso, teu olhar límpido, tuas pálpebras pesadas. Boa noite, meu belo amor.

M.
V

260 — ALBERT CAMUS A MARIA CASARÈS

20 de março [1950] *Segunda-feira, 16 horas*

Meu querido amor

A segunda-feira sempre é tão doce. Depois de um dia de silêncio, você fala comigo de novo! E sua carta também me deixou feliz porque eu te sentia de bom humor, disposta a rir. Mas quero te dizer logo de cara. Robert [Jaussaud] telefonou hoje de manhã e acho que poderemos ganhar um dia. Não é nada, claro, e no entanto me alegrou a manhã inteira. Fiz a barba assobiando, o que não acontecia há meses. Imagino portanto que viajarei dentro de *9 dias*!

Quer dizer então que vou te encontrar debaixo de um caramanchão verde, pelo que você disse. Pelo menos é melhor que a sala de espera de ferroviária portuguesa onde eu te encontrava; mas por favor nada de esguichos, por enquanto. Está bom assim — deixe a tinta secar.

Tempo nebuloso apesar de ter clareado bastante hoje de manhã. Eu esperava trabalhar o dia inteiro, mas não consigo me livrar de uma dor de cabeça que me confunde as ideias. Depois de amanhã irei consultar meu genial médico pela última vez. Radiografia, exames etc.

Mas vai dar tudo certo, tenho certeza.

Que pelo menos tudo isso passe depressa. A esta altura já não sirvo para mais nada, nem para esperar nem para escrever. Paris, você diante de mim, junto de mim, ao meu lado, é minha ideia fixa. Ah! Minha imaginação! Um dia me pergunte sobre tudo que eu imaginei em matéria de alegrias futuras e vai achar muita graça.

Eu realmente espero não emagrecer. Com 75 quilos, recuperei um pouco da minha antiga forma — querendo dizer do ponto de vista visual. Mas sei perfeitamente que não tenho mais vinte anos: aí está o rosto que não me deixa mentir.

Como vê, ando meio bobo. Aqui estou eu, cheio de alegria, e não sei mais o que dizer. Me perdoe, minha única vontade é me atirar nos seus braços. Te amo, querida, sonho com o seu calor, o seu gosto, o seu rosto feliz.

Até logo, até já (*uma semana* apenas quando você receber esta carta) ó, povo, ó, alegria! Te beijo, te cubro de beijos, minha ardente e já saboreio, com toda antecipação, o gosto da sua boca e essa alegria fremente que começa a subir em mim.

A.

261 — MARIA CASARÈS A ALBERT CAMUS

Segunda-feira, meia-noite e quinze
Terça-feira, 0h15</i> [21 de março de 1950]
1º dia da primavera!

Cheguei à rádio às 4h15 e no meio de uma multidão cinzenta, molhada e barulhenta que lá encontrei, vi o nosso bom Castanier, magro, triste, infeliz, alquebrado pelos complexos e o sucesso. "Ele não encontra cinemas para o seu filme! Se sente abandonado por todo mundo! Ninguém o ajuda! Seu trabalho foi cortado! E no entanto, se o filme é ruim, não é realmente culpa sua!" Fiquei com pena dele e ao mesmo tempo tive de resistir a uma vontade louca de rir que tomava conta de mim e que eu tentava reprimir. Enfim, teremos no dia 3 de abril uma exibição da tal obra-prima. Se você quiser, podemos ir ver; mas nem preciso dizer que preferiria que não quisesses.

Léon Ruth, meu encenador de rádio, sempre muito louro, muito ruivo e muito feio, e sempre cheirando a manteiga rançosa, ficou com pena de mim, ao me ver no meio de um grupo cada vez maior e me levou com Lecourtois para tomar um café. A sessão só começaria às 5 horas.

Saí do estúdio às 7 horas. E fui jantar no Relais. Não tinha ninguém e eu já contava com meia hora de calma diante do meu chateaubriand com batatas. Mas... primeiro o dono, depois o maitre e por fim o garçom, incapazes de suportar a ideia de que eu estivesse entediada sem companhia, não me deixaram um minuto e vinham falar comigo o tempo todo, falando mal uns dos outros.

Enfim, o camarim. Ufa! Dois segundos de paz e logo depois a visita de Marcelle Perrigault[1] que vinha ver a peça pela vigésima primeira vez. Depois Pierre [Reynal], por alguns momentos, trepidante e primaveril, e por fim a trupe.

Boa récita. Atuei bem.

E aqui estou de volta. Cá estou na cama. E o que você está esperando para me amar?

Boa noite, meu querido amor.

M.V

Terça-feira, 10 horas. De manhã. [21 de março de 1950]

Meu amor acabo de receber sua carta e antes de postar esta queria responder sobre algumas questões.

1) Acho que a peça ainda vai durar. A greve diminuiu a receita; mas aos poucos ela está melhorando e as festas de Páscoa certamente vão trazer mais público. Naturalmente, seria necessário um pouco de publicidade e por isto a ideia de comemorar a centésima em grande estilo não era ruim. Seria o caso de convencer Hébertot a ir em frente sem você, já que você prefere não participar.

2) Não se preocupe comigo. Eu sempre dou um jeito de me virar, se o filme de Soldati não te agradar, eu recuso; não faço a menor questão. Por enquanto, estão me oferecendo outros, mas todos no exterior (México) — e considerando o estado de F[rancine] agora está fora de questão que você saia de Paris, e eu também, evidentemente.

Mas outros virão e até lá eu tenho as minhas rádios.

---

1 Admiradora que se tornou amiga de Maria Casarès, que pôs à sua disposição o "cantinho" da rua de Vaugirard — seu antigo quarto — e depois o pequeno estúdio no andar acima do apartamento. Ela passaria a usar o pseudônimo artístico de Dominique Marcas.

Quanto à *Peste*, eu não teria o que fazer. O papel da mulher do médico não é para mim e não há nenhum motivo para que eu o faça.

3) Você não perdeu nada ao deixar de ouvir a entrevista sobre Dora — frases vazias e empoladas e uma cena mal dita.

Fico triste, terrivelmente triste quando penso em F[rancine] e em você tão sofrido. Como tudo é difícil!

Meu querido amor, coragem. Cuide dela e se doe inteiramente a ela. Se quiser ficar mais algum tempo, se achar que isto pode melhorar alguma coisa, faça. Eu te espero o tempo que você quiser — te amo e te beijo perdidamente.

M.V.

262 — ALBERT CAMUS A MARIA CASARÈS

Terça-feira, 21 de março [1950]

É primavera, meu amor querido! Para dizer a verdade o céu está encoberto e o sol só brilha de vez em quando. Mas desde esta manhã coros de pássaros celebram o acontecimento com esmero, mas meu quarto está cheio de jacintos perfumados, mas eu recebi sua carta, sua linda carta de ontem, quente de desejo, amorosa... A natureza, estou vendo que tem uma certa queda por você. E quanto à imaginação você jamais chegará ao grau de obsessão a que eu cheguei, eu que não sou visitado pela natureza e cujo sono em geral é povoado de pesadelos. Mas vou guardar isto para a minha volta.

Já posso te dizer que não adianta me escrever depois do sábado. Imagino teu suspiro de alívio. Portanto vou receber sua última carta na segunda-feira. Terça-feira estarei ocupado com as bagagens e a preparação do carro e quarta--feira: estrada. E você vai receber minha última carta na terça. Francine, salvo contraordem inesperada, viaja quinta-feira para a Argélia e provavelmente voltará dentro de um mês.

Estou louco para ver a roseira do sétimo andar. Mas antes vou tratar de devastar minha rosa negra. Ah! Finalmente te abraçar! Está na hora de falar do sangue pulsando forte. Mas vamos ter paciência, realmente, e nos manter dignos.

Me espanta que os G[allimard] não tenham telefonado. Não pedi que o fizessem, naturalmente, sabendo que você prefere o silêncio, mas achava que o fariam. Me pareceu de passagem que J[anine], como direi... estava me julgando (o que é meio forte). Mas talvez tenha me enganado, estou mesmo certo disso.

E quanto ao silêncio deles, também há o fato de terem encontrado bacilos na urina de Michel.[1] O que já é desculpa suficiente. E de resto, tem um interesse apenas psicológico.

Espero, não se preocupe, não me cansar muito. Não vou encontrar ninguém, só você, até consultar meu médico. E se você me permitir deitar com frequência na sua cama, vou encontrar nela os benefícios da cura. Por sinal me acostumei a trabalhar na cama. Não me encanta propriamente, mas economiza forças de que posso me valer depois. O preocupante é que estou sentindo forças capazes de levantar o mundo.

Tudo isto é secundário. A única coisa que conta é estar de novo com você. Todo o meu ser te exige. Ah! O dia em que eu entrar em Paris! Minha querida, meu querido coração, minha ardorosa, minha doce, minha negra querida, te beijo inteirinha, te respiro, te bebo. Até logo, até já, minha amada. Te espero com uma impaciência cada vez mais estrondosa. E te amo.

A.

Recebi uma carta e um cheque de Mireille. Por favor, pode lhe agradecer e perguntar se ela ficou com a comissão? Vou resolver tudo quando voltar.

263 — MARIA CASARÈS A ALBERT CAMUS

Terça-feira, 5 horas da tarde [20 de março de 1950]

Curioso primeiro dia de primavera, cinzento, sem graça, úmido.

Hoje de manhã não fiz nada de extraordinário. Recebi a visita de um jovem decorador cheio de imaginação a quem tinha encomendado várias coisinhas, resolvi vários probleminhas por telefone, me lavei aos pouquinhos e li algumas páginas de Proust, que vou seguindo ao mesmo tempo com prazer e irritação. Esta noite vou entrar no reino de Sodoma. Que será de mim?

Como sempre, almocei com Juan e Angeles que me divertem cada vez mais.

As histórias que eles contam sobre a vida nas suas respectivas aldeias valem mais que uma conferência com mímica e qualquer coisa do nosso querido J[ean-]L[ouis] [Barrault]. Pois em matéria de mímica nosso amigo teria muito que aprender. Ninguém jamais se igualará ao talento de Angeles imitando o porteiro e Pitou ou ao de Juan bancando Madame Récamier.

---

1 Como seu amigo Albert Camus, Michel Gallimard foi acometido de tuberculose.

Às 2h30 fui para a rádio, gravar com J[ean] Davy[1] uma cena de uma peça mexicana e voltei, como sempre, completamente grogue.

Agora estou esperando Pierre e suas fúrias primaveris.

Como vê, tudo muito agradável, mas não muito apaixonante e os únicos momentos de enlevo são os da minha imaginação, embora eu tente discipliná-la.

Mas hoje de manhã recebi uma carta de Arturo e Pilar, pessoas que trabalharam para os meus pais durante muitos anos, que me viram nascer e crescer e que receberam em casa, apesar de uma vida difícil, a minha tia Candidita, que ficou sozinha desde o início da guerra da Espanha.[2] Todo um mundo em que você ainda não existia, onde nada da minha vida atual existia, de repente ganhou corpo diante de mim. Montrove.[3] A casa. Corunha. A casa. As árvores. As amigas camponesas. Ah! Nem adianta falar! Meu Deus, como tudo isso é estranho e como me parece incompreensível que tudo isso te seja tão estranho!

Devaneios! Devaneios! No passado. No futuro. Ah! Venha meu amor! Que finalmente eu possa viver esquecendo todo o resto, o minuto presente, para transformar um momento numa eternidade! Estou sufocando com essas lembranças enterradas, reprimidas, e com esperanças nas quais treme o medo da morte. Que possamos enfim desfrutar um do outro e do momento, alheios ao passado ao presente, ao próprio mundo que nos cerca.

Ah! A paz enfim e o sorriso!

Terça-feira meia-noite

Um dia a menos! Tristonha. Fiquei esperando Pierre, mas ele ficou retido no estúdio. Li uma peça mexicana. *A coroa de sombra*, de Usigli,[4] que estão querendo adaptar para o cinema. É a eterna história de Charlotte e Maximiliano.

Em seguida, depois fazer meu pequeno lanche, fui para o teatro.

---

1 Ver nota 2, p. 239.
2 Arturo, irmão mais velho de Santiago Casarès Quiroga, morre aos vinte e seis anos de tuberculose, um mês depois de ter casado com Candida, a Candidita.
3 Pequeno município próximo de Corunha (Espanha) onde os pais de Maria Casarès (então uma menina) alugavam seis meses por ano um *pazo*, nome galego das grandes residências no campo.
4 *Corona de sombra* (1943), peça de Rodolfo Usigli (1905-1979), poeta, dramaturgo e diplomata mexicano. A peça se baseia na história de Maximiliano I, imperador do México de 1863 a 1867, e de sua esposa Charlotte.

Recebemos os exemplares dos *Justos* e interpretamos bem os três primeiros atos. Pommier fez a sua retirada, e ainda vai nos ouvir muito! Para cúmulo da sua desgraça, Jacques Torrens também fez a sua, o que valeu a mim e a Michel [Bouquet] um acesso de riso terrivelmente difícil de controlar na nossa cena do terceiro.

Na volta, tive direito às confidências de Jean Pommier com sua dor de cotovelo.

Ele é realmente muito gentil.

Bem, meu querido; vou tentar dormir. Amanhã de manhã tenho encontros e terei de acordar às 9 horas.

Boa noite, meu amor — te beijo demoradamente,

M.V.

Quarta-feira, 9 horas da manhã [21 de março de 1950]

Acabo de receber de você uma carta escrita segunda-feira, curta... mas boa! A ideia de que você vai chegar um dia antes do previsto não me faz assobiar — eu não sei — mas em compensação traz um pouco de sol à vidraça desta janela desesperadoramente cinzenta.

Você me deu uma ideia falando de esguichos. Vou tentar instalar um no meu quarto para usar quando necessário, quando você chamar meu pequeno ninho da rua de Vaugirard de salão de ferroviária portuguesa.

Eu também engordei, e, quem sabe? — Talvez esteja pesando 75kg quando você voltar. Nesse caso, finalmente terei recuperado o rosto dos meus antepassados.

Ontem esqueci de te perguntar uma coisa. Fico um pouco enciumada por você ter reservado os diminutivos carinhosos da peça para os dois homens (Boris — Yanek).

Depois de meses de convivência no Teatro da Elite, acho que meus camaradas finalmente deveriam se decidir a ser mais afetuosos comigo, e como sou de origem francesa — apesar do sobrenome Doulebov — poderiam me chamar de Dorette. Exemplo:

"D — O amor não tem este rosto!
S — Quem disse?
D — Eu, Dorette!"

Que acha? Não acha que traria algum calor humano, uma familiaridade, uma certa intimidade?

Me perdoe, meu amor, a Rússia está feliz esta manhã e se diverte como pode.

Te amo — espero. Te beijo perdidamente

V

264 — ALBERT CAMUS A MARIA CASARÈS

Quarta-feira, 15 horas [22 de março de 1950]

Hoje de manhã o tempo estava bom, muito bom mesmo. Fiquei de preguiça no sol. Estava sentindo meu corpo. Esta tarde, o tempo está fechando. Dentro de meia hora vou a Grasse para uma consulta com meu médico. O carteiro veio muito tarde hoje e fiquei com medo de não receber nada de você. Mas não e recebi sua carta de segunda-terça-feira. Como te amei por me propor ficar mais se necessário! Mas não ia adiantar nada. Pelo contrário. Uma separação de um mês será muito melhor e talvez facilite as coisas. Além do mais fiz muito no sentido de cuidar de F[rancine] e de certa maneira estou esgotado. Preciso de felicidade e só de felicidade. Quando leio "Cá estou na cama. E o que você está esperando para me amar?", o coração dá um salto no meu peito e parece que vou ressecar aqui mesmo.

Meu amor querido, a questão não é saber se o filme de Soldati me agrada ou não, mas se é necessário que você participe. Se não tiver mais nada, você faz o filme, sem se preocupar comigo. Eu dou um jeito de não ficar longe de você. De resto, melhor a Itália que o México, no momento. Se esse imbecil te importunar, você mete a mão na cara dele. É o que se costuma fazer.

Quanto à centésima, você já está começando a me abalar. Voltaremos a falar disso. Mas eu volto mais selvagem ainda do que era. Estava querendo me fazer bem pequeno junto de você, e não me mexer mais.

Até esses ensaios, apesar de necessários, me dão medo.

Na verdade, estou como você, e essa semana que ainda nos separa me parece vasta como os desertos. Estou me forçando a trabalhar e mais ou menos venho conseguindo. Mas se pudesse ficava deitado vendo passarem as horas que me separam de Paris. Mas é bem verdade que estamos às vésperas desse reencontro e que logo vai chegar uma noite em que você vai cair nos meus braços, em que eu não vou esperar mais para te amar.

É o que eu estou esperando como quem espera o porto, a areia quente onde a gente adormece depois de ter nadado muito, esgotado. Coragem ainda, minha amada, minha querida, estamos chegando lá — e não há nenhuma tristeza capaz de resistir em mim — esse chamado de vida e de prazer, ao amor inteiro que toma conta de mim quando penso no seu rosto, no primeiro segundo.

Te amo — com amizade, desejo, amor, com todo o meu ser enfim. E não te beijo mais, a semana inteira, para reforçar os beijos de quinta-feira, meu amor...

A.

265 — MARIA CASARÈS A ALBERT CAMUS

Quarta-feira, 22 — meia-noite [22 de março de 1950]

Cansada, sonolenta... mas bem.

Que foi que eu fiz ao longo do dia depois de concluir minha carta para você?

Ah! Já sei! De manhã estive com Michel Arnaud,[1] que veio me fazer uma visita de amizade com uma peça debaixo do braço intitulada *Ariane*, e fiquei muito ocupada cuidando da casa. Pintor, estofador, horticultura.

Para concluir, Pitou, de bom humor, veio almoçar comigo, e depois de posar para um fotógrafo da Rádio 50 saí um pouco com ela.

A beira do Sena. Ruelas do bairro. O museu Delacroix, que estava fechado. As vitrines.

Depois fui buscar uma linda reprodução de um Van Gogh que mandei emoldurar e voltei para pendurar meu novo quadro em cima da cama.

Esta noite, estive com o Sr. Gaït, que vende livros de arte e edições de luxo, e ele me falou de uma gravura original de Picasso — vinte e cinco mil francos. Uma gravação de rádio!

Me aconselhe a ser boazinha e bem-comportada. Eu disse a ele que esperasse até 15 de abril.

Ralhe comigo!

A récita correu muito bem. Muita gente e público caloroso — decididamente a peça vai bem a partir da noite de quarta-feira até a vesperal de domingo. Não consigo entender a insistência de Hébertot em fazer o descanso na sexta-feira em vez da segunda.

---

1 O dramaturgo e tradutor do italiano Michel Arnaud (1907-1993).

Amanhã terei de levantar às 8h30 para uma rádio *Camponês que morre*,[1] o que me apavora — a primavera me deixa preguiçosa e sem energia. Não consigo ficar em pé ou sentada a partir do momento em que haja por perto um tapete ou um sofá, e o menor esforço me deixa morta.

Continuo engordando. Desde esta manhã, tenho certeza de que ganhei peso e minhas roupas não cabem mais em mim.

Mas vou parar com esta falação inútil. Te amo, meu amor querido, e embora não queira pensar nisso, mais um dia se passou, e está chegando o dia em que...

Sim; decididamente, vou parar. Boa noite, meu querido. Te beijo como farei no dia em que.

V.

Quinta-feira de manhã [23 de março de 1950]

Acabo de receber sua carta da terça-feira 21. E tremo só de pensar. Você realmente estará aqui, se nada te impedir, quinta-feira à noite ou sexta-feira durante o dia? Nem posso acreditar. Fico até sem ar de alegria e emoção, meu amor.

Vou responder com detalhes esta noite. Estou correndo para a rádio. Atrasada.

M.
V.

266 — ALBERT CAMUS A MARIA CASARÈS

Quinta-feira, 15h30 [23 de março de 1950]

Nenhuma carta sua hoje. Fiquei surpreso, pois não esperava. Mas depois, pensando bem, concluí que era normal. Mas o fato é que você só tinha mais quatro cartas a me escrever. Espero que não esteja doente.

Ontem fui ao médico. Mesmo peso. Não engordei mais, o que é compreensível. Esta noite terei o resultado da radiografia e dos exames.

---

1 *Camponês que morre*, de Karel Van de Woestijne (1878-1929).

O dia está esplêndido e me parece que teria alegria no coração se a vida, dentro de casa, não estivesse tão melancólica e triste. O espetáculo do sofrimento é menos suportável que o próprio sofrimento. O fato de a vida nos deixar ao mesmo tempo culpados e inocentes é algo a que não consigo me habituar.

E no entanto parece horrível dizer, mas no meio de tudo isso guardo no coração uma alegria impaciente, e esse céu resplandecente ainda consegue me arrebatar.

Daqui a pouco vou a Grasse jantar na casa do meu médico. Uma chatice inevitável, mas ainda assim não me conformo. Queria ficar na cama e sonhar longamente com a volta (no momento não estou dormindo tão bem). Quando receber esta carta estarei a poucos dias de você. Não sei mais o que dizer nem pensar.

Meu amor, meu belo amor, que está fazendo no momento? Esses últimos dias se arrastam, não é? Mas é preciso coragem. Preciso te encontrar ainda viva. Um foco de vida mesmo pequenino e eu sopro nele para extrair a chama que às vezes ilumina o seu rosto. Sim, preciso dos seus belos olhos, do seu calor, da amizade do seu corpo. Te amo. Perdoe esta cartinha de nada. Mas realmente é o fim e eu não sei mais escrever. Mas ainda saberei viver, pelo menos, e te amar, noite e dia, como te esperei, com todo o meu ser

A.

267 — MARIA CASARÈS A ALBERT CAMUS

Quinta-feira, meio-dia [23 de março de 1950]

Meu querido amor,

Aqui estou de volta dessa rádio onde me entregaram como personagem em *Camponês que morre* o papel das orelhas.

Realmente não falta mais nada. Já interpretei de tudo. O amor, a morte, uma ilha e agora a orelha!

Não dormi o suficiente para o meu gosto e os muitos sofás da casa não param de me atrair.

E além do mais estou com vontade de sonhar acordada, depois da sua carta esta manhã.

Agora, meu amor querido, as palavras não fazem mais sentido e eu não encontro mais nada a te dizer. Me atirar nos seus braços, junto de você, e ficar assim, é a única coisa que me sinto capaz de fazer. Para isso, te espero.

Minha cama te espera, as roseiras, as heras te esperam. A casa te espera e Angeles sorri e fica linda quando se fala da sua volta.

E eu, meu querido amor, queria nem me mexer mais até lá, prender até a respiração para não quebrar essa esperança crescente em mim, essa revolução que você me traz. Te amo.

Quinta-feira, meia-noite [23 de março de 1950]

Dia pesado, difícil, arrastado. Você me entende não é? Um céu cinzento, de chumbo, um ar quente; o tempo insuportável e enervante de uma primavera meio sufocante.

Dois encontros com jornalistas, um dos quais espantado de me encontrar num apartamento amarelo e preto. Era assim que tinha me imaginado.

Almoço e repouso à tarde com Pierre. Um Pierre estranho e lânguido, com pontas de humor e... Deus que me perdoe! curiosas reações de... ciúmes (!). Só posso atribuir tudo isso à primavera.

Às 5 horas fui buscar Pitou e fomos ao dentista. Um belo dentista jovem e amável, segundo quem o estado da minhas gengivas se deve a uma anemia geral, e que me aconselhou comer muitas frutas e tomar uns comprimidos.

No teatro voltei a me encontrar com Pierre que... estava passando por ali e de repente teve a ideia de entrar para me fazer companhia antes da récita. Me disse que vai para Sainte Foy no dia 1º de abril e que depois tem vontade de seguir para Florença e voltar a Paris só em julho.

Depois a récita. Representei bem nos três primeiros atos, mas muito mal no quinto. Na quinta-feira, eu sempre me sinto no fim da linha.

Voltei para casa, conversei com Angeles, e agora estou na cama.

Isto quanto aos fatos — e no resto, você não me deixou um segundo sequer e passei um dia maravilhoso.

Te amo. Boa noite, meu amor querido. Te amo.

V

Sexta-feira de manhã [24 de março de 1950]

Acabo de receber sua carta de quarta-feira. Ainda estou sonolenta — e então esta noite vou escrever minha última carta antes da sua volta.
Oh! Meu querido, querido amor, eu tremo só de pensar.
Pronto, estou te esperando, trêmula. Te amo, meu querido. Te amo. Ah! É maravilhoso.

V

268 — ALBERT CAMUS A MARIA CASARÈS

Sexta-feira, 21 horas [24 de março de 1950]

Escrevo bem tarde hoje, meu amor querido. Mas de manhã fui a Cannes almoçar e depois deixar meu irmão e minha cunhada no trem de volta à sua Argélia. Só voltei às 6 horas, cansado e atordoado pelo repentino reencontro com o mundo. E além do mais como ontem não recebi nenhuma carta sua, todo esse dia longe de Cabris me parecia ainda mais vazio e eu estava louco para te encontrar de novo. E você estava aqui, fiel. E por sinal duas cartas, o que prova que os correios tinham feito mais uma das suas.

Fiquei feliz de saber que você vai bem e engordou. Pois então persista e fique bem dourada e no ponto, como um tordo moreno. Mas fiquei satisfeito sobretudo por te sentir feliz. Quando receber esta carta, já será segunda-feira. Dois dias depois eu partirei. No dia seguinte certamente estarei com você — não haverá mais palavras, nem cartas nem imaginação. Haverá sua presença e seu calor.

Tive uma outra alegria, de outra natureza, ao voltar. Um belíssimo artigo sobre *Os justos* no *Manchester Guardian* (você sabe, o jornal trabalhista, um dos melhores da Europa, na minha opinião). Um belo artigo porque se coloca do verdadeiro ponto de vista, e não do parisiense. Vou reproduzir o fim *"But for the first time for a long time we hear again in this work, and in the theatre, the authentic voice of God, without the help of God, in the hearts of some men."*[1]

Cannes estava linda diante do mar. E eu com vontade de ficar de preguiça com você. Seduzi, de longe, uma loura alta. E ao mesmo tempo ria com você. E depois logo, logo as ruas, o calor, o cansaço acabaram com o meu prazer.

---

1 "Pela primeira vez em muito tempo voltamos ouvir nesta obra, e no teatro, a autêntica voz de Deus, sem ajuda de Deus, nos corações de alguns homens."

Falta apenas te dizer que ontem o médico de Grasse achou minha radiografia excelente. Vamos esperar a confirmação do meu médico — mas realmente a imagem parecia nítida. Naturalmente, ele acrescentou que eu ainda deveria tomar por muito tempo as maiores precauções. Mas mesmo assim eu não esperava que esse início de restabelecimento fosse tão rápido. É bem verdade que eu quis do fundo do coração e fiz o necessário para isto.

Meu querido amor, minha amada, minha menina querida, te beijo com felicidade, com desejo, com ternura; e vou dormir com você, já...

A.

Sábado [25 de março de 1950]

Um dia magnífico está começando, pleno, dourado, azul, suave. Como o auge de um belo ato de amor. Te beijo nesse dia, debaixo do céu, te deito debaixo de mil folhas brilhantes e úmidas de oliveiras. Está sentindo o reencontro que se aproxima? Mais algumas horas! Te amo.

A.

269 — MARIA CASARÈS A ALBERT CAMUS

Sábado de manhã [25 de março de 1950]

Meu amor querido,

Acabo de receber sua carta de quinta-feira e fiquei espantada de saber que nesse dia você não recebeu nada de mim, pois tenho a impressão de ter mandado postar uma carta todo dia.

O dia de ontem foi bem cheio. Almocei cedo e depois de uma rádio que durou de 1h30 às 4h30, fui ao mercado de flores com Pierre comprar pés de miosótis, violas, margaridas grandes etc. Voltamos e até 7h20 remexemos terra fresca, plantando aqui, arranjando ali. Foi bom, e melhor ainda com a sua imagem por todo lado.

Depois jantamos e P[ierre] me levou a um recital de um dançarino alemão, Alexandre Swaine. Magro — o recital!, mas uma belíssima dança e duas outras bonitas. Voltamos a pé do Teatro Sarah Bernhardt e fui deitar à meia-noite e meia, exausta.

Agora de manhã acabam de me acordar e eu acabei de tomar meu suco de frutas. São 9h30 e o sol inunda o meu quarto. Na varanda, o serralheiro está instalando os arcos de ferro e tudo me fala da sua presença próxima.

Aí vai minha última carta, meu querido amor e tremo só de pensar. A ideia de que na quinta-feira poderei me agarrar a você parece que desafia toda verossimilhança e no entanto sinto perfeitamente pela minha impossibilidade de fazer qualquer outra coisa que não seja preparar tudo para sua chegada, que você está bem próximo. Não posso mais ler, nem escrever, nem ficar deitada sonhando acordada ou ouvindo rádio. Preciso me mexer, estar o tempo todo fazendo alguma coisa. Ah! Meu belo amor, como fazer para te dar toda a felicidade que desejo te proporcionar!? Como fazer para te sentir de novo junto a mim, agarrado a mim sem explodir de alegria!

Esta separação foi bem longa e os acontecimentos ainda lhe conferiram uma certa profundidade. Me parece que um tempo infinito transcorreu desde que você se foi e só de pensar que em alguns dias estará aqui de novo, com seus belos olhos claros, nas suas mãos, que poderei beijar seu rosto, sua boca... parece que enlouqueço de paz e felicidade.

A que horas mais ou menos você vai chegar? Eu estarei em casa? no teatro? O que você vai fazer?

Diga mais ou menos, meu querido, para que eu te espere com um pouco de exatidão e você não me encontre esgotada de expectativa.

Não sei mais o que te escrever — o tempo das palavras, das frases, finalmente acabou, e aberta para você, inteiramente, só sei agora estar pronta para te receber.

Te amo mais que minha vida,

V

Até quinta-feira, meu querido amor.

270 — ALBERT CAMUS A MARIA CASARÈS

Domingo, 26 de março [1950]. *11 horas*

Meu querido amor,

Aí vai finalmente a última carta. Te escrevo diante de um esplêndido dia azul e dourado. A primavera chegou para valer. Até agora ainda estava lutando mesmo no seu maior esplendor. A gente sentia que os inimigos ainda estavam por aí, o frio, as noites úmidas. Mas agora o dia é perfeito, entregue, a gente sente a preguiça de quem está satisfeito, é um céu de vitória.

E eu preparando a viagem. Robert [Jaussaud] chegou. Nós consultamos o mapa e pensamos: "Paris". Terça-feira você receberá esta carta. Quarta-feira eu pego a estrada. E todas estas palavras simples têm um sentido, um brilho sedutor, o seu cheiro enfim.

Esses três meses foram bem longos e bem cruéis. Te trouxeram o pior e eu mesmo sofri com o que te traziam ao mesmo tempo que me debatia na minha vida aqui.

Por isto não espero que nossos corações um dia possam de novo ser inocentes e infantis. Existe uma cegueira que não vamos mais recuperar, eu sei — e agora você sabe onde tudo acaba. Mas por mais duro que seja, não devemos lamentar. Nós de fato vamos nos amar sem essa cegueira — pois constatamos que não éramos nada um sem o outro e temos a prova de que essa união sobrevive ao que a vida tem de mais terrível e doloroso. É o amor adulto, mas o prefiro a qualquer outra coisa no mundo, pois o considero mais digno e sei que não seria capaz de vivê-lo com ninguém mais, senão você. Era pelo menos o que eu queria te dizer. Mas no fim das contas você também sabe e eu queria mesmo era consagrar essa profunda concordância. Dito isto, finalmente poderemos nos calar, vamos viver. Que as palavras de amor que aqui escrevo pela última vez afastem as montanhas de palavras e cartas que se acumularam. Estaremos agora um diante do outro, um junto ao outro, e eu, vamos reconhecer, um no outro finalmente, no auge do instante, finalmente livres desse exílio extenuante, exultando em nossa pátria reencontrada. Te amo, tomei a decisão da felicidade, da sua felicidade e da minha. O amor também é um gozo, e não apenas uma separação e vamos desfrutar dele e de nós mesmos. Quanto ao resto, teremos a coragem de viver e ser superiores à vida.

Pois então afaste tudo, se faça bela, resplandecente.

Quero te encontrar reluzente e tépida, derretida. Só algumas horas nos separam. Você já pode deixar o seu amor subir, para eu te beijar na boca no primeiro segundo. Até já, querida, bela, minha praia, minha onda negra. Esqueça esta carta também, é do silêncio total que precisamos, o silêncio esmagador do amor e do desejo. Ah! Já estou te sentindo, e te amo com toda a força e o calor do mundo. Não, ainda não te beijo. Mas te mando três meses de espera e sofrimento, de imagens furiosas ou afetuosas, de amor infeliz enfim, para que você os transforme num só rosto de alegria, aquele que vai me oferecer na quinta-feira, meu maravilhoso amor.

A.

271 — MARIA CASARÈS A ALBERT CAMUS

[28 ou 29 de março de 1950]

Se estiver muito cansado, vá diretamente se deitar. Caso contrário, te espero aqui em casa, no alto, no sétimo andar, no quarto verde. Se vier, suba diretamente. Todo mundo vai dormir em casa. Deixarei a porta envidraçada da escada aberta, mas se por acaso ela se fechar, lembre-se do pequeno fecho à direita.

E repito: se estiver cansado, vá dormir. Vou te esperar e por volta de 3 horas vou me deitar.

Bem-vindo, meu amor.

M.

P.S.: Evite telefonar. Eu durmo lá em cima e não poderei te responder diretamente.

N.B.: Nem é preciso dizer que mesmo a partir de 3 horas continuarei te esperando.

272 — MARIA CASARÈS A ALBERT CAMUS

Meu amor,

Não. Não tema nada, não venho te fazer mal, desta vez. Apenas, te deixei partir esta tarde com uma imagem de mim que quero que esqueça imediatamente pois não é de fato verdadeira.

Todos esses acontecimentos, todas essas ausências, todas essas últimas lutas acabaram com minhas primeiras forças e essa provação final, a mais dura e a mais cruel que nos é dada, destruiu por algum tempo o resto da minha energia.

Devo confessar que a situação está além das minhas forças e ainda por cima com o cansaço e a incompreensão não consigo vencer com facilidade o estado de estupor em que me encontro. Por mais que busque, não entendo por que o destino se interessa por nós com tanta obstinação.

Eu sou pequena, meu querido, pequena, mais fraca do que você pensa e te amo muito mais do que você pode imaginar. Você é tudo para mim e a única esperança que eu tenho neste mundo. Sem você, não existe mais amor para mim, nem amizade, nem entendimento; sem você não haverá mais a expectativa de um belo instante de graça. Sem você não haverá mais para mim comunhão possível com o que quer que seja.

Então, se pensar em tudo isso, poderá imaginar facilmente o que estou passando, e se imaginar, vai perdoar minha fraqueza desta tarde.

Mas eu sabia o que você ia dizer e estava com a resposta pronta — mas não pude falar — não falarei nunca mais, por sinal, depois de passado muito tempo de tudo isso.

Esta carta será a última que vai receber de mim sobre esse assunto. Hoje as palavras não são mais necessárias; no momento o que interessa é que possamos ambos sobreviver um ao outro.

E vamos conseguir, meu querido amor. Conseguiremos juntos apesar de tudo e apesar de todos, bem perto um do outro, agarrados um ao outro como jamais estivemos.

Ainda há pouco você me falou sensatamente. Precisava fazê-lo, e o fez. Daqui por diante peço que só me fale com o coração, com a verdade do seu coração.

Não vamos nos torturar mais com gestos sublimes, eu te peço. Eu agora é que te peço que aceite comigo vivermos com o que nos é dado e lutar até o fim para viver pelo menos outros momentos como alguns desses que já vivemos. Pense muito nisto. Me ame. E vamos esperar.

"Dois anos", diz você. "Você não pode viver dois anos desse jeito!" Meu querido amor! Como é então que eu vou viver? Ouça; me ouça; estou falando sério, friamente, sem a menor sombra de exaltação. Realmente vou tentar te ouvir, sair, viver, voltar a ter gosto pelas coisas, tentar ir e vir; é meu único recurso: atividade. Mas, meu querido, haja o que houver com você, com o seu coração, a sua alma, jamais poderei me afastar de você. Vou fazer de tudo para voltar a ser eu mesma, mas unicamente porque você está aqui, em algum lugar, porque você existe, porque eu te espero, porque te pertenço e é preciso que você continue me amando. Se o vínculo que nos liga desaparecer, eu me recuso a viver.

Pronto. Estou dizendo essas coisas atabalhoadamente, à medida que me vêm — ainda não consigo encontrar as palavras capazes de te convencer desse lugar maravilhoso e terrível que você assumiu em mim e no qual será para sempre insubstituível. E provavelmente nunca vou encontrá-las na vida, mas, se você me amar, se acreditar em mim, se me escutar com o coração, ouça; ouça essa alma que você revelou em mim, me abrace apertado, se debruce e volte para mim logo que possível.

Nós ainda nos veremos. Pouco e mal, talvez. Mas não há de ser nada. Escreva o que você acha, o que sente, sem receios; me conte sua verdade profunda. Diga também se quer que te conte minhas aventuras na vida parisiense; o resto, meus gritos e meus silêncios, você deve saber que são todos para você.

Me perdoe de novo por ter perdido completamente o controle esta tarde. Foi só um desvario passageiro. Vou aguentar firme. Te amo perdidamente. Não me deixe sozinha — te beijo com todas as minhas forças que estão por vir

M.

273 — MARIA CASARÈS A ALBERT CAMUS

Oh, não, meu querido, eu não sou grande. Uma pena mesmo! Talvez então as coisas fossem mais fáceis para mim; talvez então eu soubesse dizer e fazer o que é preciso e te dar a felicidade mesmo na separação.

Mas eu sou como todo mundo, grande ou pequena conforme o momento, bonita ou muito feia em função da hora, e bem miserável hoje.

Meu amor é grande, imenso; é maior que eu e me leva não sei aonde e eu passo esses dias tão perto e tão longe de você ao mesmo tempo, atormentada por mil sentimentos contrários, mil impulsos reprimidos, receios, expectativas, impaciências, arrependimentos, uma mágoa infinita e acima de tudo, uma espécie de felicidade vaga e colossal cuja nostalgia às vezes me machuca até as lágrimas.

Eu também agora detesto o sonho e a espera; odeio a solidão, a ausência, a infelicidade, a vida estéril, os mitos, os escritos, os telefones, os projetos, as lembranças ardentes; e no entanto só consigo encontrar doçura quando te ouço; quando você me escreve, quando, sozinha, isolada do resto do mundo finalmente me sinto livre para me voltar para você e imaginar — "O que eu vou fazer... O que vou dizer a ele... O que vou explicar a ele." E depois, quando chega a hora, não sei fazer nada, não sei dizer nada, não sei explicar nada. Eu tento, tento com todas as forças recorrer a tudo que tenho de comunicativo, generoso, livre, tento dizer as palavras necessárias para você colher a minha alma inteira na beira dos meus lábios, para você saber, para você ficar em paz, mas desligo e só consigo me repetir horrorizada o amontoado de bobagens, banalidades que acabo de te dizer. E aí fico com raiva de mim mesma. Enojada. Às vezes me dá vontade de quebrar o aparelho. Mas assim nem poderia mais ouvir sua voz que fico esperando minuto após minuto a partir das 6 horas.

E você ainda acha que eu sou grande? Grande em quê? E além do mais, que significa isto?

Janine [Gallimard] me atendeu hoje, muito gentil no telefone. Pensei nela e em Michel [Gallimard]. Lembra como ficávamos espantados quando pensávamos na doença de Michel e na situação da mulher dele? Será que têm consciência da felicidade que têm? Será que ele se dá conta realmente de que pode repousar junto a ela? E ela, todo dia de manhã, será que olha bem para ele antes de começar o dia? Ah! Pois que saibam; que saibam o que é a presença! Que saibam permanentemente. Vão achar tudo tão mais fácil! E nós, nós também, não devemos esquecer nunca que apesar de tudo estamos aqui, você e eu, que no fim desse longo inverno, a primavera e o verão vão voltar e temos o mais maravilhoso dom da terra, um amor que não corre o risco de perder a força. Oh, sim, meu querido! É o nosso reconforto; é onde devemos encontrar nossas energias e nossa coragem. Você está aqui. Eu estou aqui. Imagina se eu estivesse morta.

    Naturalmente, conheço muito bem os momentos em que todo o ser recusa e rejeita esses belos argumentos. Conheço também as horas difíceis, as horas de dúvida e amargura, as horas em que desejamos uma certa infelicidade à falta da felicidade que nos julgamos capazes de dar, as horas de secura, de aniquilamento. Oh! Sim, eu as conheço; não sou assim tão grande, está vendo?, mas são as únicas que eu renego porque não têm peso. São horas de morte ou de sono; elas não vivem. Meu amor vive; minha esperança, meu sofrimento, minha dor, minha mágoa, minha angústia, minha espera, minhas alegrias com sua voz ou sua caligrafia, meu coração batendo quando telefonam, quando seu nome é pronunciado num ensaio, quando alguém fala da peça que você escreveu, vivem; o resto não passa de sofrimento inútil, pesadelo, digestão ruim.

    Eu te quero feliz e verdadeiro. Confio em você e mesmo se um dia a vida te separar de mim, até o fim, meu querido, vou entender e te amar. Eu sei — agora eu sei. Não gosto de falar, você sabe, mas terei de me esforçar nos próximos meses. É o que nos resta e eu me agarro ao que a vida me dá você.

    Acabou-se o amor-próprio, o orgulho! Só me resta a autoestima e a canalizo inteirinha para o meu amor.

    Meus braços estão para sempre abertos para você, meu querido, aconteça o que acontecer.

M.

274 — MARIA CASARÈS A ALBERT CAMUS

[início de abril de 1950]

Hoje você deve ter me odiado. E fez bem. Você gosta de grandeza e de repente eu fiquei infinitamente pequena. E por sinal era o que eu temia há muito tempo, desde que nos reencontramos. Talvez esteja enganada, mas não entendo o amor sem o complemento do orgulho, da autoestima. Não pode haver relação íntima entre duas pessoas, me parece, capaz de se sustentar sem um pouco de sublime. O coração conhece perfeitamente essa necessidade e a atende. A cada momento ele explode levando a toda parte o que é sobrenatural e sobre-humano e transformando qualquer careta, qualquer falta de jeito, qualquer banalidade em milagres.

Entre nós as coisas não se passam da mesma maneira. Como não somos livres, nossos corações até agora se limitaram a ficar entreabertos como pobres feridinhas a ponto de morrer ou se curar — é a mesma coisa. Eu sempre confiei em você para saber até o fim que você daria um jeito, pois conhece o valor das coisas e sabe dominar em si mesmo esse terreno da bruma, do que é vago, que torna a vida mediana (a única coisa que podemos viver, eu sei!) intolerável para aqueles que dão importância a ela.

Sim eu sei que é a única maneira de viver que podemos escolher na maior parte dos casos; sei que talvez nos adaptando, sabendo levar as coisas bem até o fim, possamos transformar na maior coisa a que temos direito, mas para isto precisamos ter dons, ou então uma força colossal de que não me sinto capaz.

Por isto é que sempre tive medo. Por isto sempre me senti diminuída antes mesmo de começar. Sentia que a coisa estava vindo. Já estava em mim.

Não imaginei que fosse a felicidade que estava me trazendo o terrível acontecimento. E no entanto não podia ser mais lógico.

Eu vivi com você alguns dias que nada no mundo poderá tirar de mim e se tiver de sentir uma mágoa profunda pelo menos uma coisa me será poupada: a amargura. Apenas, você me conhece bem, e conhece minha cegueira. Mergulhei na felicidade com a fúria de um viajante perdido no deserto que de repente encontra um lago de água clara e límpida; mas não tive tempo de voltar à superfície; uma coisa me prendeu no fundo e eu lá fiquei, pesada, sufocando com um único pensamento consciente: "Não era uma miragem."

Você vai rir de mim e de todas essas palavras que escrevo, de todas essas imagens canhestras e idiotas que vou pegando aqui e ali para tentar responder ao que seus olhos me pedem, a essa pergunta que está constantemente em você, meu pobre amor, e para a qual não sou capaz de formular uma resposta lógica e concreta. Não consigo suportar seu ar de fragilidade diante desse mutismo do qual me é tão difícil sair. Meu pobre querido: seu olhar todo voltado para mim, todo palpitante, suas mãos, suas três ruguinhas verticais entre os cílios; tudo isso para mim, tudo voltado para mim, tudo estendido para mim,... e esse desejo de te dizer, e não posso, não sei e quando deixo escapar algumas palavras para tentar, pois não aguento mais te deixar completamente sozinho quando estou junto de você, agarradinha em você... são justamente as palavras que não deviam ser ditas, as palavras que causam mal-entendidos, as ruins, aquelas que deviam ser caladas porque não correspondem... Ah, meu amor querido, eu dizia mais acima: "frágil". Mas quem de nós dois é o mais frágil nesses momentos?

Mas estou me perdendo, viu só? Basta te imaginar para perder o fio do que quero dizer, para esquecer nossa miséria, para me esquecer também, e para me tornar completamente diferente, e de repente muito grande, muito rica e muito enternecida.

Não sou generosa com você, você me ouviu dizer hoje. Você sabe o que significa para mim não ser tudo para você? Sabe o que significa para mim ter voltado aos seus braços simplesmente, sem exigências? Ter voltado, simplesmente? Sabe o que representa para uma pessoa que ama e morre de orgulho e de necessidade absoluta de voltar toda noite para casa imaginando cenas de intimidade, e mesmo de ternura, acontecendo em outro lugar? Sabe, você que empalidece com lembranças que nem são mais lembranças, o que significa para mim te imaginar dizendo: "Francine, pode acender a luz, por favor?" E Catherine e Jean e todos esses nomes que não posso mais ouvir sem desmoronar, sem sentir no vazio do estômago uma espécie de vontade de vomitar. E tudo isso que me é alheio, que me foge; esse mundo todo em que minha imaginação para por não ter outra base no meio disso tudo senão você, vivendo longe de mim uma vida na qual não estou, e que existe, que é mais que um arrependimento, mais que uma lembrança, que se prolonga, que está aí e estará sempre aí aconteça o que acontecer... Você por acaso sabe o que é, você que fecha os olhos desesperados a minha pobre vidinha anterior porque estava ausente dela?

É de enlouquecer, você entende, de perder a razão e não desejo isso para você.

Vivi durante um ano e só ao acordar de noites muito ruins é que me permiti te fazer mal; mas o que você podia esperar? Você chegava diante de mim, meu pobre querido, tão claro, tão puro, tão limpo que eu não podia impedir o meu demônio de te arrastar um pouco comigo pela dor. Me perdoe. Serei punida por isto; se existe um inferno, o meu castigo vai consistir em te olhar eternamente de longe e você vai me aparecer todo cercado das suas sombras.

Serei punida, sim, mas por ter amado demais ou talvez mal, e não por falta de generosidade. Eu a tive com você. Sempre a tenho e ela nunca me faltará, pois te amo demais e sempre te amarei demais para não a ter.

Mesmo agora, pedindo que viaje o mais cedo possível, te propondo que nos poupe dessa última semana, estou sendo generosa. Por acaso acredita que eu prefira a sua ausência a tê-lo comigo, mesmo que tenhamos de ficar calados e vazios como hoje? Idiota! Eu te amo, e se não sei amar direito, pelo menos tenho certeza de que sei amar. Mas é verdade que não aguento te ver infeliz, e no momento não me sinto capaz de te proporcionar felicidade. Não posso mentir para você, não quero representar uma comédia com você e há alguns dias a sua presença já não basta — como costuma bastar — para me fazer esquecer que existem outras pessoas no mundo além de nós. Ultimamente você traz suas sombras junto com você e por mais que eu feche os olhos, as orelhas, aperte as mãos, quando me volto para você, você não está mais sozinho. Talvez seja o início do inferno. E aí?

Se tivesse tempo, eu tentaria me adaptar, acostumaria aos poucos com a vida em grupo; mas há a sua viagem e a angústia que me traz; há esses dois longos meses longe um do outro, sem cartas, sem nada, sem nada além da lembrança de que você viajou antes, e que era o que se precisava fazer, e que está tudo bem. Que você viajou antes e no entanto não era uma miragem.

Ah, o sangue me sobe à cabeça. E nem tenho direito de me revoltar. E quando apesar de tudo alguma coisa me escapa, ouça a resposta:

"Estou com vergonha."

"E quando eu voltar, o que terá mudado?"

"Você sabia muito bem o que te esperava quando nos reencontramos."

Ou então: "Vou comprar a casa de campo."

A casa de campo. Ela também me terá feito muito mal.

Enfim, tudo isso, tudo isso, tudo isso.

Vou parar. Muita dor de cabeça — deve ser o Pernod.

Coragem e juízo, é o que eu preciso, para tomar uma resolução como "adulta".

Adulta. É este o erro, acho eu.

Vou tentar durante esses longos meses. Enquanto isso descanse o quanto puder — não cometa imprudências com a altitude. Se você não existisse mais, longe ou perto, que me restaria? Se cuide. Se cuide bem.

Você vai me encontrar a mesma, meu amor, a mesma com dois meses e meio a mais, a mesma completamente voltada para você, eu juro.

Te amo,

M.

275 — MARIA CASARÈS A ALBERT CAMUS

Domingo à noite [9 de abril de 1950]

Cá estou eu de novo reduzida a te escrever, já que me senti incapaz, por não sei que inexplicável pudor, de te falar claramente e te responder há pouco.
Não vou reproduzir palavra por palavra nosso arremedo de conversa de há pouco. Quero apenas esclarecer dois pontos.
O primeiro é que se me despedi com lágrimas e desespero, não é apenas por causa da nossa situação e do futuro que pode nos reservar, mas sobretudo por causa de uma maldade que descubro em mim em relação a você e que me apavora. Sua carta me lembrou uma frase que eu disse outro dia no telefone. Esse amor contrariado do qual sofremos destruiria em mim — segundo minhas próprias palavras — o que existe de mais sensível. Não é verdade, meu querido! Tudo mais talvez seja válido em certos momentos. Mas isto não é verdade! Nossa situação fere apenas o meu coração e o meu amor infinito por você, mas como mulher, à parte nós dois, à parte tudo que diz respeito a nós e ao nosso amor, você sempre só me trouxe riqueza. Pela alegria e pela dor você fez de mim aquilo que me tornei e o que serei até o fim, e nesse ponto vou te agradecer até o fim da minha vida. Não sei que desatino que loucura me levaram a te gritar semelhantes monstruosidades. Por favor me perdoe e no futuro tampe os ouvidos quando começar a me ouvir divagar.
E por sinal eu sei que você vai esquecer o mais rápido possível esses horrores, mas o que me assusta é que possam estar em mim.
E agora o segundo ponto.
Você me lembrou esta noite o que eu sempre tenho repetido. Eu disse que nunca mais vou te deixar. Meu querido amor, por que foi me lembrar disso? Continua sendo verdade e não é um sacrifício que eu faço; decorre unicamente do fato de que eu não seria mais capaz de viver sem você.
Te confessei há pouco que me sinto incapaz de continuar com você a vida que levamos até agora se uma outra mulher tiver de compartilhar essa vida. É verdade, eu acho, mas acho que você não entendeu bem o que eu queria dizer. De qualquer maneira, de minha parte nunca pensei em te deixar, a menos que você queira. Apenas existe entre nós uma vida física que não poderei mais aceitar. Ficarei junto de você enquanto você quiser, mas não contra a sua vontade, como aconteceu até agora. Será a única maneira de evitar essa maldade, esse gosto ignóbil na boca que o simples pensamento de uma vida a três me causa. Será o único tipo de vida que vai nos restar.

Apenas, nesse momento, não será o início do fim? Chegando a isso, meu coração se esvazia e eu sei, sim, eu sei que não pode ser assim, que de uma maneira ou de outra daremos um jeito na vida e poderemos vivê-la, sim, meu querido, vivê-la sem estar divididos.

Fique junto de mim. Me ame. Me perdoe. Seja verdadeiro e confiante. Eu terei todas as coragens... ou todas as covardias. Pois coragem talvez fosse ir embora. Te espero. Te amo. Nunca vou te deixar, *juro*, enquanto for capaz de te fazer um pouco feliz. Não paro de sonhar com a minha viagem com você

M.

276 — ALBERT CAMUS A MARIA CASARÈS

Terça-feira, 17 horas [11 de abril de 1950]

Estava esperando a sua carta. Sabia que ela seria mais ou menos assim e tinha me preparado, apesar da minha confusão e da minha tristeza, para responder às suas dúvidas, para te apoiar, para defender o nosso amor. Mas depois de te ler sinto apenas um grande elã de ternura e amor, o desejo de te proteger e te fazer viver da minha vida, por mais difícil que ela seja. Não, Maria querida, não estou preparado para a renúncia nem para a derrota. Meu movimento mais profundo no momento é acabar com isso e deixar tudo de lado para ir ao seu encontro e dormir junto de você até me curar. Tenho resistido até agora em nome de um desejo de homem que entendo cada vez menos e às vezes me causa horror. Mas nunca pensei, nem um único dia, numa separação. Houve segundos de hesitação, como você diz. Mas era sempre perto de você, exatamente por causa do que você me dizia e que me levava a imaginar a extrema infelicidade que eu te causava. Quando me dizia que eu não te proporcionava nenhuma alegria duradoura e mutilava irremediavelmente a sua vida. Eu então pensava que ainda que largasse tudo para viver com você, continuaria existindo fora de nós uma parte da minha vida que não podemos eliminar, e que te causaria sempre o sentimento de que me distrai de você. E imaginava que, sendo as coisas como são, talvez estivesse te impedindo de encontrar um amor livre e fecundo, sem as limitações que sempre terei, mesmo que as renegue. Some-se a isto o cansaço de uma outra luta, a luta para sobreviver como corpo, de uma outra angústia, de criar contra mim mesmo e contra o mundo, e talvez então, no fundo da sua doçura, você encontre a energia necessária para me perdoar, não pelas minhas falhas, mas pelos breves momentos em que eu pudesse falhar por amor a você.

Pois é este o problema. Eu só penso assim quando você me entristece ou clama a sua solidão. O resto do tempo a violenta necessidade que tenho de você é suficientemente egoísta para aceitar tudo, exceto nossa separação. É que eu acho então que você é como eu e que esse amor com suas carências ainda te parece melhor que tudo que não seja ele. E aí você me grita outra coisa e eu desmorono. Quem seria capaz, amando alguém como eu te amo, de suportar não poder lhe dar toda a felicidade que merece. Eu nunca fui de me poupar. E no entanto naquilo que tenho de mais caro no mundo parece que estou barganhando e aí fico com vergonha de viver. Você acha que eu seria capaz de suportar tudo isso um só minuto se você não me fosse mais necessária que o ar que respiro? Sim eu preciso e sempre vou precisar de você. E diga você o que disser, ainda que me acontecesse num minuto de loucura de parar de lutar, *não vá embora*, você não terá esse direito. Caberá a você lutar, lutar por nós, até eu me recompor. Não, eu nunca vou te deixar e jamais te deixarei partir enquanto seu coração me for fiel. Você vai sofrer, e eu vou sofrer o que for necessário, mas nunca vamos desistir. Servir? Sim. Mas não se trata de servir a mim, mas ao nosso amor, contra tudo, e até contra o meu cansaço ou a minha morte.

É verdade que eu queria poder te amar sem renegar completamente meus compromissos com aqueles que dependem de mim. É que eu não posso viver sem seu amor e receio não ser capaz de viver bem sem me estimar. Mas talvez isto não seja possível e o fim de tudo fosse ao mesmo tempo a perda do seu amor e da minha autoestima. Mas ainda assim gostaria de te pedir, lealmente, o que não pedi nem teria pedido a nenhuma outra pessoa no mundo, compartilhar comigo o peso dos meus compromissos, aceitar que eu também ponha minhas dívidas em comum com você, fazer com que a minha honra (palavra solene, mas você me entende) também seja a sua. Quem sabe, se a sua força e a sua vida se unirem às minhas, isto será possível. E sei perfeitamente a carga de amargas provações que então cairia sobre nós. Mas no fim das contas você e eu somos parecidos nisso de querermos a vida de todo mundo e não podermos conseguir. E talvez não sejamos exatamente como todo mundo e as nossas alegrias e os nossos sofrimentos não possam assumir o aspecto de todos os dias. Talvez também não possamos alcançar essa felicidade, sendo o que somos, sem um longo desvio que nos torne ao mesmo tempo parecidos com os outros, e diferentes. Até lá, e de qualquer maneira, Maria, Maria querida, eu sei, eu sei no mais fundo da alma que existe um lugar entre nós para um amor orgulhoso e difícil. E sou eu então que te peço que não vacile. Basta querermos, com toda a força do sangue e do coração, e poderemos no fim das contas ser dignos daquilo que somos na realidade.

Minha menina, meu amor, não, o que une duas pessoas não é assim tão frágil. O que nos une resistiu ao que eu sou ao que você é. Era o mais difícil, agora posso dizer. Resiste neste exato momento às circunstâncias e hoje quando estamos sendo testados, precisamos apenas da decisão de superar esse teste. Te falta tudo ao mesmo tempo, eu sei, e minha ternura se exaspera te sabendo tão fragilizada. Mas te falta tudo exceto o amor constante, o amor de coração e de inteligência que tenho por você, que não para de aumentar e de se enriquecer nesses seis anos que te trago em mim, e que jamais poderá desistir de si mesmo.

Não tenho te apoiado bem nesse último mês, eu sei, essas semanas foram terríveis para mim. Mas desde sábado, pensando em você, me enchi de novo de coragem. Vou trabalhar, concluir meu livro, farei tudo que preciso fazer, vou me recompor e voltando a ser eu mesmo vou te ajudar de todas as maneiras a viver — e a me amar, se você ainda quiser. Pode ter certeza disso, recupere suas forças, seu lindo rosto, e quando eu estiver aí, daqui a pouco, me receba com a maior ternura e a maior alegria do seu coração. Você não é, nunca foi pesada, a vida sem você é que seria um fardo extenuante. Você é a minha leve, a minha chama, violenta ou doce, claro, mas o meu repouso neste mundo. Também amo o seu rosto de sofrimento, amo o mal que você me faz. A única coisa que eu não suportaria seria ser privado agora da certeza profunda em que estou há um ano e que transformou tudo ao meu redor. Sim, vou guardá-la sempre junto de mim, aconteça o que acontecer, e minha única esperança é poder um dia te poupar dos sofrimentos que hoje trago e ser perdoado então por não ter sabido nem entendido que você estava no mundo e me esperava. Beijo suas mãos queridas, e sua boca, com dor e alegria, com paixão, fielmente.

A.

277 — ALBERT CAMUS A MARIA CASARÈS

Paris
5 horas

Este primeiro dia sem você...[1] Mas ele começa com você. Durma, meu amor querido. E depois durma até a minha volta, com uma pequenina chama

---

1 Depois de alguns dias com Maria Casarès em Ermenonville, Albert Camus viaja para um novo período de tratamento em Cabris, onde sua mulher Francine e os filhos iriam ao seu encontro no início de junho.

solitária e fiel para responder a essa outra chama que levo comigo. Te beijo, meio louco de tristeza, doente com esses sofrimentos e essa solidão que avança por longas semanas, mas certo de você, e entregue em você.

A.

278 — ALBERT CAMUS A MARIA CASARÈS[1]

[15 de abril de 1950]

250km — 13 horas com você, desde esta manhã.

A.

279 — ALBERT CAMUS A MARIA CASARÈS

Cabris, 17 horas [15 de abril de 1950]

Maria querida,
Uma palavrinha pelo menos, embora esteja morto de cansaço. Acabo de chegar — a viagem foi interminável, eu desesperado e mudo. Ontem à noite dormimos em Montélimar. Todos os hotéis cheios, fomos alojados com solteironas. Meu quarto era todo tomado por um mar de crochês rendados. Mas o sono impossível. Até meia-noite, um tumulto inacreditável nos outros quartos. A partir da meia-noite, meu coração não queria mais se calar. Viajamos ainda uma parte do dia e cheguei aqui aos pedaços, debaixo de chuva forte. O quarto de hotel, o aquecedor funcionando mal, a chuva batendo na vidraça, a vista bonita do mês passado agora tampada pelos castanheiros cobertos de folhas, a cama, o papel e a caneta, de novo, as malas ao meu redor, de novo, os dias e dias pela frente, de novo... Preciso continuar? Não — pois decidi não me queixar mais. Os dias de solidão que me assustam talvez me ajudem a recuperar a calma. Por enquanto, não sou nada, realmente nada mais que um instintivo desejo de me agarrar a você e só penso numa coisa: como te ajudar, como ser de ajuda para você, como te estender a mão, mesmo de tão longe, aí onde você

---

1 Cartão-postal enviado de Saint Pierre le Moûtiers (Nièvre) em 15 de abril de 1950, com uma imagem do castelo de Beaumont.

está se debatendo. Me escreva para dizer. Não é preciso me escrever todo dia. Eu mesmo certamente não terei forças para isto. Mas estou louco para ler sua primeira carta. E sobretudo meu querido, meu grande, meu belo amor, não vá piorar todas essas terríveis provações com a dúvida. Eu te amo e estamos ligados um ao outro, aconteça o que acontecer. Pelo menos diga que você sabe — como sabe e aprende todo dia e em meio a todas as provações.

Me perdoe por não ir mais longe. Este quarto, pelo menos esta noite, é sinistro e eu quero acima de tudo dormir e esquecê-lo. Mas não posso te esquecer, esquecer da privação de você, e do seu rosto doloroso e do amor que me causa tanta dor. Te beijo como naqueles dias que não sei se foram o inferno ou a felicidade, mas dos quais sinto falta com todas as minhas forças. Sim, te beijo minha querida, para encontrar em você as forças e a esperança de que preciso. Você existe, pelo menos...

A.

280 — MARIA CASARÈS A ALBERT CAMUS

Sábado — de tarde [15 de abril de 1950]

Não é uma carta; é uma continuação do longo monólogo que venho fazendo há semanas, que não tem nada a ver com o tempo.

Meu querido, meu belo amor, estamos bem cansados de tantas e tantas palavras entre nós, de jogar com os sonhos e a imaginação e no entanto aqui estamos outra vez condenados a começar tudo novo. Depois de três meses de febre, de espera de anseio de um pelo outro, depois de três meses de preparação cuidadosa para uma felicidade já difícil, eis que ela nos é proibida e chega o momento em que a própria lembrança é dolorosa e desejamos o esquecimento. Sim; chegou a hora que eu sempre temi: a hora em que, longe um do outro, somos forçados a tentar nos acomodar em duas vidas nas quais cada minuto cria uma nova distância entre nós e tende a nos separar para sempre.

E essa primavera, esse brilho, esse sol, essa erupção da terra que em cada imagem se alimenta de mil afetos, de mil ardores pela esperança dos longos dias dos meses passados, está aí mesmo olhando e se lembrando.

Sim, meu amor, eu me sinto frustrada, te sinto frustrado e às vezes minha dor é tão grande que me parece que o menor detalhe, um encontro frustrado, uma palavra infeliz bastarão para me fazer ceder.

Tudo é relativo e muito pouca coisa às vezes pode fazer muito mal. Essa série de catástrofes que vieram acrescentar cansaço ao cansaço me pegou desprevenida, desarmada, ainda entregue a todas as promessas e eu fiquei e ainda ficarei muito tempo atônita, estupefata. Meus olhos se acostumam mal e com dificuldade à luz crua e não seria possível estar mais perdida que eu ante o estranho caminho que se abre à minha frente.

Perdi todos os meus apoios e desisti das minhas mais belas, mais secretas esperanças a partir do dia em que soube o preço da ternura. Você nunca será completamente meu, meu belo amor e ninguém no mundo vai te entender melhor do que eu; mas sabe, o gosto da felicidade e da vitória muitas vezes deixa cego, e durante muito tempo eu meu obstinei em tapar os olhos.

Hoje estou atordoada de luz e meu único conforto é pensar que continuo cega de outra maneira, no brilho glacial da vida verdadeira e que com o hábito vou me recuperar.

Enquanto isso, aqui está, para mim, o que decidi.

Recomeçar, naturalmente.

Recomeçar minha profissão, me interessar por ela, cuidar dela, servi-la o melhor que puder.

Recomeçar a vida de cada dia, e escolher, triar, criar, talvez... quem sabe? encontrar uma boa amizade ou pelo menos companhias agradáveis.

Recomeçar a felicidade, a alegria de viver, o gosto do sol, do vento, do céu, dos homens e esperar pacientemente o "segundo de convergência", o "instante de graça".

Enfim, recomeçar o amor, esse amor que trago em mim, por você, preso às minhas entranhas e que sempre mexe tanto comigo, e tão bem, nas minhas horas de lucidez.

Como vê, meu coração não mudou — apenas o ponto de vista se deslocou, e a maneira de encarar a vida. É a mesma atitude sem os impulsos, a vitalidade, a generosidade, sem essa prodigalidade que não posso deixar de valorizar naquela que fui. É a mesma atitude, sem juventude. Sim; meu querido. Agora está faltando em mim alguma coisa que nunca mais voltar e daqui para a frente terei de me virar com minha parte infantil que vou manter até o fim e uma outra, desconhecida, ainda meio estranha, que recorre ao comedimento, à reflexão, à economia, à aplicação.

Abril de 1950

Sou maior de idade, ora! Adulta!... Ufa!
É duro.
Te amo e queria descansar em você e encontrar em você o apoio que me faz tanta falta e que ninguém mais pode me dar. Gostaria de viver suspensa em você, mas isso me é proibido.
De modo que sou maior e não vacinada (perdão, meu amor; é a influência do sol).
É muito duro.
Por isso é que nos últimos dias estava tão pálida diante de você. Tão triste e tão pálida.
Estou simplesmente desesperada... como todo mundo.
Eu conhecia o mundo deserto pelos livros; havia passado por perto aqui e ali e sobretudo o imaginava. Agora ele está em mim e me devora. Está aqui em toda parte, em mim e ao meu redor, e cada gesto meu traz a sua sombra. Tudo me faz mal até o ar que respiro e pela primeira vez vejo a morte se aproximar como uma libertação. E por sinal o muro que se erguia entre nós desmoronou, o cenário desapareceu, ela está aí no fim de todos esses anos vindouros simplesmente escondida às vezes, pela esperança do teu rosto.
Nesse mundo que de repente volta a adquirir suas verdadeiras proporções, nesse mundo sem adornos, não só eu me agarro a você com todas as forças de uma afogada como te encontro desencarnado para mim e com cada gesto teu vou construindo um pouco de coragem. A vida pode chegar a nos separar — acho até que talvez consiga, mas eu jamais deixarei de viver de você, dos seus esforços de cada dia, da sua inesgotável tensão.
É difícil viver sem testemunhas e muitas pessoas vivem e morrem sem uma única testemunha. Meu amor, milhares de pessoas testemunham por você e te agradecem por existir entre elas.
Portanto é preciso continuar com obstinação, com tenacidade e também com uma espécie de doçura. Pense nisto quando estiver sozinho no seu quarto de hotel, pense em todos aqueles que estão olhando para você. Estou falando disso porque tenho uma espécie de sentimento de fraternidade em relação a eles e de certa maneira os amo. Viva, lute, não se entregue. Você não seria mais você se se entregasse e a beleza com isso se ressentiria.
E eu a partir de hoje te dou a minha vida. Posso estar renunciando injustamente, à própria felicidade — se necessário — de algumas horas ainda a passar nos seus braços: mas jamais renunciarei a esse amor que tenho por você, que me queima e que até na "abstração" me ajuda a suportar uma vida que, no fim

das contas, é apenas dor. O vínculo que me une a você é mais forte e mais sólido que o vínculo de sangue; é o vínculo da escolha, e eu jamais aceitarei rompê-lo.

Dito isto, estou disposta a te devolver toda a sua liberdade. Por enquanto, não esqueça de mim. Viva. Lute. Se estabeleça nessa vida que lhe é oferecida. Torne felizes os que o cercam e com isto seja feliz. Esqueça. Me esqueça. Não tema nada. Você sempre vai me reencontrar, se quiser, quando quiser.

Você me fez feliz, meu querido, me fez feliz até no fundo dessas duas semanas de dilaceramento, de horror, de pesadelo; e junto a você pude me despedir em alguns dias de anos resplandecentes de auroras e me estabelecer plenamente na sua luz de meio-dia, sem muita dificuldade. E no entanto não é assim tão fácil, você bem sabe.

Você me deu forças para isto e mais uma vez me mostrou o preço da autoconfiança. Te agradeço por isso com o que há em mim de melhor e mais grave.

Existe uma outra intimidade diferente da intimidade de acordar e ir dormir juntos; é a coragem de chorar, rir, gritar de prazer ou de dor, a coragem de se tornar uma outra nos braços de uma pessoa amada, sob o seu olhar, em toda confiança e toda liberdade.

Eu não te escondi nada, meu querido. Não queria te cansar, receava acrescentar novas torturas às suas. É a razão do meu silêncio, pois nunca estive tão nua, tão simples, tão livre de segundas intenções quanto diante de você nessas duas semanas, muito cansada e meio perdida.

Ah! Meu amor. Que estranho destino o nosso. Muitas vezes penso nos trapezistas que trabalham sem rede de proteção. Lá em cima, sempre lá em cima, sempre tensos, agarrados um ao outro, sustentados pelo outro, e lá embaixo, o abismo.

Vamos, meu belo rosto; meus queridos olhos, meu olhar, coragem! Coragem ainda e sempre até o fim! Muitas vezes eu te faço mal, aperto demais, arranho. É simplesmente por medo de você me escapar, pois sei que lá embaixo tem o abismo.

Agora, só agora, se ficasse sabendo que alguma coisa que não eu pode te prender e que você prefere finalmente descansar, eu te deixaria ir.

Parece que o pobre Cuny tentou se suicidar.[1]

---

1 O ator Alain Cuny, cujo nome verdadeiro é René Xavier Marie (1908-1994), revelado no cinema em *Os visitantes da noite*, de Marcel Carné (1942).

Meia-noite

Hoje de manhã estive na rádio. Fiquei lá de 9 horas a 1 hora da tarde — gravamos no pátio, onde fazia frio. Eu tinha de assumir um sotaque do Sul e me mostrar alegre. Falamos de Nicole Gallimard e do acidente ocorrido com o filho dela[1] e com os Cuny. Depois, me informaram da doença de uma pessoa de que gosto muito. Pigaut estava presente, triste e atencioso, como sempre. Me levou para tomar um martíni e depois um café num bistrô mínimo. Ao nosso lado, uma mulher sozinha escrevia e chorava sem a menor preocupação de dignidade. A loucura decididamente se instalou nesta cidade ou então passei meu tempo todo numa estranha cegueira.

No fim do programa Roger me deu um uísque para me aquecer. Cheguei em casa para almoçar às 2 horas e encontrei minha Angeles arrancando os cabelos. Achava que eu tinha morrido.

À tarde recebi às 3h30 a jornalista do *Combat*. Ela ficou comigo até 5 horas. Depois me mandou um lindo buquê de flores — e depois eu escrevi, te escrevi estas páginas anteriores. Andión veio me dar um beijo às 7 horas. E recebi longas cartas boas e afetuosas da Espanha.

Enfim, a récita. Como é que eu consegui dizer meu texto, não sei. A partir do segundo ato tive de novo a sensação bem clara que me visita nos últimos tempos de que vou te perder, de que tudo isso vai nos separar para sempre — e não conseguia mais falar; eu me recompunha desesperadamente para retomar o fôlego e aguentar, numa atitude de autoconfiança. Aprendi isso no teatro. A atitude muitas vezes ajuda o sentimento. Mas era mais forte que eu e pouco tempo depois eu me via de novo completamente recurvada. Disse meu texto até o fim — voltei para casa. Ninguém em casa. Ordem. Um único travesseiro perdido na minha cama. E no alto, acima da minha cabeça, gente dançando "samba". Uma *surprise-party*. Quat'sous perto de mim e imagens, imagens, imagens.

Oh! Meu amor, diga, diga que ainda me ama! Diga que ainda vou encontrar um pouco de calor junto de você. Você nem pode imaginar! Este apartamento, estes livros, esta cidade, esta primavera! Não aguento mais, meu querido, meu adorado! Diga que você ainda está aqui, que não foi para longe de mim! Diga

---

1 Nicole Gallimard (1919-1967), filha de Raymond Gallimard, irmã de Michel Gallimard. Ela casa com René Lechevallier em 28 de março de 1947, e o casal tem dois filhos, Alain e Yves.

que não está cansado dos meus tormentos e que minha presença ao seu lado não é pesada demais! Continue se voltando para mim, e continue me olhando com seus belos olhos de amor. Oh! Meu lindo rosto, minha vida, seja feliz, seja feliz longe de mim, se for preciso, mas não me deixe sozinha — eu entendo tudo, sempre vou entender tudo que você fizer; aceitarei, mas nunca me abandone completamente.

Oh! Vou me calar. Preciso me calar. Não queria te escrever longamente para não te importunar com minhas aflições, mas é isso, não sei fazer diferente.

Domingo de manhã [16 de abril de 1950]

Acabo de acordar. Li o que escrevi ontem e hesitei em te mandar esta carta — mas mando ainda assim. Eu aprendi que um certo silêncio só serve para gerar mal-entendidos. Fique sabendo então, meu amor, a quantas ando. Talvez você fique um pouco infeliz com isso, mas não é possível que não encontre aí esse coração ofegante que te é oferecido por inteiro — acho que de certa maneira vai te dar segurança da coragem e uma gostosa promessa de terrível fidelidade.

De agora em diante, o que você precisa e eu também é viver. É a única maneira que nos resta de um dia poder nos reencontrar. Nós viveremos.

Eu sempre vou te amar — te amarei sem descanso.

Até logo, meu querido. *A rivederci.* Diga quando quer que eu te escreva e fique em silêncio quando não tiver vontade. Te amo e descanso para sempre em você perdidamente.

V

281 — ALBERT CAMUS A MARIA CASARÈS

Terça-feira, 15 horas [18 de abril de 1950]

Meu querido amor,

Sua carta me deixou abatido. Abatido de tristeza e também de um amor que me sufocava. Não é hoje que vou responder realmente. Ainda preciso de um pouco de tempo para recuperar o fôlego, superar essa solidão e deixar falar enfim e apenas o meu amor. Mas pelo menos não vá pensar que sua carta me deixou infeliz. Eu não podia estar mais do que estava desde sábado. E depois tentei encontrar nela com uma espécie de avidez cega uma única coisa: a confirmação do seu amor. Foi o que encontrei e não me cansei de me nutrir dela. O resto, a perda da esperança, o amor adulto, a terrível e solitária lucidez, eu já sabia. Já tinha lido, no primeiro segundo do nosso reencontro, no seu rosto. E voltei a ler na noite em que te anunciei minha viagem e a decisão do médico. E desde esse momento não parei de me desesperar e me revoltar contra minha impotência para te salvar de tudo isso. Aquilo que sabemos de mais duro, é exatamente por sabê-lo que gostaríamos de poupar a pessoa que amamos. Mas existe a vida e a morte. E é preciso ver sofrer o coração que amamos. Ver isto e continuar vivendo!

Sim, é preciso recomeçar e eu te aprovo. Aprender de novo a amar a vida e desfrutar dela no dia a dia. Simplesmente, acho que não posso aceitar a doação unilateral que você me faz. Vou tentar superar isso também sem calcular o tempo nem os prazos. E então veremos. Mas eu jamais aceitaria que você consumisse a sua vida longe de mim, numa semiesterilidade. Se dentro de alguns meses eu não puder retomar uma vida normal, se vierem me confirmar o que foi previsto, nesse caso terei uma decisão a tomar. Mas isto está longe e não deve nos impedir de voltar a viver como pudermos. De qualquer maneira não esqueça *nossa* certeza: a partir de agora seremos inseparáveis, esse amor, apesar de tudo, não vai cessar.

E realmente eu vou tratar de viver. Enquanto isso aproveitaremos tudo que for possível. Uma carta de F[rancine] encontrada aqui me informa que no fim das contas ela não virá antes do início de junho. Se a peça for interrompida e você puder vir descansar na região nós voltaremos a nos abraçar um pouco. Se não puder, vou tentar me valer o melhor possível desse mês e meio: trabalharei, naturalmente, o quanto puder. Muita gente testemunha por mim, de fato. Mas eu sempre quis guardar o *seu* testemunho até o fim. Por isto é que ainda gostaria de encontrar forças para lutar, e a força adicional de apesar de tudo te fazer feliz. Durante esse mês e meio, vou tentar te esquecer um pouco para voltar para você mais forte e mais rico quando for necessário. Faça o mesmo. O que quer que você faça, sempre vou te seguir e te amar igualmente. Seja confiante, você tem esse direito. Eu sempre encontrei em você o que há de mais nobre no mundo. E às vezes me dava vontade de beijar o seu coração com respeito e ternura. Te beijo daqui, meu querido amor, como te amo. E se é verdade que por muito tempo só poderemos viver desse amor estranho, secreto e transbordante, infeliz e iluminado, vamos fazê-lo com coragem, certos pelo menos de que nossos corações eternamente se fazem justiça um ao outro.

Me escreva como quiser — quando der vontade. Não o faça todo dia. Não force nada em você. Vou esperar suas cartas, naturalmente. Mas duas vezes por semana, por exemplo, ou uma vez se não for possível diferente. Que importa. Estou aprendendo a viver de você sem você. Sim, é uma terrível fidelidade que está começando. Mas sobretudo, sobretudo, jamais pense que eu possa estar cansado dos seus tormentos. Seus tormentos são o pão do meu coração. Vivo deles, e os valorizo e respeito. Eles não podem cansar aquele que te ama além da própria felicidade. Simplesmente, quero voltar a ver seu rosto reluzente, para reluzir com ele. Não, não vou te deixar sozinha! Não, não vou te abandonar e estarei sempre na sua vida, do jeito que você quiser, mas na sua vida até o fim.

Pronto. Não te escreverei mais sobre isso, exceto se já estiver sem ar... Vamos, minha corajosa, sacuda essa querida cabecinha e olhe para a frente com confiança. Eu preciso da sua confiança, você sabe. Aqui está chovendo. Tudo muito triste, mas eu conto com você, fico repetindo o seu nome... Meu querido amor, as lágrimas me estrangulam, mas não fique desesperada, os impulsos, a vida pródiga, a generosidade voltarão, apesar de tudo. Beijo tuas mãozinhas, teus belos olhos. Agora vá em frente. Não tirarei mais os olhos de você.

A.

282 — MARIA CASARÈS A ALBERT CAMUS

19 de abril [1950]

Albert querido,
Não parei de te escrever desde sábado, mas ao ler de novo decidi no fim de cada carta guardar para mim meus preciosos arroubos, e esperar dias melhores para compartilhar com você.

Infelizmente, os acontecimentos conspiraram contra mim e hoje, depois de quatro dias de espera em vão e luta contra a loucura, me decido a te enviar pelo menos algumas notícias, sem tentar tocar no essencial.

Pois bem, aí vai! A vida continua... essa infiel.

Ocupações, ocupações e mais ocupações, é este o lema atual, pois o regime de repouso prescrito se revela inviável no momento. Vamos então nos ocupar e nos interessar. O principal é se interessar e ir deslizando até a noite nesse mar vertiginoso — o principal é olhar fixamente para o sol, não se distrair dele e esquecer que lá embaixo estão as ondas — a terra está longe, o porto improvável e enquanto se espera o fim da tempestade o negócio é simplesmente aguentar e não olhar para o abismo.

Vamos então nos ocupar e nos interessar.

A rádio. Ah! A rádio. Tentei transformá-la numa fada.

Acabei de terminar o programa *Catherine Ségurane*[1] e penso com tristeza que a partir de agora terei de suportar um outro exílio e seu peso. Sim, meu querido, quando ouvirem no condado de Nice e em toda a Provença minha interpretação da heroína do Sul *com sotaque*, serei para sempre proibida de entrar nessa bela região. Ah! Desgraça. Enfim, com isto ganhei 25.000 francos e alcancei momentos autênticos de profunda emoção artística. Roger Pigaut contracenava comigo, e só mesmo nos vendo imitar diante do microfone o galope do cavalo com seu ritmo para fazer parte dos diálogos fogosos que tínhamos de dizer! Inesquecível.

Já nos prometeram outras sessões e até o fim desta semana não tenho um momento de descanso — além da gravação dos poemas que ainda não interrompi, terei de apresentar Robert Bresson sexta-feira à noite aos ouvintes e interpretar uma peça de Thierry Maulnier intitulada *A cidade no fundo do mar*.

Quando não dá para contar com a fada-rádio, eu recorro aos encontros entre amigos, a alguma ocupação agradável ou às entrevistas. Hoje de manhã, por exemplo, vieram aqui em casa fazer uma reportagem fotográfica em preto e branco e em cores. Depois de dizer não quando quiseram me fotografar de espanhola ou chinesa, cozinhando ou nos lavatórios, minha energia acabou e eu fui deixando, inerte. A coisa durou uma hora e acabei arrumando na varanda um resfriado que não vai propriamente resolver a perda de voz que me valeram os gritos de "vitória" e "morte aos turcos" de Ségurane.

Fora isto, também saí um pouco. No domingo entre a vesperal e a noturna fui com "os justos" beber alguma coisa num barco que está aos cuidados de Pommier, atracado diante do Louvre. Um *bateau-mouche* muito agradável, bem equipado. Voltarei lá sábado à noite com Michel e Ariane [Bouquet].

Almocei com Roger Pigaut, Éléonore Hirt,[2] que ficou comovida com "seu pensamento tão doce", tomei mais alguma coisa aqui e ali com Roger e Serge Reggiani. É como eu dizia, quase nem tenho tempo!

Em casa, o clima é de melancolia.

---

1 Peça de teatro de Jean-Baptiste Toselli (1878).
2 A atriz Éléonore Hirt (1919-2017), que integrava o elenco de *Estado de sítio* na estreia, em 1948.

Angeles só pensa numa coisa: me ver um pouco mais "repolhuda". Depois de muito pesquisar acabei entendendo que ela queria que os remédios me deixem mais *rechonchuda*. De resto, está passando por uma crise de fundo filosófico. Chovem provérbios.

A atitude é de resignação. Os cantos da boca adquirem aquela curva de ceticismo. Dois acontecimentos acabaram jogando por terra suas esperanças de dias melhores.

1) Como todos os anos, ela queria assistir no dia 14 de abril à festa em homenagem à República espanhola na Salle Pleyel. Só que infelizmente os tempos mudaram e a época da democracia e das belas figuras de velhos federalistas ficou para trás — a noite espanhola dessa vez era dedicada ao trigésimo aniversário do comunismo espanhol. Nada de danças nem de poemas; mas a *Internacional* (no meu país eles nunca se atualizam!) e discursos.

Acontece que Angeles nunca foi muito de adorar o paizinho Stálin. Tem uma história de manta entre os dois. Isso mesmo. Uma vez ela foi levada a um comício de Marcel Cachin, e teve a infelicidade de querer aproveitar uma pontinha de manta sobrando debaixo das nádegas de uma militante para sentar também. Foi um escândalo. E desde então, sempre que alguém fala de comunismo ela reage: "ah! Igualdade! Igualdade, e ficam brigando por causa de um pedacinho de manta!..."

Essa noite portanto ela ficou contrariada.

2) Ainda por cima, segunda-feira de manhã estivemos as duas protagonizando com Juan um curioso espetáculo que se passou aqui em casa. Não sei se é o caso de chamar de drama, mistério, tragédia ou vaudeville. A representação durou hora e meia e o resultado foi mesmo lamentável.

Mireille apareceu e o que tinha de acontecer aconteceu. Crise, escândalo, briga, e depois disso um gosto esquisito no fundo da garganta me provocando náuseas.

Nem adianta contar. Longo e penoso demais. Basta saber uma coisa: eu bati nela, dei-lhe uma bofetada e se tivesse uma arma na mão teria feito uma besteira — e com isso uma nova imagem veio se somar às antigas: minha mão contra esse rosto; e uma angústia desconhecida: medo das minhas reações e horror pelo que fiz. Ah! Jamais vou perdoá-la por me ter levado a esse extremo!

Angeles, em tudo isso, no meio dessa loucura toda não se entendia mais e berrava a plenos pulmões: "Ah! Meu Deus! Se o Sr. Camus estivesse aqui! Se ele estivesse aqui ninguém faria mal à minha filhinha!" Ela nem se dava mais conta de que eu é que tinha batido. E quanto a Juan tive de trancá-lo para evitar o pior.

E Pitou finalmente decidiu ir embora dizendo: "Eu te perdoo, sabe! te perdoo!" E mais tarde: "Tenha fé! Tenha fé... vai fortalecer seu coração!" e no fim "Pobre casa!"

Aí está a quantas andamos na vida de família.

No teatro, o céu está escurecendo e a tempestade se aproxima. Bouquet disse em cena, no fim do segundo ato: "Que sabotagem!" e começa a tremer... (sim, *fisicamente*!) toda vez que Torrens se aproxima. Este, impermeável, segue seu caminho em meio às garotas que come e — quanta poesia! *vem perguntar a Bouquet antes do quinto ato, na minha presença, se não quer algumas para esta noite.* "Tem seis no meu camarim. Não dou conta!"

Imagine. Imagine.

Ainda por cima, a direção está uma total desordem. O Vaticano recua, o Olimpo fecha as portas, e o mestre toma conhecimento da catástrofe lendo *Le Figaro*.

Adeus sonhos! Adeus chapéus comprados para poder descobrir a cabeça! Adeus esperanças!

Resta a turnê normal, a viagem de ônibus durante cinco dias até Roma, e os simples teatros italianos.

Todos esses acontecimentos não servem propriamente para aplacar os nervos exacerbados dos pobres justos e já estou vendo que tudo isso vai acabar em sangue. Não há a menor dúvida. Bouquet vai se atirar em cima de Torrens e estrangulá-lo; eu, querendo segurá-lo, vou perder o pouco fôlego que me resta; Hébertot vendo sua delegada (novo título no meu brasão) sem fôlego vai querer assumir o papel de Dora. Serge Reggiani convocado então para substituir Torrens vai matá-lo. Guy vai acabar com Serge. Pommier vingará nossos cadáveres jogando uma bomba no teatro e restará apenas, de longe, testemunha da catástrofe, ainda erguendo o palco de *O anúncio* no Vaticano, como um Sísifo esquecido, Plombier, de túnica de monge, louvando pelos séculos dos séculos os benefícios da maçonaria.

E é isto, meu querido, no terreno da vida artística.

Quanto ao resto, prefiro me calar, pois também decidi cortar as queixas pela raiz.

Muitas vezes — ah! quantas vezes — em meio às aflições dessa teia de aranha que vou tecendo ao meu redor, eu te vejo, sozinho no seu quarto de hotel. Coragem, meu amor. Coragem.

Vou parar. Certas coisas é preciso nem mencionar. Temos de nos ocupar. Nos ocupar.

Até logo meu amor. Espero sua carta para saber se deseja minha presença em envelopes.

Me diga. Se quer descansar de mim. Se quer que eu pare completamente as postagens. Aprendi que é preciso ser bem grande para se permitir amar demais alguém. Talvez eu só lhe dê mágoas — talvez Michel Gallimard tivesse razão ao te recomendar fugir de mim. Me diga, meu querido — eu vou entender tão bem...

Te beijo, meu amor.

Maria

283 — MARIA CASARÈS A ALBERT CAMUS

Sábado, 21, de tarde [22 de abril de 1950]

Meu querido amor, para

Cá estou eu bem cansada, bem abalada, bem sacudida, bem... bem... bem embrutecida. Finalmente alcancei o estado perfeito para suportar tudo e só quero uma coisa: que continue assim até eu me sentir bem forte, bem restabelecida, bem saudável para poder dar a volta por cima e realmente recomeçar.

Por enquanto, é a debacle — larguei tudo. Pensei que para cuidar do corpo era preciso antes de mais nada adormecer um pouco as imagens que me perseguem, os sonhos frustrados que clamam em mim a cada olhar meu e essa dor insuportável que sua ausência me causa — e então pus mãos à obra e como te disse na última carta não medi esforços para me impedir qualquer diálogo comigo mesma.

Inicialmente, hábitos passados e esquecidos retomaram seu lugar na casa — reina a desordem aqui — roupas largadas. Cartas se amontoam por todo lado esperando uma resposta. O telefone toca em vão. Os compromissos são desmarcados no último minuto — o aparelho de rádio urra. E eu durmo dia e noite, estou ausente. E de novo a dispersão, a loucura, o desperdício; mas desta vez com esmero. É muito triste, mas apenas passageiro. E realmente eu gostaria de conseguir me recompor. Sei que por enquanto não é possível chegar ao fim dos meus dias com calma e que o verdadeiro repouso só pode chegar no fim das minhas forças e de mim mesma. E então decidi me drogar, sem drogas, e fabricar meio sonada uma atitude que poderá ser útil no dia em que me for um pouco mais fácil despertar. Aí e só aí é que vou retomar a vida, a minha vida; por enquanto me limito a emendar as horas e me proíbo absolutamente de olhar para trás ou para a frente. Cega, é isto. Ficar cega para depois distinguir os menores brilhos na noite.

E tenho quem me ajude: os justos. Pommier e Bouquet-Ariane, por um lado; por outro, Serge, que parece disposto a cuidar de mim. Ontem à noite, saí com ele. Fomos jantar no Dominique; depois ele me levou ao Circo de Inverno para assistir a... lutas de catch! E afinal acabamos a noite no Baccara, onde Yves Montand se apresenta no momento, e às 3 horas me deixou em casa, exausta, queimada por três infelizes uísques e duas vodcas cansada de braços se agarrando, pernas se enroscando, dedos se torcendo, mãos amareladas de futuros cadáveres, punhos girando, multidão berrando, canções de amor, casais dançando *La Vie en rose*, confidências, juramentos de amizade, gentilezas, amabilidades, vaidades e sentimentalismo à Prévert.

Caí na cama como uma massa, agradecendo a Serge do fundo do coração por me ter de qualquer jeito proporcionado um pouco de vida e calor. Pois... se alguém precisa estar vivo... mais vivo do que ele impossível!

Caí no sono imediatamente, pois para dizer a verdade tinha feito dois programas cansativos durante o dia. De 10 horas às 12 horas gravei poemas ("As queixas de uma chinesa". Uma carta, a terceira, da religiosa portuguesa, e sonetos de Du Bellay; Louise Labé, Ronsard, Baudelaire, Nerval, Verlaine, Heredia etc.) Não acabava mais! E depois de uma entrevista!

À tarde, de 5 a 7 horas, no Studio d'Essai, apresentei Robert Bresson aos ouvintes e conversei sobre religião com o padre Pichard,[1] que me disse que eu devia interpretar um papel de Virgem de Botticelli. Ele teve a ideia vendo *Brigas!*[2] Era só o que faltava!

Ainda por cima, hoje de manhã eu tinha de ir à rádio muito cedo gravar uma peça de Thierry Maulnier (digna, mas chata) e por isto tinha de levantar às 7h30, o que por sinal fiz. E esta noite, depois da récita, Bouquet-Ariane, Pommier e eu promovemos uma "fiesta" no *bateau-mouche* que está de novo aos cuidados de Jean.

Espera! Espera! Amanhã almoço com um médico e entre a vesperal e a noturna, recebo Serge Reggiani.

---

1 O padre Raymond Pichard (1913-1992), dominicano que lançou em outubro de 1949 o programa de televisão que em dezembro de 1954 passaria a ter o nome de *Dia do Senhor*. Desde 1944, ele cuidou dos programas religiosos da Radiodifusão Francesa.
2 *Bagarres* (1948), filme de Henri Calef baseado num romance de Jean Proal, com Maria Casarès e Roger Pigaut.

Segunda-feira tenho duas rádios à tarde antes da récita.
Terça-feira, Bouquet-Ariane e Pommier vêm almoçar aqui em casa.
Quanto ao resto, ainda não sei.
E que não venham me dizer que eu estou largada!
No meio dessa agitação toda, dessa loucura, não perdi um segundo a minha lucidez e se também faz parte uma pesada tristeza, não deixa de haver uma doçura bem amável, a doçura da fidelidade cega e irracional. Onde quer que eu esteja, faça o que fizer, me sinto fazendo parte, engajada, prometida a você e esquecida de você que eu busco e encontro ao mesmo tempo o esquecimento da minha condição de mulher — e isto sem o menor esforço, sem reflexão, bem naturalmente, como se dorme, como se come, como se bebe.
Antes, nas suas ausências, eu me enclausurava para você, saía, lia, falava *para* você. Para te dizer, para você ficar sabendo. Minha ideia fixa era nunca te esquecer. Agora que luto com todas as forças para te apagar dos meus momentos, agora que saio sozinha, que vivo sozinha, que renunciei a te dedicar meus minutos para poder te dedicar minha existência inteira, agora então você não me deixa mais, e quando enfim desaparece eu desapareço com você.
Recebi suas duas cartas — a primeira, já sei de cor. A segunda me esperava esta manhã, quando voltei da rádio.
A ideia de que você vai ficar sozinho durante um mês e meio a poucas horas de trem de mim realmente é insuportável. Quase fico sem respiração quando penso nisso.
Ó meu amor, meu querido amor tão terno e às vezes tão pequeno, tão magro, tão gelado, que fazer? Ficar junto de você! Te manter sempre abraçado a mim! Claro! Claro! Tudo deveria desaparecer diante de certas imagens, mas se fosse assim, se eu agisse de certa maneira, você me amaria do mesmo jeito?
Verdelot! Está lembrado? Se eu tivesse deixado minha mãe, *minha mãe!*, para ir ao seu encontro, se a tivesse deixado sozinha em pleno medo para realizar minha felicidade, seria hoje quem eu sou?
Ah! Eu me lembro de tudo! E também do dia de ano novo! O último dia do ano! Eu queria voltar, e depois te disse: "Vá você! Ele vai me ter durante esses três longos meses!"
Isso não tem nada a ver, mas me deixe dizer! Oh! Sim, deixe-me dizer aos poucos tudo que me corrói o coração.
Apenas, não vejo solução. Hébertot viaja esta noite para a Itália, o teatro fica sozinho, tendo de um lado François e do outro eu, delegada dos atores. Os atores!... Bouquet, que ficou pálido anteontem diante de uma conta esquecida,

apresentada pelo dono do Relais. Pommier, já recebendo adiantado, não pela semana que vem, mas pela seguinte.

A peça! Meio sem fôlego, é verdade, toda trincada, mas ainda viva em certos momentos e no quinto ato.

Que fazer, meu querido? E além do mais, que dizer? não posso largar o Mestre de um dia para o outro. Preciso lhe dar tempo para pensar num outro espetáculo. E depois, quando ele se for... fazer o quê?

Resta a esperança de esgotamento do sucesso. A receita baixou, é verdade, mas hoje de manhã encontrei Michel Vitold e ele disse que está do mesmo jeito para todo mundo desde as festas. E aí?

Que fazer agora? Tantas vezes te deixei tão sozinho! Tudo teria sido tão fácil se eu tivesse me agarrado ao seu pescoço há muito tempo — eu não achava que tivesse esse direito, e aí está. Fazer o quê agora?

Quanto à casa, acho que deveria se mudar para ela o mais breve possível. Nos primeiros dias talvez se sinta meio perdido, mas vai se acostumar, vai ficar melhor que no hotel, reinando como grande senhor solitário — meu grande senhor, meu doce senhor — e poderá se poupar mais tarde de novas mudanças e adaptações. Além do mais, em matéria de companhia, você sempre poderá, quando quiser, ir ao hotel, almoçar e ver sua rapariga ao seu gosto. Vamos! Meu querido.

Coragem! Olha! O tempo já está ficando bom! Daqui a pouco o verão... e quem sabe! Talvez dias de felicidade e esplendor. Se acomode, trabalhe — trate de se liberar do que precisa fazer e preparar um último mês de Cabris bem leve, para poder passá-lo com alegria e esperança. Vai! Francine vai voltar, imagino, com as crianças? Prepare a chegada deles. Acabe com o que tem de mais pesado a fazer para que eles possam dispor de você e você deles, por algumas semanas. Vai! Ah! E eu que não posso te ajudar, abrir as portas, sacudir a poeira, irradiar tudo de bom junto de você!

Dei um abraço em Angeles. Semana que vem vou encontrar alguma coisa para ela. Voltarei a falar disso. Reynal me escreveu. Pede que te transmita mil lembranças de Florença. Está exultante. Radiante de beleza e amor. Me telefona. E também vem me falar de "glicínias e oliveiras"!

E é isto por hoje, meu querido.

Esta carta me parece bem curiosa, mas não fique zangado comigo — estou meio cansada, e vou falando ao acaso dos pensamentos que me ocorrem. Acontece que no momento meus pensamentos andam bem estranhos.

Uma única linha suavemente firme e contínua e sempre renascendo: meu amor por você. Receba-o docemente; ele precisa de ternura.
Te amo,

M.

P.S.: Ainda estou pensando. Se largar a peça, mesmo na ausência de H[ébertot], só poderei fazê-lo por volta do dia 15 de maio, no mínimo, para todo mundo ter tempo de se virar. Se F[rancine] chegar no dia 1º de junho, você acha que algumas horas (oh! eu sei, é maravilhoso) juntos valem tanto aborrecimento para tanta gente... Ah! Que fazer?

284 — ALBERT CAMUS A MARIA CASARÈS

Sábado, 7h30 [22 de abril de 1950]

Meu querido amor,
acabo de abrir as janelas para mais uma manhã cinzenta e a necessidade de te escrever que me atormenta desde ontem se tornou imediata. À parte um período de céu claro na segunda-feira, não parou de chover ou de ameaçar chover desde que cheguei. Estou escrevendo na cama, mal desperto, mal vivendo — mas começar o dia sem você é tão difícil.
Pierre ficou comigo até hoje. Vai embora esta noite. É um bom companheiro, meio taciturno, mas afetuoso. Ontem o acompanhei num passeio pelo litoral até Menton, onde almoçamos. Mas o litoral debaixo de chuva lembra um domingo de primavera nos Trópicos: palmeiras molhadas, poças d'água onde sempre acabamos metendo o pé, o mar salgado e as pessoas fugindo debaixo da chuva. Eu queria ver, a dez quilômetros, acima de Menton, um lugar que tinha localizado no mapa, Sainte Agnès, empoleirado a mais de setecentos metros. Achava que podia ser um refúgio para mim, uma espécie de varanda dando para o mar. A aldeia de fato era bonita, mas totalmente de costas para o mar, e separada dele por um esporão rochoso. E mergulhada numa umidade glacial. Certamente para aquecê-la é que a cercaram de fortins verdes e negros e ninhos de artilharia camuflados. No fim das contas, de todos os lugares que vi Cabris é o mais bonito, o que reúne maior número de circunstâncias favoráveis. E é em Cabris que tenho de me estabelecer. Tenho encontro daqui a pouco com um suposto aristocratazinho local, personagem maltrapilho e sujo,

sempre acompanhado de magníficos cães, ex-militar, e antigo gostosão que fala das mulheres no estilo da caserna. Mora sozinho numa mansão que alugava na época em que estava com a mulher. Foi deixado por ela, certamente farta do estilo caserna, ou então convertida ao pacifismo. E queria sublocar a casa, que fica um pouco abaixo da que eu ocupava e que, embora mais trivial e menos confortável, podia resolver. Se a alugar, vai ser logo e mandarei chamar Jeannette. Mas talvez me sinta meio perdido nesse casarão durante um mês e meio.

Por enquanto, e à parte a saída de ontem, a vida transcorre como previsto. Acordo às 7h30 ou às 8. Às 8h30, Inès (a faz-tudo do hotel. Italiana apesar do nome — e o próprio rosto da bondade) me traz o desjejum, liga o aquecedor e me traz água quente quando volta para pegar a bandeja. Toalete. E depois, na cama ou à mesa, tento ler ou trabalhar. Ainda não dá para trabalhar seriamente. Mas nessa primeira semana eu queria liquidar a correção de provas das minhas crônicas e de *Bodas*[1] e pôr a correspondência em dia. Para então começar na segunda-feira meu verdadeiro trabalho. Mas só tenho ilusões razoáveis a esse respeito. Entre 11 horas da manhã e meio-dia bem que gostaria de passear, mas estes dias a chuva torrencial me impedia. Ao meio-dia e meia, almoço no refeitório do hotel. As hóspedes são exclusivamente mulheres. Infelizmente, todas de idade canônica ou de físico assustador. Só uma menininha linda de sete anos — e eu não me canso de olhar seu rosto. De 1h30 às 15h30 ou 16 horas, cama e leitura, ou correspondência. Às 16 horas seria um passeio se... De 17 horas às 20 horas, trabalho (no momento, devaneios estéreis). Às 20 horas jantar e volto a contemplar a menininha. Melhor que ouvir o relato das enfermidades das senhoras que são realmente bem infelizes. De 21 às 23 horas, trabalho na cama ou leitura ou nada, como é o caso. Às 23 horas, vou dormir.

Como vê, um luxo só. E também uma vida de velho, para dizer a verdade. A viagem de Pierre (ele acaba de me confirmar que vai embora esta noite) vai agravar ainda mais a uniformidade desses dias. E me culpo por não me sentir muito corajoso diante dessa solidão chegando. Mas o sol, se voltar, talvez me ajude. Ah! Já ia esquecendo, o número de telefone do hotel é 3 em Cabris. Só estou lá nas horas das refeições, pois meu quarto fica no anexo, que é afastado. Além do mais, o telefone fica na passagem para o refeitório. E portanto infelizmente só pode servir para coisas urgentes!

---

[1] *Bodas* é reeditado pela Gallimard em fevereiro de 1950, com reimpressão já em junho; o primeiro volume de *Atuais* seria publicado em 30 de junho de 1950.

Pronto. Queria te escrever uma carta com detalhes, para você poder me instalar na imaginação nessa nova ausência. Também gostaria que você me contasse os detalhes, de todo coração. Não parei de pensar em você desde que cheguei e este quarto está cheio de sombras com o seu rosto. Eu sonho com você. Às vezes fico imaginando que a peça é suspensa, que você se muda para algum lugar, Cannes ou outro, onde é feliz e que vou morder essa felicidade, todo dia. Será realmente impossível? E por sinal eu me preocupo, constantemente, com o cansaço que essa peça te causa. Pense bem e diga se não seria melhor parar por aí. De minha parte, é o que eu penso e o que gostaria.

Mande um beijo para a querida Angeles. A infelicidade dos últimos dias me tornou egoísta e eu nem me lembrei de oferecer o que pretendia para o apartamento dela. Será que você não pode, quero dizer, escolher, e depois eu mando o necessário?

Aqui está a doce Inès chegando. Talvez hoje eu receba uma carta sua. Estou lá no alto no meu trapézio, vou dar o salto mortal, mas preciso que você estenda a mão, sua doce e querida mão, meu grande amor! minha afetuosa amiga! Te amo infinitamente, aqui está seu lugar junto a mim... quanta coragem vamos precisar! Sim, seja corajosa mas não me esqueça demais.

A.

285 — ALBERT CAMUS A MARIA CASARÈS

Sábado, 21 horas [22 de abril de 1950]

Meu querido amor,
Hoje foi meu primeiro dia de solidão completa. E também o sexto dia de uma chuva que não parou desde que cheguei. Eu tinha tomado providências para não me entregar à inatividade. Trabalhei a manhã inteira nas provas das minhas crônicas. Na hora do almoço, havia concluído. Li um pouco depois do almoço. E às 15h30 ataquei as provas de *Bodas* (a reimpressão). Acabei bem cedo. E quis dar uma volta, pois a chuva tinha parado um momento. Mas o céu cinzento, o dia chegando ao fim, o mar pálido ao longe... Logo tratei de voltar e fui cuidar da correspondência. No jantar, tinha despachado uma dezena de cartas. Jantar morno, no meio das velhas senhoras que me papariam com ar enternecido. Ficaram sabendo que eu sou escritor. E então se fazem de discretas. Mas uma discrição de arrebentar vidraças. E agora aqui estou.

Reli sua carta de ontem. Por que não me enviou o que escreveu? Eu disse que não escrevesse todo dia porque sei que depois de um certo tempo vem uma secura e uma cãibra no coração, que está dolorido, que quer dizer e não sabe mais dizer. Mas se alguma coisa te empurra para o papel, ah! me escreva a qualquer hora, mais de dez cartas por dia, estou mortalmente sozinho, e cada sinal seu me salva de horas terríveis. Se anseio pelos seus envelopes? Se quero que não mande mais nada? Está querendo que eu morra no meu buraco? Mesmo que você só me trouxesse dor (e Deus sabe que meu coração ainda está maravilhado com certas alegrias que você me deu) seriam as *suas* dores e o que é *nosso*. Acabe com esses receios, grite diante de mim se der vontade. Diante de quem haveríamos de gritar, senão um do outro?

Te escrevi ontem antes de receber sua carta e você deve ter recebido a minha hoje de manhã: entreguei a Pierre, que fui deixar ontem no trem para ele postá-la no pneumático na ferroviária de Lyon. Se soubesse eu teria esperado... A tensão da sua carta me fez mal. Eu queria te acalmar. Por que essa cena com Mireille? Que foi que ela disse que te levou a isso? Você acha que pode te fazer bem passar da reclusão quase absoluta a saídas frequentes? Eu preferiria uma vida mais razoável, poupando os seus nervos, equilibrando repouso e distração. Ah! Minha terrível menininha, quanta preocupação você me dá! Que preocupante saber que está sozinha e sem defesa, contra a dor. Eu te peço, procure encontrar um equilíbrio, mesmo provisório. Essa ausência me traz ao mesmo tempo remorsos e tristezas. Se estivesse aí, eu sei que você teria caminhado aos poucos para a saúde.

Gostaria de falar um pouco dos meus dias, para te distrair. Mas realmente não há mais nada além do relato que já fiz. Tudo acontece dentro. Mas esses dias sem referenciais são intermináveis. Realmente espero que a partir de segunda-feira eu possa mergulhar no trabalho. Caso contrário... nem sei. Recebi uma carta muito gentil de Éléonore Hirt.[1] Gosto muito dessa moça, que é muito educada. Talvez você pudesse encontrá-la um pouco e ter algum prazer na sua companhia. À parte isso, minha correspondência é formada por cartas de importunos ou parasitas. E tenho de responder.

Lamento não ter rádio para te ouvir, mesmo como Ségurane. Lamento não poder te telefonar toda noite. Lamento não a ter aqui, neste momento, ao meu lado, neste quarto cheirando a madeira aquecida. Lamento a vida, as praias, seu

---

1 Ver nota 2, p. 489.

corpo, nossas grandes alegrias em comum — Eu te lamento, meu amor, minha amiga, minha querida... Mas talvez aconteça o milagre. E até lá viva, não na raiva, mas aplicando toda a sua inteligência e a sua flexibilidade. É a mim que você faz mal quando se faz mal, não esqueça. Não esqueça deste que te ama, teu pobre amigo privado de você, que é sua carne, seu céu, sua água... Te amo. Até logo, Maria querida. E coragem, por favor, a coragem do amor indestrutível...

A.

Domingo, 19 horas [23 de abril de 1950]

Passei o dia enclausurado — uma chuva diluviana, parecia até que a punição divina finalmente estava chegando. Escrevi cartas, fiquei à toa, impaciente — e me censurei, me encorajei, me passei sermão... mas a vontade de viver acorrentada, o desespero desse dia sem fim não me largaram. No fim das contas, me permiti vir para você, chegar perto aqui mesmo, como fantasma, no papel. Você está no seu quarto, se arrumando, daqui a pouco estará no camarim. Cansada, não é? Envelheceu ontem no seu *bateau-mouche*, e hoje, duas récitas. Tenho a sensação de estar aí, de te ver como você é. Ah! Espero que me tenha escrito e que amanhã pelo menos eu tenha um dia mais claro. Mas como a noite é longa!

E aqui estou eu começando a carta que não quero te escrever. Vamos, no dia a dia, é assim, temos de viver o dia a dia. Mas que fazer quando o rosto do dia está corroído, pavoroso... Te amo, demais, de perder o fôlego — e essa nova espera me mata. Te beijo, beijo a tua querida boca. Me dê a força necessária, meu amor...

A.

286 — MARIA CASARÈS A ALBERT CAMUS

Segunda-feira à noite, 24 de abril [1950]

Meu amor querido,
Te deixei no sábado à tarde dizendo: "Olha! O tempo está ficando bom!"
Pois bem! Se você recebeu minha carta hoje e em Cabris está fazendo o mesmo tempo que aqui, devo dizer que acertei em cheio. Raramente assisti a

semelhante desordem no céu. Chuva, granizo, vento, uma vaga promessa de sol e de repente uma espécie de noite de luz amarela e ofuscante. O Apocalipse! Nesse caos, ninguém se entende mais. Não conheço ninguém que esteja bem no momento, do ponto de vista moral ou físico. A gente só ouve falar de enfermidades, desmaios, reumatismos, depressão, loucura, problemas de todos os tipos. Só eu pareço continuar aguentando... com 4 sous.

Aqui em casa, Juan está com dores de estômago e Angeles parece que vai desmaiar por qualquer dá cá aquela palha.

Na rádio, só ouço queixas.

Quanto ao teatro, ah! aí!... Preciso tentar me concentrar de qualquer jeito e juntar todas as informações recebidas no meu camarim para te fazer um relato detalhado do atual estado do teatro Théâtre des Arts Hébertot!

Vamos lá! Você já sabe da catástrofe ocorrida nos últimos tempos, catástrofe que certamente provocou o frio e as reviravoltas atmosféricas desta curiosa primavera e que tem a ver com a recusa do Vaticano quanto à récita de *O anúncio feito a Maria* na presença do Santo Padre.[1] Durante uma semana, os bastidores do Teatro Hébertot foram cenário da mais pura estupefação. Ao longo de intermináveis dias, os importantes se instalavam por ali, em segredo, cheios de promessas, de saber, de planos, desaparecendo na hora em que chegávamos e deixando para trás sombras de poesia esquecida, boatos de súplicas recusadas, carregados perfumes de incenso arrefecido. E por todo lado desordem e abandono, uma espécie de ponto de interrogação em toda parte.

Paul Claudel e Jacques Hébertot, informados pelo *Figaro* das decisões de Roma, não mediam esforços para encontrar entre os múltiplos poemas e odes do ilustre poeta aqueles que pudessem eventualmente fazer cosquinhas agradáveis na orelha aparentemente chocada da Igreja Católica.

Sábado, estava tudo decidido. O primeiro embarque ia ocorrer e um enorme ônibus amarelo e azul — um cartaz ambulante — coberto de H e de "turnê oficial" para todo lado aguardava os cenários e os cestos com vestuário.

No quadro de avisos, as últimas recomendações, entre elas: "Proibido levar no ônibus qualquer cão ou outro animal doméstico que não seja o cão do

---

[1] A representação de *O anúncio feito a Maria* no Vaticano faz parte das comemorações do Ano Santo em 1950; o projeto, surgido em abril de 1948, é oficialmente confirmado pelo Vaticano em 1950, com duas récitas em 29 e 30 de abril.

Teatro Hébertot." (Procurei um leão para presentear Hélène Sauvaneix,[1] mas não encontrei.)

1º embarque: Sábado de manhã (cenários)
2º embarque: Sábado à noite (Guy e Hébertot)
3º embarque: Segunda-feira de manhã (J[ean] Vernier e a trupe)

Mas ai! *Pouf*, o cão do Teatro Hébertot, o único da sua espécie admitido a bordo, só pôde embarcar hoje, tendo apresentado sintomas de tifo.

E assim ficam *Os justos* senhores absolutos do teatro até o mês de junho!

Por um lado François à frente da Administração.

Por outro eu — ai de mim! delegada dos atores.

No meio, o pobre Albert, sempre tonto e corajoso frente aos maquinistas.

E na sala... algumas pessoas perdidas, corajosas, ainda enfrentando as intempéries lá fora, e o triste espetáculo que lhes é apresentado, dentro.

Pois o espetáculo...!:

1) A iluminação não é mais a mesma.

2) Os maquinistas, cansados, nem se dão mais ao trabalho de levantar a cortina até o fim dos aplausos.

3) Os ruídos de bastidores são mais ouvidos que os diálogos dos atores.

4) Dora diz a metade do seu texto de forma ininteligível, pois o resto desaparece em vagos sotaques espanhóis e é engolfado em constantes falhas de memória.

5) Boria dorme no camarim entre o atos, acorda para pensar em "Alexandre o pequeno" e vocifera contra o mundo inteiro e sua mulher que está doente.

6) Stepan se entusiasma, se encolhe e fica rouco.

7) Voïrrov desmaia, tragado pelo vazio.

8) Skomatov vai mudar de rosto em breve para assumir os traços de Perdoux enquanto Œttly vai para a Suíça interpretar *Le Croûton*.

9) Foka *não muda nada*!!!

10) A grã-duquesa exerce a profissão de proxeneta, esquece de ir atuar no Palais Royal à tarde e não entra em cena quando deve no nosso espetáculo.

11) E por fim? Yanek! ó horror — Yanek!, o belo Yanek, o suave, o atraente, o querido Yanek foi acometido de um abscesso num molar que transforma seu rosto numa coisa indescritível que vou tentar resumir em alguns traços:

---

1 A atriz Hélène Sauvaneix (1922-2004) desempenha o papel de Violaine em *O anúncio feito a Maria*, de Claudel, no Teatro des Célestins, em Lyon, em maio de 1944, e depois no Teatro Hébertot em Paris, em março de 1948.

ele tenta disfarçar a coisa com ruge, pobre coitado!

Ah! Meu pobre querido, que desgraça!

Pois bem! Está vendo? Nesse naufrágio, nem tudo está perdido e eu ainda encontro momentos bem comoventes; são aqueles em que nem tudo está perdido alguns gritos, batimentos ainda e apesar de tudo, a vida dessa peça que é inesgotável. Sim, meu amor, ela continua viva. Está viva apesar de tudo e contra tudo e eu continuo vendo belos rostos agradecidos chegando ao meu camarim, depois da récita.

Ah! Deus do céu! É preciso mesmo que seja belo e grandioso!

Mas vamos em frente. Chega de teatro.

A vida. A vida... Vou deixar para amanhã, tá? Estou cansada e já é 1h30 da manhã... e a vida é cansativa.

Até amanhã, meu querido amor. Até amanhã. Te amo tanto.

Terça-feira à noite — meia-noite [25 de abril de 1950]

Aqui estou depois de receber sua carta esta manhã, sua carta! ó, meu amor —, depois de ter telefonado e ouvido sua voz, depois de ter escrito para você.

Aqui estou mais uma vez.

Ontem à noite eu estava falando da vida e te prometi contar tudo em detalhes hoje de manhã.

Fisicamente, vou francamente melhor. Não tremo mais; estou comendo bem; não tenho mais pesadelos, mas sonhos, belos sonhos que me deixam cheia de remorsos ao acordar. Sem mais febre, nem angústias, e... começo a ficar "repolhuda"! De modo que estou no bom caminho.

Moralmente, é uma outra história. De novo senhora dos meus nervos, não estou mais precisando dos desabafos doentios e quase desagradáveis que você conheceu. Sem mais lágrimas. Acabou-se.

E até rio. Rio muito. Demais.

De qualquer maneira, recuperei minha dignidade. Quer dizer que estava certa usando meus métodos.

Os dias se passaram da seguinte maneira:

Sábado à noite, depois da récita e um dia na cama, fui tomar umas no meu *bateau-mouche*.

Tínhamos organizado uma fiesta para descontrair. Pommier e eu nos vestimos a caráter: calças velhas, pulôver.

Cada um comprou uma garrafa de champanhe e alguns bolos.

Às 11h30 fomos com Michel Bouquet ao Hotel Voltaire buscar Ariane. Ela apareceu fantasiada de fada, cabelos soltos, carregando enormes embrulhos. Como eu já pegara meu toca-discos e a comida nos esperava no barco, eu e Jean nos perguntávamos o que ela podia estar trazendo. "Uma surpresa", soltou ela sem parar de tocar o acordeão com suas mãos delicadas.

Pequeno passeio e por fim... o barco à noite! Ah! Esse barco. Você não tem ideia. O mundo das maravilhas! Mas não quero me estender. Saiba apenas que é uma beleza.

No salão, se juntou a nós um amigo de Pierre Larrivé — o dono — que estava hospedado lá há dois dias. Muito simpático. Eu flertei com ele.

Foi quando Ariane decidiu se revelar. Começou estendendo na mesa... uma toalha! Ela tinha levado uma toalha!

Copos! (No barco as pessoas bebem em vidros de conservas.)

E... se segura!... capas para enfrentar eventual umidade, e para mim, *para mim pessoalmente*, um xale de angorá rosa bombom que ela queria de qualquer jeito que eu pusesse por cima do meu casacão!

A noite transcorreu tranquila, suave e morna. A presença de Ariane mata qualquer encanto logo de entrada.

Diante de um belo fogo de lareira eu me diverti captando a atenção do homem que estava lá e que Ariane queria interessar. E consegui — apesar da ausência de maquilagem, de vontade, de coquetismo. É verdade que havia as chamas, das quais fiz bom uso.

Às 2h30 decidi voltar para casa e fui deitar meio grogue.

Domingo acordei às 10 horas e depois do banho, toalete etc. fui almoçar na casa do Dr. Laënnec com Michèle Lahaye — almoço mundano e boboca. Depois récita. Entre a vesperal e a noturna, tinha marcado jantar com Serge Reggiani. Ele foi me buscar no teatro. Voltamos para casa. Tínhamos prometido a Pommier passar no barco, mas perdemos a hora. Ele me falou do filho.

Parece que a coisa não anda bem com a mulher. Mas tem o filho. Stéphane — 4 anos e meio. Nós jantamos. Eu estava deprimida. Ele tentou me animar, me acompanhou de novo ao teatro, e ficou comigo... fim de domingo bem ruim.

Segunda-feira, duas rádios à tarde. A peça de Thierry Maulnier e uma farsa de Roger Grenier,[1] sinistra e divertida, com quatro personagens. No elenco eu, Pigaut e Servais.[2] Serge [Reggiani] foi me encontrar e ao sairmos fui tomar um café e comer um sanduíche com ele e Roger P[igaut]. Depois, voltei para me deitar em casa antes de ir para o teatro, pois soubera à tarde que entraria em cena apesar do inchaço colossal do pobre Torrens.

Récita.

Hoje, Ariane, Michel e Pommier vieram almoçar... e jantar. No intervalo, conversamos e ouvimos música.

Aí estão, meu querido, os fatos.

O resto... nem vamos falar, ou melhor, vou te falando aos poucos. Esta noite, queria apenas te deixar a par dos fatos, pois estou cansada.

Amanhã estarei com Dolo — o que é realmente um prazer. Bruckberger[3] me mandou um convite para uma reunião de amigos marcada para segunda--feira na NRF. Acrescentou um bilhete gentil, me exortando a comparecer. Eu respondi lamentando não poder. Padre Pichard! Padre Bruckberger! Michèle Lahaye que fica aborrecida comigo porque não acredita na ressurreição dos corpos! Mas o que é que deu nessa gente?...

Também recebi um bilhete dos "escritores vale-tudo" me pedindo que aceite trabalhar como vendedora e convide meus amigos ricos a comprar livros.

E manuscritos. E mais manuscritos!

Correspondência para responder e manuscritos para ler! Mas quando? Ainda não estou com coragem.

---

1 O jornalista e escritor Roger Grenier, nascido em 1919, é um dos colaboradores de Albert Camus em *Combat* e publica seu primeiro ensaio pela Gallimard em 1949. Além de autor, seria leitor e editor na editora.
2 O ator Jean Servais foi amante de Maria Casarès de 1946 a 1948. Tinham se conhecido no camarim de Marcel Herrand e voltaram a se encontrar na filmagem de *As damas do bois de Boulogne*.
3 O padre dominicano Raymond Léopold Bruckberger (1907-1998), que conheceu Albert Camus na Resistência. Fundador da revista *Le Cheval de Troie* publicada pela Gallimard em 1947, ele é nomeado em 1948 capelão da Legião Estrangeira, sendo enviado para a África do Norte.

Avignon me convida para interpretar Ximena entre 15 e 25 de julho.[1]
E outras coisas ainda, mas nem sei mais o quê.
Estou caindo de sono. Vou dormir. Amanhã de manhã tenho de ir à rádio concluir *A cidade no fundo do mar*.[2]
Querido, até amanhã. Que dizer? É possível pegar o avião sexta-feira de manhã e voltar no sábado? Amanhã terei a resposta. Se for, você me verá na semana que vem.
Te amo.

V

287 — MARIA CASARÈS A ALBERT CAMUS

Terça-feira, 25 de manhã [abril de 1950]

Meu amor querido,
Comecei ontem à noite uma longa carta detalhada que vou te enviar esta noite ou amanhã de manhã, pois ainda não concluí.
Enquanto isso, estas palavrinhas. Acabo de receber suas notícias de sábado. Eu sei como deve ser e é porque sei que decidi levar essa vida meio desordenada que estou levando no momento. Um de nós precisa aguentar firme, e eu tenho mais facilmente essa possibilidade que você. Não sou tão louca quanto você acha e já me conheço o suficiente para saber o que preciso fazer. Eu te peço, portanto, não se preocupe comigo. Estou me embrutecendo, é verdade, me esgotando um pouco, mas no momento é a única maneira de me preservar. Não se preocupe! Estou cuidando de mim. Me preservo para você o melhor que posso — Para começar, resolvi fechar os olhos por alguns dias para regiões cuja simples visão me desarma e acaba comigo. Para isto tinha de esquecer de mim mesma, sair de mim, não me dar um minuto de descanso. Fiz então o que cabia no caso. Agora a coisa vai melhor. Os nervos se acalmaram. As lágrimas contidas e toda a apatia e a umidade de que estava sofrendo até na minha vida externa se acabaram. O equilíbrio voltou e eu começo a retomar prumo. Estou

---
1 O convite provavelmente é feito por Jean Vilar a Maria Casarès tendo em vista o Festival de Avignon de julho de 1950. A atriz no entanto só se apresentaria em Avignon em julho de 1954, em *Macbeth*.
2 *A cidade no fundo do mar*, peça de Thierry Maulnier.

saindo menos, me escutando com frequência nos dois últimos dias, fico sozinha sem medo, olho ao redor e dentro de mim com clareza e de novo me sinto dona de mim mesma e da minha coragem. Só uma coisa ainda me incomoda de tal maneira que me sinto diminuída de novo, o fato de saber que você está sozinho em Cabris. Aí eu me perco e acabaria permitindo qualquer coisa se não soubesse que tenho de aguentar firme para poder te amar bem.

Não se preocupe! Eu recuperei a saúde — os braços já estão ficando cheinhos — estou bem aprumada — a voz está voltando. Está indo. Está indo.

Amanhã vou almoçar com Dolo. Está vendo? Dessa vez eu é que estou sendo mimada. Ela foi me ver no teatro, inconformada por saber que você está de novo em Cabris, emocionada com *Os justos*, estuante de forças e de vida, bela!...

Ela me disse: "Ah! Finalmente alguém vivo nos últimos dias!" e depois: "Quero te ver em outro lugar, fora daqui e do seu vespeiro. Quer sair comigo?"

Ela entrou no meu camarim e minutos depois sem que ainda tivesse falado de você, não sei por que, diante dessa criatura, eu me senti sua mulher. E me tornar sua mulher diante de alguém é muito bom!

Ela vai embora em breve. Que pena!

Ah! Meu querido — não se atormente por minha causa. Desde que te conheci considero trazer em mim um tesouro do qual devo cuidar dia e noite nas suas ausências, para te devolver intacto. Estou cuidando, não tenha o menor receio.

Mas você. Você! Você, fechado nesse hotel, tragado por toda essa chuva! Ah! Querido, coragem — o tempo bom vai voltar. Era o que eu dizia na minha última carta quando chovia torrencialmente e o vento uivava. Você deve tê-la recebido ontem e olha só! Hoje, um pouco de sol! Amanhã o céu estará azulzinho e Cabris será toda sua.

Depois será o verão e você cercado de vida. Coragem mais um pouco.

Procure trabalhar, se livrar de tudo que se arrasta atrás. Vitória!

A gente só chega lá se estiver com a boca cheia desse gosto! Vamos vencer. Nada resiste a um certo desejo, a uma certa obstinação, nada no mundo vai resistir ao nosso gosto da vida e de nós mesmos. Paciência. Dentro de um mês, livre do peso maior do seu trabalho, você vai ver seus filhos, Catherine, digna e cheia de imaginação. Pense nisso. Procure trabalhar. Vou te escrever. Te escreverei até lá, sem descanso. É o que você quer, a única coisa que me pede. Até lá, terei sempre a minha alma nas minhas cartas. Depois vou guardá-la para você, bem disponível para você.

É isto, meu querido. Amanhã vou postar o relato meio incrível das minhas atividades — espero pelo menos fazer você rir. Até lá, procure decifrar esse artigo que estou enviando. Ele me tocou profundamente. Leia e não esqueça muito de mim. É para que você se lembre que o estou enviando.

Te amo. Não fique sozinho. Eu vivo com você e caminho ao seu lado. Venha, meu amor querido. Venha para o sol! Olhe para as oliveiras. Olhe para mim.

Te amo

V

288 — ALBERT CAMUS A MARIA CASARÈS

Terça-feira, 19 horas [25 de abril de 1950]

A noite está caindo. É a hora difícil. Mas o dia inteiro o seu telefonema me susteve. Obrigado, meu amor, por ter pensado nisso. Eu estava realmente impossibilitado de deixar meu coração falar. Mas você sentiu minha alegria e minha emoção, não é? Não, não é possível que se passem mais três meses sem que possamos nos abraçar. Temos de nos decidir, fazer planos. Mas também é verdade que não estou vendo nada, por enquanto. Ontem, hoje, o céu se desanuviou aos poucos. Mas aí veio um vento de tirar o fôlego. Ontem à noite eu estava gelado. Me cuidei preventivamente e acho que não vou cair de novo de gripe. Trabalhei ou melhor pus em ordem meu novo trabalho. Os

Pouco depois do seu telefonema, de fato recebi uma carta de Dolo falando de você: "ela tem um rosto eternamente a ponto de alçar voo" e mais adiante "por sinal, acho que vocês se parecem". Claro que me fez bem. Quando você conseguir digerir a maneira de falar dela, gírias e palavras em inglês (dez anos de América), vai ver que é o coração mais generoso e mais sensível. Gosto muito dela, mesmo quando me cansa, o que, para mim, é um limite.

Sua carta, recebida ontem, tinha aumentado minha preocupação com a loucura da sua vida atualmente. Foi bom você me tranquilizar esta manhã. E no entanto das palavras da sua carta ficava comigo uma espécie de alegria egoísta ("te dedicar minha vida inteira..." e outras). Eu entendo perfeitamente que a coisa não é possível e é verdade que você não seria quem é se jogasse companheiros no desemprego pela alegria de um reencontro. Mas é bem duro e não posso me impedir de esperar algum milagre, como o incêndio do Teatro Hébertot.

Como sua voz está próxima, meu amor, minha linda, minha querida menina... Tão próxima que por um segundo senti em mim algo parecendo com desejo. E muitas outras coisas — todas querendo falar. E você perguntando se eu te amo...

Querida, vou esperar sua carta de amanhã para responder aqui. Vou jantar. Depois volto para tentar trabalhar um pouco. Esta noite, queria me apertar um pouco contra você, entre o dia e a noite. E falar do mal que sua ausência me causa. Te amo, sim, pelo menos esteja certa disso. E se cuide, eu te peço, meu amor

A.

289 — MARIA CASARÈS A ALBERT CAMUS

Quarta-feira 26 — meio-dia [abril de 1950]

Que tempo! Mas que tempo — Está tentando. Caindo neve derretida. A gente treme de frio. Tudo escuro — amarelo. Ah! Meu querido! Se estiver fazendo sol em Cabris, eu realmente não lamento que você esteja aí no momento. Aqui, juntos, nem poderíamos nos encontrar direito. Parece que uma coluna de ar maltratado separa as pessoas umas das outras. Caras amarradas, saúde deteriorada, mentes contorcidas.

Hoje de manhã, fui à rádio terminar o programa de Thierry Maulnier. Decididamente essa peça que ele escreveu em oito dias — ao que parece — não merece mais tempo da nossa atenção que o que ele gastou para escrevê-la. Sim, é digna! Olha só o tema: a cidade de Y mergulhada no fundo do mar esperando a salvação. Os habitantes divididos pelo ódio tentando encontrar uma linguagem comum. E no meio de tudo isso, Athès, a filha do rei, cheia de culpa, aquela que causou a catástrofe, buscando, muda (naturalmente para se calar é preciso falar, na rádio!), a solução. E encontra, eles a encontram no amor, primeiro, depois na esperança, uma estranha esperança proporcionada por graça de um deus do qual naturalmente não se fala: a fé, ora essa!

Mas como é longo! E cheio de argumentação! Como é frio! Parece que ao escrever a peça ele já pensava na crítica que faria dela! De vez em quando belas coisas altivas e dignas, de longe em longe.

Hoje de manhã eu tinha de gravar uma cena com Tony Taffin,[1] que interpretava meu pai, o rei Grandlon. Ele ainda estava sob os efeitos do álcool. Me falou da Espanha — estava lá em 1937. Combateu — pelo que diz, mas apenas em Barcelona, nas fileiras da FAI, contra os republicanos. Queria que eu acreditasse que ao chegar lá a primeira coisa que viu foi o nome Casarès com bandeirolas em volta. Ele não sabe que meu pai se chamava Casarès-Quiroga e a essa altura tinha caído em desgraça. Em consequência, a não ser que as bandeirolas ocupem na sua imaginação o lugar da palavra "Morra", o que me contou é absolutamente falso.

No fim do programa, me acompanhou até em casa, gentil e atencioso. Acho que quer muito que eu interprete Ximena em Avignon ao seu lado por uma questão de prestígio. Um nome de estrela ajuda!

Feli [Negrín] me telefonou. Está em Paris, o que me deixa feliz. Vou encontrá-la hoje ou amanhã. Por enquanto, estou esperando Dolo com quem vou almoçar aqui em casa, pois para um piquenique debaixo de uma castanheira... teremos de esperar o fim das geadas.

Eu penso em você, em você, sozinho em Cabris. Que pelo menos o sol brilhe! Ah! Meu amor finalmente ficar esturricado de sol! Caminhar na areia escaldante e na pedra brilhante! Depois beber! Beber! Teus lábios frescos!

Não. Sobre certos assuntos não quero falar mais.

Estou impaciente por notícias suas. Ontem você me falou ao telefone de uma solução provável para nos permitir respirar um pouco, mas por mais que tente, não entendo o que você quis dizer. Enfim, espero comportada.

Vou te deixar. Voltarei daqui a pouco ao seu encontro, no papel.

4 horas da tarde

Dolo acabou de sair. Ri um bocado com ela, mas também, sem saber, quanta saudade e quantos receios despertaram em mim! Nada bom mesmo. Ela me deixou viva de novo quando eu devia continuar dormindo. Ah, querido!

Vou me encontrar com Feli. Talvez encontre novas forças com ela.

Até já.

---

1 O ator Tony Taffin (1917-1995), que depois de três anos na Comédie-Française interpreta um papel em *Um certo cavalheiro*, de Yves Ciampi, em 1949.

Meia-noite

As forças que fui tentar pedir a Feli, só as encontrei em duas grandes e grossas costeletas de porco que ela preparou — pois em matéria de vitalidade e coragem, eu é que ainda teria a lhe dar. Pobre Feli! De viagem em viagem, de hotel em hotel, sempre. E além do mais... o resto todo — voltada sobre si mesma desde a última viagem, só estava me esperando para poder se abrir finalmente e derramar diante de um olhar amigo o transbordamento todo de mágoas acumuladas. E veio tudo, e lá fora chovendo torrencialmente.

Mas também rimos, pois ela é divertida e adora dar suas risadas. Inclusive ri com uma espécie de fúria e precipitação, como estou fazendo agora. De modo que rimos muito e agora, pensando no caso, me dou conta do quanto foi sinistro. Dom Juan ficou um pouco conosco. Eu queria diverti-lo e consegui. Contei a luta de catch a que assisti outro dia. Ele disse que eu era meio maluca, mas que no fundo era normal e que não tinha a menor importância.

Às 7h30 desci para tomar um táxi e ir para o teatro, o que me valeu uma caminhada de mais ou menos trinta minutos, e uma ducha em regra — cheguei ao camarim encharcada até os ossos, a alma úmida e as sobrancelhas franzidas. Henriette, provavelmente lavada pela chuva, não estava mais cheirando mal como ontem à noite e me entregou um panfleto de protesto contra a bomba atômica e sua utilização, para ser assinado pelos atores. Como delegada, me senti na obrigação de responder que não temos nada a ver com os sindicatos mencionados no alto do protesto (maquinistas — eletricistas — decoradores — administradores), e que esperávamos que o nosso sindicato nos mandasse o documento para saber o que fazer — e depois fui calorosamente cumprimentada pelos companheiros.

Como Maria Casarès, respondi que assino o documento quando for acrescentada à reivindicação de uma comissão internacional para investigar os segredos do átomo, uma outra exigência sobre os campos de concentração da URSS (obrigada meu querido). Disse também que a história da bomba atômica já não passa de história e que agora temos de nos preocupar com a bomba H.

E concluí me exaltando e gritando que não gosto de chantagem.

Depois atuamos. Ou melhor, fingimos atuar. Frouxos, nós mesmos perambulando diante de um público extremamente reduzido, frio e frouxo. Para cúmulo do azar, comecei a chorar num dos olhos durante todo o quinto ato. Não estava emocionada e chorava sem parar pelo olho esquerdo, formigando. Eu enxugava. E a coisa começava de novo com mais força ainda! Eu ficava tensa, irritada. O formigamento chegava à garganta. Eu tinha fumado demais.

No fim das contas, não consegui agarrar o braço de Michel como pretendia e escorreguei com o pé direito. Acesso de riso reprimido. E meu olho lá chorando, sozinho... Ah! Que dia!

Meu amor querido. Tenho uma esperança. Dolo tem uma amiga que trabalha no escritório da Air France. Ela vai tentar conseguir para mim uma passagem de ida e volta para sexta-feira-sábado da semana que vem, para Cannes (se for possível). Parece que se eu assinar um papel dizendo "Maria Casarès só viaja nos aviões da Air France", fica menos caro. Pergunta se aceitei!

Elas devem me telefonar amanhã ou depois de amanhã e se houver voos regulares Paris-Cannes e ainda houver lugares para sexta-feira e sábado, te escrevo sem demora e você reserva onde quiser um quarto para eu passar a noite e dois pedaços de dia. É melhor que nada! Que acha?

Oh! A simples ideia de tê-lo junto a mim algumas horas me faz levitar em ondas de glória.

Naturalmente, se não for bom para você por algum motivo, me telefone e eu não faço nada.

Mas cuidado! Se me privar de um dia de vida, serei impiedosa — me vingo.

Albert querido — Meu amor querido — de repente fiquei embriagada. Me dou conta te escrevendo que talvez vá te encontrar. Na verdade, até agora não estava acreditando. A chuva não me deixava ter a menor esperança e eu não acreditava em milagres. E por sinal é possível que não haja voos regulares e que essa ideia que surgiu na minha cabeça seja utópica — mas se assim for, vou encontrar alguma outra coisa. Não pode continuar assim. É preciso, é preciso que eu te veja, é preciso que eu te abrace de novo. Vamos encontrar juntos. E por sinal espero a sua solução.

Está trabalhando, meu querido? E fisicamente, como se sente? Se consultou com o médico que pretendia consultar? Escreveu ao outro, o seu? Ainda está se ressentindo da sua gripe? Diga. Me diga. E de Argel, quais são as notícias?

Eu te imagino sozinho, contra um fundo cinzento e vago — pois não sei nada do que te cerca — comprido e magro, como às vezes você é, o rosto terrivelmente triste, o mesmo que olha para mim neste momento, em cima do rádio — principesco. Nesses momentos você não é mais de Argel, não tem mais uma pátria e a gente tem vontade de te abraçar e te proteger. Nesses momentos é que você é mais você, desarmado, nu. E se então você sorri, me dá minhas maiores alegrias. Sorria, meu amor.

Beijo teus lábios

V

290 — ALBERT CAMUS A MARIA CASARÈS

Quarta-feira, 18 horas [26 de abril de 1950]

Li a sua carta. Obrigado, meu amor. Naturalmente, eu entendo e se o seu método te ajudou a ter coragem de novo, não tenho nada a acrescentar. Mas é preciso cuidar também da sua saúde, pois tudo depende dela. Fiquei contente com o artigo e a foto. Dá para sentir uma sinceridade e uma emoção. E ele tem razão: Se é para escolher uma imagem do exílio (do exílio de vocês) melhor optar pelo mais bonito e o mais apaixonado, e que seja num momento de glória. Mas, você sabe, eu não precisava desse artigo para me lembrar — eu nunca te separei desses anos terríveis, do seu país, da sua gente, nem da sua esperança. Compartilhei e compartilho com você o processo da época, ao mesmo tempo que a honra com que temos de enfrentá-lo.

E para que dizer mais!? O que eu beijo no seu rosto é aquela que eu amo, naturalmente, mas também, às vezes, o rosto da vida que eu gostaria que todos tivessem, generosa e inteligente.

Apesar do seu desejo, o sol ainda não chegou. O vento se foi, mas a chuva voltou. Trabalhei um pouco esta manhã, na cama. Depois do almoço, descansei e não me sentia muito brilhante. Às 4 horas, saí e dei uma longa caminhada debaixo da chuva, muito fina. O tempo estava agradável e, me obrigando a caminhar, tomei decisões. Viver a cada dia, trabalhar, não esperar, mas já desfrutar, de você, do jeito que te possuo no momento, distante e presente. De qualquer maneira, sair de mim, me interessar de novo pelas pessoas e as coisas, embora aqui as oportunidades sejam raras. Largar enfim essa atitude ensimesmada em que fui entrando aos poucos — e recuperar minha vitalidade.

Mesmo doente, mesmo infeliz, é possível viver generosamente, e meu grande pecado dos últimos tempos foi me fechar. A gente se esgota remoendo os acréscimos de infelicidade, calculando um futuro que nos escapa. Justamente quando a infelicidade se torna extrema é que podemos encontrar nela uma espécie de liberdade. Pelo menos era o que eu estava pensando. E vou ter coragem de viver de acordo com isso. As coisas estão um pouco mais difíceis para mim no momento porque sou obrigado a viver isolado do mundo. Mas será que a gente realmente fica isolado? O mundo sempre está ao alcance da nossa mão. Basta querer alcançá-lo.

Estou dizendo tudo isso para te tranquilizar a meu respeito. Não acho que vá te escrever todo dia, justamente porque não quero me enrijecer, mas te falar sempre com frescor no coração. De qualquer maneira, temos de acabar com a temporada de queixas — e começar a respirar. Mas em tudo isso, sempre e a todo momento, você precisa saber que estou junto de você e com você. Me perdoe se não tenho sido brilhante nos últimos dias. Os primeiros dias do prisioneiro são os mais difíceis. Depois, o lenço da amada basta para preencher seus dias. Claro que não é verdade, mas os sinais de amor às vezes têm a capacidade transformadora do próprio amor — e dão paciência para esperar o reencontro, o gozo.

Até logo meu amor querido. Eu beijo teu coração corajoso. Te amo

A.

Preciso mandar o artigo de volta?

291 — ALBERT CAMUS A MARIA CASARÈS

Quinta-feira, 21 horas [27 de abril de 1950]

Meu amor querido,
Desde o meio-dia estou com a sensação de estar dançando. Queria te escrever logo, mas não tinha palavras. Eu estava contente, só isto. Não sem certos escrúpulos, por sinal — pois penso no seu cansaço. Mas também penso que três horas num avião confortável não são nada. E que no fim das contas esse dia e essa noite de felicidade (pois vamos entregar essas horas à felicidade e só a ela, não é?) te permitirão começar de novo com mais leveza.

Eu já tinha pensado nisso. Mas estava esperando me sentir descansado. E jamais teria tido a ideia de te pedir que viesse. Mas você teve essa ideia e eu te amo. Agora vou viver à espera da sexta-feira — e acho que vou passar esta semana em paz e ao mesmo tempo impaciente.

Ah! Esta carta é muito tola. Tola como a vontade de rir que estou sentindo. É melhor falarmos dos detalhes. Você terá de me telefonar o mais breve possível sobre a confirmação (sábado à noite e domingo, estarei hospedado com o doutor Sauvy, em Grasse, que me convidou a sua bela casa) para eu providenciar um hotel. Já dei uma olhada na lista de todos os hotéis de Cannes a Menton. É preciso que tenhamos conforto — mas evitando hotéis de luxo. Posso te enviar imediatamente o preço da viagem (sua história sobre fotos me parece meio delirante). Me responda rapidamente pelo telefone. Estarei esperando no aeroporto de carro (fica a 30 quilômetros daqui). Você vai chegar, e depois... Desde que não esteja muito cansada para brincar sábado ao chegar e duas vezes domingo! Receio que seja meio louco.

Recebi sua longa carta depois do telefonema. Duas ou três pinçadinhas no coração mas ela me deixou feliz. Eu tinha trabalhado hoje de manhã — e continuei à tarde. Nada brilhante, mas já é um começo.

Querida, não consigo mais escrever. Estou nervoso como um leão na jaula. Com vontade de te dizer um monte de carinhos, sem parar, de te acariciar, de te amar sem medida. Acho que a noite vai me acalmar, e que vou conseguir esperar a sexta-feira sem maiores fúrias. Gostaria que você recebesse esta carta no sábado. Então vou postá-la amanhã em Cannes. Assim, ainda terei tempo para incluir meus pensamentos de amanhã. Mas estou te mandando meu amor de sempre, meu obrigado do meio-dia (ah! esse telefonema no meio de 20 pessoas), toda a gratidão e o carinho do meu coração, sim, a chama do amor, de repente estourando de novo, feliz, gloriosa... te amo, minha querida.

A.

292 — MARIA CASARÈS A ALBERT CAMUS

Quinta-feira, 27 de abril [1950] — *de tarde*

Seis pesadas cartas! Desde as 11 horas da manhã, escrevi seis pesadas cartas! Diante da janela onde... dá para ver às vezes uma claridade de sol — pois é! estou me entregando à euforia e vertendo minha nova vitalidade em tinta. E por sinal quando tiver acabado com você vou parar, pois já estou começando a sentir cãibras na mão direita. Mas primeiro preciso acabar com você.

Querido, você é mesmo um grosseirão! E por mais que a sua "foto" queira me apresentar o espírito sintético da dor do mundo você não passa de um pesadão, desajeitado, quadrado... Argelino.

Eu me esforço ao longo de dias, durante horas para encontrar um jeito de te abordar, falar com você, extrair um sorriso dessa máscara de tristeza inesgotável e você só consegue dizer: "Na sexta-feira, que dia vai ser do mês..."

"Ah! Dia 5. Você pensou no caso!"

Adeus! Sonhos de harmonia imaterial! Adeus elãs invertebrados! Adeus! doce nome de amiga do seu coração!

Ainda nem consegui encaixar as ideias de novo.

Pois bem, eu também pensei no caso!

Sim... mas mesmo assim um pouco depois! Quando tudo ficou decidido e tive tempo de pensar nos detalhes! Hoje de manhã, tomando banho, porque me senti de novo bonita e novamente um pouco "repolhuda". Pensei no caso e meu coração quase parou.

Segunda-feira 1º — Terça-feira quarta-feira quinta-feira. Ah! Talvez sim! Talvez não! Se as coisas andarem como devem, não, e aí, é exatamente o que precisamos!!! (Ah, mas...! eu também vou até o fim!) Mas se minha nova vitalidade ou o avião interferirem, aí... cintura! (sic)

Foi você que me botou no caminho da mais terrível infâmia — eu te sigo e gostaria tanto de poder ser completamente e tolamente feliz durante 24 horas, agarrada a você! Já imaginou? nem me aguento mais aqui. Exultante, e até me pergunto se não estou inventando os raios de sol que vejo pela janela.

Seja como for, o jeito de nos encontrarmos é esse mesmo e parece até que já estou me sentindo mais perto de você. Se conseguir o desconto ou a viagem de graça, logo poderei repetir, e na verdade não me incomoda nem um pouco que escrevam sei lá onde alguma coisa do tipo: "A Air France tudo permite, cuida de todo mundo. M. C. esgotada com as récitas de *Os justos* no T. M. aproveita seu dia de folga para desfrutar dos ares marítimos, graças ao serviço da Air France" e por cima um trecho da Marselhesa e algumas fotos.

Oh! Meu amor querido, te tocar de novo!

Até esta noite.

1 hora da manhã [28 de abril de 1950]

Estou meio embriagada, mas desta vez de uísque. Interpretei bem o quinto ato, diante de algumas pessoas sem mérito — tive até alguns acentos raros no gênero flamenco. Por exemplo gritei: Você vai chorar... aaaaar aaaar aaaaar aaaar, o que fez Michel cair na gargalhada. Serge Reg[giani] tinha vindo me ver antes da récita e voltou para me buscar e irmos tomar alguma coisa no fim. Fomos ao Relais com Pomme e Michel e assisti a uma estranha cena entre os três em que faziam muita graça e se provocavam ainda mais. No fim das contas, o dono tentou interferir nessa discussão meio barroca e, sem o menor senso de humor, ficou realmente irritado.

Amanhã vou jantar, acho eu, com Serge e Pommier e devemos acabar a noite no barco, mas nada certo.

Ao voltar engoli duas fatias de presunto, uma quantidade considerável de salada, um iogurte e um café com leite com torradas. Como antes de sair tinha jantado um respeitável bife com talharim, Angeles começou a ficar preocupada. "Eu como e rio. E tudo isso, de repente. É demais"... E ela tem razão, como sempre.

Agora aqui estou nesta imensa cama. Sufocando de tanta vida recalcada. Ah! Boa noite, meu amor querido — talvez amanhã receba uma carta sua. Durma bem. Até amanhã. Te amo, e esta noite te desejo. Me perdoe mas não posso fazer nada. Ah! Não. Jamais conseguirei me acomodar numa vida da qual você esteja excluído!

V

Sexta-feira, 10h30 [28 de abril de 1950]

Acabei de acordar e li sua carta de terça-quarta-feira. Não te mandei o artigo para você não esquecer que eu sou espanhola, refugiada etc. — mandei para você não me esquecer, simplesmente, e quando acontecer de eu sentir apenas um coração seco diante do papel, saberei dar um jeito discretamente de te fazer lembrar de mim, não se preocupe.

Dito isto, fico feliz de saber das decisões que tomou. É verdade que nos últimos tempos você se fechou um pouco, mas ainda que nos enclausurássemos menos isso tinha de acontecer. Mas também é verdade que num ponto extremo da infelicidade a gente recupera uma certa liberdade; mas o que é difícil para você e para mim é que nunca poderemos nos entregar ao ponto extremo da dor e nos manteremos sempre nesse limite, nessa fronteira tão difícil de viver.

Ah! Meu amor, sim, está tudo muito difícil e até eu que tenho o mundo à minha disposição ainda não vejo muito bem como conseguir me voltar realmente para ele, pois apesar de me empenhar, continuo esperando dia após dia um futuro bem incerto.

Enfim, o negócio agora é esperar a sexta-feira que vem. Depois veremos. O importante, como você diz, é largar de lado essa alma-esponja que estamos arrastando até agora, viver, abrir mão dos sonhos e imagens de verão, caminhar e tratar de ostentar uma expressão radiante. Quem sabe a felicidade roubada num segundo de subterfúgio não acaba um dia acarretando uma outra, profunda e verdadeira.

Sexta-feira — esta tarde vou telefonar à "vadia Antoinette" para garantir meu lugar.

Está cinzento lá fora e não sei por que estou meio triste esta manhã. Devo ter esgotado ontem meus recursos de alegria.

Te amo perdidamente.

Maria

293 — ALBERT CAMUS A MARIA CASARÈS

Sexta-feira, 9 horas [28 de abril de 1950]

Hoje de manhã ao abrir as janelas dei com um dia maravilhoso, o primeiro desde que cheguei. Depois vieram me dizer que Élisabeth Herbart,[1] que me emprestou a casa, chega a Cannes no trem de 10h30. A decência manda que eu vá buscá-la. Este bilhete então é rápido, e queria deixar aqui simplesmente o sol e o frescor desta manhã.

Hoje por sinal acordei meio desanimado. Fiquei pensando que teria de esperar, que talvez você não viesse, e nesse caso a decepção seria forte demais se eu não tomasse a precaução de prever essa decepção. Como vê, a gente vai ficando experiente, e velho, e esperto, e manhoso com a infelicidade.

E no entanto meus sonhos dessa noite tinham todos a ver com você. O tempo estava bom em você, para resumir. Era o sol da meia-noite. Mais uma coisa, *muito importante*: se estiver cansada, adie essa viagem para a semana que vem.

Não me desagrada ter de ir a Cannes. O tempo lá deve estar bom e vou dar uma olhada nas lojas para homens, admirando o que puder comprar que te dê prazer ver em mim e que não vou comprar porque entrar numa loja sempre me pareceu cansativo.

Até logo, até logo, minha menina querida, minha doce, meu lindo fogo, minha negra. Te amo, com todo o meu ser, com toda força, e te espero.

A.

---

1 Ver nota 1, p. 185.

294 — ALBERT CAMUS A MARIA CASARÈS

Sábado, 16 horas [29 de abril de 1950]

Meu amor, meu querido amor,
Não estava esperando cartas suas hoje e no entanto lá estava você, fiel, afetuosa, me enchendo da boa e grande sensação de ser amado de perto, ativamente... Obrigado, meu querido amor, obrigado por toda essa corrente de vida e calor que você ainda encontra meios de fazer fluir até aqui.
Sim, você tem razão, eu sou o sujeito mais grosseiro. Mas o fato é que não pensei nisso. Como dizer? Para começar, a verdadeira alegria, a alegria essencial, que o seu telefonema me trouxe instantaneamente, bruscamente, eu não podia expressar diante de vinte pessoas pouco discretas. Depois, logo pensei na falta de sorte que parece estar nos perseguindo, pensei que era bom demais e que mais uma vez seríamos contrariados. E imediatamente pensei na contrariedade mais tola. Mal tinha dito e quase morri de vergonha. E fiquei ruborizado, juro, diante do aparelho. Donde minha risada idiota coroando tudo. Me perdoe, meu amor. Você sabe que o que conta é você, fremente, nos meus braços. Claro que eu desejo um dia inteiro de alegria infinita. Mas desejo depois de pensar. E por sinal me lembro da noite do primeiro dia do ano, quando foi você que me sufocou. Ah! Como eu te amo, minha afetuosa amiga, doce companheira...
À parte isto me parece que Serge [Reggiani] a procura muito. Mais um que provavelmente se deixa levar. Mas fico feliz de saber que você está comendo, sentindo a vida voltar. Eu também, na verdade, e não só porque o sol voltou, mas porque já sinto nos lábios o gosto da sua boca... Junto com a sua carta recebi uma de Michèle Halphen[1] que está vindo para o litoral e gentilmente se propõe a vir me visitar *a partir de quinta-feira*. Horrorizado, mandei um telegrama para que adie a visita. Gosto muito dela e ficarei feliz de vê-la, mas tudo tem sua hora.
Ah! Você vai chegar no aeroporto de *Nice*, não é? Não há nenhum outro. Mas como você fala do avião Paris-Cannes, fiquei em dúvida. Cada hora será preciosa. Quanto ao hotel, pode ser Nice, Antibes ou Cannes. Vou escolher a solução em que tenhamos certeza de ficar em paz.
Que fiz desde ontem? Nada além de ler livros para meu trabalho e, de vez em quando, me dourar ao sol que voltou. Não muito, só para te oferecer um

---

1 Ver carta 169, p. 306.

rosto vivo na sexta-feira. Infelizmente, ando dormindo muito mal. Essa noite, fiquei me revirando durante três horas. Mas pelo menos vivi antecipadamente esse dia que vamos roubar à estupidez e à infelicidade. De qualquer maneira, recuperei a aparência e a cara é boa. Só sinto forças verdadeiramente para viver com você, mas são muitas.

Ah! Minha querida afetuosa, minha morena, minha praia, só penso na hora da entrega. Só junto de você me sinto entregue, compreendido, justificado. Sim, te amo e amaldiçoo esses dias que ainda nos separam. O sol, o mar, você nos meus braços, no meu braço, na minha boca, sim, isso é viver e uma enorme taça de alegria que vamos esvaziar de um gole. Depois, por mais dura que seja a solidão, a espera, pelo menos isso terá sido vivido.

Esta noite vou dormir em Grasse na casa do doutor Sauvy, de quem gosto muito (não é o tisiologista), e vou passar lá o domingo. Aceitei porque o domingo para mim é interminável e penoso — e estava com vontade de passar por cima dele para chegar mais depressa à sexta-feira. Nos quatro outros dias, vou tentar trabalhar às cegas, obstinadamente, caso contrário vou ficar marcando passo, sem sair do lugar. Decididamente, eu esqueço que sou adulto.

Mas pelo menos você sabe o amor, a gratidão, o entusiasmo que tomam conta de mim? Vai receber esta carta bem tarde, receio, o domingo corta tudo — mas está acompanhada até sexta-feira, certamente pode sentir. Um único beijo, mas transbordante, esperando a chuva da sexta-feira.

A.

295 — MARIA CASARÈS A ALBERT CAMUS

1º de maio [1950]

Aqui estou, meu amor querido, num belo dia de primavera, o primeiro, fechada em casa, para tratar de uma gripe crescente que peguei ontem na varanda e que não quero prolongar até sexta-feira, dia de glória. Ainda por cima, uma desagradável dor de barriga que não prenuncia nada de bom. Estou achando que dessa vez vou ficar apenas contemplando as ondas azuis do Mediterrâneo. E o frescor da água fica para depois!

Mas não há de ser nada — o principal é poder esperar, e não esquecer as imagens da beleza. Maio chegou e eu sei por que tenho a sensação de ver aí uma promessa. Talvez seja simplesmente essa viagem. Talvez seja o sol — não sei dizer; mas tenho a impressão de que o terrível inverno realmente acabou por um tempo e de que há vida palpitando ao meu redor. Agora é apenas questão de querer capturar esse leve frêmito a tempo, e quem sabe!... quem sabe a vida não vai recomeçar!

Sexta-feira eu não te escrevi. Um dia ruim. Deserto total. Com certeza boa parte da culpa estava nas minhas vísceras. De manhã Stanny veio me ver. Ele está farto do "Mestre" e dos seus quinze mil francos por mês e gostaria de trabalhar e arrumar uma profissão. Seu sonho é ser diretor de cinema. E veio pedir minha ajuda.

De tarde fui posar para fotos na Harcourt. Uma "Série negra". Estou curiosa com o resultado; deve ter ficado sinistro. Pigaut e Reggiani foram me encontrar e voltamos os três para casa para beber meia garrafa de uísque que me restava. Mas não foi bom: nada bom mesmo, e além do mais, esses jovens que querem bancar os HOMENS e confundem virilidade com falta de educação acabam me cansando. No fim das contas eu até esquecendo suas qualidades de gentileza, não levo mais em conta certas carências e os mando passear.

Foi o que aconteceu. Serge queria me levar ao cinema para me distrair; já tinha visto o filme que sugeria, *Noblesse oblige*; mas queria me ajudar a passar a noite. Eu respondi que não tinha a menor necessidade de ajuda nem de distração, que o peso dos sacrifícios me era mais penoso que o mau tempo em Paris e que o esforço que ele precisava fazer para cuidar tanto de mim me parecia tão grande que já me sentia cansada antecipadamente e só queria uma coisa, me deitar e dormir.

E assim eles se foram e eu fiquei sozinha. Sozinha, pois Angeles tinha saído e só voltou tarde da noite. Minutos depois o telefone tocou: Feli [Negrín]! Eu não conseguia falar, soluçando feito criança. Quinze minutos depois, ela estava aqui em casa com D[om] Juan e depois encontrar os del Vago fomos todos jantar e depois beber. Voltei às 2 horas, acabada — e caí no sono imediatamente.

Sábado e ontem domingo, me senti neutra — rádio, teatro. Ontem, entre a vesperal e a noturna, passei em casa para ler manuscritos que tenho de devolver. Li também *O jogador*. Queria entender o amor, ou melhor a paixão do jogo; mas apesar do talento de Dostoiévski, fiquei na mesma. Mas de qualquer maneira fiquei conhecendo a "velha generala" e não me arrependo.

Também pensei muito nessa minha profissão. Dia desses vou te falar longamente do assunto. Me sinto meio perdida desse ponto de vista, também, no momento; mas é perfeitamente normal e estou esperando para pensar bem no caso e tomar decisões a respeito.

Na verdade, à parte você e meu desejo de te encontrar, só há uma coisa precisa em mim: o desejo de mar, de céu, de sol. O resto, melhor deixar para depois, e decidi tratar apenas de encontrar um meio ou meios de descansar em algum lugar neste verão. Vou encontrar.

Quanto à peça e ao Teatro Hébertot, não sei o que te dizer. A receita tinha baixado bem na semana passada, mas desde ontem... voltou a subir. É uma história curiosa — Michel [Bouquet], Jean [Pommier] e eu, sempre unidos, vamos sempre em frente, como podemos,... nem tão altivos, ultimamente. Yves [Brainville] dormita, M[ichèle] Lahaye declara sua impossibilidade de atuar ao lado de J[acques] Torrens e este faz inovações. Boceja na cena com Foka e entra no segundo ato dizendo: "Eu não tinha como imaginar filhos!" Meu vestido se recusa a continuar e precisa ser costurado o tempo todo entre o atos e as cadeiras vão caindo uma depois da outra.

Mas não se preocupe. Continuamos de cabeça erguida, lutamos com todas as forças contra as Parcas disfarçadas de traças e gritamos, brandindo agulha e naftalina: "¡No pasarán! ¡No pasarán!" Exatamente como em Madri. Vamos esperar que a quinta-coluna não consiga acabar com nossa energia.

Hoje estarei daqui a pouco com Claude Œttly que vem me contar suas mágoas e pedir reconforto. Certamente vou lhe passar minha gripe; é só o que tenho para lhe dar. Esta noite teremos um jantarzinho aqui em casa, Jean, Michel, Ariane e eu. Me sinto pesada e mal, febril, mole, espirrando, caquética. E no entanto esta semana tenho tomado toda manhã minha dose de antiastênico. Fui ver de que era feito e nunca me senti tão humilhada na vida. Contém matéria cerebral! Mas nem sei mais se já te disse. Me perdoe. Essa gripe acaba comigo.

No meio disso tudo, temos a sexta-feira! E aí mesmo é que eu me perco. Sexta-feira. Sexta-feira vou te ver, te tocar, você estará junto de mim, e longe do mundo ficaremos sozinhos juntos! Ah! Sim, meu amor querido, vai ser a felicidade. Apenas a felicidade sem passado nem futuro. Paz. Eternidade.

Vamos ver se pelo menos não arrasto essa gripe até lá! Oh! Eu sou visceral, eu sinto, anda! Mas confesse que não seria nada divertido se nas poucas horas que teremos juntos eu chegar de nariz vermelho, com boca de peixe, mão úmida, olho fechado e cabeça tonta!

Mas vou me tratar — já estou entupida de comprimidos e esta noite começo tudo de novo.

Ah! lá lá.

Ouça, meu amor, vou te deixar, já estou me enervando. A dor de barriga piorando e eu, escrevendo de lenço no nariz.

Perdoe esta carta, mas tente entender. Você sabe o que é uma gripe e o resto dá para imaginar.

Amanhã certamente vou te telefonar.

Tenho de dar uma resposta aos organizadores do Festival de Avignon e para isto preciso falar com você primeiro.

Até amanhã, meu querido amor. E sobretudo até sexta-feira! Sexta-feira.

Já te beijo como vou beijar, com fúria

V

296 — ALBERT CAMUS A MARIA CASARÈS

Segunda-feira, 1º de maio [1950], *18 horas*

Meu querido amor,

Te escrevo por uma questão de princípio pois sou pura espera — incapaz de fazer qualquer coisa que não seja pensar na sexta-feira. Mas quero que você receba uma palavrinha antes de viajar. Passei a noite de sábado e o dia de domingo na casa do doutor Sauvy em Grasse. Uma grande e bela casa com um maravilhoso jardim coberto de todo tipo de flores. À noite, meu quarto ficava cheio de perfumes. Passei bem uma hora no escuro respirando esse ar pesado e ouvindo um incansável rouxinol. Tinha o coração oprimido, mas não era desagradável.

O verão se instalou de repente. Está calor, sinto meu corpo relaxar e desejar o calor, a vida. E dia de hoje foi cheio de você, e não só por causa da sua voz, no telefone. Mas você foi bem cruel, perguntando se seria o caso de adiar a viagem. Claro que se pode ser grosseiro e argelino, mas ainda assim ter lá a sua delicadeza. Dito isto, vamos rezar para o céu.

Aluguei a casa do fidalguete, que está à minha disposição a partir de hoje. Amanhã vou escrever a Jeannette para que venha e tentar viver como senhor solitário. A casa está numa sujeira indescritível, mas cheia de sol. Depois de limpa, não vou ficar muito mal. E por sinal tudo me parece fácil desde que não tenho mais à frente esse longo túnel, sem a esperança de chegar perto de você. Dá para viver um dia depois do outro quando se sabe que não está muito longe o dia em que será possível viver pelo coração.

Me perdoe o bilhetinho anexado, mas eu tenho direito, por *nós*. A arranjo Dolo seria chato. A partir do momento em que você desse a menor publicidade a essa viagem, teria os fotógrafos em cima de você em Nice. E mesmo sem levar em conta o aborrecimento que isso representa, eles teriam tomado minutos que serão preciosos. Pelo contrário, exija que seu descanso e sua tranquilidade sejam protegidos.

Ainda não decidi nada quanto ao hotel. Estou hesitando, mexo e remexo, mas é agradável. De qualquer maneira, não se preocupe, vou resolver — ó, sonho, você vai chegar. A vida pode ser maravilhosa. Depois, vou trabalhar, viver, aceitar o que vier. Mas te segurar, te segurar finalmente, de verdade! Meu querido amor, meus lindos olhos, minha saborosa, o sol e o mar te esperam e vão te levar assim que você aterrissar. Você vai ficar coberta de ondas, reluzente de sal, ardendo de sol para voltar para a névoa de Paris. Te amo, vou te amar — te beijo, na felicidade.

A.

297 — MARIA CASARÈS A ALBERT CAMUS

2 de maio [1950]

Ainda trancada em casa. Continuo cuidando da gripe, que *por sua vez* parece ir muito bem e ganhar novas forças a cada hora que passa.

São 2 horas da tarde. Espero a hora de telefonar para a Sra. Controt para pedir minha passagem de preço cheio. E por sinal certamente existe uma providência para os pródigos. Hoje de manhã, Aboulker, das Atualidades Francesas, me telefonou para pedir que eu diga em espanhol o comentário de um filme sobre Baux — 25.000 francos! Exatamente o que eu precisava. Não disse!? Maio está começando! O sol chegou! A vida é nossa!

Ontem à tarde estive com Claude Œttly. Ela ficou duas horas aqui em casa, e me aborreceu muito. Uma pessoa seca e azeda, o que não me agrada.

À noite, Bouquet e Ariane e Pommier vieram jantar comigo. Chegaram às 7 horas. Eu estava completamente arrasada pela febre e ainda mergulhada nas lembranças de Conrad. Para me sacudir um pouco, recorri a um comprimido de Corydrane e um pouco de champanhe. Mas aí... só vendo o resultado! Depois de um adorável piquenique no quarto amarelo eles queriam ouvir discos, mas eu nem dei tempo de eles respirarem. Há muito tempo não abria a boca e de repente, sob efeito da febre, dos comprimidos, do silêncio acumulado, da perspectiva da minha viagem ao Mediterrâneo, botei tudo para fora. Como eles só se interessavam pela profissão, pela primeira vez na vida eu falei da minha profissão. Não disse quase nada, mas ainda assim o suficiente, até descobrir quando acabou a saliva que já era 1h30 da manhã. Eles tinham perdido o metrô! E todo mundo achando que não passava de 11 horas!

Eles foram embora... a pé. E eu dormi com Conrad, num avião, interpretando uma cena de amor com um cavalheiro do interior que fazia teatro de câmara e tinha os seus olhos e a sua boca.

Hoje de manhã, recebi sua carta, sua bela carta de sábado e comecei a me dar conta realmente de que logo estaremos juntos. Depois, li os jornais. E aí um rapaz que se chama Jacques Epstein, amigo de Gérard,[1] e que quer escrever um romance — a vida de um ator — veio me pedir sugestões. E eu ainda tive de ser inteligente e tagarelar durante duas horas falando da profissão.

Almocei com Angeles, cansada de tanto falatório e sobretudo pelo esforço que preciso fazer nesses casos, para aclarar minhas ideias muitas vezes — como você sabe — bem confusas.

Às 4h30, o Sr. X., que vi uma vez na vida há um ano e meio, e que conhece Dolo, veio me ver. Apareceu outro dia no meu camarim dizendo que eu tinha emagrecido e que precisava a todo custo me recuperar. É marinheiro... acho eu; marinheiro de Saint Germain des Prés, alto, louro, enrugado, com belos olhos azul mediterrâneo. Vai comprar um barco e gostaria de me levar à Córsega no verão. Que te parece?

Não, gracejos à parte, ele é simpático e respeitoso. Me agrada e é triste, o que eu gosto. Talvez não demore nada a me desiludir. E aliás não faço outra coisa no momento.

Fisicamente, acho que estou perfeitamente recuperada — para não desmentir o apelido de "fortona" que sempre me deram. Me sinto exultante de vida e energias desperdiçadas. O que provoca curiosas oscilações de temperatura moral. Se esse estado de coisas persistir na semana que vem vou te escrever de hora em hora o que sinto durante o dia. Você vai achar graça!

Minha barriguinha se acalmou e eu continuo esperando. Mas infelizmente receio o pior.

Enfim, não será a última vez que irei a Nice nas próximas semanas, considerando que esta viagem, no fim das contas, estou fazendo de graça.

No teatro ando me desentendendo com François. Hébertot, ao me nomear delegada não levou em conta meu lado consciencioso. Acontece que a primeira

---

1 Talvez se trate de Jacques Heyst, pseudônimo de Jacques Esptein (nascido em 1919), autor de vários romances publicados nos anos 1950-1960.

coisa que eu fiz e da qual ainda não tinha cuidado foi exigir o cachê duplo que nos é devido pela récita na Cidade Universitária, num dia de folga. François discutiu e quis me passar para trás; mas eu tinha tomado a frente e sabia que estava no meu direito. Agora terei de brigar para conseguir o cachê de 1º de maio. E tudo isso no meio das gargalhadas dos meus queridos companheiros. Muito agradável!

Bem, meu querido, chegou a hora. Vou telefonar. Espere um segundo por favor.

Tuu! Tuu! Tuu!

Não posso mais viajar às 8h40. Esse avião, ou melhor, esse voo só existirá em junho — então vou tomar o ônibus nos Inválidos à 1h25 e só estarei no aeroporto de Nice às 15h20. Na volta, saída de Nice às 11h10 e do aeroporto de Nice só às 14h10.

Talvez possamos almoçar no aeroporto mesmo e assim ficar juntos mais tempo. Mas deve haver algum erro pois será possível fazer essa viagem tão longa em 50 minutos? Acontece que ao que parece estarei de novo em Paris às 3 horas. Não estou entendendo nada. Enfim, veremos! O principal é a viagem.

Meu amor, quando receber esta carta, já será para amanhã... Amanhã, já pensou?!

Te beijo perdidamente. Até amanhã.

M.
V

Vou telefonar.

V

298 — ALBERT CAMUS A MARIA CASARÈS

Quarta-feira [3 de maio de 1950]

Meu amor querido,

Depois do seu telefonema, recebi suas duas cartas ao mesmo tempo e pensei que talvez conseguisse mandar a tempo este bilhete para você ler no avião. Já está adivinhando para dizer o quê: minha impaciência, minha alegria, o rosto que te espera no fim dessa viagem. Hoje caiu a tempestade depois de quatro dias de pleno verão. Depois certamente virá o vento e sexta-feira teremos um céu glorioso. E mesmo que não seja glorioso, mesmo que você chegue cheia de gripe, encolhida e distante, ainda assim será o dia da alegria.

Trovões roncando, me sinto bem perto de deliciosas tempestades. Espero meu amor querido, minha vela negra... Durma bem no avião. Vai acordar entre o céu e o mar. Haverá barcos de laranjas e limões, montes de flores, uma floresta de bandeirolas para te receber. E o seu amigo, que te terá visto surgir longe, no céu... Meu coração derretendo. E beijo tua boca linda.

A.

299 — ALBERT CAMUS A MARIA CASARÈS

Domingo, 16 horas [7 de maio de 1950]

Meu amor querido,

Fiquei olhando você ir embora, magrinha naquele sol, sem malas, solitária no meio do bando de balofos, e me enchi de ternura. Depois encontrei seu telegrama. Obrigado? Por que obrigado? Eu é que devia, que queria gritar para você naquela pista ensolarada, por essa doação, por esse amor generoso, essas horas rápidas e mudas, como a alegria. Mas até parece que não sei mais falar, nem escrever. Agora preciso me violentar para me expressar. E a única coisa que sei é esperar nossa nova sexta-feira.

Mas não temos por que nos queixar, tivemos todas as oportunidades. Só fico me perguntando quanto ao seu cansaço, essas três récitas consecutivas. Fazer o quê? Como conciliar tudo? Pelo menos se cuide, minha querida, e repouse bastante.

Eu voltei logo, dei carona a um inglês na estrada para Grasse. Ele estava indo de Roma a Londres, de carona. Mas não era muito conversador e até meio pesado e chato como tantos filhos de Shakespeare. E ficou em Grasse. De tarde, providenciei a limpeza da casa, um verdadeiro chiqueiro, na verdade: fui dando ordens e bancando o senhor do castelo. À noite, cuidei da correspondência — e fui deitar cedo. Noite boa — e hoje de manhã, dia ensolarado, e botei um short e lavei a cabeça. Depois, leituras para o meu ensaio. Depois do almoço, mesma programação.

Jeannette chega amanhã. Quer dizer que depois de amanhã vou me instalar nos meus domínios. Tudo isso vai me levar ainda mais depressa até a sexta--feira. (mas diga lá, 16h20 não fica meio em cima? É verdade que de fato você chega mesmo às 19 horas.) Vou fazer planos. Você notou que estava tudo providenciado e nem precisou discutir qual seria o restaurante? O tempo estará bom não é? Talvez você possa tomar banho de mar — e vou ficar com inveja. Mas depois eu bebo o mar nos teus cabelos.

Sexta-feira vou providenciar minha passagem para o dia 19. Depois você vai embora, não sei para onde — mas é preciso. Mas junho vai ser difícil. É verdade que será apenas um mês, e não três. Obrigado, sim. Obrigado a você, e ao seu coração querido.

Tinha largado esta carta e agora voltei. A noite está caindo. É quando me dou conta de que não sou feliz, de que ainda tenho uma longa ladeira a subir, um mundo a vencer, um outro a criar, quando duvido se sou capaz, ou mesmo digno. Pois há isto também, há vários dias, e que eu não comentei. Uma dúvida a meu respeito, da minha obra — uma dúvida profunda, insistente. E no entanto, seria a morte.

Mas ora, outras horas virão — de novo o mar na nossa janela, as ondas curtas do anoitecer... Te amo e te admiro. Até logo, meu coração querido, meu amor. Dessa vez serei pontual e vou te esperar no canto do céu. Te beijo com todas as minhas forças.

A.

300 — MARIA CASARÈS A ALBERT CAMUS

8 de maio [1950]

Pronto, meu amor. São 2 horas da tarde e está chovendo lá fora. Espero a sexta-feira, e enquanto espero volto aos poucos para mim mesma e me dou conta de que nada mudou nesses meses e que o tempo que passei querendo ficar cega acabou sem ter trazido alívio para as feridas nem novas luzes para as pobres esperanças. Decidi assim largar de vez a loucura e a vida de trevas e me recompor com o que tenho realmente: minha saúde recuperada, a promessa de um tempo bom que vai recuando à medida que me aproximo e sobretudo, sobretudo, essas horas maravilhosas que ainda me resta passar com você no futuro palpável. É pouco e é imenso. E basta para toda uma reconciliação. Você estava com a razão: "Nós nos conhecemos, vindo cada um de um canto do mundo, pela distância, pelos acontecimentos. Passamos a ter intimidade no trato depois de nos entender e diante de nós, ao alcance da mão, temos momentos a aproveitar que ficarão conosco para sempre. É curto e a vida passa depressa?" Sim; mas de certa maneira, que significa o tempo?

Quando voltei a Cannes me pareceu que estava voltando de uma viagem muito longa e no entanto ao te deixar no aeroporto, quando te vi firme e alto de pé, só a cabeça de repente voltada para o avião que partia, parecia que ainda estava no momento da chegada.

Essa volta para o norte... as nuvens... os sacolejos... os sacos de vômito... le Bourget.

Telefonei para a Air France ao chegar — ainda tinha essa possibilidade, queria ter uma prova tangível — estou ficando materialista — a passagem. Pensei que isso também talvez me seja negado um dia, de novo, e fraquejei: "Um dia depois do outro! E a gente vai ver!"

Além do mais, não é o jeito mais sensato de se viver?

Hoje estou teimando, obstinada: "Um dia depois do outro!" É o aniversário de nascimento do meu pai.

Angeles, quando peguei o avião, disse a Marcelle Perrigault:[1] "Sim; eu a levei para ver o apartamento. Fazia questão e queria que ela conhecesse minha casa antes de viajar. Nunca se sabe..." Sim, nunca se sabe.

Você estava lindo nessas férias no mar. Ah! Como estava bonito. Eu queria ter dito, mas quando você está comigo, ao meu lado, algo me detém. Fico com medo de te incomodar no seu silêncio. Depois, tudo vem, mas sempre é tarde.

Coragem, meu amor querido. Aqui ou em outro lugar, livre ou ameaçado, você sempre encontrará o melhor para aproveitar pois o que há de mais íntimo em você vive para o melhor, e no fim das contas não vejo outra maneira de juntar forças para continuar vivendo.

Espero a sexta-feira e o brilho do sol e do mar nos seus braços quentes. Espero e reativo constantemente minha alegria até sexta-feira.

Até sexta-feira, meu amor querido

M
V

301 — MARIA CASARÈS A ALBERT CAMUS

9 de maio [1950] — *de manhã*

Acabo de receber sua carta de domingo. Doce, boa, angustiante também. Você fala de dúvidas que eu tinha pressentido. Acho que vão desaparecer

---

1 Ver nota 1, p. 455.

quando você estiver em condições de trabalhar bem, pois são seus receios e hesitações sobre a sua obra que me preocupam mais. Tudo mais vai tomar forma apenas em função disso, a forma mais simples para a qual você não precisa fazer mais nenhum esforço. Faz muito tempo — não, na verdade três ou quatro meses apenas — que eu abri mão de toda e qualquer vida fora da que nós temos e se não estou feliz com isso, só de pensar que você pode aceitar a negação de si mesmo, me sinto realizada com o que você me dá no momento. Te resta então a ladeira a subir, essa doença que você vai superar, e junto com isso a recuperação das suas forças de trabalho e criação. Oh! Meu amor, não se entregue a dúvidas esterilizantes. Relaxe. Não recue. E também releia o que escreveu, com clareza, de uma forma saudável. Você precisa de vida ao seu redor para entrar em contato de novo com esse mundo de que foi separado por tantas mágoas. Diga você o que disser, a chegada de F[rancine] e sobretudo das crianças vai te encher de novo de vitalidade, de entusiasmo, de vontades, de tristezas e alegrias. Talvez seja uma vida mais cansativa, mas depois desse descanso morno e triste de um mês e meio, depois desse sono pela metade, é de novo a vida, os atropelos de cada dia, a primavera, gritos, barulho, mau humor, ternura, saudades e novas possibilidades. Eu também estarei aí, como o desejo possível de ser alcançado e tão difícil ao mesmo tempo, como a felicidade tão certa e tão frágil também... Então tudo vai voltar e você estará cheio de sol e à noite vai reclamar demais de tudo que te impede de trabalhar para ficar na contemplação das horas tristes. E aí, quando estiver sozinho, no silêncio, depois de emoções graves, antes das raivas passageiras, quando estiver fechado com seus desejos, suas mágoas, suas alegrias, tudo vai voltar de novo e tudo será fácil.

Espere, meu querido, espere pacientemente. Leia, prepare. Livre-se da preocupação de começar logo. Você tem tempo. Tem todo o tempo. Depois vai descansar menos tempo, sem fazer nada, só isto. E aí vai sentir necessidade de ir mais depressa; mas então estará curado e haverá menos problemas pesados a enfrentar.

Espere. Relaxe e não vá entrar pela madrugada; são horas mentirosas, tanto quanto a hora tão plena do meio-dia, apesar de clara.

Esta manhã o sol brilha, pálido, branco. O tempo bom às vezes é bem cruel. Ah! Esses dias longos e sem graça! Meus melhores momentos são com Lawrence, no país do canguru.[1] Estou achando um bom livro. Até esta noite.

---

1 *Canguru*, de D.H. Lawrence (tradução francesa publicada pela Gallimard em 1933).

Quarta-feira de manhã [10 de maio de 1950]

Ontem à noite fui deitar extremamente deprimida. E no entanto o dia tinha sido radiante e eu passei a tarde na varanda cuidando do jardim — estive com P. Raffi, um pouco mais animado que de hábito, e Tony [Taffin], sempre taciturno — mas este pelo menos tem duas coisas a seu favor: sabe se calar e respeitar o silêncio, e, além do mais, é — ou pelo menos parece bom, indulgente.

No teatro atuei melhor que nos últimos tempos; desde anteontem estou me entendendo de novo mais facilmente com Dora. Mas ao voltar estava de coração apertado. Hoje de manhã sua carta... tão triste! Te imagino senhor absoluto dessa nova casa e estou louca para saber que está cercado de gente, ainda que no momento não esteja muito animado para ter companhia.

Não me fale mais de vida. Não posso mais viver realmente. Estou voltando à infância; sozinha, vou repassando vidas diversas conversando com personagens imaginários. É quando tenho meus melhores momentos. Receio que a liberdade que se abateu sobre mim de repente tenha chegado cedo demais ou tarde demais e duvido que um dia seja capaz de aprender a usá-la. Ela me pesa e me atira numa prisão dessa vez muito mais apertada, a prisão dos hábitos adquiridos, das estruturas organizadas em função de coisas desaparecidas. Eu fico sem ar e não me aguento mais e como acontece com meus longos cabelos, não tenho coragem de recorrer a uma benfeitora tesourada... porque "seria uma pena".

Vou seguindo linhas bem trançadas com amor e entusiasmo e a cada passo me espanto que ainda esteja caminhando e caminhando nessa direção.

O tempo ainda está bom hoje. Depois de amanhã, amanhã — quando você receber esta carta — vou voar mais uma vez ao seu encontro. A felicidade outra vez. Hoje tenho de ganhar a viagem na televisão e amanhã tratar de negócios improváveis num futuro nebuloso almoçando com Lulu Wattier.

Que venha a sexta-feira! O mar! O ar! A vida!

Te amo, meu amor, te amo perdidamente e desesperadamente

                                  Maria

                                  ictoria

                      V

                                  enha sexta-feira

302 — ALBERT CAMUS A MARIA CASARÈS

Terça-feira, 9 [maio de 1950]

Meu querido amor,
Estou em plena mudança e esses dias me cansam tanto mais por ter pegado uma gripe também. Jeannette chegou ontem e desde ontem está esfregando esta bendita casa. Hoje consegui me instalar num compartimento limpo. Tive de fazer e desfazer malas mais uma vez. Também tinha no ouvido sua voz de ontem no telefone, contrariado por saber que você anda triste. E ainda me censurava por ter mandado uma carta meio deprimida e portanto deprimente. Felizmente chegou sua carta ao meio-dia, com seu maravilhoso calor. Eu realmente sinto ao mesmo tempo a sua tristeza e a sua coragem, e te beijo, minha companheirinha, com toda ternura.

Daqui a pouco vou sair para reservar nossa varanda dando para o mar. Só espero que o tempo esteja melhor que hoje, com este céu cinzento e sufocante. Mas estou preocupado sobretudo com o seu cansaço.

Desde sexta-feira não faço nada que preste. É verdade que fica difícil trabalhar entre duas casas. Este novo quarto com sua bela vista livre, um céu imenso cheio de andorinhas, o perfume das rosas, a noite, talvez me ajude. A verdade também é que tudo que estou escrevendo é de tamanha tristeza que eu me seguro um pouco.

Meu querido amor, minha menina, quando penso nesse tempo todo sem você tenho a sensação de andar tropeçando na vida. No momento eu tropeço em tudo, na verdade. Pelo menos ainda temos essa sexta-feira, e essa outra, e outros milagres, quem sabe. Me dá vontade de dormir até sexta-feira — e de puxar as cobertas por cima de mim.

Mas também preciso te contar os meus dias. Mas o quê? Não acontece nada. Você também não me conta mais nada e no entanto tem uma vida acontecendo. Mas eu sei que a repetição cansa. Me esforço para te escrever, com a garganta apertada. Oh! Queria te mandar uma carta cheia de sol e só consigo enchê-la com minhas enjoadas ruminações!

Me perdoe — daqui a três dias teremos de novo a luz e os dias abrasadores. Te amo, de qualquer maneira, com todo o meu ser, com dor, com alegria — com consentimento. Coragem. Viva o máximo que puder, viva por dois, minha querida. Te beijo com toda a minha impaciência.

A.

Salvo ordem em contrário estarei às 15 horas no aeroporto, sexta-feira.

303 — ALBERT CAMUS A MARIA CASARÈS

Sábado — 21 horas [13 de maio de 1950]

Meu querido amor,
Quando o avião decolou há pouco, você me deixou arrasado de tristeza. Como o caminho foi longo depois disso, de coração apertado! Como a casa estava triste e solitária. Que peso no peito que até agora não me largou! Me deitar de novo, com este gosto amargo na boca — te ver, te ouvir de novo, imaginar sua tristeza... Não, não vou te escrever esta noite.

Domingo, 16 [14 de maio de 1950]

Era melhor mesmo que eu não te escrevesse ontem à noite. Dizer o quê? Repetir o quê? O amor que sinto por você não tem trégua. Se ele pudesse ser distraído, e se por acaso certas palavras suas só me chegassem nessa distração, eu não estaria com esse coração esfolado que sinto agora. Agir bem ou mal, e para ser digno de quem? Naturalmente. Mas durante todo o tempo em que você estava ausente da minha vida, e esse tempo foi longo, nunca deixei em mim mesmo de submeter o que eu fazia à sua avaliação, à imagem de mim que você me deu. E por sinal eu sei, quando você fala assim, que é o desespero falando. Mas também sei que sou eu a causa desse desespero — e é isso que não consigo curar. Por sinal, não quero escrever sobre isso.

O tempo está bom, maravilhosamente bom. Uma pena se sentir um animal doente diante dessa luz. Eu espero, sem fazer nada. Espero a quinta-feira, claro. Mesmo em meio a tristezas e lágrimas sua presença enche o mundo para mim. Quando você se vai, é o vazio, uma vertigem ruim. Minha menina querida, meu amor, é você que eu espero e vou esperar sempre. Será que não pode haver alegria para você, uma pausa nessa nossa vida cansativa? Quinta-feira à noite, Dora não vai se sentir um pouco mais leve quando você pensar em mim, bem perto, na mesma cidade, te esperando? Esses dias não acabam mais, eu sei, sei perfeitamente. Mas outros dias e outras noites passam como o vento. Ah! Queria te escrever uma carta de verdade, que pudesse te dar apoio, sustentada pela infelicidade e a felicidade. Mas pelo menos me deixe dizer mais uma vez que eu te amo. Não vou mais escrever, nem falar. Quando te olho em silêncio, não é a paz, nem a retirada para um outro universo, é o amor ávido e desesperado que toma conta de mim. Não sei mais o que repetir. Tenha paciência comigo, vou recuperar minha força e te devolver a vida — eu vou chegar. Três dias será melhor. Me receba, se entregue a mim. Não preciso da sua ajuda — ninguém mais pode me ajudar, só eu, a sair disso, e vou fazê-lo. Mas preciso pelo menos acreditar que não sou o causador da sua infelicidade, e só da sua infelicidade. Te beijo, meu querido, querido amor, com toda a minha ternura, apaixonadamente.

A.

21 horas. Será que sou tão infeliz assim que tenha de abrir mão de levar a felicidade à única pessoa que amo com todo o meu ser!? Diga, diga que não, meu único, meu insubstituível amor! Diga que às vezes eu ainda te levo a verdadeira alegria!

304 — MARIA CASARÈS A ALBERT CAMUS

Domingo à tarde [14 de maio de 1950]

Estou voltando do teatro e tenho duas horas antes de jantar e voltar ao teatro. Hoje de tarde atuei como nos meus melhores dias para um terço de plateia — eles mandaram descer as poucas pessoas perdidas nos balcões.
O tempo está bom. Calor. Paris agitada em clima de festa, gente do interior que veio para a Feira, estrangeiros, ambulantes e discursos para Joana d'Arc.
Estou sentada no chão no meu quarto, no carpete, encostada na cama, de frente para a janela aberta, dando para as roseiras, os amores-perfeitos, as ervilhas-de-cheiro, dando para o céu. Não tem ninguém na casa e está tudo lindo e calmo. E eu de coração apertado. Desde que te deixei ontem, entrei num sombrio e curioso debate... contra... nem sei o quê, contra alguma coisa nova que se instalou em mim há algum tempo e de repente ficou tangível para mim anteontem em Cannes. Acho que é medo, um medo terrível de uma separação. Parece que estou te sentindo cada vez mais disposto a uma renúncia, à derrota e essa ideia me enlouquece completamente. Eu sei que se um dia você fraquejar e desistir da luta para me manter, eu vou embora. Eu sei. Me conheço e de certa maneira tenho bom senso suficiente para saber que o combate não pode nos levar a lugar nenhum. E assim vou embora e no momento não paro

de pensar que é preciso muito pouco para chegar o momento da catástrofe. Eu ainda tinha uma vaga esperança de que numa situação extrema, você optasse por mim; mas já sei que me enganava; de modo que só falta agora essa situação se apresentar. Se chegarmos a isso, para mim será o fim, a morte. Eu tento me sacudir, me segurar, me defender, me agarrar a qualquer coisa para evitar o abismo. Ah! Se você soubesse até onde vai minha obstinação, minha energia, meu desejo de justificar minha vida sem você, minha tristeza, minha saudade do gosto de viver! Se soubesse como eu tento me agarrar, recorrer a qualquer coisa! Não! Oh! Não! Eu também não quero morrer.

Mas nada, nada me responde, nada me satisfaz um instante sequer, um pouco!

E eu penso — ah! se você soubesse tudo que eu penso. Penso que ocupo um lugar que ninguém mais pode preencher e que por este simples fato, eu sou e crio. Quando o sol bate em mim, olho essa sombra que se projeta embaixo, que só existe para mim, essa sombra única que eu desenho na pedra, e fico comovida, como se fosse uma criança.

Acho que ainda não estou louca ou então estou há muito tempo pois sempre vivi *também* nessa ideia de que cada um de nós é insubstituível e era o que até agora me motivava a viver intensamente, com entusiasmo, paixão, alegria, orgulho. Orgulho simplesmente de ser uma mulher e, como você diria, de exercer minha profissão de mulher com saúde e coragem.

Só que havia um erro básico; eu ainda não era uma mulher e apenas uma mulher. Era também uma criança, uma menina *também* e minha vida é completa demais para me permitir sentir o que falta nela. Agora o que falta está aí, assustador, vertiginoso, esvaziando quase tudo que me cerca, esvaziando até meu coração e minha alma e, se quiser, adquiri o direito de exercer no exato momento em que sou impedida de trabalhar. Se você sair da minha vida, meu querido, não sirvo mais para nada, estou perdida; só me resta desaparecer também.

Servir. Dolo ria muito quando falava do seu castelão que tinha usado toda a fortuna para se transformar em empregada doméstica. Ria muito esperando o momento de ficar à disposição do seu JP![1] Pois não temos todas esse complexo de servir, de nos tornar necessárias?

Mas o que é que eu vou fazer sem você? Outro homem? Não! Não posso! Não quero! Seria falso, vil, medíocre! Seria uma farsa, uma comédia vulgar! Não posso!

---

1 Jean-Paul Sartre.

Uma vida solitária? Sinto uma vertigem quando penso em todos esses anos desérticos pela frente, nessas paisagem cinzenta e sem graça.

Amizade? Companheirismo? Comunhão de um momento ao acaso? Eu sei, sim, sei perfeitamente. Minha profissão me permitiu muito rápido encontrar e conhecer bem esse tipo de amizade, de comunhão profunda e total, meio embriagadora, esses elos de intimidade que se fazem e desfazem ao sabor das peças que estamos interpretando, das semanas que passamos em locações quando rodamos um filme. Como é decepcionante! Como é superficial! Minha cabeça roda quando penso e volta na garganta esse gosto de bebedeira na véspera. Não são amizades, nem passageiras, são "cozidos afetivos" e a gente sai deles de ressaca.

Mas então, o quê? Viver para a caridade? Talvez. Mas será que eu aguentaria o convívio e o lado meio abstrato da coisa?

Ah! Meu querido, meu amor, meu lindo amor, você, você! Você, com a paz que me traz, com a vida que traz para mim, a grandeza que me proporciona e a bondade e os demônios que traz para mim! Você, com a vida! Não me abandone! Me guarde sempre perto de você! Não me deixe ir embora. Eu não quero morrer! Ah! Tenho medo dessa terrível necessidade que você representa para mim, dessa necessidade vital em que se transformou para mim! Tenho medo. O vínculo que une duas pessoas é tão frágil. Os obstáculos no nosso caminho são tão grandes! E você me é tão necessário!

Venha! Venha logo me tomar nos seus braços, falar comigo, me acalmar, me fazer carinho. Diga, diga sempre e mais uma vez que você tem, que sempre terá necessidade de mim e da minha presença junto de você! Me devolva minha razão e meu gosto de viver! Não sei mais se te amo. Acho que vou mais longe que isso e fico meio assustada. Me conduza. Me ajude. Me dê sua mão para me guiar. Eu só me encontro em você. Me ajude, estou pedindo. Me assuste, se preciso, mas que eu possa ouvir e saiba finalmente que você sabe que eu te pertenço. Eu sou difícil de carregar, eu sei. Você continua disposto a me manter junto de você?

M.

305 — ALBERT CAMUS A MARIA CASARÈS[1]

15 de maio de 1950

ESTAREI QUINTA-FEIRA VINTE HORAS CINQUENTA BOURGET CARINHO ALBERT

306 — MARIA CASARÈS A ALBERT CAMUS

Terça-feira de manhã [16 de maio de 1950]

Não te escrevi ontem; tentei conseguir um pouco de descanso, não pensar em mais nada, te esquecer, esquecer também como sou no momento, para me recompor e me preparar para te levar na quinta-feira um pouco dessa felicidade que gosto tanto de te dar. Amaldiçoei meu telefone, me proibi qualquer leitura que pudesse me prender, me machucar inesperadamente, desliguei o rádio, tirei a roupa, deitei ao sol, na varanda, fechei os olhos e fiquei esperando, esticada e reta como uma corda de violino. Fazia isto quando era pequena e o peso do mundo já me parecia grande demais para suportar. Eu me armava de toda a minha vontade de ser feliz, me isolava, ficava desesperadamente tensa e esperando o som misterioso que a mão de não sei que deus tiraria de mim; e nessa espera é que começava a gritar de entusiasmo e de vitória e de gratidão.

Ontem de novo tentei recomeçar, me livrar de tudo, ficar nua e pura como nessa época e voltar a bater com o coração do universo, em uníssono. Fiquei horas assim, 6 horas, esperando, apagando, misturando tudo no deslumbramento do céu através das pálpebras, tentando transformar a queimadura do sol num cadinho para as regiões geladas da alma.

Mas infelizmente não senti necessidade de urrar. Agora quando a alegria está por perto só penso numa coisa, me fechar, me enclausurar, apertar os dentes, as mãos, para guardá-la comigo, retê-la o máximo de tempo possível. A hora da prodigalidade ainda não voltou. Mas por momentos sem fim ainda consegui vibrar no ar, com o ar, com a luz e no tempo de um olhar para uma flor que vibrava ao vento fresco, ainda pude saborear o gosto de eternidade onde finalmente te reencontrei inteiro.

---

1 Telegrama.

Aqui está a flor que te trouxe de volta a mim durante um segundo tão completamente. Depois, larguei tudo. Estava cansada, todos os músculos doíam com essa tensão prolongada — deixei de lado mais uma vez, mas reencontrei em mim um pouco da minha suavidade.

Atividade. Eu precisava me mexer. As plantas não estavam bem enraizadas nos vasos.

Tirei tudo. Plantei tudo de novo mais profundamente. Um símbolo — pensei, ao qual serei sempre fiel. O piso da varanda tinha terra para todo lado. Depois de regar, meus pés, minhas pernas nuas estavam cobertos de lama e eu, suja até o pescoço. Felizmente só tem uma dessas em casa!, resmungava Angeles. Olhem só para isto! Parece uma criança de 6 anos!

Tomei um banho — e o telefone não parava de tocar, teimoso. Angeles mentia o tempo todo, numa espécie de raiva. Ela sabia, sentia que eu não devia atender, que estava bem daquele jeito, e que ela precisava me defender. Foi bom.

Fui me deitar. A onda amarga às vezes voltava até a garganta. Peguei *Canguru*. Li.

Depois fui atuar... Bem. Muito bem.

Ao voltar, recebi seu telegrama.

Hoje de manhã, sua carta chegou.

Não quero responder hoje.

Até quinta-feira, quero ficar como fiquei ontem — quero te fazer feliz nos três dias que vai passar comigo e para isto preciso eu mesma estar feliz de uma certa maneira. Não quero mexer em nada; mas faço questão de dizer apenas que você não é o único que me faz infeliz e, pelo contrário, é a única pessoa no mundo que me traz e sempre vai me trazer alegrias, alegrias verdadeiras.

Maria V

307 — ALBERT CAMUS A MARIA CASARÈS

2 horas, terça-feira [16 de maio de 1950]

Tive uma manhã ruim. Talvez fosse o céu encoberto, ou simplesmente o jeito como acordei, a manhã parecida com as outras, o dia sem graça pela frente, o recomeço. Agora tem um raio de sol no meu quarto, estou vendo o vento lá fora. Mas é um vento de teatro, a gente não sente soprar. O que você está fazendo? Estou te imaginando nesse estúdio. Odeio esse estúdio. Daqui a pouco, ensaio. E até a alegria de te ouvir me é recusada. E no entanto é uma das mais antigas, das mais constantes e puras alegrias que você me deu.

Mas sua carta de ontem me deixou feliz. Sua voz, ontem à noite, no telefone... Te amo. Detesto a distância, as sombras, o sofrimento, a chuva. Preciso de um dia de glória, com você, no mar e na areia, de um céu delirante, dos lugares que eu amo, mas com você, com você... Preciso de corpos, de calor, de pedras, de água escorrendo, de tudo que a gente pode tocar. Odeio o sonho, a espera...

E no entanto espero, desarmado, de mãos vazias, e tenho de falar, falar para substituir os corpos, preparar a volta deles. E é verdade que eu falo com você o dia inteiro. Penso em você, me preocupo, sofro em você, amo o seu coração. Queria te aliviar desse sofrimento todo, tornar a sua vida mais fácil e suave. Mas não sei muito bem o que eu quero. Em outros momentos, meu único desejo é saber que você está voltada para mim, sem nenhuma distração, até o fim. Você conhece o terrível grito de desespero de Keats a Fanny Brawne? Como o entendo! "Você precisa ser minha a ponto de morrer no suplício se eu quiser!"[1]

Mas ele sabia que era injusto e que não podia exigi-lo. Devia saber mesmo, pois pouco depois escreveu "Fico feliz de saber que existe aqui embaixo algo como o túmulo".

Vou te ver na quinta-feira, meu amor, minha querida, meu lindo rosto. Sim, você é linda, e maravilhosa. Perdoe minhas loucuras. Saiba que eu te amo com coragem também, e com a determinação de abreviar essa infelicidade. Estou obstinado em me curar — e eu sou capaz de obstinação. O dia de glória, o lugar maravilhoso talvez não esteja longe. Mas eu já tenho o seu amor, você existe, não, a terra não está deserta! Te amo, até quinta-feira. Vá dormir comigo. Penso em você o tempo todo.

A.

308 — MARIA CASARÈS A ALBERT CAMUS

17 de maio [1950], *de manhã*

Aqui estou eu bem desanimada, meu querido amor. Ao abrir os olhos vi o céu. Cinzento, triste, sem graça. Um vento quase frio.

---

1 As cartas do poeta John Keats (1795-1821, morto de tuberculose) a Fanny Brawne foram publicadas em 1912 pela editora NRF.

E pensei nesses três dias que tinha imaginado estonteantes de sol, quentes, acolhedores. O tempo estava tão bom até agora! Oh! Talvez ainda volte antes de depois de amanhã, mas tenho minhas dúvidas: o céu está fazendo careta.

O seu telefonema! Ah! Meu amor, você não sabe como foi bom ter me telefonado! Não pode saber! Nem pode imaginar! De repente me sinto de novo ligada à terra, ao mar, ao céu, por uma corrente misteriosa que a sua voz, a sua energia puseram em mim, e de repente as nuvens ficaram amáveis. Te amo! Ah! Como te amo! Como te quero!

E amanhã estarei nos seus braços. Como posso duvidar do que quer que seja quando tantas vezes me é dada a felicidade completa!? Má! Eu sou má! Os demônios tomam conta de mim, me ensurdecem, me cegam, me esterilizam e eu fico atordoada, solitária, isolada no meio das minhas confusões. Por quê? Por que, diga, por que às vezes eu sou tão má?

Aqui... aqui, exatamente como sou neste momento, com sua voz quente em mim e a promessa da sua boca deliciosa e dos seus olhos claros e bons! Ficar aqui... e a confiança volta, a grande confiança.

Te amo, meu amor querido. Te agradeço e te espero. Amanhã! Venha para mim, de coração aberto; se entregue a mim, te amo.

Maria
V

309 — MARIA CASARÈS A ALBERT CAMUS

[18 de maio de 1950]

[escrito a lápis cinza, muito grosso:] Bem-vinda, V!

310 — MARIA CASARÈS A ALBERT CAMUS

Domingo à noite [21 de maio de 1950]

Meu amor, meu lindo amor. Só uma palavrinha, bem pequena, pois com esse tempo pesado e tempestuoso, me sinto esgotada. Em cena, eu transpirava e sentia falta de ar o tempo todo.

Ainda por cima, amanhã terei de acordar às 7 horas. Para ir ao estúdio François I. À tarde vou tentar te contar longamente a alegria, a paz, a plenitude, a vida que você me deixou. Ah! Meu querido amor! Se cuide. Trabalhe. Seja feliz e confiante. Não sei o que — talvez essa parte de sombra que você rejeita — está me dizendo que o tempo bom vai chegar. Paciência e mais um pouco de coragem!

Cuide bem para mim a beleza que renasce.

Juntos! Nós estamos realmente juntos, ombro a ombro. Mais que nunca. Vamos em frente! Caminhe, meu querido. Vou te seguindo bem tranquilamente. Vá. Te amo. Trabalhe. Trabalhe bem. Até amanhã, meu querido amor.

M
V

311 — MARIA CASARÈS A ALBERT CAMUS

22 de maio [1950] *à tarde*

Total pasmaceira, meu querido amor. Uma sensação de êxtase e um fundo de felicidade, apenas um pouco nostálgico. Lá fora, um tempo cinza claro, carregado de tempestade.

Passei a manhã inteira na rádio. Fui dormir tarde da noite depois da leitura de *Lucrezia*, atordoada com o tédio da dita leitura, e ainda tive de acordar às 7 horas hoje de manhã, sair correndo e uma vez no estúdio esperar até 11h30 para começar a trabalhar. Felizmente tinha levado um roteiro do qual tive tempo de tomar total e profundo conhecimento. Nada mal; sinistro.

À 1 hora, saí da rua François I, almocei e me ataquei com a peça de Lenormand,[1] *A casa das amuradas*: sempre Lenormand.

Esta noite tenho de ler um outro roteiro no qual o personagem que me cabe é vidente. Vidente, fazendeira, mística, puta, mexicana, provençal, espanhola, italiana... eu me enrolo toda e me preparo para voltar esta noite às boas terras russas que me esperam fielmente toda noite.

À parte isto duas visitas: Jacques Bourgeois, jovem jornalista pedante, desagradável, pegajoso e Sergio Andión, que você conhece.

---

1 O dramaturgo Henri-René Lenormand (1882-1951).

À parte isto, ó meu querido amor, como dizer? A vida! A vida retumbante e plena.

Estou tão apaixonada. Te quero tanto bem. Te quero tanto! Imagens, toda uma série de imagens que recomeçam o tempo todo, por trás das pálpebras baixas, toda uma sequência de imagens que vou saboreando, uma a uma. Queria tanto poder me abraçar a você antes do dia 15 de julho! Mas não se preocupe, também posso esperar, gentilmente. Me sinto segura de nós dois. Não te vejo em outro lugar, longe de mim, sem mim. Não acredito nessa possibilidade. Também não me sinto sozinha. Nem um minuto. E não te sinto abandonado. Ó meu querido, querido amor como te agradeço.

Não se detenha nestes rabiscos. Até sexta-feira certamente será assim todo dia. Não se detenha nisso. Feche os olhos, se deixe vir para mim. Não é possível que você não sinta meu amor te encher e te arrastar. Feche os olhos. Eu te aperto nos meus braços, te aperto, te aperto.

Meu amor,

M
V

312 — ALBERT CAMUS A MARIA CASARÈS

Segunda-feira, 15 horas [22 de maio de 1950]

Ontem eu estava cheio de um enorme agradecimento, meu amor querido, de um agradecimento repetido que transportei até agora com muitas forças que me parecem novas. E no entanto a viagem não foi das melhores. Por mais que tente, não consigo ter o seu entusiasmo por esse meio de transporte retrógrado. Você vai dizer que eu atraio problemas, mas o fato é que o meu avião, pacientemente esperando num Bourget absolutamente vazio, deu problema logo de saída (a roda traseira). Foi preciso consertar na pista mesmo debaixo de um sol escaldante que transformava a fuselagem em sauna. Com isso nos atrasamos meia hora. Depois, no ar, demos com um vento daqueles (cem quilômetros por hora), em sentido contrário, que nos fez perder mais uma hora no trajeto. E assim a viagem não acabava mais (eu me aguentava com champanhe) e chegamos às 18h30. Pois depois *Desdêmona* (enfim contar consigo mesmo!) e eu estava às 20 horas em Cabris, cansado e atordoado. Mas ainda assim tinha guardado meu agradecimento no coração, e minha coragem.

Estava precisando dessa coragem, a mais simples de todas, aquela que vamos buscar na pessoa amada, a coragem de viver, que eu tinha perdido um pouco. Sei muito bem que isso não resolve tudo, que você vai cair de novo na sua secura, e eu na revolta vazia, mas não vamos esquecer, não é, esses três dias em que descobrimos melhor a plenitude para a qual nosso amor sempre esteve pronto — não vamos esquecer e vamos trabalhar com valentia e confiança para fazê-la reviver.

Mas é muito duro ter de me separar de você e me afastar quando ainda tenho seu calor em mim, o gosto da sua boca, toda a satisfação do nosso prazer. Eu bebendo em grandes tragos e de repente, a fonte seca, tenho de esperar de novo com a sede que volta mais forte com a lembrança dessa água fresca, ensolarada, saborosa... ó meu amor querido, quantas alegrias te devo que vão compensar para sempre as horas difíceis que somos obrigados a viver.

Também foi bom encontrar sua carta. Má? Não, meu amor, minha amiga, você não é má. Mas sempre pronta a negar, recusar, a partir do momento em que a vida não se mostra à altura da sua paixão, da sua riqueza, do seu coração maravilhoso. A vida tem com você estranhas gentilezas e implacáveis durezas — como se se recusasse a te poupar, exigindo toda a sua força de alegria e toda a sua capacidade de dor. Talvez seja o caso de consentir, com o sofrimento e a alegria. E então por fim chegará o dia da sabedoria — querendo dizer o dia da inteligência esclarecida e da indulgência, da gravidade e do sorriso daqueles que nada recusaram de si. É a esse dia que gostaria de te conduzir, nesse dia que gostaria de te encontrar...

Estou escrevendo na cama, comportado. Hoje de manhã o dia estava cinzento. Esta tarde o tempo está bom. Dá para ouvir pássaros meio adormecidos no sol. Queria te enviar toda a paz deste dia, todo o amor do mundo, e a gratidão do meu coração. Te amo, meu coração querido, minha cativa. Como você tremia, às vezes, no amor! E como é bom ter te levado em mim, assim, ainda morna... Te beijo, de novo, minha noite, meu amor...

A.

313 — MARIA CASARÈS A ALBERT CAMUS

23 de maio [1950] — de tarde

Recebi hoje de manhã sua boa carta. Ela me acompanhou à rádio, ainda fechada e carregada de promessas. Queria tê-la mantido assim, junto ao ventre

até voltar para casa. Mas não deu. Deixando para lá as elucubrações absurdas do Sr. Exbrayat[1] e os gritos desesperados dos colegas, eu me isolei... com você.
Você anda desconfiado, não é? Com medo dos meus futuros arrebatamentos. Está tremendo?
E tem razão, meu querido amor. Infelizmente, tem mesmo motivos para temer. Eu já estou esperando e embora hoje me sinta com clareza, confiante, leve, límpida, sei perfeitamente que o desvario negro vai voltar e me arrastar de novo a regiões lúgubres que no momento nem posso imaginar.
Sabedoria? Já sei um pouco do que se trata, sabe? Ela passou por perto às vezes, nos últimos tempos, e eu quis ir ao seu encontro e me perder nela para encontrar um refúgio que me parecia nobre. Sonho com ela sem parar nos meus dias de tristeza. Sonho com ela na clareza e as manhãs de lucidez são manhãs de sabedoria, pois daqui em diante a alegria pura está para sempre fora do meu alcance. Quando acordo assim, mesmo não estando feliz, me sinto plena. Uma espécie de realização na qual encontro o amor do consentimento. A infelicidade, meu amor querido, a infelicidade deriva exclusivamente dessa cegueira que de repente me mergulha na noite mais negra, essa cegueira que se julga lúcida e verdadeira e que me transforma numa condenada. E aí nada mais tem existência aceitável, só a recusa se instala no meu coração e na minha alma e eu me sinto ardendo num fogo negro. O sangue espeta minhas veias, meu ventre grita à ideia de sabedoria, de entrega, de indulgência, de sorriso e milhares de demônios vociferantes castigam minha pele.
É a minha situação.
Mas será que é normal? E sobretudo é normal que me venham regularmente períodos de furor, em datas quase fixas? Não.
Solução? Procurar o médico e cuidar do meu ovário esquerdo.
Oh! Eu sei. É terrível, abominável, chocante, visceral, orgânico! O que quiser; mas vou procurar o médico e cuidar do meu ovário esquerdo.
É minha mais recente decisão.
Chega de falar de mim. Para encerrar, te peço simplesmente que não me ouça quando estiver possuída de novo. Te aviso com antecedência. Vou procurar fazer esse esforço antes que o demônio sele meus lábios e me leve a te fazer crer no que eu disser.
Quanto aos meus dias, são tão neutros que não há o que dizer. Rádio. Teatro. Casa.

---

1 O escritor e roteirista Charles Exbrayat (1906-1989).

Rádio? Minha atitude contraria ou intimida as pessoas que me conhecem pouco. Elas só têm coragem de me abordar quando me digno a olhar para elas e sorrir. Infelizmente de manhã, mal desperta, como você sabe, não tenho a menor vontade de sorrir. E assim mantenho distância.

Teatro? Estamos atuando melhor no momento. A receita melhorou. Pessoas interessantes vão assistir ao espetáculo e cutucar nossos nervos com sua presença. É um recomeço, na lista que revelava os projetos das estrelas, se podia ler: "Maria Casarès: *Os justos*."

Casa? Eu leio, me instruo, vou empurrando, recebo, durmo, resmungo, canto, e sempre, pensando em você.

Acontecimentos? Notícias quentes e afetuosas de Casals.[1]

Lá fora está chovendo.

Um novo conhecimento. Rouquier,[2] diretor de *Farrebique*.

Da sua idade, mais ou menos. Bonito — do meu jeito. Cabelos negros, olhos claros, rosto aberto, olhar maravilhoso. Alto, magro. Parece inteligente. Estarei mais tempo com ele sábado de manhã. A registrar: ele me intimidou, o que está ficando raro. Cuidado!!!

Voltei a ver Tony [Taffin]. Não o suporto mais — e lhe disse que teria de mudar para continuar me frequentando.

Michèle Lahaye leu as linhas da minha mão:

Vida medianamente longa que escapa de um acidente mortal sem ferimentos.

Equilíbrio.

Sigo minha natureza achando que o que ela quer é bom.

Generosidade e ponto de vista sobre a vida e os acontecimentos que atrapalham o destino.

Coração fiel.

Corpo infiel.

Monstro de orgulho.

Prisão, duas vezes.

Os acontecimentos são estes. Quanto ao resto, até esta noite, depois da récita.

Até já, meu querido. A partir de amanhã, vou me sacudir e sair um pouco

---

1 O violoncelista e compositor Pablo Casals (1876-1976), exilado em Prades, nos Pireneus Orientais, desde 1936.
2 O ator e cineasta Georges Rouquier (1909-1989), autor do documentário *Farrebique* (1947), sobre os Rouquier, família de camponeses do departamento de Aveyron, perto de Goutrens.

para poder te manter a par dos acontecimentos parisienses. Caso contrário, posso me tornar chata — mas que fazer? Me sinto tão bem em casa! Me aconselhe. Me diga para sair. Ando com preguiça. Diga que quer saber por mim o que acontece, travar novos conhecimentos a distância e eu tentarei... Ah! Como fico bem aqui, deitada no chão, como neste momento no carpete macio, em paz... Me sacuda se achar que eu devo ser sacudida. Senão me dê razão e diga que faço bem em ficar e não saber de nada.

Te amo.
Está trabalhando?
Quando F[rancine] chega? E J[ean] e C[atherine]?
Esteve com o novo médico? E o outro, o tonto, o bobo?
Está trabalhando? Seus olhos brilhantes de vida e sua inspiração são minhas duas razões de viver. Seus olhos, eu os vi.
Agora eu queria com todo o meu desejo saber que você está "inspirado".

Meia-noite

Ah! Eu tinha razão ainda há pouco, meu querido! No ponto em que me encontro, o melhor que tenho a fazer é me trancar a sete chaves e ficar na paz parcialmente recobrada.

Infelizmente tenho de trabalhar e nem sempre posso fechar a porta do camarim.

Esta noite, duas pessoas violaram minha tranquilidade. Uma certa Sra. Rodriguez exaltada, que escreveu *para mim* um roteiro cujo título *A enfeitiçada* já dá uma ideia do conteúdo. É a história de uma "jovem morena, severa, perturbadora, estranha, de compridos olhos envolventes e mãos de feiticeira" que tem um dom de vidência que no início lhe é útil, mas acaba por levar a uma catástrofe. Passei os olhos no manuscrito. Poderia dar um bom filme "envolvente" e o personagem é divertido; mas a ideia de ter de aguentar essa querida espanhola de Batignolles durante as filmagens faz minha coragem vacilar.

É uma mulher jovem de olhos saltados que tem — ela sim — o dom da palavra sem ter o dom da elocução. Se expressa por sons e um furioso ardor das pupilas — as mãos também trabalham — quase se aborreceu porque eu neguei o dom de clarividência que ela me atribuía... *a mim, Maria*, e foi ficando vermelha quando confessei timidamente que não sabia se era médium como ela afirmava e que por sinal isso não me interessava. Começou a gritar que não era possível, que eu estava mentindo, que com os meus olhos, as minhas mãos etc. etc. Fiquei meio assustada e decidi acalmá-la dizendo que já tinha feito girar uma mesa e que o meu "magnetismo" era evidente.

Finalmente ela foi embora. Ufa!

No entreato tive direito a um outro tipo de pássaro, Jacques Deval,[1] que veio no mesmo espírito que Darcante.[2] Já entrou dizendo que "não gostava nada disso" (*Os justos*), que você merecia 10/20... e por aí foi!; que era acadêmico, abstrato, inverossímil, que ninguém em Tolstói, Dostoiévski, Gorki falava assim, que estávamos todos mal, tensos, nervosos e que se *ele*, Jacques Deval, tivesse de matar alguém, ia se preparar com toda calma... Aí, eu interferi. As únicas palavras que ele ouviu da minha boca: "Nem precisa continuar — fui dizendo — neste caso, jamais estaremos de acordo." Depois olhei para ele — estava espumando. E me calei. Já tinha entendido que ele também era, como Darcante, do Partido. Ele se irritou; meu silêncio foi pesado para ele. Ficou agitado, perdeu o controle, furioso. E se enrolou todo nos próprios argumentos. Eu continuava olhando para ele, com toda a minha *"mala alma"* no olhar. Até que, intimidado, desconfortável, nervoso, ele exclamou: "Mas diga alguma coisa, caramba!" Sempre calma, eu disse: "Mas por que essa sua crisezinha? Eu não disse nada! Se acalme e prossiga!" — A campainha interrompeu o meu prazer e ele se foi, meio envergonhado. Eu estava furiosa, mas bem satisfeita.

Ainda estou furiosa. Paris me cansa e as pessoas me deixam esgotada. Nada mais é verdadeiro. Tem sempre alguma coisa por trás e basta esfregar um pouco e descobrir, e tudo vira mentira.

Alguém assina um apelo aos corações bondosos para que os pais parem de bater nos filhos? Entrou na linha do PC.

Alguém diz versos de um poeta por amor à beleza? Se torna PC. 1º grau.

Alguém deseja a paz? Passa a ser puro PC.

Alguém fuma Lucky Strike? Então é anti-PC. E partidário da bomba atômica.

Ah! Não aguento mais! Já está começando a me revoltar seriamente e não mais de um jeito "abstrato", como se diz, mas bem vivo e bem perigoso. Estou com você, meu querido. Também nisso, estou com você sem sombra de dúvida — a prisão se fecha ainda mais, mas eu não consigo ficar amarrada. Amordaçada, eu me torno perigosa.

---

[1] O dramaturgo e cineasta Jacques Deval, cujo nome verdadeiro é Jacques Boularan (1890-1972), autor de muitas peças montadas entre as duas guerras.
[2] O ator Jacques Darcante (1910-1990), que em 1950 dirigiu *Esta noite em Samarcande*, de Jacques Deval, no Teatro de la Renaissance.

Me perdoe esses devaneios. Estava precisando me livrar da raiva antes de tentar dormir, pois preciso dormir para ir amanhã à rádio gravar para o futuro o texto "concreto" do Sr. Exbrayat.
Ó indulgência! Belo sorriso, volte para mim.
Meu querido amor, meu belo amor, meu grande amigo, me escreva logo, desta vez, para me ajudar a suportar a vida parisiense. Ela não atinge meu coração, mas faz cócegas nas minhas fibras e é demais. Preciso descansar. Que devo fazer contra os chatos e como devo tratar os...?
Te beijo todinho. Te amo perdidamente

M
V

314 — ALBERT CAMUS A MARIA CASARÈS

Terça-feira, 19 horas [23 de maio de 1950]

Meu amor querido,
Recebi ao meio-dia sua cartinha de domingo à noite. Ela me diz de outra maneira o que eu já tinha lido no seu rosto, mas as palavras da felicidade podem ser constantemente repetidas, sua doçura é incessante. Querido rosto, se você soubesse como me ajuda a viver! Dois longos dias solitários se passaram aqui. O tempo está bom. Não encontro ninguém e vivo retirado no meu ninho. Estou voltando aos poucos ao trabalho.

O problema é que me sinto vagamente febril há dois dias. E também essas insônias que se prolongam (como dormi bem junto de você!). Mas amanhã estarei com o médico de Grasse, para o exame periódico. No início de junho, vou me consultar com o de Nice.

Estou inundado de cartas e nada me aborrece tanto quanto essa correspondência incessante, por bobagens. De qualquer maneira estou me reorganizando. Decidi seguir estritamente as instruções de repouso. Vou me levantar só para o almoço e trabalhar na cama a manhã inteira. Depois o tratamento. Às 5 horas, um pequeno passeio. E ao voltar cuido da correspondência ou leio.

Eu queria avançar depressa, você entende — me restabelecer solidamente. Além disso, certas besteiras não voltarei a fazer. E me parece que com um certo comedimento, e observando duas ou três precauções, poderei voltar a viver. Viver, você sabe o que isto significa, minha querida.

Vou te escrever conforme puder. Mas agora nada tem importância sob esse aspecto. Estou vivendo de certeza. Gostaria que fosse o mesmo para você, que isso continue, quero dizer.

Estarei ausente sábado e domingo — mas no meio dos toros, como é que vou te esquecer!? Quarta-feira, dia 31, F[rancine] e as crianças chegam. Fico feliz de voltar a ver meus pequenos. Só gostaria que não fosse muito difícil com F[rancine]. Pelo menos lembre que tenho e ainda terei mais necessidade de você. Caminhe junto de mim, durante todo esse tempo, meu amor.

A noite está caindo. Ainda é aquela hora oblíqua. E logo será a hora terrível. Fiquei tão feliz na sua varanda, minha pequena Maria de sempre. Ainda tenho no fundo da retina o amarelo do seu quarto, as enormes flores delirantes. Como foram lindos esses dias, separados do mundo, com seu alimento de carne, seu gosto de fruta. O sol, as nuvens, a bela tempestade da noite e a trovoada, só tínhamos o céu por testemunha. Tanta felicidade ainda me deixa o coração apertado — meu amor querido, minha trêmula, minha secreta, teu belo corpo até agora me alimenta. Falta de você, falta de você. Mas te amo e te quero, de estar presente e tépida, entre as minhas mãos e no meu coração. Te cubro de beijos, na sua grande cama, à beira do sono.

A.

315 — MARIA CASARÈS A ALBERT CAMUS

24 de maio [de 1950] — *à noite*

Acho que agora realmente alcancei esse estado de patetice descansada que tanto queria. Realmente voltei à primeira juventude. E finalmente sou alguém puramente animal.

Por dentro, passo os dias com sede, fome e sono. Depois de descansada e saciada, sou tomada pelo desejo, e tudo recomeça.

Hoje o tempo clareou um pouco e pude desfrutar do sol durante uma hora, nua, na varanda.

Hoje de manhã, naturalmente, passei 4 horas na rádio e de tarde recebi às 5 horas Dolorès, que dessa vez me conquistou completamente, e às 6 horas um jovem amigo de Hébertot que queria me apresentar um médico dinamarquês para arranjar uma breve viagem a Copenhague em setembro.

Alguns telefonemas aos quais não quis atender e uma breve entrevista com Marcelle Perrigault, que gasta solas de sapato Paris afora em vão, em busca de um trabalho que não encontra.

De noite, a récita, para um público numeroso, caloroso que até aplaudiu uma fala de Dora no quinto ato: "Se a solução é a morte, não estamos no caminho certo. O caminho certo é o que leva à vida." Fiquei tão emocionada que tive um lapso de memória e esqueci de dizer: "ao sol. Ninguém pode sentir frio o tempo todo." Perdão. Também trabalhei de tarde. Me instruindo sobre Eurípides, Menandro, Terêncio e Aristófanes. Apaixonante. Assim as horas passaram facilmente e no entanto não me sinto confortável. Não sei que inquietação é essa que não consigo entender. Talvez seja simplesmente o fato de ter largado de lado minha pesada correspondência, ou então não ser capaz de abrir mão dos táxis.

Talvez seja o medo desses longos meses de verão desconhecidos, ou a mudança de tempo, ou resultado dos dois uísques que tomei com Dolo. Talvez também — o que me parece mais provável — se trate da pequena angústia que me pega quando penso que essas paredes por trás das quais me fecho certamente me preservam do sofrimento, mas não passam de fruto de um doce egoísmo e de uma amável covardia.

Enfim, seja como for, nada de grave e não adianta franzir as sobrancelhas, o perigo de crise ainda não está por perto. E por sinal, acho que na verdade eu sei do que se trata: estou dormindo pouco (rádios), e assim fico meio dopada e, com isto, menos sensível. Habituada a vibrações múltiplas e nuançadas, me espanto e me preocupo com isso. Solução? Dormir.

E por sinal é o que vou fazer.

Não creio que vá receber carta sua amanhã, mas só tendo compromisso às 6 horas com um amigo de Casals e prevendo um belo sol que vai me curar do suplício da rádio, espero a quinta-feira bem animada.

Me pergunto se você está trabalhando.

Gostaria tanto de te saber *fecundo*.

Gostaria tanto de te saber tranquilo.

Gostaria tanto de te saber feliz.

Gostaria tanto de te saber vivo.

Gostaria tanto de te saber amoroso.

Gostaria tanto de te saber meu.

Queria tanto te abraçar.

Queria tanto te acolher.
Queria tanto, tanto, tanto

M
V

316 — ALBERT CAMUS A MARIA CASARÈS

Quinta-feira, 15 horas [25 de maio de 1950]

Meu amor querido,
Te telefonei hoje de manhã porque ao acordar comecei a sentir tanta necessidade de você que precisava absolutamente pelo menos te ouvir. Como sempre me mostrei lamentável diante dessa roda de metal, mas te senti junto de mim e meu coração se acalmou um pouco.
Fiquei imaginando não sei que milagre que te traria aqui amanhã. Me parecia impossível não voltar a te ver logo. E ao acordar entendi de repente que estamos separados de novo e agora voltariam aqueles dias solitários. Não tema nada, continuo me alimentando desses três dias em que fui tão feliz. Mas ao mesmo tempo que saboreio a alegria e a certeza do nosso amor, a saudade de você se faz maior e mais cotidiana. Não, minha querida, há certas coisas que não são mais possíveis.
Eu não posso, não posso mais ficar sem você. Esse mês de maio, só pude enfrentá-lo porque cada semana se passava na espera do nosso reencontro. Mas agora essas semanas pela frente... Temo não ser capaz de suportar muito mais tempo essa separação. De qualquer maneira, enquanto isso, preciso absolutamente encontrar um meio de nos vermos de novo.
Depois de te ouvir, eu li sua carta. Sim, estava boa. Mas veja como eu às vezes sou mau, e cego, voluntariamente. Ela me deixou triste e com um humor estúpido simplesmente porque você fala de um olhar "maravilhoso" e de alguém que te intimidou. E no entanto, você mesma diz, sempre me fala de coração, sempre completamente honesta diante de mim. E eu também sei que você precisa viver, conhecer justamente pessoas que te toquem — e que nossa vida, nosso amor, é justamente esse grande círculo que engloba tudo, dentro do qual podemos viver de todas as maneiras. Eu sei, é o que digo a mim mesmo, e só consigo pensar que essa manhã de sábado até agora era minha.

Escrevo isto para também me mostrar completamente a você mesmo com o que tenho de mais pueril e tolo. Mas sobretudo que isso não te impeça de me falar sempre como você faz. De tão longe, sozinho, preocupado, revoltado com nossa separação, eu amplifico tudo, é inevitável.
Mas sua carta era boa, você tinha razão. Boa e doce de coração. Quantas imagens, entregas, desejos ela me traz! Eu sei que de vez em quando você vai voltar a ser sombria e inimiga. Mas agora te conheço melhor. Vou esperar que chegue a nossa hora. Só uma coisa: quando falei de sabedoria, eu não estava falando de renúncia — mas dessa hora da consumação, que espero para nós dois, a hora do nosso reencontro, e que será a melhor, a mais esclarecida, por ter passado por tantas tempestades. Sim é para esse lindo dia que quero te levar — era o que eu queria te dizer.
Entendo que você queira ficar em casa.
Não se deve forçar nada. Se você se sente bem no seu quarto, olhando para o céu, para que sair? A vontade de sair voltará por si mesma. E então será a hora de obedecer. E aí você vai me contar e me permitir viver um pouco a sua vida. Bem feliz por sinal de saber que Deval teria toda calma para matar. E por sinal nunca vai precisar.
Sim, Paris é exasperante e esse furor partidário é insuportável. Mas ainda restam pessoas e momentos, tenho certeza, pelos quais vale a pena continuar. Não se irrite com esses homenzinhos. É só mantê-los a distância, e ir em frente. No dia seguinte, podemos admirar, ou amar, de novo.
Queria te dizer que estou trabalhando, mas não seria totalmente verdadeiro. Mas pelo menos meus dias não são estéreis, alguma coisa vem saindo aos poucos. Esta solidão é bem pesada, às vezes, mas fico muito mais apreensivo com o que virá, no estado em que me encontro. No momento, leio, tomo notas, trabalho, caminho um pouco. Ontem à noite ouvi *Catherine Ségurane*, e ri um bocado. Pobre coitada, nessa história estarrecedora! Que coração, que fogo! Uma verdadeira performance. Estou zombando, mas me comovi, te admirando por exercer tão corretamente sua profissão, em qualquer circunstância. Te amei e ainda te amo me lembrando, minha pequena Maria, minha querida, meu amor escuro e claro.
Esta carta está ficando longa. Mas fico apreensivo de me ver novamente entregue a mim mesmo, ao esforço de viver, à espera. Te amo tanto! Como entender semelhante união? Querida cúmplice, minha companheira, meu altivo amor, está me ouvindo, está me ouvindo neste momento? Meu coração

te chama, no entanto, com ternura e desejo, com amor. Venha. Oh! Venha, vamos fazer com que essa ausência não seja muito longa e eu possa de novo acordar ao seu lado, numa manhã feliz.

A.

317 — MARIA CASARÈS A ALBERT CAMUS

Quinta-feira, 25 [maio de 1950], *à noite.*

Recebi hoje de manhã sua carta de terça-feira e me vi caminhando no pântano, depois de um longo banho cheio de trovoadas. Um gosto de amoras silvestres misturado ao sabor de sal. E te amei.

A sessão na rádio transcorreu sem muito sofrimento e ao voltar ouvi sua voz... e o seu riso. E aí foi o sol, e ao te deixar, o desejo me matava.

Desejo, amor, ternura, gratidão e alegria de saber que você se livrou da febre. E mais desejo.

Eu tinha de agir, fazer alguma coisa para esquecer essa ardência tão dolorosa. E escrevi, escrevi. Trinta e cinco cartas. Botei minha correspondência em dia.

Por volta de 5 horas acabei. Comecei a trabalhar, mas a Grécia é quente e as festas dionisíacas e suas fúrias, malvadas, no meu caso. O desejo crescente. Cheguei a ficar trêmula.

Lá fora, um tempo oscilante, irritante, tempestuoso, úmido. Calor, chuva, sol, vento de arrepiar.

Às 5 horas o doutor Ruiz, o amigo de Casals, chegou. Um neurologista de 72 anos. Ficamos conversando. Fiquei encantada de conhecê-lo. E ele deve estar satisfeito por ter pelo menos 5.000 francos a mais no bolso, por um livro que está escrevendo sobre o MESTRE. (Casals, naturalmente; não se trata de Hébertot.)

Quando ele foi embora senti necessidade urgente de gastar minhas forças vitais. Comi duas costeletas de porco com batatas fritas e fui a pé para o teatro.

Interpretei Dora com gana.

Pelo telefone, falei com Marguerite Jamois, cansada, arrastada, mole; Tony [Taffin], sempre miserável e bom; Wattier, lamentando não ter nada a me oferecer; homens de negócios me solicitando para noites de gala.

Foi assim o meu dia.

Amanhã terei de levantar às 7 horas. O que é bom; serve para descansar das minhas energias polarizadas.

Meu querido, seus projetos de tratamento rigoroso me agradam plenamente. Sim, meu amor, é preciso sacrificar tudo em nome da cura em breve. É preciso que você volte a viver o mais rápido possível. Depois, terá de se comportar um pouco, mas está na hora de aceitar com alegria um certo estilo de vida; não temos mais idade para loucuras.

Fiquei feliz de saber que F[rancine] e as crianças chegam no dia 31. Desejo de todo coração que seja fácil e se a partir do dia desse reencontro eu não escrever mais com a mesma frequência, não pense que estou me afastando de você. Não sei o que vou fazer então; talvez o fato de saber que você está acompanhado afaste um pouco a necessidade de te acompanhar o tempo todo; talvez eu me sinta mais livre, menos "em falta" ou talvez escreva ainda mais por medo de você me esquecer. Seja como for, estarei aí, junto de você, agarradinha.

Não perca de vista essa certeza.

Bem; meu belo amor. Chega por hoje. Vou dormir até 7 horas. Tenho sede de você. O amarelo e o negro clamam seus menores gestos. Meu corpo pega fogo — e a alma anseia. Ah! Como eu te amo!

Boa tourada, meu bem amado! Eu sempre tive um pouco o complexo de Pasífae.

Gostaria de estar com você para admirar o toro, no calor. Te amo.

M

Seu poeta me deve dez por cento sobre a venda do livro dele. Desde o programa me telefonam e me escrevem sem parar para perguntar onde encontrar o *Chinês dos lamentos*. Mando junto as fotos. Seu ponto de vista sobre os enquadramentos é extremamente original. Vou contratá-lo como operador de câmera para meu próximo filme.

Aqui vai esse testemunho sobre o nosso tempo.

Filha e neta de "*bandoleros y asesinos*", te agradeço mais uma vez por ser o que é.

Assombroso!

Ainda estou pasma!

V

318 — ALBERT CAMUS A MARIA CASARÈS

Sexta-feira, 11 horas [26 de maio de 1950]

Só uma palavrinha, meu amor querido. Desde ontem, desde que postei minha carta, não se passou um segundo, à parte o pouco que dormi, sem pensar em você, em nós, no passado, no futuro. Ao mesmo tempo doce e terrível. Mas a conclusão era sempre a mesma, não posso mais suportar nossa separação. E temos de pesar as consequências dessa impossibilidade.

De qualquer maneira, não posso passar o mês de junho sem te ver e vou achar um meio de nos abraçarmos mais um pouco. Vou pensar também na organização deste verão.

Ah! Meu amor, longe de você eu fico sem ar, estou sem ar neste momento. Te escrevo para respirar.

Mas esta manhã queria apenas te dizer que te amo, sem medidas, sem limites.

Me espere, me ame. Sobretudo me ame.

Às vezes quando penso que posso não ter mais isso, meu coração para. Mas não, você me ama como eu te amo, não é? Você sofre com a minha ausência, meu único amor?

Escreva, para que eu possa sobreviver até o dia em que poderei te tocar. Te amo, te amo tanto. Beijo seu pescoço, suas mãos, sua boca querida. Te amo

A.

A título informativo, esta pequena resposta.

Esse editor tinha solicitado a Gallimard os direitos de tradução dos meus livros. Eu mandei responder com a fórmula consagrada nesses casos, dizendo que o Sr. A.C. não quer que seus livros sejam traduzidos na Espanha enquanto vigorar o atual regime. Pronto.

Me mande a carta do camarada Caralt, por favor, minha gentil, minha afetuosa, minha linda, minha trêmula, de quem não posso me separar. Um rebanho de beijos nos seus dois olhos.

319 — ALBERT CAMUS A MARIA CASARÈS

Sexta-feira, 16 horas [26 de maio de 1950]

Meu querido amor,
Te telefonei ontem de manhã, escrevi ontem à tarde, voltei a escrever esta manhã, e não posso evitar de voltar para junto de você. Não sei o que há comigo. Ou melhor, sei muito bem: um tal desejo da sua presença, do seu calor, da sua ternura, que me sinto reduzido a uma espécie de infância desarmada. O tempo que passa me faz mal. São dias sem você e não consigo entender por que não estou no mesmo compartimento que você, em qualquer lugar onde possa me voltar de vez em quando para você, para o seu sorriso, te acompanhar com o olhar, te tocar se quiser.
Espero que minha viagem amanhã me faça bem. Mas no momento tudo gira em mim, como o vento neste momento ao redor da casa, ao redor de um ponto fixo e doloroso: nossa separação. E no entanto recebi sua carta ao meio--dia e fiquei feliz.
Feliz com sua fidelidade em me escrever; feliz com o que me disse. Você quer ter certeza de que estou apaixonado, e sou seu! E que mais posso ser eu, minha menina querida? Jamais pensei que tudo pudesse desaparecer assim por trás de um único rosto — e jamais imaginei que uma dependência assim pudesse ser tão doce. Esses três dias ainda me revelaram novos domínios do nosso amor.
Quantas raízes indestrutíveis ele fez brotar em mim! Agora nada mais seria capaz de arrancá-lo, só me arrancando a alma e me sacudindo como o peixe rasgado pelo anzol. Que pena, apenas, não poder te dizer isso falando na sua boca, colado em você. Mas vai chegar, minha querida, minha amiga, meu lindo corpo, vai chegar, e vamos ter de novo a noite fechada do amor, as manhãs em que nos buscamos, a entrega. Eu te amo, sim, te amo sem moderação, com todo o meu ser.
A cada dia que passa sem você, alguma coisa morre e desfalece em mim. Tenho do nosso amor a ideia mais elevada, mais confiante — mas também a mais terna, a mais íntima, a mais secreta. Às vezes eu te chamo, sabe, em certos momentos, e pergunto se você é minha. Não sei se você entende então que não é uma pergunta, mas uma espécie de espanto. Sim, você é minha espantosa, minha inseparável, meu sangue.
Até logo, meu amor querido, meu lindo rosto de paixão. Até logo. Me espere, eu te peço. Não pense nos seus meses desconhecidos "do verão"! Vamos

encontrar o caminho do reencontro, o quanto for necessário. E será necessário, caso contrário seria loucura. Te amo ainda e sempre, beijo todo o seu corpo, e a sua boca que ri. Espere e me ame com todas as suas forças. Até lá — como te amo,

A.

Ah! Minha querida é agora a hora em que eu te esperava no aeroporto...

320 — ALBERT CAMUS A MARIA CASARÈS

Sábado, 10 horas [27 de maio de 1950]

Noite de insônia quase total. Esta manhã parece que estou vazio. E naturalmente a imaginação trabalha como uma roda enlouquecida, nesses casos. E lá estava eu como há dois anos, sem a certeza do seu amor. Eu tinha me acostumado tanto a essa certeza, tão exatamente, que esqueci o que antes sentia na sua presença, essa insegurança e essa miséria ávida, que me deixavam tão infeliz longe de você. Hoje de manhã, tratei de me recompor e zombei de mim mesmo e me passei sermão. Mas uma só palavra ou um só olhar seu bastaria. É assim mesmo quando você duvida de mim? Como eu te amaria então para te fazer esquecer essas horas terríveis.

E no entanto ontem à noite depois de postar sua carta eu estava cheio de exaltação. Tinha encontrado um meio de nos juntar definitivamente, não digo totalmente, o que continua sendo o único e real objetivo, mas definitivamente. Mas para isto teremos de esperar que te encontre de novo. Não é fácil de escrever. Talvez você dê de ombros — ao passo que se eu explicar o que tenho em mente com calma, talvez você pense como eu. E nesse caso seria uma enorme vitória para nós.

Meu amor querido, meu coração não pode se distrair de você. Eu te procuro em todos esses dias, queria me deitar ao seu lado, esperar que tudo se cale. Que está fazendo, onde está você? Ah! Suas cartas não me bastam. Elas nunca serão suficientemente longas, nem precisas, nem calorosas. Me ame neste momento, me ame com todo o seu ser, violentamente, que eu possa sentir daqui algo que me arranque do resto do dia.

Querido amor, ainda não beijei bastante o seu corpo, nem acariciei suas mãos, nem respirei seus cabelos. Eu não sabia que esses três dias iam acabar.

Para mim, eles eram o começo e o fim, o eterno verão, realmente. Mas estou tão firmemente decidido a fazer o verão surgir em todas as nossas estações, a partir de agora, que não perco a esperança. É para breve. De novo você, sua boca rindo, seus olhos tristes, o arrebatamento, e a bela praia do amor, coberta de espuma. Ah! Você sente que eu te amo, como te amo, e que aquela antiga carta minha dizia a verdade ao falar da nossa pátria comum, fora do mundo e no mundo, nossa união selada até a morte.

Maria querida, esses dois dias de viagem para mim não passam de dias sem você. Me espere, agora não vai mais demorar. Ah! Todas essas cartas esperando dois dias antes de serem entregues. Não, a separação é impossível.

Me ame. Seja minha, como eu sou seu, sem reservas, incondicionalmente — meu único amor,

A.

321 — ALBERT CAMUS A MARIA CASARÈS

Sábado, 14 horas [27 de maio de 1950]

Me deu vontade de arrebentar esse telefone.

Me deu vontade de matar aquele imbecil que teimava em ficar *aqui*. E olha que eu tinha te telefonado tarde, pensando que ninguém prolonga uma visita depois de meio-dia e meia. Mas, sim, prolongam. Ah! Se você soubesse como eu precisava te ouvir, e te ouvir amorosa. Na sua primeira frase, eu entendi que você não podia falar livremente comigo.

Mas você foi gentil e fez o possível. Me perdoe por estar sentindo o coração tão decepcionado. É também porque te amo muito. Sim, eu queria te dizer que não seria capaz de viver sem a perspectiva próxima de te reencontrar.

Decidi então ir a Paris para acompanhar a divulgação na imprensa do meu livro de crônicas. A NRF está prevendo o lançamento para meados de junho, mais ou menos quinze dias, o limite do que posso suportar. Depois quem sabe você possa vir uma vez ao litoral — e além do mais estaremos em meados de julho. Estou pensando também nas semanas que se seguem e vou te dizer o que poderei fazer quando equacionar melhor a situação. Por enquanto, só um problema, um só anseio: te ver.

Felizmente depois desse telefonema recebi sua carta, cheia de desejos e de calor. Era como se me tivessem mordido as vísceras. Fiquei branco ao ver essas fotos. Não que eu esteja bonito, mas elas são a própria intimidade, me lembram daqueles dias que ainda me queimam de saudades e desejos. Meu amor, meu querido amor, para sempre, um para o outro não é? Vou partir daqui a uma hora, e estou cheio de tumulto. Te telefonei para receber um pouco de paz que pudesse guardar comigo, no fundo de mim, nesses dois dias. Mas não fique triste. É o tumulto do amor. Estou doente, doente de você, não consigo me curar da sua ausência. Me acalme, minha fresca, minha pequena, meu lindo fruto! Me ame com o nosso amor, as nossas carícias; não aguento mais esperar.

A.

15 horas. Telefonei — e você tinha saído. Falta de sorte. E o amor, a necessidade que tenho de você! aumentam de me tirar do ar. Te beijo, minha distante.

322 — MARIA CASARÈS A ALBERT CAMUS

Sábado à tarde [27 de maio de 1950]

Recuperada, meu querido amor! A graça foi recuperada! Esses momentos de hoje, esse tremor sereno no qual só vejo uma infinita gratidão, esse círculo de sol que se fecha sobre você, foi você quem me deu. Te escrevo com lágrimas nos olhos e um coração cheio de gratidão.

Telefonema! Você! Ah! Querido amor, não, infelizmente não pode durar. É demais, quente demais, tenso demais através do céu! Um arco-íris de amor. Somos pequenos demais e fracos demais para suportar essa formidável necessidade agridoce.

Vai acabar, claro, e teremos de novo cartas desanimadas, mornas, sem graça, entre nós. Mas nós sabemos que isso existe em nós, que nos liga e que daqui para a frente só depende de nós fazer tudo reviver de novo. Um excesso? Sim, com certeza, um excesso maravilhosamente doloroso, mas que, mais que qualquer outro vínculo, nos une para sempre um ao outro.

Talvez venhamos a esquecer muitas coisas, lágrimas e certas alegrias, mas as horas de Ermenonville e a bela tempestade de outro dia estarão conosco até o fim. Estamos condenados para sempre a vagar em busca um do outro e juntos, a ter apenas o céu por testemunha. Cintilante inferno!

Domingo de manhã [28 de maio de 1950]

Depois das linhas anteriores, você deve estar entendendo que era melhor ontem que eu largasse tudo ali mesmo, para esperar que uma certa calma voltasse para te escrever normalmente. Eu realmente estava embriagada de felicidade; queria encontrar as palavras certas para te dizer o quanto me tinha deixado feliz e comecei esta carta com um ardor descomedido. Mas logo me convenci de que é mais fácil dizer a tristeza que a alegria e que as palavras escritas têm um limite. Lamentei não ser capaz de pintar ou compor música. Lamentei minha falta de gênio. Lamentei sua ausência; junto de mim, à minha frente, no silêncio você teria visto, teria sentido.

A coisa começou de manhã ao despertar.

Eu já estava pronta para te receber. Nosso reencontro, suas cartas anteriores, seu telefonema de quinta-feira, seus olhos de rapaz que eu conheço tão bem, seu riso...

Aberta para você, eu estava esperando e ontem de manhã te recebi completamente.

Oh! Meu amor querido, não se preocupe! Não tema nada dos belos olhos que eu possa encontrar aqui e ali. Rejeite até que aquela pequena pontada no coração que a gente renega um segundo depois. Sabia que o que eu vejo de melhor e mais belo serve apenas para me aproximar de você? Sabia que só a mediocridade me deixa cego em relação a você? Há algum tempo já venho descobrindo isso maravilhado e aí eu entendo com não sei que frêmito quase místico a que ponto te amo. Guarde bem isso, é um dos acontecimentos mais importantes na história do nosso amor.

Oh, meu amor querido, como poderia esperar que as palavras respondessem a esse infinito de plenitude!? Não há mais palavras. Apenas essa maravilhosa sensação do ar que ganha corpo entre nós e nos faz mal para sempre na distância e no tempo. Restam apenas esses instantes eternos em que o círculo se fecha.

Ah! Meu querido, querido amor.

Eu engoli sua carta — já levantei.

O encontro que eu tinha marcado com Rouquier[1] e Lupovici[2] estava me pesando. Eu queria ficar sozinha e num canto saboreando tudo que você me trouxera. Também queria te escrever, falar com você — não queria saber de intrusos.

---

1 Ver nota 2, p. 545.
2 O ator francês de origem romena Marcel Lupovici (1909-2001).

Mas a gente tem de conviver com os outros e acabei concordando em receber meus dois convidados. Tentamos juntos montar um projeto de filme. Rouquier não me decepcionou. Fisicamente, é mais baixo do que eu imaginava, mais magro, e ao contrário do que eu tinha dito, tem olhos negros. Só o olhar é claro. É um J[ean-]L[ouis] Barrault melhorado e bonito, se quiser. Vivo.

Sotaque do Sul. Nada bobo. Muito charme. Deve inspirar a uma mulher sentimentos maternos apesar dos muitos cabelos brancos que já tem, acho eu. Não tenho certeza.

Seu telefonema. Sua voz animada e tão jovem, tão vibrante, tão amorosa.

Sua paixão e mais uma vez o seu riso. Se fosse possível escolher um paraíso para viver feliz eu pediria ao bom Deus um recanto onde pudesse te ver e te ouvir rindo.

Voltei mal-humorada para junto dos meus convivas. Estava com raiva por estarem ali. Eles se foram, mas tarde demais.

Marcel Escoffier,[1] o jovem — se assim podemos dizer — que me vestiu de princesa da morte, veio me buscar para almoçar. Ele é pederasta, fino, sentimental, ingênuo e simpático. E contou sua vida e o noivado com uma interna bem mais velha que ele, incurável, inteligente. Me falou de um livro que está escrevendo e da sua busca de autenticidade. É uma alma nostálgica que precisa da volta à terra. Às 3h20, ele me acompanhou até em casa onde me atirei no papel para te escrever depois de ficar sabendo que você tinha telefonado de novo. Reli sua carta.

Na minha pressa de te beber, na minha impaciência, eu tinha pulado uma página. Mas não lamento; tive direito a duas cartas, ou melhor, três, no mesmo dia. Achei graça te ouvindo falar de *Catherine Ségurane* e fiquei com lágrimas nos olhos. Fiquei comovida de amor, alegria e gratidão.

Telefonema! Você de novo.

Sabia que enquanto você me falava de *excesso*, eu tremia no corpo todo ao telefone enquanto minhas lágrimas rolavam?

É demais, não é não? É insuportável?

É o que fiquei pensando e esperei meio receosa que a coisa acabasse — a récita, a sessão de rádio antes, as pessoas. Deval e companhia — tudo já devia estar preparado para me fazer voltar à terra, ou melhor, para me fazer sair dela.

---

1 O figurinista Marcel Escoffier (1910-2001), que trabalha em quatro filmes de Jean Cocteau depois da guerra: *A bela e a fera*, *A águia de duas cabeças*, *Os pais terríveis* e *Orfeu*.

Mas eu tinha de ir e me conformar. Às 5 horas estava na rua François I. Uma peça de Gabriel Marcel[1] que já tínhamos lido na véspera, na presença dele. Um estúdio sufocante.

Calor. Cheiro de humanidade. Eu tive de convencer o autor de que não precisava simular um sotaque húngaro. (Depois de *Catherine Ségurane*!)

Ele cedeu e nós gravamos. Você não pode imaginar o entusiasmo de G[abriel] M[arcel]!

Ele repetia sem parar: "Estou encantado!", e por quê, meu Deus? Me chamou num canto, me falou do meu professor de filosofia que ele conhece muito bem, me perguntou o que eu achava da sua peça (infelizmente!) e a franja saltitava alegremente na testa enquanto ele discorria.

Parecia que eu tinha voltado no tempo e estava assistindo a uma aula no Liceu Victor-Duruy.

Voltei a Batignolles às 8 horas comendo um sanduíche. Notícias terríveis: as últimas récitas tinham sido anunciadas.

Público bem numeroso, mas tagarela. Há algum tempo já temos a ajuda de legendas.

"Ah! Como eles atuam bem!"

"Como é triste."

"A gente não entende nada do que esse aí diz" (Brainville).

"Que horror!"

"Que cintura!"

Etc. etc.

Eu fui bem. A tristeza e a alegria bem que ajudam a interpretar a tragédia. Uma tristeza profunda ou uma dessas alegrias agudas e trêmulas que dão medo do abismo.

Só a indiferença, o vazio, a secura são contrários aos sentimentos trágicos.

E voltei para casa, cansada. Logo caí no sono, depois de ter lido, relido e relido de novo seu telegrama que me esperava.

Meu querido amor, tão cedo não vou esquecer o dia 27 de maio e o que ele me deu de você.

Te agradeço e te amo.

Até esta noite.

M
V

---

[1] O filósofo, crítico literário e dramaturgo Gabriel Marcel (1889-1973).

323 — ALBERT CAMUS A MARIA CASARÈS[1]

OBRIGADO CARINHO. ALBERT

324 — ALBERT CAMUS A MARIA CASARÈS

Domingo de manhã nove horas [28 de maio de 1950]

Meu querido, meu belo, meu doce, meu único amor,
Que alegria desde ontem à tarde, desde que te ouvi. Minha perseverança foi recompensada. Quando a querida Angèle me disse, às três horas quando telefonei, que você não estava (e sem parecer ela me dizia tudo que era preciso para eu não começar a imaginar bobagens. Ah! Eu a adoro e beijo essas boas bochechas de montanhesa) fiquei desanimado. A sorte parecia estar contra mim. E aí quarenta e cinco minutos depois, botando gasolina na estrada de Grasse, eu me decidi. Sabia que no início me disseram que o seu número não atendia? "Insista", ordenei. "Esse número tem de atender." E de fato, o número atendeu. Meu amor querido, minha saborosa, minha previdente (estamos combinados, dia 20 e não 15) meu belo desejo, quanto bem você me faz, como eu estava precisando te sentir amorosa e voltada para mim. Estou respirando confiança, alegria, amor à minha amiga. Precisei te mandar logo um telegrama, te dizer obrigado. E depois fiz meus duzentos quilômetros a uma velocidade recorde, com essa segurança que é proporcionada pela felicidade. Pois eu estava feliz, profundamente. Nunca estive tão seguro do nosso futuro. Também vou te ver, muito em breve, o que me dá toda a coragem.
 Estou aqui em Saint-Rémy-en-Provence (onde Van Gogh morreu louco) hospedado com amigos,[2] numa velha casa onde posso sonhar em cada recanto que estou morando com você. Gosto dessas velhas cidades da Provença, e a proximidade de coisas belas (Les Baux a poucos km, Les Antiques etc.) me deixa melancólico e plácido. Um dia vamos chegar a uma cidade parecida e nos amar em meio à beleza. Esta tarde, iremos a Nîmes (40 quilômetros). Corrida. E amanhã volto ao meu tugúrio. Mas tudo será fácil se souber que você me ama e que logo voltaremos a nos ver.

---

1 Telegrama chegado a Paris em 27 de maio de 1950 às 18h20, enviado de Grasse.
2 Albert Camus reside então na casa dos amigos Jeanne e Urbain Polge, farmacêutico em Saint Rémy de Provence e amigo do doutor Sauvy. Jeanne Polge é filha dos Mathieu, amigos de René Char, que exploram a propriedade de Camphoux, não longe de Palermo e Busclats.

Olho essas fotos e a felicidade me dá uma espécie de deliciosa angústia. Não demora, e estaremos assim. Ah! Como o desejo é doce, como é bom viver quando ele sabe o dia em que será satisfeito. Te amo, minha doce, minha pequena. Se você estivesse aqui hoje de manhã, eu te adormeceria com beijos. Vou te deixar, preciso te deixar. Mas não por muito tempo. Sabe, a doença, a vida contrariada, a separação me faziam pender para um terrível entendimento: que a vida seria sempre contrária. Agora pelo contrário quero ter êxito na vida, na nossa vida. Quero que ela seja brilhante e verdadeira — e vai ser.

Você me ama? Sim você me ama. É uma longa corrida um para o outro que está começando, e você vai cair em cima de mim, e eu vou te abraçar como à própria vida, e logo você vai começar a tremer... Sim, é a felicidade, meu amor, a própria felicidade que estamos vivendo há alguns dias. Beijo tua boca feliz, teu doce flanco... sim, realmente, eu tenho no coração todo o amor do mundo.

A.

12 horas

Tua voz, tua voz querida, como ela flui em mim! Ó felicidade de saber que você existe e que nós nos amamos. Te amo, te amo, te amo.

325 — ALBERT CAMUS A MARIA CASARÈS

Segunda-feira, 10 horas [29 de maio de 1950]

Meu amor querido,
Acordei na minha velha casa, em Saint Rémy, meio prostrado pela tarde de ontem, mas com um violento gosto de você.
Não parei de pensar em você durante a tourada. A enorme arena de Nîmes, se erguendo em direção ao céu, superlotada, um sol de matar os touros, e os touros a eles próprios. Sabe, acho que encontrei minha religião. É lá que ela é celebrada, entre o sol e o sangue. A tourada estava longe de ser perfeita. Mas houve grandes momentos. E realmente esse combate, e sobretudo o segundo final, nos deixa arrasados de angústia e grandeza. E por sinal os seis touros, exceto um, lutaram muito bem. Na saída, eu estava esvaziado — mais ou menos como se tivesse feito amor seis vezes.

Dormi bem, um pouco pesado. E hoje de manhã voltei a te encontrar — junto de mim — afetuosa — provocante — inteligente. Meu querido coração, eu entendo o complexo de Pasífae e das próximas vezes vou te levar comigo à matança. Feita a promessa, agora sonhe apenas comigo. Ah! Minha querida como tenho vontade de rir com você — de viver finalmente.

Volto para Cabris depois do almoço. Acho que agora que vou te ver em breve as coisas irão bem. Me mantenha a par das do teatro. Você sabe, as últimas récitas, podem ser trinta. E de qualquer maneira agora mais que nunca você deve descansar em mim nessas questões bobas. Vá a Camaret.[1] Eu invejo Reynal, ah como invejo. Mas lá você vai ficar bela e morena e em meados de julho vou te receber em todo o seu esplendor. Basta esta simples ideia para me fazer explodir de alegria. Sabe, quando o touro entra na arena, com toda a sua vida e a sua fúria, dizem que ele está "*levantado*".* É como eu me sinto depois dos nossos dias em Paris.

Ah! Sobretudo não me deixe, escreva, me ame, não se distraia um segundo de mim. Viva apenas para mim — se faça bela para mim. Me diga o seu amor, que ele continue me dando sustento. Te amo e te desejo, meu tourinho negro. Que libertação, que liberdade poder se entregar assim a alguém! Longas carícias, todos os beijos até fluirmos juntos no mesmo naufrágio.

até logo, minha amada, minha amiga, minha amante.

até logo, com o mesmo amor transbordante

A.

326 — MARIA CASARÈS A ALBERT CAMUS

Segunda-feira, 29, à tarde [29 de maio de 1950]

O tempo continua cinzento, úmido, pesado, exasperante. Ninguém resiste.

Ontem atuei na vesperal bravamente, mas achei que não ia dar conta da noturna.

Hoje de manhã, tive de me levantar às 7 horas para estar na rua de l'Université às 9 horas.

---

1 Camaret, município do departamento de Finisterra, na Bretanha, aonde Gloria e Maria Casarès tinham sido convidadas em 1937 por seus amigos atores Alcover (ver nota 5, p. 445), e aonde voltaram mais tarde, encontrando semelhanças com sua querida Galícia. Se hospedaram então no Hotel Moderne, de propriedade do Sr. Seigneur.

* Em castelhano no original. (*N. T.*)

Programa: *O passarinheiro que caiu na armadilha*.[1]

Eu interpreto a armadilha, que no caso se chama Nivienne, espírito selvagem da floresta. Ao meu lado, Jean Servais, o passarinheiro ou Merlin o Mago, e Pasquali,[2] o duende. E outros ainda que não conheço.

Coisa curiosa que me é difícil dizer em francês. Passei a vesperal lutando com o sotaque espanhol, com o sono, com o riso descontrolado na frente do autor, e lendo *Palavras de um crente* de Lamennais.

Depois do almoço, dormi como uma pedra. Fui acordada por um telefonema de Rouquier; ele achou um produtor para seu filme! Ai de mim! À simples ideia de trabalhar neste verão, parece que minha alma desmaia. Tomara que tudo se arranje de um jeito agradável!

Estou com calor. Pesada como o tempo. Tudo é preguiça ao meu redor e em mim. Tudo proclama sol, amor. Tudo chama. Estou terrivelmente apaixonada e só isto, e eles me importunando com todos esses projetos, essas obras, esse trabalho, essa atividade — eu quero deitar com você e ser despertada com frequência. Quero me entregar a você e ouvir o seu riso e olhar os seus olhos de jovem Camus, e perder a respiração debaixo de você e te empurrar e te acolher de novo e beber nos teus lábios e rir de novo. Quero as tormentas e o repouso e apenas isto.

Eu me arrasto da manhã à noite, apaixonada, satisfeita, desejante, te chamando sem parar. Você me ouve?

Me lembro das suas mãos, da sua boca, do seu peso. Apenas me lembro pois não sou mais capaz de pensar nem de imaginar por trás do meu cansaço e do meu sono. Sonho com você e acordo úmida de desejo. Ah! Meu amor.

Um animal, é o que já me tornei (e como será o fim da semana?) um animal... e te amo como um animal.

Adeus, lampejos de inteligência! Adeus, espírito!

Fome. Fome do *meu* alimento.

Estou louca para receber sua carta. Louca para saber quantos toureiros morreram em Nîmes e quantos foram chifrados. Louca para te ler, te saber, saber mais de você, te ter, te ter, te ter...

Ah! Meu amor querido, venha! Oh! Sim, venha!

Estava receosa de que a viagem te cansasse mas se está se sentindo forte o suficiente para suportá-la sem problemas, venha!

---

1 *O passarinheiro que caiu na armadilha*, peça de Georges-Emmanuel Clancier.
2 O ator e diretor Alfred Pasquali (1898-1981).

Mais vinte dias!; e fui eu quem me recusei a te ver antes! Apenas, me entenda. No fundo meu estado físico não importa muito, embora seja bom contar com três dias inteiros; mas por tão pouco tempo, é preciso levar em conta o meu humor — você sabe! e o risco é menor se você puder adiar a viagem por cinco dias. Não gostaria de te receber numa casa em que a loucura convive com o demônio. Por isto é que preferi o dia 20. Não me atribua sentimentos excessivamente vulgares; eles estão aqui apenas... pela metade.

Por outro lado, o período de ausência até 15 de julho também será mais breve e três semanas são muito menos que *um mês*.

Meia-noite

Tive de me interromper há pouco. O sangue me subia à cabeça, estava com as pálpebras pesadas. Acho que me intoxiquei com uma lata de atum que abri ontem e acabei hoje. Ao chegar ao teatro estava cheia de preocupações. Me perguntava como ia entrar em cena, estava andando como uma drogada. Depois do entreato, consegui me recuperar. O abatimento dos companheiros, a ausência de público e as legendas ditas em alta e inteligível voz por uma enorme senhora na primeira fila me trouxeram de volta à vida. Exceto no quinto ato, atuei muito mal. Estava péssima.

Acabo de te mandar um telegrama. Serei obrigada a sair na quarta-feira para um programa de rádio e antes gostaria de ouvir sua voz para encontrar novas energias.

Estou incomodada com essa história de filme que encontrou produtor. Se aceitar, terei de passar três meses em Revest na Provença, numa fazenda. Se recusar, recuso ao mesmo tempo as possibilidades materiais que se apresentam. No fundo, gostaria que o filme acabasse não sendo feito para não ter arrependimentos, para não me recriminar. É covarde — eu sei — mas não suporto a ideia de todo esse tempo longe de você, com esses três personagens nada divertidos.

Enfim, nada está decidido e ainda falta discutir muitas coisas e superar um sem-número de dificuldades.

De qualquer maneira, se você encontrar meio de vir ao meu encontro em agosto ou setembro, está fora de questão ir bancar a boba ou ordenhar vacas com Lupovici. Por favor me diga o mais rápido possível; de minha parte, não decidirei nada sem você.

Por enquanto, nenhuma notícia definitiva do MESTRE, mas a receita está baixando a cada dia, acho eu, e duvido que possamos ir muito longe.

É isto, meu querido, quanto aos projetos.
Esta carta vai te chegar na quarta-feira.
A partir desse dia, você estará de novo mergulhado na vida até o pescoço. Procure torná-la o mais fácil que puder. Seja feliz e trate também de trabalhar. E não me esqueça em tudo isso. Preciso terrivelmente da sua presença, mesmo distante. Me debato com dificuldade quando não posso mais me escorar em "sins" sussurrados ao meu lado. Na medida em que puder, me guie sem temor nem escrúpulos. Estou cansada, farta de Paris, das pessoas, do trabalho, e um pouco perdendo o Norte, nos últimos tempos. Pela primeira vez na vida sou arrastada pela preguiça. Preguiça, cansaço, inutilidade direta de qualquer tentativa acabaram quebrando minha bússola. Não tenha medo de me empurrar pelo traseiro ou de me frear. Preciso confiar inteiramente em você. Diga o que eu preciso fazer e não se preocupe. Não estou pedindo isso com tristeza, desânimo ou desespero, mas relaxada e na entrega.

Estou docemente cansada e gostaria que você me guiasse, simplesmente, suavemente. Meu querido, querido amor. Não me esqueça. Mas também não se atormente por minha causa. Estou, continuo com você, junto de você. Queria que você fosse feliz nesses dias que vêm. Confio em você. Entregue-se à alegria e à juventude. Ria; ria, meu amor.

Te amo. Te amo. Te amo e te espero. Te beijo, meu querido, com toda a minha alma, com todo o meu desejo,

M
V

P.S.: O PC, que tem sede na rua du Vieux Colombier, afixou um cartaz com todas as assinaturas das estrelas que votaram pela Paz, contra a bomba atômica. Como não tinham a minha, expuseram — ao que parece — a minha "foto".
Não os suporto mais.

327 — MARIA CASARÈS A ALBERT CAMUS

Terça-feira, 30 de maio [1950], *11 horas da manhã*

Meu querido amor,
Estava receosa de não conseguir te escrever hoje, considerando uma agenda bem carregada — felizmente, hoje de manhã me liberaram na rádio mais cedo

do que eu imaginava e aqui estou em casa até 1h30, pois Vinci[1] telefonou de Deauville para avisar que não poderia almoçar comigo.

Está fazendo sol lá fora. Aqui dentro, você conseguiu acabar com todos os restos do meu sono e do meu cansaço e aqui estou mais fresca que o mar.

Recebi três cartas hoje. Uma, a de sábado, antes de sair; as duas outras — sexta-feira e domingo — quando voltei. Nem sei mais a quantas ando de felicidade, de alegria, de gratidão, de desejo. Até com medo de explodir de riqueza e de amor.

Mas mesmo assim tento com minha melhor vontade enxergar com clareza o seu estado atual.

1) *Você voltou a ser você mesmo! Você está vivo de novo!* E a promessa que me foi feita quando você esteve aqui apenas se confirma. Ah! Meu amor querido, se você soubesse como eu esperava esse momento, com que angústia o invocava! Se soubesse das minhas preocupações e das minhas agonias quando te via escorregar escorregar para longe de mim, longe também da vida, num universo cinzento e morno... e falso oh! sim! Falso!, desnaturado, descarnado, estéril, gelado! Se soubesse como eu temia esse "terrível entendimento" para o qual você tendia e que eu na verdade chamava de pré-renúncia! Ah! Meu belo amor como corri atrás desse instante em que poderia encontrá-lo de novo sendo você mesmo com sua parte de entendimento e toda a sua capacidade de vida juntas e reunidas! Mas então o que fazer? Nada seria recebido da melhor maneira. Eu então esperei.

2) *Você me ama.* É o que eu entendo muito bem. É o que está na *minha* ordem. É o que me satisfaz inteiramente. E por sinal eu nunca duvidei, enquanto você foi você mesmo — e jamais duvidarei enquanto continuar sendo você mesmo. Se não fosse para haver um amor total entre nós, apesar do mundo e de nós, há muito tempo nos teríamos separado. É preciso aceitar, meu querido, a vida comigo, ou se conformar em criar mais um robô. É assim para mim. É assim para você. Não há o que fazer, e quando penso nisso — o que me acontece a cada momento desde o seu último afastamento, desde sua volta a esse mundo real — se abre dentro do meu corpo alguma coisa vasta, ampla, e a felicidade quase dói. E isto, *incessantemente*, a cada momento do dia, a cada recanto das horas que passam... Ah! E depois vêm dizer que o mundo não passa de um amontoado de dores! Blasfêmia!

---

1 Ver nota 1, p. 254.

É preciso aceitar e se entregar totalmente. Para mim, é fácil; entro nesse clima como o peixe na água, resgato minha infância, minha primeira juventude. É aí e só aí que me realizo completamente. É aí que me torno bela!
Para você... Ah! Receio que você não tenha um pouco perdido o hábito [sic]... receio... mas vamos ver! Vamos tentar ver, adivinhar:
3) Você está feliz? Aí, tudo se complica. Sexta-feira, pelo que entendi, você estava mergulhado na tempestade e castigado pelos ventos. Queria tudo imediatamente; mas só o desejo de todo o seu ser te dilacerava, pois depois da minha carta você me sentia fiel, amorosa, voltada para você. Não me questionava mais: estava maravilhado de me saber tua. Bom.
Sábado... há! há! sábado, é outra coisa — Minhas cartas não bastam mais, não são mais "suficientemente longas, nem precisas, nem calorosas", você não conseguiu dormir, clama para que eu te espere, implora que eu te ame e... (Deus me perdoe!) *duvida do meu amor*. Coisa muito estranha na qual prefiro não me deter. Isso às 10 horas da manhã.
Por fim no sábado à tarde, depois de lutar contra as circunstâncias (ó alegria?) (ó vitória?) que *já* começavam a te parecer adversas, você me ouviu do outro lado da linha.
E dessa vez — Abençoado milagre! — vem a felicidade, com a confiança, o amor, a entrega, a juventude, a força, a vitória! E os homens por sua vez não têm ovários. Suas responsabilidades não podem ser descarregadas em coisa alguma! Mas que diabos!

Pois bem, meu querido, meu belo, meu doce, meu único amor, vou te dizer uma coisa. Se através do céu, da terra, do mar, do universo inteiro você não sente meu amor neste momento, é por ser um bruto incurável. Pois não é possível que essa enorme agitação que há em mim não vença todas as distâncias e todos os diabos. Meu Deus! O que eu deveria sentir então? Não consigo mais ficar quieta! Parece que não caibo mais em mim! Sozinha, eu te procuro. Acompanhada, tento me isolar para continuar te buscando e saborear no silêncio e em algum frêmito extraordinário a felicidade que você me dá. Não falo mais. Tenho medo de abrir a boca, medo de deixar escapar esses instantes de graça que se prolongam e se acumulam para se transformarem num estado. O estado de graça! Você sabe o que é? Pois eu nunca soube até esse dia; sempre achei que ele só podia existir em pedacinhos, aos suspiros! Pois você o deu a mim! Continuou me dando desde nosso último encontro e basta eu fechar os olhos para encontrá-lo de novo quando quiser! Sempre que quiser! Está ouvindo? Você sabe o que é isso? Sabe o que pressupõe? Eu não quero mais sair!, não quero mais trabalhar! não quero mais me distrair com absolutamente nada. Quero saborear esse paraíso que você me deu minuto a minuto! Idiota! E você duvidando! Cretino! E você preocupado! Palerma! Eu estou feliz, profundamente feliz por você, unicamente por você! Que loucura poderia me desviar de você? Inimiga... talvez até eu possa ser por volta do dia 15, mas distante, estranha?... Ora, seu bronco!

Eu te amo, te espero, estou pronta para te receber, de longe, de perto, como você quiser! Ficaria feliz de não fazer nada que pudesse me separar de você, mesmo se fosse obrigada a mendigar ou abrir mão de andar! Nada me toca fora de você, nada me comove se não estiver comigo! Ah! Mas como dizer? como expressar? como te fazer entrar em mim para me conhecer?

Apaixonada? Você me sentiu apaixonada? Mas que bom! Mas será que sabe da minha fúria, da minha fome, da minha sede, da minha loucura, da minha sabedoria, do meu desejo, da minha ternura, da minha necessidade, das minhas mágoas, das minhas alegrias, das minhas preocupações, das minhas esperanças, da minha confiança, da minha gratidão, da minha estima, da minha admiração, da minha adoração? Sabe da minha vida oferecida e plena? Sabe da minha morte aceita e desejada se você não puder mais estar aqui? Sabe dos meus lábios te tocando? E de você me tocando? E de você em mim?

Não! Você não sabe, não pode saber de você em mim, e portanto jamais vai saber a que ponto eu te amo — Mas, por favor, pelo menos não duvide mais de mim nem do meu amor.

Acho que estarei com você, que pensarei como você no que diz respeito a nos unirmos definitivamente; quanto ao resto, vamos viver o melhor que pudermos, e poderemos muitas coisas felizes se quisermos e empregarmos nosso talento na busca da nossa felicidade e da nossa riqueza comum. Seja feliz meu querido e meu rosto brilhará com a sua felicidade — De minha parte, estou exultante.

Te amo, te espero, sou tua meu amor, meu amor, meu amor.

M
V

Seja feliz, mas trabalhe! Um de nós tem de trabalhar! Cabe a você. Pois eu no momento me sinto mulher demais para trabalhar, à parte os deveres reduzidos próprios ao meu sexo (muito reduzidos).

328 — ALBERT CAMUS A MARIA CASARÈS

Terça-feira, 15 horas [30 de maio de 1950]

Sua carta finalmente! Você estava presente, em mim, esses dois dias, e quase fisicamente. Mas sua carta fez explodir mais uma vez toda uma alegria que eu estava achando meio aplacada depois da orgia de felicidade dos últimos dias. Sim, ela chegou para mim como um choque. Pois me dizia que tínhamos nos encontrado na verdade, e sem saber, nas mesmas alturas, no mesmo arrebatamento fora do tempo.

Eu também não vou esquecer o dia 27 de maio, nem os que antecederam. Há aí uma espécie de consagração, a prova fulgurante do que sabíamos meio indistintamente, e também a confirmação, que me comove, do que eu sempre pensei da vida e dos seus segredos reais — esperados durante muito tempo ou apenas pressentidos, e enfim encontrados. Me acalmei um pouco desde ontem mas no calor do coração, uma terrível alegria, uma alegria que oprime, me acompanha o tempo todo. Sim, meu único, meu maravilhoso amor, é o momento de nos calar. Mas essa coisa selada entre nós desde então, o selo nunca deixará de resplandecer *em nós*. E ainda que vivêssemos lado a lado, ininterruptamente, através dos anos, no escuro da alma jamais deixaremos de nos buscar e nos chamar. Agora eu sei disso e que a necessidade que tenho de você nada mais é que a necessidade que tenho de mim. É a necessidade de ser e não morrer sem ter sido. O resto, o que eu queria te pedir e que daria uma forma a esse enlace que ultrapassa a razão, e acalmaria um pouco a nossa comum sede de ser, vou te dizer dentro de quinze dias. Quantas palavras para dizer tão mal essa fogueira de alegria em que me encontro há dez dias. Quantas palavras para não dizer a felicidade descomedida que você me dá. Mas você me entende, nós falamos a língua da nossa pátria, somos os únicos que a entendemos.

Ontem voltei para casa bem cansado. Os duzentos quilômetros não acabavam mais. Mas a região era bonita e às vezes eu dizia o seu nome. Fui me deitar logo. E dormi muito bem. Hoje de manhã estava cheio de forças novas. Me trouxeram minha correspondência e o seu telegrama. Espero que não seja nada e que você queira apenas falar um pouco comigo. De qualquer maneira vou telefonar amanhã de manhã. A partir de amanhã à tarde não estarei mais sozinho. Mas você precisa saber que estarei sempre voltado para você, ocupado exclusivamente em viver esse amor que sempre se supera e decidido a fazê-lo viver junto de você o quanto for necessário; paz para você, minha bem-amada, que a paz esteja no seu lindo rosto, mas que o seu coração queime nas mesmas chamas que o meu.

Agora tenho *certeza* de dominar completamente meu trabalho e minha vida. O tempo passado longe de você não será mais completamente perdido. Vou adiantar o que tenho de fazer. Tenho em mim uma luz que vai iluminar tudo. Sabe, nunca mais você vai poder me tirar essa certeza, seria o supremo dos crimes. Você está acorrentada, sem misericórdia e sem esperança. E eu vou me aproveitar da minha cativa, poderei te devastar como bem entender, minha apaixonada! Ah! Querida, meu amor é muito mais que o amor.

Reli sua carta e estou com um nó na garganta. A partir de agora vou estar sempre com ela — sim, levaremos essas horas e essas chamas até o fim, e a vida está justificada. Pela primeira vez me parece que poderei realizar tudo que sou — Minha bela, minha querida manhã, esse amor recomeça todo dia. Nem toda a gratidão do mundo bastaria para te agradecer. Eu espero, com esse amor intacto. Mas você sabe, também estou explodindo de desejo — e espero o segundo da consumação, o grito do ser... Ah, tudo se mistura, todas as minhas forças e todos os meus pensamentos, o coração, a alma e a força vital, na mais total doação. Que importa o nome, as palavras! Eu te pertenço e você é minha. Te beijo, beijo tua alma e também teu corpo. Rápido, rápido, nosso reencontro...

A.

329 — ALBERT CAMUS A MARIA CASARÈS

Quarta-feira, 11 horas [31 de maio de 1950]

Querem que eu espere meia hora para Paris. Estou aqui nessa agência de correios de Grasse com cheiro de tinta e papel velho. Estou com uma vaga gripe com uma vaga angina — e as pernas meio pesadas. Bem gostaria que a meia hora se transformasse em uma hora. Aí você já teria saído — e estou morrendo de vontade de ouvir sua voz. Hoje à noite vou buscar F[rancine] e as crianças às 6 horas em Nice. Vai começar uma outra vida que eu não sei se poderei suportar muito bem. Estava feliz sozinho, agora. Muito feliz, pensando em você, o seu amor vivendo em mim — com a perspectiva de voltar a te ver em breve. Vivia intensamente com a minha ternura, o meu desejo, o amor incessante que se agita em mim. Acho que não quero mais nada da vida senão me sentir vivendo assim, e vivendo para o melhor, o seu rosto, a chama que existe entre nós. Minha amada, minha amiga, isto vai acabar um dia, não é? Vou poder descansar junto de você, viver enfim de acordo com o meu desejo e não contra ele, estupidamente.

O tempo está quente e pesado. Eu sonho com corpos nus, sonhos leves, com você. Esta noite, acordei te chamando. Sonhei que estava em Caiena, na prisão, e te chamava como quem clama pela liberdade. Você é a minha pequena vitória, continua me amando desse jeito descomedido, não é? E eu estou nas alturas, ainda dilacerado de alegria. Te amo.

Quarta-feira, 15 horas [31 de maio de 1950]

Meu amor querido,
Fiquei muito feliz de te ouvir hoje de manhã. Até o seu mau humor me aquecia o coração. Pelo menos você estava vivendo. Eu tinha esperado uma hora nessa agência de correios — e você está recebendo junto o resultado da minha espera. Mas que felicidade ainda maior encontrar suas duas cartas de segunda e terça-feira. Que onda de calor, de desejo, de amor perdido me envolveu nessa hora! Não, eu não duvido de você. Você é a única pessoa a quem ofereci tudo de mim, confiei tudo e tudo entreguei, e sei que você nunca vai me trair.

Andei pensando no seu lugar. Você deve aceitar esse filme, se chegar a ser feito. Só poderia recusá-lo se aceitasse que eu te ajude. É assim que a questão se coloca. E Deus sabe que essa perspectiva me faz mal, sob muitos aspectos. Mas você não pode se reduzir à miséria deliberadamente, ou então terá de mudar seus pontos de vista sobre as questões de dinheiro.

Onde fica Revest?[1]

Te digo em uma semana mais ou menos o que poderei fazer depois de 15 de julho. Até lá pense apenas no nosso reencontro dentro de vinte dias. Entendi seu motivos para escolher essa data. Não estava achando que você obedecia exclusivamente à matéria. E no entanto eu é que pensava na matéria. Mas é verdade que sou um bruto incurável.

---

1 Revest, município do departamento de Var, nas imediações de Toulon.

Sim, estou vivo de novo, sim te amo com todo o meu ser e sim, sim, estou feliz não tenha dúvida. Estou descobrindo todo um mundo, nascendo para a vida pela primeira vez, e através de você. Você sentiu bem nessas cartas turbulentas que enviei a gratidão de nascer, justamente, o estado de graça de que você fala e que você prolonga e cultiva ao me falar do seu amor como fala. Nos próximos dias, nas horas de dúvida ou secura, lembre-se do que eu escrevo como um compromisso definitivo: Você, você sempre e nunca mais ninguém mais. É o resultado claro da minha descoberta e dos meus arrebatamentos. Seja feliz e faça o nosso amor viver, é nele que nos encontramos.

Há também o desejo. Não parei de te desejar desde que nos separamos. Mas suas duas cartas, que acabo de reler, acendem em mim uma chama ainda maior que o simples desejo. Deste ponto de vista, não terei mais paz enquanto não estiver de novo em você, até essa entrada dilacerante em você, esse segundo que junta tudo, o amor, a sede de prazer, a inteligência que tenho de você. Fique entregue a mim como estava nesses três dias. Será então as horas da alegria, da verdadeira glória. Eu também te amo com meu *sangue*, você sabe, que felicidade ser homem e mulher e poder ser um para o outro uma água de prazer. Só de escrever isto fico agitado e morro de desejo de tê-la debaixo de mim, minha trêmula, minha generosa, e de te abrir para mim, minha aquiescente.

Um amor sem restrições, um amor de total confiança, é o que nós criamos. Por isto é que queria te agradecer por toda uma vida de fidelidade e ternura. Em breve estarei com você, vou cobri-la com um vestido de beijos, comerei sua boca quando quiser. E já te beijo, com os beijos da ternura e do desejo, e me entrego a você, inteiramente, até o nosso reencontro.

A.

Querido, querido amor!

330 — MARIA CASARÈS A ALBERT CAMUS

1º de junho — manhã [1950]

Meu amor querido,
Uma breve palavrinha, pois preciso mandar postar esta carta antes do meio-dia e já são 10 horas.

Da minha vida exterior por sinal quase não tenho nada a te contar além da monótona sucessão de sessões de rádio, o tempo cinzento e pesado, a comida cada vez mais abundante que consumo, as récitas que continuam.

Só hoje talvez fique sabendo de novos detalhes sobre o filme de Rouquier. Por enquanto, nenhuma notícia além do entusiasmo de Lulu Wattier pelo roteiro e a descoberta de um produtor entusiasticamente interessado no negócio. Se me pagarem bem, realmente acho que não devo recusar: mas quero convencer meu diretor a filmar os interiores em Paris e assim voltar antes. Perguntei se Revest é alto e responderam que sim, mais ou menos, perto de Aix. Depois fui procurar no dicionário, mas não encontrei; mas ainda hoje vou tentar levar a cabo minha investigação.

Hébertot me escreveu uma carta muito afetuosa que guardei cuidadosamente para ilustrar tua próxima vinda a Paris. Ele vai fazer o possível para manter a peça o máximo de tempo possível, mas, como bem observa ele, "estamos à mercê de uma temperatura excessiva". Desde ontem à noite, assim, estou rezando por um mau tempo propício, e hoje de manhã vem o sol querendo botar as asinhas de fora.

Espero que meu humor de ontem, no telefone, não o tenha deixado preocupado. Estava tudo dando errado e o céu estava baixo e pesado. Além disso vários telefonemas antes do seu me tinham deixado exasperada; eu sabia que você estava fazendo de tudo para falar comigo.

Hoje de manhã, recebi suas cartas de terça e quarta-feira. Transbordando de felicidade. Na rádio, no teatro, as pessoas me olham, surpresas, deve ser raro, em Paris, um rosto exultante — "Você parece uma haste de aço!", me disse ontem Suzanne Flon.[1] "Eu estava dizendo ainda há pouco a Jandeline,[2] a seu respeito, que você nunca irradiou uma força vital assim!" E eu disse a mim mesma: "Vai olhar os seus olhos! Vai, vai se ver num espelho, e olhe os seus olhos!" e tive um estremecimento com a angústia da felicidade.

Também penso com alegria que você vai poder trabalhar bem, agora. Estou sentindo pelas suas cartas. Como elas são ricas, abundantes, fecundas!

Vou parar, meu amor. Ainda tenho de corrigir os diálogos espanhóis de *Orfeu*, e Lulu Wattier depois vem almoçar comigo.

Eu sei, meu querido, que você não está mais sozinho, mas eu nunca aceitei essa ideia como aceito hoje. Fico feliz com a sua felicidade, sem precisar

---

1 A atriz Suzanne Flon (1918-2005), que começou sua carreira no teatro durante a guerra, tendo atuado em particular em *Antígona*, de Jean Anouilh (1944), no Teatro de l'Atelier.
2 A atriz Jandeline, cujo nome verdadeiro é Aline Jeannerot (1911-1998).

de esforço cerebral para isso, e preocupada com as suas preocupações. Desejo como você que tudo seja o mais fácil possível e nenhuma ideia pessoal alheia ou contra você veio me afligir até agora. Tenho confiança em você, no nosso amor. Te amo e gostaria de te ajudar sempre a suportar o mal que te causam ou que você possa causar.

Gabriel Marcel me pediu notícias suas. Que sujeito curioso! Sempre encantado e grato pelo que fazem dele. Fisicamente, parece um personagem de Walt Disney, o chouriço, por exemplo. E aquela voz, aquele jeito de falar, sempre na tribuna! Não sei se os atores sofrem de deformação, mas os professores...!

Feli [Negrín] está aqui e ainda não encontrei tempo para vê-la, mas espero esta noite conseguir me livrar da comissão de comunistas espanhóis e aproveitar para ir beijá-la.

E vou parar... Ah! Como é difícil parar de falar com você!

Até breve, meu amor querido, até muito em breve. Te amo tanto e tanto. Ah! Sim, estou acorrentada e jamais poderia duvidar da delícia de uma prisão tão rigorosa.

Te amo perdidamente

M
V

331 — ALBERT CAMUS A MARIA CASARÈS

Quinta-feira, 1º [junho de 1950], *17 horas*

Meu amor querido,

Te escrevo na cama onde estou desde ontem à noite com uma febre grande e uma angina bem instalada. A febre subiu durante o dia de ontem e eu mal tive forças para ir buscar F[rancine] e as crianças e voltar para me deitar. Mas estou me cuidando energicamente e me parece que a febre começa a ceder. Espero estar de pé amanhã ou no máximo no sábado.

Mas sobretudo não se preocupe. É muito pouca coisa, estou sentindo. E apesar de tudo fiquei feliz de ver meus pequenos, Catherine a bisbilhoteirazinha audaciosa e decidida de sempre, Jean mais sonhador e sutil. Francine parece mais tranquila e espero que tudo vá bem.

Hoje é dia 1º e agora os dias vão suavemente levar até você. Embora a febre me tenha tapado os olhos, fazendo bater o coração, não parei de me sentir sustentado e animado pela certeza alegre que agora compartilhamos. Agora parece que nada mais poderia me atingir. Era o que eu queria te escrever hoje para que você fique tranquila e me diga de novo o seu amor como na última carta.

    Meu amor querido, minha afetuosa, não estou muito bonito de se ver, todo suado e congestionado e você certamente perderia o apetite por mim. Mas logo que me recuperar vou cuidar da aparência para chegar digno de você. E sobretudo me escreva, escreva que me ama. Não recebi carta sua hoje — o que em nada comprometeu minhas certezas. Mas eu estava acostumado ao calor das suas cartas, sinto saudade do seu amor. Ah! Eu não teria aguentado até julho. Eu precisava, preciso correr para você para me perder no nosso amor.

    Perdoe esta horrível carta curta. Mas minhas ideias estão meio confusas. Só uma coisa permanece: a ardência e a alegria que agora trago no coração — o amor terno e faminto que tenho por você. Te beijo, febril, minha querida, minha magnífica e espero nosso encontro, meu único amor

A.

332 — ALBERT CAMUS A MARIA CASARÈS

Sexta-feira, 10 horas [2 de junho de 1950]

Meu querido amor,
Bem rápido algumas palavras para te dizer que estou bem melhor. Hoje de manhã a febre tinha caído e eu senti uma onda de vida subindo em mim no momento em que abri os olhos. Estava com a sensação física de que você estava aninhada junto a mim e sentia suas pernas ao longo das minhas.

    Mas ainda vou ficar na cama hoje, para maior segurança, e também para me recuperar do cansaço que ficou depois dessa grande febre. E amanhã voltarei ao trabalho. Domingo, vou te escrever longamente. Você não me deixa um segundo e eu estou feliz. Mas espero receber uma carta sua ao meio-dia. Espero que mais uma vez ela me fale do seu amor.

    O tempo está bom, uma luz suave, o sol delicado. Eu sonho com você, nós dois acordando juntos, com o seu jardim suspenso em pleno céu. Sonho com a felicidade e que estou beijando o seu riso.

    E você, minha doce amiga? Parece que estou tentando te encontrar no espaço. Desde que você esteja feliz! Não consigo mais te imaginar fora do estado de graça. Essa onda de amor que me carrega me parece inesgotável. Nunca mais vou dar nessas terríveis praias desertas para morrer de sede, privado de você. E você também, não é, minha amada? Pelo menos me escreva logo para que eu possa imaginar seu rosto brilhante e exaltado, seus olhos de prazer, seu belo corpo trêmulo.

Te amo e me entreguei a você. É uma pesada, doce e terrível sensação, essa liberdade e essa alegria que encontro em você. Beijo seu lindo rosto de verão, suas doces pombas morenas, seu flanco amigo, te guardo e te guardarei debaixo de mim, até 20 de junho, minha adorada.

A.

333 — MARIA CASARÈS A ALBERT CAMUS

Sábado, 3 de junho [1950]

Finalmente o vento leste começou a soprar esta tarde afastando a tempestade e as nuvens que abafavam Paris! Finalmente podemos respirar um pouco! Mais dois dias e duas vesperais e quinta-feira que vem finalmente poderei viver como quero. Até lá, rádios, mais rádios e sempre rádios — Quarta-feira passada terminei o programa de G[abriel] Marcel, ontem enterrei *O passarinheiro que caiu na armadilha*, esta obra-prima, e na próxima quarta-feira espero ter chegado ao fim de *O anúncio feito a Maria* e desse personagem de Mara — verdadeira proxeneta da maldade gratuita — do qual não consigo sair.

O que te contar desses últimos dias de existência vocal? Microfone e calor; tédio, gagueira.

Mas quinta-feira aproveitei minha liberdade para ver a exposição do Petit Palais sobre "A virgem na arte francesa". Fiquei três horas e não vi tudo (faltando visitar duas salas). Saí acabada, as pernas moídas e lá fora trovões e relâmpagos. Voltei para casa intoxicada de Virgens. Setenta! Nunca vi tantas! Pintadas, de madeira, de pedra, de mármore, desenhadas, em cores, de prata, de ouro, sentadas, de pé, com filho, sem filho, bonitas, feias, gordas, magras, grandes, pequenas... Minha nossa! No fim das contas belas coisas, mas demais e muito parecidas, apresentadas com muito mau gosto, e cansativas pelo próprio tema que — por mais que se diga! é triste.

Chegando em casa, encontrei a comissão do PC espanhol — 4 sujeitos enormes — que tinha ido me pedir para assinar o Apelo da Paz e minha colaboração ao PC.

Domingo de manhã [4 de junho de 1950]

Continuando: ao saírem eles me deixaram mergulhada num mar de reflexões. Procurei em vão minha posição neste mundo conflituado, me perguntando o que seria de mim em caso de guerra. Outro dia falarei mais longamente disso.

Sexta-feira ao meio dia, almocei com Jean S[ervais] e à noite fui com Jean Vinci[1] ao Baccara ouvir Lena Horne que está cantando lá. Lembra? *Stormy weather.* Uma bela valquíria café-com-leite — uma mulher leoa — algo que faz pensar nos primeiros tempos e traz uma certa nostalgia do mato e da floresta virgem, com um toque de corrupção hollywoodiana na medida exata. Voltei para casa a pé para me acalmar. Estava mexida.

Ontem de manhã, me estendi no sol e à tarde me debati com Mara.

À noite, depois da récita, Hébertot finalmente tendo voltado pediu que eu passasse no seu escritório. Estava lá me esperando, mais magro, cansado, desiludido, desanimado, miserável. Me repetiu cem vezes que sua turnê tinha sido triunfal mas que tinha perdido muito dinheiro. Queixou-se de tudo e se revoltou contra tudo. Ele quer manter *Os justos* até o dia 25 para nos ajudar e também esperar o Congresso Internacional, mas a receita está diminuindo e ele lutando com os impostos. Me falou das récitas em italiano para o *Piccolo Teatro.* "Interpretação muito ruim! Não podia funcionar!" Me pediu "algumas turnês em setembro" para ganhar um pouco de dinheiro. Eu seria capaz de lhe dar a roupa do corpo: é um homem que não sabe enfrentar os golpes do destino. Miserável, dá até mal-estar olhar para ele.

Fora isto, tenho novidades nos meus projetos. O filme sobre as barcas, *Os amantes do braço morto,*[2] está assinado e vai ser dirigido por Henri Calef. Será rodado em Conflans, de 20 de julho a 15 ou 20 de setembro. Terça-feira saberei mais.

E por sinal terça-feira vou te escrever sobre isto — quer dizer, sobre as coisas práticas — melhor e mais longamente, pois agora não tenho tempo e amanhã certamente vou usar meu verbo para outras coisas.

Estou louca para receber notícias sobre a sua angina. Receio que você fique um pouco abatido com a febre.

Meu amor; perdoe esta carta rabiscada meio às pressas. As sessões radiofônicas tomam meu tempo e minha clareza mental.

---

1 Ver nota 1, p. 254.
2 *Les Amants du Bras-Mort* é lançado em 1951, dirigido por Marcello Pagliero, e sem Maria Casarès.

Só uma coisa continua viva — oh! tão viva! e é o meu amor.

Te amo — estou feliz — me sinto confiante. Sou tua e finalmente descanso em você com deleite

M
V

Como aniquilar a vida de uma criatura

HORÁRIO

Terça-feira 30 de maio
    9 a 13 horas — Rádio (Rua François I)
    13 horas. Almoço Jean Vinci.
    14 a 16 horas. Rádio (Rua de l'Université)
    16 a 20 horas. Rádio (Rua François I)
    21 a 23 horas. *Os justos.*

Quarta-feira 31 de maio
    11 horas Jornalista (em casa)
    12 horas Almoço Negrín (na casa deles)
    14 a 17 horas. Rádio
    17 a 20 horas. Rádio (outro programa)
    21 a 23 horas. *Os justos.*

Quinta-feira 1º de junho
    12 horas Almoço Lulu Wattier?
    13 horas Comissão espanhola comunista
    21 a 23 horas. *Os justos.*

Sexta-feira 2 de junho
    9 a 13 horas Rádio
    17 a 21 horas Rádio

Sábado 3 de junho
    9 a 13 horas Rádio
    15 a 19 horas Rádio
    21 a 23 horas. *Os justos.*

Domingo 4 de junho
    Vesperal e noturna *Os justos*.

Segunda-feira 5 de junho
    9 a 13 horas Rádio
    15 a 19 horas Rádio
    21 a 23 horas. *Os justos*.

Terça-feira 6 de junho quarta-feira 7, rádio de 9 a 13 horas e récitas de 21 a 23 horas, por enquanto.

CENÁRIOS
    Palco do Teatro Hébertot
    Estúdios da rua François I
    Jardim gelado da rua de l'Université, 37.
    Táxis sacolejantes com cheiro de gasolina.
    Céu cinzento — chuva, granizo, promessa de sol.

REGIME
    Abstinência.

ESTADO DE ESPÍRITO E DE CORPO
    Mole.

Resultado: fulminante — perfeita imbecilidade a curto prazo.

334 — ALBERT CAMUS A MARIA CASARÈS

Domingo, 15 horas [4 de junho de 1950]

Quando receber esta carta, Maria querida, *nosso* dia[1] mal terá começado. No exato momento em que você me lê, estou portanto te beijando, com toda a força de um amor que não parou de crescer com o tempo, te beijando pelo mais

---

1 O dia 6 de junho, sexto aniversário da união entre os dois, segundo aniversário do reencontro.

belo dos nossos adversários. Este dia é um dia de alegria e vitória, meu querido amor. Há seis anos começou no mais profundo da minha vida uma vida nova que acabou tomando conta de tudo; há seis anos eu entendi, numa noite leve e brilhante, que te amava — e esse amor, apesar de todas as dificuldades, se elevou através dos anos até se transformar no orgulho e na justificação da minha vida. Até o tempo em que você estava longe de mim é um tempo que me pertence, pelo próprio sofrimento que nele encontrei e encontro. E na verdade não sei mais distinguir, no que você me proporcionou, entre as longas dores e a alegria sem medida. Aprendi a amar tudo em você, a só me amar em você e por você, eu realmente aprendi a viver e o que sei de mais profundo sobre o mundo e as pessoas é a você que devo. É o dia da gratidão, também, e eu beijo tuas mãos, com o mais respeitoso e o mais terno do meu amor.

Apenas duas semanas me separam agora de você. Te escrevi todos os dias, exceto ontem, que foi um dia sem carta sua e que eu passei recuperando definitivamente minhas forças depois dessa horrível angina, e também pensando em você longamente e com ternura. Apenas quero saber logo se você estará livre em agosto. Meu projeto era ir descansar sozinho nos Alpes italianos por exemplo e lá te encontrar. Mas espero para saber se você estará livre antes de tomar as providências. De qualquer maneira conto com você no sentido de ser razoável e não sacrificar em hipótese alguma esse filme de que você precisa. Confie em mim. Mesmo se você estiver filmando, darei um jeito para que nossa separação não seja longa. E por sinal o principal é o que está chegando, ou seja, esses próximos dias, e três semanas depois um reencontro ainda mais longo. Meu coração bate só de pensar, minha bem amada, minha alegria!

Agora preciso te ler. Mas ainda que você não escrevesse minha certeza me acompanha e eu vivo com você, e de você. Existe apenas esse duro e maravilhoso desejo que tenho de te tomar nos meus braços! Mas eu vivo dele, também. Hoje você vai receber sinais do seu amigo,[1] do pobre exilado. Ah! Diga que essa corrente de seis anos é tão leve para você quanto para mim, me mostre seu rosto de alegria, é o que a vida me ofereceu de mais belo. Até logo, meu amor, meu querido desejo, minha terna amiga. Os dias correm para você. As tempestades se sucedem aqui, sem descanso. Mas traçam no céu um caminho até você, me dá vontade de dançar debaixo dos trovões. Feliz aniversário, minha adorada! Todos os meus pensamentos hoje voam para você. Não se afaste

---

1 Todo dia 6 de junho, Albert Camus presenteia Maria Casarès com um anel.

de mim o dia inteiro. Faça-se pequena junto a mim, e me deixe te dizer de novo meu coração fiel, minha fé, essa alegria duramente conquistada que continua a me arrebatar, e que no entanto parece aquela noite etérea de seis anos atrás, quando eu vi seu rosto iluminado, pela primeira vez.

A.

335 — MARIA CASARÈS A ALBERT CAMUS

Domingo à noite — meia-noite [4 de junho de 1950]

    Queria ter escrito calmamente e longamente entre a vesperal e a noturna, mas tive de ir ver Feli [Negrín], que está sozinha em Paris enfrentando sérios problemas; ora, como quero postar esta carta amanhã antes do meio-dia e, para variar, tenho uma rádio que me obriga mais uma vez a levantar às 7 horas, tenho de me submeter aos acontecimentos e me decidir a rabiscar algumas palavras rápidas, no estado comatoso em que me encontro, depois de um banho de sol de duas horas, da vesperal, da noturna e da conversa com Feli.

    Você lerá esta carta na terça-feira 6 de junho, e venho agora simplesmente te recordar uma noite de seis anos atrás, e depois uma tarde de 1948. Foi esse dia que decidiu tudo, pois só quando voltamos a nos encontrar dois anos atrás eu enfim me permiti te amar, me entregar inteiramente. Até então, tinha guardado para mim a minha parte mais íntima, mais importante: a minha honra. A partir dali, você me ensinou a trazê-la para o nosso amor, confundi-la com ele. E você sabe o que é a honra de uma espanhola? Orgulho, altivez, paixão também. Grandeza... no bem ou no mal, na honestidade ou no desastre. Uma sede insuportável de ir até o fim e quando se tem a infelicidade de escorregar ou se perder, a necessidade impetuosa de escorregar ou se perder totalmente até o fim. Tem aquelas que, dando com um leve obstáculo, não sossegam enquanto não se veem caídas no chão. O que quase me aconteceu, pessoalmente, e eu nem quero imaginar o que seria de mim se um dia tivéssemos de nos separar. E aliás para que ficar remoendo pesadelos sem fundamento? Só acontecimentos independentes da nossa vontade podem romper nossos melhores vínculos, mas não seriam capazes de romper o meu amor. De modo que estou livre dos meus piores temores — o medo do desastre — e você é o meu salvador bem amado.

    Desde que nos vimos, meu querido amor, quantas aflições, quantas angústias, quantas tristezas, quantas dúvidas, quantas esperas, quantas separações e novos reencontros!

Palermo, Giverny, a Argélia, a América, Palermo de novo, Le Panelier e por fim esse longo exílio, tão longo. E a espera, a espera — a espera na esperança, na dor, na dúvida, na confiança, no horror, na angústia... Dois invernos, um dos quais... tão longo, tão frio, tão cruel!... Três verões — o do reencontro e já também da ausência. O de Ermenonville e seu belo parque e seu sol... e da ausência de novo. E por fim esse terceiro que está começando, feliz, e infeliz... mas tão claro, tão certo, tão brilhante! Oh! Meu amor querido, que esse verão, que esse mês de junho nos dê a paz para sempre um no outro! São muitas as coisas que nos obrigam a espreitar, temer, morder, nos enrijecer. Que este terceiro e sexto ano de sol que começa para nós nos descanse um no outro para sempre. Nada mais pode nos separar. Vamos nos amar com confiança e ser sempre transparentes um para o outro. Nós nos conhecemos, nos reconhecemos, nos entregamos um ao outro, alcançamos um amor ardente de puro cristal, você se dá conta da nossa felicidade e do que nos foi concedido? Oh! Neste dia de glória para nós, desejo com todas as forças, com todo o meu desejo, com toda a minha alma que jamais esqueçamos o que temos e saibamos sempre conservá-lo.

Te beijo perdidamente

V

336 — ALBERT CAMUS A MARIA CASARÈS[1]

5 de junho de 1950

FELIZ ANO MI VIDA. ALBERT

337 — ALBERT CAMUS A MARIA CASARÈS[2]

Seis anos! 6 de junho de 1950

---

1 Dois telegramas, um enviado às 18h35, o outro às 19 horas, para a rua de Vaugirard, 148.
2 Dois cartões de texto idêntico para acompanhar um buquê de flores, num dos casos, e, no outro, a caixa com o anel.

338 — ALBERT CAMUS A MARIA CASARÈS

6 de junho [1950], *15 horas*

Meu querido amor,
Sua carta me deixou feliz e estou saboreando com você este dia e suas promessas. Não te escrevi ontem, querendo esperar para ter clareza de novo no coração. Da sua carta recebida ao meio-dia, ficou para mim apenas uma coisa: esse almoço de sexta-feira,[1] e passei um dia duro e uma noite difícil. Sei muito bem tudo que você pode me dizer e eu mesmo me digo. Mas o fato está aí e você tem de me perdoar, minha querida: não consegui encarar a coisa bem. Agora não vamos mais falar disso. Hesitei em te dizer e depois decidi fazê-lo, para que meu coração esteja sempre com você, antes de mais nada, e também por outro motivo. Esse dia cuja força e orgulho estou sentindo é o dia do amor total.
Há quinze dias eu te disse o que há de maior e mais luminoso no meu amor por você. Não é mau, é justo que você saiba, precisamente hoje, quanto eu te amo de uma maneira baixa também, com um terrível egoísmo. Você precisa saber que eu seria capaz de tudo para destruir tudo aquilo que, em você, não é ou não foi meu, como seria capaz das piores coisas para te conservar.
É o avesso desse amor, mas é porque esse amor é inteiro. É o amor de um homem que te quer totalmente, e até o fim.
E agora que está dito, será mais fácil clamar a alegria que coroa esses seis anos. Orgulho? Sim, eu sei que durante muito tempo foi um obstáculo. Mas é ruim esse orgulho que quer ter tudo, e imediatamente, sem aceitar construir nada. Nós fomos muito maus. Mas pagamos. E depois veio aquela noite tão doce, na cidade, dois anos atrás, e nosso longo empenho. Agora somos recompensados. É verdade que houve muitas aflições e sobretudo separações. Mas a partir de hoje estaremos cada vez menos separados, vamos viver cada vez mais juntos: é o que nos traz esse novo aniversário. Logo eu vou vê-la, e então três semanas depois estaremos vivendo juntos em pleno verão. Se você estiver filmando durante o mês de agosto, darei um jeito para te ver em setembro. E depois não quero mais me afastar de você, e acho que poderemos desfrutar longamente do nosso amor. Estou feliz, meu amor querido!
Sim, agora temos certeza e eu sei que a felicidade chegou. Também sei que isto é insubstituível e que temos de cuidar do que criamos. E vamos cuidar, apoiados um no outro, nos alternando nesse empenho, nos insuflando mutua-

---

1 Com Jean Servais.

mente vida e grandeza. Não, nada pode nos separar e agora uma fidelidade profunda e indestrutível nos liga para sempre. Um ano feliz, meu amor, minha magnífica, e confiança em nós. Já sei que dentro de duas semanas vamos nos proporcionar alegria e força. Até lá diga de novo que me ama e que só vive para o nosso amor. Quando tiver acabado com esse trabalho opressivo da rádio, me escreva uma longa carta abrindo seu coração. Eu preciso de você, como sempre, mas também sinto saudade da sua ternura, da sua entrega. O mundo é duro, seco, sem você, e os dias são bem longos.

Sentiu o meu amor, seguro de nós e do nosso futuro? Sente o imenso desejo que tenho de te apertar nos meus braços e viver plenamente a nossa ternura?

Sim, tenho certeza disso. Meu coração está cheio demais para não transbordar aqui. Te beijo como vou te beijar na outra terça-feira, com toda a força que sinto em mim, a força de duas vidas plenamente realizadas, no amor que você me deu

A.

339 - MARIA CASARÈS A ALBERT CAMUS

Terça-feira, 6 de junho [1950] — *de tarde*

Ao chegar em casa há pouco em meio a essa orgia de flores, depois de ler sua carta, seu cartão, tendo rido de prazer, de alegria, de felicidade, sozinha, tive uma irresistível vontade de te mandar um telegrama com um obrigada do tamanho do Universo; mas, como ontem, quando tive o mesmo desejo, pensei que talvez isso te forçasse a explicações cruéis e que o nosso dia de glória também deve ser um dia de bondade.

Acabei de falar com você pelo telefone! Onde você estava? Que estava havendo? Meu amor, meu amor, que está acontecendo? Está cansado de novo? Triste? Se sentindo desanimado?

Ah! Que fazer para saber logo!?

Claro que eu espero até 20 de junho! Claro que "continua firme"! Que pergunta!

Quanto ao mês de agosto, ainda não sei nada do que vou fazer; mas se tiver de ir à Provença, você não poderia trocar seus Alpes italianos pelos Altos Alpes e se instalar a poucos quilômetros de mim? Eu iria vê-lo diariamente, quando não estivesse filmando.

Enfim! Nada disso é certo. Estarei com as ideias mais claras dentro de dez dias quando você vier a Paris, e poderemos organizar tudo juntos.

Mas você ainda está feliz? De onde me telefonou? Quem estava com você? Você nem riu. Talvez tenha chegado alguém naquela hora, talvez você esteja infeliz? Oh! Meu querido. Não era necessário me telefonar. Eu sei que você está perto de mim, comigo. O principal é que esse dia seja bom para você!

Eu por aqui continuo as minhas rádios e quando uma acaba, outra já está começando. Está fazendo calor, e na rua, nesse mundo que mal vejo, o sol brilha. Às vezes, durante uma hora, meia hora, eu deito na varanda, mas o tempo dos bons banhos de sol tranquilos passou. Agora eu não fico mais sozinha lá com o céu, mas no meio de um mundo de gente que não me deixa tranquila um minuto. Estranha essa minha ideia de transformar meu mastro num jardim suspenso. Não consigo mais ficar um instante deitada. O menor ruído — e é o que não falta — me faz apurar o ouvido, abrir um olho... e pronto! É um ramo de trepadeira batendo na parede, ao vento, por estar sem sustentação... e lá vou eu de novo, tesoura na mão, palha, banquinho, e a oscilação toda, para prendê-lo.

É um vaso de amor-perfeito que caiu arrastado pelo peso da planta que está brotando de um lado... e lá estou eu de joelhos, as mãos cheias de terra, tentando consertar os estragos do vento.

É um galho de roseira ressecado que eu corto.

É um broto novo que me deixa encantada. E galhinhos novos, fresquinhos, tenros, brilhantes, frágeis...

É um galho de ervilha-de-cheiro... Ah! Essas! Por mais que eu ponha estacas, elas crescem desordenadamente e lá pelas tantas, quando se cansam de andar à deriva, quando já estão bem retorcidas, bem desarrumadas, bem enredadas, aí então é que mostram vontade de se prender a algo sólido. E aí — fazer o quê? Eu tento ajudar, embora seja tarde demais e aproximo delicadamente seus dedinhos finos e retorcidos de uma das minhas estacas. O vento então começa a soprar e as empurra, empurra... e elas se agarram com toda força em algum ponto.

Eu fico olhando para elas — tomando conta. Me concentro para ajudá-las... e finalmente... quando o vento fica mais forte e elas estão prestes a se soltar, começo a estimular em voz alta: "Aguenta firme! Aguenta firme meu lacinho! Não se solta, meu cipozinho!"... etc.

É como eu ando no momento.

E também leio, quando tenho tempo. Lamennais, Pascal, história do Teatro, sempre... E além disso, como e durmo.

Está fazendo um calor claro e a casa anda suave para o olhar e o corpo. E além do mais todas essas flores! E além do mais todos esses cipós se enroscando. Ah! Meu amor querido; tenho vontade de te ver de novo o mais rápido possível. É preciso! Por nós, por mim e por você também. Longe de mim, você vai envelhecer de novo. Mas agora tudo irá bem rápido até o dia 20. Trabalhe; se cuide bem — esse telefonema me deixou preocupada — e seja feliz, o mais feliz que puder.
Você esteve com o médico que foi recomendado?
E em casa, está feliz?
Meu amor querido, me escreva logo para responder a todas as minhas perguntas — não me esqueça nas formalidades — (No coração, você não poderia).
Te amo e te beijo como te amo, com toda a minha alma.

M
V

Não foi de caso pensado, mas hoje vesti pela 1ª vez este ano o vestido ferrugem que estava usando um dia, dois anos atrás, e que ainda tem o nosso cheiro.

P.S.: Agora mesmo trouxeram aqui minha caixinha que Angeles me entregou com um ar de profundo espanto — "Mas minha querida!; é o Sr. Camus de novo mandando alguma coisa — Mas o que foi que a senhora fez a ele?"
Fiz mal — pensei — um pouco de mal e muito bem. Amá-lo — disse eu. Amá-lo mais que tudo neste mundo.
Aí está, meu amor, minha imagem em torno de você.
....
Obrigada, meu belo amor.

340 — ALBERT CAMUS A MARIA CASARÈS

Quarta-feira, 15 horas [7 de junho de 1950]

Nenhuma carta sua, hoje, meu amor querido. Eu já esperava mas o dia fica um pouco vazio. Digo um pouco para não te constranger. Mas na verdade... Como eu sinto a sua falta, como sinto sua falta, minha querida! Não consigo entender essa separação. Viver aqui esses dias todos enquanto você está tão longe, não te ver toda noite, não me deitar junto de você quando quero, tudo isso me parece irreal e absurdo. Outras pessoas podem te encontrar, falar com você no telefone, rir com você, e eu ... Te amo tanto, Maria querida, preciso tanto da sua presença — nós chegamos à etapa em que a presença basta, em que esse amor agora certo quer apenas desfrutar de si mesmo. Ah! Como desejo que você esteja livre em agosto. Você pelo menos consegue imaginar?! Um mês inteiro, longe do mundo, no calor, no sol, na preguiça, na amizade dos corpos! Arrebento de vida e de desejo só de pensar. E você, e você? O que está pensando, o que sente? Não me disse nada ainda. Grite, urre pelo menos, que eu possa sentir sua alegria, que ela me levante de longe!

Nos últimos dias tenho resistido à vontade louca de pegar um avião e correr para você. A verdade é que não posso mais viver sem estar junto de você, e fico terrivelmente infeliz toda vez que penso nesses dias perdidos. Não tenho sorte e essa doença me mata. Pelo menos me chame, me apoie com seu desejo e sua coragem.

Suas últimas cartas pareciam cansadas. E eu entendo bem, com todo esse trabalho. Coragem, meu amor querido, nós vamos aos poucos voltar a ter uma vida normal, vamos nos amar com tempo livre. E é para daqui a pouco, dentro de alguns dias, aquele duplo abraço, a doce loucura...

Não te conto nada dos meus dias, tão parecidos, sem nenhuma vida que não seja a espera. Veja só o de ontem. Levantar às 8 horas, café da manhã com as crianças que logo correm para o jardim, voltar para a cama até 11 horas (leituras e anotações na cama), toalete e vou até o correio buscar sua carta, almoço, tratamento até 5 horas, ida a Grasse para te telefonar, volta, leitura e anotações até o jantar, deitar às 9 horas, leituras e anotações, insônia e pensando em você, até dormir tarde. E assim todo dia. E não paro de pensar em você. Não paro de imaginar, de lembrar, de te desejar. Não posso viver sem você, é o que eu constato, maravilhado, e com um pouco de medo, a cada dia que passa. E há também o calor, e o desejo. Mas no ponto em que me encontro, não dá para escrever.

E você, e você, a quantas anda, que está fazendo? Como o mundo fica vazio sem você! Mas dentre breve... Ouça, agora já sei que irei na quarta-feira 21 e voltarei no domingo. Antes preciso passar na agência. Mas será mais ou menos isto. Que alegria só de pensar! Você está feliz, ainda me ama com o mesmo maravilhoso elã do dia 27 de maio, quando chorou de alegria no telefone? Eu te amo até as lágrimas, na realidade, num arrebatamento de todo o meu ser que não aguenta mais essa ausência. Te beijo, te prendo debaixo de mim, te afogo em beijos, minha amada, minha desejável, meu amor... Me beije também antes que eu morra de secura, vou renascer debaixo da sua boca. Você pelo menos está sentindo esse amor que nem é mais capaz de se expressar aqui? Eu sou apenas impaciência e impaciência de você. Mais uma vez a sua boca... e até breve, não é?

A.

341 — ALBERT CAMUS A MARIA CASARÈS

Quinta-feira, 8 de junho [1950]

Meu amor querido,
Estou com a sua carta de terça-feira. Vejo que meu telefonema cortou com preocupações um belo impulso. Mas a verdade é que não há de fato com que se preocupar. Eu te telefonei de uma agência em Grasse. A cabine estava cercada de gente (já aconteceu das outras vezes de não haver ninguém) e umas menininhas brincavam abrindo e fechando a porta. Ainda por cima eu estava com o coração cheio de amor, de saudade, de vontade da sua presença, e esperando tolamente poder te dizer tudo isso embora saiba que fico completamente paralisado diante desse aparelho bárbaro. E também não dava para te ouvir direito, estava quente, e eu me perguntava de repente por que era obrigado, precisamente naquele dia, a te telefonar a distância de quilômetros quando era óbvio que o mais simples seria estar junto de você e te beijar. Pronto. Fica provado que só devemos usar esse aparelho por motivos específicos. E desde então estou contendo a vontade que tenho constantemente de ir te telefonar e ouvir sua voz, seu jeito de dizer "meu amor" rápido em voz baixa.

Mas quanto a estar desanimado, ah, não, não estou! Impaciente e marcando passo, sim, mas sempre com coragem de enfrentar tudo e vencer tudo. Estive cansado durante vários dias: sequelas da angina. Mas desde segunda-feira estou de novo em excelente forma física — e estarei melhor ainda dentro de doze dias.

Altos Alpes, estando você na Provença? Poderiam ser 300 ou 400 quilômetros, geógrafa! Eu fui olhar no mapa. Haveria por exemplo os Baixos Alpes e Barcelonnette. Mas já são 200 quilômetros. Nada impossível, claro, três horas de carro. Mas só vou pensar realmente em tudo isso quando você tiver algo de concreto. Vou te explicar os detalhes em Paris.

Não fui ao médico de Nice. Mas o fato é que preciso me decidir. Só que aqui eu fico negligente e preguiçoso. Quanto à casa, a vida está suportável. Claro que somos muitos nessa pequena mansão e meus filhos são cansativos. É quando estão dormindo que eu mais os amo! Também tive dificuldade de me readaptar e descobri que me sentia melhor quando estava sozinho. Hoje foi todo mundo tomar banho em Cannes e a casa está vazia, perfumada por montes de ervilhas-de-cheiro. E eu me vi de novo como há um mês, entregue ao lazer da alma, à liberdade de viver com essa imagem interior que é o que eu tenho de mais precioso no mundo. Quanto ao resto, F[rancine] provavelmente não está feliz (e durante dois dias, depois de uma conversa, ficou extremamente infeliz) mas acredito que vai tentar viver de novo, o que não estava fazendo até agora, e sua renúncia à vida me fazia mal. Acredito e sobretudo espero, pois em tudo isso ela constantemente se mostrou maravilhosa e realmente é muito duro para mim fazer mal a uma pessoa que estimo tanto. Mas considero cada vez mais que preciso ajudá-la sem jamais mentir sobre o essencial (os detalhes, que fazem mal inutilmente, certamente podemos calar). De resto, força, me falta força para mentir.

Pronto. Respondi a todas as suas perguntas, como você queria. Fico feliz de saber que recebeu minha flores e meu sexto anel. Pelo menos é como os outros? Tão longe assim, como fazer? Fiquei furioso. Mas o principal é que essa corrente que vai aumentando te pareça leve, meu amor querido. O principal é que também saiba que ela é indestrutível, mas que para mim ela se chama liberdade, a verdadeira, a liberdade da entrega sem reservas. Ah! Como eu te amo, minha linda, minha amada, meu verão. E como estou frustrado debaixo do sol daqui, ou à noite quando o calor começa a ceder. Pois há também o resto, o cachinho no grampo e o vestido cheirando a amor. As noites são longas, querida.

O tempo aqui está lindo. É o verão, os dias têm o seu rosto, as pedras o seu calor. Quando anoitece, as flores do jardim se abrem um pouco mais, amolecem. Eu as respiro. Não te separo mais do mundo, da beleza dele. Mas isto não facilita nada. Tudo me fala de uma terra, de uma pátria distantes, eu só penso no nosso amor e no nosso desejo. Mas o exílio vai chegar ao fim. Te beijo, meu lindo rosto, meu corpo querido. "Amá-lo? Amá-lo mais que tudo neste mundo!" Verdade mesmo? Você disse isto? Ah! Nem pode imaginar minha alegria!

A.

342 — MARIA CASARÈS A ALBERT CAMUS

Quinta-feira, 8 de junho [1950], *de tarde*

Estou fervendo por dentro, por fora. Tudo arde, alma, corpo, em cima, embaixo, coração, carne, e já vai chegando a languidez da noite que cai.
Entendeu? Entendeu bem? Bem. Vamos em frente.
Ontem de manhã, tive minha última sessão de rádio. Durou de 9 horas a 13 horas e voltei exausta dos estúdios dos microfones, de homens e mulheres suados, de Claudel e de Paris. Um tempo fechado e depois do almoço, tendo esperado em vão o sol, fui fazer compras com Angeles. Quero te esperar linda e fresca; e me arruinei. Às 5 horas fui ver Feli. Encontrei na casa dela umas inglesas que vieram visitar Paris e tive de arriscar no inglês durante duas horas. Para me recompensar Feli me ofereceu algo para comer e mais uma vez me convidou a conhecer sua casa na Inglaterra, mas com você.
Enfim, o teatro! Ah! Meu amor querido. Se você soubesse o que é sofrer, se contorcer de dor nesse calor! E isto de espartilho, meias de lã, vestido de gola rulê e... intensidade!
Hoje de manhã, um jornalista do *Combat* veio me fazer umas perguntas "dignas de mim". Se esforçou muito para encontrá-las e me parecia bem triste. Eu logo acabei esquecendo a entrevista para tentar lhe dar coragem e gosto pela vida e pelo verão; infelizmente, acho que não consegui!
De meio-dia até 4 horas da tarde me entreguei ao sol, com frequência encoberto, e a minhas plantas. Encontrei pulgões num galho de roseira e não vou dormir até saber o que preciso fazer para exterminar esses bichos perniciosos que querem matar meus brotos. Arranquei as ervas daninhas e fixei um ou outro galho de trepadeira solto ao vento.
Às 4 horas banho, e correspondência, e aqui estou, enfim, completamente sua, diante da sua carta de 6 de junho.
Meu querido, meu lindo, meu único amor, eu te peço... durma. Durma tranquilo. Se não tivesse me acostumado a te relatar o mais exatamente possível tudo que faço, eu não teria contado meu almoço do outro dia. Não valia a pena, pois continuei junto de você, com você, como sempre. Além do mais, gosto muito do que você me diz, e embora não venha de um sentimento muito elevado, sempre fico feliz de te saber ciumento e egoísta. Você não me amaria como ser vivo e de carne se não reagisse assim, e eu também gosto da carne e do sangue no nosso amor. Mas durma! Durma de qualquer maneira. Destrua o que bem entender, mas durma.

Os dias passam e me vejo na obrigação de te avisar que o demônio já está me rondando, com certeza, embora por enquanto eu ainda esteja mergulhada no mesmo estado de graça em que você me deixou ao partir. Algumas pequenas angústias numa dessas noites — pensamentos mórbidos que não têm a menor relação conosco — e o estado de graça. Mas eu me conheço: talvez amanhã a tempestade volte a se manifestar e quero que você esteja prevenido. Portanto, escreva eu o que escrever, é melhor pensar que eu "não estou regulando da bola". E durma, e trabalhe e seja feliz.

Continua rindo com aquele riso que eu adoro? Continua magnífico como da última vez que te vi? Vai me deixar de novo doente de tão apaixonada no nosso próximo encontro? Vai me deixar de novo feliz... Ah! Não consigo pensar sem sentir uma vertigem! Ah! Você. Você, meu querido, para me revigorar, me fazer desabrochar, me rasgar, me consumir. Não. Eu não estava falando do orgulho que quer tudo imediatamente, mas de um outro, mais exigente, mais difícil de satisfazer, mais profundo também: o orgulho de existir e nascer na terra, que antes eu separava de qualquer um que não fosse eu. Me entende? De qualquer um que não fosse dos meus. Quer dizer pai e mãe — e que fora de mim impedia alguma coisa de nascer e desabrochar, e foi preciso que você chegasse, que nós sofrêssemos e ríssemos juntos; foi preciso que eu finalmente me mostrasse clara e transparente diante de você, para finalmente me ver livre e solta sob o seu olhar. Me entende?

Pois bem! Agora, todos os demônios podem se unir contra mim. Não vão mais me tirar de você.

Te amo. Te amo e tenho vontade... Oh! Querido, como te desejo todinho! Mais uma semana e meia e estaremos grudados um no outro.

Até logo. Te amo,

M
V

P.S.: Mais nenhuma notícia do filme das barcas. Em compensação, o de Rouquier (Provença) fica cada vez mais certo. O ar dos Altos Alpes não te faz bem? Responda. Responda logo.

2º P.S.: Comprei duas saias rodadas, uma saia camponesa, uma saia colante, dois vestidos chemisiers lindos.
Tomara que te agradem.

343 — ALBERT CAMUS A MARIA CASARÈS

Sexta-feira, 17 horas [9 de junho de 1950]

Interrompo meu trabalho um momento, minha querida, para ficar um pouco junto de você. Não recebi nenhuma carta hoje e não esperava mesmo, mas os dias sem carta são aqueles em que eu tento te imaginar e nos quais a saudade de Paris, dos tetos vistos de um sexto andar pelo menos, me persegue. De qualquer jeito você devia me resumir os seus dias. Viver com você me faz viver um pouco, e aqui eu tantas vezes morro de tédio!

Mas por sinal tudo vai bem e desde ontem estou trabalhando com mais afinco. Mas se estivesse sozinho tudo iria bem melhor. A depressão de F[rancine] seu esforço para sair dela são difíceis de ficar vendo, você pode imaginar. Ela sempre teve um equilíbrio nervoso frágil. E os últimos anos não ajudaram nada. Mas espero que tudo vá bem e que ela volte a viver, do seu jeito.

Você só receberá esta carta na segunda-feira, meu amor, uma semana depois, estarei com você. É na verdade a única coisa que conta para mim, a única que me dá vida e alegria, que me transporta. Uma parte minha é insensível à infelicidade dos outros. Não me julgue muito severamente, querida. Te amo demais e há algum tempo meu amor se confunde demais com um terrível amor da vida para que eu possa pensar em qualquer outra coisa. Talvez eu tenha perdido as esperanças da felicidade entre nós dois por tempo demais. Agora que a sei possível, que já a vivi, e ainda ficou em mim uma espécie de queimadura, é só do que eu tenho vontade, só consigo sonhar com essa entrega e essa alegria que você me ensinou.

Meu amor querido, minha bela amiga, como preciso de você! Como você me ocupa, no sentido pleno da palavra, de dia, de noite, até no sono! No momento tenho dificuldade de te sentir através das cartas. E sei que provavelmente não é possível. Por isso tenho tanta vontade de voltar a te ver, para te tocar, ter certeza de que você está aqui, de que me ama e continua me amando e me amando totalmente, de que o seu rosto ainda pode resplandecer se eu quiser. Te amar, sim, te amar mais que tudo no mundo, é a única coisa que me importa. Escreva que é assim com você também. Encontre o grito capaz de apagar o exílio. Seu pobre amigo está se corroendo tão longe de você. Mas pelo menos sinta aqui o amor quente e incansável que trago no coração. Que o dia, o único verdadeiro dia chegue logo! Até logo, minha alegria, minha razão de viver. Te acaricio muito suavemente.

A.

344 — MARIA CASARÈS A ALBERT CAMUS

Sábado, 10 de junho [1950]

Não estava pensando em te escrever hoje, meu querido amor. Queria aproveitar a noite para botar minha correspondência em dia.

Se neste momento eu ouvisse minha razão como deveria, não te escreveria, pois poderia perfeitamente fazê-lo amanhã, você receberia minha carta na segunda-feira e assim eu poderia cumprir meus deveres de senhora educada.

Quanto mais eu penso, mais me dou conta de que devia te deixar aí e não ir em frente para não te submeter a um tormento que — receio — será duro.

O demônio está aqui, meu querido e eu estou ardendo no fogo do inferno. Oh! Não se preocupe, Albert, meu amor! Não é a força ríspida e maléfica, destrutiva e enfurecida... não! Desta vez, meu demônio tem o seu sorriso e os seus belos olhos ensolarados. Tem as suas pálpebras pesadas, as suas mãos, os seus lábios, o seu calor, o seu peso. Desta vez — imagine só a crueldade — ele decidiu se parecer com você em cada traço, para melhor me possuir completamente, e me retorcer e me esquartejar como bem quiser.

E por sinal, não sei se é o verão, o leve calor, o ar transparente, a sede, o sol, a pele inflamada, as roupas leves, o vento fresco da noite, as noites estreladas, mas tudo — entende? — *tudo* em Paris fala de amor. Não se consegue dar dois passos sem deparar com um casal abraçado; não se pode encontrar ninguém sem descobrir no fundo dos olhos um brilho estranho; não se pode ligar o rádio sem ouvir "Me beije, meu amor!" ou "Me dá sua mão" ou então "Nos teus braços eu valsava, valsava" ou então "Volte, meu amor"; não se pode falar de outra coisa, não se pode pensar em outra coisa, não se pode sonhar em outra coisa... Meu Deus do céu!

Ontem, ao levantar, eu finalmente quis esquecer que tinha um corpo que gritava. O sol se fazia de rogado. Ainda cansada do trabalho da semana, eu deitei na varanda e dormi ao ar livre quase o dia inteiro. Às 5 horas tomei um bom banho e às 6 horas recebi a visita de uma antiga colega, lésbica, que me contou suas aventuras com uma moura exigente e depravada cujas preferências "rebuscadas" — digamos assim — acabaram levando a pobre Françoise ao sanatório. Agora ela está curada de corpo. Do resto, tenho minhas dúvidas, pois fala demais a respeito. Ela me contou tudo e à medida que falava minha boca ia se abrindo de espanto e consternação. Minha nossa senhora, o que certas pessoas não inventam para chegar a um gozo que não podia ser mais simples de conseguir! Ela mesma ficava pasma, e queria explicar a outra e ao mesmo tempo entendê-la e ainda guardá-la em si. E enquanto ela se perdia em meandros nebulosos, eu ficava pensando que tudo aquilo não passava de fruto da impotência e que seria muito bom para mim de vez em quando compartilhar com essas infelizes um pouco da minha "potência" e assim conseguir ter um pouco de paz.

Quando ela foi embora, os Bouquet e Pommier vieram me buscar, e fomos ao Circo Amar, que está atualmente em Neuilly. Que noite maravilhosa! Cheiro bom de excremento, música de enlouquecer misturando todas as óperas numa marcha interrompida de vez em quando pelos rrrrrrrrrrrrrrrr do tambor.

Eu ri, sofri, admirei, protestei, aplaudi até ficar com as mãos doendo e, enfim, depois dos cavalos, dos palhaços, dos malabaristas, dos trapezistas (pensei em nós, mais particularmente); depois das feras (leões, elefantes, panteras, pumas, ursos); depois dos quadros vivos (homens e mulheres lindíssimos, pintados de dourado, como criaturas de purgatório), apareceram os encantadores de serpentes para estragar tudo e chamar à ordem esse demônio que de certa forma tinha me esquecido desde o início do espetáculo. Mas o que você quer? As serpentes têm um efeito físico em mim! E além do mais, aqueles homens e aquelas mulheres maravilhosos, tão desumanos e apesar disso tão carnais; e o cheiro dos animais, aquela pantera colada no domador, os três cavalos brancos, selvagens como três fúrias ou três graças, relinchando sem parar. Oh! Meu querido, não era possível! E por sinal não era só eu! Ariane tinha esquecido sua palidez cotidiana, Michel ria curiosamente e repetia maquinalmente: "É terrivelmente erótico" e Pommier não parava de se mexer despudoradamente.

Voltamos a pé, um bom caminho, para... tomar ar. Estava fresco e agradável e eu adormeci, enroscada em você, na espera... Mas, infelizmente, nada de sonhos. A Natureza esqueceu sua clemência comigo.

Hoje de manhã, acordei cedo e fui gravar o comentário do filme sobre "Les Baux" e ao voltar fui para a varanda e só saí de lá às 4 horas da tarde. E por sinal almocei lá mesmo.

Minha guerra contra os pulgões continua. Expulsos das roseiras pelo meu inseticida, eles invadiram minhas ervilhas-de-cheiro, minhas preferidas, e as estão matando. Esta noite vou fazer chover nicotina nesses pobres bichos, e amanhã, como esta manhã, poderei contemplar um espetáculo de cadáveres verdes. Horrível.

Não consigo admitir a ideia de que é preciso sempre fazer o mal quando se quer viver ou fazer viver. Para não ser mau a gente teria de abrir mão de tudo, até do bem, pois a partir do momento em que nos envolvemos no mundo e na vida somos forçados a escolher e se gostamos das nossas ervilhas temos de exterminar os pulgões — Melancolia, ó melancolia!

Mas vamos esquecer as minhas plantas! A presença delas em mim começa a pesar!

Recebi uma boa carta sua, esta manhã, a da quinta-feira, 8.

Antes de mais nada, quero cortar pela raiz suas gracinhas sobre minhas noções de geografia e deixar bem claro que é difícil para uma mente lógica — como a minha — entender e registrar ao mesmo tempo que a terra é redonda sem parte superior nem inferior, e que os Baixos Alpes são mais altos que os Altos Alpes. Confesse que é mesmo para não entender mais nada!

Sobre nossos projetos, ainda não decidi nada. Os produtores do filme vão conversar com Lulu Wattier segunda-feira à tarde. Talvez então eu tenha algo mais preciso.

Por outro lado, esse atraso nas decisões a serem tomadas me obriga a aceitar uma sessão de rádio que vai tomar 4 horas do meu tempo no dia 23 (de 16 a 20 horas) e no dia 24, 3 horas (de 16 a 19 horas). Fiquei furiosa, mas tenho medo de recusar e depois não filmar. Me diga o que pensa. Se tiver coisas a fazer quando estiver aqui, poderá aproveitar esse tempo em que eu estiver tomada, para fazer o necessário. Caso contrário, me telefone na segunda-feira, sem falta, na hora do almoço e diga para eu recusar. Prometi dar minha resposta definitiva na segunda-feira à tarde. E por sinal vou aproveitar esse telefonema para te proclamar "meu amor" *rápido em voz baixa*, e prometo que se o "aparelho bárbaro" não me deixar congelada, se eu te amar como hoje, como ontem, como anteontem, como todos esses dias que se sucedem desde que você se foi, vou fazer chegar até você pelo fio um fogo que vai te queimar dos pés à cabeça. Você vai ficar pálido, pois não é possível que meu desejo não percorra distâncias. Te quero. Te quero. Com o coração, com a alma, com o corpo, com tudo de mim. Te quero maravilhosamente e brilho, brilho, brilho brilho como o sol quando penso que você está aí, vivo, que você existe, que me ama, que é meu como eu sou sua, no esplendor.

E vêm me falar de amor! E vêm me dizer que isso não existe! A mim! A nós!

Meu querido, sabe? Parece que todos os apaixonados dizem que só existem eles no mundo; mas eu, que nunca achei isso, agora realmente acredito que a gente encontra na terra poucas pessoas que possuem o nosso tesouro.

Como você vê, o estado de graça continua. Se alonga um pouco num desejo doloroso, agora; mas daqui a pouco vamos nos abraçar muito e sabendo disso as torturas de cada noite, de cada dia são apenas promessas e deslumbramento. Te amo, meu querido. Te beijo longamente, longamente, infinitamente...

M
V

345 — ALBERT CAMUS A MARIA CASARÈS

Domingo, 15 horas [11 de junho de 1950]

Sua carta de ontem está me atormentando até agora. Não precisa temer nada, é apenas o tormento da sua ausência. Suas palavras me queimaram, despertaram essa febre de espera que não me larga mais. Até minhas mãos esperam, literalmente. Aí, quando você escreve certas coisas! Fico te imaginando debaixo das saias rodadas, bela, viva, deslumbrante. Vou gostar delas, pode ter certeza, vão me agradar tanto que vou querer que caiam. E quando penso nisso, eu sinto o absurdo dessa separação.

Pois eu já estou sofrendo do demônio que você teme. Mas esse demônio não está nos atacando, pelo contrário. Apenas ele me torna impossível suportar sua ausência. É estranho. Sinto em mim forças infinitas para a felicidade e o gozo.

Mas delas não tenho sequer mais um átomo para a limitação, a luta contra mim mesmo, tudo que não pertença a esses dias maravilhados que tenho na memória. Desse ponto de vista, perdi toda força. Sei apenas que junto de você vou esquecer tudo, e espero apenas essa paz, vivo exclusivamente para esse instante. Você tinha razão, eu vou envelhecer longe de você. Na verdade, estou envelhecendo, e não me reconheço mais. Mas basta pensar na nossa vida, nas nossas noites, nas nossas manhãs, e eu volto a viver, aos borbotões. Seria orgulho? Não sei. Certamente não de manhãs como hoje, por exemplo, em que minha vida me humilha um pouco. Mas deve ser quando me reergo justamente, como vou no dia 20, pois então não é mais um orgulho meu, mas a força, a alegria que você pôs em mim. Pense bem nisso, meu amor, minha fonte, minha juventude, e não se retire de mim, nunca, sob pretexto algum. A pior das vidas com você não seria uma vida humilhada. E mesmo a humilhação, com você, seria viável.

Ah! Não estou expressando bem o que vem mexendo comigo esses dias todos. Afinal o que eu preciso proclamar para que você entenda bem o quanto eu te amo. Eu penso em você, penso em você minha bem amada. Não posso mais viver, nem ser, sem você, sem o apoio da sua presença. Fico flutuando, infeliz. Só em você, por você é que eu crio raízes. Não, querida, não presto para mais nada, longe de você. Não é culpa minha, acho eu, e essa luta me esgota. Mas a única coisa que eu quero é me entregar, te tomar nos meus braços e mergulhar com você até o fundo do prazer, e voltar de lá sem te largar, para te amar com esse amor inesgotável que sobrevive à saciedade. O resto, eu não entendo mais, e não sou mais capaz de viver nele. Fico meio envergonhado de dizer, mas só o álcool me ajuda a suportar a vida que estou levando no momento, a me suportar pura e simplesmente. De noite quando chega a hora difícil um ou dois copos me mantêm de pé, voltado para você. Tudo ao redor desaparece, e finalmente você está viva, bem próxima, pronta para as carícias ou a ternura.

Queria te dizer tudo isso. Mas não é para se preocupar. Quando receber esta carta, só uma semana nos separará, e terá acabado. Sim, vou te fazer feliz, tenho certeza. O amor que tenho em mim é grande demais para não te levar constantemente em direção à alegria. A felicidade entre nós, a alegria de viver, uma volúpia que é muito mais que volúpia, é só o que conta no momento. Às vezes eu tenho a impressão de voltar aos meus 20 anos quando, me recuperando da doença, mas com a constante impressão de agora estar ameaçado na minha existência e de ter pouco tempo de vida, eu me atirava na vida como um cão num osso. Nada existia além dessa fúria de viver; simplesmente a vida tinha então mil rostos e agora ela só tem um que me arrebate. É esse que você vai me mostrar dentro de uma semana, não é, Maria querida? Até lá, me ame com ternura, com toda a ternura de que preciso e que você será capaz de extrair do seu coração maravilhoso para o seu pobre exilado.

Terça-feira vou te abraçar e terá acabado — ou melhor, quando estivermos unidos um ao outro, a verdadeira vida vai começar. É o que eu espero, minha querida, minha afetuosa, meu lindo desejo, com uma febre que você nem imagina. Espero seu lindo olhar de apaixonada, sua linda boca de desejo, sua ternura, e também o silêncio e essa doce reconciliação com o mundo que encontro junto de você. Me ame, nos ame, se prepare para a entrega e a alegria. Estou soprando daqui no demônio, nos maus pensamentos. Durma feliz, pelo menos. Deixe os tormentos para mim. Eles não têm importância, vão fugir só de ver você se aproximar. Fique bela como sabe ser, pode experimentar todas as suas saias e nós vamos tirar todas elas. Ó, felicidade! Eu tremo só de pensar, e te beijo, com desespero, com fúria, com uma alegria sem igual, meu belo amor, minha querida...

A.

346 — ALBERT CAMUS A MARIA CASARÈS[1]

12 de junho de 1950

ACEITE RÁDIO FAREI MINHA DIVULGAÇÃO PARA IMPRENSA
AFETO ALBERT

347 — ALBERT CAMUS A MARIA CASARÈS

Segunda-feira, 17 horas [12 de junho de 1950]

Desisto, minha querida. Queria te dizer há pouco no telefone, mas você achou um jeito de agravar seu caso me descrevendo seus trajes e suas ocupações solares. Fiquei sem respiração. Mal me recuperava e você desapareceu, leve, ardente. Mas desisto ainda assim. Não posso manter esta correspondência e uma carta como a de hoje em que cada linha me morde no ventre e nos rins, é uma forma de suplício que não posso suportar. O que eu tenho a responder não pode ser escrito. Pois não se trata mais de retórica amorosa. Eu teria de escrever preto no branco o que tenho vontade de fazer com você, sem mais demora. E por sinal vontade é uma palavra fraca. Fúria seria bem melhor. De modo que vou parar por aqui — Mas estou preparando terríveis castigos para a semana que vem! Sim, a pantera me lembra alguma coisa, cruel! Estou explodindo, literalmente!

Mas à parte isto, que dizer? Minha carta de ontem te explicava longamente meu estado de espírito. Estou no mesmo ponto. Mas trabalho um pouco, não precisa se preocupar. E hoje de manhã constatei no telefone que sua voz bastava para me inundar de alegria e força — Ó, meu amor querido! Sim é um raro tesouro esse nosso (digo raro para afastar a *mala suerte*) e para mim a sua simples existência preenche meus dias e meu futuro.

Hoje estou esperando um telefonema de Robert [Jaussaud] que está em turnê por aqui. Vou com ele até Cannes para pegar minha passagem de avião. Espero que não haja nenhuma dificuldade. Você se dá conta? Deve ser quinta-feira quando você estiver me lendo. *Quatro dias* depois! Coração contra coração, pernas enlaçadas... Te vejo morena, deslizando nos meus braços, cheia de ternura, de desejo, gentil, aberta para mim, enfim... mas não, vou parar.

---

1 Telegrama, endereçado à rua de Vaugirard, 148.

Preciso viver sem pensar em você. Você existe, você é minha certeza, para a qual logo estarei indo. Você é minha liberdade, a parte deste mundo que me pertence para sempre, que nunca vai me faltar, não é, meu único amor. Então, trabalhar! E aí, logo, logo, a alegria, até morrer! Te amo, te amo, para sempre.

A.

348 — MARIA CASARÈS A ALBERT CAMUS

Segunda-feira, 12 [junho de 1950] — *meia-noite*

Antes de mais nada meu querido amor, quero te informar das últimas notícias sobre as récitas dos *Justos* para você tomar as devidas providências, se ainda for possível.

Estive esta noite com H[ébertot]. Apesar do mau humor de Brainville — que terá de adiar as férias em uma semana — provavelmente estaremos em cena até 2 de julho. Até lá e a partir de hoje as duas récitas de domingo serão canceladas e substituídas por uma na sexta-feira. Não se afobe! Já avisei ao mestre que na sexta-feira da semana que vem não poderei, pois tenho outro compromisso, e generosamente ele decidiu pular essa noite e mesmo assim pagar integralmente a todo o pessoal (exceto eu, claro).

De modo que estarei livre na sexta-feira à noite e *também* no domingo o dia inteiro. Assim, se você puder atrasar sua chegada e sua partida em um dia, teríamos todo o nosso último dia só para nós. Que te parece?

Responda logo sobre isto e diga também se é preciso ir buscá-lo ou se haverá alguém te esperando no aeroporto.

Recebi hoje de manhã sua carta de sexta-feira. Doce, doce carta! Só um ponto triste: o estado de F[rancine] — Está me acontecendo a respeito dela uma coisa estranha que tenho dificuldade de dizer por não sei que pudor: começo a gostar dela sem conhecê-la.

Quanto ao resto, também me sinto tão incapaz de me expressar aqui quanto hoje de manhã no telefone. Um vazio na barriga, garganta apertada e lágrimas nos olhos. Espero que quando você estiver junto a mim eu recupere um pouco de calma pois, caso contrário, farei uma figura bem curiosa.

Dizer o que dos meus dias? Eu fico sempre em casa, nua como um verme, deitada ao sol. À 1h20, Angeles me traz na varanda uma mesinha cheia de frutas, bebidas frias e saladas de todos os tipos. Só atendo ao telefone entre 5 e 7 — e estive apenas com Tony [Taffin] — de quem vinha fugindo há muito tempo, e que me achou muito distante e decidiu não voltar a me ver. Acho que foi a primeira ideia luminosa que ele teve ao longo da sua existência.

Estou lendo Voltaire e Shakespeare — gostaria de interpretar Cleópatra — cuido das minhas plantas — três botões de rosa floresceram desde esta manhã! — e sonho.

No teatro atuo... bem. O vínculo entre mim, Pommier e Bouquet se torna mais forte a cada dia, e comemoramos nossa amizade no Relais, depois da récita, tomando cada um um café com leite bem tirado.

Fisicamente, continuo exultante. Michel [Bouquet] me disse esta noite que eu nunca fui tão bela, tão resplandecente.

Internamente, o estado de graça continua, mas o momento crítico passou; o demônio já devia estar aqui.

Quanto à minha autonomia — e à minha maneira eu também tenho uma — se acalmou um pouco esta noite por razões precisas e convincentes.

Estou com sono. A pele ardendo no corpo todo — queria simplesmente te avisar sobre a mudança de horário. Amanhã, vou te escrever uma carta de verdade.

Me enrosco em você

M

349 – MARIA CASARÈS A ALBERT CAMUS

Quarta-feira de manhã [14 de junho de 1950]

Meu querido amor. Eu queria estar com as ideias claras para te falar hoje com toda a minha lucidez e toda a minha inteligência. Mas...! Aqui estou depois de uma noite bem difícil e esbaforida, ainda presa à cama, sem fôlego, enroscada em mim mesma, úmida, febril, aniquilada por uma dor terrível que me corrói bem no meio do corpo. Ó condição feminina! Pobres criaturas que nós somos! Aqui estou, meu querido, melancólica, encolhida, aturdida, cega, fechada, pestilenta.

Com dores. Senti dores a noite inteira que passei rolando na cama em busca de um recanto fresco que me livrasse do meu calor e da minha dor.

Oh! Não se preocupe! Não será grave. Talvez eu tenha sido imprudente ontem, pois depois de almoçar no Carère com Georges Beaume[1] e "Les Pléiades"

---

1 O agente Georges Beaume (falecido em 2011).

— companhia que vai começar a fazer seus estragos em Paris dentro de pouco tempo e da qual sou convidada a fazer parte —, passei em casa às 3 horas para buscar Angeles e fomos juntas percorrer os bulevares e os Champs Élysées para fazer algumas compras. Uma blusa, dois pares de sandálias, um casaquinho e por fim o serviço de mesa que você me pediu que encontrasse. Escolhi um de porcelana, com quarenta e quatro peças, muito bonito, branco com uma risca dourada. Tenho de te devolver duas ou três centenas de francos. Foi caro! (Não; mil francos. Tenho de te devolver mil francos.)

Ao voltar, eu estava em pedaços. Deitei na cama e dormi até 7 horas. O tempo estava fechado e pegajoso e eu já estava com dores no ventre e enxaqueca.

No teatro, tudo correu bem e só ao voltar, depois de tomar meu café com leite *frappé*, é que a tortura começou.

Hoje pretendo descansar o dia inteiro que promete ser pesado e tempestuoso.

Mas agora os fatos e o mais importante, sua carta de ontem e a outra, um pouco mais tranquilizante, dessa manhã.

Para começo de conversa, fique sabendo que eu espero mesmo não devendo que você fique comigo até segunda-feira. Tomara que tenha entendido a tempo meu novo horário! Além disso, considerando que quinta-feira à noite, haverá uma conferência no Teatro Hébertot e na sexta-feira não devo atuar, precisando de uma noite livre na minha semana, o mestre decidiu substituir a récita de quinta-feira pela de sexta. Com isto, vamos atuar na sexta-feira, mas teremos para nós nossa noite de quinta, e peço então que você adapte suas obrigações às minhas na medida do possível.

Depois, e agora muito seriamente, eu te peço que não beba — sei muito bem que um "alcoolismo moderado..." etc., mas não há nada pior que beber um pouco todo dia tanto para o corpo quanto para a alma, e se a condição feminina me revolta, por estar sujeita a distúrbios orgânicos, a do homem que se escraviza por livre e espontânea vontade a algumas gotas de veneno me tira do sério. É muita idiotice! Você me prometeu que ia se cuidar e voltar para isso todas as suas forças e todas as suas faculdades. E não está cumprindo sua promessa quando já começa deixando de lado a inteligência que te foi dada.

Estou pedindo, meu amor querido, se comporte. Não se deixe tentar por um bem-estar passageiro que no dia seguinte vai te mergulhar ainda mais numa tristeza aturdida. Oh! Eu sei! Só dois copos!... Mas eu quase acho que seria melhor uma boa bebedeira de vez em quando que dois copos todo dia.

Que está acontecendo meu querido? Sua vida está assim tão difícil? É o estado de F[rancine] que te reduz a isso? Vocês estão sozinhos? Ou têm por perto outras pessoas que complicam ainda mais o que já é tão difícil? Ou será que você sente sua vida humilhada? Ah! Mal posso esperar para ter você junto de mim e te ver respirando em paz durante alguns dias! Coragem, meu amor. Tudo vai melhorar. E sobretudo não fique tenso. Respire até o fundo — não se deixe sufocar por uma parte da vida. A vida será mais fácil para os que te cercam quando você tiver o rosto relaxado de felicidade. Seja calmo e confiante. Ah! Te dizer o quê? Fazer o quê? Viva! Viva como você sabe viver. E aí todo o seu mundinho vai reviver com você. A gente não pode impedir o coração de bater quando seus olhos brilham e isto independente de qualquer sentimento e qualquer situação. Você é uma dessas pessoas privilegiadas que envolvem todos que se aproximam pela energia e a juventude e a plenitude. Simplesmente por isto você precisa se manter forte, jovem, pleno.

Eu te espero, meu querido. Te espero com uma impaciência furiosa — te amo com todo o meu ser com essa tranquilidade que só os deuses e os que se parecem com eles pela força de amor podem compartilhar.

Até muito em breve, meu querido, meu belo, meu único amor,

M
V

Telefonema de Lulu W[attier].
Parece que a história da Provença vai gorar![1]

350 — ALBERT CAMUS A MARIA CASARÈS

Quarta-feira, 15 horas [14 de junho de 1950]

Não te escrevi ontem, meu amor querido, para tentar me livrar um pouco dessa obsessão que me tapa os olhos e os ouvidos. De resto, não posso escrever neste momento: está perto demais, em que eu já estou sentindo, ouço a sua voz — e aí não tenho mais nada a dizer. E assim passei o dia trabalhando, e com bom resultado. Hoje de manhã, tive uma consulta com o médico de Grasse para uma radiografia: ele me achou em bom estado. E por sinal é como eu me

---

1 O projeto de filme de Rouquier.

sinto, e cheio de forças. E depois sua carta. Estou muito chateado por esse domingo. Ontem de manhã, bem cedo, fui a Cannes e reservei meus lugares para terça-feira e domingo. Vou ver o que posso fazer. E além do mais eu também tinha me acostumado com terça-feira. Adiar um dia me parece insuportável (para você ver como eu ando). Vou tomar o avião de 11 horas ou 12 horas, não sei, e estarei em Le Bourget às 2 ou 3 horas. Depois eu digo. Não haverá ninguém à minha espera. Gostaria que *você* viesse, me buscar com nosso velho motorista. Vai ser um instante bem doce quando eu te vir!

Quer dizer que você está linda, deslumbrante! E o demônio foi clemente? Eu estou de rosto moreno e macio e você vai ver a alegria nos meus olhos — vai ser a glória dos corpos! Eu te imagino, te saboreio nos pensamentos, minha magnífica, minha negra! Meu coração explode. Não, não sei mais falar. Mas saberei ir para você. Teremos belos dias lentos, não é, meu único amor?

Muito em breve! Nem dá para acreditar.

Você sente, está me sentindo bem? Te amo loucamente e não tenho mais nem um grama de paciência. Seremos reis babilônicos em seu jardim suspenso. Irei uma noite com você ao teatro (tomar nota: estarei aí por dois dias) nós voltaremos juntos e quando você estiver descansada de Dora, voltará a ser meu animalzinho afetuoso e ardente. Ah! É como um vento forte me ressecando a pele. Te beijo tempestuoso, e também com fontes inesgotáveis de ternura.

A.

Você entregou o "presentinho" a Angèle?

351 — MARIA CASARÈS A ALBERT CAMUS

Quinta-feira, 15 [junho de 1950]

Não pude me impedir de pedir a Labiche[1] o favor de te levar um bilhete meu. Me perdoe se fiz mal. Se quiser, não farei de novo; mas pelo menos hoje eu precisava te dizer alguma coisa.

Meu amor, você pode, infelizmente, imaginar meu estado estes dias sem que eu precise me dar ao trabalho de descrever. Mas receio que a solidão e a febre deformem um pouco suas ideias e é justamente esse receio que me

---

1 Ver nota 1, p. 174.

leva a te escrever apesar de tudo e de todos para que você tenha clareza a meu respeito de uma vez por todas.

É evidente que estou preocupada, que muitas vezes me afobo, que em certos momentos sou tomada de angústia e que minhas horas constantemente se passam na impaciência, voltada para você, numa impotência terrível e na revolta selvagem contra o mundo inteiro.

É evidente que no momento os testes se multiplicam num ritmo difícil de acompanhar e superar. Mas o que eu quero que você entenda bem é que tudo isso não é nada comparado à dor pavorosa que dilacera meu ventre quando penso em você — *sendo* você, melhor dizendo — e imagino o seu cansaço, a sua impotência e a sua tristeza. Não esqueça disto, meu amor querido, não esqueça nem um segundo e fique sabendo que se de repente eu souber que seus olhos se animam e você sorri, a metade da minha dor vai desaparecer, e apesar da nossa separação, que não podia ser mais cruel, vou sorrir com você.

Relaxe. Pense nos dias que estão para chegar. Pense no momento do nosso encontro em breve. Pense em mim nos seus braços e consolada de tudo e reconciliada novamente com tudo por você e paciente.

Te amo. Se você ainda precisasse de uma nova prova do meu amor sem esmorecimento para acreditar naquilo que eu não sei dizer, aí está meu querido. Nada poderá me separar de você. Nada mais poderá nos afastar um do outro. Te falo com a alma na boca, como talvez nunca mais tenha oportunidade de fazer. Te amo e te espero. Cuide-se bem e volte para mim. Te beijo com todas as minhas forças

M.

352 — ALBERT CAMUS A MARIA CASARÈS

Quinta-feira, 16 horas [16 de junho de 1950]

Quero dizer primeiro que tudo, querida, que provavelmente vai dar tudo certo para o domingo. Os deuses estão do nosso lado. Ontem, depois de receber sua carta e responder, fui a Cannes encontrar Robert [Jaussaud] e passei na Air France. Lá me disseram que tinham conseguido reservar um lugar no avião de meio-dia terça-feira. Me ofereceram quarta-feira e eu então pedi que mudassem minha reserva de domingo para segunda-feira. Disseram que seria possível e amanhã terei a confirmação. Vou escrever para a Gallimard que só cuidarei da imprensa na sexta-feira 23 (durante a sua rádio) e assim teremos todo o nosso tempo só para nós: domingo vai começar a semana real. Não consigo pensar em mais nada.

Recebi há pouco sua carta de ontem de manhã. A tranquilidade dos deuses! Sim, é assim mesmo. E você me faz feliz, e me ajuda sentindo isso tão bem. Espero que seu mal-estar tenha passado até lá, e passe. Pobrezinha! que eu beijo, com cuidados de enfermeira.

Quanto ao resto, não se preocupe. Eu queria que você soubesse da necessidade febril que eu tenho de você. Você tem razão, claro, quanto ao álcool. Mas estou em excelente forma física — Moralmente, e durante todo o tempo que essa situação durar há um equilíbrio a ser encontrado, eu sei. E também sei que só poderei encontrá-lo e fazer felizes os que me cercam por uma superabundância de vida, uma generosidade total. E acho que sou capaz disso, e vou chegar lá. Mas seria mais fácil se não estivesse privado de você. E por enquanto, penso apenas em me refugiar junto de você, tenho fome apenas das nossas alegrias, espero a quarta-feira para dizer tudo, e o quarto silencioso, o jardim do nosso amor. Vou chegar explodindo de alegria; você estará aí e você é toda a minha alegria. Até lá, peço a meu trabalho todas as forças que me faltam. Somos muito mais generosos quando realizados.

Querida, minha doce, eu penso na sua varanda. Vamos contemplar a noite de Paris, eu vou te amar. Seja feliz e forte! Me receba com todo o amor e toda a vida do mundo, eu te amo tão completamente, preciso tanto de você. Ah! Rio de prazer à ideia de voltar a ver esse rosto insubstituível, o que eu tenho de mais caro no mundo.

Te beijo, te beijo, minha secreta, minha deslumbrante. Te amo.

A.

353 — ALBERT CAMUS A MARIA CASARÈS

Sexta-feira [16 de junho de 1950]

Um pequeno *post-scriptum* à minha carta de ontem. Poderei ficar até sábado de manhã. Isto para as suas providências. Caso no entanto você tenha compromissos, não tem a menor importância. Não mude nada.

O sol voltou. Mas o vento está frio. Me sinto desocupado, trabalhando apenas uma hora ou duas por dia. Mas estou em boa forma física. Durma e cuide do fígado. E se faça bela — apenas dez dias nos separam. Estou rezando a tudo em que acredito para que não me mandem nenhum contratempo. Só terei paz diante da sua porta.

Te amo,

A.

354 — MARIA CASARÈS A ALBERT CAMUS

Sexta-feira, 16 [junho de 1950] *— de manhã*

Meu amor querido,

Evitei te escrever ontem pois tive um dia tenso e muito preocupado. Não sei o motivo. O tempo estava irritante e não encontrei minha paz habitual. Gérard Ph[ilipe] veio almoçar aqui com sua mamãe. Mano só foi embora às 4 horas e às 5h30 eu já estava recebendo uma colega que ficou comigo até 7 horas.

Só a récita me relaxou um pouco, e ao voltar li *Romeu e Julieta* e depois *Tróilo e Créssida*.

Antônio e Cleópatra também — "¡Oh, Carmiana! ¿Dónde piensas que esté en este instante? ¿De pie o sentado? ¿Se pasea o va a caballo? ¡Oh, caballo feliz con llevar el peso de Antonio!"[1]

Mas vamos deixar para lá esse dia de ontem em que eu tudo temia sem motivo algum. Só uma coisa a guardar; no estado e o que eu me encontrava de irritação e angústia de medo e desconfiança, só permaneceu firme e reconfortante a certeza que tenho de você e do nosso amor. Tremia pela saúde de todos e de cada um, por uma possível guerra, por uma separação imposta, por tudo e por nada; mas nem um único segundo pus em dúvida o que nos une. Achei apenas que você devia estar triste para que eu me sentisse tão absurdamente afetada e então desejei sua paz e sua felicidade como ainda não desejei para mim.

Esta manhã está chovendo, para variar, e o sol leva com ele minhas belas cores. Se o tempo continuar assim, você vai encontrar um talharim mal lavado no aeroporto. Que raiva!

---

1 "Ó Charmian, onde acredita que ele esteja no momento? Em pé ou sentado? Caminhando ou andando a cavalo? Oh, cavalo feliz por transportar Antônio." (*Antônio e Cleópatra*, ato I, cena 5).

Acabo de receber sua carta. É mesmo uma pena que você não possa ficar no domingo. Nós teríamos mais um dia todo cheio de nós e só de nós, eterno, sem perspectiva. Que pena! Eu devia ter telegrafado, mas a ideia de magoar Francine com um detalhe preciso e inútil me impediu.

Enfim, tanto pior, meu querido amor! A gente vai recuperar esse dia perdido!

Eu também não sei mais o que dizer. Você está perto demais e o silêncio já começa a se fazer em mim... Tão pleno! Aos poucos tudo vai se vestindo de festa para te receber. Nosso jardim explode em todas as direções e não é mais um botão de rosa que desabrocha, mas uma orgia de flores para todos os lados. Angeles só fala do serviço de mesa e no teatro os mais gentis te esperam com impaciência por terem sido os únicos avisados da sua chegada (sim, tomei nota).

Os projetos do meu filme vão se apagando cada vez mais. Na verdade acho que já se foram, mas só terei certeza amanhã ou segunda-feira.

Meu querido. Vou te deixar. Me calo. Me calo até o momento em que estarei nos seus braços.

Só de pensar nisso, é um deslumbramento que rompe qualquer possibilidade de palavras e cartas.

Te espero com toda a impaciência do mundo, num frêmito prolongado que me faz gemer.

Oh, o amor! Esse amor que tenho por você e que ri! Que ri! Que ri às gargalhadas!

Te espero. Te espero.

M
V

355 — ALBERT CAMUS A MARIA CASARÈS

Sexta-feira, 15 horas [16 de junho de 1950]

Nada de novo para te dizer, meu amor querido, só uma impaciência crescente — espero que eu me acalme (e já sei que vou, assim que as rodas do avião tocarem a pista de Le Bourget). Daqui a pouco vou a Cannes pegar meu bilhete. Amanhã te escrevo (e você receberá esta carta na terça-feira o mais tardar) para confirmar minha chegada na quarta, a hora, e o aeroporto. Em caso de alguma mudança, mandarei um telegrama. Mas tenho certeza de que tudo irá bem.

Estou em boa forma, trabalhei razoavelmente e chego decidido a aproveitar você e esses dias, a viver plenamente nosso amor. Se faça bela, se enfeite, vista cores claras e mostre seu rosto de vitória. A felicidade chegou.
Estas palavrinhas apenas para te dizer que tudo em mim grita e te chama. E também que estou mudo de alegria — vou te ver de novo, você será minha... toda vez isso me parece maravilhoso e incrível. Consegue imaginar? Eu, não quero mais. A alegria me deixa cego, também.
Estou contando os dias, as horas, sonho com coisas estranhas, que nem vou contar. Ah! A certeza de ser entendido sempre, de ser amado! Se você soubesse a força que isto dá. Até breve, minha vitória, até logo — te amo deliranteme, com clareza, com fúria, com ternura. Não terei braços suficientes para te abraçar e te apertar contra mim. Me ame, minha doce, minha pequena e me deseje também, isto é bom. Quando receber esta carta, dois dias apenas... e finalmente poderei ser totalmente, vertiginosamente feliz. Feliz através de você! Ah, como eu amo a vida.

A.

356 — ALBERT CAMUS A MARIA CASARÈS

Sábado, 15 horas [17 de junho de 1950]

Está tudo certo, querida. Estou com a passagem no bolso. Partirei quarta-feira às 9h10 da manhã. Minha volta está marcada para segunda-feira, 12h30 — Quarta-feira chegarei a *Le Bourget por volta de 12 horas* (meio-dia). De fato o avião nesse dia levanta voo cedo justamente e assim ainda ganharemos algumas horas. Você receberá esta carta no máximo na terça-feira. Assim, se não receber mais nada, fica combinado definitivamente que nos encontramos em Le Bourget quarta-feira ao meio-dia. Escrever isto é o mesmo que gritar de alegria.
Só uma coisa me preocupa. Não recebi carta sua hoje. Nem ontem, o que era normal. Amanhã é domingo e não ficarei sabendo nada de você até segunda-feira. Fiquei me perguntando se você não estaria doente e se o seu mal-estar de outro dia não se agravou. Mas concluí que mesmo doente, sobretudo doente, você teria dado um jeito de me mandar algumas palavras. De modo que passo o tempo todo me cobrando de tanta exigência. Dois dias sem escrever não são nada, depois de tantas cartas. E quando se aproxima o dia do

encontro eu sei muito bem que fica impossível falar. Mas não dá para mudar e de qualquer jeito eu fico preocupado, um pouco frustrado também. Amanhã o dia será bem longo.

E por outro lado ontem estive com meu médico que me mostrou a radiografia. E como sempre eu saio da consulta triste, mesmo quando não há nada alarmante. Seus conselhos de prudência me deixam meio abatido. Eu sei perfeitamente que preciso ficar longe das únicas coisas que amo, o mar, o sol. Mas é duro. Meu amor querido, agora é por você, através de você que eu toco essas verdades naturais. Você é minha natureza. Ah! Preciso tanto de você que receio me tornar pesado, te constranger!

Mas tudo desaparece quando penso na quarta-feira. É realmente a alegria mais completa, mais maravilhosa que eu já tive. Tomara, tomara que você não esteja doente. No meio daquela gente toda, em todo o aeroporto, eu só verei uma coisa, seu rosto e vou saber se está tudo bem. Mas estará tudo bem, não é? Você está bonita, deslumbrante, desejante, apaixonada? Me espera como eu te espero?

Minha querida!

Esta carta é a última que vai receber — mais um longo período de ausência e lutas do qual nosso amor sai vitorioso. Tudo vai ser mais fácil, irá mais rápido agora. Que pelo menos eu possa te dizer aqui minha gratidão, meu coração emocionado pela doação que você me fez, a fidelidade do seu amor, a amizade e a ternura que você também me traz. Sim, obrigado, meu amor querido, por me fazer viver e reviver todos os dias. Para mim, o amor que tenho por você não parou de se enriquecer e se aprofundar. Agora eu sei a que ponto somos um do outro e que você é o que me cabia neste mundo, e que nunca mais vai me faltar, como eu também sou a sua parte que nunca te faltará. Mas agora são os dias de alegria, depois dos dias de provação. Nós também seremos fiéis à alegria, não é meu único, meu belo amor?! Até amanhã minha vitória! Beijo tua doce boca, o rosto que quero tanto — e tremo literalmente de impaciência

A.

357 — ALBERT CAMUS A MARIA CASARÈS

Sábado, 18 horas [17 de junho de 1950]

Que alívio, minha querida! Depois de terminar minha carta, eu não encontrava a paz. Fiquei pensando que você estava doente. E aí resolvi arriscar — e falei com você, você, sua linda voz, fluindo do outro lado do fio. Bem, você está contente, forte, feliz. Está vendo, sou um bobo, me alarmo por nada. Mas te amo tanto. E você perguntando se eu estava contente! Quarta-feira! Meio--dia! Eu seria capaz de chorar de tão comovido estou com a ideia de te encontrar de novo. Então, agora acabou. Logo, logo vou deitar no seu calor. Será o esquecimento, a paz, o sono feliz. Até amanhã, minha felicidade, até amanhã. Beijo teu flanco tépido, já estou feliz com a alegria que vamos saborear. Beijo teus ombros negros, teu pescoço se oferecendo. Te amo, está ouvindo e ainda por cima estou apaixonado por você, delirantemente. Já ouço sua voz baixa: "Meu amor, meu amor..." sim, repita essas palavras de novo. Ah! Rápido, quarta-feira...

A.

358 — MARIA CASARÈS A ALBERT CAMUS

Terça-feira de manhã [27 de junho de 1950]

Meu querido amor,

Quero logo te botar a par esta manhã, antes do meio-dia, das notícias que recebi ontem sobre o verão e meus projetos.

Até hoje de manhã, o estado em que me encontrava não me permitiu fazer o que quer que fosse além de interpretar bem a tragédia.

Depois de uma boa noite de sono pesado, cá estou finalmente em condições de propor. A você, ao futuro, aos acontecimentos, a todos que nos cercam de perto e de longe, aos deuses, cabe dispor.

Lulu Wattier me telefonou ontem. [Darbon] o provável distribuidor do filme de Rouquier se viu obrigado a deixar precipitadamente a França por um tempo e ir para a Espanha, desse modo abandonando qualquer negócio. Portanto está praticamente certo que não vou filmar neste verão, e se por acaso filmar só começarei a trabalhar no fim de agosto.

Por outro lado, Wattier toma providências para me arranjar um filme em setembro e insiste seriamente para que eu deixe Paris e minha profissão, para descansar totalmente, se puder, até lá. Enquanto isso ela vai cuidar de preparar a volta no outono e de levar a cabo um projeto que a apaixona — com o qual não tenho nada a ver — e que seria filmar *O estrangeiro* na primavera, com Renoir como diretor.[1]

Isto quanto ao verão.

Daqui até 20 de julho, ainda hesito quanto ao que vou fazer com minha carcaça.

Se a rádio ou a televisão não precisarem de mim, provavelmente irei para a Gironda, passar oito dias na casa de Pierre Reynal; mas uma viagem tão longa para uma estada tão breve me parece penosa.

Ontem à noite, depois de um dia em que a angústia reinou, a récita dos *Justos* me soltou um pouco. Atuei muito bem, acho eu, e o público, numeroso, reagiu bem. Nos bastidores a psicose de guerra aumentava à medida que a representação evoluía, e a gente só ouvia risos excitados, temores mal contidos, pânico ardendo em fogo lento.

Hoje de manhã, fui correndo ler *Combat*, e agora estou um pouco mais calma. Acho que o mês de julho pode transcorrer sem muitos estragos e depois... depois, talvez eu esteja com você de uma maneira ou de outra.

A falta de trabalho me preocupa um pouco e talvez daqui a pouco chegue o momento em que eu precise me apoiar em você. Se nossos projetos se concretizarem, não sei como farei para levar até o fim minha estada com você. Trate de não se entusiasmar demais e de escolher um lugar econômico.

Mas o que realmente me deixa sem fôlego e de coração apertado é você, sua febre e seu estado moral. Estou ávida de notícias e nunca nossa separação me pareceu tão penosa e revoltante.

Ah! Como queria saber que você está confiante e vitorioso.

Querido. Meu querido amor. Não sei o que dizer — não sei como você está e fico desesperada com essa impotência em que me encontro. Mais dois longos dias de espera — mais dois longos dias me perguntando se posso ou não posso respirar.

Duas palavras, meu amor. Duas palavras, rápido, para eu poder viver. Me sinto bem frágil longe de você.

M.
V

Você esqueceu aqui seu guia italiano. Quer que eu mande?

---

[1] Sobre esse projeto malogrado de adaptação de *O estrangeiro* sob a direção de Jean Renoir, no qual Gérard Philipe tem participação importante, ver "Quand Gérard Philipe voulait être Meursault...", *La Lettre de la Pléiade*, 7 de novembro de 2013 (disponível na internet, no site da coleção "La Pléiade"). As filmagens teriam ocorrido na primavera de 1951.

359 — ALBERT CAMUS A MARIA CASARÈS[1]

Terça-feira, 15 horas [27 de junho de 1950]

Meu amor querido,
Estou na cama, naturalmente. Mas as coisas vão um pouco melhor. Ontem no avião tive um momento de euforia devido ao corydrane. Mas depois a febre começou a subir. Ao chegar, estava bem abatido. Tive de dirigir até Cabris. E fui deitar. À noite, quase 39. Passei minha noite derramando toneladas de suor nos lençóis. Hoje de manhã, 37°3. Ao meio-dia, 37°5. Evidente portanto que melhorou. Mandei telefonarem a Ménétrier que disse que certamente não é uma reação aos seus medicamentos e que recomendou continuar o tratamento apesar da febre.

Vamos esperar. Queria ter te mandado um telegrama hoje, mas é melhor não sair da cama. Mas não se preocupe com nada. Agora tudo irá bem. Deve ser uma intoxicação qualquer.

Só penso numa coisa: você, seu lindo rosto no momento em que me encaminhava para o carro. Estava de coração triste, mas cheio de amor. Esses dias, apesar da má forma, foram bem suaves e felizes. Obrigado, minha querida, bem amada! Não se fixe nessa febre. Pois eu tenho a confiança mais absoluta num bom futuro. Vou sair de tudo isso, eu sei. E nossa vida, nosso amor, serão ainda mais engrandecidos.

Vamos, minha orgulhosa, fique bonita, bem empertigada, e viva o máximo que puder. Minha única tristeza é não estar perto de você. Mas vai acabar. Te beijo. Me perdoe por estar tão abatido na manhã em que fui embora. Eu sou mais corajoso do que pareço, você sabe. E minhas tristezas só têm a ver com nosso amor. Mas houve aqueles dias, a doce preguiça do amor, e haverá outros. Coragem, minha altiva. Te amo, não paro de te amar e de sentir saudades

A.

360 — MARIA CASARÈS A ALBERT CAMUS

Terça-feira à noite [27 de junho de 1950]

Hoje de manhã, quando acabei de te escrever, fiquei me perguntando o que seria do meu dia e olhei lá para fora. Um céu cinzento, carregado e ameaçador me jogou de volta na cama.

---

1 Por correio pneumático.

Tentei ler, mas não consegui. Insisti, troquei de leitura, mas acabei desistindo. Liguei o botão do rádio. Informações. Ouvi, tensa, tão atenta ao sentido de cada frase que afinal tive dificuldade de entender o sentido global. Desliguei.

Angeles chegou, cheia dos boatos do bairro, o olhar fixo e interrogador, os nervos acirrados, amaldiçoando o tempo, o mundo, a vida, as pessoas e os deuses.

E eu comecei de novo a sentir aquela terrível angústia.

Estendida na cama, tensa, contraída, trêmula; fixada em lembranças que se precipitavam ao meu redor com vida e forças novas, vi as horas passarem nas flores e no quadrado de céu da minha janela, e à medida que o dia avançava assisti à exorbitação do mundo diante de mim.

Você conhece mais ou menos minha imaginação alucinada quando desembesta no plano trágico, mas nunca seria capaz de imaginar a força do horror que fui buscar esta tarde para ornamentar um futuro que de repente me parecia inevitável.

Só posso comparar esse dia à noite que passei na casa da secretária do meu pai em Madri quando me tiraram do Ministério da Guerra e me afastaram dos meus pais, para fugir dos perigos que estávamos correndo. Naquele dia, durante longas horas sombrias de vigília, fiquei ouvindo os tanques, os aviões, as metralhadoras, as bombas, a cavalaria. Agora vejo e ouço os gritos do mundo que urra. Ninguém por perto para me chamar à razão. Só mesmo com muita autoridade e conhecimento para me conduzir a regiões de maior bom senso, a horizontes mais justos. Só eu, em meio a todos que me tocam e que estão perto de mim, ainda sou capaz de um esforço para voltar à realidade, mas fica parecendo que os temores, os horrores, as dores passadas, até agora acocorados num canto secreto, marcaram hora para me atacar hoje e aniquilar completamente minha razão e minha energia.

Mas procurei reagir. Como não podia sair, tentei me ocupar.

Pierre R[eynal] veio aqui às 4 horas e eu me atirei em projetos desordenados; feroz e sem convicção.

Depois, no teatro, pus toda a minha vida a serviço de Dora. "Bravo Casarès!", gritava uma voz estrangulada, no fim da récita, na plateia. Hébertot me apresentou alguns delegados suecos, ingleses, alemães, mas nos bastidores reinava o pânico. Só se falava dos acontecimentos, o tempo todo fugindo deles e voltando a eles — os olhares se voltavam para dentro, fixos, os traços contraídos; choviam gracejos de duplo sentido e o menor ruído deixava todo mundo sobressaltado. Falava-se do futuro sob reservas e se ria muito de um jeito precipitado. Foi com emoção, amor e pavor que encontrei os belos rostos nus dos homens nesse pequeno camarim em que nos apertamos uns contra os outros, cada um sozinho, num sofrimento de amizade e egoísmo.

Voltei para casa. Ainda estou me debatendo em meio à minha ignorância das coisas deste mundo duro demais para mim sozinha e me esforçando por me acalmar e rejeitar minha tendência a catástrofe.

Te sinto longe. Um mês de presença constante, apesar da distância que nos separava, me deixou mal acostumada. Me esmago a cada momento contra esse muro que existe entre nós e nos afasta um do outro mais que qualquer fronteira. Te imagino cansado, talvez triste, e também inquieto e chego a perder o ar de impotência e tristeza.

Eu já fui despojada de tudo. Só você me resta! Não quero que te tirem de mim! Não quero te perder! Não quero! Mais vale morrer logo.

Quarta-feira de manhã [28 de junho de 1950]

Meu amor querido,

Ontem à noite resolvi parar de repente, pois me dei conta um pouco tarde do tom da minha carta. Agora, quando a coragem me abandona, não encontro mais nada para me suster e desmorono completamente. E aí as noites se tornam intermináveis até o momento em que meu bom sono animal finalmente toma conta.

Não precisa se preocupar. Apesar da minha boa aparência, com certeza ainda preciso de repouso. É normal; meus distúrbios nervosos não podiam ser eliminados com algumas ampolas e duas ou três sessões de varanda ensolarada. Hoje de manhã, ainda me sinto frágil e tremendo um pouco ante o efeito que as notícias terão na minha razão...

Telefonema! Sua voz clara e rápida! Acabou a febre! Pelo menos é verdade! Ó meu querido amor, respiro a plenos pulmões!

À noite — 7 horas [28 de junho de 1950]

Quase sinto vergonha de confessar que passei um dia calmo e feliz. Viver assim para uma única pessoa é até condenável. Deitada na varanda eu pensava em todas essas coisas. Ainda estava preocupada com o futuro reservado ao mundo. Ainda sentia no coração uma grande pena de todos que sofrem do outro lado do mundo e tive o prazer de constatar que o egoísmo ainda não me devorou completamente.

Mas a angústia profunda e intolerável tinha desaparecido e eu podia contemplar de novo as flores e o céu sem recriminações nem arrependimentos.

Quinta-feira de manhã, 10 horas [29 de junho de 1950]

Ontem à noite, fui ao music-hall com Pommier. Queríamos passar a noite nos concertos Mayol, mas a folga semanal acabou nos empurrando para a Étoile. E vimos *Étoile nua*. Que horror! É bobo, vulgar, obsceno, sujo, triste. Seis mulheres nuas, figuras de pesadelo com um sorriso perene passeavam pelo palco, nuas, cinzentas, malvas, de pescoço curto, cheias de hematomas, umbigos aflitivos, arrastando pobres mantilhas surradas. *Sketches* sem graça, grosseiros, penosos. Um único número um pouco original, terrivelmente embaraçoso. Um homem vestido metade de homem metade de mulher dançando com ele mesmo, falando sozinho, se acariciando, brigando e por fim se violando, com solavancos pavorosos recebidos às gargalhadas pelos poucos espectadores que havia na sala.

Ainda assim eu me esforcei por gostar, e para isto, entender. Recorri a toda a minha inteligência e à minha indulgência mais sutil. Só as mulheres nuas tiveram direito a alguma simpatia do meu coração. Eram tão pobres e a que se apresentava de costas, de nádegas pálidas apertadas num quadrado negro ("A quadratura do círculo")... tão humilhada!

Uma senhora idosa — provavelmente do interior — não parava de rir num camarote e eu tentava o tempo todo entender sua vida e suas experiências.

Na saída, fomos beber uma cerveja no terraço de um bistrô abarrotado de gente, de néon e de feiura. Mas por que essa gente é tão feia, nesse mundo da *L'étoile*? Tão feia, tão pobre?

Nós então caminhamos, caminhamos... Um pouco de ar. Para voltar, pegamos um fiacre que nos trouxe pelas ruas silenciosas e desertas até aqui.

A noite estava esplêndida e eu me sentia a rainha do mundo. Paris sempre é minha, do alto de um fiacre e ontem à noite, o céu também era meu.

Pommier subiu comigo e nós deitamos na minha pele de leopardo, debaixo das estrelas, na varanda. O tempo estava ameno. As flores exalando um perfume forte, e lá em cima... o céu.

Às 2 horas Jean se foi. Eu tirei a roupa e uma vez na cama caí no bom sono do animal.

Hoje de manhã, ao despertar, recebi sua carta.

Realmente acho que sua febre tem outros motivos além dos fatos que você menciona, mas não entendo o que poderia ter te intoxicado tanto enquanto eu não sentia absolutamente nada... É bem verdade que para me envenenar, acho eu, só mesmo toneladas de arsênico.

Bem, meu amor querido — Vou te deixar. Espero notícias mais detalhadas e a tão esperada confirmação do fim dessa pequena crise de calor.

Lá fora me esperam o verdadeiro calor e o sol; não tendo nada melhor a fazer, vou me oferecer a eles para que me façam passar um dia radioso.

Te amo completamente hoje, todinho. Nada é capaz de mudar isso e a ternura, o desejo, a gratidão, a alegria, a saudade (ah! sim como sinto saudade!), a confiança se equilibram e oscilam num amor sem fim.

Assim que puder, trabalhe. Trabalhe bem. Escreva pouco, ou nada, se não tiver vontade. Mas pelo menos me diga qualquer coisinha que possa afetar sua saúde.

Te amo

M
V

361 — ALBERT CAMUS A MARIA CASARÈS[1]

28 de junho de 1950

BEM MELHOR TUDO FICARÁ BEM CARINHO. ALBERT

362 — ALBERT CAMUS A MARIA CASARÈS

Quinta-feira, 11 horas [29 de junho de 1950]

Meu querido amor,

Agora você deve estar tranquila, com minha carta e meu telefonema. Estou me sentindo muito bem, meio cansado à noite, só isto. Quando estiver menos

---

1 Telegrama.

quente (pois está terrivelmente quente), irei a Grasse para uma série completa de exames. O tratamento de Ménétrier, até lá, terá tido tempo de fazer algum efeito. Quanto ao moral, fique tranquila, não estou absolutamente decidido a me deixar morrer.

Não vá abrir o flanco também à psicose de guerra. Eles vão localizar o câncer, na minha opinião. Depois, ou se espera uma nova oportunidade, ou então eles vão se decidir a encontrar um acerto inteligente. Mas não se deve perder as esperanças. E por sinal estou pensando nas providências a serem tomadas e vou te dizer.

Que ótimo que você esteja livre até setembro. Por enquanto, não posso dizer nada com exatidão. Mas, para evitar surpresas de última hora, cuide *imediatamente* de obter seu passaporte ou seu visto para a Itália. Eu vou cuidar das outras formalidades. Procure saber se você tem direito de ter liras e dinheiro francês. Fico feliz de saber que você pensa em contar comigo. Para que se preocupar? Nós só temos um único bem de nós dois. Vamos continuar vivos? Além do mais você voltará a fazer filmes e peças. Em compensação, espero não ter entendido bem o que disse sobre escolher uma hospedagem econômica. Você será minha convidada, não? E então?

Ah! Querida, esse último dia foi febril. Mas os outros ainda me deixaram um gosto de mel. Vou trabalhar, esquecer, me curar, não precisa se preocupar! Meu amor está junto de você, intacto, inteiro. Rosto querido! quantos agradecimentos! Vou te deixar, mas voltarei esta tarde.

16 horas. Nada de novo. Está um calor insuportável, mas será uma ilusão?, tenho a impressão de que as forças estão me voltando. Senti fome ao meio-dia pela primeira vez em quase um mês.

Não esqueça seu passaporte. O que não quer dizer que vamos à Itália. Mas se formos, estará tudo pronto. Ah! Seria maravilhoso!

Enquanto isso, se cuide, se faça bonita e viva o quanto puder. Você não estará sozinha em lugar nenhum. Eu estarei com você, com o mais sólido do meu amor. Penso em você. Te amo.

Agora, vou atacar o trabalho. Não me abandone. Penso em você, macia e morena. Te beijo, como sempre fiz, sem descanso.

guarde o guia

363 — ALBERT CAMUS A MARIA CASARÈS

Sexta-feira, 17 horas [30 de junho de 1950]

Meu amor querido,
Ainda bem que te telefonei, a julgar pelas primeiras páginas da sua carta, recebida hoje. E por sinal não faltam motivos e nós realmente não precisávamos desse acompanhamento de bombas e canhões. Mais uma vez, contudo, não me parece que seja a crise decisiva. É preciso viver sem entrar na afobação.

Estou me sentindo perfeitamente bem no momento. Quarta-feira farei os exames necessários. Mas parece que o cobre e o manganês estão me fazendo bem. Comecei a trabalhar um pouco. Sonho em me perder totalmente no meu trabalho, o que não me acontece há muito tempo. Talvez consiga. Neste caso, com efeito, eu te escreveria menos. Mas você saberá que meu amor está junto de você.

Em suma, tudo estaria bem se eu não estivesse preocupado com F[rancine]. Mas no caso não há o que fazer, só esperar.

Felizardo Pommier compartilhando a pele de lagarto, a varanda e o céu de Paris! E eu no meu quarto triste, sem fiacre. Felizmente tenho memória e aqueles dias que pareciam um só me acompanham, me ajudam a adormecer, suavizam o despertar. Eu te amei, te amei perdidamente naqueles dias, e às vezes a febre me impedia de te dizer o quanto. Mas meu coração sabe.

Agora me deseje um bom trabalho. Eu queria ter acabado. E depois me curar. E me sentir novo, virgem de tudo. E estar com você. Mas vai acontecer. Coragem, minha querida, meu belo amor — as flores do seu quarto rondam permanentemente em mim. Elas sobem, descem, giram. Ah! Como eu gostaria de afundar de novo em você... Escreva, então. Me ame como você sabe. Te beijo longamente. E já te espero

A.

364 — MARIA CASARÈS A ALBERT CAMUS

Sábado, 30, de manhã [1º de julho de 1950]

Acabo de receber sua carta de quinta-feira, meu querido e de fato me achei diante de um homem renovado. Tomara que não nos enganemos e que estejamos de fato na ladeira que leva ao mar!

Não se preocupe comigo. A psicose de guerra está diminuindo um pouco em Paris e, de qualquer maneira eu acabo me sentindo como peixe na água quando ela se alastra. Talvez só a paz corresse o risco de me deixar desconcertada e confusa, mas tenho a impressão de que nunca terei a felicidade de conhecer esse estado. Claro que não me sinto toda alegre; todos esses acontecimentos parecem trazer uma vida nova e dolorosa a outros já enterrados mais de doze vezes, e às vezes sou tomada pelo cansaço; uma exaustão sem limite; mas o pânico passou, a reação ainda está ai para continuar me sacudindo e sacudindo e eu calmamente me preparo para me instalar de novo no provisório, no horror e na vizinhança da catástrofe. E nisto estou investindo todas as minhas forças de vida e felicidade. A única coisa que não encontro mais, infelizmente, é a maior e a mais eficiente, aquela que nos é proporcionada pelo egoísmo. E assim constato mas uma vez que envelheci.

Como diz você muito acertadamente, é melhor preparar logo nossa viagem à Itália, ainda que não aconteça, sobretudo levando-se em conta minha situação. Estou sem passaporte, mas hoje mesmo telefonei à Cimura[1] aonde irei na terça-feira para que Monette me forneça um desses *laissez-passer* com todas as garantias, que já conheço tão bem. A felicidade que um projeto assim me proporcionaria se eu investisse nele é tão grande que nem tenho coragem de aceitá-lo como concretizável para não desmoronar com ele se não der certo. Um mês com você! Sozinhos! livres! Oh, meu querido...

Aguardo em confusa impaciência os resultados dos exames etc., que você vai fazer, mas acho que de fato é melhor esperar alguns dias até procurar o médico, recuperado da sua crise e já familiarizado com o "tratamento Ménétrier".

Ainda está pensando em vir a Paris por volta do dia 20? Está trabalhando? Feliz?

Desde que você se foi, te sinto distante, separado de mim; mas não estou infeliz por isso e encontro novas alegrias na independência que esse sentimento me proporciona. Nosso vínculo se distendeu, se alongou, ficou mais maleável, mas ainda tenho no meio do ventre a lembrança da sua perna pesada e se surgiram fronteiras entre nós existe uma pátria que é exclusivamente para nós dois.

Esta noite, será a hora da melancolia. A última récita dos *Justos*.[2] Ontem eu já sentia saudades ao longo de todo o quinto ato; hoje vai ser difícil. Essa peça foi marcada por muitas coisas e pela primeira vez eu vou prantear uma "derradeira", sozinha. Oh, meu amor, sinto tanta falta do meu pai! Tanta falta

---

1 Ver nota 1, p. 227.
2 A estreia de *Os justos* ocorrera em 15 de dezembro de 1949.

dos meus dois entes queridos! Eles não teriam morrido tão cedo se soubessem a que ponto... Não! Chega disso! Me ajude esta noite a suportar mais esse adeus. Se aconchegue em mim e me aqueça com o único carinho, o único amor que eu tenho no mundo. *Os justos* estarão na minha casa, depois, e então, vai me restar Angeles a boa Angeles.

Mas você, você! não me esqueça um minuto esta noite. Me acompanhe como você sabe. Eu sempre considerei as "derradeiras" como pequenas mortes, e esta para mim é um adeus a muitas coisas.

Te amo, meu amor querido. Me deixe repousar em você até o fim

M
V

Trabalhe! Trabalhe bem e fique calmo e feliz.

365 — ALBERT CAMUS A MARIA CASARÈS[1]

1º de julho de 1950

GRATIDÃO E TERNURA A MINHA DORA ESTA NOITE. ALBERT.

366 — ALBERT CAMUS A MARIA CASARÈS

Domingo, 17 horas [2 de julho de 1950]

Meu amor querido,

A casa está quente e solitária, todo mundo foi à praia e eu ainda não estou com vontade de trabalhar. Na verdade, meu único pensamento e desejo é você, seu riso, seu lindo rosto de sol, seu corpo flexível. Então venho aqui, junto de você, enganar um pouco minha fome.

Eu vou mais ou menos bem. Mais ou menos porque de vez em quando volto a ter um pouco de febre. Mas é raro, e de qualquer maneira não é mais todo dia. Quarta-feira, vou saber mais. Tudo isso me preocupa um pouco, mas ainda assim estou trabalhando e esqueço. A única coisa que não consigo esquecer é esse vazio em mim, sua ausência. Ontem à noite, eu estava terrivelmente triste. À tarde tinha

---

1 Telegrama endereçado ao Teatro Hébertot.

recebido seu telegrama logo depois de enviar o meu. Foi bom te sentir perto de mim, cheia dos mesmos pensamentos. Mas à noite na cama (como este quarto é feio!) fiquei pensando em você, queria estar aí, no meu lugar, junto de você. Nós teríamos tomado um fiacre e circulado na noite quente. E a tristeza dessa noite teria se tornado doce, e boa entre nós, teria se transformado em ternura — eu te teria enlaçado bem junto, até o fim, até a noite mais profunda, a noite dos corpos. Mas não, eu estava aqui, estúpido — e infeliz. Levei tempo para dormir. Hoje de manhã não estava mais alegre. Mas sentindo mais coragem.

Onde você está neste momento? Esses dias sem você não fazem muito sentido. Se os exames desta semana não mostrarem nada alarmante, eu gostaria de viajar antes — Mas é melhor esperar para decidir. Ah! Você não está cansada de tantos obstáculos? Não vai deixar de me amar? Quando me vem essa ideia, não consigo mais ter clareza. Mas sei que eu sou estúpido. É a ausência. Junto de você, eu agora vivo numa maravilhosa confiança. Sinto o seu amor constantemente, como a gente sente a chuva. E estou feliz, tão feliz que nem sei mais te dizer obrigado.

Espero receber uma carta sua amanhã. Espero te ter em breve — sempre. Espero, espero, aguardo... Ah! A garganta aperta de tantas esperas, tantas lutas. Agora só quero, agora só vejo a felicidade, o prazer de você, o amor desenfreado, a ternura sem limites. Escreva. Me ame, não esqueça seu amigo, que te quer e te admira.

Até logo, minha bem amada, minha amorosa. Beijo sua boca de verão, o belo corpo das minhas noites. Beijo seu coração, que me faz falta.

A.

367 — ALBERT CAMUS A MARIA CASARÈS

Terça-feira, 11 horas [4 de julho de 1950]

Meu amor, minha querida,
Sua carta de sábado recebida ontem me deixou ao mesmo tempo feliz e triste. Agora você deve estar sabendo o quanto eu estava junto de você na noite de sábado. Mas por que me sentir distante e separado? Por que esse muro que você imagina nos separando, essas fronteiras? O que está querendo dizer? Não, nosso vínculo não se distendeu. Eu te trago em mim, estreitamente abraçada. Me esforço por trabalhar, me desviar um pouco de você, mas se consigo é exatamente por essa certeza que tenho de você; por essa segurança do nosso casamento (me

perdoe querida por usar esta palavra. É a única que faz sentido). Talvez você ainda esteja impressionada com a distração que tomava conta de mim quando eu sentia a febre subir. Mas essa doença só me afeta na medida em que me paralisa, em que me impede de estar junto de você. Ela vai passar, vai sim, ao passo que o meu amor não passará. Também sei tudo que te faz falta e a terrível perda que sofreu. Mas meu carinho e meu amor não te faltarão. Descanse neles, em mim e quanto ao resto viva da melhor maneira que puder, minha corajosa, minha bem amada.

Estou trabalhando, pouco, mas regularmente. E vou bem. Me parece que as pequenas crises estão cada vez mais espaçadas. Meu médico não virá na quarta--feira. Terei de esperar a sexta-feira. Aqui está quente, quente demais. Penso que se tivermos de viajar juntos, não devemos nos demorar muito em Paris, e partir o mais rápido possível. O coração me bate só de pensar. Mas é preciso esperar. Se a Itália não der certo, pensei nos Vosges. Alguma vez já esteve a uma altitude de mil metros? Ou Pierre R[eynal] conhece algum lugar?

Eu bem que gostaria de receber uma carta sua ao meio-dia. Mas não é provável. Me conte os seus dias. Viva junto de mim. As noites são pesadas. O desejo também está aqui. Lembra daquele primeiro dia da minha chegada em que não conseguíamos comer, a garganta apertada de desejo? Mas eu afasto obstinadamente essas imagens. A vida aqui já é suficientemente difícil. Como essa separação é dolorosa, minha querida.

Você anda bela, morena, resplandecente? Me esperando? Sem sofrer muito das "delícias da independência"? O tempo passa, meu amor, vamos nos ver novamente. Ah! Não diga que estamos separados, você nunca me deixou! Te amo e te espero. Beijo sua boca, todo o seu maravilhoso rosto. Até logo.

A.

Mando junto o cheque de Michel Bouquet

16 horas. Nenhuma carta, como eu já esperava. Eu tento te imaginar. Os dias dos quais estamos ausentes são bem longos. Como seria se eu duvidasse do seu amor!? Mas não, eu durmo em você, me repouso em nós. Te amo.

Estava lendo há pouco um livro. O herói tem cinquenta anos. Está na guerra e pensa na amada: "Tudo que dizia respeito a Xenia e ele não envelhecia. As aventuras se quebravam como ondas batendo contra esse amor, sem arrancar nada."[1] Sim, é exatamente isso. Tudo se quebra contra a febre do amor, entre

---

1 Pierre Moinot, *Armes et bagages*, Gallimard, 1951.

certas pessoas. Coragem, querida. Nossos dias estão voltando. Me escreva, eu te peço. Pense nos longos dias, na dura vida sem você. Te beijo, apaixonadamente.

A.

368 — MARIA CASARÈS A ALBERT CAMUS

Quarta-feira, 5 [julho de 1950]

Vou me deitar e me levanto sempre fixada na mesma ideia. Estou louca para saber os resultados dos exames do médico e nada me distrai dessa ansiedade. Essa pequena febre que não te larga e te cansa me irrita e só voltarei a ser eu mesma quando souber. Mas ai... Se o correio funcionar normalmente, só saberei o veredito depois de amanhã. Terei portanto de me munir de uma paciência que já começa a me faltar.

Sua carta de domingo me deixou preocupada. Cheirava a noite mal passada e manhã desolada, e só de pensar que não posso fazer nada por você nessas horas eu enlouqueço.

Além disso, tudo conspira para manter um mal-estar que venho arrastando nos últimos tempos. O tempo tempestuoso, os jornais, os nervos exacerbados de Paris, as notícias pouco brilhantes do estado de F[rancine], sua febre, as terríveis férias em que me encontro, tudo isso acaba com a minha resistência. Só o nosso próximo reencontro poderia me dar sustento e, não sei por que, ele me parece distante e nebuloso.

Por outro lado, o fim dos *Justos* representou para mim o fim de um esforço, de uma tensão que durava há meses, e agora estou com minhas terríveis noites vazias nas mãos sem saber o que fazer delas. Não consigo mais ler, o sol me cansa e as pessoas me irritam. É uma espécie de pequena debacle — perfeitamente normal, por sinal — que eu não tinha previsto.

Mas eu tento reagir e não me deixar aniquilar. Tenho saído. Me mexo. Comemorei devidamente a última récita durante uma noite inteira e no dia seguinte. Faço caminhadas em Paris. Fui passar uma noite no *Lapin agile,* de onde tive de sair às pressas para não morrer. (Você se sentiria muito bem lá, com sua claustrofobia!). Fui ao cinema. Almocei no campo com Dolo, bem, bem triste no momento.

Convidei amigos para almoçar ou jantar aqui em casa. Mas cancelei o convite. E depois fiz de novo.

Não; realmente; não dá para fazer mais; e no entanto, o mal-estar continua obsessivo e eu não sei mais como me livrar.

Oh! Meu amor querido, como sinto a sua falta, agora que nem posso mais te encontrar à noite, através de Dora! Como tudo seria fácil para mim junto de você e como esperaria alegre o fim se pudesse fazê-lo com você! Os dias passam e a angústia aumenta e por mais que fique me dizendo que um minuto e um ano são a mesma coisa, que o tempo não significa nada, nada mais é capaz de me trazer a paz a não ser você. Estou cansada de viver o tempo todo no passado ou no futuro e tenho sede desses momentos que você me proporciona nos quais vivo o instante presente e eterno. Tenho sede de ser feliz diante dos seus olhos maravilhados.

Me perdoe meu amor. Queria te escrever sem falta hoje e deveria ter esperado para estar mais calma e mais paciente.

Volte para mim. Não me esqueça. Esta manhã não posso te contar nada. Incapaz de palavras ou pensamentos. Só uma coisa conta: os resultados dos exames do médico. Quando eu souber, talvez então consiga finalmente relaxar.

Trabalhe bem. Me dê notícias de F[rancine]. Coragem, meu querido. Te amo e te espero com impaciência

M
V

369 — MARIA CASARÈS A ALBERT CAMUS

Quarta-feira à tarde [5 de julho de 1950]

Está chovendo. Chovendo fininho...

Fico de certa maneira mais tranquila de saber, a profunda angústia que vinha arrastando há dois dias desapareceu por encanto há pouco, depois do seu telefonema; mas os nervos ainda se ressentem das recentes provações e da noite difícil que acabo de passar.

Além do mais, minhas faculdades intelectuais diminuem a cada dia e com elas a visão clara do mundo e dos acontecimentos. Esse emburrecimento progressivo limita consideravelmente meus horizontes — não consigo mais ler nem me distrair de alguma maneira — e contribui perigosamente para minha capacidade de fixação em certos pontos delicados da existência que ocupam toda a minha atenção sem despertar minha inteligência. Se tivesse de me descrever internamente, eu apontaria uma boca aberta e abobalhada, um olhar agudo e fixo, uma expressão fechada e esquiva, um corpo mole e flácido:

[croqui]

Por fora, pareço ser eu mesma e as pessoas ficam admiradas com minha cara boa e minha beleza — "Morena e bem proporcionada", como disse o outro.
Eu faço, me mexo, ordeno, convido, desconvido... sem convicção.
Vou percorrendo os dias em ponto morto, esperando a chegada do trem — sensação conhecida e dolorosa.
Mas não é preciso se preocupar com esse estado. É normal que depois de sete meses de récitas diárias e muito tempo de trabalho pesado, essas férias repentinas me encontrem despreparada. Ainda terei de esperar pacientemente alguns dias; a reaclimatação vai fazer seu trabalho e rapidamente vou recuperar meu equilíbrio nessa vida sem obrigações.

Quinta-feira bem cedo [6 de julho de 1950]

Ontem à tarde eu já estava bem acomodada e tinha começado esta carta que devia ser longa e detalhada, para te contar os últimos dias minuciosamente. Mas ai... Esperava vencer o embrutecimento em que me encontrava e coordenar as ideias. Mas fui rasgando página após página, recomeçava, me irritava, xingava e acabei desistindo. Nunca cheguei a um grau tão forte de indigência intelectual. Essa espécie de intoxicação mental durou por sinal o dia inteiro. Lá fora chovia sem parar e eu me arrastava para lá e para cá sem conseguir ler algumas linhas, ouvir música, pensar ou devanear. Nada!!! Pierre [Reynal] veio passar o fim da tarde comigo e me deu vontade de retomar a nossa *Habanera*. Tínhamos esquecido a coreografia e num movimento em falso eu arrumei... oh! não ria!... um torcicolo!
Às 9 horas da noite, gemendo, fui deitar e depois de esforços redobrados finalmente consegui ler *1984*. Interessada, li até 1 hora da manhã, sem me mexer. Depois caí no sono, toda dura e dolorida.
Hoje de manhã, voltando a mim, fui devidamente chamada à ordem pelo meu pescoço. A posição rígida em que o deixei durante a noite aumentou a dor à direita e cansou a parte esquerda. Não consigo mais fazer um movimento e esta noite tenho convidados: Serge Reggiani com a mulher.

Recebi sua carta hoje de manhã. Tenho a impressão, meu querido amor, de que você não entendeu bem o que eu queria dizer com "fronteiras". No estado febril e angustiado em que me encontrava, eu sabia que se alguma coisa acontecesse, eu não poderia ir ao seu encontro facilmente e sem demora como teria feito um mês antes; achava que nos manteriam ali, acorrentados, um diante do outro, separados um do outro. Só isto. Também tinha a intuição de que este verão não seria para nós e não sabemos como será o inverno. Estava com medo de te perder sem poder fazer nada nem ir ao seu encontro. Me desesperando sozinha, com toda aplicação.

De modo que não se preocupe. Quando receber esta carta, você já terá os resultados dos exames. Se puder, me mande por telégrafo.

Vou procurar um lugar a mil metros de altura nos Vosges. Se eu tiver de viajar com você, você vai me perder. Vou morrer de felicidade. Meu corpo, meu coração sabem disso e se defendem contra essa ideia. Não conseguem acreditar realmente, para não desfalecer.

Estou cuidando do apartamento que você procura, mas não é fácil. Há um ano apenas, havia numa das portas de Paris, na "Cidade das Flores" uma residência encantadora à venda por dois milhões. Agora, já foi vendida.

Estou com uma dor terrível no pescoço. Preciso parar: mas acho que à noite mais ou menos estarei novamente em plena posse das minhas faculdades e finalmente capaz de te escrever longamente e normalmente. Até lá, não me esqueça e perdoe minha fraqueza. Te amo, te adoro, te venero, te idolatro,

M
V

370 — ALBERT CAMUS A MARIA CASARÈS

Quinta-feira, 16 horas [6 de julho de 1950]

Meu querido amor,

Sua carta de fato é bem tristonha. Mas me teria deixado bem mais triste se eu não tivesse falado com você ontem no telefone. Eu tinha passado uma noite terrível, e me parecia que você estava se afastando. Mas bastou ouvir sua voz e meu coração de repente se acalmou.

Queria que fosse assim com você também. A cada dia eu melhoro — é verdade, juro. E sobretudo não fique imaginando que esses exames podem ser catastróficos — nem me separar de você. Na verdade se eu estivesse muito doente, teria medo de ficar junto de você — medo de você perder o interesse — medo de não estar suficientemente vivo. Você já teve tristeza e febre suficientes por perto. Era o que eu estava sentindo fortemente e que não sei te transmitir. Mas o que também é verdade, sobretudo, é que se eu tivesse certeza de que o nosso amor não seria atingido, se você me abrisse os braços dizendo que também me amaria diminuído sem jamais se arrepender de nada, é para junto de você que eu gostaria de ir, sem demora, junto de você que eu quero acabar com isso. O que estou dizendo é tolo e eu sei a sua resposta. Mas não consigo aceitar não estar estuante de forças e isto me deixa tolo. Me tranquilize sem me recriminar.

Tenho só uma vontade, dolorosa como o desejo, dormir junto de você e nunca mais te deixar.

Dito isto, amanhã vou fazer a radioscopia. E tenho certeza de que tudo irá bem. Queria antecipar minha volta a Paris — e partir sem demora com você. Daqui a uma semana estaremos juntos de novo. Até lá, não se torture, não se obrigue a nada. Viva ao sabor dos dias, durma, descanse. Você vai me receber, me abraçar, e nós voltaremos a viver. E também vou trabalhar junto de você, você vai ver.

E de resto meu trabalho avançou. Não pense que estou me entregando. Sinto minhas forças voltando e trabalho regularmente. Em tudo isso, você está sempre presente — sempre amada, querida, desejada, cúmplice. Ah! Sim, eu te amo sem parar e também desejo os momentos de felicidade, a calma das noites, seu rosto eterno.

Vou te escrever amanhã. Mas me faça esse favor de encontrar de novo a paz e a felicidade, de adormecer no nosso amor. Logo estarei aí para te acordar com os beijos da ternura e os do desejo. Te amo, Maria querida, que felicidade esse amor e como deveríamos dar graças à vida! Até logo.

A.

371 — ALBERT CAMUS A MARIA CASARÈS[1]

TUDO VAI BEM RETORNO PRÓXIMO CARINHO. ALBERT.

7 de julho de 1950

---

1 Telegrama.

372 — ALBERT CAMUS A MARIA CASARÈS

Sexta-feira, 17 horas [7 de julho de 1950]

Meu amor querido

Suas cartas são tão indigestas quanto as minhas, receio. Mas felizmente minha volta está chegando e não temos mais muito tempo para nos cansar nessa correspondência incessante. Acabo de te telefonar e agora você sabe que as notícias são boas. Na radioscopia, com efeito, o médico não encontrou nada e disse que não há nenhuma mudança. O que é, de longe, o principal. Disse que meus pequenos estados febris (que por sinal desapareceram há três dias) podem ser decorrência da depressão que se seguiu ao calor. Segundo ele, eu devo continuar tomando todas as precauções, mas não houve evolução. Para maior segurança ele fez uma radiografia e amanhã de manhã farei um exame de sangue. Terei todos os resultados na segunda-feira mas é provável que simplesmente confirmem a radioscopia. Neste caso, minha opinião seria muito diferente da sua. Acho que houve um pequeno início de evolução que o tratamento Ménétrier (do qual não falei) deteve. E por sinal me sinto melhor a cada dia, como Ménétrier tinha previsto. De qualquer maneira, o médico daqui quer que eu vá o mais rapidamente possível para um clima mais fresco. Vai confirmar na segunda-feira e nesse caso tomarei providências para ir embora. Dessa vez, suas famosas intuições irão por água abaixo. Mas em vista do resultado, espero que você me perdoe esse desmentido da filosofia do instinto.

Mas eu só enxergo uma coisa: fugir de Cabris e te encontrar. Segunda-feira vou te escrever toda a minha alegria, sem restrições. Pelo menos é o que eu queria te dizer, rapidamente. Estou indo a Cannes buscar F[rancine] que vai fazer a prova de habilitação de motorista e lá vou postar esta carta para você receber amanhã.

Ah! Viva e seja feliz, minha linda. Vou tê-la de novo abraçada a mim, na cama do verão! Um rio de beijos e carícias, meu amor... e até já

A.

Estou feliz!

373 — MARIA CASARÈS A ALBERT CAMUS

Domingo de manhã [8 de julho de 1950]

Acabei de acordar — por assim dizer! e com uma estranha sensação. Esta manhã Paris tomou um pouco de paz emprestado do campo. De vez em quando se ouve o barulho de um carro passando. Está quente. Sol para todo lado e os galhos das roseiras tremem ligeiramente. Tudo calmo.

Ainda estou meio dormindo, mas desse sono que vou guardando com ciúme ao longo do dia, há alguns dias. Ontem e anteontem andei irritada; e parece que esta manhã se anuncia a chegada do demônio. O demônio amarelo, não o negro.

Te contar o quê quando não acontece nada? Não tenho saído. Só uma sessão de *Antônio e Cleópatra* que tive de fazer na sexta-feira me tirou da minha torre, e logo tratei de voltar. Quinta-feira à noite Serge Reggiani e a mulher estiveram aqui à noite, para jantar — ficaram aqui em casa com Pierre até 3 horas da manhã. A certa altura a coisa ficou difícil — para aplainar o terreno entre Serge, grosseiro e "viril" e Janine, vítima humilhada, medrosa e sorridente, eu tentava falar sem parar, dançar, inventar. Pierre, perplexo com as relações conjugais dos dois, entediado e desanimado, não dizia palavra. No fim, eu estava exausta.

Quanto ao resto do meu tempo, passo com P[ierre] ou sozinha, derretendo no sol, lendo ou trabalhando... (se segura!) *Fedra*.

Acabei *1984*. Por dois segundos fiquei zangada com você por me ter deixado esse livro. Não me disse nada além do que eu já imaginava e me causou uma impressão doentia. Em certos momentos me apanhei gemendo como fazia, quando pequena, sempre que começava a imaginar e "reviver" a via crucis e a morte de Jesus. Levei um tempo para me recompor, mas no fim das contas fiquei feliz de ter lido.

Sexta-feira, ao voltar da rádio, encontrei seu telegrama e ontem recebi suas cartas de quinta e sexta-feira. Concordo com sua opinião sobre as causas da sua febre. Realmente acredito que houve uma evolução e que ela foi interrompida a tempo cortada talvez pelo tratamento de Ménétrier. Quanto a minha intuição, por favor a deixe quieta. Não confio tanto assim nos meus instintos para me permitir te deixar preocupado com vagas previsões. Se estava receosa, era por causa de sinais bem precisos observados em você e que não enganavam; temia uma evolução mais profunda que te obrigasse a recomeçar tudo e que exigisse forças morais novas que você não tem no momento.

Vamos então admitir que meus conhecimentos médicos estejam equivocados, mas deixando para lá o instinto e a filosofia. Ora essa!

Ah! E agora, talvez seja melhor responder à primeira das suas duas cartas. Sim — Apenas, me perdoe um momento, pois pela nona vez voltarei a lê-la, já que não entendi nada nas leituras anteriores.

Pois bem! Decididamente, não entendo. Vou então deixar de lado essa folha toda preenchida com data de quinta-feira às 16 horas e te espero aqui com ela, de pé firme, para que a explique e em certos casos para te fazer comê-la em pedacinhos de manhã em jejum. Como a fraqueza deixou seu cérebro muito cansado, é necessário, para propiciar reações fisiológicas contrárias e vivificantes, que você absorva por via bucal papel mastigado embebido em tinta — no dia seguinte tenho certeza de que estará na plena posse das suas principais faculdades.

Espero que segunda-feira você tenha uma ideia mais exata do que faremos.

1) A data aproximada da nossa partida.
2) O tempo que teremos para nós.
3) A região e o lugar escolhidos.

Nos Vosges, me falaram de uma aldeiazinha maravilhosa cujo nome não lembro; mas como todo mundo falou a respeito, desconfio um pouco. Deve ter muita gente. Amanhã vou pedir que o Touring Club me mande uma lista dos hotéis em altitude de mil metros. Quanto ao passaporte, espero ter notícias amanhã ou terça-feira.

Começo a realizar essa viagem juntos, mas ainda não tenho muita coragem de acreditar mesmo. Prefiro não pensar muito.

Quanto a mim, fisicamente, engordei e, pelo que dizem, estou bem vistosa. Pessoalmente não posso saber; preciso que os seus olhos me digam. Se você não chegar logo, daqui a pouco estarei obesa com a vida que venho levando.

Querem que eu filme *A dama das camélias* na primavera, mas se continuar assim, só me restará entrar para um harém para acabar minha vida, rolando que nem um barril. Quase nem sei mais ficar de pé; mais algumas semanas e o mamífero bípede que eu era vai se transformar em réptil dolente. As faculdades intelectuais diminuem a cada dia e eu passo as horas comendo, bebendo, dormindo, desejando e contemplando beatificamente um ponto fixo misterioso.

Uma bola roliça, nua, pálpebras pesadas, olhar velado, é como eu te espero.

Sol queimando. Estou com fome. Com sede. Com vontade. Te amo. Te espero — venha me acordar, príncipe. Venha, Argel! Venha reerguer a Espanha!

M
V

374 — ALBERT CAMUS A MARIA CASARÈS

Domingo, 16 horas [9 de julho de 1950]

Meu amor querido,
Estas palavras para te dizer que se os resultados forem confirmados amanhã vou reservar minha passagem de avião para *sexta-feira ou sábado*. Continue a tomar as providências para a Itália. E eu também soube que Dubois foi nomeado algo do tipo supergovernador no Leste. Será que por meio de Marcel [Herrand] não podíamos pedir que ele encontrasse algo a mil metros de altitude nos Vosges, castelo ou hotel, num lugar isolado?
Nem preciso te falar da minha impaciência. Não aguento mais, incapaz de escrever ou de pensar direito. Felicidade, felicidade, logo! Ah! Meu amor, como vou trabalhar ao seu lado, ser feliz, de todas as maneiras. A angústia desse mundo em guerra decuplica a minha vontade de felicidade. E além do mais estou melhor, sabe, bem melhor. Está me esperando, me ama, está feliz? Te cubro de beijos, minha amada, minha querida. Breve, breve! Te amo, em torrentes!

A.

375 — ALBERT CAMUS A MARIA CASARÈS[1]

10 de julho de 1950

RESULTADOS CONFIRMADOS ESTAREI ORLY SEXTA-FEIRA DEZENOVE HORAS CARINHO. ALBERT.

376 — MARIA CASARÈS A ALBERT CAMUS

Terça-feira de manhã [11 de julho de 1950]

Meu querido amor,
Estou tremendo, com calafrios, com frio, ardendo, com frio, e rindo, me emocionando, cantando, dançando, andando, exultando, gritando, falando, sonhando, gemendo, e pálida, e ruborizada...

---

1 Telegrama.

Desde que recebi seu telegrama ontem, não sossego mais. Como é que vou esperar assim até sexta-feira? Já avisei nosso velhinho para estarmos às 7 horas da noite em Orly. Dei uma série de telefonemas, mas ainda não pude fazer nada do que queria domingo porque era domingo, ontem, porque era segunda-feira. Ao diabo os feriados!

Hoje vou telefonar a Monette para saber a quantas anda na questão do meu passaporte. Além disso, vou tentar conseguir numa agência de turismo a lista dos lugares mais bonitos dos Vosges a mil metros de altitude. No caso de Dubois, não sei como me comunicar com ele. Vou telefonar daqui a pouco a Marcel para perguntar onde posso encontrar nosso amigo ou se posso escrever para ele. Na sua carta você diz "castelo ou hotel". Castelo? Como assim? Está querendo alugar um castelo, meu senhor? E quem cozinharia? Angeles, viúva inconsolável de Juan que se foi com enorme dificuldade para Dinard? Talvez não seja uma má ideia e quem sabe mais econômico, no fim das contas.

Enfim, vou tentar conseguir informações exatas e depois vemos. Como você pode facilmente imaginar, minha alegria é grande demais para me sentir capaz de grandes divagações postais. Aqui em casa, tudo já à sua espera. A escrivaninha chegou e eu te devo 9.000 francos. Angeles anda melancólica, mas nega. Pierre vem me ver com frequência e nós ficamos por aqui mesmo, para não gastar, considerando nossos respectivos orçamentos. Anteontem à noite fomos dar uma volta em Saint Germain — ele queria conhecer o bairro —, mas logo tivemos de escapulir para meu bom humor não ser envenenado. Certas cenas têm o poder de acabar com a minha generosidade, a minha indulgência, a minha caridade. Ontem à noite saí com Feli e Dom Juan [Negrín].

Depois do jantar, eles me levaram para ver duas peças montadas e interpretadas por Orson Welles.[1] Não entendi nada — inglês! Mas foram eles que se entediaram. Eu, encantada com uma negrinha que atuava admiravelmente, fiquei o tempo todo pasma de admiração com sua voz, seus gestos, seu talento.

Fora isto, nada a registrar. Desde que marcamos sua chegada o tempo se cobriu e eu começo a sentir dores na barriguinha. De modo que este ano a tomada da Bastilha ocorrerá depois de 14 de julho! (perdão!) Por outro lado, amorfa até agora, estou despertando para a vida desde ontem e voltei a ter 15 anos. Com alucinações: estou vendo a letra **V** em todo lado.

---

1 *Time Runs* e *The Blessed and the Damned/The Unthinking Lobster*, de Orson Welles, em cartaz no Teatro Édouard VII a partir de 19 e 20 de junho de 1950. A atriz admirada por Maria é a atriz, dançarina e cantora americana Eartha Kitt (1927-2008), que interpretava o papel de Helena de Troia.

Vem. Vem meu amor **V**eloz.
Viver! Enfim viver!
Te amo. Me calo. Te espero. Até sexta-feira meu amor querido.
Sexta-feira.
Vitória.
Viver.
Vem!
Te amo.

M
V

377 — ALBERT CAMUS A MARIA CASARÈS

Terça-feira, 9 horas [11 de julho de 1950]

Meu amor querido,
Vou a Cannes pegar a passagem que reservei ontem por telefone. Estou escrevendo para te confirmar meu telegrama. A radiografia está boa, as análises deram negativo. Além do mais, agora estou me sentindo muito bem. Ménétrier é ótimo.
Sexta-feira vou pegar o avião das 16h30 — que aterrissa em Orly às 19h15. Exceto ordem em contrário, te espero lá, ou melhor, você me espera. Já estou divagando, mas é por excesso, e não por falta.
Viajamos na semana seguinte (quarta-feira por exemplo — só o tempo de nos informarmos sobre algum refúgio) e para os Vosges. A Itália apresenta certas dificuldades e por outro lado tenho projetos para este inverno. Quanto ao tempo, teremos mais ou menos um mês para nós.
Ah! Querida, apesar da época, contra ela, vamos conquistar esta felicidade. Sua carta de ontem foi boa e quente. Era a primeira desde que eu viajei. Estava me sentindo muito sozinho, sem você. Você está morena, está bela... vou me perder em você, você vai me conduzir ao longo de todo esse mês de verão, sou tomado de alegria toda vez que penso na sua boca.
Vou te escrever esta noite longamente — e será minha última carta! Te abraço até te quebrar, minha pequena, minha querida, meu grande amor. Até já — te amo, te amo e te beijo a mais não poder

A.

378 — ALBERT CAMUS A MARIA CASARÈS

Terça-feira, 16 horas [11 de julho de 1950]

Meu amor querido,
Aqui vai enfim minha última carta; você pode imaginar com que alívio escrevo estas palavras. Tudo me parecia tão pesado, tão cheio de ameaças, havia apenas a minha vontade de te encontrar e tudo mais era incerto? Agora está tudo claro. Tenho aqui minha passagem diante de mim. Estou me sentindo bem e sei que vamos comemorar o 14 de julho juntos, como antigamente, na bela noite de Paris. Naturalmente, o mundo ainda está doente embora eu vá bem. Será que teremos de nos amar sempre no Apocalipse, na angústia, no tormento? Creio firmemente que não. Mas se for assim, vamos nos amar apesar de tudo, não é? A única coisa insuportável é a separação. Por isto é que só vou respirar junto de você.

Esta época é terrível, destinos atormentados, mas aceitarei tudo desta vida se tiver certeza do seu amor, da sua posse definitiva. E à parte certos momentos em que perco a razão, é verdade que tenho essa certeza. Como haveria de me queixar então? Nas piores desgraças, tenho em mim toda a riqueza do mundo.

Mas o tempo das palavras acabou. Agora estaremos juntos por muito tempo. E agora só desejo, só desejo realmente o silêncio junto de você, nos dias e nas noites, o trabalho junto de você. É o que basta, meu amor. Me receba com sua beleza, seu sorriso, com a alma e o corpo. Vamos viver, nos amar. É a única coisa importante que podemos fazer num mundo sem futuro — quanto ao resto, me parece que resta apenas compaixão, por você, e generosidade.

O avião chega a Orly às 19h15, só para lembrar. Suponho que você estará no aeroporto. Caso contrário, me deixe uma mensagem. Mas você estará lá, não é? Eu te imagino! Robert vai trazer o carro no início da semana e nós vamos viajar com *Desdêmona*. Está lembrada, você queria pegar a estrada comigo? Você me ama, ainda me ama mesmo? Ainda não esqueceu seu cansativo amigo? Será que não deseja no lugar dele um funcionário comportado e uma vida calma? Ah! Como eu te amo, com que forças sempre renovadas! Até logo, minha menina querida, até logo, minha beldade, minha adormecida, minha desperta, minha doçura, minha fúria. Beijo longamente sua boca querida, seus ombros negros, a palma das suas mãos. Amanhã, amanhã, e tudo vai se fechar num maravilhoso esquecimento de tudo. Te amo, quero te invadir. Até amanhã,[1] meu amor.

A.

379 — ALBERT CAMUS A MARIA CASARÈS

Terça-feira, 8 horas [29 de agosto de 1950]

Nada mais para te escrever, aqui em Vesoul. Nunca fiquei tão triste, acho eu, quanto naquela plataforma de estação vendo seu trem ir embora, sem que você me visse. Peguei a estrada. Na noite entre Luxeuil e Vesoul a gente atravessa um platô, uma espécie de Meseta,[2] de uns cinquenta quilômetros. Caiu uma tempestade terrível. O horizonte se incendiava e o carro parecia avançar em meio a uma barreira de trovões. A chuva caía aos magotes, depois em trombas. Eu tive de parar, não dava para atravessar a cortina de chuva, de tão espessa. À noite, com o barulho da água no teto do carro, parecia o fim do mundo.

Consegui seguir em frente mas fui dar numa cidade mergulhada em trevas: a eletricidade tinha sido cortada pela tempestade em Vesoul. Encontrei o hotel com a luz dos faróis. Fui levado até o quarto com uma vela. Nada tinha sido trocado. Dormi muito mal. Mas hoje de manhã peguei meu trem. Estou indo embora de novo, cansado — e triste. Ah! Espero que você recupere seu verdadeiro coração, aquele que me ama na alegria e na entrega. Eu estou de boca fechada, mas meu coração doendo.

Te beijo, meu amor querido. Descanse. Aproveite as terras de luz para onde está indo. Te amo e te espero

A.

---

1 Albert Camus volta a Paris em 14 de julho de 1950, enquanto Francine vai para Grasse. Ele organiza a estada com Maria nos Vosges, de 23 de julho a 28 de agosto: dois dias no Hôtel des Roches, no desfiladeiro de Schlucht, depois Gérardmer e por fim Le Grand Valtin. Em 28 de agosto, deixa Maria no trem em Saint Dié e segue de carro para Vesoul. Por fim, volta a encontrar Francine e os filhos em Saint Jorioz, perto de Annecy.
2 Meseta é um platô elevado do centro da Espanha.

380 — ALBERT CAMUS A MARIA CASARÈS[1]

30 de agosto de 1950

HÔTEL DE LA POSTE ST JORIOZ ALTA SAVOIA CARINHO. ALBERT.

381 — ALBERT CAMUS A MARIA CASARÈS

Quarta-feira, 16 horas [30 de agosto de 1950]

Meu amor querido,
Te mandei por telégrafo hoje de manhã o meu endereço. É onde vou esperar você dizer para onde está indo, Veneza ou a Gironda. Nem tenho certeza de que vai receber esta carta em Paris. Mas vou te escrever melhor quando souber onde você está.

Aqui é um cantinho acima do lago de Annecy, que é azul e muito grande. Árvores, pradarias, água, um lugar mais repousante que tonificante. Vou embora sábado ou domingo e provavelmente estarei em Paris na segunda ou terça-feira. Quando receber esta carta, me escreva portanto para a NRF.

Estou melhor. Desde que não desfruto mais da cozinha da mãe François, não sinto mais nada e em especial sinto um apetite devorador que satisfaço na excelente cozinha do hotel. Não se preocupe, portanto. O cansaço que ainda resta vai passar. Também trago um enorme peso no coração desde essa separação de Saint Dié.

Nossa conversa ao telefone aliviou um pouco, mas a ruminação solitária aqui não me ajuda. Há os meus pequenos, é verdade, e eles me dão grandes alegrias.

Estou louco para que esses dias e essas nuvens passem. Se pelo menos os exames de Paris forem favoráveis, me parece que logo vou recobrar forças suficientes para te arrastar de novo ao nosso amor e à alegria. Até lá não pense em mim. Em Veneza ou Sainte-Foy, viva, respire, busque a beleza. Eu aqui sinto saudade dos nossos ingratos Vosges, saudade até da feiura que nos cercava: ela nos cercava e você estava comigo.

---

1 Telegrama.

Até logo, minha querida, meu querido amor. Te beijo por cima dos beijos dos últimos dias. Me ame, eu te peço. Por mim, espero Paris, e você — com todo o meu coração.

A.

382 — MARIA CASARÈS A ALBERT CAMUS

Quarta-feira, 30 de agosto [1950]

Hoje de manhã recebi sua cartinha e o telegrama, com seu novo endereço, acabou de chegar.

Estou de coração desolado, meu amor querido, por te saber tão triste e faço votos de que essa breve estada em novos lugares te devolva um pouco a forma física que perdeu nos Vosges, e a paz.

Sim; nossa separação foi bem triste e fico com a garganta apertada quando te imagino a poucos metros de mim, sozinho naquela estação vazia, esperando a partida daquele trem, onde eu já sentia tanto a sua falta. Você tinha de voltar, Albert querido, me chamar. Eu não era inimiga; me sentia toda voltada desesperadamente para você; apenas, carrego comigo uma velha nostalgia que grita cada vez mais alto à medida que os anos passam e ela assiste, impotente, ao meu destino de eterna exilada. Me enraizar, encontrar uma pátria e me prender a ela até o fim, este é o meu desejo profundo; e é também minha eterna renúncia.

Na primeira juventude tudo é pretexto para novos conhecimentos, novos encantamentos, para estar sempre começando. Tudo é promessa. Tudo é aurora.

Aqui estou eu em pleno meio-dia da vida ou quase, de repente atirada na luz ofuscante de um mundo sem amanhã e me é difícil suportar com coragem as novas partidas, agora voltadas unicamente para o passado, anunciando apenas o triste fim de um novo período conquistado a essa estranha existência. É o tempo do crepúsculo e eu não consigo me armar suficientemente contra sua crueldade.

Diante de você, me debatendo constantemente contra os ambientes, os ruídos, as pessoas, naquele trem que ia nos separar um do outro para nos devolver a nossas vidas instáveis, separadas, incertas de um arremedo de futuro comum, me senti tomada do pânico profundo, milenar que experimentamos frente a frente com a morte. E então decidi ficar muda para não urrar. Se me tivesse atirado nos seus braços, como era preciso fazer por *nós*, eu teria cedido e desmoronado. Por isso pedi que você fosse embora. Eu também queria que você se fosse, que se mexesse, que fugisse da imagem daquelas duas crianças que éramos ali, desarmadas, miseráveis, e que corresse para outros climas, outras terras, outras alegrias ou outras dores, capazes de te distrair e te fazer esquecer aquele fim lamentável do nosso longo mês de felicidade.

Tensa, presa, amarrada, incapaz de me separar de você com tranquilidade, eu o fiz bruscamente: quase te expulsei.

Não sabia nos minutos seguintes que você ainda estava lá, e de certa maneira foi uma sorte para o que veio depois; eu queria demais devolver ao seu rosto dilacerado de espanto e tristeza a calma, a paz dos belos dias, queria demais te ter mais uma vez, entregue, nos meus braços, embalar demoradamente seu corpo e esperar assim ter a graça de novo entre nós. Se soubesse que você estava na estação, o trem teria partido sem mim.

Enfim, era tarde demais para falar, ainda é tarde demais para continuar falando. Vamos desejar que no futuro as oportunidades de alegria e felicidade sejam perdidas o menos possível.

Eu também tive tempestade durante todo o percurso, mas uma tempestade acolchoada pelo luxo do vagão em que estava. Posso dizer que você me tratou como uma joia; cheguei a Paris dentro de um estojo. Obrigada, meu querido.

Angeles estava me esperando na estação, expansiva, animada, morena, cabelos cortados e crespos, satisfeita e descansada. Me esperava impaciente por finalmente liberar a onda de novidades — tristes e alegres, interessantes ou tolas, que tinha recalcado durante os dias de solidão e silêncio.

Em casa, Quat'sous, de hálito sempre perfumado, tomou meia hora do meu tempo para me lembrar dos deveres da fidelidade. Eu jantei e — ó, desgraça — tomei um "café com leite da casa"! Desfrutei das alegria de um bom banho e dormi, enfim, depois de muito me debater com a imaginação, por volta de 5 horas da manhã. De modo que nem adianta te contar meu dia de ontem; nem me lembro mais; estava esvaziada. Só sei que tomei conhecimento — se assim podemos dizer — de uma numerosa correspondência que me esperava e que fui a Cimura, onde depois de muita discussão finalmente concordei em desistir de Sainte-Foy e ir a Veneza.

De todas as surpresas que me esperavam em Paris, é a única que nos diz respeito, pois altera todos os meus projetos e deslocamentos.

Não saio mais da rua de Vaugirard até a terça-feira, 5 de setembro, quando viajo para Veneza. *Orfeu* será apresentado lá no dia 7 à noite e em função da cor do horizonte e da liberdade que terei de visitar a cidade sem me sentir muito embaraçada por meus anfitriões, voltarei para Paris no dia 9 ou depois.

Até o dia 5, vou deixar a casa em ordem de novo para o inverno, pôr em dia minha correspondência, discutir as propostas do filme que Henri Calef quer fazer comigo em outubro e me "fazer bela" para o festival, pois Lulu Wattier faz questão *particularmente* de que eu cause excelente impressão na Itália.

Aí estão, em suma, meus projetos até o dia 10. Como vê, são absolutamente contrários a tudo que eu possa sonhar, mas estou tentando criar uma disposição interna que me ajude a levá-los a cabo. Minhas "impressarii" tentaram me ajudar, mas só conseguiram me assustar e me intimidar para começo de conversa. Nesses casos eu precisaria de você. Amolada com a ideia desses dias enlouquecidos cheios de rostos desconhecidos, eu tento reagir, mas não sei onde me apoiar. Leio constantemente revistas, jornais e livros falando de cinema para pelo menos ter assunto nas conversas. Devoro os artigos do *Fígaro* sobre a Bienal de Veneza para me informar. Decoro os nomes dos grandes diretores para evitar gafes. E tremo, tremo, tremo.

Me escreva dizendo o que preciso fazer com os cineastas, os produtores, os atores, os homens inteligentes e os imbecis. Me recomende uma atitude e sobretudo diga o que eu posso ver em Veneza, além da cidade. Você sabe do que eu gosto. Como terei pouco tempo, prefiro ir diretamente aos lugares que me agradarão com certeza.

Me conte também o fim da sua viagem e sua chegada à Alta Savoia, diga se a região te agrada e como estão seus filhos — me informe sobre seus projetos e acalme minha ansiedade me dando logo, sem demora, notícias da sua saúde e me tranquilizando sobre seu moral. Do ponto de vista físico, não me sinto nada bem, pessoalmente. Minha aversão à comida continua; apesar dos pratos "saudáveis" de Angeles, e desde hoje de manhã carrego uma dor de cabeça que nenhum comprimido de aspirina consegue diminuir. É desagradável, mas eu me consolo pensando que certamente temos os mesmos problemas e, em consequência, seu aspecto ruim dos últimos dias não prenuncia nada de grave.

Vamos! Escreva logo, meu amor querido, para que eu receba sua carta antes de partir e se puder me telegrafe — antes — assim que receber esta "cartinha" — sobre seu estado de saúde e de espírito.

Não sei se recuperei meu verdadeiro coração; sei apenas que há alguns dias te amo com um amor de uma pureza e de um desprendimento total. Com isto a paixão sai perdendo, certamente, assim como a exaltação e a alegria; mas a amizade profunda ganha e eu descubro em mim formas de ternura e de desejo por você que só uma mãe pode ter pelo filho. Uma mãe meio incestuosa, claro.

Te espero. Espero com ansiedade uma palavra sua em papel azul — te amo.

O tempo é de tempestade; meu quarto amarelo e negro vibra de lembranças de outras tempestades.

Te amo, meu amor querido. Te beijo demoradamente

M.
V.

P.S.: Diga se ainda quer que eu escreva.[1]

383 — ALBERT CAMUS A MARIA CASARÈS

Sexta-feira 16 horas [1º de setembro de 1950]

Fiquei feliz de receber sua carta tão rápido e sobretudo por encontrar nela uma ternura de que estava precisando. Mas fico um pouco triste te vendo ir para tão longe, e sem mim. Acho que eu sempre quis conhecer essa cidade com você e por mais que me diga que não faltam belas cidades e belos céus à nossa espera, fico pensando que essa semana que vai chegar me foi um pouco roubada. Dito isso, aproveite o quanto puder essa bela viagem. Infelizmente não posso te dizer nada sobre Veneza. Fui dar aí uma vez, jovem estudante, e não fiquei mais que 24 horas, por falta de dinheiro.[2] Mas existem guias impressos que podem te emprestar no hotel. Além disso, tenho certeza de que não te faltarão guias cheios de boa vontade. Aproveite, sobretudo se faça bela e volte com os dois ou três contratos que pelo menos poderão facilitar sua vida material.

---

1 Francine e Albert Camus voltam a Paris (rua Séguier) no dia 7 de setembro, ficando os filhos com a avó. Maria por sua vez volta em 9 de setembro.
2 No verão de 1936, Albert Camus viaja pela Europa Central com sua primeira mulher, Simone Hié, e um amigo de Argel, Yves Bourgeois. No início de setembro, eles passam seis dias na Itália e em seguida voltam à capital argelina.

De minha parte aqui vão meus projetos: ficarei aqui um dia a mais do que pretendia para comemorar o aniversário dos meus filhos e portanto estarei em Paris no dia seguinte à sua partida. Como você só receberá esta carta na segunda-feira, não poderá me escrever aqui apesar da necessidade que eu teria de te ler. Mas pelo menos dê um jeito de eu encontrar na NRF ao chegar uma boa e grande carta de que eu possa me nutrir durante esses dias da sua ausência, os dias de Paris serão muito tristes sem você. Os lugares onde vou passá-los o serão ainda mais: laboratórios, consultórios de radiologia e de médicos. Dê um jeito de eu ficar sabendo a data da sua volta. Se necessário vou te buscar no aeroporto ou na ferroviária.

Agora estou esperando esse 9 ou esse... setembro, e é a única coisa que espero.

Aqui está chovendo há dois dias. Um lago debaixo de chuva não é nada muito tonificante. Mas eu não vou nada mal — à parte um certo cansaço, à noite. Os estragos da mãe François vão desaparecendo e espero te mostrar um rosto mais valente. Quanto ao coração, continuo sentindo o peso. Sua ternura me ajuda, mas não gosto de pensar que ela está aumentando em detrimento da paixão. Quer dizer então que a paixão só tem sinais negativos? Não existe uma fúria ainda mais bela, culminando na entrega total? Não sei. Mas a verdade é que eu não sei de mais nada — só da necessidade invencível que tenho de você.

De resto, vamos nos rever em breve, eu estarei atento ao meu estado e talvez, à felicidade mais uma vez... Ah! É o que eu quero com uma fúria e um arrebatamento que me deixam acordado todas as noites.

Até logo, meu amor querido. Te desejo todos os sucessos e a vitória. Sei que a ideia de todos esses rostos desconhecidos não te agrada nada. Mas não tenho conselhos a te dar, como você pediu. Ou melhor, só um: pense em você, no que você é, no seu coração orgulhoso e também nos que te amaram e naquele que te ama com todas as forças. Erga a cabeça, sorria, minha corajosa, é o que basta. Você será uma das raras almas vivas nesse amontoado de tontos. Vai dar para perceber.

Mas não esqueça seu amigo e volte depressa para meu desejo e meu amor. Te beijo e te acompanho, você pode me chamar de vez em quando. Seja bela. Te amo.

A

384 — ALBERT CAMUS A MARIA CASARÈS[1]

3 de setembro de 1950

VOTOS AFETUOSOS DE SUCESSO A MINHA VIAJANTE. VOLTE LOGO. ALBERT.

385 — MARIA CASARÈS A ALBERT CAMUS

Domingo [3 de setembro de 1950]

Eu já estava começando a ficar impaciente quando recebi sua carta ontem de manhã. Ainda estava na cama, sonolenta e na primeira leitura fiquei de coração apertado. Encontrei nela esse sorriso nostálgico e generoso que só engana quem quer ser enganado e que me deixa em desespero, quando o vejo no seu rosto. Ternura, uma espécie de resignação e um distanciamento infinito que reduz o nosso amor ao nível dos fatos relegados à história. Eu preferiria que você se debatesse, que gritasse, que me insultasse.

Pouco depois, não conseguindo ler os jornais, decidi me acalmar, pensar e voltar um pouco meu olhar sobre mim mesma. Me lembrei do tom da minha carta e de muitas outras coisas. E voltei a te ler, me esforçando com meus instintos descontrolados e minhas paixões em desordem. Mais clara, de coração aberto, meio trêmula, eu te reli e fui recompensada. Ouvia, escutava, via. Não estava mais sozinha. A graça estava comigo e com ela tua presença calorosa e viva. Aí tudo é possível; agora é não perder o controle e para isto é preciso cuidar o tempo todo de não se dispersar.

Mas deixa para lá; teremos muito tempo para falar disso.

Fico feliz de saber que você quase já se recuperou dos estragos da mãe François, mas esse cansaço noturno que mencionou me preocupa e quero que chegue logo a semana que vem para saber os resultados dos exames do médico. Quando ela chegar, estarei de novo junto de você — volto a Paris no sábado que vem, dia 9 pela manhã, salvo ordem em contrário — mas se por acaso receber antes disso alguma notícia desagradável, eu te peço, não desanime, não se entregue; lembre que prometeu sacrificar todo o ano de 1950 ao tratamento sem protestar.

---

1 Telegrama.

Por enquanto, fique tranquilo onde está, seja o mais feliz possível e comemore alegremente o aniversário das crianças. Mas também para longe o peso que te deixei no coração. "A bela fúria que culmina na entrega total" de que você fala existe e está aqui, mas como a vida me bota contra a parede e me obriga por bem ou por mal a conciliar o tempo todo vida e amor, paixão e compaixão, é perfeitamente natural que às vezes eu vacile. Nesses caminhos diferentes e até opostos que seguimos só nos encontrando nas encruzilhadas do acaso e da vontade obstinada, só a graça pode compensar o vazio das separações, a ausência do companheirismo cotidiano e das lutas comuns, a impossibilidade de criação; só ela pode nos dar as forças necessárias para lutar contra tudo e contra todos, e também contra nós mesmos, e aplainar os mal-entendidos e dificuldades de uma vida assim. Sim; infelizmente, nosso amor só pode se escorar em si mesmo e sem objetivo, sem esperança, gratuito, não tem outro recurso para se sustentar e se afirmar senão a visita da graça gratuita como ele. De modo que nada será fácil; mês que vem, provavelmente terei de novo uma crise da qual sairemos aniquilados, destroçados, desolados; mas quem sabe mais uma vez a beleza, a bondade, a felicidade, a plenitude estarão à nossa espera. Desejo apenas que isso continue sendo possível e que nunca sejamos privados disso. Quanto ao resto, tentarei fazer o menor número de estragos possível.

Não tema nada, portanto. Se a paixão pudesse exclusivamente por sua força e sua potência matar ou conceder o paraíso, há muito tempo você estaria morto ou gozando dos prazeres do céu na terra. Mas pelo menos me deixe tentar controlá-la; é o único meio que tenho de te fazer feliz.

Descanse, se cuide, ria, se abra completamente aos que te amam; tremendas tempestades na alegria e na dor ainda te esperam e serão muitas. A ternura está aí, é verdade, mais enraizada que nunca, mas minhas têmporas batem no ritmo da terra mesmo quando, me despindo, identifico no meu cheiro o gosto da sua pele e o perfume do nosso amor. Diga a Hippolyte que eu esqueci a paixão; e veja o que ele acha!

Quanto à minha viagem a Nice, estou me preparando desde ontem com calma e serenidade. Apesar da sua decisão de escolher como destino Florença, numa viagem a dois, você sabe do meu desejo de conhecer Veneza com você. Uma ideia romanesca, um desejo infantil. Quando eu era pequena, Veneza representava para mim o testemunho dos verdadeiros amores. A prefeitura, a Igreja casavam. Veneza abençoava.

É pueril, tolo, convencional. Não importa. Eu gostaria de me manter fiel a essa ideia como me mantive até hoje. E amanhã tampouco vou traí-la; lá estarei sozinha e vou pensar em você. De modo que não me está sendo doloroso, mas apenas saudoso.

Enquanto isso, estou me preparando e não é nada fácil. À parte a escolha e a "atualização" do "enxoval" que tenho de levar, tive de fazer algumas comprinhas e cuidar dos papéis. Como perdi minha carteira de identidade, passei a sexta-feira na Prefeitura, na delegacia, no departamento de objetos perdidos, na delegacia de novo, na delegacia mais uma vez e por fim na Prefeitura. De noite, exausta, já estava a ponto de jogar tudo para o alto — inclusive a viagem — quando a carteira foi encontrada. A alegria e o alívio que senti salvaram as senhoras da Cimura. Eu poderia matá-las.

O resto do tempo, passei digerindo os vários números da *Revue du cinéma*. Nada divertido — esses senhores muitas vezes falam muito para dizer pouco.

Caminhei em Paris, ainda sonolenta das meias férias e ainda sorrindo com a luz de agosto.

Encontrei Marcelle Perrigault, emagrecida, debilitada, e também embelezada pelas experiências sem danos nem sucesso.

Ouvi longamente as conversas monologadas de Angeles cujos meandros me canso em vão tentando acompanhar e assisti à chegada de um Juan bronzeado em meio aos latidos triunfais de 4 sous e ao sorriso pleno de sua mulher feliz.

Escrevi sem falta meu diário.

Refleti.

Dormi.

Só uma coisa agora se tornou insuportável para mim: a rádio. Liguei o aparelho duas vezes, mas desliguei imediatamente.

Organizei papéis. "Preparei" minha correspondência para responder quando voltar.

Aí está o que houve.

Como me vou daqui na terça-feira à tarde, com certeza vou acrescentar algumas linhas a esta carta até lá e no sábado te conto o resto, se você quiser. Sexta-feira mandarei um telegrama a Angeles, informando a hora exata da minha chegada.

Se puder me buscar, venha com ela, mas me espere num bistrô e informe a ela qual; é mais prudente para o caso de eu ser aguardada na estação por alguém da Discina[1] ou jornalistas enviados pela Cimura. É pouco provável, mas mais vale prevenir.

---

1 A Sociedade Parisiense de Distribuição Cinematográfica (Discina), fundada por André Paulvé em 1938, é a produtora do filme *Orfeu*.

Até lá, pense em mim, meu amor querido. Não esqueça que será o meu esteio a cada segundo. Não me esqueça. Você terá apenas dois dias inteiros a passar sem mim, o que já me aborrece tanto.

Eu vou chamar por você; ah! sim; vou chamar por você o tempo todo. Vou pensar naqueles que me amaram, em você, erguer a cabeça, sorrir, tentar ser corajosa. Tratarei de não me deixar atordoar e de manter o coração confiante daquilo que lhe foi dado.

E você me espere com confiança, em paz e seja feliz. Oh! Sim, seja feliz, meu amor querido; tenha coragem e seja feliz, aconteça o que acontecer. Te amo.

M.V.

Terça-feira de manhã [5 de setembro de 1950]

Parto esta noite de trem. Ontem de tarde só tive aborrecimentos; somados ao total desânimo com essa minha viagem inútil, eles estragaram um pouco e deixaram pesado o coração leve que o seu telefonema e o seu telegrama me tinham deixado; mas assim que tive tempo de respirar e refletir — à noite — consegui voltar a mim mesma e ao essencial. Não importa. Mas não deixa de ser exasperante perder algumas horas de paz e felicidade, quase, por causa de detalhes tão fúteis. Enfim, quando consegui me livrar de todas essas frivolidades, me entreguei inteiramente à lembrança da sua voz. Oh! Meu amor querido. Você também me faz falta e fico furiosa com a ideia desses dois dias perdidos para nós por causa de uma profissão que conta tão pouco na minha vida. As separações necessárias já são suficientemente numerosas e bastante longas e ainda vem se somar um problema material estúpido. Desde que cheguei a Paris, perdi a conta dos dias e noites e o tempo vai passando numa monotonia calma e morna. Esses dias todos de vida perdida! Todas essas possibilidades de felicidade desperdiçadas! Acaso existe crime pior no mundo?

Seu telefonema (obrigada, meu amor) me devolveu a confiança e a clareza definitivamente, mas me trouxe também uma impaciência renovada, um desejo exacerbado de te ver, de te tocar, de te tomar nos meus braços, de te manusear, de te acariciar, de te torturar, de te afogar enfim no meu amor vivo de novo. Estou parecendo um cavalo árabe impedido de voltar ao estábulo para dormir e comer seu feno, a pretexto de que fica "bem" na paisagem deserta.

Mas enfim, fazer o quê? Se tivesse ido à Gironda, minha permanência longe de você teria sido mais longa (na medida em que o eu lá tivesse ficado!)

De modo que estou indo, carregando duas malas pessoais e uma mala contendo um vestido de noite (!) de [Annie] Paulvé.

Li sem parar jornais e revistas de cinema e ando sonhando com Caligari com o bigode de Carlitos, com filmes de guerra ao estilo Walt Disney e desenhos animados de Rossellini. Espero que venham me falar de coisas bem diferentes e que essa visão de conjunto me ajude a identificar um pouco os pontos importantes da minha profissão.

Chego amanhã, 1 hora, a Veneza. E lá meu sofrimento começará; a curva ascendente da tortura chegará ao auge na noite de quinta-feira (apresentação de *Orfeu*) para em seguida mergulhar na alegria do retorno sexta-feira à tarde. Estou dizendo isto para seu governo... e o meu. Me siga — não me esqueça. Me espere. Sinto uma terrível necessidade de te encontrar — sem você eu morro. Te amo. Te amo — te amo. Coragem, meu querido amor! Coragem nessas salas frias dos médicos. Estou a seu lado o tempo todo. Até sábado. Já te beijo como vou beijar então.

M.V.

386 — ALBERT CAMUS A MARIA CASARÈS[1]

17 horas [18 de novembro de 1950]

Te adoro, matreira! Devia ralhar com você; mas estou feliz que nem um bobo. Não comece de novo ou te mato de beijos. Ah! Como esses dias são longos sem você — Obrigado, obrigado, meu belo amor. Te beijo, beijo teus lindos olhos. Até amanhã, enfim!

A.C.

387 — ALBERT CAMUS A MARIA CASARÈS[2]

Te amo.

A.

---

1 *Por correio pneumático.*
2 Cartão-postal inserido na correspondência anterior.

1951

388 — ALBERT CAMUS A MARIA CASARÈS

[10 de janeiro de 1951]

Vitória, minha Fanny![1]

389 — ALBERT CAMUS A MARIA CASARÈS

Valence[2] — *23 horas* [22 de janeiro de 1951]

Só uma palavrinha para te tranquilizar. A viagem até aqui correu bem. Meu jovem efebo me trouxe à última hora um jovem ratinho incrivelmente parecido com Pitou — só que por assim dizer quase nunca fala. Apesar dessa preciosa discrição, ele não é propriamente iluminado pela simpatia. Deve ser o gênero secreto, bem cômodo para quem não tem nada a esconder, só o vazio. Mas o efebo, que me disse que estava "por assim dizer a ponto de ficar noivo" do camundongo, pediu que eu não deixasse transparecer que estava sabendo, pois o camundongo tem lá sua dignidade. Achei que esse tipo de fauno bilíngue era o que te agrada. E como bom príncipe, lhes deixei esta noite os quartos comunicantes. Te escrevo com os olhos pesados de cansaço, mas de um bom cansaço. Não parei de chamar por você durante toda a viagem. Estou louco para saber como a peça funciona. Mas com remorso por ter dito tão mal o quanto gostei de você como Fanny. É que na verdade eu te amava e a felicidade e a admira-

---

1 Em janeiro de 1951, Maria Casarès interpreta o papel de Fanny em *A segunda*, de Colette e Léopold Marchand, encenada por Jean Wall no Teatro de la Madeleine. Albert Camus, que acaba de comprar um apartamento no número 29 da rua Madame, em Paris, assistiu ao ensaio geral da peça, viajando em seguida para Cabris. A estreia se deu em 15 de janeiro de 1951.
2 A caminho de Cabris, para um novo tratamento, Albert Camus passa por Valence.

ção que existem num certo amor me mantinham a boca fechada. Muitas vezes pude te ver grande no palco, mas sempre em situações extremas. Já era uma raridade encontrar alguém que falasse tão naturalmente a língua da tragédia. Mas é ainda mais raro permanecer grande na vida cotidiana, e se valendo de meios puros. Foi o que você expressou diante daquele público consternador. E se eu fingi que te chamava de minha Fanny, na verdade estava pensando "minha Maria": eu te reconhecia, tonto de felicidade ao pensar no nosso amor.

Boa noite, meu amor querido. Logo, logo você vai sair de cena. E eu quero dormir. Estou triste, mas com uma força estranha que começa a se agitar em mim. Pense em nós, fique bela. Beijo tua boca, ainda viva na minha, como ontem.

A.

390 — MARIA CASARÈS A ALBERT CAMUS

23 de janeiro [1951]

Meu amor querido,
São duas horas e meia. Estou sentada na cama. Lá fora, um vento cinzento e frio. Hoje de manhã, engrolei algumas palavras na rádio por volta de 11h30 depois de uma hora de espera. Ao voltar, tive a minha crise. Angeles me beijou muito, Juan me perguntava amuado: "*¿Porqué lloras?; ¡No hay que llorar!*"[1] e realmente me dei conta de que não havia por que chorar. Apenas, precisava relaxar os nervos e estava desde ontem com uma certa bola na garganta que tinha de explodir. Agora está feito; voltou tudo à ordem; mais uma boa noite de sono e tudo ficará bem. Que posso te dizer sobre a sessão de ontem?

Ataquei como um "bravo soldadinho" uma plateia defendida e cheia. Com a ajuda dos diferentes estímulos, aguentei firme até o quarto ato como uma heroína. Mas no segundo entreato o cansaço tomou conta do que me restava de ardor e se desempenhei bem a última cena, de qualquer maneira não me saí bem em relação aos meus bons dias.

No fim do espetáculo, em meio a alguns aplausos bem chochos (acho que a peça foi um fracasso), o grupo de estudantes que haviam mencionado se reuniu em torno do camarote da senhora Colette e um deles, com as mãos unidas pelos indicadores e os polegares, transmitiu seu elogio enquanto a sala

---

1 "Por que está chorando? Não chore!"

se esvaziava lentamente. Buquê de flores. Olhar de gata. E chegou a nossa vez, dos atores. Fazendo fila, chegamos ao camarote da Grande Querida e paramos como um só homem na entrada. "Você primeiro. Não! Você — Não, ora essa! etc. etc." Fotos, gritos, atropelo, frescor, calor, ordens diversas, piscadelas cheias de subentendidos, piadas e sobretudo... cansaço. Colette quis tirar uma "foto" sozinha comigo, mas sem deixar transparecer, claro. Nós duas éramos comparadas. Associadas. Estávamos cada vez mais parecidas. Ela me olhou de rabo de olho, feito siamesa. E eu respondi, de rabo de olho, feito persa.

Voltei ao camarim, em meio a uma turba que perguntava diante de mim onde estava Casarès. Tenho uma personalidade tão forte que nem me reconhecem mais de perto.

Vi uma Cocéa[1] exaltada, um Blanchar[2] *profundamente* comovido com minha interpretação, mas quando perguntei o que tinha achado da peça ele respondeu que devíamos ter feito um entreato depois do segundo, e só um.

Quanto a detalhes pitorescos, foi o que não faltou. Vou contar um: Brûlé[3] foi falar comigo antes da récita para dizer que ia *aplaudir na minha entrada!*
"Minha entrada... mas ficou louco?
— Por quê? Cria um clima.
— Mas não quero. Só iria me atrapalhar..." etc. etc. O que eu não daria para você ter visto o ar de espanto dele.
Está vendo a que ponto chegamos?

Acabo de falar com você e só tenho uma vontade: te beijar todo.
Agora poderei dormir e me refazer um pouco. Obrigada, meu amor querido, meu lindo rosto, meu bem-amado. Hoje, nesse esgotamento, sinto falta dos braços quentes do meu companheiro; amanhã sentirei falta do seu belo olhar; depois vou sentir falta...
Oh! Descanse e trabalhe bem, meu querido; será meu único consolo. Se recomponha. Se isole. Esqueça tudo. Que nossos problemas pelo menos gerem bons frutos. Te amo. Te amo tanto. Não sabia que eu era capaz de uma ternura tão grande, maior ainda — se possível — que meu amor e minha paixão por você. Estou muito feliz. Muito feliz por você, por nós, e até por nossas lutas e

---

1 A atriz, cineasta e diretora teatral Alice Cocéa (1899-1970), de origem romena.
2 O ator e cineasta Pierre Blanchar (1892-1963), que interpretou entre outros o pastor Jean Martens em *A sinfonia pastoral*, de Jean Delannoy, em 1946.
3 O ator André Brûlé (1879-1953), na época diretor do Teatro de la Madeleine.

nossas tristezas. Coragem meu amor querido. Coragem! Esqueça tudo. O que você foi. O que vai se tornar. O que esperam ou não esperam de você. E diga o que tem vontade de dizer, sem restrições. Mas não esqueça: seja bom, generoso. As palavras certas aparecem quando você treme na extremidade da sensibilidade e da inteligência. Tome uma certa distância. Não se deixe levar pela paixão aguda e cortante da nossa época... Indulgência, compreensão, simpatia, amor, amor. E depois, como se trata de um ensaio, você enfeita, junta, explica, se vira com sua terrível clarividência.

Não esqueça — se recomponha; olhe tudo do alto. Veja como tudo é pequeno. Se libere de tudo. Vá, querido. Te espero aqui embaixo, bem pequenina, ofegante.

Vamos descansar juntos, depois. Te amo

M. V

391 — ALBERT CAMUS A MARIA CASARÈS

Quarta-feira, 22 horas [24 de janeiro de 1951]

Cheguei às 17 horas depois de um dia inteiro de estrada debaixo de chuva forte. Cabris estava molhada e chuvosa. Ainda por cima, não me deram o quarto grande e cômodo para o trabalho que eu tinha pedido. Estava ocupado e eu voltei ao quarto-pardieiro do ano passado. Não sei onde enfiar meus livros e papéis. Só a cama é grande e não me adianta nada, tomando lugar do resto. Fiquei tão decepcionado que tive vontade de ir para outro lugar, encontrar refúgio razoável.

Agora de noite, vou me conformando aos poucos, e além do mais fico pensando que no fundo não tenho direitos sobre nada, tenho mesmo é de me virar com o que consigo. E sobretudo, encontrei sua carta, que não estava esperando e me trouxe de novo a doçura. Sim, vou tentar trabalhar. Mas falo disso uma outra vez.

Herbart e Martin du Gard estão aqui, e os reencontro com prazer. Não vão me incomodar, vou encontrá-los apenas nas refeições, pois também estão aqui para trabalhar.[1] Quanto à futura noiva do meu jovem efebo, foi para a casa da

---

1 Ver Albert Camus & Roger Martin du Gard, *Correspondance*, Gallimard, 2013, carta de 2 de fevereiro de 1951. Albert Camus reside na época na Auberge de la Chèvre d'Or, onde os dois amigos se encontram para almoçar; Roger Martin du Gard por sua vez mora na casa de Pierre e Élisabeth Herbart.

mãe, apenas esquecendo de me agradecer por tê-la transportado durante dois dias. Esta geração não tem coração.
Esta cartinha era apenas para te avisar que cheguei em bom estado. Se quiser que te chegue rápido, terei de postá-la logo — com todos os beijos do mundo, e meu longo amor, minha querida

A.

Obrigado por me ter escrito tão rapidamente, minha carinhosa.

392 — MARIA CASARÈS A ALBERT CAMUS

25 de janeiro de 1951

São 2 horas da tarde; estou deitada para curar uma gripe que está surgindo. Almocei na cama ao voltar da breve viagem a Joinville, aonde tive de ir hoje de manhã às 8h30 para gravar o texto empolado que o Sr. de Ribemont[1] gestou para ilustrar um excelente documentário sobre a obra de Watteau.

Ontem, não pude te escrever duas linhas. Levantei muito cedo e fui para a rádio às 9 horas. Lá encontrei Blin, Serreau e Adamov, que se sentiu na obrigação de me oferecer uma brochura suja de *A grande e a pequena manobra*[2] com dedicatória rebuscada, a lápis: "com *toda* a minha admiração e *toda* a minha simpatia". Lá estavam também F[rançoise] Morhange, sempre estranha e viril, É[léonore] Hirt,[3] evanescente, boa, prestativa, resignada, dignamente apagada, comovida à simples menção do teu nome, e Médina.

Gravamos pequenos fragmentos de *Estado de sítio* e se R[oger] Blin como Diego gaguejou muito corretamente, em compensação Médina como Nada (!) impôs cada sí-la-ba com uma obstinação, uma energia e um brilho acima de qualquer louvor. A rádio realmente reserva grandes alegrias. Para concluir, dissemos em espanhol, eu, Médina (a mudança de língua não implica diferença

---

1 *Les Fêtes galantes (Watteau)*, curta-metragem de Jean Aurel, 1950. Comentário do escritor Georges Ribemont-Dessaignes (1884-1974).
2 Roger Blin (1907-1984), Jean-Marie Serreau (1915-1973), Françoise Morhange (1915-1984) e Albert de Médina (1920-2009) estão entre os intérpretes de *La Grande et la petite manœuvre*, de Arthur Adamov (1908-1970), dirigida por Jean-Marie Serreau na criação da peça no Teatro des Noctambules, a partir de 15 de novembro de 1950.
3 Ver nota 2, p. 489.

de talento) e um rapaz andaluz criado na França desde o nascimento (bastava ouvi-lo) um trecho de uma peça de Valle-Inclán, legendada em francês depois de cada frase, pelas vozes de Éléonore e Serreau. Nem adianta descrever o resultado dessa proeza radiofônica. Eu teria de voltar esta tarde ao estúdio para completar a rodada com uma cena de *Hamlet* e o fim dos *Cenci*, mas felizmente a gripe me impediu de contribuir para esse belo esforço dramático e musical.

Quanto à tarde, passei na rádio e no teatro, onde saboreamos um entreato de qualidade.

Tínhamos de fazer cortes, pois nossos prezados amigos, mal habituados ao insucesso — hábito difícil de adquirir — decidiram dar ouvidos a todo mundo e mais precisamente a todas as críticas. Infelizmente, estas não são muito semelhantes e até, com frequência, se revelam opostas. Que fazer, então?

Já anteontem o abatimento reinava nos bastidores e quando fui prestar minhas homenagens à Srta. Perdrière[1] dei com ela toda radiante (certamente não tinha lido *Le Monde*!), acompanhada do Sr. e Sra. Brûlé, pálidos (eles tinham lido!). A senhora estava discursando — "Era preciso fazer isto, fazer aquilo, atuar assim, assado." Eu não queria me deixar dominar pelos nervos e a raiva, estávamos para entrar em cena, mas aquela ducha fria antes da primeira representação em público me parecia intolerável, vindo de pessoas que no dia do ensaio geral não tinham mandado nem uma rosa. Quase gritei para a senhora: "Ora, ora! Soldadinho, posição de sentido, agora ou nunca!", mas felizmente sua idade me calou a boca. Eu disse simplesmente que não era sua "netinha", que não precisava estar ali ouvindo o que ela queria dizer e que, considerando que quanto à parte artística ela mesma escolhera um diretor e vários autores, eu só tinha com ela relações administrativas.

Aí, como Brûlé, para arranjar as coisas, confessou que tinha se enganado sobre a peça, achando que era boa, e queria que eu dissesse o mesmo, acrescentei que não considerava meu ponto de vista cegamente e que, apesar da opinião de R[obert] Kemp, continuava gostando de *A segunda*.

Em seguida atuamos para um público frio, ao lado de um André Luguet[2] vaiado ao sair de cena no quarto ato.

Ontem o clima tinha mudado. Brûlé, tal como na véspera, talvez um pouco mais ácido, só recuperava o sorriso para mim e se Goudeket, Marchand e

---

1 Hélène Perdrière integra o elenco de *A segunda*.
2 O ator André Luguet (1892-1979).

sua mulher ficavam mais à vontade quando eu me aproximava,[1] meus colegas em compensação com um sorriso tenso perto de mim. A paisagem tão cara a Colette, a paisagem dos rostos humanos, não dava muito gosto de ver e dos bastidores emanava um cheiro de roupa suja abafado com água-de-colônia barata.

Não vou te chatear contando em detalhes essa sessão de cortes. Basta saber que veio tudo para fora, que cada um apresentou seu pacotinho de amargura desagradável e que raramente eu assisti a um espetáculo semelhante.

Hélène [Perdrière] quis entregar o papel porque não admitia "certas coisas", e como eu concordei em não falar da pequena Vivica, de Atalante etc., ela me garantiu que se tratava de um texto que, apesar de dito por mim, dizia respeito diretamente ao seu personagem e que se a apatia de Fanny fosse abrandada com uma única frase, transformando Jane numa megera, ela se recusava a continuar com o papel. No fim, como eu dissesse calmamente que para mim não fazia a menor diferença dizê-lo ou não dizê-lo, ela soltou, azeda: "Pois para mim faz! Cada um por si, não é?" E foi contida por um "oh!" escandalizado de Zorelli.[2] Na véspera, todo mundo no teatro tinha perguntado por que haviam eliminado o meu anúncio. E responderam que eu é que tinha solicitado.

Quanto a Luguet, não se conformava com o fato de termos cortado *exatamente* as réplicas durante as quais ele tirava os sapatos e as meias e embora Goudeket num momento de cansaço soltasse um "tanto melhor" que ele ouviu, continuava buscando um momento antes ou depois para executar seu querido jogo de cena, do qual acabou abrindo mão. Além disso, não entendia o que Gautier tinha querido dizer sobre o seu tom e lembrando as vaias da véspera dizia: "Vocês não entendem, é muito grave! Eles estão vaiando Farou, e não a mim. Eu fiz a minha saída de ator, mas o personagem é que foi vaiado! De modo que vou me permitir alterá-lo, torná-lo mais cômico para que fique parecendo menos palerma... não importando o que vocês achem..." *Textual*.

Quanto a Zorelli, duas enormes lágrimas de bom cão tremiam nos seus olhos. Ela se calava, enquanto Paula Valmond[3] — o teu monstrinho — protestava, escandalizada: "Eu nunca imitei Pauline Carton!"

---

1 Maurice Goudeket (1889-1977) é casado com Colette desde 1935; Léopold Marchand (1891-1952) é roteirista e dramaturgo; grande amigo de Colette, ele adaptaria várias obras suas para o teatro, entre elas o romance *A segunda*.
2 Janine Zorelli, que interpreta o papel de Clara Cellerier em *A segunda*.
3 Paula Valmond, intérprete de Rose Beryl em *A Segunda*, está se referindo à atriz e cantora Pauline Carton (1884-1974).

Imagine a cara do bom L[éopold] Marchand às voltas com a crítica, os diretores, os atores, Colette e... uma dor de dente que tinha começado durante a noite. Imagine Goudeket desolado, correto, revoltado, irônico. E no meio de tudo isso, me imagine, de repente posta de lado, como uma estranha, impassível e morta de cansaço e repugnância.

Ó, jovens do cartel, tão ricos!

À noite, relaxamos um pouco, apesar da receita baixa que cada um encontrou (como toda noite) na nossa mesa de maquilagem. (A arte em números.)

Eu disse a Hélène [Perdrière] que tinha ficado magoada e imediatamente não estava mais. Ela me disse que tinha gritado aquilo para Brûlé. Luguet veio ao nosso encontro, nos cumprimentando como "triunfadoras", os cortes que abreviaram o primeiro ato o deixaram melhor, o público foi bom e no fim das contas Hélène e eu tínhamos estado inspiradas no fim do quarto, pela primeira vez desde os ensaios. E nos despedimos amigavelmente — pelo menos na forma — para nos refugiar com alegria nesse dia que nos poupa dessa noite no Teatro de la Madeleine.

Pronto, meu querido amor, é onde estamos. Quanto ao resto, estou mandando os recortes de jornais publicados até hoje.

E agora vamos fechar a cortina sobre essa aventura, está bem?

Hoje de manhã, ao voltar, encontrei sua primeira carta, a que você me mandou de Valence. Ela me deixou feliz pois percebi você renascendo vagamente. Me deixou feliz também porque encontrei nela o seu amor e existem coisas que jamais me cansarei de ouvir. O que existe de verdadeiro está no sol, no céu, no mar, em algumas alegrias puras — as alegrias infantis — e em você, em nós. O resto é apenas pitoresco. Nós temos o que existe de melhor, a profunda segurança de que basta nos encontrarmos, falar um com o outro, pensar um no outro para que a beleza desabroche em nós, entre nós, e seria um pecado recusar ou não valorizar o que nos é dado. Os arrependimentos só podem comprometer nossa imensa alegria. É só afastá-los. Nos livrarmos deles. Vamos desfrutar, meu querido; desfrutar de nós e de tudo que amamos — sem nos entregar a saudades ruins. Não devemos mais dizer: "Precisamos sempre nos separar." Estamos unidos para sempre e só devemos pensar na hora do retorno. Só uma coisa conta: os arrependimentos irreparáveis do último dia; acontece que nesse momento não são nossas separações que estamos lastimando, mas nossas distrações mútuas, aquelas que nas horas de cansaço, de perto ou de longe, nos terão impedido de nos amar e de amar na alegria ou no sofrimento aquilo que valorizamos. Então não vamos mais pensar no nosso afastamento.

Você, trate de olhar ao seu redor; Cabris deve estar linda neste momento. Paris também está radiante. E eu estou bem aqui, abrigada no seu calor.

Te espero, leve, com uma alma de criança, sonhos de crianças, espantos e alegrias de criança. O próprio espetáculo da mediocridade é para mim fonte de gratidão; ao voltar ao nosso apartamento tenho a sensação de caminhar no paraíso.

Te amo, meu querido amor. Te acompanho, cuido de você, de nós, de mim. Te amo infinitamente. Trabalhe. Não escreva se não sentir necessidade; quando sentir muito a sua falta pedirei socorro e bastará você me mandar algumas linhas.

Descanse e trabalhe, monge. Pode me esquecer na sua austeridade, tenho amor suficiente para dois.

MV

393 — ALBERT CAMUS A MARIA CASARÈS

Sexta-feira, 15 horas [26 de janeiro de 1951]

Meu querido amor,

Agora estou praticamente instalado no meu trabalho. Mandei armar três mesinhas no meu quarto, dispostas em forma de ferradura, e sentado no meio do ferro, cercado das minhas anotações e dos meus enormes livros, empreendi a reconstrução desse maldito ensaio. Desde ontem estou aplicando a minha programação que vou resumir de uma vez por todas, pois minha vida vai se tornar tão monótona que relendo o que se segue diariamente você vai saber tudo que precisa saber sobre mim. Acordar às 8 horas, desjejum, toalete, no trabalho de 9 até 12h30. Almoço. De 13h30 a 15h30, descanso, ou seja, leitura ou correspondência. De 15h30 a 19h30, trabalho. Jantar. De 20h30 a 22h30, trabalho. Deitar. E começa tudo de novo. Também me lembrei das suas recomendações sobre os passeios. Mas se puder mergulhar completamente no meu trabalho, prefiro. No dia em que estiver liberado, minha vida vai retomar um curso normal, enfim, e cuidarei do meu corpo. E rapidamente darei um jeito. Por enquanto, é um autêntico retiro, ainda mais austero por causa da chuva ininterrupta.

Acabo de ler em *Combat* a crítica sobre *A segunda*. É boa para você, mas a considero injusta para a peça. Se tivesse sido interpretada mais corretamente, pelos homens, ficaria claro pelo contrário que é melhor que *Querido*. Dito isto, estou louco para saber mais. Sua boa carta, que encontrei ao chegar, me aqueceu o coração — mas eu estava, estou precisando, e espero outras. Me conte os seus dias, sobretudo, tenho sede do seu tempo.

Quanto ao resto, quero esquecer tudo, exceto minha decisão de concluir o que comecei. Não precisa se preocupar, vou resistir à terrível paixão que se respira na nossa época. Tampouco é a verdade que eu temo, e a diria tranquilamente, se fosse possível. Temo apenas não a ter comigo, ou pelo menos me enganar. A inteligência de nada vale sem a coragem. Mas sem inteligência, a coragem é mesquinha, ou frívola. Sim, a única coisa que temo é estar aquém da minha missão. Mas é o que vou descobrir indo até o fim dessa missão.

Esqueci de te dar o cartão-postal para Feli (1). Mas vou ver se posso mandar mimosas para ele daqui. Também vou escrever para Brûlé, como você sugeriu (não tinha pensado nisso, para você ver como sou tapado). Espero, contra mim mesmo, que a peça se sustente, pelo menos até o verão — e que pelo menos nessa frente você seja poupada de preocupações. Mais uma longa e dura ausência! Mas eu te trouxe para o meu retiro, ainda mais apertada contra mim, decididamente minha, e tudo que eu faço, faço com você, minha amiga, meu amor. Te beijo e te amo,

A.

Uma foto, por favor, para a cela do pobre monge — e lembranças ao fauno.[1]

(1) me dê de novo o nome dele: Lopez de quê? Avenida Henri Martin, 78 *bis* (?)

394 — MARIA CASARÈS A ALBERT CAMUS

Domingo, 28 [janeiro de 1951]

Os dias são devorados pelos estúdios de rádio, o teatro e minha cama na qual caio logo que posso para recuperar as horas de sono que faltam. No momento, vivo em plena inconsciência, em pleno estado de semivigília.

---

1 Pierre Reynal.

Os programas se sucedem sobre Kafka, sobre Lorca, sobre as criaturas picassianas etc., e ainda não tenho coragem de recusar por medo de um insucesso da peça por causa das críticas.

No teatro, contudo, a receita está subindo e os nervos acalmam. Sexta-feira fizemos 25.000 francos a mais que na quarta, ontem à noite chegamos a 360.000 e as vendas para a vesperal de hoje parecem brilhantes. Os cortes, o enxugamento geral, o novo estilo Farou, algumas mudanças de encenação tornaram o espetáculo mais leve, e o público parece satisfeito. Veremos.

De qualquer maneira, Brûlé, sua mulher e o pequeno príncipe deles recuperaram seus sorrisos iluminados; nos bastidores, tudo voltou à ordem.

Minha falta concreta de tempo me impede de conviver com muita gente e para mim é difícil te informar dos mais recentes acontecimentos mundanos. Te informo simplesmente do que ouvi dos colegas de microfone. Éléonore [Hirt] me confirmou o que andam dizendo sobre S[imone] Valère e Desailly.[1] Ela abandonou o marido para viver com ele, que se separou da mulher e dos dois filhos. É o resultado de uma turnê pela América do Sul e de um casamento de duas pessoas jovens demais para enxergar adiante do nariz.

Simone Signoret abortou. O filho estava alto demais. Ela está numa clínica; doente e triste. Vi Montand bem decepcionado e abatido.[2]

Gérard Philipe está montando na rádio a última peça de Lorca, *Cinco anos se passaram...*[3] Acrescentou um texto seu e eliminou cenas que lhe pareciam supérfluas — para a realização técnica, escolheu um diretor radiofônico que brilha pela ausência; ele mesmo se encarrega de todo o trabalho e só ouvindo seu tom de mestre quando interrompe uma cena para dizer: "Aí, não é?", eu queria me divertir com alguns ruídos, alguns grunhidos denotando a presença do "jogador de rúgbi". Também assume o papel principal e não hesita em demitir um jovem ator cuja voz lhe parece um pouco grave demais. Quando terminou a primeira sessão, eu não conseguia fechar a boca, escancarada desde o início.

---

1 Simone Valère e Jean Desailly se conheceram nas filmagens de *O viajante do Dia de Todos os Santos* em 1943; ambos entrariam para a companhia Renaud-Barrault em 1946.
2 Simone Signoret e Yves Montand se conheceram em agosto de 1949 em Saint Paul de Vence; depois de se divorciar de Yves Allégret, a atriz se casa com Yves Montand em 22 de dezembro de 1951.
3 Maria Casarès está entre os intérpretes dessa adaptação radiofônica para a Radiodifusão Francesa, ao lado de Gérard Philipe, Jacques Charon, François Chaumette etc. O texto é adaptado por Marcelle Auclair, cabendo a produção a Gérard Philipe e a direção a Gérard Herzog.

Dito isso, a culpa não é muito dele; os outros, os que o cercam e riem pelas suas costas, é que deveriam ser condenados.

A semana que vem ainda será dura, amanhã por exemplo, estou ocupada com Kafka, em companhia de Adamov, sua mulher, Blin etc., de 9 a 1 hora e de 2 a 6 horas da noite; portanto não terei tempo para te escrever. Outros programas me aguardam, e além do mais comecei a aceitar almoços — com os Quéant,[1] os Bouquet, Michel Lemoine,[2] os Laporte[3] etc.

Mal tenho visto Pierre [Reynal], ocupado quando eu estou livre, livre quando estou ocupada.

Em casa, tudo bem. Angeles e Juan exultam com meu sucesso, o aquecimento vai se normalizando, mas hoje de manhã uma torneira arrebentou no quinto andar e todo o apartamento de baixo ficou inundado. A água foi cortada na casa toda e esperamos que amanhã tudo se resolva.

É o que tenho para contar.

Do ponto de vista da saúde, acho que consegui sufocar minha gripe no nascedouro, e dentro de um mês vou tomar uma caixa de Activarol para remediar o cansaço dos últimos tempos.

Quanto ao resto, simplesmente não existe. De noite, ao voltar, tento com todas as forças me recompor, me isolar, me recuperar um pouco, juntar as ideias. Mas que nada... Cansada demais, caio no sono. E por sinal é melhor assim, talvez, no momento.

E você, meu querido amor? Conseguiu se virar com seu quartinho e a chuva? Já começou a trabalhar? Fiquei feliz de saber que Herbart e Martin du Gard estão por aí. Não são má companhia; talvez até a única companhia de que você precise para relaxar sem se distrair do trabalho.

Ontem estive com Marcelle Auclair (fui tomar algo na casa dela); desde que escreveu a vida de Santa Teresa ela anda com um olhar macio, a glândula lacrimal caridosa e a boca em meia-lua; seu sorriso cheira a beatitude eterna e suas maneiras a incenso. Pelo que diz, ela se limitou a contribuir para a redação do seu livro, pois o grosso do trabalho foi feito pela própria santa. Será que

---

1 O ator Gilles Quéant (1922-2003) e sua mulher.
2 O ator Michel Lemoine (1922-2013), visto em especial, em 1946, na adaptação de *Ratos e homens*, de John Steinbeck, encenada por Paul Œttly.
3 O escritor René Laporte (1905-1954), autor em particular de *Federigo*, montada por Marcel Herrand no Teatro des Mathurins em 1945, tendo como intérpretes Gérard Philipe, Maria Casarès e Jean Marchat.

você, ó monge, não poderia invocar Sade, por exemplo, e se deixar ir ao sabor da sua pena? Pense no caso. Apenas, depois, antes de voltar, trate de esquecer. Pessoalmente eu prefiro as volúpias suaves.

Não sei mais o que te dizer. Não sei em que estado você se encontra e não quero chocar alguma hipersensibilidade que tenha no momento.

Mando separadamente a continuação dos recortes de jornais que eu consegui. Mais tarde, enviarei algumas fotos da peça para que você possa me ter, sorridente, bem junto.

Te amo a cada instante, em cada coisa que olho, que toco. Te amo em todas as minhas alegrias, e você está sempre aqui para acalmar minhas fúrias ou minhas dores — te espero, calmamente, pacientemente (um pouco impacientemente, também, já!) feliz de te guardar em mim tão perfeitamente.

Me esqueça, mas não me esqueça. Se isole, mas me faça povoar a sua solidão, o seu silêncio. Trabalhe e descanse. Beijo tua boca fresca, teus belos olhos, tua fronte luminosa, teu lindo nariz, tuas mãos pálidas e suaves... tão suaves... Meu amor,

M
V

395 — MARIA CASARÈS A ALBERT CAMUS

[28 de janeiro de 1951]

Como combinado estou enviando notícias da peça. Parece que Paul-Louis Mignon anunciou que sairá amanhã sua crítica de *A segunda* e se limitou hoje a falar quase unicamente de mim. Palavras que repetiram para mim: "Notável" e "Linda gatinha".

Pessoalmente, não entendi nada.

V

396 — ALBERT CAMUS A MARIA CASARÈS

Domingo, 15 horas [28 de janeiro de 1951]

Meu querido, bom, doce, grande amor, sua carta de ontem me trouxe um calor que ficou comigo até agora. Eu não a tinha entendido direito porque a lera, claro, antes dos cortes. Depois de engolir essa má literatura, entendi. Ah! Minha generosa, é preciso entender. Há pessoas que não conseguem viver sem o sucesso e que por sinal se tornam melhores com o sucesso. É porque não têm nada, pobres coitadas. Imagine só: Armand com sucesso, ainda vá lá. Mas sem? E digo Armand não por ele, mas pelo que significa, de qualquer maneira. E ainda estamos falando da melhor — estou aqui pensando nas outras. Fiquei rindo sozinho (riso de amor, é muito doce) de pensar na cara dessa gente ao saber que você estava abrindo mão do seu anúncio. É o gênero castelhano, claro, mas a gente não anda por aí propriamente tropeçando em hidalgos.

    Dito isto, estou realmente consternado com a recepção à peça. Espero que ainda assim o público apareça, pois há vocês todos, e Colette, o que deveria ser suficiente. O artigo de [Thierry] Maulnier em *Combat* estava generoso, não? O essencial, na verdade, é que todos tenham reconhecido o que você fez.

    Agora descanse meu amor, você mereceu. Agora posso dizer que temi por você. Estava tranquilo quanto ao que você faria, mas conheço nossos juízes e sei que eles não gostam de ser incomodados em seu mundinho de ideias. Era uma aposta difícil, vencida com brio. Se a peça não se aguentar, você terá problemas de dinheiro, mas o principal está salvo. A gente dá um jeito. Beijo apaixonadamente teu rosto de vitória exausta, aquele rosto da noite do ensaio geral dos *Justos*, minha Dora querida.

    Quanto a mim, estou realmente, e como queria, mergulhado no meu trabalho. Desde quinta-feira trabalho a um ritmo de 10 horas por dia, ininterruptamente. O que sai e vai sair disso, nem quero saber se presta. Me sinto em boa forma física e espero aguentar até o fim. Mas isso me empobrece em tudo mais. Só o que vive é o meu amor por você, mas ele tem uma certeza quente, e me deixa constantemente feliz.

    Se houver um dia ou dois sem cartas, é sinal de que estou trabalhando. Mas estou tranquilo. Quando fico um dia sem te escrever, começo a ficar inquieto, preciso falar com você. Mas sobretudo não se preocupe. Com você, eu tenho toda a sorte do mundo. Escreva. Conte tudo, como sabe fazer. Te amo, minha querida, minha negra, e beijo todo o teu corpo, macio como as lágrimas, às vezes, lembra? Até logo, te espero.

A.

    Estou enviando selos para Angèle com mil recomendações para ela e Juan — e o fauno. Quer que eu devolva os recortes?

O telefone aqui é o número 3 em Cabris, nas horas das refeições. Mas ele fica na sala de convivência, infelizmente! Isso, em caso de urgência.

397 — ALBERT CAMUS A MARIA CASARÈS

Quarta-feira, 15 horas [31 de janeiro de 1951]

Fiquei muito feliz, há pouco, de te ouvir no telefone, meu querido amor. Apesar da sua voz triste e do céu amuado que adivinhava nas suas janelas. Você também está trabalhando demais e se parecer que a peça está engrenando deveria recusar todas as rádios durante um mês. E por sinal tenho certeza de que para eles sairá menos caro levar a peça até junho, mesmo com uma receita medíocre, do que providenciar tão tarde assim uma nova montagem. Pergunte a [André] Brûlé o que ele pretende e se ele disser que pretende seguir até junho aproveite os seus dias para descansar, se recompor um pouco e se fazer bela. Neste caso também, pense no pobre exilado que regularmente dá conta da sua tarefa cotidiana e depois de 10 horas de trabalho, lamenta não poder trabalhar mais para esquecer a saudade e a queimadura das lembranças. É o período difícil, querida Arícia,[1] as noites são desconfortáveis. Mas parece que vai nevar e fazer ainda mais frio — o que vai me dar uma certa trégua.

Ontem recebi sua carta, viva e doce. Graças a você, estou sabendo do principal sobre a vida parisiense. Que droga o problema do encanamento — mas certamente é coisa dos americanos. Que pena por Nicole Desailly, ela era um amor. Mas também Simone era tão agitada que ao primeiro vento de tempestade tinha mesmo de se soltar da árvore (em matéria de tempestade, Jean D[esailly] está mais para leve brisa noturna). Decididamente, é a paixão que conduz o mundo. Mas não consigo levar nada disso a sério. Quanto a Gérard [Philipe], quero que se dane.

Aqui é a paz total e monótona dos dias de trabalho. Só uma surpresa: Robert [Jaussaud] veio jantar ontem à noite e foi embora hoje de manhã bem cedo, fazendo uma manhã esplêndida. Depois que ele se foi, abri minhas janelas e me acomodei para trabalhar num sol brilhante e frio. Os campos estavam

---

1 Arícia, personagem citado na *Eneida* como mãe de Hipólito; em *Fedra*, de Racine, ela é uma princesa ateniense feita prisioneira por Teseu e pela qual o filho deste, Hipólito, se apaixonou.

cobertos de geada, mas com um céu radioso. Alguma coisa em mim renascia, e ficou se agitando suavemente até a hora do almoço. Por isto eu devia estar com um ar parado e feliz no telefone. Hoje à tarde, meu coração voltou a ficar pesado, mas vou voltar à minha mesa de condenado.

Seria a felicidade se você estivesse aqui, tenho uma cama imensa e você ficaria deitada lendo enquanto eu trabalhasse. Ah! Como eu gostaria! A hora do cair da noite não seria mais tão opressora. Significaria que estava chegando o calor verdadeiro, o livro fechado, os corpos se apoiando um no outro. Minha doce, sua ausência dói. Mas eu penso em você e te amo, espero que teu lindo rosto que beijo com cuidado, à beira do sono, para que você me leve na sua noite.

A.

398 — MARIA CASARÈS A ALBERT CAMUS

Quarta-feira, 31 [janeiro de 1951]

Meu querido amor,

Anteontem eu já queria te escrever, depois daquele telefonema em que não me deram chance de falar livremente com você um só instante. Ontem, recebi sua carta, sua bela carta de domingo e ainda estou maravilhada. Sim, você tem esse enorme poder de me maravilhar de repente e a cada vez fico emocionada de felicidade e amor.

Infelizmente tive de esperar pacientemente hoje de manhã e falar com você, ao acordar, como é possível quando ainda se está meio dormindo.

Segunda-feira, passei um desse dias vazios e bobos que me horrorizam. Tendo levantado às 7h30 para ir à rádio, só então me dei conta de que tinha errado de dia e não tinha nada que fazer no estúdio. Voltei a me deitar e tentei em vão dormir de novo. Só consegui uns pesadelos pavorosos que sem dúvida contribuíram para estragar o resto do dia.

À noite, estava mole e como o público não era grande atuei medianamente. Ao voltar li um pouco (ainda Tolstói) e fui deitar; ontem os Quéant[1] e Reynal vieram almoçar aqui em casa. Que espetáculo constrangedor essa derrocada

---

1 Ver nota 1, p. 664.

lenta porém certa de todos esses jovens casais que se uniram cedo demais e se mostram incapazes de atender às próprias necessidades e dos filhos. Gilles emagreceu muito; achei-o triste como um dia sem pão (é o caso de dizer) e sua mulher, antes toda alegre, hoje apagada como uma corça acuada. Vou jantar na casa deles quinta-feira e tentar ajudá-los como puder cuidando mais um pouco da minha afilhada do que tenho feito.

Depois de mais uma sessão Lorca — mais naturalmente simples que a primeira — e depois de ter jantado em casa, fui para o teatro onde nos restava uma récita dura na queda. O espetáculo seria gravado para a rádio na tentativa de conquistar o público. Tínhamos portanto de nos mostrar impecáveis.

Havia 150.000 francos de entradas vendidas, mas a sala estava cheia. Para isto tinham sido tomadas as devidas providências. Pessoalmente eu convidara vinte e duas pessoas, algumas da colônia espanhola.

Não sei como nos saímos. A dar crédito aos comentários *posteriores*, só eu ainda segurei a onda. Luguet só faltou abrir a braguilha, o menino estava mais feio que nunca, Zorelli se acomodou, a menina também, e Hélène [Perdrière] assumiu seus ares açucarados. Mas apesar de tudo continuo considerando que o personagem mais bem-sucedido era o do público. Eles se mostraram além da perfeição. Todas as entradas...! Muitas saídas...! E nem consigo descrever o ENTUSIASMO no fim de cada ato. Os aplausos não paravam mais... E até gritos.

Mas eu não consegui ficar séria. Nos agradecimentos, quando levantava a cabeça, meu olhar invariavelmente se agarrava a um rosto conhecido e eu via um par de mãos avermelhadas com o esforço e dois olhos arregalados, fixos, concentrados nos aplausos exigidos. Numa poltrona, era Gilles [Quéant] se agitando em seu corpo infinito acompanhado pela mulher a mil de voltagem. Mais adiante, Stella Dassas[1] e Pierre [Reynal] faziam mais barulho sozinhos que a sala de Chaillot superlotada no fim de qualquer concerto. Bem pertinho, os Jimenez[2] se desmanchando de entusiasmo. À direita, a conterrânea de Angeles, Encarna e Regina vermelhas de agitação. E no meio, ocupando uma fileira pelo menos, a família de Pepita e a própria Pepita contribuíam para o conjunto da obra com o sangue e o calor da Espanha.

Pobrezinhos! Ninguém ali sabia que no rádio só a peça é ouvida e os aplausos são cortados.

---

1 Ver nota 1, p. 326.
2 Ver nota 3, p. 45.

Enfim, tudo correu bem e... ninguém gaguejou. Era o principal. Depois do espetáculo, fui pela primeira vez em muitos dias beber algo ao lado, com meus convidados. E naturalmente encontrei Paul [Œttly], completamente bêbado.

Pierre me entregou o programa que eu ainda não tinha visto e pediu que te enviasse estas duas páginas para serem emolduradas e incluídas no quadro de serviços da sua próxima peça.

Estou feliz, meu querido, de saber que finalmente está mergulhando no trabalho. Muito feliz. Na sua penúltima carta você dizia que a coragem sem inteligência é mesquinha ou frívola; nem era preciso, me parece. Quando falo com você, é num certo nível em que a mesquinhez e a frivolidade não têm mais lugar. Gostaria que você se habituasse comigo a deixar de lado certas coisas que não podem te tocar.

Ah! Não aguento mais! Desde o início desta carta, não parei de ser interrompida. Telefone. Angeles. Juan. Pierre. Minha nossa senhora! Como essa gente me aborrece!

Perdão, meu amor. Indulgência, paciência, compreensão, simpatia.

Vou te falar do meu coração esta noite ou amanhã. Não consigo continuar te escrevendo nessas condições.

Te amo!

M
V

Eu sou paciente... mas eles me irritam.

399 — ALBERT CAMUS A MARIA CASARÈS

Quinta-feira, 15 horas [1º de fevereiro de 1951]

Doce amiga, sua carta de ontem, que chegou hoje, estava bem nervosa — mas apesar disso boa de ler. E além do mais havia essas lindas fotos, que me deixam com água na boca. Quanto ao texto de Luguet, já o tinha saboreado no ensaio geral. É um lúcido. Minha "linda boca" está bem ruinzinha nessas fotos. Tem certeza de que não foi influenciada na sua escolha por certos pensamentos baixos? De qualquer maneira, vou recorrer à tesoura para ficar apenas com a minha Fanny. E assim meu quarto nu vai ficar magnífico.

Não entendo muito bem sua reação à minha dissertação sobre a coragem e a inteligência. Naturalmente, estava me dirigindo a mim mesmo, falando comigo em voz alta. Importância: zero.

Quando souber o que Brûlé pretende, me diga. Mas não deixo de me preocupar com essa unanimidade da crítica e não gostaria de saber que você ficou aborrecida com essas tolices. É verdade também que, por outro lado... Mas vamos calar nossas imaginações.

Aqui o tempo está bom há dois dias, o que ajuda. Preciso disso, na verdade. Continuo meu trabalho de besta de carga, mas acho que estou cansado desse mundo de urros e ódio, de lógica seca e convulsões em que estou mergulhado. Estou farto desses heróis por nada, desses pensadores doentes de orgulho, desses assassinos e desses tiras. Quando tiver acabado, estarei doente, pode ter certeza. A não ser que, uma vez traçada a última linha, vá vomitar uma boa golfada contra uma parede ensolarada, para poder esquecer e rir, e entender sem grandes ares, e amar de manhã, na ternura, na amizade... Mas por enquanto tenho de caminhar no inferno e me levar a sério. Você então pode entender como tudo me remete a você, e a essa parte de nós dois que é alegria cúmplice, risos desarmados, volúpias agradecidas, entrega. Ah, se depois pudéssemos tirar umas férias aqui, sem que eu precise voltar logo para Paris, seu céu triste e suas convulsões. Mas eu afasto qualquer pensamento, qualquer expectativa. Estou exclusivamente voltado para a conclusão e a libertação. E é uma sorte, uma grande e incalculável sorte que tenha podido me investir assim nessa missão e mergulhar nela sem perder um minuto. Sem isso, nem sei a quantas andaria.

Minha doce, minha amiga, toda noite eu deixo o seu lugar ao meu lado. É o lugar da felicidade, do esquecimento, da carne quente e macia. Você vai voltar a ocupá-lo, não é? Você me olhando nessa foto, a franja nos olhos...

Meu amor, se você soubesse como é amada!

A.

400 — MARIA CASARÈS A ALBERT CAMUS

Quinta-feira, 1º de fevereiro [1951]

Meu amor querido,

São 6 horas da tarde e aproveito uma hora de liberdade para te contar tudo que aconteceu desde anteontem, pois amanhã só terei tempo de acrescentar algumas frases ao resto.

Vou te poupar das múltiplas descrições das eternas sessões de rádio.

O que é uma pena, por sinal. Ontem comecei uma delas, intitulada *Sátira em três tempos*[1] e escrita por Robert Mallet da qual valeria a pena falar. Vou citar os nomes dos personagens:

O cronólogo oficial.

O homem de amanhã (Bouquet)

O homem de ontem (Ivernel)

O homem de hoje

A criatura esteatopígica (J[acqueline] Morane)

A criatura filiforme (Marcelle Tassencourt)

O eterno feminino (J[eanne] Moreau)

e a criatura picassiana (eu)

Acho que deve bastar. Me pergunto por que Thierry Maulnier concordou em apresentar essa caricatura de farsa vulgar e pretensiosa.

Para esquecer. No teatro, a receita está baixando. Terça-feira fizemos 132.000 e quarta-feira 122.000. Aos poucos a angústia aumenta e o desânimo se instala. Embora seja fácil e mesmo agradável interpretar uma tragédia para um quarto de casa, é penoso, acredite, apresentar a *Segunda* diante de um público restrito e que pareceria pintado se no fim da peça não o víssemos levantar para ir embora.

Até os aplausos, no fim de cada ato, parece que foram gravados à parte.

E nos bastidores, se ontem fomos poupados dos rostos dos Brûlé, ainda tivemos de suportar o do administrador, que vem a ser, acredite ou não, ainda mais ácido e sinistro. Enfim, estamos todos à espera do fim da semana. Domingo à noite, nosso diretor deve dizer se decidirá parar dentro de um mês, na Páscoa... ou na Santíssima Trindade (!).

De qualquer maneira, não se preocupe comigo. Meu anjo está atento e já fez meu telefone tocar para as boas novas — *Entre quatro paredes* parece que finalmente vai se concretizar, e além do mais estão me convidando para a criação em maio da peça de Sartre no Teatro Antoine ao lado de Brasseur e Vitold em encenação de Jouvet.[2] Este me dá medo. Ele sempre me assustou um pouco com seu lado papel machê e homem lunar; mas vou tratar de me adaptar.

---

[1] *Sátira em três tempos, quatro movimentos*, de Robert Mallet, peça em um ato.

[2] *O diabo e o bom Deus*, de Jean-Paul Sartre, dirigida por Louis Jouvet, com estreia em 16 de junho de 1951. Maria Casarès interpreta o papel de Hilda, ao lado de Jean Vilar e Pierre Brasseur.

Quanto à peça, Sartre deve fazer uma primeira leitura para nós no dia 9 de fevereiro, mas, de qualquer maneira, deve ser de uma certa qualidade.

Só me resta esperar o veredito Brûlé e engolir, se tudo der certo, duas caixas de Activarol em vez de uma, para não desmoronar.

Hoje fui almoçar na casa dos argelinos. Isso mesmo! O casal Pierre Cardinal.[1] Quem me levou foi Michel Lemoine.[2] Rapaz curioso, que por sinal me inspira, infelizmente, a terrível suspeita. Fala muito alto, a voz na máscara... posterior (isto existe, e dá para perceber!) e quando esgotou todo o seu vocabulário adulatório, exclama: "Não se trata de um homem de cinema. Ele é O CINEMA" ou então, falando de Van Gogh "Não se trata de um pintor. Ele é A PINTURA". No resto do tempo fica calado e concentra por trás do olho de corça muito aberto todas as suas forças de entusiasmo... inexprimível.

Cardinal por sua vez é um argelino da capital como conheci poucos até hoje. À primeira vista, pode parecer um médico que escolheu a medicina por ter boa memória, ser sensível e se considerar inteligente. Alto, magro, moreno e pálido, de aspecto meio doentio. Óculos e fronte alta, mas meio evasivo. Tímido. Sem pretensões. Cheio de fé.

Sua mulher. A argelina clássica, média, alta, jovial, morena, viva... até um pouco demais e, como direi? não muito inteligente.

Conjunto gentil, acolhedor, agradável.

Depois do almoço, Pierre Cardinal no seu roteiro. Trata-se de uma adaptação de *Fedra*, mas muito de longe.

A ação se passa na casbá de Argel, Fedra é uma espanhola carola e se chama Maria; Hipólito é argelino, tuberculoso e se chama Michel.

Diferente, claro. Muito diferente da ideia que fazemos dos personagens, mas se esquecermos Racine e a Grécia, não é tão mal assim. Uma certa graça, achados, situações e a preocupação de dar ao sol, à luz um papel importante.

Se for filmado terei de encarar no verão duas semanas de Argel em agosto e uma terceira caixa de Activarol.

Mas não vamos perder a calma. Projetos, projetos e ainda nada de certo. É esperar.

Vamos em frente e voltemos à vaca fria. Agora estou indo para a casa dos Quéant.

---

1 O cineasta Pierre Cardinal (1924-1998), nascido em Argel, irmão mais velho de Marie Cardinal; ficaria conhecido sobretudo como realizador de dramas para a televisão.
2 Ver nota 2, p. 664.

Amanhã de manhã, antes de me encontrar com os Bouquet, vou te falar de nós e contar minha noite de hoje. Boa noite, meu querido amor. Ainda há pouco, quando Cardinal dava livre curso a seu sotaque argelino para ler o texto dos personagens secundários, eu literalmente me derretia de ternura e saudade. E meu juízo por sinal certamente se ressentiu; terei de reler esse roteiro a frio.
Te amo. Durma, meu amor querido.

Sexta-feira, 6 horas da tarde [2 de fevereiro de 1951]

Hoje de manhã, ainda embotada para escrever duas palavras seguidas, decidi esperar que as ideias clareassem e abrir mão por hoje de te mandar esta carta. Fui deitar muito tarde às 3h30 da manhã depois de um jantar na casa dos Quéant, gentis mas mornos, e um abominável fim de noite na *Rose Rouge*,[1] aonde Nico teve a excelente ideia de nos convidar sentindo mais ou menos que dos três homens que lá estavam, Gilles [Quéant], Pierre [Reynal] e um certo Fred, nenhum tinha um tostão no bolso.

O espetáculo não passa de uma reciclagem de tudo que já se viu no mesmo lugar e o ar irrespirável. Chegamos às 11 horas de metrô e a pé, mortos de frio e perdendo já o fôlego. Já estava tudo tomado e fomos acomodados numa espécie de armário elevado que fica no fundo da sala e onde nos amontoamos os seis — num lugar que deveria ser ocupado por duas pessoas. Scotch, Yves Robert, teatrinho de sombras, aventuras de Fantomas, rostos de gênio desconhecido, sufoco, sufoco... O ar me faltava. Assim que a cortina baixou sobre a última sombra do herói, corremos para fora esquecendo luvas, cachecóis etc. Ufa!!

Hoje os Bouquet vieram almoçar aqui em casa. Ariane discursou um pouco, mas decididamente gosto muito deles.

Às 4 horas fui para a rádio para uma nova sessão Lorca.

Amanhã de manhã vou encarnar a criatura picassiana mais uma vez e depois fui convidada para um almoço na casa de Léopold Marchand, que será alegre ou melancólico em função da receita desta noite.

Estou começando a ficar cansada e até, diria, meio irritada. Felizmente, a partir da próxima quarta-feira terei tempo de retomar fôlego. Os programas vão ficando mais raros e se a peça de Sartre de fato for montada, vou dar um jeito de espaçá-los muito.

---

1 Ver nota 1, p. 359.

Hoje de manhã, recebi sua carta de quarta-feira. Ela me devolveu a coragem que já estava fugindo um pouco. Uma carta clara e confiante. Que me falou de uma parte de você que estava quase se tornando uma lembrança.

Arícia se queixou esta noite pela primeira vez; pelo menos que eu saiba. E por sinal deve ter se queixado muito para eu chegar a ouvi-la, pois todo esse vaivém me deixa surda para tudo. Ela estava com tanta dor! Para acalmá-la eu fiz promessas loucas..., mas ela estava impaciente demais para cair em si. E aí eu imaginei outra adaptação de Fedra que não tinha nada a ver com a de Cardinal.

Se a peça sair de cartaz antes da sua volta, irei passar alguns dias com você. Falaremos disto na segunda-feira.

Bem, meu amor querido, vou te deixar. Tenho de jantar e sair para o teatro. Não me censure por te falar de coisas externas e de desejo. Não tenho tempo para ser outra coisa senão exterior e desejo. E mais vale assim, com certeza.

O nome e o endereço de Feli: Feliciana Lopez de San Pablo — 78 *bis*, avenida Henri Martin.

Muitas recomendações de Angeles, Juan, o fauno, Michel e Ariane [Bouquet].

E minhas também, vivas e respeitosas. Beijo a mão do monge e recrimino insistentemente Arícia por seus arroubos deslocados.

V

Enviando junto recortes. Ainda e sempre recortes.

Te beijo, meu amor querido, com todas as forças de paixão que recalco da manhã à noite.

Ah! Essa atividade. Eu que fui feita para a contemplação!

401 — ALBERT CAMUS A MARIA CASARÈS

Sexta-feira, 21 horas [2 de fevereiro de 1951]

Meu querido amor,

As coisas vão menos bem esta noite. Pela primeira vez em dez dias larguei o trabalho e vou me deitar sem forçar até 11 horas. É bem verdade que, como meu fogo se apagou, peguei uma gripe esta tarde e estou embotado. Espero que seja isto também que explique a onda de pessimismo que surgiu assim que larguei o trabalho. Me deu vontade de jogar tudo para o alto e correr para você.

Mas não posso me queixar. Já me adiantei dois dias na minha programação. As grandes folhas cheias de caligrafia cerrada começam a se empilhar e em suma eu fiz o que tinha me prometido fazer. Mas também acho estúpidos esses dias sem você e, à parte meu trabalho, me sinto terrivelmente pobre e seco. É verdade que hoje foi um dia sem carta e que às vezes eu me perco, te imaginando. Você está em cena neste momento, é tudo que eu sei. É pouco para essa espécie de amor ávido que está o tempo todo abrindo a boca, fora de mim, durante longos dias que passo à minha mesa.

Mas não vou te aborrecer com meu humor. Hoje foi um dia maravilhoso, azul e suave, frio mas luminoso. Tenho uma janela diante da minha mesa e uma infinidade de ciprestes descendo até o vale, muito longe. À minha esquerda, sua foto e a de Kaliayev, que pus aqui para me impedir de esquecer certas coisas na repulsa a certas outras. À minha direita, o aquecedor e, sobre a lareira, meus livros. Por trás de mim a cama, grande demais. Durante o dia todo a luz e o sol entraram abundantemente. Eu pensava em nós, em Ermenonville, no sol no seu corpo. E logo tratei de expulsar tudo isso e voltar ao papel.

Esta noite só vejo a melancolia no seu rosto (é a foto na sua casa, na sala) e o outro que vai ser enforcado. Te amo, meu coração está cheio de você, doente de ausência, faminto da sua ternura. Como esta França é grande, tantas horas, tantas horas que nos separam! Eu te peço, me escreva o máximo que puder. E sem deixar que isso te impeça de viver, não me esqueça muito nesse período. E perdoe ao seu estúpido amigo esta carta despropositada. Tudo ficará bem amanhã, eu sei perfeitamente, assim como estou certo de cumprir minha missão aqui e finalmente te encontrar de novo em breve, num dia doce e forte como sua querida mão... Te amo, ainda, te beijo, sempre; minha linda, meu amor, meu belo desejo. Como é duro te deixar.

A.

Sábado, 9 horas [3 de fevereiro de 1951]

Uma palavrinha da manhã, antes de voltar ao trabalho e para equilibrar essa lamentável carta, autêntico produto de fim de dia. A manhã se anuncia belíssima e vou começar imediatamente a trabalhar. Estou meio lerdo, pois não dormi bem (em três noites eu durmo uma, querendo dizer completamente) mas aos poucos vai passar. Nenhum sinal de gripe, o fogo já está roncando e os papéis estão aqui, me esperando. Para aguentar firme aqui e continuar, preciso afastar todas as imaginações. Ontem, com a gripe, não apliquei essa disciplina, e não funcionou. Fiquei sentindo sua falta, só isto, por mais tolo que pareça. Neste momento você está dormindo, com certeza. Como deve estar quentinho no seu quarto com as cores da floresta virgem. "Quando é que afinal meu paletó e sua saia estarão pendurados no mesmo prego?"

A.

402 — MARIA CASARÈS A ALBERT CAMUS

Domingo de manhã, 4 de fevereiro [1951]

Ainda não acordei muito bem. Lá fora o vento sopra e o céu não parece muito atraente; mas alguma coisa nova expulsa a alma deste quarto. Quero crer que é o prenúncio da primavera. Há alguns dias a planta verde que coloquei na mesinha azul da sala aproveita o máximo que pode. Está se abrindo toda e os ramos que eu plantei estão brotando e já chegam a uma dezena de centímetros de altura.

Quando me dei conta, pedi a Juan que trouxesse as roseiras do porão, para não sufocarem sem luz. Já estava na hora. Os galhos estão cheios de brotos, grelinhos brancos e tenros. Imagine só minha alegria. Eu jamais teria pensado que um arremedo de jardim pudesse trazer tanta coragem ao início do mês de fevereiro.

Além disso, consegui dormir muito bem nas duas últimas noites, estou com uma cara de criança de dez anos (a dar crédito aos Brûlé) e a ideia de viver mais uma primavera e um verão literalmente me arrebata.

Cabris deve estar bem bonita e é verdade que alguns dias de férias juntos depois do seu trabalho pesado seria a maior felicidade... Mas vamos nos acalmar. Essa semana a receita diminuiu em relação à semana passada; mas a pedido de Marchand e Goudeket, Brûlé vai tentar manter a peça em cartaz o máximo de tempo possível. Hoje à noite vou perguntar a ele o que pretende fazer exatamente.

Por enquanto, continuo minhas rádios e minhas mundanidades. Ontem fui almoçar na casa dos Marchand, que me falaram muito de você com entusiasmo e respeito e lamentaram muito que você tivesse de assistir ao ensaio de *A segunda* acompanhado de Armand. Eles o acham tolo, muito tolo, excepcionalmente tolo e entendem tão pouco quanto nós a aberração de Hélène [Perdrière] em relação a ele. Léo me chamou de "MADAME", me garantiu mais algumas vezes que eu sou genial, me encheu de guloseimas espanholas, leu para mim uma peça dele que gostaria que você leia também, me ofereceu uma folha manuscrita do general Palafox,[1] de cuja existência eu nem tinha conhecimento (ó vergonha), e me sugou até a medula com seu ar de bom menino e seu brilho claro e equívoco no olhar.

De tarde, voltei para casa às 4 horas e depois de duas horas de um bom sono, tentei me situar um pouco. E quase consegui. Os pedaços do quebra-cabeça estão aí; agora só preciso distribuí-los, pois por enquanto ainda estou com a cabeça nos pés.

Uma carta sua estava à minha espera desde de manhã; a de quinta-feira.

Minha reação ante a sua dissertação sobre a coragem e a inteligência? Você esquece que estou passando no momento pelas datas funestas e que, mantendo um humor leve é claro que preciso encontrar de vez em quando um escoadouro para verter a bílis dos meus recalques!

Lamento que sua "linda boca" não seja muito fotogênica. Nenhum pensamento baixo guiou minha mão na escolha das imagens que te mandei, exceto o egoísmo. Confesso que só pensei em mim; mas depois de ver mais uma vez o que ficou comigo, sou obrigada a te dizer que Hélène é tão sem graça aqui quanto em qualquer outro lugar e que a vivacidade que demonstra na vida real é brilhante demais, nuançada demais para suportar a grosseria da mecânica sem algum prejuízo.

Da próxima vez tentarei conseguir uma reprodução em cores para você — Seu burro!

De qualquer maneira, não estou satisfeita com suas decisões. A ideia de cortar o que você acha excessivo não me parece bem-vinda (são as únicas "fotos" que eu tenho de *A segunda*) e o fato de cobrir as paredes de uma cela de monge com senhoras de penhoar, absolutamente chocante.

Enfim, tem alguma coisa nas suas últimas cartas que me enche de alegria. Uns ares novos apesar da repulsa que te causam as tuas convulsões. Um ponto frágil e combativo ao mesmo tempo. Uma rabugice. Você no que tem de mais secreto e mais profundo de repente revelado na força e não mais na fraqueza. Até agora eu vi, adivinhei o coração do seu coração no desastre, na renúncia; agora você parece inteiro e presente num prenúncio de vitória, de triunfo.

---

[1] O general José de Palafox y Melzi (1780-1847), herói da guerra de independência espanhola.

Fisicamente, deve estar parecendo com o Camus argelino com o olhar claro do Camus menino. Oh! Eu sei! Estou me expressando mal; mas o que estou dizendo não é fácil de dizer. Os brotos das minhas roseiras não são mais difíceis de contar.

Você vai vomitar! meu amor querido! vai vomitar! eu te ajudarei e se eu não for suficiente, levarei Armand.

Você vai vomitar, e depois vai se deitar bem estendido na nossa enorme cama banhada de sol. E aí... Fecha essa boca, Arícia!

Monge, vou te deixar. Amanhã, não poderei te escrever; tenho três programas de rádio ao longo do dia. Caro amor de olhar desolado que contempla pelo meu rádio as convulsões universais, me ame sempre. Preciso tanto disso; fico tão feliz, tão realizada, tão calma...

V

403 — ALBERT CAMUS A MARIA CASARÈS

Segunda-feira, 14 horas [5 de fevereiro de 1951]

Fiquei feliz de encontrar sua carta, há pouco, meu querido amor. Sua última carta chegou aqui quinta-feira. E esses três últimos dias foram bem tristes e sem graça. Felizmente agora eu tenho uma certeza que não tinha e quando fico sem notícias me convenço, comportado, de que você está dando duro nas rádios e no teatro e fico com pena de você, e não de mim. Mas de qualquer maneira esses dias mornos e sufocantes de trabalho se tornam pesados como o mundo quando não tenho um pensamento, um sinal, alguma coisa de você. Embora eu saiba como é difícil fazer tudo correndo, pelo menos dê um jeito, minha querida, para eu receber uma carta ou um simples bilhete no sábado. O que me permite atravessar o deserto do domingo, dia sinistro.

Eu tento reconstituir sua vida pelo fio desconexo da sua carta e só enxergo trabalho e atividade febril. Se poupe, se puder, pelo menos um momento durante o dia, de cada vez, para se recompor um pouco, e respirar. Essa história da *Segunda* é um aborrecimento naturalmente, eu sei. Mas pelo menos sempre haverá trabalho para você, agora, no ponto em que chegou. Não há necessidade, acho eu, de se precipitar e se afobar. Se a peça sair de cartaz e você puder vir me encontrar, vai descansar e relaxar pelo menos. Dito isto, não devia ter me falado dessa possibilidade que eu me recusava obstinadamente a contemplar. Desde que li sua carta não consigo mais conter minha imaginação: Nós dois, longe de tudo! Que felicidade, sobretudo aqui nesta região. Mas não vamos divagar.

Muito bem por *Entre quatro paredes*. Mas sobretudo pela peça de Sartre.[1] O que ele me disse a respeito me pareceu muito bom. E de qualquer maneira você precisava de algo desse gênero. Só Jouvet não tem minha simpatia. Mas você vai ver. Fiquei muito feliz com essa notícia. Desde que você não fique presa o verão inteiro, e ainda por cima com um filme em Argel. E por sinal tenho minhas dúvidas neste caso: ninguém filma em agosto em Argel, vocês morreriam ao primeiro refletor iluminado. Quanto ao resto, nada a dizer, só que não gosto de saber que você anda na *Rose Rouge*. Mas é um ponto de vista pueril e injustificável.

Aqui, chove torrencialmente desde sexta-feira — o céu ainda parece carregado d'água por muitos dias, inesgotavelmente. Apesar do meu ânimo sombrio, trabalhei sem parar. Acabei de amarrar umas trintas páginas minhas para Labiche me mandar de volta datilografadas. Daqui a pouco vou atacar a continuação. Mas ontem à noite não trabalhei sentindo, pela primeira vez, um cansaço intelectual. Fui deitar cedo, com um sonífero leve. Hoje de manhã, estava na minha melhor forma.

Mas em meio a tudo isso preciso muito de você. Não é só o desejo e a necessidade de calor, apesar de senti-los bem fortes (mas ao mesmo tempo com uma infinita doçura). É sobretudo a necessidade muito simples de ser amado, apoiado, tranquilizado a meu próprio respeito por aquela que amo. Não por discursos, naturalmente, mas pela simples presença e o sorriso. Enfim, é preciso avançar e continuar avançando. Aguardo esta primavera como uma libertação, um ápice — é a primavera mais importante da minha vida, aquela em que me libertarei de tudo que vinha arrastando em mim, muitas vezes pela força, e que finalmente vai me abrir, depois de tantos anos de tensão, para a vida mais densa e calorosa.

Escreva, escreva, meu amor, me ame, não me esqueça, nem ao meu desejo, nem à minha ternura. Eu penso em você e te acaricio, te aperto contra mim, debaixo de mim... Até já, minha negra, minha Dora. Te amo,

A.

---

1 *O diabo e o bom Deus*, ver nota 1, p. 672.

404 — MARIA CASARÈS A ALBERT CAMUS

Terça-feira, 6 de fevereiro [1951]

Meu amor querido,
São dez horas e meia.
Hoje de manhã acordei um pouco mais tarde que de hábito, mas ainda cedo demais para o meu gosto: às nove horas. Tinha de ir ao estúdio gravar minha frase para a última sessão da *Sátira em três tempos*: "Sim; com hostilidade." Podia ter gravado da última vez tranquilamente, tanto mais que é uma frase isolada no texto. Só que, apesar da boa vontade do diretor, as regras da radiodifusão nacional são incontornáveis, e não há como escapar. Eu tinha de assinar o ponto hoje também, e para isso tive de levantar cedo, pegar um táxi, chegar, dizer "Sim, com hostilidade", e voltar para casa, um pouco mais cansada que antes. Enfim, não vamos nos queixar pois é assim que a gente ganha a vida em 1951, e isso me permite viver bem.

Ao acordar, recebi sua carta de sexta-feira e sábado, uma carta toda crepuscular. Espero que essa pequena queda tenha passado, que uma boa noite de sono já tenha arranjado um pouco as coisas e que tudo esteja melhor. Para dizer a verdade, eu também preciso de uma noite longa, boa, profunda. Estava tudo correndo da melhor maneira possível até a tarde de ontem; mas o cansaço, a influência dos dias funestos, a falta de sono acabaram levando a melhor sobre a coragem que eu tinha juntado para enfrentar a sua ausência. Ainda por cima tive de aguentar durante quatro horas, ontem, a presença decididamente maléfica de Marthe Robert,[1] Adamov, Serreau e outros monstros do gênero. Meu Deus! como são feios! Durante quatro longas horas tive de ir vertendo ao ritmo dos ponteiros de segundos do relógio do estúdio o eterno lamento: "Paciência, indulgência, *generosidade, simpatia, amor, amor...*", mas toda a minha capacidade caritativa se estrangulava quando o olhar batia nos lábios babados de Adamov, na barba ruiva bem aparada de um de seus amiguinhos ou nos ombros caídos, tristes, viscosos de Marthe. Perto deles, os seres vivos morrem, os rostos dignos deste nome se decompõem, os olhares ficam chapados, os sorrisos congelam, a paisagem se desfaz. Num relance eu me vi num espelho: fiquei com medo.

O texto de Kafka não ajudava. Visto através deles, preserva apenas o que os atrai, esse lado lastimável, pobre, de grande fracassado genial. Até o microfone

---

1 A crítica e tradutora Marthe Robert (1914-1996), amiga de Arthur Adamov.

fedia a tinta, a papel mata-borrão de segunda, a gordura e a Europa Central. Ufa! Pierre [Reynal], essa harpa eólia, que participava do programa, quase teve uma crise histérica. E eu entendo. Eu mesma estava morrendo de vontade de fazer um escândalo.

Voltei para casa às 6 horas e dormi até 7 horas. É que estava de pé desde as 7 da manhã e à parte a hora do almoço e as duas horas que passei na François I para a gravação da peça de Lorca, tive de suportar esses pesadelos encarnados o dia inteiro. Depois a vesperal e a noturna de domingo!

Enfim! Esta tarde teremos a última sessão Lorca e a partir de amanhã poderei descansar um pouco mais.

No teatro os nervos se acalmaram. Sim; tudo voltou definitivamente aos seus lugares pois o ritmo dos ingressos parece que se estabilizou: diminuindo regularmente; ontem à noite, fizemos 109.000. Se o sucesso torna as pessoas melhores, um insucesso decidido pelo menos as torna polidas. O que sempre as deixa perturbadas é a esperança.

Ainda não sei por enquanto até onde vamos. E por sinal ninguém sabe. Estamos esperando o resultado da retransmissão da peça e tempos melhores. Mas não creio que saiamos de cartaz antes de abril, já que nada começou a ser ensaiado até agora. De qualquer maneira vou te manter informado de tudo e já fique sabendo que é provável que passemos alguns dias em Lyon quando terminarem as representações em Paris. Para seu governo.

Quanto à peça de Sartre, nada de novo, apenas a aprovação de Brûlé. Por sinal nem tive tempo de transmitir a resposta por telefone a Simone Berriau.[1] Foi Lulu Wattier que cuidou disso.

Isto quanto à vida pública. A outra ainda vai começar a existir. Comprei todos os *Autos sacramentales*[2] de Calderón, Ésquilo e Eurípides e decidi retomar minhas leituras assim que acabar com minha correspondência que já está ficando assustadora.

Amanhã, que horror!, almoço com os Laporte e depois de amanhã à noite, duplo horror!, janto em casa com Hélène e Armand. Espero que ele não resolva esvaziar a vesícula enquanto toma sua sopa.

O tempo está cinzento e frio e eu preciso me concentrar nos botões das minhas roseiras e nas primeiras flores dos meus jacintos para continuar acredi-

---

1 A atriz Simone Bossis (1896-1984), dita Simone Berriau, diretora desde 1943 do Teatro Antoine, onde foram montadas várias peças de Jean-Paul Sartre.
2 Peças religiosas do teatro espanhol.

tando na primavera. Sinto vontade de um céu pleno e azul em vez desse cinza recortado que vemos das ruas de Paris, de ar salgado, de sol. Uma certa falta de ar.

E sobretudo sinto também uma necessidade louca de você. Não queria falar disso. Queria te deixar sozinho, livre, tranquilo; mas quando você escreve que sente falta de mim, não posso mais me calar. Muitas vezes à noite, para me acalmar, ao voltar para casa, fico pensando que mesmo que você estivesse bem perto, em Paris, não o teria comigo. E aí meu desejo, meu amor se calam, comportados, resignados; mas essa parte de imensa amizade, de enorme cumplicidade que existe entre nós grita por causa do dia seguinte em que não te verei, em que não te ouvirei, e eu não entendo bem o que está acontecendo comigo. Oh, meu querido! Diga que terei sempre o seu afeto, aconteça o que acontecer.

Você nem pode saber o quanto te amei quando soube que tem a foto de Kaliayev ao lado, por sua preocupação de ser fiel frente a tudo e contra tudo. Fiquei com lágrimas nos olhos. Sim, ele vai ser enforcado, claro, mas você guarda sua foto a seu lado. Você!

Vou comer. É meio-dia e terei de sair ao meio-dia e meia. Perdoe, meu belo amor, esta carta meio melancólica e sobretudo não se preocupe. Você sabe; estou passando por dias ruins.

Logo, logo brilharei de novo ao sol na espera do dia em que finalmente me verei inteira, com você. Se cuide. Coragem. Trabalhe bem. Pense só numa coisa: o depois. Neste momento estamos conquistando o depois. Ele será radioso se você esquecer por enquanto que pode haver um agora.

Te amo. Te amo, meu belo, meu querido, meu doce amor. Minha beleza. Minha coragem. Minha própria alma. Minha vida.

Te amo,

V

405 — ALBERT CAMUS A MARIA CASARÈS

Quarta-feira, 14 horas [7 de fevereiro de 1951]

Meu amor querido,

Não esperava receber uma carta sua hoje. A que recebi ontem avisava que não poderia me escrever. Assim, a surpresa foi doce e mais doce ainda depois de te ler. Hoje de resto é um belo dia. Desde domingo as coisas iam meio mal. Lá fora, chuva constante. Dentro, marasmo. Trabalho indo mal, dúvidas, incertezas, hesitações. Ainda por cima, o físico não ia nada bem. E para concluir, perdi um pouco do adiantamento que tinha conseguido nos últimos dias. Hoje de manhã, pelo contrário, abri as janelas e dei com um céu maravilhoso. Comecei a trabalhar, me sentindo renovado, e as coisas caminharam melhor. Ao meio-dia, o dia estava cada vez mais glorioso, saí para caminhar um pouco antes do almoço. A paisagem estava coberta de uma luz transparente, uniforme, mas ainda assim vibrante. E de repente vi num campo três flores de amendoeira. Não uma, mas três. Todas as amendoeiras que estavam ali tinham brotos ainda fechados na flor. Uma única tinha deixado escapar três flores ainda pegajosas do nascimento, pálidas, frágeis como um sorriso — e no entanto bem vivas na glória do céu. Dentro de alguns dias todos os brotos vão se abrir, as colinas estarão completamente brancas.

E então, ao meio-dia e trinta, sua carta, amorosa. Sim, hoje é um belo dia.

Seus dias ainda estão bem carregados, meu pobre amor, e eu te acompanho com compaixão. Especialmente no meio dos poetas malditos da Europa Central que são de um outro universo, evidente. Espero com curiosidade o relato da visita de Armand ao pombal da rua de Vaugirard. Esse palerma nem me agradeceu pela original que lhe mandei. A civilidade está abandonando até os bairros chiques.

Achava mesmo que Brûlé não poderia tirar a peça de cartaz, de qualquer maneira, antes de substituí-la por outra. Por isto não estava me deixando levar muito pela imaginação quanto a sua chegada. Pelo menos assim você terá tempo de respirar até a peça de Sartre, sem preocupações financeiras. Se eu conseguir terminar logo, tudo irá bem.

Minha janela está aberta, o sol entra em abundância, o ar está frio, os pássaros começam a se mexer e a cantar nos olivais. Reli sua carta e te amo. Não, meu amor querido, jamais te privarei da minha ternura, ela estará sempre perto de você, com você. Seja corajosa. Logo serão três semanas desde a minha partida e agora o tempo passa depressa. Teremos de novo nossa cumplicidade, a querida amizade, o desejo solar que existe entre nós, o gozo profundo, nosso amor enfim. E se eu me livrar desse peso que venho arrastando, te amarei ainda mais e tão forte que você terá de me amar mais ainda. Até logo, minha alma, meu animalzinho, minha vida querida. Te beijo docemente e furiosamente como te amo,

A.

406 — MARIA CASARÈS A ALBERT CAMUS

Quinta-feira, 8 de fevereiro de 1951

Meu querido amor,
Meu trabalho radiofônico terminou na terça-feira, e finalmente posso descansar. Já não era sem tempo; não me vejo muito fazendo tudo que eu fiz nesses dias de ventre triste.
Ontem saí apenas para ir almoçar na casa dos Laporte. Com sua incansável atividade e os punhos cerrados certamente é que eles foram capazes de comprar essa encantadora mansão onde estão morando na rua Boissière. Que possam desfrutar em paz! E por sinal ela lhes cai bem; eles me pareceram menos feios no novo cenário. No resto do meu dia não fiz nada além de aproveitar para dormir e terminar *A adolescência,* de Tolstói. Que lindo livro, senhor! E... que temperamento obsceno, meu Deus!
À noite, fui ao teatro sem muita vontade. Mas uma surpresa me aguardava: apuramos 131.000 e a venda para os próximos dias se anuncia melhor. O que sem dúvida decorre da crítica de Ambrière publicada ontem, menos benevolente comigo do que com a peça; a estou juntando a esta carta.
Na volta Angeles me contou a retransmissão de *A segunda.* Acrescentaram — ao que parece — nos entreatos trechos de conversas gravadas nos corredores no dia do ensaio geral e Maurice Rostand, sempre fiel, fez questão de dizer que havia na sala duas mulheres que ele admirava: Colette e eu. Ele sempre me aquece o coração; no dia em que não estiver mais aqui, vai me fazer mais falta do que imagina.
Hoje decidi começar a despachar minha correspondência à espera de receber, esta noite, Hélène e o inevitável Armand; mas o fato de sentar à mesa para escrever em meio a todos esses envelopes me deixa triste desde a morte de papai. É contra a vontade que o faço.
Recebi sua carta de segunda-feira. Vejo que se reanimou e que apesar do cansaço intelectual tão compreensível mergulhou com mais entusiasmo ainda no trabalho. O que é bom. Finalmente vou conhecer uma primavera sua, relaxado, renovado, jovem de novo; uma primavera de verdade.
Entre quatro paredes foi afastada de novo dos projetos quase certos; mas a peça de Sartre continua aí esperando o fim da gripe de Lucien Brûlé — irmão de André, administrador do Teatro Antoine e escroque, a julgar por diferentes opiniões — para que todos entrem em acordo sobre as condições. Pessoal-

mente estou louca sobretudo para conhecer o texto e o papel; pelo que fiquei sabendo vão nos dar uma resposta na segunda-feira. Quanto a Jouvet, estamos de acordo.

De acordo também quanto à *Rose Rouge*. Também não gosto da ideia de saber que ando por lá; mas por outro motivo: é que morro de tédio. Não voltarei; e por sinal se lá estive foi por ter sido levada e não ter escolha considerando a bolsa dos que me convidavam.

O que vou fazer nos próximos dias? Amanhã, almoço em casa com Roger Pigaut,[1] um Roger triste, sem trabalho, com a mulher de novo internada, não tendo a operação resultado em nada de bom. De tarde, provavelmente irei com Pierre [Reynal] ao Museu de Berlim. Depois de amanhã, almoço em casa com Stella Dassas[2] depois de uma reportagem que virão fazer comigo sobre "a artista em casa". Depois, não sei.

O moral está bom, sempre bom. Por sinal é curioso: desde que as ameaças de guerra acabaram com essa minha absurda mania de querer me instalar na vida, recuperei meu gosto exasperado por tudo e minha capacidade milagrosa de esgotar as alegrias do presente até a medula. Desde então tudo recuperou o sentido de novo, o vento, a chuva, o sol etc., até o barulho do aspirador de pó passeando pela casa enquanto tomo meu banho quente e reconfortante. Sou tomada de ternura por tudo e por todos a cada momento e passo o tempo desejando que ele pare para me conscientizar dele até o fundo e afastar qualquer distração. E como se explica, por sinal, que as pessoas se atirem na violência dos prazeres extremos quando as catástrofes se aproximam? Me parece que, na hora de morrer, é mais natural querer se isolar mais para poder desfrutar em paz de tudo e do essencial, numa espécie de contemplação viva. Você não acha? Me parece que é nos assemelhando que temos mais chances de aproveitar melhor o mundo inteiro e que para isto é necessário um certo distanciamento...

Mas estou me enrolando. E por sinal ando perplexa. Perdida. Não entendo nada de um mundo em que é preciso sentir a morte para viver bem, se isolar para entrar em acordo, sufocar a paixão para amar melhor, tomar distância, se afastar, recuar para simpatizar. Mas não há de ser nada; tudo isso é muito bom e só peço uma coisa, ter perante mim mesma o direito de sorrir gentilmente antes que meus olhos se fechem para sempre. Um alegre desespero, ora essa! Você me olha por cima do meu rádio; não parece nada alegre. Estou errada? Lá

---

1 Ver nota 3, p. 118.
2 Ver nota 1, p. 326.

fora chove no dia cinzento, mas as gotas d'água nas vidraças são encantadoras. Os jacintos desabrocham por todo lado e as flores espalhadas da cortina do meu quarto anunciam nossos corpos misturados na luz amarela das cortinas da janela. Já imaginou?
À parte o desejo da sua presença, a vontade irresistível de rir com você, me sinto plena, perfeitamente plena neste momento. Encontro respostas para tudo, onde quer que esteja, e acho até que se me fechassem numa caixa nua de onde pudesse ver um pedacinho de céu, ficaria feliz se soubesse que você viria ao meu encontro.
Pronto.
Bem; vou te deixar para atacar meu pesado trabalho de atualização da correspondência. Na próxima carta me fale do seu amor. Preciso que você repita constantemente para não me entregar ao triste pensamento de que sem mim você talvez ficasse mais tranquilo e mais feliz. É muito duro causar apenas complicações à pessoa que adoramos. Me diga logo que de vez em quando eu te deixo feliz! Te amo — te amo, meu belo amor. Te espero com toda a paciência que nosso amor me dá. Queria tanto adormecer nos seus braços! Te amo — não me esqueça durante alguns minutos; tempo suficiente para me escrever algumas palavras afetuosas, quentes.

V

P.S.: Acabo de reler esta carta. Ela é sinistra — mas, acredite, estou feliz. Só você me faz falta; mas pense que quando se afasta não me deixa nada de você além de algumas fotos e palavras gentis, às vezes, de Pierre. Nada que te pertença, além de mim, e eu estou cansada de me contemplar.

407 — ALBERT CAMUS A MARIA CASARÈS

Sábado, 10 horas [10 de fevereiro de 1951]

Meu querido amor,
Chove torrencialmente desde ontem. Uma bruma de fim de mundo recobre Cabris. Concordei em viajar esta tarde para Valberg, uma estação de esqui a cem quilômetros de Nice, para passar o dia de amanhã com os Sauvy. Aceitei porque o trabalho não andou mal e esse dia de vida animal vai me fazer bem. Segunda--feira vai começar uma semana importante, aquela em que espero concluir a maior e mais importante das minhas partes. Depois, tudo irá mais facilmente

até a conclusão, quando vou encontrar um novo, porém derradeiro, obstáculo. Enquanto isso, terei de fazer das tripas coração. Mas esse tempo pavoroso me leva a crer que vou ficar no hotel junto à lareira. A neve lá fora, essa perspectiva também não é desagradável. Pelo menos eu voltaria com um cérebro novinho.

 Recebi ontem sua carta de quinta-feira, mas meu trabalho fluía com facilidade e achei melhor não o interromper para te responder logo. Mas não parei de pensar nisso. Estou vendo que você anda triste, senão infeliz, meu querido amor. Me escreve boas cartas, bem corajosas, e te amo por querer me poupar no meu trabalho, na minha paz. Mas pode me contar tudo que se passa no seu coração, gritar, urrar, cantar, dizer que me detesta ou que me ama. Vou responder e viver ao mesmo tempo que você: você não tem como prejudicar o que eu faço. Agora é uma certeza, vou concluir esse livro, na sua redação. Depois terei trabalho a fazer com ele, mas não será nada. Portanto não pense demais em mim, não se domine comigo, deixe falar o seu coração. É ele que eu amo, é dele que eu vivo e nada nele jamais me desanimou. A ideia de que eu poderia ser mais feliz e mais tranquilo sem você é pueril. Não é "de vez em quando" que você me faz feliz. Você às vezes me faz feliz, às vezes infeliz, e isto não é muito importante. Mas eu te pedi e você me deu uma razão de viver e uma razão de viver que seja humana, calorosa, digna, além dessa força ávida e cega, tão ressecante, tão infeliz, que quer criar a qualquer preço. O dom de uma pessoa, quando é uma pessoa de qualidade, é o prêmio mais alto que pode ser concedido a outra pessoa. Eu nunca tinha recebido esse dom, e nunca o havia feito. Diga eu o que disser e faça o que fizer, agora, uma parte de mim vai morrer realizada.

 Seja feliz, meu amor, o quanto puder. Sim, os jacintos estão brotando, as árvores se cobrem de flores, suas cortinas têm as cores do desejo. A vida está aí, tão maravilhosa! E com aqueles que a amam o amor é compartilhado. Até logo, querida, sua ausência é difícil. Mas os dias passam, e me parece que vou renascer, depois de uma interminável morte. Beijo tua boca querida.

A.

408 — MARIA CASARÈS A ALBERT CAMUS

Domingo, 11 [fevereiro de 1951]

 Chego até a gostar do domingo, pois se é um dia proibido para te ouvir, eu consigo, a pretexto de me levantar muito muito tarde, me isolar de manhã e encontrar a paz para falar com você.

No resto da semana, a vida aqui em casa ficou impossível; parece que no momento eu estou na moda, e cada momento da moda custa caro. Os programas de rádio acabaram na terça-feira, mas agora tem os jornalistas, os autores, as propostas sem alegria nem satisfação que se acumulam depois dos ensaios gerais bem-sucedidos e além do mais os encontros que estavam esperando o fim do meu trabalho e que eu aceito enquanto você está ausente, sabendo perfeitamente que quando voltar vou largar tudo de novo durante meses. Nem conto os telefonemas — essa doença amarga — tocando do amanhecer à noite e os amigos deprimidos que vêm buscar comigo não sei que alívio para suas dores. Acrescente minha falta de sono, que estou querendo compensar, para ganhar de novo alguns quilos perdidos, os afazeres domésticos que se multiplicam quando há convidados e terá uma ideia do meu tempo.

Enfim; desde quinta-feira, estou apesar de tudo descansando um pouco mais; esta noite, dormi nove horas seguidas e nas outras, sete ou oito.

A visita de Armand ao pombal parece ter sido uma revelação, para ele e para Hélène. Eu fiz questão de transformar meu apartamento em uma pequena maravilha voadora; à tarde tinha ido ao florista e trouxe tudo que precisava para pôr em cada recanto um adorável gesto de boas-vindas. Lilás brancos, frescos, vistosos, misturados a ramos tenros de macieiras em flor; tulipas vermelhas e brancas; mimosas aqui, narcisos e violetas ali, plantas verdes de todos os tamanhos e todas as formas para todo lado: uma verdadeira estufa; e no meio de tudo isso os brotos pálidos, mas já um pouco sanguíneos das roseiras.

Em cada mesa, cigarros e um isqueiro ou fósforos coloridos, amêndoas salgadas, azeitonas, bebidas selecionadas: conforto inglês.

Todas as luminárias acesas e além da música de fundo, um livro de arte perto de cada assento para preencher possíveis vazios na conversa.

Não faltou nada e, como eu esperava, nada escapou ao olhar agudo e vigilante dos meus dois convidados, que ficaram encantados; mas seu espanto chegou ao máximo quando travaram conhecimento com as fotos dos meus pais: "O PORTE, A BELEZA, HIDALGO, GRANDE DAMA..." Acabei até meio contrariada: afinal como é que os imaginavam?

E nem falo de Juan e Angeles e do serviço de mesa e da prataria... Você nem acreditaria!

Falamos de tudo, teatro, pintura, personalidades, vida, e quando eles foram embora à 1 hora da manhã, pensei que preferiria mil vezes arrumar minha vida com a terrível e cruel Hélène — pois ela é terrivelmente cruel — do que passar um momento a mais com o gentil boboca Armand.

Depois, dormi pouco e mal. Tive de levantar muito cedo, pois se na véspera passara o dia liquidando um quarto da correspondência, a sexta-feira era dos jornalistas. Eles chegaram às 11 horas e se foram à 1 hora da tarde (fotos, perguntas, mais fotos). Roger Pigaut me esperava com um enorme buquê de lilás brancos e ramos de macieiras floridas. Almoçamos e a confissão começou. E veio tudo, o bom e o ruim, desordenadamente, e de tempos em tempos silêncios infinitos durante os quais ele tentava em vão conter as lágrimas que enchiam seus olhos e retomar forças e fôlego. Uma total debacle. Se Hélène estivesse lá, talvez ficasse sabendo que a infelicidade de um homem é mais profunda e mais tocante que a de um gato, o que se recusa a reconhecer.

Quando Roger foi embora, me deu vontade de uivar para a morte como um cão. Nada, mas nada neste mundo pode deixar mais abalado que um homem que perdeu toda energia, de repente sem defesa, e seu olhar de criança perdida.

Já havia outros jornalistas me esperando; nem sei do que falamos. Ontem de manhã, ainda tive direito a uma outra reportagem. Ao meio-dia, Stella [Dassas] veio almoçar, uma Stella sem trabalho, tendo aos seus cuidados uma filhinha de 4 anos, e se divorciando. Ela ficou aqui até 4 horas; vou te poupar da nossa conversa. De tarde, dormi até a hora do jantar.

É o que há em matéria de... lar. A base é sempre a mesma: uma Angeles que merece o nome que tem, um Juan que a toda hora surpreendo sentado diante do toca-discos, concentrado em *"las palmas"* que vai batendo ao som dos discos que acaba de comprar, uma Quat'sous cada vez mais fedorenta, cada vez mais branca, cada vez mais animada, cada vez mais afeiçoada, luz, alegria e afeto para todo lado, risos, gritos, risos de novo. Agradeço ao céu por ser o que sou, quando vejo o bom sorriso de Angeles e vou dormir em paz, te esperando.

No teatro, os números cômicos são reservados a mim. Só um é incômodo, o de Pitou, que voltou mais uma vez para me aborrecer; felizmente, é curto.

Os outros? Gente de quem nem sequer me lembro e que se atira para mim, atraída pelo cheiro forte do papel impresso. Pessoas desfilando, irresistivelmente divertidas, no meu camarim, me fazendo perguntas, me escrevendo, sorrindo para mim embasbacadas. "Como você faz para ser a própria poesia?" etc.

Ontem, recebi um corso, que escreveu uma peça corsa, drama corso, no qual há um papel de jovem corsa que só uma Maria Favella[1] poderia interpretar, por ser corsa... ou então eu. Ele foi tenor, *"mas peranti u leitu mortuáriu*

---

1 A atriz Maria Favella, ex-aluna do Curso Simon e do Conservatório, é viúva do escritor Pierre Frondaie (1884-1948), diretor do Teatro de l'Ambigu desde 1942. À morte do marido ela assumiria a direção.

da mamãe jurou nunca exercer" e depois de ser boxeador se tornou subchefe de polícia de não sei qual *arrondissement*. Sua peça começou como um tango cujo tema denso demais para uma canção tão curta (o texto é dele!) se prestava mais a um ato de drama lírico. Ele então o transformou numa novela da qual tirou um filme e por fim uma peça. Trata do delicado problema do "chamado do sangue" numa história de troca de crianças: "Esse fundu, eu incluí para us intelectuaus, né? Eles precisam de assunto para falar nu almoçu e quando estão jogando bridge! E aí, a parte psicofísica da coisa..."

Eu quase tive um ataque de riso na cara dele, apesar de estar sozinha com ele. Gente assim é o que não falta; houve um cavalheiro, por exemplo, que me telefonou para me lembrar dos bons tempos, quando, depois de nos conhecermos na casa de Picasso, ele me levou a Meudon numa bicicleta de dois lugares e nós nos perdemos um do outro no bosque.

E eu entendi! Ao vê-lo depois no teatro, lembrei que ele já era tão chato naquela época que, enquanto ele prendia a bicicleta, eu me adiantei no bosque para escalar rapidamente uma árvore e aguardar na paz das alturas que o tempo prometido passasse, que chegasse a hora de voltar. Quarenta e cinco minutos depois, tendo voltado à bicicleta, perguntei onde ele estivera, e ele acreditou em mim. Era a época da fantasia e da crueldade.

E outros mais, mas já é meio-dia e quinze e não quero perder o nosso tempo.

Há também os colegas. Zorelli atingiu de novo desde sua última toalete a oitava camada superposta de maquilagem, o que em nada compromete sua gentileza nem a total estupidez do bravo e encantador Luguet. Do ponto de vista do público, oscilamos entre 120 e 250, mas os que vêm parecem satisfeitos.

Os entendimentos para a peça de Sartre seguem seu curso.

O tempo é o do "*Febrerillo loco*". Calor dentro de casa, frio de fora e dentro ou fora, te amo a mais não poder.

O moral vai melhor. Estou me recuperando da minha experiência mensal e só uma coisa me tortura: o desejo que tenho de você; mas no momento ele me tortura bem.

Sua carta de ontem me anunciou brilhantemente a primavera de Cabris e o seu restabelecimento físico e moral. Vou falar mais longamente disso amanhã; esta manhã preciso a qualquer custo me levantar e me preparar para sair. Coragem, meu amor querido. Se cuide bem. Não desanime. Apesar das dificuldades que venha a encontrar, você é o único capaz e digno de fazer o que está levando a cabo. É preciso então concluir. Coragem! Te amo com toda a minha alma. Te amo e te beijo até perder o fôlego. Me sufoque logo.

V

409 — ALBERT CAMUS A MARIA CASARÈS

Segunda-feira, 19 horas [12 de fevereiro de 1951]

Meu amor querido,
Sua boa carta de ontem, que recebi ao meio-dia, ainda está esquentando meu coração. Tudo que me chega de fora no momento só traz problemas e tristeza. Só você, suas cartas, essa corrente calorosa que me vem de Paris é que me trazem alegria e vida. Te beijo, minha viva.
Sábado à noite como previsto embarquei para a estação de esqui, devidamente equipado. Percursos em desfiladeiros e estradas pela montanha debaixo de chuva forte, depois estradas cobertas de neve onde *Desdêmona* derrapava. Depois de algumas proezas ao volante, chegada a Valberg debaixo de chuva de neve derretida, afundado até o eixo numa camada mole. Noite em claro, ou quase. Ao acordar, chovia! Chovendo a 1.600 metros de altitude, em fevereiro! As encostas cobertas de neve derretida, impossível esquiar. No salão do hotel, fiquei lendo *Illustrations* de 1901, por sinal divertidíssimas. E no almoço, como o tempo só piorava, decidimos voltar. Incidentes cômico-heroicos nos nossos carros impedidos de sair por um carro de entregas, fechado a chave. Condenados a ficar ali até anoitecer, percorremos os bistrôs da região para encontrar o dono, que não estava em lugar nenhum. E eu pensando que o sujeito devia estar se explicando com alguma dondoca e se acabassem se entendendo íamos passar a noite ali.
Acabei perdendo a paciência e dando dois ou três murros na maçaneta. Não sabia que eu era tão forte: a maçaneta cedeu, a porta se abriu com uma fechadura precariamente improvisada. Estacionamos o carro em outro lugar e nos preparamos para partir. E aí aparece um falastrão, gênero cantor argentino, bem gordo. Pergunta quem foram os cretinos que tiraram seu carro de onde estava, eu respondo que fomos nós e que eu quero que ele vá se danar junto com todos os imbecis que só pensam em si. O doutor Sauvy lhe diz a mesma coisa assim como um segundo médico que estava conosco. O cantor argentino

escolhe este último por ser mais baixo e faz que vai se jogar em cima dele. O outro simplesmente se põe em guarda e o falastrão vai embora berrando que vai pegar todo mundo ali, mas isto correndo a passos rápidos. Eu concluí que estavam voltando para sua dondoca e todo mundo caiu na gargalhada.

A volta foi heroica. Neve pela altura das portas e a valorosa *Desdêmona* teve de penar para sair vitoriosa, mas venceu. Depois, mais chuva forte até Grasse. Jantar com nossos amigos e retorno a Cabris. Às 10 horas eu estava dormindo profundamente e isto até 7 horas hoje de manhã. Trabalhei um pouco pela manhã e chegaram os Sauvy que eu tinha convidado para almoçar com seus amigos. Esta tarde, meio cansado e também preso pelos problemas de dinheiro (1) e outros trazidos pelo correio, não fiz nada. Mas isto vai mudar amanhã mesmo.

Eu tinha recebido no sábado uma longa e brilhante carta do fauno [Pierre Reynal] contando a noite do nosso amigo Armand da vesícula. O fauno até que é inspirado com a pena e eu revivi a situação com muita intensidade. Agradeça a ele e diga que vou responder.

Estou com pressa, louco para acabar mas o fato é que preciso trabalhar com calma, sem descanso, para dar uma forma a tudo isso. Queria deixar bem longe o mundo inteiro exceto você esse tempo todo. A propósito, a Sra. Lucienne Wattier escreveu que a história do *Estrangeiro* não ia mais adiante, quando já estava tudo arranjado, porque Renoir aceitou um outro filme. Gérard está com a cara boa.[1] Agora o primeiro cineasta que se manifestar será bem recebido. Vou mandar andar esses fúteis que só servem para fazer os outros perderem tempo.

Ufa! Aí está uma carta escrita de uma só tirada no calor que estava sentindo no coração depois de ter relido sua carta mais uma vez. Ah! Como eu te amo! Como é bom te amar e te desejar. Sim, você é o meu belo fruto e estou com muita sede. Mas é preciso trabalhar, ser o mais forte. Me ame, me salve, continue segurando na minha mão como sempre faz. Até logo, minha gentil companheira, minha bem amada. Você está no fim desse túnel, estou caminhando na sua direção. Te beijo, beijo seu flanco macio, com todo o meu amor.

A.

(1) Não sei como pagar minha conta do hotel esta semana.

---

1 Ver nota 1, p. 614.

410 — MARIA CASARÈS A ALBERT CAMUS

Domingo, 11 [fevereiro de 1951], *à noite.*

Estou sofrendo. Sofrendo terrivelmente. Queria me calar, mas você sabe que eu não consigo. Desde ontem, Arícia urra todas as fúrias trágicas da terra, e meu corpo inteiro é um só clamor. A se dar crédito ao que disse alguém, não sei quem, a saber: "Para quem pensa, a vida é uma comédia; para quem sente, é uma tragédia",[1] você pode imaginar o que é a atual existência desta pobre Arícia, que não podia estar menos preocupada com o pensamento.

Pois bem! eu sou Arícia e me entrego inteiramente ao sentimento, por assim dizer. Lânguida, estirada, ronronante, hesitante, dolorosamente rasgada pelo peso enorme que carrego no ventre, não consigo superar, por mais que me esforce, o nível grosseiro do estado lúbrico. É abominável! E olhando no espelho, meus olhos me deixam ruborizada. Eles soltam faíscas! Que vergonha!

Vamos tentar dormir.

Existe um olhar seu que me persegue; e não é de ternura. É o caso de pensar que a amizade não me basta. Preciso ter você em cima de mim e tenho vontade de te olhar enquanto me esmaga.

Segunda-feira de manhã [12 de fevereiro de 1951]

Acabo de receber sua carta de amor tão ardentemente esperada. Para dizer a verdade, fiquei meio decepcionada, mas sei muito bem que não dá para falar desse assunto por encomenda e que por sinal você está mergulhado demais no seu parto cotidiano para ainda ter tempo e energia para mim e os meus impulsos.

Mas por outro lado fiquei contente. Não se preocupe; eu me recupero no fim do seu trabalho.

Quanto à minha tristeza, você está totalmente enganado. Não sei o que te deu para me ver de repente como santa aureolada. Eu nunca fui tão direta e se não falei de melancolia é porque não há melancolia.

Gostaria de ter a capacidade de sufocar meus sentimentos para preservar a sua paz e tranquilidade, mas infelizmente entendi que de nada nos adiantaria,

---

1 Citação de uma carta enviada pelo político e escritor inglês Horace Walpole (1717-1797) a sir Horace Mann, em 31 de dezembro de 1769.

que meus recalques logo me dão uma indigestão e que o resultado da discrição e da anulação em mim é realmente catastrófico.

Não; não estou com mágoa nem tristeza. Só uma coisa me tortura — e isto há apenas dois dias —, o desejo que tenho de você. Como fiquei algo surpresa com minha falta de tédio e de tristeza na sua ausência, tentei olhar ao redor para projetar esse desejo em alguma coisa e assim descobrir se, sem perceber, deixara de te amar. Ora vá andar! Bastava meus olhos darem em qualquer homem — mesmo lindo como Apolo, e Arícia, até então a mil, entrava de novo na casca, dura e fechada como uma amêndoa.

De modo que te amo irremediavelmente. Apenas, estou envelhecendo, reconheço, aceito, já me conformo automaticamente, sem esforço, e espero, voltada para as alegrias que os dias me trazem, a chegada do meu príncipe que mais uma vez vai me despertar para as paixões compartilhadas. Viver ao mesmo tempo que eu? Mas meu amor querido, não é possível, pois não estou vivendo! Espero e vejo os outros vivendo e se vivo, é exclusivamente da vida que me cerca. Tudo eu acolho, Quat'sous, o vento, o céu cinzento, amarelo, claro, escuro, os lilases, os jacintos, os brotos das roseiras, as canções que ouço no rádio, o que leio, o que ouço, o personagem que interpreto, Angeles, Juan, tudo, tudo... e adormecida, entorpecida neles, espero que você me traga de volta à existência.

Segunda-feira, 6 horas [12 de fevereiro de 1951]

Sartre voltou para ficar de cama. Está gripado. E assim a leitura de sua peça ficou para a semana que vem.

Essa tarde, não aguentando mais ficar em casa, Arícia!, sempre ela! fui ver a exposição do Petit Palais, "Obras-primas dos museus de Berlim". Há coisas extraordinárias que não pude ver bem por causa da aglomeração. Uma multidão densa física e moralmente sufocava cada quadro e meus nervos já tensos quase me traíram quando essa massa compacta, me reconhecendo, decidiu me tomar por mais um quadro. Tentando escapulir de algum jeito, quase caí nos braços do seu sósia (aquele da Televisão, sabe?) que estava me seguindo desde o início, parecido com você como um irmão e que eu tentava evitar por causa de Arícia. Consegui não dar com ele e ele não teve coragem de me chamar. Enfim, babei de qualquer jeito toda a minha admiração diante dos Velázquez, dos Goya, do admirável Watteau, toda a minha necessidade de infinito diante de Van Goyen e Ruysdael e para concluir toda a minha emoção presente, antiga e futura diante dos Rembrandt. Meu Deus! Que mundo!

Voltarei uma manhã dessas para ver o que perdi e me embasbacar tranquilamente diante do que gostei.

Terça-feira de manhã [13 de fevereiro de 1951]

Ontem, depois da récita, que atravessei com prazer e... talento, sinceramente! voltei para casa e mergulhei na leitura das cartas de Elisabeth C.[1] até 3 horas da manhã. Eu tinha parado a leitura há muito tempo e as últimas me comoveram muito. Eis um livro que vou manter sempre por perto para os momentos em que esquecer de viver bem. Que bela alma! Quase ficamos gratos a Yves R. por ser suficientemente medíocre para ter autorizado a publicação dessas páginas.

A propósito: sabia que Claude Vernier[2] está doente? Estive com ele antes de se internar no sanatório. Não é muito grave, mas vai precisar de seis meses de repouso, em princípio. Ele queria o seu endereço, achando que você estaria na Savoia e ficou bem decepcionado de saber que está tão longe.

Hoje o céu lá fora está apocalíptico, amarelo, cinzento, malva, pesado e chuvoso. Tomei o café da manhã de luz acesa. Estou esperando uma senhora que vem tirar meus calos e já temo pelos meus dedinhos. Depois Lulu Wattier e Solange Térac[3] devem vir para almoçar. Lulu, tudo bem, mas essa querida S[olange] Térac com seu rosto que nunca mais acaba para cima e para baixo, os olhos próximos um do outro, o nariz estreito e longo e a boca que dá vontade de abrir um pouco mais só para ela poder introduzir a ponta do garfo, me dá medo. Ela é tão feia, coitada.

Bem, meu amor querido, vou ter de me despachar para preparar meus pés para a tortura. Já estão protestando, irritados.

Nos últimos tempos, recebo muitas cartas de homens (sobretudo da Suécia, Argélia e Orã). Todos me agarram me chamando de "sua morte". Eu queria

---

1 Élisabeth C., *L'Amour et la peur. Lettres et pages de Journal*, Gallimard, maio de 1950. Prefácio de Y[ves] R[uffin].
2 Ver nota 2, p. 161.
3 A cineasta e roteirista Solange Térac (1907-1993), roteirista de *Luz e sombra*, de Henri Calef, lançado em junho de 1951, com Simone Signoret, Maria Casarès e Jean Marchat.

ser tua vida e poder te apertar contra mim até as duas partes do nosso corpo comum sufocarem.

Te amo. Trabalhe bem. E por sinal você já está no bom caminho, não há mais o que dizer.

Se cuide também e se encontrar o sol e um ar claro, diga que os estou esperando de pé firme no sexto andar à direita ao sair do elevador, na rua de Vaugirard, 148; de preferência de manhã.

Te beijo do alto, de baixo, de lado. Tuas mãos em mim e teu sorriso. Ah! Teu sorriso

M
V

411 — ALBERT CAMUS A MARIA CASARÈS

Quarta-feira, 15 horas [14 de fevereiro de 1951]

Sua carta, querida Arícia, apela diretamente para os meus instintos mais elementares. Não teve a menor dificuldade para provocar uma reação. Há dias já venho lutando contra imagens embaraçosas e desde ontem, justamente, começou um vento cortante que uiva, dia e noite. No céu azul e frio ou debaixo das estrelas — e que arranha os nervos, os deixa expostos, irritados, e queima também as têmporas. Domingo à noite serão quatro longas semanas que me separei de você, no sentido exato da palavra, e não esqueci nada daquela noite de ensaio geral, nem dos outros dias ou noites, iluminados de desejo e das nossas alegrias. Mas estava conseguindo calar tudo isso, que permanecia como um surdo e constante ronco bem lá no fundo de mim, ronco ruim das feras forçadas a dar voltas para sentar, no chicote. Basta uma carta, provocante é verdade, e as barreiras vão por terra. O homem é muito pouco, as feras foram soltas, beiços reluzentes, músculos tensionados a ponto de se romper e no entanto flexíveis, o lombo que se empertiga e nos olhos a dura loucura que quer se saciar! Ah! Estou com raiva de você neste momento. Que estamos esperando para correr um para o outro? Não existem aviões, trens, noites à nossa espera? Venha, meu animalzinho, tudo isto é muito duro de viver, essa longa ausência, esse novo exílio são insuportáveis.

Desde ontem mergulhei de novo nesse mundo abstrato e violento — mas morro de vontade de viver, no sol, na carne, na tua carne...

16 horas

Parei há pouco para voltar a um sentimento mais justo das distâncias e convenções e também porque estava sofrendo de autonomia. Assim você terá uma ideia exata do alcance da sua culpa. Dito isto, minha querida culpada, me escreva sempre sem esconder nada do que sente ou do que pensa. Nesta cela austera, e nesta vida árida você faz circular água, chama — e eu te amo.

Estou trabalhando, mas no domingo sobretudo é que vou saber se tudo vai bem. Estabeleci esse prazo para concluir a parte mais importante. Ontem e hoje vasculhei livros e anotações. A partir de amanhã, terei de redigir sem parar. Se tudo caminhar bem, eu daria dez anos de vida para te ter junto a mim na segunda-feira. Mas essas imaginações fazem mal.

Escreva, não me abandone... Vou te telefonar no início da semana que vem. Sua voz, pelo menos, sua voz torrencial fazendo as pedras rolaram... Meu amor, meu amor, fique triste e entediada com minha ausência, não se acostume, não fique muito comportada e conformada. E pense no nosso reencontro, na alegria, no meu gosto, no seu... Te amo inteirinha, sinto sua falta inteirinha. Beijo demoradamente minha Arícia, minha viva.

A.

412 — MARIA CASARÈS A ALBERT CAMUS

Terça-feira, 13 [fevereiro de 1951]

Não sei se é por causa do fim do inverno, do começo da primavera, da umidade ou da bomba H, mas estou muito mal, obrigada. Dores pelo corpo todo; dor no coração, dor na cabeça, nos rins, no estômago, no fígado, no ventre, nas costas; minhas pálpebras pesam, as pernas tremem, os braços desabam, meus pés se torcem, minha cabeça tomba, minha boca se abre: sinto frio, sinto calor, tudo gira, desfaleço, fico corada, pálida, lânguida, me arrasto, mole, flácida, grudenta, gemebunda, queixosa, irritada, irritante, chateada, dilacerada e dilacerante. Um belo quadro! Quando saio, volto morta de cansaço; se não saio, morro de vontade de sair; se abro a janela, espirro, se fecho, fico sem ar; sozinha, me sinto abandonada, se acompanhada, incomodada, se falam comigo, o barulho me irrita, se não dizem nada, caio no sono.

Está entendendo?

Enfim, hoje à noite, ao voltar do teatro, descobri o motivo dessas aflições que começavam a me preocupar. A duração curta dos meus "dias fatais" já tinha me surpreendido desta vez; e além do mais eu não conseguia renascer realmente para a vida, como costuma acontecer. Depois de quatro dias de incerteza e surpresa, começou tudo de novo. Era apenas um esquecimento! De modo que tudo vai voltar aos eixos. Tanto melhor!

Hoje marquei presença no almoço aqui em casa com Lulu [Wattier] e S[olange] Térac. Só sei que elas foram embora (já que não estão mais aqui!) e peço a Deus apenas que não me tenha deixado dormir completamente — roncando e tudo — diante delas.

Quando fiquei sozinha, me atirei literalmente num livro que tenho há anos, *Os rostos do Cristo*, me entregando a um devaneio sem fim com as palavras "*Ecce homo*". Acordei às 7 horas para o jantar.

Acho que fui ao teatro e até que entrei em cena, mas confundo com ontem.

E no entanto uma nova bilheteria, diferente das anteriores, pisca à minha frente: *84.880 francos*. Superamos a marca. Hoje pela primeira vez passamos dos 100.000 ao contrário. A honra que esperávamos medir por esses números desmoronou; só nos resta nos inclinar numa derradeira saudação.

Meu amor querido, queria tanto que estivesse ao meu lado, neste exato momento e rir com você, e não entendo muito bem por que não é assim: estou com vontade de rir, eu te... e aí?

Oh! Vou dormir. É melhor — já estou cambaleando. Até amanhã, meu belo amor. Durma bem. Te amo e espero uma carta ao acordar. Te amo.

V.

quarta-feira de manhã [14 de fevereiro de 1951],
quer dizer 3 horas da tarde,
mas acabei de sair da cama.

Imagina só! Eu tinha mesmo de estar cambaleando ontem à noite! Mal te deixei para tentar dormir e o quarto todo começou a chacoalhar, a girar, a se deslocar ao meu redor. Levantei para beber do jarro que estava em cima da lareira, mas não consegui ficar de pé; minha cabeça rodava a uma velocidade vertiginosa. Pensei: "Vou morrer", e pensei em você, sozinho sem mim neste mundo que gira. Aí decidi não morrer e chamar Angeles; só que ia assustá-la:

devia estar mais branca que este papel e transpirava enormes gotas frias. Depois de pensar um minuto, tomei a decisão de devolver à natureza o que tinha roubado dela e dei um jeito de chegar ao outro extremo da casa me segurando nas paredes vacilantes do corredor. Depois voltei a deitar com a ajuda de Angeles, que acabou acordando e fiquei esperando o sono, que chegou.

Hoje estou com 37°3 (nada grave portanto), mas ainda não estou bem, apesar das longas horas de sono que devorei. Se continuar assim, se amanhã ainda estiver de ressaca sem ter bebido uma gota do que quer que seja, vou chamar o querido Le Loch, e aí veremos — mas não acho que seja necessário; continuo achando que seja efeito da primavera e ainda lembro das minhas pequenas síncopes quando estava interpretando *Federigo*[1] mais ou menos na mesma época.

Hoje de manhã recebi sua carta de segunda-feira que desta vez está longe de ser decepcionante, mas em compensação me parece preocupante. Meu amor querido, sei que você vai berrar como eu berro em casos assim, mas me parece uma bobagem ficar preocupado pela questão material quando posso facilmente te adiantar o que você precisa. Mais tarde você devolve, quando tiver concluído seu trabalho, ou melhor ainda, poderá me adiantar quando eu precisar. Enfim, sobre este assunto tentarei te telefonar amanhã à noite ou depois de amanhã na hora do almoço e voltamos a falar.

O que mais não vai bem? E antes de tudo, eu posso saber? Entendo perfeitamente sua indignação com o pessoal do cinema. Logo a mim você vem dizer! Além do mais, no momento, fazer esse filme teria resolvido tudo, já que o acordo estava feito. Ah! Que bobagem!

Enfim, trate de resolver as coisas em casa e me deixe na ilusão de que realmente sou sua gentil companheira aceitando o que vou propor. Assim, vai recuperar sua mente livre e ampla para concluir seu trabalho. Quer? (estou botando no olhar tudo que pode te agradar).

Ri um bocado lendo suas proezas esportivas — meus cumprimentos por sua energia e espero que no futuro ainda possa dormir nove horas sem parar.

Diga quando pretende voltar ao nosso convívio, qual será o dia mais ou menos. Gostaria de saber para ter tempo de me preparar e me fazer bela. Já comecei meu Activarol, mas ainda preciso engordar um pouco, me recuperar da primavera, me vestir, fazer uma limpeza dos dentes, da pele, das mãos, dos pés, da vesícula se for o caso, para estar resplandecente quando você voltar. Por

---

[1] *Federigo*, a peça de René Laporte da qual Maria Casarès participou em 1944, no Teatro des Mathurins.

enquanto, estou longe disso; só com boa vontade talvez chegue a um resultado palatável.

Vou te deixar, querido. Ainda me sinto cansada. Vou me deitar. Até já. Te amo.

6h30

Acabei de me emocionar lindamente e gosto muito disso. Imagine que eu devia receber esta noite el Señor Remi, ex-governador de Córdoba, republicano fiel etc. Ele veio multiplicado por três e carregando um buquê modesto, mas lindo, de tulipas e cravos que fez questão de guardar consigo até o momento em que nos vendo todos sentados se levantou para fazer seu pequeno cumprimento — "Os espanhóis republicanos que ainda residem nas prisões da Espanha nos incumbiram de lhe apresentar suas homenagens e lhe agradecer pela glória que proporciona a nossa Espanha e à República. Queremos acrescentar as nossas e lhe assegurar do nosso apoio, dos nossos serviços, da nossa ajuda onde quer que esteja. Señorita Casares, a senhora tem um nome que jamais deixaremos de venerar e representa em si mesma uma autêntica bandeira. Queremos lhe comunicar nossa admiração, nossa lealdade e se permitir nosso afeto." Ele então me entregou seu buquê e eu só não derramei minhas lágrimas por milagre, mas nunca me arrependi tanto desse bendito pudor que tantas vezes você censura e que me fecha a boca quando devia falar livremente. Eles se despediram gentilmente depois de uma breve conversa que trataram de abreviar percebendo minha cara pouco viçosa.

As tulipas são vermelhas e brancas. Os cravos, sangue de touro. Alguma coisa se agita no fundo do meu coração. Eu te abraço forte; neste plano, você é a única pessoa que me resta que pode compartilhar minhas emoções — te amo.

Quinta-feira, de manhã [15 de fevereiro de 1951]

A récita me recompôs completamente ontem à noite. Hoje de manhã, pela primeira vez em dias e dias, dá para saber que existe um sol no universo, dormi nove horas, me sinto em perfeito estado e te amo de morrer.

E então interrompo minha conversa até esta tarde e amanhã. Bom dia, monge.

M
V

413 — MARIA CASARÈS A ALBERT CAMUS

Sexta-feira, 16 [fevereiro de 1951], *de manhã.*

Não sei por que, estava certa de que receberia uma carta sua hoje de manhã. Agora só resta a esperança para amanhã. Mas não há de ser nada, se for sinal de que você está bem e trabalhando. Vou saber daqui a pouco, pois espero te telefonar na hora do almoço.

Um sol pálido lá fora; um sol gelado, parece — E eu ainda dormindo.

Ontem, saí ao meio-dia para ir ao restaurante La Pergola comer com minhas antigas colegas do Teatro Montparnasse e Pitou. Um almoço só de mulheres já é algo bem inútil, triste, chato, tedioso; mas quando três mulheres de quatro são lambe-buceta, é uma provação. Ainda por cima, enquanto Monique Chaumette[1] ficava devaneando e Jacqueline [Maillan] quase não afastava os lábios por melancolia, Pitou em compensação, a mil, fez questão de ostentar na minha frente sua satisfação com a vida, seus vários relacionamentos, seus feitos passados e futuros, aborrecendo um bocado suas encantadoras acompanhantes que ficavam ouvindo tudo que já tinham passado, e também a mim que não conhecia nada nem ninguém das aventuras mencionadas sem se dar ao trabalho de contá-las até o fim. Na sobremesa, como continuava a história de "Dinah, daquela vez que saiu cedo demais quando estava bêbada", de "Solange com seu nariz torto", de Charles e sua "mania cretina de achar tudo ruim" etc., como não se saía disso e se repetiam os "Teve notícias de Nicole?" e "Como vai Nabucodonosor, preciso telefonar para ele", decidi me retirar me perguntando mais uma vez por que uma mulher que se decide de repente a navegar para a ilha de Lesbos também precisa abrir mão pelo resto da vida da água corrente e do sabão — "Desavença entre Billitis e a banheira". Obra de carne e imundície para desenraizados (*sic*), ou "Do bom uso da água nas labutas femininas".

Ao voltar para casa, quis continuar minha leitura dos *Pensamentos* de Pascal, mas caí miseravelmente no sono. Fui acordada por Pierre [Reynal] com quem jantei e fomos para o Teatro de l'Œuvre.

Como é bom de vez em quando ver grandes atores! Não conheço melhor estimulante para refazer as forças quando a peça que representamos começa a cansar.

---

1 A atriz Monique Chaumette, nascida em 1927, participa das primeiras peças apresentadas por Jean Vilar no Festival de Avignon, assim como de *O rei pescador*, de Julien Gracq, em 1949, no Teatro Montparnasse, com Maria Casarès (ver nota 1, p. 120).

Nem preciso dizer que a obra do Sr. Simenon[1] é bem desagradável de se ouvir, desagradável de espírito, de pretensão fracassada, desagradável sob todos os pontos de vista. E os diálogos, senhor! Para valorizá-los, Rouleau, que fez uma encenação à Rouleau, sem novidades mas com esmero, fez questão de pontuar cada frase "profunda" do texto com um longo, longo silêncio para frisar a originalidade do pensamento antes ou depois das palavras, e muitas vezes — oh! quantas vezes! o público espera um bom minuto a *coisa* suspensa na boca de um ator, a coisa prometida, garantida, decidida, finalmente dita: "Você também; você poderia ter tido uma mulher; um bebê e fraldas penduradas na janela."

Mas não tem a menor importância. Se Oury e a mulher estão ruins, se Valmy, a mulher de Rouleau estão passáveis, se Gélin engana bem, Roquevert em compensação está admirável, France Lescaut maravilhosa e Lucienne Bogaert além de qualquer elogio. Que atriz! Pela primeira vez vendo no palco um certo trabalho eu desejei que eu o tivesse feito.

Deixo para o fim Rouleau, que me fez rir como narrador, mas está bem na cena do interrogatório, e nosso amigo Brainville. Que figura incrível! Maquilado como velho bonachão, só ele já vale a visita! E essa arte de misturar tão bem os espíritos de Simenon, de Rouleau e do cinema! Ele tem apenas uma cena curta de palavras mas... longa de silêncios. O olhar direto, as bochechas redondas, o bigode trêmulo, ele solta uma frase, faz um silêncio, retoma fôlego, fala, se cala de novo e assim... até o fim (que performance!) marcado a cada palavra, a cada suspiro pela tosse dos espectadores. Pode escrever! Amanhã ele estará filmando e se perdermos uma personalidade no teatro só podemos ficar felizes pensando na satisfação que ele terá ouvindo o diretor gritar "Ação!".

Depois do espetáculo, Pierre [Reynal] me acompanhou e ficamos conversando até 2 horas da manhã. No entusiasmo da conversa, ele me chamou de mamãe. Até agora não entendi.

Hoje pretendo cuidar um pouco da correspondência, lavar a cabeça, fazer as unhas e descansar. Coisas demais para um dia curto.

Queria te falar de nós, mas não estou com muita coragem; não queria entrar no seu universo como um cabelo e solto e cercada do seu mundo de revolta, mergulhado num clima que seria necessário me explicar, tão distante de mim,

---

1 A adaptação teatral de *A neve estava suja*, de Simenon, é montada no Teatro de l'Œuvre, em encenação de Raymond Rouleau (1904-1981), com Daniel Gélin, Raymond Rouleau, Lucienne Bogaert, Yves Brainville, France Lescaut, Gérard Oury e sua companheira Jacqueline Roman, Noël Roquevert, André Valmy.

estranha a tantas preocupações suas, dificilmente consigo te imaginar. Por isto continuo a pensar em você como você era. Quando te encontrar vamos nos conhecer de novo. Um jeito maravilhoso de nunca nos cansarmos de nós; de nunca encontrar tempo para chegar ao fim um do outro.
Te amo, meu amor querido. Te amo tanto. Te beijo demoradamente,

V.

414 — ALBERT CAMUS A MARIA CASARÈS

Sexta-feira, 11 horas [16 de fevereiro de 1951]

Me expulsaram para finalmente arrumarem meu quarto e estou te escrevendo sobre as pernas, meu querido amor, ao sol, encostado no muro de uma capelinha num lindo dia cheio de pássaros e fontes. Escrevo o mais rapidamente possível pois só tenho quinze minutos de recreio e preciso concluir um trecho antes de almoçar. Por outro lado, terei um convidado no almoço, um padre dominicano desconhecido que me pediu uma entrevista pelo telefone e que eu convidei para almoçar porque é a hora em que sou menos incomodado. Pensei também que o referido padre poderia postar esta carta em Grasse e assim você a receberia amanhã em vez de segunda-feira. Desse modo, as palavras do amor serão postadas pelas mãos da fé, como diria Victor Hugo. E é verdade que a fé, no caso, circula de motocicleta, o que nos traz de volta ao nosso belo século.

O problema é que não receberei antes de 1 hora a carta que espero hoje. Então vou resumir os meus dias: trabalho. Está indo mais ou menos e acho que até domingo vou concluir a parte espinhosa. Sobretudo, me parece que eu disse a verdade sem deixar de ser generoso. Pelo menos me parece. Se você estivesse aqui domingo, daríamos uma pequena festa esperando a grande, a do fim. Mas agora tenho esperança de acabar no prazo que eu mesmo estabeleci: nosso reencontro está chegando. A essa ideia o doce calor que o sol começou há pouco a verter nas minhas veias se eleva em alguns graus. Por que você não está aqui?! A relva já está quente!

Daqui ouvimos galos ao longe, a luz toma conta da imensa paisagem que tenho diante de mim. É bom de se ver quando saímos do mundo do ódio e da violência. Pelas encostas todas, amendoeiras latejando em pequenas nuvens brancas. Ó doçura de amar e ser amado! É o momento da felicidade. Até o desejo se torna doce e terno.

Minha querida, minha negra, minha doce, queria muito saber dos teus dias. Me diga como serão com uma certa antecipação para eu me situar. Você não disse o que faria ontem à noite e, pensando em você, eu te perdi. Mas te encontrei de novo esta manhã na glória do mundo, no céu apaixonado, na terra realizada...

Até logo, até logo! Esta cartinha era apenas para levar um pouco de sol ao seu sábado. Me dê a sua coragem, me mostre seu belo rosto para eu despejar nele uma torrente de beijos. Ah! O desejo está perdendo a doçura, tenho de virar a página.

A.

Dos olivais vem o tempo todo o barulhinho seco e quente das varas usadas para bater nos galhos e fazer as azeitonas caírem nas toalhas multicoloridas estendidas debaixo da árvore. Assim, voltado para você, sempre, uma chuva de frutos negros e doces no seu rosto... Eu amo tanto a vida, às vezes, meu amor...

415 — MARIA CASARÈS A ALBERT CAMUS

Domingo, 18 [fevereiro de 1951], *de manhã.*

Ainda estou dormindo; não se preocupe portanto se achar esta carta meio nebulosa. Acabo de tomar o café da manhã e de sentar sem perda de tempo à minha mesa, para te escrever, depois de puxar as cortinas, pois o sol está castigando o apartamento. Esse nojento! Em todos esses dias vazios da semana ele se escondeu por trás de uma camada pegajosa, cinzenta, úmida que batia nas minhas vidraças e me impedia de respirar, e de repente hoje, meu dia de descanso, começa a brilhar como uma fúria luminosa para encher minha manhã de saudade e esvaziar a sala! Enfim! A pequena Liliane — a Srta. Asselin e Hélène [Perdrière] vão encontrar um novo pretexto para a ausência de público compacto, e se ontem tinham decidido que a tempestade da tarde manteve os espectadores trancados a sete chaves em casa (165.000), hoje vão se dar conta de que neste lindo tempo do bom Deus os parisienses preferem de longe, em vez de ir ao teatro, um fim semana saudável e apaixonado em Barbizon!

Ou em... (ay) Ermenonville. Não importa! A exposição de Economia Doméstica vem ou vai abrir suas portas e o pessoal do interior se prepara — ao que parece — para fazer fila na rua de Suresne. E além do mais, tem a Páscoa, e além do mais, além do mais, o fim da peça, e além do mais, além do mais, outras peças, quem sabe, e qual a importância se ninguém vai morrer... (Este último *raciocínio* é meu, mas deu para notar que não parece convincente).

Nada de novo desde quinta-feira, meu querido amor, a não ser... mas vou te falar disso daqui a pouco. Ainda em casa, consegui terminar minha correspondência francesa e recebi algumas visitas.

O fauno, que acaba de recusar convite do Sr. Barsacq para ser o substituto de Dufilho a pretexto de que esse ator tem saúde fraca,[1] restabeleceu sua velha ligação com a dança. Está pálido e terrivelmente cansado, mas de excelente humor desde que começou a frequentar diariamente alguns nórdicos feios e tortos mas simpáticos, com os quais prepara um número de dança com música de Allain arranjado por Yvonne George[2] para ser apresentado na televisão, e depois tentar participar de um festival a ser realizado na Alemanha. Além disso, seu balé, finalmente concluído, está passando de mão em mão. Maurice Constant,[3] entusiasmado, quer compor a música e também se fala de uma montagem. Em meio a tudo isso, Pierre se deixa levar, trabalha, sua, empalidece, emagrece, se cansa, se entedia e sonha com viagens e em interpretar uma peça. Me encontro com ele com frequência.

Mandei para substituí-lo no l'Atelier um rapaz que se chama Maurice Petitpas, tolo, gentil e que não fez nada desde *As Epifanias*.[4]

Marcel H[errand] está afogado em dívidas, e diante do golpe duro e final que sofreu (Odette Joyeux vai largar seu papel) chama Éléonore Hirt para substituí-la dentro de oito dias e lhe oferece apenas 9.000 francos. Éléonore, indignada, me telefona. Eu a acalmo e a aconselho a aceitar, se for convidada para o próximo espetáculo.

Armand da vesícula não está com a cara nada boa. Como Hélène fizesse a observação ontem, em seu camarim, ele disse o seguinte: "Quando você tiver

---

1 Jacques Dufilho interpreta o papel de La Surette em *Colombe*, de Jean Anouilh, na criação da peça no Teatro de l'Atelier em 1941, ao lado de Danièle Delorme e Yves Robert.
2 A cantora e atriz belga Yvonne George (1896-1930), cujo verdadeiro nome é Yvonne de Knops.
3 *Sic*, em referência a Marius Constant (1925-2004), maestro francês de origem romena, aluno de Olivier Messiaen, Nadia Boulanger e Arthur Honegger no Conservatório de Paris, membro do Grupo de Pesquisa de Música Concreta de Pierre Schaeffer a partir de 1950.
4 Maurice Petitpas interpreta o papel de Fébrile na criação de *As epifanias*, de Henri Pichette, em 2 de dezembro de 1947, ao lado de Gérard Philipe, Maria Casarès e Roger Blin, no Teatro des Noctambules.

repetido mil vezes...! E além do mais, a culpa é sua; você me deixou preocupado!", ao que a nossa encantadora retrucou: "Quer dizer que agora não se tem mais direito a uma pequena crise moral?!" Parece que as coisas não vão bem, como vê.

O Sr. Luguet decidiu mudar sua maneira de amar Fanny; a cena de ternura ganha outra forma e depois do "agora chega" estrangulado que ele acrescentou à troca de carícias, sou obrigada a encerrar o interlúdio "caloroso" com um "óóóóóóóóóóóó meu Farrrrrouuuuu!" cheio de você sabe o quê. O efeito é ótimo, pois enquanto isso o grande Farou discretamente põe de novo no lugar algo que secretamente se deslocou na região do seu ventre! Naturalmente, tudo isso é apenas sugerido. Imagine só! Com Luguet! Exclusivamente no terreno das nuances!

A senhora Brûlé anda devorada pela urticária, o que não espanta quando se sabe o fel que produz e sobretudo o veneno que carrega no sangue. Aí está uma que precisaria ser examinada!

De modo geral, todos me adoram. Eu sou tão doce, tão alegre! Sempre sorrindo! Sempre de bom humor! etc.

Isto quanto aos que me cercam.

Em casa, Angeles anda exultante por ter emagrecido, Juan *toca las palmas*, eu chamo a atenção para algumas teias de aranha do calor (!) e todo mundo se gosta com ternura. As roseiras vão ficando um gigantes, os jacintos estão todos floridos, as plantas verdes vão crescendo e Quat'sous até que vai levando bem a virada para seu oitavo ano.

E eu, fisicamente, vou melhor. Telefonei ao médico enumerando várias possíveis causas de mal-estar:

1º) A primavera: ele riu.

2º) O aquecimento, por falta de hábito: ele riu.

3º) Uma indigestão.

4º) Uma intoxicação.

5º) Um pouco de fadiga.

No telefone, ele optou pela última e pediu que voltasse a ligar dentro de alguns dias se não melhorasse. Enquanto isso, terei de continuar tomando meu Activarol, minhas gotas e fumando de dez a quinze cigarros por dia sem nunca passar disso, pois parece que também é provável que é daí que vêm os problemas.

Quanto ao moral e ao estado geral, aí, é uma outra história... Imagine você, meu querido, meu belo, meu grande meu único imenso amor, que além da carta de sexta-feira na qual encontrei um post-scriptum que me deixou completamente desajuizada e me teria levado a Cannes quinta-feira se tivesse dinheiro para gastar feito louca, recebi também a edição especial da sua correspondência, dedicada a Arícia. Ela chegou no fim do dia e só a li à noite, ao voltar do teatro. Trêmula, devastada, transmiti o conteúdo a Arícia sem demora. E ela toda lânguida... Ah! Se você a visse! Ela acompanhava a leitura (à noite, sempre leio suas cartas em voz alta, não sei por que), fremente, ofegante, de repente toda molinha e entregue, de repente enroscada e quase fechada, sempre ardente e emocionada.

Pobre Arícia! Como a relva fresca do alvorecer nas pradarias do meu país, ela esperou muito tempo pelas promessas trazidas pelo dia nascente; sacudida por brisas de primeira manhã do mundo, úmida de orvalho, já aquecida pelos primeiros raios de sol, desabrochando, ansiando por gostos diversos, ela esperou em vão a hora do meio-dia. Eu dormi — mal — mas dormi; ao despertar, Arícia ainda estava esperando, tecendo desejos infinitos como Penélope. Eu circulei; fiz como se estivesse ocupada com meu dia parisiense, mas o lamento de Arícia trazia a cada um e a cada coisa uma nota aguda e melancólica que eu não tinha como afastar. À noite, ela ainda esperava, impaciente, provocante, inconveniente! Eu me aborreci. Compostura! Ela parou de gritar; ficou resmungando baixinho, entre os dentes, quase inaudível. Eu dormi. Hoje de manhã, ninguém a segura mais. Está aos berros. Tenho medo de sair. Vão ouvi-la. O que eu faço?

Ah! Não; não consigo me acostumar à sua ausência! Muito pelo contrário. Bem comportada no início desta nova separação, vou ficando cada vez menos à medida que o tempo passa. A resignação dá lugar a uma impaciência que me cansa e a pequena filosofia que eu tinha construído para uso pessoal desmorona diante dessa necessidade vital que tenho de você, da sua boca, dos seus olhos, dos seus olhares, da sua cabeça encostada em mim, das suas mãos em mim, dos seus braços me enlaçando, das suas palavras murmuradas, do seu sorriso tão claro, do seu riso ingênuo, dos seus ombros arredondados ao meu redor, das suas pernas duras misturadas com as minhas, dos seus perfis perdidos no fundo de céu da minha janela, do seu corpo pesado sobre o meu, das suas carícias, dos seus passeios intermináveis pelo meu quarto, das suas entradas, das suas saídas, da sua voz abafada no telefone, da sua brutalidade, da sua doçura, da sua amizade, do seu desejo, do seu amor, de você, de você todinho, por dentro, por fora, de você todinho tão feito para mim, tão perto de mim, parecido, tão prodigiosamente parecido com tudo que eu desejo sempre, ó, meu querido,

querido amor! Muito em breve estaremos na luz amarela deste quarto, entre as flores esmagadas contra as cortinas. Muito em breve não saberemos mais onde começamos um no outro, onde acabamos. Perco as forças só de pensar. Você queria saber tudo? Pois bem! Aí está, pelo menos o que eu posso dizer. O resto não é para ser contado; está aqui te esperando, te cercando de perto ou de longe, está aqui, em você, em torno de você — Minha vida.

Aí está o amor, o verdadeiro e profundo amor que quer aceitar tudo, que se dispõe a suportar tudo — sua própria dor — e no fim das contas, com o passar dos dias, vive, em vez de morrer, de uma energia a cada hora mais forte. Meu querido, minha alma, minha vida, trabalhe bem. Volte assim que puder — *A segunda* não sai de cartaz antes da Páscoa — mas não se precipite. Prefiro que você chegue mais tarde e liberado de tudo que mais cedo e ainda mergulhado em suas abstrações. Além do mais... estou com muita vontade de ler o seu livro; languidamente desejosa de Albert Camus.

Se cuide, também. Não esqueça alguns passeios nos dias bonitos, quando tiver concluído sua parte importante. Até amanhã, sua voz do outro lado do fio; espero com todas as minhas forças que ela seja triunfante. Te amo, meu querido amigo, meu prestigioso, meu belo, meu grande amor, meu cruel desejo. Te amo de ficar feliz para a vida e para a morte.

V

416 — ALBERT CAMUS A MARIA CASARÈS

Domingo, 15 horas [18 de fevereiro de 1951]

Muito bem! tudo acabado, meu querido amor, quero dizer a maior parte, e com uma pequena tarde de antecipação. Acabado e no entanto não estou feliz. Dúvida ou cansaço, não sei. Mas preciso me recompor, ainda tenho o que fazer. Agora no entanto tenho praticamente certeza de concluir tudo por volta de 10 de março. Depois, terei de retrabalhar o conjunto, mas para isso Paris não representa empecilho. Pelo contrário, aqui eu vivo e trabalho meio alucinado, sem descanso, sem derivativo. E também acontece que durmo muito mal.

Um pouco de desenvoltura será útil, um olhar mais fresco e distante.

De qualquer maneira, me dei folga até amanhã de manhã. Mas fazer o que na folga, me sinto de mãos vazias. Decidi te escrever primeiro, depois ir a Cannes postar esta carta na estação para que a receba amanhã de manhã, e depois dar um passeio à beira-mar. Com você, aqui, eu fico bem. Em Cannes, já sei por antecipação o tipo de desânimo que vai tomar conta de mim, as ruas, o mundo e eu, perambulando, de cabeça vazia. São as horas em que você me faz uma falta terrível. Eu bem que queria pôr minha cabeça no seu pescoço, ali onde o sangue vem bater, e cair no sono.

Enfim vou botar uma gravata pela primeira vez em um mês, largar minha eterna jaqueta. O que me faz pensar desde já no domingo do soldado, numa cidade alegre de província, Saint-Dié, por exemplo.

Sua carta de quarta-quinta-feira tinha me deixado preocupado. Não entendi bem sua apreensão. A de sexta-feira me tranquilizou. Mas espero seu telefonema de amanhã para me alegrar com o restabelecimento da sua saúde. Também estou louco para saber se existe alguma chance de você vir até aqui para voltarmos juntos. Seria maravilhoso.

Não se preocupe com meus problemas. Há os de dinheiro que já resolvi provisoriamente e também a preocupação e o cuidado que F[rancine] me causa constantemente, sempre à beira da neurastenia. Cada uma das cartas dela, apesar de raras, aumenta e mantém essa preocupação que eu gostaria de evitar até estar em condições de sair do meu trabalho. Como vê, é bem simples e se eu não te falo disso, é por não haver motivos para te aborrecer com uma situação que não se altera. Pelo contrário, prefiro saber que você está fora de tudo isso. Junto de você pelo menos eu posso assim retomar a verdadeira vida, meu amor. Portanto, me fale de nós, você não precisa me redescobrir, meu coração é o mesmo, cheio da sua imagem.

Fico grato de saber que o señor Rémi falou assim com você. Não serei eu a poder dizê-lo, mas o que sei é que a sua melhor parte está nessa felicidade que você herdou do seu pai e que sustenta com tanta simplicidade. Eles podem, e devem, te dizer. Quanto a mim, estou junto de você, num canto, e aprovo.

Não se preocupe com meu acesso de fadiga, visível nesta carta. Bem pode imaginar que um lado meu está feliz por ter feito o que tinha de fazer, seja qual for o valor. Apenas estou com uma espécie de ressaca de inteligência, uma náusea intelectual. Meu único desejo seria viver animalmente, durante algum tempo. Mas terei de esperar.

Me escreva, meu querido, meu doce amor. Por acaso sente qual é o seu lugar em tudo isso? Você me ajuda a viver, a ser, a acreditar. Ah! Finalmente te agarrar...! Até logo, até amanhã, agora tudo vai mais depressa. Eu te imagino, entregue, e meus olhos ardem. Suavemente, suavemente, beijo teu lindo rosto e te espero.

A.

417 — MARIA CASARÈS A ALBERT CAMUS

Segunda-feira, 19 [fevereiro de 1951], *de manhã*

Acabo de receber sua carta de ontem. Seria mesmo de gritar, agora ou nunca: "Ah! Já entendi! Este senhor é um chato..."
Mas nem digo nem penso. Muito pelo contrário, já estava mais ou menos esperando essa reação, no fundo natural, e já te imaginava, alegre e solitário cavalheiro bem no centro do salão não menos alegre do cassino de Cannes, diante de uma limonada, frente a frente com a orquestra, as dúvidas, a indigestão intelectual e a impossibilidade por enquanto de dar uma bela vomitada, o distanciamento, as promessas de dificuldades sem conta, e sobretudo... sobretudo, esse vazio terrível, esse enorme abismo que se abre ao redor depois de um grande esforço.

Ah! Eu devia estar aí. Teria recorrido a todos os meus encantos e se necessário teria recorrido a minha garras para extrair de você a vida, de repente bloqueada. Você teria achado graça, gritado ou chorado e depois... quem sabe? talvez tivesse dormido bem o sono dos justos até o dia seguinte, junto a Dora. (A *mim*!)

Enfim! Vai chegar a hora. Esperemos, pelo menos. Enquanto isso, você aí devastado, desolado, esgotado por esse parto que arranca de você o que te constituiu durante um tempo. Paciência, meu querido amor; uma pausa, o vazio total e amanhã você renascerá, frágil, fresco, claro, como os primeiros brotos das amendoeiras que te cercam. Coragem, meu querido. Coragem, meu belo amor, meu querido deus.

Sim. Agora você precisa levar a cabo o mais rápido possível o que te resta fazer e vir a Paris se distrair um pouco, para tomar um certo recuo e enxergar melhor. Precisa disso também para se reumedecer. Acho que não existe nada mais ressecante e que mais irrita que a criação; mas é verdade que eu não entendo nada disso.

Ande logo e volte depressa. Apesar da receita desanimadora, acho que iremos com *A segunda* até o fim de março. Depois, não sei o que farei; se eu tiver alguns dias de liberdade total, talvez pudéssemos nos ausentar uma semana, mas é melhor evitar sonhos provavelmente irrealizáveis.

Não se preocupe com minha saúde. Ela floresce de novo com todas as suas energias e eu vou muitíssimo bem, mais viva que uma pulga esfomeada — só me falta comida.

Fico com muita pena do estado de F[rancine]. Eu imaginava, não sei por que, que a coisa ia melhor há um ou dois meses. O que fazer? Seria tão bom se ela estivesse feliz...
Vou parar. Vou te telefonar. Por sinal estou louca para te ouvir; gostaria de te encontrar robusto, hoje de manhã.

Pronto. Desliguei. Ah! Como o mundo inteiro é insuportável por estar o tempo todo aí. Me sinto melancólica e precisaria ouvir sua voz quente. Em vez disso fui contemplada com sonoridades transmitidas pelo fio telefônico por Robert Bresson, se poderia dizer — e esse céu desbotado! Brrrrrrr !
Vou almoçar. Até já, meu distante adorado.

1 hora da manhã [20 de fevereiro de 1951]

Impossível dormir no estado em que me encontro. Os nervos exacerbados. Não sendo por natureza de "quebrar louça", me dá vontade de morder, ou melhor ainda de chorar um bocado com muito soluços barulhentos, ou melhor ainda nadar na água gelada, ou melhor — oh! — bem melhor ainda, me entregar totalmente a você —, Ay! como eu dormiria bem, depois, meu Deus!

Acabei de passar por um desses dias sem grandes contrariedades, mas nos quais tudo sai mal; dia anguloso, quebrado, soluçante.

Depois do almoço, tentei dar um jeito em mim para enfrentar o desânimo caótico e aceitar a entrega. Sozinha na saleta, diante da janela aberta, recorri como sempre nesses casos a toda a minha razão, a todas as minhas faculdades de ordem. Arrumei, cortei, varri, dispus, limpei mais uma vez os pontos essenciais, meus principais pontos de apoio... Um ramo de trepadeira, solto, balançava na frente da janela, sacudido pelo vento. Já quase sem fôlego, me agarrei a ele, como uma náufraga. Ai, meus sais!

Ele estava balançando demais. Fiquei com vertigem e começou tudo de novo.

Depois teve um pássaro, que de repente desapareceu na boca de uma chaminé em frente. Depois, os jacintos, mais próximos, mas já meio murchos. E eu desisti.

Pierre [Reynal] chegou e fomos para o Palais Berlitz,[1] ele mergulhado em sombrios devaneios de cabelos brancos (ele os tem!), e eu perdida no aguaceiro que caiu.

---

1 Palais Berlitz: prédio parisiense da década de 1930 no 2º *arrondissement*, que abriga em especial um cinema de 1.500 lugares.

O senhor Michel de Bry[1] nos recebeu como velhos conhecidos num escritório de paredes cobertas de maravilhosas fotografias de Sarah [Bernhardt] e outros, no meio de um amontoado de todo tipo de objetos os mais diversos, da liteira da grande Sarah aos leques estranhos de Max, sem esquecer as mãos de bronze de todas as estrelas de todos os céus de todas as profissões públicas.

Nós vimos as palmas de Sartre, os indicadores de Cocteau, os dedos de Dullin, os polegares de Piaf, os pés de Colette, a máscara de um cantor da Ópera, as unhas de Rita, as mais belas fotos de Sarah com dedicatórias curiosas, suas cartas de amor a Mounet etc. Ouvimos a voz de todos os grandes cantores mortos e por fim, depois de gravar o soneto que Jeanne Dorys[2] compôs para Véra [Sergine][3] fui levada à mesa de operações.

Não tenho coragem de te contar a sessão; foi longa. Um momento comovente: a impressão que senti quando tiraram o gesso, diante daquela forma tão fiel, tão delicada, tão tênue. Me pareceu que estava deixando naquele pequeno caixão branco e azul algo de mim mesma, algo de vivo e profundamente íntimo... Pensei em você e tive vontade de estar agarrada a você como uma criança junto a outra criança.

O senhor de Bry tratou de me trazer de volta à realidade me convidando enfaticamente a jantar, se exaltando com a fragilidade dos meus dedos, dos meus punhos, da minha cintura "que gostaria de ter moldado ele mesmo" e trazendo para me dar água na boca um cardápio do *Pantagruel*, desenhado por Dubout e que aparentemente tem como único prato testículos nos mais variados molhos (lá estão: testículos recheados, salgados, estofados, moles, duros, convulsivos, sutis etc.). Não pude deixar de achar graça. Já Pierre, não. Ele ficou incomodado com o comportamento de Michel de Bry que aparentemente não estava vendo ali nenhum outro homem, a julgar por sua insolência comigo, e ocupado demais em bancar a p... com outro sujeito que assistia à operação mandando olhares sedutores para ele. Um meio bem curioso.

Tratei rapidamente de ir para o teatro onde me esperavam Juan e um omelete à espanhola. Récita ruim. Público ruim e escasso. Contida, desconfortável, completamente amarrada, passei a noite percebendo como falava falso e tentando me livrar de um incômodo de idade ingrata que me perseguia em cada recanto do palco.

Voltei para casa ainda e sempre exasperada. E não mudou nada desde então.

---

1 O colecionador Michel de Bry (1890-1970).
2 A atriz Jeanne Dorys.
3 A atriz Véra Sergine (1884-1946), nascida Marie Roche, ex-mulher de Pierre Renoir e depois de Henri Rollan.

Terça-feira de manhã [20 de fevereiro de 1951]

Só duas palavras, te amo.
As coisas melhoraram apesar do vento e do céu escuro. Que tempo pavoroso.
Telefonema de Feli [Negrín]. Ela me incumbiu de te dizer como a tocou, e era verdade. Ela não está acostumada a ser tratada tão lindamente assim. Palavras dela. Vou te deixar. Angeles está pedindo minha carta para ir postá-la antes do meio-dia. Te amo. Te amo, meu amor querido.

V

418 — ALBERT CAMUS A MARIA CASARÈS

Segunda-feira, 19 horas [19 de fevereiro de 1951]

Meu amor querido,
Já é bastante duro, em condições normais, ficar ali naquela sala de café e te ouvir sem poder te dizer meu amor, nem a necessidade que tenho de você. Mas quando te sinto na expectativa, meio fremente, parecendo pedir essas palavras que justamente não posso te dizer e das quais você precisa, por sua vez, é um verdadeiro suplício. E aí quando te deixei me trouxeram sua carta de ontem, com sua paixão, seu amor, seu desejo e meu coração se derreteu de ternura e raiva. Eu queria poder te telefonar, te dizer no meio de todo mundo que você era minha vida, o ar que eu respiro, minha coragem de todos os dias. Por que bancar o tolo assim, amarrado porque uns poucos indiferentes estão olhando com seu olhar morno? Eu devia esquecê-los, e no entanto eles me deixam paralisado. Não fique aborrecida, meu amor, o que existe contra nós toca no que eu tenho de mais silencioso, a alma secreta, a parte solitária que não podemos entregar à multidão.
O dia inteiro isso me deixou numa espécie de mal-estar. É verdade que eu também estava contrariado porque um casal, amigo de Sartre, acaba de se hospedar no hotel por uma semana, e sou obrigado a vê-los um pouco e essa distração não está me agradando. Por sinal eles são simpáticos.
Ontem fui postar minha carta em Cannes. Era a festa das mimosas, carros floridos, uma enorme multidão, batalha de confetes. Me diverti um pouco vendo aquela animação toda. Depois, solitário, fui tomar alguma coisa num bar da Croisette. A noite estava caindo, a água ia ficando cor de rosa, eu me senti tolamente angustiado, e fugi, de volta a Cabris.

Hoje reli e corrigi tudo que tinha feito para mandar a minha fiel Labiche. Não vejo mais o que fazer, mas não estou satisfeito. Dúvida, só isto, e um desânimo geral. Fico pensando que tive a mesma crise ao terminar *A peste*, e que não queria publicar.[1] Mas de qualquer maneira, estou de coração apertado. E tem também o cansaço. Me sinto meio esvaziado, depois desse longo esforço, o que me preocupa, pois ainda tenho muito a fazer durante esses quinze dias. Estava precisando falar com você, por exemplo, e não conseguia me decidir: a página branca me dava vertigem.

Felizmente, tem a sua carta, o seu calor, o seu coração fiel (obrigado, obrigado com toda a minha alma), a sua presença. Não queria chegar aí em frangalhos. Vou tentar dar um jeito com cinco ou seis horas de trabalho por dia. O resto do tempo, passear ou dormir (pelo menos ficar deitado). Mas sobretudo não se preocupe com essas cartas estúpidas. Estou mole, só isto. Mas você, escreva, fale, ria, me lembre do tempo em que te tinha debaixo de mim. Se você soubesse das mil e duras raízes do meu amor, que te chama todas as noites, que te leva para o sono e a noite. Beijo o seu riso, a sua boca que eu amo. Em breve, a felicidade, o fim dessas árduas preocupações, e o teu querido corpo, minha doce, minha saborosa.

A.

Terça-feira, 10 horas. Torturado a noite inteira por uma dor de dente (que deve explicar meu estado geral) tomei a decisão de procurar um dentista de Grasse. Mais tempo perdido. Mas está fazendo um dia deslumbrante que me ajuda e me deixa feliz. *Besicos*.

Mando junto trechos da glória em Argel. Sou um profeta no meu país. Deve ter sido estranho!

419 — ALBERT CAMUS A MARIA CASARÈS

Quarta-feira, 15 horas [21 de fevereiro de 1951]

Meu amor querido,

Há pouco, recebendo sua carta, fiquei pensando antes de abrir que era em si mesma um milagre. No fundo ela podia não estar aqui, apesar da confiança na

---

1 Albert Camus escreveu *A peste* de 1943 a 1946; o romance é publicado pela Gallimard em 10 de junho de 1947.

minha expectativa. Você podia de repente parar de me escrever, de me amar, me dar as costas bruscamente. Esse amor, essa fidelidade que você me dá, são doações gratuitas, imerecidas, podiam morrer tal como nasceram. E no entanto duram, me fazem viver e eu aceito essas doações com gratidão, uma gratidão que estendo a toda a vida. Fiquei girando sua carta nas mãos, e te amei.

Hoje estou em melhor forma. Passei duas noites bem ruins com meus dentes. Segunda-feira de manhã, o dentista fez um curativo e declarou que serão 4 sessões: tempo perdido. Terei de voltar na sexta-feira de manhã, quando você certamente estará lendo esta carta. Depois, o casal de que falei ficou conversando um pouco comigo: tempo perdido. Para concluir, Herbart me telefonou pedindo um texto para uma homenagem a Gide.[1] Como o texto deverá ser publicado no *Figaro Littéraire* de sábado me pediram quinze linhas com um prazo de vinte e quatro horas. Eu tinha uma ligação muito forte com Gide e a família para recusar. Você me conhece: passei a tarde inteira de ontem redigindo essas quinze linhas. Nada mais tolo que essas homenagens apressadas, que por sinal Gide teria detestado. Mais uma vez: tempo perdido.

Todo esse tempo perdido pesava no meu coração. Ainda por cima, cada dia desperdiçado agora é um dia a mais longe de você.

Enfim, hoje de manhã voltei bravamente ao trabalho e dei a partida de novo. Daqui a pouco, vou recomeçar e espero que apesar de dentistas e importunos só pare quando tiver concluído. Depois descanso — e o seu calor. Sim, estou com o sistema nervoso esvaziado — e preciso que você me sacuda, que ria na minha cara, me provoque e enfim me faça feliz.

Hoje de manhã, chuva e vento forte. No fim o vento expulsou a chuva, se acalmou um pouco e desde o meio-dia temos concertos de pássaros nas oliveiras, debaixo de um sol frio. Eu penso em Gide que gostava desta região. Já esperava a sua morte. E no entanto, há dois dias o mundo não é mais exatamente o mesmo. É um pouco da minha juventude que se vai. Eu o admirava muito, na época, e foi com ele que aprendi algumas das coisas que sei.

Mas chega de melancolia: minha juventude avance. Meu ardor, minha força de desejo e de amor, meu amor da vida é você. Breve, não é? Muito em breve seus braços frescos, seu corpo tépido, a água da sua boca. Te amo, minha querida, minha bem amada. E *si mi madre me pregunta*... Até logo, rosa negra, onde vou beber toda a minha vida. Te beijo, te beijo mais. O vento urra de novo, eu te desejo.

A.

---

[1] André Gide morre em 19 de fevereiro de 1951. Pierre Herbart era o padrasto da filha de André Gide, Catherine.

420 — MARIA CASARÈS A ALBERT CAMUS

Sexta-feira, 23 [fevereiro de 1951] — *de manhã.*

Acabei finalmente de ler as palavras mais calmas, mais relaxadas que esperava de você — E por sinal acho que poderíamos dar as mãos, pois eu também só ontem recuperei o ânimo. Por quê? Talvez por empatia. Você pare, você dá à luz, mas fica entristecido ou se preocupa com a deformidade do recém-nascido como qualquer pai que se respeita. Eu compartilho da tua dor ao lado, fico andando para baixo e para cima com meu ar mais viril, mas confio nos belos olhos que vão se abrir e já imagino o adolescente, como uma mãe.

Oh! Não tema nada; eu não tenho a menor ilusão. Amanhã talvez você já recomece com suas hesitações e eu sorrio ante essa ideia com toda a ternura e todo o amor do mundo.

Mas preciso falar depressa; estou com o tempo contado.

Com a lua cheia, o céu parece que se libertou. Sol. Ar fresco. Alguns aguaceiros e de vez em quando um trovão perdido no vento ainda frio, mas bem bom.

O Teatro de la Madeleine continua abrindo fielmente suas portas embora os espectadores esnobem. Mas na quarta-feira a receita ganhou velocidade; de 62.000 subiu para 100.000. O público, glacial e morno há alguns dias, aplaudiu furiosamente e até gritou com entusiasmo anteontem e de novo temos direito a alguma esperança. Brûlé ainda não botou nada em ensaio e lançou entradas pela metade do preço para tentar dar força à corrente. Eu, depois de uma secura dura de passar, recuperei minha inspiração e tudo vai bem de novo.

Simone Berriau telefonou a Blanche Montel[1] para dizer que eu não devia absolutamente me preocupar quanto à peça de Sartre. Eles realmente me querem, mas apenas desejam que eu ensaie por volta do início de abril, como tinha sido combinado. Pessoalmente, duvido muito que seja isso mesmo e continuo achando que no fim das contas eles vão transferir para o início do outono.

A vida segue seu curso; estou tomando gosto de novo e ainda estou no auge da felicidade.

À parte os muitos visitantes no meu camarim, não vejo muita gente. S[ergio] Andión,[2] sempre sofrendo com sua sinusite e a falta de trabalho, J[ean]

---

1 Ver nota 1, p. 407.
2 Ver nota 2, p. 367.

Vinci, de roupas novas como sempre, aparecendo inesperadamente e gentil e Pierre [Reynal], nervoso, indeciso, exaltado, ora alegre, ora desanimado, como era de se esperar. Quarta-feira à noite, fui à rádio gravar com Jacqueline Lenoir o programa "Minha vida em música" durante o qual tive de me esforçar um bocado para não cair em soluços ao ritmo furioso do hino de Riego.

Ontem, saí de manhã. Comprei para o quarto amarelo uma mesinha que é um amor e uma luminária e à tarde fiquei arrumando os livros da sala e o "quarto de trabalho e reflexão". De noite, exausta, acabada, fui me deitar e li, para esquecer os lamentos de Arícia — mais dolorosos que nunca — *A rainha morta* que achei um pouco empolada demais, apesar de certas belezas que me tocaram. Decididamente, me parece que *O mestre de Santiago* é a obra-prima de Montherlant e ainda prefiro o *Filho de ninguém* à sua *Rainha morta*, apesar de tão renomada.

Em matéria de saúde, voltei a engordar seriamente e se o que Lulu Wattier me informou ontem for mesmo verdade, esta notícia não seria nada boa. Imagine que depois da criação de Fanny, certas pessoas que até então não estavam de acordo quanto a meus diferentes talentos se opuseram a que me fosse entregue o papel de Margarida em *A dama das camélias*. Meu desfalecimento e meu lado não me toque em *A segunda* encantaram-nas e parece que dessa vez levou à decisão: vou filmar o personagem e a senhora Gauthier em julho-agosto e assim me permito te lembrar muito seriamente o que você me disse. Ainda tem vontade de escrever os diálogos? Terá tempo até o mês de junho? Sente tentado? Que pediria por isto? Troquei duas palavras sobre o assunto com Wattier, que gritou de alegria e encantamento, mas quer saber quanto mais ou menos você pediria. Responda logo e não fique com escrúpulos e diplomacias; se não estiver mais com vontade desse joguinho, não tem a menor importância.

Bem, meu amor querido, vou ter de te deixar para que esta carta possa ser postada antes do meio-dia e você a receba amanhã. Além do mais, esta manhã estou com dificuldade de escrever; ainda deitada, retorcida na minha cama ardente, me sinto muito pouco à vontade e prefiro deixar meus desabafos para a próxima vez.

Segunda-feira você receberá uma carta de verdade; até lá, trabalhe e olhe ao seu redor até perder de vista onde eu gostaria tanto de estar. Te amo. Te amo tanto, meu querido grande amor.

Breve... Oh! Como é vertiginoso...

V

Eu também, não sei por que, fiquei extremamente tocada com a morte de Gide, ainda por cima tão rápido depois da morte de Lenormand.[1] As últimas linhas de Colette foram lindas, não é? Tive um aperto no coração quando as li. Temos de nos amar muito, meu amor querido.

421 — ALBERT CAMUS A MARIA CASARÈS

Sexta-feira, 15 horas [23 de fevereiro de 1951]

Meu amor querido,
Dia sem carta. Já são dois dias. É pouco e eu sei que às vezes a gente se sente mudo ou o tempo começa a avançar mais rápido. Mas eu sinto sempre esse pequeno incômodo — preciso de você.

Ontem, como meu trabalho já estava bem avançado, levei o meu casal para um passeio. Ele é funcionário da Unesco e professor universitário. Ela, funcionária da Unesco e argelina. Parece que estão em lua-de-mel, hesitando entre você e senhor, e são gentis. Levei-os a Tanneron, do outro lado dos Maures, num dia de muito vento, e puro sol. A estrada avança em pleno céu em meio a um imenso panorama, com declives vergando ao peso das mimosas. Voltei com manchas amarelas dançando diante dos olhos e um turbilhão de luz em mim. Fiquei trabalhando até a noite, e de novo depois do jantar sem esgotar a energia deixada em mim pela beleza generosa dessa paisagem. Espero ter concluído esta noite minha penúltima parte. Neste caso vou tirar o dia de amanhã para descansar e dar um passeio, e atacar no domingo a última parte para a qual preciso me disciplinar bem. E estou me sentindo meio arrastado.

Essa noite sonhei com você. E depois começou a insônia das duas horas da manhã. Pensei em você, sua ausência estava doendo. O dia inteiro hoje trouxe você comigo.

Felizmente, o tempo ainda está lindo. Da minha janela, uma amendoeira desaparece debaixo das flores. Uma luz deslumbrante. O que você está fazendo? Basta eu largar sua mão, começar a tatear para te encontrar de novo, e me vem uma angústia. Te amo tanto minha querida. O que me mantém de pé no momento é a certeza de te reencontrar logo. Se quiser, chego direto à sua casa e ficaremos dois dias sem sair, por exemplo. Estou pensando nisso, me consumo de tanto pensar — a imaginação tem tantos delírios quanto queimaduras.

---

1 O dramaturgo Henri Lenormand morreu em 16 de fevereiro de 1951.

Até logo, minha negra adorada — até logo, minha Dora; fico sonhando com aqueles momentos em que você tremia debaixo de mim — e os invoco de novo. Beijo tua boca viva, te cubro de carícias. Vem, escreva, me ame. A vida sem você são as neves eternas; com você, o sol das trevas, o orvalho do deserto. Vamos, quando começo a ficar lírico, é que, *noblesse oblige*, estou me dirigindo à princesa Arícia. Até logo, querida princesa.

A.

19 horas. Esperava concluir a tempo para ir a Cannes despachar esta carta antes das 7 horas. Você vai recebê-la amanhã. Mas só agora acabei de escrever a última linha. Então vai te chegar na segunda-feira. Vou tentar te telefonar amanhã de manhã para pelo menos estar um pouco no seu dia. Caso contrário, você poderia me esquecer.

Terminei minha penúltima parte. Como vê, a esperança de te reencontrar me dá asas. Mas a última parte, importante, me angustia um pouco. Depois terei de me ancorar em você, pelo menos uma semana, sem me mexer, para recuperar a vida e renascer. Agora vou enviar esta carta em Grasse contando com um milagre.

Doce, doce Maria, selvagem Maria, me receba, me guarde e me ame, como eu te amo.

A.

422 — MARIA CASARÈS A ALBERT CAMUS

Domingo de manhã [25 de fevereiro de 1951]

A julgar pelos resultados da comilança dessa noite, devo concluir que realmente estava precisando; nunca me senti tão renovada, com tanta clareza, tão jovem e em forma quanto ontem à noite quando finalmente me levantei para ir para o teatro. De manhã, no entanto, o dia não se anunciava muito bom. Tendo deitado às 6 horas depois de deglutir cinco uísques, galantina, batatas no azeite, sardinhas, frutas e a poeira de duas boates (La Roulotte e Le Club Saint Germain des Prés), tive de levantar às 8 horas para beber toda a água da jarra e fazer xixi; nenhum incômodo no coração, mas a cabeça tinha adquirido proporções desmedidas e continha todas as fábricas do mundo na maior confusão. Voltei a deitar e dormi até o momento em que Juan veio gritar que você me esperava no telefone. Saí correndo. Mas, ai... Para começar, tive de sentar no chão na entrada, segurando a cabeça nas mãos; ela havia assumido de novo proporções normais, mas parecia que ia explodir em várias direções, rasgada, esquartejada, obstinadamente repassando diante dos meus olhos certas imagens picassianas. Em meio a esse caos, sua voz me chegava envolta em todo o mistério azul e ensolarado da distante Cabris, comedida, calma, até alegre, tranquila, serena, provavelmente parecida com a do Cristo ao descer ao Inferno. Juntando toda a minha força de vontade, toda a minha concentração, tentei em vão reunir os pedaços esparsos da minha mente conturbada; e você ouviu o resultado.

Mas não importa! Logo voltei a me deitar, caí no sono sem demora e ao despertar me dei conta de que sua voz tinha ficado ali, no próprio coração do meu sono, pura, intacta, como essas lembranças da infância isoladas de tudo, que não evoluíram, bastando uma impressão, um cheiro, um sabor, um som para serem despertadas de repente, finalmente descobertas, sem as rugas de memórias estranhas.

Sim; esse telefonema assumiu ares de encantamento e até hoje você está aqui me dizendo: "A poesia com você... Bem! então vá se deitar e aí... Muito bem... Oh! Sim; você não entende que eu te acordo ao raiar do dia?" Obrigada, meu amor querido.

Ontem, então, passei o dia dormindo e comendo purê de toucinho com batatas, lentilhas, chouriço, chocolate, uma quantidade de frutas, dois bifes e queijo. Angeles tinha preparado um cardápio para "o dia seguinte", para manter a tradição, e com a fome que eu estava, não consegui resistir à tentação. De noite, refrescada por um bom banho, colorida, até mais gorda, fui alegremente para o teatro onde me esperava uma receita de 172.000 francos.

Atuei lindamente, encontrei várias pessoas conhecidas e assisti a uma tentativa de atentado. Imagine só que a Sra. Brûlé continua sendo devorada por uma urticária eczematosa. Ela nos explicou os motivos, ontem à noite, no camarim de Hélène. Pelo que diz, uma parte do seu intestino é mais estreita que o meu dedinho mindinho e constantemente bloqueia os alimentos, privando-a de funções naturais durante períodos que chegam até um mês. Com isto, seu estômago desceu, ela foi cortada ao meio e apesar de terem retirado todas as aderências, como o apêndice, os ovários e outros miúdos, não foi possível limpá-la inteiramente, o que provoca distúrbios sem fim. "Minha vida foi envenenada!", disse ela. E a nossa?!

Foi quando ocorreu o atentado. Eu estava falando das injeções intravenosas que tinham dado tão certo nas minhas múltiplas crises de urticária, e Hélène de repente começou a elogiar o profundo conhecimento de Armand sobre os mistérios da vesícula e depois de muitas contorções ofereceu à pobre Madeleine [Lesli] os serviços do amigo e a introdução de uma sonda ainda em tempo.

Eu não sabia mais o que fazer. Tentava entender Hélène, me lembrava dos aborrecimentos infinitos que essa senhora nos tinha dado, revivendo no meu íntimo os dias arrasadores de antes e depois do ensaio geral, eu tentava... mas em vão! Uma vida humana é uma vida humana e uma vida de Madeleine é quase uma vida humana! O que fazer? Eu olhava para Hélène, horrorizada, enlouquecida. Ela continuava louvando os talentos de Armand, impassível. Até que veio a libertação — a senhora Brûlé declarou peremptoriamente que tem horror a médicos. O que era um erro, claro; ela tomara Armand da vesícula por um médico, mas um *mal-entendido* às vezes pode salvar uma criatura.

Ao voltar para casa, li algumas páginas de Flaubert, uma peça que não poderia ser pior do nosso bravo L[éopold] Marchand e depois de ter agradecido ao céu por suas bênçãos, pelo milagre de vida que constantemente me traz e a graça que me conserva há tanto tempo, caí no sono dos bem-aventurados, com sua voz na orelha murmurando, abafada, encoberta, impaciente: "Muito bem, o que tem a me dizer..."

Hoje de manhã, acordei às 9h30; li durante o café da manhã o *Figaro littéraire*.[1] Gosto do que você diz sobre Gide; gosto menos da maneira como diz. Meio complicado; mas com certeza ainda estou com a mente meio turva das brumas do sono.

---

1 *Le Figaro* de 24 de fevereiro de 1951 presta uma grande homenagem a André Gide, com vários depoimentos (Colette, Jacques de Lacretelle, Henri Mondor, Robert Mallet, Jean Schlumberger...), entre eles o de Albert Camus, na página 5: "Toda grande obra é generosa: dá a cada um segundo suas necessidades. A mim que nasci numa terra de fartura, à beira de um mar feliz, o evangelho sensual de "Os frutos da terra" não ensinou nada. Pelo contrário, alguma coisa nessa admirável exaltação cheirava a conversão, e me desconcertava. Mas encontrei no livro a lição de disciplina e despojamento de que precisava./O ascetismo dessa obra é que sempre me marcou; e desde então não deixei mais de aprender com Gide que não existe arte nem grandeza sem uma limitação livremente consentida. Num mundo em que a beleza continua a ser insultada diariamente, Gide ensinava que a arte não é fonte de um gozo vazio, mas uma escola difícil de verdade. Depois, podemos nos afastar de um mestre assim. Podemos sobretudo saber que ele não apreciava nada, ou quase nada, do que se escreve hoje. Apesar dele e apesar de nós, a lição está aí, assim como a dívida, que lhe vale nossa fidelidade./De resto, tampouco ele, esse infiel, à sua maneira, veio a nos faltar. Muitos homens do seu tempo, familiarizados como ele com a glória, e apesar de seus iguais aos olhos do mundo, jamais receberão a única homenagem de que decididamente devemos nos mostrar avaros: a amizade baseada na estima. Entre tantos diretores que se ofereceram, esse pelo menos, que se afasta de nós pela última vez e cuja mão ainda gostaríamos de reter um pouco, jamais aviltou o que quer que seja. A terra que tanto amou continua bela após sua passagem, e a vida segue intacta."

Te escrevo sentada na minha escrivaninha, no meu quarto amarelo e vermelho que a partir de agora pode ser chamado, se você concordar, de estufa. E de fato está cheio de flores, plantas e frutas.

Na lareira, a magnífica clívia, acetinada e verde-negro, como uma palmeira, e à esquerda um vaso cheio dessas folhagens tenras e trêmulas que parecem lágrimas. Mais embaixo, as duas roseiras, incrivelmente grandes, e folhas de hera branca. Na mesa, perto da janela, uma quantidade de frutas e uma grande planta — talvez minha preferida — de folhas largas como grandes palmas abertas e flexíveis. Diante das janelas, jacintos nos quais restam apenas as folhas e uma azaleia sem flores. Perto do sofá, uma jarra com espigas de trigo e sobre a cômoda um vaso digno de Van Gogh, cheio de tulipas desabrochadas, comidas nas bordas pela velhice, amarelas, vermelhas, pretas, tabaco, entre folhagens marrons e verde-claro. Nunca vi um buquê tão bem-feito; desde que o pus ali, fico extasiada diante dele, de manhã e à noite, e nas horas das refeições quase me esqueço de comer, se não tivesse tanta fome. Que pena! Se fosse pintora, teria encontrado aí meu mais puro gênio.

Lá fora, está cinzento, o que me encanta. Assim teremos um pouco mais de gente na sala esta tarde e eu não sentirei a menor falta da rua e da sua luz.

Aqui dentro está claro. Sim; está muito claro de novo, e como já dura há algum tempo e só os meus dias nefastos têm perturbado minha tranquilidade e meu bem-estar, começo a acreditar que a grande tempestade de uma adolescência atrasada passou, e que finalmente encontrei a boa maneira de viver, que outra não é — com algumas variantes — senão a da minha mais tenra infância.

Passo meus dias em estado de graça; tudo é pretexto para alegria, curiosidade, prazer, felicidade. Cada coisa me deixa encantada e a ideia de que um dia nada disso existirá mais me parece perfeitamente natural; outras pessoas, mais vivas que eu ou pelo menos tanto quanto aceitaram a morte com tanta simplicidade... Até a idade, uma velhice solitária — o meu pesadelo — não me perturbam mais. Cada tempo, cada condição trazem suas riquezas próprias; simplesmente é preciso saber encontrá-las e não perder a vida em arrependimentos inúteis, temores sem fundamento. Morrer jovem? Por que não? Não tenho nada a fazer neste mundo de muito específico, nada a criar, nada a formar. No dia em que deixar de viver, não ficará nada de mim. Morrerei bem e completamente; meu único dever, portanto, é viver bem e completamente, ser feliz e assim levar felicidade aos que me cercam. Uma existência à imagem da profissão que escolhi. Que acha? Que tem a dizer das minhas profundas reflexões talvez melancólicas vistas de fora, mas tão transbordantes de gosto, sabor quando vistas por mim? Está rindo? Ora seu doido, vai andar!

Não me importo! Você pode rir. Se eu soubesse me expressar bem, talvez risse menos. O que estou sentindo é justo e tenho certeza de estar na verdade. Pois então ria. Gosto de te ver rindo, de te ouvir rindo e quando penso em você, na sua volta, se por desgraça te imagino rindo a mais não poder, uma impaciência insuportável me aperta a garganta. E aí desejo tê-lo ao meu lado imediatamente e te beijar, te beijar até esgotar o seu riso, até tomar toda a sua alegria em mim por um tempo, o tempo da paz, da gratidão e do sono nos seus braços. Ah! Eu sei que no momento estou de posse do segredo da felicidade. Gostaria de poder proclamar nos telhados, gritar para todo mundo, explicar, dizer... convencer... Mas para quê? Seria tomada por uma louca. E no entanto...

Quanto aos próximos meses e ao meu trabalho, ainda não sei nada. Brûlé já tem o elenco da sua próxima peça, mas ainda não encontrou o ator para o personagem principal dessa obra-prima. Por outro lado, gostaria de prolongar *A segunda* pelo maior tempo possível. De modo que tenho para mim que se a receita não começar a subir de novo milagrosamente, iremos até o mês de abril.

A peça de Sartre? Todo mundo está comentando que é uma maravilha, mas ninguém leu uma linha. Desde que passou a bancar o Bernstein[1] contratando os atores antes de escrever o texto, ele provoca um pandemônio em Paris, sobretudo entre os atores que, sabendo que o elenco comporta cerca de trinta personagens, queriam todos ser contratados. Amanhã eu mesma vou telefonar a Simone Berriau e acabar com essa brincadeira de uma vez por todas. Afinal preciso saber o que me espera e gostaria de poder organizar pelo menos um mês de férias, se possível.

E você? Como vai seu trabalho, meu hesitante querido, meu eterno angustiado?

Como vão seus problemas, suas preocupações? Como vai sua saúde? E o seu sono? E os seus dentes? E a sua "autonomia"?

Recebeu notícias melhores de Paris?

Gostaria de poder te perguntar tudo isso ao telefone, mas... minha cabeça, não é?

Bem. Acho que chegou a hora de tomar meu banho e me preparar para o meu duro dia de domingo. Espero que Farou hoje me poupe das cócegas que me provoca na palma da mão e que me deixam sem saber o que fazer.

Espero também que você não fique muito espantado com o curioso tom desta carta.

---

1 Alusão ao dramaturgo Henri Bernstein (1876-1953).

Estou transbordando, entende? Te amo de morrer e a consciência que me vem de me saber sua transtorna cada um dos meus minutos e enche o meus dias de uma vida prodigiosa. Só isto conta. Me ame, meu amor querido, me ame e vamos nos voltar juntos para a primavera e o verão que estão chegando e que provavelmente teremos a chance de viver mais uma vez um junto ao outro.
Te amo, minha vida

V.

P.S.: Acabo de reler suas linhas para Gide. Realmente muito bom; acho que a complicação vem da mal disfarçada falta de uma entrega total. Ficou muito bom. Te amo.

423 — ALBERT CAMUS A MARIA CASARÈS

Segunda-feira, 15 horas [26 de fevereiro de 1951]

Não, meu amor querido, não vou rir das suas reflexões nem dessa vida que você escolheu. Não rio pois é assim que você define a sua felicidade, e a sua felicidade para mim é a coisa mais séria do mundo. E também não vou rir porque sinto a verdade do que você diz. Essa vida que você descreve parece com você, com essa difícil generosidade e o estado de graça. Às vezes fico maravilhado de te ver avançar. Neste mundo tumultuado e absurdo, que no entanto não te poupou nada, você vai aos poucos se tornando uma das raras criaturas completas, testemunhas de uma felicidade superior, autoras do próprio equilíbrio, que eu conheço. E eu vivo junto de você, por uma sorte incrível, eu que sei da verdade desse equilíbrio e no entanto não paro de viver no esforço e no tormento. Existe um salmo que começa assim: "Eu te louvo, ó meu Deus, por me ter feito criatura tão admirável."[1] E realmente a criatura é admirável. Pelo menos poderia sê-lo se soubesse ser e se esforçasse para se tornar o que é. Você, há mais de um ano, com coragem e dignidade se eleva na direção de uma verdade que talvez eu seja um dos raros a saber reconhecer, mas da qual continuo afastado. Mas pelo menos teu irmão em armas te abraça e te aperta contra ele. Esse lindo rosto feliz cuja luz eu nunca deixei de desejar talvez se torne permanente, mas sem deixar de ser vivo, de refletir dor e alegria. E fico pensando que talvez eu tenha te ajudado nesse sentido, invocando-o com todas

---

1 Salmo 139, 14.

as minhas forças, te amando pacientemente e impacientemente no que você tinha de melhor. Se for assim mesmo, terei então minha justificação. Mas já sinto ao ler uma carta como a de ontem uma alegria sem igual que me encanta e me dá sustento. Ah! Que pelo menos eu possa beijar sua boca risonha, minha bem-sucedida, minha orgulhosa, minha bem-amada...

Estou louco para almoçar com você na estufa, e mais louco ainda para rolar em meio às flores do seu quarto. Mas vou responder a suas perguntas.

Trabalho: comecei a última parte. Trabalhando no mesmo ritmo, mais ou menos.

Saúde: boa. Mas não estou me achando com boa cara (1).

Sono: ruim.

Dentes: duas cáries — uma está sendo tratada. Vou tratar da outra em Paris. Mas aproveitei para fazer uma limpeza que me deixou os dentes limpos e novos. A seu serviço.

Chateações: o mesmo.

Autonomia: aliviada. Acho que já dei o que tinha de dar, gastei toda a minha energia, e que não devem mais contar comigo. E no entanto...

Sartre está numa estação de montanhas não longe daqui.[1] S[imone] de B[eauvoir] está esquiando lá. Ele fecha as janelas, traga no cachimbo e trabalha a peça, que já tem elenco. Esses métodos me fazem sonhar.

O texto sobre Gide é tolo. Mas não sei me expressar por encomenda. Era melhor me calar. Mas eu não podia recusar.

Não quero responder logo sobre *A dama das camélias*. Queria primeiro ter meu ensaio datilografado à minha frente para avaliar o trabalho que ainda resta fazer. Mas são grandes as chances de a resposta ser sim. Mas preciso de um prazo. Quanto a minhas exigências, não sei o que se costuma pagar por um trabalho assim. Serei razoável, nem é preciso dizer. Mas que fique entendido que só o farei se você interpretar o papel. Só assinarei o meu contrato depois do seu.

O que mais? Nada, só que os últimos dias são os mais penosos de viver longe de você. Está fazendo um tempo estranho metade chuva, metade sol. Me sinto um solteirão de rosto ingrato. Já está na hora, já está na hora de voltar... de deixar para trás este sol, em troca de outro mais secreto. Breve, meu amor, minha saborosa. Te beijo, te maltrato, te beijo de novo. E depois dormir, dormir enfim no seu calor...

A.

---

1 Jean-Paul Sartre, Simone de Beauvoir e Pierre Bost estão em Auron, no Mercantour: "Para concluir sua peça, Sartre precisava de tranquilidade" (Simone de Beauvoir, *A força das coisas*, I).

(1) Acabo de me olhar no espelho e estou com uma cara boa.
A verdade é que estou ficando velho. E preocupado: ontem à noite me dei conta de que estava falando sozinho.

424 — MARIA CASARÈS A ALBERT CAMUS

Segunda-feira à noite [26 de fevereiro de 1951]

Meu Deus! como você sabe mexer em tudo dentro de mim, quando quer! Recebi hoje de manhã sua carta de sexta-feira e o papel já está gasto de tanto ser lido e beijado.

Por mais que eu te esquecesse, deixasse absolutamente de te amar, me desligasse inteiramente de você, bastariam algumas palavras ditas por você num dos seus arroubos de amor, para que o resto do mundo desmoronasse de novo e eu me visse mais uma vez incrustada em você. E dizer que tantas vezes fico com raiva das letras e desprezo as palavras...

Estou feliz, meu amor querido, de saber que sua penúltima parte está concluída; e tremo um pouco com você diante dessas páginas que ainda restam escrever, talvez aquelas que eu espere mais impacientemente. Agarrada a você, aconchegada num cantinho seu, estou sem respirar o que você vai botar no papel. Vai. Te amo. Você é lindo.

Estou feliz pelo tempo que faz nas suas montanhas, pelos passeios a céu aberto, pelo tremular das mimosas, e agradeço à amendoeira que você vê pela janela por ter sido boa com você. Quanto à luz, a invejo; vai acabar tomando todo o espaço num desses ofuscamentos.

Estou feliz, feliz, feliz de te amar, de ter tido essa sorte milagrosa de te conhecer, de te reconhecer e te guardar; e fico sufocada de orgulho pensando que te pertenço.

Te amo. Amo seu corpo, seu coração, sua alma; a única coisa que me falta é o que eu não amo e descubro em mim uma ternura profunda por tudo que me toca, conhecido ou desconhecido de mim. Amo Cabris, o hotel, seu quarto, sua enorme cama, sua janela e suas flores brancas, a proprietária e o proprietário, os hóspedes, as estradas infinitas, o céu sem limites, o mar ao longe, o ar cortante e suave, a mimosa, as palmeiras, as aroeiras e as oliveiras, e até ele e ela e a Unesco e o mundo inteiro, se o mundo inteiro tiver o menor ponto de contato com você.

Arícia anda em pleno delírio. Tratei logo de lhe dar a notícia da sua chegada, e os seus projetos a deixaram abalada como um terremoto. Desde então ela pensa, preocupada, temendo a fatalidade (a felicidade não foi feita para as princesas de tragédia), conta os dias, volta a contar, calcula, aos oráculos... e estremece. Se Zeus quiser, no dia 15 ela poderá te esperar com todas as velas brancas enfunadas. Caso contrário...

Mas que foi que eu fiz hoje? Sua carta decididamente embrulhou tudo na minha memória e só me resta desse dia uma folha branca coberta de escrita densa, densa, e quente, quente.

Mas claro que sim! Almocei com os Negrín, a filha de [Moch] e a pequena Florence, uma senhorita de treze meses, educada a mais não poder que ficou muito interessada nos meus cílios. Começou acariciando, depois puxava e por fim como eu me aproximasse do seu rostinho para sentir contra minha bochecha sua pele macia, ela aproveitou para beijá-los.

Feli e dom Juan me pediram notícias suas com afeto; achei que estavam perfeitamente em forma e os amei mais uma vez. Oh! Perdão, meu querido: como assim, amei?! Adorei! Venerei! São pessoas ex-tra-or-di-ná-rias, raras, sem igual!!! Está satisfeito? É assim que se deve falar dos seus amigos?

Depois fui cuidar da minha elegância, encomendando na Pascaud um maravilhoso mantô preto para a noite, um vestido-mantô preto chique para os jantares e um lindo tailleur cinza ferro para a tarde. Nem preciso dizer que evitei perguntar o preço, mas exigi que esteja tudo pronto no dia 10 de março.

Às 5 horas passei na rádio onde fiquei ouvindo que era a mais bela mulher e uma das maiores atrizes dos palcos franceses. Já pensou! Mas não havia motivo de preocupação! Eram duas entrevistas, uma para a América do Norte e outra para o Canadá, dois países aonde não tenho intenção de ir para permitir algum desmentido.

Ao sair, me aborreci com um motorista de táxi. Você já deve saber que houve greve de metrô e ônibus o dia inteiro. De modo que estava todo mundo na rua e o número de automóveis atravancando as pistas era mais que impressionante. Chovia e os táxis ficavam cada vez mais raros. Tomei por acaso o único que estava em frente ao estúdio da rádio. Três pessoas entre elas duas mulheres que também iam para o lado de Montparnasse correram para abrir a porta. Eu aceitaria levá-las comigo, já estava abrindo a porta, quando o motorista gritou fora de si:

"No meu carro mando eu!

— Desculpe, senhor, mas hoje podemos tentar nos ajudar, me parece, e eu não pretendia...

— Não estou aqui para ajudar ninguém e quem manda no meu táxi sou eu!
— Muito bem, meu senhor, pode ficar nele e mandar nele até amanhã!"
E dizendo isto saí muito dignamente do excelente assento que devia me levar à rua de Vaugirard, em meio à aprovação geral. Pelo outro lado já chegavam outros clientes. Eles entraram. O carro deu a partida, se perdeu no tumulto e eu fiquei debaixo da chuva durante meia hora, com minhas duas montparnassianas e a simpatia geral. Aí está.

Jantei e à noite, depois de mais uma correria para tentar capturar outro táxi, atuei diante de uma sala, meu Deus! honesta (82.000).

Agora são 2 horas da manhã. Estou cansada. Com sono. Arícia entoa suas lamúrias, sua alegria, suas esperanças — e seus temores. Meus olhos se fecham. Tenho a sua carta no ventre. E te amo, te amo, te amo tanto.

Durma, meu amor querido. Durma bem. Ainda estou te olhando dormir. Logo estarei com você no seu sono para durar quinze dias. Te amo.

V

PS — Poderia fazer a gentileza de me mandar os selos do envelope? Angeles gostaria de possuir uma "Madame Récamier" carimbada. Obrigada, senhor.

425 — ALBERT CAMUS A MARIA CASARÈS

Quarta-feira, 19 horas [28 de fevereiro de 1951]

Meu amor querido,

Dia ruim. Ou melhor, medíocre. Nevou. Um padre dominicano veio me visitar e cortou meu dia — o que, apesar do seu belo rosto e desse sentimento de respeito que sempre tenho diante dos monges, me impediu de fazer o que tinha de fazer. Enfim me lembraram que eu tinha minha declaração de impostos a fazer com urgência e fiquei ocupado com essas bobagens, o que não é fácil longe de Paris. Constatei que terei ainda mais impostos este ano o que não vai melhorar nada minha situação. Em suma, humor massacrante.

Felizmente chegou sua boa carta, cheia de amor, ainda quente de você. E a reli tantas vezes quantas necessário para melhorar meu humor. Você fez bem de se vestir. Vamos experimentar tudo isso em você e depois vamos despi-la. Fique bela para mim, sou apaixonado pela beleza — e furiosamente apaixonado pela sua. Minha volta não vai mais demorar, estamos entrando no mês do reencontro. Apesar desse dia perdido e de um almoço que terei amanhã a vinte quilômetros daqui com um argelino que voltei a encontrar, espero concluir logo. Além do mais depois do jantar voltarei ao trabalho. Eu já imaginava que a princesa se sentiria obrigada a escolher a tragédia no momento errado. Você pode pelo menos (sejamos sórdidos até o fim) me dar as datas das récitas dela? Cara, querida, que alegria, que vontade de te manter prisioneira junto a mim. Pensei que se eu chegar numa quinta-feira para o almoço teremos até a sexta-feira à noite. Que acha?

Estou juntando a carta de Armand. Ele tem a vesícula nobre (já viu aonde quero chegar) mas o estilo primitivo. E ainda por cima se chamar Lavedan! Que responder também a esses espanhóis? *Os justos* em Barcelona, parece incrível! Mas tenho medo de uma traição. Procure se aconselhar.

Não está mais nevando. Céu cheio de estrelas. Mas faz muito frio. Ainda há pouco, os flocos se misturavam às flores das amendoeiras. Esta região é maravilhosa no inverno, inesgotável em matéria de surpresas e belezas. No meu quarto está morno e agradável. Como estou louco para acabar com isso, quanta vontade de felicidade! Meu doce amor, me receba bem, com seu belo riso, suas pernas mornas. Não sinto mais o meu corpo, tenho a sensação de ser um puro espírito. Me faça descer de novo a uma terra onde eu possa me ancorar, profundamente, no calor vivo. Sim, eu também amo seu coração, sua alma, seu corpo. Nosso amor agora está consumado e no entanto não para de estender suas raízes. Te beijo, minha bela terra, minha lavoura, meu claro olhar. Estou contando os dias.

A.

Mando junto Mme Récamier devidamente carimbada

426 — MARIA CASARÈS A ALBERT CAMUS

Quinta-feira, 1º de março [1951]

Mais seis dias e a lua nova vai começar. Mais quinze dias e nosso calvário chegará ao fim. Aqui vai uma carta enviada sob o signo da primavera e do amor (ver o envelope).

Ainda estou meio dormindo. É cedo (10 horas), mas preciso correr com estas linhas para que te cheguem amanhã.

Por aqui, sempre a mesma coisa. No teatro, os espectadores, apesar de um pouco mais numerosos, continuam rindo ou esnobando *A segunda*. Como disseram que as récitas vão chegar ao fim, muita gente da profissão vem nos ver e desfilam no meu camarim, espantados, admirados pasmos, e no fim das contas me aborrecendo. Mas o que estavam pensando? Que eu só sabia fazer uma coisa e ficaria repetindo ao infinito? Apanhados de surpresa, eles vão longe demais na admiração e a todo momento vem a palavra gênio, por falta de imaginação e perspicácia.

Que inocentes! Se alguma vez me ocorreu um lampejo de um certo gênio no palco, certamente não foi na peça de Colette, que por sinal requer apenas talento. E por sinal, se em algum momento eu tive um pouco, fico tão mais lisonjeada...

Ao meu redor, nos bastidores, tudo vai se acomodando. O paizinho Luguet abandona aos poucos sua antiga concepção do papel e recobra um certo equilíbrio. Clément Thierry repete toda noite o que fez na véspera. Paule Valmond perde as meias no primeiro ato. Liliane brada o seu "Ah! É?" um pouco mais que no penúltimo ensaio. Hélène troca de vestidos e vai resvalando para o desfile de modas e Janine Zorelli impõe seus "efeitos" tratando de prepará-los com antecipação.

O relacionamento entre nós já se assentou e já temos nossas pequenas tradições.

Primeira a ser vestida, eu diariamente percorro os camarins das colegas para cumprimentar e por fim eu e Hélène ficamos falando dos astros, de futilidades, preços de vestidos etc. Atualmente ela está escandalizada com o dinheiro que seu contrato com Schiapparelli lhe tira por temporada. A casa lhe empresta dois vestidos e um mantô de quatro em quatro meses; mas em compensação ela tem de fazer compras no mesmo valor.

Como cada peça lhe sai a sessenta ou setenta mil francos (*metade do preço!*), ela não tem mais como dar conta e começa a perder as esperanças de se vestir corretamente.

Armand a aconselha calorosamente, recomendando com ênfase que economize e depois de muitas queixas e discussões inflamadas, eles passam a concordar falando do escritor que mais admiram, e até veneram, e por fim que amam com a ternura que um guia espiritual e de almas pode trazer ao coração dos seres sensíveis: Paul Léautaud.

De vez em quando, nos vem um riso descontrolado em cena e eu então me entrego alegremente. É um banho de vida, de espontaneidade.

Os ensaios da peça de [Jacques] Deval ainda não começaram e estou louca para saber dos projetos de Brûlé e se vamos ou não passar dez dias em Bruxelas em abril.

Quanto às outras coisas, não tenho nenhuma novidade, pois Wattier se ausentou de Paris até a semana que vem. Sei pelos jornais que Jouvet está na América[1] e por você que Sartre está fechado num hotel de montanha para concluir sua peça. Quanto à *Dama*, não precisa ter pressa; falaremos do assunto quando você voltar. Acredito que temos tempo pela frente.

Estou retomando as rádios; comecei uma delas, *O tempo é um sonho* de Lenormand no dia 5.

Em casa, só alegria. Juan, cujos defeitos se apagam junto de Angeles, canta sem parar, bate palmas ou põe discos. No telefone, atende com uma voz de eunuco, rindo às gargalhadas. Angeles decidiu de uma vez por todas que "o que é de uma é do outro" e anda o tempo todo com uma expressão radiante de ternura rude e triunfo total. Ela me deixa o coração encantado e agradeço a mamãe por esse amor que me deixou, como agradeço a meu pai por se ter feito estimar dessa maneira por dom Juan e Feli [Negrín]. Quanto a Quat'sous, não desgruda de mim. Como se eu fosse morrer. Outro dia, numa crise de irritação, levantei a mão para ela. Mas não a baixei; fechando os olhos, ela de repente ficou ainda menorzinha e me desarmou completamente com um gritinho abafado, débil. Comecei a beijá-la feito uma louca e desde então... ela bem que aproveita!

As plantas estão crescendo. O tempo se firma no sol. Os dias ficam mais longos.

Vejo pouca gente à parte os que vêm me pedir dicas para conseguir trabalho e Pierre [Reynal]. Hoje, no entanto, tenho encontro com dois jornalistas estrangeiros (dinamarquês e espanhol), amanhã almoço com Françoise Adam, que vai mais uma vez falar dela sob a forma de heroína de romance; já estou até ouvindo: "E aí entrei, meus olhos brilhavam; todo mundo teve um choque..." Depois de amanhã, almoço com os Bouquet, mas antes terei de ir à revista *Elle* para uma foto de família: "os atores mais comentados do ano." Lá estarão Madeleine [Renaud], Jean-Louis [Barrault], [Bernard] Blier, [Raymond] Rouleau,

---

1 Louis Jouvet viajou para a América do Sul.

[Elvire] Popesco e eu, acho.[1] Curiosa amostra. A saúde vai bem — durmo oito horas, como bem, sinto cada um dos meus músculos, mas estou com um pouco de espinhas demais. Provavelmente a primavera!
Fumo dez a quinze cigarros por dia desde a noite em que tive meu mal-estar, e de manhã não tenho mais náuseas. Leio e sonho. *A educação sentimental* é mesmo um belo livro. Flaubert me incomoda como os médicos, os cirurgiões, mas há nele algo que me deixa confusa de admiração: o lugar que ele confere ao tempo nas suas obras. A gente sente os dias passando, os meses, os anos e como tudo vai ficando diferente, se transforma, se deforma, volta a se formar de outra maneira. É admirável.
E sonho. Meu amor querido, já são sete anos que nos conhecemos. Sete anos! Poderíamos ter casado, tido filhos, nos separado já... e cá estamos um diante do outro, maravilhados como no primeiro dia e nos conhecendo intimamente como se tudo isso tivesse acontecido. E eu leio e releio sua última carta — sempre a sua última carta; ainda impregnada do gosto de todas as outras, mas como se só tivesse havido essa — e tremo com suas declarações de fé e de amor, e fico feliz com a sua alegria, e me encho do seu orgulho, e cresço, cresço desmedidamente no meu coração e na minha alma diante de você, por você, por nós. Não é o milagre perpétuo?
Mas já chega. Já é quase meio-dia. Tenho de despachar estas folhas. E acrescento as homenagens recebidas do seu recanto; algumas, pelo menos, as duas mais... viris.
Olha só! Pierre Galindo[2] acaba de me telefonar. Vou almoçar com ele e Odette segunda-feira e tomar um aperitivo com ele "a segunda" (foi ele quem disse!) na próxima quinta-feira.
Meu amor querido, meu lindo solteirão de rosto ingrato, meu respeitado monge, meu adorado deus, bom dia. Vou te telefonar daqui a uma hora. Preciso ouvir sua voz abafada. Te amo.

V.

P.S.: Me mande de volta o envelope com o amor, para Angeles.

---

1 Essa fotografia foi publicada em *Elle*, nº 277, 19 de março de 1951, p. 11-12, ilustrando um artigo intitulado "Viagem pelo teatro em 180 dias". Uma fotografia apresenta os "autores que já chegaram" (Maria Casarès, François Périer, Madeleine Renaud, Jean-Louis Barrault, Elvire Popesco, Bernard Blier, Simone Renant), e outra, "os autores que estão chegando" (Robert Dhery, Henri Guisol, Suzanne Flon, Françoise Nef, Maria Mauban, Yves Robert, Robert Lamoureux).
2 Pierre Galindo é irmão de Christiane Galindo, amiga argelina de Albert Camus que datilografou seus primeiros manuscritos.

427 — MARIA CASARÈS A ALBERT CAMUS

Sexta-feira de manhã [2 de março de 1951]

Decididamente, mesmo de longe nós temos mais ou menos as mesmas alterações de humor; a minha está terrível desde ontem e se não fosse ainda cedo demais, eu certamente deduziria haver aí uma manobra de Arícia; mas seria bom demais.

De qualquer maneira, minha incerteza deve servir para te deixar suficientemente a par da minha ignorância a respeito dela. É o mistério "M" (sem jogo de letras). Vamos então esquecê-la e jogar com o acaso, contando apenas com meu tempo mais livre. Neste sentido, a quinta-feira 15 me parece ideal; não vou atuar à noite, os dois programas de rádio que aceitei serão concluídos na véspera e vou tratar de não aceitar mais nenhum até o dia 17. Assim poderemos ficar juntos nos dias 15 e 16. Que te parece?

Ontem, como tinha anunciado por carta, eu te telefonei. Você estava almoçando a vinte e dois quilômetros de Cabris, com o seu argelino.

Não há de ser nada, fiquei contente de saber que você estava espairecendo, e além do mais não tinha nada de especial a te dizer.

Depois recebi um encantador repórter que tirou umas trinta fotos para a Inglaterra, a Dinamarca e sobretudo a Suécia, claro.

E depois chegou a vez do espanhol, um espanhol que mereceria fazer parte da panelinha Henri Lopez. É curioso como esse povo que eu amo tanto não aceita muito a mediocridade. O orgulho é uma coisa fétida quando se mistura com a burrice, e em dado momento estive a ponto de botar para fora esse cavalheiro para não ouvir mais o que dizia, não ver mais sua cabeça em forma de pera nem olhar mais para sua gravata "esportes de inverno" com a qual os esquiadores multicoloridos me davam uma espécie de náusea misturada com vergonha e raiva. Consegui ficar calada quando ele, num tom pedante e pretensioso, me disse que tinha assistido ao enterro do "meu pobre pai"; não queria falar do assunto. Mas quando ele assumiu uma tremenda pose para me dizer que se tivesse agora a posição que ocupava na Espanha não teria insistido para encontrar uma senhorita que se recusava a vê-lo de novo (ele teve de telefonar duas vezes!) fui toda sacudida por um desejo homicida e sacudida por uma onda de indigestão de que nem lembrava mais o gosto desde que perdi de vista Henri e Pitou, e fui dizendo com uma voz branca: "*La posición de quien sea no tiene influencia sobre mí. Le ruego no continuar por ese camino; no admito ese tono y no toleraré su presencia un minuto más...*"[1] Ele se desculpou miseravelmente e continuou com suas perguntas:

"Nunca pensou em mudar de nome para evitar problemas políticos? Por que não vai à Espanha? Tem medo?"

Pela primeira vez na vida eu era insultada. Apenas por um imbecil.

O resto da tarde passei lendo o fim de *A educação*. Depois Pierre veio jantar comigo. Amargo, rancoroso, odioso. Senhor! Como ele consegue ser teimoso e pequeno na sua secura, quando o tédio traz de volta o seu lado rapariga! Nós discutimos a propósito do motorista de táxi de dias atrás; passado esse tempo, eu já entendo um pouco sua atitude, e além do mais... tinha esquecido, ora! Ele, na sua amargura, veio me lembrar, desejando as piores desgraças para o sujeito, a bomba atômica, um acidente, a falência etc., e chamando-o de canalha. Realmente demais em matéria de gracejo, na minha opinião! E como eu disse que pela nuca ele parecia um sujeito decente e que é difícil conseguir táxi num dia de greve de metrô e ônibus, fui insultada — acabei dormindo às 2 horas da manhã depois de ter começado *O vermelho e o negro*. Decidi reler.

Hoje o tempo está invisível. Se esconde por trás das vidraças da janela em consistências cinza e amarelo escuro. É opressivo, mas não cai mal. Depois do meu almoço com F[rançoise] Adam, vou acabar minha correspondência, para me livrar desse peso que me persegue há muito tempo. Depois, antes de ir para o teatro, certamente continuarei minha leitura de Stendhal.

Quanto à sua declaração de impostos, acho que você devia encontrar alguém para cuidar disso. O senhor Pineau cuida disso para mim com rapidez e atenção, por 2.500 ou 3.000 francos por ano. Ora, ora!

A carta do Sr. Armand da vesícula dos meus bagos (perdão!) é a cara dele. Quanto à outra, dos espanhóis, nem sei o que te responder. Tentei há pouco falar no telefone com Dom Juan [Negrín], para pedir conselhos; mas provavelmente por causa de uma linha cruzada só consegui incomodar duas vezes um homem que me respondeu com voz rouca, queixosa, colérica e voluptuosa, e na terceira vez, uma senhora, que gritou, exatamente no mesmo tom: "Ah, nãããão! Engano de nooooovo!" Não tive coragem de insistir; os entendo perfeitamente! Mas espere. Vou fazer uma última tentativa ---------- Não; a mesma coisa. Tanto pior! Telefonarei de novo daqui a pouco.

Bem, meu querido; é tudo por esta manhã. Estou meio bamba de sono e de bruma espessa. Estou irritada e não sei como liberar minhas prodigiosas

---

1 "Não me deixo influenciar pela posição de ninguém. Peço que não continue por este caminho; não admito esse tom e não tolerarei sua presença um minuto mais."

energias. Esse muro na janela me impede de jogá-las para o céu. Te amo. Te acompanho. Te espero. Te beijo longamente, longamente,

M.V.

P.S.: Acabo de falar com Feli e Dom Juan pelo telefone. Ele falou, na minha opinião, com muita sabedoria. Considera que os amigos da República espanhola que podem ter uma influência excelente contribuem, guardando silêncio, para o trabalho de isolamento de Franco.[1]

Por outro lado, é difícil alterar um texto, agora que é fácil obter provas e depoimentos sobre semelhante traição.

Ele assim considera — *opinião absolutamente pessoal* — que depois de tomar as necessárias medidas para garantir a fidelidade da obra, se deve aceitar tudo que contribua para despertar a opinião pública.

De minha parte, acho que ele tem razão.

428 — ALBERT CAMUS A MARIA CASARÈS

Sexta-feira, 15 horas, 2 de março [1951]

Uma palavrinha, meu amor, que vou postar em Grasse para você receber amanhã. Foi bom te ouvir rindo e esbravejando no telefone, há pouco. Será então no dia 15, dia principesco, pelo menos é o que esperamos. Espero também que a minha *Desdêmona*, por sua vez, entre de boa vontade. Você sabe, a quinta-feira 8 na verdade não passava de um projeto incerto.

Hoje de manhã, juntando minhas anotações, pensei que com um pouco de sorte poderia concluir na terça-feira. Mas seria preciso 1) forçar o ritmo (e estou meio arrastado) 2) que a redação viesse por si mesma. Na verdade, terei concluído realmente na quinta ou sexta-feira.

Sábado ou domingo vou alterar um pouco minha introdução, já feita. Segunda e terça-feira vou reler os textos datilografados da minha maior parte, que devem chegar durante a semana. De modo que minhas antigas previsões estavam certas — só que estou concluindo sem atropelos. Essa vontade de acelerar tudo, para voltar, era o cavalo apressado ao se aproximar do estábulo (perdoe a lamentável comparação). Você sabe, os últimos dias são os mais difí-

---

[1] Está em questão a estreia de *Os justos* em Barcelona.

ceis. Eu fico impaciente. E imagino o momento em que vamos fechar a porta do seu quarto...

Por outro lado, fiz bem de telefonar pois você me livrou da melancolia. Ficar mofando enquanto você está na rádio! Ainda vá lá que a princesa me esnobe, se você estiver deitada ao meu lado. Mas a rádio! Sobretudo trate de preservar bem nosso dia. Não vou desgrudar de você, me parece que vou te devorar, te morder com vontade sem jamais me afastar de você até que você tenha passado para dentro de mim, saciado da sua carne suculenta. Mas vamos parar.

Está fazendo um frio de cão. Vesti o meu pulôver de gola rulê. Um absurdo, estou escrevendo um trecho sobre o pensamento solar, e o sul, e a Grécia inesgotável.[1] Mas ainda trago no coração a luz maravilhosa de ontem e toda uma sequência de dias que traziam o seu brilho, o brilho dos momentos de felicidade. Estou absolutamente sozinho no hotel — faço as refeições numa sala solitária. E há um grande silêncio, um grande vazio ao meu redor como para me preparar para o tempo dos risos, da alegria, dos corpos cúmplices e do amor tumultuado. Te beijo, minha luz, meu silêncio e minha fúria, abro sua querida boca para beber nela. Me ame, me faça dormir debaixo do seu calor — os dias se arrastam e a alegria chegará de repente. Mas eu te amo, te amo e te espero, inteirinha,

A.

Mando junto com o Amor postal dois selos do Japão para nossa irmã Maria dos Anjos.

Sim, sete anos! e você é minha mocinha, meu primeiro amor.

429 — ALBERT CAMUS A MARIA CASARÈS

Sábado, 15 horas [3 de março de 1951]

Uma palavrinha, ainda para a sua segunda-feira. Vou buscar em Grasse o cachorro dos Sauvy que eles deixaram aos meus cuidados, pois vão se ausentar dois dias. Puck, que é um cocker meio bastardo, manifesta muita amizade por mim e vai me fazer companhia no fim de semana. Está cada vez mais frio, o trabalho avança, logo estará concluído. Só um problema. Minha secretária,

---

[1] Trata-se do último capítulo de *O homem revoltado*, intitulado "O pensamento do sul".

grávida, está doente. Seu bebê morreu, não se ouve mais o coração e ela corre o risco de parir a qualquer momento. Naturalmente não pode trabalhar nem datilografar meus textos. Estou bem triste por ela. Jornalistas de *Paris Match* me telefonaram de Grasse para vir tirar fotos. Apanhado de surpresa, não tive como dizer não — Mas depois telefonei para eles dizendo que estava me ausentando por vários dias.

Enfim, devo seguir seus conselhos quanto à Espanha pedindo que a tradução seja verificada? *Veremos.**

Sua carta recebida hoje de fato estava melancólica. É assim no fim das separações que duram demais. A gente se sente morto, entorpecido, como o grão sob a neve. É mais ou menos o que ando sentindo. Mas basta imaginar o reencontro, e a bela flor vermelha brota de uma só vez, flamejante. Entre o momento em que tiver escrito a última linha do meu ensaio e aquele em que te terei nas minhas mãos desejo apenas um sono pesado e sem sonhos.

Mas pelo menos não vá parar de me amar. Guarde seu coração para mim, seus braços frescos. Te amo, me preparo para te reencontrar, é o momento da espera. Até logo, meu amor, minha querida. Mais uma semana e a primavera para começar seis dias antes.

A.

430 — MARIA CASARÈS A ALBERT CAMUS

Domingo, 4 de março [1951]

Eu mal tinha desligado o telefone na sexta-feira e uma onda de remorsos, preocupações e até de angústia veio abalar a calma do dia. O provérbio "Mais vale o bom que o melhor" atormentava minha imaginação. Oito dias de vida atirados na água, desperdiçados, perdidos por minha própria vontade. Como é que uma pessoa pode ser louca assim, tola, inconsciente, frívola! Eu não me aguentava mais e meu almoço com Françoise Adam se ressentiu profundamente; seu relato palpitante se perdia no meu olhar vago e eu agradeci aos céus por terem dotado minha convidada de uma cegueira total para tudo que não seja ela mesma. E ela de fato continuava imperturbável com sua eterna lengalenga:

---

* Em castelhano no original. (*N. T.*)

"Eu entrei pequena, frágil, minúscula sombra ambígua e avancei para o proscênio — a multidão aclamou..." etc.

De tarde, li para me distrair e durante algumas horas; meu amor que renasce por Julien Sorel levou a melhor sobre tudo mais. À noite, a sala do Teatro de la Madeleine estava quase cheia.

Enfim, ontem de manhã, sua carta me acalmou completamente. Fiquei me sentindo meio culpada por tanta falta de generosidade e por ter me tornado tão sovina com o menor dos minutinhos e depois de examinar bem minha organização do tempo até o dia 15, entendi que fizera bem as coisas.

Ao meio-dia vieram me buscar para me levar ao Teatro des Ambassadeurs. A revista *Elle* queria fazer lá três fotos das pessoas que tiveram mais sucesso no ano e que se encontram no momento em Paris.

Uma primeira: autores.

Uma segunda: jovens revelações.

Uma terceira: gente das antigas que se fez notar ultimamente.

Eles me incluíram, claro, na terceira categoria e tive a alegria de posar enfileirada com [Simone] Renant,[1] [Bernard] Blier, [Elvire] Popesco, J[ean]-L[ouis] Barrault, M[adeleine] Renaud e F[rançois] Périer.

O casal de Marigny voltou comigo no carro da revista, ela, adorável, ele, curiosamente carinhoso (esse daí sempre vai me surpreender!). Como eles me falassem de você calorosamente e perguntassem o que você teria contra eles, eu respondi que me parecia que eles é que tinham de se explicar, pois nunca tinham sequer dado um telefonema para te convidar a ver um dos seus muitos espetáculos. E aí!... nem queira saber. J[ean-] Louis começou a dizer que você não gostava de ensaios gerais e que tinha dito isto a eles, que já tinha garantido a você que o teatro deles estava à sua inteira disposição — inclusive o palco — e não adiantava nada perder tempo te escrevendo "uma carta de amor — quase comprometedora" se era para você não entender nada.

Ele ficou triste, realmente triste e como repetia que só um certo pudor o impedia de te fazer sinal com mais frequência (medo de te aborrecer), Madeleine de repente fora de si acabou com o interlúdio trágico com um "É bom para você aprender com esse bendito pudor!", e tudo acabou em risos e a promessa de um almoço a 4, na minha casa.

Mas J[ean-] Louis voltou tristonho, e Madeleine, de mau humor.

---

1 A atriz Simone Renant (1911-2004), intérprete em particular do papel de Dora Monier em *Crime em Paris*, de Henri-Georges Clouzot (1947).

Em casa, almocei com os Bouquet. Que dó! Ele, sem recursos, ainda se agarra a alguns programas de rádio que lhe oferecem, gostaria de partir em turnê para qualquer lugar, começa a duvidar da própria carreira e investe toda a energia em se manter digno em plena derrocada. Ela... ela sonha com Balanciaga, Hossegor e grandes camarins de estúdio cheios de maquiladores, figurinistas e secretárias, e enquanto isso anda por aí com o último vestidinho e um casaco meio gasto que ainda lhe resta. Os dois não foram feitos para a miséria e a necessidade de luxo de uma misturada com a ambição truncada do outro já começam a despertar iras, a cavar buracos para sempre vazios entre eles, a minar, minar, minar.

Rápido um filme ou uma boa peça! Ainda dá tempo! Depois...

À tarde, voltei a mergulhar em Stendhal. À noite, atuamos diante de uma sala absolutamente lotada e entusiástica. Tinha gente até nas escadas; mas como muitos espectadores já têm bilhetes Timi, a receita não passou de 254.000 francos. Alegria reinando nos bastidores, entusiasmo na interpretação. Com isto, não sabemos mais até quando vamos com *A segunda*. É o que veremos!

Agora, eu.

Saúde inabalável.

Moral sólido.

Humor hesitante. Me sinto nervosa e irascível, mas nada no momento poderia me satisfazer mais. Você entende? Meus nervos eu atribuo a Arícia, e com isto toda esperança é permitida; chego até a invocar sua raiva, a desejar a dor que ela me traz. E espero sem descanso a crise total para finalmente poder descansar em perfeita tranquilidade nos seus braços.

Ocupada demais com esses detalhes, eu nem penso na alegria do meu coração. E por sinal não posso; sou tomada de vertigens a partir do momento em que tento imaginar e também, de uma timidez insuperável. Me sinto na condição de uma jovem noiva antes da noite de núpcias. É ridículo, mas não posso fazer nada! Mas espero ser capaz de me livrar desse sentimento importuno quando estiver diante de você; caso contrário, você terá de lançar mão de todos os seus talentos para fazer desabrochar esse broto verde e apertado que eu sou no momento.

Sete anos... e ainda estar nessa!

Senhor!

Bem, meu querido, querido, querido amor. Vou te deixar por hoje. Trabalhe bem e trate de evitar em sua obra comparações líricas do tipo "cavalo" e "estábulo". O que certamente deixaria chocados os espíritos bem nascidos.

Trabalhe bem e aproveite essa semana para passear um pouco também e extrair dessa linda região onde se encontra o que Paris vai te roubar.

A partir do dia 10 (você terá terminado, grosso modo) se volte finalmente para mim. Eu fiz o melhor que pude para te deixar tranquilo todas essas semanas de gestação. Agora, chegou a hora do amor para nós. Eu exijo. Venha. Te esperei pacientemente; agora, também estou marcando passo, e não sei que avidez é essa — até agora recalcada nos recantos mais recônditos — que me devora toda.

Vem, meu amor querido — te amo.

M
V

431 — ALBERT CAMUS A MARIA CASARÈS

Segunda-feira, 18 horas [5 de março de 1951]

Meu querido amor,
Estou voltando de um longo passeio. O céu está cinza, faz muito frio. Mas eu me cobri bem, caminhando a passo rápido. Nessa luz cinzenta, o campo estava estranhamente silencioso. Só na volta, junto aos enormes ciprestes que ficam perto da minha casa, os pássaros que já se aninhavam para a noite começaram a gorjear; eu entrei, reacendi o fogo da lareira que estava morrendo e reli sua carta. Te amo muito e estou louco para deixar Cabris. Este quarto solitário, essa sala de jantar vazia, esses passeios no deserto começam a me pesar. Sinto que o fim do meu trabalho se aproxima (certamente quarta-feira) e vou me ver num vazio que conheço muito bem. Você sabe, o esgotamento depois do ensaio ou da representação decisiva, mas sem que possamos saber se deu certo, e as semanas de trabalho ininterrupto voltam todas de repente e nos deixam esgotados. Para prevenir essa vertigem é que comecei a sair e a passear. Ontem à tarde fui ver (sozinho, como gente grande) uma partida de futebol em Grasse. Gosto da cumplicidade dos homens nos estádios, e das discussões técnicas e outras. Havia um negro esplêndido no time. E aí, o sujeito ao meu lado:

"Você viu o negro?
— Vi.
— Não dava pra ser branco."
E uma risada.

Voltei para casa, meio congelado por um vento cortante. Por sinal, aquele povo jogava muito mal.

Adoro esses inconscientes do Marigny. De onde é que tiraram que eu tinha alguma coisa contra eles? Me limitei a não atender à convocação da Sra. Volterra[1] para a tarde do réveillon. E de resto é justamente me escrever "uma carta de amor" para depois me largar de lado que mais me choca. Que não me convidem, meu Deus, dá para me consolar perfeitamente. Mas que me venham com unhas e dentes, para começo de conversa, é o que me deixa pasmo. Além do mais, o considero realmente inconsciente, em grande parte, e não levo a mal.

Fico triste pelo meu pequeno Bouquet. Quase me dá vontade de escrever uma peça, só para tirá-lo dessa. E a peça de Sartre? Você acha que se eu escrevesse a ele para falar de Bouquet (que ele admirou em *Os justos*) o prejudicaria? Hébertot está montando uma peça em cinco atos de Gabriel Marcel. Michel poderia ficar na espreita se a sugestão fosse feita ao grande Jacques.

Pelo menos feliz, em certo sentido, que *A segunda* esteja ganhando mais impulso. O que afinal de contas te permitirá viver até a peça de Sartre. Além do mais, eu terei tempo de ver a peça. Mas por outro lado, quantas noites perdidas para nós. Enfim, vou trabalhar nos meus manuscritos.

Meu querido, meu belo amor, aí está você então como uma noiva na véspera das núpcias! Eu também, me parece que reencontrei uma virgindade. Seremos tímidos e depois a tempestade vai arrastar tudo. Se faça bela. Imagine o seguinte: é *na semana que vem*. Mais uma semana a partir do momento em que você ler esta carta. Depois passaremos a contar em dias e por fim eu vou contar em quilômetros. No fim dessa longa espera, uma longa corrida. E no fim da corrida, minha bem-amada, meu lindo rosto, meu doce corpo, os frutos de Hespérides. Vamos, coragem, força, pela última vez e você vai cair nos meus braços e nossos dois corações vão trombar um com o outro. Eu cubro esse coração de beijos.

A.

432 — MARIA CASARÈS A ALBERT CAMUS

Terça-feira, 6 de março [1951]

Recebi ontem sua cartinha de sábado, tão morna quanto minha carta; mas como você, te entendo bem e cada vez mais me dou conta de que o tempo de escrever já passou.

---

1 Simone Volterra (1898-1989) reassumiu a direção do Teatro Marigny depois de se divorciar de Léon Volterra em 1946.

Sinto muito pelas notícias que me dá de Labiche. Pobrezinha! Mas que é que deu nelas para todos esses problemas de parto? De qualquer jeito, para você, é bem desagradável; certamente vai te impedir de trabalhar como gostaria e eu lamentaria ter te dissuadido de vir esta semana se um humor cada vez mais sombrio e um surto de urticária primaveril não me fizessem preferir sua ausência no momento. Quanto à Arícia, sua dor continua surda e começo seriamente a temer suas fantasias. Enfim, veremos!

Para cúmulo da infelicidade — num certo sentido — o reinício das sessões radiofônicas agora me impede mais uma vez de dormir a mais não poder, e passo os dias nos eternos estúdios em companhia de Marie Kalff[1] — digna e enlutada — e Vitold, ensaiando sem descanso *O tempo é um sonho*. Isto por enquanto. Dentro de alguns dias, a gravação de *Yerma*, em espanhol, começa, e quase ao mesmo tempo a de *Viagem de Teseu*.[2]

À noite, atuo como posso, me coçando aqui, ali, bocejando, gemendo.

Estou com uma dor leve, distante, lancinante e completamente esfalfada. O estado nervoso, exacerbado, não ajuda nada.

Ontem, Pierre [Galindo] e Odette vieram almoçar aqui em casa. Ele foi embora às 2h30 trabalhar; ela ficou até 5 horas, me atormentando com perguntas sobre a vida de uma artista. Ela é gentil e enternecedora. Dele eu gosto muito.

Quando disponho de quinze minutos, me atiro em Stendhal e o devoro ou caio no sono em cima.

Esta tarde, vou experimentar meus trajes de primavera e depois conversar um pouco na Cimura e ver a quantas ando. Amanhã, depois de uma reportagem ao ar livre que deve ser feita de manhã, serei fotografada de tarde em casa de todos os ângulos para finalmente conseguir imagens um pouco naturais. Para encerrar, vou cuidar das minhas plantas aproveitando a lua nova.

Quinta-feira, tenho uma rádio de manhã, almoço com Marcel Herrand e Roger Pigaut em casa, e à noite devo ir ver *Colombe*,[3] o que não me agrada nem um pouco, e sexta-feira às 2h30 da tarde vou clarear os dentes para o seu prazer.

---

1 A atriz franco-holandesa Marie Kalff (1874-1959), viúva do dramaturgo Henri-René Lenormand, morto dias antes.
2 *O tempo é um sonho*, de Henri-René Lenormand (1929); *Yerma*, de Federico García Lorca (1934); *A viagem de Teseu*, de Georges Neveux (1943).
3 Ver nota 1, p. 706.

O tempo está bom; estamos com sol, mas o tempo esfriou muito aqui também e uma nova onda de gripe está fazendo estragos.
E aí está.

Não tenho mais vontade de te escrever nada, nem de contar nada; assim como nas separações, chega um momento em que a pessoa que vai partir parece não estar mais aqui, nas reuniões já se está presente por antecipação. Você já está aqui, meu amor querido, e fico espantada de não tocar com meus lábios sua pele que eu amo. Oh! Não; eu não paro de te amar. Estou aqui, contrariada por não ser enlaçada pelos seus braços e ao meu redor só existe esse vazio que sua presença próxima cria em torno de mim. As roseiras, as próprias folhas dos jacintos recuam; não preciso mais da forma delas neste momento; agora só quero me agarrar a você, você me basta, e enquanto você está vindo, *eu mesma* não existo mais embora *nós* ainda não existamos...

Minha nossa! Vou parar, querido. *O tempo é um sonho* deixou traços desoladores na minha manhã sonolenta. Vou te escrever normalmente depois de dormir; caso contrário, você vai achar que fiquei maluca.

Te amo. Te amo. Te espero. Venha logo

M.

V

Quarta-feira [7 de março de 1951]

Ontem, depois de encomendar mais uma blusinha na Cardin e de experimentar o que já estava encomendado, fui a pé até a Cimura, onde tive o prazer de ser informada de que não tinha mais um centavo, de que este mês tenho de pagar 150.000 francos de impostos e no mês que vem 50.000 do parcelamento. Felizmente, tinha comigo dois contratos das rádios que estou fazendo. Eles então ficaram com 9.000 francos que eu devia e me deram 40.000 para viver até o dia 15 com a promessa de transferir mais 50.000 para eu chegar ao fim do mês. Acontece que, sem contar o que ainda devo de fevereiro e março e a fatura de Cardin, já tenho uma dívida de 50.000 com Angeles. Realmente perfeito. Apertar a cintura!

Arícia continua calada e minha urticária ardendo.

Recebi hoje a sua carta de segunda-feira. Escreva a Sartre por Michel Bouquet, se puder; quanto a Hébertot, não é preciso fazer nada; ele vai se lembrar se surgir a oportunidade.

Não se deixe ir para o vazio. Se a coisa realmente não estiver andando, antecipe a volta, apesar das minhas muitas ocupações; mais tarde passaremos dois dias juntos. Sobretudo evitar que você tenha tempo para desmoronar.
Bem, querido. Vou enviar esta carta, boba e apressada. Levantei tarde aproveitando minhas férias matinais e Angeles está me apressando para fazer a postagem antes do meio-dia.
Me ame, meu belo amor. Coragem. Trate de se recuperar do cansaço. Te beijo longamente, longamente,

M
V

433 — ALBERT CAMUS A MARIA CASARÈS

Quarta-feira, 15 horas [7 de março de 1951]

MEU QUERIDO AMOR,
Dois dias sem cartas suas. É muito. Não é a primeira vez, claro, e nada poderia ser mais normal. Mas por mais que eu pense tudo isso, o menor silêncio me deixa preocupado e incomodado. Também estou mal acostumado e não me habituo a não me sentir preenchido por suas cartas.
Desde ontem está chovendo, e hoje uma névoa espessa tomou conta do vale. Esta noite terei concluído meu trabalho. Daqui a pouco vou descer para postar esta carta, e quando voltar certamente vou terminar. Depois, vou rever um pouco meu manuscrito para que a datilógrafa possa ler com menos dificuldade.
Me sinto vazio e oco. O que eu queria era terminar esse trabalho, escrever a última palavra e correr para você. Mas aí não só terei de esperar uma semana como sequer tenho uma nova carta para me reanimar. Amanhã, pelo menos, espero te ler.
Herbart, que veio visitar a mãe doente em Grasse, almoçou comigo hoje. Ele me contou uma bela história. No dia seguinte à morte de Gide, Mauriac recebeu (realmente) um telegrama nos seguintes termos: "Inferno, não existe. Pode se dissipar. Avise a Claudel. André Gide." E outra não tão boa: Marie-Laure de Noailles aparece às duas horas da manhã, trajando vestido de noite e peles, para ver o corpo de Gide. Na cabeça dela, entrava no lugar da sopa de cebola, depois do espetáculo. É o *Tout-Paris*.

O que você está fazendo? Fiquei com vontade de te telefonar hoje e Herbart chegou. Está triste, me amando menos? Uma semana ainda! Só uma semana! E eu vou te pegar de jeito, como se diz. Você vai tremer... Te amo, preciso de você como de mim mesmo. Na minha mesa tem um copo com jacintos que me falam de você, não sei por quê. Talvez porque estejam quase negros, de tão azuis; por serem frágeis e fortes, e porque o seu perfume gruda na minha pele. Ó, como eu detesto os seus silêncios. Fale, minha selvagem, minha perfumada. Me abra seus braços, seu coração orgulhoso, sua ternura sem limites. Preciso de tudo isso e privado de você me sinto miserável entre os miseráveis, o eterno judeu errante, a dor de não ser.

Mas eu sou um bobo. Você me pertence, já acabei com este longo exílio e vou te encontrar inteirinha. Te beijo apaixonadamente, te respiro, às vezes te amo de morrer. Escreva, me chame pelo telefone, não largue da minha mão até quinta-feira. E na quinta vou te recompensar pelo amor mais fremente, incansável, louco, feliz, enfim...

AC

434 — ALBERT CAMUS A MARIA CASARÈS

Quinta-feira, 11 horas [8 de março de 1951]

Pronto, meu amor querido, acabei e logo depois caiu uma tempestade (parece até inverossímil, mas é assim) que ainda não acabou e que desde ontem, vento, chuva, granizo destroçam minhas lindas árvores floridas, lançando pelos ares as pétalas brancas e colando-as nas minhas vidraças.

Eu bem que queria te escrever um canto de triunfo — para não ser chamado de nomes horríveis. Mas sinceramente não posso. Estou contente por ter terminado, contente de ter me dominado, forçado ao trabalho, de ter forjado uma disciplina e me ter atido a ela durante quase dois meses. Foi para mim uma prova de força, da qual estava precisando. Quanto ao resto, me sinto apenas com a alma aturdida e desconfiada. Trabalhei como um louco nesse livro, foi um trabalho extremamente cansativo, meio doido. E agora é como se me tivessem tirado brutalmente as muletas com as quais caminhava — ou então jogado ao ar livre depois de meses de clausura. E eu vacilo.

E há também o fato de que minha ambição era desmedida. O que eu queria fazer, ninguém hoje em dia pode fazer. Nem sobretudo eu, que precisaria de uma inteligência mais flexível e forte, de maior generosidade. Espero apenas que esse livro não esteja muito distante do que deveria ser. Espero que ajude a viver — que diga que nem tudo está perdido — que dê a todos aqueles com os quais me solidarizo forças para não odiar nada e para criar.

Mas não vamos mais falar disso. Em tudo isso, nunca deixei de tê-la junto a mim e, embora não tenha dito, meu coração transbordava de ternura e gratidão vendo a maneira corajosa como não deixou de me amar. Aconteça o que acontecer, jamais esquecerei disso. É fácil dar o nosso amor, mas é duro suspendê-lo, por um amor mais profundo, aprender a torná-lo leve, e consolador. Por que milagre você sempre é capaz de atender a minha expectativa, mesmo quando essa expectativa não é clara nem evidente para mim? Mas não importa. Você me dá mais do que qualquer criatura jamais merecerá. E eu recebo, com respeito e gratidão, e também esse amor maravilhoso que constantemente me faz viver.

Agora, vou voltar. Pare de me escrever a partir de sábado. E aliás, para quê? Não temos mais nada a nos dizer senão esse desejo incessante de nos reencontrar, a dor da espera, a alegria e o êxtase do reencontro. Te rever, simplesmente enlaçar seus ombros, vai me pagar de tudo. Já te espero e já te beijo, com todas as minhas forças,

Albert

435 — MARIA CASARÈS A ALBERT CAMUS

Quinta-feira, 8 de março [1951]

Meu amor querido,

É meio-dia e estou voltando da rádio onde li mais uma vez o texto de Lenormand, à espera da gravação marcada para sábado de manhã. Estou terminando agora uma carta interminável de um pai de família internado numa casa de saúde em Épinay e que me pede em nome do Cristo que contribua para a divulgação dos métodos terapêuticos usados no momento. Espero Marcel [Herrand] e Roger [Pigaut] e me desespero. Arícia, ontem vibrante, caiu de novo num sono sereno e os presságios não são bons. Acho que temos de nos habituar desde já à ideia de passar nossos dois dias de felicidade na mais rigorosa castidade.

Recebi hoje de manhã sua carta de ontem. Eu já sabia da história do telegrama; Pierre [Reynal] tinha contado e como eu estava pensando na família de

Gide, achei a piada de gosto duvidoso, sabendo que tinha sido publicada preto no branco num jornal que os parentes podiam ler. Às vezes sou muito boba, mas com frequência fico enojada com o espírito parisiense.

Quanto à visita de Marie-Laure [de Noailles], nada é mais normal nesse meio de inconscientes.

Não te escrevi nos dois últimos dias por falta de vida e excesso de urticária e de humor sombrio. Mas tudo isso já entrou em ordem; aqueles dias difíceis chegaram e tenho de me conformar na esperança apenas de que não sejam muitos.

Por aqui, o tempo anda bonito e frio. No teatro, o movimento ascendente continua em relação à semana passada, e ainda não começamos os ensaios da próxima peça.

Hoje de tarde vou fazer compras, as últimas. Luvas e botões. E à noite terei de encarar *Colombe*. Que alegria!

Amanhã tentarei acrescentar algumas palavras a estas páginas mornas, mas ainda que não encontre aquelas que teria de dizer, não se preocupe. Você conhece meu estado premonitório, essa insensibilidade, essa frieza, esse vazio que toma conta de mim, antes. Me sinto fechada, opaca, maciça e sem graça. Nenhum movimento, nenhum calafrio, nada, e uma burrice crassa.

Estou dormindo meu sono animal; é preciso esperar que eu acorde; não vai demorar. Paciência, meu amor querido. Eu sinto por certas claridades que o alvorecer vai ser deslumbrante. E vou me encontrar com você nesse momento, nos seus braços. Te amo.

V

Sexta-feira de manhã [9 de março de 1951]

Ontem à noite, carregando um buquê de íris e lilases, fui ao Teatro de l'Atelier. Deixei meu presente com a porteira com um cartão no qual agradecia a Danièle Delorme pelo convite e os lugares. Depois fui pedir as entradas ao Sr. Lassaigne; ele me entregou contra uma soma de 1.400 francos que Pierre [Reynal] teve de pagar, pois eu sequer tinha imaginado que me cobrariam os 200 francos das duas taxas. De péssimo humor, cheguei à sala onde uma senhora muito desagradável nos conduziu a duas poltronas muito distantes do palco, uma das quais por trás de uma coluna. Pedi a Pierre que desse à recepcionista a gorjeta de direito e sem sequer nos sentarmos, fomos embora.

Março de 1951

Que eu tenha de pagar o valor integral da entrada quando sou convidada, já não é nada mau! Mas se ainda por cima me reservam com dez dias de antecedência os piores lugares do teatro, fica além da minha compreensão e da minha indulgência. Orgulhosos, dignos, deixando para trás as flores, o cartão, as entradas, a gorjeta e os 1.400 francos dos lugares, fomos ver um filme. No caminho, eu lastimava amargamente as meias de que estou precisando e que poderia ter comprado com esse valor desperdiçado.

Vimos um belíssimo documentário sobre os pássaros e um outro, comovente, sobre Pablo Casals. Para concluir, assistimos à projeção do *Francisco de Assis* de Rossellini, que também poderia se chamar "Os endiabrados na pradaria". Esses monges, você nem sabe, quando começam a borboletear na relva...!

No início, eu chorei de rir; depois fiquei entediada. Para mim ficaram apenas algumas belas imagens e o lindo rosto do que interpreta são Francisco.

Hoje de manhã, recebi sua boa carta de quinta-feira. Meu pobre amor, como você deve estar se sentindo espoliado, esfolado. O esforço foi imenso e sua vontade deve estar se ressentindo, tendo esgotado todas as suas energias; seu pensamento, esgotado no momento, aniquilado, deve estar perdido, sem rumo numa mente de repente liberada e grande demais. O cansaço, físico e intelectual, certamente está aí nos seus olhos meio aturdidos. E há também a ambição, sua enorme ambição que faz sonhar com resultados gigantescos, sobre-humanos e esses papéis à sua frente, onde tudo adquiriu um limite. Apenas, não esqueça: eu acho que você está aqui simplesmente para dizer de uma certa maneira coisas que, lidas por pessoas amigas, "solidárias" — como você diz — terão o encanto necessário para recriar na mente delas o que reinava na sua quando você as escreveu, e não para desenhá-las fielmente — esta preocupação você deve deixar para os literatos que se limitam a descrever; já você está aí para criar, para prevenir, para anunciar, e nesse terreno não é possível dizer tudo; muitas vezes é preciso aceitar sugerir.

Oh! Como estou louca para ler esse livro! Como estou louca para te reencontrar, você, que tanto amo além de você!

Como é que você pode falar da minha coragem durante esse mês e meio? Você não entende que também te amo assim, fechado, prometendo páginas que vão nos ajudar a viver? Não só a ambição criadora que te faz arder também me devora por você, meu amor, como você precisa saber que o que escreve é tão valioso para mim quanto você mesmo e eu vou encontrar toda a paciência necessária para te deixar em paz enquanto você trabalha.

Enfim; a tempestade veio pôr um ponto depois de tudo isso. Agora é retomar forças, voltar a viver, rever o conjunto, levá-lo a cabo e depois recomeçar...
Bem; vou te deixar. Preciso mandar esta carta para os correios antes do meio-dia. Depois, haverá a última, que você vai receber na segunda-feira, e então... Oh! Meu amor querido!
Te amo. Te amo.

M
V

P.S.: Temos de esquecer toda esperança. Arícia continua calada, enquanto a urticária continua me torturando.

436 — MARIA CASARÈS A ALBERT CAMUS

Sábado, 10 de março [1951]

Meu amor querido. Recebi hoje o seu post-scriptum. Não marquei nenhum compromisso a partir do dia 15; aceitei apenas uma rádio que vai me tomar algumas metades de tarde nos dias 29, 30 e 31 deste mês e no dia 2 e no dia 3 do mês que vem. De modo que estou livre sábado de manhã e na noite de sexta tenho apenas a récita que vou tentar abreviar na medida do possível.
Minha alegria não teria mais limites se não me sentisse terrivelmente mutilada e humilhada diante de você. Não há mais dúvidas; como Arícia não deu mais sinais de vida e suas crises são muito longas, como você sabe, ficaremos reduzidos aos olhares ardentes. Você não imagina como estou desolada.
Eu, no fim das contas, acabo me resignando; as fúrias da princesa fazem esquecer seus impulsos, mas você!, como vai ficar decepcionado e frustrado! O que fazer?
Que fazer para ser perdoada? Como te satisfazer?
Mandei comprar pílulas mágicas e espero o momento de poder engoli-las em massa para ver se têm o poder do milagre; mas tenho minhas dúvidas, e além do mais... seria necessário que chegasse o momento, que a cólera de Arícia explodisse.
¡Ay!; ¡Fatalidad!
Minha urticária está desaparecendo. Não tenho mais nada nas mãos; ficaram apenas vestígios na coxa direita, onde a liga roça.

Mas está mais que na hora de eu me curar completamente; há cinco dias meu apetite voraz tem de se contentar em devorar quilos de carne grelhada e sacos de batatas cozidas.

Quanto ao resto, vai tudo bem. A receita de *A segunda* sobe ligeiramente mas com regularidade enquanto eu engordo em ritmo cadenciado.

Almocei com um Marcel [Herrand] vermelho e inchado e um Roger Pigaut quase elegante. Terminei minha correspondência e todo dia dedico meia hora a responder às novas cartas que chegam — estou fazendo economias. Meus dentes estão deslumbrantes. Discuto com Angeles a respeito de Paul Raffi, que se revela não só feio como também grosseiro (chegou com uma hora de atraso a um encontro marcado por ele mesmo!), gracejo com Pierre [Reynal], me irrito e me enterneço com Quat'sous, e espero beatificamente.

Aqui vai meu horário até quinta-feira:

Sábado, 10:
9 a 13 horas Rádio *O tempo é um sonho*.
São 15h30.
17 horas. Rádio. *Yerma*.

Domingo, 11
Teatro.
Jantar, depois da vesperal, no meu camarim, para economizar para os impostos.

Segunda-feira, 12
11h30 — Sra. Escalante (aqui em casa).
12h30 — Al[moço] com os Galindo (na casa deles).
15 horas — Provas na Pascaud.
17 horas — José Bergamín[1] (em casa).

Terça-feira, 13
De manhã — lavar a cabeça.
14 a 16h30. Rádio *A viagem de Teseu*.
16h30. Rádio *Yerma*.

---

1 O ensaísta, poeta e homem de teatro espanhol José Bergamín (1895-1983), intelectual republicano muito engajado em prol da cultura e da luta contra a ditadura e o fascismo, na época exilado entre a América do Sul e Paris.

Quarta-feira, 14
9 a 13 horas Rádio *A viagem de Teseu*.
13 horas Alm[oço] provável com Pigaut (?).
16 horas Arrumação casa (flores etc.).

De noite, claro, no palco sempre.
Pronto. Assim você pode me situar.
Gostaria de poder fazer o mesmo; o que eu talvez ache mais cruel na nossa situação é nunca poder te situar, raramente sabendo quais são as pessoas e os ambientes que te cercam.
Antes de parar de escrever esta tarde, gostaria para concluir de te contar uma historinha.
Gide chega ao Paraíso. São Pedro o recebe e pesa demoradamente os prós e os contras para se decidir a deixá-lo entrar. Todas as suas impurezas são passadas em revista... e depois... todas as suas belezas e o seu amor... Enfim, são Pedro toma uma resolução e diz: "Bem. Venha! entre — e dando as costas acrescenta — e vocês, anjos, saiam." Até amanhã de manhã, meu amor querido, amanhã minhas últimas linhas, espero, nesta separação.
Me aperte contra você, e ouça meu coração

M.

Domingo de manhã [11 de março de 1951]

Adiantei meu horário e, considerando o estado dos meus cabelos, lavei-os hoje de manhã — E aqui estou vermelha, ardendo do lado direito, acocorada ao lado da cama, perto do radiador elétrico.
Arícia continua calada e chego a me perguntar se um dia vai começar a falar. Oh! Não fique decepcionado demais, por favor.
O ensaio de *Yerma* ontem me causou um desses minutos de estupefação que a gente dificilmente esquece na vida. Como é possível ser tão ruins como essas pessoas que me cercam e não ter consciência disso! Você não tem ideia do que é! E pensar que eles vão anunciar sem parar esse programa durante quinze dias antes da transmissão. Mas não só são atores execráveis, pavorosos cabotinos, como parecem muito satisfeitos com o que fazem e se perguntam admirados por que eu digo o texto "tão simplesmente", sem aproveitar para "brilhar".

Ah! Que pena que tenhamos de gravar na terça-feira e você não possa assistir a essa sessão. Vai perder uma boa oportunidade de dar risadas.

No teatro, ontem, a receita baixou de repente. Quase cem mil francos a menos que no sábado passado. Por quê? Total mistério! Rostos cheios de preocupação de novo.

Isto quanto aos acontecimentos.

E aqui vai a última carta, meu amor querido. A única sombra na minha felicidade vem de não poder te proporcionar todos os meus dons quando voltar. Me sinto uma anfitriã bem ruim e sofro com isso; mas quando te imagino aqui, diante de mim, de pé, sentado, deitado, enorme, preenchendo tudo, bagunçando tudo, ocupando o lugar todo, o tempo todo, toda a minha vida, tremo de alegria. Você consegue imaginar o que me traz?

Ah! Como é possível morrer realmente depois de amar tanto?

Venha! Venha logo! Não tenho mais palavras. Não quero mais falar. Me sinto incapaz de escrever uma linha a mais. Venha! Te espero,

M
V

437 — ALBERT CAMUS A MARIA CASARÈS

Domingo, 11 horas [11 de março de 1951]

Aqui vai minha última carta, meu amor querido. Provavelmente vai recebê-la terça-feira e estarei com você na quinta. São detalhes que a gente gosta de escrever. Embora lamente um pouco não ter seguido meu primeiro impulso e não ter viajado na quarta-feira passada, talvez não seja ruim que eu me entregue a esses dias vazios e relaxados. Ando perambulando, fico de preguiça na cama, leio sem continuidade, caminho para recuperar um corpo. O problema é que, exceto ontem, choveu e chove sem parar. Esta tarde vou ver uma partida de futebol em Nice que vai estar mais para sessão de natação. Irei com o carteiro de Cabris e o cabeleireiro de Grasse, autênticos aficionados. Como vê, vou matando o tempo que me separa de você. Mandei fazer uma cuidadosa revisão em *Desdêmona* pois nosso pronto encontro depende da sua boa vontade. Amanhã irei ao dentista pela última vez para ficar bonito. Terça-feira, malas. Quarta, de madrugada, pegarei a estrada.

Eu andava triste e melancólico como o tempo. Mas à medida que os dias passam e se aproxima a bela quinta-feira de Paris, uma luz começa a brotar no fundo do meu coração. Espero que a aurora que você anuncia na sua carta desanimada coincida com a minha. Temos de nos resignar com os caprichos da princesa. As pessoas reais são assim. Mas o principal é ter dois longos dias só para nós, tagarelando ou calados, retomando contato pela centésima vez em sete anos, e sempre maravilhados.

Meu querido amor, minha desanimada, minha deslumbrante, só algumas horas nos separam. Beijo tua boca por elas, cada uma delas, no último beijo tua boca se abrirá, minha vitória!

A.

438 — ALBERT CAMUS A MARIA CASARÈS

[31 de março de 1951][1]

Senhorita Maria Casarès Teatro dela Madeleine Rua de Surène *Paris*

Tudo tem um fim — exceto o amor dos reis.

A.

439 — ALBERT CAMUS A MARIA CASARÈS

[6 de junho de 1951][2]

Que o anjo dos sete anos te guarde, minha bem amada, e proteja nosso longo amor.

440 — ALBERT CAMUS A MARIA CASARÈS

[7 de junho de 1951][3]

São as rosas do inferno — e do amor.

---

1 Data da última récita de *A segunda*.
2 Dia do aniversário da união e do reencontro dos dois.
3 Data da primeira récita de *O diabo e o bom Deus*, de Jean-Paul Sartre, ver nota 2, p. 672.

441 — MARIA CASARÈS A ALBERT CAMUS

16 de fevereiro[1] [1951]

Meu querido, meu afetuoso, meu belo amor. Quando falei com você hoje de manhã no telefone, ainda não tivera tempo de reunir minhas forças e meu cérebro; foi você que me acordou e as notícias que me dava não eram exatamente do tipo que propicia manhãs triunfantes.
Mal desliguei e já estava entendendo melhor... e te amando!
Meu querido, às vezes eu sou terrivelmente cruel; você sabe, você deve saber e eu deixaria as coisas como estão se você não fosse obrigado a ficar três longos dias no cansaço e na febre longe de mim. É justo que você conheça o que ama. Pois você me ama, não é?
Apenas, veja bem, a esta altura não encontro nem mais uma lembrança de amargura ou secura. Nem sei mais o que é crueldade e um imenso amor veio acabar com qualquer sentimento de revolta. Eu te amo totalmente, plenamente, e você precisa saber disso o mais rápido possível.
Descanse bem, não se entregue ao desânimo ou à impaciência. Aproveite a angina para recuperar a calma, a saúde mental e começar a conseguir a capacidade de distanciamento necessária para a paz e a superioridade de que você precisa para seu trabalho.
De minha parte, vou te esperar sempre; como você é tolo!, e por mais que diga sem rodeios que quando chegar a hora vai me reter custe o que custar, jamais terá a oportunidade de sentir esse gostinho. Como alguém pode ser tão bobo! Mil vezes você proclamou que eu tinha de falar sem rodeios nem medo, é o que eu faço, enfim, agora; te sacudo como sacudiria meu filho ou meu irmão, brutalmente, sem segundas intenções, sem azedume (estou quase falando antes de pensar), e agora vem você me responder como nos bons tempos em que eu ficava meses ruminando minhas palavras para te jogar na cara numa explosão de fel. Imbecil! Como é possível ser tão bobo? Sim! Estou farta! Estou farta de tudo que nos separa como estou farta das ameaças da guerra, como estou farta de ser obrigada a entregar metade da minha vida a coisas que não merecem um segundo de atenção! E daí?! A guerra é uma ameaça e é preciso lidar com isso, ainda me resta a outra metade da existência — bela esmeralda! e você está aqui, ausente ou presente, mas aqui, e pode a qualquer momento

---

1 *Sic*, por junho.

me voltar para você e descobrir imediatamente essa vertigem depois da qual podemos morrer. Está entendendo, cabeça-dura?

De modo que eu espero e *te esperarei sempre* (com você, a gente tem de sublinhar).

Te amo e, a menos que fique louca ou caquética, te amarei sempre.

Cuide da angina e desfrute da sua tranquilidade. Talvez seja melhor que você esteja longe de mim esses dias; meu humor anda terrível no momento. Hoje, vou te esperar almoçando com Pierre [Reynal], lendo à tarde e interpretando à noite *O diabo e o bom Deus*. Amanhã, te esperarei em companhia dos Bouquet, de Pierre, e à noite interpretando de novo *O diabo e o bom Deus* e segunda-feira, recitando Leda entre 11 e 3 horas e urrando o texto de Victor Hugo de 4 a 6h30.

Se estiver recuperado e quiser me telefonar, telefone segunda-feira de manhã e deixe recado com Angeles. Não vou marcar nenhum compromisso segunda-feira à tarde, antes das 4 horas da tarde; mas me parece que seria mais indicado você ficar o dia inteiro e a noite toda tranquilamente em casa, aquecido, mesmo se se sentir perfeitamente bem.

Te amo, te adoro. E por sinal pense um segundo: talvez você mesmo encontre essa verdade básica.

Se entregue, meu amor querido, ao embrutecimento e à paz. Te espero comportada entre resmungos e ternura. Talvez também na esperança da clareza e da alegria; mas disso vou te falar quando você tiver encontrado de novo o caminho do sol e da carne.

Agora já está sabendo que eu te amo e nada vai me separar de você?

Até muito em breve, meu querido. Te beijo longamente, apesar dos micróbios.

M.

P.S.: Se quiser me comunicar alguma coisa, escreva a Pierre [Reynal], na rua Colette, 5.[1]

442 — ALBERT CAMUS A MARIA CASARÈS

Quinta-feira de manhã [21 de junho de 1951]

Você fez bem de me escrever, minha querida, e agradeço. Esses dois dias teriam sido difíceis demais. Não que eu não seja capaz de entender que você

---

1 Em Lacanau, Gironda, onde Maria Casarès passa alguns dias.

viva longe de mim. Te amo e é o que basta para eu ser capaz de te acompanhar aonde quer que vá. Mas para isso preciso saber aonde você vai. Também seria necessário que houvesse entre nós mais felicidade simples, um futuro natural. Em meio às sombras e aos temores em que nos debatemos, a necessidade que tenho do seu amor se faz mais exigente e mais infeliz, é inevitável. Mas é verdade que eu prefiro esse sofrimento vivo, ainda que dure anos, ao coração morto que seria o meu se você se afastasse.

Às vezes eu fico preocupado. Nunca antes eu me fundi assim com outra pessoa. Te entreguei tudo que é meu e a vertigem de felicidade que me vem quando sinto essa entrega também me deixa uma espécie de pânico. Se você não estivesse mais aqui, como eu iria viver? Não consigo imaginar essa vida hesitante, meio às cegas. Basta você se ausentar dois dias e eu me transformo num cão errante.

Ontem, jantei com amigos do *Combat*. Depois eles quiseram conhecer a *Rose Rouge*, onde eu nunca ponho os pés. Um mundo louco, a comédia das noitadas, você sabe. Eu também. Mas me senti, nesse velho cenário, completamente transformado, e seguro de mim. Existe um jogo que não é mais o meu. É um sentimento estranho, e bem novo para mim, estar assim protegido, isolado do resto, mas sem hostilidade, por uma espécie de couraça invisível. A verdade é que você me preencheu. Fora de você e das coisas que você ama que eu desejo, não desejo nada neste mundo.

Espero, espero realmente que essa viagem tenha te feito bem. Você sabe, eu entendo que você ame o mar. Fiquei no total vinte e cinco dias nas costas dele e é o animal mais magnífico que possa nos carregar. E além do mais você nasceu junto dele, dá para ver nos seus olhos que olhou para ele muito tempo. Muito tempo também, é a imagem do sol e do mar que me ajudou a suportar essa Paris que é um planeta morto. O que substituía o amor de que me julgava incapaz. Hoje...

Até amanhã, meu amor. Queria te agradecer de novo. Mas como fazê-lo sem te falar daquilo que transborda de mim. Estarei junto de você esta noite, à beira da cama das carmelitas, no meio das suas caixas de emigrante. Realmente, esse quarto parece uma passarela, uma ponte, ou uma sala de espera, na linha de demarcação. Mas para mim ele é minha pátria e nunca consigo pensar nele sem uma onda de ternura. Boa noite, boa noite, minha querida. Te beijo como gostaria

A.

443 — MARIA CASARÈS A ALBERT CAMUS

[22 de junho de 1951] *Para quarta-feira*

Que ideia foi essa minha de sentir necessidade de ver o mar!

Esses dois dias me parecem agora uma forma de exílio e eu penso angustiada que já temos tão pouco tempo!...

Pense que eles serão preenchidos por você e que se eu conseguir sentir alguma alegria nessa pequena viagem, ela fará parte de você, de nós.

Até sexta-feira. Já está demorando.

Eu fui bem castigada.

M.

[23 de junho de 1951] *Para quinta-feira*

Cá estou eu longe e por quê? Até amanhã. Não esqueça que eu estou aí, em toda parte, bem perto.

M.

444 — ALBERT CAMUS A MARIA CASARÈS

GRAND HÔTEL DE L'EUROPE

Sábado, 13 horas [28 de julho de 1951][1]

Meu amor,

Te escrevo da coquete cidade de Saint Flour (parece com os fundilhos de uma calça velha) entre o almoço e a estrada, de novo. Consertado o carro, parti esta

---

1 No fim de julho de 1951, Albert Camus e Maria Casarès vão a Sainte Foy la Grande (Gironda), entre Libourne e Bergerac, para encontrar com Pierre Reynal e seus pais, o Sr. e a Sra. Merveilleau (donde as alusões nas páginas seguintes: "maravilhosa", "maravilhas"...). Camus permanece na cidade alguns dias, seguindo então ao encontro dos filhos e da sogra em Chambon-sur-Lignon.

manhã. Já estou a apenas 120 quilômetros do meu destino. São grandes portanto as chances de que lá chegue esta tarde. Este é apenas um bilhete para te tranquilizar e dizer que a primeira noite de separação, em Brive, sozinho e cansado, me foi pesada. Mas eu estava contente de saber que você estava nesse gentil quarto, nas mãos (por assim dizer) dessa boa e generosa família. Ah! Meu amor, as noites de Périgueux são o paraíso em comparação com as noites de Brive. Mas a vida às vezes é maravilhosa misturando tudo assim. Transmita toda a minha amizade à Casa Maravilhosa. E para você, meu pensamento constante, e meu amor fiel. Você é minha alegria, é o que eu me digo e reconheço diariamente

A.

[Juntada uma pétala de papoula.]

445 — ALBERT CAMUS A MARIA CASARÈS

Villa Le Platane Chemin de Molle *Chambon-sur-Lignon* (Alto Loire)

Domingo de manhã [29 de julho de 1951]

Mais este bilhete, meu amor querido, para te tranquilizar completamente. Cheguei ontem à noite bem cansado. A oito quilômetros de Chambon o carro começou de novo a caminhar sobre três patas e eu mal consegui chegar ao portão do jardim. Eram 7 horas da noite. Vou deixar *Desdêmona* na oficina local, e não pensar mais nisso.

Aqui está uma manhã magnífica. Um ar fresco, e encontrei meus lindos filhotes. F[rancine] está no Festival de Aix e só volta no meio da semana que vem. Estou num quarto que dá para uma imensa paisagem e onde pretendo ficar muito tempo para dormir ou refletir, ou simplesmente contemplar. Sinto o coração simples esta manhã, tranquilamente feliz, cheio de você e das suas doçuras. Logo vou te escrever longamente, mas em Lacanau já que você viaja na quarta-feira. Penso em você o tempo todo e fico me perguntando sobre os seus dias. Escreva (se tiver vontade, naturalmente, mas espero que tenha). Te beijo longamente, minha menina querida.

A.

Amizade às três maravilhas. O vinho do casamento ainda me acompanha, apesar de digerido há muito tempo.

446 — ALBERT CAMUS A MARIA CASARÈS

Segunda-feira, 30 de julho [1951] *10 horas*

Meu amor querido,
Aí vai uma carta que eu gostaria que te chegasse à beira do mar. Eu decididamente não me acostumo a essas separações e hoje de manhã de novo acordei com a alma acuada. Mas estou descansado agora depois de duas noites razoáveis. O ar daqui me ajuda a dormir, acho eu e no fundo é tudo que eu desejo até o início de setembro. A região, apesar de austera e bela, não me agrada. Quanto às pessoas, caminhando ontem ao cair do dia me deparei com uma tal proliferação de gente feia que comecei a rir sozinho pensando justamente como teríamos rido se estivéssemos juntos (ah! Teu riso divertido!). Chambon pode ser tudo, menos um conservatório de estrelinhas de cinema. E tem também uma outra coisa para mim nessa região, mas vou falar disso uma outra vez.

Comecei a corrigir minhas provas. Estou lendo Sainte-Beuve, flanando e flertando com minha filha. Pretendo caminhar um pouco.

Mas é melhor você me imaginar dormitando, os olhos semicerrados, e o corpo sonolento. Vai me despertar no início de setembro. E também é um jeito de me defender da depressão que para mim sempre vem depois do fim de um livro e que ainda não se declarou abertamente. Tenho medo desse vazio e me parece que trabalhei tanto ultimamente que o vazio deve ser ainda maior.

Recebi dois livros de Paz,[1] que teve a gentileza de me chamar de *Testigo de la libertad*. Melhor lembrar a ele que eu não sou por todas as liberdades. Um dos livros é de poesia e nele encontrei um belíssimo poema que gostaria de traduzir. Ele tem um tipo de talento que me agrada.

Mas você tem o tipo de coração que me preenche. Fico ruminando as imagens dessa viagem curta demais e me maravilho com sua gentileza e sua paciência. Por que será que gostei tanto dessa noite em Périgueux? Porque tive a sensação de estar vivendo com você no completo consentimento. Penso nesse rosto terno, nesses olhos confiantes, nesse corpo desejável... Amor querido, seja

---

1 O poeta mexicano Octavio Paz (1914-1998).

feliz à beira do seu mar, abrace suas ondas, e só elas; vou te deixar dormir um mês na areia úmida e também irei te acordar. A única coisa que quero é que no início dessa estada você leia aqui a certeza de que precisa, meu pensamento constante, a ternura, o amor, a infinita compreensão em que vivo com você. Char tem razão sem saber como tem razão. Existem criaturas incomparáveis. A sorte da minha vida, já que não pode ser um mérito, é ter conseguido essa maravilhosa companheira que vai fazer falta durante um mês nos meus dias e nas minhas noites.

Durma, coma, nade, viva animalmente e fique contente consigo mesma e com a vida. Ainda temos tanta coisa a fazer e a amar juntos. Eu beijo abril e maio, e teus olhos queridos de oceano. Me fale do mar.

A.

Um abraço para o tritão dançarino.[1]

447 — MARIA CASARÈS A ALBERT CAMUS

Quinta-feira, 2 de agosto [1951] *de tarde*

Meu amor querido.

Só ontem fiquei sabendo do seu endereço, ontem de manhã, e o dia e a noite que se seguiram foram atabalhoados demais para encontrar um momento e energia suficiente para escrever. Poderia ter te enviado um bilhete, mas queria te contar mil impressões, outros tantos pequenos acontecimentos, e preferi esperar esta noite.

Não vou me deter no tempo que passei em Sainte Foy, apesar de ter encontrado lá horas de paz e simplicidade que tão cedo não vou esquecer. Você conheceu o casal maravilhoso formado pelo senhor e senhora Merveilleau, acho que imagina facilmente a impressão que me causaram. Como você, ainda estou saboreando o vinho do casamento com sua cor âmbar, e até hoje nessa estranha aldeia de Lacanau estou acompanhada do olhar terno, franco, quase infantil desses dois velhos maravilhosos. Como a terra é comovente e como ela torna comoventes os que lhe são fiéis!

Foi difícil para mim me separar deles, sabe?

---

1 Pierre Reynal.

Partimos ontem às 4 horas da tarde num carro esmagado ao peso de malas, embrulhos, roupa de cama, comida. A mamãe de Pierre nos abasteceu para oito dias pelo menos. Pegamos a estrada com os Martin (fotógrafo de Sainte-Foy e sua mulher) que tiveram a gentileza de nos trazer até aqui. Viagem boa, meio melancólica, apesar do incansável Paul Martin que como bom meridional fala e mente como um tira-dentes.

Aqui, muitas surpresas nos esperavam. Para começar, a própria região que — como boa companheira compreensiva — mudou tanto quanto eu, a tal ponto que eu não consegui encontrar a casinhola onde morei há onze anos. Ainda a estou procurando, mas em vão, acho eu — deve ter sido enterrada pela areia, que desde essa época formou uma enorme duna que os americanos estão retirando. Mas reconheço bem o meu mar, vivo, caridoso, cúmplice. Ele vive e morre a cada minuto, apaga e recomeça, nos lisonjeia, atento. Mas vou parar; você vai dizer que eu estou delirando.

A propriedade Le Bled[1] felizmente fica situada à direita da estrada, na chegada dando para o mar (um recanto aonde eu nunca tinha vindo). Ela é interessante na aparência e seria acolhedora se fosse bem mantida, sobretudo se não cheirasse a repolho cozido há várias gerações (até o ferro da cama está impregnado), e se as teias de aranha fossem mais raras (o bom gosto é uma questão de medida).

A gente entra passando por um jardim enfeitado com colares de conchas. É lindo, esse jardim; cheio de sombras, bem cuidado, ventilado. É onde vamos buscar a água, uma água fresca que tiramos do fundo da terra, do verdadeiro coração da terra (o que fica evidente pela cor), com uma bomba que tem uma originalidade: temos primeiro de verter nela um balde de líquido, para conseguir tirar dois. Enfim, não é grave já que não temos nenhum balde e a única coisa que podemos usar é um pote de geleia. É menor, mas também... muito mais leve...!

É também ao jardim que vamos para nossos "passeios necessários". Há três sanitários enfileirados, três, que compartilhamos com nossos vizinhos mais próximos (também há *outros*) e suas muitas crianças. Eu disse a Pierre que se um dia eu ficar bêbada, é para *lá* que devem me levar e me obrigar a fazer alguns exercícios de respiração. Tenho certeza de que o efeito seria imediato. Nenhuma amônia preparada em laboratório supera em concentração aquela que, *lá*, bem ao lado se oferece ao primeiro que passar. Uma verdadeira mina!

Quanto à mansão propriamente dita, aí vai a planta.

---

1 Em Lacanau, avenida dos Grands Pins, na Gironda.

Tudo com um cheiro de repolho de dar náusea, mas quando saímos ao jardim (lugar agradável de onde vemos os pinheiros), damos de cara com os vizinhos, ou seja, um enorme senhor, uma enorme senhora, seus filhos, o Sr. J.-J. Vierne, essa encantadora e cada vez mais cômica Mathé Vierne que você teve a alegria e a honra de conhecer, Yvonne Vierne irmã de J.-J. Vierne, perdidamente apaixonada por Pierre, o Sr. Fortier, pai de J.-J. e tapeceiro bem conhecido na rua de Vaugirard, 148, a Sra. Fortier e os três filhos dos Vierne, criados provavelmente à maneira americana e que não param de berrar em companhia dos seus pequenos vizinhos da manhã até anoitecer.

Pois, como você já deve estar imaginando, tivemos a encantadora surpresa de ser alojados ao lado da casa bem ocupada por essa venerável família e seu jardim só é separado do nosso por um arame que foi devidamente derrubado.

Já imaginou a minha cara? Pode imaginar, na primeira noite, quando nos reunimos todos debaixo do caramanchão para comemorar nossa chegada, em torno de uma vela (Mathé detesta mosquitos!), e não conseguimos encontrar nada para nos dizer durante uma hora e meia?

Ah! Meu amor querido, como essas pessoas todas vivem mal. Que possam pelo menos recuperar o tempo perdido ou mal empregado antes de morrer, e se não o fizerem, que possam continuar ignorando o que é uma boa vida! Vão todos para o limbo.

Enfim, são todos muito gentis e não vão me incomodar tanto assim, pois já deixei bem claros os limites!

Hoje pela primeira vez cheguei perto do mar. Já o tinha observado longamente ontem, ao chegar, e mais tarde, à noite, depois da nossa reunião com as damas e cavalheiros da família; já o tinha desejado profundamente hoje de manhã por volta das 9 horas durante todo um longo passeio na praia deserta.

Só hoje à tarde decidi "chegar mais perto". Meu amigo! Que blasfêmia terei eu pronunciado? Qual foi o sacrilégio que cometi? De que pecado sou culpada? Qual foi o ato que, atribuído a mim, desencadeou contra mim a fúria do sábio Posêidon? Que foi que eu fiz? Que foi que pensei? Que foi que disse para ser tratada assim pelo velho Oceano que admiro desde a infância e ao qual mantenho uma fidelidade inabalável!? Você é testemunha: dois dias e duas noites do nosso amor, foi o que ofereci em sacrifício a esse deus venerado. E aí...

Li sua última, sua saborosa carta na praia. Você dizia: "abrace as ondas." Você disse e eu obedeci. Corri no vento e no frio (de cão!) frente à imensidão.

Como era belo! Como é que eu pude te dizer que o mar aqui era feio; infinito, desolado, suntuoso, sereno (ele tem a beleza tão harmoniosa dos músculos longos que não são muito aparentes), fecundo, assustador na sua tranquilidade, soberbo. Como estava belo! Parei por um momento; existem esses momentos em que a gente não consegue fazer nenhum movimento, e eu estava tão estarrecida...!

As ondas recomeçavam sem descanso quatro linhas brancas, retas, resplandecentes, a partir do céu cinza arroxeado lá adiante, à esquerda, longe, muito longe, até as pesadas nuvens negras muito distantes à direita. Elas recomeçavam esse movimento fixo e calmo, sem fissuras, sem sobressaltos, sem elã, milagrosamente.

Fiquei muito tempo plantada na areia como uma estaca, tanto tempo que ele veio até mim sem que eu me desse conta. Gelada até o coração, dei um pulo para trás e de repente me veio um desejo doido. Desejei uma dessas ondas como se deseja um homem; queria conhecer seu cheiro, seu gosto, sua carícia; queria revirá-la, desarrumá-la, comovê-la, desviá-la, distraí-la da sua monotonia angustiante. E fui em frente, dentes cerrados, ventre oferecido, completamente embriagada.

Meu pobre querido! Cinco minutos depois, eu estava jogada na areia, os membros estendidos, os olhos esbugalhados, os joelhos arrebentados, o estômago inchado de água e areia, vermelha até o coração, exausta, ofegante, louvando em meu foro íntimo os encantos do Mediterrâneo indiferente e mandando meu querido Oceano para todos os infernos.

Aquelas ondas! Eu nunca cheguei perto de animais assim! Umas feras, meu amigo! Meu Deus, que medo! Um refluxo que me arrastava irremediavelmente para o antro mais sombrio do Atlântico! Impossível caminhar numa areia tão fina que a gente afunda assim que põe o pé! Impossível voltar à praia, e, do outro lado, o zoológico. As ondas chegavam, se precipitavam, loucas, descabeladas, espumantes, como vulcões de neve. Impossível fugir delas mergulhando. Impossível enfrentá-las de pé. Se você me visse! Uma boneca de pano, os braços para um lado, as pernas para outro, a cabeça bamba e o olhar perdido! Uma autêntica marionete.

Depois de cinco minutos que duraram para mim a eternidade, me vi nem sei como na areia da praia, as costas e os joelhos ensanguentados, meio humilhada. Se Netuno não fizer amanhã um esforço para me fazer esquecer esse mau momento, acho que estaremos brigados pelo resto da vida.

Enfim, aqui estou sã e salva na villa Le Bled desfrutando mais uma vez do cheiro de repolho cozido misturado aqui onde estou ao perfume de amônia exalado pelos WC à minha frente.

Me sinto meio esvaziada (engoli água e areia), Pierre [Reynal] fala comigo sem parar (parece que a água para lavar a louça já está fervendo e "temos de pôr mãos à obra"); mas antes de ir ajudá-lo eu queria te contar minhas aventuras e sobretudo te dizer o meu amor sempre renascendo.

Você precisa saber, meu querido, como sinto sua falta e como você me ajuda a viver bem, aqui, em qualquer outro lugar, em toda parte. Eu guardo no coração essa viagem tão íntima que você me ofereceu, tão maravilhosamente íntima, e cultivo as lembranças dos nossos dias parisienses. Essa carta que recebi hoje estou relendo pela enésima vez, meu querido, querido amor. As pessoas que me cercam aqui merecem toda a minha indulgência desde que fiquei sabendo que você ainda me ama e que está dormindo melhor, e a saudade que nossa separação deixa em mim, tão aguda, tão doce e tão dolorosa ao mesmo tempo, me mantém firme e ereta, feliz, plena, muitas vezes à beira das lágrimas de melancolia, alegria e reconhecimento.

Sim, meu belo amor, ainda temos o que fazer e amar juntos. Ainda temos que compartilhar com sabedoria, apaixonadamente, como reis muitas alegrias e muitas dores que sentiremos juntos. Continue flanando, flerte com Catherine, descanse, durma, coma, viva, eu te espero.

Te amo — te beijo, meu belo príncipe cheio de encantos, beijo tudo em você.

M.

P.S.: O tritão — que ainda não teve coragem de passar da primeira onda — manda saudações.

Angeles e Juan mandam abraços para você. Você devia lhes mandar um cartão.

O Sr. e a Sra. Merveilleau me pedem que te agradeça de todo coração pelas flores. Você os conquistou. Eles te adoram e não param de te citar como exemplo a Pierre.

E eu te aperto contra mim, perdidamente.

M.
V

448 — ALBERT CAMUS A MARIA CASARÈS

Quinta-feira, 2 de agosto [1951]

Enorme decepção, hoje, meu querido amor. Estava contando com uma carta sua e tinha me preparado, feliz com a ideia de te ler e te responder longamente. Mas nada. Sei perfeitamente que tínhamos combinado assim, mas mesmo assim. Amanhã se completará uma semana desde que nos separamos e é muito tempo. Fico pensando também que talvez tenha se decepcionado durante essa viagem — ou então que você está infeliz — mas preferiria que você mesma dissesse. Também me recrimino por estar tão sensível a esse silêncio, mas adquiri maus hábitos e essa privação de você há sete dias me deixa em péssimo estado. Você está vendo que o limite de uma semana que tínhamos estabelecido para a correspondência é realmente um limite. Não me deixe mais de sete dias sem notícias, é esta a regra, meu querido, meu belo amor. Quanto ao resto, viva e seja feliz. Aqui o tempo está bonito e quente, mas eu estou de coração infeliz e humor execrável. Amanhã vou responder longamente a carta que estou esperando. Não esqueça deste que te ama e já te espera. Te beijo, com todo o meu amor.

A.

Para o caso de não ter recebido a carta na qual te dava meu endereço: Villa *Le Platane* estrada de Molle *Chambon-sur-Lignon* Alto Loire

449 — ALBERT CAMUS A MARIA CASARÈS

Sexta-feira, 3 de agosto [1951], *11 horas*

Está chovendo. Estou esperando sua carta. Ontem estava me sentindo estranho e te escrevi uma carta bem estúpida. Mas eu não estava normal. Pelo menos é o que parece pois de noite desmaiei. Felizmente, ninguém se deu conta. Eu estava caminhando no jardim, depois do jantar, fumando e contemplando a noite quando as estrelas começaram a se misturar. Eu mal tive tempo de entrar, atravessar o corredor e me jogar na cama. Depois de alguns minutos me reanimei, em plena forma. Hoje de manhã acordei me sentindo muito bem.

O carteiro acaba de chegar. Nenhuma carta. Decididamente não estou entendendo mais nada. A carta em que eu te dava meu endereço deve ter sido perdida. Prefiro pensar em explicações desse tipo. O pior nesses casos é que toda uma parte dolorosa do meu amor, sobre a qual já saí vitorioso há algum tempo, volta a me perseguir. Essa primeira carta é importante. Depois, é normal que você me escreva menos. Mas essa eu realmente estava esperando. Queria te falar de outras coisas, também queria te escrever longamente; mas só me sinto capaz de repetir as mesmas coisas. Me perdoe por estar tão estúpido. Mas há meses minha vida estava profundamente misturada à sua. Essa súbita separação me deixou vazio. E esse silêncio, que eu não estava esperando, me deixa totalmente desconcertado. Perdoe esse imbecil em que me transformei. Espero que o oceano a tenha recebido bem. Mas nem o Atlântico poderia te carregar como faria o meu amor. Te amo, minha distante e te beijo, um pouco tristemente, mas com toda a vontade que sinto da sua presença,

A.

450 — ALBERT CAMUS A MARIA CASARÈS[1]

[3 de agosto de 1951]

Escreva Albert Villa Le Platane estrada de Molle Chambon s/Lignon

451 — ALBERT CAMUS A MARIA CASARÈS

Sábado, 4 de agosto [1951], *11 horas*

Ainda sem carta. Agora ainda terei de esperar durante dois dias mortais. Não tenho coragem de te dizer mais nada. Nem por sinal coragem alguma. Te beijo.

A

452 — MARIA CASARÈS A ALBERT CAMUS

Sábado, 4 de agosto [1951] *Lacanau, 10 horas*

Meu amor querido,
Recebi ontem o seu SOS. Espero que minha carta chegue hoje a Chambon, para acalmar suas preocupações e apagar a lembrança das suas tentações, se é que as houve, e se o seu telegrama corresponde ao que foi combinado entre nós.

---

1 Telegrama endereçado a Lacanau.

Para te dizer toda a verdade, não creio que você já esteja sujeito à vertigem, mas se assim for peço aos deuses da montanha que te levem sabedoria, e a todos os do Oceano que tomem o meu lugar, para fazer frente a qualquer acontecimento desagradável.

Meu belo príncipe de encantos infinitos, estou tão bela no momento! Cheia, rechonchuda, apetitosa como um pêssego úmido e saboroso — e tão de acordo com você! Você não poderia encontrar alguém mais adequado. Que haveria então de buscar nas estradas do céu quando, bem aqui, bem perto, reuniram para você numa única criatura todos os encantos, todas as maravilhas da terra, do sol e do mar. Fique, vamos! Fique com a sua criança modesta; vou aprender para a tua alegria o segredo dos pinheiros, a intimidade das ondas, o canto enfeitiçante do grilo, o fogo profundo do sol, a nostalgia da areia e, quando saborear a minha pele agarrado a mim, você vai desfrutar em paz do fruto da espera fiel que tem o sabor do Oceano.

Tenha paciência. Não seja pródigo dos seus encantos de mil rostos. Flerte com Catherine se se sentir sem vitalidade.

Como você, eu tenho os meus amores: Gérard e Bruno Vierne; um pequeno Sísifo de três anos que enche um caminhão de terra molhada para esvaziá-lo e outra vez enchê-lo, de manhã até a noite, ante os olhos espantados dos dois primeiros. Há também uma menininha de olhos azuis como o Mediterrâneo, Dominique Vierne, com quem eu brinco de barquinho, canto *Estrela das neves* e me banho. "Maía, gentiêza", diz ela quando tenho de fazê-la sair e preciso recorrer a todo o rigor ancestral para exclamar: "Não! Agora você precisa me deixar trabalhar!"

Trabalhar. Ler — Ó ironia!

Na praia, está totalmente fora de questão conseguir juntar duas ideias; uma espécie de embriaguez volatiliza toda a minha razão no instante em que piso na areia, e aí é um longo passeio demente ao longo da água, ou então o imenso consentimento silencioso, deitada na areia molhada, ao sol.

Quanto ao tempo que passo na villa, é arrumando a casa, preparando a refeição, lavando a louça ou buscando durante cinco minutos — quando consigo — a paz na floresta vizinha. Só uma hora de reflexão: o momento de moer o café; como o moedor está um pouco gasto, eu poderia demoradamente sonhar a meu bel-prazer, como as mulheres fazendo tricô; mas Dominique [Michka] e o tímido Bruno vêm puxar conversa para me convencer a ir jogar bola.

À noite, depois de um longo passeio, eu realmente tento decifrar algumas páginas da *Ilíada*, mas estou tão cansada que logo caio no sono.

Pierre vai bem e pede que eu te diga que ficou lisonjeado de receber de você tantas cartas de amor. Ontem o mar se mostrou mais clemente e ele teve coragem de se aventurar até a primeira onda; não ousei levá-lo mais longe, pois por enquanto estamos desfrutando de marés altas e elas são perigosas. À noite, ele urrava para as estrelas a queimadura da sua pele ardente, a dor aguda dos músculos cruelmente testados, as picadas afiadas dos mosquitos ativos que pululam na região. À parte isso, ele é, aqui como em Paris, um companheiro gentil e atencioso.

Nossos vizinhos, os Vierne, se revelam afinal simpáticos, prestativos e discretos, e a própria Mathé parece tomar gosto pelo que acontece e deixa de lado sua atitude de espectadora feminina superior, e se torna simplesmente uma boa amiga; parou de me despir com o olhar e esqueceu um pouco o espírito mordaz, meio acanhado, que censurei nela no primeiro dia.

De modo que as coisas não poderiam ir melhor. Lacanau agora é meu cúmplice e Octavio Paz não conseguiu encontrar acomodação. Parece que me mandou seu livro de poemas com um gentil bilhete lamentando o ocorrido. Se tivesse vindo, eu pelo menos teria encontrado uma pessoa que me teria proporcionado algo além de uma indulgência serena; mas por outro lado prefiro a paz, e no fim das contas gosto bem de me sentir indulgente e apenas isto. O resto, você me trará no fim do mês.

Isso quanto à vida que levamos. E sabendo que agora só nos vestimos à noite (e mesmo assim!, uma calça e um pulôver!), que o resto do tempo andamos por aí de roupa de banho, que a villa Le Bled abre suas portas o dia inteiro para a floresta para quem quiser visitar, que perde o cheiro de repolho cozido e passa a exalar um perfume conhecido de água-de-colônia, você estará sabendo tudo, e bastará apenas imaginar.

Mas eu, faço o quê? Me perco em divagações mentais — não conheço nada da região em que você está e por mais que te recrie na cabeça, disfarçado de marmota, não consigo ir mais longe e me parece um pouco insuficiente.

Que anda fazendo? Vivendo como? Tem ido pescar? Trabalhando? Está feliz? Engordou? Comendo bem? Continua no caminho que conduz ao sono sobre-humano? Como vão os seus? Se divertindo? Fale.

Conte; caso contrário fico com a impressão de tagarelar sozinha e talvez te entediar. Me conte tudo.

8 horas da noite.

Acabando esta carta às pressas; para botá-la no correio amanhã, domingo, dia que se anuncia agitado demais para me deixar tempo para escrever, pois de manhã gostaria de assistir a uma curiosa missa celebrada ao ar livre, na varanda de uma mansão, e à noite, depois das horas de praia, recebemos os Martin, que depois levaremos ao Cassino. E ainda por cima, Pierrot está doente. Comeu um omelete espanhol (inteiro!) ao meio-dia e pegou frio em plena digestão. Acabou de devolver à Mãe Natureza esse precioso omelete que eu preparei com tanto esmero, acrescentando cebola e toucinho às clássicas batatas, e no momento está bebendo aqui ao lado um suco de laranja e gemendo.

Se amanhã ele não estiver inteiro de novo, terei de encarar sozinha o cozido de galinha; me pergunto o que não vai sair daí.

Recebi esta tarde seu bilhete de 2 de agosto e espero de todo coração que tenha recebido hoje minha primeira carta, pois quinta-feira você estava começando a divagar seriamente.

Meu amor querido, recebi seu endereço no dia 1º, e por causa do dia agitado que tive só pude te escrever no dia 2. Você devia pensar nessas coisas, em vez de ficar torturando o cérebro!

1) *Fiz uma dessas viagens que ficam gravadas na doce memória.*
2) *Estou feliz como uma rainha de te saber voltado para mim e de te esperar.*
3) *Te amo tanto que até fico boba.*

Fique portanto de coração radiante, melhore seu humor e não chateie os outros.

Se tivesse uma segunda consciência do amor que tenho por você, você explodiria de orgulho e alegria, como uma rã.

Portanto, durma tranquilamente e não me provoque mais batimentos cardíacos mandando telegramas forjados.

Ah! Não, você não é odiado!

Dito isto, vou cuidar do tritão delicado. Preciso lubrificar um pouco suas queimaduras de sol, pois no estado em que se encontra ele não serve para nada. Perto desses fracotes, eu me sinto um monumento de bronze.

Vou te escrever com mais frequência que de sete em sete dias, mas por favor não me faça mais ouvir: "Tenho vontade de te dizer, de te imaginar, de me preocupar com você...", pois se acontecer de novo, você vai me ouvir.

Meu doce, meu afetuoso, minha beleza viva, sinto sua falta, te desejo, te amo.

Vai. Vai tranquilamente nesse mês que nos separa. Não tema nada; ou o Oceano me sepulta para sempre, ou você me encontra no fim, igualzinha,

carregando o novo amor que cada uma das nossas experiências comuns — e a separação é uma das grandes — faz nascer no meu coração por você.
Te beijo todinho,

M

P.S.: O tritão te murmura um bom-dia engrolado.

V

453 — ALBERT CAMUS A MARIA CASARÈS[1]

[Terça-feira, 7 de agosto de 1951]

FELIZ BOA CARTA RECEBIDA ONTEM OBRIGADO TERNURA ALBERT

454 — ALBERT CAMUS A MARIA CASARÈS

Terça-feira, 7 de agosto [1951] *10 horas*

Que alegria, meu amor, receber ontem e enfim sua boa carta. Eu estava cheio de culpa por ter sido tão tolo, tão vulnerável à menor dificuldade que nos separa. Devia ter pensado que não existe linha de estrada de ferro direta entre nossos dois buracos. É bem verdade que era difícil imaginar que minha carta postada no domingo só te chegaria na segunda-feira seguinte. Esses atrasos para percorrer quinhentos quilômetros são inacreditáveis. Mas mesmo assim eu sou bem estúpido e estou bem envergonhado desses horríveis dias, estéreis e tristes, cheios de ruminações imbecis. Nem tenho coragem de te dizer tudo que me passou pela cabeça. Você acharia muita graça. De qualquer maneira, o fato é este: no que nos diz respeito, eu não sou normal. Um contratempo e de repente uma mente, uma imaginação, uma lógica que até então funcionavam normalmente começam a sair dos trilhos, a se ativar de um jeito demente. Me perdoe, meu querido amor, minha grande amiga. Esses poucos dias mais uma vez me serviram de prova, caso fosse necessário, de que não sei viver sem você.

---

[1] Telegrama enviado a Lacanau.

Mas desde ontem tudo mudou. Leio e releio sua carta, respiro nosso amor, me refestelo nos nossos prazeres. Comecei a correção das minhas provas, abandonadas desde quinta-feira. Ontem comprei meu material de pesca e amanhã mesmo irei com Paulo aterrorizar as trutas. Estou de excelente humor e já calculando as providências necessárias para ir pessoalmente te tirar do Oceano. Mais três semanas e vou te colher (como vê, está voltando! O lirismo). Você será como o bacelo da Argélia, preto, quase vinoso, açucarado e suculento. E eu, por causa das longas caminhadas junto à água, seco e duro como um sarmento. Faremos de novo o vinho das núpcias.

Estou te imaginando entre a amônia e o repolho. Compre Crésyl para a amônia e Flit para o repolho. Queime pinheiros (agulhas de pinheiro). Não fique num quarto de porteira. Para você, o catre ou o trono: nada de meios-termos. E não se deixe açambarcar pela família alma-da-festa. Aproveite a água e o céu. É a única companhia de que nunca nos cansamos. Mas tome cuidado com esse mar. Pergunte aos locais sobre os pontos perigosos e os que são propícios. Tenho horror da coragem imprudente. E perdoe aquele que te ama por estar bancando o vovô e te importunar.

Sim, essa casa Merveilleau era bem agradável. O tritão tem sorte de ter aí suas raízes. Mas ele sabe disso. E apesar dos humores de tritão, já entendeu muito bem as coisas e colocou no seu devido lugar, que é o primeiro, esses dois bons rostos e seu grande coração. Apenas, na qualidade de peixe, ele tem um amor melindroso. Mas o verdadeiro amor, no fim das contas, não é espalhafatoso, não é, minha secreta?

Aqui não parou de chover e ventar. E por sinal as pessoas e a região são feias e não combinam com o sol. Por isto pretendo passar a maior parte do tempo junto à água. Além do mais, longe de você, a única coisa que eu suporto bem é a solidão. A água fresca, os leitos de seixos e os pinheiros negros vão me lembrar dos Vosges e me falar de você. Mas ainda assim me escreva. Não se deixe influenciar por minha pequena crise. Agora você pode escrever quando quiser, serei paciente e feliz. Aguardo as duas ou três semanas que em breve vamos compartilhar inteiramente. Estou cheio do seu amor, seguro de você, feliz por isto, entregue ao prazer de viver e de te amar. Como vê, minha beldade, minha querida, você tem minha paz e minha alegria entre suas mãos finas e fortes. Não as afaste. Preserve esse coração sem o qual não vivo e que prefiro a qualquer outra coisa. Mais alguns dias e vamos encontrar novas alegrias. Mas para mim basta saber que você é minha, e a alegria é ininterrupta. Até logo, minha videira negra, minha praia. Já estou imaginando seu gosto salgado na minha boca. Do alto das montanhas uma torrente de amor para você!

A

Um abraço para o tritão-lavador (de louça, naturalmente)

455 — MARIA CASARÈS A ALBERT CAMUS

Terça-feira, 7 [agosto de 1951]

Ontem choveu o dia inteiro e eu recebi sua cartinha desolada de sábado e a carta de sexta-feira na qual você fala do desmaio. E aí foram necessárias a beleza deserta desta região e a vitalidade inesgotável de Paul Martin e sua mulher para me tirar um pouco do mau estado em que me encontrava depois dessas notícias.

Acho que seu pequeno mal-estar se deve à mudança de ares e altitude, mas para me tranquilizar completamente gostaria que me dissesse você mesmo o que pensa e como está no momento.

Quanto às divagações do seu cérebro, tenho exatamente a mesma opinião e acredito, como você, que não passam do efeito de uma espécie de férias cerebrais, compreensíveis depois do esforço que fez para atualizar a obra-prima do momento.

Só a inteligência de Minerva, a Incansável, não tem limites e a sua, fortemente testada, está repousando agora à beira do Oceano furioso. Eu a encontro diariamente. Ontem ela saiu para caminhar comigo. Estávamos sozinhas, antes do amanhecer, na imensa praia virgem da aurora, caminhando à beira do mar furioso, debaixo de chuva forte. Cantávamos nossos amores ao vento marinho nessas primeiras luzes do mundo, maculando com volúpia a areia inexplorada, e eu pensava com uma doce melancolia que com certeza, naquele exato minuto, precisamente naquele minuto, você tecia, zumbindo, uma teia espessa de terríveis dúvidas.

Fazer o quê, meu amor querido, não podemos fazer nada contra essa parte de burrice rasa que nos cabe; ela está aí para podermos desfrutar melhor, quando chegar a hora do nosso grande prazer, e devemos dar um jeito de conviver com ela. Trate portanto de duvidar, cave no cérebro, aguce sua dor, revire o coração até sair sangue, sofra, grite: tudo isso é tão bom quando chega o fim.

Enquanto isso, fico aqui pensando em você e lânguida na sua falta como nunca, pois pela primeira vez nenhuma amargura, nenhum azedume se misturam a minha terna saudade. Pelo contrário, me esforço por acreditar que é melhor que essa separação tenha imposto uma pausa a nossa maravilhosa felicidade. Mas não adianta; falta alguma coisa aos meus prazeres mais pessoais, mais íntimos, até àqueles com os quais você nunca teve nada a ver, aqueles cujo segredo eu guardara até de você. Sinto sua falta em todo lugar, até no mar, onde nunca estivemos juntos; parece até que nascemos juntos e que você está em todo lugar onde eu estive e toda paisagem sem você tem a luz do passado.

Gostaria de te contar o que aconteceu nos dois últimos dias, mas finalmente estamos indo nadar um pouco no lago de Montchic e não tenho tempo para me prolongar. Domingo passamos o dia na praia, depois de ouvir uma missa cantada na varanda de uma mansão vizinha, em meio a gritos de crianças, urros de alto-falantes anunciando onde podem ser encontradas as melhores ostras e o espetáculo do Cassino, a tosse das buzinas e o canto infindável dos grilos. O mar voltou a nos maltratar cruelmente — 6 afogados pela manhã! E à noite fomos ao Cassino com os Vierne e os Martin. Triste momento na companhia da sinistra família de J[ean]-Jacques Mathé. Até Paul Martin, que não se deixa abater por nada, ficou triste e calado.

Ontem, em compensação, nos divertimos um bocado. À tarde, Paul e Jeannette nos levaram de carro para um longo passeio pela floresta — Paul conhece todo mundo, cumprimenta e fala com Deus e o mundo, se interessa por tudo. É um "Dolo" macho, adorável, apesar de um pouco meridional demais. Sua relação com a mulher é inenarrável e acho que nunca ri tanto quanto tomando um aperitivo com eles, à noite, no Cassino. Vou te contar mais depois e talvez você os conheça, se vier nos buscar em Sainte Foy. Eles valem a pena.

Os pais de Pierre vêm passar o próximo fim de semana conosco (fiquei feliz com isto), e seguimos com eles para passar o feriado de 15 de agosto em Sainte Foy, onde ficaremos um dia e meio. Se você puder me telefonar no dia 15 entre meio-dia e 2 horas, vai me encontrar, mas se for difícil, não se preocupe: vou te esperar sem te esperar.

Bem, meu amor querido. Pierre está me chamando. As bicicletas chegaram, e a partida é iminente. Esta noite, depois dos doze quilômetros de pedaladas e de nadar, estarei bela de se ver, embora me sinta tão bem que me parece estar voltando à infância.

Pense em mim com confiança, em paz. Rejeite as ideias ruins, não é mais o caso. Te amo do mais belo amor. Presa a você, me sinto mais livre que nunca:

se hoje me dessem a vida sem você, me parece que eu não teria de lutar contra nada, para me manter fiel a sua lembrança. Nada me tenta fora de você. Rápido, me escreva.

V
M

456 — ALBERT CAMUS A MARIA CASARÈS

Quinta-feira, 9 [agosto de 1951]

Meu amor querido,
Recebi ontem sua carta de sábado-domingo. Você já teve oportunidade de me considerar ainda mais tolo na sequência da minha correspondência. Mas não vamos falar de novo dessa crise de loucura. Felizmente, o contato foi restabelecido, suas queridas cartas me esperam na escrivaninha, na volta dos meus dias de pesca e as leio com a calma olímpica que decorre de toda certeza. Eu as saboreio na paz e descanso deliciado no seu amor, jamais perdido, e que no entanto pareço ter reencontrado. Ó delícias da segurança no amor, sempre caluniadas e sempre renovadas! Mas vamos ao que interessa.
Meus dias? Quase sempre pescando. Veja-se, por exemplo, ontem. Levantei às 7 horas. Às 8 horas fui buscar Paulo [Œttly] no Panelier, fazenda fortificada a 5 quilômetros daqui, onde passei um ano em 1943. Até 1h30 subimos um curso d'água perseguindo uma truta arisca. A 1h30 voltamos para almoçar no Panelier e depois seguimos e eu voltei às 8 horas, divinamente cansado, esfomeado e já entregue ao sono. E a truta? Nada de truta. Esse nobre peixe não se deixa pegar assim tão facilmente. E por sinal receio que para mim seja apenas um pretexto. Pois essa região tão ingrata e tão rude só é suportável se nos entregarmos inteiramente a ela. Esses longos dias solitários (nos separamos para pescar) em desfiladeiros desertos, na companhia apenas das libélulas, dos martins-pescadores, das águas saltitantes, do maravilhoso silêncio das florestas, têm uma doçura infinita. Muito de vez em quando, um falcão desce, plana e mergulha na água para levar uma presa invisível, ou então as gralhas ficam se interpelando acima dos pinheiros negros com sua voz rouca. A gente caminha, escala rochas e quando vem o cansaço, mergulhamos a linha (aperfeiçoada, fio de náilon, molinete etc.) e enrolamos um cigarro. Às vezes chove e nos abrigamos debaixo de uma árvore enquanto uma pequena névoa sobe das campinas. São horas de esquecimento em que o coração e o corpo se retemperam.

Quando não vou pescar, corrijo minhas provas de manhã e dou uma caminhada à tarde. A casa fica acima da aldeia. Tem uma ampla vista para um horizonte de florestas e prados e dá para viver no campo e no jardim sem ir à aldeia que está cheia de elegâncias turísticas, nesta época. Eu como bem, durmo bem melhor e sinto meu corpo. Mas o tempo é constantemente cinzento e se disponho de cores não são as do iodo e do sol. Mas será que poderei bebê-las em você?

Fico satisfeito de saber que Lacanau te agrada e que se sente viva. Junte energia oceânica, para depois me passá-la. E eu vou te cobrir com campinas e águas, te atordoar com gritos de pássaros e por fim te agradecer pelo denso silêncio da floresta. Cuidado com o sol; veja o que aconteceu com o tritão, e o mesmo vai te acontecer se exagerar. Cuidado com as ressacas repentinas da maré.

Te mando encantadoras declarações da nossa amiga Madeleine Renaud. É sempre um prazer saber que a generosidade não precisa ser retribuída e que é necessário que se sinta bem sozinha para preservar todo o seu valor. Ah! A elegância vai se fazendo rara e de qualquer maneira não pode ser comprada nos nossos grandes costureiros. Triste!

Até já, fragata! Reitero que agora pode me escrever quando quiser; se se sentir orgânica e calada, não vou desconfiar de nada. Não ultrapasse o prazo de sete dias, só isto, pois em sete dias o mundo foi criado, o que não é pouca coisa. Não, não é pouca coisa, pois o mundo tantas vezes tem o teu rosto doce e violento, a tua pele quente, as tuas pálpebras movimentadas. Beijo tua bela boca cheia de sal, te reviro por baixo de mim, velho oceano, e te levo até as profundezas, lá onde é noite, onde o sangue bate até morrer, onde o silêncio grita. Até logo, querida, bem-amada, saborosa... Te beijo de novo,

A.

Me veio de repente uma ideia. Quer dizer que a princesa está se banhando? E aí? Por acaso ela escolheu Sainte Foy para morrer de tédio? Ou será que esqueceu a roupa de baixo?

457 — MARIA CASARÈS A ALBERT CAMUS

Quinta-feira, 9 [agosto de 1951], *11 horas da manhã*

Meu amor querido,
Queria que esta carta chegasse a Chambon no sábado, mas não conto mais com o estranho e enganoso Hermes que leva minhas mensagens até você.

Ainda estou esperando sua longa carta e espero que minha doce paciência seja recompensada ao meio-dia.

Aqui, tudo continua em ordem. Estou me revelando uma perfeita cozinheira e se Pierre [Reynal] varre, faz as camas e lava a louça, só eu cuido do reparador café da manhã, da frugal refeição de meio-dia e do jantar saboroso. Esse trabalho e o tempo que passo fora de casa — ela é pouco acolhedora e merece o nome que tem — quase não me deixam tempo livre e só posso aproveitar as horas noturnas para ler um pouco. De modo que a atividade intelectual é nula e não posso contar com as pessoas que me cercam para proporcionar à minha vida interior as riquezas que eu desejaria para ela.

Pelo contrário, acho que nunca desfrutei tanto do mar, do céu, do sol, do vento, da chuva e da areia. Tudo isso me faz arder, tudo isso eu bebo, respiro e como sem parar.

Há dois dias estamos vivendo em plena tempestade e a região, que à parte a aldeia é bela, adquire um aspecto extraordinário debaixo da chuva forte à qual um vento louco mistura a areia cortante — acho que nunca vou esquecer o passeio que fiz nas dunas, ao longo de um mar enlouquecido. Percorri uma pista que os alemães construíram para chegar aos fortes que fazem parte da famosa muralha do Atlântico. O vento, furioso, me impedia de caminhar, chicoteava as coxas, o rosto e a areia que trazia doía batendo na pele, às vezes me impedindo de enxergar a tal ponto que eu era obrigada a sentar de costas para o mar. E eu entendi o prazer que o chicote deve dar.

O mar espumava. Eu caminhava em meio a dunas que caminhavam enlouquecidas. À minha direita, os primeiros pinheiros, nus, retorcidos, assustados assumiam ares fantasmagóricos nas nuvens negras e na areia branca e eu pensava nos Vosges, na estrada pelos cumes, na nossa viagem a dois. Como senti sua falta!

Na volta, o sol apareceu, a tempestade se acalmou um pouco e eu pude contemplar demoradamente a pista cimentada, bem nivelada, construída há tão pouco tempo e que já mal pode ser percebida aqui e ali, pois, em grande parte enterrada pela areia movente, aparece de vez em quando rachada, rompida, com nervuras arenosas onde crescem perpétuas.

Os fortes não têm mais utilidade. As pistas são inúteis. Foram abandonadas.

E então voltei, embriagada e meio melancólica, completamente molhada e com areia até os ossos. Devia estar parecendo uma costeleta empanada. E de volta ali, tudo parecia se esgoelar: os batentes das janelas se chocando ao redor, a canção dos pinheiros ululando, o ruído ameaçador do mar, as crianças vizinhas — multiplicadas — berrando, encafuadas com os pais nas cabanas à espera da calmaria. Eu então deitei na cama; no jardim, as senhoras de direita desfilavam enfileiradas com seus urinóis respectivos na mão em direção aos WC. De vez em quando, o pai do pequeno Sísifo passava, baixote, atarracado, um cigarro nos lábios, os olhos baixos, lentamente, regularmente, parecendo essas dançarinas mexicanas que se preparam para dançar a dança sagrada. Ele costuma passar assim, invariavelmente, impassível, várias vezes por dia. Também se dirige aos WC, sério, calado, pudico, concentrado. Se aproxima, entra, e muito tempo depois ainda o vemos caminhando, o cigarro apagado nos lábios, os olhos baixos, troncudo, atarracado, regular no seu movimento de relógio de corda, lá vai ele impassível, pudico, concentrado, na direção oposta. E aí ficamos sabendo que acabou de se passar uma hora de vida.

Mas vamos deixar de lado a triste melancolia e passar à parte divertida. Anteontem fomos ao lago de Montchic. Alugamos duas bicicletas e saímos de manhã bem cedo pela *grande estrada*. Passamos a manhã inteira percorrendo as imediações. Infelizmente, o selim da minha bicicleta, alto demais, castigou cruelmente a pobre Arícia e nem vou dizer o estado em que ela ficou, quando finalmente chegamos ao restaurante onde devíamos almoçar. A família Vierne, sempre "alegre", nos esperava; mas vou deixar de lado essa refeição que me pareceu não acabar nunca.

À tarde, Pierre e eu decidimos sair de novo de bicicleta para nos isolar; percorremos quilômetros e às 5 horas Arícia fez questão de me lembrar cada uma das pedras sobre as quais tínhamos passado.

Eu então convenci Pierre a alugar um barco; levou algum tempo, pois também precisei botar na cabeça dele que não íamos emborcar. E lá estávamos nós sozinhos no lago, no meio daquela enorme extensão gelada. E aí me deu vontade de mergulhar. Foi o que eu fiz, aproveitando um minuto de distração de Pierre.

Pobre tritão infeliz! Achei que ia me afogar de tanto rir! Atordoado, tenso, agarrado aos remos sem saber o que fazer, o fauno perdido se deixava levar pela corrente. Era um objeto tão estranho naquele barco que parecia — de onde eu estava — erguido acima das ondas por algum misterioso poder de levitação. O olhar fixo, se agitava todo, rígido, enorme, acima, bem acima da flexível embarcação. Meu Deus, como foi divertido!

Para resgatá-lo, tive de guiá-lo até a margem, empurrando; mas fiquei sem fôlego e quando lhe disse isto, de longe, achei que ia morrer de rir ante o espetáculo do seu desespero.

Enfim, voltamos, exaustos, acabados, e durante duas horas eu praticamente não conseguia caminhar.

Ah! E agora chega em matéria de divertimentos. O passeio de ontem me deixou cansada, dormi como um animal; mas ainda não consegui superar meu entorpecimento. Agora de manhã estou com dificuldade de me expressar, a eloquência está penosa e ainda por cima tenho de cuidar do almoço.

Espero notícias para saber a quantas anda nos seus desmaios. Me conte, meu belo príncipe, seus dias e suas noites. Fico até meio sem ar de não saber. Recebi seu telegrama tão tranquilizador; mas estranhamente sinto falta de detalhes. Se esse regime continuar, vou definhar, estou avisando.

Te amo mais que nunca; mas não vou dizer nada enquanto não souber a quantas você anda.

M.
V

458 — MARIA CASARÈS A ALBERT CAMUS

Domingo, 12 [agosto de 1951] *de manhã.*

Recebi sua carta na sexta-feira à tarde; era dessas que me deixam feliz e teria iluminado meus dias se eu não tivesse lido ao mesmo tempo notícias que Angeles me mandou de Paris; pois na correspondência que ela me manda regularmente encontrei dessa vez um bilhete de Jean-Louis me convidando a fazer parte do elenco de *A troca* (o papel da atriz, claro, cabendo o outro a Madeleine). Recusei, naturalmente; mas o tempo que fiquei pensando como redigir o telegrama que lhes enviei bastou para acabar com minha tranquilidade — as preocupações profissionais de vida abalaram um pouco meu belo equilíbrio e com a ajuda da chuva (há dias desfrutamos hora após hora de um sutil chuvisco), acabei me entregando a uma melancolia aguda.

Além do mais, fui informada da chegada em breve de visitantes que não desejo e por um momento minha paz parece estranhamente ameaçada.

Li e reli sua carta. Felizmente ela estava aqui, e caminhei durante muito tempo, muitas vezes nas dunas, na praia, no bosque. Hoje, aguardo esperançosa a chegada do Sr. e Sra. Merveilleau e conto com a doce presença deles para recuperar o estado de ânimo terreno que nunca deixou de me pôr novamente em excelente estado.

Noite dessas finalmente descobri a casinha em que morei com mamãe há onze anos; o mar não tinha apagado nada e ela estava lá, lindinha, pequena, com a bomba enferrujada, exatamente a mesma daquela época. Seu nome é *Coucou* e eu tive de segurar com grande dificuldade uma onda de amor, de saudade, de dolorosa ternura, para não começar a chorar. Oh, meu amor querido, agora eu entendo a justificada lenda da imortalidade. Ela decorre provavelmente do profundo incômodo de pensar em continuar vivendo após o desaparecimento dos entes queridos, e então recebemos com tranquilidade a ideia de morrer também, e até com uma certa alegria e não podemos nos impedir de acreditar apesar de todo o ceticismo que, de certa maneira, vamos ao encontro deles nessa terra que se tornou assim tão querida. São devaneios íntimos e inexplicáveis, sombras inúteis sem dúvida, mas bem consoladoras.

Como eu gostaria de tê-lo junto a mim esta manhã, debaixo da chuva! Os filhos dos Vierne estão aqui, e não consigo me defender da saudade, olhando para eles. Eles são comportados e contrastam com seus pequenos vizinhos barulhentos e feios pelos três rostinhos claros, sorridentes e já conscientes. Sophie-Dominique quer água-de-colônia, Bruno o tímido deseja ser mulher para também ganhá-la e Gérard me pergunta pela décima vez se não tenho mais bombons para lhe dar. Depois vêm as grandes corridas de cavalo (eu sou o cavalo, claro), as brincadeiras de pular carneiro (eu sou o carneiro), de ["din, din, din, saramacatin"], uma brincadeira que eu tinha esquecido desde a infância e que me voltou à cabeça para me socorrer, quando estou cansada de carregá-los, os três, nas costas.

No pátio a ronda continua. O "dançarino mexicano" passa regularmente, executando a todo momento sua dança sagrada; as senhoras saem na hora do chá, enfileiradas, os urinóis na mão e Sísifo, agora com a ajuda de um pequeno Prometeu, constrói castelos de areia e conchas para depois brincar de militar. Ontem uma faxineira veio limpar os tetos e o piso. A casa está limpa e perfumada; estou esperando a terra secar para colher o que preciso e queimar agulhas de pinheiro.

É assim, meu amor querido, que vai a vida. Não se preocupe com meu estado vago. Já me conhece o suficiente para saber que dentro de uma hora talvez esteja exultante; e por sinal estou achando que só de falar com você grandes progressos já foram feitos na direção da alegria. Pierre está voltando do mercado; tenho de preparar o banquete para os Merveilleau.

Escreva, meu príncipe; vou terça-feira para Sainte Foy, mas volto na quinta--feira de noite; não me deixe neste momento; preciso de você.

Te amo na bem-aventurança e me basta pensar em você voltado para mim para sentir afluindo ao meu coração toda a alegria e toda a gratidão do mundo inteiro.

E você, viva, caminhe ao longo dos cursos de água, seja feliz, livre, confiante, em paz. Te espero, montanhês, junto ao Oceano a cuja imagem fui feita.

O fauno te manda as maiores recomendações.

E eu te amo e te beijo profundamente

M.
V

459 — ALBERT CAMUS A MARIA CASARÈS

Domingo, 12 de agosto [1951]

Meu amor querido,
Recebi ontem sua carta de quinta-feira, que me deixou muito feliz. Mas não te escrevi ontem nem anteontem pelo simples motivo de que passei esses dois dias nos meus cursos de água solitários. Tendo partido às 8 horas, voltei as duas vezes às 8 horas, mas da noite, acabado, mal conseguindo devorar, deitar e dormir (enfim!) um sono animal. E por sinal lamento que você não me veja voltar, fortemente calçado (em breve terei botas altas de borracha) com uma calça cheia de bolsos, o casaco de couro e o chapéu impermeável, sujo, molhado, e um ar abobalhado. E por sinal parece que esse regime me faz bem. Estou dormindo muito melhor, como estou reanimado, bem de músculos e corado. Em suma, meu querido animal, perfeitamente comestível!

Que bom que o mar está te fazendo bem. Realmente consigo te imaginar na tempestade. Pois você não é filha dos relâmpagos, um pouco? Mas gostaria de estar com você, como na minha solidão montanhosa te desejo e te imagino junto de mim. E você sabe que eu remo corretamente e teria sido mais útil que esse nosso caro tritão no tal lago!

Mas não é nada mau, no fim das contas, que nos recomponhamos na solidão para daqui a pouco nos reencontrar num amor ainda mais aprofundado; você pede que eu fale dos meus dias e das minhas noites. Agora você já os conhece — Mas eu ainda não disse o quanto eles são cheios de você. Você me acompanha como uma amizade constante — e às vezes também como uma febril saudade ou um desejo cego. Eu te amo, ao longo desses dias e dessas noites.

Te endereço esta carta de Sainte Foy pois ela só será remetida daqui amanhã e será uma sorte se chegar a você na quarta-feira, com o sistema postal deste fim de mundo bárbaro. Mas espero que sim pois não sei se poderei te telefonar. Qualquer comunicação requer uma ou duas horas e no caso de Sainte Foy receio que me obriguem a dormir nos correios. Eu então queria aqui pelo menos comemorar a festa da minha santa Maria e lhe desejar a glória de todos os santos. A glória dos santos não está na auréola de cartolina mandada por são Sulpício. Está num coração luminoso, consciente, e que não é impedido de amar perfeitamente pelo conhecimento da imperfeição. Os verdadeiros santos estão na rua, no seu trabalho, no meio dos homens e nada os distingue, apenas talvez o sorriso e a gentileza. Ó minha ternura, que sua festa seja feliz dessa felicidade! Aquele que te ama te ama particularmente neste dia, neste exato minuto. Te mando como presente o agradecimento e a gratidão infinita deste coração que você preencheu.

Até logo, minha grande, minha magnífica, minha orgulhosa. Transmita minha fiel lembrança à casa maravilhosa. E para você, o amor e o desejo, o sorriso, a ternura, a longa paixão do pobre montanhês. Como gostaria de estar com vocês! Como gostaria de te tomar nos meus braços e fluir com você no fundo dos mares e, à espera disso, no fundo das noites. Mas em breve, em breve, não é? Te beijo, te cubro com meus beijos. Ah! Sou tomado pela impaciência diante dessas duas semanas ainda!

A.

460 — ALBERT CAMUS A MARIA CASARÈS[1]

[15 de agosto de 1951]

CORREIO FECHADO MEIO-DIA, FELIZ FESTA E VOTOS MAIS AFETUOSOS A MINHA MARIA IMPACIENTE POR REENCONTRO. ALBERT

---

1 Telegrama endereçado a Pierre Reynal, na villa Le Bled (rua Victor Hugo, 78) em Sainte Foy la Grande (Gironda).

461 — ALBERT CAMUS A MARIA CASARÈS

15 de agosto [1951]

Passei a manhã, meu querido, meu doce amor, imaginando meios de te encontrar. Você tinha esquecido (e eu também) que o dia da sua festa é, como deveria ser, feriado em toda a França. Num raio de sessenta quilômetros todas as agências de correio fechavam às 11 horas ou ao meio-dia. Além disso sua carta não era explícita e eu não sabia quando exatamente você estaria em Sainte Foy. Além do mais, achei que por causa dessa festa solene não haveria distribuição e que portanto você não receberia em Sainte Foy a carta de amor e votos afetuosos que eu tinha mandado. E aí, furioso com os correios, o calendário, os quilômetros e essas estúpidas separações, te enviei um telegrama em que naturalmente não podia botar todo o meu amor, nem a calorosa ternura e o desejo infinito que tomam conta de mim. Contrariado, fui então dar uma caminhada e aí pelo menos, num dia radioso (o primeiro desde que cheguei), nos bosques e campinas, pude dedicar meu pensamento e meu coração à minha santa Maria.

Espero de qualquer maneira que esse dia tenha sido bom e reconfortante para você e que nosso belo casal te tenha coberto dos cuidados e amabilidades a que tinha direito. Espero que depois tenha ido novamente ao encontro do velho mar com energias renovadas. Para mim, a única questão é saber como correr para você por cima das duas semanas que ainda nos separam. Saboreio projetos, imagino nossos dias e nossas noites. Teremos cerca de vinte dias para viver juntos e essa felicidade já me dá sustento e me ajuda a atravessar as águas marulhentas dessas duas semanas.

Minhas ocupações aqui não mudaram. Pesca de truta (sempre sem êxito, mas o mês de agosto não é favorável — e pelo menos já quebrei uma vara), longo repouso, trabalho superficial. O tempo está cinzento e fresco. Estou com a sensação de um urso hibernando à espera da primavera. Minha primavera vai explodir em setembro. Espero então sentir todas as forças que estou sentindo hoje. Estou me sentindo muito bem e é a única desculpa que encontro para essa estada insípida nesse lugar ingrato. Tem uma outra coisa quando vou pescar ou passear na região da Panelier, a fazenda fortificada onde está Paulo. Foi lá que passei um ano duro em total solidão, em 1943, esse ano marcou (foi onde escrevi *O mal-entendido*). Ela estabeleceu uma separação entre o ser que eu era, mais brilhante que verdadeiro, entregue aos prazeres, se forçando ao cinismo, daquele que tentei me tornar. E também separou, o que é a mesma coisa, os anos de dispersão do ano do amor. E quando percorro esses caminhos que conheço pedra a pedra, nos quais estive em todas as estações, cheios de insetos ou cobertos de neve dura, debaixo de um vento gelado, volto a encontrar aquele que era então e entendo que esse retiro, essa prova eram necessários para abrir lugar em mim e para que um dia o amor aí tivesse acolhida. Se eu tivesse entendido isso melhor em 1944 hoje viveríamos num amor claro. Mas mesmo atormentado esse amor é o que recebi de mais belo neste mundo e é de coração agradecido que vou abrindo caminho entre pinheiros e samambaias.

É esse coração que agora se volta mais uma vez para você e te fala em voz tão baixa que você vai poder ouvir. Querido amor, seja feliz e bela. Existe uma paz neste mundo quando teu flanco respira contra o meu. Espero de novo esse dia, espero ainda essa paz. Algumas cartas suas ainda (ah! não recebi nada desde sábado) e finalmente colherei sua mensagem na sua boca, nos amaremos de novo pelos caminhos. Já te beijo, minha brilhante, minha truta negra. É verdade que houve um tempo em que você tremia debaixo de mim? Pois então que esse tempo volte, e que depois possamos dormir até o fim do mundo!

A.

Recomendações ao tritão-remador

462 — MARIA CASARÈS A ALBERT CAMUS

Sexta-feira, 17 [agosto de 1951] *de manhã*

Meu amor querido,
Recebi ontem sua carta de domingo, e só ontem, antes de partir de Sainte Foy; mas o telegrama chegou dia 15 de manhã. Tudo isso foi muito agradável e devo dizer que os pais de Pierre [Reynal] deram um jeito de me fazer passar um dia de Maria bem saboroso.

Tínhamos chegado juntos à casa no carro dos Martin terça-feira, na hora do almoço, e a partir de então tudo se tornou delicioso exceto o humor de Pierre, que teve uma crise de tristeza cujas causas permaneceram desconhecidas de todos nós (acho que ele anda um pouco neurastênico a julgar pela angústia que sente no pôr do sol). À noite, jantamos, o tritão e eu, na casa dos Martin, mas, cansada demais, não pude desfrutar do incrível número dos dois. Que casal doido!

No dia seguinte, eles é que vieram passar o dia conosco, e festejamos juntos a Virgem e as duas Marias da casa: a Sra. Merveilleau e eu. Nós "papamos" (expressão de Paul Martin) tanto que à noite tínhamos dois doentes, nosso anfitrião e Jeannette Martin, o que não nos impediu de assistir ao "mistério" representado ao pé de uma colina e acompanhar a procissão, de vela na mão. Fiquei com muita pena de você não poder assistir ao espetáculo. A representação debaixo de um céu de verão cortado por relâmpagos de calor, com uma refulgente lua cheia, foi maravilhosamente comovente. Só Dullin, em Paris, seria capaz de encontrar a inspiração de cores que havia num cenário montado com praticamente nada; e os muitos amadores que encarnavam os personagens do Evangelho se equiparavam por sua inocência e sobriedade a muitos grandes elencos parisienses.

No fim, na hora da Coroação de Maria, os cantos se elevaram e a multidão, de pé, se pôs em movimento. Quatro mil círios se acenderam e começou o desfile em direção à cruz de luz erguida na colina.

Subimos por um caminho sinuoso, enfileirados, desenhando no fundo escuro das campinas silenciosas uma cintilante minhoca imensa e ondulada, e cantamos indefinidamente

"Ave, Ave, Maria",

de vela na mão.

Mas o fim não foi uma coroação dos meios. Aquela multidão compacta merecia em sua loucura concentrada beber lá no alto o sangue de uma vítima sacrificada, para concluir em apoteose. Em vez disso, um padre, que devia ter-se inscrito no partido comunista, não parava de nos insultar para nos convencer de que não merecíamos as bênçãos de Deus.

Felizmente o sermão foi curto; eu já estava começando a me revoltar.

Depois do Credo, nos dispersamos e a insanidade tomou conta. Nada mais de caminhos, nem de cantos, nem de respeito e viva a alegria! A multidão, até então amarrada, se soltava pela encosta da colina em atropelo, desembestada, urrando. E era um mais não poder de correria ofegante, escorregões, risos, gritos, burburinho. Os círios queimavam as proteções de papel e de repente mãos se perdiam na noite tempestuosa e escura. Era um sim universal e fiquei me perguntando se o padre continuava achando que toda aquela gente reconhecida não merecia Deus.

Nos retornamos e ontem pegamos o trem para voltar a Lacanau.

Ao chegar, eu me sentia de coração leve. Pensava em você, no seu sono profundo, nas suas longas caminhadas por florestas assustadoras, no seu coração tão grande e justo, no seu olhar tão claro, na sua beleza que tantas vezes me comove, em nós, em tudo que nos é prometido, em tudo que nos foi dado, e fiquei completamente feliz.

Meu belo amor, precisamos cuidar de nós, tratar de nos poupar. Não tema nada: ando prudente como nunca, me preservo como nunca me preservei.

Não demora e vamos compartilhar nossos dias; não demora, e vamos olhar na mesma direção, não demora vamos desfrutar juntos. Viva bem, meu querido amor; beberei nos teus lábios os minutos de alegria que tiver saboreado sem mim.

Vou te deixar. Gérard [Vierne] não para de se enfiar por baixo da minha saia "para me fazer um bebê" e diante desse fato escandaloso não sei mais o que dizer e só encontro uma solução, enfiar minhas calças. Te mando uma foto da galinha mãe;[1] mas guardo para a sua chegada as que Paul Martin tirou, muito bonitas, você vai ver.

Me fale dos seus projetos, se os tiver. Partirei de Lacanau no dia 31. Talvez você possa vir me buscar em Sainte Foy, e de lá iremos para onde você quiser.

O fauno pensa muito em você; me incumbiu de te dizer e te garantir que está cuidando o melhor possível de mim. Acrescento que é verdade; mas gostaria de vê-lo mais animado; ele é, por temperamento, mil vezes mais velho que você que é mais velho. Que desgraça!

Venha! Estou com vontade de rir e dançar; mas me avise; mais tarde explico por quê.

Te amo — sua fiel e agradecida

Maria

Declarações bem desagradáveis de Madeleine. Mas não há de ser nada. Já *Estado de sítio* não vai envelhecer.

463 — ALBERT CAMUS A MARIA CASARÈS

Sexta-feira, 17 [agosto de 1951]

Sua carta de domingo, recebida ontem (!), era bem melancólica, amor querido. E por sinal acho que eu entendo. E este bilhete, depois da minha carta de

---

1 Maria Casarès na janela da villa Le Bled, com os três filhos do casal Vierne. Ver também o blog de Paul Martin, no qual são reproduzidas algumas dessas fotografias.

ontem, tem como único objetivo te dizer, apesar desses intermináveis atrasos de estrada, que estou junto de você, ativamente, mais que nunca. Você fez bem de recusar esse papel que é um falso bom papel.[1] Nessa combinação, mais uma vez com essas amáveis criaturas, a dificuldade te era oferecida enquanto se guardava o que era fácil e suscetível de sucesso. Mas também queria te dizer outra coisa que se refere a essa ocasião, evidentemente, mas que pode se aplicar a outras que virão. Não gostaria que você recorresse na sua profissão a objeções que digam respeito ao nosso amor. Você sabe muito bem que eu não ficaria particularmente feliz de saber que está atuando no Marigny no momento — e nem vou tentar fingir o contrário. Mas isto é uma coisa absolutamente secundária e que só diz respeito a mim.

Tenho em você uma confiança infinita e tão absoluta que confio até nos seus pensamentos. No futuro, portanto, se for bom para você atuar nesta ou naquela peça, eventuais circunstâncias que possam ser desagradáveis a mim não deverão bastar para te impedir. E chega disto. Mas que fique entendido entre nós, meu amor querido.

Me pergunto também quem são esses visitantes que você não deseja. Nesses casos, seja clara sempre, por favor, o que me poupa de muitas suposições inúteis. Espero que apesar de tudo você consiga preservar sua paz. De resto, quando receber esta carta, só dez dias nos separarão — e vamos esquecer de tudo no belo momento.

Aqui nada mudou. Daqui a pouco vou atrás da truta. Mas sem lá muita vontade. Desejo sobretudo fugir desta casa em que a vida às vezes é difícil. Não é fácil viver perto da semidemência, sempre à beira do desequilíbrio e da depressão. A vida fica monótona e extenuada, nesse caso. Mas eu sempre espero que as coisas vão melhorar.

Felizmente trago em mim esse fogo que arrebata, te amo, vivo para você. Me escreva uma carta feliz, se estiver feliz. Eu vivo da sua felicidade, do seu belo rosto iluminado. Ah! Sim, eu te amo. Te amo e te beijo, apaixonadamente. Até logo, amor querido, até logo. Estou contando os dias,

A.

---

1 O papel de Lechy Elbernon em *A troca*, de Paul Claudel, proposto por Jean-Louis Barrault.

464 — ALBERT CAMUS A MARIA CASARÈS[1]

18 de agosto de 1951

É mais ou menos o que eu vejo. Mas já vi o suficiente — e vivo impaciente.

465 — ALBERT CAMUS A MARIA CASARÈS

Domingo [19 de agosto de 1951], *19 horas*

Meu amor querido,
Embora sua última carta fosse triste, embora fosse a única que eu recebi a semana inteira, ontem não havia nada seu no correio. Talvez por isso o dia de hoje tenha sido tão pesado. E por sinal eu sei que você teve uma semana agitada, e não me preocupo. Mas mesmo assim este dia foi pesado. Os dias se arrastam, de resto, e estou louco para acabar com isso. Uma dezena de dias nos separam, e eu me sinto separado de você por um mar. Essas separações, por sinal, se tornam cada vez mais difíceis para mim. É porque as entendo cada vez menos.
Mandei reformar o motor do carro para poder ir te buscar; só o terei de volta na quarta-feira, o que me impede de fugir para meus cursos de água; e então, espero. Estou lendo as admiráveis *Novelas exemplares* de Cervantes. Riconete e Cortadillo me encantou. Faço projetos para escrever mas não escrevo nada. Melhor assim. A partir de setembro, vou escrever me soltando.
Salvo imprevisto, faremos uma agradável viagem de volta. Será preciso testar o carro e avançar lentamente, em duas etapas pelo menos; poderemos ver a paisagem. Espero que você fique contente e que tenha preservado o gosto de sal para me consolar do longo exílio que me mantém longe do mar.
Há três dias temos aqui dias admiráveis que me consolam um pouco. À noite, a lua toma conta do céu. Passei longas horas no terraço, contemplando-a e seguindo as estrelas. É a única coisa aqui que me acalma o coração. Mas penso nas noites no mar e nas minhas longas horas no Atlântico Sul, na proa do navio, debaixo de uma chuva de estrelas.
Meu amor, o mundo então é imenso. Mas me parece que tenho um coração à altura, o amor se torna vivo, é uma promessa infinita. Quando voltarei a ver seu lindo rosto? Escreva, pelo menos até o dia 25. Me conte detalhes dos seus dias, aplaque um pouco a fome que tenho de você. Te espero, espero a felicidade, a explosão, a vida enfim; você existe e eu sou feliz.

---

1 Cartão-postal de Chambon-sur-Lignon, panorama das Cevenas visto de Chousier.

Te beijo suavemente, minha querida, minha bem amada. Te beijo e te carrego. Não me esqueça,

A.

466 — ALBERT CAMUS A MARIA CASARÈS

Segunda-feira, 20 [agosto de 1951], *15 horas*

Meu amor querido,
Depois de receber sua carta de sexta-feira acrescento algumas palavras à minha, já postada esta manhã, para te dar detalhes. Salvo ordem em contrário, sairei daqui no dia 30 ou 31. Estarei portanto em Sainte-Foy, salvo imprevisto, no dia 31 ou 1º o mais tardar. Espero que te convenha. Mas não entendo absolutamente os seus mistérios. Por que não dizer logo o que tem a me dizer? A propósito, percebi que você não respondeu à minha pergunta sobre a princesa. Que devo concluir? De qualquer maneira estou na incerteza.

Enfim, todos esses mistérios e problemas da separação chegarão ao fim. Sim, enfim! O mau tempo voltou aqui e estou decididamente cansado deste lugar. Some-se a isso uma crise de dentes esta noite e uma primeira sessão no dentista, hoje o de manhã. O dia 31 agora parece o paraíso. Felizmente tenho um sol dentro de mim. Verde e marrom, resplandecente como o seu rosto. Que eu possa te beijar enfim!

A.

467 — MARIA CASARÈS A ALBERT CAMUS

Terça-feira, 21 [agosto de 1951] *de manhã, 8 horas*

Meu amor querido,
Acabo de acordar neste exato momento e me vejo privada do meu café da manhã; nada de Butagaz* até meio-dia. Me sinto assim toda recolhida e retraída no sono e acho que não consigo expressar com clareza o que tenho a te dizer.

---

* Empresa de distribuição de gás domiciliar. (*N. T.*)

Recebi ontem seu bilhete, aquele em que você se mostra preocupado com os motivos que me levaram a recusar a proposta do Marigny. Mas não se preocupe; se por um lado é verdade que não me agrada a ideia de criar para você um novo tormento por mais tolo e fictício que seja, também é verdade que na história da *Troca* nada me atraía.

Isto quanto ao momento presente. Quanto ao futuro, se um dia eu me vir na situação de querer aceitar um papel que me ponha em contato com pessoas que prefiro longe de mim, talvez eu recuse, mas não para te agradar, e sim por uma questão pessoal.

E o sei agora melhor que nunca, considerando que aquele que vem a ser a causa de todas essas complicações epistolares está aqui, em Lacanau, e o vejo constantemente. Chegou na sexta-feira e na quinta à noite volta para Paris, me deixando esgotada e Pierre com certeza doente. E no entanto não há qualquer motivo para o nosso cansaço. Servais é de uma correção absoluta e de uma gentileza rara; apenas, a tensão é difícil para Pierre e a simpatia cada vez mais ausente: de minha parte, estou com os nervos à flor da pele quando volto a dizer pela centésima vez que vou te amar pelo resto da vida.

Enfim, que venha logo a quinta-feira, e descanso até o dia abençoado. Descanso para todos e, gostaria eu, para você. Pela sua carta, o clima aí é tempestuoso no momento — sim, meu amor querido, se retire na floresta e recupere por lá as forças necessárias para estar sempre em condições de ajudar e de não desmoronar.

Ah! Esta carta está me saindo terrivelmente penosa. Não queria te expor tudo isso antes para que você recebesse essas encantadoras notícias quando não tivesse mais motivo de preocupação, mas no momento em que eu poderia te tranquilizar completamente com palavras ou impressões, tenho de me calar pois não me sinto no direito de te falar a respeito. Está entendendo?

Estou com um humor de cão e só tenho paz quando vou sozinha à praia, fazer minhas longas caminhadas. Tudo isso é tão inacreditável. Venha logo para a vida ter sentido de novo. Que é que estamos fazendo um longe do outro, meu amor querido?

Te amo. Te amo, como jamais imaginei que poderia amar. Ó, a liberdade que você me dá! Ó, meu querido,

V. M.

468 — ALBERT CAMUS A MARIA CASARÈS

Quinta-feira, 24 [sic, na verdade 23] *de agosto* [1951]

Recebi sua carta de segunda-feira, meu querido amor. Já sabia de tudo isso antes que você dissesse, naturalmente. E quero apenas te tranquilizar aqui. Não se preocupe, esqueça tudo isso e trate de ser feliz. O sofrimento que isso poderia me trazer não tem mais a ver com você, nem com nosso amor. Tem a ver com o passado e comigo. Há muito tempo decidi não mais permitir que isso pesasse em você e nem sequer te falar a respeito. Vou me virando como posso, e nem tão mal assim, no fundo. A verdadeira vida não está aí. Ela vai começar na sexta-feira. Enquanto isso, se sacuda, esqueça, vá procurar suas ondas, a praia, sua juventude e sua beleza. Nem a felicidade, nem o excesso de bens, nem as riquezas da minha vida me separaram de você; pois então deduza se o sofrimento seria capaz. Quero apenas que você reencontre a paz, o equilíbrio e seu lindo rosto de contentamento.

Amanhã vou amaciar o carro o dia inteiro. No sábado vou te escrever pela última vez para te dar os detalhes do nosso encontro. Por enquanto, está praticamente certo que vou pegar a estrada na quinta-feira e estarei na sexta em Sainte Foy. E então viajaremos, com o tritão, naturalmente, se ele voltar a Paris. Me escreva uma vez pelo menos depois de receber esta carta, se a receber no sábado. Caso contrário, espero que me tenha escrito no sábado. Segunda-feira talvez seja tarde demais. De resto, as palavras não contribuirão com mais nada para a nossa verdade. Dentro de alguns dias vamos começar a viver de novo. Meu amor tão querido, seja feliz e confiante; você é amada muito além do que pode sequer imaginar. Quanto a mim, me preparo tranquilamente para ser feliz.

A.

Um abraço em Pierre.

469 — MARIA CASARÈS A ALBERT CAMUS

Sexta-feira, 24 [agosto de 1951]

Meu amor querido,
Aqui vai a última carta desta vez. Você me ensinou a deixar intacta minha antiga alegria do reencontro, mas aceitando com paciência e sabedoria as separações.

Recebi suas cartas de domingo e segunda-feira e seu cartão-postal e sinto que o fim chega no momento exato. Ah! Como é difícil viver um sem o outro, não é? Para mim, a ideia de que você vive um pouco voltado para mim não basta mais para me consolar da sua ausência e fico sonhando com seu olhar claro e caloroso; sinto frio no sol e a água do mar perdeu a graça. Está na hora de o mundo readquirir suas cores; já estou cansada de projetar nele as da minha lembrança e da minha esperança.

Estou de acordo em nos encontrarmos em Sainte Foy no dia 31. Aqui, sairemos de Lacanau no dia 30 à noite ou no dia 31, em função dos detalhes que você me der sobre o dia da sua chegada, e tudo indica que poderíamos pegar a estrada para Paris no dia seguinte. Infelizmente, se a viagem se descortina maravilhosa, não creio que possa ser completa: Arícia, que muito comportadamente esteve mal no dia 28 do mês passado, vai escolher 1º de setembro para se enclausurar. Desgraça!

Isto quanto a nossos projetos; não quero me prolongar, me recuso a pensar no assunto; quero apenas descansar bem nesses dias que vão me levar a você, relaxar, me abrir, me preparar, para estar em condições de receber o mais abertamente possível toda a alegria do mundo. Te amo mais que nunca e estou tão apaixonada quanto uma jovem noiva.

Hoje está chovendo, "para variar". Uma profunda melancolia se desprende do cheiro dos pinheiros e eu me sinto milenar quando me afasto de você; sozinha, ficaria aqui infinitamente, contemplando a chuva que cai. Ah! Sou uma escolhida de Deus pois Ele me colocou diante de você.

Venha logo meu belo amor; venha me fazer rir e chorar; venha me emocionar. Desde que te deixei só o mar, o céu e a inocência me tocaram. Meu querido cúmplice, meu grande amigo, meu belo rosto, meu querido corpo fraterno e desejado, minha fonte de graça e de amor, venha me acordar e me envolver no seu calor claro. Eu não estou longe de você; estou em total desordem, me sinto tola e atônita. O fato de você estar chegando já me ilumina; começo a viver hoje de manhã.

Não tenho o que te escrever, só a te falar e a me entregar a você.

Te espero mais uma vez toda voltada para você, mas com alguma coisa mais profunda, mais enraizada mais terrena. Ó, Albert querido, não me abandone jamais! Até amanhã daqui a uma semana,[1]

V M.

---

[1] Albert Camus chega a Sainte Foy em 31 de agosto e volta a Paris com Maria, depois de uma passagem pela região do Loire. Francine e os gêmeos, por sua vez, só voltam a Paris no dia 26 de setembro.

1) Seja prudente durante a viagem.
2) O tritão manda um abraço afetuoso. Acho que ele vai passar alguns meses na Alemanha.
3) A morte de Jouvet[1] me abalou mais do que eu imaginava. Sinto alguns remorsos.
4) Sou tua,

V

470 — ALBERT CAMUS A MARIA CASARÈS

Sábado, 25 [agosto de 1951]

Não recebi hoje de você a carta que esperava, meu amor querido. Mas não tem grande importância, agora. Passei os dias desde quinta-feira testando o carro, mandando corrigir coisinhas que não estavam funcionando. Em outras palavras, passo os dias pensando nessa viagem que finalmente vai me levar para você. Eis o que está decidido: partirei na quinta-feira 30 salvo imprevisto, estarei na sexta 3 em Sainte Foy onde podemos marcar encontro na casa de Pierre. Como você não terá tempo de escrever, deixe uma mensagem com o Sr. Merveilleau para me dizer a hora em que vão partir de Lacanau (para o caso de eu ter tempo de ir buscá-los, mas não conte muito com isto) e a hora em que chegarão. A partir desse momento, não haverá mais pressa. Temos 20 dias pela frente, e liberdade de fazer o que quisermos.

Em caso de ordem em contrário, pane do carro, incidente etc., telegrafo até o dia 30 para Lacanau, ou no dia 31 para Ste Foy. Espero que tudo isso esteja bem para você. Aqui o tempo continua coberto, e a vida difícil. Mas eu vou indo admiravelmente. Exceto que comecei a dormir mal de novo. Acho que extraí deste lugar tudo que poderia extrair. Felizmente, fiz uma grande provisão de energia. Espero que você esteja explodindo de sol e sal. Espero seu riso e sua beleza, de que preciso cruelmente. Espero seu amor do qual não posso me privar. Não vá me decepcionar em nada disso. Mas se assim for, estarei aí assim mesmo, e vou esperar a vida inteira, com a paciência do verdadeiro amor — aquela que desgasta as rochas e a sorte adversa. Te amo, você pelo menos

---

1 Louis Jouvet morre de infarto em 16 de agosto de 1951; *O diabo e o bom Deus*, de Jean--Paul Sartre, foi sua última encenação montada ainda em vida.

tem consciência disso? Te amo e conto as horas — como contei os dias durante esse mês insuportável. Mas vou te reencontrar, não é? E mais uma vez vamos dar as costas ao mundo, para finalmente tratar de viver. Te beijo, com todas as minhas forças, e te espero.

A.

471 — ALBERT CAMUS A MARIA CASARÈS

Terça-feira, 20 de novembro de 1951, 15 horas

Meu amor querido,
Uma palavrinha rápida, escrevendo sobre as pernas, junto a minha mãe que agora está descansando.[1] Eu a encontrei ontem (depois de uma viagem agitada e tempestuosa, no sentido exato da palavra) já internada na clínica, e praticamente não saí de junto dela, exceto para dormir algumas horas. A operação foi hoje de manhã. Tudo correu bem. O cirurgião me disse que ela poderá voltar para casa dentro de alguns dias. Simplesmente, precisará de dois meses de repouso, um deles imobilizada, para que tudo volte ao lugar.

Está chovendo e triste desde que cheguei. Mas o mais triste era o sofrimento corajoso da minha mãe. Ontem no quarto mal iluminado por uma lamparina, à meia-noite, meu irmão e eu calados dos dois lados da cama ouvíamos em silêncio se queixar um pouco, e ela era nossa filhinha doente.

Eu penso em você. A chuva de Argel afoga o dia e o coração literalmente. Nessa enorme umidade apenas duas ou três chamas antigas, duras, secretas resistem. Você está aqui. Eu penso com amor e gratidão no seu calor junto a mim, em todas as circunstâncias; te amo. Vou melhor internamente porque no momento uma única preocupação se sobrepõe a todas as demais. Mas quando penso em Paris, ou no meu livro, sinto uma espécie de náusea.[2] Quando puder te escrever com calma, tentarei te explicar, e me explicar essa estúpida loucura com a qual te cansei. Mas pelo menos sei, e cada vez melhor, que só o nosso amor é mais que uma simples aparência. Te beijo vinte e nove vezes,[3] minha

---
1 A mãe de Albert Camus sofreu uma intervenção cirúrgica; o escritor se hospeda na casa do irmão Lucien, no boulevard Saint-Saëns 7, Argel.
2 *O homem revoltado* é publicado pela Gallimard em 18 de outubro de 1951.
3 Maria completa vinte e nove anos no dia seguinte, 21 de novembro de 1951.

jovem mulher, minha companheirinha de armas, minha negra, te beijo e te espero, mais uma vez, mas com toda a certeza do amor,

A.

472 — ALBERT CAMUS A MARIA CASARÈS[1]

VOTOS DE TERNURA DE TODO CORAÇÃO ALBERT

473 — ALBERT CAMUS A MARIA CASARÈS

Quinta-feira, 22 de novembro de 1951, 15 horas

Meu amor querido,
Ainda no quarto da minha mãe, na clínica, te escrevendo sobre as pernas. Espero que meu irmão me traga daqui a pouco uma carta sua, pois eu vivo mal sem você, decididamente, e me sinto meio amputado desde que viajei. Mamãe reagiu muito bem. Não tem mais febre e o cirurgião acha que tudo irá bem. Agora estou perfeitamente tranquilo. Mas fiquei feliz de ter vindo, primeiro porque minha presença a tranquilizou e depois porque poderei organizar sua convalescença em condições mais confortáveis, antes de voltar. Me recrimino muito por ter descuidado um pouco dela nos últimos anos. Mas é verdade que a doença nos torna egoístas e que durante esse ano de tratamento eu só pensei no imediato, e no mais urgente. Pelo menos vou reparar tudo isso e melhorar um pouco a vida cotidiana da minha mãe.

Continua chovendo e tudo que tocamos está molhado. Eu não respiro muito bem e me sinto pesado; Argel tem um clima que requer readaptação. Mas estou me tratando à Ménétrier e vai melhorar.

O moral pelo menos vai melhor. Acho na verdade que fui meio doido esses dias. Naturalmente, havia muito de orgulho em toda essa reação, e não do melhor. Mas também eu nunca me habituei aos costumes literários e a essa frivolidade parisiense que pode dar em atos ou palavras tão graves. Um dos motivos pelos quais vivo isolado é justamente a consciência que tenho da minha incapacidade de encarar certas coisas com leviandade. E aí tenho medo

---

1 Telegrama.

de ser ferido, inutilmente, simplesmente por leviandade. (Para ficar mais bem informada sobre esse meio, acrescente que recebi uma carta de Pauwels[1] me explicando que não teve a intenção... etc. e sobretudo uma outra carta de Patri me dizendo que ficou sabendo por Pauwels que eu queria responder e pedindo que não usasse sua carta e mesmo que nem "mencionasse sua existência". Impossível trair melhor, e mais vergonhosamente, todo mundo. Dessa vez, eu nem sequer respondi.)

Talvez minha inquietação também tenha um outro motivo, mais grave e mais profundo. É minha hesitação diante do que tenho de dizer ou fazer, agora. Há certos dias em que eu queria não ter de dizer nem fazer, justamente. Talvez seja uma espécie de medo diante da minha vocação. Medo que nunca tive e que agora talvez me venha por cansaço, talvez também porque esteja vendo melhor que a exigência que me fez caminhar até aqui não tem limite, exceto no esgotamento e na queda. Mas sem essa exigência eu não seria nada nem tampouco minha obra. Às vezes sinto uma vertigem, vertigem exaustão, pensando no futuro.

Mas esta carta é absurda. Pois não estou absolutamente triste no momento. Você está viva em mim, eu sinto sua ausência como um calor, e ainda há pouco estava pensando, almoçando na cervejaria da minha juventude, que não poderia mais viver sem você, na vida cotidiana. Eu sempre senti sua falta no auge da saudade, da solidão, do amor ávido. Mas agora também sinto nas manhãs, nos passeios, nas gravatas novas, nos espetáculos e cardápios, nos rostos da rua, e na cadeia viva das pequenas preocupações e pequenas alegrias. Pelo menos me escreva, meu amor.

Não me deixe sozinho nesta cidade úmida em que o passado às vezes é pesado. Me fale dos seus dias; diga que minha ausência pelo menos te livrou um pouco dos estúpidos aborrecimentos que eu trazia comigo; que você está bem, e que seu coração está alegre. Quando eu voltar, teremos de pensar um pouco

---

1 Em junho de 1951, Albert Camus tinha publicado nos *Cahiers du Sud* uma versão do capítulo de *O homem revoltado* sobre Lautréamont. Essa publicação provocou uma reação de André Breton em *Arts*, em 12 de outubro de 1951, que por sua vez mereceu resposta de Camus em 19 de outubro. O debate é retomado em 16 de novembro em *Arts*, com a publicação de uma entrevista entre André Breton e o filósofo Aimé Patri (1905-1983), à qual Camus responde em 23 de novembro. No cerne do debate, a filosofia da moderação de Albert Camus e sua conciliação da visão surrealista da existência com a revolução. André Breton volta à carga no número seguinte, publicando uma carta ao jornalista Louis Pauwels (1920-1997). Albert Camus não mais responderia.

de novo nas alegrias do nosso amor. É lindo, e às vezes tão doce, compartilhar assim nossas dores, mas também temos em nós uma fonte infinita de risos e prazeres de que estou sentindo falta. Até logo meu lindo rosto, minha querida boca, te beijo e te amo, te espero, descanso em você. Escreva e me ame como eu te amo, sem descanso.

A.

Boulevard Saint-Saëns, 7, Alger

474 — ALBERT CAMUS A MARIA CASARÈS

Sábado, 24 de novembro [1951] 18 horas

Meu amor querido,
Recebi hoje de manhã sua longa e doce carta de quinta-feira, e estava precisando mesmo. Desde ontem sinto vontade, constantemente, de te ter aqui e ser amoroso. É também porque não estou mais preocupado com mamãe. Ela sairá amanhã de manhã da clínica e vou acomodá-la na casa dela da melhor maneira que puder. O cirurgião é absolutamente positivo quanto à boa evolução da fratura. Há naturalmente o aborrecimento desse mês de imobilização. Mas no fim das contas é pouco perto do que eu temia. E por sinal ela não sente mais dores, o que é de longe o principal. Estou pensando portanto em voltar no meio da semana que vem (quinta-feira ou sexta). Mas vou confirmar; de qualquer maneira concordei em ir a Tipasa terça-feira para pelo menos desfrutar um pouco de beleza nesta viagem.

O resto também vai bem. Ainda estou um pouco cansado (durmo pouco), mas em muito melhor forma que ao viajar. Internamente e graças provavelmente a este país sem contemplação, recuperei a sadia indiferença que sempre me permitiu preservar o essencial. Ficou apenas uma repugnância mais nítida e mais distante de toda uma série de coisas. Espero que essas boas disposições perdurem.

Hoje fez de fato um belo dia — o céu meticulosamente azul, o ar tépido e a baía calma e convidativa. Reencontrei a velha Argel, e perfumes de laranjeiras nas ruelas. Tenho vinte anos mais, mas a laranja continua jovem. Mas não creio que eu pudesse viver aqui de novo. A não ser que fosse no campo, e longe de tudo.

Jantei ontem com velhos amigos, e não foi desagradável. Uma certa raça de homens sabe viver e morrer com simplicidade. Também são fiéis, e sem precisar bradar aos quatro ventos. Nós rimos, como na época em que fazíamos teatro juntos.

Pronto. Nem sei o que daria para te ter aqui esta noite. Mas é preciso esperar. Mais alguns dias e será você de novo. Espero te fazer esquecer o insuportável companheiro que fui e que você apoiou com tanta ternura. Como te amo, com que simplicidade e também com que riqueza. Escreva mais, não me deixe, espero suas mãos macias, sua boca amistosa ou inimiga, seu querido corpo, e sobretudo seu lindo sorriso da alma. Te amo, te amo perdidamente, meu amor, minha primeira. Breve, enfim...

A.

Estou mandando (1) um artigo que será publicado em *La Croix* (Católico) e que me foi enviado pelo autor. Foi o único que entendeu a articulação do livro com a arte. O resto do que ele diz é mediano.

Abraços em Angeles e Juan — e no pequeno Pierre.

(1) Não só na próxima carta.

475 — ALBERT CAMUS A MARIA CASARÈS

Terça-feira [27 de novembro de 1951]

Meu amor querido,

Encontrei sua carta ao voltar de Tipasa.[1] Você encontrará nesta um galho de absinto das minhas ruínas. Este bilhete é apenas para te dizer que te amo e que te amo. Amanhã de manhã escreverei mais longamente. Tudo vai bem na casa da minha mãe e espero voltar sexta-feira ou sábado o mais tardar. Mas esta noite sinto apenas um amor transbordante por você e vontade de fugir com você para o fim do mundo num país que eu possa amar como amo o que acabei de ver.

Até amanhã. Te beijo com todo o meu coração e todas as minhas forças.

A.

P.S.: Mando junto o artigo e Tipasa em imagem.[2]

---

1 Tipasa, a cerca de sessenta quilômetros de Argel, é a antiga cidade romana evocada com lirismo por Albert Camus no primeiro texto de *Bodas*, "Bodas em Tipasa", depois de uma primeira visita em 1935. Ele voltaria várias vezes na década de 1950.
2 Cartão-postal da grande basílica cristã de Tipasa.

476 — ALBERT CAMUS A MARIA CASARÈS

Quarta-feira, 28 de novembro de 1951

Meu amor querido,
Estou agora de manhã na casa da minha mãe e te escrevo na mesa de refeições, onde fazia meus deveres na infância. Ontem te mandei esse bilhete ao voltar de Tipasa para fazê-la esperar até esta manhã e também porque voltei de lá cheio de uma boa tristeza e de um grande e caloroso amor por você. Se hoje eu tentasse imaginar minha vida sem você, seria um desespero sem nome. Você, sua presença, sua solidariedade, seu amor é que me ajudaram e ainda me ajudam a atravessar esse período, talvez o mais difícil que eu jamais enfrentei. Sim, eu te amo e me apoio no seu amor e peço a todos os deuses que ele nunca me falte. Até você, ninguém nunca me ajudou.
Minha mãe vai bem. Um pouco entediada na cama. Mas consegui acomodá-la melhor: uma poltrona com extensão para as pernas, um radiador, luminárias, espero que ela consiga aguentar mais um mês. Agora de qualquer maneira acho que posso partir. Provavelmente vou tomar o primeiro avião livre. De modo que há chances, meu amor, de que esta carta seja a última e logo eu esteja junto de você (1). Quanto a mim, agora estou seguro de que tudo voltou à ordem. Em qualquer outro lugar, me sinto de passagem.
Ontem estava passeando nas colinas cheias de ruínas, diante do mar, e me senti tomado de ternura e emoção. É um dos lugares mais belos do mundo e que reconcilia tudo. Fiquei pensando que se a vida fosse mais bem organizada eu viveria lá com você e então a morte seria fácil. Mas saber que tanta beleza existe, que você existe e que o amor pode ter esse rosto basta para mostrar onde se encontram a verdade e a dignidade.
Guarde esse amor sem o qual não posso viver. Me perdoe tantas canseiras e dificuldades, e o sofrimento que às vezes te causo, meu coração te pertence e só deseja a sua alegria e a sua grandeza. Te amo. A cada minuto tenho uma amabilidade preparada imaginando o momento que logo chegará em que estaremos sozinhos no meio das flores negras e amarelas. Te beijo, meu querido amor, minha pequena, meu belo rosto, te beijo e te agradeço.

A.

(1) Salvo imprevisto, não escreva mais. Sexta-feira ou sábado provavelmente estarei em Paris.

477 — ALBERT CAMUS A MARIA CASARÈS[1]

30 de novembro de 1951

ESTAREI AMANHÃ DE TARDE PARIS AFETO.

478 — ALBERT CAMUS A MARIA CASARÈS[2]

10 de dezembro 1951

COM VOCÊ CARINHOSAMENTE ALBERT.

---

1 Telegrama. Albert Camus está de volta a Paris no dia 1º de dezembro de 1951.
2 Telegrama endereçado ao Palais des Beaux-Arts em Bruxelas, na rua Royale, 10.

1952

479 — ALBERT CAMUS A MARIA CASARÈS

Segunda-feira, 11 de fevereiro de 1952

De cama desde sábado com febre forte e garganta doendo. Brouet acha que é uma angina aguda — e fala de três ou quatro dias de cama — com um tratamento enérgico.
Estou bem triste, meu querido amor. A doença sempre é uma dupla infelicidade para nós. Mas que esses dias sem mim não sejam dias perdidos! Saia — vá ver alguma coisa — e me ame por cima desses muros e desses obstáculos. Te beijo, com todo o meu coração.

A.

480 — ALBERT CAMUS A MARIA CASARÈS

Segunda-feira [11 de fevereiro de 1952]. *Meia-noite*

Que coisa estranha me ver aqui deitado, encolhido neste compartimento isolado, de um dia para o outro — e sem nenhuma notícia sua, sem poder saber nada do que você está fazendo ou pensando. "O que ela está fazendo lá?"... É o que fico me perguntando o tempo todo — E sem resposta. É com esse raciocínio que te reencontro, que suponho que você está triste, e que fico desconsolado, para concluir. Até esta noite, tudo isso acontecia no fundo de uma névoa febril, e depois terríveis enxaquecas me privavam de toda sensibilidade. Esta noite a febre baixou pela metade e não tenho mais dor de cabeça. Mas o coração está triste. Queria sair daqui e respirar com o ar fresco lá de fora a certeza de que você está aqui e de que posso te tocar. Tenho a sensação de estar acuado, preso numa armadilha ruim. Mas vai passar e se me esforço por fazer tudo que foi prescrito, é para estar mais depressa junto de você.
Comecei a ler o Faulkner. Mas o inglês logo me cansou e voltou essa espécie de sonolência idiota em que me deixa o antibiótico que estão me dando. O

que não é desagradável, por sinal. De qualquer maneira, estou na expectativa de não ter mais febre amanhã e portanto de poder sair na quarta-feira. No máximo na quinta. Até lá pense em mim e não fique muito triste. Estou louco, realmente louco para te reencontrar — e viro e reviro em mim toda a ternura e o amor do mundo. Até logo — até já. Como a febre seria doce junto de você! Te beijo de longe, por causa dos micróbios — mas com todo o meu coração

A.

481 — MARIA CASARÈS A ALBERT CAMUS[1]

[1º de abril de 1952]

DIONÍSIO COM VOCÊ A BACANTE. V

482 — ALBERT CAMUS A MARIA CASARÈS

Quarta-feira [2 de abril de 1952] *19 horas*

Meu amor querido,
Só uma palavrinha antes de o correio sair. Fiz excelente viagem. Nevava em toda a França. Mas não me entediei um único minuto, no meu compartimento solitário, durante as onze horas do trajeto. Meus pensamentos não eram alegres, mas eram ativos. Em Cannes, um céu cheio de estrelas e os G[allimard]. Hoje de manhã eles me levaram a Cabris para almoçar e foram embora por volta das 5 horas.
O tempo está bom. Essa região é sempre de uma perfeição comovente, e foi com afeto que voltei ao quarto onde trabalhei sozinho durante tanto tempo. Acho que fiz bem de vir aqui. Vou escrever mais longamente quando tiver me recuperado. Mas você sabe com que amor me separei de você. Continuo a senti-lo vivo em mim, e é muito bom. Penso no seu trabalho, em você, te amo e vivo com você, nesse quarto tranquilo. Até logo.

A.

---

1 Telegrama endereçado a Cabris.

483 — ALBERT CAMUS A MARIA CASARÈS

Quinta-feira, 3 de abril [1952] *21 horas*

Meu amor querido,
Meu primeiro dia de solidão acabou. Infelizmente foi um dia chuvoso — mas sem ser desagradável demais. Me levantei às 8 horas, depois de uma noite boa. Li, botei os papéis em ordem, dei uma volta pela aldeia, recebi e destrinchei a correspondência sendo o principal a sua carta. E por sinal devo dizer que a enumeração de todas essas horas de trabalho, esse turbilhão incessante, me fez apreciar egoisticamente minha tranquila solidão. Esqueci de dizer também que ontem à noite ao me entregar seu telegrama o telegrafista de Cabris estava em pé de guerra. Pela primeira vez na vida ele é obrigado a copiar textos assim — e a ortografia de Dionísio o deixou a dois passos da loucura — Mas eu no meio disso tudo só sentia enternecimento.

Depois do almoço, descansei um pouco e caramba, sim, dormi meia hora. Depois, bravamente, vesti o impermeável e debaixo de uma chuva fina dei uma grande caminhada. A região continua bela, no momento estão colhendo azeitonas. Mas por causa da chuva os toldos tinham ficado na grama, a água se acumulou e as azeitonas nadavam numa água escura. Ainda há algumas violetas enrugadas à beira dos caminhos úmidos. Mas as árvores frutíferas já se cobrem de flores brancas *e* rosa. Ainda não é aquele vestido de festa, mas punhos reluzentes nas pontas dos galhos. Os brotos das castanheiras também desabrocham e as primeiras folhas, ainda meio acanhadas, já aparecem.

Como vê, eu ando descobrindo a natureza — esqueci que ela existia — e para mim é uma presença benigna. As coisas, entre as árvores, debaixo do céu, diante do mar, retomam seu devido lugar. Eu não devia ficar muito tempo longe dessa beleza. Acabo confundindo tudo, e esqueço de mim. Aqui, pelo contrário, me vem uma paz.

Mas continuando. Às 5 horas, voltei para casa, acendi a lareira, redigi algumas cartas, escrevi dois textos que tinha de fazer e organizei minha agenda. Jantei e aqui estou.

Fisicamente me sinto bem. Esse ar frio e dourado sempre me faz bem. E além do mais o silêncio, ninguém a enfrentar nem convencer, esquecido de tudo... tudo isso é reparador. Amanhã meus amigos Sauvy (o médico) vêm almoçar. Espero que o tempo esteja bom.

E te imagino correndo entre estúdios e microfones e grandes palcos nacionais.[1] E fico com pena, você é minha menina, gostaria de te estimular e apoiar. Como o silêncio daqui te faria bem! Mas eu estou longe e não te ajudo. Voltarei mais robusto, meu amor, e não serei mais esse companheiro debilitado e distraído que você apoiou tão carinhosamente. Coragem, minha corajosa! E sobretudo tenha confiança em si mesma. Se você soubesse como é a melhor e a maior! Beijo o teu rosto de cansaço, muito suavemente com todo o meu amor.

A.

Acabei de me reler. Parece que estou no melhor dos mundos. Mas não é bem assim. O coração está para baixo. Mas me parece que estou me recuperando um pouco, e que finalmente poderei gritar ou chorar, viver enfim depois dessas longas semanas de torpor. De qualquer maneira, já estou te amando melhor.

484 — MARIA CASARÈS A ALBERT CAMUS

4 de abril [1952]

Recebi sua cartinha hoje de manhã. Felizmente. E por sinal esperava mesmo que você se sentisse bem nesse ambiente que te acompanhou durante tantos meses difíceis.

Agora... é com vocês dois, você e você, e a perder de vista, o mar, rostos queridos, atentos, e eu, apavorada e vigilante. Te amo.

Se cuide. Regime. E se abra, minha felicidade.

Por aqui, pura loucura. Hoje de manhã, tomando banho, achando que estava dando uma bronca no meu irmão — *Seis personagens*[2] — eu repetia, aplicada, articulando bem ca-da — sí-la-ba: "Eu o odeio. O-o-dei-o-por-ter--con-se-gui-do-o-que-que-ria." Já viu a quantas ando? Mas vamos em frente.

Por outro lado, fiquei sabendo pelos jornais que estou de posse de um magnífico Goya e de um belíssimo Van Gogh. Adeus então às canseiras do teatro?

---

1 Maria Casarès acaba de aceitar convite para se tornar *pensionnaire* da Comédie-Française, com um contrato datado de 1º de abril de 1952 que a autoriza a fazer um filme por ano. Seu primeiro papel deveria ser Elvira em *Don Juan,* de Molière.
2 *Seis personagens em busca de um autor,* de Luigi Pirandello, que Maria Casarès se prepara para interpretar na Comédie-Française, substituindo Renée Faure na última hora. Sua atuação seria elogiada pela crítica.

Agora vou me entregar à contemplação dos quadros de grandes mestres, e depois de tê-los vendido, talvez me retire para o campo para passar o fim dos meus dias numa bela mansão com vista para o mar. Vamos em frente.

Assinei ontem, depois de um ensaio de quatro horas que me deixou de joelhos, mas que me devolveu a coragem perdida na véspera no imponente contexto do Luxembourg junto a Ledoux[1] e Meyer.[2] Vou te contar minha conversa com o Sr. Touchard.[3] Com ele, acho que não estou enganada: trata-se de um gentil.

Nos últimos dias, minha voz ficou um pouco cansada: desmoronou em meio aos gritos de Maria Madalena, Jesus... e na fumaça de tantos cigarros. Vou prestar atenção.

Estou com medo, sim. E também com frio. "Está um gelo!" Mas eu me afasto quando percebo que estou debilitada, tento ir fundo, tomando um certo recuo, pensando em nós, nesta longa vida tão curta, no "antes", no "depois"; tento apostar na paixão desinteressada, de todo coração, com toda a alma e para isto recorro à ajuda da sua querida imagem tão frequentemente esgotada, voltada sobre si mesma e ardente e doce.

Meu amor, meu amor, queria tanto que você soubesse, num relance, o que você é, o que você representa! Queria tanto que um dia se lembre de que não é possível salvar vidas apenas com milagres da ciência...

Te espero, como uma bola de fogo girando, girando, e que se consolida girando sobre o próprio centro, você. Fique em paz. Volte forte, belo, senhor de si e de nós.

Até segunda-feira,

M.

P.S.: Recebi essa carta. Pelo que entendi, tenho de dar dinheiro. Quanto? Me mande de volta a carta e as instruções.

---

1 O ator Fernand Ledoux (1897-1993), *pensionnaire* da Comédie-Française, tendo sido *sociétaire* antes da guerra. Ele é um dos companheiros de elenco de Maria Casarès em *Seis personagens em busca de um autor*.
2 O ator e diretor Jean Meyer (1914-2003), *sociétaire* da Comédie-Française desde 1942, que participa do elenco de *Seis personagens em busca de um autor* ao lado de Maria Casarès e dirige *Don Juan*, de Molière.
3 Pierre-Aimé Touchard (1903-1987), administrador da Comédie-Française de 1947 a 1953.

485 — ALBERT CAMUS A MARIA CASARÈS[1]

[sd]

É o momento de ser minha pequena vitória!

A.C.

486 — ALBERT CAMUS A MARIA CASARÈS[2]

[sd]

Beijo minha pequena *pensionnaire* com todos os votos do amor

A.

487 — ALBERT CAMUS A MARIA CASARÈS

Sexta-feira, 4 de abril [1952]. *17 horas*

Meu amor querido,
Estou mandando sem mais demora a carta pedida por Pierre [Reynal]. Não sei ao certo se será útil — me parece que T[ouchard] não morre de amores por mim. As estúpidas e inevitáveis razões políticas (ele está mais para TNP), e provavelmente também minha distração, influem no caso dele. *Veremos.**
Mande um abraço a Pedrito.
Ainda está chovendo hoje o que torna minha estada infinitamente menos divertida. Saí um pouco, mas recuei diante dessa garoa interminável. De tal maneira que passei o dia (exceto o almoço, breve, com os Sauvy) no meu quarto, cuidando da correspondência ou frente a frente comigo mesmo. E você sabe que eu posso não ser uma companhia muito alegre. Mas espero que amanhã o sol mostre a cara ou que à falta dele eu encontre luz suficiente em mim mesmo.

---

1 Cartão acompanhando um buquê, endereçado a Maria Casarès na "Comédie-Française, Sala Richelieu".
2 Cartão.
* Em castelhano no original. (*N. T.*)

Sinto saudades de você e gostaria muito de te sentir por trás de mim — nesta cama deserta. Eu me voltaria e você dissiparia a névoa. Te beijo e te amo e te beijo e te amo.

A.

488 — ALBERT CAMUS A MARIA CASARÈS

Domingo, 6 de abril [1952] *11 horas*

Fiquei feliz de encontrar ontem sua carta. Ela aqueceu meu bolso o dia inteiro. Você me ajuda, disso tenho certeza, constantemente. E neste momento devo reconhecer que estou precisando. Uma dúvida, uma cegueira a meu próprio respeito, qualquer coisa que me deixe paralisado, preocupado. Possível salvar vidas assim? Talvez. Mas às vezes me parece que só conseguimos destruí-las ou mutilá-las um pouco, muito embora pudessem ser, como a sua, perfeitamente realizadas. Como vê, ando meio tonto, empurrando com a barriga. E às vezes vou empurrando coisa muito diferente, em dias como ontem por exemplo, o peso do mundo, a incapacidade de criar o que quer que seja. E no entanto o tempo está bom, e eu estou fisicamente bem. Afinal de contas é por aí que devemos começar, o resto sempre vem. Não se preocupe comigo, trabalhe, e triunfe. Daqui a pouco Michel [Gallimard] vem me buscar para me levar a Cannes para andar de barco e almoçar nas ilhas. Vou ver o mar e tocá-lo, autêntica alegria.

Outra coisa: voltarei no dia 15 de trem. Uma terça-feira. Mas vou passar o sábado, domingo e segunda-feira na casa dos meus amigos de Saint Rémy de Provence.[1] Como terei de dormir em Cannes na sexta-feira não me escreva mais a Cabris a partir de quarta-feira, por exemplo. Você ainda pode escrever na quarta, claro. Mas uma carta enviada na quinta-feira poderia chegar na sexta à noite, depois da minha partida. De resto, certamente vou te telefonar.

Até o momento a única coisa que fiz aqui consistiu em tentar digerir as cerca de sessenta cartas que estavam atrasadas. Ainda faltam umas quinze. Também neste caso terei de tomar decisões. Essa correspondência, quase sempre inútil, me consome tempo demais. De resto, vou voltar com um plano de vida e de trabalho. Pelo simples fato de ter podido pensar nisso, essa

---

1 Os Polge. Ver nota 2, p. 563.

breve estada não terá sido completamente inútil. De resto, a beleza da região continua viva em mim. E mais outra coisa vive em mim e arde, sua beleza, de corpo e de coração, sua maravilhosa ternura, nossas alegrias, nosso longo prazer, o entendimento em que vivemos. Obrigado, meu querido amor, por sua ternura e sua paciência em me amar. Eu também te amo, com todo o meu ser, sem reservas. Te enrolo em lençóis de beijos, minha viva, meu belo riso — e te espero.

A.

489 — ALBERT CAMUS A MARIA CASARÈS

Segunda-feira, 7 [abril de 1952]. *1 hora*

Acabo de te telefonar, meu amor querido, e você tinha acabado de sair. Que droga. Vou tentar de novo. Não tinha nada a te dizer por sinal — apenas que em vez de pegar o trem terça-feira 15 voltarei de carro com Michel e Janine [Gallimard], que vão me pegar em Avignon. Estarei em Paris na quarta-feira 16 por volta do meio-dia.

Ontem passei o dia no mar, numa luz radiosa. Voltei queimado pelo vento salgado e com um cansaço feliz. Hoje de manhã acordei em excelente forma física. Foi um belo dia quase sempre ensolarado. Consegui levar minha correspondência até quase o fim. Li sua entrevista no *Figaro* — me pareceu excelente, e fiquei comovido lendo o que você dizia de mim.[1] Como é estranho você falar assim de mim, em público, sem que nada transpareça. Existe algo de singular no nosso destino comum — longo demais para te explicar — e que por sinal eu mesmo não distingo muito bem. Mas temos mesmo de pensar numa estrela secreta.

Espero que você resista a todos esses ensaios. Não só fisicamente, mas interiormente — logo estarei junto de você — e fico feliz, ingenuamente, eu não estou bem em lugar nenhum na realidade — preciso saber que você está perto de mim.

---

1 *Le Figaro littéraire*, 5 de abril de 1952, entrevista a Paul Guth a propósito da entrada de Maria Casarès para a Comédie-Française: "O que me agrada no teatro de Camus... a escrita rigorosa, direta, sem rodeios. No seu texto, me parece que faz sol, como nos gregos. E além do mais ele foi ator. Sabe colocar os gritos onde necessário..."

Não queria te escrever esta noite. Mas pronto, está feito, eu estava com o coração pesado de você e precisava pelo menos fazer o sinal do nosso amor. Até logo, minha beldade, minha orgulhosa, meu rosto carinhoso. Te beijo, te aperto contra mim, te acaricio. Tenho fome de você nesta luz — minhas noites são pesadas. Está faltando maio para o meu abril. Te amo

A.

490 — MARIA CASARÈS A ALBERT CAMUS

8 de abril [1952]

Meu amor querido. Uma palavrinha rápida que possa ser enviada antes do meio-dia. Esta noite, ou amanhã de manhã, tentarei encontrar um momento para te falar mais longamente.

Estou te sentindo, nas cartas, um pouco perdido; mas espero pela honra da sua razão que você não esperava mais recuperar, te reencontrar, te recompor, recuar, abraçar sua vida e o mundo, criar e reconquistar sua paz tão difícil em oito dias. Se até o fim da sua estada você tiver concluído sua correspondência e tomado algumas boas resoluções e se pôde respirar um bom ar com proveito, me parece que já não terá sido tão mal assim. O principal será se ater às resoluções aceitas e se preservar mais até o verão. O verão que vai chegar, meu amor, com suas alegrias e seus prazeres, não esqueça.

Que bom que você esteja indo a Saint Rémy. Acho que vai encontrar os seus e um calor às vezes sufocante, sei muito bem, mas de que está precisando no momento. O tempo de que dispõe é curto demais para se acomodar na solidão — E além do mais você vai reencontrar essa magnífica Provença que tanto ama.

Hoje é a sua festa e eu não posso te abraçar. Mas o faço daqui com toda a minha alma e te desejo uma visão justa das coisas, coragem, energia suficiente — ah! sim, a energia profunda!, o amor sempre novo, a boa altivez protetora, um olhar claro — o seu —, e a alegria grave, a alegria sorridente, meu querido, diante de tudo que te é dado. Paciência, meu amor, paciência e pense na sua estrela.

Quanto a mim — oh!, é complicado demais, muito enrolado! Tensa como um fio de aço, ao máximo, eu passo cem vezes por dia do entusiasmo mais animado e promissor ao total abatimento. Até hoje, não parei de trabalhar cinco minutos. Ensaio almoçando, jantando, fazendo xixi, no banho, na rua, na cama, e você até se espantaria vendo surgir do meio dos lençóis quentes, na noite, uma desvairada repetindo incansavelmente: "Ah! Minha vida!" Angeles me olha meio tonta, compreensiva, penalizada e às vezes de olhos úmidos. Quanto a Pedrito, alega que o deixo cansado. Domingo, a coisa soltou *no palco*, naquele palco imenso, no meio de todo mundo. Achei que ia desmaiar. Tudo girava, tudo girava. E me joguei no oceano, com toda a coragem que pude juntar. Pedrito tremia na plateia. Depois, gritou: "Você é uma forte!" Depois em casa, Varela[1] esperava para me oferecer a Ordem da República. E depois eu quase chorei. E depois, comecei a trabalhar de novo. E assim por diante...

Esta carta vai ser postada muito tarde. O telefone me interrompeu o tempo todo, enquanto escrevia. Mas vou enviar assim mesmo. *Veremos.*

Pedrito te agradece e manda um grande abraço. Angeles te beija, Juan resmunga um bom dia. Quat'sous late e eu me agarro a você com todas as forças do meu amor.

M.

491 — ALBERT CAMUS A MARIA CASARÈS

Quinta-feira, 11 de abril [1952]10 horas

Acabo de te telefonar — e ainda tenho no ouvido sua voz nebulosa. Estou cheio de remorso por tê-la acordado — mas o motivo era importante: vou comer uma *bouillabaisse* nas ilhas — depois de uma boa hora de veleiro. Devo ir dormir em Cannes para pegar meu trem amanhã. Mas o tempo está tão bonito, o ar tão radioso, que Michel me telefonou para propor essa saída e eu aceitei com entusiasmo.

Amanhã à noite estarei em Saint Rémy e terça-feira na estrada — indo na sua direção.

Entendo sua aflição, meu amor querido, com esses ensaios inacreditáveis. Mas me parece que esse turbilhão não é mau. Quarta-feira você vai sair da

---

1 Ver nota 1, p. 328. Maria Casarès, "nascida para a arte no seu exílio", é condecorada com a Ordem da Liberação da Espanha por decisão do presidente da República Espanhola no exílio, Diego Martínez Barrios.

crisálida como uma borboleta negra e esplêndida. E eu vou ficar feliz, sozinho aqui no meu canto, e vou te amar.

Mais um pouco de coragem, de paixão, de generosidade e tudo terá passado. Um pouco mais longe, um pouco maior, então. Meu amor!

Quanto a mim, vou bem. Decidi, antes de concluir a correspondência, passar a viver exclusivamente nos prazeres destes lindos dias. Esqueço, estou dourado, claro, rio e aceito tudo que se apresenta. No caminho da volta, vou tomar minhas resoluções. Por enquanto, aproveito, como se diz aqui, sem regra.

Mas penso em você, amor querido, minha pequena. E tenho tanta certeza de você, do seu sucesso, dessa nova vitória. Mas você nem pode saber. Saiba pelo menos que te amo e te espero e beijo seu rosto rabugento de sono, com ternura e desejo.

A.

492 — ALBERT CAMUS A MARIA CASARÈS

Sábado, 12 de abril [1952]

Estou desde ontem em Saint Rémy, meu amor querido. Tudo se passa como previsto. Belos dias cheios de vento, e essa região linda. Mas agora estou louco para voltar. Minha única preocupação diz respeito a você. É preciso aguentar firme, minha querida, cerrar os dentes e ir em frente. Quarta-feira tudo terá terminado. Mas eu gostaria de já estar lá, nessa hora em que vou olhar seu rosto de cansaço e de sucesso.

Querida, este bilhete vai te chegar na terça-feira e será o último. Provavelmente vou te telefonar terça-feira à noite.

Até lá acredite em você e em nós. Estou me sentindo taciturno — e cheio de paixão pela vida inteira. E a vida sempre tem o seu rosto. Eu o beijo, te beijo com todas as minhas forças. Até já. Coragem ainda. Você é maior que todos esses pequenos obstáculos. Como vou te apertar nos meus braços!

Albert

493 — ALBERT CAMUS A MARIA CASARÈS[1]

[6 de junho de 1952]

Que meu amor te proteja nesse oitavo ano da nossa viagem! Te envio toda a minha ternura e a minha gratidão.

A.

494 — ALBERT CAMUS A MARIA CASARÈS

Domingo [22 de junho de 1952]

Meu amor querido,
Isso para te acompanhar e soprar no seu ouvido a noite inteira as palavras da coragem. Não estou em condições de escrever realmente mas estou em condições de amar e meu coração está cheio de você e da saudade de você.
Coragem! Minha *Jeanne noire*,[2] minha *petit chevalier*, beijo sua boca doce. Até logo.

A.

495 — MARIA CASARÈS A ALBERT CAMUS

Segunda-feira de manhã [23 de junho de 1952]

Meu amor querido.
Acho que será difícil falar com você no telefone na hora em que estará no escritório, pois nesse momento eu urro toda tarde meu texto de Joana para um ajuntamento de algumas centenas de beócios que nos olham bem debaixo do nariz. E por sinal eles têm razão. Deve ser mesmo um espetáculo muito estranho ver essa donzela de calças sujas, a camisa encharcada de suor, um lenço na cabeça tendo por cima uma enorme capelina na última moda que o vento (quando tem!) lança pelos ares de vez em quando.

---

1 Cartão de visita acompanhando um buquê.
2 Maria interpreta *Joana d'Arc*, de Charles Péguy, no Festival de Lyon Charbonnières, em encenação de Charles Gantillon.

Está fazendo um calor terrível, meu querido, pesado, denso, e eu mourejo como um mineiro, sem muito entusiasmo (Gantillon,[1] apesar de gentil, não me inspira muito, e a multidão me paralisa). À noite, tento trabalhar seriamente com Pierre [Reynal] no hotel, mas aí já estou cansada demais, e a coisa não avança muito. Estou meio preocupada com os resultados de tudo isso e só penso numa coisa, que os dias passem depressa e que o 6 de julho chegue logo para me livrar de tudo, poder enfim ser feliz durante três semanas e depois ir recarregar as baterias no lugar que amo.

Como vê, me resta pouco tempo para me distrair e ainda não encontrei um minuto para visitar a cidade, que me pareceu bela de dia, sinistra à noite.

Às vezes janto com Reggiani e a mulher dele. Depois do espetáculo de *Anfitrião*,[2] passei um tal sabão em Serge que acho que finalmente ele me ouviu. Ele vai trabalhar com afinco. Eu lembrei do seu início, do seu talento, disse que ele nasceu para ser um pequeno príncipe e não um "vaso" e que estava destinado a Sófocles e Shakespeare e não a Prévert. Os olhos brilhando, como eu mencionasse algumas peças, ele exclamou: "Não conheço nada disso, mas você pode fazer uma lista e eu ponho mãos à obra!" E na mesma noite ele acordou Janine vociferando versos de *Hamlet*.

Infelizmente, para grande contrariedade de sua mulher, de Pierre e de mim mesma, Pigaut chega hoje com sua faz-tudo (S[imone] Renant) e logo vai tratar de comprometer essas boas intenções. Uma pena! É triste e revoltante ver esse rapaz cheio de qualidades fazer o deus Mercúrio caminhar como um carroceiro e dizer os versos de Molière como o mestre de cerimônias de um circo gritaria seu texto para Médrano. Enfim, veremos. Por enquanto, parece que dessa vez ele entendeu.

Eu também almocei (oficialmente) com os diretores do *Progrès*, Simone Valère e Jean Desailly, este sempre gentil e sempre ator até a alma; ela, doida... como Ariane [Bouquet]. Adoráveis comigo; mas, meu Deus, por que as mulheres tantas vezes são idiotas?

Vi também o filho de Madeleine [Renaud], o pequeno Granval,[3] maravilhoso em *Sósia*. E Sabatier, que durante os ensaios de *Joana* fica repetindo para

---

1 O diretor Charles Gantillon (1909-1967), à frente do Teatro des Célestins em Lyon desde 1941.
2 *O anfitrião*, de Molière, é representada em Fourvière de 20 a 23 de junho de 1952, na encenação de Charles Gantillon.
3 Madeleine Renaud casou em 1922 com o ator Charles Granval, com quem teve um filho, Jean-Pierre Granval (1923-1998), também ator de teatro e cinema.

mim "Diego! Onde está Diego?" E Juillard que faz a mesma coisa.[1] Lulu Wattier veio um dia ver o espetáculo, cansada de um longo tratamento em Aix les Bains, seca por palavras (tinha sido obrigada a ficar em silêncio), desesperada como sempre com seus pupilos e pupilas que se consideram prontos, sem mais nem menos, coberta de joias pesadas, recentemente ondulada, sempre a mil por hora mas de vez em quando cansada até a velhice, parecendo essas treinadoras a ponto de virar cafetinas, que abrem mão da ação direta por exaustão e se acomodam para sempre no segundo plano.

Quanto ao pessoal daqui, só [Jacques] Barral, o assistente de Gantillon, oferece pontos de contato. É um rapaz de vinte e oito anos, mas sem idade, que parece algum tipo de planta, nada bobo, fino, meio amargo, e que reage à menor atenção, à menor estima, com todo o seu ser, de corpo e alma. Infelizmente acho que ninguém no mundo jamais vai solicitar seu corpo.

É isto, meu querido amor, quanto ao exterior.

Pedrito me ajuda em tudo. No primeiro dia de trabalho, veio nos visitar e me vendo tentando me virar no meio daquela multidão toda, ficou com tanta pena e tanta admiração pela minha coragem que passou a me chocar, como a própria Angeles. Ele não podia ser mais gentil, digno, educado; me apoia da melhor maneira possível e eu bem que preciso, pois sem isto acho que estaria vacilando. Estou cansada até a alma, vazia, triste, atordoada, desordenada, perdida, e só tenho uma vontade, mas que vontade!: deitar na relva junto de você e me entregar ao "instante eterno"!

E você, meu belo amor, como vai? Trabalhando bem? Se acostumou com Paris sem mim? Não muito, não é? Meu querido, me escreva. Me escreva alguma coisa.

Que eu possa de novo sentir que tenho uma alma! Depressa! Estou pedindo! Meu coração — Meu coração de novo? Eu te espero, no exílio. Oh! Sim, é você a minha pátria. Olha só! estou com lágrimas nos olhos! Tremendo de novo. Oh! A felicidade de se sentir vivo! Te amo! Te amo! Te amo!

Te beijo com todas as minhas forças.

M.

---

1 O ator Jean Juillard (1925-1998), ex-aluno do conservatório. Ele interpreta o papel de um homem da cidade em *Estado de sítio*, de Albert Camus, em 1948, e na época está fazendo o papel de Raoul de Gaucourt em *Joana d'Arc*, de Charles Péguy.

496 — ALBERT CAMUS A MARIA CASARÈS

Segunda-feira [23 de junho de 1952]

Hesito, meu amor querido, em responder à sua carta encontrada ontem. Me sinto tão curiosamente deprimido que não quero te aborrecer no auge do seu trabalho. Esta carta é apenas para te dizer o essencial. O essencial é que te amo e sinto sua falta. Os dias se arrastam, não tenho apetite para viver. Tive a maior dificuldade do mundo para concluir minha carta aos T[emps] M[odernes][1] e no fim das contas não sei se vou enviar, ou se publicarei minha coletânea. No momento, estou trabalhando no meu Melville.[2] Desde que você viajou, meu único prazer foi encontrar Paulo [Œttly], por causa do que me disse sobre você. "Dessa vez chegamos lá, da categoria das Rachel, das Sarah. É a nossa única atriz trágica. Ela tem de interpretar Fedra etc." Ele também admirou muito suas próprias criações. Uma pessoa adorável. A peça de Gilson[3] não deu certo porque Manon não sabia o texto. Ele o tinha perdido ao mesmo tempo que a sombra e se limitava a dizer "Merda, Merda" enquanto Paulo transformava suas falas em monólogo, emendando uma na outra. Marchat repreendeu Manon deixando claro que já estavam começando a ficar fartos de amadores. Palavras fortes, na minha opinião, e verdadeiras.

Hoje vou almoçar com Marcel, que me telefonou. Juntos, vamos formar uma só e única depressão. Ele se declarou contente pelo telefone, mas chorou sobre Manon. Essa Manon nunca ocupou tanto espaço na minha vida e já começa a me irritar.

Bueno. Sim, Lyon é horrível — exceto os cais do Saône. Mas você não vai ter tempo para turismo. Estou mesmo é louco para te ver, como Joana, Sarah ou Maria, tanto faz, mas voltar a te ver e te apertar nos meus braços e ofender seu pudor. Angers, Lyon, minha vida aqui, só encontro em tudo isso motivos de mau humor e eu não gosto de mau humor. Tenho vontade de viver um pouco sozinho com você e de rir, como a gente sabe rir. Até logo minha res-

---

1 Essa vigorosa "Carta ao diretor de *Tempos modernos*", de 30 de junho de 1959, apareceu no número 82 da revista, em agosto de 1952. É uma resposta à crítica veemente a *O homem revoltado* de Francis Jeanson publicada em maio. A carta de Camus é seguida por uma resposta ofensiva de Jean-Paul Sartre, o que marca a ruptura definitiva entre os dois, e por um novo artigo de Jeanson.
2 *Herman Melville*, de Albert Camus, em *Les Écrivains célèbres*, III, Mazenod, novembro de 1952.
3 *O homem que perdeu a sombra*, de Paul Gilson (1904-1963), afinal estreada no Teatro des Mathurins em 2 de outubro de 1953 (ver nota 1, p. 923).

plandecente, minha bela noite, minha armadura — te beijo, beijo teu lindo riso e te mando cestos e mais cestos de ternura.

A.

Meu porteiro morreu. A porteira está doente. Quando entro na casa deles para pegar a correspondência ela está deitada e num pequeno sofá o marido espera ao lado dela. Ela pede que a gente tenha pena dela e que a gente tenha pena e em geral faz algum comentário. Por exemplo: "As moscas, as moscas é que me incomodam mais, nesta estação."

Perdão por esta história macabra. Mas eu pego a correspondência duas vezes por dia.

Ah! E além do mais Jaussaud está na clínica, uma recaída no complexo, vão deixá-lo dormindo oito dias. Como vê, Paris está bem alegre. Toda a vida está com você. Guarde-a para mim até nos encontrarmos de novo.

497 — ALBERT CAMUS A MARIA CASARÈS

Segunda-feira, 30 [junho de 1952], *12 horas*

Meu amor querido,

Estou te escrevendo depois do segundo telefonema já que, decididamente, esse aparelho não dá certo para nenhum de nós dois. Mas de qualquer maneira não quero que você fique pensando em que eu possa estar realmente infeliz. A pequena melancolia que me acomete quando te sinto distante ou quando tento fazer contato por meio desse fio infernal é pouca coisa. São os pequenos langores do amor. O pior é que eu sinto cruelmente a sua ausência. Não só no principal, na medida em que meu coração fica privado de você — mas também nas pequenas coisas em que o seu apoio, o seu conselho, essa curiosa visãozinha infalível que você às vezes tem me fazem falta. Eu não sou inteiro quando você não está comigo.

Mas realmente tudo isso é suportável. E você tem outros motivos de preocupação, mais graves, que eu compartilho. Me preocupo sobretudo com esse excesso de trabalho, e espero muito que o repouso deste verão te permita recuperar o equilíbrio. É preciso acabar com isto, é o objetivo imediato. E depois será a nossa pequena viagem e apenas o cuidado com o nosso amor.

De minha parte tenho trabalhado e vou chegar liberado das preocupações imediatas. Julho para mim serão as férias. Em agosto, na solidão de Chambon, voltarei a trabalhar. O pequeno cansaço intelectual que me acometeu terá desaparecido.

Nada disso, minha querida, deve te preocupar. Meu verdadeiro receio, para dizer tudo, era que de tanto trabalhar sozinha, viver sozinha, você aos poucos começasse a pensar em mim como sendo o que te faz falta e não o que te ajuda e te preenche. Receava me tornar meio tenebroso e que, sem chegar a se afastar de mim, você se aliviasse um pouco de mim — que sem me esquecer, enfim, acabasse me esquecendo ao longo dos dias. Não estou sendo muito claro, mas minha pequena angústia a este respeito o era. O que eu busco do outro lado do fio é a exclamação alegre ou o grito que num só gesto me devolva carne e sangue. Mas também sei muito bem que é o cansaço, o calor e o ar abstrato de um receptor telefônico.

Pronto. Você está vendo que nada disso é realmente sério. O que é sério é o terno e *pesado* amor que tenho por você — a necessidade que tenho de você — a vontade que tenho de sua boca e do seu corpo vivo e ardente, o tédio em que caio quando você se afasta.

E agora, coragem, minha pequena capitã. Quando você tiver expulsado os ingleses da França, voltaremos às coisas sérias. Até lá, te beijo regulamentarmente — e te cobiço.

A.

P.S.: Por favor dê instruções para que minha carta anterior seja aceita, mesmo sem carimbo. Tampouco diga que eu vou chegar. Tenho leitores em Lyon e não quero ninguém me perseguindo. Coragem ainda — e ainda carícias, minha rosa negra. Sim, decididamente, sinto sua falta.

498 — ALBERT CAMUS A MARIA CASARÈS[1]

30 de junho de 1952

CORAGEM E CARINHO VALOROSA CAPITÃ. ALBERT.

---

1 Telegrama endereçado ao Novotel, em Lyon.

499 — ALBERT CAMUS A MARIA CASARÈS[1]

[31 de julho de 1952]

QUASE CHEGAMOS BEM-VINDA A CAMARET CARINHO ALBERT.

500 — ALBERT CAMUS A MARIA CASARÈS[2]

31 de julho de 1952

Estarei em Chambon em uma hora.[3] *Desdêmona* caminha melhor que eu. Ela é gazela, eu sou tartaruga (quanto ao coração). Ela voa, eu me arrasto.
Mil carinhos no teu maravilhoso coração.

A.

501 — ALBERT CAMUS A MARIA CASARÈS

Sexta-feira, 1º de agosto [1952]

Meu amor querido,
Cheguei ontem à noite depois de uma viagem normal, vale dizer monótona e cansativa, mas sem problemas. Desde ontem tenho de arrumar esta masmorra que na realidade é miserável e decrépita, e onde falta tudo ao mesmo tempo. Hoje de manhã o tempo estava bom, chuvoso de tarde. Mas sobretudo passei o tempo lutando contra uma tristeza horrível, que queria vencer pelo menos para te escrever esta noite. Mas de nada adiantou.
Decididamente, as coisas não estão indo nada bem. Não é apenas esse incômodo doloroso que tenho quando me afasto de você, mesmo por um tempo. É algo mais irremediável, que me toca na raiz, na confiança que eu tinha na vida, em mim mesmo, nos outros. Acordei quinta-feira de manhã com uma

---
1 Telegrama endereçado ao Hotel Moderne, em Camaret-sur-Mer (Finistère).
2 Endereçado ao Hotel Moderne, em Camaret-sur-Mer.
3 Albert Camus chega a Chambon-sur-Lignon com sua mãe; Francine e as crianças, retornando de Orã, chegam a Valence em 3 de agosto.

única frase na cabeça, que traduzia minha ideia fixa, essa espécie de pânico em que me encontrava: "Não quero mais viver assim." E realmente eu não aguentava mais. Que está acontecendo comigo minha querida? Nunca senti nada semelhante. Não aprecio nada, não acredito em nada, nem em mim nem na vida, não tenho gosto por nada... Essas coisas todas que faço sem estar presente! Todas essas pessoas com as quais sobrecarreguei minha vida e que só me fazem sentir como sou capaz de pouco amor. Até minha mãe que supostamente eu ponho acima de tudo, tenho de reconhecer que não tenho nada a lhe dizer — e que às vezes me entedio com ela. E como fico infeliz me sentindo tão pobre de amor. São essas coisas que estou sentindo aqui me agitando absurdamente em cuidados que não me interessam, sustentando conversas que mal escuto. Não devia te dizer isso — Mas realmente, passei o dia com falta de ar. Tudo que se arrastava em mim nas últimas semanas se juntou, se transformando em crise aguda. Por isto eu estava tão sensível a tudo que nos dizia respeito nos últimos tempos. Eu tinha necessidade de você, uma necessidade de que a sua aprovação tomasse o lugar da minha, necessidade de saber que pelo menos alguém ficaria comigo em qualquer circunstância, aconteça o que acontecer, me amando mais do que eu mesmo me amo hoje. E bastava uma distração, um cansaço, para eu me sentir atingido embora sempre soubesse a que ponto você estava esgotada e imobilizada pelo seu próprio trabalho. Era realmente o último momento a ser escolhido para te deixar. Eu nunca tive tanta nem mais profunda necessidade de você.

Provavelmente por isto é que este dia foi tão infeliz, e também por que não fui capaz de te escrever outra coisa. Quero crer que vai passar. Domingo, vou buscar Francine e as crianças em Valence. Tenho vontade, a única vontade que sinto viva, de rever meus filhos. E vou tentar trabalhar. A região aqui continua triste como sempre. Mas é silenciosa. A única mudança é uma enorme quantidade de sapos que tomam conta das estradas no crepúsculo.

As grandes e velhas árvores do parque continuam belas e repousantes.

Espero, meu amor querido, minha pequena, que sua viagem não tenha sido muito cansativa. Aproveite bem do mar que você prefere. Sinto essa tristeza lancinante de não estar aí junto de você. Mas não leve em conta o que estou dizendo, nem esta carta. Trate de recuperar a saúde e a coragem, pois elas me ajudarão como ajudarão a você. É pelo velho hábito de te abrir meu coração que o deixo falar, mesmo quando está sombrio. Que seria de mim se você não escrevesse? Que seria de mim sem você? Estou cansado, só isto. Talvez eu tenha superestimado minha capacidade de dominar e realizar tudo, naquilo que me importa. E também é verdade que essas longas lutas antes e depois de *O homem revoltado* me puseram de joelhos. Mas vou me recuperar. Escreva para me falar das suas alegrias. Você também estava triste, e eu sabia que não te havia amado bem esse tempo todo. Deveria tê-la ajudado melhor, pensar menos em mim. Mas confio na sua maravilhosa força de vida. Suas dúvidas irão embora com as ondas, você voltará a ser a minha conquistadora. De qualquer maneira me fale do seu coração, mesmo se ainda estiver triste. Te amo, te amo como o ar que respiro, não posso viver sem você, nunca se esqueça disto e me ame sem trégua. Beijo teu lindo rosto dourado, teu flanco queimado e as mais belas mãos do mundo.

A.

Sábado, 12 horas [2 de agosto de 1952]

Estou enviando esta carta idiota e indecente — já que a escrevi. Depois de produzir esta obra-prima, ontem à noite, fui deitar e dormi nove horas um sono de bruto. Hoje de manhã acordei sem alma e sem reação — o que no momento é uma forma de felicidade para mim. E aí fiquei arrastando uma espécie de letargia em que não fico mal. Não leve nada em conta portanto e cuide sobretudo de ficar contente e dourada. A tempestade está ameaçando e vai rebentar aqui. Eu gosto dos temporais da região. Querida, penso em você com tanta felicidade quando me lembro de que você está na minha vida e nunca vai sair dela. Escreva. Me dê bronca. E veja em tudo isso apenas uma pequena manifestação da minha demência particular. Te beijo mais uma vez, minha magnífica, com todo o meu amor

A.

502 — MARIA CASARÈS A ALBERT CAMUS

2 de agosto de 1952

Meu amor querido. São nove horas da manhã. Te escrevo diante da janela dando para o porto, em meio aos gritos das gaivotas, depois de uma noite longa e profunda interrompida apenas pelos alertas que Quat'sous me dá desde que chegamos. Ela está doente e vomita sem parar. Mas que se poderia esperar? É uma sensível, e as viagens, o mar, o vento, a areia, os rostos novos provocam nela uma autêntica revolução de todas as vísceras.

E por sinal eu bem que também estou precisando de repouso. Ainda na noite em que você viajou, Dominique [Blanchar][1] e eu fizemos a mudança da casa toda até 2 horas da manhã e ainda no dia seguinte não consegui um instante de trégua. Não sei por que estava precisando me atordoar.

O apartamento está de pernas para o ar e embora meu novo quarto clame por certos acertos que vão implicar um certo dano à bolsa, a sala e o escritório certamente vão te agradar; não é mais a paisagem de *A segunda*, não são mais as almofadas de Fanny, é o ambiente de Dora se ela tivesse recursos, tempo e gosto para decoração.

A viagem transcorreu muito bem embora pela primeira vez na vida eu tivesse contato com a angústia que você chama de claustrofobia (não deve ser escrito assim). Eu praticamente não conseguia respirar nas camas superpostas, obrigada a ficar ali, deitada entre a parede e Quat'sous, a janela incontornavelmente fechada pelo pai de família numerosa que compartilhava nosso compartimento, vencida por antecipação. É isto: claustrofobia é a dimensão física do sentimento de derrota inevitável. Ah! Que horror.

Às cinco horas da manhã, a família inteira se foi lamentando nos ter despertado, com remorso por nos ter apertado, mas com total inconsciência quanto à questão mais grave: quase nos tinham sufocado. Depois que se foram, os beliches continuavam ali, fatais, mas pelo menos a janela ficou aberta até o fim da viagem; era a vida de volta!

Brest. O porto. O mar. A chuva. Água para todo lado e todos os cães da Bretanha, ao que parecia, atrás do rabo de Quat'sous. Duas horas de espera e o barco no vento e no chuvisco. Boa travessia. Quat'sous trêmula e infeliz (meu Deus como ela ocupa o espaço essa daí!). Em Fret, a filha de Seigneur[2] nos esperava, viçosa, bela e simpática. O táxi e depois... Camaret, tão inalterada que quase me perguntei se chegara a sair de lá. Algumas lojinhas novas, talvez, água corrente nos quartos de hotel, um cinema e sobretudo o vívido sentimento da

---

1 A atriz Dominique Blanchar, nascida em 1927, filha dos atores Pierre Blanchar e Marthe Vinot. Ela estreara no palco no Athénée, em peças de Jean Giraudoux e Molière encenadas por Louis Jouvet.
2 O Sr. Seigneur é o dono do Hotel Moderne, em Camaret-sur-Mer (Finistère), onde Maria costuma se hospedar desde o fim da década de 1930.

sua ausência. Não fosse isso, eu chamaria por mamãe a cada esquina e ficaria muito espantada se ela não respondesse.

Ontem à tarde mesmo fomos à praia e apesar do tempo meio dúbio, pegamos os primeiros raios de sol, percorremos as estradas e o litoral, visitamos todas as casas do cume, perdemos a correia de Quat'sous (ela de novo!), ganhamos bolhas nos pés e não fomos até os *Pois* porque o animal, cansado de andar no mato, fez greve e não quis mais avançar. Como ela é pesada e nós estávamos exaustos, decidimos voltar.

No hotel se come maravilhosamente; temos dois quartos de estudante encantadores, o de Pierre [Reynal], no terceiro andar, dando para a pequena aldeia e os brejos, e o meu no segundo, dando para o porto. Seigneur está decidido a cuidar de mim e me fazer engordar custe o que custar, e já estou achando mesmo que no regime de ontem e desta manhã vai conseguir.

Aí está, meu belo amor, como é a minha rotina desde que você se foi.

Quanto ao resto, ainda não posso te dizer nada. Estou num estado letárgico. Nada me toca. Nada me tenta. Não tenho mais nada de humano nem muito menos de animal (mas apesar disso beijei seu telegrama, que chegou quase ao mesmo tempo que eu). Não há de ser nada. Estava cansada demais; vou precisar de tempo para me recuperar do dispêndio nervoso que tive. Esta bela região que tanto amo já me proporcionou uma boa disposição para a paciência. Em vinte e quatro horas não dá para pedir mais.

E você? Recebi uma carta de Jean Gillibert[1] na qual ele fala de você quase com ternura. Parece que Barrault lhe mandou notícias para confirmar as propostas iniciais e tranquilizá-lo quanto ao pequeno mal-entendido ocorrido no almoço ao qual você devia ter comparecido. Ele recebeu sua carta e tudo voltou à ordem — quanto ao nosso jovem amigo, quer que eu o aconselhe sobre a linha de conduta a seguir, que o guie. Como se eu pudesse guiar alguém! Como se eu fosse capaz de mostrar um caminho quando nem consigo dar dois passos sozinha! Enfim, vou tentar pensar no caso e procurar pelo menos preveni-lo contra os obstáculos grosseiros que os homens nunca são capazes de identificar.

Bom. Isto, por hoje. Na próxima carta mandarei cartões-postais para te situar um pouco nesta paisagem, o lugar onde vivo, os recantos de que gosto. Mas é preciso que tenham cores, luz; é ela que faz tudo aqui — Mas nesse caso você não teria mais nada para descobrir quando chegar aqui, e um dia terá de vir.

---

1 O ator, dramaturgo e diretor Jean Gillibert (1925-2014).

Se cuide bem, meu amor. Acabe com tudo: pense em você, no seu trabalho, no que precisa fazer. Repouse bem também. E quando tiver um momento, me escreva. Te amo. Te amo. Te amo.

M.

P.S.: Pierre pede que eu mande lembranças afetuosas.

503 — MARIA CASARÈS A ALBERT CAMUS[1]

[5 de agosto de 1952]

[Camaret. Barcos de pesca no porto.]

Aí vai o início da série de cartões que pretendo te mandar. Para começar, o que eu vejo do meu quarto.
O quebra-mar com o forte construído por Vauban e uma igrejinha fechada há muito tempo, que eu adoro.
Amarrados no cais, barcos de pesca.

[Camaret. Vista geral do cais.]

O cais. O hotel. meu quarto.

[Camaret. Vista geral de Sillon com a capela Notre Dame de Rocamadour e o castelo de Vauban.]

Indo para a direita no cais, vemos a mesma paisagem, de outra perspectiva. Aqui está ela. Na minha opinião digna de ternura.

[Camaret e Cabo de Pen Hir. Vista aérea das Pedras de Pois.]

É aqui que a gente assobia e esbanja sol sob o voo alegre dos pássaros. Nos sentimos pequenos, pequenos, e imensos ao mesmo tempo. Levamos em nós

---

[1] Conjunto de seis cartões-postais e um envelope, enviado em 5 de agosto de 1952 de Camaret.

o universo como uma criança, dentro da barriga. E todo mundo ri na proa do barco, esse riso de prazer que gosto tanto em você.
Te acaricio, com todo o universo dentro da barriga.

M.

[Camaret. Escaninhos de pesca no cais, o castelo de Vauban e Notre Dame de Rocamadour.]

E enfim, aqui está o mesmo recanto, desta vez visto da extremidade esquerda do cais. Diante dos alçapões de lagostas.
(Para fixar a direita e a esquerda eu me coloco na porta do hotel, de frente para o mar.)

504 — MARIA CASARÈS A ALBERT CAMUS

Terça-feira, 5 de abril [sic] [agosto de 1952]

Muito bem, meu amor querido não parece que as coisas vão melhor? Meu pobre querido! E você pede que eu te sacuda, se bem entendi; mas não é de mim que virá a sua salvação; não é comigo que você vai poder encontrar reconforto! É bom para você que eu esteja aqui, fiel e amorosa, voltada para você, presa por você a esse mundo que me cansa um pouco a mim também, às vezes... e que no entanto é tão maravilhoso; mas nada posso fazer no momento para te aliviar, meu belo amor — O que você precisa, veja bem, é do amor dos outros, da aprovação daqueles pelos quais gasta suas energias, sua vida. Só então poderá recuperar sua confiança e a facilidade de viver e tudo voltará à ordem. Infelizmente, você escolheu um modo de vida que requer a energia sempre renovada de viver para todos e contra todos ao mesmo tempo e nem sempre se está em estado de graça, em estado amoroso para tornar esse projeto realizável sem se sentir muitas vezes atingido irremediavelmente na raiz. Que fazer, então? Você já me disse cem vezes; munir-se de paciência, se "esvaziar de dentro", e esperar com infinita confiança que os belos dias retornem; se apoiar nas poucas pessoas atentas que nos seguem de longe e com as quais sempre somos ingratos pois são sempre as mesmas e acabamos por confundi-las com a paisagem, e se vier a amargura, tentar modelá-la, conferir-lhe uma nova forma e transformá-la numa fonte de energia nova, num trampolim para saltar ainda mais alto, numa oportunidade de desprendimento e generosidade. É essa, na minha opinião, a arte de viver e embora saiba perfeitamente que a conhece melhor do que eu, volto a te dizer, pois nos dias de infelicidade, ficamos cegos.

Meus lindos olhos claros!

Me sinto um pouco no mesmo estado que você; apenas, eu sou mulher, para mim é mais fácil viver na névoa com a sombra das coisas; gosto da noite e dos seus mistérios e a única coisa que preciso fazer, no meu caso, é viver bem, o que facilita muito as coisas. Além do mais, tenho mais afinidade com a terra, com o sol, com o mar, que com os homens; mais com os sonhos que com a realidade. E também, diante desse oceano imutável, indiferente, no meio das gaivotas, entre os rochedos, deitada ao sol no mato, eu esqueço de tudo, de mim mesma, e me transformo em mais alguma coisa na paisagem; desposo a terra; tenho a impressão de ter em mim a água salgada e a própria morte me parece fácil, perdida no centro dessa magnificência.

Não estou fazendo literatura; tento apenas te explicar a estranha sensação que tenho nesta região aqui, o repouso e a paz que encontro. Chego ao estado de alga. Não poderia querer mais.

Mas pronto! Será que você também ficaria feliz nela? Você e sua sede de luz, de claridade; você o sensual, o razoável, o passional, o eterno apaixonado. E você vem me dizer que tem pouco amor para dar, que é pouco capaz de ternura! Meu querido demente, olhe ao seu redor, abra seus belos olhos, veja como os outros dão, como os outros amam, compare se quiser. Eu nunca conheci alguém com um tesouro tão opulento de graças a distribuir; apenas, como todo verdadeiro artista, você tem alguma coisa do santo, e como o santo, tem os mesmos sofrimentos. Trate portanto de suportá-los com paciência, meu belo amor; é o seu destino, e quando forem fortes demais, faça como o santo, se esforce por fazer arte com a vida; é ainda mais fácil que o que você costuma fazer, criar e viver.

Enfim, espero que desde a chegada de F[rancine] e das crianças você já esteja melhor. As crianças fazem a vida nascer numa casa e muitas vezes põem as coisas no seu devido lugar, e você pode falar [mais] facilmente com F[rancine] do que com sua mãe que você ama e admira, mas muitas vezes não deve ser capaz de te ouvir.

Descanse bem; também há um certo cansaço físico em você, vá pescar, reflita no seu trabalho, ignore as notícias de Paris, cultive o egoísmo durante um mês (será fácil para você, pense o que pensar), se obrigue a comer regularmente e bem (se eu pudesse te transmitir um pouco do meu apetite feroz!), relaxe, esqueça também um pouco de si com os outros, pense em mim apenas pela felicidade. Você vai ver, logo as coisas vão ganhar cor de novo e teremos outra vez o belo verão.

Até logo, meu amor querido. Já sinto dolorosamente a sua falta. Como serão as coisas quando a vida voltar completamente? E ela está chegando a passos largos! A minha atividade já está cansando P[ierre] (bem por baixo, no momento, em matéria de inteligência e generosidade), já voltei a ganhar peso, já me levanto ao alvorecer, depois de oito horas de sono, renovada, rechonchuda e rosada, já... Dentro de pouco tempo, minha alma vai despertar e depois, meu corpo. Desde que não comece a gritar demais!

Te amo. Te espero. Cuido de você e de mim por você. Te adoro, meu belo príncipe exilado, meu querido demente, meu belo amor.

M.

Pierre me incumbiu de te dizer muitas coisas. Entre outras, que lamenta te informar que voltará a vê-lo em pedacinhos, tendo ficado nesse estado por causa de uma "vitalidade inesgotável".

E eu acrescento que a vitalidade dele deve ter se esgotado em Sainte Foy, pois meu Deus!, que mariquinhas!...

505 — ALBERT CAMUS A MARIA CASARÈS

Terça-feira, 5 de agosto [1952]

Meu amor querido,
Este bilhete para te anunciar uma carta mais longa — e te tranquilizar. Tivemos aqui uma série de belíssimos dias e estou um pouco mais calmo. Mas desde domingo estou vivendo em família e o clima nunca foi tão difícil. Não sei o que fazer quanto a isto. Mas confesso envergonhado que no momento penso sobretudo em mim. Queria me afastar de tudo isso e trabalhar.

Estou bem fisicamente. Penso em você e me consumo pensando no que poderiam ser nossos dias de Camaret. Estou com uma vontade louca de felicidade simples, de alegria, de prazer. É do que mais sinto falta, há anos. E como sempre sonho com tudo isso ao seu lado. Te amo. Tenho vontade de você, da sua vida, do seu riso. Te beijo com todas as minhas forças. Viva e seja feliz. E sobretudo não me esqueça — não me deixe! Te amo. Escreva.

A.

506 — ALBERT CAMUS A MARIA CASARÈS

Quarta-feira, 6 de junho [sic] [agosto de 1952], *16 horas*

Meu amor querido,
Depois de vários dias bonitos, temos hoje um dia escuro: vento e nuvens. Mas hoje de manhã estava claro e eu aproveitei, fomos pescar e eu peguei uma pequena truta (!) para me banhar. Algumas braçadas, e abri uma boca de sapo, sem fôlego. Mas me fez bem, e depois, foi agradável me aquecer ao sol.

Estou melhor — taciturno, porém menos lasso, por assim dizer — e não me orgulho muito da carta que te mandei ao chegar aqui. Mas enfim é o que te cabe na vida, ter de ouvir os discursos do doido manso que escolheu. E por sinal não estou propriamente pulando de alegria. Mas me defendo contra essa crise latente em que me encontro.

Ontem grande alegria! Recebi a sua carta. Tenho certeza de que esse lugar de que você tanto gosta vai lhe fazer bem, e por sinal já parece estar fazendo. Não pense em nada. Deixe-se estar nessa natureza e extraia do mar as forças de que precisa, depois de tanto trabalho. Mas cuide da saúde. Cuidado com a urticária!

De minha parte, tentarei fazer o mesmo, para que o mês de setembro seja vivo entre nós — e acredito que apesar de tudo vou conseguir. Sol, repouso, trabalho lento, é o que eu preciso — e já estou cuidando disso. Tenho o seu pensamento para me ajudar — o amor que me preenche — o gosto do nosso futuro e também esse desejo pleno que tenho de te fazer feliz. Te amo e sinto sua falta constantemente. Como estaria feliz, com você, perto do mar!

Até logo, meu amor! Vou entregar esta carta a Paulo [Œttly], que voltará a Paris por alguns dias. Esse velho companheiro é bem gentil e fraterno comigo. Abraços para o Pedrito e o ruivo. Te beijo, minha morena, minha salgada, deliciosamente, desejosamente, amorosamente

A.

507 — MARIA CASARÈS A ALBERT CAMUS

Sexta-feira, 8 de agosto [1952]

Meu amor querido,
Recebi sua carta de terça-feira. Ela me tranquilizou quanto ao seu estado íntimo; mas não entendi o que foi que você fez para que as coisas ainda não estejam bem na sua pequena família. Que houve? Em Paris você não ficou comportado junto a sua mãe? E aí em Panelier não está atento aos menores detalhes práticos? E será que não é possível, pelo menos nesse mês de férias, abstrair de tudo mais e te dar uma trégua para que você possa recuperar as forças perdidas no inverno em benefício do seu trabalho e da felicidade de todos?
Você sabe que eu não gosto de me meter na sua vida fora do que me diz respeito, que prefiro ignorar os que te cercam; mas quando eles afetam o seu bem-estar, a sua paz profunda e te ferem demais no fim das contas, injustamente, eu sinto aqui uma coisa e me permito te dar um conselho: pegue seus filhos, vá passear com eles e quando eles estiverem cansados, apanhe sua vara de pescar e vá para longe; sozinho ou com Paulo [Œttly]. Não vai ajudar nada ficar em casa, você só vai se cansar mais, e sabe muito bem que não é possível fazer bem a ninguém nesse estado. Cuide da saúde e do coração, meu querido amor; diga a todo mundo que o repouso te é necessário e que precisa encontrá-lo com urgência. Se você falar, eles vão entender; as pessoas de qualidade, finas e amorosas sempre entendem quando a gente fala do fundo da alma. E sobretudo não se acovarde; não se feche na sua cidade de silêncio. As palavras são doces, mesmo quando são contrárias. Fale com gentileza, como você sabe fazer, e pense que vivendo para si mesmo, neste momento, você está vivendo para todos.
Aqui, tudo segue seu curso normal. Tempo bom quase o tempo todo e, de qualquer maneira, desde a minha chegada, não tive um único dia sem sol. Vou deitar às 11 horas e levanto às 7 horas. Ando pelas estradas, na areia, no mato, arrastando comigo o grande e o pequeno fardo, Pierre [Reynal] e Quat'sous. Nunca tive uma sensação tão clara de ter dois filhos graciosos, mas nem sempre divertidos. Meu Deus! Como mamãe era jovem com seus cinquenta anos e já também o câncer, ao lado desse rapaz em plena força da idade que se chama Sr. Merveilleau. Cansaço! Má digestão! Água fria demais para tomar banho! Caminhos difíceis demais para caminhar! Chuva demais! Vento demais! Sol demais! Coração seco demais! Vida amarga demais! Alcatrão demais nas praias! Meu Deus do céu...

Enfim, ele gosta de Camaret, apesar de tudo, e como sempre é um gentil companheiro atencioso e calado.

Já Quat'sous está irreconhecível. Corre, pula, entra no mar atrás de mim no fim do banho, até ficar com água pelas coxas, quase chega a brincar com os outros cães, come como um lobo, escala as rochas, rola na areia, vai muitíssimo bem e parece querer me convencer de que a castidade leva à eterna juventude. Infelizmente faz tudo isso comigo, junto de mim, nas minhas pernas, nas minhas costas e basta eu me afastar um pouco e ela enlouquece. De modo que você já entendeu, às vezes não é tão divertido assim.

No hotel, Seigneur cuida de nós e nos empanturra e embora o cardápio já seja bem abundante e a gente ainda acrescente enormes e numerosas torradas generosamente cobertas de manteiga com sal, diariamente somos mimados com suplementos, crustáceos, bolos, dois sorvetes em vez de um etc.

Anteontem fomos de noite ao circo (*Pacific Circus*). Estranho espetáculo! Como o público era mais numeroso que os lugares vendidos, nos primeiros números as pessoas entravam, atravessando a pista com cadeiras, banquinhos, bancos longos e até poltronas, empurrando para um canto uma pobre infeliz que tentava sem êxito dar alguns saltos complicados. Depois, veio o "cavalo de borracha", um belo animal cinzento obrigado a se deitar no chão para sentarem em cima, puxado em todas as direções com as patas amarradas e que volta e meia, durante os muitos aplausos, era deixado no solo, com as patas para cima, como uma imensa carniça calcinada ou um desenho surrealista. Enfim, o ponto alto da noite nos foi proporcionado por um velho marinheiro da aldeia que apareceu no picadeiro, para surpresa e alegria de toda Camaret, para ser barbeado pelo palhaço. Sentado no meio desse círculo de gritos e risos histéricos, envolto numa espécie de toga encardida fazendo as vezes de toalha, com seus cabelos eriçados e a barba cinzenta, os ombros fortes e a cara alegre, ele parecia um imperador romano enlouquecido durante uma revolta e alegremente sujeito à galhofa da multidão enfurecida. Estranho espetáculo!

Não vou falar desse lugar. Ele sempre me comove, e a cada minuto.

A meu respeito, dizer o quê? Estou dormindo oito horas. Ao levantar, faço a toalete; penteio Quat'sous, saio com ela e limpo a sujeira para levar até a praia. Depois, às 8 horas trazem o meu café da manhã, que eu devoro. Escrevo (minha correspondência!) até 10 horas, até o momento em que Pierrot desce depois de dez horas de sono para me dar bom dia e se queixar de ter dormido muito pouco. Enquanto ele se prepara, eu trabalho (Elvira[1] ou leitura em voz alta) diante da minha janela, dando para o porto, e por volta de onze horas vamos nos deitar ao sol, na praia de Camaret que fica ao lado do forte de Vauban, de onde voltamos ao meio-dia para devorar nosso copioso almoço. A 1 hora voltamos para a praia que fica a dois quilômetros ou para as Pedras de Pois, a três quilômetros daqui, onde passamos a tarde lendo, tomando banho, tomando duchas ou banhos de sol, conforme o tempo, e escalando as rochas. Há três praias belíssimas, mas infelizmente muitas colônias de férias. Quanto às Pedras de Pois, são admiráveis como local, mas há muitos turistas. Assim, às vezes, nos dias de misantropia, passeamos solitários pelo mato até a hora do banho. Nesse momento, nos misturamos às crianças. Por volta de 6 horas, voltamos, descansados, cobertos de graxa da cabeça aos pés e pelo caminho eu vou ouvindo os grunhidos de Quat'sous que não pode ver uma vaca sem se agitar e de Pierre reclamando do piche.

Quando vamos pela estrada, voltamos por um caminho que corta o matagal e atravessamos aldeias bem pequenas que me lembram (ô *morriña*!) minha infância e meu país. Chegando ao hotel, é hora da toalete, dos bolinhos de coco comprados no caminho que a gente devora (mais uma vez!) para em seguida invadir o salão do restaurante (sempre os primeiros) para nos alimentarmos seriamente. Depois do jantar, saímos com Quat'sous, e depois de trazê-la de volta para o quarto vamos para o forte de Vauban, a essa altura deserto, onde fico um tempão sonhando que sou uma senhorita de antanho enquanto Pierre berra no alto de uma torrinha, olhando para o mar imenso e calmo: "Ser ou não ser; eis a questão." Ao voltar, vamos para nossos respectivos quartos, eu leio um pouco — muito pouco — e caio no sono dos justos.

Aí está, meu querido amor, a minha existência. Também comprei um lindo serviço de café bretão, uma jarra e um belíssimo prato para bolos. Precisava ter vindo a Camaret para dotar o meu lar de apetrechos que vão agradar nossos convidados. Como são as coisas...

Vou parar por aqui. O tempo está melhorando, começa a ficar bom e eu tenho de enfiar na cabeça a primeira cena de Elvira. De outra feita te falarei do meu coração, ainda meio diminuído, do meu cérebro eternamente retardado, ao que parece. Hoje queria te pôr a par da minha vida que na verdade não

---

1 A partir de outubro de 1952, Maria interpreta Elvira em *Don Juan*, de Molinère, na Comédie-Française, em encenação de Jean Meyer.

passa de uma longa e doce espera tão inocente quanto a de um recém-nascido, e cujas horas te são inteiramente oferecidas.
Te amo. Te beijo longamente.

M.

P.S.: Estou esperando Pierre. São dez e meia e ele ainda está dormindo apesar dos guinchos da gaivotas. Imagino que me pediria que te dissesse mil coisas, se estivesse aqui.
Esqueci essa página. Ponho nela tudo que meu coração te diz e que não sei traduzir em palavras.
Te amo tanto!

M.

508 — ALBERT CAMUS A MARIA CASARÈS

Sábado, 9 de agosto [1952], *8 horas*

Meu amor querido,
Te escrevo do lugar onde pescamos. Hoje de manhã saí às 6h30 da minha masmorra e depois de vinte minutos de caminhada no mato cheguei a este lugar que me agrada muito, onde as águas se alargam entre dois penhascos altos e onde é possível lançar a linha e sonhar com outras coisas. O sol se levantou sobre as águas, a manhã está dourada e todo o povinho do rio começou a se agitar. A hora é agradável e me pareceu que poucos lugares seriam mais indicados para te escrever e te amar.
À parte o fato de eu não estar trabalhando, e também de a vida em casa estar difícil, as coisas andam melhor. Quando me sinto cansado ou nervoso, trato de me equipar e vou subir meus cursos d'água. A água e as pedras me acalmam. Vou bem fisicamente, e durmo melhor aqui que em Paris.
Ontem cuidei um pouco da correspondência. Ainda estou esperando começar a trabalhar. Sua carta de direção (não sei se você conhece a expressão — é como se chama a carta que um diretor de consciência, em termos religiosos, manda ao seu catecúmeno) me fez bem. Só fico em pânico e revoltado quando você me coloca num lugar alto demais (como é verdade que eu tenho pouco amor para dar!). Mas quanto ao resto você tem razão. E de resto eu sei qual é

meu atual remédio: viver com você, numa felicidade simples — Mas que diabos! a gente tem de pagar um pouco pelos próprios erros, fraquezas e excessos. Simplesmente, às vezes fico achando que pago caro.

Fico maravilhado com o que te é proporcionado por essa Camaret, que tenho vontade de conhecer. Sim, as fotos são belas e de fato me parece que a região é digna de afeto. Trate de percorrê-la, sem matar o pobre Pierre, e se renove de corpo e alma. Mas não se canse demais, minha jovial, minha morena! E sobretudo coma e durma.

Recebi uma carta de Le Corbusier me propondo um encontro em Marselha para visitar sua casa e resolver sobre nosso filme.[1] Mas decididamente não tenho a menor imaginação para construir uma história em torno da sua casa-modelo. Ele me é simpático, mas não basta. Não sei o que fazer. Mas tenho vontade de fazer alguma coisa *com* as pessoas — para sair um pouco da solidão em que me encontro. É um dos motivos pelos quais me dá vontade de voltar a fazer teatro. Eu seria então mais feliz, mais ativo que nesta insuportável provação da reflexão solitária.

Além do mais, também seria outra maneira de te reencontrar. Junto de você, mesmo quando estamos tristes, eu me sinto apoiado, alimentado por assim dizer. Longe de você, titubeio, como uma pessoa em jejum. Minha pequena, meu amor, minha luz, a necessidade que tenho de você aumenta com os anos. Eu não poderia viver separado de você. Você às vezes duvida, eu sei, mas eu, como não haveria de saber, aqui por exemplo onde não sei realmente o que te escrever ou pensar em setembro, ou sonhar puerilmente com Camaret.

Até logo, querida. Espero uma carta segunda-feira pelo menos. Não esqueça que o correio leva três dias inteiros. Três dias entre nossos corações. E três noites também! Te beijo, minha truta negra, e me deixo deslizar com você no leito do prazer. Te amo. Te espero.

A.

---

1 A pedido de Le Corbusier, Camus aceitou escrever a narração do curta-metragem *A cidade radiosa* (1953) realizado por Jean Sacha, sobre a unidade habitacional epônima que Le Corbusier acaba de construir em Marselha.

509 — MARIA CASARÈS A ALBERT CAMUS

[Camaret. Capela Rocamadour.]

10 de agosto [1952]

E a série de imagens continua. Aqui vai uma pequena capela para te alegrar, creio eu! À espera da carta que vou escrever amanhã, deixe-se embalar em sonhos.

Estou engordando, meu amor, e, por Deus!, estou achando que ela chegou de novo, a famosa vitalidade!

Eu sinto meu corpo (ai!) minha alma se mexe ligeiramente, como uma névoa distante; só meu espírito continua no profundo sono do exílio.

Ah! Este lugar; este lugar!

Diante desta pequena capela, formulo um voto secreto. Talvez ele possa se realizar. Nesse caso, como seríamos felizes aqui!

M.

[Camaret. Moinho de Quermeor.]

Aí vai um pequeno moinho que eu sonho comprar toda vez que passo diante dele a caminho do banho. Pertence no momento aos proprietários de uma linda casa de pescadores, mas estou habituada às revoluções e nada me impede de acreditar que um dia será meu. E por falar nisso, gosto de te imaginar como moleiro.

Te amo dormindo, te amo acordada, te amo idiota! Que felicidade.

Te beijo perdidamente

M.

510 — MARIA CASARÈS A ALBERT CAMUS

11 de agosto [1952]

Meu amor querido,

O tempo está cinzento e a Bretanha mais linda que nunca. Ontem, debaixo de chuva forte, fomos os cinco até os Pois, Pierre [Reynal], Quat'sous, Lacour e Senez, que estava aqui desde a véspera, e eu. Caminhamos muito tempo pelo mato, e depois nas rochas, acompanhando a linha do mar. Por fim, como estava chovendo muito, estacionamos num casebre com cara de bar, erguido diante da praia, imensa e deserta. Ao longe dava para ver na névoa a espuma das ondas e de repente, não sei como, eu me vi na praia, sozinha, de maiô, correndo feito louca na direção do mar. Instantes depois, estava mergulhando na água gelada e nas algas. Que banho sem igual! Ao sair da água, eu estava com calor, nua na chuva; e depois de uma corrida desenfreada pela beira d'água, voltei e depois de me vestir tomei um café preto com gosto de sal no qual molhei doze madeleines! Depois foi a volta para Camaret, debaixo de chuva e vento, ao lado dos três rapazes que pareciam galinhas molhadas e Quat'sous triste e encharcada, parecendo um pinto saído do ovo.

É a vida que eu levaria se pudesse, vida de gaivota em que tudo parece distante, nebuloso, indistinto, na qual o futuro para no pedacinho de terra que a gente vê pela frente e o sangue bate no ritmo do universo naturalmente, sem esforço, sem reflexão, sem alegrias, sem tristezas, apenas com o prazer de continuar batendo, batendo, até se esgotar.

Oh! Eu sei que não seria uma existência das mais elevadas. Sei que tem uma certa covardia em desejá-la, que somos feitos para outra coisa e que viver assim de certa maneira é trair; mas não posso fazer nada, quando estou aqui nesta terra, para mim é impossível lutar contra a tentação de me confundir com ela. É o amor, se não me engano, e só você é capaz de fazer nascer em mim esse mesmo desejo, essa mesma sede que nunca se esgota, essa profunda saudade sem a qual os dias são mornos, sem graça.

E acho que isto basta para te dar uma ideia do meu estado de ânimo. Quanto ao espírito, o estilo das minhas cartas é testemunha. Está totalmente ausente.

E no entanto tenho lido e trabalhado um pouco. Já decorei quase todo o texto de Elvira, li em "voz alta" *Chatterton*,[1] que por sinal achei cheio de desvãos difíceis de fazer passar, mas cuja elevação digna e tocante me chegou ao coração e me arrancou lágrimas. E por fim acabo de concluir *Santuário*.[2] É muito, muito bonito, às vezes até superior; mas nunca completo: falta luz, e só encontramos um calor doentio e grudento. Não sou contra os universos desconfortáveis, você sabe, mas no caso a carência é tão marcante que limita a obra e aperta seus horizontes em muros opacos que estabelecem um fim para o que não tem fim.

---

1 *Chatterton*, drama romântico de Alfred de Vigny (1835).
2 *Santuário*, o romance de William Faulkner, publicado em tradução francesa em 1933.

Estou me expressando mal, eu sei! Quero dizer que me parece que o mundo do grande criador é à imagem desse em que vivemos: sem fim (exemplo: Tolstói). O de Faulkner é fechado, envelopado e selado: *"grand roman noir."* É uma caixa gigante, mas não um universo. Muito longe de Melville.

Entende agora o que eu quero dizer? Ai meu Deus. Além do mais, por que te contar tudo isso? Que ideia! Ah! Sim. Porque você estava curioso de saber o que eu pensava a respeito. Enfim, encontrei no livro personagens conhecidos: Temple Drake ainda muito jovem e virgem (é verdade que por pouco tempo!) e Red. Eu não sabia que era o início de *Réquiem por uma freira*. Agora, estou no *Mágico prodigioso* de Calderón,[1] que comecei hoje de manhã.

Bem, meu amor querido, vou parar, pois esta manhã está difícil escrever; a musa ficou na água. Perdoe esta carta complicada e pesadona e não se empenhe demais em decifrá-la, embora valha a pena!

Oh, meu amor, que vontade de rir com você! Você entende? Aí está! Estou de novo viva e animada! Com o corpo todo bronzeado e quando na saída do banho Quat'sous bebe em todo o meu corpo a água salgada do Oceano, pois bem, pois bem, digamos que minha saudade se localiza dolorosamente e eu penso em você com fervor.

Oh! Sim, sinto vontade de risos, carícias, longas carícias, das bruscas tempestades junto de você, e me dou conta, estupefata, de que na verdade só me sinto completamente entregue quando estou sozinha no mar ou agarrada a você.

Te amo, meu belo amor adorado, te espero já com impaciência e rio por antecipação te imaginando junto de mim.

Te beijo longamente

M.

P.S.: As mesmas coisas de Pierrot.

511 — ALBERT CAMUS A MARIA CASARÈS

Terça-feira, 12 de agosto [1952]

Meu amor querido,

Esta é apenas para saudar a santa entre as santas, minha Maria das brumas e das ondas, do sol e das matas. Feliz e brilhante festa, minha queridíssima! Que

---

1 Drama religioso de Pedro Calderón de la Barca (1600-1681).

teu maravilhoso coração te sirva de esteio por muito tempo e também aos que te cercam! Que tua felicidade seja sempre digna e tua infelicidade rica! Que você não pare de crescer na arte e na vida! E que o melhor da tua vontade seja feito, assim seja!

    Hoje estou pensando em você com gratidão. O tempo está bom, muito bom mesmo. A luz se derrama em torno dos pinheiros num concerto de insetos; e me faz pensar em você, no seu rosto, no seu corajoso amor. Não quero nada além do que você me dá, neste mundo e no outro, se existir. Tudo que faço ou projeto em outros lugares muitas vezes me parece uma distração útil ou uma preguiça de viver verdadeiramente, uma fraqueza.

    Te cubro de votos e beijos, meu amor, minha pequena santa negra e ardente, minha amiga de sempre, e te aperto contra mim com todas as forças do meu coração

A.

512 — MARIA CASARÈS A ALBERT CAMUS[1]

[Camaret. Ponta dos Pois. Os rochedos recortados de Penhir frente ao mar de Iroise.]

13 de agosto [1952]

    E agora... vamos para o litoral, do outro lado do matagal, na extremidade em que as Pedras de Pois se erguem íngremes sobre o mar, recortadas contra o céu cinzento, imponentes ninhos de gaivotas que chamam com seus gritos as almas dos marinheiros mortos ao largo.

    À noite, do alto dessas pirâmides cheias de abismos, o farol varre majestosamente o oceano imenso com seu facho de luz.

M.

[Camaret. Ponta de Pen Hir. O grande Daoue e as Pedras de Pois (Ar berniou pez).]

---

1 Dois cartões-postais.

A mesma coisa, de outro ponto de vista. Mas as fotos são decepcionantes, como por sinal também é a primeira visita à região. É preciso viver aqui e conhecer suas luzes, seus caprichos, suas amenidades e fúrias.
Ah, por que não tenho talento para te falar disso?!
Amanhã eu escrevo — te amo.

M.

513 — MARIA CASARÈS A ALBERT CAMUS

14 de agosto [1952]

Meu amor querido,
Aqui vai uma carta rápida, pois me levantei um pouco tarde (às oito horas!) e não queria que você deixasse de receber alguma coisa minha sábado antes de mergulhar nesse dia sem expectativa que é o domingo.

Aqui está tudo ficando um pouquinho embaralhado; meu humor sentindo a aproximação das datas fatídicas, minha saúde se queixando do excesso de alimentos que lhe administro, o tempo, que ficou instável, frio e alterado há dois dias, nossa paz, meio maltratada pela presença dessas duas criaturas mornas que o céu parisiense nos enviou, e por fim meu repouso que certas pessoas daqui teimam em perturbar pedindo que eu diga versos por isto ou aquilo. Mas não precisa se preocupar; sou tão teimosa quanto eles, e tenho uma capacidade inabalável de dizer não; por outro lado, Seigneur sempre me avisa a tempo e eu sempre estou preparada para o contra-ataque, com uma desculpa na ponta dos lábios. Infelizmente, às vezes tenho de abrir a bolsa (exemplo, a placa comemorativa de Saint Pol Roux) e já começo a me sentir leve demais nesse terreno.

Sombria, taciturna, às vezes até rabugenta, é como estou desde segunda-feira. Mas no fundo, tranquila. Conheço de cor todos esses estados de ânimo e começo a saber como recebê-los com elegância.

Pierre anda cabotinando, para variar. Os dois outros se calam religiosamente, o olhar grudado em mim, a mão pronta para me ajudar, para sempre me ajudar a descer um degrau, passar por cima de uma pedra com alguns centímetros de altura, pular uma poça saltada por Quat'sous com a maior facilidade. Tudo isto em silêncio, o olhar fixo e atento no meu rosto que eu tento manter impassível para não trair uma irritação que poderia me levar a pancadas e mordidas. Ah, sim! Mordê-los para ver se nos seus vinte e um anos pelo menos sabem gritar. Que dó! Um deles, o que fez esse meu retrato, cuja existência ousa lembrar, já me faz pensar em Raffi. Não se parece nada com ele exceto numa coisa: o fato de despertar em mim sentimentos de ódio e crueldade. Eu olho com uma espécie de alegria ruim o seu corpo branco e vermelho caranguejo de louro para o qual o sol não cai bem, e contemplo com uma espécie de sadismo suas pernas sem graça, pesadonas, grossas, retas sobre pés inexpressivos mal torneados em sandálias que a cada passo fazem um barulho flácido de algas mal lavadas. Tudo isso em silêncio, pois eles sempre se calam, felizmente por sinal, pois quando abrem a boca...

Mas vamos deixar para lá esse assunto. Ele me irrita e eu sei que sou terrivelmente injusta.

Mas esperar o quê? Sou uma fêmea, e quando uma fêmea está contra alguma coisa... bem, não se mostra mesmo nada suave.

Quando eu quero ficar mais amável, penso em você; nem o lugar aqui escapa ao meu humor. Você, em compensação, resplandece sozinho na minha visão temporariamente distorcida do universo. Você é tão belo no meu coração que eu sorrio de prazer só de pensar em você — alto, esbelto, ligeiramente recurvado ao peso de não sei que fardo, tão pesado que me faz sonhar, a fronte nobre, a boca generosa e infantil, o perfil altivo, esse olhar claro, agudo, franco e direto, ao mesmo tempo envolvente, as costas abauladas, o ar cansado, a perna ágil, os braços duros, a mão pronta para dar e receber, palavras doces, claras e diretas como os olhos. Oh, Deus, dai-nos homens! Não para mim; jamais darei graças ao céu o suficiente por aquele que colocou no meu caminho; mas quando penso em todas essas pobres infelizes às voltas com fracotes do tipo que vejo ao meu redor no momento, e sempre ou quase, sou tomada por uma compaixão dolorosa.

Como vê, não estou nada fácil.

E você, meu querido, como vai? Recebi uma carta bem boa, a que você escreveu perto das suas trutas. Eu li. E reli, achando a maior graça do seu pânico quando fica com medo de que eu te tome por um santo realmente. Meu amor querido: ainda bem que você não é; que haveria eu de fazer junto de você sem ter nada a te perdoar, sem ter nenhum defeito, nenhuma carência para acarinhar, sem precisar temer nossas separações nem me deleitar com nossos claros reencontros, sem refletir por você às vezes, pois uma mulher tem antenas, pelo que se diz. Que faria se você fosse perfeito e aliás, não é às suas fraquezas que eu devo o fato de ter ficado com você, depois de te conhecer? Abençoadas sejam, portanto, e ao mesmo tempo eu as temo. Eu as conheço, oh! sim, conheço bem, essas e outras, mais secretas; mas não gosto que as exagere ou que fique inventando mais outras. E não sou mais eu que te coloco no altar, mas você, com seu orgulho nojento e vertiginosamente profundo, que, surpreendido por suas próprias reações de homem, se recusa a admitir que é um homem, e que sua superioridade não tem nada a ver com o distanciamento do santo que é mais fácil de imaginar que de pôr em prática.

Então é a minha vez de te dizer: "Humildade, humildade, meu querido, querido amor. É na grande humildade que você vai encontrar repouso."

Enfim, humilde ou orgulhoso, triste ou alegre, com trutas ou sem trutas, me escreva logo cartas tão doces quanto as que recebi. Como você deseja a minha felicidade, quero dizer que está aí um caminho bem conhecido para me dá-la até o momento em que vou rolar nos seus braços.

Te amo perdidamente

M.

514 — ALBERT CAMUS A MARIA CASARÈS[1]

[15 de agosto de 1952]

FELIZ FESTA E OS VOTOS MAIS CARINHOSOS À MINHA MARIE-ALBERTE CASARÈS

515 — ALBERT CAMUS A MARIA CASARÈS

Sábado, 16 [agosto de 1952]

Maria querida,

Os dias passam e nos aproximam de setembro. É o único tipo de felicidade que sinto aqui, mas hesito em desejar que esses dias passem rápido demais: sinto o bem que eles te fazem e a euforia que você descreve me causa alegria demais para eu não ficar feliz com o fato de ela durar. E por sinal devo dizer que te invejo. O que você descreve, as maravilhosas paisagens que me manda me deram uma espécie de "gusto" furioso. Me parece que, mesmo sem perturbar

---

1 Telegrama endereçado a Camaret, Hotel Moderne.

seus devaneios, eu estaria feliz junto de você, aí. E no momento eu realmente tenho vontade de felicidade.

Depois de uma série de dias maravilhosos (e a luz da montanha, suave, ventilada, aguda também como uma lâmina fria, estava linda) tivemos dois dias de tempestade. As tempestades aqui são espetaculares. Minha masmorra era coroada com relâmpagos e bombardeada com trovões esmagadores. No instante seguinte a chuva caía em trombas. Calmaria uma hora depois e aí recomeçava.

Ontem à tarde calcei minhas botas, vesti a capa de chuva, botei o chapéu impermeável e caminhei durante uma hora pelos bosques e prados, em meio a cheiros violentos de terra, de menta, de resina levantados pela tempestade.

Debaixo de chuva forte, eu estava encharcado mas nada era mais euforizante que essa caminhada que, pelo menos por um momento, reanimou meu coração. Desisti da truta e agora só vou muito de vez em quando. As águas estão muito baixas este ano e tem pescadores demais por aí. Eu sonho nas alturas da minha masmorra e medito lentamente nas decisões a tomar. Não estou trabalhando. Hoje, 16, não escrevi uma linha desde o início do mês. E por sinal desisti. Queria apenas concluir a carta a Char, e assim terminar minha pequena coletânea,[1] para estar virgem em setembro e poder recomeçar do zero.

Mas nem sei se vou conseguir. Vou tentar.

Também tive uma pequena contrariedade. Mamãe me pediu para ir embora mais cedo, no fim do mês ou no início de setembro. Acho que ela pode ser acompanhada pela irmã de Paulo [Œttly], que parte no dia 6 de setembro. Mas naturalmente não eram as questões práticas que me preocupavam. Apenas fiquei um pouco penalizado pensando que não fui capaz de ajeitar a vida dela de um jeito que lhe desse vontade de ficar pelo menos até o tempo previsto. Mas tenho de me resignar. Meus amores serão sempre contrariados. De resto, entendo que ela não se acostume com essa vida em que muitas coisas devem deixá-la desorientada e cansada, e que sinta saudade dos seus hábitos.

Bem. Vou encerrar por aqui o capítulo das lamentações. A partir de setembro, tentarei me comportar como adulto. E um adulto, afinal, tem de admitir uma solidão e a partir dela ajudar aqueles que ama a viver, sem pedir muito para si.

E por sinal que poderia eu pedir? Já não tenho minha pequena gaivota? Você é linda e radiosa nas suas cartas, meu amor! E não fale mal da sua mente.

---

1 Ver p. 876.

Pedi sua opinião sobre Faulkner para receber a resposta que você mandou. Poucas pessoas são capazes de distinguir entre o grande escritor e o gênio. É relativamente fácil identificar o talento, mais difícil encontrar seus limites, e excepcional saber saudar a generosidade que distingue a verdadeira criação da obra simplesmente original. Para isto é necessária qualidade de coração e há muito você traz na cabeça com simplicidade essa coroa real. Eu beijo esse coração que admiro e amo.

Continue a nadar, a se dourar no sol e na maresia. Só fico triste de não poder te acompanhar, para rolar com você na praia. Mas estou tomando conta de você do alto da minha masmorra e fico feliz com cada uma das suas alegrias. Logo chegará o momento das alegrias compartilhadas, do trabalho, do esforço em comum, do prazer também, e da ternura. Te amo de todo coração neste momento e penso em você com constância e gratidão. Te beijo, bebo a água salgada na tua boca e me douro à tua luz. Até logo, Maria Querida, espero setembro e suas tempestades, e a minha pequena selvagem, tão doce para o meu coração.

A.

Carinhos para o pedrito e a perrita.

516 — MARIA CASARÈS A ALBERT CAMUS

17 de agosto [1952]

Meu amor querido. Receio voltar para casa um pouco tarde esta noite e acordar amanhã cansada demais para te escrever. Assim voltei da praia para fazê-lo enquanto ainda estou com as ideias claras.

Meu mal-estar passou; era apenas uma pequena intoxicação que no meu caso acabou bem, mas derrubou a metade do hotel. Infelizmente, desde então não consegui desfrutar da minha boa saúde, pois Pierre se queixa de enxaquecas o tempo todo, e quando Pierre não está bem, só restam duas coisas a fazer: munir-se de uma paciência de anjo ou fugir. Optei pelas duas soluções, cada uma no seu momento. No dia de Maria, me desdobrei e fiquei com ele; não fui recompensada, pois uma tristeza enorme se apoderou de mim à tarde e não sosseguei enquanto não caí em soluços para enorme espanto de Pedrito, que me olhava, pasmo, repetindo sem parar: "Mas você enlouqueceu?!" E assim teve início, desta vez, meu tempo de impureza.

No dia seguinte, quer dizer, ontem, optei pela segunda solução e fui para o mar, largando Pedrito e Quat'sous. Estava um tempo magnífico e o litoral aqui é admirável; nós o percorremos durante duas horas, eu na extremidade da proa, agarrada ao cordame, ébria de vento, de água salgada, de sol, de beleza e de vertigem. O céu estava azul, profundo, e ao longe apenas algumas nuvens brancas leves, muito leves, para fazer contraste. O mar, furioso. Fomos costeando o litoral e podíamos ver tudo, tudo sonhar. Descobri castelos suntuosos, fortes fantásticos, grutas pavorosas cobertas de algas, jardins feéricos, igrejas impressionantes sob cujas abóbadas passávamos, calados, esquecendo o céu, a luz por alguns segundos. E até agora não sei o que era verdadeiro ou falso, e ainda me pergunto se no alto da "Esfinge" — uma rocha imensa com a forma de uma esfinge — existe ou não um forte que talvez tenha sido construído pelos alemães.

Depois contornamos algumas ilhotas; enormes pirâmides perdidas no meio da água, isoladas de tudo, imensos cachos de rochas brancas frequentados apenas pelas gaivotas que — ouvindo o assobio dos marinheiros — se lançam da pedra num voo denso, preto e branco, com gritos de agonia.

Enfim, chegamos a alto-mar e à grande vertigem das ondas na extremidade da proa, em meio às rajadas de água salgada, debaixo do sol e do vento, por mais duas horas.

Voltei exausta mas sem ter feito nenhum movimento que não fosse me agarrar ao barco para não cair na água no estado de impureza em que me encontrava.

Hoje, levantei ao alvorecer, às 6 horas. Foi Quat'sous que me acordou, agitada. Ela queria sair, pois desde que anda à caça (Camaret a inspira!) deve estar com a bexiga frágil, pelo que parece. Vesti o impermeável por cima do pijama e saí com ela. A água estava lisa e vermelha, o céu "puro como o fundo do meu coração". De volta ao quarto, tomei banho e me vesti bem rápido, tomei o meu abundante café da manhã e fui para a praia com Dom Juan. Ao chegar, ela estava deserta, coberta de algas e ainda vermelha. Só lembrei que estava com Dom Juan uma hora e meia depois; e aí fui me deitar e trabalhei sem vontade.

Esta tarde o tempo está escurecendo. Estava bom demais. Hoje de noite vamos para Morgat — com as filhas de Seigneur — onde ao que parece vamos dançar um tempão; mas se não encontrarmos outros cavalheiros além dos que nos acompanham, já estou antecipadamente com pena dos meus pobres pés e dizendo adeus a qualquer prazer.

À parte tudo isso, não estou muito feliz; sinto cada vez mais dolorosamente a sua falta e meu estado me faz tender para a melancolia. A própria beleza — eu diria —, a beleza, sobretudo, me volta para você, e diante de todas essas alegrias que me são oferecidas aqui, sinto sua falta como nunca senti. Não é grave; prova apenas que estou recuperando uma certa sensibilidade, que ainda sou capaz de sentimentos além da obstinação cega e seca à qual estava reduzida nas últimas semanas, quando desejava sua presença como se deseja dormir quando estamos muito cansados e nem temos mais sono.

Ontem não recebi nenhuma carta; assim, depois das boas intenções que você manifestou, três dias se passaram sem que eu recebesse de você uma palavrinha, o que me fez odiar as festas e o domingo com um ódio igual ao de Gréco.* Me escreva, meu amor. O tempo agora vai degringolar na sua direção, mas será preciso que eu degringole com ele.

Te amo, meu amor querido. Me conte o que está acontecendo. Me beije. Diga que ainda me ama. Preciso disso.

Te acaricio longamente; é só o que eu posso fazer. Sua pequena sereia

M.

517 — MARIA CASARÈS A ALBERT CAMUS[1]

[Camaret. Ponta de Pen. Vista aérea. O Sillon. A Capela Rocamadour e o Farol.]

19 de agosto [1952]

Você vai dizer que já viu muito essa capelinha! E eu?! Eu a tenho dia e noite, ela e o castelo.

Estou olhando para os dois neste momento. Faz um frio de cão no meu quarto. Há dois dias o tempo está glacial, o mar está baixo pois está preparando a maior maré do ano que desta vez deve ocorrer dia 21 de agosto, e sopra um

---

* A cantora e atriz Juliette Gréco, nascida em 1927. (*N. T.*)
1 Dois cartões-postais.

vento de cortar as vidraças que eu me preparo para apreciar bem esta tarde lá para os lados dos Pois.

M.

[Camaret. Ponta de Pen Hir. Vista aérea.]

Minha alma irrompeu no meu corpo, ontem. O encheu completamente. Passo horas inteiras à beira das lágrimas, à beira do grito, na exaltação de uma juventude eterna. Você então pode imaginar no que essa paisagem resulta aos meus olhos apaixonados.
Belas imagens em que você se encontra sempre presente!
Te adoro,

M.

518 — MARIA CASARÈS A ALBERT CAMUS

20 de agosto [1952]

Meu amor querido,
Hoje eu queria apenas te cumprimentar com alegria antes de ir para a praia. São oito horas, o tempo está bom e se o céu não nos enganar vou poder ganhar algumas calorias perdidas na semana que passou no vento e no frio.
A partir de depois de amanhã já começarei a cuidar da partida. Sairemos de Camaret dia 1º de setembro às 9 horas da manhã e chegaremos a Paris à noite por volta de 11 horas ou 11h30 pelo trem de Brest, carregados como mulas. Não; não é um convite; não acho que você estará em Paris nesse momento e por sinal não quero te obrigar a ficar acordado. Mas se por acaso você estiver na cidade luz, não me desagradaria encontrar na chegada seu sorridente rosto bem traçado e calmo. Só você me atrai nessa cidade de perdição e nela só vou encontrar paz quando meus olhos te virem. Mas talvez você queira acompanhar sua mãe. Se você quiser ou se agradar a ela, faça isto, meu amor, sem hesitar; vou te esperar a sem qualquer problema, sei muito bem o que é uma mãe, e ainda o aprendo diariamente aqui neste recanto que recebia tão bem a minha. Neste caso, voltarei apesar de tudo e longe de Paris, o ano um no meu pombal, vou me preparar com desvelo para nosso reencontro.

Enfim, sem chegar a se deslocar até Argel, você quer ficar junto dos seus até o dia 6, data da partida da sua mãe, não se preocupe comigo, vou entender perfeitamente e sem nenhum motivo de ressentimento nesse atraso.

Era o que eu queria te dizer hoje. Queria te garantir da tua liberdade e do meu amor ao mesmo tempo e te tranquilizar a meu respeito. Faça portanto o que for melhor e me diga o que acha de tudo isso.

Por aqui, voltou tudo à ordem. Os papa-defuntos foram embora, finalmente. Já não era sem tempo: eu não aguentava mais a presença deles e já começava a me tornar desagradável. Um é sem graça, o outro ingrato, feio, tolo e pretensioso. Os dois criados como filhos únicos e descalcificados. Uma pena!

Ontem, como Pedrito estava com uma irritação no olho, fui passear sozinha durante quatro horas. Estava um tempo lamentável e eu quase desabei várias vezes escalando as rochas. Depois li muito tempo, *Luz de agosto*.[1]

Bem; e desta vez vou te deixar; o tempo está lindo demais, é raro, e me resta pouco tempo para desfrutar dele. Você foi capaz com algumas palavras jogadas na última carta que enviou de me tranquilizar sobre a volta à vida normal; agora eu a encaro pelo que é: a retomada de uma luta exaustiva, mas empreendida a dois, e assim pelo menos encontro nela um motivo bem animador.

Te amo, te agradeço e te espero com todo o meu amor pronto para explodir.

M.

519 — ALBERT CAMUS A MARIA CASARÈS

Quarta-feira, 20 de agosto [1952]

Eu queria responder ontem, meu amor, a sua boa carta recebida segunda-feira, mas dois filósofos vieram me ver e a tarde transcorreu em dissertações sobre os efeitos da negatividade na história. Por sinal eles eram simpáticos e inteligentes. Hoje de manhã, para me revigorar um pouco na salutar natureza, vim de novo para junto do rio, esperando, à falta de trutas, encontrar paz. É cedo, as imediações estão desertas, uma manhã fresca e nebulosa, e o curso d'água à minha frente faz seu lindo ruído amistoso. É bom pensar em você aqui.

---

1 *Luz de agosto*, romance de William Faulkner publicado em tradução francesa pela Gallimard em 1935.

Sua carta de segunda-feira foi deliciosa para mim. Espero apenas que seu mau humor tenha melhorado. O tempo deve ter contribuído de certa forma. Aqui ele está feio há três dias e a gente logo sente a alma resfriada e rabugenta.

Para mim as coisas não mudaram muito. Estou simplesmente chateado por não ter encontrado lugar para minha mãe voltar. Tudo cheio, e acho que ela terá de esperar até outubro, conforme nosso projeto inicial. Ainda estou tentando encontrar outras combinações mas tenho minhas dúvidas. E vou deixá-la em setembro aborrecido por aumentar ainda mais sua solidão e provavelmente seu desejo de estar em casa.

Continuo sem trabalhar. Algumas linhas, algumas anotações. Mas eu bem que gostaria de acabar com esse pequeno volume, e com o que ele representa. Antes disso não estarei realmente livre. Veremos. Estou louco ao mesmo tempo para me sentir livre dessa maneira e para estar em Paris. Passei um mau mês aqui, no fim das contas (exceto fisicamente, suponho) e vou ter de me decidir, para a minha saúde moral, a tirar férias por prazer. Tenho muitas outras decisões a tomar, por sinal, a respeito da organização da minha vida.

Bem. E você, minha corajosa? Estou louco para te ver com sua nova pele de verão, rosa e morena. Não coma demais, agora que se restabeleceu — não vá correr o risco de estragar esses belos resultados. E pelo contrário trate de nadar, não há nada melhor. Estou realmente contente com o bom efeito dessas férias em você. Você vai aquecer o meu setembro, iluminar os primeiros dias do outono. E depois vai voltar ao trabalho com uma superioridade física: nada pode ser mais importante. Ah! Estou realmente louco para te encontrar de novo e ficar alegre com você. Há dias em que me sinto triste como esses troncos velhos que dormem no fundo do rio. Minha incapacidade de fazer feliz o que me cerca, a dificuldade que tenho de viver com minha vida, são coisas pesadas para mim. O que fica ainda mais sensível numa vida como a das férias. Por isto aspiro a um mundo mais embriagador e alegre.

Meu belo prazer, meu amor querido, preciso ir à aldeia para postar esta carta a tempo. Espero que ela te deixe feliz. E bastará por sinal que ela te diga tudo que você me proporciona, a força de vida que você me dá, para te proporcionar alegria. Breve, em breve...! Te beijo da cabeça aos pés, apaixonadamente, meu lindo matagal, te percorro e te respiro. Sim, até logo. Te amo e te espero.

A.

520 — MARIA CASARÈS A ALBERT CAMUS[1]

21 de agosto [1952]

Meu amor querido. Espero receber uma palavra sua esta manhã; os dias "sem" se tornam cada vez mais pesados.

Estamos aqui com um tempo maravilhoso; mas infelizmente Pierre sofre muito há quatro dias com sua conjuntivite e precisa ficar enclausurado. Eu então saio sozinha para passear, tomo banho de mar sozinha, passo as manhãs e as tardes inteiras sozinha. É estimulante e extremamente repousante ao mesmo tempo e agora estou convencida de que poderia ser muito feliz em Camaret, se tivesse de ficar lá sozinha.

Hoje vou tomar o barco de novo para dar um passeio pelo mar, mas isto se Pierre não precisar muito da minha presença; mas desde que chegou aqui estou achando que está bem amargurado, bem vazio também depois de uma crise moral que teve — pelo que diz — em Sainte Foy. Por outro lado, ele é realmente um filho das cidades e embora tantas vezes se queixe em Paris, é de qualquer maneira lá que, com dinheiro, seria mais feliz. Aqui, apenas sobrevive; a água é fria demais para ele, o vento é brutal, a população atrasada demais, os veranistas feios demais, os percursos longos demais e embora ele goste muito da paisagem, segundo diz, sobretudo de certas casas, o fato é que se entedia um pouco e no fundo só espera uma coisa, voltar para Paris para levar "uma vida mundana e artística" pondo em prática os eternos projetos que fazemos nas férias e que a partir de uma certa idade não esperamos mais realizar. Eu nunca me senti tão madura quanto no momento, na companhia dele, e no entanto tenho uma constante sensação de ter mil juventudes a pôr ao serviço dele; no início ainda tentei sacudi-lo um pouco; mas desisti depois que entendi finalmente que já é tarde para lhe incutir gostos diferentes dos que já tem. Como ele vai ser infeliz nos próximos anos, vendo-se envelhecer, e como eu já adivinho seu tédio e sua terrível amargura! Fico penalizada, pois gosto muito dele e ele bem merece pelos seus aspectos melhores e mais profundos, mas agora sei que não posso evitar nada e que se nada vier sacudi-lo, ele vai passar a vida lamentando essa juventude desordenada, tirânica, louca que todos nós amamos, com ternura, mas que ninguém tenta reviver sem virar de novo "o pouco que era antes".

---

1 Uma carta e um cartão-postal.

Quanto a mim, me adapto aos poucos, sentindo um prazer secreto nessa nova vida fervilhante de renúncias, mas também de promessas. Me banho bem menos que antes — a água se torna glacial com o passar dos anos —, mas sou capaz de passar horas inteiras sentada à beira do cais, realmente à beira do cais, sem esquecê-lo para vagar por paisagens fantásticas em que eu fazia parte de um grupo de sereias ou de amazonas que me impediam com sua tagarelice sem fim de me entregar ao vaivém dos barcos de pesca, aos salpicos da água, à suavidade do momento. E bem cedo, quando acordo, antes de organizar meu dia mentalmente, antes de me atirar sem freios na atividade inesgotável e enfurecida da minha adolescência, ganhei alguns instantes de alegrias indescritíveis. Pelas venezianas, o sol entra generoso no meu quarto, eu ouço os gritos das gaivotas anunciando um céu sem nuvens — raramente o tempo está fechado pela manhã —, as vozes sonoras dos marinheiros, os primeiros barcos pesqueiros com seus motores ligados para deixar o porto, os salpicos frescos e íntimos da água; e ainda na cama, de olhos fechados, eu apago por um momento qualquer pensamento, qualquer vida específica, qualquer movimento, qualquer vontade, e deixo o amanhecer do porto moldar ao seu jeito o início desse dia que saúdo num êxtase físico. Aí, conquisto minhas mil juventudes, minha vitalidade do dia, meu repouso das noites e também essa sabedoria que me obstino em manter em Paris com um esforço sem medida. Há também outras alegrias, mais refinadas, mais profundas, mais humanas; a da fidelidade, por exemplo; a da experiência, a das lembranças ricas; a da nostalgia; a do prazer do esforço sempre retomado; a da unidade e da promessa de uma existência que temos de criar até o fim num desprendimento sem igual; a da ideia da volta à dor de cada dia junto a uma pessoa tão querida, que tem em sua mão felicidades infinitas, a de um imenso amor, por fim, confirmado, vivido e por viver ainda e sempre. Eu gosto, gosto dessa idade nova; gosto de descobrir seus prazeres recônditos, molhados, delicados, escuros e radiantes ao mesmo tempo. Gosto tanto de viver! Talvez seja a sua presença que preencha tudo; talvez se não tivesse conhecido você, eu fosse como Pierre. Acho que sim; mas eu te conheço, e quando não estou cansada demais, quando o cansaço não turva muito meus horizontes, posso te dizer, meu amor, que sou plenamente feliz, maravilhosamente, com você — perto ou longe, por algum tempo — neste mundo que me encanta constantemente.

Bom; já chega. Vou te deixar mais uma vez para voltar a te encontrar em breve, muito em breve, quem sabe para sempre. Espero notícias suas para saber a data da sua volta, se você vai ou não à Argélia, se fica ou não mais alguns dias em Panelier.

Te amo admiravelmente. Meu corpo aguarda que o príncipe encantado venha despertá-lo com um longo beijo, e por enquanto não tem consciência de que existe. A alma, por sua vez, finalmente tendo voltado de sua longa letargia, se volta constantemente para você; e por sinal já a preveni de que corre o risco de ficar assim por toda a eternidade. Te beijo a noite inteira e o dia inteiro e espero o momento do reencontro, como o teria esperado há oito anos, há quatro anos.

M.

[Camaret. A Ponta e o Farol de Toulinguet.]

[22 de agosto de 1952]

Aí vai um trecho do litoral que percorri outro dia de barco. Não parece grande coisa, vista assim do alto, mas o fato é que esconde tesouros infinitos.
Talvez um dia eu possa mostrá-los a você. É um sonho meu. Está se transformando numa obsessão — Oh! Meu amor querido, como você sabe me tornar viva de perto ou de longe; como sabe cultivar em mim o desejo de continuar, de recomeçar, de esperar, de sonhar, de desejar!
Te amo com gratidão,

M.

521 — ALBERT CAMUS A MARIA CASARÈS

24 de agosto [1952]. *Domingo*

Recebi ontem, minha querida, sua boa carta do dia 20. Fiquei imaginando o belo dia de sol e ondas que deve ter vindo depois dessa manhã vermelha e fiquei contente por você. Também gostaria de te mandar descrições reconfortantes como essa. Mas a verdade é que aqui está chovendo há uma semana e o humor se ressente disso. O coração vira uma esponja e a alma começa a pingar. Por mil motivos, e agora também por este, estou louco para ir embora. Vou voltar primeiro, como previsto. Mas não é certo que chegue a Paris à noite. Se for assim, estarei na ferroviária. Mas são grandes as chances de eu chegar a Paris no *dia 2 pela manhã*, para almoçar por exemplo, depois de ter dormido no caminho.

Agradeço pela proposta de ficar com minha mãe, e beijo teu coração querido. Mas só consegui comprar uma passagem de avião para o dia 12 o que acabaria sendo muito tarde. De resto, mamãe está de bom humor desde que soube que vai embora mais cedo, e tudo vai correr bem.

Quanto ao trabalho, não fiz nada — e duvido que consiga nesta última semana. De modo que vou esperar — tentando apenas chegar com uma vida previamente organizada. E por sinal este lugar aqui me deixa úmido e mole. Eu durmo, o que é uma novidade. Mas sinto a alma e a inteligência pegajosas.

Aí está. Acho que não tenho mais vontade de te escrever — mas apenas de te olhar longamente nos meus braços. Ainda vou escrever para te confirmar minha chegada — e depois vou mergulhar com você nas águas profundas que amamos.

Suas cartas, sua presença viva, sua ausência calorosa me ajudaram e me deram sustentação durante todo esse tempo. Te beijo com gratidão e ternura, com todo o meu amor e o meu desejo. Até logo, minha pequena, minha doce, minha fiel, meu querido coração. Já estou te esperando e te cubro de beijos.

A.

522 — MARIA CASARÈS A ALBERT CAMUS[1]

25 de agosto de 1952

Meu amor querido,

Há três dias desfrutamos de um céu capaz de rivalizar com o da Itália, vivemos à beira de um lago mais calmo que o de Gérardmer e tostamos tranquilamente ao sol. Agora nos banhamos na praia de Toulinguet, considerada perigosa por causa das areias movediças e das correntes. É a mais bela praia daqui, vasta, selvagem e completamente vazia durante a semana. Não precisa temer nada; eu não vou longe: me limito a caminhar muito tempo na água imóvel até o momento em que ela me chega aos ombros e então volto para a margem nadando para me deitar na areia e deixar as pequenas ondas claras me acariciando o corpo. Até Quat'sous tomou banho ontem. E por sinal ela parece

---

1 Anexada uma fotografia de Maria Casarès, de pé, agarrada ao mastro de um barco.

outra. De minha parte, jurei a mim mesma nunca mais trazê-la de férias, pois ela me tira toda liberdade. Num dia ela briga com uma cadela e perde um dos dentes que lhe restam; no outro digere mal debaixo do sol escaldante e quase vomita em cima de mim, enquanto eu tento em vão dormir na praia; está o tempo todo latindo contra tudo e contra todos, grunhindo, engolindo areia, tossindo, cuspindo, e quando por infelicidade deixo de sair o suficiente com ela durante o dia, à noite, cheia de vitalidade, ela me desperta às 3 horas da manhã, 5 horas, 6 horas implorando para finalmente sair com ela para dar uma voltinha. Ela é adorável mas meu Deus! que pestinha!

Quanto a Pierre [Reynal], vai ficando meio deprimido à medida que os dias passam. Ele tem vontade de viajar, de fazer turnês, de viver na Itália, no México, na Espanha, na Síria, o porto cheira mal na maré baixa, ele se queixa da conjuntivite, do pé onde algo *"inominável"* o mordeu, do frio, do calor, do sol, da chuva e todo dia faz as malas para voltar e a cada vez constata que as nossas coisas todas não cabem nelas. De minha parte, tive pequenas crises de depressão e angústia crescente de voltar à vida parisiense, quando começa a anoitecer; mas durante o dia o sol mistura tudo, as preocupações desaparecem e agora eu vivo essa região com a fúria de quem sabe que o tempo é precioso.

No hotel, Seigneur nos mima a cada refeição e de manhã ou de noite temos direito aos complementos grátis. Assim, embora o apetite tenha diminuído um pouco, continuamos nos empanturrando de lagostas à americana, suflês, crepes embriagados de rum, frangos, e toda vez que somos obrigados a deixar a mesa, com uma fruta ainda na mão, para dar lugar a clientes de passagem, temos direito no quarto a dois Cointreau que logo tratamos de jogar na pia.

As pessoas no hotel diante de nós se mostram invejosas, informadas, mas no fim das contas discretas e os locais também, à parte alguns pedidos de autógrafos, olhares furtivos, e um pedido que me deixou desconcertada: uma mulher dona de um bistrô sinistro onde se dança pediu que lá fosse uma noite cantar uma ou duas canções para os jovens de Camaret.

Muitas vezes eu tento imaginar sua vida em Panelier, mas aí tudo se mistura e eu só consigo te ver sozinho, bem no desfiladeiro das trutas. Mas espero que esses últimos dias sejam mais tranquilos para você; de toda essa existência que me é estranha e que tem, para mim, um não sei quê de abstrato, só o seu estado de ânimo me parece claro e fico feliz de finalmente imaginá-lo feliz. Você também deve temer essa volta à jaula de feras que é Paris; mas eu gostaria que, como no meu caso, a ideia de voltar juntos, para lutar juntos, te dê novamente a coragem necessária.

Então é isto; agora espero sua resposta à minha carta em que eu perguntava se você queria ficar ainda em Panelier com sua mãe, e gostaria de saber se conseguiu uma forma de fazê-la chegar à Argélia, ou se irão os dois juntos em outubro como previsto. Também quero muito saber das suas decisões, do lugar e data das férias que você deveria tirar sozinho e gostaria de ficar sabendo logo que a pequena coletânea que está preparando está chegando ao fim. Mas volte a me escrever longamente se não tiver de voltar logo; caso contrário, vou esperar nosso reencontro para te cobrir de perguntas.

Bem, meu querido amor; o dia mais uma vez se anuncia belo e tenho de avisar a Angeles que ela pode ficar mais quinze dias em San Sebastian, se quiser; quanto a mim, não me desagradaria estar um pouco em Paris antes da chegada deles. E por sinal tenho a sensação de ter conhecido nesse verão o gosto refinado da vida livre e solitária e agora aqui estou pronta para precisar apenas de você.

Meu belo amor, te amo; te amo loucamente; queria te dizer, te dizer, te repetir até o momento em que meu amor te faça perfeitamente feliz. Aí vai uma minúscula imagem tirada no momento em que eu segurava o mastro por você. Em breve, acho eu, terei você, você, meu belo amor.

Ainda escreverei depois de amanhã, e depois vou esperar notícias suas para continuar ou finalmente me calar nos seus braços.

Até logo, meu querido.

M.

523 — MARIA CASARÈS A ALBERT CAMUS

27 de agosto [1952]

Meu amor querido. Acho que suas cartas estão se tornando cada vez mais raras, mas fazendo as contas entendo que você não está faltando às decisões tomadas antes da nossa separação. Não; é simplesmente resultado de uma espera prolongada demais; estou ficando cada vez mais exigente à medida que os dias passam longe de você, e se você ainda tiver de continuar em Panelier, serei obrigada a pedir que aumente as remessas. Também estou impaciente por conhecer suas decisões a respeito da sua volta a Paris para fazer antecipadamente uma ideia da minha vida, quando voltar. Agora, enquanto não souber a data da sua volta não escreverei mais temendo que minhas cartas não te encontrem mais em Panelier.

Aqui continua a vida paradisíaca.

Como o sol está ficando muito quente, muito insistente para a fragilidade de Pierre, eu saio sozinha toda manhã, acompanhada apenas de Quat'sous; e à tarde deixo as duas crianças à 1 hora e Pierre vai encontrar comigo por volta de 4 horas para um banho que ele toma numa poça, achando a água do mar fria demais. Quanto a Quat'sous, ela não aguenta o sol na digestão — agora eu sei por experiência —; de modo que a deixo no hotel e só saio com ela de novo à noite, no fresco. Assim tenho à minha disposição longas horas de solidão para refletir. Infelizmente, o sol toma conta de tudo, queima tudo e "me esvazia rapidinho por dentro". E assim lá fico eu, deitada na areia, largada durante horas à beira d'água na praia deserta, ou então acomodada numa rocha acolhedora em forma de berço, acima do mar, cercada de algas que arrematam as pedras com cabeleiras selvagens e incontáveis mexilhões, estrelas-do-mar, pequenas águas-vivas e siris agitados que povoam esse recanto de maré baixa esperando que o sol e as ondas venham refrescá-los. De vez em quando o oceano me oferece espetáculos gratuitos, e ora eu me divirto acompanhando com o olhar um voo de gaivotas que planam, pousam na água e afinal mergulham no mar para desaparecer durante muito tempo e ressurgir depois, muito depois, ao longe; ora são os golfinhos que vêm brincar perto da praia, se perseguindo, rodando em círculos; dá para ver apenas o dorso e eles parecem imensos; andam em grupos de seis, de oito, de dez. Certa vez achei até que tinha visto uns vinte. Às vezes, mais raramente, pressinto bem perto de mim um tentáculo saindo da fresta de uma rocha. Aí eu fujo apavorada e vou para a areia macia, onde só sou visitada às vezes por escaravelhos pretos ou de mil cores e lindos lagartos. Quando Pierrot chega, nós ficamos chapinhando numa enorme poça de água salgada, no meio da praia — sua piscina, como ele diz. Depois, corremos feito loucos, pulando, mergulhando de novo na piscina; e por fim, depois de um momento de hesitação, eu entro na água gelada, encarregando as ondas de me aquecerem. Quando consigo ir além delas, nado depressa, depressa, prestando bastante atenção para não ultrapassar o limite, tomando cuidado para ficar onde ainda dá pé, pois nessa praia parece que mil perigos nos espreitam, apesar da aparente tranquilidade da água. Antes de ir embora de Toulinguet, eu me isolo entre as rochas, e lá fico me secando, nua, completamente nua no sol.

Ontem à noite, o *European Circus* chegou a Camaret; se instalou no meio do matagal, no centro dos menires, imensas pedras muitas vezes pontudas plantadas num quadrado na terra — são lápides, ao que parece, ou então as agulhas de um relógio gigante graças ao qual os primeiros bretões sabiam a hora, não se sabe muito bem como. Foi um espetáculo maravilhoso, digno do lugar. Eu me emocionei, ri, tremi, admirei, me apaixonei pelo domador, desejei um segundo ter leões em casa, panteras, leopardos, tudo. Houve números admiráveis e eu fiquei encantada. Pierre ficava me olhando, pasmo, e repetindo sem parar: "Você é o melhor público que existe! E como pode ser jovem! Que empregadinha!" etc. etc. No intervalo, tive de arrastá-lo para visitar o zoológico. Felizmente no último momento ele decidiu me agradar, e assim pudemos assistir à refeição das feras. Impressionante. Ao nos afastarmos, eu não estava mais pensando em criar animais maiores que Quat'sous, e o domador já me parecia uma pessoa ligeiramente monstruosa.

Hoje de manhã o tempo ainda está bom; a névoa acaba de subir e o sol brilha, implacável. Mas eu decidi ficar no quarto até meio-dia. Não aguento dormir muito tarde considerando que Quat'sous de qualquer maneira me acorda às 6h30 da manhã; e ontem eu voltei tarde — à 1 hora — e caí no sono pelo menos uma hora depois; o circo tinha me deixado agitada.

De modo que vou esperar aqui, bem comportada, o correio. Espero que me traga notícias suas.

É isso, meu amor querido. O tempo das férias mais uma vez foi embora. Para mim é difícil pensar na volta sem ansiedade, na vida difícil e cansativa de Paris, no eterno recomeço, na dor sempre renovada das récitas, nos problemas de impostos (acabo de comprar uma toalha de mesa e guardanapos e nem quero pensar na nota do hotel, que vou pagar com cheque, não tendo mais dinheiro líquido suficiente). Sinto até falta de ar! E quase invejo Pierre por gostar tanto de Paris e desejá-la como deseja, apesar dos problemas que enfrenta e que o esperam.

Mas você estará comigo, meu amor querido, condenado como eu a viver nessa toca para estar junto de mim, e o fardo até parece leve quando penso que muitas vezes estarei abraçada a você. Está vendo, meu querido, é irremediável; eu te amo irremediavelmente. Oito anos se passaram desde o nosso encontro, e muitas coisas com eles — dores e alegrias — e desse recanto que representa para mim não sei que profunda fidelidade, desse lugar onde me encontro inteira, clara, precisa, quase criança, onde tudo se organiza facilmente, onde tudo ocupa seu verdadeiro lugar, posso te dizer com toda seriedade que te amo irremediavelmente — Entenda então o peso desse amor quase perfeito (e por sinal por que não dizer perfeito?). Ele é suficientemente grande para não ser pesado. Se a consciência de ser amado por mim pode te fazer feliz, trate de sê-lo plenamente. Quanto ao resto, a preocupação, o cansaço, a dúvida, a tristeza estão sempre aí.

Reserve portanto sua fé de criança para o meu amor. A não ser que enlouqueça ou fique completamente idiota, eu jamais vou traí-la.

Te amo; te amo maravilhosamente. Com você, eu vou até o fim do mundo. Com você, sou capaz de ficar até o fim num quarto fechado, feliz, consentindo, reconciliada.

Até muito breve, meu belo amor. Se decidir voltar a Paris e não tiver concluído sua coletânea, você pode trabalhar em casa. Arranjei para você um cantinho lindo para pensar e escrever, sentado, deitado, em pé, como quiser, e em paz. Ao lado, bem ao lado, tem um sofá, uma espécie de *"duchesse brisée"* que só está ali para eu poder esperar o fim do seu parto, calada, feliz, junto de você. Mas se só voltar mais tarde, não se preocupe comigo. Vou levando até a sua chegada.

Te amo. Te beijo perdidamente e espero para logo a tempestade.

M.

524 — ALBERT CAMUS A MARIA CASARÈS

Quarta-feira, 27 de agosto [1952]

Meu amor querido,

Recebi ontem a sua carta, que chamo aqui com meus botões de carta dos trinta anos, e que me deixou violentamente comovido. Existem nela mais coisas que um homem jamais receberia debaixo dos céus sem deixar de continuar sendo digno delas. Mas as aceito com gratidão, e uma autêntica humildade. E por sinal sinto perfeitamente que é uma carta escrita para você mesma e mais uma vez fico maravilhado com o que você é, no mais profundo do coração. Sim, viva assim, de acordo com seus pensamentos mais elevados. Quanto a mim, que às vezes me sinto muito pouca coisa junto de você, vou ajudá-la o melhor que puder; te sigo dedicado e devotado. De qualquer maneira vou ficar com sua carta no bolso. Para poder relê-la, e não esquecer quem você é.

Mas esta carta é apenas para te confirmar que serei o primeiro a viajar, à tarde, e que chegarei no dia 2 para almoçar com você, te apertando bem contra mim![1]

---

1 Maria Casarès e Albert Camus se reencontram em Paris no dia 2 de setembro. Francine Camus só volta a Paris com os filhos em 24 de setembro.

Há dois dias de novo temos aqui dias maravilhosos. Gostaria de estar mais satisfeito comigo diante dessa luz incessante. Mas não fiz nada e estou de coração triste. Fico feliz apenas porque a terra existe e é bela, e por você ser o que é. Sim é esta a minha verdadeira felicidade, que logo terei junto a mim e que vai me ajudar a fazer melhor o que tenho de fazer.
Te beijo, apaixonadamente!

A.

525 — ALBERT CAMUS A MARIA CASARÈS[1]

[2 de dezembro de 1952]

COM VOCÊ DE TODO CORAÇÃO AFETUOSAMENTE ALBERT.

526 — ALBERT CAMUS A MARIA CASARÈS

Quinta-feira, 4 de dezembro de 1952

Meu amor querido,
Cheguei ontem de manhã depois de uma viagem melancólica e feliz. Uma noite de insônia no trem, uma manhã andando por Marselha onde engraxei os sapatos ao ar livre — o que é uma das minhas alegrias modestas — e onde fui admirar o mercado de flores, extravagante, úmido, amarelo como as rosas de dezembro. Eu estava sensível, me sentia vivo, pensava em você. Ao meio-dia embarque no *Le Kairouan*, navio esplêndido, e na minha minúscula cabine, pela primeira vez em muitos meses, encontrei essa liberdade do coração, essa consciência de mim que tanto me fez falta. A travessia foi tranquila. Comi como um animal — dormi um pouco — fiquei sonhando no convés. Como o mar estava lindo e a temperatura amena! Uma noite um pouco nebulosa, um pouco estrelada, o vento do mar alto, como é fácil assim viver e morrer! Eu dormi — e depois Argel, maravilhosa ao amanhecer, uma lua pálida suspensa no céu claro, acima da Casbá, enquanto nós avançávamos direto para o porto. Senti pena de sair do navio.

---

1 Telegrama endereçado ao Teatro des Célestins, em Lyon, onde Maria Casarès está em turnê representando *Seis personagens em busca de um autor* e *Don Juan*. No dia 1º de dezembro de 1952, Albert Camus toma o trem para Marselha, de onde segue para Argel.

Desde ontem as horas passaram rápido. Eu faço as refeições na casa da minha mãe, transformada e feliz. Ela prepara para mim as surpresas argelinas tradicionais a cada refeição. Eu acabaria morrendo, mas é suculento. De manhã trabalho enquanto dá vontade, bocejando. (Tenho um quarto num hotel muito estranho, mas vejo o mar.) Faço passeios, o tempo está quente, com aguaceiros repentinos e um sol fugidio. Eu queria, queria tanto que você estivesse comigo!

Acabo de receber seu telegrama. Que ideia trabalhar tanto assim! Aqui estou reaprendendo a preguiça, recupero o gosto do amor. Te amo, tudo em você me faz feliz. Te sorrio de longe, fiquei feliz de sentir seu amor.

Ao mesmo tempo sinto uma vaga angústia. Fico tão surpreso de me sentir vivo de novo que tenho a sensação de estar numa espécie de corda avançando com cuidado. Espero não cair. Esses meses em Paris foram realmente meses de demência. Eu estava infeliz e miserável, agora percebo. Por nada neste mundo começaria de novo. Quero apenas te amar, viver e criar — acabar com essa infelicidade. Me escreva sem se forçar se estiver com muito trabalho. Cada palavra sua me reconforta — mas de qualquer maneira você está viva em mim, você é meu amor, minha partilha, minha coragem. Até logo, querida, descanse, recupere sua boa saúde. Te beijo de todo coração, com todas as minhas forças.

A.

527 — MARIA CASARÈS A ALBERT CAMUS

Paris, 5 de dezembro [1952]

Meu amor querido,
Estou acordando. É meio-dia e meia e o telefone toca sem parar. Eu fico indignada. É este o meu estado de espírito. Quanto ao resto, ainda não recuperei a consciência desde que você se foi. Lyon foi uma verdadeira provação. A viagem foi cansativa, o ensaio longo, a récita exaustiva e o jantar de homenagem inenarrável. Bebi um pouco de vinho tinto demais e a volta a Paris foi sob o signo da ressaca. Além disso, os homens da casa de Molière são impossíveis; acabaram com minha vontade de cortejar pelo resto da vida. Feios demais e estúpidos demais — o único que ainda se aguenta é J[ean] M[eyer][1] — e parecia escandalizado com o comportamento dos colegas. E ele nem sabe de tudo!

---

1 Ver nota 2, p. 807.

Quarta-feira à noite foi a estreia de gala de *Mitridates*.[1] Parece que é genial. Mas eu vi um cenário feito de urina verde, um Mitrídates senil e velhaco que aplicava alguns golpes nos dois "netos" dignos dos primeiros lugares na distribuição dos prêmios de imbecilidade integral e uma Monima criada em Angoulême, ainda envergonhada de ter sido violada há tempos e pronta a qualquer momento a pegar com as pontas dos dedos uma xícara de chá e alguns biscoitinhos na Rumpelmayer. Eu estava com Gillibert, consternado.

Ontem às 10h30 acordei assustada com o telefone tocando. Me avisavam de um programa do qual eu fazia parte e que já tinha começado há uma hora; simplesmente tinham esquecido de me dizer. Lá fui eu com os dentes trincados. De tarde, concluí, sempre na rádio, *A louca de Castela* (Deus a perdoe por ter feito tanto mal!) e à noite atuei em *Don Juan*.

Isto quanto a mim. E você, meu amor querido? Como foi a travessia? Eu a acompanhei no trem da partida e lamentava, lamentava!

No início da semana que vem poderei voltar à minha concha e finalmente tentar me recompor um pouco. Que falta você vai me fazer! Mas não vou aqui ficar me queixando — eu sei que você precisa desse exílio e sofro com ele sem sofrer.

Te amo, meu querido, tanto que estou sempre satisfeita. Ah! Estou sem cabeça e ainda meio dormindo. Te escrevo na cama, por sinal, e irritada com esse telefone que não para de tocar. Amanhã vou te escrever uma carta de verdade. Esta é apenas para te dar um pequeno bom-dia, antes do domingo. Te beijo longamente, suavemente, ainda desarrumada, mas com todo o meu amor, meu querido, meu amor incrivelmente novo.

Te amo, te amo, te amo.

M.

528 — ALBERT CAMUS A MARIA CASARÈS

7 de dezembro de 1952

Meu amor querido,

Domingo chuvoso e úmido. Está chovendo no pedaço de mar que vejo das minhas janelas. Estou esperando meu irmão para ir almoçar na casa da

---

1 A peça de Jean Racine é reprisada na Comédie-Française em dezembro de 1952, numa encenação de Jean Yonnel, que desempenha o papel-título ao lado de Jean Marais (Xifares) e Annie Ducaux (Monima).

minha mãe. E também vai me trazer uma carta que eu espero muito seja de você. Será a primeira desde que viajei. A esta altura já percorri praticamente toda Argel. Vou ficar no total uma semana (me esforcei nos últimos dias para ganhar minha vida aqui e acho que vai dar para o gasto) e depois irei em direção ao Sul e aos oásis do M'zab. O tempo não foi nada simpático comigo. Aguaceiros quase constantes. Mas ontem debaixo de um vento frio e de um céu azul percorri de carro o Sahel (uma região de colinas atrás de Argel) e voltei a ver as pequenas aldeias para onde meus bisavós migraram vindos de Porto Mahon. No cemitério de uma delas, encontrei até, jogada num canto, uma velha laje esverdeada com o nome da família. Há muito tempo ninguém mais vem aqui vê-los. Apenas um descendente corrompido pela civilização, e que ontem veio restabelecer os elos por alguns segundos. E por sinal tudo aqui na região é melancólico, de tão belo. As colinas, os vales estendidos entre o mar, que ontem estava meio amarelado, e o Atlas, já coberto de neve, têm um ar de paraíso perdido. Ao mesmo tempo, fiquei pensando ontem que eu tinha uma pátria — e me senti menos só.

Também imaginei sua chegada aqui. Quanto eu não daria para te guiar e te apresentar eu mesmo o que há de belo no meu país, sabendo que haveria de te tocar profundamente. Mas nosso amor enfrenta as correntes e raramente tem chance de se entregar a elas. Talvez por isto também seja tão vigoroso e resistente, tão paciente e forte. É o que eu reconheço aqui, e também te reconheço, meu pequeno Sahel, meu belo país silencioso (até ainda há pouco, até a sua carta).

De qualquer maneira me conte detalhadamente os seus dias, o seu trabalho e diga que sente falta de mim. Estou contente aqui, acho eu, porém inseguro, hesitante. Hesito até em viajar para o Sul mas é o que vou fazer, pois justamente preciso romper com meus hábitos e arrumar uma alma mais nova. Mas em meio a tudo isso sonho com meu mais profundo hábito e minha verdadeira renovação, sua mão perfeita, seu lindo rosto, e o seu riso.

Até logo, meu amor. Te beijo através da chuva, do mar e da triste França do inverno. Te beijo sem trégua e te amo.

A.

12 horas. Sim era a sua carta — sonolenta, mas quente, quente no coração. Te amo.

529 — MARIA CASARÈS A ALBERT CAMUS

Domingo à noite [7 de dezembro de 1952]

Meu amor querido,
Sua primeira carta recebida ontem encheu meu coração de toda uma sensibilidade esquecida e me devolveu a um mundo do qual eu me sentia exilada há muito tempo. Mas infelizmente não durou, eu ando muito boba, muito seca, muito maltratada no momento para preservar o doce calor da ternura ou da vida; mas te agradeço, meu belo amor, por ter sabido, iluminando-a por um momento, fazer esperar toda essa parte de mim que morre de não viver. Eu vi Marselha, meu querido, ao te ler, visitei seu mercado "extravagante, úmido, amarelo como as rosas de dezembro", sonhei também no convés do navio que te levou a Argel, senti no fundo da garganta o vento do mar. E aí me voltou tudo de roldão. As férias, os dias de glória, a areia do poente, frio sob os pés, os desejos, as alegrias claras, nosso amor. Essa vida que precisei adotar me deixa completamente cega; eu nunca me senti fraca, estúpida, sem graça durante tanto tempo. Me transformei em papel mata-borrão malfeito. Que é que eu faço?
Amanhã, pela primeira vez, o dia será meu. Nada de trabalho. Mas fazer o quê? Tentei voltar a ler; vou deslizando pelas letras; no fim de algumas páginas tenho de começar de novo do início para deslizar outra vez pelas letras. Tentei abrir a alma diante da beleza e fui ver uma exposição: a coleção de B.[1] no Petit-Palais. Eu sentia as pernas, a barriga e os horrores que me cercavam. Nem um único segundo fui capaz de parar — parar realmente — diante de um quadro. Só Monteverdi conseguiu me arrancar à barbárie com os lamentos da sua Eurídice. Que é que eu faço?
Hoje atuei bem em *Seis personagens*, muito bem até, e voltei com Jean G[illibert].[2] Quarta-feira atacaremos *Andrômaca*, e a partir de então não nos separamos mais. Em preparativos, *O misantropo*, *Berenice*, Cassandra do *Agamenon* de Ésquilo, *Andrômaca* e Monima,[3] se o papel me for dado. Com tudo isso, se eu não voltar à realidade, é que não há mais nada a fazer.
Jean se mostrou encantador, tranquilo, amigável, afetuoso, nostálgico. Sua mulher Geneviève seria — pelo que ele diz — uma "protestante espiritualista" que lhe tira um pouco de vida. Tenho a impressão de que ele se arrepende de muitas coisas.

---

1 Coleção Van Beuningen.
2 Ver nota 1, p. 824.
3 Monima, a noiva de Mitridates, personagem da tragédia de Racine (1698).

Estive com Michel Bouquet. Digno e muito afetuoso. Ariane voltou da Itália, fora chamada por Pabst,[1] grande admirador da tua obra e desejoso de fazer alguma coisa no cinema com você. Michel me explicou por que havia desaparecido; estava infeliz (?) e não queria mais ser visto. Ele realmente me agrada muito.

Pierrot está desesperado; Robinson vai sair de cartaz no dia 15. Ele te manda um adeus de leão.

Na Comédie, a vida continua. J[ulien] B[ertheau] afirma que sua sogra acha que ele dormiu com Germaine Kerjean, Denise Noël e comigo[2] — até em Lyon diz ter sido recebido a facadas quando foi visitar o filho. Elas estão enlouquecidas e constantemente vêm me atormentar, o que eu não acho nada engraçado sem sequer entender aonde querem todos eles [sic] chegar. Acho apenas que seria bom que J[ulien] B[ertheau] metesse na cabeça que comédia é para ser representada no palco; não sei por que é que ele sempre quer fazer exatamente o contrário.

Nos meios parisienses, se comenta sobre uma possível separação Gérard Philipe-Jean Vilar[3] e a vida segue seu curso.

Isto quanto ao noticiário — não estou sabendo de mais nada; não tenho saído muito e pouco dei ouvidos aos que encontrei.

Com você, nada de novo que eu saiba; só fiquei sabendo pelo *L'Intran[sigeant]* que está adaptando *Os demônios* para Marcel Herrand, e que por outro lado ele vai montar a partir de janeiro uma outra adaptação de peça feita por você: *Os espíritos*.[4]

---

1 O cineasta alemão Georg Wilhelm Pabst (1885-1967).
2 As atrizes Germaine Kerjean (1893-1975) e Denise Noël (1922-2003), *pensionnaires* da Comédie-Française, companheiras de elenco de Maria Casarès em *Seis personagens em busca de um autor*, na encenação de Julien Bertheau.
3 O ator e diretor Jean Vilar (1912-1971), promotor do Festival de Avignon desde a criação em 1947, na forma de uma "semana de arte", diretor do Teatro de Chaillot desde agosto de 1951, voltou a dar ao estabelecimento seu nome de origem, Teatro Nacional Popular. Já em 1951 ele contrata o jovem Gérard Philipe (1922-1959) para interpretar *O Cid*, de Corneille, *O príncipe de Homhourg*, de Kleist, e *Mãe Coragem*, de Brecht, em turnê e em Avignon; as primeiras representações em Chaillot ocorrem em abril de 1952, com *O avaro*.
4 Albert Camus de fato pensa em adaptar *Os demônios*, de Dostoiévski, projeto que afinal se concretiza em 1959. Também trabalha há muito em sua adaptação de *Os espíritos*, de Pierre de Larivey (1540-1612), cuja versão definitiva é estreada no Festival de Arte Dramática de Angers em 16 de junho de 1953, tendo nos papéis principais Maria Casarès, Jean Marchat e Pierre Œttly, com encenação de Marcel Herrand concluída pelo próprio Albert Camus.

Quanto a mim, estou me vestindo. Fui à José escolher um modelo do meu agrado. Depois de longos minutos de pânico durante os quais realmente achei que não ia conseguir escolher nada, finalmente encontrei um vestidinho de "organza" que estou reservando para você. Você nunca me viu de organza. Vai ver! Vai ver! O problema é que em troca eu tive — não deu para escapar — de encomendar alguma coisa. Foi o que fiz. Um mantô morcego. Tomara que ele se saia bem; pelo menos terá utilidade. E tomara também que eu possa pagar.

Ainda há pouco Paul Raffi apareceu aqui em casa. Sim! Isso mesmo! Sem mais nem menos! Eu abri porque tinham tocado. Era ele! Bom dia! Bom dia! Então? Que houve? Um favor. Como assim!? E ele se foi com dez mil francos. Mas o mais engraçado é que tenho uma vaga impressão de que ele não veio pelos dez mil francos; de que os dez mil francos não passavam de pretexto. Enfim, o fato é que ele se foi com os dez mil francos e também — o que é mais grave — a promessa de um encontro marcado para quarta-feira que vem. Quanto ao resto, continua o mesmo. O pai morreu, a mãe está com você na Argélia (sortuda!) e não vai bem, o irmão vive mal, Colette não faz a muda, a cachorra que continua pelada; e ele sempre com seu belo olhar e os lábios que não param. Ele estava mexido, andando meio de lado, me abraçando sem jeito, tropeçando na porta, atrapalhado, e ficou olhando sua foto com evidente nostalgia. Tenho certeza de que achou que você estava na Argélia para ficar! E para sempre!

Recebi uma carta de amor de Antoine: mas não é nada. Mas eu fiz pior ainda: li a peça dele intitulada *A prisão*. ¡Dios mío! Como é possível escrever isso e tão mal! Ele diz que me ama sem esperança. Pois bem, também espero que ele escreva sem esperança; mas nem por isso vejo motivo de desesperar os outros infligindo a leitura de suas obras! E além do mais tanto amor! Amor, amor. Ai meu Deus! O que foi que aconteceu com essa gente toda? Homens, mulheres! E além do mais, todo mundo me presenteando com discos — meu querido, que houve com essa gente? Você sabe, eu disse que estava me sentindo p... Pois bem! Pode ficar tranquilo. Acabou! Acabou mesmo... até você voltar. Pois quando você voltar, com meu vestido de organza... É uma outra história.

Oh! Meu amor, meu amor verdadeiro, meu querido amor único no mundo digno deste nome, como estou com vontade de rir junto de você. Ao começar esta carta eu estava de péssimo humor. Mas já estou pronta para viver, rir, te amar enlouquecidamente. Uma bela onda subindo! Não sei se é fácil viver e morrer no convés do navio que te leva para longe de mim (sic); mas sei que é fácil viver junto de você, e até que é fácil viver longe de você pois te amo e vivo voltada para você; e que talvez seja fácil morrer junto de você, agarrada a você. Se soubesse como fiquei feliz de saber que está feliz, tranquilo, de férias, diante do mar, a toda hora comendo especialidades argelinas! Meu Deus como te amo! Você também, não é? Eu sei. Eu sinto. Me banho nisso. Meu amor.

Descanse, meu querido, e trabalhe. Viva, viva e pense em mim. Se abra para o mundo e não me deixe. Respire, querido. Te espero com todo o amor de que sou capaz e de que sempre me achei incapaz — te beijo até perder o fôlego. Não se force, mas escreva. Durma bem, meu querido amor.

M.

530 — MARIA CASARÈS A ALBERT CAMUS

9 de dezembro de 1952

Diga lá, já acabou de insultar a França no inverno? Você não se envergonha de reduzir desse jeito ao desespero os pobres infelizes que penam no tempo feio? Não acha que já basta levantarmos encolhidos, diante de um céu nevoento colado nas vidraças? Não acha que os dias desertos e miseráveis de uma Paris abandonada, fria e molhada já têm presença suficiente por si mesmos para pôr à prova a coragem dos mais valentes? Não! Você ainda precisa nos humilhar com seu desprezo; precisa evocar as saudades, despertar os desejos, me trazer a vertigem de todos os sonhos, de todas as tentações, de todas as necessidades! Anda! Anda! Trate de viver! Esgote os oásis, as montanhas do Sahel, as areias, os belos poentes, o mar enfim.[1] Eu te espero... na saída! E pouco depois, a primavera estará aqui, e Paris em festa!

Mas por enquanto ainda estamos no inverno. E que inverno! Meu amor, estou definhando... Ontem, primeiro dia de folga. Ouvi o primeiro ato de *Don Juan* de Mozart e à noite fui ver *Rashomon*,[2] o filme japonês, com Denise Noël. Belo.

Hoje, recebi sua carta; e depois um jornalista; e esta tarde vou experimentar o vestido de organza, e à noite janto na casa de Minou[3] com Pierre [Reynal].

---

1 Albert Camus está na Argélia em dezembro de 1952; visita em especial os territórios do Sul do país (Laghouat, Ghardaïa).
2 *Rashomon*, de Akira Kurosawa (1950).
3 Dominique Blanchar.

E morro de tédio! E vamos em frente!
Se pelo menos eu conseguisse ler! Mas não; só a música me anima.
Se pelo menos pudesse pensar! Mas não; só consigo sonhar.
Estou voltando à infância; uma catástrofe! Além do mais, só tenho vontade de viver, de viver com você.
Aguardo com paciência o tempo da espiritualidade ou da sensualidade. Um ou outro. E me entedio. E só fico feliz com a sua felicidade, a sua alegria reencontrada.
E você, tem trabalhado um pouco; ou pelo contrário se entrega sem medidas aos prazeres da pátria? Para onde devo escrever se você começar a percorrer a África até o cabo da Boa Esperança? Ah! Por que não estou junto de você? Eu saberia me fazer pequena, calada, inexistente até você me chamar. Saberia te amar tanto e tão bem!
Enfim, vamos esperar. Vou acabar parecendo com Penélope, uma Penélope no momento feliz, apesar de tudo, e estúpida. Meu querido Ulisses, perdoe minha carência intelectual, e se arme ao voltar de todas as forças novas de que tanto preciso.
Te amo perdidamente.

M.

531 — ALBERT CAMUS A MARIA CASARÈS

Quinta-feira [11 de dezembro de 1952], *19 horas*

Meu amor querido,
Estou voltando de um dia maravilhoso em Tipasa[1] e apesar de literalmente esvaziado por esse longo esplendor, quero te dizer que meu pensamento não te deixou. Não vou escrever nada sobre o meu dia — é sempre a mesma coisa e você conhece a minha música — ia achar graça se enternecendo com minhas manias. Mas para mim essa beleza é sempre jovem — encontro nela a mesma emoção, a mesma saudade — o mesmo coração apertado. Gostaria que você fosse lá em fevereiro — mas num dia esplêndido e fresco, como hoje, e com pessoas que saibam se calar. Depois, eu não precisaria mais te falar a respeito.

---

1 Ao voltar da Argélia em janeiro de 1953, Albert Camus escreve "Retorno a Tipasa", texto que consta de *O verão*.

Recebi sua carta Penélope. Adiei por alguns dias minha viagem pelo Sul. O carro que estavam me oferecendo não serve. Pelo menos para quem iria dirigir. Acho que as revoltas dos últimos dias estão preocupando um pouco as pessoas e desestimulando viagens ao interior. Amanhã saberei o que fazer. Há aviões, mas uma vez por semana — e além do mais eu gostaria de *caminhar* para o deserto, e não o engolir de uma só vez.

Espero que esse período de relativo repouso te permita ressuscitar. Mas não force nada. Viva na sonolência, você vai despertar, minha vitoriosa.

Para esta noite, queria apenas te enviar a erva-de-são-joão e meu coração de hoje, o melhor sem contestação de todos que jamais vieram. Estou com a sensação de ter encontrado hoje o que vim buscar aqui, o que me faltou durante tanto tempo, e que eu não podia dispensar. O que exatamente, não sei. Nem posso dizer que parece felicidade, esta noite estou mais para a tristeza — mas meu coração está cheio. Me parece que agora eu poderia voltar e viver com este estoque.

Te amo, meu amor querido, mais do que seria capaz de dizer com minha cabeça nebulosa desta noite — mas seguro sua mão, você está aqui. Escreva, minha Penélope — te beijo, apaixonadamente.

A.

532 — MARIA CASARÈS A ALBERT CAMUS

12 de dezembro [1952]

Meu amor querido. Acabo de fazer um esforço intelectual exaustivo para meu atual estado. Escrevi uma longa carta a Marcel [Herrand] explicando os motivos da minha recusa de assumir de novo Monima para a estreia de Jean [Marchat] em *Mitridates*. Pois estou decidida a recusar, e embora tenha mandado dizer a Jean que me telefonasse, continuo esperando seu telefonema. Só sei que se tivesse aceitado, teria três ou quatro ensaios antes de atacar o papel no interior na encenação de Marchat, e o mesmo ou um pouco menos talvez para retomá-lo em Paris na encenação de Yonnel.[1] Acontece que nesta última seria necessário alterar tudo para mim, e não quero ser arrastada numa história de resultados realmente incertos. Além do mais, já corri todos os riscos com os

---

1 O ator e diretor Jean Yonnel (1891-1968), *sociétaire* da Comédie-Française de 1929 a 1955.

Seis personagens; não quero recomeçar o tempo todo essa brincadeira; sobretudo se tratando da primeira tragédia que eu abordaria, e precisando encarar esse momento com seriedade.

E assim, tomada essa decisão, estou livre de uma preocupação que me atormentava. O que complicou o resto. Me sinto ainda estúpida, vazia. Vou arrastando ao longo dos dias minha inesgotável paciência. Preencho as horas com encontros sem interesse e trabalho à noite com Gillibert. Lemos juntos *Andrômaca, Berenice* e *O misantropo*. No caso de Alceste, ele é Alceste, sem a menor dúvida. Só lhe falta a ternura que só o amor, o verdadeiro amor ensina. Ele, sem sombra de dúvida, nunca amou realmente. Quanto à tragédia, fica ridículo em geral, mas muito bem em certos momentos. Quando se lança em Orestes ou Antíoco, é uma desgraça. Lembra como ele dança? Pois bem, ele interpreta a tragédia como dança! Além do mais, se arma (é o caso de dizer) de uma estranha dicção que parece misturar as de Yonnel e Cécile Sorel. Não sei o que dá nele. Mas não se preocupe; eu lhe digo as coisas bem suavemente, aos poucos. Depois você entra de sola.

Quanto a Pierrot [Reynal], diz que eu sou uma ch... desde que você viajou. Ele não se enxerga! Justamente, por causa dele, tive de interromper esta carta, e agora, ao retomá-la, são três horas e meia e só me resta tempo para te dizer meu amor e minha saudade de você, para que você receba minhas notícias amanhã.

Talvez domingo eu encontre calma para te escrever direito. Até lá, saiba apenas que estou morrendo de tédio, morrendo de tédio, que não posso viver sem você normalmente e que se você não tivesse me ensinado a ter paciência, me veria chegar montada numa folha de palmeira com uma aroeira e uma azeitona na mão, deixando para trás Paris e sua névoa, seu sol de amido, seus figurantes de papelão, suas preocupações frívolas, seus falsos problemas. É como eu estou, meu amor. Seja feliz, eu te amo e preciso de você. Se meus bons sentimentos podem te proporcionar alguma felicidade, fique radiante; nunca na vida você terá tido êxito tão plenamente em alguma coisa. À parte sua arte, meu amor deve te justificar plenamente. Estou dizendo com um certo humor; mas meu Deus! como é doce dizer isto.

Adeus meu saariano. Viva bem, meu belo amor. Trabalhe, meu querido — não me esqueça, meu bem-amado. E volte logo também — mas sem atropelos. Te beijo longamente, longamente.

M.

O endereço de Marcel [Herrand] para você lhe escrever: Hotel d'Angleterre et de la Grande-Bretagne
Nice.

v v v

533 — ALBERT CAMUS A MARIA CASARÈS

Sábado, 10 horas [13 de dezembro de 1952]

Meu amor querido,
Viajo amanhã de manhã, logo cedo, para o Sul. Não recebi carta sua hoje nem receberei até o fim da semana, quando voltar, pois é mais seguro não mandar encaminharem minha correspondência. Vou te escrever assim que chegar, mas levará algum tempo. São mais seiscentos quilômetros entre nós e os meios de comunicação são lentos. Mas estou triste de partir sem nada seu por longos dias ainda. Quero pelo menos te dizer o amor que me preenche e a ternura que me invade quando penso em você. Nosso amor me acompanha e dá gosto a tudo que eu vivo. Se cuide durante esse tempo e não se canse demais. Te amo e só penso em te reencontrar e te amar mais. Te beijo, longamente, com todas as minhas forças, com todo o meu amor.

A.

534 — MARIA CASARÈS A ALBERT CAMUS

15 de dezembro de 1952

Bom dia, meu querido. Acabei de me levantar. São 11 horas e passei uma boa noite apesar de uma dor de garganta que estou combatendo há dois dias. Vejo um sol pálido diante da minha janela e não sei por que tenho sensações de primavera. Seria a ressurreição?
Por enquanto estou me debatendo. Contra a Comédie que quer que eu volte no dia 9 à noite, depois da conferência que vou ilustrar em Bruxelas nesse mesmo dia. Contra a Comédie que não quer mais me dar meus oito dias de férias em fevereiro para desfrutar de Tipasa. Contra Jean Marchat que queria que eu interpretasse Monima no interior sem ensaios: contra Jean Marchat

ainda e sempre que insistia em reprisar *Mitridates* no Français na encenação de Jean Yonnel.

E os resultados são estes:

1) Voltarei para Paris na noite do dia 9.

2) Espero conseguir que Meyer me libere na quinta-feira 6 de fevereiro.

3) Vou interpretar Monima no interior depois de quinze dias de ensaios com Jean.

4) Só estarei numa reprise de *Mitridates* em Paris se a direção for de J[ean] Marchat.

Isto quanto ao trabalho futuro. O do momento segue seu curso em meio à revolução. Pois a Comédie-Française está em revolta. Dois partidos: os antiBoitel e os boitelados, estes fugindo daqueles, aqueles insultando estes nos corredores e só se dirigindo a eles para insultar. A gente ouve nos corredores: Vendido! Canalha! Sem-vergonha! etc. e é uma agitação só. Enquanto isso, à parte Meyer, ninguém prepara nada, nem ensaia nada, nem monta nada. E assim segue o barco!

Quanto ao resto, ainda não consegui descobrir como se passam meus dias. O moral está melhor, mas os atos continuam igualmente desoladores. Encontro uns malucos que marcam encontro comigo exclusivamente para me ver e nem me dirigem a palavra quando estão na minha frente. Experimento minha fofura vermelha de organza e o tal mantô cujo preço desconhecido me mergulha em angústia. Gasto absurdamente mais dinheiro do que tenho. Encontro Pierrot, triste como um urinol e alarmado com a ideia do futuro próximo. Durmo muito. Como pouco. E trabalho regularmente com Jean Gillibert cujos progressos me deixam pasma sem que eu lhe tenha dito grande coisa, exclusivamente pelo fato de lermos juntos muitas vezes, ele acaba atuando como eu. Não ouvimos mais Cécile nem Yonnel na sua dicção; pelo contrário, às vezes dá para identificar minhas demoras num verso, minha excitação num outro. Prefiro assim, modéstia à parte! Antes de você chegar estaremos com *O Cid* e *Berenice* prontos. Você vai dizer o que acha.

Ontem à noite, ele me trouxe sua mulher. Ela disse bom dia! como todo mundo. Depois, decidiu ela mesma sentar num canto e acompanhou numa terceira brochura os textos de Tito e Berenice que nós líamos. Depois comeu, perto de nós na cozinha; me lembro porque fui eu que botei no seu prato um pouco de sopa e um pouco de coelho. E depois ela falou! Disse: "Vou embora. Preciso me preparar para minha prova"; mas como Jean ainda queria trabalhar Rodrigo, ela pegou seus livros e foi para o meu quarto. Enfim, disse "até logo" como todo mundo, antes de partir. Ela é encantadora.

A vida parisiense, agora? Não sei de nada. Recebi apenas um bilhete do seu amigo Pauwels[1] me avisando que está deixando a direção de *Arts*, assim como seus colegas, por "razões morais". Pensei que dessa vez o jornal vai tomar o caminho da honestidade.

[Maurice] Clavel me telefona sem parar; mas nunca consegue telefonar quando estou em casa.

Quanto a mim, como já disse, hoje estou sentindo minúsculos movimentos na minha alma. Uns esboços de energia. Cintilações imperceptíveis para alguém menos atento do que eu. Mas que se poderia esperar? Eu não disponho das belezas inigualáveis de Tipasa e as tempestades silenciosas do deserto estão longe demais para me socorrer. Assim, durmo meu sono de inverno, enquanto o homem que amo vai buscar do outro lado do mundo a força de viver que lhe falta ao meu lado. Ah! Eu juro! É preciso mesmo estar armado, de capacete, blindado para te ouvir falar! E não é engraçado? Apesar da distância, apesar da minha solidão, apesar da sua alegria de ausência, apesar do que me diz, nunca suas cartas me deixaram tão feliz. Imagine meu amor! Imagine também o poder que sua pátria te dá! Imagine por fim minha felicidade de saber que você está de novo em harmonia com esse mundo tão belo contra o qual Paris te predispõe! E na sua plenitude recuperada, reserve um pensamento para a exilada de sol, a exilada de pátria, a exilada da terra dos vivos, já que a abandonou! Vou parar por aqui. É demais.

Meu amor querido — está trabalhando apesar de tudo? E vive bem? Tenho medo das suas viagens ao Sul. Não se preocupe com o que está acontecendo. Se preserve, meu amor. Pense em mim! E volte para mim quando quiser, mas renovado, jovem, forte, resplandecente, belo como você é. Eu por minha vez vou tratar de não me deixar abater muito para não ficar parecendo a seu lado uma maçãzinha ao lado de uma amendoeira.

Te amo. Te adoro. Te espero. Te beijo. Lânguida.

M.

Pierrot, Jean, Angeles, Juan te dizem bom dia.

---

1 Ver p. 796.

535 — ALBERT CAMUS A MARIA CASARÈS

Laghouat

Segunda-feira, 15 de dezembro [1952]

Meu amor querido,
Te escrevo de Laghouat aonde cheguei ontem depois de uma longa caminhada pelas Planícies Altas e o Atlas Saariano, numa paisagem monótona e fascinante. E por sinal é exatamente esta a palavra. Estou literalmente fascinado por essas regiões do Sul e nem vou tentar descrevê-las. Laghouat é um belo oásis, vale dizer uma grande aldeia de casas achatadas, de muros amarelos e brancos, cercada de palmeiras verde-escuras, ao pé dos últimos contrafortes erodidos do Atlas Saariano, à beira da imensidão que se estende diante dele, até o infinito alcançado pela vista; é lá que vou contemplar do terraço da mesquita sem me cansar essa prodigiosa solidão. Amanhã vou avançar ainda mais para ir na direção de Gardhaïa que fica duzentos quilômetros mais ao sul. Mas fique tranquila, vou parar por lá e voltar na sexta-feira a Argel. E aí tomarei decisões sobre a volta.
O problema é que arrumei aqui uma bronquitezinha que ainda ficou mais irritada por causa da areia carregada pelo vento. Pois no deserto faz frio, muito frio mesmo. Esta noite, teve geada. E imagine só um vento ao mesmo tempo gelado e poeirento. Ele queima o peito, atravessando várias camadas de roupa, e chia na boca.
No momento sinto inveja dos grossos capotes de burel que os árabes usam aqui. Meu casaco de couro e três pulôveres não me protegem do mesmo jeito. Felizmente, o vento se acalmou um pouco esta noite. E amanhã, para percorrer a linha reta e monótona que atravessa duzentos quilômetros de estepe, terei a luz fixa e revigorante que tive ontem, uma luz extraordinariamente pura e precisa, como uma água transparente correndo sobre as maravilhosas cores da terra aqui para avivá-las ainda mais. Voltarei a ver também as tendas negras dos nômades, pobres e imponentes, que me agradam tanto. Me sinto um pouco da raça deles, nunca realmente preso a um ponto da terra, e no entanto amando apenas essa terra tão pobre e tão nua. Pensei também em você, minha emigrante, meu amor!

Passei o dia vagando no oásis. Meu quarto no Hotel Saharien justifica a tabuleta desse estimado estabelecimento, mas a gente tem mais vontade de ficar lá fora, apesar do vento, ou melhor, por causa dele. Estou sozinho aqui, não conheço ninguém, e fico feliz de poder cuidar um pouco de mim novamente. Depois, poderei voltar para você, primeiro as suas cartas me esperando em Argel, depois você, e espero te fazer mais feliz, e também ficar feliz. Houve um momento em que me perguntei, e você percebeu, se você não estava deixando um pouco de me amar, se não estaria se encaminhando para um sentimento mais distante, menos caloroso — e fiquei realmente infeliz, à minha maneira pelo menos, que não é nada animadora. O sofrimento em mim é sempre morno, não tenho esse talento. Mas aqui tudo volta ao devido lugar, estou enxergando melhor o que já sabia, a vida difícil que você tem, a vida ainda mais difícil que é a nossa, e também o companheiro difícil que sou às vezes. E entendo que você nunca me deu tantas provas de amor quanto nas últimas semanas, enquanto arrastava para todo lado seu próprio cansaço. Perdoe aquele que te ama. Pois te amo há tanto tempo que já não me distingo muito bem de você, às vezes mal te vejo, como se caminhássemos na noite, a sua mão na minha. Não largue essa mão, só isto, e que possamos viver nosso amor tal como é. A única coisa que preciso fazer no que me diz respeito é não deixar que se endureça em mim a parte livre e revigorante de onde sai todo o resto. Não é fácil, vivendo como vivemos — mas sei que é possível, sempre que encontro novamente em mim, como esta noite, a milhares de quilômetros de você, mas no maravilhoso silêncio desta região, a verdade do meu amor.

 E de fato a noite já caiu. Aqui como em qualquer outro lugar, é para mim a hora difícil. Vou tentar encontrar uma agência dos correios. Não sei quando você vai receber esta carta e não voltarei a escrever antes de Argel. Mas gostaria que ela te levasse tudo que estou sentindo de gratidão e amor por você. Sim te amo e te admiro, mais ainda que no primeiro dia. Desejo com todas as minhas forças poder te trazer um dia a este país que se parece tanto com você para nele te amar com meu coração de hoje.

 Até logo, minha pequena nômade, que hoje está bancando a sedentária, eu me pergunto o que está fazendo, queria me deitar ao seu lado e ouvir como nesta noite os cães roucos dos árabes e o vento nas palmeiras. Te beijo, te abraço, te amo e te espero.

                       A.

536 — MARIA CASARÈS A ALBERT CAMUS

19 de dezembro [1952]

　Meu amor querido,
　Dessa vez, acho que finalmente posso dizer: meu espírito me pertence! Eu já tinha comentado as primeiras manifestações dele, ainda bem vagas. Ontem à noite, na cama, já de madrugada, chorei longamente. Hoje, penso, reflito, sinto, tudo volta a ficar claro, a chuva me incomoda, eu desejo o verão, a vida, o mar, a beleza, e te amo com um amor completamente novo, um pouco tímido, mas cheio de saúde, de energia renovada, de clareza recuperada. Eu estava entregue no meu deserto de lama às tristezas e alegrias que me fazem viver; nesse longo exílio, me via bem carente, estéril, órfã, miserável — Mas hoje de manhã entendi, pelo meu coração pesado, pelas longas saudades que extraí do meu sono, que tinha posto de novo um pé na minha pátria e que se ainda não posso visitar as planícies queimadas de Castela, pelo menos estou solidamente instalada no próprio coração das campinas melancólicas da minha Galícia. De modo que estava viajando na sua direção, meu saariano. Logo vamos nos encontrar de novo e logo a primavera, o verão virão nos libertar desses meses difíceis que passamos.
　Como é que você foi pensar que meu amor por você se desnaturava?! Como foi capaz de imaginar que eu possa me desviar do único caminho que me liga estreitamente a essa terra! Enlouqueceu? É verdade que eu tentei inventar novas ambições; quis te aliviar do peso da minha paixão, tão difícil de suportar quando se agarra completamente a você; as circunstâncias me ajudavam no plano da minha profissão, o único capaz de me tentar; eu estava descobrindo em mim novas fontes de talento, forças jovens e também uma matéria nunca explorada até hoje: todo esse teatro no qual ainda não havia tocado. E foi o bastante: eu me atirei. E depois veio o trabalho, o esgotamento, e mais trabalho, e ainda o esgotamento, e ainda e sempre a febre de fazer melhor, mais, melhor, mais — e esse terrível sentimento de impotência e tristeza. Meu belo amor, as alegrias da minha profissão também, só as encontro em você, quando recebo num entreato um bilhetinho dizendo "formidável", quando você me olha no fim de uma récita com olhos quentes e úmidos, quando me ama através do que acabo de fazer, com seu amor que povoa céu e terra. Então, e só então, me volto para mim mesma, bem no fundo de mim e volto a viver cada uma das cenas que acabo de representar imaginando o seu olhar, o seu rosto a cada um

dos meus gestos, a cada palavra minha. Sim; não resta a menor dúvida; continuo sendo uma criança. O que me preocupa um pouco; mas é assim. Continuo sendo uma criança e te amo perdidamente, como uma criança, como uma mulher, às vezes também como um deus (ou melhor, uma deusa). Mas deus ou deusa eu sou exclusivamente através de você; só você pode me fazer assim, só você tem para mim um poder mágico, só você pode me fazer crescer, crescer, crescer. E você duvida do meu amor! Caia em si, querido, acorde, veja, e deixe para lá as dúvidas inúteis. Veja!

Trabalhe. Se impregne bem de tudo que ama. Se cuide! Oh! Sim. Preste atenção nos acontecimentos e também nas bronquites irritadas. Pense como é importante voltar cheio de vida e forças. Cuide de você. E eu aqui estou me guardando bem! Me cuido, me afago à sua espera. Cuide, cuide do meu amor.

Não vou contar nada da minha vida parisiense, que me aborrece. Por sinal, se você estivesse aqui, esta manhã eu ia querer deitar ao seu lado e me calar; é como digo, estou mais para a melancolia e talvez também para a tempestade, mas — bem conduzida.

Não esqueça: cuide de você. Eu espero para viver, para rir, para falar a torto e a direito, para te amar e também para — te saborear.

M.

537 — ALBERT CAMUS A MARIA CASARÈS

Sexta-feira, 19 de dezembro de 1952

Meu amor querido,

Voltei ontem do Sul, cansado da dura viagem de volta, mas com a cabeça cheia de imagens calorosas e o coração repleto pelo que vi e amei lá. Deveria ter escrito ontem à noite, primeiro para compartilhar minhas lembranças com você e também para te tranquilizar quanto à minha desenvoltura. Se você tivesse visto meu pânico ao não encontrar nada seu, constatando que você não escrevia há dez dias, me atirando no papel para escrever o telegrama dos náufragos, teria ficado tranquilo quanto às alegrias censuráveis que eu encontro na ausência. No fim das contas, o porteiro do hotel me mandou entregar um embrulho esquecido e eu encontrei suas duas queridas cartas. Eu ria de alegria lendo-as, e te chamava por todos os nomes de ternura que te dou quando estou sozinho. Sim você é boa e calorosa, e viva sem trégua no meu coração. Não fique indignada com minhas alegrias longe de você. São alegrias de convalescente, secretas e longas, que compartilho com você. A vida que levo em Paris me esgota e me esteriliza. Eu não aguentava mais e receava afundar até um momento em que só fosse capaz de ter certeza do meu amor sem saber desfrutar nem viver dele. Seja compreensiva com minhas falhas. Se um dia restasse apenas minha profissão, pelo menos tal como a encaro, ela bastaria para me destruir. Mas em tudo isso eu jamais pensei em outra coisa que não fosse nosso amor e minha única vontade tem sido preservá-lo acima de todo o resto e te fazer feliz na medida das minhas possibilidades. Sim, meu amor, minha pequena, minha bem-amada, não há em tudo isso nada que não possa ser motivo de orgulho e ternura para você. Guarde para mim esse coração que nunca parou de me aquecer e me fazer crescer e me deixe sempre te tomar nos meus braços, para a única vida que amo.

Mas eu deveria ter escrito isto ontem — quando só me sentia maravilhado e amoroso. Hoje de manhã, recebi minha correspondência "de negócios" e a ignóbil Paris ressurgiu. Vou te poupar dos detalhes, *Arts* publicando meu prefácio a Wilde sem autorização,[1] quando deveria ser publicado na revista dos amigos de Char, os Zervos, meus amigos "políticos e literários" me desaconselhando de publicar meu Post Scriptum,[2] *L'Humanité* me insultando de novo etc. etc. Será que eu não mereço ter paz? O que eu não daria para viver aqui, ou em algum lugar parecido, com você. E quando digo que sinto falta do Sul, e do meu belo deserto, estou querendo dizer que sinto falta com você, assim como o amei com você.

Mas chega disso. Aqui vão meus projetos definitivos. Viajo segunda-feira para Orã, onde ficarei dois ou três dias, e depois embarco para Marselha, e vou ver Marcel em Nice. Voltarei de carro com Michel Gallimard. É o caso então de me esperar entre 1º e 3 de janeiro. Mais adiante vou confirmar esse retorno. Mas é por volta dessas datas que vou chegar. Quando receber esta carta, estaremos separados por algo em torno de uma semana, ou pouco mais.

---

1 "O artista na prisão", prefácio a *A balada do cárcere de Reading*, de Oscar Wilde, publicado em *Arts*, 19-25 de dezembro de 1952.
2 Esse "Post Scriptum", datado de novembro de 1952 (e endereçado a René Char e Jean Grenier, para avaliação), só seria publicado postumamente, em 1965, por Roger Quillot, nos *Ensaios* de Albert Camus ("Bibliothèque de la Pléiade"), com o título de "Defesa de *O homem revoltado*". Nele, Camus mostra de que maneira a experiência compartilhada da revolta dá origem à comunidade humana. Sobre esse texto, ver Albert Camus, *OC*, III, p. 1264-1265.

Vou chegar decidido a ignorar tudo que me faz mal e cheio de possibilidades no meu trabalho (já comecei a trabalhar em coisas enfim novas para mim — você vai saber). Mais um pouco de paciência, minha afetuosa, minha solitária, minha adorada, e voltaremos a viver nosso amor, porém com ainda mais forças e riquezas. Se faça bela, e viva se puder apesar de todo esse trabalho. Me receba no seu coração maravilhoso, em você também que eu desejo, e até lá continue me amando como eu sou sempre maravilhado com o fato de você me amar, como eu também te amo, meu belo deserto. Te beijo, sim, te cubro de beijos e agora te espero

A.

Até quinta-feira, pode me escrever para o Grand Hôtel, Orã. Depois, mandarei telegrama. Diga a Pierre [Reynal] que responderei a ele.

538 — MARIA CASARÈS A ALBERT CAMUS

23 de dezembro [1952]

Meu amor querido.

Estou bem irritada esta manhã. Começa que acabo de receber do ministério das finanças uma folha me dizendo que tenho de pagar pelo ano de 1949 (?) o valor de quatrocentos mil francos, e isto antes do mês de março. Quero crer que haja erro de data, pois não posso acreditar que um simples atraso possa chegar a tanto; mas, como não entendo nada dessas coisas, estou apavorada. Já é difícil para mim pagar o resto; se tiver de acrescentar mais essa coisinha, nunca vou conseguir. Para chegar a esse resultado, é melhor não trabalhar.

Por outro lado, os acontecimentos na Comédie atingiram o mais [alto] grau de baixeza e acho que nem sou capaz de repugnância suficiente para reagir. Se continuar assim, vou apresentar minha demissão sem demora.

Nem te falo da dificuldade que sinto em me decidir a trabalhar *Mitridates*; Monima me aborrece; é um papel que não ouso abordar por nenhum lado, caminhando na ponta dos pés, temerosa, tremendo à ideia de quebrar alguma coisa, perdida; e como além do mais a confiança em mim mesma que tantas vezes me dá sustentação desta vez está bem ausente, vou caminhando ao acaso empurrada apenas pela minha teimosia e a ideia de cumprir minha promessa a Jean.

Quanto ao resto, vai tudo bem. Recuperei o apetite e meu sono de criança, minha saúde e minha disposição. Ontem à noite, fui ver *Tartufo* e voltei feliz, como sempre, quando assisto a um bom espetáculo. Essa semana que me separa de você, tratei de ocupá-la com rostos, e vou "receber" até a sua volta. Michel Bouquet e Ariane, Minou e sua irmã Pierrette,[1] Louise Conte,[2] [*L. Kender*], Hirsch,[3] Charon,[4] Gillibert, etc. terão direito às honras da casa, e poderão ouvir a *Odisseia* de Monteverdi, *Don Juan*, Dinu Lipatti tocando quatorze valsas de Chopin (e como!) e ficar embasbacados, e chorar e deblaterar quanto quiserem no nosso pequeno pombal. Já avisei a todos eles que vou me deitar quando ficar cansada. Também tenho rádios a gravar e atuo com muita frequência; mas, naturalmente, o grosso do trabalho está reservado para o mês de janeiro e vai começar, claro, a tomar todo o meu tempo a partir do dia 5. Evidentemente!

Não é o suficiente para amargurar o ser humano mais amável? Enfim! "¡A mal tiempo, buena cara!" Fazer o quê!?

Amanhã à noite, interpreto *Don Juan*, e depois volto para casa para comer um peru com Juan, Angeles e Pierrot, um Pierrot de bochecha inchada, sem dentes ou quase à espera de uma dentadura que vai receber quando tiverem arrancado a pequena quantidade de molares que ainda lhe restam. Vamos beber um pouco de champanhe, e então erguer as taças em sua homenagem e vai me fazer tanto bem pensar que ainda existe alguém por quem se pode fazer isso sem segundas intenções que vou esquecer até o amor que tenho por você para pensar apenas no que você é. Será um momento solene, meu querido, um momento consagrado à fidelidade, e à grande fidelidade, aquela que nos vincula a tudo que quisemos ser, ao que quiseram fazer de nós. Conheço muita gente que te abraçaria nesse momento, se estivesse aqui, e que te agradeceria.

Quanto a você, tomando o trem, o navio, para voltar, deixe por aí suas preocupações. Se prepare bem. E volte depressa na exigência com você mesmo, comigo, se for o caso; mas numa total indulgência em relação aos outros, ou no humor. É a única maneira de viver quando somos incapazes de adotar

---

1 Dominique Blanchar e sua irmã Pierrette.
2 Louise Conte (1923-1995), *sociétaire* da Comédie-Française desde 1948.
3 Robert Hirsch, nascido em 1925, primeiro prêmio do Conservatório Nacional de Arte Dramática, contratado pela Comédie-Française em 1º de setembro de 1948, torna-se *sociétaire* em 1º de janeiro de 1952. Entre numerosíssimos papéis clássicos, interpreta na ocasião Pierrot em *Don Juan*, na encenação de Jean Meyer.
4 O ator e diretor Jacques Charon (1920-1975), *sociétaire* da Comédie-Française desde 1947.

um destino de pedra. Faça o que tiver de fazer. Raramente a gente encontra irmãos em Paris, mas eles existem, e o que não seríamos capazes de fazer por eles! Coragem, meu amor. No mais profundo desânimo, a ideia de que você está aqui e me ama sempre me encheu de confiança, de felicidade. Que a minha presença te proporcione no ano que entra e em todos que você ainda vai viver as alegrias que você me dá!

E o que mais te dizer senão que em breve a primavera vai chegar e mais um ano virá confirmar novamente o nosso amor, você está seguro dele, agora? Começa a entender que eu te amo? Sacrílego!

Vou escrever a Marcel [Herrand]. Assim você terá notícias minhas em Nice. E vou te esperar com alegria, agora.

Meu amor querido, eu não disse bem nesta carta o reconhecimento que te devo; mas você sente, não é?, sente a minha felicidade? Quanto ao meu amor, você o conhece o tempo todo no seu coração, o reconhece também na sua cabeça quando o deserto te traz de volta à sabedoria. É só o que eu preciso. É só o que nós precisamos, me parece, para viver o melhor possível. Isto e o cuidado com nossa integridade. Depois podemos morrer, não acha?

Todo o meu mundinho aqui te beija de todo coração, forte. E eu, meu querido (olha só! estou com os olhos cheios de lágrimas), te abraço longamente, muito longamente. Até muito breve, meu amor.

M.
V

539 — ALBERT CAMUS A MARIA CASARÈS

23 de dezembro de 1952

Meu amor querido,

Aqui estou enfim em Orã, que decididamente tem um cheiro forte de Espanha. Esperava encontrar uma carta sua, mas não tive essa sorte — e me sinto meio vazio e errante. Estou tentando pôr em ordem e em forma as anotações que reuni aqui. Vou fazer uma ou duas incursões ao interior, em Tlemcen, velha cidade do Islã e também a um antigo porto fenício que quero conhecer, Honaïn. Vou embarcar dentro de três dias, exatamente no dia 27, e estarei em Marselha na noite de 28.

Estou vivendo até agora numa espécie de exaltação surda. Mas nos últimos dias veio a recaída. Naturalmente, eu não esperava resolver tudo pelo simples fato de viajar. Não se pode resolver os problemas lhes dando as costas. Mas é possível ir juntar um pouco as forças, recuperar uma elasticidade. Depois, voltamos ao combate. Desse ponto de vista, acredito ter recuperado uma parte das minhas forças. Mas me volto agora para os problemas que enfrento, como escritor, e de modo geral como homem, e sua vastidão me angustia um pouco. Como sempre em casos assim, me sinto superado, insuficiente.

Mas o fato é que preciso aceitar minha tarefa — e vou tentar, na medida do possível, encará-la. No momento estou pensando nas decisões e resoluções que terei de tomar no trabalho e em tudo que me espera. O principal é recuperar e guardar na minha vida pelo menos essa verdade que encontrei junto de você.

Comprei os jornais de Paris. Li as histórias inacreditáveis do Français. Pobrezinha! no meio desses caranguejos, tão agitados! Mas você tem a arte de passar sorridente por essas coisas — uma armadura invisível te protege. Você tem razão de dizer que continua sendo uma criança, pelo menos em parte. É a parte intacta, aquela que falta a esses adultos integrais. Mas acho que não será bom para você ir além dos prazos que tinha fixado. A propósito, vi *Fuenteovejuna*,[1] montada pelo Centro Regional de Arte Dramática em Argel. Foi indescritível. Abominavelmente interpretado e montado, mas num movimento tão terrível que o público, aos berros e exaltado, quase chegou no momento da revolta a pôr fogo na sala, de tanto entusiasmo. É o público que está fazendo falta ao TNP — mas o TNP não é o teatro que conviria a ele. Havia também balés (exatamente) mas não à espanhola, era mais do tipo *Lago dos cisnes*. E a tortura, muito bem-feita! Os pacientes berravam por trás de uma cortina cinzenta diante da qual Laurencia e Frondoso se amavam. Nunca me senti de tão bom humor num espetáculo.

Bem. São 7 horas da noite. Vou sair. É a hora que me agrada nesta cidade. As lojas estão cheias de neon, de embriagar os olhos de um cego, e nas calçadas tomadas de gente transcorre um *paseo* gigantesco, e a gente se sente só, acompanhado e ingênuo. Lá eu te amaria. Ah, eu não disse que sua última carta, a da ressurreição, me trouxe alegria e fogo. Te amo também, minha corajosa, com um amor que tem todas as cores, todos os poderes, atento e cego, sábio e desordenado. Que faria eu sem você? Essa coragem de que tanto preciso, que às vezes me sinto a ponto de perder, como poderia encontrá-la numa vida abandonada por você? Sim, fique a meu lado e vamos fazer, juntos, o que só nós podemos fazer. Breve; breve, meus braços te enlaçando, e vamos partir. Te beijo com gratidão, com desejo, com amor.

---

[1] *Fuenteovejuna*, de Lope de Vega (1619).

Escreva (até a manhã de 27) e me diga tudo de que tenho incessante necessidade. Te amo.

A.

540 — ALBERT CAMUS A MARIA CASARÈS[1]

24 de dezembro de 1952

FELIZ NATAL E VOTOS DE TERNURA ALBERT

541 — MARIA CASARÈS A ALBERT CAMUS

30 de dezembro de 1952

Então, meu querido amor. Quer uma palavra minha? Uma palavra!, mas como é que eu poderia, numa palavra, te dizer o que sinto quando ouço sua voz no telefone, como fazer para reduzir minha vida, e portanto a vida, a uma palavra? Não, meu querido, eu não sou Deus, e a única palavra minha capaz de te dizer o que eu gostaria que você soubesse deverá carregar todo o peso de uma longa existência e concluí-la. Por enquanto, graças aos céus, ainda temos caminho a percorrer juntos, alegrias a compartilhar, juntos; dores a suportar juntos. Eu ainda estou na fase dos longos e tediosos discursos postos em dúvida, do balbuciar feliz, dos olhares, das expectativas, dos desejos, dos arrependimentos, das exigências, das promessas, do humor adulto, formado, desabrochado, mas tão jovem, tão jovem... E por sinal acho que, feliz ou infelizmente, e também pelo que você é, o tempo jamais virá transformar essa relação rara que existe entre nós. Nosso amor é um acontecimento de cada dia, que surge novo a cada manhã, que arrisca tudo a cada tarde, que morre à noite num sono solitário e ressuscita milagrosamente ao alvorecer — ou um pouco depois. De modo que não tem como envelhecer; é maduro apenas de lembranças, tradições transmitidas de pai para filho, dia após dia, mês após mês, geração após geração; é um jovem europeu criado em Florença, Toledo, Paris, e atualmente exilado nos mais secretos oásis do Saara. Quando eu morrer, se não perder a consciência,

---

[1] Telegrama.

vou dizer: Ah, e aí terei dito tudo, e a série inesgotável de tolices que te mando aqui vai assumir forma humana, falante, inteligível, e contar por mim uma das mais belas histórias de amor que podem existir. Aos teus olhos, claro!

Estou bem feliz de saber que você está com boa saúde. É o que importa em primeiro lugar quando alguém se prepara para abordar Paris. Você vai bem, continua a me amar, tem trabalho a fazer. Que mais pedir para um ano que começa? Senão que eu retribua da mesma forma?

Pois bem, seja feliz você também. Eu vou bem, te amo cada vez mais plenamente e tenho trabalho a fazer. Em matéria de trabalho, só você me faz falta para me incutir uma confiança que eu decididamente perdi; mas em matéria de saúde, me permiti não te esperar. Estou jogando fora energia... e vestidos; o último que comprei, a gracinha vermelha de organza, não resistiu à primeira saída; estourou já no início da noitada passada com Angeles, Juan, Minou e Félix Merveilleau (novo nome do tritão)[1] no estabelecimento de Pepita de Cadiz, o cabaré que ela acaba de abrir: Villa Rosa. Ela nos deu a honra de nos *convidar*; inclusive insistiu muito. Depois de longas hesitações, nós nos decidimos e aceitamos o *convite* (eu, para agradar a Angeles), e por volta das 5 horas da manhã (eu não queria apressar a saída justamente por causa do *convite*), quando Juan pediu a nota das três garrafas de champanhe que fez questão de oferecer, lhe apresentaram uma linda conta de trinta e dois mil e quinhentos francos. E isto no Dia dos Inocentes!

Voltamos para casa mortos de cansaço, de perplexidade, o escândalo estampado no rosto. Eu segurava o vestido que descosia cada vez mais, irremediavelmente — Minou dormia. Angeles bronqueava com Juan. Juan xingava; e eu agradeci aos céus, para variar, que você não estivesse lá, pois eu corria sério risco de dar num poste e amassar *Desdêmona*, assim encerrando uma fiesta que começara tão alegremente.

Quanto ao resto dos meus dias, vou contar tudo quando você voltar. Estive com muita gente, sobretudo mulheres, mulheres em toda parte; muita música, as valsas de Chopin, sempre me tomando por George Sand, *Orfeu* (eu era Eurídice), Don Juan (estava interpretando *Don Juan*), as Estações. Trabalhei vagamente meus clássicos, tudo exceto Monima, que tem o poder de me fazer dormir. Ontem, me sentindo pronta para a poesia, aproveitei para preparar os poemas que terei de dizer em Liège na conferência de Arland.[2] Dois deles são

---

1 Pierre Reynal.
2 O crítico e romancista Marcel Arland (1899-1986).

emocionantes, o "Julgamento" de d'Aubigné e a ode de Théophile de Viau ao "S[enhor] de L... sobre a morte de seu pai". Gostaria de conseguir dizê--los bem, para meu próprio prazer; e para dar prazer a Arland, gostaria de não estragar muito os outros, considerando o entusiasmo que esse querido amigo tem pela minha companhia e que me deixa lisonjeada.

Amanhã, vou atuar. Depois de amanhã, vou atuar. Sexta-feira, vou atuar. Sábado, te espero. Domingo atuo demais para ter coragem de te esperar. E segunda-feira, enfim!, segunda-feira... te vejo, te toco — e só, creio eu, considerando-se a data. Oh! Eu sei! Neste momento, eu não devia pensar em outros prazeres que não os da alma; mas há semanas está gritando em mim alguma coisa que não vem apenas do coração. E aí, eu perco as estribeiras.

Venha! Venha logo! Acabou-se o tempo do heroísmo. A hora da bondade passou e chegou a da exigência, clamando a sua ausência. Volta, meu amor querido. Eu te quero. Te desejo. Preciso de você. Não consigo mais me calar. Sinto a sua falta. Me entedio com sua presença absorvente. Estou farta de solidão. Ardendo. Venha me fazer viver. Te amo de morrer. Te deixo partir, assim, sem me queixar, mas me é impossível viver sem você

M.

542 — ALBERT CAMUS A MARIA CASARÈS[1]

[31 de dezembro de 1952]

Um ano feliz e cheio de afeto, meu amor!

A.C.

---

1 Albert Camus está em Cannes com Michel e Janine Gallimard.

1953

543 — MARIA CASARÈS A ALBERT CAMUS[1]

Lille, 18 de janeiro [1953]

Uma palavrinha, meu querido amor, para já te deixar a par dos nossos sucessos e vicissitudes.

A viagem começou bem. Saímos de Paris atrasados, na estrada ficamos sem gasolina e finalmente, como nosso motorista está mais para poeta que condutor de ônibus, chegamos a Arras por Cambrai, o que nos valeu um percurso adicional de quarenta e cinco quilômetros.

Desse modo mal tivemos tempo de jantar antes de ir para o teatro. A récita transcorreu muito bem e pegamos o ônibus de novo a 1h30 da manhã para ir para o Hotel Royal em Lille, onde íamos ficar. A curta viagem foi normal; apenas em dado momento nosso poeta quase nos fez aterrissar numa árvore na qual tinha visto folhas (nesse frio!): mas eram apenas estorninhos.

Encantadora lição.

Hoje dormi até muito tarde; acordei na hora de almoçar no quarto, já cercada de vários integrantes da trupe, que depois de me terem telefonado, um depois do outro, iam se reunindo aos poucos no meu quarto.

Hoje à noite vou jantar com Malembert e Thomas para cuidar da iluminação e amanhã devo ir à televisão participar de um pequeno coquetel e atuar.

Estou bem, apesar dessa contração nos rins que me impede de calçar direito os sapatos. Me pergunto se não foi algum pecado que grudou no meu flanco e me obriga a me manter eternamente ereta na posição execrável do orgulho. Assim instalada no meu assento, "eu perambulo, perambulo, alma penada", pelas vastas planícies geladas do Norte, em meio ao caos de risos, motores, aplausos e barulho de louça.

Minha casa de rodas é confortável demais; o encosto dos assentos reclina, eles são de couro e altos — Meus pés não chegam ao solo quando estou sentada

---

1 Maria Casarès está em turnê pelo norte da França e pela Bélgica.

e constantemente escorrego para a frente sobre o ponto de dor. É como se todo o meu corpo, que, como você sabe, contém toda a minha verdade, quisesse desesperadamente avançar no espaço e no tempo para finalmente chegar ao fim desse caminho infinito que parece estar constantemente nascendo e morrendo debaixo das rodas do carro.

Dito isto, ando comendo por três, durmo tranquilamente e apesar de uma tristeza morna que só a estrada consegue fascinar, me sinto cheia de coragem e disposta a fazer bom uso desse tempo que me separa de você.

Mas e você, como vai? Vou tentar te telefonar amanhã ou domingo. Sua gripe não me preocupa além da conta; o que me preocupa é a sua atual "dispersão".

Fique em Paris ou saia; mas resista à tentação e se recomponha assim que estiver em condições. Eu sei que há momentos para recarregar as baterias e que eles são necessários, mas temo por você a língua de fogo do teatro, esse braseiro que precisa ser constantemente alimentado e que esteriliza tudo que não sirva para fomentar sua própria chama.

Como vê ainda estou lendo *Moby Dick*, e como vê ainda preservo minha maleabilidade de atriz.

Meu amor querido, caberia pensar que vivemos mal no momento; mas não tenho tanta certeza assim. Naturalmente, seria bom que estivéssemos juntos com mais frequência; mas vocês e eu sabemos que não podemos ir mais longe na intensidade do nosso amor. Ela nunca foi desmentida. Tudo recomeça constantemente ao nosso redor, enquanto nós continuamos sempre sem esmorecimento. Depois de uma tão bela vitória quem terá sensatez suficiente para saber o que devemos ou não fazer?

Sim; dizer que eu te amo me parece absurdo; mas a ausência obriga a fazê-lo. Te escrevo mesmo para te garantir que ainda estou viva. E aí?

Se cuide. Me mande algumas palavras.

Segunda-feira deixo Lille e vou para Bruxelas. Te beijo de novo carinhosamente, se estiver resfriado.

M.

544 — ALBERT CAMUS A MARIA CASARÈS[1]

[Fevereiro de 1953]

BEM-VINDA ÀS MINHAS TERRAS!

545 — MARIA CASARÈS A ALBERT CAMUS

Argel, sexta-feira, 6 de fevereiro [1953]

Meu amor querido,
Queria ter te mandado algumas palavrinhas ontem, mas meu dia foi devorado por um "medo de palco" crescente até proporções gigantescas. À noite, ao voltar, eu bem que preferia ter você ao meu lado.

Para acabar com essa história do plano de trabalho, quero dizer desde logo que não dei conta e que embora possa ter lido melhor o texto de Sêneca do que na Sala Gaveau (apesar da histeria das minhas mãos que enlouqueceram de pavor) em compensação dei aos seus compatriotas uma imagem meio amorfa, um pouco grosseira, da Fedra de Racine. Os motivos? Um enorme nervosismo, e o sentimento muito claro da falta de vontade naquele momento de interpretar *Fedra*. Ao entrar em cena pensei claramente — eu lembro —; "olha só, não estou com vontade de ser Fedra!" — E infelizmente não fui mesmo. Enfim, não se preocupe. O público argelino se mostrou de extrema gentileza e aplaudiu gentilmente; e eu não fiquei amargurada de modo algum com esse fracasso; só um pouco de pena, e a esperança de fazer melhor da próxima vez. Agora, já conheço bem a Sala Bordes, sei que por milagre minha voz ocupa toda ela sem provocar um único eco e que pude ver os que me ouvem, em grande número, depois da conferência — muito belos e fervorosos. Se tudo isso não me ajudar a juntar inspiração é mesmo de perder a esperança, e ainda assim eu teria de poder perdê-la.

E agora vamos às coisas sérias. Sua cidade, meu amor querido, é à sua imagem e diante dela, como diante de você, fiquei paralisada desde o primeiro

---

1 Telegrama endereçado ao Hotel Saint Georges em Argel, onde Maria Casarès acompanha sua antiga professora do Conservatório Béatrix Dussane numa série de conferências sobre *Fedra*, de Racine, a convite do Centro Regional de Arte Dramática de Argel. Sobre a origem desse projeto, ler em especial Dussane, *Maria Casarès*, Calmann-Lévy, 1953, p. 108-131.

momento. Estava voando em pleno céu, e por gentileza do comandante de bordo pude vê-la em seu maior esplendor, brilhante na noite, entregue. E a amei. Depois, veio o aeroporto, uma recepção direta, franca, brutal, exatamente o que eu queria; o percurso na estrada, e de repente a baía de Argel; depois um breve passeio de carro pelas ruas quebradas em ladeiras, os bondes, uma organização meio duvidosa do tráfego. Eu estava apaixonada.

Depois, o São Jorge e seus corredores misteriosos, rostos tão conhecidos... Jantei com Dussane, Geneviève Baïlac e Monique Laval.[1] Bom humor. Todo mundo à vontade. Eu me sentia generosa e continuo.

Sua cidade, seu céu, as pessoas nascidas aqui já me ensinaram muitas coisas e a primeira, meu querido amor, é uma indulgência sem fim com esses pobres infelizes que se arrastam o ano inteiro nas ruas de Paris, sob o céu de Paris, no metrô. Deus sabe como amo Paris; mais sei o preço do meu amor; muitas vezes é pesado. Aqui a recompensa está em toda parte e em todos os rostos; aqui, é fácil viver.

Além do mais, há rosas como nunca vi em lugar nenhum. Obrigada, meu amor, por ter sido o primeiro a me deixar vê-las.

Hoje vou assistir à representação de *Fuenteovejuna*. Amanhã, Sala Bordes, faremos a segunda conferência. Eles queriam uma terceira domingo depois do sucesso daquela em que pessoalmente achei não ter ido bem; mas o domingo vai ser mais bem empregado. Viajamos por volta de 7 horas da manhã para Orã, de carro! Vamos percorrer o litoral, parar algumas horas em Tipasa e fazer um piquenique à beira-mar. Que tal?

Segunda-feira, atacaremos o público de Orã, terça-feira nos despediremos e quarta eu embarco para Citera.

E no fim haverá você. Você, meu belo amor, meu querido, querido amor.

Até lá, não esqueça de mim; eu também não te deixo. Você está no canto das rolas, nas rosas silvestres, em cada sorriso que me dão, em cada azeitona e cada laranja. Quanto às aroeiras, vou esperar Tipasa.

Te amo. Te amo. Quanto mais e melhor te conheço, mais e melhor te amo.

M.

---

[1] A realizadora e dramaturga Geneviève Baïlac, nascida em 1922, é a diretora do Centro Regional de Arte Dramática de Argel desde 1947, tendo como assistente Monique Laval. Dirige, portanto, uma companhia e recebe outras companhias em Argel para enriquecer sua programação.

546 — MARIA CASARÈS A ALBERT CAMUS[1]

[Argel. Cena de rua.]

Sábado, 7 [fevereiro de 1953]

Meu amor querido. Estou cada vez mais louca por este país. Ontem percorremos um longo pedaço do litoral e eu via asfódelos por toda parte. Almocei de frente para o mar — de tarde perambulei pela Casbá. Estranha impressão. Hoje me preparo para fazer engolirem Péguy essas criaturas cuja beleza nem deixa espaço para o paraíso. Estou me sentindo mais relaxada; e além do mais... aqui... nada importa à parte a luz.
Te amo de morrer.

M.

[Tipasa. Sarcófago de Santa Salsa.]

Meu querido. Aí vai uma imagem bem pobre de Tipasa. Lá passei horas que certamente me ajudarão a suportar bem os dias negros. Nada seria capaz de traduzir Tipasa. Nada. Sim, talvez um sonho que eu tive quando tinha treze anos. Mas vou parar por aqui. Você vai achar que fiquei louca. Aqui estou eu em Orã, paralisada, contraída. Esta noite Fedra. Amanhã, Joana.[2] Depois de amanhã, você. Te amo.

M.

Recebemos o pessoal de Argel com Jeannette.

547 — ALBERT CAMUS A MARIA CASARÈS

Segunda-feira, 9 de fevereiro [1953]

Meu amor querido,
Sua carta me deixou bem contente e feliz. Feliz por te sentir presente no meu coração. Contente porque minha cidade te revelou seus segredos, e suas

---

1 Dois cartões-postais e uma fotografia de Maria Casarès.
2 A *Joana d'Arc* de Péguy.

rosas. Pensei em você, ontem o dia inteiro lamentando não estar à sua espera neste promontório de Apolo em que se respira toda a glória do mundo. Você deve ter se divertido em Orã, tenho certeza e no fim das contas essa viagem vai iluminar um cantinho da sua memória.

Para mim, sua partida escureceu definitivamente Paris. Sem contar que o frio se instalou de novo, e a neve. Mas hoje de manhã um céu azul resplandece sobre os telhados brancos. Só que esse inverno que não acaba mais, e a incapacidade em que me encontro novamente de trabalhar me desanimaram. Espero a quarta-feira.

Quero aqui apenas te enviar estas palavras de ternura. Receio que você não esteja no Grand Hôtel e que a minha carta se extravie. Se a receber, vai saber ao tomar o avião de volta que é esperada com todo o amor e a impaciência do mundo. Você vai me trazer o sol. Beijo minha rosinha de Argel.

A.

548 — ALBERT CAMUS A MARIA CASARÈS[1]

[Fevereiro de 1953]

Bem perto bem perto do coração da minha Périchole, esta noite...

549 — ALBERT CAMUS A MARIA CASARÈS[2]

[1953 ou início de 1954]

É o momento de ser minha pequena vitória!

A.C.

---

1 Uma carta de visita acompanhando um buquê, endereçada à Comédie-Française. Em 1953-1954, Maria Casarès interpreta o papel da Périchole em *O coche do santíssimo sacramento*, de Mérimée, na Comédie-Française, sob a direção de Jacques Copeau.
2 Cartão acompanhando um buquê, endereçado à Comédie-Française.

550 — ALBERT CAMUS A MARIA CASARÈS[1]

[1953 ou início de 1954]

Beijo minha pequena *pensionnaire* com todos os votos do amor.

A.

551 — ALBERT CAMUS A MARIA CASARÈS[2]

29 de maio de 1953

COM VOCÊ CARINHOSAMENTE PARIS ESTÁ VAZIA ALBERT

552 — ALBERT CAMUS A MARIA CASARÈS[3]

[13 de junho de 1953]

COM VOCÊ ESTA NOITE VOLTE LOGO ALBERT

553 — ALBERT CAMUS A MARIA CASARÈS

Quinta-feira, 30 de julho [1953]

Uma palavrinha rápida, meu amor querido, para dar notícias. Não escrevi antes porque não sabia o que ia fazer. Estou aqui em plena confusão e é im-

---

1 Cartão endereçado à Comédie-Française.
2 Telegrama endereçado ao Teatro du Parc em Bruxelas, onde Maria Casarès se encontra em turnê com a Comédie-Française.
3 Telegrama endereçado ao Hotel d'Anjou, em Angers. No início de junho, Maria Casarès e Albert Camus estão em Angers para os ensaios de *A devoção à cruz*, de Calderón de la Barca, e *Espíritos*, de Pierre de Larivey, em adaptação do escritor. Ele também assume a direção das duas peças, em consequência dos problemas de saúde de Marcel Herrand — que falece em 11 de junho de 1953. Maria também interpreta *Mitridates*, na encenação de Jean Marchat.

possível fazer ou decidir algo razoável em meio aos transtornos nervosos.[1] E por sinal ainda não sei o que vou fazer. Provavelmente vou ficar aqui — numa fazenda perto do hotel onde posso ter um quarto — bem rústico, por sinal mais ou menos como o de Darius. Mas não me escreva ainda — antes de eu confirmar minha hospedagem. Melhor me escrever e guardar suas cartas até eu ter um endereço fixo. A região aqui é bela — não — bonita, e um pouco morna. Dá para ver o lago do meu quarto, mas esse lago não expressa grande coisa. À parte isto, o doce campo — que não me diverte.

Fiz uma viagem fácil, graças a *Desdêmona*. Mas o coração estava pesado, e nada contribuiu para deixá-lo mais leve. Eu queria estar junto de você.

Não se preocupe muito com tudo isso, de qualquer maneira, e se prepare para desfrutar das dunas e do mar. O prazer torna a vida suave e fácil para todo mundo. Fique contente, minha beldade, e tenha certeza do meu coração também, ele te acompanha fielmente. Logo vou te escrever (não tem correios aqui é preciso ir até Thonon!). Até lá te beijo com todo o meu amor.

A.

Abraços na gentil família, que eu não esqueço.

554 — ALBERT CAMUS A MARIA CASARÈS

1º de agosto [1953]

Meu amor querido,

Espero que esta carta te dê as boas-vindas a Lacanau. E se você quiser, e se puder também, poderá me escrever sem esperar muito. Preciso de você e não me acostumo com esse afastamento. De qualquer maneira aqui vai meu endereço, provisoriamente definitivo: Hotel Le Chalet, em l'Ermitage, por *Thonon les Bains*; Alta Savoia. De fato, provisoriamente eu me hospedo numa fazenda, bem perto desse hotel, onde se encontra minha família. Tudo isso exigiu vá-

---

1 Carta enviada do Hotel Le Chalet em L'Ermitage, perto de Thonon les Bains. Maria Casarès por sua vez está hospedada na casa dos pais de Pierre Reynal, o Sr. e a Sra. Merveillau, em Sainte Foy (Gironda). Depois de passar alguns dias juntos em Ermenonville, os dois amantes se separaram em 27 de julho, Albert Camus indo ao encontro de Francine, dos filhos e da avó Faure perto de Thonon. Francine volta então a dar sérios sinais de depressão.

rios dias de desordem e contestações. E para falar a verdade é uma solução de cansaço que não resolve as coisas. Não vejo futuro possível, e essa confusão me atormenta. Naturalmente, é comigo mesmo que estou insatisfeito. E insatisfeito é uma palavra fraca. Mas esse estado de espírito vem se somar à aflição sem poder lhe dar uma solução.

Espero pelo menos poder trabalhar no meu quarto camponês (ó, Vosges!). Até agora, naturalmente, não consegui. Mas pelo menos passeei um pouco. O interior é bonito, sem grandeza, mais "poético" que arrebatador. Quanto ao lago, me parece sem alma, sempre ali, como o tédio. Acho que vou ficar na minha fazenda, trabalhando, com algumas incursões ao redor. E por sinal não posso prever nada.

Estou louco para saber alguma coisa de você e se a sua estada em Sainte Foy a deixou repousada, e se as dunas, e se o sol, etc.

Te trago colada no coração é uma sensação estranha de respirar com alguém. Me sinto infeliz no momento, mas com a infelicidade daquele que causa a infelicidade. Por isto pensar em você me alivia. Pois me parece, com ou sem razão, que eu te ajudei a viver e que, apesar de tantos obstáculos, fui capaz de gerar felicidade em você. Escrever isso é de uma audácia descarada, e passível de punição. Mas no meu caso só essa crença me dá sustento hoje. Escrevo aqui para você, de qualquer maneira, meu amor fiel, o amor da alma e da carne — e a necessidade que tenho de você.

A.

Abraços no tritão.

555 — MARIA CASARÈS A ALBERT CAMUS

Lacanau, sábado 3 de agosto [1953] (*à noite*)

Meu amor querido,

Cá estou eu bem feliz e bem infeliz ao mesmo tempo. Bem feliz porque te amando nos últimos tempos para além da razão, cheguei a temer o pior na minha imaginação enlouquecida e como o menor dos seus movimentos me faz temer pela sua vida, você pode facilmente imaginar a alegria que tive ao receber notícias suas. Infeliz por saber que você está infeliz.

O que fazer? O que inventar? Coragem, meu querido amor. Não sei o que pensar; se pudesse, pelo menos, te dar a felicidade que você me proporciona para dispor dela a seu bel prazer! Se pudesse, devolvendo a sua liberdade, conseguir te proporcionar paz e um pouco de alegria! Se eu pudesse! Mas a liberdade, você a tem, eu já disse; apenas, o que faria com ela? Quanto ao resto, ao amor que tenho por você, meu querido, ele é tão grande, tão grande, está tão solidificado em mim que só a ausência e essa angústia que minha felicidade põe em mim são capazes de expressá-lo. Aí está: cheguei a esse momento com que tanto sonhei, esse momento de absoluta tranquilidade, de doação total, de intimidade perfeita de que falávamos quando os temores ainda nos separavam, além de não sei que desconfiança e orgulho enciumado. Esses últimos tempos de vida quase comum passados em Paris e Ermenonville justificam toda uma vida, entende?, e embora eu não te tenha falado muito disso, fiquei tão profundamente preenchida que ainda trago essa satisfação no coração e no rosto — "Eu sou feliz". É o que eu digo, repito, escuto, martelo nos ouvidos dos que me cercam. E não faço nada, não tomo iniciativa de nada para não me distrair; o próprio sol me distrairia, me parece, e eu lhe dou as costas para ele não me esmagar, para não queimar meu rosto, meus olhos, as imagens que carrego comigo, esse estado de beatitude que deve se parecer com o reino dos justos. Por isto é que não estou trabalhando.

Felizmente, Pierre [Reynal] está em forma. De uma vitalidade transbordante. Não sem motivo, por sinal; os pais o obrigaram a fazer um regime alimentar capaz de matar um boi ou ressuscitar os mortos e ele estava entre os mortos — Infelizmente, condenada eu também a seguir o mesmo regime desde minha chegada a Sainte Foy e sabendo que então eu estava perfeitamente viva, receio ser classificada dentro em breve entre os bois; pois o REGIME nos seguiu até Lacanau e com o presunto, os legumes, o óleo, o vinagre, as compotas de ganso, de frango, de porco, de coelho etc., o arroz, o talharim e outras coisas, tivemos de levar garrafas de "estimulante" feito "em casa" por Madame Merveilleau e alguns "laticínios" para "criancinhas" que "não podem fazer mal" e alimentam.

Meu Deus, como essas pessoas são boas e sábias! Eles bem que gostariam que você viesse e agradecem pelos charutos. O Sr. Merveilleau queria te escrever sobre isto, mas eu ainda não tinha o seu endereço. Mande um cartão para eles, se puder.

Bem, meu querido; vou ficar por aqui por hoje. Estou impedindo Pierre de dormir e já é tarde. No meu quarto não posso escrever por não ter uma mesa e de qualquer maneira, estando um pouco cansada esta noite — estou "ferida" há dois dias, prefiro deixar o resto para amanhã ou depois de amanhã. Por enquanto, estou cuidando da instalação e estou meio sem cabeça, dividida como ela está entre meu sonho interior e a necessidade de me identificar ao "Pimentão".

Da próxima vez, tentarei ser mais clara e cuidar do estilo. Hoje eu te amo e te jogo na cabeça meu amor, meu reconhecimento, meus temores, minha paixão e minha saudade. Te amo. Se cuide. Não cometa imprudências. Trabalhe o quanto puder e quanto ao resto, se muna de indulgência, ternura, coragem, meu querido amor.

M.

Pierre manda um abraço.

556 — ALBERT CAMUS A MARIA CASARÈS

Terça-feira, 4 de agosto [1953], *11 horas da noite*

Meu amor querido,

Não espero nenhuma carta sua antes da quinta-feira na melhor das hipóteses, e no entanto o tempo começa a me pesar. Ontem se completou uma semana que te deixei, e esta noite estava pensando nisso com tristeza. Estou louco para saber, para te ver um pouco na imaginação. Vontade também de sentir o seu amor.

Agora estou basicamente instalado no meu quarto, do qual praticamente não saio, pois o tempo anda desastroso. Além disso, o clima aqui é mole e amolecedor. Costumam mandar para cá os nervosos, para acalmá-los um pouco. No meu caso eu teria preferido, à falta do mar, do qual sinto muita vontade no momento, um ar de montanha que me flagelasse um pouco e me ajudasse a escapar da atmosfera em que vivo. Mas enfim, é assim, e pelo menos estou dormindo melhor. De qualquer maneira, aproveito essa inatividade para trabalhar. Concluí as provas de *Atuais* com meu texto de Saint Étienne.[1] Também refiz partes da minha novela aproveitando seus conselhos.[2] O soldado do início

---

1 "O pão e a liberdade", conferência pronunciada na Bolsa do Trabalho no Saint Étienne em 10 de maio de 1953.
2 "A mulher adúltera", que seria integrada a *O verão*.

adquiriu um valor mais simbólico, graças a dois ou três lembretes na sequência da narrativa. Refiz a passagem "adormecido". Tornei o marido mais tocante com um pequeno achado. Enfim refiz o trecho em que a mulher está diante da noite.

Também despachei minha correspondência. E amanhã, aproveitando a minha saudade, vou tentar escrever o texto sobre o mar[1] de que falo há tanto tempo e que será o fecho da minha coletânea *O verão*.

À parte isto, tenho lido. Terminei a correspondência de Tolstói, quase concluí o livro de [Ferrero] e estou praticando o espanhol (trouxe uma gramática, é o que mais preciso).

Como vê, não estou à toa. Fiz alguns passeios apenas pelo prazer de caminhar. A região aqui é arrumadinha demais, amena demais para o meu gosto. A luz ou o vento, ou o ar cortante das alturas é afinal o que eu prefiro, e a partir de agora vou seguir meu instinto nessas coisas. Quanto ao resto nada mudou e essa vida me deixa numa constante tristeza. Ao mesmo tempo, uma vontade irresistível de vida feliz e livre.

Em meio a tudo isso, não paro de pensar em você com ternura e gratidão. Esses dias em Ermenonville deixaram uma grande doçura no coração. Acho que foi lá que eu juntei um estoque de força que me permite resistir a minha vida de hoje. Tento te imaginar diante do mar mas não consigo.

Você me parece longe, perdida na maresia. Me telefone logo para que eu finalmente te encontre de novo. Me conte, diga como anda seu projeto de aperfeiçoamento moral, e depois disso diga também, como puder, o seu amor. Te beijo, minha doce, minha cara, minha bela... Como vê, eu me achava adormecido e sonolento perto desse lago de dar sono, e de repente você me desperta. Te amo.

A.

Estou mandando o pequeno cartão de Teddy Bilis.[2] Também recebi um bilhete extremamente gentil de Andrieux[3] e outro de Dominique Blanchar,[4] muito afetuoso.

---

1 "O mar bem de perto", em *O verão*.
2 Théodore Bilis (1913-1998), dito Teddy Bilis, é um dos companheiros de elenco de Maria Casarès em *Seis personagens em busca de um autor*.
3 Talvez o ator Luc Andrieux (1917-1977).
4 Ver nota 1, p. 823.

557 — MARIA CASARÈS A ALBERT CAMUS

Lacanau, 8 de agosto [1953]

Meu amor querido,
Essa greve dos correios começa a excitar singularmente meus nervos. Se eu soubesse que você está em paz, poderia encará-la com mais calma; mas na situação em que você está, gostaria afinal de contas que esses senhores e essas senhoras nos permitissem o "diálogo" de que tanto se fala.

Esperei todos esses dias para te escrever, receber notícias suas para ter certeza do seu endereço definitivo; mas como esse silêncio pode se prolongar e eu imagino que você continue morando no mesmo lugar, decidi fazê-lo sem mais demora; você assim vai receber uma carta logo que acabar o impedimento.

A vida aqui se organiza facilmente. E por sinal estou encantada com as facilidades que o sol proporciona; desde que chegamos a Lacanau, ele brilha sem parar e o *Pimentão* se transforma nesses dias bonitos num pequeno paraíso. Acho que já te falei dessa casinha. Ela se divide em duas partes; os quartos, bem espaçosos, dando para a parte do jardim de frente para a rua, e os "comuns" (cozinha e quarto-de-depósito-banheiro) abertos para a maior extensão do jardim dando para as dunas. Lá temos uma macieira, a única provedora de sombra: mais adiante, os lavatórios, por assim dizer e, entre os dois, a bomba d'água. É lá que vivemos quando não estamos na praia. Separados dos vizinhos por cedros e loureiros, munidos de mesas, cadeiras, espreguiçadeiras, balde, bacias diversas para a louça, a roupa suja, toalete etc., trabalhamos alegremente ao sol, untados de óleo da cabeça aos pés, com roupas de banho desde a manhã até o anoitecer. Quando o sol se põe, sonhamos, deitados, sob a abóbada noturna contando as estrelas cadentes. Às onze horas, vamos deitar e enquanto Pierre [Reynal] mergulha num sono mais que profundo, eu leio um pouco até meia-noite. Acordamos às 8 horas.

Quanto ao trabalho, este ano está bem dividido; o tritão está em forma; ele não para e embora compartilhemos a arrumação da casa e a louça, ele cuida sozinho das grandes refeições e da roupa suja. É um autêntico *cordon-bleu* e uma pérola de asseio. Dorme muito de olhos abertos ou fechados e quando concluiu as tarefas e não está deitado, vai dar longas caminhadas e volta exausto. De modo que não nos vemos muito e falamos apenas o necessário. Quando trocamos algumas palavras, eu falo espanhol, pois achei bom que ele leve desse mês de saúde e dessa vida meio bovina algumas noções de uma língua estrangeira já que abandonou toda vida intelectual.

De minha parte, estou lendo *Minha vida*, de George Sand. Literatura. Muita falta de consideração com a verdade e não muito talento. *La Dorotea* de Lope,[1] que já concluí. Coisas vivas, divertidas, às vezes belas; mas também pedantismo, um certo peso, longas discussões literárias sem a menor relação com o tema. Impossível de encenar desse jeito, naturalmente. A levar em consideração para Gallimard; apenas não seria o caso de publicar integralmente; bastariam trechos escolhidos. *Don Gil de las calzas verdes*, encantadora comédia de intriga de Tirso [de Molina], boa para ser traduzida e encenada, apesar de inferior, na minha opinião, ao *Vergonzoso en palacio*.

Agora estou terminando *La prudencia en la mujer*, drama histórico de Tirso. Depois Te conto; mas já posso dizer que é o caso de publicar na Pléiade.

Isto quanto a minha "cultura" e meu trabalho. Também terminei minha correspondência e não sobrou muito tempo para dar atenção a Joana. Vou começar a cuidar mais disso quando chover, se não acontecer no dia 14 ou 15, pois é quando terei de passar dois dias em Sainte Foy.

Quanto ao resto, vivo no sol e na água. Durante o dia, o brilho da areia, o calor, as ondas brutais desse mar esmagam qualquer pensamento em mim. Um animal não pensa menos que eu. De noite e pela manhã eu consigo despertar um pouco.

E quanto aos passeios, até agora só estive na praia e nas dunas. Ainda não fui vista em Lacanau nem pus os pés na floresta. *O pimentão* e a greve ilimitada são o meu universo. Nem me passa pela cabeça me queixar.

Nesse universo, você reina como senhor absoluto; nem preciso dizer. Está comigo em toda parte e aonde quer que eu vá, lá está você. Não estou imaginando nada: não prevejo nada; não evoco nenhuma das nossas lembranças. Não; você está comigo, como eu mesma, até o cair do sol, e de noite, ao deitar, me preocupo um pouco com você, de repente lembrando que você está longe, que a distância e a greve dos correios nos separam e continuamos ameaçados por mil perigos. E aí fico agitada, mas depois me acalmo e no fim das contas caio no sono com você. Mas aí está: também acordo com você e isto não é fácil; pense que eu estou muitíssimo bem, que começo a recuperar meu corpo e que, tendo afastado qualquer preocupação alheia a nós e todo cansaço moral, me sinto terrivelmente disponível! Imagine então os momentos em que desperto, já debaixo de sol; um sol ainda ameno, aveludado, e você, aqui, comigo... mas tão longe! Está entendendo?

---

1 Narração dialogada de Lope de Vega (1632).

Enfim, o mês de setembro nos oferece belas promessas e eu confio nele quanto às grandes alegrias. Estou me preparando, por enquanto, silenciosamente, seriamente, gravemente, religiosamente. O ato sagrado não vai me apanhar de surpresa.

Faça a mesma coisa, meu querido amor. Se cuide, cuide do seu corpo, da sua alma se puder. Trabalhe bem e recupere o máximo de forças possível para a volta ao inferno de Paris. Não cometa nenhuma imprudência e viva também numa certa facilidade assim que for possível. Você precisa, mais que ninguém, você que se esgota constantemente numa tensão pouco humana. Se deleite com o meu amor, se feche e trate de trabalhar livremente. O resto do tempo, se muna de toda a sua ternura, de toda a sua generosidade, se entregue, e viva o melhor possível.

Te amo tão maravilhosamente.

M.

558 — ALBERT CAMUS A MARIA CASARÈS

Domingo, 9 de agosto de 1953

Meu amor querido,

Te escrevo meio ao acaso pois não sei quando essa greve dos correios vai terminar. Felizmente, recebi sua carta na véspera da greve. Caso contrário, estaria sem notícias (além do seu cartão) desde que você se foi. Além do mais essa incerteza do dia em que poderei te enviar minha carta acaba com minha vontade de escrever. Acrescente que o clima "calmante" me dá a vontade e a energia de uma vaca dormindo. Mas eu queria te escrever um pouco para que você receba notícias assim que os correios voltarem a funcionar. Sua carta foi gratificante para mim e me deixou feliz. Sua felicidade, sua alegria me ajudam a viver neste momento. A crise passou e as coisas vão mais tranquilamente. Mas sou eu agora que me desespero um pouco com minha vida pessoal e também com minha profissão e tudo que faço. Mas é o efeito inevitável — e vou te escrever a respeito uma outra vez, se perdurar. Continuei a trabalhar e a ler. Mas decidi reformular de novo a novela que li para você e ainda não acabei. É verdade que perdi tempo tentando resolver o problema que encontrei aqui. E não foi há dois dias que consegui recuperar uma espécie de paz a esse respeito (uma paz em que a gente caminha sobre dinamite, mas enfim!). Também andei caminhando. O tempo esteve relativamente bom, mas esse lugar agradável não me arrebata.

Gostaria muito de ler notícias suas e saber que o cansaço de que você falava era apenas passageiro. Sinto sua falta. Estou vazio e oco, debilitado. Tenho a sensação de ser um barco velho que as ondas, recuando, abandonaram numa praia feia. Em Paris, nos últimos dias, a onda me carregava. Estou esperando a maré, e meu oceano pessoal. Me anime, meu amor. Suas cartas pelo menos me ajudarão nessa espera. Mas não precisa se preocupar. Tenho confiança, entrega e certeza em tudo que te diz respeito. Você poderia se calar um mês, agora, e eu te encontraria de novo com a mesma simplicidade. Dito isso, bem que eu gostaria que a greve acabasse.

Coragem, meu amor. Aproveite o sol e a maresia, estou esperando minha negra, recompensa do verão. E mais que nunca neste verão em que me sinto tão exilado de toda felicidade. Os dias passam, é verdade, e você se aproxima, meu amor. Te beijo, lambo tua pele salgada e te amo.

A.

559 — MARIA CASARÈS A ALBERT CAMUS

Lacanau, sexta-feira, 14 [agosto de 1953]

Meu amor querido,
Cá estou eu de novo, como da última vez, surda e cega, separada do mundo, de você. Será que ainda vai durar muito? Todos os nossos pequenos projetos ruíram por terra e se quisermos assistir ao mistério representado em Sainte Foy na festa de Maria e participar da peregrinação até a grande Cruz no alto da colina, teremos de esperar um outro mês de agosto, um outro mistério e uma outra ascensão.

Mas isto não é nada; o grande problema é o que vem do seu silêncio e ele é tão grande que começa a projetar uma sombra sinistra nas minhas férias. Pena! Elas seriam muito boas sem essa cruel punição.

Continuamos aqui com esse sol magnífico que nos acompanhou desde a chegada. Houve uma impressionante tempestade noturna que incendiou e inundou as dunas a perder de vista. Houve, certa noite, a paz nostálgica do lago de Montchic. Há a areia queimando os pés, as costas, a barriga, e um mar mais conhecido, mais familiar, que já revela seus segredos e que eu começo a percorrer sem temor, certa do meu caminho; os banhos de espuma, o bater das ondas e esses minutos profundos, infinitos, à noite, depois do banho, nas dunas e no pequeno jardim do *Pimentão*, esses momentos insubstituíveis de sagrada entrega. Há também as piadas escatológicas de caserna, as bobagens que se multiplicam diariamente, as refeições em silêncio ao sol ou na sombra da macieira, os corpos cansados e satisfeitos, os gritos estridentes quando aparece uma enorme aranha, um sapo, os longos passeios solitários à beira-mar, nua ao sol, a tempestade de moscas, os cães no horizonte, os bons pratos sempre variados cozinhados com amor e gulodice por cada um, o bom arroz à espanhola muito bem-feito, a colheita de maçãs, as compotas que perfumam o sono, a limpeza da casa feita regularmente toda manhã com a mesma repugnância toda manhã ante o menor montinho de poeira que de longe possa parecer com uma aranha.

Oh! Que doce existência! Por que não podemos compartilhá-la? O lugar aqui é extremamente saudável e um médico que acabei de conhecer — amigo da Pinçon, que se foi há dois dias para a Espanha, enfim! me disse que perto de Montchic e mesmo aqui ao lado há um sanatório e um preventório. Pensei assim que você poderia viver aqui sem perigo, talvez, e que era duro saber que você está tão longe, com esse silêncio entre nós dois...

Sim; a Pinçon [*sic*][1] descobriu meu esconderijo e apareceu aqui. Fez sua aparição uma tarde na praia, acompanhada de um "Juan costureiro", gentil, vulgar o ou melhor comum e uma verdadeira louca. Ele se chama Jeff. Eles tinham ouvido dizer em Bordeaux que eu estava em Lacanau e não demoraram a aparecer, acompanhados do médico, homem um pouco mais velho, bem educado e nada tolo ao que me parece. Os recebi friamente, mas eles voltaram no dia seguinte, dessa vez tendo trocado o médico por um jovem americano, belo pedaço de homem, avidamente cobiçado por Jeff. E voltaram outras vezes, uma delas com "*el indio*" e várias garrafas de vinho velho, de xerez, de conhaque e uma outra vez com Maurice-o-médico — e sua amiga, e torrentes de champanhe, latas de conservas, frutas raras e um frango assado frio.

Eles é que nos levaram para jantar no Montchic numa mansão pré-fabricada, cedida por alguns dias ao médico e sua amiga e foram eles mais uma vez

---

[1] Christiane Pinson, dita Cricou, admiradora de Maria Casarès desde o lançamento de *Orfeu* e que se tornou sua amiga, encontrando-se Pierre diariamente com ela até entrar para uma ordem religiosa em 1956.

que nos levaram para visitar certa noite os amplos domínios de Sybirol[1] — família Pinçon — de onde se vê toda a cidade de Bordeaux iluminada, e onde se encontra a mais encantadora casa que se possa imaginar — estilo fim de Luís XIII, início de Luís XIV — mal mobiliada, mas nobre e cercada de bosques em que cada árvore merece um devaneio particular. É uma propriedade de caça, ao que parece, que foi cair não se sabe por que fatalidade nas mãos da família Pinçon, na verdade feita para povoar as páginas de um romance de Mauriac e da qual Christiane é o rebento menos pobre porém mais mimado.

Enfim, ela foi para a Espanha com os pais. Já não era sem tempo; pois apesar de toda a sua gentileza, já começava a me irritar um pouco. E cá estamos nós de novo, separados de tudo e de todos, sem poder sequer avisar aos pais de Pierre [Reynal] para que não esperem nossa visita em 15 de agosto.

Pierre está engordando. Caminha, se banha nas águas — o belo tritão! vai ficando bronzeado e mais gordo a olhos vistos, e se nunca lhe falta bom humor e energia física, o fato é que esgota todas as faculdades, o que o deixa desprovido da menor força intelectual.

Quanto a mim, quase estou também, embora ainda me aguente um pouco. Estou lendo. Desde minha última carta, concluí *La prudencia en la mujer*, estranha peça que gostaria de ver montada. Li *El burlador*,[2] que adorei, e agora estou mergulhada com gosto em *Absalão, Absalão*.[3] Mas não tenho trabalhado; nem abri a brochura de Joana e como espero os dias ruins para fazê-lo e quando eles chegarem terei vontade de passear na chuva, nossa querida santa corre o risco de esperar muito tempo. Tanto pior! Vai perder muito pouco, por sinal, pois a luz daqui esmaga, em mim, qualquer pensamento claro, e me deixa incapaz de levar a cabo um trabalho correto. Além do mais, o teatro me parece tão distante!

Sim, a vida aqui é boa, tranquila, terrivelmente tentadora; mas eu sei que a ideia de que está para acabar, com a nostalgia que provoca, é responsável pela metade do seu colorido e que, se tivesse de durar indefinidamente, eu certamente mudaria de opinião.

E no entanto...

Enfim, você não está aqui, e é meu único mas ardente motivo de impaciência. Eu fico cada vez pior sem você e preciso mesmo encontrar aqui um

---

1 Situada em Floirac, essa propriedade é comprada por Jules Pinson em 1912.
2 *El burlador de Sevilla y convidado de piedra* (1630), comédia de Tirso de Molina na qual surge a figura de Don Juan.
3 O romance de Faulkner é publicado na França em 2 de julho de 1953 pela Gallimard.

verdadeiro paraíso para suportar sua ausência. Um paraíso e a ideia de que estarei de novo com você no fim desses quinze dias que nos separam e que agora vão correr na sua direção.

Mas quanto tempo perdido! E o tempo mais belo, mais calmo, mais verdadeiro, mais rico! Aquele em que me sinto completamente voltada para você, inteiramente, mas não porque você está longe, e sim porque estou livre de qualquer cansaço, de qualquer contração, de qualquer amargura. Venha, meu querido amor. Venha logo, para Paris, assim que puder para esgotar todos os tesouros de amor acumulados, antes que Paris comece a nos maltratar, a nos perturbar, a roubar nossas riquezas. Venha para eu te amar completamente, totalmente, absolutamente.

Nem ouso perguntar nada sobre a sua estada. Constantemente faço votos por você e os seus. Gostaria que uma solução feliz para todos pudesse iluminar os seus dias e acalmar as suas noites. A vida é tão curta e as alegrias são tão fáceis de conseguir; tão fáceis e tão difíceis!... Mas vou parar, pois se continuar daqui a pouco estarei falando do "céu azul" e do "mar verde".

Te amo. Te beijo perdidamente.

M.

560 — ALBERT CAMUS A MARIA CASARÈS

Sábado, 15 de agosto de 1953

É hoje a tua festa e eu te saúdo, cheia de graças, mas de longe e sem que você me ouça, o silêncio das praias e a privação te separam do fruto das tuas entranhas. Mas quero registrar aqui meus votos para que você os encontre mais tarde e saiba que não te deixo com meu pensamento. Te desejo glória e ternura, meu querido amor, já que você dizia que eram os teus votos em parte atendidos, no fim das contas. E te desejo força para viver, alegria, o brilho do rosto e do coração, a potência do corpo e do espírito. E naturalmente são também votos por mim, mas que poderia eu te desejar que não contribuísse ao mesmo tempo para a minha alegria?

Te beijo enfim como há muito tempo não faço.

Para dizer a verdade, estou começando a perder a calma. Acho que as coisas vão começar a se resolver no meio da semana que vem. Mas não consigo ficar quieto. Pela própria força das coisas, a vida aqui se estabilizou e me parece que F[rancine] está melhor — mas ela esteve à beira do pior, e eu também, de tal maneira estava interiormente exausto. Infelizmente, a região aqui não inspira muito. Tomei banho duas outras vezes no lago, apesar das recomendações em contrário, só para constatar que não sabia mais nadar, ou quase. O que me deixou melancólico. Em compensação, me bronzeei um pouco (muito pouco, mas atualmente eu me contento com qualquer coisa). Trabalhei e praticamente já escrevi meu texto sobre o mar. Ficou curioso. Mas o fato é que no momento ando escrevendo coisas curiosas. Também li grandes e eruditos volumes, nos quais explode e fede o câncer da época, e enriqueci meu conhecimento do niilismo.

Em meio a tudo isso, falta o essencial — e o essencial é o calor, o riso, a alegria verdadeira, é você enfim, de quem não tenho notícias e a quem estou escrevendo no escuro. E por sinal nem sei quando você vai receber esta carta. Mas quando receber, não me responda sem que eu tenha antes confirmado de alguma maneira que você pode escrever para cá. Na verdade é possível que eu mude de endereço.

Estou louco para ver tudo isso, e este mês, acabando. Com pressa e fome de viver. Não estou preocupado com você, nem a seu respeito (embora leia diariamente a coluna sobre afogamentos), mas me sinto privado. No essencial, me sinto subalimentado. Sinto falta do meu pão moreno, da água da sua boca, da sua ternura. Mas de qualquer maneira não se preocupe. Não vai acontecer nada ruim conosco, eu sinto. E te amo tão claramente, tão fortemente, neste momento, que quase sou capaz de prever o futuro. Te beijo, minha doce, minha bela — nada de imprudências, sobretudo. Se cuide, preserve a minha fonte.

Te beijo, apaixonadamente,

A.

561 — MARIA CASARÈS A ALBERT CAMUS[1]

[LACANAU OCEANO. Gironda. La Chapelle.]

22 de agosto [1953]

Enfim chegamos ao fim do silêncio! Ainda não recebi uma só palavra sua desde 3 de agosto. Nem sei mais a que santo recorrer. Escreva logo e diga o mais breve possível o que quer fazer, para eu poder tomar as providências.

---

1 Cartão-postal.

Por aqui, as coisas não poderiam ir melhor. Quando ler sua carta, vou escrever mais longamente; mas prefiro saber antes o seu endereço certo e, se for o caso, seu estado de ânimo.
Te amo perdidamente e sinto uma necessidade de você que aumenta a cada dia.

M.

[No verso, ela escreveu no céu que domina a paisagem:]

Aí está minha casa. A foto foi tirada das dunas. O que você está vendo do *Pimentão* representa a entrada dos "Comuns".

562 — ALBERT CAMUS A MARIA CASARÈS[1]

24 de agosto de 1953

TUDO VAI BEM NÃO ESCREVA ANTES DE RECEBER NOTÍCIAS — TE BEIJO — ALBERT

563 — ALBERT CAMUS A MARIA CASARÈS[2]

25 de agosto de 1953

ESCREVA OU TELEGRAFE NOTÍCIAS POSTA RESTANTE CORDES TARN ATÉ LOGO CARINHO ALBERT

564 — MARIA CASARÈS A ALBERT CAMUS

26 de agosto [1953]

Meu amor querido,
Recebi quase ao mesmo tempo hoje de manhã sua carta de 4 de agosto — depois de ter recebido a de 15 antes e depois a de 9 — e seu segundo telegrama

---

1 Telegrama enviado de Thonon les Bains.
2 Telegrama endereçado à rua de la Paix, Lacanau. Um primeiro carimbo em Bordeaux em 25 de agosto, um segundo em Lacanau em 26 de agosto.

que me deixa perplexa. Não entendo mais o que está acontecendo e morro de impaciência de receber notícias detalhadas de você. Vou esperar, por sinal, para decidir quanto à minha partida; mas se até amanhã, quinta-feira, não receber nada recente, tentarei comprar sem mais demora minha passagem para Paris onde estarei segunda-feira à meia-noite, exceto ordem em contrário. São os meus projetos.

    Quanto ao resto, estou um pouco preocupada com você. Essas mudanças de endereço, essa total falta de esclarecimentos, o que você tinha dito nas cartas que recebi me levam a temer uma nova crise na sua casa o que não contribui para me tranquilizar. O que está acontecendo de novo? A quantas anda você? Se a coisa continuar recomeçando assim constantemente, será que você vai suportar moralmente, nervosamente, essa existência e não vamos acabar te vendo num asilo de loucos? Ah! Estou louca para te encontrar, te ver, saber como está seu ânimo!

    Mas certos trechos das suas cartas tinham me tranquilizado. Você trabalhou e eu sei o que isto representa para você. Também disse que o clima tinha melhorado um pouco entre o pessoal aí e embora isso parecesse provisório, na situação em que você se encontrava, podia até ficar parecendo a felicidade. E de repente tudo está de cabeça para baixo e eu sem saber como nem por quê. Ah! Não aguento esperar até amanhã às 11 horas! quem sabe não chega uma carta sua recente!

    Mas sobretudo não se preocupe comigo. Eu não podia estar melhor. Acho que ainda ganhei mais peso, fiz um regime de cigarros (doze por dia), respirei a plenos pulmões o ar dos pinheiros e do mar, não perdi um banho e se não trabalhei, pelo menos li e me recompus um pouco. A retomada da vida em Paris — estou falando naturalmente do trabalho, do cheiro de gasolina, do metrô, do telefone etc. — me parece inconcebível, é verdade; mas sei que estou transbordando de energias novas e poderei enfrentá-la com coragem quando já estiver suficientemente próxima para se tornar real. Mas você: recobrou forças? Se sente pronto para voltar a essa colmeia sufocante? Oh, meu amor, meu amor, como gostaria de saber que você está em paz, contando pelo menos com a paz cotidiana mais simples, já que a outra... Enfim, se pelo menos pudéssemos nas primeiras semanas de setembro arrumar umas férias adicionais! É o que vamos tentar, hein, meu amor? Você vai retomar o trabalho na NRF aos poucos, vai se desculpar muito com os conhecidos aborrecidos, encontrará apenas os outros e o resto do tempo nós vamos guardar para nós, muito zelosamente. Aqui em casa não haverá mais ninguém, só eu. Vou preparar para você um "arroz à espanhola" de lamber os beiços e vamos nos entregar a um amor sem fim. Ah, como eu te amo. Me perdoe todas essas tolices, mas a felicidade de voltar a te ver de repente apaga todo o resto e eu sinto vontade de rir, de rir com você, nos seus braços.

Te amo, meu querido, querido amor. Te beijo longamente, perdidamente.

M.

Pierre e os Merveilleau mandam abraços.

565 — ALBERT CAMUS A MARIA CASARÈS[1]

27 de agosto de 1953

ESTAREI AMANHÃ FIM DIA LACANAU CARINHO ALBERT

566 — ALBERT CAMUS A MARIA CASARÈS[2]

VOTOS DE TERNURA VOLTE LOGO ALBERT

567 — MARIA CASARÈS A ALBERT CAMUS

Mulhouse, 15 de outubro [1953]

Aqui vão, meu amor querido, algumas linhas rápidas pois terão de ser enviadas antes das 4 horas. Assim você receberá notícias frescas amanhã, sexta--feira, e elas te permitirão esperar a segunda-feira despreocupado.

Minha viagem transcorreu muito bem. Eu estava em estado de hipnose, ou quase. Tinha deitado na véspera às 9 horas depois de copiar as duas famosas cartas e mal consegui dormir três horas. Ao chegar a Mulhouse, cidade estranha onde só tem gente nos restaurantes, almocei com Pierre. Chucrute. Depois ensaiamos e eu voltei ao hotel para tomar um banho antes da récita. Estava

---

1 Telegrama enviado de Cordes à rua de la Paix, Lacanau. Albert Camus e Maria Casarès voltam juntos a Paris em 31 de agosto de 1953.
2 Telegrama endereçado ao Teatro Municipal em Mulhouse.

cansada e portanto inclinada a me sentir desestimulada. Esse mês me parecia interminável longe de você e o resto da vida absurdo. Apenas, eu também sabia que todas essas impressões decorriam apenas do cansaço.

A récita transcorreu quase corretamente. Digo quase porque o primeiro ato quase deu em catástrofe. Para começar, a cortina que oculta os seis personagens não queria subir no momento exato e além disso, minha querida mãe teve um branco de memória em que quase caímos todos sem volta. Felizmente, Ledoux sabia bem o texto e fomos todos testemunhas desta cena inesquecível:

Ledoux, triste como se tivesse perdido pai e mãe e se atirando no papel da mulher e berrando a plenos pulmões: "Por que faz questão que eu seja uma ingrata, minha filha?" Se não estivesse paralisada de pavor acho que eu não teria conseguido continuar, de tanto rir. Enfim, a mãe verdadeira, ouvindo seu texto, conseguiu retomar, e fomos em frente na medida do possível. E por sinal nada disso tinha a menor importância: o público não estava entendendo nada do que via e ouvia. No fim do primeiro, ficaram quietos, e enquanto isso representávamos em meio a tosses e estalar de poltronas. Tínhamos portanto de empregar no segundo e no terceiro todas as nossas energias; capturá-los de volta. Pessoalmente fiz o possível, o que não contribuiu para diminuir meu cansaço. Mas conseguimos apesar de tudo pegá-los de jeito e mantê-los sem fôlego até o fim. Era o principal — quanto ao resto, tanto pior! No fim do espetáculo, vieram colegiais ao meu camarim para pedir que eu explicasse a peça. Foi o que eu fiz; mas depois fiquei sabendo que eles tinham feito o mesmo com Ledoux. Pois nunca vão entender.

Depois, chucrute. Convidados a jantar por Herbert,[1] tivemos chucrute e as conversas de sempre. Ledoux fez seu número, brilhante como sempre, e eu fui dormir à 1 hora.

Hoje de manhã, acordei às 11 horas, novinha em folha. Comi romãs no desjejum e, no restaurante, desanimada com o chucrute mais uma vez pedido por Pierre, me contentei com uma truta e um omelete de queijo. Extremamente Camus. Agora vou para o Zoo e esta noite represento de novo. Com medo de ter de explicar a peça de novo no fim da representação.

Amanhã vamos para Metz onde dormiremos, depois de ter almoçado em Nancy e depois de amanhã atuamos em Luxemburgo.

---

1 Georges Herbert (1915-2000), *régisseur* e administrador de teatro, funda no início da década de 1950 as Produções Teatrais Georges Herbert, promovendo turnês nas grandes cidades do interior.

Aí estão, meu amor querido, as primeiras notícias. Como vê, a importância das refeições é grande; é a sua terra me inspirando. Amanhã vou te escrever com mais calma. Na verdade, desde que nos separamos, seja de olhos abertos ou fechados, a única coisa que faço é dormir. Acabei de acordar agora mesmo e estou com pressa de postar esta carta.

Recebi o seu telegrama. Obrigada. No estado em que me encontrava ontem, só uma palavra sua podia me trazer coragem. Só desejo uma coisa: que este mês voe rápido, que durante esse tempo você não fique infeliz demais mas sem deixar de estar, que trabalhe, que eu preserve meu "entusiasmo" e volte para você "em forma".

Até segunda-feira, meu querido. Te amo com toda a minha alma.

Marie [sic]

568 — ALBERT CAMUS A MARIA CASARÈS

Sexta-feira [16 de outubro de 1953], *9 horas*

Meu amor querido,

Se meus cálculos estão certos, você receberá esta carta amanhã em Luxemburgo, darão encaminhamento, de qualquer maneira, creio eu. Paris está debaixo de chuvisco, superpovoada e deserta. Eu me sentindo muito triste e, o que é pior, de mau humor. Passei esses dois dias liquidando meu atraso na NRF e tentando organizar meu trabalho. Ah! Terminei meu texto sobre Dussane.[1] Era urgente. Quarta-feira à noite, fui ver *A cotovia*, de Anouilh.[2] Carlos VII diz a Joana que ela tem uma boa cabeça, Joana diz a Carlos VII "Vai em frente, Carlos!", e há uma cena com um soldado que seria de derreter o coração se já não estivesse meio gasta, e a fé é meio fajuta. Público encantado, aparentemen-

---

1 Esse texto deve ter sido escrito para a noite de despedida de Béatrix Dussane na Comédie Française, em 6 de novembro de 1953, na presença do presidente da República, Vincent Auriol. Ver Albert Camus, *OC*, III, p. 1110.
2 A peça de Jean Anouilh sobre o processo de Joana d'Arc estreia em 16 de outubro de 1953 no Teatro Montparnasse, em encenação do autor e de Roland Piétri. Michel Bouquet interpreta Carlos VII; Suzanne Flon, Joana.

te, Kemp[1] fala de "jovem obra-prima", embora com reservas (o soldado não passou no teste), a ratazana que escreve tanta besteira em *Combat* diz que desta vez Anouilh passou do talento ao gênio etc. Só sei que Lemarchand,[2] perto de mim, era de opinião que se tratava de uma noite notável de baixeza. Bouquet, muito bom, inteligente, fino, jamais julgar, o que é o cúmulo nesse texto. Flon,[3] muito boa na mocinha medíocre quando precisa se soltar. Boa atriz, e mesmo muito boa, nunca grande.

São as notícias de Paris. Teatro. Vale acrescentar, sem amargura, que o gênio me surrupiou falas de *Calígula*. E que pelo que dizem a nova peça de Maulnier se lembra claramente dos *Justos*. Mas está ótimo, temos mesmo de semear. Esta noite vou ver *Núpcias de luto*,[4] para ver se há o que aproveitar.

Adiantei um pouco o trabalho preparatório dos *Possuídos* — já tenho praticamente dois atos. Mas não é fácil. Aliás nada é fácil. De qualquer maneira eu queria trabalhar. Sim, é o que espero desesperadamente hoje: ser livre e trabalhar.

Estou louco para te ler, e acompanhar um pouco essa turnê. Você sabe muito bem que sinto sua falta e que te trago comigo como uma ausência ruim. Ao mesmo tempo, me apoio em você, na ideia de que você existe e me espera. Escreva. Estou te mandando um companheiro de viagem, e um guardião. Ele vai te lembrar as horas de Angers, e aquele que te encontra todas as manhãs, nova como o amor. Te beijo, minha querida, volte logo.

A.

Abraços no tritão.

569 — MARIA CASARÈS A ALBERT CAMUS

Luxemburgo, 18 de outubro [1953]

Não pode haver maior alegria que acordar em Metz, no outono, sob um céu fechado, num quarto de hotel cinzento e verde que poderia servir de cenário

---

1 Ver nota 1, p. 294.
2 O crítico e romancista Jacques Lemarchand.
3 Suzanne Flon. Ver nota 1, p. 576.
4 Peça em três atos e seis quadros de Philippe Hériat, publicada em 1954 pela Gallimard.

a uma peça imaginada por Sade pobre e sem o gosto do luxo — Ó, embriaguez!... E pensar que terei de voltar amanhã, ainda por cima arrastando uma gripe coletiva que transforma o ônibus em casa de saúde!

Mulhouse já não era nada má no gênero; de certa forma a cidade é mais bem-sucedida que essa para onde vou voltar amanhã. Ela é perfeita. Lá perdemos até a lembrança da beleza, da vida e até do tempo. É o ponto situado no zero ou no infinito; a gente se desintegra. Só o hotel é encantador e à noite ressuscitamos antes de dormir; depois, acordamos acompanhados.

Metz, pelo contrário, me pareceu mais real. Fui dar uma volta à noite e o olhar de vez em quando se prende aqui ou ali. As pessoas são feias e desagradáveis, exatamente como em Mulhouse; mas ainda resta vitalidade de espírito suficiente para notar o peso das casas, das ruas, das calçadas, da própria luz. Além do mais, há na minha opinião belas coisas para se ver. Apenas, temos de voltar para o hotel, e aí é mesmo inimaginável.

Pense então no prazer que eu tive em conhecer Luxemburgo. Depois da alfândega, eu já me sentia num outro mundo, em outra época. Esse pequeno país se manteve fiel aos tempos feudais e a cada esquina parece que a gente vai encontrar a sombra de uma das duquezinhas passando a cavalo. A cidade, uma antiga cidade fortificada, é toda formada por terraços suspensos acima de um vale e ao redor do belíssimo palácio ducal e de Notre Dame, uma catedral com uma entrada magnífica (Renascimento espanhol). Ruas estreitas, bondes e rostos sorridentes e de uma felicidade meio beócia esperam a valsa que vai ser tocada em algum lugar. Árvores e jardins suspensos por todo lado. Uma encantadora capelinha do século. Às vezes, antigos viadutos cortando o vale, belos jardins e quiosques dispostos com um gosto pesado mas válido. As casas pesadas se escondem debaixo de heras e trepadeiras, no momento vermelhas; só dá para ver as grandes janelas regulares, e as linguiças, salsichas, chouriços, salsichas vienenses, pés de porco etc., conquistam aqui seu justo lugar, enfim — o conjunto transpirando conforto e mesmo uma certa nobreza. A gente se pega lamentando a ausência de uma universidade ou faculdade qualquer. Também seria bom que os soldados usassem na cabeça penas coloridas. Em suma, um recanto de sonho para os dias de velhice de um gentil espectador assíduo de operetas vienenses.

Deu para sentir?

Te deixei há pouco para encontrar Forstetter[1] que tinha me convidado para almoçar. Depois ele me levou para um passeio pelas proximidades da cidade para me mostrar o país. Não deu para ver nada porque ele falou sem parar dos problemas mais graves da época revistos e corrigidos à sua maneira. Nesse nível o cinismo converge com a burrice, mas às vezes é bem divertido. Infelizmente, minha gripe aumentava à medida que avançávamos nessas terras monótonas e meus lindos sapatos pretos me torturando os pés ocupavam espaço demais no meu passeio. Ele falou de você e perguntou se eu te encontrava sempre — ele já sabia que nos conhecemos. Procurou saber do seu estado de saúde e se mostrou muito interessado em você. Grandes coisas para você.

Agora estou esperando dar 5 horas. Para ir à Legação da França, e depois teremos a segunda récita de *Seis personagens* em Luxemburgo. Como é que Ledoux e eu vamos atuar no estado de decrepitude em que estamos, é o que eu não sei. Quanto a Pierre, agora só sai da cama para comer seus dois chucrutes diários, beber seus muitos chopes e eventualmente dar uma curta caminhada. Ele vai voltar para Paris bem mudado: receio até que fiquem com vontade de comê-lo na salsa.

Quanto ao resto da trupe, é uma outra história. A gente aprende a conhecê-los no ônibus e eles valem seu peso em ouro. Para começar, temos Ledoux, sempre limpo pela metade, chapéu grande, mantô pesado, plácido e calmo, sempre falante. Ele fala, fala, fala, no ônibus, no restaurante, no hotel, na rua, fala o tempo todo. Com os pés nus nas suas sandálias, lembra os filósofos da Antiguidade. Por sinal, gosta de bancar o Sócrates e felizmente encontrou um discípulo: Tristan Sévère.[2]

Tristan Sévère é um sinistro imbecil, e estou sendo polida. É marido de Muse d'Albray, foi galã na época do cinema mudo, revelou-se constantemente e sem reservas um péssimo ator e se lançou do "outro lado da barricada", como diz ele mesmo, ou seja, tentou se tornar escritor. Gerou cerca de setenta peças que esperam ser montadas, muitos livros pretendendo reformar o teatro e está sempre para "estourar". Mal-educado, vaidoso, despreza tudo e todos, exceto nós dois, Ledoux e eu, porque temos um nome e somos tachados de intelectualismo, mas reconhece nossos defeitos e nossas falhas! Imagina só! Identifica até

---

1 Provavelmente o escritor Michel Forstetter.
2 O ator Tristan Sévère, cujo verdadeiro nome é Raymond Gitenet (1904-1974), companheiro da atriz Muse Dalbray, nascida Georgette Corsin (1903-1998), com quem escreveu várias peças teatrais.

os de Molière! De modo que... No ônibus, fica aos pés de Ledoux, no chão por assim dizer, no sentido contrário da estrada. E nisso tenho de lhe reconhecer um mérito indiscutível: ele não é sensível às "dores do coração".
À esquerda de Ledoux fica o Sr. Cusin.[1] Até agora por sinal só nos damos conta dele quando queremos saber quem está ao lado de Ledoux — e em cena quando, com seu "ar inteligente" (ler a crítica que mando junto), ele não consegue entender. Às vezes, durante um jantar, de repente ouvimos sua voz grosseira cultivando a demagogia; mas ele a gente nunca vê.

Na frente de Ledoux, Cusin e Sévère, nas duas poltronas que ficam atrás do motorista (muito gentil, por sinal) sentam-se Liliane, a doce Liliane, administradora da turnê e do lado da janela "a governanta" cujo nome ainda não consegui guardar. É uma senhora diante da qual a doce, a gentil, a modesta Liliane exclamou um dia: "Mas como é que certas pessoas fazem pare ser tão irremediavelmente feias?" Está vendo? De modo que ela é indescritível; é simplesmente feia irremediavelmente. Interpreta a governanta muda na peça e na vida de fato lhe foi confiada a guarda dos dois filhos, da qual por sinal se desincumbe com um cuidado, uma atenção e uma boa vontade perfeitos. Infelizmente no ônibus ela fica longe dos protegidos (as crianças ficam nas últimas poltronas "habitadas", perto dos cenários e malas que ocupam o fundo do veículo) e somos todos obrigados durante a viagem inteira a nos transformar em protegidos, em filhos, em discípulos dessa senhora. Exemplos: de cinco em cinco minutos uma voz forte nos tiraria do nosso torpor para perguntar "Estão com fome, crianças? Estão com frio, meus queridos?" etc., se essa voz se calasse durante os quatro outros minutos — Mas e ela não para. Como diria mais uma vez a doce Liliane: "Ela só para quando está com falta de eletricidade e as fábricas funcionam bem." Assim, tudo é pretexto para se expressar e como ela só consegue ser ouvida pelos pequenos, se dirige a eles aos gritos e em consequência também a nós — "Olhem só, crianças, vejam essa igreja! Olhem! Que requinte! Que arte! Vejam bem! Vejam e guardem bem! Vou explicar tudo hoje à noite, o estilo e tudo mais..." etc.

Atrás de Pierre dormindo por baixo do cachecol eu ouço a Sra. Andréyor[2] decorando aos berros o texto da Sra. Pernelle e sua vizinha dialogando com ela como Dorine, ambas camufladas debaixo de cobertores elegantes e meio cansados, e mais adiante adivinho "as crianças, queridinhas e pequenas", Atlas, —

---
1 O ator Georges Cusin (1902-1964)?
2 A atriz Yvette Andréyor (1891-1962), que fez nome no cinema mudo antes da guerra.

o *régisseur* gentilmente teimoso — sua mulher, — a *coquete* — sempre "cursi",*
e o sábio Thomas — o eletricista, o único que lembra nesse teatro ambulante
o que é a vida sem cenários de papelão.

Pronto, meu amor, um breve apanhado das minhas viagens. Às vezes encontramos uma breve trégua, um oásis de calma. Ela chega quase sempre na hora de partir, enquanto a vitalidade de uns e outros ainda não foi despertada pela fome; mas, uma vez desencadeada, nada neste mundo seria capaz de detê-los. Lá fora, a chuva, a névoa, as folhas caindo, e os campos castigados pelo outono, as parreiras vermelhas, árvores em chamas — belezas às vezes quando a bruma não nos impede a visão. E cidades trancadas, hostis, desconfiadas, no caminho. Belos corvos, únicos pontos vivos nesse universo desolado, e salsichas para todo lado.

Amanhã de manhã pegamos a estrada de novo para Metz e depois de amanhã para Estrasburgo, vou continuar com minha crônica para que você possa me seguir passo a passo longe de você, tão longe. Ah! Como estou com vontade de voltar. Recebi sua carta aqui, ao chegar, e se a sensatez não me tivesse sido dada por uma fada bondosa mas aborrecida com minhas tias, eu teria largado tudo e corrido para você de tal maneira a vontade de te ver, de te tocar, de sentir realmente que você está vivendo ao mesmo tempo que eu, que você me é um pouco dedicado, se tornou de repente incontornável, aguda. Meu Deus! como é difícil viver longe de você.

O que você diz de *A cotovia* praticamente não é novidade nenhuma para mim. Eu já esperava, apesar das críticas laudatórias que li a respeito. Mas fiquei pensando: ele deve ter encontrado um arremedo de novo estilo, esse esperto, mas estou vendo que se ateve a seus velhos princípios.

Tanto pior. Paciência. Além do mais... de uma vez por todas, qual o problema? Quanto mais eu vivo, mais me dou conta de que meu primeiro sentimento era o certo: a gente vive, trabalha por alguns que julgamos serem de uma certa maneira. Ora vamos, então!

Vou precisar te deixar. A legação me espera e a trupe está "pronta para a partida". Não consegui convencê-los de que quando se é convidado para um coquetel que vai das 5 horas às 7 horas, não se chega antes das 5h30 pelo menos. De modo que vamos "abrir o baile". Até logo, meu querido.

Vou te falar de nós, das minhas leituras e de mim, da próxima vez. Desta vez, quis me limitar ao contexto. Trabalhe bem; se cuide; não se irrite; mande embora seu mau humor; me ame também. E eu, só vivo por você e para você.

Maria

---

* Em espanhol, óbvio, banal, dado a clichês. (*N. T.*)

570 — ALBERT CAMUS A MARIA CASARÈS

Domingo, 18 de outubro de 1953

Meu amor querido,
Sua carta, recebida sexta-feira, me deixou bem feliz. É que não a esperava. Espero que você tenha encontrado a minha em Luxemburgo no sábado. Esta, pelos meus cálculos, deve estar à sua espera em Estrasburgo — Não me surpreendeu saber que o público de Mulhouse se mostrou insensível — eu já esperava que vocês tivessem dificuldade de fazer esse povo do Norte assimilar as centelhas e malícias desse velho macaco italiano. Mas no fim das contas, a questão não é esta.

Aqui, o Français continua montado em rodas quadradas. O ensaio geral das *Núpcias de luto* acabou com vaias, quinta-feira à noite. Eu ia à estreia na sexta. Duas horas antes do espetáculo, fui avisado de que por causa da greve dos maquinistas o Français não abriria. Mas uma quantidade de pessoas não foi avisada e apareceu de fraque e vestido longo diante das portas fechadas. Desde então, você sabe que todos os subvencionados estão fechados sem que se saiba até quando. Em certo sentido, é bom para a peça de Hériat, arrasada pela crítica.

Sábado estive com Gillibert, sofrendo de furunculose, mas parecendo em forma. Quando eu disse que pretendia ir hoje à tarde, domingo, ver Perrot em *O jogador*,[1] ele simplesmente o arrasou. Cabeçudo, fui assim mesmo ainda há pouco (são 22 horas) e não compartilho a opinião de Gillibert. Esse rapaz já é fabricado demais e além do mais não tem o lado "felino" de que falávamos — mas tem um talento notável. Até o momento, é o único que me parece ter *uma* chance de ser Stavroguin[2] (ou de parecê-lo). Mas vou ver Vaneck.[3]

Que mais no terreno factual? Ah! Na noite passada, com insônia, acordei às 4 horas para trabalhar. Adivinha o quê? no plano do meu futuro romance.[4] Não é para amanhã, naturalmente, mas é um sinal.

---

1 O ator François Perrot, nascido em 1924, que começa sua carreira com Louis Jouvet e depois interpreta no TNP, em 1952, *O jogador*, de Ugo Betti, encenada por André Barsacq no Teatro de l'Atelier.
2 O personagem de *Os demônios* no romance de Dostoiévski, assim como na adaptação teatral feita por Albert Camus.
3 O ator de teatro Pierre Vaneck (1931-2010).
4 Albert Camus já está pensando em *O primeiro homem*, que não estaria concluído quando de sua morte em 1960.

À parte isto não ando particularmente alegre. O outono está ficando desagradável: um ventinho chiante cobre as calçadas de folhas amarelas. Quanto a F[rancine] tenho a impressão de que piorou. O dia de ontem foi particularmente penoso. Já não sei muito o que fazer. Mas fisicamente vou bem. Sinto sua falta. Diariamente fico espantado de não te telefonar, de não passar pela rua de Vaugirard, me pergunto o que estou fazendo em Paris, sem você, uma cidade estrangeira, da qual logo trataria de fugir. Além disso, olho para o meu torso de Cnido, diariamente. Minha beldade, você agora é uma estrasburguesa. Oh, queria que fosse parisiense esta noite, ou siciliana comigo! Quando é que poderemos viver na beleza e na paz, pelo menos algum tempo, durante o qual o céu e a terra finalmente respondessem ao nosso amor? Talvez seja o que está me entristecendo no momento: a cidade suja e fria que normalmente você esconde de mim e da qual quase chego a me envergonhar por nós quando a vejo. É em algum outro lugar que teríamos de nos amar, que teremos, em todo caso.

Eu também sou injusto: você existe e eu ouço o meu coração, e fico feliz quando me dou conta disso. Acabe logo com essa história com suas tribos e volte para me ajudar a viver. Até lá pense em mim, saiba que eu te amo bem mais, e mais profundamente, que no primeiro dia. Beijo teu belo corpo, respeitosamente. Te amo. Te espero.

A.

571 — MARIA CASARÈS A ALBERT CAMUS

Estrasburgo, 20 de outubro de 1953

Meu amor querido,
Você calculou certo, e ao chegar a Estrasburgo recebi sua carta de sexta-feira. Estava precisando muito pois quanto mais ando pela França e Luxemburgo mais sinto necessidade da sua presença. Consegue me imaginar sem ternura? Totalmente desprovida de ternura? Não; não é? Pois bem, é assim que estou. Esses lugares acabam comigo, Metz lançou a pá de cal, e voltei a essa Estrasburgo ainda completamente impregnada da tua lembrança com a mesma alegria que sinto quando volto para a rua de Vaugirard.

E aí... já imaginou? Só me sinto à vontade no ônibus, ao alvorecer, "fora do mundo". Nessas horas me parece que estou indo para você e uma espécie de êxtase abole o tempo e tudo que me cerca. (Estou lendo *Os demônios*, como vê.)

E no entanto fomos bem recebidos em Metz; a cidade é bela apesar de apocalíptica e eu fui tocada pela graça ao entrar na catedral. André Dubois me trouxe nos camarins desolados do belo teatro em que atuamos não sei que ar de saúde e frivolidade que eu soube apreciar e o público não podia ser mais gentil. Mas, se eu sofresse de claustrofobia, não me aventuraria nesse lugar nem por todo o ouro do mundo, e aconselho a quem sofre dessa doença que mantenha distância.

Estrasburgo é outra coisa. Viva, para começo de conversa, quase graciosa. Um hotel encantador. Um restaurante apetitoso (em Metz me envenenei com mexilhões e Pierre com rins). A Catedral com seu presente: minutos de "bênção ao riesling". E enfim, sua carta!

Ah! Meu amor. Como você se revela ingrato com essa Paris de que sinto tanta falta. Será que vou precisar te levar para passar três dias em Mulhouse para você aprender a apreciar a graça de Paris? Será que terei de te explicar hora a hora, minuto a minuto o que vejo, para você projetar sua vergonha em outro lugar? Acho que *Os demônios* não estão fazendo estragos apenas em mim, e se tivesse um conselho para te dar seria ler ao mesmo tempo algumas páginas de Tolstói. Que acha?

Enfim, está tudo bem já que você se levanta durante a noite para planejar o seu romance. Não sei por que desejo tanto ver você dando tudo nesse livro; é um sentimento puro que eu tenho, nada razoável; mas quando li na sua carta essa pequena novidade, de repente me senti arrebatada. Se acreditasse em sinais, veria aí um, indiscutível.

Quanto aos *Demônios*, leio sem parar, sempre que essa vida endiabrada me permite. É sensacional, extraordinário, incrível. Quanto ao elenco, você tinha perfeitamente razão de querer Jamois[1] como Várvara; e se [Pierre] Blanchar[2] aceitasse interpretar Stepan, seria perfeito: continuo achando que Stepan deve parecer importante, fisicamente. Os outros? [Minou][3] excelente como Lisa. Pierre [Reynal] vai interpretar Chatov muito bem (está se saindo otimamente como o filho, no momento), Michel, Petruchka, e eu posso me virar como Maria se emagrecer até lá o que pode acontecer sem demora se botar menos chucrute para dentro. Quanto ao resto, ainda estou esperando e para Ele, o príncipe Harry, para Stavroguin, não vejo ninguém. Será que estou obcecada

---

1 Ver nota 2, p. 188.
2 Ver nota 2, p. 655.
3 Dominique Blanchar.

com a ideia de você um pouco mais jovem (e por sinal por que mais jovem?), talvez esteja sendo exigente demais; mas não vejo ninguém. Exatamente como você, acho que quem tem mais chances de alcançar uma milésima parte do personagem é Perrot. Ele tem o físico numa versão triste, tem uma vaga noção desse tipo de papel, sabe o que é o cinismo e temos de reconhecer que tem presença. Mas será que tem a ternura, a desenvoltura, a selvageria? E será que pode adquirir essas qualidades? Ah! Que desgraça. Você diz que vai ver Vaneck, mas Pierre me deu a entender que ele não estava bem na peça de Thierry Maulnier. É verdade que às vezes é difícil estar bem, mesmo dizendo falas dos *Justos* com tempero universitário. (Parece que é mesmo vergonhoso assim.) E a propósito, fiquei bem triste com o passo em falso que a Comédie-Française deu com você; já estava te vendo preencher um dos teus buracos com palavras de Hériat, e dei com os burros n'água. Onde é que você vai buscar inspiração agora, senão em *A verdade está morta*?[1]

Você também fala do torso de Cnido e eu ando obcecada com a imagem dos lindos corpos masculinos que vimos na pequena sala grega do Louvre, e quando vejo de repente bem no centro do meu sonho a cara de Cusin devorando espaguete por todos os poros da pele, preciso me segurar para não perder o juízo.

Cansada, esgotada, gripada, perdida, ainda assim continuo sonhando e sofro um pouco. Ah! Se pudesse tê-lo de repente junto de mim!

Me perdoe, meu querido; mas vou ter de concluir a lápis. Há meia hora estou pedindo tinta; mas essas estrasburguesas embrutecidas não querem saber.

Amanhã te mandarei mais uma palavrinha, ou depois de amanhã para você receber na sexta, e no sábado, em Lille, escreverei mais uma longa carta. Agora vou dormir uma hora antes de enfrentar os alsacianos. Só espero que eles reajam como os de Metz e também vejam em mim "um médium carnal", "uma mulher mais que mulher, uma eterna reprimenda viva vestida de negro e de olhar insondável, voz perturbadora, enfim aquela que sublimiza as palavras e faz as pedras chorarem". Aí tudo irá bem. Como sempre na turnê, o teatro está lotado. O que já é uma excelente coisa. Vamos lá. Te amo, você está aqui, você me ama. É maravilhoso.

M.

---

[1] Peça de Emmanuel Roblès (1914-1995), publicada em 1952. Originário de Orã, Roblès conhece Camus em 1937 em Argel. Os dois escritores permaneceriam muito próximos até a morte de Camus.

572 — MARIA CASARÈS E PIERRE REYNAL A ALBERT CAMUS[1]

[A Catedral — Cabeça de uma Virtude. Fachada norte.]

21 de outubro [1953]

Se é a senhora da resistência, gostaria que ela me fosse dada; bem que estou precisando para suportar todos os problemas físicos que me atormentam no momento, gripe, cansaço, dentes etc. e além do mais, ela é bela, não?

M.

Estamos lendo *Os demônios* no carro. Na volta estaremos preparados para Santa Ana. Com nosso afeto

Pierre

573 — MARIA CASARÈS A ALBERT CAMUS[2]

[A Catedral. Virgem louca. Fachada da direita.]

21 de outubro [1953]

E aqui vai outra expressão de Maria Timofeievna.[3]

M.

---

1 Cartão-postal enviado de Estrasburgo.
2 Cartão-postal enviado de Estrasburgo.
3 Papel que Maria Casarès poderia ter interpretado em *Os possuídos*, mas que seria entregue a Catherine Sellers (1926-2014), descoberta por Albert Camus no papel de Nina em *A gaivota*, de Tchekov.

574 — ALBERT CAMUS A MARIA CASARÈS

22 de outubro de 1953

Meu amor querido,
Recebi ontem sua carta de Estrasburgo, muito bem-vinda. Me sinto tão abatido no momento e não apenas por causa do céu cada vez mais baixo sobre Paris que só mesmo um sinal seu poderia me deixar feliz. O clima em casa está cada vez mais pesado, o médico vem o tempo todo, e eu me sinto completamente impotente diante de uma doença e de manifestações depressivas que não entendo. Mas ver uma pessoa se debatendo nessas sombras é difícil. O que me entristece também é que eu esperava pelo menos poder te beijar entre dois trens, em Lille por exemplo, e que não posso realmente, nessas condições. Para cúmulo do desespero, Grenier telefonou ontem para dizer que tomou todas as providências para o Egito[1] e que viajaremos em dezembro por três semanas. Acontece que estou realmente precisando de você no momento e essas ausências me custam muito. Eu estava nisso quando recebi sua carta que me deu coragem de novo e um pouco de otimismo. Afinal, eu sei que às vezes quando as coisas chegam ao auge dessa maneira tudo vira de repente para o bom lado. De modo que não fique muito abalada com essas más notícias. Talvez elas mudem daqui até a sua volta. Eu nem deveria estar falando disso no momento pois correm o risco de te desanimar quando você precisa de todas as suas forças, já que não tem nada de definitivo. Mas eu também estava precisando te abrir o meu coração.
Sua carta era bem suave e calorosa, meu amor. Fico com pena, pois sei que você não foi feita para esse tipo de vida, na qual ninguém, pelo menos espero, abre os braços quando você chegou ao fim do dia. Mas é preciso pensar que sua vida com isso será facilitada. Além do mais, é uma experiência que deve ser feita pelo menos uma vez. De qualquer maneira, te beijo todas as noites. Mas de tão longe o efeito se perde, com certeza.
Não fiz nada de relevante desde domingo. *Atuais II* já saiu. Vou te enviar um exemplar (sem dedicatória) para te distrair. Mas não tenho certeza se vai receber. Se se perder pelo caminho, não é grave. Hoje à noite, a pedido de Paul

---

[1] Albert Camus pensa responder positivamente ao convite de Jean Grenier para dar uma série de conferências no Egito. Sobre Jean Grenier, ver nota 1, p. 79.

[Œttly], vou rever *O homem que perdeu a sombra*.¹ Noite perdida. A propósito, uma notícia que me deixou bem revoltado (mas no fim das contas, a culpa não é minha): como a peça de Gilson não vai bem, os Mathurins querem montar *O gigolô delicado* de Jacques Natanson. Não sei se você conhece: o autor é o Roussin dos anos 1920 a 1930 — e a peça teve um enorme sucesso popular. Com certeza vão nos dizer que era uma das últimas vontades de Marcel.

Que mais? Estou trabalhando com dificuldade, mas trabalho — e toda noite, na cama, descasco *Os possuídos*. Difícil, sim, e, receio, duro para o público. *Veremos*. Mas como sinto falta de você, é esta a verdade, como sinto falta de você! Fico vagando, vagando, alma penada...! E assim, acabo de telefonar para a sua casa para ouvir a boa voz de Angèle. Mas ninguém atende. Não, você não atende mais. Só as suas cartas... Escreva, conte, diga que me ama. E um abraço no tritão, que acharia muita graça se me lesse. Depois de tantos anos...! Exatamente, e embora eu seja o primeiro a me espantar, eu bebo esse amor deliciado, te bebo, sem me cansar.

Até logo, minha bela, meu amor. Te beijo nas brumas do Norte até fazer o sol explodir. E te espero.

A.

575 — MARIA CASARÈS A ALBERT CAMUS[1]

[A Catedral. O Anjo com a Lança. Coluna dos Anjos.]

[23 de outubro de 1953]

Aí vai um dos rostos de M., a manca — não é? Só falta o pó de arroz e o ruge. Ah, se fosse possível ser genial!...
Estamos indo para Troyes *Inch Allah*!

---

1 Adaptação teatral feita por Paul Gilson da narrativa fantástica de Adelbert von Chamisso (1813), estreada no Teatro dos Mathurins em 2 de outubro de 1953, em encenação de Marcel Herrand, Jean Marchat e Paul Œttly.

576 — MARIA CASARÈS A ALBERT CAMUS

Lille, 25 de outubro [1953]

Ao chegar a Lille, meu amor querido, recebi a carta que você tinha anunciado pelo telefone e o exemplar de *Atuais II*. Obrigada. Recebi também um bilhete de Julien Green[1] e tive de responder ainda ontem; por isto esperei até hoje de manhã para te escrever. Depois da minha pequena conversa com você, me sinto transformada e como que envolta num calor ausente. Infelizmente, como ele está ausente, em vez de me acalmar, só serve para espicaçar meu desejo de voltar e te encontrar de novo. Sua carta veio atiçar o fogo e agora já não passo de um incêndio. Sim; estou ardendo toda. Os dias passam e embora não esteja mais com a bochecha inchada, embora a gripe siga seu curso normalmente, para em breve se desatar, outros problemas me incomodam, outros problemas nos quais penso com deleite, mas que só se manifestam por meio de um humor rabugento. Te desejo.

Ah! Realmente essas ausências custam muito caro e já estou pensando com tristeza na que vai nos separar por mais três semanas em dezembro. Só que dessa vez vou recebê-la com uma espécie de doçura, pois me parece que ela vai te proporcionar, senão alegrias, pelo menos belezas, e sobretudo um pouco de paz. Só lamento não poder te acompanhar e me pego sonhando com viagens em comum em países extraordinários. Minha saída do Français[2] deve tornar mais fácil a realização desse desejo e eu fico tão feliz que, mesmo que nunca aconteça, agradeço à vida por me permitir sonhar.

Aqui vai tudo bem, tudo, exceto a paisagem que é realmente desoladora. A turnê continua semeando o bom grão e parece que Herbert e Franck comemoram: "Não é um sucesso, é um triunfo!"

Os nórdicos são estranhamente neutros ou desagradáveis e se o povo da Picardia nos mostrou apesar do entusiasmo ruidoso uma expressão perfeitamente embrutecida, o de Lille por sua vez ganha em má-fé. Encontramos aqui maquinistas que exigiam um cachê adicional de figuração para levar um móvel ao palco durante a representação e os mesmos maquinistas desprezam os atores globalmente exceto Ledoux e eu que temos um nome. Eles me chamam de "senhora Cartucha" e quando peço uma caixa de fósforos pedem em troca a promessa de uma foto.

---

1 Maria Casarès denuncia em outubro de 1953 o contrato que assinou com a Comédie--Française, se eximindo de qualquer compromisso com a instituição em fevereiro de 1954.
2 O escritor Julien Green solicitou Maria Casarès para sua peça *L'Ennemi*, criada em março de 1954 no Théâtre des Bouffes-Parisiens.

O teatro é imenso, evidentemente feito para a Ópera, e o imenso fosso de orquestra nos impede de sentir ou ouvir as reações do público.

Quanto à trupe, aos poucos vai ganhando seu rosto definitivo — "Mimi Philips" — é assim que eu chamo a governanta que fala tanto e cuida das crianças, não está mais sem energia, e só vendo sua atitude quando tem de se calar em cena, para imaginar justamente como sofre. No primeiro ato ela tem uma frase a dizer, só uma: "É uma situação nova"; mas a prepara desde o início e até, acho eu, desde que amanhece em seu quarto de hotel. Quando está chegando a hora da frase, ela começa a se agitar, se ajeitar ofegante, se esticar, se recompor, se conferir; tudo se mexe nela, os pés, as pernas, os braços, os olhos, o nariz, a boca e enfim, quando chega a frase, ela se levanta e movida por um impulso poderoso se congela numa atitude trágica e solta desvairada "É uma situação tão instável!!!!". Aí, consternada, vacilante, desmorona para preparar de novo a mesma frase que terá de repetir no dia seguinte numa outra cidade, ainda mais desvairada. Além do mais, ela se parece estranhamente com Demanges.

Ledoux continua com suas aulas dedicadas a Sévère que por sua vez continua sendo um idiota. As crianças se revelam terríveis monstrinhos bonitos de aparência, mas já escondendo por trás de encantadores rostos de criança toda a habilidade e a manipulação dos mais infames cabotinos.

Cusin ganhou em personalidade. Eu o vi duas vezes enquanto se enchia de macarrão e numa das vezes com o rosto ainda todo besuntado de gordura e os lábios com pedaços de massa ao redor. Em cena, Ledoux e eu buscamos desesperadamente seu olhar se necessário o interpelando, "Senhor, olhe para mim", mas nossos esforços se revelam inúteis e ele continua olhando para todo lado exceto nos nossos olhos, falando no meio das nossas frases, inventando um texto que eu nem vou repetir aqui, resfolegando, bocejando, rindo, fazendo caretas etc. A senhora mãe faz seu número de "dama do teatro francês", a coquete sempre *cursi* e seu marido como sempre curto de espírito. Resta a pequena Liliane, sempre doce, gentil e Pierrot cuja conversa se reduz cada vez mais. Agora só o ouço dizer "Preciso fazer a barba", "Vou vomitar", "Estou com uma dor no coração", "São uns b..." e por fim "Preciso fazer a barba".

Mas preciso te falar de uma coisa que pode se tornar muito perigosa. Roger, o motorista, está no cio. Parece incrível, mas é verdade. Foi ele quem nos disse, ele nos explicou; falou de uma visita jovem para hoje que não veio, e como ele "não aguenta mais" decidiu, "em desespero de causa", recorrer à sua mulher que vai encontrá-lo em Nice. Só que até lá estamos correndo sério risco pois ele não pode ver no caminho uma ciclista sem esquecer imediatamente que não está sozinho, que está no volante e sem se lançar com o ônibus para cima da pobre infeliz que inevitavelmente acaba num buraco.

Isto quanto à família errante. Amanhã viajamos para Namur, depois Mons e por fim chegamos a Bruxelas de onde seguiremos para as récitas de Liège e Anvers.

Não me surpreende a reprise do *Gigolô delicado* nos Mathurins. Harry Baur[1] o interpretou em certa época; mas, como você, fico desolada. A propósito, esteve com Jean [Marchat]?

Continuo devorando *Os possuídos* e verifico que na verdade ainda o tinha de fato na cabeça. Apenas, há um personagem sobre o qual estava enganada: Kirilov. Jacques François[2] não pode interpretá-lo; é preciso um homem e um homem curioso e ardente. Pierre me fez pensar em Topart.[3] Acho uma boa ideia. Quanto à receptividade do público para uma peça assim, também receio muito. Mas que importa?

Bem, meu querido, já é meio-dia e meia e tenho uma vesperal. Preciso comer embora tenha perdido o apetite desde que arrasto essa gripe.

Coragem, meu amor querido. Trate de trabalhar em meio à desordem em que está vivendo.

Só imagino o quanto você não sofre com isso; é realmente terrível assistir impotente ao sofrimento de alguém que amamos.

Te beijo com todo o meu coração, com toda a minha alma, com todas as minhas forças.

Agora o tempo vai correr rápido para nós. Te amo.

Maria

Pierrot manda um abraço.

---

1 O ator Harry Baur (1880-1943), cuja viúva, Rika Radifé (1902-1983), também atriz, é diretora do Teatro des Mathurins de 1953 a 1980. Com o marido, ela atuou no filme *O gigolô delicado*, de Jean Choux, em 1934.
2 O ator Jacques François (1920-2003), ex-aluno do curso Simon e próximo de Marce Herrand. Atuaria ao lado de Maria Casarès em 1954 no Teatro des Bouffes Parisiens, em *O inimigo*, de Julien Green, encenada por Fernand Ledoux.
3 O ator Jean Topart (1922-2012), que entraria em 1955 para o TNP.

577 — ALBERT CAMUS A MARIA CASARÈS[1]

26 de outubro de 1953

BEM-VINDA BÉLGICA RECEBERÁ CARTA QUARTA-FEIRA LIÈGE CARINHO ALBERT

578 — ALBERT CAMUS A MARIA CASARÈS

Segunda-feira, 26 de outubro [1953]

Meu amor querido,
Sua carta recebida ontem, ao mesmo tempo que me aquecia o coração e o sangue me embaralhou as ideias. O itinerário que você anuncia de passagem não é o do programa oficial.

Depois de pensar bem, decidi me ater ao programa; se tivesse havido alguma mudança, você me teria dito claramente, creio eu.

Depois do seu telefonema, estou com mais vontade ainda de te ver. Fui no dia seguinte de manhã ver Angeles e a encontrei em excelente forma (Juan estava fazendo um extra). O apartamento me foi mostrado, e até a sua correspondência. Por pouco eu acabava lendo. Também vi Dominique, sempre doente do nariz, mais magra e muito linda. Fiquei um pouco no seu quarto: melancolia! De noite (era sexta-feira creio eu) a pedido de Paul fui rever a peça de Gilson. Muito bem montada — muito mal interpretada, exceto Vaguer, Nissar e Paul.[2] Um tédio sutil, e a sala por sinal vazia. Depois do espetáculo, a Sra. Harry Baur me pediu minha peça em um ato *Melodrama*. Queria se referir ao meu mimodrama.[3] Quis saber então se havia um texto. Não, respondi, é uma pantomima. Então, prosseguiu ela, precisaremos de dançarinos. Não, retruquei... etc. etc. Ela então me pediu *Os espíritos* para interpretá-los durante os ensaios da próxima peça (ela não me disse que se tratava de *O gigolô delicado*). Eu disse que daria uma resposta e telefonei para Jean [Marchat] e o convidei para almoçar hoje mesmo. Jean trouxe fotos antigas de Marcel [Herrand], e uma

---

1 Telegrama endereçado ao Teatro Royal, em Namur.
2 Os atores Jean-Pierre Vaguer, Charles Nissar e Paul Œttly.
3 *Vida de artista. Mimodrama em duas partes*, publicado na revista *Simoun*, nº 8, de abril de 1953; reproduzido em Albert Camus, *OC*, iv, p. 113.

lembrança dele: uma cabecinha egípcia. Me disse que queria te dar a estátua de Rachel. Foi tão gentil que fiquei comovido. E a coisa só ficava mais difícil. Juntei toda a coragem e me expliquei. Vou te falar dessa conversa. Ele entendeu, e aceitou, creio. Só me pediu que o ajudasse, de fora. O que vou fazer de bom grado. Nada de *Espíritos*, em todo caso. Jean quer montar em janeiro a peça de Yourcenar,[1] ficando *O gigolô* para as festas. Desistiu de mim para Angers, mas não de você. Que tipo!

Domingo eu tinha visto *Los justos*, montada pelos Mosaïcos Espagñoles [sic]. Também vou te contar essa vesperal indescritível que me tocou e me fez dar gargalhadas. Lá eu seduzi uma espanhola loura de dezoito anos, bela como o dia. Infelizmente, tive de sair antes do quinto ato; eram 19h30 e eu tinha chegado às 15 horas. O lindo sorriso úmido da espanholeta iluminava até a testa baixa.

Como vê, estou me divertindo — mas morro de tédio. Tédio de não ter você aqui, tédio de tudo. Só as suas cartas... E *Os possuídos*. Quase acabando de descascar. Sim, eu já tinha pensado em Topart, mas para Kirilov. E depois Mauclair,[2] nada a fazer por S[tepan] Trofimovich. Talvez Fedka...

Vou precisar te deixar. Estou cuidando da divulgação de *Atuais II* para a imprensa. E tenho de me levantar cedo. Espero que você receba esta carta. Espero que me telefone. Espero que me ame, espero que volte e que eu volte a me perder em você, minha beldade, minha desejável, minha amiga querida... Escreva e se cuide. Sinto sua falta e quero vê-la voltando inteira para poder desfrutar de você inteira. Já começo a te beijar, até a sua volta.

AC.

579 — MARIA CASARÈS A ALBERT CAMUS

Quarta-feira 28 de outubro [1953]
Liège

---

1 *Electra ou a queda das máscaras*, de Marguerite Yourcenar, peça escrita em 1943 e publicada pela editora Plon em 1954, é montada por Jean Marchat nos Mathurins em 1954, com Jany Holt, Jean Vinci, Laurent Terzieff, Charles Nissar.
2 O ator e diretor Jacques Mauclair (1919-2001), membro da companhia de Louis Jouvet até 1949, visto por Albert Camus na montagem de *O jogador*, de Ugo Betti, em 1952.

Meu amor querido. Estou esperando dar 5 horas para te pedir socorro, ouvir sua voz, me convencer de que você ainda existe em algum lugar, de que o amor não é um engodo, de que a beleza é mais que um mito, de que a terra é quente, o homem vivo e pensante e que me é possível um dia recuperar tudo isso ao mesmo tempo.

Desde que atravessamos a fronteira, estou morrendo suavemente e no entanto, à parte a bronquite que não consigo curar, já superei todos os meus achaques. Quanto ao desejo, desapareceu no céu belga, se transformando apenas numa obsessão fixa porém abstrata: voltar a uma terra humana. Namur, depois Amiens e Lille, é o fim do mundo, onde posso me reencontrar inteira. Lá, tudo se dissolve numa névoa cor de fuligem no próprio coração da Valônia, pesada, cinzenta, densa e eu nem diria desprovida de graça, pois até esquecemos que a graça existe. A gente só vê casas de tijolos vermelhos, poeirentas, apertadas entre outras casas de tijolos vermelhos, poeirentas, habitadas por criaturas vermelhas, gordas ou magras, mas sempre vermelhas, de cabelos sujos, expressão bovina, se arrastando com grossas solas de sapato nos pés, um certo ar de desconfiança que faz pensar que estão o tempo todo com medo de serem arrancadas de sua letargia ruminante. E ainda por cima, desagradáveis, sem céu, sem sol, sem água, e até sem vícios. Como é que podem viver neste lugar sem adquirir desde a infância o gosto dos piores vícios? Como é que fazem para não afogar o seu vazio absoluto no álcool desde que amanhece? De que são feitos para não saírem dando chicotadas no meio da rua?

No início da nossa viagem, atravessando esse belo recanto do mundo, primeiro eu não conseguia controlar o riso, o mesmo riso descontrolado, acho eu, de que fui vítima quando assistimos ao baile do "Petit Valtin". Além do mais, a cara do tritão na Bélgica bastaria por si só para alegrar os próprios belgas, se fosse possível; mas depois de Namur meus nervos cederam e de lá para cá ando mal-encarada, com um humor de cão e um abatimento que vai acabar levando a melhor sobre todos os meus esforços se isto não mudar. Huy, ontem, quase me trouxe de volta um pouco de vida. É uma cidadezinha de treze mil habitantes que lembra um pouco as cidadezinhas suíças, com um belo bairro antigo e uma poesia açucarada, antiquada, mas evidente. Eu vinha de Namur, tinha passado por Mons e Charleroi; e fui conquistada — infelizmente, um pessoal local me convidou para beber alguma coisa e destruiu em quinze minutos o estado de ânimo suportável que eu tinha conseguido passeando pela cidade.

Quanto ao público belga diante dos *Seis personagens*, vou contar. Nosso primeiro fiasco ocorreu em Namur. Veio então Huy, total perplexidade. Liège? Lotado para esta noite. Vamos ver.

Condição não raro decepcionante, essa de semear o bom grão!

Enfim, vou te falar de tudo isso em breve, pessoalmente, quando voltar a ser uma mulher, tua mulher. Por enquanto "não existo, não existo mais..."

Só me resta assim te deixar a par das minhas últimas viagens e me voltar para você.

Hoje portanto vamos subir ao palco aqui e dormir por aqui mesmo. Amanhã 29, nos apresentamos (cachê adicional) em Tirlémont, cidade natal de Ledoux, onde não largam do seu pé para grande contrariedade dele e onde pelo que ouvi vamos representar na verdade *A coronela e os hussardos* ou uma revista muito apreciada aqui, *Varchau l'hélicoptère*, em francês *Revoilà l'hélicoptère*.*
Dormiremos em Bruxelas, para onde iremos depois do espetáculo, e no dia seguinte, sexta-feira, iremos nos apresentar em Mons, de onde voltaremos à noite para Bruxelas, de novo. Depois, dois dias de descanso antes da apresentação em Anvers. Nesses dois dias, eu não conseguiria ficar em Bruxelas sem morrer. De modo que decidi viajar sábado de manhã para Gand, almoçar lá, seguir para Bruges, dormir lá e no dia seguinte domingo viajar à noite para Anvers onde dormirei, podendo visitar a cidade na segunda-feira. Não é muito repousante, mas espero pelo menos encontrar alguma emoção que me reconcilie com este mundo e me prepare para a viagem de volta. Não quero voltar bovina para você de modo algum! Não! não quero! Se o meu pequeno passeio não me proporcionar nada, matarei, se preciso, todos os belgas, mas vou despertar!

E agora, você. Acabo de receber sua carta do dia 26, pois ainda me resta a alegria das cartas, apesar de tudo! Esta me divertiu muito, e também me tocou, me aqueceu o coração, enfim.

Feliz daquele que ainda consegue encontrar espanholetas de belo sorriso e testa baixa! Se pelo menos eu conseguisse tentar te deixar enciumado com algum belgazinho! Mas que nada; todos eles têm uma testa que se perde em cabelos plantados não se sabe onde e nunca sorriem! Só Forstetter me persegue com seu cinismo habitual e seus cumprimentos ligeiramente fora de moda. Mas devo confessar que seu interesse me lisonjeia, o que não deixa de me irritar. Ele sabe disso, me diz e naturalmente eu sou sensível a sua perspicácia. Ainda não respondi às numerosas cartas dele; espero que se canse do monólogo. Depois, verei.

Falando dos *Possuídos*: vou continuar quando esta cidade de salsicha valã me permitir. No momento estou no "chigalevismo". Incrível. Mas acho que vou

---

* Lá vem o helicóptero de novo. (*N. T.*)

deixar de lado esses demônios para mergulhar nas *Atuais II*. Já passei os olhos e me pareceu que apesar do cenário circundante estava voltando a ser mulher e sensível. Você realmente tem talento e o talento é sempre acompanhado de bondade exceto no caso dos poetas — que são umas plantas. De qualquer maneira, concordo com você quanto a S[tepan] Trofimovich. Mauclair não poderia fazê-lo.

Quanto à senhora Harry Baur, deveria se mudar para Namur; é exatamente o contexto que lhe convém. Fiquei feliz de saber que você esteve com Jean [Marchat]; continuo com raiva dele, mas não posso me impedir de continuar sentindo carinho. Fiquei feliz, bastante feliz também de receber uma lembrança de Marcel [Herrand] — penso nele com frequência.

Recebi uma carta afetuosa de Gillibert ao mesmo tempo que Pierre [Reynal] também recebia dele uma outra em termos que poderiam ser considerados amorosos. Mas como esses homens gostam de trocar amabilidades, e tome "gosto muito de você", e "um beijo", e "meu doce amigo" etc.! Parecem uns mariquinhas, Deus meu!

Também recebo notícias de casa com bastante regularidade, de Angeles, e Dominique, ainda contaminada.

Oh! Rápido, voltar para tudo isto! E você, sobretudo! Você!

Eu sei, eu sei; é bom ter novas experiências; também é bom ganhar dinheiro! Agora já sei que não posso mais viver sem um cenário e que acabei com meus sonhos infantis que me permitiam viver em qualquer lugar, cega para tudo, estranha a tudo que me cercava. Fiquei sabendo mais uma vez que te amo à loucura; enraizei um pouco mais profundamente em mim o pavor de te perder e ganhei dinheiro para pagar minhas dívidas. Mas quanto tempo perdido para nós, também!

Rápido, rápido! Feita a experiência, agora só penso em voltar para você e te amar de todas as maneiras possíveis e imagináveis.

Meu amor, meu belo amor, meu querido, esteja aí, agora, quando eu te telefonar; oh! tomara que você esteja aí!

Te amo perdidamente.

M.

Pierre pede que te transmita toda a amizade de que ainda é capaz. Ficou desconsolado de saber que não é tão "cosmopolita" quanto pensava e está morrendo de tédio.

580 — MARIA CASARÈS E PIERRE REYNAL A ALBERT CAMUS[1]

[Bruges. Iluminação da Chancelaria. Prefeitura.]

31 de outubro [1953]

Aí está Bruges, sem os canais e os cisnes, magnífica e desolada.

Bruxelas, Gand e por fim Bruges vão acabar me reconciliando com o Norte. Viver aqui? Não; prefiro Ávila, no gênero, ou até Santiago de Compostela. Mas... passar rapidamente, sem se dar ao trabalho de mergulhar para sempre, para acabar com forte saudade das planícies ardentes, desertas e tão vivas de Castela.

M.

[Bruges. Cais Verde. Casa do Pelicano.]

31 de outubro [1953]

E aí vão os cisnes. Nada falta neste recanto encantado. É o paraíso das abelhas, e se à primeira vista a grandeza parece ausente, a nobreza por sua vez marca presença. Amanhã se eu não for embora daqui completamente contrariada, irei seduzida.

Até muito breve

M.

Pensamentos afetuosos

Pierre

Estou morto de cansaço e de açúcar

---

1 Dois cartões-postais enviados de Bruges.

581 — ALBERT CAMUS A MARIA CASARÈS

Sábado, 31 de outubro de 1953

Sua carta de ontem foi boa, meu amor querido, boa de ler e de ouvir. Pois eu te ouvia, ao mesmo tempo, e acha graça, até certo ponto, dessa maldita Bélgica. Mas as coisas agora vão andar depressa. Quando receber esta carta, você estará em Anvers, que é um porto, logo com mais vida. E depois Bruxelas, e finalmente Paris. Para mim, a ideia de viajar em dezembro, tão pouco tempo depois da sua volta, é insuportável e vou tentar adiar essa viagem para janeiro. De qualquer maneira terei de ir a Argel, vou ficar lá quarenta e oito horas e poderia passar o resto do tempo no Egito.[1] De tal modo que também terei reduzido minha ausência ao mínimo. Vou cuidar de tudo isso. Nada de novo por aqui — à parte novos incidentes (insultos num jornal comunista, *Libération* etc.) a propósito do meu prefácio a Guilloux.[2] Desta vez, Guilloux se encarregou da resposta. Você já sabe o que eu penso de tudo isso — mas decidi não alimentar mais a polêmica, e já estou pensando em outra coisa. Também encontrei o prefeito de Argel na casa de Raffi (Paul). E agora cabe a mim lançar este Festival de Angel, além de supervisionar toda a temporada de teatro. Tenho quinze dias para responder e hesito. Também sinto sua falta e teria adorado falar com você de tudo isso.

Também estive ontem com o bom Cérésol,[3] com quem tive uma longa e franca conversa. Depois te conto.

Há também uma coisa que você precisa saber: todos os jornais anunciam que você vai sair do Français *em dezembro*. *Le Figaro* acrescentou inclusive que você ia

---

1 Ver nota 1, p. 922.
2 *A casa do povo* e *Companheiros* são reeditados pela Grasset, tendo como prefácio o texto de Albert Camus "Apresentação de Louis Guilloux", publicado inicialmente em *Caliban*, nº 13, janeiro de 1948. O escritor e jornalista Claude Roy, na época membro do PCF, desanca esse prefácio em *Libération* em 28 de outubro ("o tom arrogante, amargo e de superioridade"), o que provoca uma resposta de Louis Guilloux em 12 de novembro, e depois uma nova resposta de Claude Roy, sustentando o que dissera a respeito de Camus, acusado de usar as próprias origens modestas como argumento de autoridade.
3 Robert Cérésol, diretor adjunto dos Mathurins.

trabalhar com Vilar[1] (!) E acabo de receber um telefonema de Gillibert querendo me falar dos projetos de Barrault a seu respeito. Vou te manter informada. Mas me pergunto se não seria bom você escrever a Descaves[2] para pedir que retifique, se considerar necessário. De qualquer maneira ficou demonstrado que todo mundo vai correr atrás de você. Infelizmente, o que vai sobrar para mim? Já esse Forstetter... É bem a sua cara. Você gosta tanto da inteligência que se mostraria sensível a ela até na pessoa de Pierhal. E eu achando que emburreço a cada dia...

Bom. Estou lendo. Trabalho mal. Espero. Estou furioso — e no entanto sinto minha vida. Você não está aqui, só isto, e eu me desequilibro. O frio também chegou. Paris fecha a cara, e eu vago pela cidade. Que está esperando para vir me devolver o calor, a ternura, teu corpo, teu belo riso? Os dias se arrastam, realmente, você sabe, e embora eu tenha me esforçado para não dizer até agora a horrível tristeza em que me encontro desde que você viajou, não posso me impedir de mostrá-la aqui agora. Mas enfim, te amo e também penso em você quando estou feliz, como penso na minha força, na minha regra, no meu arrebatamento também. Te aperto nos meus braços, minha viajante, minha judia errante, meu amor que não para nunca, minha pequena, te beijo e te sacudo também. Oh! Toda a juventude que está entre nós, que ela volte, sim, que ela volte!

A.

582 — MARIA CASARÈS A ALBERT CAMUS[3]

[1º de novembro de 1953]

[Bruges. Cais do Espelho.]

Meu amor querido. Aí vão duas expressões desse país tão querido e desagradável ao mesmo tempo. Acho que pessoalmente eu prefiro Gand, embora

---

1 A companhia de Jean Vilar no TNP, instalada no Teatro de Chaillot desde 1952 (ver, nota 3, p. 863). Maria Casarès conhecia Jean Vilar desde 1944 e atuara a seu lado em *Romeu e Jeannette*, de Jean Anouilh, em 1946, sob a direção de André Barsacq. Eles também haviam trabalhado juntos no cinema, em *Brigas*, de Henri Calef, lançado em 1948. Vilar a convidara várias vezes para entrar para a sua companhia, em particular para interpretar Chimena em *O Cid*. Mas sem êxito.
2 Pierre Descaves (1896-1966) é na época administrador da Comédie-Française.
3 Dois cartões-postais.

seja menos completa e sobretudo menos pitoresca. Aqui; se eu tivesse de ficar — morreria de suavidade tecendo rendas, quem sabe. Mas não se pode negar: é uma beleza e vale a pena vir. Pois eu

[Bruges. Ponte São Bonifácio.]

voltei, sozinha. Da primeira vez, minha mãe e uma amiga sua com a filha estavam comigo. Elas não estão mais entre nós. Bruges tampouco, para mim, de certa maneira. Tudo aqui se transforma em "linda lembrança", até o que a gente acabou de ver.
Que venham logo você e o movimento da vida! te amo.

Maria

583 — MARIA CASARÈS A ALBERT CAMUS[1]

2 de novembro [1953]

Uma palavrinha, a lápis, pois a tinta nunca chega e, como todo turista que se respeita, estou com pressa.
Finalmente saí de Bruges que já começava a me pesar um bocado.
Se o adjetivo "bonito" tem algum sentido, se adapta perfeitamente a essa cidade. Nela, até as coisas mais belas adquirem não sei que "aspecto bonito".
Cheguei a Anvers ontem à noite e caí de amores. É a única cidade da Bélgica onde eu poderia viver, o que naturalmente se deve à existência do porto. Também não me desagradaria passar de novo por Gand, mas não me vejo acabando lá os meus dias.
Esta noite nós quisemos, Pierre [Reynal], a Sra. Stephen-Pace que nos acompanhava e eu, cair na farra no porto, mas a única coisa que conseguimos foi voltar de rabo entre as pernas e encharcados por volta das 11 horas da noite. Chovia a cântaros e eu estava exausta. Mas comecei a ler *Atuais* e não larguei mais até o fim do livro. Me pergunto como você consegue conciliar a verdade, uma verdade sem falha, a lucidez e uma força de paixão capaz de enlouquecer a criatura mais defendida. Se eu tivesse de escolher um exemplo para explicar a um habitante de Marte o que é um homem do nosso mundo, citaria sem hesitar o primeiro — e acho que a criatura marciana precisaria apenas ler *Atuais II* para

---

[1] Em papel timbrado do Century Hotel de Anvers.

entender. Naturalmente, imagino uma criatura sem qualquer preconceito nem opinião preconcebida, inteligente também, e também apaixonada. E vivam os habitantes de Marte!

Hoje à noite depois da representação vou para Bruxelas onde ficarei até quarta-feira de manhã, momento abençoado que vai me levar de volta para você.

Daqui a pouco vou passar no teatro para buscar a carta que você me prometeu. Estou louca para saber como você anda; outro dia, no telefone, você me pareceu meio por baixo.

Me diga também como o livro foi recebido e se você continua trabalhando.

Bem, meu querido; vou parar por aqui hoje. Estou saindo para ver a catedral — já começo a ficar cansada das pedras velhas — e depois do almoço gostaria de dedicar minha tarde ao museu.

Vou tentar te chamar pelo telefone quarta-feira se puder. Será a última vez; depois vou falar com você de outro jeito.

Te amo. Te amo e por mais que me achem ridícula porque "faço como uma menina de dezoito anos" — te amo assim mesmo com toda a minha juventude, toda a minha maturidade, toda a minha alma.

M.

584 — ALBERT CAMUS A MARIA CASARÈS[1]

[2 de novembro de 1953]

Esses recortes para sua documentação, e todo o meu coração para te receber em Bruxelas. Segue carta.

A.

585 — ALBERT CAMUS A MARIA CASARÈS

3 de novembro de 1953

Meu amor querido,

Hoje encontrei na minha escrivaninha (ontem foi feriado) suas cartas de Bruges e Gand, e a sua cartinha de Anvers. Sinais curtos demais, breves demais

---

1 A folha de rosto arrancada de um livro.

(não estou reclamando) de uma vida que me faz falta cada vez mais. Mas fiquei feliz de saber que você encontrou coisas para admirar e apreciar, pelo menos um pouco. Dito isso, essa ausência já se prolongou demais e realmente está na hora de você voltar. Me sinto terrivelmente sozinho nessa agitação de Paris, e privado, sedento, debilitado.

Como não dava para suportar a ideia de me separar de você três semanas depois da sua volta, adiei para janeiro essa viagem ao Egito. Estarei em Argel no dia 2 para o casamento da minha sobrinha,[1] voltarei no dia 5 e viajarei de novo no dia 8. Volta no fim de janeiro. O que nos dá um mês e meio de tranquilidade, tanto mais que minha família toda irá para Orã por volta de 15 de novembro, até janeiro justamente.

Era o que eu queria te escrever para você poder pensar no futuro com prazer. No meu caso, é esse futuro próximo que me ajuda a suportar esses dias sem você.

O que você disse de *Atuais* me reconfortou. Na verdade eu estava precisando. Não gosto de dizer que estou sozinho, e no entanto, como escritor, nunca senti melhor minha solidão. *O homem revoltado* acaba de ser publicado em Londres e está sendo recebido de forma inesperada.

Eu deveria ficar feliz, mas a verdade é que me deixa indiferente. Conseguiram me deixar enojado desse livro. (A propósito, Breton, que tinha me acusado, como você sabe, de falso testemunho, mandou pedir que eu depusesse em seu favor num processo penal em que corre o risco de pagar multa pesada.)[2] Em compensação, suas poucas palavras sobre *Atuais* me deixaram ruborizado de satisfação.

Estou trabalhando, mal, mas trabalhando. Tenho saído pouco ou nada. Te amo, é o que interessa, e penso em você sem parar. Imagino, sinto falta, em suma, vivo com você. Viver com você longe de Paris, num país que possamos amar de manhã e de noite, é o que eu desejo mais que tudo.

---

1 Lucienne Camus, filha de Lucien, sobrinha de Albert e Francine Camus.
2 Em 24 de julho de 1952, ocorreu uma briga entre André Breton e o guia da Caverna de Pech Merle, depois que o escritor ostensivamente apagou com o dedo um fragmento de desenho rupestre representando a tromba de um mamute. André Breton, que duvidava da autenticidade do desenho, foi incriminado por degradação de monumento histórico; obteve o depoimento em seu favor de vários escritores (Albert Camus, Julien Gracq, Claude Lévi-Strauss...), em textos publicados no *Figaro littéraire*. O julgamento ocorreu em 13 de novembro de 1953 e o escritor foi condenado a pagar 25.002 francos.

Volte logo, meu amor; mais uma longa semana, e depois a chama do amor, e não sentiremos mais frio. Te beijo muito tempo, com todo o meu amor.

AC.

Gillibert me disse que Barrault queria montar *Pentesileia*[1] mas que antes seria preciso dissuadir Feuillère[2] etc. etc. Eu disse que ele então te escreva se tiver propostas honestas para te fazer.

Telefonei para sua casa, tudo vai bem.

Abraço para o tritão

586 — MARIA CASARÈS A ALBERT CAMUS

4 de novembro de 1953

Ah! Meu amor querido, sua boa carta que recebi em Anvers! Como foi doce! Você sabia que uma carta assim é suficiente para justificar a vida de uma mulher? Eu li, reli; ainda a estou lendo. Obrigada, meu querido. E obrigada também pelas notícias que me dá.

Sim; se você puder ir para o Egito só em janeiro, seria menos difícil suportar, tanto mais que provavelmente vou sair de Paris, eu também, a partir de 31 de dezembro. Oh! Quatro dias simplesmente, o suficiente para representar quatro vezes os *Seis personagens* em Túnis. Acabo de enviar ao administrador minha solicitação de férias, acho que ele vai concordar e eu não podia recusar aos colegas essas récitas que "serão uma mão na roda para eles" ao que parece; ora, em Túnis, eu sou pelo que dizem indispensável: os africanos não querem saber da peça sem mim. Mas que homens!

Quanto aos "comentários" provocados pela minha saída do Français, falarei longamente com você quando voltar. Lulu Wattier, que veio assistir à grande estreia de Bruxelas, me falou da agitação de certos jornais de Paris em função desse pequeno acontecimento. Como ela não sabia de nada, caiu das nuvens e como na Cimura reina uma deliciosa bagunça, ela mandou todo mundo para Lyon, onde pela fantasia dela eu deveria estar na segunda-feira passada. *Le*

---

1 *Pentesileia*, de Heinrich von Kleist.
2 A atriz Edwige Feuillère (1907-1998).

Figaro me procurou em vão em Lyon e finalmente, depois de um sem-fim de histórias, me encontraram em Bruxelas, de onde os mandei de volta a Paris para se informarem com o Sr. Administrador da Comédie-Française.

Quanto a Vilar, aqui vai o telegrama que recebi dele no dia seguinte à publicação no jornal da especulação que diz respeito a nós dois: "Nada a ver com informação *Figaro* desta manhã Stop. Entretanto gostaria encontrá-la assim que voltar Respeitos J[ean] V[ilar]". Também fiquei sabendo por Angeles que o TNP tinha telefonado para minha casa e que Gillibert queria falar comigo com urgência da parte de Barrault. Por outro lado, mantenho correspondência assídua e "versalheca" com Julien Green. Um verdadeiro concurso de amabilidades; mas disso vou te falar longamente quarta ou quinta-feira próxima.

Essa agitação toda me estimula e me perturba ao mesmo tempo; quase a temo tanto quanto a desejo. Quanto a escrever a Descaves como você me pede justamente, não sei muito bem o que fazer; só ele ou alguém do convívio dele pode ter distorcido essa notícia e me pergunto até que ponto o administrador não está de alguma forma envolvido nas informações dadas à imprensa. Por isto talvez eu tome a decisão de esperar minha volta; enviei apenas um telegrama de desmentido a *France Soir*, mas não sei se publicaram.

Por aqui vai tudo bem. Me despedi de Anvers sem pesar no fim das contas, morta de cansaço; mas vi coisas belíssimas no museu — da minha viagem turística vamos falar juntos. Começou estranhamente. Pierre [Reynal] e eu confundimos o Banco Nacional com a estação ferroviária central — ele acabou esgotado. Mas não me arrependo; estou feliz de ter conhecido Gand e de ter tido oportunidade de ver telas magníficas; mas se tivesse de começar de novo na mesma velocidade, acho que hesitaria muito. Além do mais, existem decididamente países onde não dá para suportar o frio, mesmo não sendo agudo.

De volta a Bruxelas, ainda não achei tempo para fazer nada; ontem dormi muito, fui ao cabeleireiro (!), passei no teatro para arrumar minhas coisas, à noite atuei *divinamente*, talvez como nunca nos *Seis personagens* diante dos bezerros e por fim jantei em família com [Georges] Herbert, [Pierre] Franck, L[ulu] Wattier e a trupe, para só voltar ao hotel, mais morta que viva, às 3 horas da manhã (!). Hoje dormi de novo até meio-dia, fiz um desjejum abundante e agora estou esperando para ir ao Bon Marché (!), onde a companhia inteira foi convidada a tomar chá. Que país cheio de amabilidades!

Amanhã quero começar a trabalhar *Fedra* pois já estou ficando preocupada.

Quanto ao resto, tudo vai bem. A direção está tão satisfeita com os resultados da turnê que agora querem me fazer perambular para todo lado em todas

as peças possíveis e imagináveis. Acho até que querem me fazer atuar num Claudel em Paris. Tudo portanto o melhor possível no melhor dos mundos, como você vê.
Pierre também foi adotado. Ele faz sucesso, e vai muito bem. Como companheiro de viagem, contudo, pode ficar para você. Nesse ponto, só tem uma grande qualidade: a gente pode ter certeza de que quando faz alguma coisa é realmente porque essa coisa lhe agrada; não precisamos temer o menor esforço da parte dele, e se estiver sorrindo é porque está realmente contente. Pediu que eu dissesse que "ele te ama, e espera voltar para te abraçar longamente".
E você, meu amor querido? Como anda? Guilloux já respondeu a *Libération*? Quando teremos os próximos insultos?
Como vão as coisas em casa?
Não poderei te telefonar daqui a pouco; é exatamente o momento em que terei de ir ao Bon Marché mas vou tentar mandar recado por Labiche.
E é tudo por hoje. É tudo para minha penúltima carta. Esta você vai receber na véspera do seu aniversário. Quarenta anos, meu amor querido. Uma data!
Quarenta anos de vida! Você já arrasta há quarenta anos o peso desse nariz! Como é que você faz, e como faz também para ostentar sua inocência e sua juventude? E como é que suporta, com a sua vida, o peso da minha? 71 anos nós somamos, a flor da idade! E nossa hora!
Vamos, meu belo amor! É a nossa hora. Juntos vamos agora, e só agora, entrar no próprio cerne da nossa existência. No limiar desse tempo grave que nos espera, faço mil votos (imagina só!) mas aqui entre nós, é por este que quero viver: que nós possamos, meu querido amor, encontrar durante muito tempo um no outro o amor e a força que transfiguram essa existência.
Sua viajante,

Maria

587 — MARIA CASARÈS A ALBERT CAMUS

7 de novembro de 1953

Meu amor querido,
Aqui vai meu último bilhetinho amoroso antes da torrente de palavras da qual você não vai escapar se Deus me der vida e se Bruxelas não conseguir até quarta-feira me arrancar as últimas forças que a Bélgica ainda se dispõe a me

deixar. Se os dias que ainda temos para viver juntos pudessem ser tão longos quanto os que passo neste país, a morte viria apenas pôr fim a um esgotamento daqueles de gritar. Mas pronto, as coisas são feitas de tal maneira que eu, que tanto amo a vida, prefiro dissipá-la num suspiro junto de você do que viver uma eternidade no exílio.

Não te conto mais nada daqui. Não vou fazer mais nenhuma pergunta. Chega! Quarta-feira vamos ver a quantas andamos. Vou chegar por volta de 2 horas ou melhor 2h30 da tarde, já almoçada. Vou tomar o trem de 11 horas, aproximadamente. Lamento te privar da partida de futebol França-Suíça, mas Briquet é bem talentoso e para o nosso reencontro, talvez você possa ouvi-lo no rádio. Assim estaremos plenamente na vida cotidiana. Não esqueça também de comprar alguns jornais; vou adorar arrancá-los das suas mãos. Ainda espero um sinal seu para me fazer ter paciência com esses dias que me separam de você.

Bem, meu amor querido, vou me calar. É a hora do silêncio antes da tempestade — fico furiosa por estar ausente hoje e esta manhã, o próprio sol (bem anêmico, é verdade) não consegue fazer com que eu me decida.

Te amo e sinto uma necessidade incurável da sua presença. É uma doce doença, mas pesada de aguentar até quarta-feira. Me espere como eu te espero.

Te adoro.

M.

588 — ALBERT CAMUS A MARIA CASARÈS

7 de novembro de 1953

Meu amor querido,

Como esta carta será a última da nossa separação, gostaria também que ela seja o primeiro gesto do meu quadragenato, e que este dia em que entro na outra encosta da vida comece com você. Como Dante chegando nessa idade à entrada dos infernos e sendo recebido por Virgílio que lhe dá a mão para levá--lo suavemente à companhia dos mortos... Quanta solenidade, meu pequeno Virgílio. Mas é verdade, por mais ridículo pareça, que me sinto grave e melancólico, inclinado a aproveitar plenamente da vida e me decidir a ser diferente, em certos planos, do que fui até agora. É possível ter quarenta anos e continuar agindo como se se tivesse dez.

Mas vou te poupar das minhas reflexões e dos meus pensamentos. Ontem à noite eu estava particularmente triste, e sozinho. Esta manhã, me levantei com decisão e energia. E por sinal o tempo está bom, e um belo sol ilumina o dia. "Mas você", diz Hölderlin, "nasceu para um dia límpido."[1] Recebi aqui em casa um bloco de notas de Suzanne, uma quadra de um poeta (na qual sou chamado de Ulisses sem amada!) e um isqueiro. (O que é chato, pois entre as minhas *grandes* decisões estava fumar menos.) Na verdade minha única alegria é esperar a quarta-feira.

Eu ainda esperava apesar de tudo ir a Bruxelas, mas no momento será realmente impossível. Um dos motivos da minha tristeza. Felizmente, esse sonho mau vai acabar dentro de uma semana. Acho que eu não aguentaria mais. Na solidão pelo menos eu poderia juntar forças de novo para recomeçar, se for o caso de recomeçar. Bem...

Espero que você descanse um pouco em Bruxelas. É preciso, antes do novo esforço nervoso que *Fedra* vai exigir de você. Eu vi o programa. Você entra no início da noite (número 4, acho eu). O que é muito melhor. Mas procure não se deixar devorar logo de cara pela apreensão e a preparação dessa noite: deixe seu coração livre pelo menos um dia, para mim, para me encher de você, e depois então mergulhe no seu trabalho, eu estarei ao seu lado.

Fui ver *Por Lucrécia*,[2] que segundo parece fez sucesso. Mas não comigo. Há coisas comoventes, clamores sinceros (raro em Giraudoux), mas realmente retórica e gratuidade demais. O segundo ato é um dos piores que eu jamais vi. Se não estivesse assinado, seria engavetado. É também o mais mal interpretado de uma peça muito mal interpretada. Parece uma disputa para ver quem assume mais atitudes. Esses atores acham que estilo é atitude.

Não, é antes de mais nada inteligência do sentimento. Fascinada por Feuillère, cada vez mais inclinada a bancar a estátua viva, a própria Madeleine [Renaud] começou a levantar o dedinho e dobrar a cintura, só um pouquinho. Só de Bray numa única tirada, impossível de fazer efeito (a peça acabou) foi admirável. Ao sair eu estava cansado, e insatisfeito por não ter sabido apreciar o que se dizia ali.

---

1 Essa citação, extraída de *A morte de Empédocles*, de Friedrich Hölderlin (1770-1843), é retomada por Albert Camus como epígrafe da sua coletânea *O verão* (1954).
2 *Por Lucrécia*, de Jean Giraudoux, estreia em 6 de novembro de 1953 pela companhia Renaud-Barrault, em encenação de Jean-Louis Barrault. Yvonne de Bray interpreta Barbette, Edwige Feuillère, Paola, e Madeleine Renaud, Lucile Blanchard.

Bueno. Agora, te espero. Te espero realmente com uma impaciência que dói. Venha rejuvenescer seu quadragenário, você é minha fonte da mocidade negra, minha fonte de vida — e eu quero mergulhar nela demoradamente. Vou te buscar, teremos o dia e a noite, eu serei feliz. Como te amo, como te beijo! Até quarta-feira, meu amor![1]

A.

589 — ALBERT CAMUS A MARIA CASARÈS[2]

23 de dezembro de 1953

ESTAREI ORÃ SEXTA-FEIRA ESCREVA ARGEL COM VOCÊ ALBERT

590 — ALBERT CAMUS A MARIA CASARÈS[3]

Quarta-feira 23 de dezembro de 1953

Meu amor querido,

São 21 horas, estarei de partida dentro de uma hora. A greve dos serviços aéreos se prolongou e meu voo de amanhã foi cancelado. Felizmente Audisio[4] me ofereceu uma cabine no trem dessa noite e eu consegui dois lugares no barco que parte amanhã de Marselha para Orã. Estarei sexta-feira em Orã e portanto passarei o réveillon no mar com meu menino. Afinal é uma das boas maneiras de passá-lo. É sobretudo Jean que me alegra, senti um pouco sua falta desde que ele se foi.

De qualquer maneira gostaria que este bilhete te fale do vazio de Paris há dois dias e da minha ternura. Espero que sua travessia tenha sido calma (me

---

1 Maria Casarès está de volta em Paris em 11 de novembro de 1953; a turnê pela Tunísia e a Argélia transcorre no fim de dezembro. Francine Camus voltou para Orã com sua filha Catherine em meados de novembro, encontrando-se Jean na casa de Jeanne e Urbain Polge em Saint Rémy. Albert Camus viaja para Marselha de trem em 23 de dezembro para buscar Jean.
2 Telegrama endereçado ao Teatro Municipal em Túnis.
3 Carta enviada de Orã a Túnis e endereçada a Maria, Turné Georges Herbert, Teatro Municipal. No envelope: encaminhar para a Ópera de Argel.
4 O escritor Gabriel Audisio (1900-1978), grande entusiasta da cultura mediterrânea, amigo de Albert Camus desde que se conheceram na Argélia antes da guerra.

falaram de uma tempestade). Hoje estou cansado de tantas providências. Mas espero amanhã estar mais disposto. Escreva então para Argel onde certamente estarei na segunda-feira. Entre as malas, penso em você e te amo, o amor fiel me faz feliz. Te beijo, te espero.

A.

O gigolô[1] foi recebido friamente ou cruelmente (*Combat*)

Sexta-feira de manhã, 10 horas

Estamos nos aproximando do litoral e de Orã. Não postei esta carta ontem em Paris nem em Marselha porque os correios estão em greve parcial (vinte mil sacos postais encalhados, só em Paris). Como os aviões ainda não voltaram receio que esta carta só chegue a Túnis quando você tiver partido, e receio também que durante essa separação (até o dia 4) nos escrevamos através do vazio e sem nos encontrar.

Estranha época esta nossa.

Bem. Fiz uma viagem agradável, apesar (ou talvez por causa) de um tempo muito ruim. Como meu Jean é bom de mar e passeia pelo convés como um velho lobo do mar, respiramos juntos o ar do alto-mar e jogamos conversa fora como dois velhos amigos. Ele é o mais adorável dos companheirinhos, discreto, um pouco distante, e de repente todo sorrisos e entrega. Esta manhã, mar maravilhoso, liso e tranquilo com um sol intenso. Tomamos juntos a nossa ducha. Ele me disse que tinha "um grão de músculo" também. E que isso era ótimo, pois as mulheres segundo ele devem ser coquetes, e os homens, musculosos. Nós rimos, jogamos água um no outro e agora estamos no convés, bebendo o sol.

Daqui a pouco será outra coisa e estou um pouco apreensivo com o que vou encontrar. Espero que você tenha escrito para mim em Argel. Penso com afeto e gratidão nas semanas que acabamos de passar. Não é o que se costuma chamar de harmonia perfeita? Por isto também nada me dá medo no futuro. Acho que agora eu amo a vida, ao mesmo tempo como a amava aos dezesseis anos e com

---

1 Ver p. 923, 927 e 928.

algo a mais que me sustenta bem alto. Minha única angústia é uma dúvida, dizendo respeito ao que escrevo, ou ao que escrevi. Mas é uma angústia que precisa ser suportada. Ela também tem o gosto do amor.

Túnis já deve ter dado as boas-vindas à minha Julia. Gostaria que toda essa terra que tanto amo te receba como eu te recebo hoje, e uma vez mais, no meu coração. Coragem e até logo. Te beijo, minha beldade, meu querido amor. Te amo.

A.

591 — ALBERT CAMUS A MARIA CASARÈS[1]

Sábado, 26 [dezembro de 1953]

Meu amor querido,

Só uma palavrinha para te dizer como estou preocupado. Encontrei F[rancine] num estado alarmante. Neurastenia aguda com ansiedade e ideias fixas. Se pudesse, eu teria desmarcado o Egito[2] para cuidar dela pessoalmente. Mas já é tarde e não sei muito bem o que fazer.

Vou te escrever pouco até a minha volta, *dia 4 ou 5*. Sou obrigado a ficar constantemente perto de F[rancine], e é um espetáculo bem desolador. Não se preocupe comigo, estou com energia para dar e vender no momento. Mas estou realmente alarmado. De qualquer maneira, vou te manter informada. Dia 31 estarei em Argel pois não posso evitar. Levarei F[rancine] mas ela não está em condições de ir ao casamento e vai ficar no Saint Georges.

Me perdoe por esta sombra na sua viagem. Penso em você com o mesmo coração.

A.

Escreva para a casa do meu irmão. Estarei lá a partir do dia 28 ou 29. Te beijo. Recebeu minha carta em Túnis?

---

1 Carta endereçada a Orã e depois ao Teatro Municipal em Constantine, e por fim ao Teatro Municipal de Bougie.
2 Depois de cancelar a viagem de Francine ao Egito, Camus cancela também a sua e tampouco viaja para Argel.

592 — ALBERT CAMUS A MARIA CASARÈS

30 de dezembro de 1953

Meu amor querido,
Te deixei sem notícias há alguns dias e eu também estou sem notícias suas já que não pude viajar para Argel. Vou explicar por quê. A situação piorou de tal maneira que foi necessário vigiar F[rancine] constantemente. Ontem a deixei um segundo sozinha e ela saiu correndo para o terraço e a agarrei quando já estava passando para o outro lado. Se eu não fosse rápido, estaria feito. Naturalmente, foi em estado de crise que ela fez isso. Lúcida, jamais teria feito. O especialista que veio hoje de manhã me garante que esse período de crise logo vai acabar e depois serão necessários cuidados simples. Enquanto isso, é preciso ficar de olho nela. Nós então nos alternamos, minha cunhada e eu, na cabeceira dela, mesmo de noite. Tive de desistir de Argel, o que entristeceu toda a minha família, e também do Egito, onde minhas conferências já estavam anunciadas, o que é muito desagradável. Além do mais, [Jean] Grenier deve estar furioso comigo. Mas eu não tinha escolha.
Vou esperar aqui em Orã que a crise passe. Depois voltarei para Paris com F[rancine] e farei com que seja acompanhada seriamente por um médico. As crianças vão ficar em Orã durante esse tempo e minha cunhada certamente irá comigo.[1]
Não te verei portanto em Argel nem no dia 4 em Paris. Em compensação, lá estarei por volta do dia 10 e logo nos encontraremos. Não se preocupe e faça o seu trabalho tranquilamente. Vou pedir que minha correspondência de Argel seja mandada para cá e finalmente terei notícias suas. Você também pode me escrever para a rua du Général Leclerc, 65, mas para simplificar as coisas ponha o nome de Pierre no verso.
Também queria te dizer que sinto sua falta. Mas isso você já sabe. Me sinto terrivelmente só — com minhas responsabilidades e minha falta de sorte. A vida fica cada vez mais dura e o futuro me parece sombrio. Guarde para mim seu coração e essa vida sólida e fecunda em que sempre encontro forças. E me perdoe por entristecer esses belos dias da Argélia. Daqui faço votos por

---

1 Albert Camus volta a Paris por volta do dia 10 de janeiro com Francine; Christiane Faure acompanha Jean na sua volta à França, permanecendo Catherine em Orã.

você e para que mantenha sempre esse rosto de felicidade que ajuda a viver todos aqueles que te amam e te admiram. Até logo, mal posso esperar, tenho a sensação de estar sendo assediado por sombras cruéis e é por você que clamo, instintivamente, com violência.

A.

1954

593 — ALBERT CAMUS A MARIA CASARÈS

[Março de 1954]

Infelizmente não posso mais, querida, assistir a esta brilhante exegese da peça do nosso amigo Julien Vert.[1]

Beijo-te as mãos.

A.C.

594 — MARIA CASARÈS A ALBERT CAMUS[2]

Meu amor querido,
Vamos ensaiar esta noite às 8 horas[3] — maquilados e com os figurinos. Terei então de estar de volta a Chaillot às 7 horas, tendo saído de lá às 6 horas. Impossível voltar em casa. Bem desagradável. Acordei mal e estou com os nervos à flor da pele. Infelizmente, acho que precisaria descansar! Por mais que me agarre à confortável ideia de que "tudo é futilidade", o fato é que preciso me entender com essa Lady Macbeth que veio parar nas minhas mãos por descuido. Além do mais, desejo profundamente um tempo de paz, a terra, a pátria. Em vez disso, fico rodopiando, pião voador nessa bagunça nessa ausência de consciência tão penosas para mim. Enfim, o amanhã é nosso e a simples ideia de te ter para mim antes de dormir me acalma um pouco. Me perdoe. Em breve teremos dias nossos, livres de qualquer irritação externa. Boa noite, meu querido. Bom dia também e até amanhã à noite. Te amo.

M.

---

1 Julien Green. A peça, intitulada *Sul*, é apresentada no Teatro de l'Athénée em 1953. Albert Camus escreve a Julien Green a respeito dela no dia 30 de março de 1953. Em março de 1954, Maria Casarès atuaria em sua nova peça, *O inimigo*, no Bouffes Parisiens.
2 Num envelope sem endereço, com a menção *Albert*.
3 Maria Casarès entra oficialmente para a companhia do TNP (Palais de Chaillot) em 24 de março de 1954. Seu primeiro papel seria Lady Macbeth em *Macbeth*, de William Shakespeare, que seria apresentada em julho de 1954 na oitava edição do Festival de Avignon. A interpretação de Maria Casarès foi saudada entusiasticamente pela crítica. Seus companheiros de elenco são Jean Vilar, Georges Wilson, Jean-Pierre Darras, Monique Chaumette, Zanie Campan...

P.S.: Acabo de reler estas palavras sinistras. Espero que não as leve em consideração: sexta-feira está perto! E pensar que vai ser assim até o fim dos tempos! É bom de pensar assim mesmo.

M.

595 — ALBERT CAMUS A MARIA CASARÈS[1]

[6 de junho de 1954]

Sobre esses dez anos eu escrevo seu nome, meu amor. Há dez anos, quando saúdo a vida, com tristeza ou esperança, é com o seu nome. A quem agradecer senão à vida, e a você, com todo o meu amor?!

---

[1] Cartão de visita pelo décimo aniversário da união dos dois.

596 — ALBERT CAMUS A MARIA CASARÈS[1]

25 de junho de 1954

COM VOCÊ COM PENSAMENTOS CARINHOSOS ALBERT

597 — MARIA CASARÈS A ALBERT CAMUS[2]

15 de julho de 1954

Meu amor querido, Há figueiras para todo lado à minha frente e o céu está com aquele azul profundo que engole até as piores dores. Há também o mistral e o canto de cigarras. Não falta nada e tudo que me traz de volta para você mais uma vez. Barbey tem razão: dez anos de vida em comum unem para sempre duas pessoas nas próprias entranhas do mundo e elas não podem mais se afastar uma da outra sem se afastar do próprio coração do mundo. Travei conhecimento com Avignon de uma forma original. Na noite de um 14 de julho em que a multidão atravanca até o Palácio dos Papas iluminado. Fogos de artifício, bailes, cores, gritos, minha voz (!) bem no alto da grande torre lembrando Laure e Petrarca, um ar divino de se respirar e por toda parte traços dos senhores. Meu Deus como o espetáculo em si mesmo me fazia exultar, eu sentia sua falta para compartilhar essas maravilhas. São emoções que eu só posso compartilhar com você.

Agora, ao trabalho! — neste lugar que pede indolência. Me parece que as cigarras me impedem de pensar.

O hotel é encantador, mas apesar de considerado calmo, o barulho me impediu de dormir. Os lençóis são ásperos e eu fiquei com os cotovelos e os joelhos irritados, como a princesa do conto e sua ervilha.

Já entendi um pouco do milagre de Avignon. Os pobres habitantes de Paris, chegando aqui, miseráveis, ficam fascinados. A própria Natureza de repente os deixa exultantes sem que eles sequer se deem conta (ela é rica demais, poderosa demais, profunda demais para eles) e nessa exaltação que não conseguem analisar eles se superam... em matéria de confusão, como em Paris, vão sendo cozinhados em fogo brando... na confusão. A partir daí, o milagre se faz. Basta

---

1 Telegrama endereçado ao Grand Nouvel Hôtel, em Lyon.
2 Carta enviada de Avignon, endereçada a Michel Gallimard em Sorel Moussel (Eure-et-Loir).

jogar uma corda para o ar, e eles a verão fixa e rígida durante horas. Fazer o quê? As terras reais têm suas exigências e só quem tem sangue real pode viver nelas com lucidez. Vilar está chegando. Tenho de ir.

Meu amor querido, descanse, relaxe, se entregue aos prazeres normandos. Cuide dos seus e de nós. Até muito em breve, meu belo príncipe. Mande felicitações também para a Lady. Te beijo longamente.

M.

598 — ALBERT CAMUS A MARIA CASARÈS

Sexta-feira de manhã [16 de julho de 1954]

Meu amor querido,

Esta carta para você não terminar a semana sem mim. Passei o dia em que você viajou preparando uma outra viagem que ocorreu em boas condições, mas da qual retornei esgotado, através da noite e da Paris do 14 de julho. No dia seguinte, ou seja, ontem, preparei minha própria viagem, com mais leveza. Mas quando voltei para buscar as crianças à tarde, encontrei minha Catherine triste e abatida. Estava com 39°. De modo que tive de adiar minha viagem à última hora. Hoje de manhã ainda 39°. Estou esperando o médico. Não passa de uma boa angina, acho eu, mas você há de reconhecer que eu dou azar. Tanto mais que a família dos meus sogros aparece já às 8 horas na manhã e eu preciso ficar me segurando o tempo todo para não a botar daqui para fora. Bem. Estou portanto em Paris, não sei até quando. Vou te escrever ou telefonar dizendo quando partirei. Não se preocupe com nada, apenas em voltar, pois sinto cruelmente a sua falta. Não é mais amor, é transfusão de sangue e de alma. No momento eu sei que você não deve estar sentindo falta de mim, suas ocupações nacionais populares te bastam. Mas espero que depois de terça-feira comece a sofrer. Me perdoe esta carta nebulosa. Só o meu coração não o está — e ele queria te mandar este pequeno sinal. Coragem e confiança, Lady Assassinato, Lady Remorso, beijo tua mãozinha impura e te amo.

A.

599 — ALBERT CAMUS A MARIA CASARÈS[1]

[18 de julho de 1954]

ESTOU NO SOREL CARINHO ALBERT

600 — ALBERT CAMUS A MARIA CASARÈS

Terça-feira
20 de julho de 1954

Meu amor querido,
Te telegrafei há pouco para dizer o quanto vou pensar em você esta noite. Você será transportada em asas, e mal posso esperar para saber como a noite se passou. Estou aqui domingo depois de três dias cuidando de Catherine, depois de Vincine que também contraiu uma angina. Ontem à noite Catherine voltou a ter um pequeno pico de temperatura e ainda estou cuidando dela hoje. Felizmente, por sinal, pois não me sinto capaz de mais nada — enfermo interiormente, e além do mais acabado, e sentindo meu cansaço. E no entanto acho que estou feliz de ver pastagens, aveias, papoulas. Mas no fundo é só isto e o sono, quando possível, me parece preferível a qualquer outra coisa. Espero, pacientemente, que a força de vida volte. Mas até esta carta (perdão, minha viva) é um esforço, como tudo mais.
 Mas eu penso em você o tempo todo, muito, e com detalhes. Em uma infinidade de detalhes, na verdade, reconheço a que ponto te amo, a que ponto sinto sua falta em períodos como este. A certeza de te encontrar de novo em alguns dias, a alegria de uma carta como a que encontrei ao chegar aqui são as únicas coisas que me alimentam. Me arrependo de não ter te apresentado Avignon, dormido com você no meio das fontes da cidade. Mas fazer o que, depois de dez anos continuamos penando em vidas, em profissões paralelas. Só os corações se fundiram. Sei em todo caso que você vai levar mais beleza e grandeza durante algumas noites a essa cidade que amo, e fico feliz.
 Penso em você e te espero, como sempre, com a mesma suavidade violenta, minha mocinha, minha querida. Te beijo, depois do esforço, e da vitória.

A.

---

1 Telegrama endereçado ao Hotel d'Angleterre, Avignon.

601 — MARIA CASARÈS A ALBERT CAMUS

21 de julho [1954]

Meu amor querido,
Uma palavrinha para te tranquilizar a meu respeito; esta tarde vou te escrever mais longamente. Ainda estou viva e — ó milagre de Avignon! — mantive a calma até o fim ontem à noite. O humor ajuda a suportar alegremente muitas provações e todos nós temos de passar por experiências que formam o caráter. Em suma, eu disse meu texto, o melhor que pude. Cheguei até a representar um pouco e consegui esquecer o pesadelo que era essa récita para viver com alegria a cena de sonambulismo. Acho assim que mais uma vez consegui me sair bem. Quanto ao resto... oh mamãezinha!
Vou agora visitar nossos estropiados. Jar[1] está há dois dias numa clínica depois de ter rachado a cabeça contra um tubo do cenário. A Sra. X que toca ondioline é carregada para o palco: um maquinista caiu do palco em cima dela e acabou assim com duas de suas vértebras. Gérard [Philipe] dirigiu ontem a parte musical e anteontem o único ensaio que tivemos no palco, enquanto Vilar tentava em vão aprender seu texto em casa. A revolta está crescendo e eu, mais uma vez, fico do lado do perdedor, do pecador. Ele é louco, não resta a menor dúvida; é realmente um louco.
Enfim, preciso de tempo para te contar tudo em detalhes.
Obrigada, meu belo amor. Recebi sua carta, o guia, e o telegrama. Na insanidade que urrava ontem no pátio do Palácio dos Papas, seu rosto claro me ajudou muito. Te amo. Me perdoe estes garranchos, mas ainda não acordei direito. Te beijo, meu amor querido. Sinto sua falta. Ontem você me fez falta cruelmente.
Até já. Me beije muito; preciso de carinho.

M.

---

1 *Sic* em referência ao compositor Maurice Jarre, autor da música para *Macbeth*.

602 — ALBERT CAMUS A MARIA CASARÈS[1]

22 de julho de 1954

ESTOU PERTO DE VOCÊ ESTA NOITE CARINHOSAMENTE ALBERT

603 — MARIA CASARÈS A ALBERT CAMUS

22 de julho [1954]

Meu amor querido,
Acabo de receber uma carta bem doce que chegou na hora. Desde ontem, a sua "viva" foi substituída por um manequim de cera que caminha. O cansaço (desde minha chegada a Avignon dormi cerca de 4 horas por noite), o relaxamento dos nervos e uma tristeza indescritível me transformaram em múmia. Mas eu fiz o que tinha de fazer e ontem à tarde larguei meus queridos colegas para ir a um mosteiro (Frigolet[2] acho eu) localizado num lugar difícil de sair. O tempo estava bom naturalmente e eu tomei um suco de toranja debaixo dos pinheiros, em meio à algazarra das cigarras enlouquecidas, em companhia de Christiane Pinçon, de uma cadela com seu filhote, de uma gralha de uma pega e de vários esquilos que tive o prazer de alimentar de mamadeira. À noite, fui deitar às 11 horas e aqui estou de pé às 9 horas esta manhã pronta para seguir para Baux. Sei que você gostaria que eu contasse em detalhes o pesadelo que vivemos: ainda não posso: sábado ele vai começar de novo e até lá prefiro esquecê-lo. Por sinal li *France Soir* ontem à noite e não terei sido a primeira a fazê-lo; fica parecendo que realmente houve um pesadelo e que a representação de que participei na terça-feira só existiu na imaginação dos que a levaram até o fim. Agora estou conhecendo o milagre de Avignon: ele me deixou no coração (no coração, sim!) uma melancolia tão profunda e pálida que me parece impossível apagá-la.
Mas e daí! Você está aí e é para você, mais uma vez para você que eu me volto. É sempre você que me liberta da amargura. Ah! Meu amor querido, como sinto a sua falta! Nesta bela terra cuja "grandeza" ficou comprometida, as ci-

---
1 Telegrama endereçado ao Hotel d'Angleterre, Avignon.
2 O Mosteiro Saint Michel de Frigolet, perto de Tarascon (Bouches du Rhône).

garras cantam nosso amor na sua verdadeira dimensão, e eu não posso ver uma oliveira, uma colina (antes eu não conhecia a beleza das colinas), um cipreste, uma figueira ou uma noite provençal sem um aperto no coração; a nobreza, a ternura, a volúpia constantemente me levam para você, e, como você sabe, por aqui a nobreza, a ternura e a volúpia estão em toda parte.

Quando você estiver junto de mim, quando me sentir firme nas minhas patas diante de você poderei remexer sem medo nas alucinações de que fomos vítimas; por enquanto tenho medo da minha fragilidade.

Espero que Catherine tenha se recuperado completamente e faço votos de que, com calma, você recupere uma saúde de coração e espírito. Que as papoulas te ajudem.

Meu belo amor, perdoe esta carta meio descosida. Estou cansada e está muito quente. Mas não deixe de ver nela o sinal de uma paixão sempre renascendo. Te amo. Te amo e te beijo perdidamente como te amo.

M.

604 — ALBERT CAMUS A MARIA CASARÈS

Sexta-feira 23 de julho de 1954

Meu amor querido,

Suas duas cartas vieram me dar sustentação um pouco acima desse terrível mar em que, decididamente, estou banhando em salmoura. Me pergunto como pode ter sido essa récita que te deixou nesse estado. E me pergunto tanto mais por ter lido três ou quatro jornais bem satisfeitos, e até um pouco mais. A julgar pelo que dizem, o que eles viram foi o verdadeiro *Macbeth*. É verdade também que eles acrescentam que também tinham visto o verdadeiro Don Juan, o que é de matar de rir. Do meu ponto de vista, por sinal, o essencial é o seu sucesso. O resto não tem muita importância e se for aborrecido para você, pode não me falar nunca disso. O apadrinhamento de Chaillot é a última das minhas preocupações.

Catherine continua com ligeiras elevações de temperatura de vez em quando e as férias estragadas por causa disso. As minhas também estariam estragadas se isto fosse possível. Mas realmente estou num triste estado de impotência total e tristeza morna. Com a sensação de ter sido destruído, e por muito tempo. Tanto mais que nem consigo imaginar o futuro. De qualquer maneira, não consigo fazer mais nada além de me esticar, ler jornais e bancar a babá das crianças. E nem elas me dão verdadeiras alegrias: me enternecem e me desagradam, alternadamente, e o estado de Catherine começa a me preocupar. Me perdoe por te aborrecer com essas queixas. Mas eu nunca me encontrei num estado assim. Ontem, estive realmente, durante algumas horas, à beira do pior. Mas depois recobrei um pouco de coragem.

Te invejo pela Provença, mas não por Vilar e o TNP. Passeie, fuja do Festival e tente descansar. Me escreva se puder. Só tenho ânimo para você. Só quero alegria para poder te dizer algo diferente dessa infelicidade em que me arrasto pavorosamente. Tome coragem e tenha certeza do meu amor. É em dias como estes que eu sinto a obstinação, a força desse amor. Beijo teu belo rosto e te aperto contra mim. Te amo, te espero.

AC.

605 — ALBERT CAMUS A MARIA CASARÈS[1]

24 de julho de 1954

CORAGEM ESTA NOITE PENSO MUITO EM VOCÊ CARINHO ALBERT

606 — MARIA CASARÈS A ALBERT CAMUS

Sábado 24 [julho de 1954]

Meu amor querido,

Acabei de me levantar, de coração apertado: vamos recomeçar esta noite o pesadelo *Macbeth* e desde terça-feira havia tantas coisas para serem vistas que as minhas cenas, consideradas as mais prontas (!) foram completamente abandonadas. Lá vou eu assim para um novo sacrifício, mas desta vez, espero, com o mistral. Esperemos que ele pelo menos saiba o que fazer.

---

1 Telegrama endereçado ao Hotel d'Angleterre, Avignon.

Anteontem fui ver *Cina* e ontem finalmente assisti a uma representação que justificaria o mito de Avignon. Foi *O príncipe de Hombourg*.[1] Realmente emocionante; o que vimos em Paris passou a ser uma pálida caricatura do espetáculo de ontem. Mas o grande acontecimento dos últimos dias para mim foi a descoberta dos Baux[de Provence]. Nem tenho palavras.

Estou um pouco cansada e — ó pecado sinto saudade da rua de Vaugirard. Em certos momentos me apanho repetindo obstinadamente: "quero voltar para casa, quero voltar para casa..." etc., que nem criança. E no entanto todo mundo me mima, os colegas da trupe parece que entraram na minha, Vilar apesar de infeliz nunca deixa de se mostrar gentil comigo, Gérard me acarinha e todos me falam com simpatia. Também gosto das pessoas daqui e o próprio governador soube se fazer agradável quando me falou calorosamente de *A devoção à cruz*.

Só que eu não consigo viver sem meus entes queridos e a tua ausência se faz sentir cruelmente. Quero voltar e te esperar na paz do coração e do espírito. É esta, meu belo amor, toda a minha ambição no momento. Se cuide. Cuide de nós. Te amo maravilhosamente.

M.

607 — MARIA CASARÈS A ALBERT CAMUS[2]

[27 de julho de 1954]

TUDO VAI BEM BANHOS VONTADE DE VOLTAR CARINHO MARIA

608 — ALBERT CAMUS A MARIA CASARÈS

Quarta-feira, 28 de julho de 1954

Meu amor querido,

Deixei os dias passarem sem olhar as datas e agora me dou conta de que você sairá de Avignon dentro de dois ou três dias. Ainda tem tempo, ao receber

---

1 *O príncipe de Hombourg* (1808-1810), de Heinrich von Kleist, apresentada pela primeira vez em Avignon em 1951, é remontada pelo TNP no festival de 1954, com direção de Jean Vilar, tendo no elenco Gérard Philipe, Jean Deschamps, Jean Vilar, Monique Chaumette, Georges Wilson...
2 Telegrama endereçado à residência de Michel Gallimard em Sorel Moussel.

esta carta, de me mandar algumas palavras dando detalhes sobre a sua volta. Também pode me telegrafar ou telefonar (lembre-se, é o 30 em Sorel Moussel, Eure-et-Loir, e também que o aparelho aqui fica numa peça em comum). Os jornais corroboraram para mim a ideia de que a coisa transcorreu magnificamente para você e fiquei feliz. De minha parte, continuo me arrastando, sem fazer nada. Mas não vou te escrever queixas, tão perto da sua volta. Estou louco para saber que você já está em Paris, só isto. Por que não vem com a sua Pinson[1] ou Angèle ou sozinha (mas como preciso cuidar das crianças seria um problema para mim te deixar a cada vez) para bem perto daqui? Eu poderia encontrar recantos repousantes e agradáveis para você. Enfim, falaremos disso quando você voltar, primeira felicidade destas férias. Te espero. Te amo. Não me esqueça demais por aí e volte logo. Te beijo, longamente.

A.

609 — ALBERT CAMUS A MARIA CASARÈS[2]

1º de outubro de 1954

COM VOCÊ ESTA NOITE FIEL PENSAMENTO CARINHO ALBERT

610 — MARIA CASARÈS A ALBERT CAMUS

Troyes, 1º de outubro [1954]

Meu querido, querido amor,
Aqui estou em Troyes, ainda bem acabada, mas bem de saúde e toda voltada para preencher o vazio que sua ausência deixa em mim e que é a única coisa não abstrata neste universo de febre e sono pela metade.
Te amo de morrer. Depois te explico como. Se cuide, de nós também. Meu amor querido.

Maria

---

1 Ver nota 1, p. 903.
2 Telegrama endereçado ao Teatro Municipal de Troyes. Em outubro de 1954, Maria Casarès inicia uma turnê pelo leste da França (Troyes, Besançon) e a Suíça (Neuchâtel, Lausanne, La Chaux de Fonds, Bienne, Genebra). Albert Camus enquanto isso se prepara para viajar para a Holanda.

611 — MARIA CASARÈS A ALBERT CAMUS

2 de outubro [1954]

Meu amor,

A estreia do *"Papa"*[1] não poderia ter corrido melhor. A sala estava lotada — foi preciso botar cadeiras no fosso de orquestra — e pudemos contar com um público respeitoso, caloroso e até emocionado no quarto ato.

Naturalmente, fomos comemorar. [Georges] Herbert e [Pierre] Franck nos ofereceram um jantar que durou até 5 horas da manhã. Marc Cassot[2] e eu estávamos razoavelmente bêbados, mas nós merecíamos: a peça é massacrante, precisa de muita força para ser levada, e também de muito "coração", é o caso de se dizer.

Esta noite Besançon, amanhã descanso. Vou te escrever longamente durante toda a semana para que você tenha o seu pequeno jornal ao voltar. Apesar do esgotamento e dos nervos, a saúde continua inabalável e meu imenso amor intacto, tão pesado na ausência quanto é leve quando você está junto de mim. Acabada. Vou parar.

Te beijo perdidamente.

Boa conferência, meu amor.[3] E coragem. Não esqueça de mim.

M.

612 — ALBERT CAMUS A MARIA CASARÈS

Segunda-feira, 4 de outubro de 1954, 11 horas

Meu bom, meu querido, meu doce pensamento, encontrei no meu escritório, onde estou, suas duas "Troianas", bem fresquinhas, e tão deliciosas que nem tive forças para recriminar seus excessos. Está fazendo dias magní-

---

1 Trata-se de *O pai humilhado*, de Paul Claudel, dirigida por Pierre Franck. A peça, do início do século, só estreara na França em 1946. Sua ação se desenrola em Roma, de 1869 a 1871, quando as tropas de Garibaldi tomam os Estados Pontifícios. Maria Casarès interpreta o papel de Pensamento. Ela e Albert Camus se referem à peça entre eles como *O papa achincalhado*.
2 O ator Marc Cassot (1923-2016), que em 1956 atuaria na adaptação teatral de *Réquiem por uma freira*, de William Faulkner, assinada por Albert Camus.
3 Albert Camus viaja para a Holanda em outubro.

ficos desde sábado, e eu adoro meu escritório e sua varanda florida e seu céu. Nele também posso escapar da escravidão em que me sinto. Pois a estratégia neurótica de F[rancine] parece ficar clara: não retomar nada comigo, mas me imobilizar, me neutralizar completamente. Eu cedo, pois ela não é responsável, e quero evitar o pior, e lhe devolver a capacidade de viver, se puder. Mas é evidente que eu tenho de dar um jeito de viver apesar de tudo, e de ser.

Viajo daqui a pouco, sem entusiasmo, como você pode imaginar, mas apesar de tudo contente por recuperar um pouco de solidão. Quando voltar, no fim da semana, vou tentar me organizar. Fico feliz que *O papa achincalhado* tenha feito sucesso. O mérito é seu, pois o inacreditável aparato da peça, e sua estranha interpretação, não podem te ajudar. Mas nesse universo excessivo de Claudel você introduziu o rigor, a clareza apaixonada, a emoção exata. Admirei muito a maneira como você conduziu o papel para levá-lo à tragédia final. Você hoje é plenamente senhora da sua arte (eu sei pela inteligência, e não pelo coração, que você poderia considerar parcial), soberana, e meu querido amor.

Agora vamos esperar. Espero poder escrever da Holanda. Mas te acompanho em sua peregrinação com o papa, te sigo de longe, e te amo com o meu melhor coração. Penso em você, não te esqueço, não tema nada, e te espero, impacientemente. Te beijo, minha peregrina, minha sinagoga, e durmo ao seu lado, com devoção.

A.

613 — ALBERT CAMUS A MARIA CASARÈS

[5 de outubro de 1954]

Está bem difícil, meu pensamento, te escrever nesta casa cheia de gente e na qual todo mundo circula o tempo todo. Até à noite a porta do meu quarto fica aberta, em caso de indisposição, ou de alerta. De modo que te envio apenas uma palavrinha para Belfort para estar com você, te acompanhar um pouco, te dizer a desgraça que é Paris sem você, mas também em meio a todos esses escombros a alegria, a água secreta que você me traz, você, certa, cheia de chamas, viva.

Como não posso te escrever, trabalhei para você, fui à Alvarès buscar seu aparelho. Alguém (talvez eu mesmo) tinha posto a agulha de LP no lugar da outra. Isto e também a horizontalidade explicam os problemas que você teve.

Vou comprar um nivelador de carpinteiro para verificar a horizontalidade de um bom lugar na sua casa. De qualquer maneira, levei o aparelho para a rua de Vaugirard. O tempo estava bom. O apartamento estava cheio de luz. Mesmo sem você, fiquei feliz de lá estar. Bem. Estive com Andión, reforcei o reconforto que você lhe tinha levado, e lhe entreguei uma carta para Aguilar. Ele parecia satisfeito e cheio de coragem. Tem um espírito fino, e uma bela postura. Senti um afeto verdadeiro por ele.

Viajo amanhã, tentarei te escrever de lá. Mas já estou sabendo de uma recepção na prefeitura etc. Ficarei ausente uma semana, e contente por isto. Aqui, nem melhor nem pior. Fizeram um tratamento que aparentemente está começando a fazer bem. Eu não faço nada, só trabalho na minha conferência. Preciso me sair bem nisto, e readquirir um pouco de confiança.

Belfort! Eu só imagino. Espero que tudo tenha caminhado bem em Troyes, e em Besançon, cidade que não detesto. Vou entrar, por precaução, numa longa ausência. Mas me sinto realmente sozinho e o seu pensamento não me larga. Mas é uma grande felicidade descansar em você, saber que nós existimos, e esperar docemente e com impaciência o breve reencontro dentro em pouco.

Até lá te beijo apaixonadamente.

Albert Camus

(assinei sabe Deus por que meu nome completo! A coisa não está melhorando)

614 — ALBERT CAMUS A MARIA CASARÈS

Quarta-feira, 6 de outubro de 1954, 23 horas

Te escrevo de Amsterdã, meu amor, antes de me deitar. Ontem não encontrei tempo para te escrever. Seria longo demais te contar esses dias sem descanso, nem tempo para estar com você pelo menos um momento. Recepções, em todo caso, e você sabe o efeito que me causam, em Haia ou em qualquer outro lugar — depois, às 8 horas da noite, fiz minha conferência numa igreja! Exatamente! Como a sala prevista se revelou pequena demais, tiveram no último momento de escolher uma igreja do culto reformado. Eu ouvia minha própria voz duas vezes. Mas parece que fui ouvido. Eu estava em forma e me saí bem. Depois recepção e voltei bem cansado. Hoje de manhã pude visitar Haia de novo, debaixo de chuva naturalmente, mas agradável de se ver. E além do mais eu guardava a lembrança tão querida, tão rica, da "jovem com pérola" de Ver Meer e dos Rembrandt. Os G[allimard] chegaram, nós almoçamos e fomos para Amsterdã, que me seduziu completamente. Um passeio de barco pelos canais, uma volta depois do jantar pelos bairros vivos, coloridos, fascinantes... Amanhã os museus, e ficarei com pena de ir embora. Voltarei a falar disso. Mas é uma cidade, mais uma, à qual gostaria de voltar com você. Chove sem parar, o vento é frio, mas toda essa névoa está cheia de luzes, o mar está bem ali, entrando pelas narinas e enchendo o coração... voltei a viver, me senti feliz longe dessa Paris em que você não está e que é para mim a capital das tristezas.

Espero que esteja tudo bem com você e que a Suíça te tenha recebido bem. Na verdade, o único motivo que me atrai para Paris é a certeza de encontrar suas cartas, que me fazem falta. Eu seria perfeitamente feliz aqui com você, cúmplice e afetuosa. Ó, meu amor, que tolice tudo isso que me mantém longe de você, da vida fecunda, apaixonante, que poderia ser a nossa. Mas não quero pensar em tudo isso, e são pensamentos ternos de uma boa solidão que quero te enviar, com todo o meu amor.

A.

615 — MARIA CASARÈS A ALBERT CAMUS

7 de outubro de 1954

Meu amor querido. A breve estada em Neuchâtel acabou e naturalmente nem tive tempo de respirar. Estou sem forças, mas não se preocupe, eu me aguento. De Lausanne talvez eu consiga te falar; tenho tantas coisas para te dizer! Mas gostaria que ao voltar da Holanda você encontre algumas palavras minhas.

Recebi as cartas adoráveis; e as leio e releio sem parar, como as apaixonadas. Acho que estou com uma paixonite por você.

Até amanhã talvez meu querido amor. Te amo. Te amo perdidamente.

M.

616 — ALBERT CAMUS A MARIA CASARÈS

Bruges
Sexta-feira, 8 de outubro de 1954, 20h30

Te escrevo da cama meu amor, meu pensamento. Uma gripe daquelas me tirou completamente o apetite e aqui estou incubando, neste quarto que dá para um canal e que eu acho agradável, por sinal contente por estar um pouco sozinho e pensando, já que volto amanhã, que esta pausa será a última por muito tempo. Estive em Gand por recomendação sua e hoje de manhã cheguei a Bruges. Entendo que você prefira Gand, mais viva, e também menos pesada que essa Bruges naturalmente admirável, mas cuja pesada melancolia acaba nos amordaçando. De resto prefiro a Holanda e sobretudo os holandeses. Basta passar a fronteira, desde a alfândega belga, e começa a vulgaridade, e o tédio. Povo estranho, realmente, nascido do nada, ao que parece, e fadado a tarefas grosseiras. Desde o início da viagem não vi por sinal nem na Holanda nem na Bélgica um único rosto belo, senão em Haia a mulher, escocesa, do adido cultural inglês (bem sedutor ele também!). Decididamente eu tenho dificuldade de gostar do Norte, e também fico triste por não ser capaz. Triste por sinal é uma palavra forte no caso, como você pode imaginar. Não li nem fiz nada durante toda essa viagem, mas observei bastante, com o coração, e parece que estou sentindo o gosto e a força de trabalhar se remexendo em mim. Provavelmente bastaria muito pouco para finalmente chegar lá, e espero chegar apesar da vida que me espera.

Agora estou louco para encontrar suas cartas em Paris. Penso em você, aqui, de um jeito bom e doce, sinto o meu amor, e meu desejo (já são séculos de ascetismo nos separando!). Passam barcos pelo canal, debaixo das minhas janelas, e ouvi dizer que um edifício é do século XIV. Me parece que pelo menos nesse minuto em que te sinto tão próxima eu sou feliz.

Até logo, minha suíça, minha bela novilha, *ma noire*, não esqueça do seu holandês voador, me ame, se ame também, o que é a mesma coisa. Te beijo, lambo teus belos flancos, te amo.

A.

617 — MARIA CASARÈS A ALBERT CAMUS

Domingo de manhã [10 de outubro de 1954]

Meu amor querido,
Desde que cheguei à Suíça, corro em vão atrás do tempo que esses suíços roubam de mim sem descanso. Só consigo me aborrecer e acho que não vou conseguir sair desse país sem alguns cacoetes que vou precisar tratar. Que povo!
Cá estou instalada em Lausanne, Hotel Mirabeau, até quinta-feira à noite. Amanhã Bienne, quarta-feira La Chaux de Fonds. Estou num quarto delicioso, com um aparelho de rádio que me permite te escrever ouvindo Mozart.
Em matéria de vida cotidiana, depois te conto longamente.
Hoje quero apenas te falar do meu amor. Obrigada, meu príncipe querido, pela carta de Amsterdã: por si só ela basta para me reconciliar com todas as desgraças da criação e particularmente da Suíça. Que poderíamos desejar de maior, mais profundo, mais completo, mais resplandecente do que o que nos acontece constantemente há tantos anos. Ah! Meu amor querido, não devemos mesmo aceitar tudo quando tudo foi feito para que nos encontrássemos e para que nos encontrássemos duas vezes!? Eu sou bela ao seu lado e que pode haver além dessa beleza?
Tenha paciência, coragem, ame tudo que puder e mais ainda; ao cabo desses dias que estão por vir estaremos de novo um junto ao outro. Cuide bem de todos e de você. Te amo maravilhosamente.

M.

618 — MARIA CASARÈS A ALBERT CAMUS[1]

[Cãezinhos do Asilo de Grand St Bernard.]

---

1 Cartão-postal enviado de Lausanne.

[10 de outubro de 1954]

Aí vai uma imagem que faz sonhar. Toda noite tenho de apresentar Pensamento[1] para um auditório tão benevolente e a revolta corre nas veias da pequena cega

M. C.

619 — ALBERT CAMUS A MARIA CASARÈS

Quarta-feira, 13 de outubro de 1954

Ontem fiquei feliz de ouvir sua voz, minha querida, sua bela voz de bebum, cansada, pedregosa... Sim, você me escreve pouco, e eu sinto sua ausência. Queria correr para você, mas não posso. O estado de F[rancine] se agrava em vez de melhorar, será necessário um segundo tratamento, estou cansado e meio desanimado. Não tenho saído, só para ir ao escritório, e o resto do tempo assisto impotente ou desajeitado a uma evolução que, apesar de tudo, não entendo muito bem, sem saber o que será necessário fazer para ajudar realmente, ressuscitar se possível.

Todas as minhas decisões se baseiam nessa provação morna e desesperadora. Eu deveria trabalhar, e não posso, não realmente não posso. E no entanto é realmente verdade que deveria fazê-lo, por todos, e por você, sobretudo, que tanto me ajudou, e que, eu bem sei, só ficará feliz quando eu me reencontrar.

Mas não quero te aborrecer, piorar seu cansaço. Espero que apesar de tudo você tenha conseguido respirar um pouco na Suíça, apesar da mediocridade do auditório, e também das investidas desses senhores.

Tente encontrar tempo para uma longa carta que me devolva força e vida. Mas se não conseguir, não se atormente. Eu descanso em você, meu coração está cheio de um amor sem fissuras, compacto, inabalável. Sim, eu pagaria caro para estar esta noite com você, te ouvir, te acariciar.

Até logo, minha doce, minha calorosa, minha amiga fiel. Te amo e te espero. Beijo tua boca querida, teus dentes de loba, te abraço, eternamente, te espero.

A.

---

1 Papel interpretado por Maria Casarès em *O pai humilhado*, de Paul Claudel.

620 — MARIA CASARÈS A ALBERT CAMUS

Quarta-feira, 13 [outubro de 1954]

Ainda estou com sua voz no ouvido, meu querido amor. Antes de ir para La Chaux de Fonds, quero te beijar longamente.
Amanhã vou almoçar com Lehman,[1] tenho uma rádio e vou ao circo.
Depois de amanhã, viajo de Lausanne para Genebra e lá, aconteça o que acontecer — com ou sem espanhóis de Genebra — vou arranjar o tempo necessário para te escrever longamente. Até lá, não te deixo e faço votos para que tudo corra o melhor possível em Paris. Se cuide e trate de não perder o fôlego e de trabalhar.
Vi uma foto sua num livrinho de propaganda do *Deserto vivo*. Vi também *Deserto vivo*[2] muito decepcionada.

Te amo, te amo, te amo.

M.

621 — MARIA CASARÈS A ALBERT CAMUS

Genebra, sábado, 15 [outubro de 1954]

Meu amor querido,
No fim das contas preciso me decidir a começar um diário! Valeria a pena, na Suíça, tenho certeza. Apenas, é isto, mal comecei a me alimentar direito de novo e a recuperar meu bom sono de criança e até agora estava vivendo num estado estranho que me deixava espantada toda manhã quando acordava perdida longe de uma rua de Vaugirard que não conseguia situar longe de mim. Além do mais, todo mundo aqui vai dormir muito tarde, muito mesmo, e os

---

1 O médico René Lehman, amigo de Albert Camus.
2 *Deserto vivo*, documentário com roteiro de James Algard, produzido por Walt Disney em 1953, Oscar de melhor documentário de longa-metragem. Albert Ollivier havia pedido a Albert Camus, por meio de Robert Gallimard, que contribuísse para o livro extraído do filme, ao lado de Marcel Aymé, Henry de Montherlant, François Mauriac, escrevendo um texto sobre o deserto. Ver Albert Camus, *OC*, III, p. 938-940.

ruídos dos muitos hotéis nos impedem de dormir depois das 9 horas. De modo que estamos na base da [Phytine Ciba],* dos *steaks tartares* e... do uísque! Oh! Não se preocupe. Decididamente é a única bebida que me convém e da única vez que tentei mudar, em casa de amigos em Lausanne, fiquei terrivelmente doente.

À parte esse cansaço, vai tudo bem. Estamos *impondo* o *Papa* no tapa e quando os atores da "Casa da Noite" nos dizem que estão com sessenta pessoas na sala, nós nem acreditamos no que estamos ouvindo. A saúde vai que é uma beleza e... meu Deus!... se não houvesse essa distância entre você e eu... pois bem!, você tem razão, meu amor querido, eu confessaria que "a turnê" não me desagrada nem um pouquinho. Até a Suíça não consegue me tirar o gosto dela embora eu tenha me apanhado às 3 horas da manhã dando pontapés nas encantadoras lixeiras para sentir alguma ilusão de estar viva. Entre nós, o clima é de grande harmonia perigosa. Eu aproveito só o suficiente, e me irrito bastante. Por enquanto prevalece o equilíbrio.

Estive com Lehman. Ele me agradou muito; só lamento não ter tido tempo e energia suficientes para conversar mais e melhor com ele.

Tenho uma infinidade de coisas para te contar mas prefiro esperar minha volta a Paris, pois estou atrasada, e só então atacar o pequeno relato que te prometi. Volto ainda na noite da última récita em Lyon; de modo que chegarei a Paris de madrugada de trem ou ônibus, e na manhã seguinte viajo de novo para Nancy. Reserve para mim o maior tempo possível desse dia, se puder. Mas só se puder — meu amor, meu pobre, meu belo amor, estou tão triste com o estado de F[rancine]. O que você fez? Tem certeza de que não há meio de fazê-la voltar à vida? E também está certo de aguentar muito tempo nesse ritmo de vida? E eu? Que devo fazer longe de você para te ajudar? Que posso fazer? E pelo menos Jean e Catherine vão bem e pelo menos você não se ressente fisicamente? Acho que é bom que eu esteja longe de você no momento; mas também acho que essa ausência se prolonga demais e para mim é tão difícil ficar sem você, como é que você é capaz de ficar sem mim neste momento? Sabia que eu te vejo como no primeiro dia e te desejo como nunca desejei?

---

* Suplemento à base de fósforo comercializado pelo laboratório Ciba (*N. T.*)

Domingo [16 de outubro de 1954]

Meu querido. Um pequeno acidente veio perturbar nossa tranquilidade. Marc Cassot sofreu uma queda ontem ao sair de cena e estamos esperando o médico para saber se a dor que ainda está sentindo indica alguma coisa de grave. Até amanhã, meu amor querido. Em Grenoble.

M.

622 — ALBERT CAMUS A MARIA CASARÈS

[16 de outubro de 1954]

Não gosto desses domingos sem você, nem dessas semanas, nem desta Paris, nem dessas noites e manhãs em que fico tentando te imaginar. Não gosto da vida vazia e teimosa que levo. Há dias o tempo está bom e há dias fico olhando para o céu sem propósito. Bem. Vou encerrar queixas e desolação por aqui.

Gostaria que você tentasse me dizer, assim que possível, os hotéis onde vai ficar. Talvez assim eu tenha chance de te telefonar, te ouvir, me nutrir um pouco de você, querido fantasma. Não entendo também quando você diz que chegaria dia 21 à noite. Pela sua tabela, você dizia estar em Lyon de 22 a 24. Confirme sua chegada (não mande telegrama, o porteiro seria capaz de encaminhar) a data, me telefone, estou sempre à tarde no escritório e muitas vezes por volta de meio-dia (é a minha ilha, esse escritório, pena que seja frequentado por tantos Sextas-Feiras). Enfim, não me deixe na mão, com toda essa fome que tenho de você, e se não vier, tanto pior eu irei ao seu encontro, não aguento mais.

Não tenho feito nada que preste. Christine Tsingos[1] me pediu que organizasse uma vesperal poética Rimbaud. Eu aceitei, para fazer alguma coisa. E nem disso estou cuidando. Até reler Rimbaud é demais. E você? Dizer que essa brincadeira vai durar três meses, para não falar do resto! Se cuide, e também de nós, pelo menos. E também economize seu cansaço. Tomei as providências para o seu apartamento, espero que tudo vá bem. Andión está trabalhando com

---

1 Christine Tsingos, atriz e diretora do Teatro de la Gaîté Montparnasse.

Negri. Adiou a partida por vários meses. Eu entendo. O valentão de Navarra vai melhor. Os médicos espanhóis tinham dado doses de medicamentos capazes de matar duas mulas. Ele resistiu, mas por pouco. Juan tinha comentado que seria uma pena perder os remédios espanhóis. De fato.

Até logo, mas quando? Amanhã, imediatamente, era o que eu queria. Estou triste e doce como um damasco, serei afetuoso, você está perdendo o seu tempo, tão longe. Te amo, minha beldade, minha guerreira e te beijo com avidez.

A.

623 — ALBERT CAMUS A MARIA CASARÈS[1]

19 de outubro de 1954

Sim, meu amor querido, enorme decepção ontem quando depois desses dois dias exaustivos (o verdadeiro inferno começa no sábado), não encontrei nada seu. Me conformei, trabalhei para o trust Gallimard e esperei. Mas estava com sentimentos terríveis. Felizmente, você telefonou e embora não tenha podido falar com você livremente foi o bastante para respirar melhor. Por uma interessante coincidência, eu estava no meu escritório com Claude Vernier[2] que veio me trazer o manuscrito de uma amiga sua. Não pude te falar da minha alegria de te ouvir nem da minha tristeza pela tua ausência. Mas sua voz continua me dando sustento.

Hoje de manhã encontrei sua carta. Para que ir dormir tão tarde, sobretudo na Suíça, e sem mim? Você ainda tem longas semanas cansativas pela frente, e precisa de todas as suas forças. Mas não tenho direito de ficar passando sermão, nem de te aborrecer. Você tem o vago instinto do que é bom ou ruim para você, e acho que sabe mudar de regime quando sente necessidade. Mas esse instinto é vago, na verdade, e preciso soar um pouco o alarme, mesmo correndo o risco de parecer um "bom pai" embora quisesse claramente ser menos reservado com você do que um pai, ainda que afetuoso. Pois há também isso, que me persegue, mas que é bom, como a vida, a vida quente.

Não se preocupe demais com o que eu digo sobre os meus dias. Naturalmente, as coisas vão acontecendo como se quisessem me prender nesse

---

1 Carta endereçada ao Teatro Municipal de Chambéry.
2 Ver nota 2, p. 161.

papel de irmãos estéril, e sobretudo esterilizado. Mas vou aguentar enquanto for necessário e espero sair dessa sem maiores danos. Esta manhã, estou cansado porque não dormi; mas esses últimos dias estava me sentindo bem fisicamente.

Quanto ao que você pode fazer para me ajudar não é difícil, meu querido amor: continuar sendo o que você é, minha vida, meu calor, meu oxigênio, meu prazer, minha verdade. E nada mais nem menos que isso. Sei que nem sempre é fácil, longe de mim, ao longo de um amor tão atrapalhado, assediado. E a cada prova do teu amor, eu te abençoo e fico maravilhado com uma sorte tão gratuita. Mas não posso me privar dessa graça, não posso abrir mão do meu próprio ser, ao qual você está ligada indissoluvelmente. Então aceitemos esse amor infeliz e feliz, a miséria dos dias, a alegria interminável que existe entre nós, e a luta que travamos juntos. Te espero, espero essa manhã do dia 25, é o meu Natal pagão, minha boa nova, três reis magos vão te trazer para mim, como um presente de calor, de vida úmida e boa, de entrega... Te beijo minha criança querida, minha companheira, meu desejo, te amo, sem esmorecimento, de um amor bem confiante, mas cheio de sede.

A.

Dei seu recado a Angèle. Vão botar o querido Andión para fora por vinte e quatro horas para oferecer uma cama ao querido administrador. Ele provavelmente vai dormir num bordel, pois os pintores passaram, estarão passando ou vão passar por lá. De minha parte, vou tentar me acostumar com essa ideia.

624 — ALBERT CAMUS A MARIA CASARÈS[1]

Sexta-feira, 22 de outubro [1954]

Estava esperando uma carta esta manhã, meu querido amor. Provavelmente vou recebê-la esta noite se ela veio pelo trem noturno. De qualquer maneira estarei com você na segunda-feira e se estou escrevendo é porque mais tarde seria tarde demais para te alcançar antes de amanhã à noite. Não

---

1 Endereçada ao Teatro des Célestins, em Lyon.

tenho nada a dizer, por sinal, de importante, nada de novo, meu coração está na mesma. A ausência das suas cartas, sua ausência mais completa no entanto se faz sentir, e me entristece. Mas já é alguma coisa saber que a segunda-feira inteira você estará abraçada a mim antes de voltar para as suas tristes províncias. Depois, terei de aguentar, e dormir, até a hora de acordar, que terá o seu cheiro e o seu calor, suave no ventre. Até segunda-feira, meu querido e mais querido ainda amor, minha mocinha, te amo, sinto saudade, te espero e já te beijo, insidiosamente.

A.

625 — MARIA CASARÈS A ALBERT CAMUS

Nancy, 5h30 [26 de outubro de 1954]

Meu amor querido,
Cá estou eu, instalada e quase pronta. Cá estou na praça Stanislas[1] pois não pude concretizar ainda minha breve passagem pela rua de Vaugirard. Estava bem cansada e receio de não ter te passado a energia, a vitalidade, a coragem e o calor que tanto gostaria de te levar — e no entanto, fique sabendo, esse dia meio consciente nos teus braços vem se somar às mais maravilhosas lembranças da minha coleção e desde ontem me parece que alguma coisa veio nos unir ainda mais um ao outro.

Oh, meu afetuoso, meu doce, meu luminoso, se agarre com todas as suas forças a tudo que existe em você de positivo, fecundo, suntuoso, para enfrentar tudo aquilo que te abate. Só posso te ajudar no momento te escrevendo; vou te escrever — embora a senilidade que me espreita nas turnês me impeça de formular o mais leve pensamento ou o mais vivo sentimento. Você vai saber me ler. Quem poderia me adivinhar senão você?

Te amo tão admiravelmente. Mais vinte dias e teremos horas e depois, pouco mais adiante, voltaremos a viver juntos.

Até amanhã, meu querido, meu belo príncipe, meu jovem deus, adeus meu belo corpo, meus belos olhos, meu rostinho, te beijo os lábios e dessa vez sou eu quem te sufoca.

M.

---

1 Maria Casarès está de volta em Paris em 24 de outubro e passa o dia 25 com Albert Camus. Volta então a seguir em turnê por Nancy, Estrasburgo, Luxemburgo, Amiens e Bruxelas.

626 — ALBERT CAMUS A MARIA CASARÈS

Quarta-feira, 27 de outubro [1954]

Dia bem triste ontem, meu amor, depois de te deixar naquele saguão de ferroviária. Minha alma sofria, desci a pé em direção aos bulevares e depois tive de pegar no pesado de novo e mourejar até de noite. Hoje não melhorou nada, também porque estou fisicamente cansado, inexplicavelmente. Enfim, a alegria desse dia junto de você ainda me acompanha como uma boa e sadia doçura. Simplesmente, os dias andam descoloridos e eu vagamente impotente. É assim que os eunucos devem andar, com uma vontade imberbe.

Espero que Nancy tenha te recebido triunfalmente, que tenham desatrelado sua carruagem e que ela tenha sido arrastada por estudantes ébrios de admiração até o seu hotel, onde você dormiu num colchão de flores. Pelo menos era assim em outros tempos. E você pode perfeitamente ressuscitar essa pompa, você que ressuscita a tragédia na França da quitanda.

Queria te dizer também que não fique se perseguindo para escrever quando não consegue. Meus momentos de impaciência não têm importância, o importante é a forte e rica certeza que tenho toda vez que penso em você. Te amo e se fosse mais feliz, mais ajudado por minha vida, me tornaria menos pesado para você. Viva, trabalhe, se faça bela, e pense apenas em você, é pensar em nós. Cuidado também com sua saúde, de que eu também preciso. (Recorro aos argumentos que posso.)

Saudações a Estrasburgo, esse chucrute gótico. Em cada cidade descubra no catálogo telefônico o endereço do hospital especial para trancafiar o demente no mínimo de tempo possível. E no entanto ele tinha um ar tranquilo de carneiro. Mas os carneiros maníacos são os piores.

Te beijo, minha afetuosa, minha saborosa (ó, dia generoso!) e te acompanho, passo a passo.

A.

627 — MARIA CASARÈS A ALBERT CAMUS[1]

[2 de novembro de 1954]

Estou tentando escrever no ônibus. Não é fácil, mas queria que você recebesse notícias minhas o mais breve possível. Quilômetros — e quilômetros, récitas, pequenos dramas, e um pensamento, um pobre pensamento abandonado e teimoso.

Estou com todos os medos por você. Receio que todo esse esforço te deixe esgotado; estou te vendo de novo completamente magro e reto, meio febril e muito triste e tremo com isso. Se cuide: é a melhor maneira também de cuidar de Francine e são muitas pessoas precisando de você para que você venha a nos faltar. Nessa desordem inconcebível, como é que vão as crianças? A quantas andam? E quais são as soluções ou meias soluções propostas pelo médico? Me diga, me escreva contando os detalhes se houver detalhes e tente me telefonar em Bruxelas uma manhã dessas.

Agora o tempo corre na sua direção e depois do oásis do dia 18, a maravilhosa Itália, estão chegando os maravilhosos dias compartilhados.

Paciência, príncipe, paciência e simpatia, simpatia e vitalidade, vitalidade e generosidade — mesmo no cansaço — estou junto de você, você tem a minha melhor parte, aquela que soube tão bem encontrar e trazer à luz. Ela ficou agarradinha em você e daqui eu só vejo um pobre e pequeno destroço que grita miseravelmente.

Te amo de morrer.

Maria

628 — MARIA CASARÈS A ALBERT CAMUS[2]

2 de novembro [1954]

Meu querido, querido amor. Dormi dez horas um sono profundo e sem mácula. Tomei um desjejum maravilhoso (suco de laranja — ovos com bacon — bom café e uma romã) no meu quarto. O sabá está chegando ao fim e é uma nova mulher que te aperta forte nos braços.

---

1 Carta enviada de Amiens.
2 Enviada de Amiens.

Desde Paris só tive problemas. O demente foi até o fim da crise e tivemos de convocar um conselho de família, um processo e um julgamento. Ele foi condenado à quarentena com direito a sursis. Naturalmente esse sursis foi graças a mim, que assumi minha parte do seu crime e me decidi a viver um pouco à parte da comunidade. É bom ser desagradável, e acho que ajudada por essa nova força que sinto renascer em mim finalmente poderei arrumar uma vidinha pessoal razoável durante esse mês e meio que me distancia da minha pátria. Sim; a coisa toda estava realmente se tornando insuportável e está na hora de acabar com isso.

Só uma coisa me abate: os lugares que ainda temos de percorrer. Ontem mesmo, para começar, a viagem Luxemburgo-Amiens quase acabou com minha vitalidade. A feiura sem graça e desolada desse interior é o que eu já vi de mais miserável neste mundo; pela primeira vez na vida desde que te conheci fiquei contente por você não estar comigo.

Ontem à noite fui ao cinema ver Humphrey falando francês em tecnicolor — *A nave da revolta*.[1] Ele às vezes exagera (interpretando um paranoico), mas volta e meia, quando dava para esquecer que estava da cor de um salmão e "falava muito sincronizadinho", quase era possível sentir o original — você é que eu não consegui mais encontrar nos traços dele e como tinha ido exatamente em busca disso, pode imaginar minha decepção.

Esse pernoite em Paris me deixou de você uma lembrança bem viva; Você está tão presente para mim que me espanto quando não sinto na ponta da mão esse belo perfil fino, esse nariz mais belo que o de Cleópatra, essa testa magnífica em que encontro todo o meu amor, esses lábios doces, oh! como são doces... Só o olhar está bem presente, tão real quanto nos momentos em que você está ao meu lado, e o calor das suas mãos. Hoje é um dia de tempestade que te reservo todo virgem para o dia 19. Hoje é um dia de alegria e confiança, de imenso amor ofertado. Meu bem-amado, meu querido príncipe, minha vida, minha alma, minha pátria, meu jovem deus, aqui está a bela adormecida despertando em você. Tome-a logo e a guarde, se guarde; uma longa existência infinita em que milhares de eternidades nos esperam está aqui perto de nós. Vamos prepará-la cuidadosamente — a infelicidade também faz parte do nosso quinhão; todo esse nosso esplendor não pode deixar de ter algum reverso.

---

1 *The Caine Mutiny* (1954), filme americano de Edward Dmytryk, com Humphrey Bogart.

Até logo, meu querido. Me telefone em Bruxelas. Em Luxemburgo tua voz estava aqui, bem perto, aqui. Ah! Como te amo.

M.

629 — MARIA CASARÈS A ALBERT CAMUS[1]

Quinta-feira [4 de novembro de 1954]

Meu amor querido. Por felicidade acabo de encontrar esses dois pedaços de papel sujo na minha bolsa e esse envelope amassado! E aqui estou.

Quando você desligou o telefone tentei voltar a dormir, mas não consegui. Sentimentos demais me agitando, pensamentos demais, um pouco de revolta também. Me perguntava até que ponto temos direito sobre uma vida, sobretudo uma vida como a sua. Sei muito bem que F[rancine] não tem culpa e lamento por ela de todo coração; mas não suporto essa vida que, sem querer, ela cria para você. Como é que tudo isso vai acabar, não sei; só desejo uma coisa, que você consiga sair disso são e salvo.

Quando estou com você, me parece — sem motivo, por sinal — que carrego um pouco esse fardo com você, apesar da minha cega vitalidade e da minha pobre imaginação; mas quando você está longe, quando mal encontro tempo e energia para sonhar com nossas mais belas horas, fico agoniada com a ideia de saber que você está enfrentando esse terror sozinho.

Será que pelo menos você poderá viajar para a Itália? Procure ir, não só por você, mas também por essa F[rancine] que demanda de você além das suas forças. Não se deixe impressionar e absorver pelo aniquilamento, se sacuda, organize as coisas da melhor maneira possível e vá ver esse sol e esse lindo país que te esperam.

Depois eu vou chegar. Não terei tanto trabalho assim e mesmo que você me veja pouco, vai saber que estou lá, bem perto e pronta para te receber a qualquer momento. Meu amor querido, talvez você tenha nas mãos o destino de F[rancine] — não creio na verdade —; mas certamente tem o seu, o mais precioso no fim das contas. Cuide bem dele, eu te peço, e confie nesse maravilhoso chamado de vida que sempre te permitirá enfrentar as pequenas mortes mais terríveis que a própria morte.

---

1 Carta enviada de Bruxelas.

Mas você pelo menos tem seres vivos por perto? Ah! Como eu queria poder aspirar as próprias forças do mundo para ter como passá-las para você! Não se preocupe comigo. Escreva ou não escreva. Me telefone só de vez em quando. Não precisa correr nenhum risco para vir contemplar minha senilidade algumas horas; mais vale reservar seu tempo livre para ir à Itália, livre e desimpedido, sem temores, sem nada de culpa. Dia 19 estarei em Paris e no dia 20 até a noite. Mais um oásis, e depois, muito em breve a grande planície fértil que é nossa, as tempestades e o oceano.

Te amo meu belo amor, tão maravilhosamente. Constantemente assediada por mil tentações, rio docemente delas com você como riríamos de uma garota de quem tivéssemos zombado juntos. Me tome nos seus braços, aperte forte, feche os olhos, enrijeça bem os músculos e vamos lá! Em meio a todas essas coisas estranhas que nos cercam, que nos assediam, e às vezes nos sufocam um pouco. Estou meio burra no momento e não expresso bem o que anda mexendo comigo; mas você me conhece bem, não é? e sabe perfeitamente como eu falo quando o cansaço e o percurso Amiens-Bruxelas acabam comigo.

Te amo. Te espero. Te beijo perdidamente.

M.

630 — MARIA CASARÈS A ALBERT CAMUS[1]

7 de novembro de 1954

FAVOR ADIAR GRANDE FESTA 7 NOVEMBRO PARA 19 MESMO MÊS ESPERANDO UMA NOVA IDEIA INALTERÁVEL MARIA

631 — ALBERT CAMUS A MARIA CASARÈS[2]

12 de novembro de 1954

ENDEREÇO MANTIDO ESTAREI LILLE SÁBADO TREM 12 H 48 CARINHO ALBERT

---

1 Telegrama endereçado ao Teatro Comunal de Mons.
2 Enviada de Pau, para onde Maria Casarès, tendo voltado a Paris nos dias 19 e 20 de novembro, viajou de novo em turnê com *O pai humilhado*, de Paul Claudel.

632 — MARIA CASARÈS A ALBERT CAMUS

21 de novembro [1954]

Meu amor querido,

Estou cada vez mais feliz com a ideia de que você logo irá ao encontro desses lugares que decididamente são a única pátria da vida. Aqui estou eu quebrada, recurvada, suja como um pente, coberta de areia, de lama e de sal. Ontem saí de Biarritz em direção ao mar (pois nunca vi nada tão feio quanto a cidade de Biarritz propriamente dita) e atraída pela Espanha caminhei ao longo do bem amado Oceano até Bidart. Imagine só o estado das minhas pernas à noite, quando depois de mais seis quilômetros de volta e alguns banhos de pé tomados por distração, voltei para atuar em *O pai humilhado* diante de um público em grande parte ibérico totalmente respeitoso, caloroso e estranho... à peça.

Hoje foi a hora do adeus ao meu oceano — querido lar — em meio a muitos presentes muito lindos oferecidos pelos membros da minha trupe pelo meu aniversário. E depois as bonitas estradas bascas, a bela luminosidade, o sol tostando a pele do rosto, os plátanos, os pinheiros, as figueiras, a magnólia e por fim belos rostos.

Soube que está nevando no Norte da Itália. A única neve que eu teria amado! Adorei a neve diante desse oceano suntuoso que ontem se oferecia em sua perfeita realeza. Meu Deus! como era bom e belo! Mais uma vez não entendo o que estamos fazendo em Paris, e uma vez mais penso em fazer economias.

Aqui estou em Pau, diante desses Pireneus que me despertam para a inteligência do coração. Desde que cheguei nessas paragens, carrego comigo não sei que nostalgia que me obriga a pensar. Estou com medo de emagrecer; mas que fazer? Nunca estive tão próxima da minha infância desde que a deixei. Me consolo sonhando com uma viagem a dois por uma Castela plenamente reencontrada. Junto de você não posso me queixar de nada. Te amo.

Meu querido. Estou escrevendo às pressas, pois preciso me alimentar antes de me apresentar, mas você precisa sentir aqui a torrente de gratidão alegre que sacode estas palavras tão desajeitadamente.

Descanse e viva. Te amo. Me mande endereço Itália. Te beijo perdidamente

M.

Novembro de 1954

P.S.: Depois que você se foi, encontrei na minha correspondência um convite para uma exposição de Dauchot[1] e fiquei impressionada com a expressão desse personagem que lembra o Pílades de Vinci[2] — (Jean e não Leonardo). Achei tanta graça que decidi levá-lo comigo para te enviar.
Com o meu riso que espero você sufoque.

M.

[Anexado: convite para a exposição representando Arlequim e seu sugestivo bastão...]

633 — ALBERT CAMUS A MARIA CASARÈS

Segunda-feira, 22 de novembro de 1954

Meu amor querido,
Esses dias sobrecarregados que antecedem uma viagem passaram bem rápido. Mas ainda tinham o seu gosto e foram leves. Nada a te dizer a respeito, só que almocei com Vilar, lhe dei seu recado e que aparentemente (na medida em que se possa afirmar alguma coisa a respeito de uma criatura tão invertebrada) ele quer antes Valle-Inclan (que por sinal não leu) do que Webster. Ele gostaria de montar *Estado de sítio* um dia, em algum outro lugar, poder fazê-lo e não fazê-lo, conciliar o frio e o calor, uma coisa e outra, reprisar *A devoção à cruz*, ter um texto meu, ou de Sartre, compensar o comunismo do seu intérprete principal com o catolicismo do administrador, montar minhas peças na Polônia para me agradar e realmente é espantoso, não ele não sabia, que minhas obras são proibidas lá, pois tanto pior, será no Canadá, e de todo jeito qualquer coisa vale, mas por enquanto encontrar uma peça, encontrar uma peça, ele releu tudo, mas não há nada, e a minha simpatia, tão importante, e você, que é um exemplo, que ele vai levar em conta para mostrá-lo a seus outros atores, e não faz diferença se não houver um papel para ele, ele só interpretou Macbeth porque sentiu que você desejava que o fizesse, ao seu lado, e por sinal Gérard está cheio de compromissos para este ano, não será possível vê-lo, sim vou querer um bife de panela, vou comer a carne e deixar os legumes, e se você

---

1 O pintor Gabriel Dauchot (1927-2005).
2 Jean Vinci interpreta o papel de Pílades em *Electra ou a queda das máscaras*, de Marguerite Yourcenar. Ver nota 1, p. 254.

pudesse escrever *Os possuídos* seria perfeito etc. etc. etc. etc... Saí de lá desorientado, a cabeça mole, as pernas pesadas, mergulhado no mesmo sonho que ele, também superado pelos acontecimentos, rei sem virtude, animador sem fôlego, laureado sem gênio, sofrendo suavemente, de lábio caído, ficando sentimental, um profundo tédio, tédio terrível que me acordou como se tivesse sido picado por um escorpião e saí correndo. Vou mandar todos os textos e ele que se vire, se conseguir sair dessa confusão, desse embaralhamento, dessa névoa, ó Grécia, luz forte, atletas, oradores claros, homens de ação, me salvem desse babilônio!

De lá para cá consegui me recuperar. E era mesmo preciso. O trabalho me esperava, e os compromissos e as últimas cartas. Para me curar completamente, fui ontem ao Parc des Princes, onde tive o prazer, sob uma temperatura polar (estávamos todos verdes de frio nas arquibancadas), de ver um Racing desanimador ser derrotado pelo Mônaco.

Hoje de manhã pelo menos foi dia de vitória: sua carta chegou. Antes de encontrá-la, tive uma conversa de quarenta e cinco minutos pelo telefone com a Sra. Baur, que me telefonou do fundo da sua dor, tendo constatado 1) que o teatro estava frito ou quase 2) que ninguém a amava. Eu tratei de reconfortá-la, naturalmente, e fui recompensado pelo meu bom coração encontrando sua querida caligrafia. Sim, eu sabia que você ficaria feliz nessa parte da viagem, e já me alegrava com o melhor do meu coração. Aproveite esses dias e esse céu, fique feliz por ser bela, e por ser grande. De minha parte, viajo amanhã de noite, feliz por estar sozinho, por visitar de novo esses lugares que amei aos 23 anos,[1] que não voltei a ver desde então, mas que são minha pátria. Tenho a sensação de deixar para sempre as guerras, os clamores, a infelicidade e reatar um pouco com aquele que fui. Queria apenas encontrar de novo essa força interior que tinha na época e que me servia como uma tranquila certeza; era ela que escrevia e avançava. Reze por mim ao seu deus desconhecido e esteja certa dos meus pensamentos e do meu coração. Tudo que é alegria, luz, plenitude me fala de você. Eu também vou ao seu encontro.

Sim, sufoco o teu riso, e te amo, minha Itália.

A.

---

1 No fim do verão de 1936, Camus passa por Vicenza, Veneza, Verona, Milão e Gênova ao voltar de sua viagem pela Europa central. No verão seguinte, volta à Itália e descobre a Toscana (Pisa, Fiesole, Siena) e seus pintores, aos quais fará numerosas referências nos seus *Cadernos de notas*.

De terça-feira a sábado (viajo durante o dia) estarei no hotel Principi Di Piemonte em Turim. De sábado a terça-feira Gênova e Milão. A partir de terça-feira 30 estou em Roma. Me escreva aos cuidados do Sr. Nicola Chiaromonte,[1] via Adda 53, Roma. Mas se não puder escrever, não se preocupe. Você dorme tranquila no meu coração.

634 — ALBERT CAMUS A MARIA CASARÈS

Turim, 25 de novembro de 1954

Meu amor querido,

Me dei conta de que preciso te escrever hoje se quiser que você pelo menos receba algumas palavras antes de viajar para as minhas Áfricas. Saí anteontem à noite de Paris, feliz por isso, mas tão cansado dos meus últimos dias em Paris que realmente não consegui apreciar essa felicidade. Tentei dormir. Em meio a breves momentos de sonolência, a ideia de que estava voltando à Itália às vezes me despertava. Por volta de 7 horas da manhã, achei que tínhamos chegado, levantei a persiana e caí na gargalhada: uma esplêndida paisagem polar se estendia à minha frente, e caíam pesados flocos de neve. Duas horas depois ainda nevava em Turim, e o mesmo durante todo o dia de ontem. Fui ver a galeria egípcia, a única coisa de arte que valha a pena aqui, e as múmias desenfaixadas estavam congeladas e recurvadas. Provavelmente sonhando com suas areias quentes. Eu também.

Ainda debaixo de neve, fui ver a casa onde Nietzsche enlouqueceu depois de escrever suas últimas obras. E depois voltei, meio desanimado. Gênova e Roma me serão mais favoráveis. E por sinal já há a gentileza italiana que sempre me encanta. Aqui a gente se dá conta do perpétuo mau humor dos franceses. Turim é uma cidade de espaço, mesmo sob céu cinzento. Gosto das ruas com calçamento de lajotas, do ar de tédio aristocrático da cidade.

---

1 Albert Camus parte em 24 de novembro de 1954 para uma turnê de conferências na Itália, a convite da Associazone Culturale Italiana. Em Roma, é recebido por seu amigo o escritor e crítico italiano Nicola Chiaromonte (1905-1972), que conheceu em 1941 na Argélia, voltando a se encontrar com ele em Nova York e Paris, e com o qual mantém correspondência regular, pessoal e intelectual. Fazendo oposição a Mussolini, Nicola Chiaromonte se exila nos Estados Unidos em 1941, participando do movimento libertário americano. De volta à Europa depois da guerra, se estabelece novamente em Roma na década de 1950, fundando em 1956 a revista *Tempo Presente* com seu amigo Ignazio Silone.

Daqui a pouco terei uma entrevista coletiva, amanhã a minha conferência, num belo teatro com camarotes do século XVIII, do tipo apreciado por Stendhal, que falava tão bem deles. As italianas já estão belas, apesar da neve. As velhas daqui têm um rosto bonito, também, e me tocam. Bem. Vou sair. Me puseram num hotel de luxo que me entedia. Esta manhã não está nevando mais, mas ainda cinzento e nebuloso. Vou caminhar sob as inúmeras arcadas da cidade, até o Pó.

Espero que o Sul te inspire e te encante. Estou contente de estar aqui, e sobretudo longe de Paris. Mas não estou contente de estar separado de você e que caminhemos pelo mundo longe um do outro. A Itália e você, este seria o paraíso. Minha próxima carta vai te encontrar no meu país. Espero que te leve um sol a mais. No momento, eu seria capaz de mendigar luz ao meu pior inimigo. Me ame, esteja certa do meu coração e do meu pensamento, e me diga que em breve vamos dormir juntos na Sicília, debaixo de lençóis de mar e espuma, com a boca cheia de luz. Um belo desejo vivo, o amor que nos une, é disso que sinto falta, e por isso te espero. Até logo, minha pequena viajante, nós vamos parar e eu vou te beijar até o fim dos tempos.

A.

635 — ALBERT CAMUS A MARIA CASARÈS

Roma, 2 de dezembro de 1954

Meu amor querido,

Que houve com você? Sem o seu telegrama, eu te teria perdido e nem conseguiria mais te imaginar, separados como estamos por dias enfileirados um atrás do outro e por universos. Minha carta de Turim deveria ter chegado a você a tempo. Desde então não pude realmente te escrever, pois as quatro conferências em cinco dias e em quatro cidades representam uma performance bem desgastante. Neve em Turim, névoa e chuva em Milão, chuva diluviana em Gênova (mas voltei a encontrar a cidade que amava, brilhante, fresca, opulenta) e no primeiro dia de Roma, céu cinzento, tudo isso me impedindo de lamentar demais o tempo perdido nesses exercícios de articulação. Fiz meu trabalho corajosamente. E foi preciso mesmo, considerando-se o que me tornei. Para você ter uma ideia, imagine que em Turim eu quis ficar no meu quarto uma hora antes da minha conferência, e passei essa hora batendo os dentes de medo de enfrentar o público.

Mas agora tenho minha recompensa. Pois o tempo está bom e estou em Roma. Saí do Grand Hotel onde me haviam posto e que se parece com qualquer grande loja do mundo. Me mudei para uma pensão dando para a Villa Borghese. E tenho um quarto com varanda com uma vista admirável. Toda vez que olho pela janela fico com o coração apertado de tanta beleza. Passeio o dia inteiro, admiro ou não, mas amo, janto com os escritores italianos que são meus amigos (Chiaromonte, Silone, Piovene, Moravia)[1] e antes de dormir sonho na minha varanda diante dos jardins. Gosto desse povo, desse céu. Aqui eu me encontro, como tinha me encontrado há vinte e cinco anos,[2] quando descobri aqui, literalmente, o que era a arte, e também o que tinha de inseparável em relação à vida. Acho que, com um pouco de sorte, vou encontrar aqui forças para mudar de vida. Pois o fato é que preciso mudar, de uma forma ou de outra, e existe uma miséria que eu não quero mais. Enquanto isso trago no coração Roma e suas fontes. Semana que vem vou de carro com Chiaromonte para Nápoles e Paestum. Não espero realmente trabalhar aqui, mas refazer o coração de que preciso para trabalhar. Em tudo isso, você sabe, meu amor, você não está ausente. Não preciso de nada, em suma, só de você, que parece com o que eu amo e com o que me faz viver aqui. Gostaria apenas que essa turnê termine sem cansaço demais para você e que possamos nos reencontrar com nosso perpétuo amor e forças novas. Se cuide e me ame. Até logo, minha fonte, meu amor, te amo com um coração completamente novo e bem comovido, com gratidão, com liberdade, enfim, e te beijo longamente, com todo o meu amor.

A.

636 — ALBERT CAMUS A MARIA CASARÈS[3]

Roma, segunda-feira, 6 de dezembro [1954]

Meu amor querido,
Nada seu desde o telegrama de sábado. Suponho que sua carta vai chegar amanhã. Mas como amanhã bem cedo saio de Roma e viajo para Nápoles e Paestum só vou encontrá-la quando voltar (sábado mais ou menos). Ficarei en-

---

1 Os escritores e ensaístas Nicola Chiaromonte, Ignazio Silone (1900-1978), Guido Piovene (1907-1974) e Alberto Moravia (1907-1990).
2 Ver nota 1, p. 982.
3 Endereçada ao Teatro du Colisée, em Argel.

tão até terça-feira e volto a Paris de avião (ainda não reservei meu lugar e tudo isto são apenas estimativas). Meu endereço em Roma: ainda Chiaromonte.

Hoje o tempo está cinzento em Roma. Mas passei dias maravilhosos que vou te contar na volta. E no entanto não estou com vontade de voltar a Paris, mas com vontade de te encontrar, te agarrar, te amar. Essa longa separação já durou demais. Embora lamente essas festas que nos farão sentir nossa separação até na mesma cidade, não podemos ficar eternamente viajando para as duas extremidades do mundo.

Espero que tudo esteja correndo bem com a turnê e com você. Mas já começo a ficar sem imaginação. Quanto a mim, estou muito gripado desde ontem e menos disposto. Mas a viagem me fez bem e vou voltar para tentar levar uma vida mais fecunda. Queria te dizer pelo menos com palavras, te repetir que sinto sua falta, dizer de novo que se cuide e te beijar muito impacientemente. E agora, enfim, até breve, sim...

AC

637 — MARIA CASARÈS A ALBERT CAMUS[1]

[11 de dezembro de 1954]

Meu amor querido,

Este país decididamente mexe comigo; pode-se dizer que à medida que avanço na vida eu caminho em direção a esse esplendor sereno que antes temia tão profundamente.

Se você não estivesse em Paris eu não enfrentaria muito bem a volta a esta cidade que no entanto se tornou a minha cidade.

Recebi ontem sua carta endereçada a Túnis e a última; te encontrei mais uma vez diante desse céu que compartilhamos uma vez mais longe um do outro.

Ah! Meu amor querido, a vida tal como é, com você, longe do horror e da miséria, em Tipasa! É como estou esta manhã; se pudesse ficar aqui e te esperar. Quanto ao resto, estou literalmente esgotada; mas não precisa se preocupar, os quatro dias de Casa e a viagem de barco me porão de pé de novo para poder no dia 25 te apertar nos meus braços demoradamente, longamente e tentar com você preservar no país das trevas a graça e a alegria dessa África ou dessa Itália

---

1 Enviada de Argel ao Hotel Aletti.

que nos fazem viver — te amo, meu belo amor; te amo e já estou bem perto de você. Procure preservar as forças, a ternura e a luz que Roma se dispôs a te dar. Rabat foi riscada do meu itinerário; portanto não escreva para lá. Vamos substituir essa récita por uma a mais em Casa.
Coragem, meu querido, nessa volta. Estou chegando. Te amo. Te beijo perdidamente.

M.

638 — ALBERT CAMUS A MARIA CASARÈS

Roma
Domingo, 12 de dezembro [1954]

Meu amor querido,
Aqui vai minha última carta da Itália. Vou enviar para Casablanca, pois receio que não te alcance em Marraquexe. E por sinal ela será breve. Voltei anteontem da minha expedição ao Sul. Essa parte da minha viagem foi estragada por um resfriado que me manteve na cama quase dois dias em Nápoles, e que me deixou um estado febril que ainda se prolonga e me tira boa parte do gosto de viver. Deste ponto de vista, em suma, é bom que eu volte (terça-feira, de avião) para me cuidar energicamente.
De resto, nem tudo foi perdido nesta viagem e estive em Paestum, que agora se juntou a Tipasa no meu coração. Um templo grego onde os corvos fazem ninho é o que pode haver de mais jovem no mundo.
Durante toda a viagem, não me cansei de desejar que você estivesse comigo. Se o céu nos ajudar, vamos consegui-lo de novo. Na volta, cansado, encontrei sua carta e fiquei decepcionado, estava realmente precisando de você. Sei que essas viagens africanas são mortíferas, por sinal, e só o meu cansaço ficou decepcionado. Seja como for, tudo isto vai acabar, e agora te espero em Paris. Eu queria recuperar a saúde (pois me dei conta de que era necessário) e além do mais trabalhar, claro. Mas também fiquei deprimido com esse afastamento, esse silêncio, a ignorância em que me encontro do seu cotidiano. Não me deixe sozinho demais, esse período é difícil para mim, e gostaria de me apoiar no seu amor. Até logo, não se canse demais, e sobretudo volte logo a reencarnar junto a mim, que te amo e te espero, fielmente.

A.

639 — ALBERT CAMUS A MARIA CASARÈS[1]

1. Telegrama endereçado ao Cassino, em Marraquexe.

15 de dezembro de 1954

ESTAREI ESTA NOITE PARIS CARTA ENVIADA CASABLANCA
CAMUS

640 — MARIA CASARÈS A ALBERT CAMUS

[15 de dezembro de 1954]

Meu amor querido,
Aqui estou em Orã, numa sala (o *Colisée Cinéma*) feita para projetar *Mulher de Satã* em cores, mas, oh não!, não *O pai humilhado*!
Passei angustiada um dia triste. Estive com Pierre[2] e ele me tocou profundamente; eu o achei como sempre sensível, caloroso e deprimente.
Até amanhã, estou embarcando para Marraquexe e dentro de dois dias estarei em Casablanca. Lá tentarei me recompor, cuidar das muitas espinhas, resultado de alimentos diversos, mordidas de mosquitos, percevejos e outros animais ferozes que formigam nos camarotes. Também tentarei cuidar do meu cansaço que já começa a me pesar demais. Além do mais, tentarei deixar a África sem muita pena para não gritar à simples ideia de retomar a vida idiota que levávamos em Paris e para pensar exclusivamente em você que lá me espera.
Ah! Nós dois aqui, meu Deus! como seria bom.
Chegarei a Paris na noite de Natal tarde da noite; portanto não lamente perder essa festa; de qualquer maneira ela nos pegaria separados.
Estou vivendo com suas últimas cartas da Itália, tão doces; mas começo a sentir dolorosamente a sua falta. Enfim, dentro de pouco tempo você e a incógnita que sempre nos espreita. Perdoe o tom desta carta; é um apelo desanimado

---

1 Telegrama endereçado ao Cassino, em Marraquexe.
2 Pierre Galindo. Ver nota 1, p. 733.

e melancólico, mas cheio de amor. Te amo perdidamente e quando sinto sua falta, não passo de um montinho.

M.

641 — ALBERT CAMUS A MARIA CASARÈS[1]

16 de dezembro de 1954

TELEGRAFE ANGÈLE DETALHES CHEGADA IMPACIENTEMENTE ESPERADA RETOMEI TRABALHO VOLTE LOGO ALBERT

642 — MARIA CASARÈS A ALBERT CAMUS

[17 de dezembro de 1954]

Meu amor querido,
Ontem, Marraquexe uma das mais tristes decepções da minha vida — hoje, Casablanca... nem vou falar! Só a estrada era bela, a estrada e as pessoas. Mas chegou a sua carta, a última que você escreveu na Itália e que recebi esta tarde.

Se eu não tivesse inteiramente consciência do amor que tenho por você, estaria com remorso. É verdade que te mandei poucas notícias e poucos incentivos; mas, nem preciso explicar, cansaço sobre cansaço, aqui estou acabada e ainda presa a esse *Pai humilhado* que começa a me pesar. Ainda por cima, o sul da África do Norte não foi feito para mim e reagi ao clima de Sfax e Marraquexe como um doente de malária: noites de insônia, febre, transpirações incômodas etc. — o que certamente não ajudou em nada. Depois de tudo isso, a necessidade de representar, aqui, ali, ora no teatro, ora no cinema ora num cassino. Necessidade de urrar, sussurrar, ampliar, encolher; mas sempre aguentando firme essa gente que só o sadismo mantém grudada nas poltronas. Nós fazemos o que podemos. Mas não precisa temer nada: as alegrias também chegam, vou te contar detalhadamente quando tiver recuperado essa vitalidade de que você gosta tanto e que no momento flui aos borbotões desse céu ardente. Vou te contar tudo, e também o meu amor.

---

1 Telegrama endereçado a Marraquexe e depois a Casablanca, Teatro Municipal.

Sábado de manhã [18 de dezembro de 1954]

Estou com indigestão de Pensamento e as récitas se transformam em verdadeiras provações. Vou à praia com Lucette Stéphaine,[1] seu sobrinho e Marc Cassot; talvez consiga tomar um banho; o tempo está maravilhoso e me lembra as férias trazendo saudade de você. Eu continuo triste, meu amor querido. Estou com medo de Paris e me sinto terrivelmente solitária. Preciso te ver para você me tranquilizar como sempre e eu poder recuperar minha coragem mais uma vez. Se preserve bem para mim, não me esqueça e pense que dentro de alguns dias terá um farrapo nos seus braços. Segunda-feira ainda enviarei uma cartinha e no dia 25 estarei aí. Mal posso crer.

Te beijo perdidamente.

M.

---

1 A atriz francesa interpreta o papel de Lady U em *O pai humilhado*, de Claudel.

1955

643 — ALBERT CAMUS A MARIA CASARÈS[1]

Sexta-feira, 18 de fevereiro de 1955

Fiquei feliz, meu amor querido, de encontrar sua bem-vinda ao chegar aqui, ontem à noite. Seu pensamento, sua existência me sustêm acima do pântano, você é meu oxigênio.

A viagem foi banal. Neve no começo, um céu ameno cheio de estrelas na chegada. No Saint Georges, recepção inesperada. Você sabe que eu tinha pedido a um amigo que conhece os donos que me arrumasse um quarto com arranjo para passar um período. Sou recebido de braços abertos e no elevador pergunto o número ao porteiro árabe que me pilotava: "64 e 66", responde o nobre beduíno. "Por que é 66?", faço eu. "É o apartamento grande com salão, banheiro, quarto e terraço", responde ele. E de fato o lugar era maravilhoso, com um grande vaso de copos-de-leite no salão. Tão belo por sinal que eu nem disse nada. Mas meio preocupado considerando minha atual pobreza, telefonei ao meu amigo para obter explicações. Ele tinha viajado (é arquiteto) por quarenta e oito horas.[2] E até agora não sei se é uma cortesia dos donos que me vale esse cenário de luxo ou se, tendo meu amigo apenas anunciado minha chegada, me destinaram oficialmente o que havia de melhor exclusivamente pela minha reputação. Vou saber amanhã e ainda dará tempo de mudar. Enquanto isso posso perfeitamente me brindar com dois dias de pompa.

Pois o hotel é realmente delicioso. Hoje de manhã vaguei pelo jardim, apreciando jasmins e brincos-de-princesa, rosas e buganvíleas. É o perfume de jasmim que ondulava pelas ruas da minha infância. Da minha varanda, eu domino o jardim e a baía, ao longe. Esta cidade é tão bela que me deixava o coração apertado. De tanto viver na noite de Paris, eu a tinha esquecido.

Além do mais, só a alegria da minha mãe já valia a viagem. Como me censuro por não vir com mais frequência! E como é bom ser amado desse jeito, pelo que somos e sejamos o que formos. Como é bom também amar desse jeito e sentir

---

1 Enviada de Argel. Albert Camus viaja de Paris para Argel em 17 de fevereiro de 1955, lá encontrando a mãe no bairro de Belcourt; em seguida viaja para Tipasa e Orléansville.
2 Trata-se provavelmente do arquiteto Louis Miquel (1913-1987), amigo de juventude de Albert Camus, autor dos cenários do Teatro de l'Équipe, entram em atividade na Argélia.

o coração pleno! Dei uma volta no bairro com minha mãe, conversei com os comerciantes, me contaram as mortes e os nascimentos, por sinal sobretudo as mortes. No almoço, com toda a família, me senti cercado e apoiado. E te imaginava aqui, minha felicidade teria sido completa.

O tempo está bom, com nuvens que correm. Da minha janela vejo as palmeiras se balançando. Você tinha razão de pensar que era bom que eu viesse aqui. Estou com o coração mais leve, gostaria de trabalhar, produzir, esses dez dias vão me ajudar, espero. Me ajudarão sobretudo a te levar um rosto mais "propício". Eu avalio bem, pode ter certeza, o peso que te obrigo a compartilhar. E te sou grato por carregá-lo com tanta simplicidade e coragem. De qualquer maneira você precisa me perdoar, essa vida é cansativa e sua esterilidade às vezes me assusta. Mas meu amor não mudou, te amo como amo esta cidade, e tudo que aqui vivi, de bom ou de ruim, numa grande aceitação feliz.

Bem. Ocupe bem os seus dias, me ame, esteja viva. Te beijo, jasmim, e te guardo junto a mim.

A.

Abraços para os andaluzes-navarros

644 — MARIA CASARÈS A ALBERT CAMUS

Paris, domingo, 20 de fevereiro [1955]
Meio-dia

Belo príncipe,
Ontem eu já queria te escrever, mas só encontrei tempo para constatar meu cansaço. Depois da récita de sexta-feira à noite, me levantei às 7 horas para ir à rádio, passei depois a tarde tomando providências para o TNP! Madaule,[1] Claudel, Madaule, Rouvet, Vilar, Rouvet[2] etc. Tive uma satisfação; seduzi o velho que me causou o maior espanto. Ele não parava de falar do *Pai humilhado*

---

1 O jornalista e ensaísta Jacques Madaule (1898-1993), grande apreciador da obra de Paul Claudel. No Festival de Avignon de 1955, o TNP cria *A cidade*, de Paul Claudel, drama em três atos (1893 e 1901), em encenação de Jean Vilar, com Georges Wilson, Philippe Noiret, Maria Casarès, Jean Vilar e Alain Cuny.
2 Jean Rouvet (1917-1992), administrador do TNP.

e do desejo que sempre teve de trabalhar comigo, do arrependimento que guardava pela oportunidade perdida. Disse que enfiaria o nariz nessa "obra de juventude"[1] que tanto o incomodava para me agradar. "Ele se sentia tão impudico nos seus primeiros textos! Tão nu!" Mas depois eu te conto. Ele me agradou porque para variar estava engraçado, vivo, apesar de mais surdo que nunca. Além disso, sobretudo, porque no fim me pegou de jeito. Existem vaidades formidáveis que alcançam a perfeição. Eu tinha debaixo do braço a *Temporada no inferno* de Rimbaud. Na despedida, ele notou e veio na minha direção perguntar se não era *A árvore de não sei o quê*, um dos seus livros. Eu me expliquei. Uma criança privada do brinquedo favorito não teria encontrado um olhar tão desamparado. Era Rimbaud! Não era Claudel!

Vou encerrar por aqui minha conversa fiada. É meio-dia e meia; preciso ir ao encontro de Lady Macbeth. Levo papel e caneta para continuar a escrever.

Domingo 2 horas

Aqui estou no meu camarim. Ouço um suave "vômito" através da parede.

É Vilar que está com um início de gripe que ele chama de angina e tentando falar apesar da dor.

Telefonei há pouco para L[eonor] Fini[2] que ainda não terminou meu retrato e me falou de Bergamín[3] como de um decadente meio de má fama. Ela realmente me diverte. Mas eu também estou me encaminhando para a decadência, — procuro em vão uma forma esquecida não sei onde e caminho sem eira nem beira, diluída ou disseminada. Só Deus sabe? — sem meta nem causa.

Só uma coisinha me deu prazer. Você sabe que dei *A mulher adúltera*[4] a Léone. Ela leu uma vez — ao que parece —, apagou a luz por um bom tempo e à noite voltou a ler. Afirma ter encontrado "a perfeição". Suas próprias palavras, com sotaque e tudo.

---

1 *A cidade*.
2 A pintora e decoradora de teatro Leonor Fini (1908-1996). Na época ela está pintando um magnífico retrato a óleo da atriz.
3 Ver nota 1, p. 751.
4 *A mulher adúltera*, novela de Albert Camus, foi publicada pela editora Schumann, em Argel, em março de 1954, sendo reproduzida pelas Éditions Gallimard na coletânea *O exílio e o reino*, na primavera de 1957.

Ora, desde que você me falou das suas dúvidas, eu mesma comecei a tremer; receava não saber ou talvez estar muito próxima de você para poder te receber da maneira inesperada que era necessária. A reação de Léone serviu para confirmar a minha e eu sei que se a nossa avaliação precisaria ser melhor pesada, pelo menos é difícil ignorar nossos reflexos.

Sim; isso me deu prazer.

E você, meu belo príncipe, a quantas anda? Como está Argel? Que diz o céu? Como vai o mar?

Encontrou alguma coisa? Como vai sua mãe?

Ando pensando. Penso em você, em mim, em nós, nos outros e apesar da vertigem de que às vezes sou tomada, tenho uma esperança tão profunda quanto nosso amor. É questão apenas de aguentar ter paciência, respirar pelo momento, apenas respirar, a narina fora d'água e continuar esperando. A estrela está aí, nos guardando; questão também de não perdê-la de vista. Mas você precisa se cuidar, da sua saúde. Há momentos em que não temos felicidade suficiente para nos permitir noites de vigília ou insônia.

Estamos num deles. Precisamos dormir, comer, ser planta e esperar.

Quando você voltar, tentarei te ajudar melhor do que pude até agora; vou conseguir quando largar Macbeth e reencontrar o sol, por mais pálido seja.

Sim, tenho certeza disso. Nós teremos o verão, meu belo príncipe, meu amor querido; ele já está sendo anunciado aqui em casa pelas belas tulipas, e ainda que demore um pouco, somos dois a esperá-lo com nossa dupla resistência.

Descanse. Te espero com uma certa impaciência. Paris fica muito estranha sem você. Te beijo perdidamente.

M.

645 — MARIA CASARÈS A ALBERT CAMUS[1]

Terça-feira, 22 de fevereiro [1955]

Fiquei bem feliz, meu querido amor, ao receber sua carta. Feliz e de certa forma recompensada. Tive dificuldade de fazer o esforço necessário para obrigá-lo a me deixar, e você tinha conseguido me levar a acreditar que era

---

1 Endereçada ao Hotel Saint Georges, Argel.

inútil e desnecessário. Me sinto orgulhosa de te conhecer tão bem e bem feliz de saber que está feliz. Só me resta desejar de todo coração que a energia aromática da África consiga neutralizar durante algum tempo o perfume debilitante de Paris.

Aqui, vamos vivendo. Tenho ocupado meus dias, na verdade. E ando até assoberbada. Depois da vesperal e da noturna de domingo, levantei segunda-feira às 7 horas para ir mais uma vez berrar de cigana na rádio *"Armano!"* (miserável), durante toda a manhã. À tarde deixei isso de lado, depois encontrei uma antiga colega que veio me falar dos seus problemas (ela não tem trabalhado!) e acabei meu dia na casa de Annie Noël[1] com Serge e a própria Annie. Não estava muito à vontade e me entediei um pouco, mas eles não tinham nada a ver com esse tédio: não consigo mais passar mais de meia hora com alguém (exceto você) sem sentir em dado momento uma espécie de náusea inesperada que logo depois identifico como a inevitável onda de tédio. É muito preocupante.

Hoje, depois de dormir muito tempo — ó maravilha — fui falar com Rouvet, o administrador do TNP, para tratar do próximo contrato. Como não estava entendendo nada do que ele dizia, como não conseguia acompanhar muito bem seus raciocínios tortuosos, acabei fazendo a pergunta: "Enfim, se estou entendendo bem, o senhor gostaria que eu assine um contrato até 1º de fevereiro e aceite ser aumentada e remunerada durante os meses em que não atuo?" E ele enrubesceu!!!

Parece que não é fácil para ele falar de dinheiro comigo.

1) Resultado: Faço o que quero, no momento, nesse teatro.

2) Resultado: Posso viver tranquilamente até 1º de fevereiro.

Viver tranquilamente! Mas como? Estão me chamando na televisão. Como recusar?

Querem que eu grave o *Cântico dos cânticos* e uma outra passagem da Bíblia. É um texto belo demais para recusar.

Sigaux[2] me telefona a respeito de três discos: um Montherlant, um Claudel e *Antígona* de Cocteau. Seria uma pena recusar...

E tenho quatro programas de rádio em andamento.

Vou portanto fazer tudo. A rádio, a televisão e os discos, e Estrasburgo, e Marselha e Avignon e Veneza e Maria Tudor e Lola... e a Virgem Maria que também me convidaram a encarnar na gravação da Vida de Jesus!

Naturalmente!

---

1 A atriz Annie Noël (1926-2009), companheira de Serge Reggiani.
2 O escritor e professor Gilbert Sigaux (1918-1982).

Almocei com Leonor Fini, que decididamente não larga de mim. Como *Réalités* exigiu o retrato para segunda-feira, ela compareceu ao evento, mas não sem me pedir que voltasse a vê-la com frequência ou almoçar com ela. Quanto ao quadro, vai me mandar assim que for fotografado.

Segunda-feira de manhã farei a última visita a André Marchand,[1] que me espera de pé firme com os fotógrafos; e essas aventuras pictóricas terão fim.

Esta noite jantei com Meyer,[2] um Meyer fiel e encantador, despojado de tudo que passava dos limites. Por favor não faça trocadilhos. Ele me contou mil coisas do Teatro Français que entraram por um ouvido e sem dúvida saíram pelo outro. No meio da refeição, veio a náusea apesar da excelente carne, do maravilhoso crepe de lagosta e de uma suculenta coxa com guarnição. (Estou falando de feijão branco, naturalmente.)

Mas então que tédio é esse?

Eu já te contei que tive um desfalecimento no "Baile do Véu", que me senti mal por causa do tédio. Pois bem! é a mesma sensação, mas eu consigo parar bem a tempo. Só que não é normal! Oh! Quando puder, volte logo, antes que eu desmaie de verdade! Você cuidará de mim. Quem sabe não é resultado de um abuso de cigarros?... Ou então não passa talvez do resultado da crescente soma de anos vividos?

O céu, por sinal, não ajuda em nada. Estamos vivendo num mingau de feijão branco, diluído em água ou neve derretida e só o canto dos pássaros nas chaminés anuncia a primavera que se aproxima. Pessoalmente ando voltando em casa quando encontro uma meia hora de liberdade para contemplar minhas tulipas, sonhar com roupas de verão, plantar trepadeiras nos vasos da varanda e brincar com Quat'sous.

Também ando lendo um pouco aqui e ali e sinto feliz subirem em mim as primeiras lufadas de desejo. Meu corpo voltou! Te espero.

Procure me escrever ainda algumas palavras. Só de ver a sua caligrafia eu tenho a sensação de pátria. Tem algo da madeleine de Proust nos seus envelopes e dentro deles o cheiro de cozido tão caro à companhia Amaya. Tudo isso divinizado.

Bem — chega de bobagens. Não me esqueça nas buganvílias, não vá se perder entre as rosas e guarde um pouco do seu encantamento para mim. Te amo meu querido amor muito apaixonadamente.

M.

---

1 O pintor André Marchand (1907-1997).
2 Ver nota 2, p. 807.

646 — ALBERT CAMUS A MARIA CASARÈS

Quarta-feira, 23 de fevereiro de 1955

Meu amor querido,
Sua carta me trouxe uma alegria muito boa. Recebi ontem e hoje leio o anúncio da morte de Claudel.[1] Você foi seu último sacramento. Como só desejo o melhor às pessoas que não têm minha simpatia acho que ele foi feliz antes de deixar esta terra por ter encontrado o que ela tem de melhor e mais belo. Paz a suas cinzas agora!
    Prossigo aqui na minha estada. Sábado encontrei Dominique Blanchar nos corredores do Saint Georges. À noite a levei para jantar e dançar com bons argelinos nada complicados e ela se divertiu muito. No dia seguinte a levei a Tipasa, com os mesmos, e acho que ela gostou bastante dessa terra abençoada. Segunda-feira ela foi para Orã. Achei ela mais simpática aqui, e entendi essa espécie de tristeza que ela carrega para todo lado.
    Amanhã passarei o dia em Orléansville e região. Sexta-feira os veteranos do RUA[2] me recebem. Sábado vou a um baile de máscaras. Domingo irei ver o RUA jogar. Segunda-feira, folga, e terça-feira tomarei o avião para Paris, depois desses dias carregados.
    O tempo está bom. Manhãs ensolaradas e agradáveis. Sou despertado pelo sol na cama e aí passo uma meia hora, nu, no doce sol nascente. O que repercute em todo o meu dia. E percebo melhor então a sombra que sou em Paris, e gostaria que você vivesse um pouco aqui comigo para finalmente me ver com ares de homem.
    Mal consegui trabalhar. Mas acho que vou conseguir de novo ao voltar. Sinto apenas uma leve angústia ao pensar no que me espera, em toda essa tristeza. Mas você está aí, eu te amo, você é minha coragem e minha força. Até logo, querida, de muito perto, com todo o meu amor.

A.

Não me escreva depois de sexta-feira, partirei terça-feira bem cedo. Estarei à tarde em Paris e vou te ver por volta de 18 horas. Diga se é possível. É bom também poder pensar no seu rosto tão próximo.

---

1 Paul Claudel morre em Paris em 23 de fevereiro de 1955, aos oitenta e seis anos.
2 O Racing Universitaire de Argel (RUA), o clube de futebol de Albert Camus antes da guerra.

647 — MARIA CASARÈS A ALBERT CAMUS[1]

Quarta-feira, 23 de fevereiro [1955]
Meia-noite

Meu amor querido, aqui vão as notícias do dia:

1) Paul Claudel morreu. Fui acordada de madrugada pelo administrador do TNP, em polvorosa, que não ousava acordar Vilar e me perguntava o que fazer. Infelizmente ele já tomara algumas iniciativas que se revelariam infelizes.

Restava apenas, portanto, consertar com algumas palavras e enviar flores — e assim recomendei que ele despertasse Vilar.

De minha parte, tive um bom pensamento para o poeta, redigi meu telegrama e enviei minhas flores. Agora só me resta evitar a leitura dos jornais durante algum tempo.

2) Serge Reggiani me telefonou. Eu tinha deixado para ele o trecho de tradução da peça de Faulkner que ele leu.[2] Ele ficou entusiasmado, as palavras não bastavam para o que queria dizer e qualquer comparação lhe parecia pobre. Enfim, acabou encontrando: "É a grande tragédia!", disse.

Ele me confirmou vagamente um boato que corre em Paris. Rouleau estaria para montar uma peça no Mathurins. Rouleau estaria muito interessado no Mathurins.

Nós conversamos a respeito. Ele vai telefonar a Rouleau "como quem não quer nada" — são suas palavras; mas de qualquer maneira vamos esperar para saber mais. Depois, decidimos.

3) Li Rimbaud. No início fiquei muito preocupada: à medida que avançava nessa leitura sagrada, eu me achava cada vez mais idiota. Nada me tocava, nada me falava, eu não estava entendendo nada.

Depois reli, e mais outra vez e aos poucos travei conhecimento com um adolescente prodígio que me irritou profundamente. É verdade que no mo-

---

1 Endereçada ao Hotel Saint Georges, Argel.
2 *Réquiem por uma freira*, de William Faulkner, adaptação francesa de Albert Camus. O próprio Albert Camus obtém do romancista americano autorização para montar na França essa peça extraída de um romance originalmente concebido como obra teatral. Em 4 de fevereiro de 1955 é assinado contrato com o Teatro des Mathurins, e a estreia ocorre em 20 de setembro de 1956. Encenada pelo próprio Camus, a peça ficaria em cartaz com casas lotadas durante dois anos. Sobre a origem do projeto, ver a nota de David H. Walker em Albert Camus, *OC*, III, p. 1387-1397.

mento ando de má vontade com esses horizontes em que se perfilam meios seres eriçados e agressivos que se tomam por deuses, transformam um panarício num câncer, um aperto de mão numa amizade inabalável, uma palavra benevolente no paraíso, uma bofetada no inferno e contestam sem descanso se você tiver a infelicidade de dizer que se trata apenas de um panarício, de uma saudação, de bom humor ou de uma bofetada. Parece que é isto a juventude. O problema é que só a maturidade me interessa.

Além do mais, apesar da linguagem forte e de magníficas imagens — não vou me deter nas palavras inventadas que me tiram do sério —, acho tudo isso vulgar. Um espírito baixo, sentimentos vulgares.

Sim; não entendi nada. Você sabe como eu posso ser surda e cega. No caso, ainda me sinto além de tudo paralisada.

Transmiti então minhas impressões a Pierre [Reynal], que, ele sim, entendeu. (Acrescentou até que eu é que ele não estava entendendo) e também conversei um pouco a respeito com Tsingos, que também não entendeu. De qualquer maneira, estou na verdade me dando conta — apesar da minha carapaça de tapada — de que não é possível ler Rimbaud sem gostar, de que é impossível clamar uma dor que temos dificuldade de imaginar com palavras que nos são estranhas e fazer virtuosismo ou patetismo diante de uma ferida que sangra — não se pode negar. De modo que prefiro me abster na medida do possível, e como além disso entendi que minha participação nessa vesperal poética te aborrece um pouco, recomendei que eles voltassem à primeira ideia, de te pedir de novo a apresentação e me reservar para um outro poeta que talvez eu seja capaz de servir mais honestamente.

Aguardamos portanto o seu retorno, mas não precisa se preocupar, naturalmente você tem toda liberdade de recusar e aí nós nos viramos para encontrar dois ou três poemas nos quais "minha presença e minha voz" sejam suficientes, sem que eu precise buscar entonações que teria tanta dificuldade de encontrar.

Aí estão, meu belo príncipe, as principais notícias. Quanto ao resto, nada de novo. Estive com Léone, Spira,[1] [Leichtig], e fui buscar um dos vestidos que estavam em confecção. Amanhã subo ao palco em vesperal e noturna e sábado de novo. Depois, só me resta o dia 10 de março para passar por trás das paredes de Chaillot.

---

1 Marie Albe (cujo primeiro prenome é Léone); Françoise Spira (1928-1965), atriz no TNP.

Ando comprando flores a mais não poder. Estou me arruinando em pétalas, mas o meu ano já está mais ou menos garantido e quanto à casa na Bretanha, esqueci o assunto. Nicole Seigneur[1] me enviou uma carta chamando de dementes os proprietários que exigem um milhão e quinhentos mil francos quando se esperava pagar *na pior das hipóteses* seiscentos mil. De modo que seja o que Deus quiser!

Já é 1 hora, amor querido, e estou caindo de sono. Ainda não te falei do meu amor, e no entanto... Enfim, guardo o lirismo para a próxima vez — hoje eu te amo sobriamente; mas te beijo perdidamente.

M.

648 — ALBERT CAMUS A MARIA CASARÈS

Sábado, 26 de fevereiro de 1955

Meu amor querido,

Estas palavras, as últimas, para te confirmar minha chegada na terça-feira.[2] Alegria de te rever, saudade da Argélia, decisão e esperança de trabalhar, são meus sentimentos no momento.

Suas duas cartas recebidas uma depois da outra me deram gratidão (mas meio assustado com todos os seus compromissos), o principal é que você esteja liberada de toda preocupação até fevereiro. Quanto a Rimbaud, não tenho vontade de fazer nada. E por sinal você tem razão em muito do que diz. Veremos quando eu voltar.

Estive em Orléansville e voltei deprimido.[3] Os companheiros do RUA me receberam com entusiasmo, atropelo e gritaria. Fiquei contente e vou vê-los jogar no domingo.

A segunda-feira será dedicada a minha mãe e terça-feira pego o avião e volto para você. Vou voltar com meus defeitos argelinos decuplicados (se prepare!). Espero apenas que eles possam compensar os efeitos desastrosos das virtudes parisienses. Um pouco de angústia no coração também, como você pode imaginar, diante desse novo túnel. Mas vou segurar sua mão, no escuro.

---
1 Ver nota 1, p. 565.
2 Albert Camus volta a Paris em 1º de março de 1955.
3 Orléansville foi devastada por dois terremotos nos dias 9 e 16 de setembro de 1954.

Até logo, até já, minha querida, minha desejada. Te amo, com amor e desejo.

A.

649 — MARIA CASARÈS A ALBERT CAMUS[1]

27 de abril [1955]

Meu amor querido,
E agora você terá direito ao batismo da minha linda escrivaninha, que acaba de ganhar duas novas lâmpadas. Sim; ontem saí para ser "retratada" na rua Bonaparte por uma jovem bem feia, muito vulgar e bastante desagradável que eu só conhecia por carta e de ouvir falar. Fui a pé com a intenção de comprar uma lâmpada, com vinte mil francos na bolsa, meus últimos recursos no mês. Voltei depois de deixar cauções em várias lojas onde me apanhei encomendando duas lâmpadas em vez de uma, um lindo lustre com flores e folhas rosa e verde, e uma não menos requintada biblioteca Restauração de nogueira clara da minha altura sem salto e de adoráveis proporções. O conjunto chegou a um preço que corresponde quase exatamente a uma quinzena do TNP. E eu, em consequência, estou me sentindo leve e encantada.

Esta noite espero o diretor de publicidade das fontes Perrier, que vai trazer além do "objeto" solicitado uma lembrança (?) e a homenagem da casa. Estou pensando em aceitar a homenagem, com elegância, me livrar o mais rápido possível do "objeto", mas espero com angústia e curiosidade a "lembrança".

Comecei a ler Sade, *Justine ou as desgraças da virtude,* e me entediei horrivelmente. E olha que eu gosto da monotonia, mas nesse nível e em tais condições, não aguento, e quando chega uma página interessante, nem estou mais ali. Troquei então por Nietzsche e acho que não vou largar. Se não receasse dizer coisas assim, eu declararia pura e simplesmente que estou no meu elemento.

De modo que estou te seguindo através das origens da tragédia grega nesse país pelo qual de repente te invejo; te sigo como posso, mas está bem claro que

---

1 Carta endereçada a Atenas, aos cuidados do Departamento Cultural da Embaixada da França. Albert Camus está na Grécia para uma turnê de conferências.

sinto sua falta. Passo minhas horas de sol em louvores líricos da sua pessoa, e quando faço o balanço realmente fico achando que você faz parte dessa raça raríssima que dá testemunho da perfeição humana na Terra. Talvez seja possível encontrar homens que preservam uma asa de anjo ou um pé divino; também existem com certeza seres sobre-humanos ou desumanos, deuses ou demônios que se disfarçam de homens para tentar os pobres mortais; mas homens, um homem que seja um homem com braços, pernas, ouvido — tato paladar — olfato — visão de homem, coração — espírito — alma de homem, conhecimento de homem, forças e desejos de homem, fracassos e fraquezas essencialmente masculinos, isso, meu querido... talvez exista, mas a vida só me apresentou pessoalmente um exemplar perfeito e me parece impossível encontrar outro antes de deixar este mundo que me é tão caro.

E é onde mora o monstro em você; no próprio coração desse labirinto complexo e ensolarado. E para alcançá-lo não é necessário responder a perguntas insidiosas mais ou menos na moda, nem esperar um milagre, nem pedir socorro ao milagre ou à magia, mas precisamos seguir alegres ou sofridos o fio da vida de cada dia sem distrações, sem truques, com coragem e uma paciência divinamente humana.

Estou rindo de pensar na sua cara lendo estas linhas. Não se preocupe, meu amor; estava com vontade de tagarelar com você; você é a única pessoa com quem eu sei tagarelar livremente.

Queria simplesmente te cumprimentar, dizer que te espero alegremente porque penso que a Grécia[1] será bem boa com você e te desejar quando chegar ou quase uma estada magnífica. Também queria te dizer que te amo maravilhosamente e que tudo se concretizou já que você está onde quer que eu vá.

Fale bem, leia bem, saboreie, tome para si tudo que puder tomar; depois eu cuido de exigir de você seus magníficos dons.

A *Dios*, meu querido amor.

M.

---

[1] Albert Camus vai à Grécia pela primeira vez em 26 de abril de 1955, para um novo ciclo de conferências; se hospeda em Atenas e depois visita Delfos, no Peloponeso, Tessalônica e por fim Delos e Míkonos.

650 — ALBERT CAMUS A MARIA CASARÈS

Quinta-feira, 28 de abril de 1955

Uma palavrinha, meu amor querido, para te dizer que tudo vai bem. A viagem de avião foi perfeitamente suportável. E desde que cheguei o tempo está bom. Significa que uma luz clara, transparente envolve permanentemente Atenas e o mar. Não estou decepcionado, ó não. Para dizer a verdade, tenho a sensação de nunca ter saído daqui, de ter nascido aqui. Foram eles que me deixaram.

Ontem fiz uma primeira conferência. Hoje e amanhã estarei funcionando. Sábado, domingo e segunda: Peloponeso. Terça-feira Delfos depois a caminho de Salônica. Na volta, tentarei fazer algumas ilhas.

Estou vagamente resfriado e meio cansado. Mas cheio de alegria profunda.

Estão me esperando no saguão. Continue a escrever, se escrever, para a Embaixada. É mais seguro. Todo o meu coração, todo o meu amor te saúdam.

A.

651 — MARIA CASARÈS A ALBERT CAMUS[1]

Este último dia de abril de 1955
sábado

Meu amor querido,
Recebi ontem sua cartinha. Era breve mas reconfortante.

Mas você não diz como sua primeira conferência foi recebida; concluo que transcorreu muito bem.[2]

Fico feliz de saber que você se encontrou nesses lugares como eu já imaginava mas não esqueça completamente que se hoje está desfrutando do Peloponeso (ó nome estranho ao mesmo tempo misterioso e familiar!), existe numa Paris tempestuosa uma doce criatura que definha sob o sol anêmico da Île de France, sozinha, triste de chorar, já agora indiferente a qualquer emoção

---

1 Endereçado aos cuidados do Departamento Cultural da Embaixada da França na Grécia.
2 Ver Albert Camus, *Discours et conférences*, Gallimard, 2017 ("Folio"). [No Brasil, *Conferências e discursos*, publicado pela Editora Record.]

apolínea e para sempre desprovida da divina inspiração de Dionísio. Estou me arrastando, ó miséria, e sinto sua falta.

E no entanto parece que todo mundo está empenhado em combater esse fascinante estado letárgico. Gillibert tentou me acordar durante quatro horas! Linon me estimula como pode. A Pinçon foi além trazendo consigo todo o entusiasmo bordelês. Nos "prestígios do Teatro" o pessoal continua a se divertir e a Casa Perrier me mandou como lembrança um xale, uma espécie de sonho mitológico concebido num momento de embriaguez no qual se misturam às eternas sereias as não menos eternas garrafas de Perrier. Realmente comovedor.

A todas essas maravilhas só consigo reagir com pálpebras fechadas, e o próprio Alain,[1] que veio ensaiar, teve de voltar de mãos abanando, sem extrair de mim a menor reação.

Espero estar incubando, pois ficaria desesperada se achasse que não vai sair nada desse estado desolador.

O tempo anda pesado, espesso. Uma tempestade sendo remoída sem estourar e eu por aí com a castidade dos impotentes. Se tivesse a disposição de Vilar transformaria esse estado numa filosofia ou numa ética nova para uso do parisiense progressista que lê Mauriac. Ah! A propósito aí vai o lírio do vale de Andrée Vilar que chegou com um adorável bilhetinho amuleto.

Oh! Como eu gostaria de compartilhar da tua profunda alegria. Ela está aqui me cercando, como sempre, fiel, maravilhosamente fiel; mas para isso seria necessário vencer esse céu esbranquiçado, essa atmosfera de banheiro com essência invadindo as narinas, os pulmões, o coração. Necessário poder respirar junto de você o ar invisível que te cerca e cantar e rir junto ao alvorecer de não sei que primeiro dia do mundo, deitados numa praia virgem. Ah! Sim, ela está aqui, minha inseparável; já está aqui bem pertinho; chega até mim vinda do Peloponeso à medida que penso nela ao seu lado. E então me preenche, radiante, quente e transparente, límpida, emocionante, frágil e certa! Tenho vontade...

Sim. Pois bem, voltemos à letargia; quando você voltar, vou me entregar a essas adoráveis extravagâncias.

Vamos voltar à terra e fechar essa torneira de tolices. Vou dormir e te esperar. Te amar também e te seguir nesse Peloponeso.

---

1 Alain Cuny.

Trate de não se demorar muito nas ilhas para não encontrar Calipso. Não esqueça de Penélope fazendo e desfazendo sem parar o fio dos dias que a separam de você.
Adeus Ulisses.

M.

652 — ALBERT CAMUS A MARIA CASARÈS

Sábado, 30 de abril de 1955

Meu amor querido,
Ontem fiz minha terceira e última conferência (em Atenas). Só falta a de Salônica (quinta-feira). E agora estou muito mais livre, perto de você. Não que não tenha pensado em você nesse tempo todo, longe disso. De resto, se quisesse te esquecer, me teriam obrigado a pensar em você. Na minha primeira conferência, veja só, uma estranha senhora parecendo muito comovida me perguntou se eu me encontrava com você. Achei que podia responder que sim. Ela perguntou então se eu poderia te levar um objeto leve. Meio confuso, eu disse que sim e depois perguntei se ela era amiga sua. Não, você não a conhecia. Bem. Ontem apareceu essa senhora que me deu uma rosa, com a qual subi ao palco, sem saber onde deixá-la, e uma caixinha contendo um grampo de prata, para você. Perguntei qual era seu endereço para que você pudesse agradecer. Mas ela não quis. Apenas me olhava com visível emoção e repetia "Ah, Maria Casarès, Maria Casarès". E aí fui chamado.

Minhas conferências e as obrigações atinentes não me impediram de visitar Atenas e imediações, com suas belezas. Mas não vou bancar o Chateaubriand e te assassinar com descrições líricas. Simplesmente, trago constantemente no coração a luz daqui, que não é a de nenhum outro lugar, mais fresca e branca, mais nua. Vou dormir com a lembrança dessa luz, acordo com ela. Ao mesmo tempo uma melancolia, a ideia de que a perfeição já foi alcançada e o mundo, desde o sorriso das *kores*, não parou de declinar. Mas também recuso esse pensamento, pois ele significa morrer, de certa maneira. E é preciso viver, e criar. De qualquer maneira saboreio aqui uma paz feliz, na qual gostaria de te encontrar, mais uma vez. Mas você aí andando de teatro em teatro e eu de país em país e nós nos amamos como se amam os trens que cruzam caminhos nas estações. Ai de mim! ou louvada seja nossa vida! que nos mantém num amor intacto e enche meu coração com uma misteriosa felicidade toda vez que pronuncio seu nome.

Mesmo assim, meu amor, deveríamos de fato vir aqui, e a outros lugares, juntos. Vai acontecer, pode ter certeza. Assim como do meu amor, e da minha força de te amar e te admirar. (Você sabia que sorri como as jovens da Acrópole?) Até logo, meu amor querido, amanhã viajo para Argos, Micenas etc. Volto na segunda-feira à noite. Terça-feira vou a Delfos. Quarta-feira a Salônica. Depois, tentarei ver as ilhas, e te encontrar nelas.

Te beijo, castamente meu amor (aqui, a luz, os gestos, as colinas, a água, tudo é casto) e depois um pouco menos castamente mas ainda na luz.

A.

653 — MARIA CASARÈS A ALBERT CAMUS[1]

DE AVIÃO

3 de maio [1955]

Meu querido,
Uma palavrinha apenas para te saudar e te beijar. Recebi sua carta com a homenagem da dama misteriosa, o sopro de ar grego e o seu amor.

Ah! Como seria bom saber que você está sempre feliz.

Eu, aqui, trabalho. Encontro Alain de vez em quando, espero um telefonema iminente de Vilar que vai passar três dias em Paris, faço algumas gravações de rádio e me preparo para rever *O pai humilhado* antes da sua volta, por não ter muito trabalho de 15 a 30 de maio.

Estou com vontade de uma farra com você, pois não poderia estar me sentindo melhor. E me sinto constantemente levada para você — ó caminhos misteriosos da providência — quando perseguida pelo cio geral busco refúgio na clareira inacessível. Não sei o que eles têm — todos e todas — no momento, mas o que sei é que está ficando insuportável para mim; estou cercada de

---

1 Endereçado aos cuidados do Departamento Cultural da Embaixada da França em Atenas.

olhares lânguidos, evidentes oscilações de humor, revoltas secretas de desejos disfarçados etc. Que lavagem!

E você com as atenienses. Elas são feitas em ânforas? Você está em forma? Pensa em mim?

Venha logo, estou sentindo terrivelmente a sua falta. Obrigada pelo cartão endereçado aos Jimenez.[1] Te amo. E agora ao trabalho. O sol passou por Paris; me pergunto se um dia vai voltar.

Te escrevo sem o menor critério, pois tenho a impressão de que minhas cartas não chegam a você ou vão chegar tarde demais. Me perdoe.

Te amo. Te desejo...!

Até muito em breve.

M.

654 — ALBERT CAMUS A MARIA CASARÈS

Salônica, 5 de maio de 1955

Meu amor querido,

Cheguei aqui ontem à noite, mas antes de deixar Atenas tinha levado sua boa carta que me acompanhou a Delfos, depois a Volos, em meio a outras ruínas, dessa vez mais novas, causadas por um recente terremoto.[2]

Lamento que Paris esteja parecendo uma banheira pois estava apreciando sem remorso a luz, que cai do céu grego sem parar desde que cheguei, pensando que você estaria tostando na acrópole de Vaugirard. Mas se aqui o tempo não muda, em Paris ele muda e o céu azul, eu sei, não está longe.

Sim, minhas conferências correram bem. Na última tinha tanta gente que muitos ficaram nas salas vizinhas com um sistema de alto-falantes. Mas tem muita gente inútil nesse tipo de público. Em compensação, gosto muito do povo grego com sua gentil familiaridade. Assim que terminei as conferências, saí de Atenas e viajei de carro por estradas difíceis. Corinto, Argos, Micenas, Epidauro (onde Vilar disse que não tinha coragem de atuar, que tinha medo!) Esparta, Mistra. Ontem Delfos. Um céu sempre luminoso, uma terra sempre

---

1 Ver nota 3, p. 45.
2 Albert Camus dedica seu primeiro artigo em *L'Express* ao terremoto de Volos (14 de maio de 1955).

e em toda parte coberta de flores, o cheiro das laranjeiras na planície de Esparta, as papoulas que aqui parecem eternas, tudo isso me traz uma espécie de embriaguez invisível, a embriaguez da luz. O que mais me marcou foi talvez Micenas: o palácio fortificado dos Átridas, num lugar selvagem e terrível, de uma grandeza absurda e no entanto, se assim posso dizer, mensurável.

Amanhã volto a Atenas mas à noite viajo num pequeno barco particular para as ilhas: Delos e Míkonos. Quando voltar irei a Olímpia, e depois pegarei o navio ou o avião de volta, no fim da semana que vem.

Vou ficar feliz de te encontrar de novo, você, e só você que me faz suportar qualquer coisa em Paris. Mas fiz bem de vir aqui, você tinha razão. Aqui encontrei coragem, e um pouco de esperança. Mesmo sem esperança a Grécia ensina a viver. Esse ar leve, brilhante, que bebemos como uma água pura, os grandes espaços que as montanhas compõem no céu, o mar sempre silencioso me devolvem ao que eu sou, me envergonham das minhas fraquezas e me dão sustento, literalmente. Acrescente uma boa e viril castidade (sem mérito, as atenienses são meio sem graça) e o cansaço físico dessas incursões ao ar livre e podemos dizer como Édipo "está tudo bem". Não, nem tudo está bem, mas eu tenho minhas pátrias, a luz e você, que me ajudam a superar o que vai mal.

Até logo querida, te amo e fico feliz de poder escrevê-lo aqui diante do mar. Ficarei ainda mais feliz de te dizer muito em breve quando você estiver nos meus braços. Te beijo, minha bela fúria, minha luz, e já começo a remar na sua direção.

A.

655 — ALBERT CAMUS A MARIA CASARÈS

9 de maio de 1955

Meu amor querido,
Encontro na volta das ilhas sua carta desencantada. Oh, não, você não desapareceu do meu universo. É verdade que estou feliz aqui, mas estou feliz por estar vivendo mais perto do centro, e o centro também é o lugar onde você se encontra. Acabo de passar três dias navegando entre as ilhas do arquipélago. Ainda estou tonto de tanta luz, tanto mar, tanta liberdade. Pois sentíamos uma

liberdade sem limites nesse pequeno escaler no qual éramos apenas quatro desbravando um mar de um azul real, sob um céu magnífico, entre ilhas cobertas de flores e ruínas. Não dá para descrever, mas para mim o coração do mundo é aqui.

Viajo amanhã de manhã para Olímpia de onde voltarei segunda-feira. Sexta-feira vou ver uma outra ilha. E tomarei o avião da segunda-feira 16. Terça-feira vou te estreitar nos meus braços. Feliz, profundamente feliz de te reencontrar — mas sobretudo feliz por te levar uma felicidade nova, a alegria que encontrei aqui. Sim a viagem quero dizer a Grécia mexeu muito comigo. E essa longa luz de vinte dias vai me ajudar, eu sei, a viver. Se desaborreça, faça-se bela e me receba, eu te amo como sempre, mas na luz, neste momento, e de todo coração. Até logo, querida. Vou te escrever ainda mais uma vez se puder. E muito em breve vou te amar realmente, agarrada a mim. Beijo tua boca, teu riso de vida, até amanhã, meu amor.

A.

656 — MARIA CASARÈS A ALBERT CAMUS

11 de maio de 1955

Meu amor querido,

Aí vai a última carta que enviarei, espero, até a sua volta. É um pequeno sinal de esperança e libertação. Senti muito a sua falta, muito além de qualquer expectativa — talvez porque na saúde e na inação decididamente só você mesmo para ainda despertar em mim os impulsos entusiásticos da adolescência.

E no entanto fiz o melhor que pude para preencher sua ausência. Saí, procurei estar com "gente", li com um olho, ouvi a primavera com um ouvido, e tentei em vão trabalhar.

Pois então venha e me faça viver! Venha logo! As ausências são boas, mas demais também não.

Venha, meu querido amor.

Te espero muito impacientemente

M.V.

657 — ALBERT CAMUS A MARIA CASARÈS[1]

Sexta-feira, 13 de maio [1955]

Uma palavrinha, meu amor querido, para te confirmar minha partida no avião do dia 16. Quer dizer que estaremos juntos terça-feira 17 de manhã e poderemos organizar nosso tempo. Estou voltando de Olímpia. Um pouco cansado desses longos percursos através da Grécia. Mas para te amar e amar a vida, estou com um coração de leão.
Até logo, até já. Já estou te beijando, minha luz!

A.

658 — MARIA CASARÈS A ALBERT CAMUS

17 de maio [1955]

Meu amor querido,
Sua presença me parece abstrata e não consigo imaginar muito bem que você está aqui. O que te permitirá avaliar o vazio que cavou em mim durante sua ausência.
Portanto, meu querido amor: naturalmente, estou ocupada hoje da manhã até a noite. Batismo, impossível me esquivar e duplo ensaio. Estou furiosa.
Mas tenho um momento livre, a hora do jantar. Espero voltar por volta de 6h30 ou mesmo 6 horas e voltar a sair por volta de 8 horas. Você pode passar lá em casa a essa hora?
Se não, me mande um bilhete e tente se programar para amanhã durante o dia, pois à noite estou comprometida, *em princípio*, com o *Papa achincalhado*.
Estou exultante — suas cartas me iluminaram e eu transbordo de alegria quando penso que você está aqui perto de mim; mas por outro lado receio essa volta por você, e gostaria muito de saber logo como se deu a reintegração ao lar. Me diga algumas palavras em sua cartinha.
Te amo e te espero, com todos os braços abertos. Tenho vontade... de te ver... também. Te adoro.
Se não puder vir esta noite, tente me telefonar entre 7 e 8 horas.
Me enrolo em você.

---

1 Cartão-postal de Olímpia.

659 — ALBERT CAMUS A MARIA CASARÈS

Estou meio preocupado com você e com muito amor inutilizado que tenho vontade de te mandar numa corbelha.

A.

3 de junho de 1955

660 — MARIA CASARÈS A ALBERT CAMUS[1]

18 de junho [1955]

Meu amor querido,
É meio-dia. Estou em Estrasburgo, num quarto encantador do Hotel des Vosges. Chove.
Dormi feito uma pedra durante nove horas, depois de uma pequena recepção que nos ofereceram quando chegamos e que se prolongou até 2 horas da manhã. Que bom que no fim das contas eu gosto da região e da gente daqui, pois se tivesse tido essa encantadora surpresa na Bélgica ou na Suíça, é provável que a coisa tivesse acabado mal.
Ao acordar hoje de manhã, telefonei a Angeles; ontem ela tinha ficado ofegante e aflita. Como Juan, eu diria: "Felizmente é só um joanete. Imagina se pesasse um quilo." Naturalmente, quem está dizendo é Juan.
Hoje ensaiamos de 2 às 6 horas e de 8 horas à meia-noite. Estou um pouco assustada com a maneira como as pessoas aqui me esperam; decididamente a Argélia e a Alsácia se juntaram em você para se livrar em você do gosto que têm por mim.
Mas eu não me queixo. Oh, não! não me queixo. Estou bem satisfeita com os belos olhos claros de olhar franco e o andar africano com que fui aquinhoada. Apenas, gostaria de poder desfrutar deles em paz, morro de desejo de me voltar completamente para você num momento preciso em que você também estando livre, eu te encontrasse de repente diante de mim — talvez seja atendida em agosto. Assim seja!

---
1 Carta enviada de Estrasburgo, onde Maria Casarès está em turnê com o TNP.

Até amanhã meu querido amor — te beijo longamente.

M.V

661 — ALBERT CAMUS A MARIA CASARÈS[1]

20 de junho de 1955

OPERAÇÃO VITÓRIA ANGÈLE RECOMEÇA ANIMADA AFETO ALBERT

662 — ALBERT CAMUS A MARIA CASARÈS[2]

20 de junho de 1955

COM VOCÊ NA CIDADE AFETO ALBERT

663 — MARIA CASARÈS A ALBERT CAMUS[3]

21 de junho de 1955

TUDO VAI BEM ESTOU COM VOCÊ ESTA NOITE NESSE MAL--ENTENDIDO AFETO MARIA

664 — ALBERT CAMUS A MARIA CASARÈS[4]

2 de julho de 1955

ESTAREI ESTA NOITE MONTROC FELIZ MARSELHA AFETO. ALBERT

---

1 Telegrama endereçado ao Hotel des Vosges, em Estrasburgo.
2 Telegrama endereçado ao TNP, no Teatro Municipal de Estrasburgo.
3 Telegrama.
4 Telegrama endereçado a Marselha (Hotel Bristol), onde Maria Casarès está em turnê; Albert Camus está em Montroc, no vale de Chamonix, com os filhos Catherine e Jean.

665 — ALBERT CAMUS A MARIA CASARÈS

Montroc
Sábado, 21 horas, 2 de julho [1955]

Meu amor querido,
Cheguei aqui há duas horas. Os últimos dias em Paris foram exaustivos, a cara de felicidade da Grécia ficou longe. Saí hoje de manhã às 6 horas e depois de um dia de estrada em que *Penélope*[1] se saiu brilhantemente no primeiro teste, cheguei aqui, no fim do vale de Chamonix, numa pequena aldeia rústica que mais parece o fim do mundo e onde contemplo estarrecido uma dúzia de gigantes nevados que me dominam e me esmagam. Naturalmente é o Monte Branco, a Agulha do Midi etc., mas realmente me parecem muito altos.
Enfim, temos as águas, as campinas, um ar leve e fresco, e o silêncio do céu. Estou feliz de ter deixado a vida atabalhoada e estéril de Paris. Estou com esperança de trabalhar.
Pronto, queria chegar um pouco perto de você, já na minha primeira noite. Amanhã ou segunda-feira vou te escrever de verdade. Eu não fico à vontade longe de você, decididamente. Os amores dos eternos viajantes são patéticos, mas tenho vontade de um pouco de felicidade simples com você. Enfim, será para o mês de agosto. Mas julho será longo, à sombra dos meus guarda-costas gelados. Te beijo, minha querida, com todo o meu coração privado e transbordante de você.

A.

Domingo 8 horas. Está chovendo. *Eles* continuam lá. Te amo.

666 — ALBERT CAMUS A MARIA CASARÈS

Terça-feira, 5 de julho de 1955

Meu amor querido,
Queria te escrever ontem mas aí *L'Express* telefonou para publicar meu primeiro artigo sobre a Argélia no número desta semana.[2] Trabalhei noite e

---

1 O novo carro de Albert Camus.
2 Albert Camus começa então sua campanha de artigos em favor de uma solução política na Argélia, conciliando o reconhecimento de uma singularidade argelina com sua integração a uma "federação francesa".

dia para concluir e no embalo aproveitei até para escrever o segundo. E por sinal que outra coisa fazer? Está chovendo há três dias, ando enregelado, respirando água. As crianças resmungam e eu aqui roendo minha neurastenia. Pelo menos, como concluí meus artigos, espero agora poder trabalhar para mim.

A névoa e a chuva por sinal têm uma vantagem: não vejo mais os gigantes de gelo que me ameaçavam. Mas eles estão lá, sinto perfeitamente. Estou num quarto desconfortável, mas com uma mesa grande em que posso trabalhar. O pior é o refeitório sempre cheio do hotel com sua população ingrata e ordinária. Poucas criaturas, aqui a beleza morre. Fico pensando que ela está em Marselha, embora escreva pouco, e que com ela me espera a verdadeira vida.

Felizmente aos poucos vou reencontrando de novo meus filhos que tinham escapado de mim. Sobretudo Catherine, com seu coração generoso. Mas Jean aos poucos se acostuma comigo.

Como os marselheses estão recebendo *Macbeth*? Estou louco para te ler, já que não posso te beijar. Por sinal aqui está tão úmido e frio que até esqueci que tenho um corpo. Peça a Deus que eu trabalhe, sempre e muito, é a minha única questão, à espera do mês de agosto.

Pois estou esperando o sol e o mar, e minha praia morena, para finalmente me esticar. Como é difícil me desacostumar de você, mesmo por algumas semanas! Escreva, me fale do seu trabalho e diga que sente a minha falta. Até logo, querido, distante verão. Te amo debaixo da chuva, com obstinação, e espero o glorioso agosto.

A.

667 — ALBERT CAMUS A MARIA CASARÈS

8 de julho [1955]

Meu amor querido,

Recebi anteontem a sua carta-caranguejo depois de postar a minha. Foi um belo rio de calor e alegria nesse vale chuvoso e gelado. Ontem, tentando trabalhar no meu quarto, eu batia com os dentes de frio. Nos cinco dias desde que cheguei, houve apenas um dia de tempo bom. Fizemos duas longas incursões pela montanha e não foi desagradável escalar durante duas horas, sentir enfim o próprio corpo, o fôlego recalcitrante também, e depois nos achar a dois mil metros, em pastagens elevadas, cercados de grandes picos com suas neves eternas. As paisagens azuis e brancas, o ar leve e metálico, os milhares de flores, gencianas, rododendros, anêmonas, tudo isso se parece com a vida, com um de seus aspectos pelo menos. Mas logo chegam as nuvens, descemos para o vale profundo. E de novo o hotel apertado, o refeitório cheio, a criatura desolada. Não consigo entender essa loucura europeia, que expulsa os cidadãos de seus apartamentos cômodos em datas preestabelecidas, para amontoá-los por centímetro quadrado em hotéis duvidosos nos quais dormem mal, comem demais e mediocremente e com toda evidência se entediam mortalmente. Pois no meu caso ainda uso essas semanas como um teste de paciência, para começar, e depois também oportunidade de trabalho. Mas dá para ver que eles estão aqui para tirar férias alegres.

Também fiquei com uma outra impressão observando os veranistas do vale. É que a montanha vem a ser o ponto de encontro dos virtuosos (e dos feiosos, o que dá no mesmo) e o mar pelo contrário a vilegiatura daqueles nos quais o apetite de viver contraria a virtude, a se supor que a tenham. Conclusão: em agosto iremos para o mar.

A verdade é que sinto falta da luz, da luz eterna, divina, o alimento do coração e do corpo, meu pão branco que não posso dispensar. Já estou muito velho para perder assim verões de luz, e também jovem demais para me conformar. E não voltarei mais a esses lugares de bruma.

Bem. Já te aborreci demais com minhas queixas. Você enquanto isso me fala de sol, e de desejo.

Infelizmente eu estou longe e pratico a virtude a mil e trezentos metros de altitude e seis graus de frio. Meu amor, tudo isso que nos separa é tão sem sentido quanto essas nuvens que sobem e descem o vale sem parar. E o que nos une tem a verdade do sol, da terra leve, da carne pesada. Mas aos poucos fomos nos aproximando cada vez mais um do outro, nos damos as mãos, não nos separaremos mais. Eu sonhava com uma vida mais simples e mais normal. Deste ponto de vista, e o culpado sou eu, é um fracasso. Mas jamais tinha sonhado que minha vida pudesse ser preenchida por alguém como é por você. Por isto estou feliz de viver, amo a minha sorte, estou cheio de gratidão. Espero o mês de agosto com paciência para que finalmente as coisas ocupem seu verdadeiro lugar, sua ordem. Meu único motivo de ansiedade hoje está no meu trabalho, pois tenho dúvidas profundas, além do temor da impotência. Mas me parece que aos poucos estou encontrando novamente o caminho de um trabalho mais livre e eficaz.

Me escreva se o povo e a nação te derem tempo. Me escreva longamente então para que eu possa te encontrar um pouco antes de te encontrar realmente. Confirme também o festival de Veneza para que eu possa organizar minha agenda. E me espere, ó cidade, até que eu te tome de assalto como alguém que, vindo das montanhas escuras, caminha para a luz e a cidade púrpura, cheia de animais de caça e baixelas de ouro, e diz, cerrando os punhos, que será impiedoso. Vou te deixar, com esse versículo claudeliano, mas é à minha maneira que eu te amo, com a paixão que você exige, quando o TNP não te cloroformiza. Até logo, querida, cuidado com o que engole, com o seu sono, a sua saúde. O repouso e a entrega estão chegando. É uma ideia capaz de descongelar o Monte Branco. Te beijo, muito pessoalmente.

A.

668 — ALBERT CAMUS A MARIA CASARÈS

11 de julho [1955], *segunda-feira*

Meu amor querido,
Fiquei feliz de receber hoje sua carta de sexta-feira em Marselha. Não estava contando muito sabendo que até a estreia de Avignon você estaria assoberbada e privada do menor tempo interior. E no entanto sentia sua falta, e me atormentava um pouco por sua causa.

Os dias aqui continuam sendo de chuva ou nebulosos. Desde que cheguei, contei dois dias realmente belos. De modo que meu ânimo mudou. E estamos morando com os Rist num chalé muito agradável, no desfiladeiro acima de Montroc, cada um no seu andar. Continuo fazendo as refeições no hotel (mesmo endereço portanto, mesmo telefone) mas passo os dias num adorável quartinho todo de madeira onde reina um silêncio completo frequentado apenas pelo barulho do rio. Vejo meus gigantes de mais longe e posso admirá-los mais livremente. As crianças brincam o dia inteiro na montanha, chova ou vente, solidamente vestidas e calçadas. E assim posso trabalhar.

Pois estou trabalhando muito e de verdade. Terminei hoje a novela que tinha largado há um ano e meio, que tinha retomado sem sucesso, ultimamente, duas outras vezes e cuja primeira versão acabei com facilidade essa noite.[1] Era como se finalmente conseguisse desfazer uma sina adversa. Não sei se vou continuar assim, mas acredito que sim, e de qualquer forma recobrei confiança. Para dizer a verdade, andei esses meses com uma angústia tão constante no que diz respeito à minha capacidade de trabalho que bastou esse primeiro êxito depois de tantos meses para que, tendo escrito a última palavra, começasse a chorar feito um bebê.

Bem. Só me resta continuar e ter êxito de novo. Estou batendo na madeira. À parte isso, vou bem e a montanha me faz bem na medida em que me ENTEDIA. Mas também vou trabalhar e me comportar bem perto de você, num porto italiano. A este respeito, peça por precaução que me reservem um quarto no Hotel de Veneza, se puder, mas recomende discrição! Procure também obter liras italianas. Pelo que estou sabendo, vou dispor em quantidade suficiente, mas sem excesso. Se não puder, não se preocupe, a gente se vira.

Não se irrite nem se aborreça inutilmente. Você vai me contar e vamos rir juntos. Tente me dizer num bilhete pelo menos a data de *A cidade* e de *Maria*[2] (as primeiras, claro) em Avignon e também, se puder, o calendário completo. Se estiver muito cansada para escrever antes de Maria, peça para me enviarem um dos muitos impressos do Teatro Nacional e Popular. Estou munido de paciência até 31 de julho. Depois, não contem mais comigo, e vou deixar rugir a minha fome de você.

Coragem, querida. Maria é difícil, mas é um exercício da melhor escola que servirá para provar a você mesma seu atual domínio. Ah! Como poderíamos ter uma vida rica e fecunda! Mas já somos bilionários, abençoados pelo céu até nas desgraças e nos erros. Sim, estou sentindo minha estrela de novo, mas mal tenho coragem de dizê-lo. Pelo menos te aperto nos meus braços, meu verdadeiro céu, minha querida vida.

A.

---

1 *A queda*, que não foi integrada à coletânea de novelas *O exílio e o reino* por ser longa, e que se tornaria o último romance concluído por Albert Camus e publicado ainda em vida.
2 *A cidade*, de Paul Claudel; e *Maria Tudor*, de Victor Hugo, encenada no pátio de honra do Palácio dos Papas em Avignon em 15 de julho de 1955, com direção de Jean Vilar, tendo no elenco Monique Chaumette, Alain Cuny, Philippe Noiret, Jean Deschamps... e, no papel do primeiro criado, André Schlesser, futuro marido de Maria Casarès.

669 — ALBERT CAMUS A MARIA CASARÈS

14 de julho de 1955

Meu amor querido,
Acabo de receber sua carta de Avignon e te escrevo breves palavras para dizer que você deveria ter encontrado ao chegar uma longa carta que te escrevi para que a esperasse (seu endereço é realmente *Le Vieux moulin*, Villeneuve-lès-Avignon?) Também escrevi uma segunda carta ontem que você deveria ter recebido.
Como você se queixa do meu silêncio, estou preocupado com o destino dessas cartas, sobretudo a primeira que não gostaria que fosse lida por qualquer um. Me diga algumas palavras sobre isto pelo menos.
La familia a la casa é um golpe duro. Mas temos de aceitar as coisas como são, e você não poderia fazer de outra maneira. Vamos tentar dar um jeito. Pelo menos tente evitar o SS.
Continuo trabalhando e continua chovendo. E por sinal as duas coisas estão ligadas.
Mas o fato de poder trabalhar de novo me consola de tudo. Mas a luz da Itália, pelo menos a sua promessa me ajuda a suportar essa chuva e esse céu cinzento. Sim, daqui a pouco a tempestade, mas a da terra, onde você reina.

A.

670 — ALBERT CAMUS A MARIA CASARÈS[1]

[julho de 1955]

Para minha Maria, única rainha.

671 — ALBERT CAMUS A MARIA CASARÈS[2]

[16 de julho de 1955]

COM VOCÊ CARINHOSAMENTE SEM SABER O DIA MAS FIELMENTE ALBERT

---

1 Endereçada ao Teatro de Chaillot.
2 Telegrama endereçado a Villeneuve-lès-Avignon.

672 — ALBERT CAMUS A MARIA CASARÈS

Domingo, 17 [julho de 1955]

Meu amor querido,

Fiquei bem feliz há pouco lendo em *France Soir* a notícia do seu belo sucesso.[1] Eu estava certo da minha Maria, porém menos certo da arte nacional e popular. Que alívio e que felicidade saber que você transfigurou tudo.

Estava precisando dessa boa notícia pois estou cansado hoje e sinto mais pesadamente a sua ausência e a impossibilidade em que se encontra de me escrever. Espero que agora possa fazê-lo, e que eu volte a sentir seu calor e sua presença. Embora o tempo esteja bom há dois dias, embora eu tenha continuado a trabalhar, os dias são longos e eu sinto cada vez mais minha solidão. Estou com meus filhos, que amo, mas preciso ter alguém igual, e a minha rainha, para ser um pouco, e enfim viver.

Pelo andar da carruagem, acho que poderei estar no dia 29 em Avignon, e depois te levar a Veneza. Seria conveniente para você ou há alguma objeção? Diga logo, pois preciso tomar providências. Me mande também o calendário dos últimos dias de julho. Se eu puder te ver como Maria, seria maravilhoso.

De qualquer maneira o fim do mês se aproxima lentamente e logo estaremos juntos, e a sós debaixo do céu italiano. Nem ouso ainda acreditar e no entanto...

Você não se esqueceu de mim nesses dias atabalhoados? Ainda me ama? Agora estou no limite em que não consigo mais te imaginar, no qual só sinto em mim uma dolorosa ausência. Algumas palavras rápido, algumas frases que me tragam o som da sua voz, o seu rosto... te amo e te espero, desperte e venha enfim. Até logo meu amor, minha Provença, não paro de te desejar.

A.

Te telegrafei tarde demais. Mas aqui temos de percorrer quilômetros para comprar um jornal e por sinal não encontrei em nenhum deles as datas das récitas. Sim, estou realmente separado demais de você e espero muito uma carta

---

1 *Maria Tudor* faz enorme sucesso.

amanhã. Responda sem demora a esta, se puder. Algo de novo na *família?** E recebeu a carta que eu temia estivesse perdida?

673 — ALBERT CAMUS A MARIA CASARÈS

22 de julho [1955]

Meu amor querido,
Estou de cama há dois dias com uma forte gripe. Ontem recebi sua cartinha que me deixou preocupado pelo que você diz do seu cansaço, pela incerteza que deixa planar sobre nossos projetos, por causa da sua família, e também porque te senti bem distante, ou será a minha febre?
De qualquer maneira sempre poderemos decidir no último momento o que vamos fazer. O principal é estar com você, aqui ou em qualquer outro lugar, não importa. Salvo ordem em contrário, portanto, estarei em Avignon no dia 29 e você poderá me dizer a quantas anda. Não me escreva a partir do momento em que receber esta carta. Vou telefonar. Perdão por este bilhete rabiscado, mas ainda estou com febre (estão me prometendo restabelecimento para o domingo). O único problema é que o belo impulso do meu trabalho foi cortado. Além do mais, ficar doente aqui e depender de pessoas que não conheço me incomoda. Mas a semana que vem tem dois nomes: liberdade e vida.

A.

674 — ALBERT CAMUS A MARIA CASARÈS

Segunda-feira, [25 de julho de 1955]

Acabo de te telefonar e esqueci de dizer que você talvez receba, em seu nome, meu passaporte e dois ou três cheques em liras italianas. Não se espante: fique com ele e depois pode me devolver tudo.
Estou louco para chegar a sexta-feira. Mas até lá terei de ir na quarta a Divonne, depois levar todo mundo a Annecy, para finalmente ficar livre. Estou me sentindo bem cansado. Esperava te levar um animal de saúde resplande-

---

* Em castelhano no texto.

cente e altamente satisfeito com o próprio trabalho. Não é mais o caso, pois a doença cortou minha energia. Mas enfim trabalhei muito, vou continuar junto de você e, quanto à saúde, vamos restabelecê-la juntos.

Até logo, meu amor. Será o tratamento de felicidade, de vida e de verdade. Amaldiçoei esta longa separação mais que de costume — mas vou te rever na sexta-feira, e na minha [pátria]. Te beijo. Começo a te beijar.[1]

A.

---

1 Depois de ir a Divonne buscar Francine em 27 de julho de 1955 e de deixá-la com os filhos em Annecy, Albert Camus vai ao encontro de Maria Casarès em Avignon em 29 de julho. Os dois voltam em Paris em 29 de agosto, depois de uma viagem à Itália.

1956

675 — ALBERT CAMUS A MARIA CASARÈS[1]

20 de janeiro de 1956

COM VOCÊ ESTA NOITE ESCREVEREI SEGUNDA-FEIRA CARINHO CAMUS

676 — MARIA CASARÈS A ALBERT CAMUS

Sábado, 21 [janeiro de 1956]

Meu amor querido,
Uma palavrinha para te deixar a par dos últimos acontecimentos: amanhã te escreverei mais longamente, quando finalmente tiver recuperado a calma.

O triunfo do amor me parece que propiciou pura e simplesmente um verdadeiro triunfo para o TNP, para Vilar, para nós todos. A recepção foi das mais calorosas e as duas críticas que pude ler parecem confirmar o sucesso que todo mundo comemorava ontem à noite em Chaillot.

Pessoalmente, não posso te dizer nada. Desde que você se foi[2] tenho passado o tempo todo juntando minhas forças, minha energia e minha vontade em torno de um ponto fixo: Fócion; tanto mais que na véspera do ensaio geral ainda falei um pouco de espanhol, estava com brancos de memória verdadeiramente abissais e sujeita a crises de tosse (em cena!)

Ontem assim ocupei meu dia inteiro querendo levar a cabo essa aventura que estava assumindo ares de impraticável e acho que consegui. Realmente, nunca

---

1 Telegrama endereçado ao TNP em Paris, por motivo da estreia em Chaillot de *O triunfo do amor*, de Marivaux, encenado por Jean Vilar, com Maria Casarès no papel de Léonide (Fócion).
2 À Argélia.

me senti tão calma, tão relaxada, tão harmoniosa; minha voz rouca, há quarenta e oito horas, milagrosamente clareou meia hora antes de entrar em cena e pude fazer dela o que bem quis; e minha memória não falhou um só instante. Acho até que inventei novas nuances e se é possível que ainda venha a interpretar melhor o personagem, não esperava por enquanto fazer com ele o que fiz.

No fim, os bastidores estavam cheios de gente e eu era muito beijada.

Infelizmente, o esforço quase sobre-humano que tive de fazer para relaxar me deixou sem forças para me envolver nos festejos. Mal pronunciei a última frase do meu texto e uma velha e profunda tristeza imediatamente tomou conta de mim.

Mas sobretudo não vá se preocupar, hoje ela já foi esquecida: era apenas esse sentimento que a gente tem no fim de um esforço cujo verdadeiro valor está no próprio esforço. Eu estava esvaziada, um pouco só, e já me voltava avidamente para as rosas que me confirmavam com amor que você estava longe de mim.

Voltei para casa, Angeles veio me receber e comecei a ler para me recompor.

Agora vou te esperar, pensar na minha pessoa para você e tentar me tornar sedutora na vida já que parece que o sou no palco.

Escreva logo que puder. Não vou esconder que estou preocupada com você e louca para te ver chegar. Queria que a conferência ou comício ou reunião tivesse acabado e gostaria muito que você me enviasse um telegrama assim que puder.

Te amo, meu querido amor, bem maravilhosamente. Mas não deixa de ser extraordinário pensar que o que me prende a você não para de aumentar e se aprimorar, mas sem perder nada do que nos liga às alegrias da terra. Sim, acredito que por esse amor tudo me será perdoado.

Se cuide. Te amo. Te espero. Te beijo perdidamente.

M.V.

677 — ALBERT CAMUS A MARIA CASARÈS[1]

[23 de janeiro de 1956]

TUDO VAI BEM SEGUE CARTA CARINHO ALBERT

---

1 Telegrama.

678 — ALBERT CAMUS A MARIA CASARÈS

Segunda-feira [23 de janeiro de 1956]

Meu amor querido,
Estou bem, muito feliz porque sexta-feira foi um sucesso. Eu já esperava, naturalmente, mas sempre há uma expectativa. Aqui, apesar de certos incidentes, minha história também correu bem. Vou te contar os detalhes — Mas estou escrevendo apenas este bilhete (assoberbado como estou, e também, devo confessar, cansado) para te informar que estarei em Paris *quarta ou quinta-feira* o mais tardar. (1)
Não me escreva mais. Vou telefonar ao chegar.
Eu também não me canso de te amar, melhor a cada dia. E em meio a toda a infelicidade aqui, te trazia comigo. Te beijo com todo o meu amor

A.

(1) Ainda não tive confirmação da minha reserva.

679 — ALBERT CAMUS A MARIA CASARÈS

9 horas [24 de março de 1956]

Meu amor querido,
Hoje de manhã falei pelo telefone com a jovem Sellers (simpática). Ela recebeu uma outra proposta que naturalmente está tentada a recusar. Mas será preciso que tenha uma ideia rápida papel.[1]
Dê a Patricia[2] o exemplar inglês de *Requiem for a nun*, pois a criança argelino-russa sabe inglês.

---

1 Albert Camus oferece a Catherine Sellers (1928-2014), aluna de Balachova que chamou sua atenção em *A gaivota* no Teatro de l'Atelier em 1955, o papel de Temple Drake-Stevens em *Réquiem por uma freira*. Encontra-se com ela na *brasserie* Lipp para entregar o manuscrito da peça. A seu respeito, escreve ele nos *Cadernos de notas*, III: "Pela primeira vez em muito tempo, tocado no coração por um mulher, sem nenhum desejo, nem intenção, nem jogo, amando-a por ela mesma, não sem tristeza." A ligação amorosa entre os dois duraria até a morte do escritor.
2 Albert Camus conheceu Patricia Blake, estudante no Smith College e *freelancer* na *Vogue*, em abril de 1946. Ela também teve uma ligação com o escritor.

Estou indo,[1] confuso e melancólico, com o amor da minha verdadeira Temple no coração. Até logo. Te beijo muito.

AC

680 — MARIA CASARÈS A ALBERT CAMUS

25 de março [1956]

Meu amor querido,
 Estou com uma necessidade urgente de dormir muito; não estranhe assim se esta cartinha bocejar aqui e ali. Você viajou ontem de manhã e à tarde Angeles caiu doente. Se contorcia literalmente na cama com terríveis dores na barriga. Uma intoxicação causada por alguma coisa que compartilhei com ela, mas de outra forma, um sono profundo. Hoje ainda está deitada, de dieta, cercada de remédios, febril, e toda voltada para sua doença. Eu tive uma vesperal do *Triunfo* e me preparo agora para enfrentar *Tudor* galhardamente. Consegui juntar todas as minhas forças para encarnar Fócion vividamente, mas a espessa camada de sono que desde ontem tomou conta do meu entendimento ainda não se dissipou.
 Estive duas vezes com Patricia; ontem ela veio buscar o Faulkner e hoje assistiu ao espetáculo. Me trouxe um ovo de Páscoa e nos abraçamos muito. Terei de ir lhe entregar uma foto minha e me despedir dela antes de viajar para a Inglaterra; vou esperar que você volte para marcar esse encontro.
 E você, belo patriarca, como anda em suas terras? Já estão todos aí? Reencontrou com alegria suas raízes? Não sei por que estou feliz de saber que você está com os seus — grandes e pequenos — e uma antiga nostalgia pessoal que nunca me deixa se apazigua, sabendo que você, pelo menos, saboreia uma das alegrias mais belas, mais serenas, mais profundas desta vida. Digamos que resgato o sentimento de "plenitude familiar" através de você. Essa plenitude em que se esconde um dos mais saborosos motivos de autoestima.
 Ma já estou sentido a sua falta; até no meu estado letárgico. Oh! Como te amo, meu Deus!
 Então, dormir; sim, dormir e depois me ocupar o máximo possível enquanto te espero.

---

1 Em 24 de março, Albert Camus viaja para L'Isle-sur-Sorge (Palerme) com os filhos; ao seu encontro irão em seguida sua mãe, seu tio Étienne, seu irmão e sua cunhada.

E você, se cuide bem; espero que seus problemas de saúde tenham acabado.
Trate então de aproveitar a Provença para ficar novinho em folha.
Me escreva alguma coisa, também. Me ame.
Estou suave e boa, nada boba, nada feia; tenho encantos e ando modesta. Que mais você poderia querer?
E você, é realmente preciso ter sido guiado por uma estrela para te encontrar... e te preservar.
Adeus, belo príncipe, meu senhor.

M.V.

681 — ALBERT CAMUS A MARIA CASARÈS

Segunda-feira, 26 de março [1956], *22 horas*

Meu amor querido,
Estou escrevendo antes de me deitar, literalmente quebrado. Sábado e domingo peguei a estrada debaixo de uma chuva ininterrupta e ao chegar ontem à tarde, já bem cansado, tive a boa surpresa de encontrar a casa inundada, sem eletricidade nem água, gelada de matar. Tivemos de acender fogueiras, mobilizar operários, pôr a casa novamente em condições, dar de comer às crianças em fogueiras improvisadas, botá-las na cama e preparar a chegada do meu irmão no dia seguinte, quer dizer hoje. E hoje de manhã de novo mais trabalho, deslocamento de móveis, saída para encontrar uma arrumadeira, incursão em Avignon para buscar meu irmão, nova saída para comprar comida, mais arrumações etc. E esse tempo todo tendo de dar de comer às crianças, tomar conta, ocupá-las etc. Agora de noite estou moído.
Felizmente parou de chover hoje de manhã. E ainda há pouco antes de subir para me deitar caminhei um pouco pelo jardim sob uma lua maravilhosa e um céu salpicado de enormes estrelas. As grandes bétulas e os sicômoros da alameda estão com os galhos nus carregados apenas com essas estrelas. Por um segundo fui capaz de agarrar a paz pela asa. E pensei em você, com enorme doçura no coração. Esta carta era para te dizer isto.
Amanhã vou buscar minha mãe em Marignane e espero que tudo aqui esteja em ordem. Depois, tentarei trabalhar um pouco. Diga se Patricia foi buscar o *Réquiem*. Vou terminar aqui (o *Réquiem,* não Patricia), pelo menos é o meu projeto. Mas me sinto pesado e vagamente febril. Sinto falta da minha torre

de Montmorency[1] e da minha tranquilidade laboriosa. Também a ideia de que por um longo período só te verei fugidiamente me abate um pouco. Mas te amo com um bom e grande coração, queria viver com você, é essa a verdade, em vez de vagar por aí para tentar, por sinal em vão, contentar as criaturas que no entanto amo. Mas são os pensamentos do cansaço. Só o coração vive, e para você. Te beijo no estilo hispano-antilhano. Escreva.

AC

682 — ALBERT CAMUS A MARIA CASARÈS

Quarta-feira, 28 de março de 1956

Meu amor querido,
Obrigado por sua carta. Agora tudo está em ordem aqui (ou quase). A família toda reunida. Receio que o tempo que continua ruim desanime um pouco minha pobre mãe. Mas não parece. Tenho mantido o tio ocupado com trabalhos manuais. Já o irmão e a cunhada tratam eles mesmos de se manter ocupados. As crianças estão encantadas, andam de bicicleta por esses campos e suportam valentemente o frio. Estou trabalhando e remanejando consideravelmente esse estranho *Réquiem*. A jovem Sellers, que devia me dar uma resposta depois de ler o texto inglês, mandou um telegrama: "Aceito com grande alegria." Bem. Mas ainda assim receio que o papel seja um pouco pesado para seus frágeis ombros e estou eliminando algumas "loucuras" que só faziam sentido com você. O que por sinal vem aumentar minha melancolia do momento, e o cansaço que me causa essa vida idiota em que me meti. Mas não importa, prefiro C[atherine] S[ellers] que o gênero M[adeleine] Robinson. Tenho a impressão de que poderei ajudá-la e de que ela pode interpretá-lo de um jeito "afogada" de forma comovente.
Francine vai passar alguns dias com sua família no Drôme, a cento e cinquenta quilômetros daqui, e chega no fim da semana que vem para ver minha mãe e voltar conosco. Pelo menos é muito provável. Assim para evitar qualquer choque (a estupidez continua) não me escreva depois da segunda ou terça-feira o mais tardar. Vou te manter informada, naturalmente.

---

1 Em janeiro de 1956, Albert Camus se mudara para o apartamento de Jules Roy, no boulevard de Montmorency 61 (Paris XVIe).

O tempo ainda está cinzento e o vento sopra forte. Mas é o vento do sul, mensageiro de chuva. Aguardo meu belo e rude mistral, que segue o sol. Na verdade, estou louco para voltar e furioso com essa série de deslocamentos que ainda vai nos manter separados. Mas você está aí, apesar de tudo, e por isto agradeço à estrela de Jonas. Até logo, minha rainha, meu pequeno mistral, você tem minha ternura e meu amor. E te beijo, com um coração grato.

AC

Meu livro então terá como título O grito[1] — narrativa.

Sairá no fim de abril. Será o momento do castigo. Te beijo de novo.

683 — MARIA CASARÈS A ALBERT CAMUS

29 de março [1956]

Meu amor querido,
Esperava te escrever longamente esta noite, mas Maryse veio me ver e acabou de se despedir; são onze horas.
Estou cansada e prefiro deixar minha carta para amanhã. Recebi a sua; que me fez rir bastante. Mas espero que todos esses problemas tenham acabado, que a inundação tenha sido contida, que seu irmão, sua mãe e seu tio tenham chegado sem dificuldade e que você já esteja em condições de se preparar para o descanso e o trabalho. Um pouco de sol e será o Éden; pelo menos é o que eu desejo.
Te amo e estou feliz por sentir um pouco a minha falta. Hoje eu entendi por que não tenho ciúmes; é que tenho uma fé total na qualidade de amor que você soube me inspirar. Difícil encontrar isto em outro lugar. Te beijo "açucarado".

M.V.

Angeles manda um beijo.

---

1 Título provisório de *A queda*.

684 — MARIA CASARÈS A ALBERT CAMUS

31 de março [1956]

Meu amor querido,
Que tempo! Que semanas, que trabalho, que vida! Decididamente só consigo suportar sua ausência decentemente na paz, no lazer, numa certa solidão, ou então na febre do verdadeiro trabalho. Mas quando acontece, como agora, de me encontrar longe de você com a mente desocupada e apesar disso obrigada a organizar, decidir, prever, fico completamente perdida, condenada a um duplo exílio. Desde que você se foi, a rua de Vaugirard me faz pensar em Numância,[1] sitiada e esfomeada. E se ainda não tomei resoluções heroicas, mas desastrosas, é porque decididamente não pertenço mais a essa raça jovem e louca que sempre foi a minha — não sei se devo ficar alegre ou triste com isto, mas temos de convir que sou adulta e não sei queimar mais nada — simplesmente por queimar.

Enfim, cheguei a uma visão clara da minha programação que me leva bem longe, mais longe do que alcança a vista. Aceitei a turnê na Rússia, por fraqueza de caráter, o que acrescenta duas semanas de ausência ao tempo previsto para a viagem à Finlândia. Mas, como não podia aceitar a ideia de sair de Paris por volta de 10 de setembro para só voltar em 20 de outubro e viajar de novo em 15 de novembro com Franck e Herbert, adiei a turnê e decidi conceder ao TNP os meses de novembro e dezembro em vez de fevereiro-março de 1957. Assim, ficarei em Paris quase três meses entre as duas longas viagens.

Mas vamos por ordem:
1) Londres — de 16 de abril a 6 de maio.
2) Bordeaux — 5 dias em maio, por volta do dia 20.
3) Holanda — de 16 a 23 de junho.
4) Marselha — os sete primeiros dias de julho.
5) Avignon — de 21 a 27 de julho.
(No intervalo, estarei livre, até as férias.)
6) Rússia. Finlândia. Dinamarca. Partida por volta de 10 de setembro. Retorno por volta de 20 de outubro.
7) Temporada Chaillot de 1º de novembro a 31 de dezembro. Fim do contrato TNP.

---

1 Cidade antiga do norte da Hispânia, que resistiu durante muito tempo à conquista romana.

8) Turnê Franck-Herbert com *Maria Tudor*. Partida entre 20 e 25 de janeiro. Volta no início de abril.

Trajeto. Suíça. Bélgica e toda a França.

Depois descanso até Avignon onde ocorrerá a nova criação (*Fedra*).

Descanso de novo até 1º de novembro.

Novo contrato TNP. Criação *Fedra* em Paris.

São os resultados dessas semanas de total loucura.

Acrescento um aumento de salários no TNP — o mínimo passando de cento e oitenta a duzentos e cinquenta mil por mês e no Franck; ele me oferece sessenta mil francos por representação e uma boa parte não declarada.

Vou te poupar do resto, minhas lutas, minhas surpresas, minhas revoltas, minhas reflexões, meus lances de diplomacia, minha estrela e meu destino. Você já me conhece o bastante para adivinhar.

Terça-feira, 2 [*sic* no lugar de terça-feira, 3?]

Preciso postar esta carta antes de 6 horas. Minha gripe está se transformando em bronquite e já me deixa cansada além do normal; o moral está cada vez mais berrante — não encontro palavra melhor para expressá-lo. Estou me sentindo sem encantos, longe de qualquer harmonia, gratuitamente violenta, tolamente nostálgica, feia, algo miserável etc. Mas não me importo muito; é o prenúncio do sabá; mas em toda essa desordem, uma única coisa é verdadeira: que você me faz falta perigosamente. Estou como o animal no zoológico, como o negro na Lapônia. Vegeto e apenas vou durando; e quando penso em todos esses meses sem a sua presença real, me sinto à beira da neurastenia. Eu já disse — acho eu, que sua existência em alguma parte do mundo bastava para me manter bem viva; acho que eu me enganava na medida em que agora só consigo dar a partida na vida com você — Ó meu doce veneno, o quanto não te devo!...

Venha me encorajar um pouco. Você é o único que é ao mesmo tempo fonte de alegria e de dor. O resto é futilidade, mais ou menos divertida. Te amo, te desejo, te idolatro, te quero, sinto saudade, te espero, te aguardo, te carrego, enfim vou te telefonar de Rouen.

Bom descanso, bom trabalho, querido amor.

Não vou contar nada da minha vida cotidiana, não tem o menor interesse. Mas tudo vai bem. Estive com Vitaly,[1] Maryse, Flon, Petitpas[2] e Léone, Micheline [Rozan],[3] jornalistas ingleses, Lulu [Wattier], [Pierre] Franck —, desconhecidos, Monique Laval e Chaumette.[4] Estive com outras pessoas. Acabei *Um herói do nosso tempo* e a novela inacabada de Lermontov (bom momento), amo Angeles, estou meio cansada da minha pessoa e te amo de morrer.

Até muito em breve, querido amor.

M.V.

685 — ALBERT CAMUS A MARIA CASARÈS

Segunda-feira, 2 de abril [1956]

Sua última carta foi bem curta, minha beldade. Porém doce, temos de reconhecer. Ciumenta? E do que poderia ser? Você teve motivos para sê-lo, um dia, e eu entendia. Mas hoje você reina e o que há entre nós não pode ser comparado nem de longe a nada do que faz o mundo real. Dito isto, nem superficialmente você tem vontade de ser ciumenta. Não seria mau, talvez. Mas está tão certa de nós que nem vale a pena gastar uma linha a mais. Pena!

Passei a Páscoa com Temple. E acabei a adaptação. Melhorei, acho eu, o terceiro ato. Mas dificilmente seria possível salvá-lo. Até outubro, talvez me venham novas ideias.

Agora vou me conceder, antes da chegada de F[rancine], quarta ou quinta-feira, dois ou três dias de férias. O mistral está soprando. O tempo estará bom no dia da minha partida. Mas não desgostei de retomar contato com o lugar aqui, mesmo debaixo de chuva e com este céu cinzento. O pessoal aqui parece contente. As crianças estão encantadas e é verdade que respiram aqui uma liberdade que não têm em outro lugar.

---

1 O ator Georges Vitaly (1917-2007), então diretor do Teatro de la Bruyère, sucedendo a Georges Herbert.
2 Ver nota 4, p. 706.
3 Micheline Rozan, agente artística na Cimura, representaria Camus a partir de 1957.
4 Ver nota 1, p. 702.

Te envio uma página de amostra de *A ordem do dia* que se tornou *O grito*. Como lembrança dos meus tormentos e do aborrecimento que te causei falando sem parar do assunto. Aborrecimento não é a palavra, claro.

Espero uma carta sua e depois você, enfim, ao mesmo tempo minha rainha e meu animalzinho. O mistral agita o sangue, a paixão sobe. Até logo minha querida. Te beijo suavemente. Cristo ressuscitou!

A.

686 — ALBERT CAMUS A MARIA CASARÈS

Terça-feira, 3 de abril [1956]

Meu amor querido,

Sua carta recebida hoje me deixou bem abatido. Esses longos períodos sem você, durante um ano, literalmente obstruíram o ano à minha frente. Além do mais é o ano em que eu mesmo vou produzir, em que as lutas vão recomeçar e vou precisar dessa troca cotidiana que me ajuda a viver. Mas tanto pior. Vamos tentar nos ver o máximo possível. Quanto ao resto, teremos de aguentar. Também seria bom que você se esforçasse por escrever nas suas ausências. Mas também sei que muitas vezes é difícil.

Eu queria simplesmente te escrever hoje minha última carta. Vou pegar a estrada sábado o mais tardar e provavelmente estarei domingo em Paris. Estou bem. Tudo aqui bem organizado. Terminei a adaptação limitando os estragos ao III. Mas não se pode esperar que fique realmente bom.

De modo que não perdi meu tempo. O tempo está lindo desde ontem e assim aproveitei a luz. Visitei algumas casas à venda. Mas agora receio não ser mais capaz de me fixar. Não há, não há mais lugar no mundo que seja suficiente como em outros tempos para me preencher. E por sinal talvez seja passageiro.

Deixe o nome do seu hotel de Rouen com Angeles.[1] Se puder e se os horários combinarem vou te telefonar. De qualquer maneira, vou te encontrar assim que você voltar. Perdoe esta carta meio tristonha. É verdade que

---

[1] Maria Casarès está em Rouen a partir de 3 de abril; Albert Camus volta a Paris no dia 7 ou 8 de abril; novamente se hospeda na casa de Jules Roy, no boulevard de Montmorency 61.

fiquei triste com a perspectiva repentinamente informada do ano que vem e das suas ausências. Mas enfim estou voltando, impaciente por ter você em breve para mim.

A.

687 — ALBERT CAMUS A MARIA CASARÈS[1]

16 de abril de 1956

PERTO DE VOCÊ ESTA NOITE COM PENA E TERNURA

ALBERT

688 — MARIA CASARÈS A ALBERT CAMUS[2]

17 de abril [1956]

Meu amor querido.
São 4 horas da tarde e acabei de me levantar. E já tenho de me aprontar para ir para o teatro *"just after the breakfast"*.
Nossa odisseia nórdica, só amanhã vou poder contá-la: preciso de tempo e de um pouco de bom humor. Por um lado, amanhã passarei a tarde inteira livre, e até lá espero ter recuperado o senso de humor.
Estou me sentindo bem: bem acomodada no hotel Washington Curzon Street — W 1. Simpatizo com o que pude ver de Londres. Mas sinto terrivelmente sua falta e suporto os ingleses com dificuldade.
Resultado: estou triste como uma chicória.
Mas vou parar por aqui. Está aqui uma pessoa longa e seca se obstinando em arrumar meu quarto imediatamente. Ela me dá medo. Vou me esconder no banheiro.
Te amo. Te amo. Te amo! Que venha logo o mês de maio.

M.V.

---

1 Telegrama endereçado ao TNP no Palace Theatre, em Londres, onde Maria Casarès está em turnê.
2 Carta endereçada a boulevard de Montmorency, 61, Paris.

689 — MARIA CASARÈS A ALBERT CAMUS[1]

18 de abril [1956]

Meu amor querido,
Se fizesse um pouco mais de calor no meu quarto, estaria tudo muito bem hoje; mas aqui a gente tirita e eu volto a espirrar mais ainda enquanto minha velha tosse ainda não passou. Enfim, acho que essa estada não será das mais clementes e que terei de flexionar os músculos e me armar de paciência.

Tanto pior! Embora a esperança e a luz ainda não tenham voltado apesar de um magnífico sol londrino, a coragem está aqui de novo. O resto é uma questão de ordem pessoal, logo, possível.

Sim; a coisa vai melhor, me recompus um pouco e aprendo muitas coisas das quais a solidão e o "spleen" não são as menos importantes. De repente começo a imaginar a situação de uma espanhola, por exemplo, chegando sozinha a Londres sem saber uma palavra de inglês e condenada a ficar neste país e aqui organizar sua vida. E, como os padres da Companhia de Jesus, me obrigo a "viver" hora por hora o longo itinerário dessa nova paixão.

Pois agora eu sei o que é o "spleen" e entendo por que a palavra é inglesa — nada a ver com nossa famosa *"morriña"*, esse doce canto de nostalgia no fundo do coração, doce e fremente como um amor ausente! Nada a ver! Não! Isso eu conheço bem e amo! Mas essa angústia patológica que nada é capaz de enfrentar, que não se consegue encarar de frente, que foge quando tentamos capturar, que põe estranhas máscaras no rosto humano, que não vem de lugar nenhum e nunca dá em nada, que permanece congelada nos dias longos cobrindo com seu véu viscoso tudo que pudesse respirar vida, isso eu ignorava completamente!

E no entanto eu não detesto Londres! longe disso. Gosto bem das ruas, dos ônibus, dos táxis; até dos homens — apesar de bem decepcionantes — de chapéu-coco, segurando o guarda-chuva. Chegando aqui achei mais uma vez que estava em casa... Donde vem então essa incrível sensação constantemente inesperada de estranhamento, esse verdadeiro exílio?

Fiquei me perguntando muito tempo a respeito durante dois dias de trabalho e irritabilidade. Hoje acordei e tomei uma decisão que talvez me cure desse estado insuportável em que me encontro: tentar responder a essa pergunta

---

1 Idem.

no tempo que me resta aqui. Eureka! Chega de lágrimas! Chega de angústia! Chega dessa infelicidade pavorosa porque incompreensível! Ao trabalho!

Um inglês meio ator meio letrado — que conheci na Embaixada da França me convidou a ir a um Club fundado por Irving ou por Garrick que contém uma importante coleção de souvenirs, de pinturas relacionadas ao teatro inglês.[1] Eu lhe telefonei e fui com ele. Vi muitas coisas horrendas nesse lugar sinistro onde as mulheres só entram até meio-dia! (Que sorte a delas!) É uma mistura de café de Paris, de suntuosa biblioteca de província e de museu sombrio e largado; tudo bem à inglesa.

É onde esses "cavalheiros" se encontram para fugir das mulheres, e conseguem escapulir tão bem que quando perguntei ao Sr. S. o que as esposas faziam enquanto isso, ele não soube responder. Eu imaginava essas imensas salas de refeição, as longas mesas comuns cheias de cavalheiros bem educados e que se respeitam, pois já notei no meu hotel que todos esses solteiros tão independentes não conseguem ficar sozinhos em seus quartos, e descem todos para o *"hall"* para sentar, tomar *"a cup of tea"* e se respeitar.

Meu Deus! Que estranha concepção da vida!

E que estranho lugar de prazer!

Felizmente há também a mão em gesso da Duse — um sonho de tão bela. Alguns quadros bonitos também, uma carta divertidíssima de Garrick a uma certa "Grace" qualquer (de novo!) e um desenho de Kean que tinha um rosto bem comovente.

Mas ainda assim não basta e ao sair dessa inesquecível sala de fumantes quis ser levada à *National Gallery* para deleitar os olhos, o coração, a vitalidade, todo o meu eu com Piero della Francesca. Mas, ai, a sala está em obras e só poderei vê-lo dentro de quinze dias! Contrariada, voltei para almoçar no hotel, onde tagarelei um pouco com um francezinho que serve à mesa e dois espanhóis que trabalham no bar. Depois, me deitei para ler *Bodas*, mas você me deu vontade de estar na Itália e voltei sem demora à *National Gallery*, onde fiquei umas duas horas. Visitei as salas italianas e espanholas e voltei nova, depois de breve passeio pelas ruas de Londres.

Os outros estão atuando em vesperal e noturna para um público que será melhor, espero, com *Don Juan* que com Marivaux; pois para nós a recepção

---

[1] O Garrick Club, que deve seu nome ao ator e dramaturgo David Garrick (1717-1779), e no qual é conservado o gesso da mão esquerda da atriz italiana Eleonora Duse (1858-1924).

foi muito calorosa mas levemente incompreensiva, o que por sinal não me surpreendeu muito.

Vou deitar muito cedo hoje, pois desde que cheguei à Inglaterra — ou melhor — desde que saí de Paris devo ter dormido no máximo sete horas. Acontece que como também comecei a comer normalmente ontem à noite, receio entrar num estado de fraqueza se não impuser ordem em tudo isso.

Mas fazer o quê? A noite no trem eu passei inteira esperando a hora de embarcar. Eu queria ver! e como Monique por sua vez, sempre comportada, tinha apagado tudo para ressonar suavemente e continuamente até de manhã, eu não tinha referência nenhuma de tempo e espaço, o que me obrigou a cada parada do trem a descer silenciosamente do beliche, para ver!

Por sinal foi bom. Eu vibrava toda ao sopro poético. Acho até que devo ter ouvido pela primeira vez o barulho do mar na altura de Amiens!

Mas acabei desanimando, quando o trem parou mais uma vez. Desci pela quarta vez, correndo risco de vida. Colei o rosto na vidraça e dei de cara com um marinheiro que sorriu para mim. Nós tínhamos embarcado! E eu nem sequer vi um farol!

Depois, dormi o tempo todo que ficamos na água; mas o barulho do trem em terra inglesa me despertou e não consegui mais fechar os olhos a noite inteira.

Em Londres, ficamos sabendo no hotel que os quartos estavam ocupados até oito horas da noite e que, portanto, só nos restava dar uma volta. Eram 9 horas da manhã. Passeamos até meio-dia e então almoçamos num restaurante húngaro. Descobri que não gosto tanto assim de goulasch e comi muito pouco.

De 2 a 5h30, ensaiamos em meio a fiscais de incêndio que colocavam fósforos em todo canto e engrolavam essa língua que só Shakespeare conseguiu fazer bela. Exausta, fui levada ao hotel onde já tinham conseguido disponibilizar meu quarto. Tomei banho, mas só tive tempo de beber o inevitável *"cup of tea"*. E às 6 horas ¼ tomei uma aspirina para poder começar a maquiagem.

Depois da récita houve a recepção na Embaixada... mas vou parar por aqui. É de desanimar.

Vou te deixar, meu querido. Amanhã volto a te escrever; estarei, espero, perfeitamente descansada e quem sabe talvez tenha recuperado a esperança.

Te amo de morrer. Se cuide bem. Trabalhe. Me ame.

M.V

Não reli. Tanto pior pelos erros.

690 — ALBERT CAMUS A MARIA CASARÈS

Quinta-feira, 19 [abril de 1956], *17 horas*

Meu amor querido,
Dia carregado, e apesar disso vazio, no qual não tive tempo de te escrever como gostaria. Pelo menos fiquei todo aceso e comovido com sua voz matinal, imprevista, e que me reconfortou. Só estou preocupado com sua saúde, seu cansaço, e não sei como te ajudar e te apoiar. Tinha ficado feliz com as boas notícias na imprensa sobre a maneira como os ingleses receberam o *Triunfo*. Por sinal tenho certeza de que eles vão preferir *Tudor*, muito mais fácil de entender. Mas você precisa encontrar diariamente um lugar para um repouso de duas horas caso contrário será literalmente intoxicada de cansaço. Também precisa recobrar o ânimo. Me recrimino muito por não ter sido capaz de superar minha depressão e meu pessimismo atuais para te insuflar força e vida. Talvez você tenha achado que eu estava sendo vencido pela indiferença e que meu amor esmorecia no hábito. Mas não é verdade nem um pouco. Tenho o mesmo coração reconhecido e apaixonado para te oferecer, guardo por você o mesmo amor sólido e afetuoso. O ano que começa e que será difícil para nós não vai comprometer em nada esse amor que você vai encontrar de novo, eu sei, fiel e impaciente. Precisamos apenas nos organizar para reduzir o máximo possível essas longas separações, ou cortá-las, o quanto for possível. Depois teremos o descanso, o tempo livre e a troca de afeto. Coragem, minha rainha, estou junto de você, como no tempo da guerra, e pelo menos o meu coração, e o meu desejo, continuam igualmente jovens.
Vou te escrever amanhã para contar meus dias. Na verdade, eles perderam as cores, ao perder você. Mas eu trabalho e te espero. Te amo também, com todo o meu ser, e vivo do teu pensamento. Te beijo com todas as minhas forças.

AC.

691 — MARIA CASARÈS A ALBERT CAMUS

20 de abril de 1956

Meu amor querido,
Acabo de passar uma noite longa e saborosa; tive um desses sonos nutritivos com que andava sonhando até agora nas minhas vigílias londrinas. E

assim me sinto fresca e disposta apesar da gripe, da dor de garganta e da velha bronquite.

E vamos em frente cantar Hugo! Viva Maria! Quero mostrar a esses britânicos o que é uma "rainha *castiza*", e tanto pior se não é inglesa!

Comecei a trabalhar, ensaio e aprendo Platonov[1] e me parece que encontro no desânimo e na santa cólera que trago em mim o segredo que dará vida a Ana Petrovna. Assim seja!

Hoje tenho pouco tempo para te escrever. Vamos ter os acertos de cena de *Tudor* às 2 horas e representamos à noite. Amanhã, vesperal e noturna. De modo que vou aproveitar o domingo para te telefonar de novo (ouvir sua voz — ó máximo dos máximos) e te escrever longamente.

Este país é tão surpreendente que eu precisaria, para te dar conta das nossas aventuras, ir anotando à medida que acontecem as pequenas coisas ao longo do dia. É o que farei a partir de agora; não se espante portanto se receber anotações dispersas, feitas aqui e ali no tempo e em Londres.

Pena que faça tanto frio no meu quarto. É difícil para mim me acomodar para trabalhar, ler ou conversar com você; mas vou tratar de me equipar para conseguir. Hoje recebi uma carta de Angeles me chamando de novo de seu sol. O que bastou para me aquecer o coração. Mas o fato é que são todos adoravelmente gentis comigo nessa trupe. Eles sabem ser amistosos sem se tornarem invasivos e o próprio Vilar demonstra um afeto pelo qual estou bem grata no momento.

Acho que por enquanto ainda não conquistamos os ingleses, apesar das ovações do público e — parece — algumas boas críticas. Eles preferem Barrault ao TNP e também Feuillère à tua queridinha. Eu já esperava e de certa maneira entendo. E reconheço que estou interpretando estranhamente diante deles, pelo menos Fócion. As reações bem latinas às quais o público francês se mostra espontaneamente sensível parecem deixá-los espantados e estranhando. E como poderia ser de outra maneira?

Aguardo com curiosidade e divertida a recepção que nos darão esta noite. Com curiosidade, divertida e uma ponta de atrevimento. Uma coisa agradável me acontece no meu país; é que resgato todo o meu orgulho hispânico e perco,

---

[1] *Platonov*, de Anton Tchekov, estreada em 13 de dezembro de 1956 pelo TNP no Teatro de Chaillot, em encenação de Jean Vilar. Maria Casarès interpreta o papel de Ana Petrovna, ao lado de Roger Mollien, Jean Vilar, Georges Wilson, Christiane Minazzoli, Monique Chaumette, Jean-Pierre Darras, Philippe Noiret...

pelo contrário — a vaidade e o amor-próprio. Exilada da França e da minha vida adulta, eu me agarro com todos os dentes à infância, à "barbárie espanhola", a Montrove[1] e uma vitalidade incrível e meio louca me leva selvagemente às raízes mais antigas. Acho que é um reflexo de defesa.

Na Bélgica eu morro de tédio. Em Londres fico ofegante de vitalidade inútil, apesar do trabalho, apesar do cansaço, apesar do desânimo ou pelo desânimo, não sei ainda.

Agora entendo a necessidade de "ter viajado". Rembrandt dizia que é possível conhecer o mundo dentro dos limites das paredes de um quarto (ele dizia de outra maneira, claro); mas para conhecer a si mesmo talvez seja necessário dar a volta ao mundo.

Estou dizendo coisas que você já sabe, mas eu as estou aprendendo, ainda as estou descobrindo e como!

Bem, meu belo príncipe, minha doce voz, meu vivo, meu informado, meu querido, meu jovem, vou te deixar. Vou tomar meu banho musical. Estou "desfrutando" de um aparelho de rádio que me permitiu — ó felicidade — ouvir a grande gala em homenagem a Sua Alteza Sereníssima o príncipe reinante Rainier e a Grace — oh, perdão! a Miss Grace Patricia Kelly!

Ouço Vitold tagarelando, mais entre dois vinhos que nunca.

Te amo, te amo. Só me divirto com você, mesmo em Londres. Esteja sempre comigo, até o fim.

Obrigada por ter telefonado à navarresa.

Até domingo, meu querido amor. Me escreva e conte sua vida que me interessa.

Te beijo longamente.

V.

692 — ALBERT CAMUS A MARIA CASARÈS

20 de abril [1956]. *Sexta-feira.*

Meu amor querido,

O tempo parece que vai ficar bom. Um sol pálido e no entanto é o bastante para me despertar um pouco. Ontem à noite encontrei sua carta na minha

---

1 Ver nota 3, p. 458.

cabeceira. E fui dormir com você, ainda preocupado com a sua saúde, mas reanimado pelo seu carinho. A Princesa da Galícia perdida entre os vikings e os saxões tem todos os meus pensamentos e todo o meu coração.

Que foi que fiz durante esses quatro dias que os transforma em um apenas, sem grande relevo?

Trabalho, claro. Provas da *Queda* definitivamente corrigidas. Agora só resta esperar o lançamento, e os diversos movimentos dentro de uma quinzena. Também refiz do texto do colóquio de Atenas, no qual falei durante duas horas, e do qual me mandaram, antes da impressão, uma cópia taquigráfica totalmente absurda.[1] Também corrigi as provas de *O avesso e o direito* com um prefácio que você conhece, para a edição de noventa e nove exemplares que vai sair em breve.[2] Enfim, voltei às minhas novelas.

Capítulo saída. Segunda-feira à noite fui sozinho às 20 horas ver os *Karamazov*. O cinema, forma e cheiro, parecia um mictório. Dentro, trinta pessoas do bairro, gente velha e cansada, a jornaleira da esquina com o seu Jules, o vendedor de fritas, três putas de rua, dois futuros mendigos e eu. Todos visivelmente passando ao largo dessa história confusa rodada em estúdio com atores italianos desconhecidos. Mantiveram apenas a intriga policial e eliminaram a questão de Deus. De tal maneira que o velho Karamazov não passava de um viciado patético, Ivã de um burocrata de estômago disfuncional e Aliocha de um telegrafista idiota. Dimitri tinha uma certa postura e a cada cena dizia "eu sou abjeto". Gruchenka tinha o que oferecer, na frente e atrás e Catherine não tinha nada. Dito isto, senti um prazer cheio de culpa e saí comovido. O que prova que Dostoiévski é capaz de resistir a tudo.

Almocei quarta-feira com [Jean] Grenier e [Louis] Guilloux, como alunos. De noite saí com Michèle Bossoutrot,[3] como te disse. Ontem estive com Catherine Sellers, que se mostrou muito simples e gentil. Ela tem o físico para Temple. *Veremos*. Ontem à noite, fui com Michel e Janine [Gallimard] ver *Os*

---

1 "Sobre o futuro da tragédia", conferência pronunciada em Atenas em 29 de abril de 1955. Ver: Albert Camus, *Discours et conférences*, Gallimard, 2017 ("Folio").
2 Essa segunda edição do primeiro livro de Albert Camus (Charlot, 1937), com tiragem de cem exemplares em papel vergé de Arches, sai da gráfica em 10 de novembro de 1956 pela editora Jean-Jacques Pauvert, com o prefácio inédito de Albert Camus. Seria retomada em edição normal pela Gallimard em 1958 ("Les Essais", 88).
3 Trata-se de Michèle Halphen, que se divorciou de Georges Halphen em 1950.

Amantes pueris,[1] maravilhosamente montada por Tania (gostei muito disso), para encontrar Tatiana [Moukhine] a quem Catherine Sellers tinha dado a peça. Surpresa: Tatiana interpretava uma criada flamenga bem idiota, risonha, pronta para deitar com alguém a cada segundo, forte em seios e nádegas. Mas naturalmente nosso belo monstro não interpretava o personagem. Mesmo assim, estava engraçada à sua maneira. Na saída, outra surpresa: uma Tatiana arrumada com um mantô decente, e mesmo, sim, uma certa busca de elegância, ou quase isso. Ela disse sim e eu fiquei encantado. E nós rimos. Depois me ofereci para acompanhá-la. "Sim", disse ela, "praça Victor Hugo." Levei então minha elegante ao seu bairro chique e fui deitar, sonhador, depois dessa noite de surpresas.

Só um problema, quanto à peça: impossível termos Serge [Reggiani], cujo telefone não atende. Já está começando a me aborrecer. Ah! Ia esquecendo. Encontrei nos Noctambules o jovem Bourseiller,[2] que não recebi bem. Primeiro ele veio me pedir um texto para seu programa (está montando uma peça de Patrice de La Tour du Pin, no Teatro de Bolso) e depois me disse que iam montar no Festival d'Épinal *A devoção à cruz* com o meu texto.[3] Eu respondi que para mim era novidade, que não podia ficar sabendo por ele e que os organizadores do Festival deviam primeiro perguntar minha opinião. Não fiz bem mas me irrita ver a facilidade com que esses jovens Rastignac cansados consideram que somos propriedade deles.

Quanto ao programa dele, eu disse que primeiro queria ler a peça. Na véspera eu tinha recebido uma carta de Gillibert me explicando, em meio a desculpas, por que queria pedir uma subvenção à embaixada soviética.

Bem. Acabei, acho, meu relatório. Agora vou para o escritório. Estou louco para saber que você está descansada e relaxada. E mais impaciente ainda de saber que está de volta. Quanta ternura por você no meu coração! Não me esqueça, não duvide do meu amor, presente e desperto. Sem você, os dias são mortos, as noites miseráveis! Com você tudo volta a florir. Volte logo, meu

---

1 *Os amantes pueris*, de Fernand Crommelynck, encenada por Tania Balachova no Teatro Montansier em Versalhes (estreia em 13 de março de 1956), com Michel Vitold, Tania Balachova, Isabelle Pia e Tatiana Moukhine — que seria escalada por Albert Camus para o elenco de *Réquiem por uma freira*.
2 O diretor e ator Antoine Bourseiller (1930-2013).
3 A adaptação de *A devoção à cruz*, de Calderón, por Albert Camus estreara em 14 de junho de 1953 no Festival de Arte Dramática de Angers, com Maria Casarès e Serge Reggiani, na encenação de Marcel Herrand concluída por Albert Camus.

coração, minha beldade, larga essa névoa, temos aqui um sol secreto à sua espera. Te amo.

A.

693 — MARIA CASARÈS A ALBERT CAMUS[1]

21 de abril [1956]

Ó, alegria! Recebi sua primeira carta ao acordar; o sono não é mais doce para Macbeth do que suas palavras para mim! Oh! Argélia dos meus sonhos. Finalmente pude rir de todo coração e enquanto te lia uma encantadora coincidência me oferecia no rádio um concerto de Vivaldi.

Para falar com Serge [Reggiani], peça a Labiche que encontre para você o número de telefone do empresário Bernheim e entre em contato com a Sra. Josem.[2] Eles te porão em contato com o italiano.

Compartilho plenamente sua irritação no que diz respeito a Bourseiller e seus acólitos, mas eles são pobres; temos de lhes perdoar as faltas apesar de tão graves.

Quanto a Tatiana, acho que ainda reserva muitas surpresas ao mundo inteiro. Por isso é que gosto dela.

Agora você tem um elenco maravilhoso e não sei por que, tenho o pressentimento de que essa estreia...; mas não vamos provocar os demônios.

Agora estou lembrando da nossa chegada a Londres. Havia alguns fotógrafos à nossa espera e entre eles, uma jornalista de rosto perfeitamente desinteligente que se precipitou para Catherine Le Couey:[3] "Entãão... o navio não a deixou muito excitada?!" E como eu me virasse para não explodir de rir na cara dela, ela me atacou. Afastando meu mantô, desabotoando o casaco do meu tailleur: "Deixe-me ver! Deixe-me ver a moda de Paris. Onde você se veste? É casada? Por quê? Está pensando em casar? Nós somos muito indiscretos em Londres? Você é contra ou a favor do casamento?"

---

1 Carta endereçada de Londres à residência de Jules Roy.
2 O agente André Bernheim (1899-1986), representante de muitos atores, e sua colaboradora Monette Josem.
3 A atriz do TNP Catherine Le Couey (1927-2004).

Ontem, ao chegar ao teatro, encontrei no quadro de serviço uma carta pesada endereçada a Daniel Sorano[1] e a mim — e nós a abrimos juntos. Havia dois livrinhos, um evangelho de São João com uma figurinha de Épinal com a inscrição sobre o pastor de ovelhas, e um evangelho de São Lucas — que ficou para mim, com uma imagem de uma criada e a legenda "Nenhum servidor pode servir a dois senhores". Na primeira página de cada um, uma inscrição a caneta, em francês: "Leia um pouco diariamente."

Por que isso? Para nós? Só nós dois?

Ia esquecendo de te dizer que *Tudor* foi incrivelmente bem recebida. Acho até que, das três peças, foi a que ficou com a palma.

Vai entender.

Hoje de manhã, sua voz e esse tom completamente novo que você me reserva para as manhãs de sol! Tudo vai melhor. Não tenho tempo para acrescentar grande coisa a este bilhete, mas amanhã vou te escrever de novo longamente.

Te amo e me comporto em função disso. Mas sinto terrivelmente a sua falta.

M. V.

Boletim:
Boa saúde. Pé leve. Olho claro. Mão firme. Mas uma forte tosse persistente.

694 — ALBERT CAMUS A MARIA CASARÈS

Terça-feira, 24 de abril [1956]

Te escrevo no sol, meu amor querido, o que não favorece o surgimento de ideias claras. Mas quero aproveitar essa bela varanda de que serei privado dentro de uma semana. J[ules] R[oy] volta no dia 3, com efeito, e vou telefonar ao meu Hotel du Palais Royal onde provavelmente estarei quando você voltar.

Ontem fiquei feliz de te ouvir. Mas preocupado com sua saúde e sua negligência a esse respeito. Pelo menos cuide do seu regime. Você vai precisar de todas as suas forças daqui até Bordeaux — e depois. Mas de qualquer maneira encantado de ver confirmadas minhas previsões sobre *Tudor*.

---

1 O ator do TNP Daniel Sorano (1920-1962).

Que fiz eu de marcante desde minha última carta? Sexta-feira à noite vi *A torre de Nesle* no Mathurins.[1] Bem chateado pela memória de Marcel [Herrand]. Voltei indignado com esse concurso de mediocridades: Vidalin, Montero e Choisy à frente. Sábado Virginie me tirou da sonolência 1) para ir ouvir Amalia Rodriguez cantar fados no Olympia. Admirável criatura, poética, apaixonada, e voltei para casa absolutamente seduzido. Vamos ter de comprar seus discos. Mas vai ficar faltando uma presença, e como ela tem! 2) para me aperfeiçoar, graças a discos, em chá-chá-chá, pois um homem talentoso como eu não pode ficar de lado nessa questão essencial. Eu então me aperfeiçoei e vou te transmitir toda a minha ciência, quando você voltar. Depois que o jovem furacão se foi, voltei a dormir no sol, o meu domingo inteiro. Ontem, volta ao trabalho e jantei com Françoise Vauclin, cuja tristeza bem oculta me deixou secretamente desolado.

Pronto. O tempo está bom. Espero a chuva para cuidar da peça. Serge voltou da Itália e está com a peça, mas não dá mais sinal de vida. Tatiana [Moukhine] me telefonou dizendo que não se entendeu com Radifé[2] "é uma questão de honra" dizia ao telefone sua voz ausente de esquizofrênica. "Que honra?" "Não posso aceitar um cachê menor que o de Catherine." Estranho, não? Depois fiquei sabendo que a mãe Baur lhe oferecia cinco mil de cachê (oito para C[atherine] Sellers), pois o papel é menor. Nada demais, nem nenhuma desonra. Mas não vejo como resolver as coisas, já que a honra entrou no meio. Quantos complexos e derrotas mal aceitas debaixo dessa honra!

Patricia (consternada com a minha viagem — ah, eu tenho bilhete de primeira com ela! prova disso: "jante aqui esta noite", convida ela. "Não." "Ah! Seria demais, não é? Você almoçou. Não tem direito de jantar." Distraído, eu respondo: "Fazer o quê? Sou muito solicitado!" E aí a querida, num tom inimitável de gulodice e ressentimento misturados "Nisso é que dá ser bonito. Todo mundo corre atrás de você." Fiquei pasmo. Naturalmente, tem o bronzeado do sol. Mas no fim das contas a gente faz as conquistas que pode. Acabaram-se as Grace Kelly. Agora é a hora das Patricia). Patricia então acaba de me trazer sua carta fragmentada. Doçura e devaneio! Uma coisa me espanta. Você fala

---
1 *A torre de Nesle*, drama histórico de Alexandre Dumas (1832), encenado por Jean Le Poulain no Teatro des Mathurins, tendo no elenco em particular Robert Vidalin, Germaine Montero e Michel Choisy.
2 Rika Radifé (1902-1983), viúva de Harry Baur, diretora do Teatro des Mathurins desde 1953.

da sua primeira carta e o conteúdo a que se refere está na minha segunda carta. Houve uma outra, mais curta, antes dessa.

Bem. Se cuide e seja feliz. Não esqueça seu guardião de farol (sou eu) e me ame como eu te amo. Te beijo deliciosamente.

A.

Mando junto primeira reação a *A queda*.[1] Trata-se de Jacqueline Bour,[2] que trabalha na NRF, pessoa reta e sensível. Em *France Soir* uma repercussãozinha nojenta[3] assinada por uma das colaboradoras, de cama e de pena, de *Arts* anuncia o livro como uma resposta indireta a meus antigos companheiros. Começou bem. Mas eu me sinto indiferente e livre.

Patricia manda abraços

695 — ALBERT CAMUS A MARIA CASARÈS

26 de abril [1956]. *Quinta-feira, 18 horas*

Meu amor querido,

Angeles acaba de me telefonar para pedir que eu "não fique zangado" por você não me ter escrito. Zangado? Como eu poderia ficar zangado com você? Há anos, muitos anos, não sinto nada parecido com zanga quando penso em você. Bem. Mas ela me informa que você telefonou em vão, o que me deixa zangado com o telefone. Hoje de manhã de fato me dei conta de que meu telefone estava com defeito. Vai ser consertado hoje. De resto, a partir de segunda-feira, provavelmente estarei no Hotel Beaujolais. Mas eu aviso.

---

1 *A queda* só é publicado em 16 de maio de 1956 pela Gallimard; romance de uma geração, ele pode ser lido, entre outros, como prolongamento da polêmica com Jean-Paul Sartre após a publicação de *O homem revoltado*.
2 Jacqueline Bour, assistente do diretor comercial da Gallimard, Louis-Daniel Hirsch, incumbida em particular das relações com a imprensa.
3 "Camus grita", por N. Fournaire, em *France Soir*, 21 de abril de 1956: "Em breve sairá uma narrativa de Camus, *O grito*, que é o que o autor de *A peste* escreveu de mais cruel e patético. Retomando o tema utilizado por Duhamel em *A confissão da meia-noite*, Camus apresenta um homem que, num bar, à noite, desnuda a própria alma diante de um estranho. Diz-se que nessa confissão Camus responde indiretamente às críticas que certos companheiros de combate não lhe poupam há alguns anos."

Angeles me diz que você é muito convidada, e por isto não tem muito tempo. Espero que essa vida dourada te reconcilie um pouco com Londres, sem te fazer esquecer Paris.

Quanto a mim, estou bem triste. Dias moles, sem chama em todo caso e nos quais sua ausência tira as cores de muitas coisas. Eu trabalho, mas sem alma. Espero o verão, um verão, ou a fonte. Chapinhando, ora.

Irritado com Serge [Reggiani] a quem entreguei o manuscrito sábado e que ainda não leu. Irritado com tudo e todos, na verdade mas em boa forma, e reluzente de sol.

Chega. A tanto silêncio não vou responder com uma carta longa demais. De resto, quem viaja é que conta. Mas o amor está intacto, apesar de pouco paciente.

Sim, te amo e te aperto contra mim, minha silenciosa, minha mundana, meu amor.

A.

Escreva para a NRF até eu te enviar meu endereço.

696 — MARIA CASARÈS A ALBERT CAMUS

Sábado [28 de abril de 1956]

Meu amor queridíssimo,
Enfim sós?
Aqui estou de novo todinha sua sem bronquite, sem cansaço, sem preocupações, relaxada, finalmente livre de uma aposta que tinha feito comigo mesma: conquistar o público inglês, arrancá-lo da poltrona, fazê-lo gritar.

Pois está feito. Nas últimas récitas de *Tudor*, a sala estava lotada, tivemos de voltar para agradecer não sei quantas vezes e no fim eu tive de ficar sozinha no palco. Nunca ouvi ovações assim.

Vou te poupar do resto, os fanáticos, homens de olhos cheios d'água, mulheres vindo ao camarim beijar minha mão, jovens e solteironas pedindo que eu aprenda rápido o inglês para interpretar Shakespeare no Old Vic... Deu para visualizar, não?

Era o que eu queria. Estou de novo tranquila e pronta para atacar *Platonov* que já estava começando a me aborrecer um bocado. Estava até agora com a sensação de ter deixado algo por concluir e os ensaios me cansavam e incomodavam.

Domingo, [29 de abril de 1956]

À parte o trabalho que me ocupa o dia desde 2 horas até meia-noite, o pouco de vida de que disponho está a toda. Esta cidade me fascina e eu tenho sede de ver tudo. Felizmente disponho plenamente dos dias dedicados apenas a *Don Juan* e não encontro coragem para me fechar para decorar o texto de Ana Petrovna. Vou passear pelo West End, o East End, Hyde Park, Green Park, St James Park. Não saio da *National Gallery*; ontem fiquei uma hora e meia na saleta dos Rembrandt. Foi onde vi pela primeira vez o quadro do filósofo que me deixou estatelada. Há também os dois retratos do pintor, uma velhíssima mulher cansada, dolorosa, doce e indulgente, bem informada e corajosa que me lembrou da sua foto que tenho no meu quarto. E também o velho "as St Paul", os retratos dos dois judeus, a velha Margaret Plink — acho eu —, belíssima, frágil e nervosa. Há — há todo um mundo de atenção, amor, piedade, indulgência.

Depois caminhei por duas horas até finalmente voltar com os pés acabados de tantas bolhas. Fui jantar com uma colega — uma pequena persa criada na França e casada na Inglaterra — no Martinez, um restaurante espanhol muito elegante, muito tedioso e sinistro onde se come mal. Enfim, me vesti toda emperiquitada e fui buscar Monique [Chaumette], Vilar, [Jarre] e Wilson para terminar a semana bem alegre numa boate. Infelizmente a alegria é racionada neste país. Para entrar nesse lugar de prazer tivemos de preencher folha após folha, mostrar nossos documentos, pagar, nos tornar membros, pôr uma gravata e por fim, quando conseguimos entrar no salão já era dez para meia-noite e vieram nos avisar que à meia-noite nos tirariam a garrafa de uísque e à meia-noite e meia, os copos. Vilar lançou mão do cachimbo mas o proibiram de fumar. Para ir dançar na pista tomei um caminho entre as mesas mas um garçom veio me avisar que não era por ali que eu devia ir.

Mas ainda assim nos permitiram dançar e ouvir uma excelente orquestra brasileira. Edmundo Ros — meio desanimada com o clima geral, mas notável.

Uma dessas manhãs fui passear também nas ruas da City primeiro e depois no porto e aí tive uma impressão que não vou esquecer. Estava fazendo frio, as ruelas pareciam tanto mais desertas porque de vez em quando se via o dorso de um homem. Eu estava com uma mulher judia que fica pasma diante de qualquer coisa que traduza o poderio da Inglaterra e comenta com eloquência. Cansadas, geladas, fomos dar finalmente num pequeno pub onde tomei uma cerveja e tive de assinar o livro de ouro, acrescentando ao meu nome o de Maria Tudor.

Que país! Que povo! Eu fiquei observando ontem à noite, apavorada. Eles pululavam nas ruas, bebendo, cantando, dançando. Perguntei o que estava acontecendo e se estavam comemorando alguma coisa. "É sábado", nos responderam. O que me impressiona sobretudo é a violência contida. Eles me dão medo.

Bom. Vamos em frente. Não sei o que há comigo; ando obnubilada, hipnotizada por este país. Mas você o conhece melhor que eu e o que eu estou dizendo não tem o menor interesse.

Meu amor, os dias passam e daqui a pouco estaremos de novo juntos. Por pouco tempo, naturalmente; mas hoje você se tornou tão necessário para mim que a simples ideia de te encontrar novamente basta para obstruir todo o futuro. No fim dessa última semana você estará comigo.

Depois, veremos.

Sinto a sua falta o tempo todo como sempre que uma pessoa, um país ou uma coisa de repente me despertam para a vida intensa. Te encontro em todo lugar. Te amo. Também tenho um desejo inglês de você, violento e brusco, despudorado e secreto.

Me perdoe por não te escrever com mais frequência. Realmente tenho pouco tempo por causa dos ensaios. Me conte a quantas anda, o que tem feito. Me ame. Me esqueça só o suficiente para não ficar infeliz.

Te beijo perdidamente.

M.V

697 — ALBERT CAMUS A MARIA CASARÈS

Domingo, 29 de abril [1956]

Só uma palavrinha, meu coração, para te dizer que amanhã à noite sairei daqui e a partir de terça-feira de manhã estarei no Hotel Royal Beaujolais, na rua de Beaujolais, 15 (1º), telefone: RIC 65 31. Está chovendo há dois dias, tenho a sensação de que você desapareceu por trás de montanhas de nuvens e continentes de silêncio. Ando triste como um rato morto. Mas aguardo pacientemente o sol. Te beijo, meu amor!

AC.

698 — ALBERT CAMUS A MARIA CASARÈS

1º de maio de 1956

Meu amor querido,
Fiquei feliz de ler sua carta ontem e sobretudo porque me trouxe a notícia de um sucesso que eu esperava. Sucesso tanto mais significativo por ser muito difícil converter os ingleses a talentos que não sejam da Ilha.
Quanto ao resto estava precisando de um pouco de calor e de algum sinal me dizendo que você ainda existia. Me mudei ontem e estou nesse hotel onde tudo dá errado mas que a gente aguenta por causa do maravilhoso jardim. E como sempre toda vez que me mudo de novo, que o meu buraco ainda não foi cavado, fui tomado de uma tristeza fenomenal. Enfim, não vou te aborrecer com isso.
Furioso ontem também por causa de um novo artigo em *France Dimanche* sobre *A queda*. Acho que é a mesma pessoa de *France Soir*. Ela deve ter recebido as provas às pressas. Folheou e resumiu o livro de maneira idiota e falsa acrescentando comentários pré-fabricados. Protestei com Gaston Gallimard. Mas para quê? O clima está criado.
Toda vez que a sociedade intelectual na qual eu vivo se manifesta, me dá náuseas. Se pelo menos eu pudesse mudar minhas convicções, escreveria meus livros sem publicá-los ou publicando apenas em edições limitadas. Mas sempre achei que um artista não escreve para si mesmo, que não poderia se separar da sociedade do seu tempo. Estranho casamento entre um esfolado impassível e uma puta vingativa! Sei perfeitamente que escrevemos para outras pessoas, um público mais generoso e mais ingênuo. Mas entre esse público e nós tem a cortina desse submundo jornalístico, dessa pequena sociedade provinciana e birrenta, seca, vulgar, complexada que aqui é chamada de intelligentsia, provavelmente porque só tem com a verdadeira inteligência e a cultura relações de saudade.
Outro motivo de bom humor. Serge [Reggiani], que ficou dez dias com o manuscrito sem me telefonar, a quem telefonei uma boa dezena de vezes até

conseguir falar com ele hoje de manhã, recusa o papel. Para começar o papel em si mesmo não é suficientemente longo, depois você não está mais envolvida o que muda tudo, e por fim lhe ofereceram um papel que lhe agrada na peça de Tennessee Williams que deve ser montada depois das férias de verão. Esse rapaz é curioso. Que se tenha mostrado muito desenvolto nesse caso, e pouco polido, não tem importância. Mas me parece que foi muito descaramento me falar da sua ausência, como se por um lado me estivesse culpando, e sem se perguntar quais seriam meus sentimentos, e por outro lado como se dissesse "Com Maria, sim. Com você é muito menos interessante". Resumindo, menos amistoso, impossível.

Bom. O problema agora é encontrar um Gowan. Hesito entre Amiryan[1] e Vaneck, me inclinando pelo primeiro. Mas receio um pouco, sobretudo no meu estado psicológico, o trabalho com três balachovianos e preciso me decidir rápido. Hoje vou jantar com Jean (Marchat) e Radifé (Baur). Também preciso dizer a eles quem será o decorador. No fim das contas, acho que vou optar por Leonor Fini.[2] A peça é ascética demais para ela. Mas ela é inteligente e capaz de se adaptar. E, tecnicamente, não tem igual.

Estou com uma semana carregada, e mais por desânimo que por cansaço deixei um pouco de lado meu próprio trabalho. Preciso retomá-lo seriamente, depois de me adaptar a minha nova toca. Acho que esta será minha última carta antes da sua volta. Me avise da hora, assim que puder.

Me perdoe também esta carta deprimente. Aproveite Londres agora que sua maior preocupação se foi. Eu também gostei do porto debaixo de chuva e dessa estranha cidade. Gostaria de estar aí com você, e não nesta Paris chuvosa, onde a primavera se afoga, sem que possamos respirá-la nem apreciá-la. Até logo, enfim, meu amor querido. Te beijo com toda a minha ternura.

A.

Não contei como passo os meus dias. Mas não tenho visto ninguém. Vou aos teatros, às vezes, para ver se encontro algum governante. Mas em breve vou te contar.

---

1 O ator Jacques Amiryan.
2 Ver nota 2, p. 995.

699 — MARIA CASARÈS A ALBERT CAMUS

Quarta-feira [2 de maio de 1956]

Meu amor, estou chegando! O sol voltou! A vida recomeça!
Vou tomar o avião sexta-feira à noite[1] para dormir na rua de Vaugirard.
Sábado e domingo, as horas são minhas. E reservadas para você. Te amo.
Estou exultante.

M.V.

700 — ALBERT CAMUS A MARIA CASARÈS[2]

17 de maio de 1956

MUITO PERTO DE VOCÊ ESTA NOITE AFETUOSAMENTE ALBERT

701 — ALBERT CAMUS A MARIA CASARÈS

[6 junho 1956]

Nasci, jovem velho, há doze anos![3]

702 — MARIA CASARÈS A ALBERT CAMUS

17 de junho [1956]. *Haia*

Meu caríssimo senhor,
Fui à praia em busca das cores de Ruysdael, mas apesar da minha boa vontade não consegui atravessar com o olhar as trombas d'água que erguiam um muro móvel e opaco entre mim e a paisagem. Como boa galega cabeçuda e estranhamente apaixonada pela chuva, aguentei firme e esperei... na areia...

---

1 De volta a Paris em 4 de maio de 1956, Maria Casarès viaja para Bordeaux em meados de maio.
2 Telegrama endereçado ao TNP no Grand Théâtre, Bordeaux.
3 Data do aniversário da união dos dois, em 6 de junho de 1944.

a céu aberto, descalça. Mas aí, um holandês uniformizado logo me expulsou dali. Se aproximou, parou, foi adiante; depois, voltou; por fim, parou de vez, bem perto de mim, e grunhiu alguns sons bárbaros supostamente revestidos de doçura. E eu olhando, impassível, um mar escondido debaixo do aguaceiro. Mais alguns borborigmos e ele sentou aos meus pés. Nesse momento, a fúria da chuva triplicou. Eu voltei, mas tive tempo de observar algo que me deixou pensativa: aqui quando o céu está encoberto, chove pouco ou pelo menos cortesmente; só quando fica branco e levemente luminoso é que as torrentes caem sobre a Holanda. Estranho!

Como eu já disse, correu tudo muito bem ontem. E por sinal a viagem também. O primeiro dia, até Bruxelas, passei em companhia de [Georges] Wilson, excelente companheiro de viagem. Depois de Bruxelas, a pedido de Monique, assumi a direção do carro de Vilar, que estava nervoso e insuportável. Pessoalmente, eu não tinha muito que me queixar dele. Almoçamos os quatro no caminho, já em terras holandesas, e chegamos a Haia às 3 horas para ensaiar às 4 horas. Como o resto da caravana estava adiantado em relação a nós, chegamos os quatro à cidade, em dois carros, sem conhecer o lugar nem o nome do teatro aonde devíamos ir e naturalmente sem saber dizer sim em holandês. Depois de longa e penosa investigação, finalmente encontramos um passante que falava francês e sabia onde devíamos nos apresentar. Nos informou então muito gentilmente e estávamos para seguir em frente quando surgiu à nossa frente um gigante uniformizado numa moto — "Estão precisando de ajuda?" Polidos, explicamos nosso caso, que estávamos perdidos e tínhamos parado para... etc. — "Queiram me seguir, por favor!" e sem dar tempo nem para respirarmos ele dá a partida à nossa frente, fazendo sinal para seguirmos. Queria nos conduzir pessoalmente ao destino! E foi o que nos valeu uma entrada inesquecível nessa boa cidade de Haia! Antecedidos por um guarda de trânsito, atravessamos a cidade, enquanto o tráfego era parado à nossa passagem, com direito a buzina, sirene, gesticulação. E lá íamos nós, sem parar, como reis. Mas aí, meia hora depois, estávamos voltando, com buzina, sirene, gesticulação e tudo; atravessamos a cidade de novo: nosso bravo gigante não tinha entendido nada e estava nos levando para o museu municipal.

Resultado: chegamos atrasados ao ensaio e não tivemos tempo de jantar antes da récita.

Moral da história: a gentileza precisa de limites.

Hoje estou sozinha em Scheveningen. Foram todos ensaiar e se apresentar em Roterdã. Pensei em ir a um concerto no Salão de Festas do hotel, mas vão tocar Prokofiev. Então vou aproveitar minha solidão para ler Tchekov e dormir o mais cedo possível. Gostaria de fazer um longo passeio pela praia, mas espera!... sim, continua chovendo do mesmo jeito.

Sua voz no telefone estava clara, doce, boa. E tinha até aquela ponta de saudade para me aquecer o coração. Ah! Sim, a gente se ama, e é maravilhoso. Eu estou bem. O ar do mar me purifica e me sinto livre para apreciar esta viagem por não ser longa. Te amo, estou feliz e só tenho um desejo: que tudo isso continue. Espero que Alguém me ouça lá em cima.

Trabalhe bem, meu amor querido. Não se deixe desgastar demais pelo público parisiense. Amanhã vou procurar saber em que hotel de Amsterdã ficarei para que você possa me enviar uma palavrinha com as últimas notícias de *A queda*. Vilar me disse que na Suíça parece que está indo maravilhosamente. Você também vai me contar como vão os primeiros ensaios de Faulkner e a reação de Tatiana diante do muro!

Eu aqui continuo fazendo minha irmã de caridade ou se você preferir, meu médico de almas; mas só piora!

Se tiver um momento, procure ler a peça Cossery.[1]

Te amo. Te amo. Não se afaste muito de mim para viver melhor na minha ausência. Um beijo em Angeles. Meus bons pensamentos para V.

Te beijo à mediterrânea.

M.V.

Fico me perguntando como eles fazem filhos neste país. Ah! Esses hotéis; esses quartos com duas camas estreitas e banheira! Eles são gentis, mas em matéria de volúpia, vão ter de aprender muito!

703 — ALBERT CAMUS A MARIA CASARÈS

Terça-feira, 19 de junho de 1956

Amor querido, doce amiga, sua carta foi bem reconfortante para o solitário de Paris. Achei graça da entrada em Haia — é a entrada do rei Minos — mas

---

1 O escritor egípcio Albert Cossery (1913-2008), residente em Paris desde 1945 e figura da Saint Germain des Prés dos anos 1950, na qual faz amizade com Albert Camus. Ele foi casado com a atriz Monique Chaumette antes do casamento desta com Philippe Noiret.

que rainha! Aqui a chuva, constante, afogou tudo. Eu trabalhei, pouco e mal, e sobretudo reclamei das obrigações e imposições parisienses (ou argelinas, pois uma boa dezena de argelinos chegaram, loucos para me "atualizar").

A queda continua sem caminhozinho constante (quinhentos mil de vendas por dia), em meio à perplexidade geral. É uma loucura a quantidade de gente que releu ou vai reler. Eu devo escrever em chinês.

Ontem a primeira sessão de leitura nos Mathurins foi bem sinistra, como te disse ao telefone. Em que furada eu fui me meter!? Sem contar que tenho a sensação de que não vou conseguir sair dessa. Mas é verdade que não me sinto muito apoiado.

Não fiz nem vi nada que valesse a pena. Ando fazendo compras para meu apartamento[1] e me arruinando com máquina de lavar, ferro de passar e outras amenidades. Tenho a sensação de ter perdido todos esses dias sem você. Mas ainda que tenha trabalhado mal, espero ter concluído minhas novelas esta semana, farei o resto (correspondência, artigos etc.) antes de 1º de julho e em Palerme vou começar meu romance[2] enquanto trabalhar na encenação do *Réquiem*.

Catherine passou no exame da sexta série. Estou bem orgulhoso, como você pode imaginar, e me seguro para não ficar falando para todo mundo. Jean também me pareceu bem contente com as proezas da irmã. Eles são simpáticos, embora não me tenham cumprimentado pelo dia dos pais.

Bem. Está na hora de você voltar. Para me distrair, vou jantar quinta-feira à noite na casa de André Rousseaux com Char.[3] O querido René está em boa forma e me fez toda uma preleção contra a jovem geração intelectual, dizendo que eles mais parecem supositórios e que não deve causar espécie que façam como os supositórios, ou seja, que se dissolvam. Mas nada disso substitui a sua presença, e o nosso amor feliz, afetuoso, vivo. Como a vida é fácil com você, e quente, e leve. Te amo. Volte logo e não se deixe prender pelo último círculo de Amsterdã. Te beijo, minha penitente!

A.

---

1 Albert Camus está de mudança para um estúdio na rua de Chanaleilles, 4 (Paris VII), no mesmo prédio que seu amigo René Char.
2 *O primeiro homem*, romance que ficaria inacabado (Gallimard, 1994), e que vem sendo preparado por Albert Camus há vários anos.
3 O cronista literário André Rousseaux (1896-1973), ligado ao *Figaro* e ao *Figaro littéraire*, é amigo de René Char desde o pós-guerra.

704 — MARIA CASARÈS A ALBERT CAMUS

Domingo à noite [4 de agosto de 1956]

Meu amor querido
Tudo correu muito bem. Aqui estou finalmente nesta terra querida que mais uma vez proclamo minha pátria.[1] Encontrei de novo o pinheiro negro, as giestas, os campos de tojos, os brejos, as dunas, o cheiro de barrilheira e de perpétuas selvagens, o céu onde se misturam água e fogo, o oceano enfim! Oh! As belas praias desertas, virgens, se oferecendo como tuas mãos.
Quanto à solidão, jamais pensei que fosse tão embriagadora. Você não tinha me dito! Essa liberdade total que toma conta das pernas e dos braços, que nos deixa flexíveis e libertos e perfeitamente à vontade. Que descoberta!
Ah! Não faltam coisas para te contar. Mas aí vai; não dormi esta noite — estávamos morrendo de frio nesse vagão — e passei o tempo todo ajudando uma criatura que tinha um furúnculo mal localizado. Atrás, sim. Ela já tivera dois anteriormente, "em pleno sexo", mas o último, esse, ficava atrás e "como vazava"!
Hoje fui fazer o reconhecimento das imediações, e reencontrei meu Toulinguet, suas areias movediças, as dunas, o brejo. Amanhã vou sair bem cedo com sanduíche e frutas para só voltar de noite. E aí vou te escrever mais longamente.
Me escreva assim que voltar. Aqui, onde você me acompanha o tempo todo, preciso de uma confirmação.
Mas ainda assim uma vez por mês você precisará vir a Camaret compartilhar ou combater o meu embevecimento.
Te amo. Até amanhã

M.

705 — MARIA CASARÈS A ALBERT CAMUS

Terça-feira, 7 de agosto [1956]

Não se pode dizer, Caio, que você esteja desperdiçando o seu gênio ao me escrever cartas de amor. Oh! Eu entendo que depois de doze anos em que

---

1 Depois do Festival de Avignon de julho de 1956, no qual Albert Camus vai ao seu encontro, Maria Casarès se hospeda em Camaret-sur-Mer.

tantas vezes ficamos reduzidos aos prazos epistolares, você comece a se cansar de me dizer em todos os tons que me ama; mas pelo menos me mande algumas linhas me informando do seu estado de saúde e do seu humor. Acredite, as duas coisas me interessam no mais alto grau e eu ficaria bem feliz de saber a quantas andam.

Eu aqui não podia estar melhor. Jamais teria imaginado que a solidão me caísse tão bem, junto, é verdade, com a terra dos meus amores, e alcancei um estado de relaxamento que não para de me espantar. O jogo contínuo a que a vida em sociedade obriga às vezes me deixa estupefata e eu não imaginava a que ponto vivemos para a galeria. Aqui, esqueço até a preocupação de agradar que me parece, diga o que disser Yourcenar, essa pretensiosa, a mais básica das cortesias quando não estamos mais sozinhos.

Meus dias? Levanto às 8h30. Escrevo uma carta, no máximo, faço meu desjejum, me lavo só um pouco, me hidrato, me visto o menos possível, pego meu piquenique (sanduíche com ovos cozidos e frutas) e me vou até 5 horas da tarde. Vou aonde? Depende da maré e dos dias da semana, mas grosso modo sempre a lugares onde possa não encontrar ninguém. A praia de Toulinguet é considerada muito perigosa — por sinal este ano puseram um grande cartaz precisamente confirmando — e em consequência muitas vezes está deserta. Pois bem! É o ponto que escolhi como meu porto, é lá que deposito minhas roupas e meus víveres, é lá que tomo meus banhos de sol quase nua, é lá também que me banho e traço meu sanduíche e luto contra as moscas das barrilheiras e os piolhos da areia quando o mar sobe. Mas se por acaso vejo ao longe uma silhueta se aproximando, antes de saber se se trata de mulher, homem ou criança saio correndo pelas dunas, as angras — uma delas, a sala verde, tem a água cor esmeralda — onde, e agora se segure, tal João Batista, nas grutas!, fazer companhia aos polvos.

Eu sei que você não gosta de grutas. Nem eu. Já visitei todas elas, as de Toulinguet são famosas, de noite com tochas, e de dia, aproveitando as marés mais baixas do ano. Em geral elas são belas, por assim dizer, e sinistras, pontiagudas e deformadas; e quando por infelicidade olhamos para cima, só resta mesmo ir embora, de tão intensa a vertigem de claustrofobia. A propósito, você notou que a claustrofobia é uma doença da mente que se manifesta em adultos e que pelo contrário a vertigem de altura é uma doença do corpo que já se apodera da criança? Mas deixemos isto. Estávamos então nas grutas de Toulinguet. Elas são assustadoras, e ontem, desanimada, eu já me dispunha a enfrentar duas criaturas que tinha percebido na praia, quando de repente fiz uma descoberta extraordinária. Vi em plena massa rochosa uma fenda vertical que permitia a passagem de um corpo apenas. E lá fui eu. Oh! Albert, você não imagina a sensação que eu tive! Era uma gruta, naturalmente, mas a mais linda, mais perfumada, mais suculenta de todas as grutas. A gente entra por essa fenda já tendo, não sei por que, a impressão de um estupro e quando se está lá dentro nos vemos no coração de uma praia secreta, de uma angra das profundezas com dimensões perfeitamente proporcionadas, na qual a areia úmida formando pequenas ondas vem acariciar uma autêntica prainha de grandes seixos redondos, molhados e reluzentes. Não há uma única linha que não seja suave, arredondada; o teto arqueado nem muito baixo nem muito alto parece se dilatar sob a pressão de um misterioso desejo, e uma água fresca escorre pelas paredes em orvalho; a gente acha realmente que surpreendeu a terra em sua última intimidade e que ela espera, aberta, entregue, dilacerada, a chegada do oceano que logo vai enchê-la.

Eu realmente tive a sensação de estar sendo indiscreta, despudorada, sei lá, e no entanto não conseguia sair dali; estava comovida. Saí com a certeza, mais uma vez, de que não há nada mais belo que um belo amor. Te amo.

Em compensação não há nada mais feio que um polvo e o mais feio dos polvos mora nesse recanto divino. No início eu o confundi com os seixos; só o reconheci quando se moveu; parecia um câncer, sorrateiro e silencioso, senhor absoluto do lugar. Pois bem, assim mesmo fiquei ali, olhando o lugar magnífico e sua doença, muito tempo, tanto tempo que quando saí tive de voltar à praia nadando; a maré tinha subido muito e o oceano, enciumado, avançava ameaçador para tomar mais uma vez para si aquele belo fruto eternamente se oferecendo.

À noite, vou passear para os lados da capela de Rocamadour, uma linda capelinha romana, e do forte de Vauban, que estão cobrindo com um telhado que o diminui e que já foi pintado de vermelho século XVII. Nesse momento, quando o sol se põe, a maré está baixa e o pequeno porto deserto de repente parece dormir um sono letárgico. Não se trata mais de uma esfera, mas de um canal. Os barcos sustentados por muletas ou emborcados, as redes dos pescadores estendidas no dique, as barrilheiras douradas, o mar perfeitamente calmo, os barcos em construção lado a lado com velhos cascos enegrecidos, as cores — oh! as cores — a luz ora suave, suave, ora nítida e precisa, e aquele silêncio do fim do dia, aquele silêncio em que os postes de alta tensão parecem de repente urrar de morrer. É demais para mim. Eu ficaria horas ao lado dessa capela se a noite não me expulsasse.

Aí está, meu amor, minha vida cotidiana. Às vezes eu olho *Fedra* de longe. Estou tentando terminar as *Memórias de Adriano* da senhora Yourcenar, bem ambiciosa mas decididamente sem envergadura; de vez em quando jogo conversa fora, depois do jantar, com Nicole [Seigneur], durmo um sono de chumbo e acordo feliz; e a qualquer hora do dia me descubro feliz e rio sozinha.

Naturalmente sinto sua falta; porém menos que em outros lugares, menos que em Paris, menos que na loucura do trabalho e na desordem enlouquecida das turnês. Aqui, tudo me parece justificado, e a sua ausência, em vez de cavar um vazio, pelo contrário traz um canto.

Agora, me escreva. Você parecia abatido quando te deixei. Estou impaciente por saber se a bela Paris do mês de agosto, a rua de Chanaleilles e a sua independência recuperada não mudaram isso. Não me deixe sem notícias. Te amo tanto, e com você eu sou boa e doce; te espero como a minha bonita gruta espera o mar. Quando será a maré alta?

Te amo, meu amor, tão bem achado, meu irmão incestuoso, meu príncipe.

M.

706 — ALBERT CAMUS A MARIA CASARÈS

Quarta-feira, 8 de agosto de 1956

Meu amor querido,

Fiquei bem feliz apesar do cansaço de encontrar sua carta ao chegar ontem à noite, depois de dez horas de estrada atravancada e perigosa.[1] Também estou feliz de saber que você está livremente entregue ao mar e a essa região que tanto ama. Você é em mim como a imagem da felicidade, a felicidade que você me dá e aquela na qual está quase sempre tão magnificamente à vontade — sim, preciso ir com você um dia a esse lugar que você me dá vontade de conhecer. Se renove no mar e na solidão e depois venha me trazer uma boca de sal e cabelos de algas.

Os últimos dias de Palerme passaram depressa. Num deles fui a Grasse e Saint Jean Cap Ferrat, onde me esperava minha fiel doadora. Muitos anos passaram por ela sem atenuar a juventude do seu olhar e da sua bondade! Mas

---

1 Albert-Camus vai à Isle-sur-Sorgue, em Palerme. Em 7 de agosto, volta a Paris e ao seu novo apartamento da rua de Chanaleilles.

vou te falar disso depois. Domingo acompanhei minha mãe a Marignane. Estava com o coração apertado vendo-a se afastar, pequenina no imenso terreno cheio de monstros urrando a plenos motores, defasada em relação a esse mundo de escritórios e máquinas, e no entanto paciente, de uma paciência milenar, a paciência dos corações humildes e bons, que vai sobreviver a esse mundo, justamente.

Além do mais há em mim um grande amor infeliz pela minha mãe; grande, eu posso dizer por que e o que nela nos torna pequeninos nos enche de respeito e admiração. Infeliz, não sei por quê. Talvez porque não posso falar disso com ela, por causa de tudo que em mim lhe é estranho, por causa da solidão em que ela parece viver e na qual não posso ir ao seu encontro. Enfim, ela se foi, não sei quando voltarei a vê-la, e senti uma real tristeza.

Francine tinha chegado de manhã. Me havia escrito uma carta enfim afetuosa e razoável, na qual se mostrava realmente curada em resposta à minha. Nessa frente, estou portanto contente e espero que consigamos não mais nos fazer mal mutuamente. E depois a viagem, a estrada infernal e enfim meu silencioso apartamento onde estou feliz de me encontrar desde ontem.

Encontrei flores de Radifé num lindo vaso romântico e Cérésol[1] tinha enchido a geladeira. Amanhã mesmo as reuniões (cenário, *régie*) começam.

Me escreva nesse período, se conseguir se afastar do oceano e dos brejos.

Lembro com uma alegria surda das venezianas de Avignon, e de você tão bela e morena na enorme cama branca. Sim, você é a felicidade e a felicidade tem o seu rosto, a sua cor, cheira a você. Descanse, mas não me esqueça, mesmo em benefício de adolescentes louros. Te amo, não esqueça disso, não se acostume com isso! Um amor de doze anos, a gente se acostuma com muita facilidade, mas ele é tão rico, tão diverso, ao mesmo tempo tão sábio e tão angustiado, que por si só é uma vida inteira que bastaria para justificar o que somos e o que fizemos.

Mas você sabe, mas você me ama, e eu também sei. Portanto bendita seja a vida em que você está, o mundo em que você respira, bendito seja o tempo de nossas vidas e do nosso amor. Amém. Te beijo, minha dourada, cheia de espuma, beijo teus olhos de mar, e teu belo flanco de dourada. Escreva, seja feliz, volte. Te amo.

AC.

---

[1] Robert Cérésol, diretor adjunto do Teatro des Mathurins e amigo de Albert Camus.

707 — MARIA CASARÈS A ALBERT CAMUS

Sexta-feira, 10 de agosto de 1956

Meu amor querido,
Sua carta chegou na hora certa. Meio preocupada há dois dias, hoje de manhã, já estava me preparando para telefonar, telegrafar, pedir socorro, e essa felicidade que cultivo com tanto cuidado porque muitas vezes é a sua alegria começava a se sentir ameaçada. Não que eu temesse que você me esqueça; não. Mesmo que você anunciasse que ia dar a volta ao mundo com um belo objeto recém-encontrado e recém-amado, nem assim eu perderia essa certeza profunda que tenho quando se trata de nós. Eu mesma, me vendo de repente diante de uma criatura que despertasse todos os sintomas do meu amor, não acreditaria e esperaria pacientemente que passasse.

Mas receio os problemas, a doença de um ou de outro, o fato imprevisto. E agora estou tranquila. Nicole [Seigneur] chegou triunfante com o envelope e eu me fechei com o meu tesouro. Como você faz para me emocionar constantemente? Há o talento, claro; e também o amor; mas mesmo assim, é preciso uma enorme riqueza, uma prodigiosa generosidade, uma infinita capacidade do coração para encontrar um jeito de se servir perpetuamente dos sentimentos do amor e do gênio do espírito. Como é que você quer que eu me acostume em doze infelizes anos com tantos tesouros, um rosto que renasce sempre, a própria vida? Me parece que eu seria capaz de saborear cada hora como se devesse ser a última.

Não precisa temer nada, alta majestade, mil meninos louros podem passar; só aceitarei o prazer que eles me dão perto de você. Enfim, eu me entendo.

Fico feliz de saber que Francine voltou a sentimentos razoáveis. Esse permanente mal-entendido que nos opõe uma à outra acaba me entristecendo também; talvez porque corroa sua vida e o seu lar, talvez porque eu me sinta responsável, talvez também porque em qualquer circunstância as relações malsucedidas entre as pessoas me encham de tristeza. Quanto à sua mãe, não vou dizer nada; o que você me disse me deixou de coração apertado. Eu sabia, como você; mas também sei que em certos momentos uma certa impossibilidade de comunicação com certas pessoas raras é intolerável, e se existe um paraíso, só pode ser aquele que reúne completamente num acordo profundo e nu aqueles que devem ser um só.

Me deu vontade de mandar algumas palavras a Radifé e Cérésol para agradecer os cuidados que têm com você, pois assim também suavizam minha vida; mas a melhor maneira de mostrar a ele meu reconhecimento seria aceitar Angers sem você e confesso que não me decidi ainda.

Por aqui, os dias vão correndo infinitamente múltiplos e eu os abraço com tanta avidez que só dou de novo por mim à noite, na cama, ou de manhã, ao escovar os dentes. Acompanho o tempo pelo vaivém das marés, escolho meus lugares pelo rosto que o céu apresenta e meus projetos estão submetidos ao voo das gaivotas (na terra, elas anunciam mau tempo), ao clarão do pôr do sol, aos cúmulos, aos estratos, etc. Hoje, a Bretanha está cinzenta e rosada; o tempo só vai melhorar à tarde e enquanto isso cá estou eu no meu quarto, diante do porto, de um mar plácido, de um céu macio como pelo de gato. Nicole botou para tocar seu LP e te escrevo ouvindo a *Quinta* do meu amigo e degustando um uísque que aos poucos vai me entorpecendo; é o primeiro que eu bebo desde segunda-feira.

Como vê, não estou me entediando e continuo agarrando "as rosas da vida".

Continuo lendo com dificuldade as memórias desse Adriano das minhas dores e estou louca para acabar e atacar Vigny; mas leio pouco; este lugar, como você, me fascina e fico horas e horas olhando para ele. Às vezes sou distraída por uma mãe-gaivota ensinando os filhotes a voar; ela pia mais ou menos assim para eles "porrrrr aqui, porrrrr aqui" e eles respondem com as asas em pânico "siiiiiim, siiiiiim". Mas eu logo deixo de lado essa cena doméstica para olhar e olhar sem parar.

Não encontro ninguém, não falo com ninguém ou quase. Mas outro dia, estava na minha gruta devaneando quando ouvi uma voz: "Está bem tranquila aqui, hein!; por isso é que se mantém incógnita", e isto com um sotaque parisiense de chorar. É assim que a gente reconhece as raças; se o sotaque do Sul não choca na Bretanha, pelo contrário; o de Paris em compensação se torna insuportável.

Às vezes também um pescador solta um "piropo":[*] — "Nada má, ela, e ainda por cima douradinha." Eu sorrio. Ou então começam a gritar meu nome num grupo de jovens quando eu passo — porém menos ruidosamente que meu amigo Ludwig, que nesse exato instante chega a um desses níveis máximos —, e cumprimentam. Eu me inclino sorridente.

---

[*] Castelhano: cumprimento. (*N. T.*)

À parte isto, me calo e olho. Não! Duas senhoras que tinham vindo pescar em Pen Hat me surpreenderam na água e se aproximaram preocupadas: "Cuidado, senhorita, a praia é perigosa e Divine (filha de Saint-Pol-Roux) estava nadando aqui como você e quase se afogou!" Eu as tranquilizei.

Dessa vez foi só isso. Depois, o silêncio. Eu literalmente me empanturro dessa terra quase adorada. E aqui encontro até Lorca. No caminho para Toulinguet tem uma lavanderia onde as mulheres vão lavar a roupa — e o pessoal que acampa vai se refrescar. Nas manhãs de sol, elas cantam no meio da espuma, castas e ocupadas. É quando a presença dos jovens ainda dormindo e desmazelados me faz pensar em Lorca. Eles chegam dos quatro cantos do brejo, lentamente, a camisa ainda aberta, tontos de sono e pesados.

Sim, eu tenho tudo. Mas vou parar por aqui. É meio-dia. Chopin tomou o lugar de Beethoven e quero almoçar cedo para ir às Pedras de Pois. Não estou mais acostumada com o refeitório na hora do almoço; mas já estava na hora de voltar; a senhora Seigneur, temendo que eu acabasse enjoando da minha merenda dos primeiros dias, se superou; ontem encontrei no meu embrulho moluscos, meia lagosta, o sanduíche de presunto, uma *"alcachofa"* — não lembro o nome em francês — e, olha só!, um pote de molho de maionese! Naturalmente, tive de apostar corrida com as moscas para ver quem comia primeiro os crustáceos e a lagosta e quanto à maionese, você devia ter me visto depois.

Bem, meu príncipe; desta vez vou te deixar mesmo. Chopin chegou à sua marcha fúnebre e já é meio-dia e meia. Domingo de manhã vou te telefonar bem cedo; mas vou logo avisando que talvez fale pouco, considerando que o aparelho fica no escritório onde todo mundo pode entrar.

Te amo. Te adoro. Te idolatro.

M.V.

708 — ALBERT CAMUS A MARIA CASARÈS

Sábado, 12 de agosto de 1956, 18 horas

Meu amor querido,

A carta em que você me acusava de avareza cruzou com a minha. Espero que tenha ficado envergonhada de me ter caluniado tão cruelmente. Em compensação, pode se orgulhar de finalmente me escrever longamente, para minha maior alegria. Mas a verdade é que as suas grutas me deram um frio na espinha. Entrar nelas por uma fenda rochosa sem saber se é possível sair, senhor, é uma terrível perversidade, de uma revoltante condescendência. E ainda por cima com a maré subindo! Eu jamais seria capaz de entender esse tipo de loucura. E mal consegui um tremor nas narinas à ideia desse oceano amoroso.

Mas seja prudente e não confie demais nas suas qualidades de nadadora. Deus sabe se te admiro por isso, mas o mar é mais forte que tudo neste mundo. Se bronzeie, nade com cuidado e se alimente para voltar violeta e reluzente e fazer a alegria do bom sujeito que te espera.

De minha parte, estou desfrutando do meu adorável apartamento, de uma Paris vazia e leve, com tempestades refrescantes e um sol fluido. Preparo meus ensaios, dou os últimos retoques nas minhas novelas, passo algumas horas no escritório e liquido minha correspondência. Não encontro ninguém, exceto ontem Catherine Sellers com quem fui à costureira. E depois ao chegar Radifé e o carpinteiro dos cenários e, naturalmente, Cérésol.

Como almoço pouco, fico sozinho, quase o dia inteiro, na minha mansão particular. O duro na vida comum é o excesso de humanidade. Muitas vezes ficar sozinho ajuda a se tornar melhor. Se você estivesse aqui, a vida seria perfeita e suculenta.

18h10

Ela está, a vida, quase suculenta: recebi sua segunda carta. Abençoo também esse lugar que me devolve minha Maria escritora, rica, fluida, com o coração que eu amo. Nas turnês em que quase sempre andava nos últimos tempos, você me escreve cartas de saguão de hotel, quero dizer, aquelas poucas palavras que a gente escreve enquanto espera o táxi ou o ônibus. Mas nas suas praias, você tem o tempo, e o espaço, do coração. Sim, a sua felicidade faz a minha alegria, e você é a minha mais bela sorte, que me deixa feliz toda vez que eu acordo, do meu sono ou desse frenesi dos dias que mais parece um sonho ruim. Continue a ser feliz, a ser você. Você tem toda razão de se sentir segura de nós. Não se pode dividir o oceano em dois, não é? Pois bem!, vamos surfar até o fim na mesma onda. Te amo.

Pausa no lirismo: cuidado com a lagosta, animal perverso e com a maionese, nefasta mistura. E nos intervalos dos seus banhos e devaneios, escreva ao seu fiel, ao seu amigo, àquele que você preenche, feliz e orgulhoso. Te beijo, minha bretã, como a maré.

AC.

Saudações amigáveis à simpática Nicole.

709 — ALBERT CAMUS A MARIA CASARÈS

16 de agosto de 1956

Adoração a Maria, rainha dos céus e, no momento, princesa dos mares! Sim, feliz festa, meu amor. Ontem eu queria te escrever e passei o dia trabalhando nas minhas novelas para ter mais tempo para os ensaios. E por sinal sua voz no telefone, sua voz de pecado, me preencheu pelo resto do dia.

De noite ensaios. C[atherine] S[ellers] chegou enrolada numa echarpe para esconder um abscesso por sinal invisível. Só vendo a cara de Michel [Auclair][1] ao dar com aquele personagem saído direto de *Ressurreição*, num 15 de agosto. Tatiana, em compensação, cabelos curtos, vestido estampado, leve e fagueira com uma malha coral e bancando a mocinha de Delly.* Cassot ostentava uma barba nobre. Mas tinha passado férias horríveis. Sua mulher perdeu uma irmã de trinta anos, de crise cardíaca. Mas lá estava ele, tendo dirigido a noite inteira e sem criar caso. Decididamente gosto muito desse rapaz. Michel, muito gentil, e de boa vontade. Radifé também estava, com Cérésol, acabada de angústia (fiasco ou sucesso?). Com certeza vamos perdê-la no caminho. Ela não vai aguentar.

Trabalhamos bem. Eu tinha preparado cuidadosamente as marcações. No fim das contas, tive de improvisar metade, pois o cenário era muito acanhado. Espero não ter cometido nenhum desses erros grosseiros que tanto me irritam nos *nacionares populais*. Hoje de tarde vamos passar em revista e à noite também. É uma boa equipe, gente consciensiosa e simples, e que gosta do seu trabalho,

---

1 Ver nota 1, p. 338.
* Série de romances sentimentais de grande popularidade na primeira metade do século XX. (*N. T.*)

sem precisar dizer. Em suma, à parte a sua ausência, o que eu poderia desejar de melhor.

Tatiana, que eu acompanhei até em casa, só se preocupou em saber se Radifé assistiria a todos os ensaios (por sinal sem mais nenhum comentário). A gente não pode deixar de gostar dessa moça.

Daqui a pouco vou almoçar com Michel e Janine [Gallimard]. Como passei todos esses dias na minha ermida, sem sair, tenho a sensação de que o verão acabou, e a vida comum está recomeçando. Mas estive com Char, poderoso e solitário — e fraterno. Mas nós somos os cúmplices de Chanaleilles.[1]

Escreva, seja feliz. Agora terei menos tempo para te escrever. Quero pelo menos te dizer meu amor, sempre novo, meu coração de verão, livre, alegre por te receber e te preservar nele. E além do mais você vai chegar e nós vamos nos amar, de novo, e sempre, felizes!

AC.

710 — MARIA CASARÈS A ALBERT CAMUS

17 de agosto [1956]

Meu amor querido,

Uma palavrinha antes da saída do correio. Isto aqui ainda está tomado pela névoa e receio que a Bretanha, para não desmentir sua fama, me deixe com ares de chicória cozida antes de voltar a Paris.

Por enquanto nada está perdido ainda. A cor é de iodo, o olhar parece vazio, a pele está curtida e uma infinidade de pequenas rugas pálidas ao redor dos olhos somadas a uma cintura que encobre meus flancos só serve para me lembrar a antiga cor que as brumas bretãs, se continuarem, acabarão por me dar de novo.

Minha solidão continua. A "fiesta" da outra noite não passou de um acidente. Eu estava na praia e o doutor Tuimel, o jovem mestre de Nicole [Seigneur], veio ao meu encontro acompanhado de sua presa. Mais tarde, bem mais tarde, depois de duas horas de espera solitária no brejo, encontrei de novo com eles e o sujeito, vendo os agrados que eu lhe fazia, me convidou a beber alguma coisa na varanda do hotel. Pouco depois chegou seu cunhado e se juntou a nós.

---

1 René Char e Albert Camus moram no mesmo prédio.

E depois seu sogro, e sua mulher, e mais uma cunhada, duas, três, quatro, e a cada vez "a ronda" toda recomeçava. Se ficar sabendo que a família Eudé é composta de seis irmãs casadas, do pai e da mãe, você logo vai entender, creio eu, os efeitos desse encontro. À meia-noite, um tal de Jean-Claude, membro da tribo, falou de uma sopa de cebola e fomos todos prepará-la para comer na casa deles. Voltamos, Nicole e eu, às 2h30 da manhã, meio bêbadas; e no dia seguinte tudo voltou à ordem.

Ontem à tarde, como o tempo estava bem ruinzinho e frio, Jacqueline Seigneur, grávida até os olhos, e seu marido me levaram de carro à ponta dos Espanhóis. De lá se tem uma vista da enseada de Brest, mas não sei se por causa da luz dura ou do céu sem graça, o lugar me pareceu ingrato e sem interesse! Prefiro a ponta do Capuchinho, lugar sinistro. Ele acaba num penhasco sobre o mar e é ligado por uma ponte a uma ilha muito pequena onde se encontram os escombros de um velho leprosário. É chamada de ilha dos mortos e lembra, diante de um mar a que confere uma cor de chumbo, um desses enormes montes de carvão que a gente vê nas regiões mineiras perto de Amiens. Lá, de costas para o mar e esmagados por um penhasco de pedra cinzenta em camadas, se encontram os vestígios da antiga casa de saúde. Voltei muito impressionada e só recuperei a paz perto das Pedras de Pois, sentada na charneca, os pés espetados pelos tojos, diante de uma baía a que o reflexo da minha terra dava uma coloração amarela e violeta.

À parte isso, tudo vai bem. A embriaguez dos primeiros contatos deu lugar a uma alegria surda mas inarredável e minha paz cambiante só foi alterada pelos inevitáveis efeitos do sabá! Anteontem à noite, com efeito, já ia me deitar quando de repente pensei que em novembro farei 34 anos, que ia voltar a essa vida enlouquecida de Paris e que mais uma vez um ano ia escapulir, engolido para sempre no deserto das grandes cidades e devorado interiormente pela minha profissão. Uma angústia que até agora só a minha razão conhecia de repente me apertou o coração e eu quase comecei a fazer projetos. Oh! Não precisa se preocupar. Eu não sucumbi à tentação e a civilização sabe envelhecer aqueles que ainda não chegaram à maturidade; se esse sentimento até então me era desconhecido, tem uma coisa que em compensação eu sei há muito tempo — que não devemos comprar vestidos para o inverno quando o sol está brilhando e que a gente se engana quanto às cores do verão quando o tempo está ruim. De modo que os projetos parisienses devem ser refletidos em Paris; e na minha doce Bretanha, aceitar de qualquer jeito o que nos é dado.

Também tenho lido um pouco. Acabo de concluir *Cinq-Mars* e comecei o *Diário de um poeta*[1] — os românticos sempre me entediam um pouco; eles se enganam pensando que somos mais imbecis do que somos e se achando maiores do que foram. Alfred [de Vigny] se queixa da multiplicidade (?) de pequenos acontecimentos e detalhes no seu século e lastima amargamente os tempos antigos, quando a vida permitia que dela fossem extraídos mitos simples e perfeitos. Mas eu duvido que a vida mude e me parece que o gênio consiste em saber simplificar os labirintos mais complicados. Enfim, não deixei de encontrar nas terríveis aventuras desse angélico *Cinq-Mars* belas páginas, sentimentos elevados, e cheguei até a derramar uma lágrima quando de Thou e Henri d'Effiat são levados à fogueira.

Bem, meu amor querido, se continuar o carteiro vai passar e minha carta ficará para amanhã. Vou botá-la na caixa e te saudar com calma. Um beijo em Cassot e Michel [Auclair] da minha parte e saudações reverenciosas às duas damas da sua companhia. Estou louca para encontrar Tatania [Moukhine] transformada em jovem prima dos heróis de Delly e espero que a Sra. Baur dê à luz sem problemas.

Voltarei quinta-feira que vem, o que acha? pelo trem que parte de Brest ao meio-dia ou à 1 hora. Estarei em Paris às 11h30 da noite, acho eu, e se você quiser poderá ir me ver ao voltar do seu ensaio. Mande um grande abraço ao seu cúmplice de Chanaleilles. Não lhe mandei notícias de Avignon este ano; talvez possa fazê-lo daqui, para ele ficar sabendo que a Provença tem uma rival que o saúda.

Até muito em breve meu belo príncipe. Muito em breve nós dois entre duas horas de trabalho. Te amo.

M.V

711 — ALBERT CAMUS A MARIA CASARÈS

Sábado, 18 de agosto de 1956, 14 horas

Uma palavrinha necessariamente breve, meu amor, para saudar sua volta que eu não esperava tão rápida. Fica então entendido que na *quinta-feira 23 de*

---

1 *Cinq-Mars ou Uma conjuração sob Luís XIII* (1826) e *Diário de um poeta* (1855), de Alfred de Vigny.

agosto à noite você estará por volta de *23 horas* em Paris e que irei ao seu encontro na sua casa depois do ensaio ou seja entre meia-noite e uma hora. Gostaria muito que até lá tivéssemos um telefone. Mas eu vou dormir muito tarde e não posso te telefonar antes de 10 horas. Vou tentar e se você não estiver depois me chama. De qualquer maneira, estou feliz de tomar o lugar, se isto é possível, das tuas praias.

Minha vida se resume ao *Réquiem*.[1] Ensaios de 3 a 7 (ou mais) e de 9 a 12 da noite e mais. De manhã, tenho duas horas para respirar. Quanto ao trabalho propriamente, é duro e me preocupa. Não por causa dos atores, embora nem todos estejam bem. Mas por causa da própria peça.

Eu não tenho *régie*. L[eonor] Fini saiu de férias nos deixando a chateação dos vestidos e da construção (de qualquer maneira ela veio a um ensaio e achou que Cassot parecia mais um alpinista que um advogado e que Catherine Sellers estava muito desmazelada). Em suma, já viu que estamos na mais pura tradição. E eu obstinado em regular os movimentos nos mínimos decímetros numa área que as necessidades da construção e da mudança de cenários torna exígua. É a tragédia numa caixa de fósforos.

Bem. Preciso ir. Você está chegando, é o que interessa. Vai me aconselhar um pouco e o resto do tempo (que infelizmente não é muito) nos amaremos.

Bem-vinda, bem-vinda, meu amor, esperado, desejado. Te amo.

A.

712 — ALBERT CAMUS A MARIA CASARÈS[2]

Sra. Casarès

[23 de agosto de 1956]

Passei quando o trem estava chegando — por acaso! Tanto pior. Te telefonarei amanhã de manhã às dez horas. *Alberto y su corazon*.

---

1 Albert Camus assume pessoalmente a direção de *Réquiem por uma freira*.
2 Bilhete escrito no verso de um recibo de hotel.

713 — MARIA CASARÈS A ALBERT CAMUS[1]

11 de setembro de 1956

CHEGUEI BEM CARINHO MARIA

714 — MARIA CASARÈS A ALBERT CAMUS

Terça-feira, 11 de setembro [1956], *16h20.*

Meu amor querido,
Não telegrafei ontem à noite porque não tinha um kopek. Até agora estamos todos aqui esperando nossos setenta e cinco rublos para poder comprar alguns cartões-postais e beber um copo de vodca por nossa conta. Claro que também nos oferecem, mas eu pelo menos não gosto de abusar dos meus direitos de *pensionnaire*.

Estou um pouco cansada. Fui deitar às 4 horas da manhã (hora russa) depois de um interminável dia de avião, duas escalas de espera, uma recepção tão calorosa quanto exaustiva, muitos discursos, o vaivém das malas, flores que pesavam tanto quanto as bagagens, impressões passadas no crivo do cansaço, um banho quase frio numa Moscou gelada (para nós, quero dizer) e por fim sete horas de sono bem merecidas.

Hoje, tive de desfazer as malas, arrumar, me acostumar e ir almoçar.

Aí vai assim uma palavrinha rápida que botarei no correio assim que puder.

Estou triste como um salgueiro-chorão; esse tempo todo longe daqueles que amo me aperta o coração e infelizmente não terei tempo de escapulir para a estepe e lá encontrar ambiente propício para o meu estado de espírito. Por sinal essa fraqueza será passageira; provavelmente corresponde um pouco ao meu estado físico.

Espero que tudo vá bem aí pelos de Mathurins e que você esteja satisfeito com os ensaios. Não paro de torcer pelo dia 20.

Ame a sua moscovita e não a esqueça, apesar da distância e das cortinas. Eu realmente precisava da sua presença. Te beijo longamente.

M.V.

---

1 Telegrama. Maria está em turnê na Rússia e na Escandinávia. Chega a Moscou em 10 de setembro.

715 — ALBERT CAMUS A MARIA CASARÈS[1]

14 de setembro de 1956

COM VOCÊ NA GLÓRIA E NO PERIGO CARINHO
ALBERT

716 — ALBERT CAMUS A MARIA CASARÈS

Segunda-feira, 17 [setembro de 1956]

Meu amor querido,
Uma palavrinha para responder à sua carta (que levou três dias) e não te deixar abandonada nas mãos dos possuídos. Fiquei triste de saber que você estava triste, triste também com essa distância agravada por tolices e de te escrever meio cegamente. Mas tenho certeza de que você vai se adaptar e sair vencedora.
Estou trabalhando dia e noite. O palco dos Mathurins não me permite realizar o que eu queria e tive de encontrar um compromisso. Tatiana decididamente é ruim. A não ser por um milagre...
Penso em você, de todo coração, e te amo, minha boreal. Volte para Paris, e o amor, e aquele que te ama, sem esmorecimento, através do tempo e do espaço. Te beijo à russa.

A.

717 — MARIA CASARÈS A ALBERT CAMUS[2]

19 de setembro de 1956

BEM PERTO DE VOCE MIL VOTOS. MARIA.

---

1 Telegrama endereçado ao Teatro Maly, em Moscou.
2 Telegrama endereçado ao Teatro des Mathurins, Paris. A estreia do *Réquiem por uma freira* ocorre em 20 de setembro.

718 — MARIA CASARÈS A ALBERT CAMUS

20 de setembro [1956]

 Meu amor querido,
 Aproveito avidamente a remessa da mala diplomática para te enviar aqui o que me resta de forças e te beijar perdidamente. Você tinha razão de achar graça na véspera da minha viagem e se eu ainda tivesse um restinho de humor também acharia graça. Infelizmente, o frio, o cansaço e a falta de alimento levam a melhor sobre minha alegria e utilizo o pouco de energia que me resta para lutar para não me transformar num fantasma de piedade ou num carneiro ajoelhado. Gosto dos cordeiros, mas místicos, e quanto aos rebanhos, prefiro comê-los ou fazer casacos com eles.
 Dia após dia, vou anotando ao acaso o que vejo ou sinto; vou te dar os detalhes, mas, grosso modo, já posso dizer que em geral nos mostram tudo que não nos dão e que em matéria de sentimento, vacila o tempo todo entre profunda piedade e raiva — acrescente ainda a tristeza da alma russa, contra a qual não temos como nos defender sem nossa ração de carne vermelha, e, inteligente como é, você vai traçar o quadro de uma pincelada.
 Eu gosto do povo russo; é terrivelmente tocante, mas agora entendo por que os que foram à Espanha não conseguiram ficar: é químico. Quanto à maneira como decidiram que viveríamos durante nossa estada em Moscou, acabo de lhes declarar sem rodeios, esta manhã mesmo no Kremlin, meu ponto de vista sobre a questão. Daqui para a frente só sairei com todo mundo se me deixarem nessa paz de que tanto falam. Quero sentar onde quiser, parar diante de um ícone que me agrade, passar por polidez em salas de audiência que me lembram terrivelmente o Palácio de Chaillot, ir embora quando quiser e sobretudo não ser mais fotografada toda vez que abro ou fecho a boca.
 Pronto. Gritei um pouco; não devia.
 E como não nos ouviram, talvez não devêssemos ter ido embora, como fomos, deixando plantados lá os representantes da cultura com intérpretes etc.
 Talvez Saint-Jean[1] não devesse ter dito a Nadia, uma gentil intérprete: "venha, menina, quero que você chafurde na podridão capitalista", e Vilar não devia ter dito que há "a praça Vermelha, a Casa Branca e os olhos azuis de Yura" e que o único realismo que conhece se encontra no dito francês: "um

---

1 O ator Guy Saint-Jean (1923-2000), parceiro de Maria Casarès em *Platonov*.

seio de mulher deve preencher a mão de um homem do mundo". Sim, sim; não devíamos. Mas fazer o quê? Eles não param de nos cobrir de perguntas; não podemos dar com uma lata de lixo que eles perguntam se já vimos latas de lixo tão aperfeiçoadas, tão bonitas, tão comovedoras, tão eficientes. Nós somos grosseiros; mas no fim das contas, eles também! Não se dão conta do que estão fazendo, caramba!

Enfim, tem o povo, a juventude na saída do teatro, os belos rostos vivos e entusiasmados. E também a recepção generosa e realmente generosa, espontânea, a ingenuidade comovente, a tristeza impressionante.

Fico feliz de ter conhecido este país por vários motivos; mas acho que já está na hora de ir caçar em outras paragens, se não quiser desaparecer no ar como as feiticeiras de *Macbeth*. Por mais que eu me encha de coalhada, bolos e ovos cozidos, estou literalmente morrendo de fome e para mim nenhuma sopa espessa substitui o belo gosto da carne da rua de Vaugirard. Além do mais, faz um frio mortal nos quartos, especialmente no meu, e tive de mudar de andar depois de um início de gripe com perda de voz que obrigou ao cancelamento de duas récitas do *Triunfo*. Como vê, eu sigo seus conselhos e, sem querer, banco a Sarah. Anteontem à noite, os jovens moscovitas se juntaram na porta do hotel para pedir notícias da minha saúde e no Ministério da Cultura correm boatos sobre o tratamento que me teria sido dispensado pelo melhor laringologista soviético. Na verdade, em matéria de médico, eu mesma cuidei de mim com sucesso fulminante: ontem à noite, tinha recuperado minha voz "de ouro".

À parte isso, tudo caminha maravilhosamente. Mais uma vez *Tudor* ficou com a palma, seguida de perto pelo *Triunfo* — Só *Don Juan* passou apertado. De minha parte, eles decididamente gostam de mim. Berram meu nome durante quartos de hora e eu fico com a impressão de ter voltado à Espanha, sobretudo quando estendem as mãos por cima da ribalta gritando: *M[aria] Kazapec*, viva a França! e me olhando bem nos olhos.

De modo que o seu telegrama estava certo, ou quase: "a glória e... a fome!". O perigo talvez venha depois.

Bem, meu querido, chega de falar de mim.

Não creio que possa falar com você pelo telefone esta noite ou amanhã de manhã. Parece que é uma questão de sorte e eu não confio muito na sorte.

Às 11 horas (hora russa) vou pensar em você muito muito intensamente. Já nos últimos dias todos nós ficamos seguindo o tempo que passava, uns com simpatia, eu com uma certa angústia. Esta noite a sorte será lançada. Estou um pouco preocupada com a sua saúde e o abatimento que vai sentir depois do ensaio geral. Gostaria muito de estar aí: mas fazer o quê? Estamos condenados a nos ver quando os deuses quiserem — mas não faz mal. Não é possível que minha voz não seja ouvida e através do tempo, das distâncias, das fronteiras, das cortinas, do próprio coração do grande e impressionante silêncio russo você tem de ouvir um pequeno murmúrio de amor — *Ya was lin blin... ya was lin bleu...* etc. Sou eu, meu amor, falando com você.

Eu falo com você, falo com você. Coragem, querido. Humor, meu querido príncipe, meu belo senhor, meu afetuoso amor.

M.

719 — ALBERT CAMUS A MARIA CASARÈS[1]

22 de setembro de 1956

SUCESSO SEGUE CARTA SEM NOTÍCIAS DESDE 12 SETEMBRO CARINHO ALBERT

720 — ALBERT CAMUS A MARIA CASARÈS

Domingo, 23 de setembro de 1956

Meu amor querido,

Finalmente consigo te escrever depois de uma semana extenuante em que só dormi quatro horas por dia em média. A peça estava pronta, de longe, quanto aos atores. Mas as modificações na caixa de fósforos dos Mathurins e a iluminação com resistências que estouravam diariamente exigiram noites de acertos. Enfim, fomos recompensados muito além das nossas expectativas. Um ensaio geral sem nenhum percalço (antes nós tínhamos representado quatro noites *para nós mesmos*), uma sala prendendo a respiração, todos os efeitos funcionando perfeitamente, e a estranha poesia dessa história aos poucos provocando nas pessoas uma emoção simples, verdadeira (dava para sentir a coisa subindo na sala), e no fim uma acolhida mais que calorosa da sala, primeiro, e depois da

---

1 Telegrama endereçado ao Teatro Maly, Moscou. A estreia de *Réquiem por uma freira* foi um franco sucesso.

crítica unânime. Resultado: para nosso grande espanto, foi preciso encontrar uma segunda moça para a caixa e o *Réquiem* está com as entradas esgotadas. Nem você, nem eu (nem ninguém na verdade) teria imaginado.

Mas o fato é que a peça está aí para vários meses. Passada a tensão, eu acho graça, de tão bobo que é, por um lado, e meio ridículo. Mas enfim estou apesar de tudo bem feliz, no mínimo pelos atores. Catherine [Sellers] fez um enorme sucesso pessoal assim como, claro, a chata da Tatiana [Moukhine] que ficou muito emocionada na noite do ensaio geral. Os outros também são muito aplaudidos. Outra das minhas satisfações é ter preservado a afeição de todos, apesar dos setenta ensaios, os últimos duros. Quanto à Baur, algumas leves disputas nos últimos dias. Mas o sucesso é um lubrificante eficaz. Só mesmo a vendo, ontem, primeira noturna pública, lotada, com cadeiras suplementares entre o primeiro e o segundo quadro, sentada na escada perto do saleiro, as pernas abertas, a cara turca, brandindo em cada mão (gorda e coberta de joias) maços de notas de dez mil. Parecia a Celestina de Istambul, para a qual nossas muito balachovianas prostitutas representavam o *Réquiem*. Mais tarde conto os detalhes, quando você voltar, ou em outras cartas, se é que posso ter certeza de que a minha prosa chega a você no país dos citas.

De minha parte estou literalmente acabado, e vazio, os joelhos trêmulos, como um cavalo depois do esforço. Vou descansar e me dedicar esta semana às minhas novelas. Felizmente! a peça já está me saindo pelas narinas e não quero mais ouvir falar dela. Apenas estou contente por não ter quebrado a cara nessa parada dura.

Mas vamos falar de você, de você de quem não sei nada. Os jornais falaram do seu triunfo. Mas eu só recebi a sua carta de chegada no dia 11, e ainda assim levou três dias para chegar. Depois, *nada*. Você esteve com Stavroguin! Por acaso esqueceu seu companheiro de planeta, o amigo, o amante, o amor? Ou foi sequestrada pela sociedade perfeita? Será que terei de sacudir as pilastras desse templo imbecil? Que comece a gritar pelo mundo? Escreva para me dizer, telegrafe pelo menos uma palavra tranquilizadora — caso contrário vou provocar um escândalo internacional. Enquanto isso, só meu coração se sente provocado, apesar do cansaço, apesar de tudo. Na noite do ensaio geral, tudo pronto para uma batalha da qual eu não participaria mais, o medo foi embora. Mas eu estava de coração apertado, muito apertado, e você pode imaginar por quê. Admirei o que Catherine fazia, de uma verdade comovedora. E ao mesmo tempo ouvia uma outra voz em mim, uma voz querida dizendo as mesmas palavras, de maneira soberana. Sim a vida é miserável, a vida é maravilhosa e eu a amo através de você, através de nós. Por que você está tão longe agora, nessas geleiras, Dora ausente, e que eu amo? Escreva, volte, continue me ajudando a viver e a amar, me torne novamente orgulhoso de viver, orgulhoso do que nós somos. E me fale de você, de Tudor, de você tão viva entre as almas mortas, conte, conte! Te beijo, minha rainha, penso em nosso amor de verão, nos amantes de Avignon, em você reluzente na sombra das siestas, no seu coração maravilhoso! E te espero, já.

A.

P.S.: Más notícias da minha mãe que esteve doente — mas vai um pouco melhor.

721 — MARIA CASARÈS A ALBERT CAMUS

23 de setembro [1956]

Meu amor querido,
Recebi ontem o seu telegrama. Estou realmente feliz com o sucesso do *Réquiem*; vocês todos mereciam e Paris também. Um beijo em todos os felizardos por mim e diga que pensei em todos eles. Por sinal, espero que tenham recebido meus telegramas; mas não entendo como é que você não recebeu o seu no dia 20. Ou será que, falando de falta de notícias, você quis dizer falta de cartas?
Por aqui, tudo segue seu curso, as gripes, a glória e o resto. Pessoalmente, não tenho mais por que me queixar da minha saúde desde que a perda da voz desapareceu e desde o fim do sabá. Só sinto falta de uma coisa, sono. Mas o tempo é avaro e eu quero ver tudo. Esta noite, estou completamente esgotada, e tendo notado meu mau humor quando saímos em grupo, se decidiu que passarei a visitar sozinha os lugares que quiser ver. Assim, hoje fui com Yura a dez quilômetros de Moscou, à antiga residência de verão dos czares. Depois, — percorremos todas as igrejas de Moscou — e não são poucas! — o cemitério onde Gogol, Tchekov, Prokofiev, a mulher de Stálin, Ermolova etc. estão lindamente enterrados lado a lado num adorável jardim. Depois, finalmente fomos ver a casa de Tolstói e a casa onde nasceu Dostoiévski. No jardim de Tolstói, recolhi um pensamento que ele teve a gentileza de me oferecer antes que eu pudesse depositar minha rosa no seu túmulo em Iasnaia Poliana. Há criaturas que sabem viver mesmo muito tempo depois de morrer.

Ontem, visitei o mausoléu. Lênin estava bem bonito. Amanhã viajo às 9 horas da manhã para Zagorsk; mas vou te contar tudo isso quando voltar, se você quiser.

Continuo despertando a paixão russa, em todos os setores. O *Pravda* fala longamente de mim e cumprimenta a França por dispor de uma atriz assim; e há certas manhãs em que me vejo ajoelhada no meu quarto diante de mocinhas que me beijam os pés e que eu não consigo fazer levantarem. Por isto é que me ajoelho diante delas, e elas choram nos meus braços.

No teatro, as ovações duram tanto quanto um ato e quando saio de cena, estou com dores nas bochechas de tanto sorrir.

Tudo isso é comovente e eu fico profundamente tocada. E também pensando que devo ter um pouco de talento para atravessar assim as fronteiras sem ser anunciada. Mil graças ao céu!

Bem, meu querido. Vou te deixar. Esta noite não atuo, mas vou ver balés. Por sinal, estou acabada demais para escrever corretamente.

Me perdoe. Não vá dizer de novo que estou mandando uma carta de saguão de ferroviária; você sabe perfeitamente que eu não posso fazer tudo ao mesmo tempo e se me esforço tanto por me instruir é em grande parte para te agradar, meu senhor.

Estou casta como Diana. Meu único sonho voluptuoso é o sono, e o que eu bebo é água ou uma gota de cerveja.

Gosto bastante dos colegas de trupe; essa viagem a Moscou serviu para me ensinar a amá-los mais e melhor.

E fico pensando que logo estaremos em Leningrado, depois a Escandinávia e por fim você. Me escreva um pouco mais longamente, agora que está liberado de uma de suas obrigações. Sua carta do dia 17 me chegou no dia 21. Logo, coragem!

Você ainda me ama? Pensa muito em mim? diretamente? De forma indireta? Diga, fale, me aqueça. Aqui faz um frio glacial, já está caindo neve derretida e daqui a pouco estaremos todos cobertos pela mortalha do inverno.

Te amo, meu amor. Há algum tempo ando me sentindo sozinha por causa das suas ocupações. Agora se volte um pouco para mim.

Te beijo com toda a minha alma hispano-russa, à francesa.

M.

722 — MARIA CASARÈS A ALBERT CAMUS[1]

30 de setembro de 1956

CHEGUEI BEM LENINGRADOO RECEBI CARTA 23 ESCREVEREI LONGAMENTE AMANHÃ CANSADA E SAUDOSA

723 — MARIA CASARÈS A ALBERT CAMUS

Leningrado, 1º de outubro [1956]

Meu amor querido,
Eu sempre acho que poderei te escrever longamente e sempre me vejo espremida entre os ensaios, as récitas, os passeios, as visitas, os espetáculos etc.
Vou juntando tudo de qualquer jeito e ao voltar te contarei tudo em detalhes. Até lá, quero me limitar às notícias e às impressões gerais.
Desde que saí de Paris, é o primeiro dia em que me encontro um pouco comigo mesma; acho que se deve à cidade de Leningrado. Andei por ela hoje de manhã e já estou lamentando ter de ficar aqui tão pouco tempo.
Moscou tinha acabado com meu gosto pela vida. Há duas coisas que não dá para suportar juntas: a feiura e a apatia. Até agora tenho passado meu tempo na URSS procurando a Rússia através do comunismo e o comunismo através da Rússia: não encontrei nenhum dos dois até agora à parte, claro, a velha casinha de Tolstói em Moscou e Iasnaia Poliana. Fora isto, a R[ússia] estava no museu e o com[unismo] nas exposições.
Em Leningrado, tudo muda, o cenário ganha vida e as pessoas me parece que são levadas pela eloquência do cenário. Em Iasnaia Poliana, Tolstói ainda reina de maneira perturbadora. Lá não parei de pensar em você no extraordinário parque, diante da bela mesa de trabalho, diante da estante em que ele escrevia de pé, diante das duas velas que ele mesmo apagou antes de fugir, diante da sua pequena cama de ferro, do sofá onde nasceu e que sempre levava para todo lado, diante dos seus halteres, dos seus instrumentos de cultivo e trabalho, seus retratos, seus móveis, suas roupas (um pouco incômodas pela vida desaparecida), diante do seu extraordinário túmulo ao pé de uma longa bétula num lugar escolhido por ele (nada absurdo), onde a natureza assume ares de

---

1 Telegrama.

catedral, único monumento a uma lembrança. Que lugar admirável! E como senti a sua falta!

Mas vou te contar, eu vou te contar. Não posso fazer tudo e já estou emagrecendo, estou emagrecendo. Mas não tem importância. Está chegando o momento em que vamos nos encontrar de novo e finalmente terei novamente noites inteiras de muita conversa, de doce ternura, e as tumultuadas tempestades do nosso amor.

Recebi a sua carta do dia 23, meu amor; achei graça e fiquei de coração apertado; há muito tempo as ausências e ocupações de um e do outro só me permitiam com você um companheirismo abstrato e uma espécie de fidelidade cabeçuda. Eu sentia sua falta de todas as maneiras e nem sabia mais como te ajudar senão com a minha espera. Agora você voltou e volta para mim triunfante. Eu também, meu querido, trago para você uma pequena triunfadora. Não sei como serão as coisas em Leningrado mas não posso me queixar do público de Moscou; raramente me aconteceu de tocar pessoas tão diretamente e tão profundamente. E era sincero.

Vou te escrever de novo antes de sair de Leningrado, com certeza; espero que tenha recebido minha carta enviada pela mala diplomática e não entendo que meus telegramas enviados aos Mathurins não tenham chegado às suas mãos. Também te mandei dois cartões-postais; mas parece que eles levam muito mais tempo para chegar ao destino.

São 5 horas. Às 6 horas, um grupo de estudantes vem me ver e depois vou ao teatro. De modo que preciso me vestir e te deixar. Me perdoe mais uma vez esta carta amorfa. Quando eu quero falar com clareza, preciso de muito tempo e me parece difícil daqui até o fim da turnê combinar minha curiosidade com meu tempo livre.

Vou anotando. Faço muitas anotações, para te contar depois; e engulo, devoro tudo que posso conhecer, à falta (infelizmente) de uma boa paella.

É sempre quando você pode falar comigo que me é impossível te responder à altura e quem sabe se não é isto uma das bases do nosso maravilhoso segredo.

Sim meu amor, a vida é dolorosa, e é maravilhosa. Achei nas últimas semanas que a estava perdendo um pouco de vista. A sua carta, Iasnaia Poliana e Leningrado me confirmam mais uma vez que ela é fiel àqueles que a amam com paixão. Ah! Vamos logo; que eu a encontre enfim inteirinha nos teus braços. Te amo, meu belo admirador. Tua exilada.

M.V.

Saudações para todo mundo.

724 — ALBERT CAMUS A MARIA CASARÈS

1º de outubro de 1956

Meu amor querido,
Recebi hoje de manhã seu telegrama de Leningrado. Tinha recebido no sábado de manhã a sua carta do dia 23. Ela levou uma semana para chegar (como a minha, se entendi bem). Nós somos autores de sucesso, temos muitos leitores. Que graça! O problema é que tenho a impressão de que escrevemos no vazio, no escuro, sem que nossas cartas se respondam. Deve ser a perfeição histórica: a condenação ao monólogo. Vamos então monologar. Mas estou louco para te ter junto de mim, de novo. Não se russifique demais. Te amo espanhola há doze anos, e eu, filho espiritual de Tolstói e Dostoiévski, parei de acreditar na posteridade deles. Uma única esperança: se o público russo te ama e te ovaciona está aplaudindo o calor, a verdade viva, a luz, o gênio livre, aquele que eu admiro e amo desde sempre.

O *Réquiem* vai muito bem, única peça nesse caso em Paris. Estamos com a casa sempre lotada, todo mundo apertado, misturando aplausos e muito alarido, a crítica delira e as pessoas choram. É a vitória do teatro de participação contra o distanciamento. Na verdade, o sucesso é desproporcional, e os atores e eu achamos graça, com uma ponta de escárnio. Mas você conhece Pars. E no entanto *Os justos* valiam mais que esta peça, me parece.

Como eu ando? Como a gripe veio se somar ao cansaço e ao vazio de depois do trabalho, estou bem esgotado e, ainda por cima com a sua ausência e a demora do correio, bem desamparado. Me sinto sozinho, incapaz de retomar meu trabalho, com vontade de fugir, ou de me embebedar até morrer. Deveria estar contente, e estou, com o sucesso do meu primeiro empreendimento teatral em Paris, e no entanto estou mortalmente triste e desligado. Só tenho vontade de sentir calor, queria que você voltasse, que nos abraçássemos. Sim, sinto a sua falta, amaldiçoo a distância e as doutrinas, fico vagando, sem você.

Mas também penso que você está feliz, de certa maneira, o que me alegra.
Quando puder realmente, me escreva, por favor, e até lá, olhe, viva, aproveite o que se oferece a você. Eu aqui queria dormir e esquecer, me reencon-

trar um pouco. É o que vou tentar fazer, para te receber, daqui a vinte dias, daqui a um século. Há três dias tem uma tempestade, muda, sobre Paris. Se ela rebentar, me parece que eu explodiria na sua direção, apesar dos campos e montanhas que nos separam.

Até logo, meu querido amor. Invejo os leningradenses, eles vão te ver esta noite. E eu sonho com você, te desejo, sinto sua falta, santa Maria, protetora, refúgio, amante, e minha rainha. Te beijo com todas as minhas forças.

A.

Seja Diana mas só até o dia 20.

725 — MARIA CASARÈS A ALBERT CAMUS

Quinta-feira 4 [outubro de 1956]

Meu querido, uma palavrinha que certamente vai chegar um pouco mais rápida que pelo correio. Guy Saint-Jean está nos deixando (ó felizardo!) para ir ao encontro de vocês.

Fico sabendo por todo lado do seu sucesso e da maravilhosa repercussão do *Réquiem* em Paris e a cada vez fico encantada. E por que não? A gente precisa ser feliz!

Desde minha última carta, dois ou três dias se passaram numa espécie de crise de desânimo quase insuperável. Eu logo decidi dormir para fazer frente a maus resultados e depois de três noites de 10 horas de sono cada uma, começo a recuperar um pouco meu senso de humor e minha saúde.

Ao chegar a Helsinque, vou te escrever muito longamente; hoje, quero apenas te enviar uma pequena saudação muito cheia de amizade e amor.

Me escreva. Só recebi uma carta longa sua e se você soubesse o bem que ela me fez, não hesitaria em repetir o esforço. Escreva; sinto uma necessidade premente de você. Não me esqueça. Me escreva para Helsinque; lá, pelo menos, sei que o correio vai chegar.

Um beijo em todo mundo. Te beijo

M.

726 — ALBERT CAMUS A MARIA CASARÈS[1]

Segunda-feira, 8 de outubro [1956]

Meu querido, querido amor,
Marc finalmente me entregou ontem o seu bilhete trazido por Guy Saint-Jean. Eu já estava triste de ficar sem notícias e amaldiçoando essa viagem e a Rússia. A gripe que se insinuou no cansaço dos últimos ensaios me deixou esgotado durante uma quinzena em que não consegui fazer nada. O que não contribuiu para melhorar meu moral e senti cruelmente a necessidade da sua presença, da sua ajuda. Mas esse correio interminável, esse país imbecil (pensar que no dia 4 você ainda não tinha recebido minha carta respondendo à sua!), a ausência de notícias, tudo isto era mesmo desmoralizante.

Mas tem apesar de tudo uma coisa boa, no coração dessa pequena infelicidade, é que eu pude sentir e entender ainda melhor o que você era para mim, a que ponto reúne tudo em você, para a minha alegria, para a minha força de vida, para a minha simples felicidade. Me escreva longamente e livremente de Helsinque, país sem censura, e que não pretende dar lições ao resto do mundo. E não me esqueça demais. Você me fala de amor e amizade. Não tenha amizade demais por mim e não pare de me amar. Se eu tivesse de escolher entre o mundo inteiro e você, preferiria você à vida e ao céu.

Fiquei feliz com o seu sucesso, único consolo neste exílio. O do *Réquiem* (o sucesso) continua. Vou te contar quando voltar — e de resto não aguento mais essa peça e essa história. Gostaria de refazer a encenação, mas tem um amargor em fazer sem você.

Estou concluindo (ainda) minhas novelas, que entregarei à Gallimard[2] no fim da semana. Depois, início do romance,[3] estou tremendo. Me ofereceram Angers, estão insistindo para eu aceitar. Como diz Marchat, a respeito do *Réquiem*, "fico feliz de pensar que Marcel teria gostado desse espetáculo". Então por que não cuidou ele mesmo de dar essa alegria a uma sombra que já abandonou esse teatro há muito tempo? Mas Angers, não é?, e sou esperado, e estou

---

1 Endereçada ao TNP no Teatro Nacional Finlandês, em Helsinque (Finlândia).
2 As seis novelas que formam a coletânea *O exílio e o reino* (Gallimard), que sairia da gráfica em 4 de março de 1957: "A mulher adúltera", "O renegado ou um espírito confuso", "O hóspede", "Os mudos", "Jonas ou o artista trabalhando", "A pedra que cresce".
3 *O primeiro homem*.

com muita sorte (muita sorte são setenta ensaios) etc. etc. Ainda não respondi. Estou hesitando, e preciso muito dos seus conselhos. Vou esperar sua volta.
Está frio. Passamos sem transição de um verão tempestuoso a um inverno cortante. O mundo enlouqueceu, e eu sinto falta de luz e felicidade. Dia desses, estive pensando na nossa Avignon, na doce e forte vida que compartilho com você, em tudo que te devo que não vai se esgotar e no nosso amor tão miraculoso em sua solidez que fico espantado há anos, com embevecimento, com gratidão, com orgulho. Mas sua ausência é dura, sobretudo quando eu mesmo estou perdendo forças. Passei dias vazios, esquecendo de tudo e de mim mesmo, feito um sonâmbulo. Por sinal suponho que o clima da peça ainda estava comigo (no fim todos nós já éramos um pouco virginianos neuróticos). Mas você vai voltar, e com você a vida, o inverno vai arder, fará calor em novembro, você é o meu calor, o eterno verão, meu amor inesgotável.
Seja uma finlandesa feliz, e triunfante. Mas sobretudo escreva, escreva, estou pedindo, não me deixe sozinho e triste. Ontem, sua carta dissipou a chuva, clareou minha noite. Me ame sempre, não me exile nunca. Te espero, minha perfeita, minha princesa, minha saborosa, e te amo.

A.

9 de outubro

Volto à minha carta porque acabo de receber a que você me mandou de Leningrado no dia 2. Chegou vários dias depois da que você entregou no dia 4 ao correio privado. Bem eloquente. Mas finalmente recebo notícias, posso te imaginar. Agora espero sua carta de Helsinque. E espero sobretudo a sua volta. Vou melhor fisicamente e aos poucos recupero minha forma. O moral é que continua vacilante: também está te esperando. Acrescento aqui uma fieira de beijos para o meu negro e esplêndido cometa.

727 — MARIA CASARÈS A ALBERT CAMUS

Helsinque, 10 de outubro [1956]

Meu amor querido,
Não, ainda não estou em condições de te escrever a longa carta que prometi a mim mesma te escrever ao chegar à Finlândia. Desde ontem encontrei de

novo um pouco de ar respirável, mas a URSS me tirou toda e qualquer força e eu ainda ando por aí num passo de convalescente.

Nem poderia ser de outra maneira, fiquei doente em Leningrado e tive de ficar de cama durante dois dias. Dois copos de vodca bastaram para liberar golfadas de bílis que eu vinha recalcando há um mês no fundo da minha raiva e da minha tristeza. Essa viagem a Moscou e Leningrado foi muito rica, muito mesmo. Ainda estou tentando organizar minhas impressões múltiplas e complexas, mas a paixão ainda não deixa, impedindo qualquer visão clara e objetiva. Só sei que estou triste, uma tristeza imensa e atordoada.

E no entanto, meu Deus, nunca fui pessoalmente recebida em lugar nenhum como fui na Rússia; nunca tive essa sensação de tocar de maneira tão simples e direta um grande número de corações; infelizmente!, até esse sentimento se tornou um pouco doloroso e não saem da minha cabeça as últimas palavras de uma jovem candidata a atriz de Leningrado: "Minha senhora, volte. Venha nos trazer essa vida de novo. Eu aqui não sei mais como trabalhar, como viver e a única coisa que faço é esperar." E era uma moça de 23 anos. Sim, meu querido; acho que levantamos a tampa de alguma coisa sem saber, e talvez mais particularmente eu que os outros.

Haveria um livro a escrever muito divertidamente se quiséssemos preservar o senso de humor, mas até o humor, por mais negro que seja, se transforma em pura frivolidade no estado em que me encontro.

Na primeira estação finlandesa, Colet, o segundo eletricista, estava nos esperando na plataforma. Tinha viajado antes para acompanhar o material e nos esperava gritando por trás das vidraças: "É maravilhoso, crianças, um país livre. A prisão está fechada!" Eu nem tive forças para comemorar.

Aqui, as pessoas são incríveis. Jantei ontem e almocei hoje com o diretor do teatro que nos recebe. Já o conhecia; ele foi me ver no Teatro Hébertot durante a temporada dos *Justos*; na época, queria que eu fosse atuar em francês na Finlândia com uma companhia falando finlandês; naturalmente, eu recusei. Falamos longamente da URSS e ele dizia o tempo todo: "É tudo muito estranho."

Hoje à noite vou ver *Sete irmãos*,[1] uma peça popular finlandesa, por isto estou com pouco tempo para te escrever.

Ando com insônia, choro sem parar, emagreci; como vê, eu vivo mal longe de você e daqui a quinze dias você vai se deparar com um resto de alguma coisa. Quinze dias!... Será possível?

---

1 *Seitsemän veljestä*, romance do escritor finlandês Aleksis Kivi (1834-1872) publicado em 1870.

Mas não se preocupe demais. Gosto demais da vida e da felicidade para não esquecer logo, ou, pior ainda, tirar partido da infelicidade. Talvez os países do Norte já contribuam para me dar um pouco de calma; talvez possa encontrar neles um pouco de vitalidade de novo; mas de qualquer maneira o simples fato de te encontrar vai me devolver, tenho certeza, a saúde do coração, da alma e do corpo que no momento me parece perdida para sempre.

Eu fiz bem em aceitar essa turnê pela URSS; se tivesse de viver lá, viveria como Dora Brillant, pode ter certeza. Longe, não quero esquecer nunca o que eles me mostraram em nome da liberdade, da felicidade e da fraternidade.

Me perdoe esta carta triste, meu querido. Você é o único capaz de entender a que ponto o espetáculo da verdadeira miséria mexeu comigo. Mas isto não é tudo; ele me fez amar os russos, que normalmente só deveriam, em geral, ser motivo de irritação para mim.

Ó você, meu caridoso, meu clarividente, meu belo senhor, meu refinadíssimo príncipe, se prepare para me curar. Vou chegar o mais rápido possível aos teus braços.

M.

728 — MARIA CASARÈS A ALBERT CAMUS

12 de outubro [1956]

Meu amor querido,

Mais uma vez, te peço perdão pela minha última carta; mas uma vez mais — a enésima desde que deixei Paris — eu estava acabada e enquanto te escrevia, soluçava como uma criança. Ontem recebi sua carta na qual você está presente a cada sílaba e já está me parecendo que a cura se aproxima. Você restabeleceu o equilíbrio e agora sinto apenas uma velha prostração que conheço muito bem; o que já é um progresso considerável.

Cá estou eu de novo com os pés no chão, o chão da boa e clara tristeza preta e branca que algum antepassado mediterrâneo deixou perdida no meu sangue celta. Esta noite rezei, brevemente mas de todo coração.

Se até agora muitas vezes te falei de amizade nas minhas cartas é que na verdade eu morro de sede de fraternidade; mas deveria ter te falado sobretudo de pátria nesses longos dias em que a mordida do exílio se tornava insuportável para mim. Perdida no coração da Rússia Soviética, cercada de um bando de crianças tolas e mimadas educadas como porcos, esgotada pelas emoções e o cansaço, eu só conseguia sonhar com o porto, os teus braços me cingindo e o próprio amor me parecia fútil. Além do mais, pela primeira vez sofri um pouco com a saúde e as gripes intestinais alternavam com a perda da voz e as crises de fígado. Não gostando da comida, acabei me limitando ao pão com manteiga; as longas insônias me faziam temer pela minha razão e durante o dia era impossível descansar. Como vê, meu querido amor, minha fraqueza pode ter lá suas desculpas — e era de se esperar que as forças que me restavam só pudessem ser usadas para clamar minha raiva, chorar minha tristeza e sonhar com um calor generoso, fraterno, sólido e livre.

Mas não precisa se preocupar; basta uma carta na qual eu te encontre, basta que finalmente eu imagine, que me dê conta de que está chegando a hora em que vamos nos encontrar e o desejo do desejo nasce. Sim; é a primeira vez na minha vida em que conseguiram me convencer de que o amor, o desejo, a troca na alegria são um luxo. Estranha vitória!

Mas vamos esquecer isto, agora, para falar de você. Eu já ficara sabendo em Moscou e Leningrado do sucesso do *Réquiem*. Nicole Seigneur me mandou a crítica de [Jean-Jacques] Gautier — e entre parênteses te cumprimento por ser sagrado "bom escritor" por esse farol pensante. Dominique me havia falado nas suas cartas e a mulher de um dos nossos eletricistas tinha escrito ao marido a esse respeito; mas em Helsinque eu li *Les Nouvelles Littéraires* e ouvi as mulheres de alguns atores que acabavam de chegar de Paris falando bem da representação e comentando o sucesso. Também recebi uma longa carta de Léone, sempre gentil e apaixonadamente cega do mesmo jeito, e um bilhete de Lucienne Wattier. Estou estourando de orgulho e fica até difícil formar no rosto esse suave ar de modéstia que no entanto me é habitual. Naturalmente, meu prazer vem misturado com um cheiro de saudade, mas acredito profundamente que foi muito bom sob todos os pontos de vista que eu não fizesse parte do seu elenco e acho que talvez a peça não tivesse o mesmo êxito se eu estivesse no papel de Catherine. Tenho certeza de que você vai entender; bem lá no fundo, a sua fina percepção, o seu bem formado conhecimento do coração humano e do público parisiense aprovam o que eu digo.

Quanto a Angers, não preciso esperar até voltar para te dizer o que penso. Não creio que nessa época o trabalho do festival, por mais pesado que seja, possa prejudicar os primeiros passos da preparação do seu livro. Mais tarde, quando estiver mais envolvido na obra, será mais difícil para você desviar a atenção. Em consequência, me parece que se você puder escolher a peça, a equipe, o programa e dispor dos meios e do tempo necessários para levar a cabo as representações, deveria aceitar. O lugar é magnífico e te chama o tempo todo. O teatro, em geral, precisa com urgência de um homem como você, e você por sua vez precisa de vez em quando do estranho horizonte ao mesmo tempo ardente e gelado, puro e caloroso do teatro.

Vá, portanto, meu amor querido. Quando penso que muito em breve terei de novo seu rosto exaltado, tão afetuoso e vivo, tão jovem e tão obcecado com os ensaios, fico comovida; quando você vem ao teatro, para mim é como se fizéssemos uma viagem juntos pelas minhas Espanhas.

E a propósito de Espanhas; acabo de receber uma carta de Angeles que de início me apavorou: tinha sido escrita num papel orlado de luto. Mas não era nada; lendo, fiquei sabendo que ela acabava de chegar a Paris e estava tão cansada (!) que não tivera ânimo para sair e comprar um bloco. E por sinal ela acrescenta que "o tempo bom acabou", e tem coragem de dizer isto, a mim! Faça o favor de passar por lá e lhe puxar as orelhas em meu nome. Depois dê um beijo; beijos para todos, ela, Juan, Quat'sous.

Bem, meu amor querido, vou te deixar. Preciso escrever algumas cartas que vão me poupar de umas tantas outras e depois me vestir (mais uma vez de marrom--glacê!) para ir a uma recepção na Embaixada. Ontem vi *Ifigênia em Áulis* encenada por uma trupe finlandesa e ainda estou sonhando com o tórrido Aquiles, que conseguiu mexer apenas o dedinho da mão direita durante toda a representação.

Até depois de amanhã, meu senhor. Te amo; longe de você eu achava que vivia mal, mas não é verdade. Longe de você, eu simplesmente não vivo mais. Me escreva longamente ou brevemente, mas me escreva com frequência; seus envelopes já bastam para clarear meus dias polares.

Te beijo com toda a minha alma.

M.V.

729 — MARIA CASARÈS A ALBERT CAMUS[1]

15 de outubro [1956]

Estou indo embora de Helsinque dentro de meia hora e ainda não almocei. O tédio deu lugar à tristeza. Logo, logo a reação, e depois a vida. Te espero naquela hora em que começo a acreditar de novo e te beijo muito muito.

M.V

---

1 Cartão-postal de Helsinque.

730 — MARIA CASARÈS A ALBERT CAMUS[1]

16 de outubro [1956]

Uma breve saudação de Estocolmo. Desde o alvorecer estou vendo o sol se levantar nas ilhas dos mares do Norte, sonhando com Mediterrâneos. Enfim, tivemos apesar de tudo gaivotas e a aurora tinha dedos de rosa. Assim, estou me sentindo melhor.
Até amanhã, em Copenhague.
Mil carinhos.

M.V

731 — ALBERT CAMUS A MARIA CASARÈS

17 de outubro de 1956

Meu amor querido,
Suas cartas de Helsinque foram doces para mim. mas fico triste e preocupado de saber que não está bem de saúde. Tente economizar suas forças, nesse fim de turnê. Aqui vai poder repousar mais um pouco. Se o início dos ensaios de *Platonov* ficar distante da sua volta, talvez possamos viajar juntos oito ou dez dias. Eu também estou precisando de repouso, segundo meu médico (nada preocupante, gripe + cansaço, só isto) e seria uma parada tranquila antes de mergulhar de novo num ano que ainda vai nos separar muito. Eu já deveria ter viajado mas fiquei arrastando um tal mal-estar físico e moral depois da peça que o simples esforço de viajar era impossível.
Mesmo hoje, embora as coisas estejam melhor, tenho dificuldade de trabalhar. Saio muito pouco (mas vi várias peças, buscando novos atores, em vão) e vivo muito na minha torre de Chanaleilles, como um urso.
Não precisa se desculpar por ter falado de amizade. Também sou seu amigo e a partir de um certo grau de calor recíproco, os corações se fundem em alguma coisa que não tem mais nome, em que os limites desaparecem, e as distinções, algo que permite imaginar o que poderia ser a eternidade, se esta palavra pudesse ter algum sentido. Antigamente, no auge da paixão e da exi-

---

1 Cartão-postal de Estocolmo.

gência, eu também lutava contra você, contra a sua presença na minha vida. E agora se tento imaginar essa vida sem você, ou quando a vivo sozinho, me sinto mutilado. Há muito tempo já não luto mais contra você e sei que, aconteça o que acontecer, vamos viver e morrer juntos.

Telefonei várias vezes a Angeles, com quem estarei amanhã. Os três estão bem. Todo mundo te esperando. E eu também te espero e começo a acreditar na sua volta, a imaginá-la, dentro de dez dias. Me confirme a sua chegada sexta-feira ou sábado à noite (26 ou 27) e a hora de Orly. Vou te buscar. Sim, eu vou te buscar e a esta simples ideia me sinto de novo jovem e forte e meu coração derrete. Volte, rainha dos polos, largue suas banquisas, a África te espera. Te beijo, tropicalmente.

A.

732 — MARIA CASARÈS A ALBERT CAMUS

20 de outubro [1956]

Meu amor querido,

Algumas palavras antes de deixar Copenhague. Recebi sua carta hoje, suave como o pelo do cordeiro místico.

Não se preocupe com minha saúde; tenho certeza de que minha volta vai deixar tudo de novo no lugar e não há uma só das várias indisposições de que sofri que tenha vindo da raiva, da cólera, da desolação ou do tédio.

Ainda estou coberta de pruridos. É uma doença benigna, mas muito incômoda em turnê e estou com medo do início do descanso que na minha opinião vai acabar com isso, ou, pelo contrário, incendiar tudo. Por enquanto as pequenas espinhas são pálidas e eu ainda não inchei. Estou seguindo um regime rigoroso mas difícil de conseguir nas condições em que vivo e me vejo obrigada a continuar bancando a Sarah nas embaixadas, exigindo um cardápio especial.

Aqui *O triunfo* causou sensação. Hoje fui a Elseneur, mas a essa altura não sei mais distinguir o belo do horroroso; os balcões dos postes de iluminação, as mulheres dos mictórios. Alcancei o estado de perfeito embrutecimento. Só sei uma coisa: se você voltar a me chamar de rainha ou súdita das banquisas polares, dou na sua cara.

Vou te escrever de Oslo, meu amor, dando a data e os detalhes da minha chegada; ainda não sei. Meu único receio é que haja jornalistas no aeroporto. Vou tentar me informar sobre isto. Te amo. Te adoro. Te idolatro

M.V.

Pensar que dentro de oito dias estarei nos seus braços, com ou sem pruridos!

733 — ALBERT CAMUS A MARIA CASARÈS

22 de outubro [1956]

Espero, meu querido amor, que tenha recebido minha carta endereçada a Copenhague. Suas queixas não eram justas, eu tinha escrito como te escrevi o tempo tudo durante essa interminável viagem, com o sentimento de que precisava te apoiar, "te iluminar de longe para que você não caia".[1] E no entanto minha constante tentação desde 20 de setembro foi a inércia e a cada vez tive de me recompor para te escrever, embora nunca te tenha deixado em pensamento. Precisei de você, também, e amaldiçoo essas longas separações. Mas essa vai acabar e estou te escrevendo pela última vez.

Telegrafe a hora e o dia da chegada, e se posso ir te buscar em Orly ou se você prefere que te espere nos Inválidos.

Sua casa também te espera. Os Jimenez estão em boa forma. Juan encontrou trabalho. Esse sujeito curioso demonstra grande afeição por mim, o que me surpreende partindo dele e me toca. Quatr'sous emagreceu um pouco, mas continua elegante.

Ah! Como estou louco para te ver. Você tem toda razão de pensar, com uma insolência tão tranquila, que eu nasci para você. Nada me distraiu de nós, e "nós" antes serviria na verdade para me impedir de me distrair. Fique tranquila, minha gloriosa, minha vitória. O único problema é a depressão em que me encontro. Mas estou começando a melhorar, e você vai fazer o resto. Vamos, mais uma forcinha, um pouco mais de paciência, o coração à espreita, e a recompensa vai chegar. Mas não se demore mais, estou pedindo. Te beijo, com todo o meu amor.

AC.

---

1 René Char, "Fidelidade" (*Furor e mistério*, 1948).

Se cuide. Não se deixe tentar e persista num regime rigoroso. Te amo.

13 horas.

Acabei de receber sua segunda carta de Copenhague. Cuide dos seus pruridos, sobretudo, e tome cuidado. Estou feliz com essa volta. Daqui a quatro dias! Já estou começando a te beijar.

734 — MARIA CASARÈS A ALBERT CAMUS

24 de outubro [1956]

Meu amor querido,
Uma última palavrinha antes de te encontrar. Recebi hoje sua carta do dia 22 e já começo a me preocupar grandemente com essa depressão em que você está; eu já esperava mas achava que seria mais breve.

De minha parte, vou aqui me recuperando como posso. A viagem Copenhague-Oslo foi penosa pois os pruridos tinham chegado ao auge, mas já na manhã seguinte me entreguei aos cuidados de um médico norueguês extremamente gentil e original que me deu uma injeção de cálcio e meticortelona para tomar. É um remédio de cavalo, absolutamente novo e para o qual mais ou menos servi de cobaia, uma droga que me deixou acordada durante dois dias e duas noites num estado eufórico e estranho, mas que, a essa altura, já desapareceu com meus pruridos. Amanhã irei de novo ao médico para agradecer; aproveitarei para perguntar se posso usar esse medicamento na primeira oportunidade ou se é melhor fazer um tratamento com injeções intravenosas e intramusculares.

Quanto ao resto, esta viagem vai acabando estranhamente no eterno crepúsculo norueguês.

O céu aqui também parece estar com pruridos e apesar do ar saudável, acho que eu simplesmente morreria se tivesse de viver à beira de um desses lagos nórdicos, cercada dessas paisagens encantadas, sem nenhuma varinha mágica e contemplando esses carrinhos limpos que congelam ainda mais a paisagem quando passam de vez em quando pela estrada silenciosa. Onde é que o vento se meteu e o que vem a ser o sol?

Estranha, estranha odisseia. O exílio foi tão longo e contínuo que já não sei mais se os lugares me são estranhos ou eu é que me sinto estranha a mim mesma. Esta longa excursão iniciada com raiva, com revolta, com mal-estar físico e extrema piedade termina na estupefação e quando penso que ao voltar a Paris terei apenas dois dias de completa liberdade, dois infelizes dias para retomar pé, para recuperar o fôlego, para me recompor um pouco, fico com os olhos cheios de lágrimas. Mas o fato é que não posso atirar pedras em ninguém; às vezes me apanho detestando tolamente V[ilar], mas sem motivo; eu devia detestar a mim mesma nesses casos, sou eu a única responsável.

Claro que tudo isso tem sido enriquecedor em conhecimentos, emoções, experiências; mas você sabe o valor que eu dou à felicidade e quando me dou conta de que me afastei dela durante um mês e meio por livre e espontânea vontade, *naturalmente* fico com raiva do mundo inteiro.

Não; sou impressionável demais para suportar o exílio e a miséria por muito tempo, me ligo demais ao que me cerca para viver muito tempo em elementos contrários à minha natureza e quando os outros ficam apenas embrutecidos, eu caio doente de corpo e alma. *Naturalmente* agradeço ao céu por me ter feito assim; pois bem lá no fundo meu único pavor vem do tédio e decididamente não sou capaz de me entediar. Quanto ao resto, dos defeitos e qualidades a gente faz o uso que quiser. O principal é se conhecer bem e se organizar bem na vida para dar o melhor; se meu Deus me ajudar, talvez eu chegue a um bom resultado antes de morrer.

Bem, vamos em frente. Ontem à noite pedi a Vilar que me mandasse de volta a Paris na sexta-feira em vez do sábado. Usei como pretexto a presença no aeroporto das atualidades e dos jornalistas que nos foram anunciados; disse que me parecia melhor evitá-los pois não posso mentir e é melhor não encontrar ninguém possa pedir as minhas impressões. Hoje ele vai falar a respeito com Rouvet e à noite saberei a data e hora da minha chegada; imediatamente então te mando por telégrafo. Se eu tomar o mesmo avião que eles, talvez você possa ir de qualquer jeito a Le Bourget e mandar Angeles na frente. Eu dou um jeito de distribuir todo mundo e chegar ao carro sozinha e nós então partimos. Se não for bom para você ou se você recear ser reconhecido apesar de tudo (chegaremos às 11 horas da noite), me espere em casa, pedirei para ser levada por Rouvet, Vilar ou o ônibus do TNP.

Assim, se eu viajar no sábado com eles, chego a Le Bourget às 11 horas da noite num avião vindo de Copenhague, onde faremos uma escala. Então, vou procurar por Angeles e resolverei as coisas com ela se ela estiver lá; se não a encontrar, vou direto para casa.

Se por sorte eu puder partir depois de amanhã, indicarei no telegrama a hora e o aeroporto de chegada. Nesse caso, não haverá nenhum risco.

Aí estão, meu querido amor, as últimas linhas dessa interminável carta abstrata que tenho a impressão de te escrever desde que saí de Paris. Eis que finalmente se abrem as portas da prisão; eu espero o milagre sempre renovado da sua presença. Espero a vida com todas as forças que me restam e quando penso que esse sonho ruim está chegando ao fim, me parece que essas forças me multiplicam ao infinito. Ah! Como é possível que criaturas como você um dia venham a desaparecer deste mundo! Que seria da existência sem o seu rosto, sem o seu olhar, sem o seu calor clarividente, sem o seu amor?

Te amo. Até depois de amanhã ou, o mais tardar, sábado. E já te beijo.

M.V.

735 — MARIA CASARÈS A ALBERT CAMUS[1]

25 de outubro de 1956

CHEGO SOZINHA SEXTA-FEIRA 23 H 05 ORLY SUL
NÃO ESPALHE TELEFONE A ANGELES MIL CARINHOS MARIA.

736 — ALBERT CAMUS A MARIA CASARÈS[2]

[3 de novembro de 1956]

TRIUNFE SEM MIM, E COM MEU CORAÇÃO!

A.

---

1 Telegrama.
2 Cartão acompanhando um buquê, endereçado ao Teatro de Chaillot (Paris), por motivo da estreia de *O triunfo do amor*.

737 — ALBERT CAMUS A MARIA CASARÈS[1]

[25 de dezembro de 1956]

Feliz Natal e triunfo ao meu pequeno marquês

738 — ALBERT CAMUS A MARIA CASARÈS

[sd]

Ele é o rio e a rocha
Ele lavará e secará nossas chagas
Ele nos livrará do tormento da morte
Obrigado senhor

---

1 Cartão de visita.

1957

739 — ALBERT CAMUS A MARIA CASARÈS

[1º de janeiro de 1957]

Feliz e glorioso ano
à minha única!

[desenho de um sol] 1957

740 — ALBERT CAMUS A MARIA CASARÈS

Terça-feira, 29 de janeiro de 1957, 19 horas

Meu anjo e meu amor, finalmente um momento de tranquilidade para te escrever. Abandonei o *meu* papel ontem à noite e Andrieu,[1] que você conhece, voltou a assumi-lo, depois de vinte e quatro horas de ensaios levados mais ou menos, mais para menos do que para mais. Mas de qualquer maneira salvamos quatro receitas graças à minha juventude interpretativa e por causa disso Radifé me mandou caviar e vodca. Há vinte anos eu não subia num palco. Curiosa impressão, mais para melancólica!

Felizmente, eu digeri completamente minha gripe e estava em excelente forma física. Hoje voltei ao trabalho.

Marc ganhou uma bela fratura. Um mês e meio de gesso. Mas estamos achando que em dez dias ele poderá reassumir o papel, capengando e com uma bengala, o que vai torná-lo mais interessante. Perrot[2] retomou o papel com seu estilo nervoso e atáxico. Dá para o gasto, por enquanto.

São as notícias do *Réquiem*. Estou juntando a carta tão cartesiana do patrão, que por sinal não está completamente errado, mas que me sinto tentado, como você sabe, a acusar do contrário.

Em Paris, está frio e seco. E também vazio, desde que você se foi. Telefonei à *señora* Nobel ontem e fiquei sabendo que o rapaz ainda não saiu do quarto do sétimo andar. Vão tratar de apressá-lo. Mas com isso as obras se atrasam.

---

1 O ator Bernard Andrieu (1923-2006). Albert Camus tinha assumido o papel do juiz em quatro récitas.
2 François Perrot.

Estou preocupado com sua saúde e com essas semanas de fadiga. E agora que a vida volta a fluir em mim, sinto ainda mais a sua falta e queria te ter, viva e deliciosa junto de mim. Mas é verdade que somos parecidos nesse jeito de aceitar sempre o que vem. O amor, que não pode mais crescer, se aprofunda entre nós e nos liga com esse belo calor incessante que volta ao meu coração toda vez que penso em você. Ele é vivo, fácil, confiante, inabalável. Ele é o amor. Mas de qualquer maneira o tempo é longo até a primavera, o tempo é longo, e o meu quarto vazio, minha amiga está ausente, meu anjo voa no céu belga. O teu africano se arrastando.

Amanhã espero ouvir sua voz ensolarada que eu amo (talvez você tenha telefonado hoje de manhã mas não esqueça: *terça-feira* estou no escritório). E talvez também quando os homens do Norte tiverem suficientemente saudado sua Sarah, eu possa encontrar novamente, pelo menos por uma noite, a minha Maria. Se poupe o máximo possível, se defenda da invasão e guarde para mim seu belo coração chuva e sol, esse olhar que eu amo. Beijo tua afetuosa boca reticente e o macio flanco onde repouso. Te amo.

A.

741 — ALBERT CAMUS A MARIA CASARÈS

Segunda-feira, 25 de fevereiro de 1957, *22h30*

Você não escreve nem telefona, minha Rainha, e parece difícil acreditar que vossa corte maltrapilha vos absorva tanto. Imagino naturalmente que vai telefonar amanhã de manhã esquecendo esplendidamente que seu súdito labuta duramente nas terças-feiras a serviço do maior editor da França. Se pelo menos eu soubesse quais são seus hotéis, poderia me arriscar. Mas não, apenas espero, paciente e afetuoso, como o cão Diego, que na minha ausência ficava com o nariz num dos meus sapatos, até eu voltar. Em matéria de sapato, desde que você se foi estou com o nariz nas minhas horríveis histórias de pena de morte e avanço com dificuldade para o fim do meu ensaio.[1] O homem é uma

---

1 As *Reflexões sobre a guilhotina* de Albert Camus são publicadas na NRF em junho e julho de 1957, sendo reproduzidas na obra coletiva *Reflexões sobre a pena capital,* pela editora Calmann-Lévy, no outono do mesmo ano.

criatura repugnante, isto é um fato, e estou esperando um pouco de ar, de luz e um rosto afetuoso.

Em matéria de distração, vi *A aberração*, de Alberti,[1] abominavelmente interpretada. Mas de qualquer maneira é falso: bijuteria Burma. Marc me deu seu roteiro que ainda não li e ontem à tarde fui com Bloch-Michel visitar o amigo moribundo de que te falei. Me deparei com o mesmo aspecto de Marcel [Herrand]; que também era um condenado à morte. Era a quarenta quilômetros de Paris, tinha chovido durante todo o percurso, continuava chovendo numa paisagem encharcada enquanto estávamos no quarto dele, tratando de mentir com toda naturalidade. Como o subúrbio estava triste na volta!

À noite estive na casa de Francine com um músico búlgaro que me explicou a nova música: a música eletrônica, sem partitura, sem notações, feita a partir de sons desconhecidos, e em parte imprevisíveis, produzida por aparelhos eletrônicos. É uma música que não dá prazer, e parece que é o que se quer. Não importa, fiquei bem interessado.

Hoje de tarde o céu finalmente se abriu, depois de dias de chuva, e eu abri minha janela para o sol. Me senti primaveril, sonhando com férias com você. A verdade é que tudo me entedia, exceto você, e o meu trabalho. E ainda assim, no caso deste, me esforço tão penosamente que até sinto pena de mim. Se pelo menos escrever fosse tão fácil quanto ser feliz junto de você!

Dito isto, como vão as coisas por aí? Está se comportando, muito digna, lendo entre os breves intervalos das refeições? Estou enviando leitura e espero que a receba a tempo, ao mesmo tempo que o meu tédio e o meu marasmo toda vez que vejo seu lugar vazio, ao alcance da mão. Seria bom que essas atividades separadas cessassem e o dia do reencontro chegasse. Vou querer comemorar no dia dos meus sessenta anos (em 1973!) e tenho certeza de que nesse dia ficarei deliciosamente comovido como um Olmedo qualquer. Enquanto isso, volte, festa de Montparnasse *y flor* de Vaugirard. Sim, continuo te amando com o mesmo coração e seria necessário cortar na minha carne para me separar de você, meu alimento, meu pão e minha água. Te beijo sorrateiramente, te como e te bebo.

---

1 *A aberração*, de Rafael Alberti, no Teatro d'Aujourd'hui, em encenação de André Reybaz.

ESCREVA

[desenho de um sol]

A.

Telefonaram (o Senhor que te ajuda) sobre a sua declaração de impostos.
Se puder dar instruções, telefone. Caso contrário será encaminhada à
Cimura. O *tío* Sergio [Andión], por sua vez, declarou à tia Nobel que não
precisava de pesetas. Ah! E amanhã vão passar na rádio o tio Juan, que está
pensando na morte.
Mil sóis em você!

[desenho de um sol]

742 — MARIA CASARÈS A ALBERT CAMUS[1]

Quinta-feira, 28 de fevereiro [1957]

Tentei alcançá-lo pelo telefone há pouco, meu caro senhor, mas já era tarde
e não havia ninguém para atender.
Acordei hoje num quarto inundado de sol, à beira do Ródano, por volta
de 1 hora da tarde. Ainda não tive coragem de sair da minha torre, já sabendo
por antecipação que o cair da noite vai me expulsar daqui. De fato, quando
o sol desaparece, só me resta um enorme galho tentando em vão me lembrar
da luz do dia e que só consegue me cegar, uma cama estreita e uma espécie
de armário bem concebido para conter sozinho grandes gavetas para a roupa
de cama, uma carteira, o rádio e um retiro em forma de cofre-forte contendo
uma toalha (!). Tudo muito limpo, claro, impecável. Preciso comprar uma
saia plissada, uma blusa de gola claudine, conseguir uma máquina de escrever
pequena, moderna, vermelha e esperar aparecer um patrocinador; só então

---

1 Carta enviada de Genebra.

estarei como preciso. Ontem, ao chegar a Genebra, recebi a sua carta. Mais uma vez abri impaciente o envelope, mais uma vez o calor gostoso dilatou meu coração, mais uma vez sorri com ternura, mais uma vez minha garganta se apertou deliciosamente e mais uma vez, num espanto sempre renovado, agradeci ao céu e à terra pelo que a vida me reservou. Oh! Por mais que a gente fale, por mais que lembremos com horror da enorme gaveta vergando ao peso das cartas na rua de Vaugirard, não deixa de ser muito bom continuar a recebê-las e na confusão da viagem, no embrutecimento do trabalho, na imbecilização progressiva e desesperada que me ameaça nesses meses de turnê, só restará desse tempo uma vasta impressão de fascinação atordoada; e desse mundo caótico apenas a sua voz tranquilizadora no telefone e o sorriso que as suas cartas me proporcionam. Às vezes me esforço, com Malembert por exemplo, para encontrar a expressão capaz de evocar por si só o nosso amor, mas como dar a entender esse milagre perpétuo que temos e do qual não podemos falar sem provocar olhares simpatizantes mas algo incrédulos? E nós mesmos será que conhecemos em toda a sua extensão ampla, livre, generosa, luxuriante essa parte que só a nós pertence e da qual nos orgulhamos tanto e na qual nos sentimos tão livres, que constantemente escolhemos por livre e espontânea vontade e na qual a infelicidade, o prazer, a alegria, a raiva sempre têm graça, resplandecente ou melancólica, mas que graça!

Me escreva, meu querido, assim que puder; cartões-postais, bilhetinhos, missivas, o que você quiser no estilo que for melhor. Ainda que me fale em língua eletrônica, você sempre saberá fazê-lo com o perfume da oliveira — e eu terei prazer, mesmo não sendo o que preciso.

Recebi seus livros; te adoro.

Estou louca para vê-lo acabar com a pena capital e seus horrores; acho que seus dias serão mais claros e também que não encontrará mais obstáculos que te impeçam de começar o romance. Sei que eu te aborreço falando disso, mas não estou nem aí.

Por aqui, acabei *Grandes esperanças*.[1] É realmente um belo livro sorrateiramente comovente, sorrateiramente melancólico. Não acreditei um só momento enquanto lia e me vi perplexa ao chegar à última página me dando conta do quanto todos aqueles personagens estavam vivos em mim.

---

1 *Grandes esperanças*, de Charles Dickens (1861).

E também entrei na "farra". Uma farra lionesa, uma outra grenoblense e uma última suíça. Arrasador.

Agora vou voltar à vida normal e sadia; mas não tenho muita esperança de conseguir trabalhar; não tenho mais a menor possibilidade de concentração.

Bem, *dueño mio*, vou te deixar por hoje. Amanhã de manhã tentarei de novo te encontrar pelo telefone, vou telefonar também para Angeles para pedir notícias do homem dela; quando penso nele, sentado na cama, o cachecol verde e azul nos ombros e o braço levantado feito um pilão, não consigo deixar de lembrar do outro imbecil do filme italiano gritando: *Lavoratori*!![1]

Até logo, meu amor. Te amo.

Trabalhe. Descanse. A primavera está chegando. Paris estará linda e uma das grandes coisas que devem ser feitas na terra — para mim, talvez a única — nós fizemos.

Me sinto feliz esperando tranquilamente as Núpcias de 1973.

M.

743 — ALBERT CAMUS A MARIA CASARÈS

9 de março de 1957, 16 horas

Nem sua voz, nem sua caligrafia, minha querida amiga. E como único alimento terríveis leituras e a terrível companhia dos homens em sociedade que legislam, cortam pescoços, se congratulam e começam tudo de novo. O tempo está magnífico e eu gostaria de andar por aí, mas é preciso concluir e que na segunda-feira eu tenha terminado pelo menos grosso modo a redação do meu ensaio. E sobretudo na sexta-feira 15 de março aceitei falar na Sala Wagram num evento pela Hungria[2] e preciso portanto preparar minha intervenção. E

---

1 Fala do filme *Os boas-vidas* (*I Vitelloni*, 1953), de Federico Fellini, com Alberto Sordi.
2 Em 15 de março de 1957, dia da comemoração da revolução húngara contra o Império Austríaco, a associação libertária Solidariedade Internacional Antifascista organiza na Sala Wagram, em Paris, um grande evento de apoio à insurreição húngara, esmagada pelas tropas russas em Budapeste em 4 de novembro de 1956. Albert Camus é convidado a tomar da palavra. Ver: "Kádár a eu son jour de peur", em Albert Camus, *Discours et conférences*, Gallimard, 2017 ("Folio").

sobretudo preciso concluir até o fim do mês meu texto do *Cavaleiro de Olmedo*.[1] Minha cabeça está girando diante de todo esse trabalho e o tempo que passa. Vou viajar para descansar em abril e cuidar das minhas encenações para começar os ensaios em maio. De modo que só começarei o meu romance em julho! Enquanto isso, estou afundado nessa pena de morte e constantemente tomado por uma espécie de sentimento de sujeira.

Vou te enviar na segunda-feira *O exílio e o reino*, que vai ser publicado nesse dia. Está com a cara boa, mas já estou tremendo à ideia das tolices que vai suscitar. Mas fico recitando o lema do outro: "Escrever. Assinar. Silêncio. Confiança."

Fiquei tranquilo com o diagnóstico de Lehmann, mas imagino que nessas condições a turnê é ainda menos divertida para você e estou louco para saber que já voltou. É absolutamente necessário que em julho ou agosto (ou "e agosto", se possível) possamos tirar felizes e solitárias férias. Depois...

As coisas vão mal com os Mathurins, ou melhor, as Folies-Bósforos. Trocamos cartas de esclarecimento e a última que recebi me tranquilizava quanto aos melhores sentimentos da senhora. Os trabalhos do festival vão se abrir nesse clima de sadia alegria, se se abrirem...

E você, você, distante, ausente, errante, sempre à beira do meu pensamento durante todos esses dias embrutecedores e decididamente tristes, a quantas anda? Jogue três linhas de caligrafia num cartão-postal para que eu possa adivinhar sua mão e seu movimento. Não esqueça do seu eterno servidor, seu paciente e ávido amante, seu amigo, seu irmão em armas. Agora eu te amo com aquele famoso amor meio fixo, você desaparece na névoa, a ausência é longa demais e eu faço sinais desesperados para você. Pelo menos me telefone e me ame enquanto isso.

Te aperto contra mim, disco gasto, com precauções e calor, calor, calor.

A.

---

[1] Em 21 de junho de 1957 é criada no Festival de Angers, em sua própria encenação, a adaptação por Albert Camus de *O cavaleiro de Olmedo*, comédia dramática de Lope de Vega, com Michel Herbault, Jean-Pierre Jorris e Dominique Blanchar nos papéis principais: "Na nossa Europa de cinzas", escreve Albert Camus em sua apresentação da obra, "Lope de Vega e o teatro espanhol podem contribuir hoje com sua inesgotável luz, sua insólita juventude."

744 — MARIA CASARÈS A ALBERT CAMUS

Angers Le Château [21 de março de 1957]

Um pensamento muito muito afetuoso por Marcel [Herrand]. Meus votos mais ardentes para você. Passando por Angers, num dia de sol.

M.

745 — MARIA CASARÈS A ALBERT CAMUS[1]

18 de abril de 1957

SUA BELA CIDADE TE SAÚDA COM DOÇURA E TERNURA
MARIA CASARÈS

746 — ALBERT CAMUS A MARIA CASARÈS[2]

23 de abril de 1957

CARTA ENVIADA HOJE COM FAVOR ENCAMINHAR
CARINHO DO TEU ALONSO

747 — ALBERT CAMUS A MARIA CASARÈS[3]

Terça-feira, 23 de abril de 1957

Meu amor querido,
São as últimas palavras — mas estou com vontade de escrever. O tempo esteve bom ontem e anteontem, milagrosamente. Paris vazia, estrangeiros miando, um céu suave, a luz da ressurreição... Trabalhei nas minhas encenações, me sentindo comportado e tranquilo, paciente, até comigo mesmo, meio sonhando com o nosso verão e o vendo calmo e fresco, como a água

---

1 Telegrama enviado da Argélia, onde Maria Casarès está em turnê.
2 Telegrama endereçado às Turnés Herbert, na Ópera Municipal de Orã.
3 Endereçada às Turnês Herbert, na Ópera Municipal de Orã.

da manhã. Em suma, te espero, rindo antecipadamente à ideia de beijar teu nariz célebre.

E você percorrendo as cidades malditas me esquece, mas me ama, tenho certeza, Marselha e suas noites repousam suavemente no meu coração. Sem essa parada, a ausência seria insuportável. Mas você ainda está bem perto, eu sinto o seu flanco tépido.

Meus ensaios estão sendo preparados. M[ichel] Auclair interpreta *Calígula*[1] (já que S[erge] Reggiani se esquivou, como previsto). Minou interpretará Inês,[2] graças à minha tenacidade Jorris interpretará Hélicon — e aproveitei para reescrever e tornar mais denso o papel. Como vê, estou trabalhando sem trégua. Se tiver a mesma facilidade com meu romance, poderei morrer. Não, pois tenho outras coisas a fazer, e você para amar.

Você está em Orã. Eu agora odeio essa cidade e nunca mais voltarei. Nela fui infeliz, vivendo constrangido e diminuído, às vezes humilhado e da última vez que voltei, passei os mais terríveis dias da minha vida. Hoje, quando me comparo àquele que era nessa época, acredito na ressurreição e bendigo a vida.

Mas a graça também me veio de você, de você, minha paciente, minha leal, minha generosa.

Sei disso de todo coração, e te amo, de todo coração. Antes de você voltar, rápido, mais uma vez, te declaro meu amor e minha confiança.

Bem, Andión já está em casa. Pelo telefone perguntei a Angeles se ele estava satisfeito. Mas a *tía* Nobel me disse que o tio Sergio estava na sala e que ela me diria o resto de "biba boz". O rádio chegou e Angeles acha que "a manipulação é boa". Que mais? *O exílio e o reino* foi bem recebido, e a tiragem aumenta. Eu emagreci, em compensação, mas Suzanne [Agnély]

que te espero, te sorrio ao longo dos dias e te amo interminavelmente.

Até já, minha Inês, teu cavaleiro te beija.

A.

---

1 *Calígula* é reprisada no Teatro de Paris em 1957, na encenação do autor, com Jean-Pierre Jorris (Calígula), Maurice Garrel (Helicon), Héléna Bossis (Cesônia), Pierre Reynal (Cássio Quereia)...
2 Dominique Blanchar, conhecida como Minou, em *O cavaleiro de Olmedo*.

748 — ALBERT CAMUS A MARIA CASARÈS[1]

16 de junho de 1957

FAVOR TELEFONAR DOMINGO 14H30 HOTEL D'ANJOU ANGERS CARINHO ALBERT

749 — ALBERT CAMUS A MARIA CASARÈS[2]

16 de junho de 1957

FAVOR TELEGRAFE DETALHES ESTOU ANSIOSO CARINHO ALBERT

750 — MARIA CASARÈS A ALBERT CAMUS[3]

16 de junho de 1957

IMPOSSÍVEL TELEFONAR TUDO BEM NÃO SE PREOCUPE BOM TRABALHO CARINHO MARIE

751 — ALBERT CAMUS A MARIA CASARÈS[4]

18 de junho de 1957

OS VULGARES FALAM O ÚNICO FICA AQUI TUDO UMA LOUCURA PENSE EM VOCÊ DE TODO CORAÇÃO ALBERT

---

1 Telegrama enviado de Angers ao Hotel Maison Rouge em Estrasburgo.
2 Idem.
3 Telegrama enviado de Estrasburgo a Angers.
4 Telegrama enviado do Hotel Storchen, Zurique.

752 — MARIA CASARÈS A ALBERT CAMUS[1]

[Roma. Baixo-relevo (Museu Barracco).]

10 de agosto [1957]

Roma, parece que estou em Roma! E estou em Roma!
Mas, pronto! Não deu para ver. Enfim! Tem você: estou chegando

M.

753 — MARIA CASARÈS A ALBERT CAMUS

[1º de setembro de 1957]

Madri. As Arenas[2]

Tomando o café em Madri. Um calor tropical e um sol daqueles. Já ajuda. Mas é difícil. Penso muito em você, muito.

M.

754 — MARIA CASARÈS A ALBERT CAMUS[3]

[Rio de Janeiro. Copacabana.]

2 de setembro [1957]. Rio

Depois de uma viagem da qual não espero sair sem algum dano, cá estou neste estranho canteiro, na cavidade da palma gigantesca que o monstro brasileiro estende para a Europa.

---

1 Cartão-postal. Maria Casarès e Albert Camus acabam de passar duas semanas juntos em Cordes (departamento de Tarn), de 17 de julho a 13 de agosto de 1957.
2 No início de setembro, Maria Casarès parte em turnê pela América do Sul. Faz uma escala em Madri, não tendo nunca mais voltado à Espanha.
3 Cartão-postal.

Não sinto nada. Vejo tudo enviesado. Com o guia na mão, só encontro o Pão de Açúcar e o Corcovado.*
Estou caindo de sono e me preparo para ir dançar samba em Copacabana. Mas você continua bem vivo.

M.

755 — MARIA CASARÈS A ALBERT CAMUS

3 de setembro [1957]

Meu amor querido,
Ontem te mandei um cartão-postal, mas o embrutecimento da viagem me fez esquecer de dizer ao porteiro que a postasse por via aérea, receio que só a receba com muita demora. Venho hoje então te tranquilizar, meio às pressas. Esta noite ou amanhã de manhã te escreverei mais longamente, mas já quero que fique sabendo que você não me deixou um só instante e que no fim desta viagem desumana, neste país monstruosamente desmedido, eu penso em você e você é o único ponto vivo na minha ruína. *Até logo.***

M.

756 — MARIA CASARÈS A ALBERT CAMUS

Rio, *4 de setembro* [1957]

Meu amor querido,
Os resultados da vida de convento se fazem sentir bem longe de Cordes, no Novo Mundo. Ontem, depois da viagem, acordei às 7h30; hoje só consegui continuar dormindo até 9 horas —, e como tinha passado a noite "na *Cabeza Chata*" — uma alegre noitada típica com cachaça de cana e comida do Norte (!) — dormi apenas oito horas quando precisava no mínimo de meio dia de sono. Enfim, me sinto melhor e espero retomar o mais rápido possível o ritmo de inverno.

---

* *Sic*, em "português" no original. (N. T.)
** Em português no original. (N. T.)

Setembro de 1957

A chegada ao Rio nos permitiu desfrutar de uma admirável paisagem: uma espessa camada de nuvens brancas que parecia estranhamente com um magnífico campo de algodão. Mas desde então não parou de chover sem que por isto fôssemos poupados da deliciosa umidade dos países tropicais. A gente transpira, põe roupas mais leves, tirita, se cobre, morre de calor e assim por diante.

Já trabalhei muito e tive pouco tempo para passear. Só no dia da chegada pude fazer alguns programas; durante duas horas, ainda com os pés inchados da longa viagem de avião, fui ver a avenida d'ô Rio Branco, atravessando o coração apertado das ruas com casas ou sem casas em que o tráfego carioca sozinho dominava tudo. O cansaço e o medo me levaram a um tal grau de aflição que em dado momento me apanhei descansando numa fila — uma longa fila que se enfiava num cinema. Decidi voltar para o hotel. Também fui a Copacabana de noite; a praia me lembrou muito a avenida dos Ingleses, em Nice, só que maior —; e ontem fui dar na "*Cabeza chata*", depois da recepção na Embaixada, onde fui cercada o tempo todo por uma quantidade fantástica de pessoas. Ainda meio perdida, guardei dessa reunião oficial um monte de cartões de visita com nomes que não me lembram nenhum rosto, promessas de mil telefonemas e a desagradável sensação de ter dito "sim" a todo mundo. Hoje, trabalho o dia inteiro e vou jantar com um espanhol com o nome familiar de Garcia — achei que o conhecia — que se diz velho amigo do meu pai, naturalmente.

Para os detalhes, ver o diário que ainda não comecei.

Moralmente, vou bem. Estou fumando mais — ¡ay!, mas só bebi uma cachaça de cana desde que peguei o avião e um uísque, nas duas últimas noites, e isto apesar de muitas tentações — cansaço, avião, embaixada etc. Continuo fazendo regularmente minha ginástica e a bater furiosamente no rosto toda noite antes de me deitar durante dez minutos. De modo que a força de caráter não foi comprometida nem parece tomar essa direção. Vou me livrando o máximo possível das amizades difíceis de carregar e me mostro liberal com minha presença aqui e ali. Quanto ao sentimento, só tive tempo de cuidar disso no avião, quando derramei secretamente algumas lágrimas ao sobrevoar Madri e escondi ciosamente um aperto de coração acima das nuvens que cobriam o Rio pensando que tinha pela frente dois meses de exílio. Desde que cheguei, me empenho selvagemente em fechar minha sensibilidade à nostalgia e em buscar o reino — que infelizmente ainda não encontrei!

Penso em você, sem parar. Essa estada em Cordes foi uma das mais agradáveis para mim e por mais que eu pense na nossa idade comum — treze anos, me sinto como uma recém-casada com um jovem marido fazendo o serviço militar. É doce, como uma fruta exótica.

Me mande notícias. Você vai receber esta carta fora de Paris, acho eu, talvez na Normandia. Repouse mais, meu amor querido, enquanto eu represento aqui a França, [Inês] e Camus.

Te amo. Um beijo em Minou, Jean-Pierre [Jorris], Catherine, Paris, a Europa. Ah! A Europa.

Te amo.

M.

757 — ALBERT CAMUS A MARIA CASARÈS[1]

6 de setembro de 1957

O ATLÂNTICO NÃO EXISTE COM VOCÊ DE TODO CORAÇÃO ALBERT

758 — ALBERT CAMUS A MARIA CASARÈS

Sorel[2]
Domingo, 8 de setembro de 1957

Já faz uma semana, meu amor querido, que te deixei no meio dessa feira de Inválidos e durante todos esses dias guardei no coração seu belo e afetuoso rosto daquele dia. Sim, você estava bela, e muito rara também, no meio de todas aquelas pessoas tão banais. Dessa vez, tive realmente a sensação de que nos separávamos por longas semanas e estava de coração meio apertado. Sobretudo neste momento, preciso da sua presença, e do seu pensamento. Esta semana foi de abstinência sua, e eu senti muito. Não fiz grande coisa à parte ensaiar e ajustar a reprise do *Réquiem*. Ela ocorreu na quarta-feira e a peça foi interpretada um pouco lentamente. Foi preciso ajustar mais ainda e agora acho que está no ponto, pelo menos por algum tempo. Depois vim para cá, onde estou desde sexta-feira.

---

1 Telegrama endereçado ao Teatro Municipal, no Rio de Janeiro.
2 Endereço de Michel Gallimard, em Eure-et-Loir.

Nesses três dias, choveu e estou com a sensação de que vem por aí, em setembro, um festival de lesmas. Enfim, as crianças estão comigo e vou tratar de amá-las bem e distraí-las um pouco. Michel e Janine [Gallimard] vieram passar o fim de semana, sempre excelentes e adoráveis, amigos muito fiéis. Vão embora amanhã e eu ficarei sozinho aqui com as crianças. Vou meditar, já que não trabalho, e repousar mais. Por sinal não estou em excelente forma, como estava em Cordes.

Espero sua carta (ou seu diário, na volta) para saber das suas impressões. Já sei mais ou menos, me parece, o que você vai gostar e o que não vai te agradar. Mas gostaria de saber como está sendo recebida. Tenho a impressão de que vai encontrar em toda parte um calor e um entusiasmo como poucas vezes viu, o que já me deixa feliz. Cuide desse cansaço e não se deixe devorar — é um país onde a gente é devorado. Assim estará mais preparada para receber o que merece ser recebido.

Anoiteceu. A chuva cai nas pastagens e no rio, a casa está em silêncio. Posso ouvir meu coração e ele só me fala de doçura e ternura por você, minha viajante (como você estava elegante e bonita!), meu pequeno trópico, meu Cruzeiro do Sul! É perfeitamente verdade que sinto sua falta, como o barco sente falta da maré, e sem ela, seca na areia, como o pássaro sente falta do ar, e sem ele, caminha, cambaleante, na terra. Coragem e glória, de qualquer maneira, e até a sua volta. Continuo te esperando, com o mesmo coração sempre e te beijo como um grande rio, até te afogar, te sufocar.

A pedra que brota é você,[1] e o seu coração, que continua me dando, e sempre, ele também, depois de me ter dado tanto e por tão longo tempo.

A.

759 — MARIA CASARÈS A ALBERT CAMUS

Rio, 9 de setembro [1957], *à noite*

Meu amor querido,

Os dias passam e cá estamos já bem perto da partida sem que eu tenha encontrado tempo para ver o Rio. Semana passada, os muitos ensaios do *Triunfo*. Mina e Petit quase me mataram de trabalhar —, os jornalistas, a televisão e

---

1 Essa pedra que brota, tendo vindo da lembrança da estada de Albert Camus no Brasil em 1949, aparece na novela homônima que consta da coletânea *O exílio e o reino* (1957). Ver carta 79, p. 143.

as recepções só me deixaram duas ou três noites livres que eu aproveitei o máximo que pude, apesar da má organização dos manetas que cuidam de nós. Mas quanto aos dias — nada.* Só hoje eu poderia ter aproveitado um céu cinzento, mas aberto, se o famoso resfriado carioca com ameaça de gripe asiática não me obrigasse a ficar na cama. Oh! Não se preocupe, eu me cuido como me amo. Recorri ao médico da embaixada que me auscultou em vão, que confirmou a alta da minha pressão — 12-6. Que mais uma vez ficou pasmo com a regularidade do meu pulso, a serenidade da minha temperatura, a saúde dos meus reflexos etc. etc. Também se interessou muito pela minha pele que aparentemente lhe agradou e se diante dos meus seios não teve a mesma reação que você da primeira vez que os viu, foi porque não lhe dei chance. Em suma, me deu um monte de coisas para tomar e impedir que o mal chegue ao peito e me convidou para almoçar quarta-feira com promessa de um grande passeio ao longo das praias. Ele é careca e simpático.

De modo que aqui estou no meu quarto, cercada e cheia de vitaminas e com a vitalidade recuperada. Abençoo esse resfriado por me ter obrigado a descansar. Tive de abrir mão de conhecer o Rio; mas fazer o quê? não se pode ter tudo.

As récitas se prenunciam como eu imaginava. *Don Juan* parece frio. *O triunfo* leva a melhor porque nela eu vibro, *O impostor* terá a sorte lançada esta noite e se aguarda impacientemente *Maria Tudor* na noite de despedida. Pessoalmente, continuo achando que esta última peça é que vai ganhar de todas como eu previra no caso da América espanhola, apenas; mas eles precisam mesmo estar com o nariz no cocô para se conscientizar do próprio cheiro. E agora, embora queiram, já é tarde para alterar os programas. Aliás, é possível que *Tudor* seja um fiasco — vamos ter de esperar — e além do mais, que diferença faz?!

Os cariocas são encantadores, com efeito. Infelizmente a gente só lida com as pessoas "bem", essa espécie de bárbaros ligeiramente domesticados que falam do senhor como do selvagem; é divertido, mas um pouco irritante. Os piores no gênero são os franceses e os espanhóis mais brasileiros que os próprios gauchos,** naturalmente. E os piores dentre os piores são os galegos. Oh! Meu querido, quando penso que em Buenos Aires toda a colônia *gallega* — mais populosa que a própria Galícia — me espera com impaciência, tenho até ver-

---

* Em espanhol. (*N. T.*)
** Termo genérico usado na França para se referir a sul-americanos. (*N. T.*)

tigens; pois estou começando a entender a exasperação do meu pai com seus correligionários, esses imbecis que a mil léguas da própria pátria têm coragem de dizer na nossa cara que a Espanha, pouco estão ligando para ela, e que lutam pela autonomia da Galícia, esses b... que, quando a gente fala espanhol, fingem não entender e que conseguem juntar em Cuba 237 clubes independentes galegos. Eu tento me acalmar, me calar, mas de repente digo tranquilamente que a minha *"morriña"* não é tanto saudade da Galícia mas de Castela, e aí é aquela tempestade. À parte isto, eles me tratam como filha deles, pois ainda por cima são maçons e continuam acreditando que meu pai era maçom de verdade e que eu sou uma pequena maçom, e por pouco não caem em cima de Vilar por me obrigar a falar francês em cena em vez de *"falar da nosa terra"*. ¡Ay! ¡Ay! ¡Ay!

Estou querendo ver uma macumba. Vilar conseguiu organizar uma para uma noite dessas; reuniu em segredo seis de nós, nos forçou a comer muito — "é preciso se alimentar", pelo que parece —, me obrigou a mudar os sapatos e pedir emprestadas sandálias sem salto e depois de uma longa, longa espera misteriosa no saguão do hotel, amigos dele (um aluno de Sainte Barbe com a mulher) vieram nos buscar de carro. Uma "Barbe" me pegou de jeito e me arrastou ao seu lado no carro, onde, o coração apertado de pavor, eu fiz o caminho do hotel ao Corcovado. Lá, ela me atrapalhou um pouco de desfrutar do magnífico espetáculo do Rio iluminado, pois não largava do meu pé, me falando o tempo todo de me levar de avião às diferentes ilhas. Já estava quase aceitando quando ela me disse que era ela quem pilotava e eu felizmente dei um jeito de inventar uma intensificação do meu trabalho para escapar da morte certa. Mas foi lá que eu peguei meu resfriado.

Nós ainda estávamos esperando a macumba — "Vamos lá! Não precisam ter medo", e nós fomos. Quilômetros e quilômetros no carro da senhora "Barbe" passando por bairros populares e apinhados — era o dia da festa nacional e as favelas* estavam cheias de jovens negras paramentadas como lírios. Depois de uns cinquenta quilômetros, paramos pela quinta vez — muitas vezes tinha sido preciso perguntar o caminho. A paisagem não me lembra em nada o que você tinha contado. Eu procuro me informar — "Não, aqui é a escola de samba onde vão nos dizer onde podemos encontrar uma macumba, mas venham, vamos ver! é formidável, tem um grupo maravilhoso fazendo uma demonstração."

---

* Em português no original. (*N. T.*)

Infelizmente o grupo "maravilhoso e autêntico" estava em turnê e a única coisa que eu vi foi Rouvet dançando com uma senhora da Embaixada, Mina, nos braços de um branco leitoso e o resto da trupe, enfurecido, que estava lá há duas horas, misturado com alguns negros e negras da cana de açúcar num ambiente de baile de 14 de julho com direito até aos lampiões.

Quanto à macumba, fomos informados de que não haveria nesse dia. Voltei exausta às 2 horas da manhã, contendo a raiva e aguentando estoicamente a da Sra. Barbe, que descarregava os nervos no volante do carro.

No dia seguinte, acordei prostrada, febril; era o início do resfriado; saí apenas para atuar em *O triunfo* na vesperal e desde então estou no quarto de onde só saio para engolir algumas "vitaminas mixtas"* na sala de jantar.

Mas está tudo bem: continuo fazendo ginástica, batendo no rosto e não fazendo corpo mole à toa. A palavra de ordem é não dar chance à preguiça de turnê e eu estou cumprindo.

Ainda não pude começar o diário; por isto estou contando tudo isso. Acho que a partir de São Paulo terei mais tempo pois os ensaios serão reduzidos a uma regulagem de ajuste por peça, e então começarei o meu relato; mas prefiro não voltar atrás pois se tiver de me lembrar de todas as coisinhas nos detalhes, jamais o farei.

E você, meu amor? Onde está? A quantas anda? Como vai o *Réquiem*? Algum novo projeto? E F[rancine]? Como vão as crianças?

Só recebi de você um adorável telegrama que acabei de receber antes da minha primeira récita, e aguardo para saber um pouco mais. O Atlântico na verdade não existe e você tem braços longos; mas de qualquer jeito eu gostaria que estivessem me enlaçando. Desde que parei de beber, tenho a sensação de estar numa terra mais firme e desde que estivemos em Cordes, estou com o sentimento de ter te encontrado de novo, como nos primeiros tempos. Que belo amor, meu querido! Que belo amor, meu Deus!

Me escreva para me deixar tranquila a seu respeito. Quando te deixei você parecia ter subido de novo a ladeira da depressão, mas me pergunto se não estava fingindo um pouco para me tranquilizar. Me conte. Te amo, te espero, penso em você o tempo todo. Sinto sua falta e ao mesmo tempo você me acompanha.

Te beijo longamente.

M.V.

---

* *Sic*, em português no original. (*N. T.*)

760 — ALBERT CAMUS A MARIA CASARÈS

11 de setembro de 1957

Meu amor querido,
De repente, suas duas cartas seguidas! Pois bem, a chegada parece que não foi muito bem. A viagem de avião é desumana, eu sei, e receber esse continente imenso no peito é um golpe e tanto, duro de engolir. Enfim, quando receber esta carta, a digestão já terá começado, espero. Sobretudo se as mundanidades, que por aí são cansativas, tiverem terminado. Você precisa de valentia, um olhar claro, liberdade e humor. E talvez o sol também venha...

Por aqui, sol zero. Há cinco dias, chuva, vento, nuvens, ininterruptamente. Não largo os meus filhos, que devoram o meu tempo e a minha energia com tantas brincadeirinhas, refeições organizadas, cuidados constantes. Entendo por que as mães de famílias numerosas estejam sempre com o ar meio idiota e atordoado. É o meu ar atualmente. Não estou trabalhando e mal leio e mesmo assim romances "romanescos" para tentar entender como "eles" fazem.

Impossível até pescar pois as crianças pescam comigo, emaranham as linhas e eu tenho de desemaranhar o que rende uma ou duas horas conforme a complicação da "peruca". Mas ainda assim peguei uma pequena perca, certamente por acaso. Naturalmente, estou feliz de estar com eles, um pouco para mim, e perfeitamente decidido a me deixar devorar. Só de noite quando vão se deitar eu tento refletir e só consigo vislumbrar a minha deterioração e a minha impotência atuais.

Espero que apesar de tudo o sol volte durante os doze dias que ainda tenho de passar aqui. Estou com uma vontade pueril de luz — com a ideia perfeitamente gratuita de que isto vai resolver tudo.

Me escreva só se puder. Não vá se impor obrigações adicionais. Mas toda vez que tiver vontade de escrever, não esqueça que fico ávido de notícias suas. Você me faz falta. No almoço com Malembert, ele falou de você com tanta sensibilidade que fiquei feliz de ver por outros olhos o que tanto amo em você. Mas não é hora de te falar disso em detalhes. Apenas te beijo, na chuva e no vento, por cima do Atlântico e te amo.

A.

Coragem, coragem!

761 — MARIA CASARÈS A ALBERT CAMUS[1]

Sábado, 14 de setembro [1957]

Meu amor querido,
Cá estou eu no vigésimo andar do *Jaraguà* [sic], pasma diante desse cenário capotado que vejo das minhas janelas. Onde fica o céu? Onde está o chão? Estou absolutamente encantada com essa paisagem inacreditável; tem aqui uma beleza que eu nem imaginava, e essas avenidas imensamente largas e divididas para facilitar o tráfego monstruoso deste país e cortadas por pontes e túneis onde outras filas de automóveis formam linhas ininterruptas me fascinam.
Saí do Rio anteontem lamentando muito não ter visto nada, mas com a satisfação — ó, tão profunda — de ter arrancado gritos aos cariocas na récita de *Tudor*. Foi um autêntico triunfo e eu tive de voltar para agradecer sozinha. Pela primeira vez voltei diante do público para atender ao chamado de "Maria!", o que foi tanto mais comovente de certa maneira na medida em que não havia espanhóis na sala.
Esta noite vou estrear aqui em *Tudor*, ainda, amanhã represento *Tudor* na vesperal para não esquecer e terça-feira nos despedimos do Brasil com *O triunfo do amor*.
Meu resfriado se alojou decididamente no nariz, onde se mantém bem comportado mas de onde não sai mais, e apesar de estar sempre atenta aos alimentos estou com alguns pontos de prurido. À parte isso, vai tudo bem (ginástica — tapinhas). Anteontem, tomei dois uísques para cortar um novo resfriado, mas continuo fiel à água mineral e à vitamina mista.
Ontem, abrindo um jornal — o primeiro em que bati os olhos desde que saí de Paris — dei com um artigo a seu respeito, e à noite, no Consulado, não pararam de me falar de você. A mulher do jovem Descaves, uma brasileira, estudante quando você veio, me fez perguntas a seu respeito e me surpreendi dizendo que você era o homem mais digno de admiração e amor do mundo inteiro. Estava muito cansada e me era muito difícil fingir. Também encontrei aqui uma amiga de Bloch-Michel que me falou longamente e calorosamente de você. Tudo isso caiu muito bem, pois já estou começando a me impacientar um pouco. Desde que nos separamos, só recebi de você o seu telegrama, e me pergunto o que está havendo. É preguiça? Você não está bem? Ou então, suas

---

1 Em papel timbrado do Hotel Jaraguá, São Paulo.

cartas foram extraviadas? De Angeles, recebi um cartão-postal, de Nicole e Dominique, duas cartas, e de você, apenas o telegrama.

E você, recebeu meus cartões e minha carta do Rio? Diga, fale, conte! Estou meio nervosa de subir ao palco e o momento não é bom para te escrever. Segunda-feira ou terça, antes de sair de São Paulo, vou fazê-lo melhor, mas hoje queria te mandar um pequeno sinal e pedir que me mande notícias por qualquer meio que seja.

Estou levando uma vida cansativa e aproveito as escapulidas para me dedicar exclusivamente ao repouso. Estou contando muito com os três dias de barco para um pouco do ar livre e do farniente de que preciso depois dos primeiros contatos com o trabalho e a sociedade e sobretudo depois desse resfriado que me deixou um pouco cansada. Mas seja no palco, nas embaixadas, em sociedade ou na cama, penso em você de todo coração. Te amo, te adoro — me tranquilize.

Te beijo perdidamente.

M.V.

762 — ALBERT CAMUS A MARIA CASARÈS[1]

16 de setembro de 1957

ESCREVA MONTEVIDÉU ESTOU PERTO DE VOCÊ CARINHO ALBERT

763 — ALBERT CAMUS A MARIA CASARÈS

Domingo, 17 de setembro de 1957

Nenhuma notícia, meu amor querido. Suponho que o carnaval começou, quero dizer, a roda-viva e que entre récitas e aviões e recepções você só tem tempo de dormir. Pelo menos tente manter seu diário ainda que telegraficamente e depois você comenta comigo. Agora já deve ter uma ideia do Brasil e espero que pelo menos ele te tenha trazido algumas alegrias.

---

1 Telegrama endereçado ao Teatro Municipal, São Paulo.

Aqui a chuva continua e os dias são bem longos, pois tenho de cuidar constantemente dos meus filhos, o que me deixa pouco tempo para mim. Estou cheio de joguinhos, brincadeiras de barco e leme; cuido da mesa deles, da cama e dos intestinos. Só me irrito de vez em quando mas me sinto culpado e procuro exercitar a paciência perfeita. Dentro de uma semana, quando voltar, serei um santo.

À noite quando eles se deitam eu leio e reflito um pouco — para encontrar a concentração necessária a uma nova partida no trabalho se puder, eu espero, gostaria de esperar que ao voltar estarei mais sensível, mais fecundo. Mas a verdade é que sofro de insensibilidade. De qualquer maneira, como minha memória está sumindo parcialmente, decidi manter um diário tão exato quanto possível. Não sei quando vou começar; mas vou fazê-lo — ele vai ajudar na concentração e também nutrir a imaginação.

Como vê — eu sou, intelectualmente, como esses velhinhos que inventam regras de higiene. Quanto ao resto, meus dias são ocupados exclusivamente pelos meus filhos — e as nuvens normandas. É você que viaja, vê, age e aprende. E eu aqui te esperando e te amando através dos mares e, dentro em breve, de um continente. Sim, eu te amo, mesmo com o coração pesado que tenho no momento, te amo com obstinação e alegria. Te beijo e adormeço com você, minha distante, que eu espero, com a paciência dos grandes animais. Ah! Um cartãozinho-postal, por piedade, quando não puder escrever!

A.

Me dei conta de que a minha carta talvez não te encontre em São Paulo. Vou mandá-la para Montevidéu — e te telegrafar em São Paulo para não ficar muito tempo ausente de você.

764 — MARIA CASARÈS A ALBERT CAMUS

[20 de setembro de 1957]

Hôtel Jaragua

Antes de deixar São Paulo ou melhor, antes de deixar o Brasil (estou em Santos), uma pequena saudação saudosa. Amei este país com um amor ambíguo. Vou embora lamentando não o ter conhecido melhor.

Vou escrever longamente de Montevidéu.
Mil coisas

M.V

765 — ALBERT CAMUS A MARIA CASARÈS

Sexta-feira, 20 de setembro [1957]

Sua carta foi bem-vinda, meu querido amor. Mas estou vendo que o Brasil não mudou e que lá é impossível escapar à sociedade. Pena por você, mas no fim das contas é preciso muito tempo para conhecer esse imenso país. Você vai ficar com o perfume dele e vagas imagens de café e orquídeas. E afinal o que é que a gente guarda dos países que visitamos?!

Aqui começaram os dias bonitos. Há três dias a luz chegou. Ela transfigura um pouco esse tedioso campo normando e a gente consegue esquecer as campinas insípidas olhando para o céu. Mas segunda-feira volto para Paris e com um certo alívio. O balanço desses quinze dias é negativo, exceto quanto aos meus filhos, que estão com excelente aspecto. A relação com meu filho é difícil, em parte por causa da minha falta de paciência. Mas ele realmente tem uma natureza singular na qual eu reconheço coisas demais.

Estou em boa forma e espero apesar de tudo que a força interior acabe por chegar. Enquanto isso, invento umas disciplinas. Cada vez mais tenho horror de tempo perdido, de conversas frívolas, de tudo que sirva para "preencher". Quando a gente está vazio e estéril, o melhor justamente é não preencher, mas fazer o corpo trabalhar ou ler, ou respirar se não puder fazer nada melhor — de qualquer maneira se refugiar sozinho num canto e se suportar.

Espero muito mesmo que agora você desfrute melhor da sua viagem. Estou louco para ter notícias do seu sucesso e da glória de Maria Tudor. Penso muito em você; mesmo no deserto normando, você é minha fiel companheira, que eu amo e que espero. Os anos passam, você fica, a vida para nós logo terá um só rosto. Até logo, minha rainha. Escreva se puder e não deixe de amar seu primeiro-ministro, que precisa de você.

Te beijo, tumultuosamente.

A.

766 — MARIA CASARÈS A ALBERT CAMUS

Domingo à noite, 22 de setembro [1957]

Meu amor querido,
Você nem vai me reconhecer mais: estou no quarto desde ontem à noite, e desde ontem à noite só tomei um desjejum. De modo que não pulei apenas uma refeição; pulei duas, e sem motivo. Que te parece?
Chegamos ontem a Montevidéu às 6 horas da manhã depois de uma viagem de navio de três dias que só serviu para me confirmar o que eu pensava secretamente mas não ousava formular porque existe uma convenção mais que favorável aos cruzeiros. Não gosto nada mesmo de navios de passageiros e detesto particularmente a primeira classe. Essa carroça marinha que banca o hotel de luxo, a praia mundana onde a gente é obrigada a comer num falso restaurante, a ostentar uma alegria fingida numa falsa boate, a tomar banho numa falsa piscina que mais parece um balde diante do oceano, em que vemos os piores filmes num falso cinema e onde temos de dormir e nos lavar em armários de deixar claustrofóbico pelo resto da vida não me dá nenhum prazer, e ainda por cima acho perfeitamente insuportável a convivência obrigatória e amável com pessoas que não conhecemos e com as quais parece natural travar conhecimento. Não! Não! Não! Não há pior prisão que a que nos acorrenta diante do vasto horizonte do oceano e eu só encontro o mar num navio de turistas quando passou uma hora de solidão completa deitada na proa, mas não é fácil conseguir esses momentos. De modo que passei meus três dias de viagem como clandestina, por assim dizer. Aproveitando a indisposição (enjoo) de alguns colegas, me juntei a eles e assim pude pelo menos desfrutar com eles de uma relativa paz e alguns almoços no convés. Agasalhada até a ponta do nariz (o frio tropical não é de se desprezar), com um lenço na cabeça e os olhos protegidos por óculos escuros, fiquei estirada numa espreguiçadeira das 9 horas da manhã até 6 horas da tarde, levantando apenas para me deslocar alguns metros protegida por minha cobertura até uma mesa perto do bar. À noite vi um filme ruim com uma Sophia Loren ruim e dancei um pouco na terceira classe com Wilson, ao ar livre, danças que misturavam tango, Luna Park e demonstrações de circo numa corda de ferro. Um argentino chamado Sr. Casares veio se apresentar e perguntar se poderíamos ser parentes. Um ricaço, velho imaturo, divertido, amante da vida, que gasta seu dinheiro fugindo do inverno e viajando atrás

do eterno verão. Pois se deu mal, estávamos todos gelando. Também conheci uma família galega indo para Buenos Aires e cujos pais tinham conhecido muito bem os meus; mas nesse caso tive de mostrar minha cara de seriedade: era um conselheiro de embaixada. Quanto à trupe, estava dividida em duas partes bem distintas, a dos homens sempre atrás do pingue-pongue, no convés superior para jogar bola e do convés superior o pingue-pongue [sic]. À noite eles dançavam ou jogavam cartas, enquanto a parte feminina se prostrava em diferentes cabines depois de passar o dia estirada aqui e ali no convés, às voltas com indisposições marítimas.

Pela primeira vez não senti nada pessoalmente; até esqueci que estava num navio e no entanto, pela primeira vez também desde que saí de Paris, tomei três ou quatro doses de uísque por dia. O desembarque foi longo. Tendo atracado às 6 horas da manhã, ainda estávamos a bordo às 9 horas. Cansada; depois de uma noite breve, saudosa, tristonha, eu olhava meio espantada as mãos se agitando em terra e no convés durante três horas e ouvia, comovida, minha língua materna (e quanto!) saindo de todas aquelas bocas estrangeiras. De repente me deparo, na multidão, com um grupo de dez homens com uma corbelha de cravos brancos e vermelhos e uma menininha vestida de galega (às 6 horas da manhã!), entendi tudo e comecei a tremer. Um deles berrou o meu nome e eu fiz um pequeno sinal com a mão, e trêmula e tensa e esperei três horas até que esse grupo de correligionários pudesse subir no navio para me cumprimentar. Teria sido tudo perfeitamente indolor se um representante de não sei o quê, francês, não tivesse achado necessário se misturar conosco e repetir diante dos meus amigos espanhóis, com ar falsamente comovido e meio superior, que eu me tornara francesa.

Enfim, pudemos desembarcar e depois de longa passagem pela alfândega, conseguimos chegar ao hotel. Fazia um tempo magnífico de primavera que continua, por sinal, e o ar me pareceu bom.

Estamos hospedados no Nogaro, um dos hotéis mais sinistros e feios que eu já vi. Meu quarto é horrível, mas tem uma bela vista para a baía e o porto. Naturalmente os telefonemas começaram — e ontem mesmo passei uma hora com a família Somoza uma viúva, sua filha e o genro. A mãe Somoza, que me conhecia muito bem quando eu era pequena, me beijou; chorou, me chamou de "*chatita*" (narizinho arrebitado), como antes, e gritava "*chatita*" e a certa altura senti os olhares das muitas pessoas que lotavam o saguão do hotel voltados para o meu longo nariz pontudo. Depois ela levantou brutalmente minha cabeça — enquanto continuava chorando — e soluçou "é a cara do seu avô"!;

e então, não menos brutalmente, me obrigou a baixar a cabeça e exclamou *"¡y así, es el retrato de su madre!"* — Vai entender.

Pouco depois o grupo de galegos da manhã chegou e se juntou a nós.

Éramos pelo menos vinte, no meio do saguão, quando um jornalista uruguaio que tinha marcado hora comigo veio me entrevistar. Encantador e muito indiscreto. Quando se foi, os galegos continuavam lá, e o repórter teve de tirar uma foto da família Somoza e de mim para agradar à mãe.

Tudo isso muito gentil, mas meio cansativo. Os galegos estão preparando uma recepção para mim juntando trezentas pessoas pelo menos e o pessoal de Corunha uma outra. As datas ainda não foram marcadas pois por enquanto estão brigando entre eles para decidir qual grupo me terá primeiro. Também terei de ir tomar chá com *"los Somoza"*, que querem me apresentar a alguns amigos e hoje de manhã recebi flores dos republicanos espanhóis e um telefonema de seu presidente me pedindo uma entrevista para marcar hora para uma terceira recepção. Por outro lado, Margarita Xirgu[1] voltou hoje do México para me ver e recebi flores de uma certa Josefina Diaz[2] que está aqui na mesma situação que Xirgu. Como não devemos esquecer a consideração que também devo à França e ao Uruguai, você pode imaginar minha programação, e isto ainda não é nada perto do que me espera em Buenos Aires.

Diante desse vertiginoso panorama, decidi hoje me declarar doente. O que foi fácil, considerando-se que já há cinco acamados na trupe. Fiquei no quarto me dando o direito de uma longa entrevista particular com minha depressão. Esta noite ela já foi quase vencida e espero que amanhã não restem mais traços.

Nunca me senti tão exilada quanto neste país disfarçado de espanhol. Me encho de *"chocolate con churros"*, de melão espanhol, ouço falar e falo a minha língua, encontro sinais do meu país em toda parte, pessoas do meu país e nunca senti tanta falta do coração da minha terra. O reino está em Castela, meu anjo; aqui encontro apenas a careta do exílio. Ainda por cima, a cidade não é bonita; me lembrou uma Bruxelas do Pampa, sem caráter, sem personalidade, sem forma. Em busca do impossível e fugindo das águas lamacentas da foz do Rio de la Plata, tomei um ônibus ontem à tarde depois do almoço para dar um passeio pelas praias até Carresco. Esperei meia hora pelo 104, fui enganada pelo rapaz

---

1 A atriz espanhola Margarita Xirgu (1888-1969), amiga de Federico García Lorca, exilada na América do Sul desde 1936.
2 A atriz Josefina, dita Pepita, Diaz (1881-1976), casada com o ator Santiago Artiga.

do ônibus a quem dei um peso e que não me deu troco, contemplei durante muito tempo, muito tempo ruas sem graça e quando finalmente chegamos às Ramblas à beira-mar, me dei conta de que tinha sentado do lado errado e como o veículo aos poucos ficara cheio de pessoas em pé eu não podia ver as praias e tinha de me limitar à vista das mansões e das colônias de férias à esquerda, e à vista das nádegas uruguaias à direita. Viajei assim durante quarenta e cinco minutos, até 4 horas da tarde. Ao chegar a Carrasco, me senti na obrigação de voltar (meus compromissos começavam às 4h20), no mesmo ônibus, onde dei mais um peso ao mesmo rapaz que não me devolveu nada e onde caí no sono diante das lindas praias finalmente visíveis para mim.

Enfim, tudo isto não é nada. Montevidéu me reservava uma alegria, a sua carta. E no entanto ela não é animadora. Paciência, meu querido. Quando voltar a Paris e não tiver mais tempo de respirar, você encontrará meios e fôlego para escrever três guerras e três pazes.

Lembre-se do [monstro] que há em você, confie na estrela que te guia, muna-se de paciência e, enquanto aguarda seus benefícios, descanse bem e cuide do seu corpo e da sua saúde. Quanto ao nosso relacionamento epistolar, não estou entendendo nada. Te escrevi uma carta ao chegar a São Paulo e um cartão-postal antes de viajar de novo. Não fiz mais porque queria aproveitar meus raros momentos de lazer para conhecer a cidade, que adoro, e as imediações. Caminhei muito na névoa. Já tinha visto nuvens onde fica a baía ao chegar ao Rio; vi outras nuvens no mesmo lugar ao deixar o Rio e duas vezes, a caminho de Santos, vi os lugares da estrada dos quais em princípio podemos desfrutar dos mais belos panoramas, mas a bruma era de tal ordem que não dava para ver nem a balaustrada. E estamos falando dos trópicos!

De Buenos Aires, talvez não possa te escrever. Pediram que avisássemos às nossas famílias do nosso silêncio; está havendo agitação por lá e os correios não funcionam mais. Espero que não chegue a uma revolução; é um pitoresco que não faço a menor questão de conhecer. Mas até a minha partida ainda vou te escrever, muito. Não consigo manter o meu diário — cansaço e falta de tempo — mas me esforço nas cartas para te dar uma ideia das minhas perambulações, por um lado, e, por outro, vou tomando algumas notas no meu caderno.

Depois de Buenos Aires, o tempo vai passar depressa e os países ficarão menos interessantes: mas esses quinze dias pela frente me parecem intermináveis. Me ajude a carregá-los enviando notícias frequentes, meu querido. Estou definhando.

Te amo, sinto sua falta; receio que você também sinta a minha (pretensiosa!); tudo isso parece tolo. Te beijo até te sufocar.

M.

P.S.: Não tenho coragem de reler a carta. É meia-noite e estou caindo de sono. Perdoe os erros da autora.
Te amo.

767 — ALBERT CAMUS A MARIA CASARÈS[1]

25 de setembro de 1957

Acabo de receber sua carta do dia 15 (levou uma semana para chegar aqui). Não entendo, meu anjo. Te escrevi três cartas desde que você viajou e esta é a quarta. Mas os correios brasileiros, se não me falha a memória, estão numa bela barafunda. Suponho, espero que agora você tenha recebido minhas cartas. Não esqueça de pedir o encaminhamento da sua correspondência. É desagradável escrever sem saber se seremos lidos.

Eu tinha certeza de que *Maria Tudor* sairia ganhando, mas fico feliz com o seu triunfo. Pena eu não estar aí, como naquela bela noite dos *Seis personagens*, na Sala Luxembourg, e as núpcias que se seguiram! Mas estou meio preocupado com o seu resfriado. Se cuide e não faça como eu. Aqui, a asiática chegou, e as pessoas começam a cair de cama. Voltei a Paris na segunda-feira e retornei com prazer à minha torre de Chanaleilles apesar do tempo pavoroso que continua. Estou me organizando e espero recuperar a força de trabalho. Me sinto miserável e patético repetindo sempre a mesma coisa.

O *Réquiem* recomeçou mais forte do que se imaginava e não é certo que a peça esteja livre para a turnê em janeiro. Ainda não fui ao teatro, pois estou botando a peça pelas narinas.

Penso em você e tento te seguir nesses países grandes demais. Estou com o coração ensopado de chuva, o céu realmente está totalmente privado de luz e isso há muito tempo. Mas cinzento ou dourado, você vive debaixo desse céu,

---

1 Carta endereçada ao TNP no Teatro Cervantès, Buenos Aires. Albert Camus está de volta a Paris desde 23 de setembro.

na mesma terra que eu e o oceano não nos separa. Se cuide e desfrute da sua viagem e dos seus sucessos. Te amo ainda e sempre e começo imperceptivelmente a te esperar. Te beijo já completamente.

A.

Como previsto, o marido de Monique veio me pedir que atendesse a suas necessidades. Foi o que fiz — mas você devia dar um jeito nesse casal — um divórcio me custaria caro demais.

Acabo de encontrar seu amigo Mollien[1] que veio me pedir (longamente!) conselhos sobre sua jovem carreira.

768 — MARIA CASARÈS A ALBERT CAMUS[2]

[Montevidéu. Duck portuário. Torre de la Aduana.]

[27 de setembro de 1957]

Vou dar um jeito de encontrar um momentinho para te escrever longamente; mas sobretudo, desde que estreei, é uma loucura furiosa. Ah! Eles me amam! Fico feliz, mas cansada.

À parte isto, vai tudo bem. Me cuido o melhor que posso e penso em você

M.

769 — MARIA CASARÈS A ALBERT CAMUS[3]

[Montevidéu. Monumento al gaucho.]

---

1 O ator do TNP Roger Mollien (1931-2009), que divide o palco com Maria Casarès em *O triunfo do amor* e *Platonov*.
2 Cartão-postal.
3 Cartão-postal.

[28 de setembro de 1957]

Não tenho mais tempo nem para me lavar. É horrível e muito comovente. Vou embora de Montevidéu daqui a pouco. Escreverei de Buenos Aires se os cem mil galegos que lá me esperam, os espanhóis e os argentinos não me agarrarem pela goela. Levo daqui uma profunda lembrança. Penso em você o tempo todo. E também me falam muito de você.

MV

770 — MARIA CASARÈS A ALBERT CAMUS

3 de Octubre [sic] [1957], *Buenos Aires*

Meu amor querido,
Recebi aqui a sua carta de 25 de setembro. Também não entendo nada desses correios americanos; só sei que da próxima vez que vier a esses países vou querer te trazer comigo.

Minha estada em B[uenos] A[ires] se prenuncia ainda mais carregada que a de Montevidéu. Ainda nem comecei a atuar e já estou com os dias tomados de homenagens e encontros.

Estou preparando uma televisão, um disco e cinco discursos para cinco banquetes em minha homenagem. Também consulto um médico diariamente, pois as emoções, os nervos e o cansaço provocaram uma nova crise de alergia que desta vez se fixou nas pálpebras. Estou tomando injeções há três dias e começo de novo a ficar visível. Tenho mil coisas para te contar. Eu vejo, olho, simpatizo, compartilho, me informo, me entristeço, me entusiasmo, me revolto, me emociono; tudo isso num calor úmido insuportável. E sorrio sem parar e distribuo charme *gallego*!

Impossível manter um diário, mas as lembranças são vivas e profundas; acho que serei capaz de te contar com clareza. Victoria Ocampo me escreveu;[1] hoje

---

1 Albert Camus conheceu a escritora, tradutora e editora argentina Victoria Ocampo (1890-1979) em Nova York em 1946. A diretora da revista e da editora Sur desempenha um papel determinante na tradução das obras de Camus para o espanhol na Argentina, num momento em que estão proibidas na Espanha. Durante sua viagem à América do Sul em 1949, Camus se hospedou na casa de Victoria Ocampo. Os dois amigos se veriam e corresponderiam regularmente até a morte de Camus.

de manhã tentei em vão falar com ela e devo encontrá-la amanhã de manhã em sua casa; dito isto, não sei direito onde vou encaixá-la.

Esta viagem está chegando ao fim, felizmente por sinal, para não correr o risco de chegar ao meu; mas foi rica e quase assombrosa.

Hoje, estou com medo de palco. Estreio esta noite com *Tudor* e ontem pude ver, na Embaixada, o quanto sou esperada.

Te amo. Penso em você. Sinto sua falta. Você me acompanha e também me ajuda. Eu falo de você e sonho com nossas próximas noites de Vaugirard, se é que você não estará em Titicahua quando eu voltar.

Me mande algumas palavrinhas. Saudações aos nossos amigos — não consigo encontrar um momento para escrever alguns cartões. Aconselhe bem Roger-la-honte, se livre das garras do seu homônimo[1] e me ame, me ame, me ame. Ah! Como você haveria de rir, se estivesse comigo. Eu realmente me sinto pequena diante de tudo isso; uma bandeirola muito frágil e oscilante.

Se cuide bem. Te amo.

M.V

771 — ALBERT CAMUS A MARIA CASARÈS

Sexta-feira, 4 de outubro de 1957

Meu amor querido,

Sua longa carta de Montevidéu finalmente te trouxe para junto de mim. Até então você flutuava, vago fantasma, entre latitudes indecisas. Mas o correio por avião é curiosamente demorado entre os dois continentes! (Praticamente uma semana.)

Que pena que você não goste de viagens de navio. Um dos meus sonhos era fazer um cruzeiro com você. Mas vamos esquecer. Estou te visualizando dividida entre os galegos e os espanhóis, para não falar da sua missão como atriz francesa. E se Montevidéu te lembrou Bruxelas, que vai dizer de Buenos Aires!? Aí como em toda a América do Sul, por sinal, você será devorada. Desconfio que os americanos do sul se entediam e aí o tédio, como tudo mais, não

---

[1] O cineasta Marcel Camus (1912-1982), ganhador da Palma de Ouro em Cannes com *Orfeu negro* em 1959.

tem medida. Para você vão ficar os triunfos de *Tudor* e a lembrança confusa de uma corrida ofegante.

Para mim as coisas vão melhor desde que voltei da Normandia, ataquei os *Possuídos*[1] e estou trabalhando regularmente, sem sair, ou muito pouco, e finalmente mergulhado numa labuta que me absorve. Claro que não é meu romance e às vezes penso nisso com melancolia. Mas qualquer coisa é melhor que essa inércia, essa negligência em que andava mergulhado. Além do mais, se o elã pegar realmente talvez possa ir mais adiante.

Os possuídos são apaixonantes. É um livro extravagante, mas genial. Uma das flores da civilização, não é possível ir muito mais longe, nem mais profundo. E seria bom e corajoso, e entusiasmante montar a peça sem concessões. À parte isto, não vi nada de uma temporada que começou sobretudo com peças de bulevar. *O diário de Anne Frank* é um grande sucesso[2] mas eu não vi, pois Caesonia não me convida mais desde que trabalhou comigo.[3] Hoje à noite vou ver Barrault com a *História de Vasco* de Schehadé.[4] B[arrault] me convidou de novo a montar eu mesmo *Os possuídos* no seu teatro. Estou aguardando.

A solidão quase total em que vivo me leva a refletir sobre a maneira idiota como às vezes vou me deixando viver. Eu precisaria utilizar melhor, e mais grandemente, os anos que me restam. Mas é verdade que para isso sinto a sua falta. Você é o meu equilíbrio, a densidade do sangue e dos sonhos, a verdade que me nutre. Que importa? Você vai voltar, nós vamos nos separar de novo, e vamos nos reencontrar e você me ajuda, ausente ou presente, me orgulho de você e de nós, e sempre te espero. Resista, se cuide e volte aos meus braços. Te beijo insidiosamente.

A.

---

1 Ver nota 4, p. 863.
2 *O diário de Anne Frank*, peça de Frances Goodrich e Albert Hackett, adaptada por Georges Neveux, é montada em setembro de 1957 no Teatro Montparnasse, com encenação de Marguerite Jamois.
3 Ver nota 2, p. 188.
4 *História de Vasco*, de Georges Schehadé, é criada no Teatro Sarah Bernhardt em 1º de outubro de 1957, na encenação de Jean-Louis Barrault.

772 — MARIA CASARÈS A ALBERT CAMUS

10 de outubro [1957]
Buenos Aires

Meu querido, meu amor, meu anjo, uma palavrinha para te agradecer; recebi ontem a sua carta. Trabalhe, trabalhe bem. O romance virá depois.

Do Chile vou te escrever longamente — lá espero não ficar assoberbada como aqui; mas vai ser difícil te contar o que foi Buenos Aires. Não sei mais se choro de cansaço ou de emoção, mas choro o tempo todo. Talvez nunca mais encontre uma recepção tão triunfal — mas isso não é nada —, e sobretudo tão terna, tão afetuosa. Você nem pode imaginar o que foi. Senti sua falta e estou esperando o momento em que tudo se decantar para estabelecer um pouco de ordem e tentar registrar para te contar.

Senti a sua falta na sala do Teatro Cervantes e ontem na imensa nave do Colón,[1] com gente em pé por todo lado, gritando e agitando lenços, as poucas palavras de agradecimento que tive de dizer, eu as pronunciei pensando em você.

Constatei então que estava me esforçando e que era capaz de ainda me superar por alguém.

Perdoe esta carta. Ela é louca; mas graças ao cansaço, acho que eu também estou.

Te amo. Até depois de amanhã.

M.

773 — MARIA CASARÈS A ALBERT CAMUS

13 de Octubre [sic] [1957]
Chile

Meu amor querido,

Cheguei anteontem às 14 horas a Santiago da qual por enquanto só conheço meu quarto de hotel — Saturada de festas de homenagem, de triunfos ultra-

---

1 Inaugurado em 1908, o Teatro Colón é considerado um dos melhores teatros de ópera do mundo, por sua acústica.

passando os limites permitidos, de emoções de todo tipo, de palavras, de coração, de lágrimas, de beijos, de elogios, de carinhos, de adjetivos insuperáveis, de discursos ouvidos e pronunciados, me declarei doente. Não se preocupe; meus resfriados não suportaram a calorosa recepção de B[uenos] A[ires], minhas alergias se esgotaram e apesar de estar pesando pouco, me sinto melhor. Eu simplesmente tive de abandonar por um tempo a ginástica, os tapinhas e a metade do meu sono.

Meu Deus, que vida! Por duas vezes achei que alguma coisa estava estourando na minha cabeça, que a demência me espreitava e já me via, perdida, correndo pelas ruas *percebidas* em B[uenos] A[ires], disfarçada de bandeira, carregada como símbolo da Espanha imigrante, como a estrela da Galícia, como mensageira da união franco-hispânica, como o farol do gênio latino, como a encarnação viva da dignidade e da fidelidade, como a flâmula da Nova Espanha, da Nova Geração, da Liberdade Exilada deste mundo, sei lá o quê!? E não são apenas os espanhóis, não são apenas os galegos, mas também os argentinos que entraram na dança! A Rússia era café pequeno ao lado da onda da doce e triste Argentina, e não sei muito bem, se voltar, como é que eu me sairia.

Oh! Não estou me queixando. Trago lembranças inesquecíveis que eu não esperava; no meu profundo pessimismo, não sabia que uma certa maneira de enxergar a vida e exercer uma profissão pudesse despertar semelhante entusiasmo e tanto afeto durante dez dias pelo menos e ainda guardo como um estímulo inesquecível a imagem de três mil e seiscentas pessoas, no Teatro Colon, de pé, gritando M[aria] e agitando lenços brancos.

Vou te poupar, hoje, do resto. Contarei tudo, aos poucos, assim como meu pequeno trabalho de embaixadora. Ah! Me permiti cumprimentar os intelectuais espanhóis e argentinos em nome de seus irmãos franceses, fiz mal?

Mas vamos em frente. Montevidéu e Buenos Aires já ficaram longe para mim, a turnê acabou. Aqui, ficarei ao todo quatro dias apenas, no Peru, oito, e até a volta vou subir ao palco apenas três vezes em *O triunfo do amor*. Agora vou tratar de engordar um pouco, recuperar forças e me preparar para a volta. Parece que vamos pegar o avião do dia 27, que nos deixará em Paris no dia seguinte. E depois, paz até 10 de dezembro.

Não se preocupe se eu escrever pouco. Fiquei tão mexida e cansada que poucas noites se passaram sem que eu chorasse um bom momento antes de cair no sono. Emoções demais, lembranças demais, revolta demais e desprezo também, às vezes. Tive a sensação de tocar com as mãos a tocante e repugnante presunção e nunca foram tão claras para mim as palavras do meu pai a mamãe: "Está vendo essa multidão histérica aos meus pés? Amanhã, dentro de um ano, vão me atirar laranjas." As laranjas lhe foram atiradas, com efeito, e vinte anos depois só restam alguns, muito poucos, para me lembrar em público que sou sua filha.

Ah! Miséria.

Meu amor querido, em breve estarei nos seus braços e encontrarei de novo no seu belo olhar claro o que as pessoas se matam buscando neste mundo. Albert, meu querido, eu te declaro que te amo. Te amo irremediavelmente, como se ama o mar.

Se cuide, trabalhe bem. Me ame.

Até muito em breve, meu amor —

M.

Ah! Quantas coisas para te dizer!

774 — ALBERT CAMUS A MARIA CASARÈS[1]

13 de outubro de 1957

É difícil escrever assim, meu querido amor. Suas notícias são raras, necessariamente superficiais e eu só tenho a impressão de que você está sendo literalmente devorada e que não é fácil se comunicar com você nesse tumulto. O principal é que a viagem te anime e que você sinta ao seu redor a admiração e o amor que merece. O principal também é que volte e que esta carta sirva simplesmente para te lembrar de me telegrafar a data do seu retorno e dizer que te espero com o mesmo coração.

Você vai me encontrar em melhor forma. O trabalho com os *Possuídos* que estou levando a cabo regularmente e no qual, para dizer a verdade, passo a maior parte dos meus dias me devolveu um equilíbrio. Provavelmente terei concluído no fim do mês ou em meados de novembro. Talvez então encontre energia para dar a partida no meu livro. Enquanto isso, estou apaixonado pela efervescência desses *Possuídos* e tenho a impressão de que será uma peça realmente extraordinária.

---

1 Carta endereçada ao TNP no Teatro Segura, em Lima, Peru.

A luz também voltou no céu, e ajuda. Angeles igualmente reapareceu no céu de Vaugirard. Aos poucos a constelação familiar se organiza e só me falta a estrela da noite, brilhante e perfeita, aquela que se via suspensa sobre as colinas de Cordes.

Também tenho muito a te contar mas prefiro esperar sua volta. Estou sempre aqui, isto é certo, sempre voltado para você, sorrindo para você às vezes como se você estivesse aqui, feliz e orgulhoso dos seus sucessos como um pai ingenuamente satisfeito, e também impaciente de ter de novo o seu calor, suas maravilhosas mãos, os olhos que eu amo há tantos anos. Volte para o seu fiel, largue esses trópicos onde foi ao mesmo tempo exaurida e preenchida, e chegue, chegue enfim, para aterrissar nos meus braços. Te amo.

A.

Segunda-feira. Estou na sua casa. Uma barafunda pavorosa. Mas estará pronto, creio eu, quando você chegar.

775 — MARIA CASARÈS A ALBERT CAMUS[1]

18 de outubro de 1957

QUE FESTA JOVEM TRIUNFADOR QUE FESTA MARIA[2]

776 — ALBERT CAMUS A MARIA CASARÈS[3]

18 de outubro de 1957

NUNCA SENTI TANTO TUA FALTA TEU ALONSO

---

1 Telegrama.
2 O prêmio Nobel é concedido a Albert Camus no dia 16 de outubro de 1957.
3 Telegrama endereçado ao Hotel Bolivar, em Lima.

777 — ALBERT CAMUS A MARIA CASARÈS[1]

> Salut et adoration à
> mon soleil longtemps disparu
> à l'Occident — mais qui
> se lève à nouveau pour inonder
> mon cœur.
>
> 27 oct 57

Saudação e adoração ao meu sol que há muito desapareceu no Ocidente — mas que nasce de novo para inundar meu coração.

27 de outubro de 1957

778 — ALBERT CAMUS A MARIA CASARÈS[2]

11 de dezembro de 1957

Estou materialmente impossibilitado de te escrever. Este bilhete é para te dizer que aperto sua mão, às vezes, e te sorrio em pensamento, para me ajudar. A composição de Mr. Deeds[3] está pronta, mas estou cansado e louco para ir

---

1 Cartão de visita. Maria Casarès está de volta a Paris em 28 de outubro, permanecendo até 10 de dezembro de 1957.
2 Papel timbrado do Grand Hotel Stockholm. Albert Camus, tendo partido de Paris de trem com a mulher e Michel e Janine Gallimard, chega a Estocolmo em 9 de dezembro de 1957.
3 Referência ao filme de Frank Capra *O galante Mr Deeds* (1936). Mr. Deeds — Gary Cooper — é um sujeito vulnerável e ingênuo que tem de ir a Nova York receber uma herança considerável e inesperada.

embora. O país é impressionante, mas o Prêmio Nobel me separa dele. De noite, a cidade é cor-de-rosa e branca. Até terça-feira.
Te beijo de derreter toda a neve da Suécia.

A.

Quando recebi seu telegrama, estava fazendo -10. E de repente, os trópicos!

1958

779 — ALBERT CAMUS A MARIA CASARÈS[1]

[janeiro de 1958]

Tudo que eu amo está hoje em Trezena[2] — e eu também, confiante, com você, meu amor.

A.

780 — MARIA CASARÈS A ALBERT CAMUS

29 de março [1958]

Chego a me perguntar hoje, meu querido, se não fui com você para a Argélia. O céu, apesar de um pouco pálido, está quase límpido, as mulheres abriram mão dos agasalhos e os homens "largam o paletó". O que talvez signifique chuva para amanhã, mas enquanto isso pude desfrutar o dia inteiro, tanto em casa quanto no estúdio e na rua, de sorrisos radiantes, silhuetas liberadas e olhares transbordantes de simpatia; e você sabe como sou sensível a isso.

Acabo de concluir a gravação de *A devoção* e acho que me saí bem com a nossa Julia. Tanto melhor; estava querendo muito. Mas essa reprise deixou claro para mim mais uma vez como me sinto à vontade nas águas dos meus antepassados e de repente me deu vontade de frequentá-los cada vez mais. Por outro lado, ouvindo Serge R[eggiani] dizer sua oração, lamentei mais uma vez ouvi-lo tão raramente; talvez seja o único ator que sempre me comove e acredito que não é possível dizer um texto como ele diz sem uma grande qualidade de coração. Ele também tem, na minha opinião, a intuição da elevação

---

1 Cartão de visita acompanhando um buquê, endereçado ao TNP, Teatro de Chaillot, quando da reprise de *Fedra* na encenação de Jean Vilar, com Maria Casarès, Alain Cuny, Roger Mollien...
2 Cidade onde transcorre a ação de *Fedra*.

de alma e acho injusto demais que a fada do espírito e da sabedoria tenha de tal maneira se afastado do seu berço. E assim ele não faz mais nada, se torna pequeno, magro, encolhido, com uma cara horrível.

Depois de me consagrar à Cruz, agora vou dedicar meu tempo ao *Santo Sacramento*.[1] Os ensaios começaram, lentos, penosos — como sempre — e sou obrigada a me esvaziar completamente antes de cada sessão para não me irritar. A vitalidade é uma coisa boa, mas é preciso poder usá-la.

Desde que você viajou eu também enterrei Macbeth — meio de qualquer jeito, tenho de reconhecer. Só vamos retomá-lo *provavelmente* em Avignon, na segunda quinzena de julho, e aproveitaremos então a minha presença e a de Gérard para ensaiar *provavelmente O Cid*. Quanto ao Marrocos e ao período que antecede 10 de junho, ainda não tive notícias.

Quanto ao resto, vai tudo bem e os rostos brilham com o novo sol, exceto o de titio,[2] que se ressente um pouco da força da primavera.

Semana que vem, se encontrar a necessária coragem, vou para o campo, perto de Paris enquanto o TNP estiver em Poitiers. Alguém da Casa me ofereceu sua residência não longe de Paris, mas ainda não sei se optarei simplesmente pela pousada, por causa do problema das refeições. Se realmente for, sairei da rua de Vaugirard segunda-feira à tarde e voltarei na quinta-feira. Estou hesitando, mas sei que me faria muito bem.

E você, como vai? Na noite da sua partida tive a alegria de receber em Chaillot uma carta *urgente* que você tinha mandado do Rio — a primeira. Fiquei muito feliz, pois ela era particularmente doce e chegava em boa hora — é estranho mas é assim, são os caminhos do Senhor..., etc. para me ajudar a levar mais valorosamente e de maneira mais saborosa a melancolia que o seu afastamento causou em mim. Sim; ando melancólica e meio preocupada, menos com os riscos físicos, para os quais me falta imaginação, do que por te saber atormentado. No entanto, é bom que você esteja aí, que veja sua mãe, que ela te veja, e que você se ponha em dia com a sua terra; sua estada no Sul assim será mais fecunda e mais próxima dessa verdade que te queima — Ó HOMEM! No meu caso, eu transformaria uma cela na breve prisão da minha vida. Nela, ficaria infeliz com as desgraças de um destino sem piedade, lamentaria a sorte implacável, o céu inimigo, uma estrela adversa! E cobriria de lágrimas

---

1 Gravação de *O coche do santíssimo sacramento*, de Prosper Mérimée, com Georges Wilson, para a coleção "TNP" dos discos Véga.
2 Sergio Andión.

a lembrança de uma paixão por demais confiante num amor... mas não! Estou delirando... mas até que seria belo!

Com vê, não consigo mais ser séria.

Comecei *A montanha mágica*.[1] É belo e terrível, mas eu tinha razão de querer ler. É um livro que me faz entender — e como! coisas que sempre foram obscuras; infelizmente eu esqueço com muita frequência que sou filha de rico e uma fortaleza de saúde. Esqueço que sempre escapei da doença, da promiscuidade e sobretudo da vulgaridade e não me lembro o suficiente que de um dia para outro milhares de criaturas podem ser atiradas num mundo em que a lei é ditada por essas três irmãs negras. Ó Confiança, único refúgio adorável de um universo desolado!

Decididamente, ando muito lírica; vou parar. Por sinal, queria apenas te dar um pequeno bom-dia. Escreva, para que na quinta-feira, voltando do campo, eu tenha uma palavra sua; mas não se force. Uma palavra para me dizer seu estado de ânimo e me beijar. Sinto a sua falta; não digo mais por causa da "terceira", mas nem por isso penso menos nela.

M.V.

781 — ALBERT CAMUS A MARIA CASARÈS

Domingo, 30 de março de 1958

Uma palavrinha para te tranquilizar, meu amor. A viagem correu bem.[2] E mesmo no mar, agitado porém cheio de boa energia, me vi durante algumas horas exatamente como era antes de cair no marasmo. Aqui o céu claro, o sol, o vento, o mar a cada curva, as noites cheias do perfume das glicínias me ajudam a viver, me parece. Sem falar, naturalmente, da minha mãe, um pouco envelhecida, mas sempre alerta, e que eu amo. Claro que há também o resto, as eternas patrulhas policiais, as barreiras, os bondes com grades, a guerra, numa palavra. Mas mesmo assim é melhor que a inconsciência e a tolice de Paris.

---

1 O romance de Thomas Mann (1924; tradução francesa em 1931).
2 Albert Camus está em viagem pela Argélia, durante a qual se liga ao escritor Mouloud Feraoun e vai mais uma vez a Tipasa.

Estou começando a trabalhar nesse hotel tranquilo e belo (lá fora ouvimos apenas cantos de pássaros). Eu bem que queria me curar completamente no mínimo para não ser mais esse companheiro incômodo que você suporta com elegância. Não tenho mais idade para te seduzir, mas ainda tenho para te reter e te conservar. Você foi paciente e meiga comigo e assim eu te amava ainda mais. Gostaria muito que pudéssemos fazer essa viagem em junho para que a beleza também nos aproxime.[1] Me escreva, ainda que brevemente, para dizer o que está fazendo e o que fará. Não esqueça a sua mula obstinada, amorosa e trabalhosa. Preciso de você e pensar em você me ajuda diariamente. Até logo, minha rainha, que eu amo e admiro. Te beijo de todo coração.

A.

782 — ALBERT CAMUS A MARIA CASARÈS

Sexta-feira, 4 de abril de 1958

Sem notícias suas. Você desapareceu no campo e no esquecimento do seu velho companheiro. Espero que esteja descansando, pelo menos, e que se recupere.

Eu aqui me obrigo a sorrir, me bato nas costelas para recuperar uma certa vitalidade, mas na verdade estou constantemente abatido. Mas sem mais problemas. Simplesmente não consigo me decidir a pegar um avião e na volta vou de navio. Depois, não sei como irei à Grécia.

De qualquer maneira volto ao sul da França dentro de uns dez dias e te mandarei meu endereço, ou então telefonarei. Toda vez que venho aqui, lamento estar sem você. É verdade que no momento melhor seria não infligir minha companhia a ninguém. E além do mais, trabalho pouco e mal.

O tempo aqui está bom, mas a situação é difícil. Enfim o mar, a luz, as flores ajudam a viver, aqui como em qualquer lugar.

Beije a santa família por mim. Penso em você com a ternura do coração, e da preocupação, e o mesmo amor, que te beija.

A.

---

1 Uma viagem à Grécia está sendo preparada.

783 — MARIA CASARÈS A ALBERT CAMUS

Domingo de Páscoa [6 de abril de 1958]

Meu amor querido,
Cristo ressuscitou e você talvez receba esta carta no dia de santo Alberto. Dois aniversários para comemorar, mas receando me atrasar já te enviei um telegrama ontem à noite para me juntar a você na sua Páscoa africana.
Ao voltar do campo na quinta-feira tive de trabalhar muito e não achei tempo para te escrever até sexta-feira à noite, tarde demais para que você recebesse minha carta antes do parêntese das festas. Como estava cansada, decidi então deixar para esta tarde.
Realmente o campo tinha me estressado um pouco, pois a casa cuja chave me foi entregue mais parece uma tenda que uma mansão e fui obrigada a trabalhar feito uma condenada para me alimentar e me lavar. Sem gás nem eletricidade, consegui ainda assim cuidar da minha subsistência roubando lenha na vizinhança (ó, vergonha) e preparando pratos bem pesados mas deliciosos no fogo da lareira. Como fazia um frio do cão também tratei de inventar trabalho para me aquecer e tendo encontrado toras e ancinhos me ocupei desenhando e trabalhando a terra para transformar um terreninho selvagem em encantador jardim de subúrbio. E assim tive direito aos cumprimentos dos meus anfitriões quando voltaram no último dia para tomar posse de novo da casa e deram comigo vermelha de sol e de vento, no meio da minha obra-prima, quebrada mas orgulhosa. Orgulhosa, oh sim! Três noites solitárias longe de toda companhia conhecida ou desconhecida, em pleno mato, num arremedo de conforto e frente a frente com uma boa vintena de aranhas de todas as formas e tamanhos... motivos suficientes de orgulho, sobretudo sabendo que eu poderia continuar nesse tipo de vida com alegria por muito mais tempo. Mas quanto mais eu avanço, menos me espanto. O gosto, a paixão da vida se bastam, e os animais feitos apenas de vitalidade, como eu, se entregam com a mesma disposição ao cultivo profundo de um pedaço de terra ou a andar às voltas com os mistérios da recriação na tentativa de dar vida ao personagem de Ximena.[1]
Esta constatação ocupou boa parte da minha estada por lá, pois me dei conta de

---

1 Maria Casarès está ensaiando o papel de Ximena em *O Cid*, de Corneille, para uma turnê que a levaria ao Canadá e aos Estados Unidos com o TNP, de setembro a novembro de 1958.

que pela primeira vez, em vez de me satisfazer completamente, ela me deixava vagamente melancólica. Acho que durante muito tempo busquei, consciente ou inconscientemente, dar uma forma a minha existência, como qualquer um, e quanto mais avanço em idade e experiência, mais tenho a impressão de parecer um camaleão sem sexo, cuja única utilidade é capturar e refletir uma bela luz. Mas e aí?! A beleza e o movimento não são o que há de mais nobre e necessário? e quando se tem o privilégio de frequentar um dos dois e nele se integrar ainda que às vezes e de nunca recusar o outro, não seria uma bela maneira de estragar o menos possível o tempo que passamos nesta terra? E a modéstia, a indulgência e justamente esse vago sentimento de melancolia não são as principais qualidades de uma mulher?

Eu estava nisso quando recebi sua segunda carta, a de sexta-feira, e lendo-a pensei mais uma vez que éramos irmãos e que nossas crises decididamente andavam juntas. Apenas, como desta vez você está se defendendo mais valorosamente que eu, a sua é mais aguda e começa a me preocupar muito seriamente.

As primeiras notícias que você tinha enviado me deram a esperança de um restabelecimento mais rápido até do que eu esperava, apesar de comentários inesperados e estranhos do tipo "não tenho mais idade para te seduzir", "reter" etc., que me deixaram com a pulga atrás da orelha e um calafrio gelado no coração. Pois eu estou aqui, meio amorfa é verdade — meio à sua imagem talvez ou à imagem do mundo que nos cerca — mas estou aqui, apesar de tudo, inteira e viva, e nunca se questionou o que me prende aqui e quando você fala de uma certa maneira de repente eu fico acreditando com todo o meu ser em alguma doença séria de que você esteja de fato profundamente acometido e me desespero.

Oh! Claro! Eu não sou mais a mesma de 1950 e menos ainda a de 1944. Felizmente, aliás! Que teriam sido esses últimos anos se eu continuasse sendo a garota meio voraz que você conheceu? E também não sou aquela que deveria ser, pois ainda sou a mesma que era, apesar de tudo, me debatendo como posso e como não pode deixar de ser.

Mas em tudo isso não deixa de estar bem claro que você reina como senhor e que tudo isso é feito de você e de mim, para sempre misturados, e que o que eu sou agora não é mais o que eu fiz de mim, mas o que nós fizemos de mim. Como então seria possível escapar a essa extraordinária cumplicidade sem negar a si mesmo? Como é possível sequer pensar nisso sem um grão de loucura e como é que você chegou a este ponto?

Não, meu querido, você não está bem. E como te ajudar? Dizer o quê? A paciência é para mim, mais indiferente que você ao tempo que passa. Mas a você, para quem os dias podem se reduzir a nada ou, pelo contrário, se expandir em riquezas jamais suficientes, como aconselhar paciência? E no entanto, fazer o que, senão esperar e se entregar? Ah! Se neste momento você pudesse acreditar em si mesmo e na sua estrela, como eu acredito, haveria de encontrar o caminho da verdadeira entrega e muito rapidamente o resto viria; mas é difícil se entregar sem acreditar e sem ser tomado de terrível vertigem; eu que há algum tempo vivo meio à deriva, bem sei que só suporto isso porque não tenho nada a fazer na vida e no fim das contas, se é para "cumprir meu dever", talvez possa fazê-lo igualmente nesse estado ou em qualquer outro, mas imagino aterrorizada a pavorosa angústia que me oprimiria o coração a cada minuto se tivesse a sensação de desperdiçar um tempo precioso. Acho portanto que sei o que vem te abatendo há muito tempo, e como te conheço, fui a primeira a estremecer quando você se jogou de corpo e alma nesse braseiro mágico que é o teatro. Achava que você era feito para isso mas também achava que era feito para outra coisa e que mais uma vez ia dar um jeito de se colocar numa posição das mais desconfortáveis; mas também pensei que era o seu destino e que precisava me calar respeitosamente. Agora aí está você "esvaziado por dentro", como todos nós (não é só o sol que devasta o espírito e o coração, mas também a ação e a religião do momento que passa); aí está você destroçado, mais devastado que todos nós porque mais rico, mais mexido, deserto. Mas não precisa temer, espere, meu amor, tenha confiança, acredite em mim: eu sei que tudo vai voltar, que tudo voltará a viver, e muito em breve. Acredite, estou pedindo. Não sei mais escrever, como está vendo, nunca soube me expressar, não sou boa de raciocínio ou então o maltrato, mais julgo ter uma ciência que talvez você desconheça, e hoje é preciso acreditar em mim: muito em breve você vai emergir. Espere, não se assuste, não se feche, deixe correr, espere. Meu amor te acompanha; que ele possa te servir de apoio!

Te beijo com toda a minha alma.

MV

P.S.: Léone, no lugar de Gilles Quéant[1] doente, está fazendo uma enquete sobre os riscos ou problemas decorrentes da multiplicação de festivais

---

1 Ver nota 1, p. 664.

na França. São feitas certas perguntas aos principais "diretores de festivais" e ela foi incumbida de [te] encontrar ou entrevistar. Poderia te escrever? Onde?

784 — ALBERT CAMUS A MARIA CASARÈS

7 de abril de 1958

Aguardo a carta anunciada no seu telegrama (bem-vindo!). Mas este bilhete é apenas para dizer que não escreva depois que o receber. Domingo estarei no mar e os prazos dos correios *são longos*. Assim que chegar ao Sul vou telefonar.

Estou melhor, mas ainda sem coragem de pegar um avião.[1] Mas realmente, nitidamente melhor.

Senti a sua falta. Simplesmente me empenhei tanto em reencontrar o equilíbrio que não percebi bem o tempo escapulindo. Agora gostaria de te abraçar. Não me esqueça. Te beijo de todo coração, meu amor.

A.

785 — MARIA CASARÈS A ALBERT CAMUS

2 de maio [1958]

Meu amor querido,

Decididamente o Teatro Nacional Popolar [sic], sua administração e sua direção sabem dar um jeito de estragar as melhores viagens. Aqui estamos nós no Marrocos; temperatura amena e o mar parecendo mais que promissor, lá longe; mas já estamos esgotados. Por causa da leviandade de Daniel Sorano,[2] assim que pusemos os pés em terras africanas, nos conduziram ao circo dos prazeres para ensaiar mais uma vez *O triunfo do amor* com nosso novo Arlequim: J[ean-] P[ierre] Darras.[3] Mas naturalmente, sempre à altura dos acon-

---

1 Albert Camus volta de navio em 14 de abril de 1958.
2 Ver nota 1, p. 1048.
3 O ator Jean-Pierre Darras (1927-1999) entra para o TNP em 1953, interpretando Francisco em *Don Juan*, de Molière, no Festival de Avignon, além de vários papéis ao lado de Maria Casarès.

tecimentos, J[ean] Vilar, que havia chegado de manhã, não teve a excelente ideia de jantar antes da nossa chegada, o que nos obrigou a esperá-lo de 9h30, hora do nosso desembarque, até 10h45, nos levando a trabalhar até 1 hora da manhã?! Hoje, voltamos a ensaiar a peça inteira na ordem por causa do formato diferente do palco, depois temos récita às 9h30, em seguida lavamos a cabeça, dormimos se conseguirmos e amanhã bem cedo fazemos as malas de novo para viajar para Rabat, onde voltamos a ensaiar à tarde para subir ao palco à noite. Enfim domingo, dia de descanso, temos uma recepção na embaixada com toda formalidade, ficamos ainda mais um ou dois dias em Rabat para representar O estouvado[1] e mais uma vez fazemos as malas para voltar à Casa, onde apresentamos O estouvado e uma vez O triunfo do amor antes de refazer as malas para voltar a Paris.

Devo dizer que isto e a história de me obrigar a voltar de noite de trem de Bruxelas a Anvers, depois de ter representado Fedra, para tomar o trem de novo às 7 horas na manhã seguinte para me levar de volta a Bruxelas e seguir para Paris, são as duas bandarilhas que faltavam no meu pescoço para receber a estocada.

Enfim, em Rabat vou tentar desfrutar da África o melhor que puder. Naturalmente, ainda não sei em que hotel vou ficar, mas se tiver alguma coisa para me dizer, escreva para o Hotel El Mançour em Casablanca; passarei por lá terça ou quarta-feira, pois nos apresentamos ao ar livre e não posso sequer te dar o endereço de um teatro.

Por enquanto, meu horizonte africano se reduz ao exotismo do grande Hotel Marhaba, bem em frente à minha janela, e mais adiante, ao longe, os guindastes do porto e o mar. Nada mau. O céu está cinzento, temperatura amena e o vento é vitalizante. E eu aqui me debatendo. Acho que vou indo muito bem e se Bordeaux, Vilar, a Périchole, a demência inofensiva, o desespero artístico, o vazio, o tédio exalado por alguns dos meus gentis companheiros não acabarem com a minha saúde, acho que você terá encontrado uma boa companheirinha para percorrer as ilhas milagrosas do mar Egeu.

Pois então reze por mim e me espere. Vou chegar meio enviesada, receio esses oito dias em que ainda te verei pouco e mal, mas nós teremos paciência: as férias estão chegando!

---

1 O estouvado, de Molière (1653).

Pedi a Paris que te recebesse em todo o seu esplendor; ela estava se enfeitando quando a deixei. Espero que tenha gostado do que encontrou.

Até sexta-feira, meu querido. Ainda mandarei algumas palavrinhas de Rabat. Te beijo muito, muito, muito.

M.

786 — MARIA CASARÈS A ALBERT CAMUS[1]

8 de maio de 1958

CHEGO ORLY AVIÃO 18 H 05 CARINHO MARIA

787 — ALBERT CAMUS A MARIA CASARÈS[2]

6 de junho de 1958

Tantos anos, um só coração!

788 — MARIA CASARÈS A ALBERT CAMUS[3]

[São João] [19 de junho de 1958]

Que São João te guarde, querido anjo! Achei que se ele estivesse aí para te receber, PARIS ficaria te parecendo mais luminosa.

M.

---

1 Telegrama.
2 Cartão de visita acompanhando um buquê, pelo aniversário da união de ambos.
3 Cartão-postal carimbado em Samos em 19 de junho. Albert Camus e Maria Casarès estão em cruzeiro pela Grécia no *Fantasia*, de 10 de junho a 6 de julho de 1958, em companhia dos Gallimard (Michel, Janine e a filha do casal, Anne) e dos Prassinos (Mario, Io e a filha Catherine). No início de julho, Maria se separa deles, passa por Atenas, Roma e Nice para interpretar *Macbeth* em Marselha com o TNP, seguindo depois para o Festival de Avignon.

789 — MARIA CASARÈS A ALBERT CAMUS

Marselha, 5 de julho [1958]

Meu amor querido,
Pensei mesmo em você e nas suas múltiplas recomendações em todo o caminho que me levou de Atenas a Marselha. Infelizmente não tive tempo de pôr em prática seus sensatos conselhos, pois assim que me separei de vocês a Air France começou a tomar conta de mim. E assim, ao chegar a Roma, nem me deram tempo de observar tranquilamente Miss Itália descer do avião diante das câmeras e aparelhos fotográficos; um sujeito grandalhão nada mau, de olhos claros, avançou para mim, agarrou meu cotovelo esquerdo e me arrastando para longe do grupo feliz que esperava a recepcionista exclamou: "A senhora vai para Nice! Venha comigo!" Um pessoal de Nice que tinha me reconhecido no avião e me lançava olhares de cumplicidade quis interferir e começou a murmurar timidamente: "Nós também, estamos indo para Nice", — "Sigam a recepcionista!" berrou meu raptor, me arrastando até a sala de espera que você conhece! Lá, ainda soltou algumas palavras "Seu passaporte! Será devolvido na hora da partida. Enquanto isso, coma alguma coisa", e dito isto me deixou plantada ali, entregue a mim mesma. Pelo menos foi o que eu achei e, me sentindo muito dona da minha nova independência, me dirigi a um vendedor de cartões-postais querendo comprar uma caixa de fósforos. Ele me disse que "isso se vende lá onde vendem cigarros, quer dizer, na tabacaria" e me descartou com um sorriso. Depois de comprar fósforos e depois da primeira baforada de cigarro, eu quis me abstrair daquele lugar onde todo mundo me olhava com excesso de gentileza e decidi ir fazer xixi e me divertir com uma bela toalete; porém mal acabava de pousar meu nobre traseiro no trono quando ouvi a recepcionista de terra berrar meu nome a todos os ventos. — "Estou aqui!" — "Signorina Casarès!" — "Estou aqui, já vou!" — "Venha! Tem jornalistas aqui querendo falar com a senhorita e as Atualidades querem capturá-la!" Na posição em que me encontrava, era difícil fazer discursos. Mandei então por trás da porta um tímido: "Mas eu estou de férias", e apavorada com as palavras que acabava de dizer e que não tinham nada a ver com a situação, me calei, guardei meu xixi e saí. Depois de ser "capturada" e fotografada sob todos os ângulos fui em vão atrás de alguma paz primeiro na sala de espera, depois no restaurante. Os empregados me pediam autógrafos, provavelmente para finalmente saber quem eu era, e o garçom que me serviu o *espresso doppio* acabou

sentando à minha mesa para puxar um papo. Eu distribuía charme a torto e a direito, de tal maneira que no fim das contas tive de ir buscar a paz entre dois bebês que berravam de rasgar as entranhas e que desanimariam até o demônio se quisesse me tentar.

Ao cabo de duas longas horas o grandalhão voltou "Venha" e me fez passar na frente de todo mundo, como eu gosto. Mandou eu escolher meu lugar e então me apresentou ao comandante Rivière, que pediu à aeromoça que me acompanhasse à cabine de pilotagem durante a horinha de voo que eu esperava como um refúgio de paz.

Ao chegar a Nice, mal pude esboçar algumas frases na sala de informações; mas ainda assim fiquei sabendo que meia hora depois um trem partia para Marselha. Táxi. Ferroviária. Peço uma passagem para Marselha — "Outra?" me perguntam, num tom que não admitia contestação. Mal tive coragem de dizer "sim" e saí de fininho em direção ao trem, no qual passei quatro horas num compartimento superlotado com um monte de gente comendo as coisas mais apetitosas. Já estava achando que ia desmaiar quando de repente — ó milagre — chegou um sujeito com bebidas e sanduíches. Comprei uma limonada perfeitamente nojenta e um sanduíche de couro com uma fatia cinzenta que de longe lembrava presunto e comi o melhor jantar da minha vida. Reanimada, li até meia-noite e à meia-noite e quinze cheguei a Marselha. Táxi até o Noailles, onde meu quarto só tinha sido reservado para o dia seguinte — "Não faz mal! um outro com banheiro. Me mudo amanhã." Subi e perdi a consciência depois de um bom banho.

Depois disso, reencontrei a França, o sul, o mau gosto marselhês, as mulheres capitosas, o Épuisette, os colegas, o Farol, *Macbeth*, o medo de palco e o público e sobretudo o barulho. Mas ainda não me acostumei. Vivo mal e sonho com ilhas. Mais uma! Mais uma! E sinto falta do luxo, dos cartões--postais e dos colares de burro e da pequena caravana e do seu doce Tirano e do capitão uísque com soda. Quanto às ilhas, ainda não consegui sair e começo a acreditar que fiquei em algum lugar por lá, a meio caminho do litoral turco, transformada em pedra ou gaivota. A beleza dessa viagem foi mágica e parece que eu fiquei encantada.

E vocês, como enfrentaram o sol grego? Me mande algumas palavras para o Hotel d'Angleterre em Avignon, lá estarei a partir de segunda-feira à noite. Se não for embora de Marselha mais cedo, tentarei te telefonar; caso contrário, telefono na terça-feira, de Avignon.

Obrigada, meu querido, por tudo que você me dá. Espero que continue belo como estava no *Fantasia* — e que agora possa trabalhar como quer.

Se não tiver vontade de me escrever, mande pelo menos um bilhete para eu saber a quantas anda.
Te beijo muito muito.

M.

Um beijo para Michel e Janine.

790 — ALBERT CAMUS A MARIA CASARÈS[1]

[Auriga. Museu de Delfos.]

sentimos sua falta... Albert
Michel [Gallimard] Mario [Prassinos] Anne [Gallimard] Janine [Gallimard] Io [Prassinos] Catherine [Prassinos]

791 — ALBERT CAMUS A MARIA CASARÈS[2]

8 de julho de 1958

Meu amor querido,
Levei quarenta e oito horas para me acostumar de novo a Paris. Quero crer que o seu São João, encontrado aqui com gratidão e ternura, me ajudou — pois em mim só havia má vontade e mau humor, diante do inacreditável amontoado de correspondência e obrigações que me esperavam. Também estava angustiado com esse romance[3] que agora preciso fazer e diante do qual me sinto só. É verdade que Francine teve a ideia de me deixar uma carta de conselhos da qual se depreendia que o que me falta para escrever um verdadeiro e grande romance é ter acesso à ordem da caridade e do amor. Basta que eu chegue lá e não terei mais nenhum problema para escrever minha obra-prima. E parece que uma boa maneira de chegar lá seria andar de metrô com mais frequência. Em matéria de acesso à ordem da caridade, comecei com um violento acesso de raiva.

---

1 Cartão-postal reenviado de Marselha a Avignon.
2 Carta endereçada ao Hotel d'Angleterre, Avignon.
3 *O primeiro homem.*

Hoje estou melhor. Organizo meu trabalho perfeitamente decidido a desfrutar da vida, das minhas forças e da minha capacidade de pegar pesado, e tudo ao mesmo tempo. Em matéria de notícias importantes, a resposta do Récamier é negativa.[1] Enorme decepção para mim. Terei de abrir mão do meu projeto geral. Restam *Os possuídos* e aí só tenho escolha entre Hébertot e Barrault. Os dois me incomodam por motivos diferentes.

Bem. Lembro com saudade do mar e das ilhas. Mas é preciso estar e viver onde se está. Ainda não sei se poderei ir ao Sul. Só espero que o calor aí não te prostre e que você fique tão bela e radiante quanto no mar dos deuses. Te admirei e te amei durante um mês inteiro e meu coração ficou cheio. Trabalhe e seja feliz. Este bilhete era só para te tranquilizar a meu respeito. Logo, logo vou telefonar. Te beijo e te aperto contra mim.

A.

792 — ALBERT CAMUS A MARIA CASARÈS[2]

Segunda-feira, 21 de julho de 1958

Meu amor querido,

Estou bem melancólico ao escrever esta carta. Sua ausência, seu silêncio, esses telefones em que eu não te *sinto*, do outro lado do fio, o exílio em que tudo isso me deixa, acabaram pesando cada vez mais em mim e me entristecendo, tolamente, eu sei, mas irresistivelmente. Sem você eu não sou nada, é essa a verdade. Para mim é indiferente, relativamente, não te ver, não te ler, mas preciso sentir que você está aí, ativa, voltada para mim apesar da ausência, e que de longe o seu passo acompanha o meu. Desde a Grécia, e até na Grécia às vezes, não ouço mais esse passo. Seria culpa minha? E no entanto lá e aqui meu coração se exaltava ou se apertava, mas vivia, sempre, para você. Também sei perfeitamente que você tem direito de estar cansada, ou distraída, e que vai rir na minha cara. Mas não ria e antes perdoe e entenda. Com o passar dos anos, eu perdi minhas raízes, em vez de criar outras, exceto uma, você, que é a minha fonte viva, a única coisa que hoje

---

1 Para a montagem de *Os possuídos*.
2 Carta endereçada ao Hotel d'Angleterre, Avignon.

me liga ao mundo real. Quando te imagino longe ou perdida, começo a derivar, inútil, sem objetivo nem direção, perco peso e, parece-me, até meu próprio corpo. Basta até imaginar que você me ama menos, ou que eu te desagrado, ou até que não te agrado mais (fiquei pensando nisso ontem na casa de Michel [Gallimard] me vendo no filme do cruzeiro[1] — o cinema é uma boa escola de modéstia) para a cabeça começar a girar e eu me sentir perdido.

Suponho, naturalmente, que não devia e que corro o risco de te aborrecer escrevendo tudo isso. Mas fiquei pensando que talvez você se sentisse distante e ausente por minha causa — e porque talvez duvidasse do meu amor. Então não é mau que eu te diga que me sinto sozinho e cheio de tristeza sem você. Você é a minha doce, a minha ternura, a minha saborosa também, e a minha única. Muitas vezes a gente brinca sobre nossos flertes e nossas escapulidas. Mas chega um momento, de tempos em tempos, em que é preciso parar de brincar, talvez. Junto de você, o mundo inteiro para mim não passa de uma sombra desbotada. À exceção dos meus filhos, poderia desaparecer sem que nada mudasse. Só você é fixa, só você me preenche. Não é verdade que quinze anos mudem um amor. Eles o tornam mais silencioso, menos eloquente, menos satisfeito consigo mesmo. Mas ele continua aí, vivo, agudo, enfim, no fundo dos anos de ternura, do doce sono dos corpos, ele está em alerta à menor frase ou à menor suspeita. Há quinze anos você não compartilha da minha vida, você é a minha vida, junto com a criação, a que às vezes sirvo tão mal, mas que continua sendo, com você, a carne do meu espírito. Não duvide disto, nem do seu fiel companheiro. Eu te amo, mais e melhor que antes. Se cresci em experiência e força ao longo desses anos, o que acredito, meu amor cresceu igualmente. Eu te peço, querida, me mande um sinal, estou sofrendo de solidão, de privação, preciso do seu amor como do ar que respiro. E de qualquer maneira perdoe o seu estúpido apaixonado.

Se eu decidir voltar será no fim da semana e te telefonarei ou telegrafarei. Aqui o tempo anda cinzento e frio, como você gosta, a julgar pelo que diz! De qualquer maneira em agosto estaremos juntos. Mas setembro e outubro vão nos separar de novo e já fico triste por antecipação. Gostaria que você estivesse aqui para tê-la nos meus braços, reencontrar a verdadeira vida, seus olhos que

---

1 Esse filme em cores é conservado numa coleção particular.

eu amo, e o calor do seu corpo. Mas te beijo, muito forte, por muito tempo, com todo o meu amor.

A.

793 — ALBERT CAMUS A MARIA CASARÈS

3 de agosto de 1958

Meu amor querido,
Choveu na minha viagem segunda-feira.[1] Fiquei onze horas ao volante e finalmente cheguei ao perfume de alfazema. Encontrei uma casa carente de praticamente tudo e estou há dois dias trabalhando para torná-la aceitável. O lugar é lindo, mas sem vista. Também dei longos passeios com Char, sobretudo no Luberon, como sempre esplêndido. Não está fazendo calor. Você suportaria e talvez gostasse da minha terra de adoção.
Espero que esteja tudo bem. Nesses dias de Paris entre a sua chegada e a minha partida pude te ver de novo e fiquei bem feliz. Sou eu, bem sei, que estou desorientado, em busca de um equilíbrio ou de uma vida mais bem organizada. Além do mais não trabalhar, para mim, é um pouco morrer. Enfim, sua presença foi doce, calorosa, propícia.
Agora você vai se ausentar longas semanas. Mas é mais fácil do que se tivesse partido alguns dias depois de Avignon quando eu me perguntava se ainda existia para você. Ria do seu estúpido amigo!
Bem isto era para te tranquilizar, te falar do meu coração, do meu pensamento e também do meu calor.
Te beijo, querida, com todas as minhas forças.

794 — ALBERT CAMUS A MARIA CASARÈS

15 de agosto de 1958

Bendita seja minha Maria, nesta terra e no céu!

---

1 Albert Camus foi ao sul da França preparar a casa de veraneio alugada em Cabrières d'Avignon (propriedade de Volone); para lá viajaria com os filhos em setembro, mas passa o mês de agosto com Maria.

795 — MARIA CASARÈS A ALBERT CAMUS

Quinta-feira, 4 de setembro [1958]

Meu amor querido, pronto! A temporada começou; basta olhar para mim, sou disso o barômetro infalível. Tudo que acumulei nos últimos tempos em matéria de força, saúde, energia, vitalidade sai por todos os poros da minha pessoa, estou fazendo pschit! Desde que você viajou, não parei um instante. Obrigada a fazer o balanço do ano, a preparar meu retorno à atividade, a organizar a casa durante minha ausência, a classificar as coisas que tenho de enviar por navio e as que levarei comigo no avião; solicitada pelos "retornados de férias"; obrigada a me disponibilizar para as provas de vestuário do *Cid*, dos calçados do *Cid*, dos meus vestidos pessoais etc., nem sei mais para onde me volto e passo o tempo todo fazendo listas e contas para não esquecer nada, por um lado, e, por outro, não ultrapassar o limite dos meus recursos. Mas, ó, bom Deus, mil graças lhe sejam dadas! me parece que vou sair desse labirinto sem maiores danos.

Naturalmente, no meio desse tumulto eu tento encontrar alguns momentos no meu banheiro para decorar meu texto de Ximena, e outros mais longos, e outros lugares de preferência para pensar em você.

Recebi sua doce carta e acho, como você, que a impressão de afastamento que você teve antes da minha volta a Paris tinha mais a ver com o seu estado pessoal; mas você também esquece um pouco que infelizmente eu sou humana, que sou como as outras pessoas, de cinzas também, e que às vezes só as cinzas dormem enquanto a vida reina. Você está tão acostumado a me ver agitada que parece perdido quando o cansaço, os probleminhas de saúde ou simplesmente a usura e a pobreza de repente apagam em mim tudo que me faz viver e o que faz com que você me ame. Mas, meu querido amor, embora ainda seja jovem, eu não deixo de ter trinta e seis anos e luto um bocado; de modo que cada vez mais estarei de novo com um rosto morno que detestaria você viesse a ver, mas contra o qual não posso fazer nada, e que você sobretudo não deve tomar por um sinal de afastamento da minha parte. Você faz parte do meu coração, da minha vida e o nosso destino está intimamente ligado às minhas forças, às minhas energias, senhoras absolutas do poder de tornar nosso amor glorioso ou taciturno. Por sinal, seja como for, ele é magnífico, esse amor, e quando tomo certa distância para observá-lo objetivamente, não sei quando mais gosto dele; se é quando ele explode na plena majestade da vida ou quando se encolhe nas últimas dobras da desgraça.

De modo que não precisa se preocupar, meu querido. Temos pela frente mais um ano duro de trabalho e atividade que vamos enfrentar juntos, tão próximos um do outro quanto se nos empenhássemos na mesma obra, ou mais ainda, quem sabe. Descanse bem e tome fôlego para o inverno. Esta separação será breve. Quando você voltar, mal terá tempo de se instalar, preparar seu trabalho, reatar com a NRF, cuidar dos *Possuídos* e logo depois eu chegarei, certamente aos pedaços, mas junto. Então você vai precisar da sua boa energia para me botar de pé de novo e me deixar em forma de maneira que eu possa te ajudar o melhor possível quando começarem as loucuras do Palais Royal.

Te amo de todo coração amoroso, nunca se esqueça.

Bem; com estas belas palavras, vou te deixar aqui. Esta noite recebo Darras e Minazzoli;[1] eles vêm jantar e amanhã aproveito meus últimos momentos de liberdade para dar uma volta pelo campo.

Aqui, as coisas andam mais difíceis que nunca. Angeles, ainda profundamente humilhada, hesita entre o humor e um desespero mortal. O TNP continua sendo o que sempre foi. Chaillot como sempre feio. Janine Gallimard me telefonou, eu lhe dei o seu endereço e semana que vem vou jantar na casa deles. Quat'sous foi operada — a pata — e também raspada, está indescritível. Comecei Pasternak[2] — esplêndido. Titio[3] vai bem. Cassot me telefonou, sempre o mesmo. Léone se queixa do seu Louis — "Tá tocando — de novo — o telefone", na rua de Vaugirard. Te amo. Me comporto bem. Uma angustiazinha de retomada de atividades. Te amo. Vou te escrever no início da semana que vem.

Te beijo de todo coração.

MV

796 — MARIA CASARÈS A ALBERT CAMUS

8 de setembro [1958]

Só uma palavrinha, meu querido amor, um rápido bom-dia. Acabo de escrever uma longa, longuíssima carta a Juan e estou cansada; mas era preciso, ele

---

1 A atriz do TNP Christiane Minazzoli (1931-2014), então casada com Jean-Pierre Darras.
2 *Doutor Jivago*, de Boris Pasternak, cuja tradução acaba de ser publicada pela Gallimard.
3 Sergio Andión.

chamou Angeles de "*fresca y descarada*", e as cataratas de Niágara não são nada perto dos bons olhos de Angeles.

Espero ter feito alguma coisa por ela junto ao valentão sevilhano; é o que desejo de todo coração.

Esperava te escrever longamente esta tarde, mas tenho duas provas — figurinos, sapatos — e a reunião [de] início de ano. Por outro lado, todo mundo voltou e eu realmente não sei mais para onde me viro.

Já devorei todo o papel de Ximena, agora só preciso trabalhá-lo e descansei maravilhosamente dois dias inteiros no campo, na casinha aonde já tinha ido sozinha no inverno.

Titio está mal dos rins. Quat'sous chegou à perfeita senilidade. Angeles chora. É este o meu universo. No meio dessa debacle, eu tento permanecer jovem. Espero que você esteja descansando bem e que não esqueça demais de mim. Eu sinto muito a sua falta na miséria que me cerca e bem que estava precisando daquela descompostura mágica para trazer uma nota de humor a esse quadro desolador.

Te beijo de todo coração, meu querido. Vou te escrever mais longamente um desses dias. Hoje, apenas te beijo, mas — como!

M.V.

797 — ALBERT CAMUS A MARIA CASARÈS

11 de setembro de 1958

Meu amor querido,

Desde que cheguei aqui desperdicei meu tempo tentando deixar esta casa pelo menos habitável. Ela é tão incômoda que é quase impossível se postar diante de uma mesa em que se possa trabalhar ou escrever. Além do mais, como recorri a uma agência para me encontrar uma casa, não se passa um dia sem que tenha alguma ruína ou uma casa horrorosa para visitar.[1] Só uma me agradou e quando respondi positivamente tinha sido vendida naquela mesma manhã. Acrescente-se a presença (até domingo) de Francine com as complicações que acompanham e você vai concordar comigo em que essas férias são

---

1 Albert Camus está buscando uma casa para comprar no departamento de Vaucluse.

favoráveis a qualquer coisa, menos ao trabalho. Desse ponto de vista, teria sido melhor ficar em Paris.

Mas estou com meus filhos, embora nossas relações sejam um pouco difíceis. Eu, pelo menos, estou contente de tê-los aqui e de poder vê-los. E há também essa região, que continuo amando e que me acompanha mesmo quando não estou olhando para ela.

Espero que o clima tenha melhorado um pouco ao seu redor e que a *descarada* tenha recuperado seu aspecto humano. Você vai precisar que cuidem de você na semana que vem. Exija firmemente a ajuda que lhe é devida e não se canse demais. Ainda estou sem imaginação para essa longa viagem. Mas ela aumenta meu mau humor e minha tristeza atuais. Nem *Os possuídos* (não abri o manuscrito nem fiz nenhuma correção) me trazem algo excitante.

Mas vai passar, eu sei. Só que por enquanto não tenho vontade de nada, nem de fazer nada. Anteontem caminhei debaixo de uma tempestade até precisar torcer a camisa. Alguma coisa se agitou em mim, fugitivamente. Ah! Como eu gosto daquele que sou quando estou vivo! Mas o sou cada vez mais raramente. Bom, chega de queixas. Se eu estivesse com você, você riria de mim e pronto, eu também riria. Mas você está longe, minha esplêndida! Coragem, trabalho e vida, eis o que eu desejo. Te amo e fico feliz toda vez que você diz que está aqui.

Te beijo, meu amor querido, te beijo como a chuva do outro dia.

A.

798 — MARIA CASARÈS A ALBERT CAMUS

Paris, 12 de setembro [1958]

Meu amor querido,
São sete horas, acabo de voltar de um longo ensaio e vou jantar para depois retornar a Chaillot. Os primeiros esforços sempre são penosos, e desta vez estou completamente exausta. Além do mais, essa viagem às Américas[1] não me tenta como outras e é possível que minha falta de coragem esteja intimamente ligada a minha falta de gosto pela programação dos próximos meses. Nada

---

1 Estados Unidos e Canadá, para onde o TNP vai viajar em turnê com *O Cid*, de Corneille.

disto é grave, por sinal, e é muito possível que, como tantas vezes em ocasiões assim, eu volte encantada da minha turnê.

Mas não é para contar minhas melancolias que estou te escrevendo; queria saber a quantas você anda e como está indo. Entendo que a Provence te induza ao farniente e traga a fobia das letras; mas estou meio preocupada com a sua situação e a dos *Possuídos*. Por aqui: circulando um monte de boatos e quando ouço Micheline[1] me dizer que J[ean-] Louis [Barrault] parece preparar uma outra peça para o exato momento em que deve ocorrer a estreia dos *Possuídos*, começo a me preocupar. A quantas anda você com esses demônios e a quantas anda você, simplesmente?

A carta que escrevi a Juan surtiu efeito; hoje de manhã recebi dele uma longa resposta dizendo que virá a Paris. Ele vem dos cafundós da Andaluzia buscar Angeles na rua de Vaugirard para levá-la pela mão à sua Navarra natal. Depois, quando ela vier me dizer mais uma vez que não é amada, acho que vou me permitir uma certa indignação. Mas por enquanto estava mesmo na hora de fazer alguma coisa, pois ela estava deslizando em velocidade inegável pela ladeira perigosa da depressão. Já tinha mergulhado em insônia total, no jejum e nas lágrimas permanentes. Desde essa manhã, não sabe mais que atitude assumir; me parece perfeitamente tranquilizada e secretamente feliz, mas exteriormente, ainda no mesmo impulso, mantém o véu e o gesto trágico.

Agora esperamos o valentão sevilhano, mas sob um céu mais clemente. Por outro lado Titio não sofre mais dos rins e Quat'sous está rejuvenescendo de novo. Tanto melhor! Você não imagina o clima em que tenho vivido desde que você viajou.

De minha parte, trabalho e cuido dos últimos preparativos. Todo mundo vai chegando e eu o tempo todo entre Vaneck, Cassot, Forstetter.[2] Este último veio conversar e me pintou um quadro pessimista do futuro. Com expressões das quais vou te poupar, anunciou o bolchevismo mundial dentro de dez anos e a guerra contra os amarelos em quinze. Depois os quinhentos milhões de chineses que restarão — pois só teremos conseguido matar quinhentos milhões — vão nos esmagar e nos escravizar e terá início uma outra civilização. Já Cassot ficou me olhando um tempão desde que chegou, tanto tempo e tão profundamente que teve um efeito cômico em mim, o que o magoou muito.

---

1 Micheline Rozan. Ver nota 3, p. 1036.
2 Ver nota 3, p. 917, nota 2, p. 962, e nota 1, p. 914.

Mas em tudo isso, nada de você. Nem o mais mínimo sinalzinho. Será que não poderia, minha alma, fazer o grande favor de me deixar a par da sua saúde? Ainda não te fiz nada e, a menos que tenha perdido a memória, não creio ter te chamado de "*fresco*" nem de "*descarado*"; de modo que não mereço também um tratamento rigoroso, e espero confiante notícias suas. Ainda vou te escrever alguma coisa no domingo, pois ouso supor que talvez, amanhã de manhã, receba algum sinal seu.

Até lá te deixo entregue a esse sol que apaga a alma e o coração, quando não são temperados no bronze, como os seus.

Te beijo muito, muito

MV.

799 — MARIA CASARÈS A ALBERT CAMUS

Paris, 14 de setembro [1958]

Como já esperava, meu querido, recebi ontem sua carta e agora estou tranquila. Você não fala de Barrault nem dos *Possuídos*, mas acredito que se tivesse havido a menor contrariedade você diria alguma coisa.

Você me parece com um humor médio e lendo essa carta, fiquei pensando que os dois andamos exagerando e que estamos ficando ingratos. Pensando bem, temos tudo para desfrutar do mais perfeito prazer de viver e no entanto quantas vezes não conseguimos nos queixar. De modo que peguei em mim mesma e apesar da nítida tendência à melancolia, à preguiça, à contrariedade ou ao desânimo — nem sei que nome dar —, me sacudi vigorosamente e saí em campo de novo. Estou trabalhando muito e tento fazê-lo com vontade. Se é verdade que quem ajoelha acaba acreditando, estou no bom caminho.

Bem. Não é por isto que estou te aborrecendo hoje: é para te avisar de uma carta que você vai receber de Rouvet.[1] Estudantes de Lima pediram que ele entrasse em contato com você para que escreva dez linhas de uma apresentação para uma "Semana Camus" que estão organizando e Jean Rouvet estava em palpos de aranha à ideia de se dirigir a você. Tratei de tranquilizá-lo como pude; acho que consegui convencê-lo de que você não come pequenos Rouvets no café da manhã, me permiti lhe dar o seu endereço recomendando toda

---

1 Ver nota 2, p. 994.

discrição e prometi, para encerrar, que te escreveria hoje para avisar do pedido. Só peço que responda gentilmente, qualquer que seja sua resposta. Para deixar bem claro que você não é nenhum ogro.

Quanto a mim, hoje tratei de me trancar para pôr em ordem a minha Ximena. Nos últimos dias me vi coberta de indicações e gostaria de triá-las até hoje à noite. Infelizmente não me sinto muito bem — o sabá — e sofro um pouco. Tentada pelo livro de Pasternak jogado aqui ao meu lado, vou avaliando minha força de caráter nas horas de trabalho.

A *descarada* espera o marido como o condenado o alvorecer, Quat'sous se recupera das indisposições mijando nos quatro cantos da casa e Titio se excita de novo falando de Martine Carol e B[rigitte] B[ardot]. Os primeiros viajantes do TNP já se foram; Rouvet nos deixa amanhã, Vilar, quarta-feira e por fim, na sexta-feira, eu é que vou pegar o avião. Parto tranquila, deixando tudo em ordem e organizado. Também espero não precisar mais me preocupar com Angeles e poder me entregar a nossos amigos canadenses com as ideias livres.

Antes de partir, ainda te mandarei uma palavrinha. Dê um jeito também de me alcançar antes da quinta-feira ou da sexta de manhã: mas se não tiver nada importante para dizer, não complique a vida tentando me escrever longamente; repito mais uma vez, uma breve frase basta "Nada mudou. Tudo correndo bem".

Bem, meu querido. Vou voltar ao trabalho. Apesar de todas as ocupações, ou talvez por causa delas, sinto muito a sua falta. É bom assim. Gosto de sentir que você me faz falta. Que você possa sentir essa mesma delícia!

Te amo. Te beijo muito, muito. Até muito em breve

MV.

800 — ALBERT CAMUS A MARIA CASARÈS

Quarta-feira, 17 [setembro de 1958]

Meu amor querido,

Aí vai minha última mensagem antes da sua grande viagem. Só agora começo a me dar conta de que só voltarei a te ver em novembro. Mas também acho que você tem razão, que estamos fazendo o gênero ingrato e que temos melhor a fazer do que ficar nos queixando. Sua liçãozinha indireta me fez bem e decidi me sacudir, ser grato à vida por tudo que me proporcionou, a começar por você, e não gemer a pretexto de que não estou trabalhando. No fim das contas, foi sempre alguém mais que trabalhou em mim, e à sua maneira, sem levar em conta as minhas ideiazinhas. Quando o fruto tinha de cair, caiu. Assim será amanhã e enquanto isso não há melhor maneira de preparar essa maturação do que aceitando os dias e as alegrias de coração aberto. E é o que farei!

Encontrei ontem em Lourmarin uma casa que me agrada.[1] É possível que a compre. Nesse caso, ficarei aqui alguns dias mais para cuidar da escritura e do início da instalação. Vou te falar dessa casa. Ela seria propícia à meditação silenciosa, ao trabalho e também a uma vida simples. E é bela, à antiga.

Bem. Quando receber esta carta você estará a algumas horas da grande partida. Meu coração te acompanha com votos de triunfo. Os americanos ainda precisam descobrir algo. Não os invejo, mas imagino a sorte que têm — ah, aquela leve ansiedade maravilhada, há quinze anos, quando, sem te conhecer, te ouvi em Deirdre![2] Boa viagem, querida coragem e sorte. Escreva para a rua de Chanaleilles. Se precisar de alguma coisa, telegrafe. Meu editor poderá ajudá-la em questão de vinte e quatro horas. Se não puder escrever, não se atormente. Não vou te maldizer, continuarei bendizendo a vida, que se parece com você. Te abraço, com tanta ternura!

A.

Nenhuma notícia dos D[emônios]. Mas soube que Barrault ficou desorientado com o anúncio na imprensa a respeito de Jamois e não entendeu nada. Agora ele está com o manuscrito e na volta eu resolvo tudo.

801 — MARIA CASARÈS A ALBERT CAMUS

Quinta-feira, 18 de agosto [sic] [setembro de 1958]

Meu amor querido,

Acabo de receber sua carta que, no estado de hipersensibilidade em que me encontro, me levou ao auge da exaltação. Sim, é assim, somos realmente criaturas muito estranhas.

---

1 Albert Camus compra sua casa em Lourmarin no fim de setembro de 1958.
2 O primeiro papel de Maria Casarès, em 1942.

Desta vez me afasto da França[1] de coração apertado com uma estranha e pesada melancolia. Oh! Não é mais o tempo da secura e do terrível tédio; a compreensão, a vitalidade afetuosa, a compaixão voltaram e aqui estou coberta de perfumes, impulsos, movimentos confusos, indeterminados, mas incrivelmente doces e poderosos. Acredito em tudo, imagino tudo, desejo e lastimo tudo ao mesmo tempo; estou explodindo de plenitude. É a renovação da primavera e o grande amor do outono. Um peso irresistível que me deixa o rosto fechado e o coração trêmulo. É maravilhosamente angustiante.

Sua carta me encantou, pois é uma resposta a tudo isso e uma resposta emocionante; e me parece que se tenho direito a essa resposta no caminho que escolhi, é que o caminho era bom, apesar dos meandros que podem me levar a duvidar do que eu sou.

Estas palavras são as últimas que te mando antes de viajar. Estou deixando tudo em ordem. Juan voltou e o clima entre os Jimenez ainda foi carregado de trovoadas até a noite de terça-feira. Nesse dia, eu tinha levantado muito cedo, e passei a manhã experimentando os costumes do *Cid* e as perucas; e depois de almoçar às pressas ensaiei *O triunfo* de 2 às 4 horas; às 4 horas ataquei *O Cid* e voltei para casa completamente embrutecida para jantar às pressas e voltar ao teatro para "repassar *O Cid*". Estava na cozinha tentando digerir um ensopado de batatas com ovos guisados quando Juan e Angeles vieram se sentar, um à minha direita, a outra à esquerda, cada um brandindo suas "provas" respectivas para o grande julgamento. E começou a grande cena de Diego e Ximena com o rei, mas dessa vez eu estava no papel do rei.

Hesitando entre o riso descontrolado, raiva e a ternura, eu deixei cada um desfiar seus argumentos — por assim dizer — e então ataquei. Não sei que deus foi que me inspirou nessa noite, mas só sei que depois de dizer umas boas verdades a cada um, e depois de uma breve conclusão forte e comovida, os dois caíram nos braços um do outro, Angeles chorando de alegria e ternura e Juan a beijando e exclamando "Oh, essa vadia que queria me deixar. Ora vejam só! Essa '*jodia por el culo*' que queria o divórcio" etc., e a beijava ainda mais. Desde então, é o Éden e eu sou a Virgem Maria. Hoje, Angeles foi à Cimura buscar o dinheiro que você emprestou e não sabe mais como encontrar lugar no rosto para sorrir tanto.

Vamos ver se dura! Amém.

---

1 Maria Casarès viaja em 19 de setembro à noite para a turnê pela América do Norte.

E eu, sempre às correrias. Os ensaios acabaram terça-feira à noite. Me parece que só falta trabalhar bem todo o papel de Ximena exceto a cena "Senhor, senhor justiça",[1] na qual não consegui ainda encontrar o tom justo e que vou precisar rever seriamente. Nesse caso, e só nesse, acho eu, ainda falta capturar um pouco o personagem. Os figurinos são belos e estou louca para que você me veja de pequena infanta de Vélasquez; infelizmente não consigo parecer ter vinte anos; mas qualquer um me daria doze ou quinze. Engraçado.

Continuo devorando Pasternak. Esse livro, realmente extraordinário, desperta em mim constantemente um sentimento que só tive na Rússia, uma certa piedade imensa e miserável que me fez sofrer mais durante minha viagem por lá que todos os meus acessos de raiva e as minhas revoltas.

Outro dia ouvi o programa "Em foco... Albert Camus". Nunca ouvi tantas banalidades e tolices em tão pouco tempo. Só de Boisdeffre se saiu honrosamente e eu ri muito quando, depois de tudo que disseram sobre você e o seu teatro, você começou gentilmente a responder às perguntas tolas que faziam e a acabar com tudo em poucas palavras. Na minha opinião foi um programa absurdo, mas no fim das contas bom. Botou o dedo na ferida do mal-entendido que existe entre você — a sua obra — e a Paris que lê apenas a primeira página de um livro, mal-entendido tão grande quanto o que você denuncia entre o mundo e nós. Mas também permitiu entender uma outra coisa mais secreta, mais estranha e mais delicada: se é verdade que um criador está condenado a uma espécie de solidão que aumenta à medida que sua criação se eleva, — pois a média dos homens não está mais à altura —, também é verdade que essa média de homens fica apesar de tudo fascinada, e sem saber explicar por que eles são involuntariamente sensíveis a essa criação e a saúdam e reconhecem sem real discernimento, mas sem sombra de dúvida.

A solidão do artista é semelhante à solidão de uma mãe; fervilha de presenças misteriosas ou equivocadas.

Não estou me explicando bem, estou apressada e, como tantas vezes, não levo o tempo suficiente para esclarecer minhas sensações; mas esta foi forte e boa; julguei ter visto algo que é ao mesmo tempo gelado e incandescente e que nunca tinha visto com tanta nitidez. Algo propício. Por isso me apresso a te dizer antes de saber exprimir.

---

1 Ato II, cena 8.

Que mais? Ontem fui ver a peça dos Mathurins;[1] P[ierre] V[aneck] tinha me pedido. Achei ter visto de longe o valentão turco pesadão e envelhecido. Tinha muito pouca gente. Já a peça, na minha opinião é vulgar, rasa, verborrágica e bem despudorada. Muito barulho por nada, ora essa!

Hoje vou beber algo com Michel e Janine [Gallimard] e me despedir deles. Não pude jantar com eles terça-feira à noite, pois J[ean] V[ilar] decidiu ensaiar à noite também.

Léone me entregou mais cinquenta mil francos, o que me permite comprar algumas coisinhas de que estava precisando e deixar dinheiro para Titio. De modo que vai tudo às mil maravilhas.

Tudo pronto para a viagem. Amanhã à noite pego o avião, tranquila, melancólica e disposta.

Senti muito a sua falta. E ainda vou sentir muito. Fico feliz de saber que você finalmente encontrou sua casa e que é bela; receava que acabasse dando seu dinheiro todo antes de comprá-la. Também estou feliz por sentir que você está de novo em forma e vivo. Trabalhe bem meu querido e viva bem. Vou escrever o máximo que puder. Se estiver muito cansada, mandarei pequenas mensagens. Faça o mesmo e não se preocupe comigo; espero voltar, talvez cansada, mas inteira sob todos os pontos de vista. Estou de novo com a cabeça, o coração, as raízes no lugar, me parece. É a melhor bagagem que posso levar.

Não esqueça de mim. Me ame. Se cuide. Te beijo de todo coração, perdidamente.

MV.

P.S.: Os Jimenez mandam beijos, felizes e gratos.
Não esqueça de dar um ou dois telefonemas a Titio.

802 — MARIA CASARÈS A ALBERT CAMUS

Montreal, 20 de setembro [1958]

Querido,
Amiens escrita! Amiens, só que muito maior. Some-se um vago ar de parentesco com uma Luxemburgo que inspirasse "salmos em coro" em vez do famoso "Conde", e temos Montreal.

---

1 Talvez *Look Back in Anger* (*La Paix du dimanche*, na tradução francesa), de John Osborne, encenada por Raymond Gérôme, com Pierre Vaneck.

Oh! Acabei de chegar, mal tive tempo de atravessar a cidade de carro num estado parecido com o coma — dezessete horas de avião em classe turística, ou seja, um autêntico acordeão, e tive a impressão de ter visto tudo logo de cara. Mas com certeza estou enganada. Já ao chegar ao hotel fui de surpresa em surpresa, para não falar da cara que fizemos no aeroporto quando, na sala de espera, de repente ouvimos uma voz sólida vociferando com sotaque canadense: "Senhores membros da Trupe do Novo Mundo, queiram aguardar junto ao sofrimento do Senhor!" Estava se dirigindo a nós e pedia simplesmente que fôssemos sentar na chamada sala da Cruz do Cristo.

Bem; como vê, uma coisa é certa. Pelo menos aqui o lugar e seus habitantes parecem dar livre curso ao senso de humor. O que já não é tão ruim.

Mas vou ter de te deixar. Não grudei o olho durante a noite e desde que cheguei só tive tempo de me lavar e fazer o desjejum. Agora preciso almoçar direito; depois vou buscar minhas malas-navio, trazê-las para o hotel e tratar de arrumar meus muitos objetos entre a geladeira, o aquecedor elétrico, a pia automática, a televisão, o rádio e o motor de ar-condicionado. Como todas essas coisas estão disfarçadas de armários e os próprios armários neste hotel se disfarçam de não sei o que, escondidos por trás de portas corrediças de matéria plástica querendo parecer pesadas cortinas; e como tudo isso fica amontoado ao lado do banheiro com riscas brancas e pretas e cortinas que parecem portas corrediças vermelhas e onde tem apenas a banheira o WC e o papel higiênico rosa pálido, já estou com medo, se bater um cansaço, de ser levada por alguma vertigem a assar absurdamente meus sapatos, e até comê-los — quem sabe! estou morrendo de fome — ou então congelar meus cremes, ou escorrer eu mesma pela pia. Oh! Tudo pode acontecer se eu não tomar cuidado, se não poupar meus esforços e minha atenção.

De modo que vou te deixar meu amor. Meu amor distante, tão distante. Meu belo amor exilado. Ah! Nunca venha para estas paragens que só criaturas bárbaras como eu são capazes de suportar, se necessário!

Queria apenas te tranquilizar sobre minha viagem, te cumprimentar e também, nem sei, lançar uma ponte, quem sabe, entre nós, lançar pelo céu um apelo que só Íris seria capaz de esboçar.

Te beijo muito, muito. Até logo, meu belo príncipe.

Maria Chapdelaine.*

---

* Maria Chapdelaine é um romance de temática colonial publicado em 1913 pelo escritor francês Louis Hémon, então residente no Quebec. Uma das obras mais conhecidas da literatura do Canadá francês, tem como personagem principal Maria Chapdelaine, e no momento da viagem de Maria Casarès já fora objeto de duas adaptações cinematográficas na França. (N. T.)

803 — ALBERT CAMUS A MARIA CASARÈS

25 de setembro de 1958

Meu amor querido,
Eu já esperava essa feliz descoberta de Montreal. País estranho, de onde saí com um uma espécie de espanto consternado. Pois bem, apesar de tudo as pessoas vivem por aí, e até, como está vendo, se representa. Mas acho que você não vai detestar o Quebec.[1]

Bem. Estou de viagem e minha próxima carta será de Paris. Comprei minha casa em Lourmarin, mas estou arruinado. É uma boa sensação. Ainda terei de voltar no dia 18 de outubro para assinar a escritura em cartório e vou aproveitar para mobilar, asceticamente, dois ou três cômodos.

A história com Barrault se esclareceu. Ele se deu conta do preço alto de uma dupla trupe e agora me propõe apenas financiar cinquenta por cento da peça num outro teatro, Jamois, por exemplo. Ainda não respondi. Responderei quando voltar. Já estou meio farto, mas tomei a decisão de montar essa peça e o farei, lá ou em algum outro lugar. Depois, descanso em matéria de teatro.

Os últimos dias aqui têm sido esplêndidos. Tivemos o mistral e com isto o céu se abriu ainda mais profundamente. Uma luz límpida, um ar penetrante... Mas tenho de voltar. E por sinal o faço sem desagrado. Também estou na expectativa do trabalho.

Bem. Estas palavras eram para não te abandonar aos monstros, completamente. Vou te escrever de Paris. Você continua viva no meu coração, aqui, bem pequenina e cheia de vida, se mexendo suavemente. Também te beijo suavemente, meu amor querido. Mil triunfos e glórias agora!

A.

804 — MARIA CASARÈS A ALBERT CAMUS

Montreal, 2 de outubro [1958]

Meu amor querido, estava esperando notícias suas desde que cheguei aqui; finalmente as recebi, e notícias boas, anteontem, mas só esta noite tive tempo para te responder.

---

1 No fim de maio de 1946, durante sua viagem à América do Norte, Albert Camus faz uma breve visita ao Canadá e ao Quebec. Nessa oportunidade, passa por Montreal.

Desde que desembarcamos nesta encruzilhada da corrida ao ouro, não parei de trabalhar em récitas ou ensaios, e ontem, quando finalmente — à parte meu trabalho diário e pessoal — finalmente tive um dia só para mim, tinha tantas coisas a fazer e a pôr em dia — contas, roupa suja, compras, compromissos etc. —, que não consegui encontrar um minuto de liberdade.

Amanhã o trabalho recomeça e se aproxima o último e terrível desafio: quarta-feira representamos *O Cid*; de modo que até minha chegada a Nova York você só vai receber cartões-postais. E a propósito da viagem a Nova York, fique sabendo que Vilar, G[érard] Philipe e eu lá chegaremos de avião para ficar sob vigilância, por diferentes motivos. No meu caso específico, elas se resumem naturalmente ao meu estranho passaporte.

Bom, vamos em frente.

Queria te dizer mil coisas, te contar mil outras, te afogar em perguntas e te banhar em afagos. Mas como sempre estou com pressa, uma pressa terrível, e assim vou direto ao essencial.

Primeiro que tudo, quero te tranquilizar a meu respeito, se é que anda preocupado. Depois de uma leve depressão com certeza causada pela súbita mudança de ritmo, de regime alimentar, de horas de repouso, e também pelo contato com o novo mundo, que me fez vagamente pressentir o que pode ser um início de neurose, tudo voltou ao lugar. Nos três últimos dias o apetite voltou, e com ele o sono, e já ganhei de novo um pouco do peso que tinha perdido. Estou levando uma vida que não poderia ser mais americana: trabalho, drugstore, steak-house, shopping, alimentos rápidos na cozinha e na geladeira, cinerama e TV — Ainda não tive tempo de ir berrar no estádio, de futebol ou beisebol, mas certamente vou fazê-lo em Nova York e espero chegar a tempo de assistir ao último dia do grande rodeio. Quanto aos outros jogos, mal pude experimentar o "[boliche]" uma vez, mas vou tentar conseguir um arco de matéria plástica para girar ao redor da cintura, como fazem os canadenses nos muitos terrenos baldios existentes nesta cidade, em lugar de jardins.

Na vida mental, continuo frequentando, quando posso, Pasternak, que leio ao mesmo tempo depressa porque ele me apaixona e o mais lentamente possível, porque não queria terminar o livro.

Quanto ao coração, ele nem sabe mais a quantas anda. Vivo e vazio ao mesmo tempo, não sabe mais onde se aconchegar e treme irregularmente mas vividamente, constantemente perseguido por minhas exigências e continuamente frustrado em seus elãs. A imaginação está perfeitamente fechada e minha boca sempre aberta.

Logo, saúde perfeita, notável vitalidade, bom humor: Ah! Se o mundo me fosse oferecido!

Agora, você. Você diz que comprou sua casa; fiquei encantada. Me diz que ficou arruinado; não é tão desagradável assim. Me diz que J[ean-] L[ouis Barrault] te pede cinquenta por cento; sinto muito e acho que ele deveria ter pensado nisso antes. Vai fazer o quê então? Onde vai encontrar esse dinheiro? Quando vai botar para fora esses demônios que habitam em nós? Responda, responda logo.

Eu sinto a sua falta aqui; talvez mais que em outros lugares. Trago na garganta risadas que só podem brotar com você. E também angústias, angústias pesadas por trás dos meus rins europeus e só com você poderia falar delas. Te amo, meu amor. Perdoe essas cartas meio descabeladas (de ferroviária, como você diz) mas em Nova York, onde terei mais tempo, vou te escrever melhor e mais. Te beijo perdidamente. Me ame; não me esqueça. Te amo.

M.V.

805 — ALBERT CAMUS A MARIA CASARÈS

Sábado, 4 [outubro de 1958]

Você se calou, logo, está trabalhando. Bom dia assim mesmo, meu querido amor. Voltei a ser parisiense há uma semana, mas não necessariamente muito orgulhoso disso, com toda essa chuva, os tiras e as amolações. Em matéria de chuva, estamos bem servidos. Ah! Muito bem vingados daquele desprezível sol do sul, da revoltante luz sempre pura, e por sinal também dos repugnantes meridionais com sua alegria nojenta finalmente massacrada pelos motoristas de táxi parisienses e os empregados dos correios, nos arrastando na merda. Quanto aos tiras, são como os caramujos debaixo da chuva, pululam que só vendo, e o pior é a submetralhadora antediluviana que trazem apertada na barriga, com ares de delícia e de medo. Toda vez que pego a rua de Varennes em direção a Vaneau, tem um deles apontando sua seringa para o meu umbigo. E você sabe como esses instrumentos são frágeis, com um gatilho bem azeitado e meio defeituoso, que desmorona à menor brisa, e imediatamente começa a regar, de modo que eu assumo um ar severo e ameaço o tira de dedo em riste, mas não adianta.

Noite dessas o pai Char, irascível como sempre, repreendeu o sujeito. "Diga lá, rapaz", começou, "eu já andei com esses trombones aí, como você. Vamos embainhar isso, é perigoso." O outro obedeceu e o velho Char foi avançando com seus cento e dez quilos sem nem olhar para o culpado.

À parte isso, a França está tranquila desde os oitenta por cento, enquanto os vinte por cento agora estão consternados e prostrados.[1] A propósito, não conte para ninguém, mas seu amigo Gérard, cujo partido tinha afixado anúncios pelas ruas de Paris (vote não como G[érard] P[hilipe])... encontrei com ele no dia da votação na sede da região administrativa do 6º *arrondissement*: ele tinha esquecido de se inscrever. Aconteceu diante dos meus olhos e ele se contorcia, constrangido, tendo ao lado a sua horrorosa (meu Deus como ela é feia!) — Ah! Esses levianos!

Quanto às amolações, você adivinhou; coisas do teatro. E não só as peças que eu vi, embora nesse terreno a colheita tenha sido farta. Tivemos direito a Perdrière[2] de rainha de Castela (*Don Sancho*), um autêntico sofrimento! Ela não parava de ondular, parecia até empalada, e todo mundo competindo para ver quem era pior. Acho que Dermiz ganhou, mas por muito pouco. Depois, a peça de Mercure: aí ficou todo mundo aterrorizado de tédio, eu fui parar com Laparre e Hazel Scott[3] num lugar horrível onde começamos a rir sem parar em reação à intoxicação pelo tédio. Mas a grande, a suprema, a genial amolação é *Os possuídos*. Vou resumir: Barrault não vai mais fazer seu filme. De modo que precisa manter sua companhia ocupada o ano inteiro, e assim terá de manter três peças se alternando no palco sem liberar Létraz[4] e as três peças (*O sapato [de cetim]*, *A vida parisiense* e *Os possuídos*) mobilizam cada uma cerca de trinta atores. Ele então me propõe: ou ocupar o teatro sozinho em setembro, quando ele sairá em turnê, ou encontrar outro palco para fevereiro e financiar a metade eu mesmo ou com patrocinadores. Estou tentando a segunda solução e vamos recomeçar do zero. Vou montar esses *demônios*, sim, com certeza, mas não me pegam mais.

---

1 Em 28 de setembro de 1958 se realiza o referendo de ratificação do projeto de Constituição da V República, que vem a ser ratificada em 4 de outubro de 1958 e proclamada no dia seguinte. Resultado do referendo: 82,6% dizem sim e 17,40%, não.
2 A atriz Hélène Perdrière (1910-1992), que dirige e interpreta *Don Sancho de Aragon*, de Pierre Corneille, estreada a 1º de outubro de 1958 na Comédie-Française.
3 A cantora de jazz Hazel Scott (1920-1981).
4 Simone de Létraz, diretora do Teatro do Palais Royal até 1965.

E você; li que teve um triunfo canadense. Não que o TNP represente os seus sucessos, não, mas havia um jornalista perdido por lá que, ouvindo apenas o próprio coração, pregou essa peça nos seus chefes e colegas. Mas eu gostaria de saber de você. Você está longe, muito longe. Sempre longe. Estranho destino: eu fazendo amor mentalmente com Moscou, Lima, Quebec ou Montréal. E aguento firme. Ah! Minha querida, sinto muito a sua falta assim mesmo. Com quem retomar coragem, com quem me abrir, rir, buscar conselho?... Você é a minha sábia e a minha louca, que eu amo e espero. Escreva um pouco, se puder, ou então uma palavrinha, um telegrama, um cartão-postal. Do tipo "Sucesso delirante. Mas pensando em me matar sem você". Eu não acreditaria realmente, mas acreditaria no seu amor, acreditaria no seu coração, que beijo com ternura infinita e respeitosa.

A.

806 — MARIA CASARÈS A ALBERT CAMUS[1]

[Um membro da Polícia Montada canadense.]

9 de outubro [1958]

Estou partindo de Montreal agora. Obrigada, obrigada por sua linda carta. Tudo correndo às mil maravilhas. Ximena saiu. Morrendo de letargia. Escrevo de Quebec.

M.

807 — ALBERT CAMUS A MARIA CASARÈS

12 de agosto [sic] [outubro] *de 1958*

Espero, minha Ximena, que esta te encontre na Broadway. Note bem que sua carta de três dias atrás não me encontrou propriamente Cid Campeador. Antes Stepan Trofimovich.[2] Você sabe; "É preciso trabalhar!" Além do mais,

---

1 Cartão-postal enviado de Montreal.
2 Personagem de *Os possuídos*.

Paris continua me oprimindo. Necessário esquecer o sol e não olhar para mais nada. Mas é uma arte. Bem. Meus negócios vão caminhando de certa maneira. Agora é grande a chance de montarmos *Os possuídos* no Récamier em coprodução Barrault-Camus, em fevereiro teríamos o Récamier até julho. Se funcionar, iríamos em setembro para o Palais Royal. Trabalho de chinês, mas fazer o quê? À parte isto, estou percorrendo os teatros para recrutar, antes de viajar (só para lembrar, estarei do dia 17 ao dia 25 em Lourmarin). Um único bom espetáculo: *Doze homens e uma sentença*.[1] O resto, de chorar. Vi em particular *A boa sopa*, continuação de *O ovo*, do mesmo mestre-cuca.[2] Mas em comparação *O ovo* era uma obra-prima de pudor e gosto. Duas horas de nádegas, em todos os sentidos. "Só vendo", como dizem na peça, "foi feito para isto." Fiquei lívido de repugnância. Naturalmente, casas cheias sempre. Outra coisa: o México me deu uma medalha. Não sei por quê. Mas é um fato. E me foi mandada com um mensageiro, como no teatro. Só me faltava esse ridículo. Última notícia enfim: voltei a bancar o José. Vou te dizer quem era a Sra. Potifar. Felizmente, você me serve de armadura, de cinturão da castidade. "Infelizmente", digo eu (quando a moça não me agrada, claro), "estou apaixonado há quinze anos pela mesma mulher." Aí então, um suspiro de tristeza, aparentemente, e logo a firme decisão, visível, de preservar a honra, custe o que custar.

Ah! desgraça!

E você, minha doce, minha protetora, minha beldade, meu querido amor, amada, realmente amada, há quinze anos!? Como vai essa Ximena? Lamento sobretudo por Rodrigo, pois esse galo é um capão. Mas estou louco para saber, ainda que por uma breve palavra, que foi tudo bem. Sinto sua falta, minha alma está solitária, o céu de Paris está deserto. E ao mesmo tempo você está aqui, me acompanha, como nunca, com presença, certeza, calor, você sorri em mim. Dito isto, preferiria de longe saber que você está a poucos minutos de mim, no farol de Vaugirard, onde há tanto tempo nos contemplamos sem testemunha. Até logo, querida.

Estou com você, cuido de você, não me esqueça. Te beijo, de novo, te beijo...

A.

---

1 *Doze homens e uma sentença*, de Reginald Rose, é apresentada a partir de 14 de outubro de 1958 no Teatro de la Gaîté Montparnasse, em encenação de Michel Vitold, com Jean Carmet e Michel Vitold se destacando no elenco.
2 *A boa sopa*, de Félicien Marceau, no Teatro du Gymnase.

808 — MARIA CASARÈS A ALBERT CAMUS

14 de agosto [sic] [de outubro] *de 1958*

Meu caro, muito caro e honrado Stepan Trofimovich, acabo de ler vossa carta do dia 12, que de fato me encontrou no próprio coração da Broadway. Não sei se você é páreo para o Cid Campeador; mas no momento está fora de cogitação para mim, pessoalmente, enfrentar Várvara; eu poderia no máximo emprestar minha pálida figura a Dacha,[1] e mesmo assim!... Estou emagrecendo, emagrecendo, emagrecendo, e enxergo cada vez menos chances de me recuperar antes de voltar a Paris.

Nova York me reservava surpresas, e exatamente onde eu esperava descansar só encontro trabalho, recepções, espanhóis, franceses, cimurianos, coquetéis e uma curiosidade de repente inesgotável. A cidade me encantou desde que botei os pés aqui no início da tarde de domingo, e apesar da evidente falta de sol e de um total esgotamento, não saio da rua, dos drugstores, dos "automáticos", dos bairros, dos buildings, desfilo com a parada "Colombo", já assisti a um rodeio e me preparo para as visitas (museus-teatros). Além do mais, a cidade, a rua, as pessoas me fascinam e me solicitam o tempo todo, e esse humor gentil se exibindo nos lugares públicos me impede de voltar a um hotel bem ordinário.

Acontece que tudo isso, depois da dureza enfrentada em Montreal-Quebec, onde largamos nossas últimas forças, não contribui propriamente para resolver as coisas. E ainda por cima, o sabá se aproxima! Com certeza vai coincidir com a estreia em Nova York, acrescida do fato de se tratar da estreia do *Triunfo*. Paciência!

Ah! Ximena. Você quer saber o que houve com Ximena. Já a interpretei três vezes. Na minha opinião, na estreia minha voz estava alta demais e eu pisava em ovos, mas um medo sólido, indescritível e lúcido certamente me conferia uma aura que seduziu a crítica. Parece que me puseram nas nuvens, na frente de todo mundo. E por sinal parece que eu estou *"at home"* em todas as peças que interpreto.

Dito isto, espero interpretar melhor o papel aqui.

---

1 Personagens de *Os possuídos*.

15 de agosto [sic]

Ontem tive de largar a carta que havia começado e hoje quero levá-la ao correio para que você possa recebê-la antes de viajar para Lourmarin.

Ontem, o TNP estreou em Nova York com *Lorenzaccio*. Recepção não muito entusiástica, reservas a respeito de G[érard]. Depois te conto mais longamente. Amanhã, entro em cena com *O Triunfo*. Ah! Como gostaria de ter começado com *Tudor* para poder lutar. Apesar do cansaço, a partir do momento em que há um combate a ser enfrentado o velho sangue de cavalo árabe dá uma volta só nas minhas veias. Além do mais, todas essas caras de catástrofe ao meu redor me empurram para a guerra. Mas que fazer como Fócion?

Enfim, boca fechada! não dizer nada! Vamos ver como a coisa evolui. Depois de amanhã te escrevo em detalhes.

Te amo, você me acompanha, ó, José! Coragem! Fico feliz de saber que vai estrear no Récamier.

Não me esqueça. Reze por mim e escreva assim que tiver vontade. Suas cartas me encantam.

Adeus, meu querido amor. Até depois de amanhã.

M.V.

809 — MARIA CASARÈS A ALBERT CAMUS[1]

[Nova York East River — Os arranha-céus.]

17 de outubro [1958]

Excelente estreia com *triunfo*. Estou exausta; esta cidade e a vida que levamos aqui me exaurem.

Te beijo muito.

M.V

---

1 Cartão-postal enviado de Nova York.

810 — ALBERT CAMUS A MARIA CASARÈS

19 de outubro de 1958

Te escrevo de Isle-sur-Sorgue.[1] Encontrei sua primeira carta de Nova York no dia em que viajei, ou seja, anteontem. Não gosto de ler que você está emagrecendo, mas também sei que só na volta poderá se empanturrar de novo e transformar em gansa o frango esquelético que você vira a cada uma dessas encantadoras turnês.
  Eu já tinha percebido pelas notas nos jornais parisienses que *Lorenzaccio* não foi propriamente um estouro. Pelo menos fiquei sabendo com espanto que os americanos gostaram da encenação de Jean Vilar. Mas estou impaciente por saber o destino reservado ao *Triunfo*. Infelizmente, só receberei suas cartas no fim da semana em Paris. Minha permanência seria breve demais para mandar encaminharem suas cartas.
  Breve porém cheia. Tenho de mobilar três compartimentos da minha casa, e a cozinha. No momento são antiquários para lá, vendedores de fogão para cá, comprando esfregões e vidros, muita agitação. Achava que estava arruinado, mas me dou conta de que, para mobilar esta casa, terei de ficar um pouco mais ainda. Em suma, ficarei cada vez mais livre, rejuvenescido, partindo do zero.
  Em matéria de teatro, devo encontrar na volta a resposta definitiva do Récamier. Há uma boa chance, me parece. Mas não alimento mais ilusões. Se der errado, esperarei setembro pacientemente. Tanto pior se tem mais gente montando Dostoiévski. Afinal, vão fazer comparações, e é esta a regra do jogo.
  Enquanto isso, banquei o José uma segunda vez. Depois te conto em detalhes. Mas decididamente é uma doença e até receio acabar no ridículo total. Aqui, pelo menos, o próprio ar é casto. O mistral está soprando há três dias, a luz é de uma pureza infinita, e entra até pelos sonhos noturnos. E eu entendi: você terá de vir aqui no inverno para finalmente amar a região.
  Enquanto isso, banca o Ulisses e eu a Penélope. Eu espero, aguardo, penso em você com uma linda ternura, todo o calor do amor, e também os grunhidos de animal querendo se encostar no corpo fraterno da companheira. Ron, Ron! Novembro está chegando. Terei quarenta e cinco anos e você. Em suma, o auge da vida, a realização de um homem... Coragem! Coma, tome essas maravilhosas vitaminas deles, não emagreça demais — e trate de voltar logo, para aquele que te ama e te espera.

A.

---

1 Albert Camus viaja de Paris para Isle-sur-Sorgue em 17 de outubro de 1958.

811 — MARIA CASARÈS A ALBERT CAMUS[1]

[Nova York. Vista do Empire State Building]

20 de outubro [1958]

O triunfo se revelou realmente um grande sucesso. Excelente para mim em particular. Amanhã ataco *Tudor*. Boa saúde. Bom moral. Falta de tempo. Morrendo de saudade, claro.
Mil coisas e mil [*sic*]

M.V

812 — MARIA CASARÈS A ALBERT CAMUS

23 de outubro [1958]

Meu amor,
Não adianta mais tentar encontrar tempo, não tenho mesmo. Apenas algumas linhas para te manter a par.
Depois do fiasco de *Lorenzaccio*, nós já tínhamos ganho a partida com *O Triunfo*, mas as críticas excelentes sobretudo para mim não aumentaram o número de espectadores, e representamos Marivaux para salas semivazias muito calorosas, mas restritas. *Tudor* mais uma vez ficou com tudo. As críticas são delirantes e no dia seguinte havia fila na bilheteria do teatro. As pessoas gritam e realmente parece que pronunciam um nome que você não desconhece. Acho que é o que você queria saber. Pois bem, está no papo! Sou chamada de triunfadora e as pessoas ficam pasmas. Não mais que eu, por sinal; eu estava longe de esperar isso.
Estive com o seu tradutor, que não poupou elogios. Amanhã vou jantar com Dolo.[2] Te amo. Estou procurando conhecer Nova York, quando posso. Também preciso te beijar muito, perdidamente, por minha vez, e acho que em breve estarei em condições de fazê-lo. Ainda vou te escrever, assim, ao léu. Estou com fome; mas ontem aumentaram nosso reembolso em dois dólares.

---
1 Cartão-postal enviado de Nova York.
2 Dolores Vanetti. Ver nota 1, p. 274.

Tenho visto Micheline [Rozan], meio azeda por causa do fiasco de Gérard. Ainda resta o último round, o mais delicado: *O Cid*. Reze por mim. Pense em mim. Estou chegando. Te beijo. Te amo. Até muito em breve.

M.V.

Estou cansada, pois mato um leão toda noite; mas a saúde vai bem. O moral também.

813 — ALBERT CAMUS A MARIA CASARÈS

Paris
Segunda-feira, 27 de outubro de 1958

Como pode ver pela carta anexa, meu querido amor, as ondas do seu triunfo chegaram até Paris.[1] E inclusive me citam, pois sou um dos que consideram que você realmente é a maior atriz da nossa época. Ah! Fiquei muito feliz. Agora aguardo notícias de Ximena, mas sem temor. Só receio o seu cansaço e gostaria muito de saber que está descansando.

¡Pero, mañana!

Voltei hoje de manhã, depois de uma semana cabeluda. No fim das contas, consegui mobilar sumariamente minha casa; bem orgulhoso também dos meus talentos de decorador. Acho que vai dar vontade de morar nesses compartimentos. Mas talvez esteja enganado.

Voltei cansado, e sempre cheio de energia. Barrault tinha complicado as coisas no Récamier e ainda não está certo. O certo é que se não tiver uma decisão esta semana, vou mandar tudo pelos ares. Afinal, posso muito bem ocupar o meu ano sem *Os possuídos*. Apesar do que você diz sobre a conveniência de ter um fiador num negócio tão importante, talvez seja melhor eu estar sozinho. Neste caso, seria para setembro. Mas às vezes eu admiro minha paciência.

Já esta noite tenho um encontro com Ivernel,[2] que é excelente mas fala pelos cotovelos. Amanhã começa tudo de novo. Em breve você estará aqui.

---

1 Albert Camus volta a Paris em 26 de outubro de 1958.
2 O ator Daniel Ivernel, que havia trabalhado com Jean Marchat e Marcel Herrand, entrando em 1955 para o TNP, onde ficou dez anos.

Só queria te dar um último sinal, esperando que chegue a tempo. Escreva para dizer o dia exato da sua chegada. Não esqueça do responsável pela sua mudança para as fumaças da glória. E volte para os braços dele, que te esperam.

A.

814 — MARIA CASARÈS A ALBERT CAMUS[1]

29 de outubro [1958]

Meu amor querido,
Acabo de escrever noventa e três cartões-postais para responder à minha correspondência do ano, depois de amanhã estarei [*palavra faltando*] de acabar de vez com os nova-iorquinos se encontrar tempo, que se faz cada vez mais raro. E isto não é nada! A semana das universidades ultrapassa os limites do possível do ponto de vista do trabalho e dos deslocamentos; a partir de domingo, você só receberá de mim assinaturas disformes em pedaços de papel.
Ainda não me recuperei do triunfo que essa cidade me reservou; não estava esperando, como você sabe, e não tinha preparado minha couraça de defesa. De modo que emagreci ainda mais — receio que você só receba ossos — e conto com você e com a rua de Vaugirard para me recuperar.
Micheline Rozan vai te encontrar antes de mim; quanto à minha chegada a Paris, foi atrasada em um dia, pois tiveram a boa ideia de nos trazer de Boston com toda a pompa na segunda-feira 10 de novembro para nos fazer ensaiar e representar no mesmo dia *O Cid* nas Nações Unidas, sem cenários e com a iluminação possível. Se conseguirmos sair dessa, espero que sejamos canonizados.
Estou um caco, mas vou bem. Vou juntando coisas que vejo ou que adivinho ou sinto; mas só com você elas vão ganhar forma em mim, como sempre.
Vou te contar. Vou te contar. Me espere de braços abertos. Preciso terrivelmente disso.
Chegarei portanto no dia 12; mas não precisa ir me esperar pois certamente haverá muita gente e jornalistas e aquela chatice toda. Me espere em casa.

---

1 Carta enviada de Nova York.

Quero flores; diga a Angeles, e muitas coisas para comer do tipo pesado. Se der com o olho de longe num grelhado ou num espaguete, mato os Jimenez. Talvez feijão no chouriço ou lentilhas com toucinho e salsichas — Ó, sonho! Te amo. Te adoro. Te beijo, meu bem-amado.

M.V.

815 — MARIA CASARÈS A ALBERT CAMUS[1]

[Washington. Memorial de Jefferson.]

[5 de novembro de 1958]

Finalmente vou voltar! A indigestão chegou ao máximo, mas a crise de fadiga nada tranquilizadora dos últimos dias foi superada.
Já renasci e estou voltando!
Ah! Minh'alma.

M.

816 — MARIA CASARÈS A ALBERT CAMUS

[7 de novembro de 1958]

ALBERT
Já que você voltou a fumar... aí vai, meu querido, pelos seus 45 anos, deste 7 de novembro passado *longe de você*.

---

1 Cartão-postal enviado de Washington.

1959

817 — MARIA CASARÈS A ALBERT CAMUS[1]

29 de janeiro [1959]

    Estou querendo tanta coisa, tanta, tanta... Ah! como gostaria que para variar uma sala de ensaio geral fosse o que deveria ser sempre!
    Ontem fiquei muito emocionada.
    Te beijo com todo o meu coração. Fico bem junto de você; para os lados Chaillot, vou te seguindo. Glória, meu amor.

M.

---

1 Em 30 de janeiro de 1959 se dá o ensaio geral de *Os possuídos* no Teatro Antoine, destacando-se no elenco Michel Bouquet, Pierre Vaneck, Catherine Sellers, Tania Balachova, Dominique Blanchar, Alain Mottet. André Malraux, ministro da Cultura, se encontra na plateia.

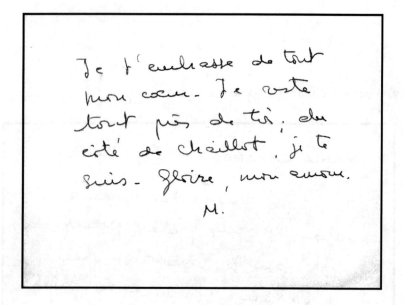

818 — ALBERT CAMUS A MARIA CASARÈS

[sd]

Te esperei até 8h10. Brûlé[1] pede que eu esteja no teatro desde o início do espetáculo para ver como Blanchar banca o palhaço. Fico muito triste de não poder te ver ainda. Amanhã estarei aí às 18h30. Beijo teus belos solos, que me fazem falta. Perdão.

A.

819 — ALBERT CAMUS A MARIA CASARÈS

23 de março de 1959

Já me instalei na clínica com mamãe. A operação correu bem, apesar de um pouco tardia. Mas no momento há uma pequena complicação pulmonar que está sendo tratada com antibióticos. Estou esperançoso. Mas preciso ficar.

---

1 O ator Lucien Brûlé, diretor do Teatro Antoine.

Não se preocupe comigo. De certa maneira, este quarto de clínica, no alto de Argel, com uma vista admirável para o golfo, é uma boa cela de meditação. E fico feliz de estar perto da minha mãe. O principal é que ela fique boa. Te beijo, sinto o seu coração.

A.

820 — MARIA CASARÈS A ALBERT CAMUS

24 de março de 1959

Acabo de receber sua cartinha, meu querido, ao voltar da rádio, onde estive gravando uma nova bobagem desde de manhã muito cedo. Agora estou mais tranquila; estava louca para receber notícias da sua própria mão. Da próxima vez que me escrever, diga também como está evoluindo a convalescença da sua filha e me fale do estado da sua cunhada.

Quanto a você — os caminhos do Senhor...!

Enquanto você medita diante do golfo de Argel, eu vou aqui me despachando entre a rua de Vaugirard, Rodin e Chaillot.

Domingo banquei mais uma vez a inevitável "Maria", recebi o argentino que quer te montar e te traduzir — com todo respeito —, e jantei com Dadé,[1] o rapaz que está doente e foi para a montanha. Também fiz minha visita diária a Maryse e conversei um pouco com o poeta.

Ontem comecei essa bobagem italiana que no momento me leva à rádio e na qual encarno um personagem que queria a todo custo ter alguma carne mas que tem apenas um ódio muito pequeno. Nesse programa estou cercada de todos os istas e izantes que circulam pelos estúdios. Deus sabe por quê! —, com Berthe, mais venenosa que nunca.

Ao chegar em casa, recebi uma pretendente ao TNP que eu preferiria até manter aqui em casa, para usá-la como luminária em cima de uma cômoda linda que comprei hoje. Quando ela se foi, chegaram duas atrizes espanholas, uma delas cega, que encontra dificuldade na Espanha para conciliar a cegueira

---

1 O cantor e ator André Schlesser (1914-1985), dito Dadé, do TNP, que já havia atuado ao lado de Maria Casarès, em particular em *O coche do santíssimo sacramento*, em 1953. Maria Casarès viria a casar com André Schlesser em 1978. Os dois foram enterrados lado a lado no cemitério de Alloue, onde haviam comprado a mansão de La Vergne em 1961.

com a paixão do palco e botou na cabeça que tinha de vir para a França tentar a sorte e — aprender francês! Realmente não me falta mais nada...

No fim do dia, jantei com Pierre R[eynal] e ouvimos juntos um programa sobre a reforma do Teatro, no qual Jean V[ilar] explicou ardorosamente a inutilidade dos críticos no teatro e, ante uma crítica de Dort a sua maneira sempre igual de conceber e montar os espetáculos, a sua retórica, no fim das contas!, respondeu que, *de sua parte*, era *a favor* da retórica, que todo escritor trabalha a vida inteira para desenvolver uma retórica e que pessoalmente, pensem o que pensarem, ele gosta da sua retórica nos *Caprichos de Marianne*,[1] por exemplo! Em seguida, travou-se um diálogo entre ele, os críticos presentes, o público presente e Planchon,[2] ausente, falando de Lyon ou Villeurbanne. Falaram de dinheiro e no fim Planchon chorava de emoção, de longe, em Villeurbanne, enquanto aqui em Paris passavam o chapéu por ele: "Enviem dez mil francos! — exclamava Polac — "enviem cinco mil, mil, quinhentos se não puderem mais!" "Escrevam a Malraux!" exclamava outro, e Planchon chorando e agradecendo, agradecendo.

Fui me deitar muito deprimida, e dormi mal. Felizmente, hoje, depois da sessão lamentável de gravação, na qual eu falava de duas borboletas para uma multidão em armas, consegui comprar minha cômoda. Ela vai me consolar de muitas coisas passadas e futuras.

Hoje à tarde eu deveria ir ao dentista, mas ele telefonou do fundo da cama, onde acabou confinado pela gripe — e a julgar pela voz, acho que terei de compartilhar com ele minha ração de "medula" de frango.

Hoje à noite quero ir ao Teatro das Nações assistir à estreia da peça encenada por Visconti, *Figli d'arte*.[3]

Quanto ao resto, nada de novo. Mandei minha carta ao sindicato; mas só depois me dei conta de que não fica mais na rua Monsigny; mas acho que assim mesmo vão encaminhar. Enquanto isso, recebi dessa organização um pouco de prosa que deixei de lado para ler para você, à noite, à luz de velas.

Em matéria de trabalho, continuo no mesmo ponto. Quinta-feira à noite estarei com Vilar; espero que me diga o que estava querendo dizer pelo tele-

---

1 Peça de Alfred de Musset (1833), encenada por Jean Vilar no Festival de Avignon em 1958.
2 Roger Planchon (1931-2009) está nessa época à frente do Teatro da Cidade Operária de Villeurbanne, depois de ter criado o Teatro de Comédia de Lyon em 1952.
3 Peça de Diego Fabbri, em encenação de Luchino Visconti.

fone, pois me falou de "jazz" se referindo ao *Sonho*.[1] Se tudo isso não é um "sonho", decidi que vou exigir o ritmo do chá-chá-chá, isto sim. Você sabe que eu prefiro.

Em casa, ando cometendo loucuras "estofáveis" no momento.

Em matéria de leituras, mergulho com alegria no diário de Delacroix.

Em matéria de coração, te amo.

Em matéria de condição pessoal, espero o Sabá, estou cada vez melhor e devoro.

Portanto, fique em paz. Cuide bem da sua mãe e de si mesmo. Trate de repousar o máximo possível e me mande apenas algumas palavras, boletins de saúde.

Te amo, te espero — Estou bem junto de você.

M.

P.S.: Acabo de reler estas páginas. Não precisa se preocupar; a confusão não vem da minha mente, acho eu. Mas como conferir uma forma a tudo isso?

821 — MARIA CASARÈS A ALBERT CAMUS

27 de março [1959]

Meu querido,

Um pequeno bom-dia caloroso e afetuoso.

Paris está uma tristeza. Enquanto cai uma chuva negra na França e neve vermelha no Cáucaso, como anda Argel a branca?

Continuo trabalhando. Já consegui evitar a música de Duke Ellington no *Sonho* e o mímico Marceau no papel de Puck.

Amanhã vou te escrever longamente sobre as histórias do Récamier.

Como vão os seus? E você?

Feliz Páscoa, meu amor querido. Te beijo muito.

M.

---

1 *Sonho de uma noite de verão*, de William Shakespeare, apresentada no Festival de Avignon em 17 de julho de 1959, em encenação de Jean Vilar, com Maria Casarès, Jean Vilar, Monique Chaumette, Philippe Noiret...

822 — ALBERT CAMUS A MARIA CASARÈS[1]

27 de março de 1959

VOLTAREI DOMINGO CARINHO ALBERT CAMUS

823 — MARIA CASARÈS A ALBERT CAMUS

Quarta-feira à noite [29 de abril de 1959]

Meu amor querido,
Desde que você viajou até apenas uma hora atrás, tenho suportado todas as torturas reservadas pelos infernos dos cordeiros e aves a quem se aventura pelos seus reinos. — "Leva tempo e !", diz alegremente o biólogo, que respondendo ao meu olhar assassino acrescenta: "Mesmo assim está com a cara bem melhor e parece menos velha!"

E é verdade! Quanto mais meus gânglios incham, quanto mais minhas gengivas, meu palato, minha boca toda ficam querendo se passar por crateras, mais a minha pele fica lisa, rosada, macia e aveludada. Não consigo mais comer, às vezes mal consigo falar, durmo mal ou estou exausta, com dor no pescoço, na garganta, na cabeça, e o meu rosto vendendo saúde! — "Era mesmo de se esperar! Leva tempo! Está germinando! Não se espante se um dia aparecer com as pernas cortadas e o corpo arrebentado! Leva tempo! Leva tempo!", e ele fica criminosamente feliz, como um sátiro antes do estupro.

Fazer o quê? Eu não comecei? Pois tenho de continuar. Pedi apenas uma trégua de dez dias, que me foi concedida, e uma diminuição da dose, que a partir de 11 de maio será de oito pequenos fetos, em vez de doze... Mas o mesmo número de células de cordeiro!

À parte os meus pintinhos que tomam grande parte do meu tempo, tentei efetuar os passos ensinados por Bab[ilée],[2] com quem estamos trabalhando a passo célere (é o caso de dizer) e vi no cinema *Família exótica*.[3] Fiquei muito

---

1 Telegrama enviado da Argélia, para onde Albert Camus viajou por causa da cirurgia da mãe.
2 O dançarino e coreógrafo Jean Babilée (1923-2014).
3 *Família exótica* (*Drôle de drame*), de Marcel Carné, estreado em 1937; no filme, Françoise Rosay interpreta o papel de Margaret Molyneux, ao lado de Michel Simon, Louis Jouvet e Jean-Pierre Aumont.

decepcionada. O roteiro não é ruim; há ideias encantadoras e muitos pretextos para belas imagens, engraçadas, divertidas; mas a coisa não é bem conduzida: o ritmo é muito lento, o que torna pesado e idiota o que deveria ser rápido e absurdo; e globalmente é muito mal interpretado: à parte Alcover, que encarna um inspetor de polícia com humor e sinceridade, e o grande Michel Simon, maravilhoso, daria para jogar todo mundo pela janela. Entram no clima absurdo "fazendo força" e "sem acreditar", o que aniquila o caráter absurdo, e o que conseguem fazer apesar de tudo não é bom. Mas quem leva a palma é F[rançoise] Rosay, francamente estranha.

Mas talvez você tenha visto o filme; de modo que deve se lembrar.

E você, como vai? Como encontrou Lourmarin e sua casa?[1] Penso o máximo que posso em você e fico feliz de saber que está em Provence; espero do fundo da alma que nada te perturbe e que você possa estar tranquilo essas semanas nessa linda região. Agora que a menina está se recuperando e tudo volta à ordem, ainda que depois você tenha de voltar à loucura de Paris ou do teatro, espero que possa aproveitar plenamente essa pausa que estava mesmo merecendo e se enraizar de novo na boa terra. A região deve estar linda no momento; que os deuses te poupem nesse período tão breve e te ofereçam magníficas férias.

Eu te amo tanto, meu amor querido; queria tanto te ver sempre "na hora", por assim dizer; pois acho que uma das coisas que mais te fazem sofrer é a sensação de estar correndo atrás do tempo ou de perdê-lo.

Trate então de viver sempre como bem quiser. Se não tiver vontade de escrever, não escreva; você sabe muito bem que a esta altura só podemos mesmo nos repetir. *Mas*, ainda assim, continue me escrevendo enquanto não me escreve. Algumas palavras apenas: "Preguiça, Vou bem. Te idolatro", e assim vou ficar sabendo só o que preciso saber.

E eu por aqui farei o mesmo.

Bem; vou me deitar. O dia foi dos mais cansativos e apesar desse ar diáfano, estou com cem anos.

Mandarei notícias a torto e a direito.

Te beijo, meu amor querido, de todo coração, com toda a minha alma.

M.

---

1 Albert Camus está em Lourmarin com Francine e a filha Catherine, sofrendo de reumatismo articular.

1) Perdoe esta carta, mas fazer o quê? Leva tempo!

824 — ALBERT CAMUS A MARIA CASARÈS

4 de maio de 1959

Meu amor querido,
Espero que as Erínias, quero dizer, os frangos, tenham parado de te atormentar. E sobretudo desejo que você possa colher os frutos de tão meritórios sofrimentos, tão piedosamente aceitos e suportados. Poderá fazer um balanço em Bruxelas, para onde te escrevo, e avaliar melhor os resultados do tratamento durante o esforço.

Aqui, depois de três dias de chuva e vento, a luz se estabilizou neste admirável país. Catherine dá vida à casa e Francine está mais gentil. Ambas vão embora no sábado.

Os dias longos, as boas noites de repouso, o silêncio e esse céu bonito já surtiram efeito em mim. Estou renascendo aos poucos. Mas prefiro não falar disso, por superstição. Simplesmente, não se preocupe, está tudo bem comigo.

Os possuídos parece que estão ganhando força de novo (oitocentos e vinte e cinco mil no sábado). Barrault, depois de ouvir Bellon,[1] preferiu Catherine por três meses (realmente encantador para Bellon!). Vou ter de te devolver quatrocentos e cinquenta mil francos ao governo, a quem acabo de pagar igual soma. São as notícias, cinzentas e rosadas, como os telhados de Lourmarin. Estou feliz, de qualquer maneira, por estar aqui e espero me sair menos pesado para você quando voltar. Sim, o tempo que passa ou que é perdido me aperta o coração. Mas cabe a mim dominá-lo, organizá-lo, tomar as decisões. Ser quem somos pressupõe uma força — que finalmente me está voltando — e que permite tudo fazer e tudo tocar para a frente. Além disso, eu tenho você, a companheira dos dias, o apoio, o coração incansável — você, a quem agradeço do fundo do coração, e que beijo com todas as minhas forças.

A.

---

1 A atriz Loleh Bellon (1925-1999).

825 — MARIA CASARÈS A ALBERT CAMUS

Terça-feira à tarde [5 de maio de 1959]

Uma palavrinha antes de deixar Paris, acho que não poderei te escrever de Bruxelas e não quero te deixar esse tempo todo sem notícias minhas.

Os últimos dias se passaram perfeitamente à toa, graças a Deus; eu passo o tempo todo cuidando de alguma parte da minha pessoa; assim, a inflamação das gengivas às vezes dá lugar a espinhas subcutâneas que brotam entre o nariz e o lábio superior e estas por sua vez desaparecem diante dos escurecimento progressivo de um dedo de pé cujo pequeno calo parece ligeiramente infectado. Já estou começando a ficar por aqui.

Mas no domingo fui dar uma volta no campo e caminhei durante duas horas na floresta, deixando enlouquecidos os coelhos e as fêmeas de faisão. Estava frio mas a natureza era magnífica e por pouco não fiquei com inveja de você ao longo de todo o passeio; felizmente não tenho uma natureza invejosa e pude aproveitar plenamente a minha caminhada.

À parte isso, estou me virando para tentar acomodar titio no quarto que Maryse vai deixar no início de junho e no qual eu estava de olho há muito tempo. Escrevo para uns e outros para conseguir o dito quarto e instalar Léone no do general sem muitos estragos. Por outro lado, tive a ideia — boa mas complicada — de alugar um pequeno apartamento em Avignon durante o festival, em vez de ir para o hotel, e de finalmente tratar de encontrar alguma coisa em Camaret para passar o mês de agosto. Tudo isso se resolve por carta, como você sabe, e com um gênero de literatura que não é propriamente o meu.

Daqui a pouco portanto viajo para Bruxelas; estarei de volta a Paris na sexta-feira à noite, se Deus quiser, e a partir de então e até o fim do mês, quer dizer, até minha próxima viagem, o ritmo dos ensaios certamente vai se acelerar. Pessoalmente, tenho de trabalhar com Vilar, por um lado, com Babilée por outro e por fim com Jarre,[1] embora espere abreviar a coisa.

Gérard Philipe me mandou esta carta que estou juntando aqui. Junto também a minha, pois você poderia até acreditar que ataquei a honra ou a dignidade dele, o que nunca esteve em questão; mas peço que me mande tudo de volta; quero guardar tudo e além do mais preciso responder à mensagem dele, se é

---

1 O compositor Maurice Jarre (1924-2009) é o diretor musical do TNP de 1951 a 1963, depois de ter trabalhado com Pierre Boulez para a companhia Renaud-Barrault.

que conseguirei, após longa análise, entender o que está querendo me dizer. Portanto seja gentil e me devolva tudo o mais rápido possível.

Espero que a pequena Catherine esteja cada vez melhor; por acaso o burrinho dela já chegou?[1] E você, como anda? Teve notícias de A[ndré] M[alraux],[2] de Paris, dos *Possuídos*? Assim que voltar, tentarei reservar uma noite para ir ver uma representação com titio.

Não pergunto se você está trabalhando; imagino que com o incômodo da mudança e a chegada de F[rancine] e C[atherine], você não deve ter tido muito tempo; mas se me escrever, diga como se sente interiormente; em duas palavras, claro. Bem, meu querido; vou te deixar; ainda tenho mil coisas a fazer entre elas a mala e duas cartas. Te mandarei uma palavrinhas assim que chegar. Sinto sua falta, mas estou feliz de saber que você está em Lourmarin. Se cuide e cuide dos seus. Não me esqueça e mande três linhas para que eu possa encontrá-las no fim da semana.

Te beijo muito, muito, de todo coração,

M.

826 — ALBERT CAMUS A MARIA CASARÈS

9 de maio de 1959

Espero que tudo tenha corrido bem em Bruxelas e que você tenha recebido minha carta. Vou telefonar amanhã ou depois de amanhã. Catherine e a mãe vão embora esta noite e eu retornarei à solidão do convento. Esta casa me é favorável. É silenciosa, secreta — dá para uma paisagem admirável e exceto

---

1 Por meio de Pierre Blanchar, Albert Camus mandou vir uma fêmea de jumento da Argélia, batizada de *Pamina*.
2 Desde 1958, Albert Camus tenta assumir a direção de um teatro, visando em especial o Teatro Récamier. Com a chegada de André Malraux ao Ministério da Cultura, surge o projeto de nomeá-lo à frente de um teatro nacional de ensaio, dedicado a jovens dramaturgos e à apresentação de peças antigas caras ao autor dos *Justos*. Em 9 de abril de 1959, a nomeação é mencionada numa entrevista coletiva do ministro, que não cita o nome de nenhuma sala. Camus traça então o perfil e a missão desse novo teatro num memorando de 25 de junho de 1959 entregue à equipe de André Malraux. A escolha final parece ter-se fixado aos poucos na sala do Athénée. Ver o anexo dedicado ao projeto em: Albert Camus e André Malraux, *Correspondance 1941-1957*, Gallimard, 2016.

quando chega a correspondência da NRF em massa compacta, me sinto aqui livre de tudo que me ata e aprisiona. Naturalmente, ainda sou muito jovem e tenho muita vitalidade para ficar aqui bancando sempre o eremita — mas sei que sempre posso voltar para me recompor e recuperar força e imaginação renovadas.

Desde esta manhã o tempo está cinzento. Mas tivemos uma série de dias maravilhosos. O Luberon está coberto de arbustos floridos e eu dou passeios diários. Adotei uma gata afetuosa e cortês, meio grávida. Só sinto falta da cumplicidade das nossas noites e do teu belo riso. Mas voltarei com vontade de apreciá-las, se o céu ajudar.

Como vão os galináceos? Espero que as doses menores te sejam mais propícias e que possa te encontrar recuperada — e sem agressividade. Estou lendo cartas de Nietzsche. Estranho, esse enfermo meio cego dando lições de vitalidade e coragem. Estou lendo também um livro sobre Don Juan de Gregorio Marañon. Decididamente, eu só respiro bem na Espanha. Você sabia que Lope de Vega escreveu uma espécie de *Don Juan* anterior à criação do personagem? Chama-se *A promessa cumprida*. Seja boazinha e leia, para podermos conversar. Também gostaria de ter uma tradução de *D[on] J[uan]* de Zorilla.[1]

Meu amor querido, penso muito de perto em você e todo dia agradeço ao céu pela sua existência, e pela sua existência na minha. Me conte um pouco a sua vida e me mostre que ela é castelhana, pela pureza e o rigor. E eu sou um *santito*. Até logo, minha querida, beijo os teus belos, os teus adoráveis olhos.

A.

Recomendações à corneilleana e ao sevilhano.
Como vai o terno do *Tío* Sergio?

A "TV"[2] será na terça-feira às 21h15. Só confio na sua avaliação. Procure ver e me diga algo

---

1 *Don Juan Tenorio*, de José Zorilla (1844), drama romântico cuja ação se passa em Sevilha no século XVI.
2 O programa "Primeiro plano", de Pierre Cardinal, sobre Albert Camus, com trechos de *Os possuídos*.

827 — MARIA CASARÈS A ALBERT CAMUS

Sábado à noite, 9 de maio [1959]

Voltei! Finalmente! Dois dias belgas e morrer! Por desgraça! Obrigada, meu querido, pela sua carta. A recebi quando ainda estava lá e ela me ajudou a suportar o inevitável cheiro de batatas fritas, o espetáculo das bancas de feira de Bruxelas, a cara da velha Isabelle Blume[1] e os paralelepípedos belgas, que torturaram meus pés a ponto de me deixar maluca.

Eu sabia que Lourmarin, a primavera provençal, o afastamento de Paris e a paz haveriam de enfunar suas velas. E agora, meu belo navio, em frente! Que chegue a bom porto!

Enquanto isso, continuo aqui cuidando da vida. Combato corajosamente, é verdade, mas não sem mau humor, os primeiros males da "idade inevitável", procurando, não sem dificuldade, dominar meus acessos de raiva quando me sinto cansada, entorpecida, dolorida, reumatizante ou paralisada. Não quero me tornar uma velha ranheta mas a julgar pelo humor que logo fica azedo quando minha forma não anda tão boa, realmente receio nunca conquistar o belo rosto sereno e tranquilo dos centenários satisfeitos da vida. Mas meu Deus! como é difícil aceitar a perda de tempo com dores e como me parece impossível não me queixar com gritos de fúria!

Enfim, depois de muito refletir, decidi me cuidar direito para pelo menos poupar meus contemporâneos de eventuais gemidos. Desde que voltei, saí atrás de uma pedicure, que afinal encontrei e que vai me telefonar na segunda--feira. Por outro lado, estou seguindo rigorosamente meu regime e descanso o máximo que posso. Infelizmente, minha vitalidade é a mesma de sempre, e Paris, o campo, o céu, as criaturas, tudo isso é belo na Primavera. De modo que estou sempre cheia de anseios os mais variados, que trato de conter; se a energia aumentar proporcionalmente à vontade de recusar, a bomba atômica junto de mim não vai fazer mais barulho que uma rolha de champanhe.

Em Bruxelas, onde eu fugia até da minha própria sombra, me perdi uma tarde na minha corrida desvairada e fui ver *Os Dez Mandamentos*.[2] Se bem me

---

1 Isabelle Blume (1892-1975), nascida Grégoire, feminista antifascista belga que se engajou junto aos republicanos durante a guerra civil espanhola, deputada socialista e depois independente de 1936 a 1954.
2 A refilmagem, falada e em cores, de *Os Dez Mandamentos* de Cecil B. DeMille estreou na França em 17 de janeiro de 1958, mais de um ano depois do lançamento americano.

recordo, Michel G[allimard] nos tinha dito que, no gênero, era um bom filme. Não sei o que ele entende por "gênero", mas o segredo provavelmente não saiu da toca, pois me parece impossível que um homem feito, devidamente plantado nos dois pés, e de posse da encantadora cabeça de Michel em geral ocupando seu devido lugar, possa se sair com um gracejo desses. A "visão" da obra dura três horas e quinze, meu querido, e ao sair eu trazia gravados no occipital os dez mandamentos, as pirâmides, obelisco, o faraó Yul Brynner, Moisés e o senh[or] Cecil! Meu Deus! É de ficar o resto da vida com aversão à história Santa, ao Mar, vermelho ou índigo, que não deixa para trás nem a mais ínfima conchinha quando levanta seu manto de arlequim, e também a esse deus de Walt Disney, disfarçado de bola de fogo e falando com uma voz de câmara de eco. Quanto a Yul Brynner de Ramsés, até que valeria a pena, se os outros não ganhassem dele por pontos.

Eu tinha mesmo de ver isso na Bélgica, para minha viagem ser completa; mas a zeladora do banheiro de uma cervejaria do Bulevar Anspach pôs um ponto final nessa poética visita. Foi logo antes de tomar o trem de volta; fui ao banheiro para me livrar das meias e da liga, que não estava aguentando mais. A zeladora, muito enrugada dos de profissão, me recebe no coração do seu antro com um "Que belo dia, senhora; a senhora trouxe o bom tempo" — Meio desconcertada, eu olho para o chão, sem responder, vendo os reflexos de néon, e antes de conseguir arrumar de novo as ideias ela corre para uma das portas, abre e começa a limpar com vontade e uma intensidade perigosa uma xícara na qual, meu Deus!, daria para fazer uma refeição — como diria Ang[eles]. E aí, de repente, se volta e me empurra para a casinha rindo muito e cheia das piscadelas de cumplicidade. Obediente, eu entro, passo a tranca, tiro as meias, a liga, boto tudo na bolsa e saio de novo. Ela me espera lá fora, à espreita! Me olhando fixo, ri de novo e diz: "Que alívio, hein!" — E como eu não respondesse: "A senhora não fala francês, não?"

Pois é a imagem que levei para o trem dessa cidade em que os espanhóis ficaram dois séculos!

Bem; está tudo bem. Vou te deixar. Está fazendo um calor sufocante nessa Paris tempestuosa e o sol que peguei hoje de manhã me queima; é a hora em que ele tem medo das trevas e quer voltar à luz custe o que custar. E assim, querendo me abandonar, ele me deixa fosforescente.

Olha só! um trovão. Eu já sabia.

Estou falando pelos cotovelos. Não fique chocado. E também não pense que estou te escrevendo como se estivesse na ferroviária, ou que esteja sem concentração. Não; estou de bom humor e o tempo está ruim; só isto. Poderia te falar de Delacroix ou dos Evangelhos, — são minhas atuais leituras —, mas não vejo utilidade.

Também poderia te falar do meu amor, mas nesse caso, realmente, acho que já disse tudo. Oh! Eu poderia perfeitamente me repetir ou te dizer que sou a glória-da-manhã privada do seu carvalho e que estou morrendo de desfalecimento; mas você não acreditaria.

Mas uma coisa você sabe: não posso imaginar a vida sem você. E olha que me esforço! É preciso. Fazer o quê? Neste vale de lágrimas a gente precisa estar sempre preparada. Pois bem! eu estou, sim; mas sem imaginação. Acho que você não pode mais desaparecer da minha vida; é isto; aconteça o que acontecer você está para sempre em toda a minha vida.

E com esta justa revelação vou me deitar e te deixar entregue à paz provençal. Antes, porém, quero te beijar tempestuosamente.

M.

828 — MARIA CASARÈS A ALBERT CAMUS

13 de maio de 1959

Bravo! Meu querido, bravo! Foi muito bom. Belo, inteligente, encantador, divertido, tocante, natural e simpático. "Primeiro Plano" bem apresentado no que dependeu de Cardinal, e bem interpretado em matéria de *Possuídos*. Pelo que pude ouvir, me parece que muitas pessoas devem ter colhido o germe de curiosidade necessário para sufocar a eventual apreensão diante de um espetáculo Dostoiévski-Camus.

De minha parte, você me agradou muito, mesmo como homem; fiquei com tesão e não sem mérito, pois a visão estava turva e de vez em quando curiosamente você desaparecia. Imagine que eu tinha pedido a Monique e sua mãe que me recebessem para assistir à sessão, e quando cheguei ao número 136 da rua de Vaugirard reinava a mais completa desordem. Mãe e filha se agitavam em volta de um cavalheiro que olhava com ar desolado para o aparelho de televisão, com a tela entregue aos ritmos e sacolejos mais inesperados. Depois, enquanto jantávamos a barulheira dos diálogos barrocos de não sei que peça era entrecortada pelos suspiros desesperados do referido técnico, que recebera ordens bem claras: "Quero uma imagem! Queremos uma imagem! Dê um jeito qualquer, mas precisamos de imagem às 9h30! E às 9h30 de fato tivemos imagem: uma oval branca com uma pequena alça. Era você com a orelha esquerda. Hesitando entre a gargalhada e a decepção, eu sorri polidamente, meio amarelo; mas felizmente, com a ajuda de Deus, as formas de repente ficaram nítidas e você apareceu em todo o seu esplendor. Foi mesmo algum milagre; e muito poético; mas se não pudesse te ver, eu teria achado ruim.

Bem. Seja como for, pode dormir tranquilo; foi perfeito.

Sua carta do dia 9 chegou; me deixou bem feliz e eu queria ter respondido imediatamente se o sol e Titânia não tivessem tomado meu tempo todo. Vou tentar encontrar e ler *A promessa cumprida*; quanto ao *Don Juan* de Zorrila, tenho a impressão de que existe pelo menos uma tradução; tente conseguir a melhor, de Labiche ou da editora Gallimard.

Vou deixar também seu estado e sua forma atuais; eu também sou supersticiosa; mas é curioso constatar a paz que toma conta de mim quando você não vai mal. Quanto à santidade, é mesmo muito "descaramento" seu se glorificar por isto neste momento, não te vejo muito apaixonado pela sua gata, por mais afetuosa que ela seja, nem pelo burrinho. Portanto, guarde seus protestos de boa conduta para o tempo que passa no mundo.

Eu, mais modesta, vou me comportando como posso. A maior parte do dia é dedicada à dança com meu parceiro Vilar e é grande a competição para ver quem se sai melhor nas braçadas e pernadas, quem aprende mais depressa e quem se lembra melhor. Quando nos encontrarmos, talvez um dia, se estiver disposta, vou te descrever uma sessão de trabalho com Babilée, ou "Jean entre os zulus".

Raramente tenho visto titio; à noite, janto mais cedo que ele, e na hora do almoço, quando não estou trabalhando, peço para ser servida na varanda. Mas de vez em quando cruzo com ele, e ele me mantém a par dos progressos com o terno. Em todo caso, ele parece encantado, e acha que quando tiver seu novo quarto — salvo ordem em contrário de [Goupillières] — e sua roupa nova, ninguém o segura mais.

O sevilhano arrumou trabalho mais uma vez na casa de uma nova burguesa endinheirada que me alugou uma hora no telefone para pedir informações sobre ele; e Angeles não podia estar melhor. Os três mandam saudações, cumprimentos pelo "Primeiro plano" e muitos abraços. Os Lévy se juntam a eles para te cumprimentar e Dominique, para te congratular e te beijar.

Eu também, se você aceitar, te beijo à minha maneira e te cumprimento e me congratulo por ter você e faço votos e votos por você, por mim e por nós.

Minha vida não é castelhana, como você gostaria; é galega; mas te é dedicada muito além do que você imagina. Te espero, meu amor querido. Te beijo.

829 — ALBERT CAMUS A MARIA CASARÈS

15 de maio de 1959

Meu amor querido,
Estou enviando esta preciosa documentação. O seu presidente é realmente um asno, bom para comer alfafa. Pois que fique no seu estábulo.

Espero que tenha digerido os frangos e Bruxelas, a esta altura. Pelo meu lado, como toda vez que concordo em me "apresentar", chovem aborrecimentos. *Le Figaro littéraire* taquigrafou minhas declarações na "TV" e as publicou sem minha autorização, mas cheias de erros inacreditáveis. *L'Express*, à qual eu tinha recusado o mesmo texto, me arrasta um pouco na merda (ao mesmo tempo me dando razão sem querer, no que eu dizia sobre a estupidez da nossa sociedade intelectual). Até os camponeses de Lourmarin se sentem na obrigação de me falar dessa televisão! Felizmente ando com o moral sólido aqui e nada disso me impede de beber a luz nem de trabalhar.

O mistral se levantou hoje. De modo que os dias bonitos vão continuar. E eu, sem deixar de temer uma pane, naturalmente, espero que minha forma também se mantenha.

Não precisa se esforçar muito em imaginar meu desaparecimento. Estou me sentindo muito bem e por outro lado não tenho a intenção de te abandonar. Dentro de doze ou quinze dias voltarei, com toda força. Mas realmente se você não estivesse em Paris nada me atrairia aí neste momento. E também é verdade que no fim do mês corro o risco de já estar cheio da vida de convento e da solidão total.

Se cuide, sim, preste atenção. Você não corre risco de ficar ranheta, tem o coração generoso demais. Os deuses criaram criaturas como você para serem perdoados por terem criado a peste e a estupidez humana.

Te beijo, com ternura, e com todas as minhas forças.

A.

830 — MARIA CASARÈS A ALBERT CAMUS

Segunda-feira, 18 de maio de 1959

Meu amor querido,
Obrigada pela sua carta e pelo retorno da minha correspondência sindical, da qual não sei o que fazer por enquanto. É difícil responder ao asno e a inutilidade de tudo isso desestimula minhas boas intenções. Espero que os incidentes "pós-primeiro plano" tenham terminado e que a sua breve estada à beira do seu mar tenham permitido afogá-los para sempre. Aqui, não li nada de tudo aquilo de que você falou para não abater meu humor e não agravar uma nova crise hepática que tenho sofrido nos últimos dias. Não sei se os embriões de frango estão agindo nas minhas gengivas, mas não resta dúvida de que causam uma devastação no meu organismo; no meio do mês, estou com dores na barriguinha, os seios pesados e doloridos e uma eterna dor no coração, devoro quatro vezes por dia a inevitável carne grelhada acompanhada de legumes cozidos ou crus e a mais ínfima escapulida — um espaguete ou um tiquinho de lentilha — imediatamente provoca náusea. Parece até que estou grávida e cheguei a imaginar horrorizada que talvez dê à luz um ovo. Mas à parte essas indisposições vou muito bem. Pele bonita; boa energia; olho alerta. E olha que o céu não ajuda; desde sexta-feira, está cinzento, baixo e sinistro; a temperatura anda amena e esperamos uma chuva que se faz de rogada. Aproveitei para fazer algumas compras sábado de manhã, dois conjuntos de calças largonas com blusa para usar em casa, uma calça de trabalho, uma blusa, um biquíni e um short. O resto do tempo, fiquei me desesperando nos ensaios, lendo uma história das civilizações e os evangelhos; e no cinema, vi *Estranha compulsão*,[1] extraído do livro *Compulsion* que você me deu. Não é mau, porém um pouco matado para chegar o mais rápido possível ao processo, no qual infelizmente Orson Welles faz o papel do advogado. Ao lado dele, Brasseur parece uma criança de peito mas pelo menos está vivo. Em compensação os dois rapazes escolhidos como Judd e Artie, sem corresponder naturalmente à imagem que fazemos lendo o romance, estão esplêndidos. Ontem, vi *A mulher do século*,[2] comédia americana na boa tradição com Rosalind Russell; há muito

---

[1] *Estranha compulsão*, de Richard Fleischer, com Orson Welles, estreia nos cinemas em 1959; é uma adaptação do romance *Compulsion* (1956), de Meyer Levin, traduzido na França em 1958 com o título *Crime* (Stock).
[2] *A mulher do século*, de Morton DaCosta, lançado em 1958.

tempo o cinema não me dava esse tipo de prazer e eu ri com gosto. Mas não vou dizer mais nada; gostaria que você visse se puder.

Da vida parisiense, tenho poucas notícias; sei apenas que Planchon fez muito sucesso com o seu Shakespeare.[1] As críticas o puseram nas nuvens, mas os comentários diretos são muito ruins; mas é verdade que não partiram de corações dos mais ternos. Eu teria de ver por mim mesma para formar opinião; só que estou em plena crise de angústia "anti-tudo-isso" e receio sair do Teatro Montparnasse completamente abatida, pronta para o convento antes da fé.

Em casa, tudo no mesmo ramerrão. Juan continua trabalhando extra--muros, Angeles se esfalfa mais ou menos alegremente, Dominique arrasta seus problemas principescos e Titio ouve a rádio nacional e comenta quando surge uma oportunidade. De minha parte, começo amanhã o longo trabalho de ensaios, provas de costumes etc.

De modo que é possível que a partir de agora te escreva menos longamente; mas não se preocupe, estou em busca de Titânia. E, como acabo de te dizer no telefone, não se preocupe comigo.

Trabalhe e não escreva mais, exceto em caso de urgência, ou para me avisar se por acaso mudar a data da volta. De qualquer maneira, nos veremos pouco nos poucos dias que passaremos juntos, por causa dos meus ensaios, mas eu gostaria que pelo menos só o trabalho nos separe nesse momento.

Bem, meu querido. Vou voltar às minhas civilizações, aos meus evangelhos e ao meu bife grelhado. Talvez consiga arrastar Angeles para ver *Os amantes*.[2] Gostaria de ver como ela reage a esse filme.

Se cuide, meu amor. Se livre dos chatos, gentilmente, claro! mas sem rodeios. Sorria ainda e sempre; mas seja ainda e sempre o que você é. Estou feliz de saber que você está feliz. Estou feliz por te ter. Estou feliz, simplesmente. Não me deixe nunca.

Te beijo com todas as minhas forças.

M.

---

1 Roger Planchon encena *Falstaff* no Teatro Montparnasse em 1959, espetáculo do seu Teatro da Cidade de Villeurbanne.
2 *Os amantes*, de Louis Malle, lançado em 5 de novembro de 1958, com Jeanne Moreau, Jean-Marc Bory, Alain Cuny e Judith Magre.

831 — ALBERT CAMUS A MARIA CASARÈS

22 de maio de 1959

Esta cartinha, meu querido amor, para te confirmar minha chegada no dia 28. Telefonarei assim que chegar. Na verdade, volto por causa do debate do dia 30. Como você está ensaiando e vai viajar em turnê no início de junho, eu teria preferido ficar e mal ou bem levar adiante mal meu trabalho. Digo mal ou bem por não estar seguro de que o que estou fazendo seja bom, e também porque há dias em que trabalhar me é difícil. Mas ainda assim consegui empurrar a carroça atolada. E inclusive um dia, no início, senti essa exaltação extraordinária que justifica que, para experimentá-la e criar, soframos durante anos. Agora estou me arrastando um pouco mais, mas não é a vida estéril e vazia de Paris. Bem. Vou continuar trabalhando em Paris apesar de tudo. A largada é que era difícil e eu precisava vir para cá encontrar forças.

Hoje choveu torrencialmente, como costuma chover aqui, interminavelmente. Além disso, fiquei furioso com a maldade de Mauriac[1] (ainda a propósito da televisão) e furioso comigo mesmo por estar furioso com tanta estupidez medíocre e maligna. Amanhã e domingo tenho uma programação ininterrupta de trabalho. Se tudo correr bem, voltarei satisfeito. Na verdade, já estou — não com o que fiz, mas pelo fato de ter feito.

A cartinha está se alongando, gostaria que você estivesse aqui esta noite. Você ia gostar da casa, desses fins de dia tranquilos, do cheiro das noites. Seria o repouso, para nós dois. Mas minha vida não tem repouso, melhor me acostumar. Suas cartas foram preciosas, ajudaram muito. Não, não vou te deixar. Meu coração é jovem, continua batendo junto de você, com gratidão, com ternura, meu amor, minha fiel, minha doce...

A.

Sábado, 23 [maio de 1959]

Santa mãe! está caindo a água toda do céu. A casa sobrenada as águas do vale, eu sou Noé, escapando da destruição dos pecadores, e que te ama. Até quinta-feira.

A.

---

1 Em seu "Bloco de Notas" de 14 de maio de 1959, publicado em *L'Express*, François Mauriac ataca Albert Camus ao comentar sua participação no programa de televisão.

832 — ALBERT CAMUS A MARIA CASARÈS[1]

6 de junho de 1959

AOS 15 ANOS SOMOS JOVENS VOTOS DE TERNURA DO SEU ALBERT

833 — MARIA CASARÈS A ALBERT CAMUS

30 de junho [1959], *à noite*

Antes de me deitar, uma pequena saudação ao meu bem-amado. Marselha se incendeia com o mistral. O Mediterrâneo assume vagos ares de oceano. Se continuar assim, amanhã à noite terei novamente o prazer de ver meus parceiros empalidecerem à medida que a peça segue seu curso enquanto meus cabelos readquirem sua cor natural antes do segundo ato do *Triunfo*. Mas meu coração de bretã se comove e afinal, tendo recuperado um pouco do seu clima, pode desfrutar sem problemas das belezas e alegrias do Sul. Se o peixe que comi estivesse fresco, meu dia teria sido perfeito.

Ontem a viagem foi longa e indefinida. Não consegui sonhar, como costumo em viagens de carro: Wilson, a meu lado, desfiava não sei que ideias confusas sobre o teatro. Fora de si, resmungava insultos contra Planchon, Brecht, a vanguarda e os diretores que usam as peças para brilho pessoal; mas para entender seu ponto de vista sobre o teatro atual — o ponto de vista do bom senso, como você pode adivinhar — precisei do dia inteiro e só por volta das 9 horas da noite pudemos rir alegremente dos *Três mosqueteiros* montados à maneira brechtiana por Planchon, do qual você já deve ter ouvido falar. Devo dizer que continuo achando deliciosa a ideia do mosqueteiro social. Depois do jantar, em Valence, o carro se transformou no refúgio de que tanto gosto.

Rodamos silenciosamente na noite até chegar a Marselha às 2h30 da manhã, e durante esse tempo pude meditar, me recompor, organizar e fazer projetos tranquilamente. Em matéria de sonho, o espetáculo oferecido pela última parte da estrada à noite é suficiente por si só para povoar a imaginação

---

1 Telegrama enviado ao Hotel Neuesschloss em Zurique, pelo aniversário da união dos dois. Depois da Suíça, Maria Casarès segue em turnê para Marselha e depois Avignon.

mais rica. A eletricidade, ou, se preferir, a luz, por um lado, e por outro as pontes e rodovias são as joias e obras-primas da nossa época e nunca isso ficou tão claro para mim como ontem à noite.

Quanto à meditação e aos projetos, se sucederam a cento e vinte quilômetros por hora, na mesma velocidade em que engolíamos os plátanos da beira da estrada.

1) Preciso aprender a dirigir na próxima temporada.
2) Em setembro de 1960, terei de fazer uma turnê com Franck.
3) Ao voltar da turnê comprarei um carro poderoso.
4) Na temporada seguinte vou tirar minha carteira para veículos pesados.
5) Em setembro de 1961, farei uma segunda turnê com Franck.
6) Ao voltar da turnê compro um belo trailer.

E pronto! Foram-se os problemas.

Você está em Lourmarin? Lá vou eu também.

Estamos com vontade de ir à Bretanha? Não seja por isso!

Ao sul? Vamos para o sul.

Estamos sendo vistos demais em determinado lugar? Fazemos as malas e pegamos a estrada.

E nenhuma obrigação! Nenhum vínculo! Viva a liberdade!

Que acha?

Oh! Claro. Não é o lugar dos sonhos para trabalhar. Mas talvez não seja desprezível para tomar notas. E além do mais, para variar, você o e ao meu encontro para se divertir comigo, simplesmente.

Não ria. Pense. Pense na nossa vida, em mim, nas minhas manias na minha necessidade de independência, nas relações que temos com a sociedade. É de um trailer que eu preciso, e não de uma casa! E além disso, se me fartar, eu vendo. Não?

Também sonhei conosco com extrema doçura. Será que a própria morte poderia nos separar? Nosso casal realmente me faz duvidar das nossas ideias e das nossas razões e quando penso em nós, me parece absurdo não acreditar na eternidade. E no entanto se imaginarmos a eternidade, ela só pode ser fixa e o que há de mais emocionante entre nós é algo que está constantemente em movimento.

Bom, vou me deitar. O mistral está me subindo à cabeça. Te amo com todo o meu ser

V

P.S.: Ainda vou te escrever de novo antes da sua partida, meu querido amor.

834 — ALBERT CAMUS A MARIA CASARÈS

2 de julho de 1959

Feliz com sua carta. Eu aqui ando bem desanimado, menos mistral impossível. Esses dias tenho ido ao concurso do conservatório. Os atores trágicos comidos pelas traças. O primeiro prêmio foi concedido àquela que os jornais chamam de a nova Casarès (mais uma!), Francine Bergé.[1] É a Casarès do 16º *arrondissement*, e menos trágica, impossível. Uma boa voz, péssimo porte (como Monima!), uma sensibilidade razoável, e o que na França se costuma chamar de distinção. Globalmente, uma boa atriz, mas sem gênio. Vai se sair muito bem no Français. Hoje foi uma verdadeira comédia (homem). Exceto um, destinado ao Français, a própria mediocridade.

À parte isso, o tempo está bom e quente. E estou resolvendo as últimas questões antes de viajar para Veneza. O trailer para 1962, é um caso a estudar, levando-se em conta o seu lado emigrante. *Mas*: as vias de acesso e as condições de estacionamento dos trailers são rigidamente regulamentadas. Em lugares habitados os trailers em geral ficam estacionados juntos e é a solidão acompanhada. Não compromete a magia da sua ideia, mas são coisas que é melhor a gente saber antes.

Enquanto isso, vou pegar o trem e me embrutecer no hotel em Veneza.[2] Vou seguir os nossos passos e tomar expressos à sua saúde. Coragem e força até lá, meu querido amor. Não, a morte não separa, ela mistura um pouco mais no vento da terra os corpos que já estavam reunidos até a alma. O que era a mulher e o homem voltados um para o outro se transforma no dia e na noite, na terra e no céu, na própria substância do mundo — na vida a gente pode esquecer, dar as costas, se separar, a vida costuma esquecer — mas a morte é uma memória cega que não acaba nunca — para aqueles que querem, que consentem em morrer juntos. Até já, emigrante, temos de viver para o momento, e viver bem. Te beijo de todo coração.

A.

---

1 A atriz Francine Bergé, nascida em 1938, primeiro prêmio de tragédia no Conservatório. Se integra por breve período à Comédie-Française, onde atua em *Fedra* em 1959.
2 Albert Camus se hospeda em Veneza de 6 a 13 de julho para acompanhar as récitas de *Os possuídos* no Teatro La Fenice.

835 — MARIA CASARÈS A ALBERT CAMUS[1]

8 de julho de 1959

BUONI AUGURI MIL CARINHOS MARIA

836 — ALBERT CAMUS A MARIA CASARÈS[2]

Sexta-feira, 10 [julho de 1959]

Dias terríveis calor e trabalho. Impossível escrever. Excelente sucesso. Obrigado telegrama. Estarei salvo imprevisto segunda-feira à noite Paris e te escreverei longamente. Com o coração do seu

A.

837 — MARIA CASARÈS A ALBERT CAMUS[3]

[Julho de 1959?]

BOM RETORNO CARTA ESPERANDO EM CHANALEILLES MANDE NOTÍCIAS MIL CARINHOS MARIA

838 — ALBERT CAMUS A MARIA CASARÈS

Terça-feira, 14 de julho [1959]

Aqui estou de volta então, meu querido amor, depois de uma semana bem estranha. O calor e o vento do sul que sopram em Veneza transformaram a vida numa loucura. Não é simples força de expressão. O jornal local anunciou outro

---

1 Telegrama endereçado ao Teatro La Fenice, em Veneza.
2 Cartão-postal enviado de Veneza a Avignon (rua Petite Saunerie, 15).
3 Telegrama endereçado ao Teatro La Fenice, Veneza.

dia três crises de loucura, decorrentes do calor. Um dos loucos, que por sinal era uma louca, se atirou do quarto andar, pela janela, para escapar do calor. De minha parte, aguentei firme, e a trupe também. Os quatro dias de trabalho antes da estreia foram exaustivos. Depois, havia apenas o calor dando voltas em torno da cidade, matando os gatos que se aventuravam a atravessar os Campi e deixando os seres humanos com cara de atordoados. E aí tudo se misturou, a gente não conseguia mais dormir, ficava vagando, se alimentando de sorvete e café, sem saber muito bem quando começavam os dias, quando começavam as noites. Teu [sic] filho e eu, inseparáveis e seguidos pelas saias e os ansiosos da trupe, ficávamos numa gôndola contemplando o nascer do sol na laguna ou então no mar, no Lido, às 4 horas da manhã, dormindo vagamente entre 8 horas e meio-dia — e depois recomeçava a ronda dos cafés frios, dos vermutes gelados, das refeições com saladas. De noite, eles representavam numa temperatura de trinta e cinco graus metidos em pelicas russas. Eu não fiz nada, nem disse, nem li, nem escrevi, nem amei, nem desejei — mas estava feliz, à maneira dos inocentes, e Veneza, onde eu jamais seria capaz de viver, desta vez me pareceu uma cidade fascinante, às vésperas de desaparecer na laguna, com seus palácios cada vez mais decrépitos, e seus rebocos descascados de grande dama velha. E depois desse barulho todo, dessa multidão de turistas, horrorosa e perdida, da trupe zumbindo sem parar ao meu redor, a torre de Chanaleilles me pareceu um Escurial onde vou enterrar durante vários dias, sem ver ninguém, toda essa agitação.

E você? Como vai *O sonho*? Deve ter feito calor em Avignon e ensaiar nessa temperatura deve ter deixado minha bretã abatida. Escreva ou telefone. Fale de você. Vou organizar para mim aqui uma vidinha retirada e trabalhadeira. Te mando mil votos calorosos, ternos, confiantes para o dia 17 (é esta mesmo a data?) e te espero. Te beijo, de todo coração.

A.

Enorme sucesso de *Os possuídos* que acabaram em grande estilo.

839 — ALBERT CAMUS A MARIA CASARÈS[1]

16 de julho de 1959

DEZ MIL VOTOS PARA A RAINHA DO SONHO ALBERT

840 — MARIA CASARÈS A ALBERT CAMUS

16 de julho [1959]

Meu amor querido, finalmente encontro tempo e forças para escrever algumas linhas. Hoje não tenho ensaio, não entro em cena e o clima está melhor. Até agora as horas de temperatura mais amena foram dedicadas ao trabalho e como toda noite eu me deitava por volta das 4 horas da manhã, dormia em geral até 13 ou 14 horas. Quanto ao calor, o sol grego era pinto ao lado do céu branco de trovoadas sobrenaturais que esmagou Avignon durante três dias. A sua bretã com seu fígado logo se ressentiram e por mais que me alimentasse de saladas e frutas, carnes grelhadas que ia engolindo na medida do possível, vivia coberta de suores em meio a tremores de uma náusea constante. Enfim, no início do nosso último ensaio, enquanto crepitavam os fogos de artifício do 14 de julho, o céu desabou e apesar da insistência cabeçuda e surda do "piolho",[2] tivemos de concluir o trabalho numa sala do castelo, molhados até os ossos e exaustos. Ontem atuamos pela primeira vez diante de uma sala "reservada" às associações. Os "pobrezinhos" reagiram intensamente, tanto que até parecia o Circo d'Hiver ou Médrano, diante de um público de quinta-feira à tarde.
Oh! Will! grande Will! Onde você foi parar?
Não tenho a menor ideia de como está esse espetáculo. Me parece que o grupinho dos artesãos é muito bom, apesar dos trajes de "palhaços" que lhes pespegaram. A corte parece uma corte de Opéra Comique de província; quanto aos nossos elfos, são obrigados a se movimentar numa luz azul-escura de aquário ao ritmo de uma música aquática por cima de um tapete verde-escuro que nessa iluminação se transforma em cinza quase negro. Junte a isso que Titânia se veste da cor do tapete e não precisará mais se preocupar com a minha interpretação — E eu tive um enorme medo de palco apenas tradicional, acho eu, pois perfeitamente desnecessário.

---

1 Telegrama endereçado a Avignon.
2 Apelido dado pela atriz a Jean Vilar.

Amanhã, começa o festival com bilheteria aberta ao público e as eternas besteiras vão escoar, pingar, se aglutinar, se enrolar sem parar.

Quanto ao resto, vai tudo bem. Reclusa nos meus aposentos misteriosos, rompi todo e qualquer contato com a sociedade; só permito a aproximação de M[inou], a fofura de sempre, e de dois rapazes de quem gosto muito; e agora, quando tiver dois dias de liberdade, vou fugir para o mar, para afogar minhas melancolias e desfrutar dos meus prazeres.

De agora em diante te escreverei regularmente. Até agora, ficava aborrecida por não fazê-lo, mas realmente não podia; tinha energia suficiente apenas para ficar de boca fechada. Mas em meio a tudo isso eu penso, organizo, me recomponho e preparo meu futurozinho.

Me mande bilhetinhos se não tiver vontade de escrever longamente. Não me esqueça; me sinto meio desamparada nessa canícula. Te amo. Te beijo e fico bem feliz de saber que esses *Possuídos* acabaram em grande estilo. E aliás, "acabaram" por quê?

841 — ALBERT CAMUS A MARIA CASARÈS

Domingo, 19 de julho de 1959

Fiquei realmente feliz de receber sua carta. Sei como são esses últimos dias de trabalho especialmente quando agravados pelo calor — e também sei como é difícil escrever nesses casos. Mas já estava começando a imaginar coisas, não tendo encontrado nada aqui ao voltar de Veneza. Agora acabou e estou simplesmente contente que os "pobrezinhos" tenham recebido bem a peça. Mas também gostaria de saber como foi a recepção dos "grandes".

Vai ficar para amanhã, se o calor te permitir escrever. Sua carta, minha beldade, estava um pouco triste, meio murcha. Como posso te ajudar? Seu fiel companheiro está aqui. Você sabe muito bem. Me chame e eu irei, mande e obedecerei, peça e darei. Agora está tudo certo, você tem seus "dois rapazes de quem gosta muito" (Senhor, as coisas que eu tenho de ouvir na minha idade!). Mas eu sou o servidor perfeito, metade homem metade gênio, das Mil e [uma] Noites, aquele que chega em meio ao fragor do trovão, cruza os braços, sorri e diz "eu ouço e obedeço". Mas você não corre perigo. Eu sei. Não gosta de calor, nem de mediocridade, nem da sua época — e as três coisas juntas pesam no seu fígado. O mar vai te recuperar. E além do mais daqui a alguns dias finalmente voltaremos a nos ver.

Pois eu passei esses dias em total solidão — exceto pela piscina pouco frequentada na saída da estrada, à qual fui apresentado por Cossery,[1] e onde pude nadar um pouco. Estou muitíssimo bem e me sentindo cheio de vagas e boas energias. E até tendo ideias, ao que me parece.

Pamina (é a burrinha de Catherine, quem ganhou este nome porque chegou no dia da estreia da *Flauta encantada* no Festival de Aix) está se refestelando em Lourmarin. Se refestela até em cima das petúnias que eu mandei plantar em junho. Não sei por que, mas a ideia de que sou dono de um asno me alegra o coração. Como vê, ando de bom humor.

E as coisas vão ficar perfeitamente bem quando você estiver aqui. Vai chegar pela estrada ou de trem? Nesse caso, escreva a hora de chegada (ou de partida) e eu vou te buscar. Até breve meu querido amor, te mando mil beijos. Penso com ternura, muita ternura, um pouco preocupado, em você e te aperto contra mim desde sempre.

A.

842 — MARIA CASARÈS A ALBERT CAMUS

Segunda-feira à noite [20 de julho de 1959]

Meu amor querido,

Te escrevo enquanto o espaguete cozinha; mas se não aproveitar esses momentos, não tenho outros. Pois desde que esse espetáculo começou eu "sonho" com minhas férias que vou tirar sem a menor dor na consciência.

Na verdade, o "clima" afetivo e espiritual do festival de Avignon não é dos melhores este ano. Já ao chegarmos a esta nobre cidade as coisas não andavam muito bem; brigas, desentendimentos, revoltas aqui e ali, e o que é mais grave — até os silêncios pareciam virulentos. O "piolho" agora totalitário tinha reduzido ao silêncio os mais falantes, recorrendo à autoridade ríspida ou ao cansaço. De boca fechada, nós ensaiávamos sem parar todo dia, toda noite, as mesmas bobagens, os mesmos erros, as mesmas loucuras. Depois, atuamos como te disse diante de uma sala de pobrezinhos que nos tomavam pela trupe de Médrano e assim gargalharam como seria mesmo o caso. O "piolho" achou, penso eu, que tinha "conseguido" e qual não foi meu espanto no dia seguinte

---

1 Ver nota 1, p. 1058.

quando corri ao Palácio e constatei que no quadro de avisos não havia nada prevendo mais uma passada! A diarreia ocorrida na véspera, do outro lado da ribalta, queria então dizer alguma coisa? Aquele fluxo descontrolado de atores gentis e não raro bons se esfalfando no palco debaixo do mistral enlouquecido e tentando abrir caminho ou encontrar um canto no mundo shakespeariano estava chegando afinal a algum lugar nas fileiras dos espectadores, coagulando aqui e ali? Talvez, no fim das contas. Me disseram muitas vezes que da sala, o efeito é completamente diferente. E eles riram tanto!

Eu perguntei a todo mundo; busquei em vão alguém do meio que se tivesse postado na sala para ver. Mas não! Ninguém. O próprio Gischia, encantado com seu trabalho ou azedo por causa dos atritos com o "piolho", tinha preferido não aparecer, para "ver" a peça, no ensaio geral, com um olhar novo.

Pois bem, ele viu! Todo mundo viu! E também riram, menos, mas riram. E parece que não gostaram. E o pobre Planchon — que só me dá pena neste caso específico — convidado pelo TNP a assistir ao espetáculo, trazido a Avignon para falar de Brecht aos ATP,* — teve de engolir tudo. Culpa dele! Ele semeou a discórdia. E subornou a crítica que — por sinal — pelo que dizem — não terá coragem de atacar abertamente Vilar etc. etc.

E as brigas se multiplicaram, os desentendimentos degeneraram em semirrompimentos. E agora o silêncio urra.

Por isto é que, quando estou no teatro, me escondo debaixo do palco, num canto, e longe do Palácio, saio da minha torre de marfim correndo para o carro de Noiret ou Dadé[1] e fujo para longe de Avignon. Por isto não posso te dizer nada sobre a maneira como o espetáculo foi recebido — mas os rostos parecem bem contraídos. Por isto estou providenciando férias magistrais, à beira do Ródano — quando atuo à noite — em lugares solitários e privilegiados que encontrei; ou em Saintes Maries de la Mer, quando estou livre à noite da angústia das horas que passam.

Lá, entre o céu e a terra, sozinha ou em companhia daqueles que gostam de mim creio eu, e de quem eu gosto, desfruto da areia, do vento, do sol, da água doce ou salgada e às vezes, meu Deus!, das moscas. Lá, me empanturro de frutas, tomates, queijo e pão, de sal e ar puro, de céu e areia. Lá, leio esse livro

---

* Integrantes das Associações de Teatro Popular. (*N. T.*)
1 André Schlesser. Ver nota 1, p. 1187.

pavoroso de que Janine tinha falado *Casa das bonecas*,[1] cujas páginas devoramos de olhos arregalados ou calcinados, às vezes deixando de lado de repente para voltar para o horizonte um olhar estúpido e côncavo, para o horizonte que a luz incandescente, branca, gelada e sem sombras do livro parece petrificar de repente.

Então, uma dúvida terrível, uma dúvida que me diz respeito "pessoalmente" me torce o ventre, uma dúvida milenar e completamente nova, e para não chorar eu corro para a água. E enfim tudo muda de novo, o céu e a terra voltam ao lugar, a areia fica lisa e tépida de novo, minha mão volta a ser minha mão e alguma coisa em mim me garante que sempre dirá não, que sempre vai chorar ou que vai morrer; algo fora de mim, mas que está aqui de novo e me tranquiliza um pouco. Meu Deus! que vergonha!

Aí está, meu amor querido, como se passam meus dias. Logo estarei de volta e vou te ver antes de você viajar; depois, tentarei viver bem os quinze dias de agosto que me restam nas férias; depois... mistério. O "piolho" se cala, se retirou para um silêncio impressionante que não pretendo violar. Meus projetos de longo curso estão decididos; enquanto isso, vou bancar o animal doméstico — o gato, de preferência.

E você? Como vai? Não tenho escrito muito, mas sei de alguém... Mas obrigada pelo seu doce telegrama. Chegou a tempo de me empurrar para o palco com um sorriso nos lábios.

Mas de qualquer maneira se manifeste um pouco, meu querido. Só um pouquinho. Saúde, moral, trabalho e loucuras se houver. E Paris? me fale do *tout-Paris*. Aqui, só se fala de Planchon. Mas também há Pichette[2] e Le Couey,[3] que mereceriam uma crônica só para eles. Mas Planchon é a grande estrela. Está em todos os comentários, nos mais ínfimos murmúrios, em cada olhar, nas sobrancelhas que se franzem, na orelha que escuta, em cada sala do Palácio; percorre as ruas de Avignon, atravessa o Ródano, assombra Villeneuve, chora no mistral — cinquenta francos, trinta francos, vinte francos, mandem tudo

---

1 *Casa de bonecas*, de Ka-Tzetnik 135 633, publicado pela Gallimard em 15 de dezembro de 1958, depoimento de uma mulher num campo de concentração alemão, obrigada, como outras prisioneiras, a satisfazer os desejos sexuais dos carcereiros.
2 O escritor Henri Pichette (1924-2000), autor de *As Epifanias*, peça estreada em 1947 com Maria Casarès e Gérard Philipe.
3 Ver nota 3, p. 1147.

para Villeurbanne!; faz as cabeças se virarem, enlouquece as mentes, crispa os lábios. Ahah Planchon!!!
Me fale então dos OUTROS. Dos outros JOVENS. E sobretudo de Paris. Está bonita no momento? E me fale de você. Na volta vou te contar montes de coisas, se você quiser. Por enquanto, entre os espaguetes e a toranja, vou fazendo o que posso.
Te beijo muito, muito, de todo coração.

M.

P.S.: Se for verdade que a crítica não tem coragem de atacar V[ilar] de frente, nós é que saímos perdendo. Se por acaso ela cair em cima de Titânia[1] não se preocupe comigo. Os homens-mocinhas no teatro me ensinaram como enfrentar os fracassos como se deve; sobretudo esses. Te amo.

V

843 — ALBERT CAMUS A MARIA CASARÈS

22 de julho de 1959

Meu amor querido,
A intuição masculina me tinha levado a pressentir na sua penúltima carta o que você me diz na última. Existem certos métodos de trabalho e um clima aos quais você nunca vai se adaptar. Mas não se preocupe, não houve danos. A crítica está torcendo um pouco o nariz, mas muito respeitosamente. E com você, continua gentil. Por sinal eu sei que não é o principal para você e que o que mais te incomoda é a pequenez dos corações. Provavelmente, ela é a mesma em todo lugar, mas tenho a impressão de que você precisa sair desse lugar e de que é preciso examinar seriamente a melhor maneira de fazê-lo. Falaremos disso quando você voltar. Mas até lá aproveite a água e o céu, se faça bela e se reconcilie com o mundo.
Eu aqui pouco tenho para te contar pois levo uma vida muito ordenada. Toda manhã vou a essa piscina, no fim da estrada, onde não há ninguém, e tento recuperar o fôlego e nadar com aplicação. Volto para almoçar na Lipp,

---

1 Papel interpretado por Maria Casarès em *Sonho de uma noite de verão*.

depois fico a tarde toda em casa remoendo meu trabalho ou pensando. De noite, saio um pouco. Fui te ver de novo em *O boulevard do crime* e fiquei bem comovido (Marcel poderia ser o Laurence Olivier que nos falta e Barrault está muito tocante. Decepcionado com Salou[1] de quem tinha excelente lembrança). Fui ver também o meu prenome, quero dizer Orfeu negro.[2] A primeira parte foi divertida, a segunda foi chata. Muita elucubração e também um esteticismo incômodo. Hoje à noite vou ver dois Strindberg com uma companhia jovem. Mas à meia-noite já estou na cama para me levantar cedo e ficar duas horas na piscina. O resultado é que me queimei e emagreci e talvez você me ache perturbador de novo (não precisa franzir seu "narizinho". Estou brincando). De qualquer maneira, estou em boa forma internamente também, o coração em paz e cheio de esperança.

Sim, minha querida, Paris está bela, quente sem excessos, com longas noites douradas na cidade meio vazia. Você vai gostar quando voltar, e reencontrar um pouco de paz, um coração menos apertado. A minha ternura também está aqui à sua espera, pensando em você, minha querida preocupação, minha corajosa, que eu amo e admiro. Até logo, agora, e uma coroa de beijos na rainha dos sonhos!

A.

Espero que tenha recebido minha última carta, na verdade escrita há dois ou três dias.

844 — MARIA CASARÈS A ALBERT CAMUS

23 de julho [1959]

Meu amor querido,
Antes de sair para o banho, duas linhas. Queria te telefonar; mas decididamente as cabines dos correios são indiscretas demais, a fila é muito longa,

---

1 O ator Louis Salou (1902-1948), que interpreta o papel do conde Édouard de Montray em *O boulevard do crime*, de Marcel Carné, lançado em 1945.
2 Ver nota 2, p. 1132.

a agência fica longe demais e a tempestade se abateu de novo sobre Avignon, dando à cidade seu perfume e seu aspecto de cidade devastada pela peste e aos habitantes, um olhar perdido.

Para mim, as férias continuam entrecortadas aqui e ali por parênteses desagradáveis: as raras récitas. Aí me parece que a tempestade toma conta das mentes e o mundo não passa de um feixe de amarguras superexcitadas. Eu queria ser um animal doméstico, mas o próprio gato recupera os instintos selvagens quando encosta num fio elétrico e da última vez que tive o prazer de estar no palácio berrei feito uma fera para o meu diretor algumas insanidades bem sentidas. Se ele é "piolho" que vá para uma choupana ou para o diabo que o carregue! E se enfiar os pés pelas mãos, que aprenda a andar direito!

A companhia por sua vez continua em sua marcha gentil e tranquila. O humor toma conta de tudo, embora às vezes seja meio ácido; mas V[ilar] está ficando completamente maluco, na minha opinião. Se vinga em todo mundo de não sei que afronta insuspeitada, pois não posso acreditar que críticas ruins sejam capazes de tirar do sério assim um homem de 46 anos.

À parte isso, a estada aqui continua se revelando clemente comigo. Acabei de ler *Casa de bonecas* com o alívio que você pode imaginar. Ataquei agora um livro de Huxley que me emprestaram, *Admirável mundo novo*.[1] Estou comendo bem, me banho bem, rolo na areia e no sol e evito qualquer alma viva fora do meu pequeno círculo que tanto te choca. Acabei não encontrando Michel e Janine; Mario [Prassinos][2] tinha me dito dois dias antes que eles chegariam; e quando o encontrei nos bastidores terça-feira em vez do domingo anterior, já tinha marcado encontro com um jovem inglês em quem já havia dado bolo duas vezes.

E por sinal não achei mau ter evitado esse encontro a seis; todo mundo se sentiria na obrigação de falar do espetáculo e eu não estava com vontade de confessar meus pensamentos íntimos diante de Mario, que não deve propriamente trazer Vilar no coração — agora, mais que nunca, quero evitar mexericos desagradáveis.

Recebi sua carta, naturalmente doce e calorosa. Acho que você não interpretou bem a minha. Eu não estou nada murcha. Vivo sozinha, simplesmente, no meio de muita gente. E vou bem, penso muito e passo um pouco mal com o calor. O resultado é que ando "reservada", o que raramente me acontece, e

---

1 *Admirável mundo novo*, de Aldous Huxley, é publicado na França em 1932.
2 Ver nota 2, p. 68.

é possível que continue "reservada" quando escrevo. Mas estou bem; acho até que sigo um bom caminho.

Acho que vou voltar de carro mas vai depender da caravana. Vou te dizer assim que souber. De Angeles não tenho notícias. Ela se transferiu de Vaugirard para Corella num mutismo navarro. Em compensação, D[ominique] Marcas[1] me escreveu uma longa carta fervilhando de assuntos.

Bem: estou suando demais. "Ah! O eterno verão!" Continue me mandando algumas palavrinhas. Diga se ainda pretende deixar Paris e ir para Lourmarin por volta do dia 10 ou 15. Diga como vão seus filhos e o burrinho. Diga se está satisfeito consigo mesmo. Tenho pensado muito na proposta que você recusou, na sua conferência para os ATP, e fico cada vez mais contente por você ter recusado.

Clima ruim — clima insalubre, este ano. O nariz da menina aumenta infinitamente quando ela se aproxima da ferida. É melhor nem encostar.

Adeus, meu amor. Estou indo. Que venha o Ródano! Te amo no Ródano e na tempestade. E por falar em tormenta, se eu tivesse de viver nos seus climas, acho que ficaria casta para sempre. Mas a lembrança de você desperta em alguma parte de mim correntes frescas e leves que vibram. Te amo. Diga que você não me esquece.

M.

845 — MARIA CASARÈS A ALBERT CAMUS

25 de julho [1959]

Meu amor querido,

Caiu um raio a cerca de vinte metros do lugar onde eu estava, perto do Ródano. Eu estava voltando para o carro, sozinha, longe dos colegas, o céu nos ameaçava com uma tempestade considerável e certa, da qual já ouvíamos os primeiros trovões secos e áridos. Eu tinha me demorado por ali, esperando uma chuva que não vinha, queria recebê-la antes de me vestir de novo. E de repente, à esquerda, bem ali, pertinho, uma chibata desumana ou sobre-humana castigou o ar e um estalo monstruoso, um estalo incandescente incendiou por um momento as árvores à minha esquerda. E eu de repente me vi caída com

---

1 Ver nota 1, p. 455.

a barriga no chão, apavorada, com a sensação de ter sido "agarrada" como um bife de carne crua. Depois, muito depois, me recuperando do susto, comecei a tremer, por muito tempo.

Depois consegui relaxar, mas demorei muito para pôr as ideias em ordem de novo e ainda me pergunto se não fiquei eletrizada pelo resto da vida.

Ah! Realmente uma sensação muito esquisita.

Ontem tivemos direito a alguns aguaceiros e só vendo aquelas mulheres todas decotadas, cheias de charme, buscando a chuva abençoada; meu coração de bretã deu graças ao céu e hoje ataquei com energia renovada meu dia de banhos sob um sol ardente mas leve.

Se tivesse sido atingida pelo raio, eu teria morrido feliz. Tinha recebido sua carta de manhã e estava exultante. Você conhece a arte de liberar os corações, e depois de te ler algo se soltou na minha garganta, fiquei com vontade de agradecer, de sorrir, de chorar e gritar e o peso morto que me oprimia há algum tempo desapareceu.

Tentei encontrar nas suas linhas a causa do milagre. O amor? O calor? A homenagem? Sim, claro; mas não é tudo. O talento da expressão? Talvez também, somado ao resto — mas sobretudo, sobretudo, penso eu, antes de mais nada, a simpatia, a compaixão, a concordância, a pátria, enfim!

E a inteligência. Decididamente, longe da inteligência, eu murcho. O que não deixa de ser engraçado no caso de um animal bruto como eu! Pois bem, é assim. Podem me dar toda a ternura do mundo, todo o amor do mundo, toda a paixão do mundo e montar um circo com tudo isso para mim, eu vou definhar se tudo isso não for sustentado por uma inteligência aguda e sensível. É assim, o negócio é se acostumar e não adianta reclamar. Exilada, exilada entre o comum dos mortais e desarmada diante da média por não ser eu mesma suficientemente rica.

Bem; está bom assim. Obrigada pela sua carta.

Aqui tudo no mesmo ramerrão. Continuo levando minha vida "reservada", mas quando acontece de cruzar com alguém da trupe, eles saem correndo feito o diabo da cruz. Estão ensaiando peças a serem lidas em público, preparando conferências, treinando para uma partida de futebol programada para o fim do Festival "TNP-Avignon".

Eles resmungam, murmuram, questionam, projetam, dizem versos, interpretam esquetes diante das marrecas encaloradas que perseguem todos nós, homens e mulheres, para nos fazer assinar, tirar fotos e até tentar conseguir de vez em quando um encontro com um dos nossos rapazes carentes de amor. E aí, de repente, lance inesperado! Sem o menor aviso prévio o senhor Vilar anuncia para todo mundo no quadro de avisos que o reinício de atividades será no dia 4 de setembro, que mandou para a imprensa um comunicando segundo o qual adquiriu os direitos dos *Gigantes da montanha*[1] que será montada em Chaillot na próxima temporada sob a direção do Sr. Strehler[2] (o pior encenador de Pirandello, como todo mundo sabe) e que todos os atores e atrizes da companhia farão parte do elenco.

O senhor Vilar também solicita aos atores e atrizes que forneçam seus endereços nas férias, pois é possível que precise enviar um manuscrito tendo em vista os espetáculos que serão apresentados em Chaillot e no Teatro Récamier.

Faz-se, então, silêncio; os murmúrios diminuem de tom; a revolta entra em dupla surdina e o diretor passa sozinho e mudo entre os atores e atrizes, que se apressam cada vez mais enlouquecidamente, buscando novas manifestações públicas.

Em meio a tudo isso que posso eu fazer? Sinto pena, um pouco de pena, fico um pouco ruborizada e, em silêncio, assim que acabo de me maquilar, antes de começar o espetáculo, preparo minha mesa, para poder me escafeder assim que tirar a roupa. Os colegas, Jeanne, a encarregada dos figurinos, não acreditam no que estão vendo — nem eu; mas acho que desta vez dificilmente terei vontade de expressar o que quer que seja ou de ficar mais tempo, mesmo que quisesse.

É assim, meu querido, que acabam as trupes. Fiquei cinco anos nesse teatro; cinco anos contados e você sabe que, como as trepadeiras, eu me apego; mas quando me pergunto o que vou perder indo embora, encontro apenas "o conjunto", uma coisa impessoal mas de que acabei gostando.

Sim; estou indo embora; o que eu já tinha decidido antes de Avignon. Quando te mandei a carta falando dos meus projetos de trailer, minha decisão já estava tomada. Eu vou me embora, mas só comunicarei em fevereiro, seis meses antes de me afastar, como determina o contrato, e vou anunciar à administração por carta "registrada" logo antes de avisar ao meu diretor. Assim, estaremos quites. E na verdade não estou nem aí!

---

1 *Os gigantes da montanha*, de Luigi Pirandello.
2 O diretor italiano Giorgio Strehler (1921-1997), que encenou *Calígula* em 1946 e *Os justos* em 1950, na época dirige o Piccolo Teatro di Milano, ao lado de Paolo Grassi. Ele já montou a peça de Pirandello em outubro de 1947.

Oh! Não estou com raiva dele: ele está cada vez mais piolho. Não estou com raiva de nada, nem de ninguém. Tudo acontecendo da maneira mais natural do mundo. É o exemplo típico da maneira como as trupes acabam.

Não se preocupe comigo. Quando eu voltar, falaremos de tudo isso. Estou falando sem paixão, meu querido, oh que pena!, mas falo disso com clareza e, creio, de maneira razoável. Não comente com ninguém nada do que estou te dizendo, claro; por enquanto não quero que ninguém fique sabendo de nada. E me espere.

Da navarra, nenhuma notícia ainda. Estou começando a ficar preocupada. Também nesse caso um fim começa a se preparar; mas dessa vez não foi causado por nenhuma das duas partes. Decorre da condição humana, do cansaço, da velhice, da fadiga do coração e do corpo. E me toca mais profundamente; sinto o coração enternecido quando penso nessa separação, inevitável desde sempre e no entanto tão lastimável. Ela terá sempre o meu afeto, a minha navarra
1959-1949-1939)
1960? 1950-1940) Fica parecendo que a face do meu universo muda com as gerações. O combate começa ou recomeça para mim, meu querido. Eu me preparo, me disponho à luta, flexiono os músculos e em frente! Junto de você, Deus seja louvado!

Te amo. Te beijo perdidamente, jovem magro e moreno com olhos de luz.

M V.

846 — ALBERT CAMUS A MARIA CASARÈS

27 de julho [1959]

Sim, meu amor querido, sairei de Paris no dia 9 para chegar no dia seguinte a Lourmarin. Por isto gostaria que me dissesse a data da sua chegada. Se não puder, e se me telefonar ao aterrissar na rua de Vaugirard não esqueça que de manhã estou na piscina e que terá de me telefonar à tarde.[1]

As crianças vão bem. A burrinha, que se chama *Pamina* por ter chegado no dia da estreia da *Flauta encantada* em Aix, imediatamente se jogou rolando em

---

1 Albert Camus está na sua casa em Lourmarin a partir de 10 de agosto de 1959, enquanto Maria Casarès se encontra em Seine-et-Oise, perto de Dourdan. Ele aproveita a estada para ler peças de jovens dramaturgos, tendo em vista a programação do seu Teatro de Ensaio.

cima das petúnias que eu tinha mandado plantar na última visita. De modo que está, como você vê, de excelente humor.

Continuo com a minha vidinha sadia e laboriosa. Nado aplicadamente toda manhã. Trabalho preguiçosamente (mas trabalho!) à tarde. E à noite leio ou saio. Estou lendo as peças que me mandam. ¡Madre mía!

Por enquanto, esses "jovens" são centenários. Prefiro morrer que montar esse tipo de peças. Preparei algumas declarações caso venha a ser recriminado. Uma delas: "A juventude não tem direitos, senão o de ter talento. Quando não tem, ficamos esperando que envelheça."

Fui ver *Angèle*, um melodrama de Dumas. É uma peça para você (e para Vaneck). Bem montada, bem interpretada, seria um belo espetáculo divertido — melhor que *A dama das camélias*, na minha opinião. Foi tristemente montada pelo nosso amigo Bourseiller[1] ("Antoine B[ourseiller] apresenta *Angèle*, em encenação de Antoine B[ourseiller]" etc.). Muito mal ajambrada e ainda por cima cheia de vulgaridades (mão no seio da jovenzinha que vai ser seduzida etc.). Quanto a ele, pegou tiques de ator de Vilar e o efeito é bem curioso.

Até breve então? Uma palavrinha rápida, ou um telefonema. Estou louco para te ver — para te perder de novo. Ah! Voltarei no dia 3 de setembro em vez do dia 10, pois os ensaios dos *D[emônios]* começam no dia 4. Ganharemos pelo menos uma semana.

Te beijo, minha querida. Você já deve estar bem morena e bem bonita. E vai ver como Paris está agradável no momento. Em suma, a felicidade já está chegando ao coração do seu

A.

847 — MARIA CASARÈS A ALBERT CAMUS

13 de agosto [1959]

Prezado senhor da Provença, ainda não é hoje que poderei te escrever longamente. Mas estou concluindo minha instalação, inclusive reservas e correspondência. Tudo em ordem. A paisagem é magnífica e está chovendo! Que poderia haver de melhor para a bretã?

---

1 Ver nota 2, p. 1046.

Fugi literalmente da rua de Vaugirard para não me afogar na poeira e na água de lavar louça. Aqui, ainda não me situei, pois quis antes de mais nada "preparar meu cantinho". Amanhã vou começar minha vida de camponesa. E aí, quando me der vontade, vou te contar os campos de trigo cortado, a sombra das florestas misteriosas e a nobreza das linhas das colinas.

Hoje estou te mandando uma saudação, mais uma vez, através dessas longas distâncias. Não tive coragem de telegrafar pela sua chegada, e quero que esta carta te chegue antes da passagem do meio de agosto, se possível.

Que venha a meditação! Que venham os preparativos!

Sua Isle de France*

M.

848 — ALBERT CAMUS A MARIA CASARÈS

Sábado, 15 de agosto [1959]

Estou aqui desde terça-feira, minha querida, e o torpor do ar não me estimulou a escrever. Mas estou bem, pelo menos tão bem quanto em Paris, embora minha melancolia tenha aumentado um pouco. Mas me obriguei a pôr mãos à obra e mal ou bem estou avançando. Está fazendo um tempo magnífico e fresco, com uma luz estimulante. *Pamina* é uma burrinha adorável, afetuosa, gentil — com repentinos zurros muito de vez em quando. Mas está feliz, bem tranquila e descansada, os olhos negros e alertas, a orelha leve.

Meus filhos estão chegando à idade ingrata e dão menos alento ao coração. Mas talvez seja eu que me sinto solitário e separado, incapaz de ir ao encontro deles.

Não te vi muito, minha beldade, entre a sua chegada e a minha partida, mas te acarinhei com muito afeto durante todos esses dias. Suponho que ainda está na sua misteriosa vilegiatura. Descanse e relaxe antes de retomar um trabalho que será meio tenso para você. Se pudesse te ajudar a sair de tudo isso, ficaria bem feliz. E por sinal tenho a impressão de que será possível. (A propósito, agora estão me oferecendo a *Opéra Comique!*)[1] De qualquer maneira, tampouco

---

* A região onde fica Paris. (*N. T.*)
1 Para o seu Teatro de Ensaio.

eu farei coisa alguma antes do outono de 1960 — e fico bem contente: farei o impossível para terminar em um ano a primeira versão do meu livro.[1]

Me escreva se der vontade. Diga pelo menos que tudo vai bem e que você não esquece seu amigo. Penso em você sempre que a luz é bela, o que é quase sempre. Beijo seu belo rosto, com todo o meu carinho.

A.

19 horas.

Acabo de telefonar para te desejar uma boa festa. Consegui falar apenas com santa Dominique, que prometeu dar o recado

849 — MARIA CASARÈS A ALBERT CAMUS

17 de agosto [1959]

Obrigada, belo senhor, pela mensagem; o meio de agosto não foi esquecido dessa maneira; sem o seu telefonema, eu mesma não teria pensado no assunto.

Por aqui vai tudo bem; ou pelo menos me parece que tudo caminha tranquilamente. Depois da luta contra as panelas e a poeira na rua de Vaugirard, aqui estou em plena natureza, amiga dos faisões e dos coelhos e armada até os dentes contra moscas e aranhas. Mas isto não há nada. O mais difícil à primeira vista é a solidão e o tempo disponível. Me parece que só é possível levar uma vida austera no campo, em meio aos campos de trigo e à beira das florestas superpovoadas de animais de caça. O oceano e o deserto são realmente companheiros queridos, e quando estamos às voltas com a Isle de France, somos tentados a chamar o mar de *"tiita"* e o Atlântico de *"el tío"*. Sim, diante dessas colinas gorjeantes e terrivelmente arborizadas, desses campos de hastes ameaçadoras, dessas pradarias nas quais sempre hesito em botar os pés com mil receios, e cercada de flores e frutas eriçadas de espinhos secretos, eu avanço temerosa ou me volto sobre mim mesma. Sempre ativa, há sempre um momento em que me recolho e é quando a dor começa — (Perdoe meu tremor; acabo de atacar com sucesso, por sinal, um desses animais monstruosos diante

---

1 *O primeiro homem.*

dos quais você conhece minha reação). Seria necessária uma vida inteira de ascetismo para encontrar a paz no campo, penso eu; mas não tenho nada contra a dificuldade de viver e não me parece inútil dar uma olhada na terrível confusão da minha paisagem interior. O que me parte o coração é que jamais encontrarei o tempo, a inteligência e a força de caráter necessários para pôr um pouco de ordem nela e fico inconsolável de saber que irremediavelmente vou morrer como nasci, amorfa.

Bem. À parte isso, estou lendo Ortega y Gasset. Acabei *A revolta das massas* e agora estou mergulhada numa coletânea de doze lições, intitulada *Em torno de Galileu*.

Da Espanha, recebi uma carta extremamente colérica e pouco inspirada de Angeles. Ela lamenta com azedume minha preguiça de escrever! Te cumprimenta e informa que vai para Sevilha no dia 12 de agosto.

Do TNP, nada. Me pergunto se o piolho recuperou a pouca razão que é capaz de ter ou se no momento está em camisa de força.

Léone espera sua progenitora. Titio brinca com o aparelho de rádio e Dominique tenta falar com a princesa.

Aqui, o que não falta é gente; mas são todos de uma discrição absoluta. Mal vejo essas pessoas. D. leva a vida misteriosa de sempre. Faz aparições entre duas viagens que o levam Deus sabe aonde. Não consigo descobrir se minha presença em sua casa o incomoda ou não. Parece que agrada; enquanto isso, vou aproveitar ainda uns oito dias. Até lá reze por mim e pela minha alma. Depois, não poderei mais cuidar dela; antes da minha volta definitiva à rua de Vaugirard, teremos de chegar a um acordo.

Mas não pense que estou triste! Apenas sou, e pronto. E, como diz o outro, é difícil ser. Convento? Talvez. Mas infelizmente não para mim.

E você? Vai me contar na volta, hein?

Vou terminar esta carta. Depois de matar um desses animais, sempre preciso tomar ar. Estou irritada e escrevo qualquer coisa. E assim você vai imaginar coisas erradas.

Na verdade, eu não poderia estar melhor, como por quatro e durmo o sono dos justos. Vou esperar pacientemente que esse ano TNP acabe e então me lançar na nova aventura. E aí vou mais uma vez transbordar de entusiasmo e me preocupar menos com minha alma. A preocupação eslava não me adianta nada. Seja como for uma coisa eu fiz na vida: te reconheci. Posso morrer em paz.

M.V.

850 — ALBERT CAMUS A MARIA CASARÈS

20 de agosto de 1959

Recebi ontem sua longa carta de 17 de agosto (enfim, longa... estou querendo dizer uma carta de verdade). Mas tenho a impressão de que você não recebeu a que mandei para a rua de Vaugirard. De qualquer maneira envio esta para o mesmo lugar já que não tenho o endereço da sua "loucura". Continuo duvidando que a Île de France seja para você. Mas enfim o ar aí é melhor que no cruzamento Pasteur.

Pois é! muito triste mesmo que não consigamos pôr uma ordem definitiva, uma unidade bem clara naquilo que somos. De minha parte, sempre rejeitei a ideia de morrer amorfo. E no entanto... Se não amorfo, será o caso de morrer obscuro em si mesmo, disperso — não denso como o forte feixe de espigas maduras mas solto e com os grãos espalhados. A menos que haja um milagre, e que o novo homem nasça.

Mas também pode ser que a unidade realizada, a clareza imperturbável da verdade, seja a própria morte. E que, para sentir o coração, precisemos do mistério, da escuridão do ser, do chamado incessante, da luta contra nós mesmo e os outros. Então bastaria sabê-lo e adorar silenciosamente o mistério e a contradição — com a condição, apenas, de não desistir da luta e da busca.

Aqui, de qualquer maneira, a beleza é um bálsamo para os corações inquietos. Não faz calor, mas os dias são belos e luminosos, as noites admiráveis. Estou trabalhando de manhã em *Otelo*, e à tarde no meu livro. A única coisa que me contraria é a fúria de convites de F[rancine] e um pouco também o fato de meus filhos não estarem muito próximos de mim. Mas quatorze anos é uma idade difícil.

Voltarei pela estrada e estarei por volta do dia 2 de setembro em Paris. Terei um dia para preparar o ensaio do dia 4. Blanchar vai passar a segunda-feira aqui com a mulher[1] para ver *Pamina* (florescente e afetuosa). O reinício das atividades se aproxima. Mas é também a sua volta ao meu teatro pessoal, quero dizer que vamos nos ver um pouco tranquilamente e meu coração se agita suavemente com esse pensamento. Bênçãos sobre você, minha beldade. Você não é amorfa, você existe, poucas criaturas têm o seu brilho e a sua verdade.

---

1 O ator Pierre Blanchar (que interpreta Stepan Trofimovich em *Os possuídos*) e sua mulher, Marthe.

Prestarei testemunho por você diante do verdadeiro senhor antes de me enfiar no inferno eterno. Enquanto isso, um paraíso de beijos!

A.

851 — MARIA CASARÈS A ALBERT CAMUS

Domingo, 23 de agosto [1959], *em Reculet.*

Eu nunca fingi que era feita para a Île de France; tive até muita dificuldade quando vez por outra precisei dar essa impressão. Admiro este país, suas formas, sua luz, como admiro um belo parque, espantada, fascinada e estrangeira. E no fim, bem no fim, acabo dormindo em perfeita solidão. Nada aqui me acompanha e aqui duvido até do canto que a pedra ou o oceano despertam em mim. Mas para variar não me orgulho muito das minhas reações; elas parece que denunciam uma imensa pobreza de coração e sobretudo de espírito. Só a chuva, o cheiro da terra úmida conseguem sacudir o animal galego, e o vento, e suas miragens de horizontes marítimos. A paz dos campos me é vedada.

Recebi sua segunda carta ontem, ao voltar de Paris, aonde tinha ido dar uma olhada na rua de Vaugirard antes do regresso definitivo sexta-feira que vem. E voltei inconsolável; Maxy se dignou a aparecer apenas uma vez desde que me mudei para Reculet, e a casa estava uma sujeira só. Quando cheguei, titio tirava uma soneca em cima da mesa da cozinha, com a cabeça do lado de um prato com restos de uma refeição misteriosa demais para ser identificada, além de dez páginas cheias da sua caligrafia ilegível.

No breve período em que lá estive, fiquei sabendo que minha afilhada Marie-Nathalie de La Grandville[1] tinha nascido, que a mãe não podia estar melhor e que Yves Brainville está que é só felicidade porque a menina teria "sua" boca!

Conversei longamente com Monique, com Dominique e pus ordem nas minhas contas e nos meus papéis. E depois de comer dois ovos e tomar um banho, fugi o mais rápido que pude.

---

1 Filha de Yves e Léone Brainville.

Agora, até sexta-feira, pretendo me dedicar a criar disposição de ânimo para a volta às atividades. Para começar, em casa; depois, no TNP; no trabalho e por fim na vida.

Finalmente entendi o que estava me abatendo, era a perspectiva do ano Chaillot; mas desde que entendi, tudo vai melhor. Há também o futuro da casa Angeles, a saúde de titio; há também os pequenos problemas financeiros; mas tudo isso não é nada e se eu tivesse certeza, profunda certeza de que o teatro ainda pode me entusiasmar, o resto antes me estimularia que qualquer outra coisa.

Enfim, de qualquer maneira, é preciso reconhecer, um longo período de "crise" está vindo por aí, a "crise" dos dez anos e temos de nos preparar para nos munir de paciência de ambas as partes para pegar o touro à unha. A saúde, graças a Deus, marca presença. Só me resta portanto ir fundo com alegria.

E você? A julgar pela sua carta, está parecendo ao mesmo tempo casmurro, sensível, fechado, decidido, frágil e vivo. Acho que o período de recepção está chegando ao fim, e que você realmente se prepara para fazer [sic]. Amém, mas que Deus nos ajude, a nós, pobres mortais. Agora você só poderá ter relações de verdade com *Pamina*! É sempre assim quando você bota um ovo (perdão).

Pois então bote; e deixe seus filhos com seus quatorze anos e F[rancine] com suas recepções. Você não está mais sozinho; nós é que estaríamos se você não nos tivesse alimentado com sua companhia riquíssima durante tanto tempo. A partir de agora, "bote ovos e se cale". Você não tem mais direito de falar.

De minha parte, fico encantada quando te sinto partir dessa maneira; no momento, estou sofrendo apenas de inveja. A coisa é perniciosa, mas o sentimento é nobre. Uma veia artística paralisada é um contrassenso.

Me pergunto se você vai entender alguma coisa desta carta. Eu sempre conto com a acuidade da sua inteligência, mas não devo abusar, e no caso acho que estou passando dos limites.

Me perdoe, meu querido. Mas se minha saúde floresce, o mesmo não se pode dizer das minhas faculdades intelectuais, nem sequer, ó perigo!, das minhas antenas sensíveis.

Estou vivendo como um animal e só posso expressar a densidade da minha condição.

Mas tentei ler atentamente *Os gigantes da montanha*, para estar preparada para aceitar ou recusar o papel da condessa se me fosse proposto. Durante a leitura, me espantei com o que você havia dito sobre a representação. Não vejo como seria possível "berrar" com essa mulher chegando ao fim, essa vítima arrastada ao altar há anos, nem como seria possível fazer seus olhos queimados, secos e fixos chorarem. Mas posso estar enganada; minha fé pessoal está de saída e duvido de tudo que penso.

No momento, o que eu vejo, pessoalmente, é uma tocha calcinada, e a única coisa que me detém, diante desse personagem, é o fato de ele, e só ele, sofrer mais com a amputação da obra. O quarto ato na minha opinião deveria servir sobretudo para justificar essa mulher, e o fato de ele ser contado não é suficiente para isso.

Há uma outra coisa ainda que me faz hesitar. Me pergunto se Pirandello não teria remanejado cenas já escritas, em particular o terceiro ato. Em outras palavras, acho que a peça não está acabada, não só porque falta um ato, mas porque nos que foram escritos, me parece que haveria correções a fazer. E o personagem que mais sofre com esse estado de coisas me parece ser justamente o da condessa.

O que acha disso? Se já pensou a respeito, não quer me dar sua opinião? Para mim seria útil; estou hesitando muito.

Não te mandei meu endereço aqui porque não cheguei a decidir muito bem se ficaria o tempo todo, alguns dias ou de maneira intermitente.

Aqui vai *La Jacquotterie* Reculet por Rochefort-en-Yvelines Seine-et-Oise. Mas acho melhor você escrever para Paris. Devo voltar para lá na sexta-feira e é quase certo que passe por lá na quarta-feira.

Trabalhe bem, meu querido anjo, vou tentar dar um pouco de ordem na rua de Vaugirard para nos tornar a vida possível durante esse mês de setembro.

Vou tentar facilitar os trabalhos na casa, e as relações mútuas para que nós fiquemos um pouco livres e também a roupa suja, a arrumação e a cozinha não tomem todo o meu tempo.

Também vou preparar o caminho dos programas de rádio para aproveitar as semanas livres de ensaios.

Vou te esperar. Trabalhe bem. Paris certamente vai jogar muitas pedras no seu caminho. Te beijo com todas as minhas forças.

M.V

P.S.: Te ofereceram a *Opéra Comique*? Ou seria cômico que te ofereçam a Ópera?

852 — ALBERT CAMUS A MARIA CASARÈS

Quarta-feira, 26 de agosto [1959]

Carta obscura como o gênio, minha querida! Acho que estou adivinhando, distingo algumas luzes! Mas o melhor será que você comente, linha a linha. O comentário não esgota o que faz sentido. Há dois mil anos as Sagradas Escrituras são comentadas, e ainda há o que dizer.

Bem. Retomando as atividades. Você, sexta-feira. Eu terça ou quarta--feira. Voltarei pela estrada e, portanto, não posso ser preciso. Mas vou te telefonar. Espero dirigir dois dias, por estradas pequenas, com meu patinete — e para isto provavelmente partir na segunda-feira. De modo que não te escreverei mais depois dela. E você, não me escreva mais depois de receber a mesma. Confesso que depois de anos de correspondência (já devemos somar uns dez volumes) prefiro ter você à minha frente, e poder dar com a língua nos dentes.

Os gigantes. Seja berrando com ela ou deixando-a calcinada, a condessa não pode deixar de ser monótona. O que naturalmente tem a ver com a ausência do fim, que lhe daria sua coroa de mártir, e algum sentido retrospectivo. Também é verdade que certas cenas deveriam ser retomadas. No que te diz respeito, é um papel sem maiores perigos, na minha opinião. Estou querendo dizer que nele você estará muito bem, sem forçar. Isto quanto à *carreira*. Interiormente, é outra coisa. É um papel para *Casarès* aos olhos do mundo, mas você pode se entediar muito rapidamente, e além do mais não gosta de bancar a Casarès convencional. Resumindo: Pode aceitar sem nenhum risco — mas não creio que possa extrair grandes alegrias. Note bem que você sempre sabe muito melhor que qualquer outra pessoa o que deve fazer. Estou dando minha opinião porque você perguntou, mas sua decisão será a melhor.

Avanço lentamente no meu livro. Além do mais, revi completamente um ato de *Otelo*.[1]

Choveu três ou quatro dias. Mas a manhã de hoje está radiosa. Até logo, minha querida, fico contente com a ideia de ouvir o seu riso. Sacuda a tristeza

---

1 Nos meses que antecedem sua morte, Camus trabalha num projeto de adaptação e encenação de *Otelo*, de Shakespeare.

e a angústia e adote o lema dos cavaleiros latinos: "Por lealdade, suportar!" Te beijo, meu querido amor, em breve reencontrado![1]

A.

Não, estão me oferecendo a *Opéra Comique*, a Salle Favart, ora! Mas não deixa de ser cômico mesmo.

853 — ALBERT CAMUS A MARIA CASARÈS[2]

[20 de outubro de 1959]

Estou te vendo, como te amo!

[Desenho de um sol.]

854 — ALBERT CAMUS A MARIA CASARÈS[3]

Quarta-feira, 18 de novembro de 1959

Minha querida,
Te telefonei hoje ao meio-dia e o seu número não atendia. E por sinal não havia nada urgente. Queria te dizer que tudo corria bem e que eu estava trabalhando muito. A extrema solidão em que me encontro aqui me angustia um pouco, mas ao mesmo tempo me ajuda a trabalhar. É o inverno. Faz frio e chove. A aldeia está deserta, portas e janelas fechadas, e as ruas vazias. Exceto no almoço (estou me acostumando a jantar) passo meus dias sem ver ninguém, no casarão silencioso, andando para cá e para lá e manchando papel. Como

---

1 Maria Casarès está de volta a Paris em 28 de agosto, Albert Camus, em 2 de setembro de 1959.
2 Cartão-postal acompanhando um buquê, por ocasião da transmissão de *Macbeth* pela televisão.
3 Enviada de Lourmarin, para onde Albert Camus voltou em meados de novembro.

vê, o gênero Stavroguin, em suma: capaz de viver como um monge apesar de dotado de uma sensualidade bestial.

Seu telegrama de boas-vindas me aqueceu o coração. E por sinal eu nem precisava dele para pensar muito em você. Me perdoe minha pequena manifestação do último dia. Melhor seria eu pensar em você em vez de ter pena de mim mesmo. Mas também não é mau que de vez em quando eu te mostre o fundo do meu coração, preocupado com você, preocupado por você, que não se cansa, não, nunca se cansou de te adorar, te admirar e cuidar de você.

Gostaria muito que você reencontrasse sua vitalidade, sua força, sua fé. O que você chama de romanesco é a fé na vida, a certeza de que ela não é apenas a terrível vulgaridade dos dias e das criaturas, de que é sempre surpreendente, imprevista, de que recomeça a cada dia. Era a fé que te animava e para mim você sempre foi o gênio da vida, sua glória, sua coragem, sua paciência e seu brilho. Você ria quando eu dizia que você tinha me ensinado a viver. E no entanto era verdade. Aprendi com você não que a vida fosse algo mais que morte e negação, mas que ela era admirável com a morte e a negação. E aprendi aos poucos, sem perceber, te vendo viver, tentando te merecer, estar à altura do que você amava em mim.

Agora o cansaço chegou para você, o desgaste de quinze anos dessa terrível profissão, um pouco de idade (tão pouco!) e o olhar lúcido que surge então diante da esmagadora mediocridade da época. Mas eu guardei em mim o segredo que, sem sequer imaginar, você me transmitiu. E o guardei para você, para que volte a encontrá-lo nas horas difíceis em que se encontra no momento. Guardei também outra coisa para você, um coração que não pode viver livremente sem você e que sequer suporta a hipótese de te perder — como você bem viu.

Coragem, minha amada, eu confio em você, no seu coração, na sua valentia. Só fico triste por não saber te ajudar, não poder te levar comigo, para longe do que te pesa. Pelo contrário, tive de partir. Que profissão terrível essa que me obriga a me privar de tudo para ir ao encontro da fecundidade! Mas eu jamais desejaria outra, nem outra vida, nem outro coração!

Até logo, minha querida. Te beijo longamente.

A.

855 — ALBERT CAMUS A MARIA CASARÈS

Quarta-feira, 25 de novembro [1959], *20 horas.*

Há algum tempo já queria te escrever, mas não parei de ser perseguido pelo telefone por causa da morte de Philipe,[1] não só por Suzanne, que me passava as solicitações dos jornais, rádio, etc., como por agências de imprensa que conseguiram meu número não sei como, querendo todos que eu contasse lembranças, fizesse declarações, etc. E que poderia eu declarar, Deus do céu, senão que essa morte é bem triste. Quanto ao resto... A vida separa, só isso. Mas eu só me lembro do pequeno Philipe de vinte e dois anos no meu escritório na NRF, arregalando os olhos a o máximo que podia e dizendo: "Me dê esse papel. Tenho certeza de que vou interpretá-lo bem."[2] Que destino extraordinário, e que, no fundo, não combina nada com ele. Mas por acaso haveria destinos sob medida? E além do mais ele era bonito. Por que será que a morte de uma criatura bela é mais triste que a de uma criatura feia? Mas não, nem se pode afirmar com certeza. Aqueles a quem nada foi dado têm uma morte bem mais chocante. Ele foi aquinhoado, exceto por essa morte cruel, e inacreditável.

Espero que você suporte pacientemente a provação Cocteau[3] e sobretudo que não se canse a demais. Afinal, talvez encontre aí a oportunidade de uma ruptura que em certo sentido vai te fazer bem. Dito isso, essas tias bem que poderiam te pagar, na minha opinião. Ele está fazendo seu testamento, claro, mas são as despedidas de Grock ao circo, que começavam de novo de cinco em cinco anos, e ele enterrou toda a profissão antes de dar seu último adeus.

Você viu que estão querendo entregar oficialmente uma cadeira do Collège de France a todos os prêmios Nobel? E, naturalmente, sem sequer perguntar a opinião dos interessados. Será que um dia não vão me deixar em paz com esse Nobel? Sinto que se insistirem vou fazer uma besteira, sei lá, andar por aí completamente nu com o diploma em questão naquele lugar, ou então violentar um menininho. Pelo menos parece que estão me obrigando.

À parte isso, continuo a trabalhar, às vezes avançando bem rápido, às vezes lentamente, mas avanço — não sei exatamente o que adianta mas estou

---

1 Gérard Philipe morre de um câncer de fígado fulminante em 25 de novembro de 1959, aos trinta e seis anos.
2 Calígula.
3 Maria Casarès filma *O testamento de Orfeu* com Jean Cocteau.

contente de não ter perdido a memória, como pensava. Basta eu me dedicar e os detalhes vêm — justamente, eu tenho a memória do detalhe e ela é que é necessária em arte. De qualquer maneira, quando trabalho, eu encontro uma força, a minha velha independência, a liberdade daquilo que sou. Para mim, é esse o único remédio. Amém.

Bem. Estou escrevendo sobretudo para te distrair um pouco do trabalho e para que um de nós fale enquanto o outro está impedido de falar ou escrever. Penso muito em você, durante muito tempo, você é minha doce preocupação, eu amo o seu coração e tudo que você é. E te beijo, meu querido amor, com todas as minhas forças.

A.

Quinta-feira de manhã [26 de novembro de 1959]

Acabei de reler esta carta. Puro limo. Eu estava cansado ontem à noite. A tensão do trabalho, tensão imóvel, solitária, por dias e dias, é cansativa, de certa maneira. Mas tenho dormido bem, estou fazendo cultura física, uma hora de caminhada, e apesar de tudo estou em boa forma. Simplesmente, à noite, tenho vontade de me deitar e sonhar sem propósito.

Sábado vou ver *Os possuídos* em Marselha e volto domingo de manhã. Vai servir para relaxar, embora não seja nenhum apaixonado por essa companhia, que me mata de tédio. Mas, justamente, vou adorar reencontrar minha casa, e meu trabalho. Estava com a vaga intenção de convidá-los aqui, mas não. Você sabia que a turnê está batendo todos os recordes? [Pierre] Franck,[1] radiante, me telefonou em um milhão quatrocentos mil em Bordeaux, um milhão seiscentos mil em Toulouse, esses bravos teatros ao que parece nunca tiveram receitas assim. Pessoalmente, tanto faz, pois a peça para mim está terminada. Mas fico feliz por Franck, e por Antoine (por motivos inversos, naturalmente).

Buenos. Mais beijos, minha amada. Espero que seu calvário esteja chegando ao fim — e lambo suas feridas, linda mártir!

A.

---

1 Ver nota 1, p. 222.

856 — ALBERT CAMUS A MARIA CASARÈS

Sábado, 28 de novembro [1959]

Meu anjo,
Isto é para te deixar de bom humor. Logo, logo vou te escrever ou telefonar. Estou indo para Marselha, depois de terminar a primeira parte do meu livro (mais ou menos um terço do total), e de consciência tranquila.
Toda a ternura do seu

A.

857 — MARIA CASARÈS A ALBERT CAMUS

Quarta-feira, 2 de dezembro [1959]

Meu amor querido, recomeço minha carta pela segunda vez. Não por querer te dizer coisas difíceis de traduzir, longe disso!, mas simplesmente pela aflitiva impressão de não ser mais capaz de concatenar duas frases.
E olha que esperei a noite e a paz noturna para não correr risco de ser interrompida; desde que você se foi, ando pela vida com um corpo inerte e uma cabeça viscosa, servindo os dois perfeitamente para o que eu tive de fazer e suportar, mas agora incômodos, quando quero te resumir brevemente e claramente o pedacinho de vida que nos separa desde que você se foi.
Senti muito a sua falta! Isto, pelo menos, está bem claro e preciso na minha mente; pois por mais estranho que pareça à primeira vista, para mim é mais difícil suportar a sua ausência na atividade enlouquecida do que na inatividade. Talvez porque a vida agitada deixe o coração e a mente mais vulneráveis, ao esvaziá-los. Talvez porque eu precise mais do seu calor e dos seus ombros para suportar minhas relações com as pessoas. Talvez também por eu ser dessas mulheres que vivem mal no esquecimento e na distração.
Sim; senti muito a sua falta porque não pude pensar em você. Não pude pensar em nada. Levantando às 7 horas da manhã, tinha de sair às 8 horas para o estúdio onde ficava até 5 horas da tarde. Um carro me trazia de volta para casa às 5h45, eu jantava rapidamente e o mesmo carro me levava para Chaillot, onde eu ficava até 11h30 da noite. À meia-noite, o chama de volta.

Pequena ceia, banho, toalete e à 1h30 da manhã dormir, até o dia seguinte às 7 horas.

Acrescente a isto o fato de que todo o trabalho do dia no estúdio era centrado em mim, tendo em vista a hora em que eu me ausentava — os outros só paravam às 18h30 — e acrescente ainda um texto longo e particularmente difícil quase sempre filmado em primeiro plano. Quanto às noites de Chaillot, você pode imaginar... Dizem que diante da morte somos todos iguais; mas ou me engano totalmente, ou é exatamente aí, diante da morte, é aí que podemos nos dar conta do quanto somos todos diferentes uns dos outros.

Enfim, agora acabou tudo e como eu mesma disse recentemente a uma senhora que chorava demais: "Vamos! Vamos! Se acalme. Logo você irá ao encontro dele."

Enquanto isso, a vida segue e a senhora e todo mundo se agitam mais que nunca. O negócio anda movimentado em Paris e da Comédie à Ópera, passando pelo Teatro de France, a coisa fervilha! Rostos tensos, crispados, caídos, esgarçados. Todo mundo indo e vindo. As pessoas que encontro me olham com um ar profundo, contrariado, sorrateiro e resmungam o mesmo "não é mais possível" ou "você conhece Malraux?" Eu respondo bem baixo que conheço muito pouco Malraux e tento entender "o que não é mais possível", mas elas vão passando umas depois das outras, mal-humoradas, mornas, ao mesmo tempo febris e abatidas. Você conhece Malraux?

Na rádio, Chancerel[1] diminui a cada dia que passa. Diz ele, afundando: "Estive conversando com Madeleine Renaud hoje de manhã. Ela me disse que você era uma santa, Maria." E eu tremendo à ideia do que a palavra "santa" na boca de Madeleine me provoca. E a meu lado, esse rapaz que tem cara de cheirar mal dos pés, esse diretor — jovem — e "avançado" — que me faz a corte de madrugada, sem graça, com os pés. Queijo. Cebola. Alho.

Então, no meio disso tudo, o que se pode esperar? Cocteau de repente assume ares de personagem lendário. É um prestidigitador, é verdade, mas como é bonito de repente uma pomba tirada de um lenço! Sobretudo quando o lenço combina com a pomba.

Realmente meu esforço foi recompensado. Na medida exata. Não empenhei meu coração, mas uma boa amostra da minha sensibilidade, e encontrei

---

1 O ator e diretor Léon Chancerel (1866-1965), ex-aluno de Jacques Copeau, promotor da prática teatral na juventude.

minha recompensa na reação espontânea e agradecida do artista ou do esteta diante da intérprete fiel. O fiz com desprendimento, e parece que o resultado é muito bom. E o fiz porque se tratava de um homem de idade, e a idade conferiu a esse homem uma nova gravidade, uma espécie de ternura melancólica que por sua vez também me deu prazer.

Que mais esperar? Acho que prefiro isso — e olha que não estou exagerando muito — a milhões de francos, ou dois meses de um trabalho pavoroso com um Chancerel qualquer.

E agora vou voltar para o meu lugar, com o mês de dezembro. E com o mês de dezembro, como já pressentia, parece que tudo volta ao lugar. Ao lado de um velho tio florescente e de uma navarra com seu belo sorriso recuperado, me preparo para desfrutar da minha casa, onde o calor e a intimidade, há tanto tempo exilados, voltaram a ocupar seu lugar, para fazer minhas pequenas "rádios" e cuidar dos meus e de mim.

Já estou devidamente equipada para caminhar. Finalmente com meu impermeável preto e o chapeuzinho. Me livrei da velha gripe. Me esforço para entender Artaud. Leio manuscritos e busco um belo livro para ler.

Na correspondência recebida, escolhi duas cartas que estou te enviando, você poderá achar divertidas. Os versos me foram enviados para o teatro, antes de uma récita antes da morte de G[érard]. A carta, depois.

Dia desses vou te falar mais longamente de mil coisas divertidas ou horríveis que talvez você ache engraçadas.

Por enquanto, continuo falando pelos cotovelos, e não há nada mais desagradável que escrever quando se está com reumatismo na mente.

Até logo, meu amor querido. Trabalhe bem e mesmo que o céu esteja escuro lembre que a abóbada parisiense sempre é mais sinistra. Naturalmente, você está longe; mas antes de mais nada trabalhe. O amor pode esperar, de qualquer maneira ele é mesmo insaciável. É a própria vida. E o trabalho precisa ser feito durante a vida.

Te beijo, muito, muito, muito —

M.

P.S.: Me mande de volta as duas cartas para eu poder responder. Te beijo. M.

858 — ALBERT CAMUS A MARIA CASARÈS

4 de dezembro [1959]

Meu amor querido,
Você parecia triste e distante outro dia no telefone e eu não parei de pensar em você. Talvez eu também te tenha deixado triste dizendo que não sabia se voltaria a Paris antes do Natal. Mas o fato é que tenho vontade de voltar, de te ver, de sacudir um pouco o peso de silêncio que tenho sobre mim no momento. Mas ao mesmo tempo fico pensando que me dei oito meses e oito meses apenas para acabar com a primeira redação do monstro que estou botando no momento, e penso também que minha organização aqui me permite avançar e trabalhar sem descanso e que o bom senso, o muito amargo bom senso me mandaria ficar até 2 de janeiro e persistir a qualquer custo. Mas a verdade é que esses pensamentos cheios de bom senso não se sustentam ante a ideia de que posso te entristecer mais um pouco ficando, nem ante a impaciente vontade que tenho de te ver, ao anoitecer. Não sei, vou ver, esperar. Diga o que acha, sem bancar o coração generoso, e se sente necessidade da minha presença, diga muito simplesmente e, oh, meu Deus, com que alegria ficarei sabendo, com que alegria correrei para junto de você, mesmo voltando depois para a coleira com renovado vigor.

Depois das chuvas catastróficas dos últimos dias, finalmente o tempo está bom desde ontem.

Hoje (é de manhã) o mistral sopra ao redor da casa, mas o seu rosto límpido, com uma luz deslumbrante e revigorante. Há dois dias o bom Cérésol[1] está de passagem aqui. Fui buscá-lo em Avignon e o encontrei em estado de liquefação, segundo disse deprimido com a vulgaridade e a maldade dos parisienses. Ele está se recuperando aqui (sem me incomodar, pois dorme e trabalha) e vai retomar, recomposto, espero, o caminho do seu calvário. Mas é um bom e caloroso companheiro.

Eu esperava uma carta sua hoje mas a greve desorganizou os serviços e estou recebendo a correspondência por conta-gotas. Espero te ler, te ver, te apertar contra mim. Fico infeliz com essa vida dividida entre um trabalho que pressupõe uma dura solidão e a minha necessidade de calor e ternura. Mas tenho

---

1 Ver nota 1, p. 1064.

medo da esterilidade, como outros têm medo da morte. A esterilidade mata tudo em mim, até a ternura. Penso com aversão nesses dias de Paris em que o tempo se esmigalhava, em que eu sentia náusea de mim mesmo. Quando chegar o momento, teremos de nos retirar para um belo lugar e finalmente viver juntos dias de trabalho e ternura. Mas até lá não duvido do meu constante, reconhecido, vigoroso amor. O mundo sem você perderia a luz, uma luz da qual vivo estranhamente no momento, pensando em você sem parar e te adorando como nunca.

Te beijo, minha querida, minha beldade, meu querido amor, te beijo de novo.

A.

859 — MARIA CASARÈS A ALBERT CAMUS

5 de dezembro [1959]

Oh, não! meu querido; fique, fique onde está e trabalhe. Claro que sinto sua falta; mas prefiro esperar livre do seu pesado fardo, mais tarde, leve e junto de mim, talvez na Bretanha, numa Bretanha ainda virgem dos meses de junho, ou julho, se for o caso.

Além disso, prefiro saber que você está longe de Paris no momento. Tem alguma coisa pesando na cidade. Algo estranho que aparentemente só as mulheres são capazes de suportar. E por pouco, por sinal.

Ainda não encontrei momentos de despreocupação, cuja necessidade sinto imperiosamente. Durante o dia e meio de pausa que tive depois das filmagens, precisei organizar as coisas da casa e cuidar do corpo. Mas ainda não encontrei tempo para ir ao dentista nem ao médico. E agora cá estou eu me metendo em vagas aventuras cinematográficas que deveriam me levar até Berlim se a bendita confusão do TNP não estivesse aqui como arma do meu anjo guardião para me impedir. Nem vou te contar mais pois não sei mesmo: aquela geleia de sempre à qual a partir de agora decidi fingir me prestar, para passar despercebida.

Esta tarde, espero Tardieu,[1] que vem estragar as horas de paz do meu dia antes de subir ao palco. Enfim, são boas intenções que o trazem. A questão é

---

1 O poeta Jean Tardieu (1903-1995), diretor do Club d'Essai, oficina de criação radiofônica da Radiodifusão Francesa.

substituir os textos de Artaud que devíamos ler pelo poema de Saint-J[ohn] Perse "As atrizes trágicas chegaram".[1] Blin e a panelinha Artaud ainda fizeram muito barulho em torno do mestre desaparecido, mas dessa vez, bem a propósito. Prefiro de longe tremer a serviço de Perse; me sinto mais próxima dele.

No teatro vai tudo errado. O pobre J[ean] V[ilar] coleciona aborrecimentos este ano e depois de desistir — por falta de tempo — de montar *Furuku da minha rua*, agora também não vai mais conseguir os direitos dos *Gigantes* que pertencem a uma atriz que quer interpretar a condessa com um sotaque forte e mais de sessenta anos. (Tudo isso aqui entre nós, claro.) Ele então precisa encontrar até segunda-feira duas peças alternativas para anunciar às associações, essas fúrias de mil cabeças sempre prontas a acabar com ele se deixa de cumprir um só compromisso.

Somem-se a isto as reprises do *Assassinato* e de *Mãe coragem* necessitando substituir os principais intérpretes, a morte de G[érard] e, com isto, a impossibilidade de retomar os *Caprichos* e *Com o amor*, e me diga agora se só mesmo sendo louco para não ficar desanimado.

Ainda não vi nada no teatro nem no cinema. Fui duas vezes jantar na *Coupole*; uma noite com Léone, e anteontem com Monique, triste como a necessidade. Quanto à leitura, não deu nem para pensar; basta eu deitar e perco a consciência. Mas nada está perdido. O cansaço acumulado na semana passada vai se dissipando, e, palavra de honra!, acho que estou engordando. Semana que vem ainda tenho duas rádios e duas récitas; mais uma vez, porém, acho que a segunda quinzena de dezembro poderá ser dedicada aos divertimentos e à mente.

Quanto a você, fique onde está, estou dizendo. Tem algo envenenado sobre Paris, e quanto mais aqui ficamos, mais o tempo explode e se esmigalha miseravelmente. Só a força terrível de uma mulher é capaz de lutar contra essa "coisa" ou esse "estado de coisas". Você, meu querido, meu frágil, é alto demais, reto demais, largo demais para suportar esse vento ruim. Ah! Não. Paz para você.

Vou te telefonar amanhã de manhã meu amor. Te beijo com todas as minhas forças, todo o meu coração, todo o meu amor.

M.

---

1 Poema da coletânea *Marcas marinhas* ("Estrofe", III), Gallimard, 1957.

P.S.: Estou juntando a esta carta um artigo que me foi enviado por um companheiro que mora em Roma há muito tempo. Ele diz que lendo o artigo falou com quem de direito, fazendo alusão a uma preciosidade meio inacreditável. Responderam que não era hora para brincadeiras. Achei que você podia se divertir... Toma lá, dá cá.

860 — ALBERT CAMUS A MARIA CASARÈS

Terça-feira, 8 de setembro [sic] [dezembro] de 1959

Acabo de receber, finalmente, e juntas, suas duas cartas, meu querido amor. Com alívio, pois tampouco gosto de pensar que uma de nossas cartas se perdeu — e também porque esse longo silêncio me pesava e me angustiava.

Fico feliz de saber que o filme com Cocteau te pareceu suportável. Cocteau é o que é, mas pelo menos é alguém que cria e faz alguma coisa. O que torna Paris, e daqui a pouco a França, intragável, é a multidão de comentadores, a galeria, os coadjuvantes, e todos aqueles que "deveriam", que "poderiam", e que nada fizeram, ou não fizeram grande coisa, e então lhes resta julgar os outros que a seus olhos nunca fazem o que é preciso, e que eles teriam feito se justamente não tivessem deixado de fazer, por falta de sorte.

Em compensação, fiquei meio preocupado com essa história de Berlim. Claro, é preciso viver. Mas lá você não vai encontrar, eu sei, nem paz, nem felicidade — e é disso que você mais precisa, atualmente.

No meu caso, vou ficar aqui, no fim das contas, pois tenho uma chance de ter conseguido avançar tanto com as coisas no dia primeiro de janeiro que com certeza vou concluir a primeira redação antes de junho (devo te dizer que o livro terá de quinhentas a seiscentas páginas, no mínimo). Depois, terei de lhe dar forma, fazer a sua toalete e poderei fazê-lo, mesmo em meio ao trabalho de Paris.

Me parece também que bastarão duas estadas de quinze dias em Lourmarin entre janeiro e junho para que o trabalho também tenha prosseguimento durante as permanências em Paris. Poderemos então ajustar nossas obrigações.

Mas apesar de todas essas boas resoluções, sinto a sua falta — da sua ternura, das nossas confidências e do seu bom calor. Oh! Não, você não é uma santa como pretende Madeleine [Renaud]. Mas apesar disso é minha divindade tutelar, minha protetora e minha amante. Ah! No dia em que terminar este livro, terei rejuvenescido dez anos, te levarei às Bermudas e faremos nossa vigésima viagem de núpcias! Por enquanto, é a austeridade, a aridez dos dias, a tensão, mas o fato de te saber nesta terra e perto de mim me dá paciência e coragem.

Feliz que a navarra tenha recuperado o bom humor. Mande um beijo e para o *Tío* também. Você, sim, você, que eu amo, não basta te beijar, eu teria de derramar em você todo o meu fôlego. Agradeço pela minha sorte, pela minha estrela, e também sei que não merecia, que nada em mim merecia, quinze anos atrás, encontrar um coração como o seu que desde então um nunca parou, mesmo de longe, de me nutrir, me ajudar, iluminar meus dias e minha vida. Sim, eu te bendigo, meu querido amor, e te agradeço mais uma vez, de todo coração.

A.

Estou devolvendo as cartas. Quanto ao artigo italiano, fiquei com ele, é belo demais.

861 — ALBERT CAMUS A MARIA CASARÈS

Segunda-feira, 14 de dezembro [1959], *21 horas*

Te escrevo então, amada amiga, aproveitando a nossa sobra enquanto os outros vão caindo como moscas. A propósito, hoje eu estava cansado, e nauseabundo, e já adivinhava a homenagem. Depois de um dia de regime, estou melhor, mas não fiz grande coisa, o que me exaspera. Se fazer monge e não poder rezar, é este o inferno.

Depois da chuva incessante da semana passada, o mistral se levantou. Secou tudo em uma hora, limpou o céu, esfolou as montanhas e a região toda resplandece. Estou contando com um dia de bom e caloroso trabalho amanhã. Eu queria pisar fundo esta semana, pois as crianças chegam na segunda-feira 21 e serei um pouco mais perturbado. De qualquer maneira voltarei no dia 4, feliz por ter trabalhado, e mais que feliz por te reencontrar.

Na próxima carta, me diga o preço do impermeável, você conhece nossas convenções. Mas desde já quero te desejar um ano melhor, à sua altura, cheio de glória e ternura, estreitamente unida ao seu companheiro de sempre. E vou continuar a desejar todos os dias, até tê-la finalmente nos braços.

Valentine Tessier me bombardeia com cartas para me encontrar — não sei o que ela quer, mas receio que mais uma vez seja para me envolver nas suas confusões com Gaston Gallimard.[1] As pessoas não deviam envelhecer, só como os sábios hindus, debaixo de uma árvore, nas profundezas das florestas.

Le Provençal (diretor Gaston Defferre, ainda) publicou um artigo de três colunas sobre mim intitulado "Camus, ou a força de ser". Mas um erro de impressão no título resultou no seguinte, em letras garrafais: "C[amus] ou a farsa de ser". Achei muita graça, pois estavam pedindo.

O mundo, do qual fugi, me persegue, pelo correio. Mas no caso de certas pessoas, é melhor ler do que sentir a presença. De modo que estou tranquilo. Mas não esqueça que eu gosto de te sentir e te ler — pelo menos se você realmente tiver tempo para isso. Mas não se preocupe se não puder. Eu te sigo passo a passo, até o túmulo, e mais além — a não ser que vá antes de você. Mas que importa!? Um só coração terá batido em nós e continuará sendo ouvido, quando desaparecermos, no mistério do mundo.

Mas te beijo com toda a força e o vigor da vida.

A.

Gostaria de dar alguma coisa ao Tio. O quê? Pijamas, camisas? Você não pode comprar para ele e me dizer o preço?

862 — MARIA CASARÈS A ALBERT CAMUS

Terça-feira, 15 [dezembro de 1959]

Meu amor querido, enfim algum descanso! A mente está um pouco obnubilada, é verdade; o coração meio apertado quando penso que amanhã terei de ler Saint-John Perse diante de letrados!; mas enfim, pelo menos por algum tempo, parou a corrida contra o relógio. Pois até o momento era questão de encontrar materialmente tempo para me lavar!

Mas a partir de amanhã à noite todas as esperanças se descortinam! Já reservei lugares para assistir a três espetáculos: *Cabeça de ouro, Os negros* e a peça

---

[1] A atriz Valentine Tessier (1892-1981), formada por Jacques Copeau no Vieux Colombier, foi amante de Gaston Gallimard.

em que Cassot está atuando. Pois a récita de *A morte de Danton*[1] não conseguiu me desanimar. Oh, claro! Não passa de uma gravura convencional, prolixa demais, meio pesada e levemente fora de moda, mas poderia ter sido um bom espetáculo. Montado no ritmo, com brilhantismo, teria dado um espetáculo interessante. Mais ou menos como os balés folclóricos, sabe? Um pouco baboseira sentimental, pitoresca. Bela reconstituição...

Só que em vez disso tivemos uma "constituiç-ã-o". — E o texto, que devia brilhar no esplendor das cores da bandeira, azul, branco e vermelho, nos é anunciado, prometido, cria-se uma expectativa, somos preparados e no fim das contas ele nos é oferecido como não se faria com *Os pensamentos* de Pascal, diante de um público iletrado. Pois esses jovens e irrequietos revolucionários parecem ter a idade que teriam hoje, se ainda vivessem entre nós.

Só Alone e Mollien me pareceram no tom e na justa vitalidade.

Os outros... Vilar pensa e, temendo falar como fala (ver Jean-Jacques Gautier), assume de repente o tom de Bouquet — infelizmente ausente. Quanto a Wilson, entre duas posições de estátua equestre, certamente inspiradas pelo fato de estar representando um personagem histórico, fala como Vilar (ver J[ean] J[acques] Gautier).

Os outros são monótonos, mais ou menos.

Mas pelo menos uma vez na vida é preciso ver Catherine Le Couey morrer de morte violenta e Dominique Clément conseguir a proeza de esconder um grande acontecimento do público durante toda a duração da peça: o fato de que Lucile Desmoulins, a exemplo de Ofélia, enlouquece.

Eu fiquei me perguntando um monte de coisas durante a representação; cheguei inclusive a falar a respeito com Léone, que me acompanhava; mas ela riu de se escangalhar e não soube me responder nada.

À parte isso, tenho feito algumas rádios. Em todo lugar e sempre, em todas as línguas, *Macbeth*: com Cuny, naturalmente. Ele está berrando como nunca. Outro dia, achei que ele começava a falar assim, a propósito de tudo e de nada, para encobrir seu mau sotaque inglês, e com efeito estava alcançando o objetivo

---

[1] *Cabeça de ouro*, de Paul Claudel, encenada por Jean-Louis Barrault no Odéon (estreia em 21 de outubro de 1959); *Os negros*, de Jean Genet, dirigida por Roger Blin no Teatro de Lutèce (estreia em 28 de outubro de 1959); *O sol da meia-noite*, de Claude Spaak, encenada por Daniel Laveugle no Vieux Colombier, com Marc Cassot; reprise de *A morte de Danton*, de Georg Büchner, pelo TNP em 1959, com Georges Wilson (Danton), Jean Vilar (Robespierre), Daniel Ivernel, René Alone (Legendre), Roger Mollien (Camille Desmoulins), Catherine Le Couey (Julie), Dominique Clément (Lucile Desmoulins)...

de certa maneira, pois nesses latidos prolongados ficávamos absolutamente incapazes de distinguir a língua de Albion das palavras francesas a ela misturadas.

Sim; eu esperava que fosse um truque; mas ontem à noite, na versão de Jouvet — versão bem francesa, como você sabe — ele também começa a gritar feito louco, com todas as forças, de tal maneira que foi necessário afastá-lo do microfone e eu me vi obrigada — considerando-se que só tínhamos uma cópia do texto — a ficar indo e vindo entre o aparelho e esse original me dizendo amabilidades de furar os tímpanos.

Espero que em *Cabeça de ouro* ele dê um jeito de dar uma "aliviada"; caso contrário, vou me munir de tampões de ouvido.

Continuo, naturalmente, frequentando Chancerel às terças-feiras de manhã, e também, para minha desgraça, o velhinho Mauclair.[1] O que deve prosseguir até a primavera. E ultimamente participei de um programa da Europa 1 que me livrou da sombria rainha escocesa para me mergulhar numa outra família inglesa da qual não consigo mais me desvencilhar: os Tudor. E de fato tive de ler — alegremente! fazendo o favor — supostas recordações de prisão de Elizabeth.

Que mais? Sim; um *Don Juan* de Puchkin, com o inevitável [Jean] Topart e textos de Quincey.

Hoje, ao voltar da rádio, uma notícia embaraçosa e desagradável me aguardava em casa. A gravadora Festival me informa que fui honrada com o Grande Prêmio do Disco 1960, concedido pela Academia Nacional do Disco à monstruosa antologia que Gérard e eu fizemos no ano passado.[2] Fui convocada à televisão sexta-feira de manhã às 11h45 para ser apresentada na qualidade de "laureada" e receber o prêmio e não sei que maneira poderia encontrar de me abster sem parecer estar tirando o corpo fora. O que muito me aborrece — Vai ser muito desagradável.

Estive com Cassot e gostei dele (socialmente, claro) (E com a melhor das intenções, naturalmente!) Ele estava bonito, sensato, sério mas não sinistro; e me tocou muito ao mesmo tempo me divertindo quando falou da sua estada na URSS.

---

1 Ver nota 2, p. 928.
2 *Les Plus beaux poèmes de la langue française de Victor Hugo à Arthur Rimbaud*, lidos por Maria Casarès e Gérard Philipe, realização de Georges Beaume, Disques Festival, 1959 ("Les Disques de France").

A propósito! Parece que Moscou está me chamando!!!! Só de saber me arrepio.

Quanto à vida... vai passando, como você sabe. No momento, para mim, passa bem, embora um pouco depressa demais para o meu gosto. Me parece que estou diante dela como o espectador diante de uma corrida de automóveis. Pff!!! Um dia! chss! uma semana. E eu nem sei o que havia lá dentro!

Progresso! Ora essa! Cidades! Desde que não se chegue à "vida-foguete", é só o que eu peço.

Em casa, o bom humor, a paz, a ternura e a gentileza continuam. Noite dessas, quando me despedia de Angeles para ir ver *A morte de Danton*, ela me pediu que a esperasse na saída do teatro para voltar comigo, pois iria passar algumas horas à noite com Juan. Mas qual não foi minha surpresa quando, ao sair do teatro, fui recebida na porta com gritos, altas exclamações e efusões espetaculares que só uma separação muito, muito, mas muito longa poderia justificar. Mas, como já entendi que com ela é preciso ser como ela, caso contrário somos acusados de frieza, imediatamente entrei no clima, e parecia até uma competição para ver quem gritava mais alto, ela, eu, Juan, a cozinheira galega que haviam trazido para "me ver"... tudo isso ante o olhar apavorado de Léone se perguntando onde é que estava metida. O público também parava para nos olhar gritando a plenos pulmões numa língua desconhecida e vociferante. Mas Angeles ficou muito contente e parece que dessa vez achou mesmo que eu a amava.

É isto, meu querido. A minha vida. Lá fora, faz frio e continuam lutando violentamente para conservar a vida que — como diz Svevo[1] — é de fato original.

Hoje gostaria de te mandar algumas caretas parisienses. Os motoristas de táxi são os mesmos e os porteiros, também.

Desfrute portanto o máximo que puder dessa região que de certa maneira se tornou sua. E volte para mim liberado e perfumado de menta e alecrim. E eu aqui te espero refazendo as saúdes — física e moral. Quem sabe então possamos os dois enfim rir juntos, rir mais, como sabemos, com rudeza e bondade.

Enquanto isso, trabalhe bem. Não sinto mais sua tristeza no momento: quer dizer que estou feliz.

Te beijo muito, de todo coração, com todo o meu amor.

M.

---

1 O escritor italiano Italo Svevo (1861-1928).

863 — ALBERT CAMUS A MARIA CASARÈS

Quarta-feira, 23 de dezembro de 1959

Desde segunda-feira, recuperei minha tribo e como sempre, imediatamente, essa espécie de mal-estar em mim. E então é mais comigo mesmo que com os outros que eu fico insatisfeito. Eu nunca me sinto à altura dos meus deveres. Não posso evitar pensar no meu trabalho e não cuido de Jean, por exemplo, que se torna chato. E como apesar de tudo penso neles, negligencio o meu trabalho. De tal modo que acabo não fazendo nada do que deveria fazer. Por outro alto talvez também sejam necessários alguns dias de readaptação. De qualquer maneira não se preocupe, não é muito importante e estou falando disso para te transmitir um registro dos meus estados de ânimo.

Por sinal estou louco para voltar, pois agora não acredito mais que meu trabalho avance muito. E nessas condições...... Sua carta finalmente trouxe aqui a sua presença. Todas essas camadas de trabalho entre nós (o seu e o meu) acabam nos fazendo viver como sombras. Às vezes tenho a impressão de que você vive no compartimento ao lado, por trás de uma grossa parede. Você está aqui, estou feliz por você estar aqui, amo a sua vida tal como a sinto do outro lado, mas às vezes a gente tem vontade de beijar aquilo que ama.

Feliz Natal, meu querido amor! Provavelmente não poderei te telefonar, mas se tiver um momento de solidão o farei. Fique bela e feliz, com o belo rosto iluminado que eu amo. E não esqueça seu companheiro, que vai entrar, invisível, no banquete (se houver) e segurar suavemente sua mão, minha querida. Tente me escrever mais uma vez para que não seja difícil demais esperar a volta. Já te beijo daqui, todo feliz por te rever.

A.

Você não disse nada sobre o impermeável — segundo o que convencionamos. Pois diga. De qualquer maneira, estarei aí dentro de uns doze dias. O cheque que estou enviando é para você dar um presente meu ao *Tío* Sergio — a quem estou escrevendo (e também a Angeles). Obrigado, minha amada.

864 — MARIA CASARÈS A ALBERT CAMUS

Noite de Natal, 1959

Obrigada, querido príncipe, por todos os cuidados e gentilezas. Depois de um dia exaustivo numa Paris disfarçada de "*souk* tunisina", a casa toda está dormindo feliz e tranquila.

Titio ganhou um roupão de cinco mil francos, que eu tinha comprado para ele em seu nome, antes de receber o cheque que lhe foi enviado. Eu então lhe entreguei o presente, os quinze mil francos que restavam e a sua carta. Espero ter feito bem.

Vou deixar que ele mesmo te transmita a emoção que sentiu, assim como reservo para Angeles e Juan a alegria ululante de te bradar sua gratidão.

De minha parte, ando toda prosa com o meu "encerado". Me custou, com o chapéu, trinta mil francos; não esqueci nossas convenções, mas achei que podíamos esperar sua volta para comemorar o A[no] N[ovo], o F[ranco] N[ovo] — e trocar nossos presentes.

De resto, ganhei uma bela concha de Juan, um esplêndido e suculento jantar de Natal oferecido e apresentado por Angeles, uma horrorosa pimenteira (Deus me perdoe!) dada por Léone, um belíssimo livro dado por Carolina Venturini, um lenço enviado por uma adoradora alemã e uma coisa estranha trazida por Andrée Vilar, e que em princípio serve à mesa, como saladeira. Dominique por sua vez comprou para mim um lindo par de luvas. Também recebi, do Sul, belas rosas da parte dos gentis Gallimard e uma caixa de bombons da senhora que tinha me enviado o famoso poema:

"Senhora, quando vier a morrer..."

À meia-noite um certo Léon telefonou para me desejar feliz Natal. Ele me chama de Maria com uma voz quente e afetuosa e diz que me foi apresentado no Silène em junho de 1956 por um amigo da Europa 1. Mas devo dizer que no momento os homens parece que se juntaram para fazer como os gatos machos em fevereiro. Clavel de repente se revelou insistente e lírico como se estivesse com cólica; Cassot sofre de dolorosos "volte sempre", certos conhecidos recentes se declaram numa corrida de táxi, e os homens, na rua, começam a seguir as mulheres sozinhas.

Como no teatro, no terreno da conquista ou do amor a gente tem vontade de franzir o nariz; e franzir muito! "Podem se empanturrar! Depois eu venho."

Fui ver *Os negros*. O trabalho de Blin, a notável. Na peça, as pessoas "explodem" demais para meu gosto.

Vi a peça de Spaak. Ri um bocado; mas naturalmente. Marc [Cassot] faz o que pode, da melhor maneira. Mas como acreditar? Oh! Não é ruim; mas vamos e venhamos, realmente muito inodoro.
Tenho lido manuscritos. Vamos deixar para lá.
Fiz compras.
Continuo lendo *Ilusões perdidas* de Balzac, para preservar as minhas.
De resto, espero sua volta para te contar, falar com você, te dizer, amar, rir junto. Também espero a sua volta para te desempoeirar. Acho que está precisando um pouco, pelo menos durante algumas semanas. Te espero para ir ver com você a peça de Sartre[1] e alguns filmes. O meu, por exemplo, que, acho eu, deve estrear em janeiro.
Te espero para que você me traga um pouco de bom ar nessa caverna parisiense úmida demais e onde a poeira imediatamente se transforma em lama.
Te espero. Te espero, suave e sorridente, com a coxa pesada por falta de palco.
E enquanto isso, te beijo até perder o fôlego.

M.

P.S.: Descobrindo que estou te escrevendo, todo mundo me pede que te diga — "obrigado, beijos, lembranças, afeto" etc. E eu dou o recado.
2º P.S.: Sobre o dinheiro enviado ao *Tío* Sergio, claro que eu lhe expliquei o que tinha acontecido.

865 — ALBERT CAMUS A MARIA CASARÈS

30 de dezembro de 1959

Bem. Última carta. Só para te dizer que chego na terça-feira, pela estrada, voltando com os Gallimard na segunda (eles passam aqui na sexta-feira).[2] Vou te telefonar ao chegar, mas talvez já possamos combinar jantarmos juntos na

---

1 *Os sequestrados de Altona*, de Jean-Paul Sartre, estreada em 23 de setembro de 1959 no Teatro de la Renaissance, com direção de François Darbon, destacando-se no elenco Serge Reggiani, Fernand Ledoux e Évelyne Rey.
2 Instalado em Lourmarin desde 15 de novembro, Albert Camus deixa sua casa em direção a Paris no dia 3 de janeiro de 1960, no carro de Michel Gallimard, com Janine e Anne Gallimard. Francine Camus voltou na véspera de trem. No dia 4 de janeiro, depois de uma etapa na estrada, Albert Camus sofre um acidente em Villeblevin, perto de Montereau (Yonne), e morre na hora. Michel Gallimard morre no hospital, cinco dias depois.

terça-feira. Digamos que em princípio, levando em conta os imprevistos da estrada — e te confirmarei o jantar pelo telefone.

Já estou mandando uma carga de votos afetuosos, e que a vida ressurja em você durante todo o ano, te dando o querido rosto que eu amo há tantos anos (mas o amo preocupado também, e de todas as maneiras). Dobro o seu impermeável no envelope e junto todos os sóis do coração.

Até logo, minha esplêndida. Estou tão contente com a ideia de te rever que rio enquanto escrevo. Fechei meus arquivos e não trabalho mais (família demais e amigos da família demais!).

De modo que não tenho mais motivos para me privar do seu riso, e das nossas noites, nem da minha pátria. Te beijo, te aperto contra mim até terça-feira, quando recomeçarei.

A.

ANEXOS

Cartões e cartões-postais sem data

1. A MARIA CASARÈS,
   REMESSAS DE FLORES AO TNP
   (PALÁCIO DE CHAILLOT) [1954-1960]

   No mundo horrível e escuro, a sua luz!

   ★

   Coragem e descanso meu amor.

   ★

   A cada obra, você cresce diante de mim. Felizes os que estiverem aí esta noite, e que não vão esquecê-la! E eu, seguindo seus passos, calado e orgulhoso por te amar...

2. A MARIA CASARÈS, REMESSAS DE FLORES
   POR OCASIÃO DE ESTREIAS

Deixe-as no seu camarim para que eu esteja presente um pouco esta noite: as estradas são frias. Todo o meu coração está junto de você.

A.

*

Tudo passa, até as peças tristes exceto os anjos e o coração verdadeiro do homem

*

Trema, mas se sinta segura. A tragédia é um palacete de família — você vai entrar como se estivesse em casa. Meu amor vai te seguir passo a passo. Talvez você não tenha entendido bem a que ponto te amei aqui. Mas não, você sabe, estou sendo bobo. Mas meu coração está cheio de você.

A.

*

[Cartão de visita de Pierre Reynal dobrado em quatro. Na frente:]

Continue é Extraordinário

P.

[No verso:]

Formidável! A.

3. A MARIA CASARÈS, POR SUA FESTA OU SEU ANIVERSÁRIO

Adoração à sempre virgem Maria! Seu A.

*

Feliz aniversário, meu amor querido, e os mais afetuosos votos daquele que não vai parar de te amar. A.

★

Feliz aniversário, meu querido, meu terno, meu sólido amor e todos os pensamentos do coração de ALBERT CAMUS aquele que te ama com toda a gratidão e toda a esperança do mundo. A.

★

Depois de tantos anos, você continua sendo a minha mocinha.

4. A MARIA CASARÈS, REMESSAS DE FLORES, SEM DATA

20 de março: Nossa primavera.

★

O anjo e o homem cuidam de você, meu querido amor!

★

E agora, obrigado, meu querido amor. Descanse. Durma, seja confiante, guarde o pensamento daquele que te ama e estará sempre vigilante, como esta noite, junto ao seu sono. Ah! Como agradeço à vida por te ter conhecido!

★

Te amo.

★

Bom dia, felicidade!

★

Te acompanho.

★

Bem-vinda: o coração floresce! A.

★

Jovem! Como a própria vida, como o amor incessante do teu companheiro de estrada! [Desenho de um sol.]

★

Triste por te deixar mas tão feliz por te amar que quis te dizer esta manhã.

★

Dia de luz!

★

As rosas do degelo! A.

★

Em meio ao tumulto, o coração que te admira e te ama.

★

13 sóis brilham sobre ALBERT CAMUS [Um sol desenhado acima da palavra "brilham"].

5. A MARIA CASARÈS, SEM DATA

Enfim! A.C.

★

O navio naufragado feliz veio dar a dois mil quilômetros de você... mas te ilumina de longe.[1]

★

Adormecida   Ojos de toro te miraban...[2]

★

Fique bonita! E grande!

★

[Endereçado à residência de Maria Casarès, no número 148 da rua de Vaugirard:]

Descanse! Boa noite, meu amor querido!

6. A MARIA CASARÈS, NO TEATRO FRANÇAIS
(Praça de l'Odéon)

Te amo com extrema ternura...

---

1 René Char, "Allégeance" (*Fureur et mystère*, 1948).
2 Trecho de "La soltera en misa", de Federico García Lorca: "*Bajo el Moisés del incienso,/ adormecida./Ojos de toro te miraban./Tu rosario llovía.*"

Coragem, meu amor!

7. A MARIA CASARÈS, VOTOS

!!!!!!!!!!! Chuva de felicidade na minha pequena glória! A.C.

*

[Endereçado à residência de Maria Casarès, na rua de Vaugirard:]

Que a vida e o sucesso te preencham, meu amor querido!

*

[Endereçado à residência de Maria Casarès, no número 148 da rua de Vaugirard:]

Que o ano tenha o seu rosto! A.

Projetos de cartas a Maria Casarès

Maria Casarès busca uma casa de veraneio para alugar no litoral atlântico; viria a se hospedar em Lacanau em agosto de 1951 e de 1952. Albert Camus se diverte escrevendo quatro cartas para ela assinar, na busca do imóvel.

Senhor,
Às vezes eu sonho, em meio às chamas em que vivo, pois a arte dramática é uma fogueira que o próprio ator acende para nela se consumir toda noite, e imagine como não há de ser em plena Paris já ardendo em julho, quando a própria alma se cobre de lenha e cinzas até o momento em que finalmente surge e estala aos ventos da poesia a elevada chama clara que nos habita, de modo que eu sonho, dizia, e o sonho aqui vem a ser o pai da ação, da qual assume os ares ávidos e irreais, e sonho enfim com um lugar sem regras nem limites onde finalmente apagar o fogo que me impulsiona. Seria preciso muita água, e pensei que o seu litoral de nome claro não se recusaria a receber a humilde sacerdotisa de [Th....], e seu irmão nas artes, para cobrir a solidão de ambos com a névoa incansável do mar eterno. Duas peças e dois corações, algumas prateleiras, o mar assobiando aos nossos pés e o melhor preço possível, são os meus desejos. Será possível atendê-los?

Maria Casarès.

★

Senhora,
Duas palavras. Estou com calor e suja, mas não estou sozinha. A praia, portanto, água, duas peças, mata e tudo isto por nada, ou quase. No aguardo

Maria Casarès

P.S.: Ia esquecendo: agosto.

★

Senhor ou senhora
É isto então que eu quero peço desculpas sou obrigada e lhe peço mas o tempo voa e falam e falam e nada acontece é tarde demais e pronto preciso vou um pouco com meu companheiro tomar o trem para Bordeaux melhor que seja na praia e melhor ainda que custe nada questão por assim dizer não tenho dinheiro mas tenho confiança. Então até logo, senhor, e obrigada pela resposta que venha logo o calor aqui está começando.

Maria Casarès

★

A um sindicato

Duas peças por favor, e a paisagem noturna
Para esconder dores, trancar o companheiro
No litoral prateado andarei soturna
No litoral estarei, mas não tenho dinheiro

APÊNDICES

Indicações bibliográficas

Casarès, Maria. *Résidente privilégiée*. Paris: Fayard, 1980.

Figuero, Javier. Carbonel, Marie-Hélène. *Maria Casarès l'étrangère*. Paris: Fayard, 2005.

Camus, Albert. *Œuvres complètes, I: 1931-1944*. Paris: Gallimard, 2006 ("Bibliothèque de la Pléiade").

Camus, Albert. *Œuvres complètes, II: 1944-1948*. Paris: Gallimard, 2006 ("Bibliothèque de la Pléiade").

Camus, Albert. *Œuvres complètes, III: 1949-1956*. Paris: Gallimard, 2008 ("Bibliothèque de la Pléiade").

Camus, Albert. *Œuvres complètes, Inteligência Universal: 1957-1959*. Paris Gallimard, 2008 ("Bibliothèque de la Pléiade").

Todd, Olivier. *Albert Camus. Une vie*. Paris: Gallimard, 1996 ("NRF Biographies"). Republicado na coleção Folio em 1999.

Índice onomástico

ABETZ, Otto: 132
ABOULKER: 524
ACAULT, Antoinette: 94
ACHARD, Marcel: 98
ADAM, Françoise: 399, 732, 735, 738
ADAMOV, Arthur: 657, 664, 681
AGNÉLY, Suzanne (nascida LABICHE): 174, 175, 606, 715, 743, 940, 942, 1199, 1232
ALBERTI, Rafael: 148, 1103
ALCOVER, Pedro Antonio: 445, 1191
ALEXANDRE, Roland: 225
ALONE, René: 1243
AMBRIÈRE, Francis: 685
AMIRYAN, Jacques: 1055
ANDIÓN, Sergio, *chamado de* titio: 367, 381, 389, 485, 541, 717, 964, 971, 973, 1104, 1109, 1142, 1158, 1159, 1161, 1163, 1167, 1193, 1194, 1195, 1199, 1202, 1224, 1226, 1246, 1248
ANDRÉYOR, Yvette: 915
ANDRIEU, Bernard: 1101
ANDRIEUX, Luc: 898
ANOUILH, Jean: 911
ARAGON, Louis: 195
ARISTÓFANES: 550

ARLAND, Marcel: 882
ARNAUD, Michel: 461
ARTAUD, Antonin: 1236, 1239
ASSELIN (senhorita): 705
AUBIGNÉ, Agrippa d': 883
AUCLAIR, Marcelle: 664
AUCLAIR, Michel, *chamado de* VUJOVIC, Vladimir: 338, 1069, 1072, 1109
AUDISIO, Gabriel: 943

BABILÉE, Jean: 1190, 1193, 1199
BACH, Johann Sebastian: 146
BAÏLAC, Geneviève: 890
BALACHOVA, Tania: 1029
BALZAC, Honoré de: 60, 64, 69, 1248
BARDACK: 212
BARDOT, Brigitte: 1163
BARGA, Corpus, *chamado de* GARCIA DE LA BARGA, Andrés: 52
BARRAL, Jacques: 816
BARRAULT, Jean-Louis: 69, 160, 169, 203, 248, 304, 342, 457, 561, 732, 739, 779, 824, 934, 938, 989, 1043, 1132, 1154, 1161, 1162, 1164, 1169, 1171, 1172, 1174, 1179, 1192, 1215

BARSACQ, André: 706
BAUDELAIRE, Charles: 439
BAUDY (senhora): 53
BAUER-THÉROND (senhora): 445
BAUR (senhora): *ver* RADIFÉ, Rika
BAUR, Harry: 926
BEAUME, Georges: 603
BEAUVOIR, Simone de: 726
BEETHOVEN, Ludwig van: 146, 225, 273, 1067
BELL, Marie: 279, 344, 350
BELLON, Loleh: 1192
BERGAMÍN, José: 751, 995
BERGÉ, Francine: 1206
BERNARD, Paul: 191, 205, 222, 228, 258, 304, 354, 399
BERNHARDT, Sarah: 355, 361, 366, 732, 837, 1095, 1120
BERNHEIM, André: 1047
BERNSTEIN, Henri: 724
BERRIAU, Simone, *chamada de* BOSSIS: 682, 717, 724
BERTHEAU, Julien: 344, 863
BESPALOFF, Rachel: 216
BEYELTZ, Louis: 69
BILIS, Théodore, *chamado de* Teddy: 898
BIZEAU, Max: 195
BLAKE, Patricia: 1029, 1030, 1031, 1049, 1050
BLANCHAR, Dominique, *chamada de* Minou: 655, 919, 1194, 1225
BLANCHAR, Pierre: 655, 919, 1194, 1225
BLANCHAR, Pierrette: 878
BLEYNIE, Jean: 271, 272, 296
BLIER, Bernard: 733, 739
BLIN, Roger: 657, 664, 1239, 1243
BLOCH-MICHEL, Jean: 80, 359, 381, 383, 1103, 1120
BLOCH-MICHEL, Vivette (nascida PERRET): 80, 304

BLUME, Isabelle (nascida GRÉGOIRE): 1166
BOGAERT, Lucienne (nascida LEFEBVRE): 271, 703
BOGART, Humphrey: 62, 977
BOISDEFFRE, Pierre de: 1166
BOITEL, Jeanne: 870
BONNARD, Pierre: 425
BORG, Ariane: 280, 489, 493, 494, 504, 505, 522, 524, 597, 674, 675, 815, 863, 878
BORY, Jean-Louis: 202
BOSSOUTROT, Michèle: *ver* HALPHEN, Michèle
BOTTICELLI, Sandro: 493
BOULEZ, Pierre: 203, 237, 276
BOUQUET (os): 597, 664, 674, 732, 740, 756
BOUQUET, Ariane: *ver* BORG, Ariane
BOUQUET, Michel: 195, 203, 225, 229, 272, 273, 280, 300, 317, 319, 410, 412, 413, 419, 434, 435, 453, 459, 489, 491, 492, 493, 494, 504, 505, 512, 516, 522, 524, 597, 603, 625, 672, 675, 742, 744, 863, 878, 911, 919, 1243
BOUR, Jacqueline: 1050
BOURGEOIS, Jacques: 541
BOURSEILLER, Antoine: 1046, 1047
BRAINVILLE, Yves, *chamado de* DE LA CHEVARDIÈRE DE LA GRANDVILLE: 188, 195, 280, 287, 386, 410, 412, 413, 427, 434, 443, 522, 562, 602, 703, 1226
BRASSEUR, Pierre: 248, 672, 1201
BRAWNE, Fanny: 539
BRAY, Yvonne de: 942
BRECHT, Bertolt: 1204, 1212
BRESSON, Robert: 489, 493, 712
BRETON, André: 937
BRILLANT, Dora: 413, 1089
BRIQUET, Sacha: 941

BROUET, Georges (doutor): 180, 803
BRUCKBERGER, Raymond Léopold (RP): 505
BRÛLÉ (os): 672, 667
BRÛLÉ (senhora): 658, 663, 707, 721, 722
BRÛLÉ, André: 655, 658, 660, 662, 663, 667, 671, 673, 676, 682, 684, 685, 717, 724, 732
BRÛLÉ, Lucien: 685
BRY, Michel de: 713
BRYNNER, Yul: 1197

C., Élisabeth: 696
CACHIN, Marcel: 490
CALDÉRON DE LA BARCA, Pedro: 682, 837
CALEF, Henri: 580, 642
CALIGARIS, Umberto: 649
CAMUS, Catherine (nascida SINTÈS): 85, 87, 89-90, 94-95, 186, 203, 210, 215, 255, 260, 274, 296, 301, 350, 794, 795, 796, 797, 799, 820, 827, 830, 842, 846, 847, 851, 852, 859, 860, 993-994, 996, 1002, 1032, 1033, 1064, 1066, 1080, 1143, 1187, 1189
CAMUS, Catherine: 134, 150, 156, 159, 166, 166, 169, 173-174, 203, 210, 215, 255, 260, 274, 296, 356, 438, 474, 487, 507, 495, 546, 549, 554, 573, 577, 590, 592, 765, 768, 821, 827, 830, 946, 954, 955, 958, 959, 961, 970, 976, 1015, 1016, 1018, 1031, 1032, 1036, 1059, 1114, 1118, 1119, 1121-1122, 1122, 1123, 1155, 1160, 1192, 1193, 1194, 1211, 1216, 1220-1221, 1223, 1243, 1227, 1241
CAMUS, Francine (nascida FAURE): 31, 134, 150, 173-174, 187, 197, 198, 203, 210, 215, 218, 232, 235, 243, 256, 274, 286, 296, 301, 316, 356, 356-357, 360, 361, 363, 386, 391, 391, 408, 432, 438, 449, 455, 262, 264, 474, 277, 487, 495, 546, 549, 554, 573, 577, 592, 595, 602, 605, 610, 621, 626, 627, 631, 710, 712, 759, 821, 827, 905, 918, 945, 946, 963, 968, 970, 976, 978, 978, 1032, 1036, 1064, 1065, 1103, 1118, 1153, 1159, 1192, 1194, 1225, 1227
CAMUS, Jean: 134, 150, 156, 166, 169, 173-174, 203, 210, 215, 255, 260, 274, 296, 356, 438, 474, 487, 507, 495, 546, 549, 554, 573, 577, 590, 592, 821, 827, 830, 943, 944, 946, 954, 961, 970, 976, 1015, 1016, 1018, 1031, 1032, 1036, 1059, 1114, 1118, 1119, 1121-1122, 1122, 1123, 1155, 1160, 1216, 1220-1221, 1223, 1243, 1227, 1241, 1246-1247
CAMUS, Lucien: 260, 268, 274, 296, 297, 341-342, 347, 350, 379, 385, 387-388, 391, 393, 401, 432-433, 448-449, 465, 794, 860-861, 945, 1031, 1052, 1053
CAMUS, Lucienne: 937
CARALT: 555
CARDINAL, Pierre: 673, 674, 675, 1178
CARNÉ, Marcel: 444
CAROL, Martine: 1163
CARTIER, Marcel: 217, 227, 342, 351
CARTON, Pauline, *chamada de* BIAREZ: 659
CASALS, Pablo: 545, 550, 553, 749
CASARÈS (senhor argentino): 1124
CASARÈS QUIROGA, Candida, *chamada de* Candidita: 458
CASARÈS QUIROGA, Gloria (nascida PÉREZ CORRALES): 24, 35, 71, 72, 176, 368, 375, 494, 594, 732, 780, 824, 830, 935, 1135
CASARÈS QUIROGA, Santiago: 44, 45, 47, 49, 52, 54, 56, 58, 67, 70, 71, 72, 76, 78, 81, 96, 97, 110, 116, 117, 118, 122, 131, 139, 145, 147, 159, 161, 162, 165, 171, 191, 196, 202, 204, 206, 208, 212,

215, 223, 228, 233, 241, 244, 247, 251, 254, 262, 266, 281, 284, 292, 295, 297, 298, 299, 300, 301, 304, 306, 314, 321, 329, 330, 348, 349, 353, 355, 358, 360, 361, 362, 364, 367, 368, 372, 374, 375, 379, 391, 392, 396, 411, 416, 428, 433, 451, 452, 510, 529, 594, 616, 622, 685, 710734, 1113, 1116, 1135
CASARÈS, Esther: 381, 384, 392, 403, 416, 436
CASARÈS, Maria Esther: 381, 384, 392, 416, 436
CASSOT, Marc: 962, 971, 990, 1069, 10072, 1073, 1086, 1101, 1103, 1158, 1161, 1243, 1244, 1247
CASTANIER, Jean: 454
CAYATTE, André: 302, 403, 404, 411, 419, 428
CÉRÉSOL, Robert: 933, 1064, 1066, 1068, 1069, 1237
CHABRIER, Emmanuel: 240, 396
CHAMFORT, Sébastien-Roch Nicolas de: 142, 341
CHANCEREL, Léon: 1236, 1244
CHAR, René: 42, 79, 118, 422, 761, 842, 876, 1059, 1070, 1156, 1172
CHARLOT (Editora): 198
CHARON, Jacques: 878
CHAUMETTE, Monique: 702, 951, 1052
CHIAROMONTE, Nicola: 983, 985, 986
CHOISY, Michel: 1049
CHOPIN, Frédéric: 205, 878, 882, 1067
CHRISTIAN-JAQUE, *chamado de* MAUDET, Christian: 228
CLAUDEL, Paul: 229, 228, 242, 250, 255, 416, 501, 593, 745, 940, 963, 994, 997, 999, 1000
CLAVEL, Maurice: 248, 262, 302, 304, 315, 871, 1247
CLÉMENT, Dominique: 1243
CLOUET, Jean: 446

COCÉA, Alice: 655
COCTEAU, Jean: 131, 132, 160, 228, 379, 713, 997, 1232, 1235, 1240
COLET (segundo eletricista): 1088
COLETTE: 654, 659, 660, 666, 685, 713, 719, 731, 302, 304, 343, 353, 863, 869, 870, 877, 920, 939
Comédie-Française: 311, 313, 353, 354, 364, 883, 889, 890, 897, 940, 958
COMPANYS I JOVER, Lluís (viúva): 52
COMPANYS I JOVER, Lluís: 52
CONRAD, Joseph: 524, 525
CONSTANT, Marius: 706
CONTE, Louise: 878
CONTROT (senhora): 524
COPPI, Fausto: 132
CORNEILLE, Pierre: 307
COSSERY, Albert: 1058, 1211
CRASTRE, Victor: 264
CUNARD, Nancy: 53
CUNY (os): 485
CUNY, Alain: 484, 1006, 1243
CURTIS, Jean-Louis: 241, 246, 248, 250
CUSIN, Georges: 915, 920, 925

DACQMINE, Jacques: 279
DADELSEN, Jean-Paul de: 100, 101
DALBRAY, Muse, *chamada de* CORSIN, Georgette: 914
DARBON, Émile: 613
DARCANTE, Jacques: 647
DARCEY, Janine: 632, 815
DARRAS, Jean-Pierre: 1148, 1158
DARRIEUX, Danielle: 416
DASSAS, Stella: 326, 690, 686, 690
DASTÉ, Marie-Hélène: 189
DATIER, Nico: 272, 674
DAUCHOT, Gabriel: 239, 458
DAVID, Jacques-Louis: 425, 446
DAVY, Jean: 239, 458
DEFFERRE, Gaston: 1242

DEGAS, Edgar: 425, 434, 446
DELACROIX, Eugène: 198, 260, 308, 400, 425, 446, 461, 1189, 1198
DELORME, Danièle: 748
DEMANGES: 925
DERMIZ: 1172
DESAILLY, Jean: 203, 663, 667, 815
DESAILLY, Nicole: 667
DESCAVES, Pierre: 934, 939, 1120
DESMARETS, Guy: 271
DEVAL, Jacques, *chamado de* BOULARAN: 547, 552, 561, 732
DIAZ, Josefina, *chamada de* Pepita: 1126
DIETRICH, Marlene: 154
DISNEY, Walt: 577, 649, 1197
DORÉ, Gustave: 86
DORION, Mireille, *chamada de* Pitou: 69, 73, 78, 96, 97, 104, 110, 116, 123, 132, 139, 145, 159, 171, 206, 208, 215, 241, 244, 247, 271, 281, 291, 292, 344, 366, 367, 374, 375, 379, 380, 384, 389, 398, 411, 425, 439, 457, 458, 461, 464, 490, 499, 653, 655, 660, 690, 702, 734
DORT, Bernard: 1188
DORYS, Jeanne: 713
DOSTOIÉVSKI, Fiodor: 196, 223, 521, 547, 1045, 1080, 1084, 1177, 1198
DRANEM: 249, 280
DU BELLAY, Joachim: 493
DUBOIS, André: 634, 635, 919
DUBOUT, Albert: 713
DUFAY, Guillaume: 146
DUFILHO, Jacques: 706
DULLIN, Charles: 267, 439, 713, 785
DÜRER, Albrecht: 425
DUSE, Eleonora: 1040
DUSSANE, Béatrix, *chamada de* DUSSAN, Béatrice: 228, 307, 445, 889, 890
DUTÉ (senhora): 412

ELLINGTON, Duke: 1189
EPSTEIN, Jacques, *chamado de* HEYST: 525
ESCALANTE (senhora): 751
ESCANDE, Maurice: 445
ESCOFFIER, Marcel: 561
ÉSQUILO: 682, 862
ÉTIEMBLE, René: 289
EUDÉ (família): 1071
EURÍPIDES: 550, 682
EXBRAYAT, Charles: 544, 548

FAULKNER, William: 803, 836, 837, 1000, 1030, 1058
Faune (le): *ver* REYNAL, Pierre
FAURE, Christiane: 287
FAURE, Maurice: 248
FAVELLA, Maria: 690
FERNANDEL: 154
FEUILLÈRE, Edwige: 938, 942, 1043
FINI, Leonor: 995, 998, 1055, 1073
FLAUBERT, Gustave: 722, 733
FLON, Suzanne: 576, 911, 1036
FONCHARDIÈRE (família): 320
FORSTETTER, Michel: 914, 930, 934, 1161
FORTIER (senhor): 763
FORTIER (senhora): 763
FRANCESCA, Piero della: 1040
FRANCK, Pierre: 222, .924, 939, 962, 1034, 1035, 1036, 1205, 1233
FRANCO, Francisco: 96, 736
FRANÇOIS (mãe): 639, 644, 645
FRANÇOIS, Jacques: 926
FREICHMANN: 202
FROMONT, Pierre: 263, 267, 273

GAÏT (senhor): 461
GALINDO (os): 751
GALINDO, Odette: 733, 743
GALINDO, Pierre: 733, 743, 988

Gallimard (Editora): 264, 555, 607, 900, 972, 1086, 1199
GALLIMARD (os): 17, 22, 217, 341, 350, 378, 84, 386, 387, 391, 456, 804, 965, 1247, 1248
GALLIMARD, Anne: 217, 1153
GALLIMARD, Claude: 45
GALLIMARD, Gaston: 1054, 1242
GALLIMARD, Janine (nascida THOMASSET): 15, 22, 23, 24, 45, 46, 68, 69, 71, 118, 203, 210, 213, 217, 235, 243, 250, 274, 316, 350, 381, 452, 456, 471, 810, 1045, 1070, 1115, 1158, 1167, 1213, 1216
GALLIMARD, Michel: 15, 22, 45, 49, 69, 71, 79, 81, 118, 186, 203, 210, 217, 235, 239, 243, 250, 256, 261, 264, 268, 274, 289, 316, 346, 350, 356, 381, 382, 452, 456, 471, 492, 809, 810, 812, 876, 1045, 1070, 1115, 1153, 1167, 1197, 1216
GALLIMARD, Pierre: 15, 21, 23
GALLIMARD, Renée (nascida THOMASSET): 69, 69, 71
GALLIMARD, Simone: 45
GANCE, Abel: 240
GANTILLON, Charles: 815, 816
GARCÍA LORCA, Federico: 663, 669, 674, 682, 1067
GARRICK, David: 1040
GAUTIER, Jean-Jacques: 659, 1090, 1243
GÉLIN, Daniel: 703
GENET, Jean: 272, 286
GEORGE, Yvonne, chamada de DE KNOPS: 706
GIDE, André: 342, 354, 358, 716, 722, 725, 726, 745, 748, 752
GILLIBERT, Geneviève: 862
GILLIBERT, Jean: 824, 860, 862, 868, 870, 871, 878, 917, 931, 934, 938, 939, 1006, 1046
GILLOIS, André: 228, 248

GILSON, Paul: 817, 923, 927
GIRAUDOUX, Jean: 169, 942
GISCHIA, Léon: 1212
GŒTHE, Johann Wolfgang von: 188, 194
GOGOL, Nicolai: 1080
GORKI, Maxim: 224, 242, 250, 547
GOUDEKET, Maurice: 658, 659, 660
GOYA, Francisco de: 695, 806
GRACQ, Julien: 120, 133
GRANVAL, Jean-Pierre: 815
GRÉCO, Juliette: 845
GREEN, Julien: 923, 939, 951
GRENIER, Jean: 79, 80, 922, 946, 1045
GRENIER, Roger: 505
GROCK: 1232
GUILLOUX, Louis: 122, 933, 940, 1045

HALPHEN, Michèle (nascida BOSSOUTROT): 306, 310, 315, 341, 519, 1045
HÉBERTOT, Jacques, chamado de DAVIEL, André: 61, 63, 67, 73, 110, 116, 122, 132, 139, 140, 143, 147, 160, 163, 164, 195, 204, 215, 222, 262, 263, 282, 283, 300, 308, 314, 319, 320, 327, 340, 344, 363, 374, 380, 404, 406, 410, 412, 413, 416, 421, 430, 435, 455, 461, 491, 494, 496, 501, 525, 549, 553
HEMINGWAY, Ernest: 60, 64
HERBART, Élisabeth (nascida VAN RYSSELBER-GHE): 518
HERBART, Pierre: 434, 656, 664, 716, 745
HERBERT, Georges: 910, 924, 939, 962, 1034, 1035
HEREDIA, José Maria de: 493
HÉRIAT, Philippe: 917, 920
HERRAND, Marcel: 12, 13, 16, 22, 55, 202, 206, 212, 218, 222, 226, 228, 232, 250, 255, 258, 338, 354, 400, 634, 635, 706, 743, 747, 751, 817, 863, 867, 869, 876, 879, 923, 927, 931, 1049, 1086, 1103, 1108, 1215

HIRSCH, Robert: 878
HIRT, Éléonore: 489, 499, 657, 658, 663, 706
HITCHCOCK, Alfred: 229
HORNE, Lena: 580
HUGO, Valentine: 229, 288
HUGO, Victor: 704, 756, 1043
HUXLEY, Aldous: 1213

INGRES, Jean-Auguste-Dominique: 446
IRVING, Henry: 1040
IVERNEL, Daniel: 222, 231, 248, 672, 1179

JAMOIS, Marguerite: 188, 222, 553, 919, 1164, 1169
JANDELINE, chamada de JEANNEROT, Aline: 576
JARRE, Maurice: 956, 1052, 1193
JAUSSAUD, Robert: 117, 139, 142, 146, 154, 185, 198, 301, 306, 309, 315, 316, 317, 386, 387, 431, 447, 453, 468, 601, 607, 637, 667, 818
JIMÉNEZ (os): 669, 1009, 1094, 1165, 1167, 1181
JIMENEZ ARELLANO, Angeles, chamada de Angèle: 45, 49, 97, 117, 133, 139, 171, 196, 201, 206, 208, 229, 230, 244, 276, 281, 293, 299, 306, 314, 348, 355, 363, 367, 374, 375, 379, 380, 384, 387, 390, 392, 397, 398, 407, 420, 428, 433, 436, 446, 457, 464, 485, 490, 495, 498, 501, 517, 521, 525, 529, 538, 563, 589, 593, 602, 604, 606, 610, 616, 623, 635, 641, 642, 647, 654, 664, 666, 669, 670, 685, 689, 690, 695, 699, 700, 707, 714, 721, 729, 732, 733, 744, 745, 751, 756, 765, 779, 798, 812, 816, 854, 871, 878, 882, 923, 927, 931, 961, 973, 989, 1013, 1028, 1030, 1033, 1036, 1037, 1043, 1050, 1051, 1058, 1091, 1093, 1096, 1097, 1106, 1109, 1121, 1136, 1159, 1161, 1163, 1165, 1181, 1199, 1202, 1217, 1224, 1227, 1245, 1246, 1247
JIMENEZ, Juan Ramón: 117, 196, 314, 363, 367, 374, 384, 420, 433, 436, 446, 451, 457, 490, 501, 635, 647, 654, 664, 666, 670, 675, 677, 689, 690, 695, 707, 714, 721, 732, 765, 798, 816, 871, 878, 882, 927, 972, 1013, 1091, 1094, 1159, 1161, 1165, 1202, 1245, 1247
JOANA D'ARC: 534
JOANOVICI, Joseph: 118, 132
JORRIS, Jean-Pierre: 1109, 1114
JOSEM, Monette: 622, 635, 1047
JOUVET, Louis: 267, 274, 672, 680, 686, 732, 793, 1244
JOYEUX, Odette: 116, 228, 310, 706
JUILLARD, Jean: 816

KAFKA, Franz: 663, 664, 681
KALFF, Marie: 743
KEATS, John: 539
KELLERSON, Philippe: 116, 125, 132
KELLY, Grace: 1044, 1049
KEMP, Robert: 294, 658, 912
KERJEAN, Germaine: 863

LA GRANDVILLE, Marie-Nathalie de: 1226
LA TOUR DU PIN, Patrice de: 1046
LABÉ, Louise: 493
LABICHE, Suzanne: ver AGNÉLY, Suzanne
LACOUR: 835
LAËNNEC (doutor): 195, 504
LAFFON, Yolande (nascida LAMY): 222, 228, 236, 242
LAHAYE, Michèle: 195, 249, 280, 320, 389, 412, 436, 438, 504, 505, 545
LAMENNAIS, Félicité Robert: 566, 588
LAPARRE: 1172
LAPORTE, René (os): 664, 682, 685
LARRIVÉ, Pierre: 504

LAURE: 41, 953
LAUTREC, Toulouse: 425, 434, 446
LAVAL, Monique: 890, 1036
LAWRENCE, D. H.: 530
LE CORBUSIER: 834
LE COUEY, Catherine: 1047, 1213, 1243
LE LOCH: 700
LE ROY, Georges: 343, 362, 445
LÉAUTAUD, Paul: 731
LECHEVALLIER, Nicole (nascida GALLIMARD): 485
LECOURTOIS: 455
LEDOUX, Fernand: 807, 910, 914, 915, 924, 925, 930
LEHMAN, René: 969, 970, 1107
LEMARCHAND, Jacques: 912
LEMOINE, Michel: 464, 673
LENOIR, Jacqueline: 718
LENORMAND, Henri-René: 541, 719, 732, 747
LESCAUT, France: 703
LESLI, Madeleine: 722
LÉTRAZ, Jean de: 389
LÉTRAZ, Simone de: 1172
LÉVY (os): 1199
LINON: 1006
LIPATTI, Dinu: 878
LOPE DE VEGA: 880, 1195
LOPEZ DE SAN PABLO, Feliciana: 367, 375, 379, 381, 384, 392, 399, 407, 419, 510, 511, 521, 577, 584, 593, 635, 662, 675, 714, 728, 732, 736
LOPEZ, Henri: 734
LOREN, Sophia: 1124
LORRAIN, LE, *chamado de* GELLÉE, Claude: 446
LUGUET, André: 659, 660, 669, 670, 691, 701, 707, 731
LUPOVICI, Marcel: 560, 567

MACHADO, Aníbal: 126
MADAULE, Jacques: 994
MAGNANI, Anna: 117
MAILLAN, Jacqueline: 282, 702
MALLET, Robert: 672
MALRAUX, André: 1188, 1194, 1235
MANET, Édouard: 425
MARAÑON, Gregorio: 1195
MARCAS, Dominique, *chamada de* PERRIGAULT, Marcelle: 455, 529, 550, 647, 1217
MARCEAU, Marcel, *chamado de* mímico: 1189
MARCEL, Gabriel: 562, 577, 742
MARCHAND (os): 677
MARCHAND, André: 998
MARCHAND, Léopold: 658, 660, 674, 722
MARCHAT, Jean: 12, 18, 69, 71, 817, 867, 870, 877, 926, 927, 931, 1055, 1086
MARIANO, Luis: 445
MARION, Denis, *chamado de* DEFOSSE, Marcel: 329, 344
MARIVAUX: 1040, 1178
MARTIN (os): 762, 770, 774, 784
MARTIN DU GARD, Roger: 656, 664
MARTIN, Jeannette: 773, 774, 785
MARTIN, Paul: 762, 773, 774, 785, 786
MASCAGNI, Pietro: 243
MAUCLAIR, Jacques: 928, 931, 1244
MAULNIER, Thierry: 489, 493, 505, 509, 666, 672, 912, 920
MAURIAC, François: 426, 745, 904, 1006, 1203
MAZARIN (cardeal): 57
MÉDINA, Albert de: 657
MELVILLE, Herman: 817, 837
MENANDRO: 550
MÉNÉTRIER (doutor): 615, 620, 622, 631, 632, 636, 795
MERVEILLEAU (os): 772, 780, 909
MERVEILLEAU (senhor): 761, 765, 779, 793, 830, 896

MERVEILLEAU, Marie: 761, 765, 779, 784, 896
MESTRE: *ver* HÉBERTOT, Jacques
MEYER, Jean: 807, 870, 998
MICHEL, Jean-Claude: 228
MIGNON, Paul-Louis: 435, 446, 665
MILLET, Jean-François: 425
MINAZZOLI, Christiane: 1158
Minou: *ver* BLANCHAR, Dominique
MIQUEL, Louis: 993
MIREILLE, *chamada de* HARTUCH, Mireille: 359
MODIGLIANI, Amadeo: 425
MOLIÈRE, *chamado de* POQUELIN, Jean--Baptiste: 126, 267, 355, 815, 589, 915
MOLLIEN, Roger: 1129, 1243
MONCORBIER, Pierre: 280, 413
MONET, Claude: 70, 71
MONFORT, Silvia: 248
MONTAND, Yves: 493, 663
MONTANÉS, Mariano Miguel: 52
MONTEL, Blanche: 407, 717
MONTERO, Germaine (nascida HEYGEL): 236, 244, 354, 1049
MONTEVERDI, Claudio: 862, 878
MONTHERLANT, Henry de: 188, 195, 718, 969
MORANE, Jacqueline, *chamada de* PILEYRE: 132, 672
MORAVIA, Alberto: 985
MOREAU, Jeanne: 672
MORHANGE, Françoise: 657
MORPHÉE, Jean-Pierre: 248
MOUKHINE, Tatiana: 1046, 1047, 1049, 1058, 1069, 1070, 1072, 1075, 1079
MOUNET, Paul: 713
MOUNIER, Emmanuel: 216
MOZART, Wolfgang Amadeus: 146, 304, 429, 865, 967

NASCIMENTO, Abdias do: 127
NAT, Lucien: 132
NATAN, Émile: 191, 212
NATANSON, Jacques: 923
NEGRÍN (os): 318, 344, 378, 581, 728
NEGRÍN, Dom Juan: 367, 374, 375, 378, 379, 381, 384, 399, 407, 419, 510, 521, 635, 728, 732, 735, 736
NEGRÍN, Feli: *ver* LOPEZ DE SAN PABLO, Feliciana
NERVAL, Gérard de: 493
NIETZSCHE, Friedrich: 388, 393, 400, 983, 1003, 1195
NISSAR, Charles: 927
NOAILLES, Marie-Laure de: 745, 748
NOËL, Annie: 997
NOËL, Denise: 863, 865
NOGARÈDE, Léone: 1226
NOIRET, Philippe: 1212
NUÑEZ: 241

O'NEILL, Eugene: 222
OCAMPO, Victoria: 1130
ŒTTLY, Claude: 434, 522, 524
ŒTTLY, Paul, *chamado de* Paulo: 35, 163, 174, 175, 249, 272, 279, 287, 292, 300, 320, 330, 358, 371, 412, 413, 419, 434, 502, 670, 775, 829, 830, 842, 923, 927
OLIVIER, Laurence: 1215
ORWELL, George: 260
OURY, Gérard: 703

PABST, Georg Wilhelm: 796
PAGLIERO, Marcello: 272
PALAFOX Y MELZI, José de (general): 679
PARAIN (senhora): 16
PASCAL, Blaise: 588, 702, 1243
PASQUALI, Alfred: 566
PASTERNAK, Boris: 1158, 1163, 1166, 1170
PATRI, Aimé: 796

PAULVÉ, Annie: 649
PAUWELS, Louis: 796, 871
PAZ, Octavio: 760, 769
PÉGUY, Charles: 891
PELLEGRIN, Raymond: 267, 273
PERDOUX, Louis: 249, 280, 413, 502
PERDRIÈRE, Hélène: 658, 659, 660, 669, 677, 75, 1172
PÉREZ DE AYALA, Ramón: 405
PÉRIER, François: 116, 739
PERROT, François: 917, 920, 1102
PETIT: 1115
PETITPAS, Maurice: 706, 1037
PETRARCA: 41, 953
PHILIPE, Gérard: 53, 61, 62, 116, 122, 222, 267, 419, 449, 525, 609, 663, 667, 693, 863, 956, 960, 981, 1142, 1170, 1172, 1176, 1179, 1193, 1232, 1236, 1239, 1244
PIAF, Édith: 96, 117, 713
PICASSO, Pablo: 52, 425, 461, 691
PICHARD, Raymond (RP): 493, 505
PICHETTE, Henri: 1213
PIGAUT, Roger: 118, 147, 202, 207, 225, 248, 254, 271, 282, 485, 489, 505, 686, 690, 743, 747, 751, 752, 815
PINÇON: *ver* PINSON
PINEAU (senhor): 735
PINSON (família, *chamada de* PINÇON): 903, 904
PINSON, Christiane, *chamada de* Cricou: 903, 904, 957, 961, 1006
PIOVENE, Guido: 985
PIRANDELLO, Luigi: 1219, 1228
PITTOËFF, Sacha: 267, 273
PLANCHON, Roger: 1188, 1202, 1204, 1212, 1213
POLAC, Michel: 1188
POLGE (os): 563, 809
POMMIER, Jean: 195, 225, 248, 272, 273, 280, 287, 317, 344, 351, 366, 410, 412, 413, 416, 425, 453, 494, 495, 504, 505, 516, 522, 524, 597, 603, 618, 621
POPESCO, Elvire: 733, 739
POUSSIN, Nicolas: 446
PRÉVERT, Jacques: 493, 815
PROAL, Jean: 202, 222, 233
PROKOFIEV, Serguei: 1058, 1080
PROUST, Marcel: 188, 244, 255, 260, 278, 279, 281, 284, 291, 293, 302, 329, 435, 457, 998

QUÉANT (os): 664, 668, 673
QUÉANT, Gilles: 668, 673, 1147
QUINCEY, Thomas de: 1244

RACHEL, *chamada de* FÉLIX, Rachel: 817, 928
RADIFÉ, Rika: 926, 930, 982, 1049, 1055, 1064, 1066, 1068, 1069, 1070, 1072, 1079, 1101
RAFFI, Colette: 287
RAFFI, Paul: 53, 58, 62, 73, 232, 236, 262, 426, 531, 751, 840, 864, 933
RAINIER de Mônaco (príncipe): 1044
RÉCAMIER (senhora): 400, 458, 729, 730
REGGIANI, Janine: *ver* DARCEY, Janine
REGGIANI, Serge: 116, 132, 147, 163, 191, 195, 196, 202, 203, 214, 215, 220, 225, 241, 248, 263, 280, 299, 300, 319, 320, 330, 363, 375, 406, 410, 412, 414, 425, 434, 489, 491, 493, 504, 505, 516, 519, 519, 521, 628, 632, 815, 997, 1000, 1046, 1047, 1049, 1051, 1054, 1109, 1141
REGGIANI, Stéphane: 504-505, 815
RÉGNIER, Max: 280
REMBRANDT: 415-416, 696, 965, 1044, 1052
REMI (señor): 701
RENANT, Simone: 739, 815

RENAUD, Madeleine: 161, 166, 732, 739, 776, 815, 786, 815, 942, 1235, 1240
RENOIR, Jean: 614, 693
RENOIR, Pierre: 213
RETZ (cardeal): 57, 63-64
REVERDY, Jacques: 248
REYNAL, Pierre, *chamado de* Pedrito, *chamado de* Pierrot, *chamado de* fauno, *chamado de* tritão: 117, 161, 202, 206, 215, 225, 228, 229, 238, 240, 241, 247, 248, 258, 262, 266, 270, 281, 306, 324, 338, 344, 349, 367, 374, 379, 381, 387, 47, 416, 423, 426, 429, 434, 438, 443, 446, 450, 455, 458, 464, 466, 495, 496, 497, 499, 565, 614, 628, 632, 635, 662, 664, 666, 668, 669, 670, 674, 675, 682, 686, 687, 693, 702, 703, 706, 712, 718, 732, 735, 747, 748, 751, 756, 761, 762, 765, 769, 770, 771, 772, 773, 774, 776, 777, 778, 780, 781, 784, 786, 790, 791, 793, 798, 808, 812, 815, 816, 824, 828, 829, 830, 831, 832, 834, 835, 837, 839, 843, 847, 849, 850, 853, 855, 856, 863, 865, 868, 870, 871, 877, 878, 882, 895, 896, 897, 899, 904, 909, 910, 912, 914, 915, 919, 920, 921, 923, 925, 926, 929, 931, 932, 935, 938, 939, 940, 946, 1001, 1109, 1254
RIBEMONT-DESSAIGNES, Georges: 657
RIEGO, Rafel del: 718
RIMBAUD, Arthur: 86, 449, 971, 995, 1000, 1001, 1002
RIVIÈRE (capitão): 1152
ROBERT, Marthe: 681, 681
ROBERT, Yves: 674
ROBINSON, Madeleine: 1032
RODRIGUEZ (senhora): 546
RODRIGUEZ, Amalia: 1049
ROJO, Angel, *chamado de* RODRIGUEZ, Melchior: 307
ROMAIN, Claude: 429

ROMAN, Jacqueline: 703
ROMANO, Colonna: 445
RONSARD, Pierre de: 493
ROQUEVERT, Noël: 703
ROS, Edmundo: 1052
ROSAY, Françoise: 1191
ROSE (senhorita): 241
ROSSELLINI, Roberto: 649, 749
ROSTAND, Maurice: 278, 685
ROULEAU, Raymond: 703, 732-733, 1000
ROUQUIER, Georges: 545, 561, 566, 594, 576, 594
ROUSSEAU, Jean-Jacques: 169
ROUSSEAUX, André: 1059
ROUSSIN, André: 923
ROUVET, Jean: 994, 997, 1096, 1118, 1162, 1163
ROZAN, Micheline: 1036, 1161, 1179, 1180
RUBENS, Peter Paul: 425
RUIZ (doutor): 553
RUSSELL, Rosalind: 1201
RUTH, Léon: 206, 454
RUYSDAEL, Jacob van: 695-696, 1056

SABATIER: 815
SADE, Marquês de: 664-665, 912-913, 1003
SAINTE-BEUVE, Charles Augustin: 760
SAINT-EXUPÉRY, Antoine de: 210
SAINT-JEAN, Guy: 1076, 1085, 1086
SAINT-JOHN PERSE: 1239, 1239, 1242
SAINT-POL ROUX, *chamado de* ROUX, Paul Pierre: 839, 1067
SAINT-POL-ROUX, Divine: 1067
SALOMON, Antoine: 69
SALOU, Louis: 1215
SAND, George: 882, 900
SARTRE, Jean-Paul: 160, 274-275, 430, 535, 672, 674-675, 680, 682, 684, 685-686, 691, 695, 713, 714, 717, 724, 726, 732, 742, 744-745, 981, 1248

SAUVANEIX, Hélène: 502
SAUVY (doutor): 424, 514, 520, 523, 692
SAUVY (os): 687-688, 693, 737, 805, 808
SCHEHADÉ, Georges: 1132
SCHLESSER, André, *chamado de* Dadé: 1187, 1212-1213, 1224
SCOTT, Hazel: 1172
SEIGNEUR (senhor): 823, 824, 931, 839, 844, 853
SEIGNEUR (senhora): 1067
SEIGNEUR, Jacqueline: 1071
SEIGNEUR, Nicole: 1002, 1063, 1065, 1070, 1090
SELLERS, Catherine: 1029, 1032, 1045, 1049, 1068, 1069, 1073, 1079, 1079-1080, 1090, 1192
SÊNECA: 889
SENEZ: 835-836
SERGE, Jean: 266
SERGINE, Véra, *chamada de* ROCHE, Marie: 713
SERREAU, Jean-Marie: 657, 658, 681
SERVAIS, Jean: 505, 566, 580, 790
SÉVÈRE, Tristan, *chamado de* GITENET, Raymond: 914, 915, 925
SHAKESPEARE, William: 191, 201, 206, 255, 450, 527, 603, 815, 1041, 1051, 1202, 1229
SIGAUX, Gilbert: 997
SIGNORET, Simone: 663
SILONE, Ignazio: 985
SIMENON, Georges: 703
SIMON, Michel: 1191
SIMONE (nascida Pauline BENDA, *chamada de* senhora): 191, 212
SINTÈS, Étienne: 235
SÓFOCLES: 815
SOLDATI, Mario: 404, 415, 418, 418, 428, 433, 455, 460
SOMOZA (família): 1125, 1126
SOMOZA (mãe): 1125

SORANO, Daniel: 1048, 1148
SOREL, Cécile, *chamada de* SEURRE, Céline: 249, 868, 870
SPAAK, Claude: 1243
SPERBER, Manès: 164
SPIRA, Françoise: 1001
SPITZER: 106
STÁLIN, Joseph: STALINE: 490, 1080
STANNY: 521
STEINBECK, John: 69
STENDHAL: 66-67, 189, 240, 735, 740, 743, 984
STÉPHAINE, Lucette: 990
STEPHEN-PACE (senhora): 935
STREHLER, Giorgio: 1219
STRINDBERG, August: .1215
STROHEIM, Erich von: 237
SVEVO, Italo: 1245
SWAINE, Alexandre: 466

TAFFIN, Tony: 510, 531, 545, 553, 602
TARDIEU, Jean: 1238
TASSENCOURT, Marcelle: 672
TCHAIKOVSKI, Piotr Ilitch: 223
TCHEKOV, Anton: TCHEKHOV 1057-1058, 1080
Teatro Antoine: .1185
Teatro de l'Atelier: 281, 706, 748
Teatro de l'Athénée: 281
Teatro de l'Œuvre: 702
Teatro de la Madeleine: 660, 717, 739, 754
Teatro des Mathurins: 76, 218-219, 232, 516, 923, 926, 1000, 1049, 1059, 1074, 1075, 1078, 1083, 1107, 1167
Teatro du Palais-Royal: 17, 389, 502, 1158, 1174
Teatro du Vieux-Colombier: 234, 267
Teatro Hébertot: 188, 248, 319, 327, 442, 501, 502, 508, 522, 582, 604, 1088
Teatro Marigny: 69, 739, 742, 787, 790
Teatro Montparnasse: 282, 702, 1202

Teatro Nacional de Chaillot: 669, 951, 958,
    1001, 1027, 1034, 1076, 1142, 1158,
    1160, 1185, 1187, 1219, 1227, 1234,
    1253
Teatro Récamier: 1154, 1174, 1174, 1176,
    1177, 1179, 1189, 1219
TÉRAC, Solange: 696, 699
TERÊNCIO: 550
TESSIER, Valentine: 213, 1241-1242
THIERRY, Clément: 731
TIRSO DE MOLINA: 900
Titio: ver ANDIÓN, Sergio
TNP (Teatro Nacional Popular): 808, 880,
    939, 959, 994, 1096, 1000, 1003, 1018,
    1027, 1034, 1035, 1043, 1096, 1142,
    1148, 1158, 1163, 1173, 1176, 1187,
    1212, 1218, 1224, 1224, 1227, 1238,
    1253
TOLSTÓI, Leon: 82, 117, 547, 668, 685,
    837, 898, 919, 1080, 1082, 1084
TOPART, Jean: 926, 928, 1244
TORRENS, Jacques: 234, 267, 273, 283,
    283, 291-292, 300, 306, 311, 314, 319,
    320, 321, 323, 324, 329, 330, 357, 384,
    389, 398, 406, 407, 410, 412, 413, 413-
    414, 417, 419, 425, 427-428, 434, 435,
    446, 459, 491, 491, 505, 522
Toto: ver VILAR, Jean
TOUCHARD, Pierre-Aimé: 807
TRIOLET, Elsa: 195
Trítono: ver REYNAL, Pierre
TSINGOS, Christine: 971, 1001
TUIMEL (doutor): 1070

USIGLI, Rodolfo: 458

VAGO (DEL) (os): 521
VAGUER, Jean-Pierre: 927
VALÈRE, Simone: 663, 815
VALLE INCLAN, Ramon Maria: 658, 981
VALMOND, Paula: 659, 731

VALMY, André: 103
VAN GOGH, Vincent: 190, 328, 329, 384,
    435, 461, 563, 673, 723, 806, 86
VAN GOYEN, Jan: 695-696
VANECK, Pierre: 917, 920, 1055, 1161,
    1167, 1221, 1185
VANETTI, Dolorès, chamada de Dolo: 274,
    286, 289, 296, 341, 359, 383, 430, 432,
    505, 507, 508, 510, 512, 523, 525, 535,
    549, 550, 626, 1178
VARELA, Enrique: 328, 328, 812
VAUCLIN, Françoise: 1049
VÉLASQUEZ, Diego: 695, 1166
VELEO: 374
VENTURINI, Carolina: 1247
VERLAINE, Paul: 493
VERMEER, Johannes: 965
VERNAC, Denise: 237
VERNIER, Claude: 161, 281, 696, 972
VERNIER, Jean: 280, 330, 416, 502
VIAU, Théophile de: 883
VIDALIN, Robert: 1049
VIERNE (os): 763, 769, 774, 778, 780
VIERNE, Bruno: 768, 780
VIERNE, Dominique: 768, 780
VIERNE, Gérard: 768, 780, 786
VIERNE, Jean-Jacques: 133, 763, 774, 778
VIERNE, Mathé: 763, 769, 774
VIERNE, Yvonne: 763
VIGNY, Alfred de: 341, 1066, 1072
VILAR, Andrée: 1006, 1247
VILAR, Jean: 863, 934, 939, 954, 956, 959,
    960, 981, 994, 1000, 1006, 1008, 1009,
    1027, 1043, 1052, 1057, 1058, 1076,
    1096, 1096, 1117, 1117, 1141, 1149,
    1163, 1167, 1170, 1177, 1188, 1188-
    1189, 1193, 1199, 1209, 1211-1212,
    1212, 1212-1213, 1216, 1216, 1219,
    1221, 1224, 1239, 1243
VINCI, Jean: 254, 659, 580, 581, 717-18,
    981

VINCI, Leonardo da: 980-981
VISCONTI, Luchino: 1188
VITALY, Georges: 1036
VITOLD, Michel: 399, 495, 672, 763, 1044
VITON, Marie, *chamada de* KOECHLIN, Marguerite: 409
VIVALDI, Antonio: 1047
VIVET, Jean-Pierre: 401, 401
VOLTAIRE: 603
VOLTERRA, Simone: 742

WALPOLE, Horace: 694
WATTEAU: 657, 695
WATTIER, Lucienne, *chamada de* Lulu: 227, 241, 244, 375, 375, 531, 553, 575, 581, 598, 605, 613, 642, 682, 693, 696, 699, 718, 718, 732, 816, 938, 939, 1036, 1090

WEBSTER, John: 981
WELLES, Orson: 635, 1201
WILDE, Oscar: 876
WILLIAMS, Tennessee: 1055
WILSON, Georges: 1052, 1057, 1124, 1204, 1243

XIRGU, Margarita: 1126

YONNEL, Jean: 867, 868, 870
YOURCENAR, Marguerite: 928, 1061, 1063

ZERVOS (os): 876
ZORELLI, Janine: 659, 659, 669, 691, 731
ZORILLA, José: 1195, 1199

Índice de obras

1984 (George Orwell): 628, 632

À sombra das raparigas em flor (Marcel Proust): 302

Aberração, A (*El Adefesio*) (Rafael Alberti): 1103

Absalão, Absalão! (William Faulkner): 904

Admirável mundo novo (Aldous Huxley): 1216

Adolescência, A (Leon Tolstói): 685

Adolescente, O (Fiodor Dostoiévski): 171

Agamenon (Ésquilo): 862

Amantes do Bras-Mort, Os (Marcello Pagliero): 580

Amantes pueris, Os (Fernand Crommelynck): 1046

Amantes, Os (Louis Malle): 1202

Amor e o medo, O (C.): 696

Andrômaca (Jean Racine): 862, 868

Angèle (Alexandre Dumas): 1221

Angelina, a deputada (Luigi Zampa): 117

Antígona (Jean Cocteau): 997

Antônio e Cleópatra (William Shakespeare): 609, 632

Anunciação a Maria, A (Paul Claudel): 491, 501, 579

Armas e bagagens (Pierre Moinot): 625

Árvore, A (Claudel): 995

Assassinato na catedral (T. S. Eliot): 1239

Atuais I, Crônicas 1944-1948 (Albert Camus): 198

Atuais II, Crônicas 1948-1953 (Camus): 897, 924, 924, 928, 931, 935, 937

Autos sacramentais (Pedro Calderón de la Barca): 682

Avaro, O (Molière): 267

Avesso e o direito, O (Camus): 121, 438, 438, 1045

Balada do cárcere de Reading, A (Oscar Wilde): 876

Belarmino e Apolônio (Ramón Pérez de Ayala): 405

Berenice (Racine): 304, 862, 868, 870

Boa sopa, A (*La Bonne soupe*) (Félicien Marceau): 1174

Bodas (Camus): 295, 311, 497, 498, 1040

Bonde chamado desejo, Um (Cocteau / Tennessee Williams): 384

Boulevard do crime, O (Carné): 1215
Brigas (*Bagarres*) (Henri Calef / Jean Proal): 493

Cabeça de ouro (Claudel): 242, 1242, 1244
Calígula (Camus): 100, 116, 122, 126, 204, 235, 300, 373, 409, 410, 428, 912, 1109
Camponês que morre (Karel Van de Woestijne): 462, 463
Canguru (D. H. Lawrence): 530, 538
Cântico dos cânticos, O: 997
Caprichos de Marianne, Os (Alfred de Musset): 1188, 1239
Casa das amuradas, A (Henri-René Lenormand): 541
Casa das bonecas, A (Ka-Tzetnik 135 633): 1213, 1216
Casa de boneca (Henrik Ibsen): 438, 443
Catherine Ségurane (Jean-Baptiste Toselli): 489, 552, 561
Cavaleiro de Olmedo, O (Camus / Lope de Vega): 1107
Cenas da natureza nos trópicos; e da sua influência na poesia (Ferdinand Denis): 235
Cenci, Os (Antonin Artaud): 658
Chatterton (Alfred de Vigny): 836
Cid, O (Pierre Corneille): 870, 1142, 1157, 1165, 1170, 1179, 1180
Cidade no fundo do mar, A (Thierry Maulnier): 489, 506
Cidade, A (Claudel): 1019
Cimbelino (Shakespeare): 450, 452
Cinna (Corneille): 960
Cinq-Mars (Vigny): 1072
Claire. Teatro da vegetação (René Char): 118
Coche do Santíssimo Sacramento, O (Prosper Mérimée): 1142
Colomba (Mérimée): 204
Colombe (Anouilh): 743, 748
Com o amor não se brinca (Musset): 1239
Compulsão (Meyer Levin): 1201

Corda, A: ver *Os justos* (Camus)
Coroa de sombra, A (Rodolfo Usigli): 458
Corvo, O (Henri-Georges Clouzot): 321
Cura da aldeia, O (Honoré de Balzac): 60, 63, 69

Dama das camélias, A (Alexandre Dumas filho): 633, 718, 726, 728, 1221
Deirdre das dores (John Millington Synge): 157, 1164
Demônios, Os (Camus / Dostoiévski): ver *Os possuídos*
Devoção à cruz, A (Calderón / Camus): 960, 981, 1046, 1141
Dez Mandamentos, Os (Cecil B. DeMille): 1196
Diabo e o bom Deus, O (Jean-Paul Sartre): 756
Diabo feito mulher, O (Karl Schönherr): 298
Diário (Eugène Delacroix): 198
Diário (Tolstói): 117
Diário de Anne Frank, O: 1132
Diário de um poeta (Vigny): 1072
Do amor (Stendhal): 189, 198, 240
Doente imaginário, O (Molière): 126
Don Gil de las calzas verdes (Tirso de Molina): 900
Don Giovanni (Wolfgang Amadeus Mozart): 429, 865, 878
Don Juan (Alexandr Puchkin): 1244
Don Juan (Molière): 267, 844, 865, 878, 967, 1040, 1052, 1077, 1116
Don Juan e o donjuanismo (Gregorio Marañón): 1195
Don Juan Tenorio (José Zorilla): 1199
Don Quixote (Miguel de Cervantes): 127
Dorotea (La) (Lope de Vega): 900
Doze homens e uma sentença (Reginald Rose): 1174
Dulce, paixão de uma noite (Autant-Lara): 118
Duquesa de Langeais, A (Balzac): 57

E o arbusto se fez cinza (Manès Sperber): 164, 291, 304, 342-343, 362-363
Educação sentimental, A (Gustave Flaubert): 733, 733
El burlador de Sevilla y convidado de piedra (Tirso de Molina): 904
Electra ou a queda das máscaras (Marguerite Yourcenar): 928
Em torno de Galileu (José Ortega y Gasset): 1224
Entre quatro paredes (Sartre): 672-673, 682, 685
Espíritos, Os (Camus / Pierre de Larivey): 863, 927
Estado de sítio (Camus): 42, 47, 68, 76, 96, 98, 291, 957
Ester (Racine): 328, 339, 343, 349, 358
Estouvado, O (Molière): 1148
Estrangeiro, O (Camus): 65, 126, 614
Estranha compulsão (Richard Fleischer): 1201
Estranho interlúdio (Eugene O'Neill): 222, 233
Exílio e o reino, O (Camus): 1086, 1107, 1109
Extravagante Mr. Deeds, O (Frank Capra): 1137

Faiseur, Le (Balzac): ver *O impostor*
Falstaff (Shakespeare): 1202
Família exótica (Drôle de drame) (Marcel Carné): 1190
Federigo (René Laporte): 700
Fedra (Racine): 632, 973, 975, 817, 889, 891, 939, 942, 1035, 1063, 1149
Ferragus (Balzac): 87
Figli d'arte (Dieggo Fabbri): 1188
Filho de ninguém (Henry de Montherlant): 718
Flauta mágica, A (Mozart): 1211, 1220
Francisco, arauto de Deus (Roberto Rossellini): 749

Fuenteovejuna (Lope de Vega): 880, 890
Furor e mistério (Fúria e mistério) (Char): 62

Gaivota, A (cotovia, A) (Jean Anouilh): 911, 916
Gigantes da montanha, Os (Luigi Pirandello): 1219, 1228, 1229, 1239
Gigolô delicado, O (Jacques Natanson): 923, 926, 927, 944
Grande e a pequena manobra, A (Arthur Adamov): 657
Grandes esperanças (Charles Dickens): 1105
Guerra e paz (Tolstói): 44, 121, 400

Hamlet (Shakespeare): 658, 815
Helena e Fausto (Alexandre Arnoux / Johann Wolfgang von Gœthe): 188, 200, 201, 208, 214, 222
Henrique VI (Shakespeare): 206
Herman Melville (Camus): 817
História de Vasco, A (Georges Schehadé): 1132
História dos treze, A (Balzac): 57
Homem que perdeu a sombra, O (Adelbert von Chamisso / Paul Gilson): 823
Homem que veio de longe, O (Jean Castanier / Gaston Leroux): 428
Homem revoltado, O (Camus): 98, 235, 388-389, 821-822, 937, 98, 235, 388-389, 821-822, 937

Ifigênia em Áulis (Christoph Willibald Gluck): 1091
Ilusões perdidas, As (Balzac): 1248
Impostor, O (Le Faiseur) (Balzac): 1116
Inferno, O (Henri Barbusse): 171
Inquisição, A: ver *Estado de sítio* (Camus)
Irmãos Karamazov, Os (Dostoiévski / Giacomo Gentilomo): 1045

Joana d'Arc (Charles Péguy): 814, 816, 817, 900, 904
Jogador, O (Ugo Betti): 917
Judith (Jean Giraudoux): 160, 161, 165, 203, 222, 233, 241, 248
Justine ou os infortúnios da virtude (Marquês de Sade): 1003
Justos, Os (Camus): 50, 61, 64, 65-66, 73, 160, 177, 112, 191, 192, 194, 203, 204, 212-213, 216, 222, 233, 247, 282, 287, 294, 298, 300, 308, 314, 319, 340, 351, 353, 358, 373, 374, 378, 380, 386, 390, 398, 399, 404, 405, 410, 413, 419, 424, 428, 431, 432, 433, 438, 442, 446, 459, 465, 502, 507, 516, 545, 547, 580, 581, 582, 602, 614, 622, 626, 666, 730, 742, 912, 920, 1084

Ligações perigosas, As (Choderlos de Laclos): 57
Look Back in Anger (John Osborne): 1167
Lorenzaccio (Musset): 1176, 1177, 1178
Luz em agosto (Faulkner): 847

Madame Capet (Marcelle Maurette): 249
Mãe coragem e seus filhos (Bertolt Brecht): 1239
Mãe, A (Maxim Gorki): 424
Mágico prodigioso, O (Calderón): 837
Mal-entendido, O (Camus): 116, 123, 132, 156, 354, 399, 783
Mansão Théotime, A (Henri Bosco): 117
Marcas marinhas (*Amers*) (Saint-John Perse): 1239
Maria Tudor (Victor Hugo): 1019, 1030, 1035, 1042, 1043, 1048, 1051, 1077, 1080, 1116, 1120, 1123, 1128, 1131, 1132, 1176, 1178, 1244
Médico rural, O (Balzac): 69
Medida por medida (Shakespeare): 239, 249
Memórias (Cardeal de Retz): 60

Memórias de Adriano (Yourcenar): 1063
Mercador de Veneza, O (Shakespeare): 241, 247, 292, 330
Mil e uma noites, As: TEM [ ] 100, 1210
Minha vida (George Sand): 900
Minotauro ou A parada de Orã, O (Camus): 198
Misantropo, O (Molière): 862, 868
Mito de Sísifo, O (Camus): 141
Mitridates (Racine): 860, 867, 870, 877
Moby Dick (Herman Melville): 164, 888
Montanha mágica, A (Thomas Mann): 1143
Morte de Danton, A (Georg Büchner): 1243, 1245
Mulher adúltera, A (Camus): 897, 995
Mulher de Satã, A (Curtis Bernhardt): 988
Mulher do século, A (Morton DaCosta): 1201
Mulheres e bandidos (Mario Soldati): 418

Nave da revolta, A (Edward Dmytryk): 977
Negro do Narciso, O (Joseph Conrad): 146
Negros, Os (Jean Genet): 1243, 1247
Neve estava suja, A (Georges Simenon): 703
No caminho de Swann (Proust): 278
Noblesse oblige (Robert Hamer): 521
Noite de reis (Shakespeare): 434
Novelas exemplares (Cervantes): 788
Núpcias de luto (Philippe Hériat): 912, 570

Orfeu (Cocteau): 110, 116, 122, 125, 131, 140, 159-160, 170, 170, 379, 428, 428, 433, 576, 641, 649
Orfeu negro (Marcel Camus): 1215
Otelo (Shakespeare): 234, 267, 292, 1225, 1247
Ovo, O (Marceau): 1174

Pai humilhado, O (Claudel): 962, 963, 968, 979, 988, 989, 994-995, 1008, 1012
Palavras de um crente (Félicité Robert Lamennais): 566

Partilha do meio-dia, A (Claudel): 242, 501
Passarinheiro que caiu na armadilha, O (Georges-Emmanuel Clancier): 566, 579
Pastagens do céu, As (John Steinbeck): 69
Pensamentos, Os (Blaise Pascal): 702, 1243
Pentesileia (Heinrich von Kleist): 938
Peste, A (Camus): 217, 342, 428, 433, 444, 456, 715
Pierre (Melville): 146
Platonov (Anton Tchekhov / Jean Vilar): 1043, 1051, 1092
Plêiades, As (Arthur de Gobineau): 44
Por Lucrécia (Giraudoux): 942
Possuídos, Os (Camus / Dostoiévski): 44, 57, 863, 912, 923, 919, 921, 923, 946, 928, 930, 982, 1132, 1135, 1154, 1158, 1160, 1161, 1162, 1172, 1174, 1179, 1192, 1194, 1198, 1208, 1210, 1233
Príncipe de Homburgo, O (Kleist): 960
Prisão de Cádiz, A: ver *Estado de sítio* (Camus)
Promessa cumprida, A (Lope de Vega): 1195, 1199
Provincial, A (Tchekov): 32
Prudencia en la mujer (La) (Tirso de Molina): 900, 804

Rainha morta, A (Montherlant): 718
Rapariga dos olhos de ouro, A (Balzac): 57
Rashômon (Akira Kurosawa): 865
Reflexões sobre a pena capital (Camus): 1102
Réquiem por uma freira (Camus / Faulkner): 837, 1029, 1031-1032, 1059, 1073, 1049, 1080, 1084, 1085, 1086, 1086, 1090, 1101, 1114, 1118, 1128
Revolta das massas, A (Ortega y Gasset): 1224
Romeu e Julieta (Shakespeare): 609

Santuário (Faulkner): 837
Sapato de cetim, O (Claudel): 1172
Sátira em três tempos, quatro movimentos (Robert Mallet): 672, 681

Segunda, A (Colette): 659, 661, 665, 672, 677, 678, 679, 685, 709, 711, 718, 724, 731, 740, 742, 751, 823
Seis personagens à procura de um autor (Pirandello): 806, 862, 867-868, 914, 929, 938, 939, 1128
Senhor de Santiago, O (Montherlant): 718
Senhoritas em uniforme (Géza von Radványi): 411
Sequestrados de Altona, Os (Sartre): 1248
Sete irmãos (Aleksis Kivi): 1088
Sol da meia-noite (Claude Spaak): 1243
Sonho de uma noite de verão (Shakespeare): 1189, 1208
Sul (Julien Green): 951

Tartufo (Molière): 267, 878
Tempo é um sonho, O (Lenormand): 732, 743, 744, 751
Temporada no inferno, Uma (Arthur Rimbaud): 86
Ter ou não ter (Ernest Hemingway): 60
Terceiro homem, O (Carol Reed): 344, 350, 362
Terra dos homens (Antoine de Saint-Exupéry): 210
Testamento de Orfeu, O (Cocteau): 1232
Testemunha, A (Jean Bloch-Michel): 196
The Blessed and the Damned / The Unthinking Lobster (Orson Welles): 635
Thérèse Desqueyroux (François Mauriac): 254
Time Runs (Welles): 635
Titus Andronicus (Shakespeare): 239
Torre de Nesle, A (Dumas): 1049
Três Mosqueteiros, Os (Dumas / Claude Lochy / Roger Planchon): 1204
Triunfo do amor, O (Marivaux): 1027, 1030, 1042, 1077, 1093, 1115, 1116, 1118, 1120, 1134, 1148, 1149, 1165, 1175, 1176, 1177, 1178, 1204

Troca, A (Claudel): 222, 233, 236, 242, 244, 250, 354, 431, 779, 790
Trólio e Créssida (Shakespeare): 609

Vagabundos, Os (Gorki): 224, 238
Verão, O (Camus): 897
Verdade morreu, A (Emmanuel Roblès): 920
Vergonzoso en palacio (Tirso de Molina): 900
Vermelho e o negro, O (Stendhal): 735
Viagem de Teseu, A (Georges Neveux): 743, 752

Vida de Santa Teresa de Ávila, A (Marcelle Auclair): 664
Vigésima quinta hora, A (Virgil Gheorghiu): 164
Vontade de poder, A (Nietzsche): 393

Yerma (Federico García Lorca): 743, 751, 751

Prefácio	5

CORRESPONDÊNCIA

1944	9
1946	33
1948	37
1949	91
1950	183
1951	651
1952	801
1953	885
1954	949
1955	991
1956	1025
1957	1099
1958	1139
1959	1183

ANEXOS

Cartões e cartões-postais sem data	1253
Projetos de cartas a Maria Casarès	1259

APÊNDICES

Indicações bibliográficas 1263
Índice onomástico 1265
Índice de obras 1279

Este livro foi composto na tipografia Bembo Std
em corpo 10,5/13,5, e impresso em papel
offset no Sistema Digital Instant Duplex
da Divisão Gráfica da Distribuidora Record.